本书由山东师范大学中国现当代文学国家重点学科资助出版

中国网络文艺作品评论选

网络文学卷（上）

主　编◎周志雄
副主编◎吴长青

中国社会科学出版社

图书在版编目（CIP）数据

中国网络文艺作品评论选. 网络文学卷/周志雄主编，吴长青副主编.
—北京：中国社会科学出版社，2017.6
ISBN 978 - 7 - 5203 - 0451 - 1

Ⅰ.①中⋯　Ⅱ.①周⋯　②吴⋯　Ⅲ.①网络文学—文学
评论—中国 Ⅳ.①I207.999

中国版本图书馆 CIP 数据核字（2017）第 117332 号

出 版 人　赵剑英
责任编辑　郭晓鸿
特约编辑　席建海
责任校对　王佳玉
责任印制　戴　宽

出　　　版　中国社会科学出版社
社　　　址　北京鼓楼西大街甲 158 号
邮　　　编　100720
网　　　址　http://www.csspw.cn
发 行 部　010 - 84083685
门 市 部　010 - 84029450
经　　　销　新华书店及其他书店

印刷装订　北京君升印刷有限公司
版　　　次　2017 年 6 月第 1 版
印　　　次　2017 年 6 月第 1 次印刷

开　　　本　710×1000　1/16
印　　　张　70
字　　　数　939 千字
定　　　价　298.00 元（上、下卷）

大赛评委名单

李敬泽　中国作家协会书记处书记，中国作家协会副主席

周由强　中国文联文艺评论中心副主任，中国文艺评论家协会副秘书长

欧阳友权　中南大学教授，中国文艺理论学会网络文学研究会会长

李国平　陕西省作家协会副主席，陕西省文艺评论家协会副主席

陈定家　中国社会科学院文学所研究员，中国文学网主编

马　季　中国作家协会网络文学专家，中国当代文学研究会新媒体文
　　　　学委员会主任

邵燕君　北京大学副教授，中国文艺评论家协会网络文艺委员会委员

李云雷　《文艺报》新闻部主任，中国文艺评论家协会青年委员会副主任

肖惊鸿　中国作协创研部研究员，中国作协网络文学委员会副主任

王国平　《光明日报》文艺部文学评论版主编

夏　烈　杭州师范大学文化创意产业研究院院长，中国文艺评论家协
　　　　会网络文艺委员会副秘书长

周志雄　山东师范大学教授，中国文艺评论家协会网络文艺委员会副
　　　　秘书长

吴长青　爱读文学网总编辑，中国文艺评论家协会网络文艺委员会
　　　　委员

首届网络文艺评论大赛公告

一、大赛宗旨

为认真贯彻落实习近平总书记系列重要讲话精神，贯彻落实中央《繁荣发展社会主义文艺的意见》，围绕中央"高度重视和切实加强文艺理论评论工作"与"大力发展网络文艺"的精神要求，特举办首届网络文艺评论大赛。

二、组织机构

主办单位：

中国文艺评论家协会青年委员会

中国当代文学研究会新媒体文学委员会

中国文艺理论学会网络文学研究会

承办单位：

中国文艺评论网（zgwypl.com）

中国文学网

爱读文学网

山东师范大学网络文学研究中心

北京大学网络文学研究论坛

协办单位：《中国文艺评论》杂志、《创作与评论》杂志社、《名作欣

赏》杂志社、《新文学评论》杂志社、《百家评论》杂志社、《雨花》杂志社

媒体支持：中国作家网、光明网、中国网络文学研究网、文学报、中华读书报、社会科学报

三、大赛主题

网络文学是网络文艺 IP 产业链的重要源头，是网络文艺的重要组成部分。新世纪以来，我国网络文学发展迅速，成绩显著，以网络文学推动网络文化产业，成为我国新的经济增长点，是我国文化生产中最有活力的领域。

面对网络文学快速发展的态势，文学评论理应在网络文学发展过程中发挥应有的导向作用。为促进、引导网络文学的健康发展，首届网络文艺评论大赛特聚焦网络文学作品评论，向社会广泛征集网络文学作品评论文章，推动形成网络文学创作和评论良性互动、互促发展的局面。

四、参赛要求

1. 评论文章须为原创作品，未在报刊及网络媒体上发表过。

2. 字数一般在 5000—8000 字左右。

3. 所评论的作品原则参照所附篇目。

4. 注释采用规范脚注。格式如下：

① 许子东：《为了忘却的集体记忆——解读 50 篇文革小说》，三联书店 2000 年版，第 3－4 页。

② ［美］R. 韦勒克：《批评的诸种概念》，丁泓、余徽译，四川文艺出版社 1988 年版，第 276 页。

③ 蓝舒平：《〈东方女性〉有明显缺陷》，《文学报》1983 年 11 月 3 日第 3 版。

④ 航鹰、盛英：《关于爱情婚姻伦理题材的通信》，《星火》1985 年第 7 期。

⑤ 马大正：《世界视野与清史纂修工程》，载陈捷先等主编：《清史论集》上册，人民出版社 2006 年版，第 10 页。

⑥ 任仲平：《文化强国的"中国道路"》，人民网 http：//opinion. peo-ple. com. cn/GB/15904150. html，2011 年 10 月 15 日。

5. 投稿文章内容包括标题、作者、摘要、正文、作者介绍、联系方式（包括电子邮箱、电话、通信地址）。

五、评审公示

按照评审标准，评委专家完成匿名初评和复评。组委会将对复评结果予以公示。

六、奖项设置

一等奖 2 个，奖金 10000 元

二等奖 3 个，奖金 5000 元

三等奖 5 个，奖金 2000 元

注：本次大赛奖金为税后奖金额

七、其他

征稿时间：2016 年 6 月 2 日——2016 年 11 月 30 日

投稿邮箱：networkliterature@ 163. com

本次大赛不向参赛单位、个人收取任何费用。

经过评委会推选，组委会对复评获奖评论予以公示后，举行颁奖仪式及网络文学论坛。参赛优秀论文特别是获奖论文将优先推荐发表到《中国文艺评论》《创作与评论》《名作欣赏》《博览群书》《新文学评论》《百家评论》《雨花》《网络文学研究》等刊物；收入大赛文集《中国网络文艺作品评论选·网络文学卷》，公开出版发行。优秀评论文章同时通过中国文艺评论网、中国作家网、中国文学网、爱读文学网、山东师范大学网络文学研究中心网站等推送。

附：

网络文学作品评论篇目

1. 蔡智恒《第一次的亲密接触》

2. 今何在《悟空传》

3. 江南《此间的少年》

4. 烟雨江南《亵渎》

5. 萧潜《飘邈之旅》

6. 树下野狐《搜神记》

7. 老猪《紫川》

8. 玄雨《小兵传奇》

9. 说不得大师《佣兵天下》

10. 九夜茴《匆匆那年》

11. 阿越《新宋》

12. 李可《杜拉拉升职记》

13. 崔曼莉《浮沉》

14. 金子《梦回大清》

15. 当年明月《明朝那些事儿》

16. 海宴《琅琊榜》

17. 阿耐《欢乐颂》

18. 南派三叔《盗墓笔记》

19. 耳根《仙逆》

20. 纯情犀利哥《诸天至尊》

21. 骷髅精灵《猛龙过江》

22. 方想《卡徒》

23. 海飘雪《木槿花西月锦绣》

24. 凤歌《昆仑》

25. 洛水《白狐天下》

26. 天下霸唱《鬼吹灯》

27. 高楼大厦《寂灭天骄》

28. 流浪的蛤蟆《仙葫》

29. 风凌天下《傲世九重天》

30. 辰东《遮天》

31. 徐公子胜治《神游》

32. 罗森《风姿物语》

33. 孙晓《英雄志》

34. 李晓敏《遍地狼烟》

35. 萧鼎《诛仙》

36. Fresh 果果《花千骨》

37. 禹言《极品家丁》

38. 八月长安《你好，旧时光》

39. 梦入神机《佛本是道》

40. 苍天白鹤《苍天霸血》

41. 随波逐流《一代军师》

42. 寂寞剑客《混在三国当军阀》

43. 瑞根《江山美人志》

44. 打眼《黄金瞳》

45. 蜘蛛《十宗罪》

46. 永恒之火《儒道至圣》

47. 黄晓阳《二号首长》

48. 小桥老树《侯卫东官场笔记》

49. 烽火戏诸侯《极品公子》

50. 唐欣恬 《裸婚》

51. 鲍鲸鲸 《失恋 33 天》

52. 谁家公子 《情逢对手》

53. 三戒大师 《官居一品》

54. 波波 《绾青丝》

55. 忘语 《凡人修仙传》

56. 燕垒生 《天行健》

57. 纷舞妖姬 《弹痕》

58. 何马 《藏地密码》

59. 心在流浪 《护花高手在都市》

60. 酒徒 《家园》（出版名为《隋乱》）

61. 流潋紫 《后宫·甄嬛传》

62. 小春 《不负如来不负卿》

63. 爱潜水的乌贼 《一世之尊》

64. 陈词懒调 《原始战记》

65. 天下归元 《凤倾天阑》

66. 沧海明珠 《侯门医女》

67. 孑与2 《唐砖》

68. 涵昭 《霸世红颜》

69. 风御九秋 《紫阳》

70. 骁骑校 《橙红年代》

71. 愤怒的香蕉 《赘婿》

72. 苏曼凌 《百草媚》

73. 血红 《巫颂》

74. 辛夷坞 《致我们终将逝去的青春》

75. 金万藏 《茶经残卷》

76. 鬼马星《木锡镇》

77. 唐家三少《斗罗大陆》

78. 唐七公子《华胥引》

79. 月关《回到明朝当王爷》

80. 秦照青《楚天摇》

81. 桐华《步步惊心》

82. 顾漫《何以笙箫默》

83. 刘成才《爱情闺蜜》

84. 庄毕凡《异界全职业大师》

85. 缘分0《全能炼金师》

86. 倾泠月《且试天下》

87. 天蚕土豆《斗破苍穹》

88. 七尺居士《数据侠客行》

89. 蒋胜男《芈月传》

90. 跳舞《恶魔法则》

91. 猫腻《将夜》

92. 远音尘《十里春深》

93. 六六《蜗居》

94. 艾米《山楂树之恋》

95. 贼道三痴《清客》

96. 国王陛下《从前有座灵剑山》

97. 减肥专家《问镜》

98. 无罪《流氓高手》

99. 爱春天《暖阳》

100. 丁墨《他与月光为邻》

101. 常书欣《余罪》

102. 沧月《忘川》

103. 凤今《一品仵作》

104. 张嘉佳《从你的全世界路过》

105. 缪娟《翻译官》

106. 我吃西红柿《九鼎记》

107. 祈祷君《木兰无长兄》

108. 观棋《万古仙穹》

109. 飞天《敦煌密码》

110. 天下尘埃《浣紫袂》

111. 阿彩《凤凰错：替嫁弃妃》

112. 蝴蝶蓝《全职高手》

113. 七十二编《冒牌大英雄》

114. 云天空《邪神传说》

115. 雁九《大明望族》

116. 匪我思存《来不及说我爱你》

117. 何乐逸《如果爱请深爱》

118. 天衣有风《凤囚凰》

119. 白饭如霜《家电人生》

120. 长着翅膀的大灰狼《然后，爱情随遇而安》

121. 谈天音《皇后策》

122. 李歆《秀丽江山》

123. 桩桩《永夜》

124. 鲜橙《太子妃升职记》

125. 王强《圈子圈套》

126. 明晓溪《泡沫之夏》

127. 九把刀《那些年，我们一起追的女孩》

128. 寐语者《衣香鬓影》

129. 鱼人二代《校花的贴身高手》

130. 谭国瑞《我是特种兵》

131. 古筝《青果青》

132. 文雨《请你原谅我》（又名《搜索》）

首届网络文艺评论大赛获奖名单

由中国文艺评论家协会青年委员会、中国文艺评论家协会网络文艺委员会、中国当代文学研究会新媒体文学委员会、中国文艺理论学会网络文学研究会主办，中国文艺评论网、山东师范大学网络文学研究中心、爱读文学网等单位承办，联合国内多家学术机构、文学网站、文学刊物及报刊媒体共同组织的"首届网络文艺评论大赛"今日揭晓获奖作者名单。大赛于 2016 年 6 月 3 日启动，2016 年 11 月 30 日截稿，收到稿件 446 篇。经过初评委初审、终评委稿件匿名评审、文章学术查重等程序，最终评选出苏勇、李盛涛等十位作者的获奖作品。现将获奖名单公布如下：

一等奖：

苏勇（江西师范大学文学院副教授）：《历史、民族与英雄的别样书写：评现实主义力作〈遍地狼烟〉》

李盛涛（滨州学院副教授）：《〈弹痕〉：一部颠覆传统军事小说叙事的网络文本》

二等奖：

唐小祥（中国人民大学博士生）：《既无所欢，何乐可颂——评阿耐的〈欢乐颂〉》

杨俊蕾（复旦大学博士生导师）：《重绘文学与现实的渐近线——从网

络原创小说〈余罪〉反思真实书写问题》

禹建湘（中南大学博士生导师）、黄惟琦（中南大学硕士生）：《〈微微一笑很倾城〉"畅销"与"经典"的距离》

三等奖：

李莉（湖北民族学院教授）：《论网络小说对中国当代文学之贡献——以〈明朝那些事儿＞为例》

程海威（中南大学讲师）：《史学视野下的回眸：〈第一次的亲密接触〉之意义与局限》

孙敏（山东师范大学硕士生）：《"青春写作"的仙侠小说——评〈花千骨〉》

陈立群（华南师范大学副教授）：《〈新宋〉：新启蒙知识分子的"大国"设计》

石立燕（山东师范大学讲师）：《"他者"的生存景观：阿耐小说中的女性书写》

序言　评论视角多样化，理论视点专业化

——"首届网络文学评论大赛"综述

吴长青[*]

2016 年 6 月至 12 月，由中国文艺评论家协会青年委员会、中国当代文学研究会新媒体文学委员会、中国文艺理论学会网络文学研究会、爱读文学网、山东师范大学网络文学研究中心等多家单位联合主办的"首届网络文艺评论大赛"（以下简称"大赛"）经过半年的征稿，共收到近 500 篇参赛稿件，作者覆盖了大陆省份的高等院校文学研究者、专业评论家，以及爱好网络文学的受众人群。总体上看来，本次大赛无论是从参赛踊跃度，稿件的质量，还是评论的作品类型上，与国内繁荣的网络文学发展态势基本一致，反映了网络文学发展的整体格局。参赛稿件从不同角度对我国重要网络文学作品的艺术经验进行了学理性的探讨，展示了我国网络文学评论的实绩。

---

　*　吴长青，中国文艺评论家协会网络文艺委员会委员、中国当代文学研究会新媒体文学委员会秘书长。

本次大赛的特点主要体现在以下方面。

一 网络文学"经典性"凸显，评论文本形式极具丰富性和针对性

大赛参赛作品涉及的网络文学文本类型多样，其中的类型有都市、现实、幻想、官场、军事、历史、架空、耽美、武侠、玄幻、仙侠、修真、青春、言情、女性、穿越、探险、侦探、科幻以及解构等，基本涵盖了网络文学的所有类型，可谓"面阔体全"。

本次大赛110篇初评参赛入围作品中涉及的评论作品共53部，其中，所评论的作品，《悟空传》9篇，《欢乐颂》《后宫·甄嬛传》各7篇，《从你的全世界路过》5篇，《琅琊榜》《蜗居》《芈月传》《山楂树之恋》各4篇，《花千骨》《十宗罪》各3篇，《余罪》《何以笙箫默》《遍地狼烟》《盗墓笔记》《微微一笑很倾城》《诛仙》《失恋33天》《木兰无长兄》分别是2篇。在万众期待网络文学"经典"性的呼声之下，这样的关注点或许可作为一种未来"经典"的参考。这也从一个侧面反映了参赛者的阅读倾向，那些在读者中有着广泛接受度的作品，往往是受到影视剧青睐的作品。与此同时，这些评论文章在评论作品时，也会涉及相关电影、电视剧、网络游戏等多种形式，理论视点包含了网络文艺理论研究、网络作家作品研究、比较文学、网络文学史以及网络文学与传播的关系研究。在视角和视点上都有新的突破，一方面突出了大赛作为网络文艺的综合性特点，另一方面体现出批评的理论自觉，学院化批评范式正在逐步建立，同时最值得称道的是大众文化批评与审美批评形成一种互补，共同为网络文学批评的"百花园"添色增彩。

二 网络文学理论批评范式和评论体系的建构呼之欲出

经过近二十年的发展，网络文学日臻向经典化方向迈进。特别是近几年来，随着网络文学多版权的开发，网络文学与影视、动漫、游戏等艺术

样式的融合度不断增加，新型的网络文艺形态正在逐步形成，但是网络文艺评论理论的滞后同样会制约网络文艺的健康发展，因此，呼唤网络文艺批评范式与评论体系的构建已经成为网络文艺界的共识。

本次大赛的参赛文章体现出自觉的理论意识，批评范式形式多样，既有对中国传统批评"文法"的借用，如对网络文学作品人物刻画、作品结构、作品意蕴等方面的辨析，又有对西方文学批评范式的借鉴，如俄国形式主义、英美新批评、结构主义、解构主义、女性主义等理论在批评文本中都有不同程度的运用。

除了大量具体的作品评论文本之外，还不乏对文本之外的"网络文学新批评"范式建设的理论探讨。杨俊蕾教授在其《重绘文学与现实的渐近线——从网络原创小说〈余罪〉反思真实书写问题》一文中指出："从网络原创小说《余罪》继续向外推溯，能够引出很多值得反思的新增问题。比如，网络小说与中国文化传统的关系，与中国当代现实的关系，以及网络化的写作在何种程度上催生文学自身的概念改变，等等。与此相关，文学评论的思考与进行方式，文学理论的思考与学术范式，是否都需要在这个新兴前提的参与下做出及时的调整与回应，来实践一种新型的研究。"这是一种积极的探索精神，也是坚持实事求是的严肃的学术态度，更是作为文学批评家对网络文学评论的一种高屋建瓴的理论自觉。

孙可佳则从整体性上思考网络文艺批评范式的建设问题。她从"匪我思存与网络言情"入手，探索这类小说的"模式化的言情策略"，立足于这样的整体性研究，得出比较客观的结论——匪我思存的小说继承了才子佳人传统，也和其他网络言情小说一致地展示了都市奇观与权力想象，更有着独特的"虐恋"特点，这些构成了匪我思存的网络小说言情模式。同时，通过对其写作的分析，可以观察到网络言情小说的独特书写策略。这种可贵的理论探索勇气，无疑是值得肯定的。

谢瑞平结合自身的基层批评实践，认为需要拓展批评话语，寻求接地气的批评资源，多层次、全方位扩大批评视野。他主张接纳"草根派批评"，核心是接纳草根评论家。他认为："草根评论家'站在低处'有三个表征：一是批评主体身处'低处'，二是批评对象侧重于'低处'文艺家、作者，三是关注'低处'读者。草根评论家在批评文艺名家时也是'站在低处'，因为低所以拍不到肩膀、看不到脸色，从而没有太多顾虑；因为低而着眼于细处、坚持问题导向，做到'有好说好，有坏说坏'。"这既是重新确立一种批评主体，同时也可看作建立一个新的批评伦理。

三 从传统的网络文学作品研究到网络作家研究

众所周知，文学批评包含作家和作品的评论、研究，以及文学史研究。网络文学批评同样如此。由于网络文学具有多边性与跨界性的特点，网络文学主体研究需要一种跨学科和破边界的研究，如果囿于传统学术思维的框架，甚至采用旧瓶装新酒的权宜之策，势必造成研究的浮泛与空洞。

本次大赛除了对具体作品的评论文章之外，难能可贵地出现了对网络作家整体分析的评论文章。由作品论及作家，这是当下网络文学研究中非常重要的工作，只有写出经典性的作品才能成就作家，也只有优秀作家才能贡献优秀的作品。当然，由于网络文学的"经典性"还是一个"历时性"的过程，这就给网络作家研究带来了一定的难度，如何使得研究具有客观性和有效性，这虽然有待时间的检验，但并不因此否定研究中的高度"认知"。同时，由于网络作家多是高产写作者，面对"海量"的网络文学作品，如何整体性地把握网络作家的创作，同样也有一定难度，因此对网络作家的研究就显得弥足珍贵。

欧造杰的《以灵活创新之笔抒写青春多彩之生活——评网络作家九夜茴的小说创作》从九夜茴小说的主题与爱情题材，以及小说结构和叙述手法的多样性，人物形象、语言等方面探讨九夜茴独特的创作个性与其作品的艺术特征。李玉萍的《"情义为先"的坚持——评晋江定离的修真小说》认为，晋江定离的修真小说，有令人惊艳的设定；有逆境奋斗求生的热血；有令人捧腹又可爱的各类萌物；有发人深思的善恶之辩及游离于善恶之间的复杂人性的刻画；还有最珍贵的"情义为先"的价值坚持和守护。定离修真小说"情义为先"的价值坚持，为价值取向日益暗黑化的修真小说发展注入温暖和亮色，同时也带来了修真小说价值取向破而后立、回归主流价值的希望。石立燕的《"他者"的生存景观：阿耐小说中的女性书写》认为，阿耐女性书写的意义在于，无论是面对家庭社会的"性别他者"，还是面对城市的"空间他者"，她们从未放弃为自身注入新的意义。小说在追求女性经济独立的基础上，导向的是心灵空间的饱满和女性主体意识的觉醒，致力于建构一种新型的两性关系。阿耐的小说延续了传统文学对女性生存境遇的思考，同时又拓展了女性书写的通俗性和当下性，带上了网络文学的特质。

伴随着网络文学"经典化"的历程，经典网络作家同样也会成为一种别样的景观。这几篇评论文章通过对重要网络作家所有作品的全面阅读，分析了作家的总体创作特色、作品的艺术价值及其文化意义，这无疑为如何深入评判网络作家提供了有益的探索路径。

四　网络文学史研究探索了网络文学研究中的若干可能性

网络文学文本经典化，是网络文学发展的重要方向，也是网络文学的核心价值之一。开启对网络文学经典文本的研究，也是撰写网络文学史的重要环节。

鲁迅认为：讲文学的著作，如果是所谓"史"的，当然以时代来区分，"什么是文学"之类，那是文学概论的范围，万不能牵进去，如果连这些也讲，那么连文法也可以讲进去了。史总须以时代为经，一般的文学史，则大抵以文章的形式为纬，不过外国的文学者，作品比较的专，小说家多做小说，戏剧家多做戏剧，不像中国所谓作家，什么都做一点，所以他们做起文学史来，不至于将一个作者切开。中国的这种现象，是过渡时代的现象，我想，做起文学史来，只能看作者的作品重在那一面，便将他归入那一类，例如小说家也作诗，则以小说为主，而将他的诗附带地提及。① 这对研究网络文学史同样具有一定价值。

上文论述的文学史编写方法，同样也是鲁迅先生构建中国古代小说史研究体系的经验之谈，他从三个方面概述了文学史的写作方法："一是文学史的写作应以时代为经，以各个时代的文章形式为纬。二是注重文学作品的研究，而对于文学的概念、特征不作分析，免得文学史与文学理论混为一谈。三是作品的归类，以其文学成就的高低及其作品的形式进行归类。"② 回溯当下，网络文学史的撰写是网络文学研究的重要工作，目前已经有学者在进行这方面的工作。毫无疑问，网络文学评论是网络文学史的前期工作，网络文学史的撰写必须建立在丰富的网络文学评论的基础上。

难能可贵的是，本次大赛中也出现了一些有文学史理论意识的评论文章。禹建湘、黄惟琦的《"畅销"与"经典"的距离——以〈微微一笑很倾城〉为例》以顾漫的《微微一笑很倾城》为例，从小说人物的设定、语言等方面剖析畅销作品成为文学经典的几个核心要素。其中有丰富题材形式，拓宽读者范围；提高主题立意，挖掘社会深度；严控网络语言，遵循文学审美；拒绝沉溺网络，介入现实生活等方面提出了自己的真知灼见。这不仅给顾漫本人的创作提供了积极的参考，而且对当下网络文学创作生态进行了整体的观照，尤其是廓清了两者之间的界限，对网络文学的整体

---

① 鲁迅：《致王冶秋》，《鲁迅全集·鲁迅书信集》，人民文学出版社1981年版，第243页。
② 赵维国：《鲁迅的小说史研究与小说史研究体系的构建》，《宁夏大学学报》2003年第2期。

发展具有一种正本清源的指导价值。程海威的《史学视野下的回眸：〈第一次的亲密接触〉之意义与局限》一文对汉语网络文学开宗立派的标杆作品——《第一次的亲密接触》进行了文学史意义上的整体观照，其对网络文学史研究从立意到方法都提出了个人的观点。这些文章虽然评论的是具体的网络文学作品，但其对网络文学经典的内涵、作品的文学史意义、网络文学经典化过程的探讨无疑具有重要的理论意义，为网络文学史的撰写打下了基础。

五 "纵横交错"的网络文学比较研究

网络文学脱胎于传统文学，是对传统文学的一种发展。作为文学批评的一种手段和方法，须借鉴多种艺术手段的长处，整体性地对网络文学进行"适度"研究，应力求在大的文学、文化视野中，通过比较来认识网络文学的特点。这是由文艺的普适性、大众性及广泛性等特性决定的，它先天就具有"纵向继承、横向对比"的社会特征，既是社会的，也是历史的。因此，网络文学的"比较研究"也就附着在文艺的内在特性里。

李莉教授的《论网络小说对中国当代文学之贡献——以〈明朝那些事儿〉为例》将网络小说《明朝那些事儿》与传统文学在创作题材、叙事话语、文本结构、表现手法和美学风格等方面进行对比，充分肯定《明朝那些事儿》在继承传统历史小说创作特点的基础上，实现了"以好看"为宗旨，以"轻松"阅读为目标，以及在文体、话语、结构等方面进行的大胆创新，为当代文学做出了突出贡献。

陈经纬、王春晓的《〈琅琊榜〉和〈基督山伯爵〉复仇叙事比较研究》一文则为中西方文学的"横向对比"。作者通过对《琅琊榜》和《基督山伯爵》的对比分析来揭示东西方复仇叙事的不同表现形式以及复仇文化的差异与局限性。其中，作者揭示出以《琅琊榜》为代表的"中国式"

复仇的目的性、集体性与法外复仇性。同样以复仇为题材的《基督山伯爵》描述的则是一种"西方式"的复仇，与"中国式"复仇相比，西方复仇带有宽恕性、个体性与法内复仇性。而造成这种差异的原因可以归结为东西方文化、制度、法律等方面的不同。结论稍显简单，但中西比较不失为一种研究网络文学的有效方法，也拓展了理论视野。

六 对网络文学写作方法的研究是对当代写作学的贡献

当代写作学急需一种完善的机制来补充与发展，风行海外的"创意写作"是写作学的范畴。而在当下的中国，写作依旧停留在传统的公文写作和秘书学的部分交叉学科功能上。网络文学作为类型文学的一种，完全具备了类型写作的可复制性的特征。因此，在这个意义上，对网络文学写作方法的研究，则完全可能建构中国的类型文学写作学——一种依托网络文学写作模式的类型文学创作学体系。

大赛中涌现了像贺予飞《网络类型写作的突围与重构〈神游〉——评徐公子胜治修真小说》，李啸洋《〈失恋 33 天〉：语言修辞、性别逶巡与场景剧场》，以及陈娜辉《〈不负如来不负卿〉：跨层叙述的元语言冲突与知识炼金术》等文章，这些文章从作品的构思、语言、修辞、场景、结构等方面深入阐释了网络文学作为类型文学"创作学"意义上的若干创作要点。

从根本上说，这类深入探讨网络写作"肌理"的文章对研究者提出了很高的要求，它要求研究者不只是一般的鉴赏者和评论者，还要求研究者应精通写作，最好有较丰富的网络文学创作经验，这种跨界的研究者才能深得网络文学写作的"三昧"。

七 对"网络文学"与"传统文学"关系的辨析

这里说的"传统文学"既有中国古典文学的"传统"，又包括"五

四"新文学的"传统"，特别是注重以传统"家、国"观念为主体，主张
"文以载道"的"现实主义"创作方法为主体的文学"传统"。本次大赛
中有的文章从中国古典文学出发，看到了网络文学的历史土壤对当下畅销
书写作的影响，比如亓慧婷《论六六的〈蜗居〉对传统通俗小说的继承》
认为，《蜗居》从多个角度展开故事的讲述，情节跌宕起伏、冲突不断，
这都是传统通俗小说的叙述特点在当下的运用。同时，作为大众文化，
《蜗居》在小说的消遣性、趣味性、娱乐性等方面又得到了长足的发展。
这些一以贯之的特点，无疑使其在传统小说与现代小说两种风格的双向借
鉴上形成了自己独特的艺术张力。身兼作家、学者身份的叶炜则从自身创作
实践中看到了一种融合的可能，反过来说，网络文学是可以做到不以反叛传
统文学来获得"合法性"的，同时还可以合理吸收传统文学的优秀基因。同
理，传统文学也没有必要以自尊独大的仰头姿态藐视网络文学的客观存在，
两者可以做到一种良性的互补。（叶炜：《两驾马车与双线合———从长篇网
络小说〈裂变中国三部曲〉看文学的融合》）

　　当然，作为一种独立的网络文学样式，能够总结与发掘网络文学的规
律，以及自身具备的"独立性"，本身就是网络文学批评的首要旨归。因
此，能在这两者之间建立一种具有张力的批评，就显得特别有意义。王月
《网络言情小说对于本土文学传统的延续与裂变》和陈飞燕《论〈琅琊
榜〉对中国古代复仇文学的继承与延伸》思路特别可取，观点也比较有
见地。

　　从另外一个角度来说，网络文学批评者们与网络文学创作者一样一直
受着传统文学的滋养。没有这种滋养，从事网络文学批评与写作就会是无
源之水，无本之木。网络文学从根本上说，是传统文学在新的媒体形式下
的继承和发展，对不同的作家来说，师承的文学和文化传统，是有差异
的。要有效地理解网络文学，广泛阅读，深入阐释网络文学对传统文学的
继承与裂变，将永远是网络文学研究的话题。

八 对经典网络文学作品的期待与深情呼唤

前文说到网络文学批评渴望具有"经典"的网络文学文本与"经典"网络作家出现,这也是网络文学作为独立文学批评对象的前提。本次大赛主办方负责人之一的周志雄教授曾经有过这样一段论述,他说:"网络文学评论不能停留在贴吧、知乎、龙空、天涯等论坛上的读者评价层面,不能由简单的'点赞'来替代,也不能停留在大而化之的'商业化''娱乐化''大众化'等简单印象之中,而应主动走上一条学院派道路。这是因为,与网民自发评论的感性化、零散化、圈子化、粉丝化的倾向相比,专业评论往往能在更为宏阔的文学、文化视野中,探析网络文学与传统文学间的内在肌理差异,理性认识网络文学的特征与价值,从而对作品做出深刻、有效的理论阐释,推动构建网络文学评价体系,促进网络文学作品的经典化。"[①]

大赛作品中,有的作者从传统的"文学性"和"现代性"两个层次进行观照,应该说这样的角度是符合文学研究的基本规律的。选取的角度也是具体的,特别是能从细节入手,针对特定对象采取特定的批评话语,从而对作品做出了有深度的阐释。比如,许玉庆的《变革中的文学与沉潜的文学性——从〈网逝〉看当下网络文学中的文学性书写》,卢玉洁的《魂落忘川犹在川——〈忘川〉宿命书写中的现代性》,等等,都是基于这样的历史的、个体的话语分析方式对文本进行的一种阐释。

网络文学研究需要哲学、文化层面的洗礼,特别是需要现代美学的观照。单纯、抽象地谈"经典"是不切实际的,网络文学的"经典"性需从价值内涵出发,而不只是靠商业攻略或是机械借鉴传统文学创作与研究的

[①] 周志雄:《网络文学呼唤专业评论》,2017 年 1 月 4 日,光明网(http://wenyi.gmw.cn/ 2017 - 01/04/content_ 23404999. htm? from = timeline&isappinstalled = 0&winzoom = 1)。

方法对网络文学进行"整改"或是"修理"，这也是网络文学发展现状对网络文学研究者提出的挑战。

九　网络文学的宽广出路在现实题材

网络文学具有类型多样、形式多变、题材广泛、传播多元等特点。文学批评需要多维、多向、多层、多极透视并寻找到独具特色的文艺个性，这是网络文学评论精彩而迷人的根本。

众多的网络文学评论能够立足这样的基本思路，同时，采用超越传统的评论方法和评论手段，别具心裁，深入作品内部，挖掘其独特的艺术特点，既顾及文艺作品的艺术审美，又能尊重大众文艺的基本特性，同时又不被其商业性和娱乐性遮蔽。在这个意义上，大赛评论作品异彩纷呈，美不胜收。其中，以李盛涛《〈弹痕〉：一部颠覆传统军事小说叙事规范的网络文本》、苏勇《历史、民族与英雄的别样书写——评现实主义力作〈遍地狼烟〉》、孙敏《"青春写作"的仙侠小说——评〈花千骨〉》、唐小祥《既无所欢，何乐可颂——评阿耐的〈欢乐颂〉》为集中代表。这些文章评论的作品受众面广，现实主义精神特质比较明显，因此，社会关注度也比较高。如何有效把握这些重要题材的作品，也是网络文学评论必须面对的。在处理若干历史问题以及用一种历史观对现实进行对照时，文学的精神向度和现实观照就可以清晰地展露出来。这不仅涉及历史观的问题，而且有一种参与现实的勇气问题，网络文学正是怀着这样的现实精神把触角伸到了历史的暗处。诚如中国作协网络文学委员会主任陈崎嵘所说的那样："相较于幻想类作品，现实题材作品能更直接地表现、弘扬社会主义核心价值观和新的发展理念，能更直观更生动地体现人民群众的主体地位，接地气，食烟火，从而能更好地起到感染人、影响人、激励人的作用。另外，现实生活的生动性、曲折性、丰富性，为网络文学创作提供了取之不尽、用之不竭的创作素材和故事人物，可以避免幻想类作品千篇一律、千人一面的创作窘境。从长远看，网络文学的宽广出路在现实题材，网络文学的高原高峰在现实题材。"①

十　大众文化批评是对专业网络文学批评的一种补充和完善

毋庸置疑，网络文学创作植根于民间，其大众性的特点决定了网络文学批评同样具备民间性的特征，甚至还有一些"微论"或"口水论"等形式。我认为对这样的批评应该有一种包容的胸怀，大赛中我们也期待这样的批评出现。老哈《从甲骨文到火星文》、暮色星痕《〈斗破苍穹〉书评》、张璐琪《十年〈诛仙〉》、吴雅祺《人生若只如初见——评桐华〈步步惊心〉》等作品呈现了一种鲜明的"网评风"。这些评论文章往往比较感性，不太注重学理，但能更直接地表达自己的阅读感受，亦不乏精彩之论。

当然，我们欢迎的是一种有价值的，真正来自网络文学文本阅读体验之后，具有理性精神的大众文化批评和审美批评的有机融合。也许，这样的批评范式和精神的建立，仍旧需要假以时日。从这个意义来说，本次网络文艺评论大赛实现了一种预先构想的目标，以"赛"引"创"，以"评"促"建"，这是我们的期待。

总之，本次大赛是中国网络文学评论队伍的第一次集体亮相，其参赛的作者多以高校的青年学者和在校博士、硕士、本科学生群体为主，他们的参赛文章在学术水平上存在较大的差异，一些优秀青年学者对网络文学的研判颇有深度，在网络文学研究方法上的探索也颇有价值，而有些文章是参赛者学术起步期的作品，其理论思维、学术视野、艺术判断力还显得

---

① 陈崎嵘：《网络文学的宽广出路在现实题材》，2017 年 1 月 25 日，新华网（http://news. xinhuanet. com/book/2017－01/20/c_ 129454232. htm）

有些弱，但无疑，他们在文中体现出的阅读网络文学的激动与兴奋，他们
面对网络文学时的敏锐与思考，都是有学术价值的，他们生在网络文学的
时代，网络文学伴随着他们的成长记忆，他们见证了网络文学的发展壮大
历程，他们是网络文学研究的后备军和重要新生力量。需要特别指出的
是，本次大赛学院参与的热情明显高于民间，这是网络文学批评逐渐被主
流接受的重要信号，同时也对我们提出了一个全新的命题：网络文学批评
如何不被狭隘化和小圈子化，如何体现出大众文化的广泛性和群众性，特
别是如何在传播新的网络文明、构建新型文化等新的历史课题面前有所作
为？这亦是举办本次大赛的初衷，我们将为此不懈努力。

目　录

（上）

都市·现实·幻想·官场

军事·历史·架空·耽美

都市·现实·幻想·官场

既无所欢，何乐可颂

——评阿耐的《欢乐颂》

唐小祥[*]

【摘要】阿耐的《欢乐颂》通过对 5 位都市女性职场和情场经历的"现象主义"白描，折射出当下都市女性的生存难度、精神迷惘与情感残缺，揭示出未完成的"现代性"或者"人的文学"等一系列 20 世纪中国文学深嵌于其中的叙事母题。

在笔者有限的阅读范围内，目前围绕阿耐的网络小说《欢乐颂》的讨论主要有三种代表性的观点：一种是把它理解为青春励志小说，另一种视之为"现实主义的颂歌"或者"新自由主义的讴歌"，[①]还有一种把它看作折射"中产阶层"焦虑的可视化文本。[②]第一种观点在豆瓣读书上颇为流行，后两种观点则主要源自学术圈。笔者的讨论也就从这三种流行的观点入手。具体来说，它包括这样一些质询：《欢乐颂》通过描写 5 位都市女性的职场和情场经历，"激励"着怎样的人生"志向"？《欢乐颂》里

---

* 唐小祥，中国人民大学中国现当代文学专业博士研究生。

① 张慧瑜：《一曲中产的"欢乐颂"》，《南风窗》2016 年第 12 期。

② 吴畅畅：《欢乐颂：一阕现实主义的"颂"歌》，《上海艺术评论》2016 年第 4 期。

"一地鸡毛"式的现象学白描，是否抵达了"现实主义"（既是原始意义上，又是经典意义上）的高度？《欢乐颂》里连自身温饱尚未解决的樊胜美、邱莹莹和关雎尔能否归属"中产"之列？如果说它讲述了一个中产阶层的成长史、辛酸史、暧昧史，那么最吸引读者目光的安迪和曲筱绡，除了作为中产渴慕的物质范型或者资本批判的靶子，是否还有别的叙事功能？经由此番层层追问，从而参与进作为方法的"现象主义""自由""平等"等现代社会性道德的自然化与幻象化，未完成的"现代性"与"人的文学"等一系列意味深长的议题，展示网络小说承载历史经验与复杂现实的丰富可能性。

一　作为方法的"现象主义"

姑且从一个小细节谈起。小说叙事伊始，安排了两场具有楔子功能的"谈判"：谭宗明劝安迪回国，曲母劝曲筱绡回国，这才有了5位都市丽人在欢乐颂小区的比邻而居，从而给叙事提供了一个公共的生活场景。安迪回国是为了寻找失踪的弟弟，换而言之，是为了"亲情"；曲筱绡回国是担心两个同父异母的弟弟败光家产，也是因为"亲情"。如此情节安排，很可能隐藏了某种叙事玄机。叙述者使出"中国式谈判"中最重也是最后的筹码——亲情——来关联两个原本互不相干人物的意图，既反证出现实中两类人"老死不相往来"的真相，又透露出小说叙事潜在的无奈和危机：正是这个细节，规定着《欢乐颂》是一部"现象主义"而非"现实主义"小说的性质。

从叙述的内容或者要件来看，《欢乐颂》几乎囊括了网络小说的所有重要符码，既有痞子蔡《第一次的亲密接触》的桃色事件，又有李可《杜拉拉升职记》的商界风云；既有石康《奋斗》的青春迷惘和混乱爱情，又有郭敬明《小时代》的物欲狂欢和消费盛宴；既有权力与资本的共谋双赢，又有城乡二元结构导致的问题群集；既有"居，大不易"的流行话题，又有重男轻女的性别歧视。因此，"接地气""富有时代感""很犀利很现实""一语戳中"，是网友最直观的阅读感受，也是它属于现实主义品格的文本依据。笔者的疑问在于，小说中人物、事件和场景的现实性，在逻辑上必然会导向一种"现实主义"的叙事吗？要回答这个问题，恐怕不能不回到常识，回到现实主义的源头。

经典意义上的现实主义小说，出现于 19 世纪 30 年代，是资本主义制度确立和发展的产物。随着资本主义在欧洲各国的发展，人们头脑中的物质观念越来越浓，金钱逐渐成为人的唯一尺度甚至宗教，形成对人的新一轮压迫；而启蒙运动所承诺的价值（平等、自由、民主、博爱等）却迟迟不临，浪漫主义式的美化和逃避又无济于事，因此只能用更冷静的眼光去探照社会，从更现实的角度去思考人的命运和改善人的处境。所以，除了恩格斯所说的"细节的真实和真实地再现典型环境中的典型人物"① 以外，现实主义小说的根本特征就在于它的批判性，在于它打破砂锅问到底的上下求索的坚毅。人们熟知的经典现实主义作家，比如巴尔扎克、司汤达、狄更斯，陀思妥耶夫斯基、托尔斯泰、契诃夫，马克·吐温、欧亨利、杰克·伦敦，等等，无一不是如此。《欢乐颂》对 5 位都市女性的描写，既未赋予一种批判的眼光，又没有对她们命运遭际的根源做深入的考察与反思，只是停留在"现相"的平面呈示上，停留在对流行话语的通俗注释上。人们读完后，不外乎是感叹海市有那样的 5 个女性，她们各自的经历都是那样的亲切，宛如身边的同学同事，感叹"一切牢固的、僵化的关系连同它们的古老可敬的观念和见解全被解体了，一切新形成的，等不到凝固就陈旧了。一切等级的与停滞的消失了，一切神圣的被亵渎了"；② 不外

---

① ［德］恩格斯：《恩格斯致玛·哈克奈斯》《马克思恩格斯选集》（第四卷），中共中央马克思恩格斯列宁斯大林著作编译局编译，人民出版社 1995 年第 2 版，第 683 页。

② ［德］《共产党宣言》，成仿吾译，人民出版社 1978 年版，第 28 页。

乎是进一步确信社会已经板结，阶层已经固化，确信没有金钱的爱情必将无所附丽，无论是职场还是情场都铺满了规则与套路，等等。除此之外，还能收获些别的什么呢？

从文学史上看，这种毫无深度的零度叙事，滥觞于20世纪80年代后期的"新写实"小说。只不过，《欢乐颂》在这条路上越滑越远——毕竟，刘震云的《一地鸡毛》和池莉的《不谈爱情》还带着反讽与自嘲，方方的《风景》和刘恒的《狗日的粮食》还带着生存的沉重与荒诞。正是在这个意义上，笔者坚持认为《欢乐颂》根本不具备现实主义小说的品格，充其量只是一种"现象主义"的展览。在这里，现象不仅是叙事的主要内容，而且是叙事唯一的方法和动力，并以对话的形式表现出来（据不完全统计，"对话"占小说篇幅90%以上）。与绝大部分网络小说一样，《欢乐颂》也采用了线性顺序的结构框架，从安迪、曲筱绡的回国，樊胜美、邱莹莹、关雎尔爱情和事业的双面困窘，经过互相启蒙或贵人相助，到结局时安迪不负众望嫁给了包亦凡，曲筱绡花落赵医生，樊胜美的家境好转兼事业有成，邱莹莹淘宝店的生意有了起色，关雎尔的文艺范渐褪且日益成熟，每个角色的命运都有了转机，每个人的生活都有了一份安排，艰难漫长的"苦斗"终于迎来了"光明的尾巴"。我想，作为商界女强人兼财经作家的阿耐，作为拿过中宣部"五个一"工程奖而且既懂政策又懂生活的流行小说作家，恐怕不至于如此天真和乐观，她自己对这个传统小说大团圆的结局恐怕也不会太满意。但既然无法把叙事引向一种深入思考，又不能出示一种纵深的远景想象，除了交代表面浮游着的层出不穷的现象以外，还能如何煞笔呢？

二　现代社会性道德的自然化与幻象化

所谓"现代社会性道德"是与"宗教性道德"相区分而言的，它不同于后者超越人类的上帝（基督教）、理性（黑格尔）、天理（朱熹）或良知（王阳明），不具有放之四海而皆准，历时古今而不变的绝对总体性，而是指在现代社会人际交往活动中应遵循的原则和标准，"平等""自由"是其最主要的范畴，① 也是《欢乐颂》涉及的两种主要价值观念。

小说将5位女性共居于欢乐颂小区，实际上先在地预设了一个价值判断，那就是她们都是平等的，都有追求自己梦想的权利和自由，尽管从家庭背景、教育程度到经济收入、社会地位，明显存在轻易不可弥补的鸿沟。这在今天几乎已经成为公认的价值观念，在实践过程中也充满着正能量和召唤力，甚至还占据着道德的高地。所谓"再贫瘠的土地也渴望生长，再底层的人生也有梦想"，很少会有人站出来质疑它。笔者这样表述，并不是要否定平等、自由这样一些基本价值的公共性或普世性，也不是要人为地制造不同社会阶层之间的对立和隔阂，更不是否定普通家庭出身的年轻人的追梦权利，而是想要指出它们的被自然化和非历史化。

历史地看，"平等""自由"这类价值绝不是先验地存在或者从天而降的，而是经过自启蒙运动以来，（主要是西欧、北美各国）持续不断的斗争才最终获得合法性的。所谓的"天赋人权""人生来平等而自由"，并非真的有什么超验的"天"在赋予经验的"人"以现实的"权利"，并非每一个人一出生便在形式、程序和实质上都是"平等而自由"的，它只是启蒙思想家出于对理想社会的想象而"人为"地规定和建构起来的基本契约，宛如儒家的"祭如在，祭神如神在"，是假设它们存在，而不是现实地已然存在。而在《欢乐颂》里，它们被自然化和非历史化了，缺乏起码的自觉和自省，这也是当前文学创作（不只是网络文学）在价值判断上呈现的普遍误区。邱莹莹、樊胜美和关雎尔首先要把自己设定为与安迪、曲筱绡是平等的存在，并且自信通过个体的不懈奋斗，一定能够鲤鱼跃龙门，然后才有可能自觉不自觉地将后者设定为追求的榜样与启蒙的导师。

---

① 李泽厚：《历史本体论》，生活·读书·新知三联书店2002年版，第57页。

但经过现实的敲打和磨炼，即使再乐观的人，恐怕也不可避免地要觉悟到这种平等和自由的虚妄。

英国作家哲斯脱敦的小说《布朗神父的天真》里有这样一段对话，引用在这里，颇能道出平等问题的实质："一位年老的夫人带领二十名仆人住在一所寨堡里。另外一位夫人来拜访她，她对这位来客说：——我始终是孤零零地一个人在这里，以及诸如此类的话。医生来告诉她，这个地区发现了鼠疫，有传染的危险，等等。这时她又这样说：——可是我们这儿的人很多呀！"葛兰西在《狱中札记》里也引用了这段话，并且加以发挥，得出了两个结论，认为人们的平等感根源于宗教和生物学的错觉，前者的思路是：上帝是父亲，而人都是他的子女，因此人人平等；后者的逻辑是：在生下来的时候，人人都是赤身露体，因此人生而平等。[①] 由此观之，平等并非永恒的范畴，它有时仅仅是一类话语策略。而所谓自由的泛滥在今天带来的混乱，人们已看得比较真切了。比如"新闻自由"变成媒体霸权和宰制，多元并存变成了同质单一，个人自由变成了人际冷漠。

正如"一代有一代之文学""一代人有一代人的长征路"，每一代人也有自己的追求平等与自由的反抗和求索之路，而不是把它当成一种已占有的价值事实去行动，或者一种"天之经，地之义"的神圣原则来信仰，最终通向一种规定好的"奴役之路"。也就是说，只有首先自觉到这种不平等、不自由，才会产生清醒的自我意识和规划，才能避免因创伤性经验而导致的迷失和虚无。《欢乐颂》有意缓和了不同阶层在平等和自由等价值维度上的差距，这突出地表现在空间设置上：在社会公共空间中，樊胜美、关雎尔和邱莹莹与安迪、曲筱绡分属于现代公司这种新的科层制中的不同层级，几乎难以产生交集，更别说友谊；但只要一回到"欢乐颂"这个日常生活空间，她们彼此之间的各种区隔便瞬间瓦解，外在身份和地位

---

① ［意］安东尼奥·葛兰西：《狱中札记》，葆煦译，人民出版社1983年版，第46页。

的标签在其乐融融的人伦和身体话语面前似乎完全失效。叙述者甚至不惜借安迪和曲筱绡在爱情上的缺失，来营造一种虚幻的平等感。不过这种平等感的生成却遮蔽了两个空间事实，一个是住房的分配，樊胜美、关雎尔和邱莹莹合租一间房，安迪与曲筱绡却各自住着一套房；另一个是工作空间差距的抹平，在小说描写中，5 位女主人公都出入于海市摩登的办公大楼，重要的是"摩登"，至于樊胜美特别是关雎尔和邱莹莹，与安迪、曲筱绡工作环境和待遇的天壤之别，至于那些真正的生产空间，比如一线工厂昏暗嘈杂的车间、偏远郊区荒芜萧瑟的工地等，都被刻意淡化、隐形和拉远了。人们不知道牛仔裤和打火机是怎样做出来的，不知道特仑苏和蛋黄派在流水线上是怎样压榨着打工仔的身心，甚至连包亦凡带安迪去考察他的家族企业，参观的也是高大上的现代化研发中心。哪怕是意识到日常生活对政治的强大侵蚀力，也免不了不敢"直面惨淡人生"的嫌疑。作者据说是宁波某企业的高管，此刻眼里自然看不见基层员工的挣扎和血泪，但"高管"不是生下来就"高管"（部分家族企业的高管除外）的，也曾体验过"基层生活"，自然也经历过那些"不足为外人道"的辛酸和无奈。

那么，为什么在文学想象中要千方百计地隐去这些辛酸的经验呢？是因为在特别讲究出身的文化传统中，害怕不光彩的过去，有损此刻的颜面，耽误将来的路途；还是因为要制造一轮平等自由的幻象，来迎合大众文化的消费逻辑，契合流行读者的阅读期待和欲望投射，好抚慰那些在现实生存中失落的魂灵？进而言之，如果过去（历史）可以背叛，初心（自我）可以遗忘，那么未来又植根于何种地基之上？退而言之，"出身"在何种范围、意义和程度上足够"决定"人的命运，过去是否可能或应该被彻底遗忘，如何才能保证它不像个定时炸弹一样，于瞬间引爆今天的"美好生活"？安迪即使经过美国文明的"漂白"，也仍然难忘儿童时代在福利院的屈辱经历，难忘失踪的弟弟、发疯的母亲和一去不返的父亲，樊胜美经过现代都市文明的"调教"，还是摆脱不掉老家（自己的过去）的牵绊，这种对历史的焦虑，恐怕不仅是作者个人尚未解开的心结，而且是当代文学长期以来的某种存在命运吧。

三　未完成的"现代性"或者"人的文学"

回到本文开篇提及的质询。《欢乐颂》激励的到底是什么样的"志向"，是席不暇暖、宵衣旰食以便当上主管乃至高管那样的 CEO，还是如《厚黑学》或者《职场女性成长指南》"教诲"的那样，善于抓住每一个"上位"的机会，不惮于使出一切有益于"往上爬"的伎俩，最后跻身安迪、曲筱绡之列？无论是哪一种，恐怕都算不上真正的"志向"吧。笔者的立意不在批判作者的价值观迷失，更不想也无权指责有的人把它们奉为生存圭臬和人生追求，而是要从《欢乐颂》文本内部的罅隙，来检讨文学的"现代性"或者"人的文学"这样一些宏大到无边无际、令很多人一听到就"反胃"的老掉牙的问题。

从 5 位女主人公的职场和情场遭际看，人们可能会联想到两个观点：经济决定论和出身论。前者至少有两层内涵，一层是什么人跟什么人交往，樊胜美与王柏川，邱莹莹与白主管，关雎尔与应勤，安迪与奇点，包亦凡、曲筱绡与赵医生，5 对门当户对的情侣搭配，说明一个人的经济条件先在地决定他/她的恋爱和婚姻对象，折射出不同阶层间的交往成本和"翻身"的难度。另外一层是什么人过什么生活，樊胜美、邱莹莹和关雎尔的收入除开衣食住行就所剩无几，因此周末和假期只能蜗居在逼仄的合租公寓，靠睡觉、斗嘴、玩游戏、看电影来打发，而安迪和曲筱绡的周末不是约会就是出差，不是在豪华酒店觥筹交错就是在商业招待上翩翩起舞，显然分属"两个世界"。"出身论"的意思是，任凭樊胜美、邱莹莹和关雎尔怎么拼命奋斗，怎么坚持不懈，也无法过上安迪和曲筱绡二人那样的物质生活。

真是一幅绝妙的反讽：最传统的观念和命题，最古老的价值和判断，竟然重又在后现代的都市空间里上演，人们竟然不以为奇反以为常！这就是我马上要谈到的未完成的"现代性"或者"人的文学"。"经济基础"决定"上层建筑"这一中国当代读书人耳熟能详的命题，人们原本以为经过改革开放30多年的洗礼，早已从各个侧面受到了攻击和颠覆，流行和非主流的话语也早已弃之如敝屣，却在今天再次成为大众"主流"的观念，冥冥之中似乎回答了特里·伊格尔顿的那个设问："马克思为什么是对的？"①"出身论"在某些时期曾经让某些人付出了生命的代价，在今天却从人们的脑袋和口齿间，像一句口头禅那样随意冒了出来。当反思现代性以及后现代主义在全球人文学院成为最显赫话语的时候，当"历史决定论"和"客观规律性"像一场"瘟疫"那样，人们避之唯恐不及的时候，《欢乐颂》里的主人公又在重新演绎着存在与意识的辩证法，人的价值和尊严、个体的主体性和精神自由，在攀比炫耀的"消费社会"里又被密封于坚硬的黑箱之中。哈贝马斯说的现代性是"一项未竟的设计"②，周作人在"五四"时代力倡的"人的文学"③之未完成之不彻底，在《欢乐颂》里是多么的触目惊心！

那么，《欢乐颂》文本内部的矛盾和罅隙，也就显而易见了：一方面主人公享受着最现代的生活和消费方式，一方面他们的脑子里又在运转着最"封建"、最陈旧的思想观念，行动和思想相处两端互相掣肘，形成一种奇怪的混合，更诡异的是她们自己连同叙述者在内，都没有自觉到这种"奇怪"所在，反而继续着这场没有地图、不知所终的旅行。即使聪明、富有如安迪、曲筱绡者，在这场人生之旅上，也是一样的迷惘而盲目，根

---

① ［英］特里·伊格尔顿：《马克思为什么是对的》，李杨、任文科、郑义译，新星出版社2011年版，第2页。

② ［德］于尔根·哈贝马斯：《现代性的哲学话语》，曹卫东译，译林出版社2011年版，第4页。

③ 周作人：《人的文学》，《新青年》1918年第5卷第6号。

本无力去启蒙或者引领樊胜美、邱莹莹和关雎尔之流，"长恨此身非我有，何时忘却营营"，不过是梦醒时分偶尔发出的叹息。从这点看，《欢乐颂》与《涂自强的个人悲伤》一样，也是一种"失败者叙事"，实在毫无"欢乐"可"颂"。由此也引发人们的进一步思考：在"人活着"大于"如何活""为什么活""活得怎样"的文化境遇中，身处"便无风雨也摧残"的"艰难时世"，启蒙文学还是否必要，何以可能？现代性是否过早终结，又如何往前推进？后现代是资本的解毒剂和装饰品，还是一种历史的回光返照或者幻相？20世纪以来的文学教育以及21世纪以来的素质教育是否有效，文学是否需要重新规划和描述？所有这些问题都应该得到仔细梳理，远非本文所能承担。

需要补充的一点是，用"现实主义""现代性"和"人的文学"等一套似乎已经"老掉牙"的批评范畴来讨论作为网络类型小说的《欢乐颂》，并不是没有充分考虑网络小说与传统纸媒小说在生产和传播方式以及话语和想象方式上的深刻分歧，而是这些概念依然有效。《欢乐颂》仍然是欲望的象征性补偿和想象性实现，仍然深深地嵌入历史与现实之中，内蕴着丰富的时代信息，远不是单纯的"娱乐""消费"所能涵盖。我们没有必要固守现代文学以来的那一套"文学知识"，也没有必要为了分歧而分歧，为了它的特殊性而刻意引入另一套读解的符码系统，搞什么网络小说特殊化。这既是本文的方法论前提，又是笔者对网络小说批评的一种认知。

警惕表象背后的文化密码

——评网络长篇小说《欢乐颂》

刘照丁 *

【摘要】 网络长篇小说《欢乐颂》最近很"火"，但"火"并不等于好。该作品通过5个女人一波三折的故事，以表象真实代替本质真实，吸引低龄读者和一些欠思考的女读者"代入"式体验人物的生活际遇，进而把他（她）们引向与我国主流价值观不一致的歧途。作品中隐藏的宣扬所谓西方文明生活和性自由，用以诋毁中华优秀传统文化的密码应引起人们警惕。

近来，人们对网络文学的褒贬此起彼伏。褒也好，贬也罢，没有亲临网络文学现场的褒贬只能算作围观看热闹，只有亲临现场认真阅读作品之后才有发言权。为此，笔者花了三四个月时间，在线读完了被人们热捧的阿耐的网络长篇小说《欢乐颂》。读着的时候感觉小说很精彩，跟着人物喜而喜，悲而悲，身心仿佛进入了小说的世界。但读完后细细品味，突然有了另一种感觉，这种感觉让笔者很惊讶、很忧思。

———————————

＊ 刘照丁，广东韶关市文学艺术界联合会主席。

◆ **作品以 5 个女性的生活交集为主线，以丰富的故事构筑她们立体的生存和生活空间，吸引读者"代入式"体验人物的生活际遇，使他们深陷其中欲罢不能**

《欢乐颂》第一季共 54 章 80 多万字。作品以海市"欢乐颂"小区为基点，叙述了 5 个女人生活和工作中一波三折的故事。樊胜美、邱莹莹、关雎尔三个女孩来自国内不同的小地方，为了理想到海市打工，不约而同住进了"欢乐颂"小区 2 号楼 22 层 2202 室。安迪是个高智商的年轻女性，长期接受西式教育，为了寻找自己的身世之谜和早年失散的弟弟而回国。曲筱绡是典型的富二代，为了与同父异母的兄弟争资产也从国外回来。她们一个要看人间烟火，一个要在父母面前作秀而放弃豪宅不住，竟不约而同成了三个打工女孩的邻居，安迪住在 2201 室，曲筱绡住在 2203 室。故事从此开始，作者以 2 号楼 22 层 5 个女性的生活交集作为辐射源，抓住她们工作、恋爱、家庭等关键词，以丰富的故事构筑了她们立体的生存和生活空间。

不能否认作者丰富的想象力和"排比式"驾驭故事的能力。在这部作品里，作者根据人物性格编排故事，并以"排比式"叙述手法推动故事的发展，以丰富的故事塑造出栩栩如生的人物形象。安迪性格孤傲，智力超群，但家族的精神病基因是她的难言之隐，这就有了她既令人羡慕又不被人理解的心路故事和善恶选择。曲筱绡性格怪异，做事随心所欲，以揭人之短为快乐，这就有了她与三个打工女孩的种种矛盾故事和恋爱中超乎常人的行为举止。关雎尔父母均是工薪人士，所以性格稳重，这就有了她既追求理想又害怕冒险的中庸心态和处事风格。樊胜美、邱莹莹家居小镇，家庭生活很不如人意，所以生性自卑，这就有了两人生活、工作、恋爱中的许多尴尬和难事。作者以"排比式"叙述的手法，使 5 个女人的生活得以同步展现，并互相关联，互相推动，给人立体的意境感觉。

常言说：性格决定命运。不能不说这种以人物性格编排故事的手法是完全符合小说创作规律的！它能使虚构更具真实感。例如，安迪与商界成功大龄男奇点的恋爱故事。安迪与奇点是在网上交流认识的，安迪回国后因对奇点好奇有了第一次见面，之后感情迅速发展而成为恋人。此时奇点的前恋人因忌妒而在网上发起对安迪的攻击。面对恋爱的第一次风波，安迪束手无策只能静观待变。而同楼的 4 位邻居各显神通极力帮助，很快2202 室的三位女主人便发现她们采取的在网上澄清事实、删除不良帖子的办法根本无效。还是 2203 室的富二代曲筱绡采取寻根溯源、敲诈事主的办法才得以息事宁人。在这一故事环节里，作者把安迪与奇点的高智商写得令人羡慕，他们线上相识线下相爱显得理所当然，而成功商人的前恋人因忌妒而奋起攻击也成必然，还有友邻的帮助手段也显出了各自的性格。整个故事环环相扣，令人着迷。

像此类故事，在作品中比比皆是，如富家女曲筱绡的创业故事与樊胜美、邱莹莹、关雎尔、王柏川、应勤等在底层靠自己打拼奋斗的故事等。这些由性格编排出的故事，让人感觉真实自然，使众多社会阅历浅薄、生活经历简单、生活压力却较大的低龄读者和一些欠思考的女读者深陷其中，心为所牵，深信不疑。他们"代入式"走进人物故事，体验小说人物的情感，用以减轻生活带来的压力，俨然间有的变成了安迪，美貌而高智商；有的变成了奇点，拥有财富拥抱美女；更多的则代入曲筱绡无忧无虑、无拘无束、无所畏惧、所向披靡的生活里。在低龄读者和一些欠思考的女读者眼里，拥有财富的生活犹如仙境，那种快感深入骨髓，仿佛间，这个世界再没有家庭、学业、就业、爱情的困扰，再没有憋屈和委屈，没有纪律和制度，一切都在拥有财富的字典里光芒万丈。而对于樊胜美、邱莹莹、关雎尔、王柏川、应勤等底层人物，虽然故事也很多，人物形象也很丰满，但由于其低微的地位和面临诸多的尴尬与难事，相信大部分读者是不会主动"代入"其境界的，只有在"代入"安迪和曲筱绡等财富阶层人士的快感中，偶尔想到现实中自己与这些底层人物相同的境遇，才会生出一种同情和感叹，进而马上会生出一丝厌恶情绪，从而迅速"代入"拥有财富的快感中去躲避，直到这种快感淹没了自己。《欢乐颂》的作者深知这种"代入式"阅读能带来的好处，所以一味迎合，赚足了低龄读者和一些欠思考女读者的人气。这也许就是该作品"火"的原因。目前，该作品第一季已拍成电视剧、广播剧并热播，原著纸本书销量也飞涨，电子书销量占据各个平台榜首，① 据说电视连续剧续集也已开拍。

然而，作品在市场中"火"并不能说它就是好的作品。"一部好的作品，应该是经得起人民评价、专家评价、市场检验的作品，应该是把社会效益放在首位，同时也应该是社会效益和经济效益相统一的作品。"② 习近平总书记在文艺座谈会上讲话时鲜明地提出了好作品的检验标准，把这一标准贯彻到对该作品进行考量，其背后的文化密码不能不引起人们的警惕。

◆ 作品描绘的是我国社会转型期的社会表象，这种表象不代表社会本真，它只是作者在感性认识后以艺术虚构的事实，根本不符合我国社会的本质

从《欢乐颂》描绘的状况看，它的时代背景应该是我国处于社会转型期的关键阶段。习近平总书记指出："改革开放以来，我国经济发展很快，人民生活水平提高也很快。同时，我国社会正处在思想大活跃、观念大碰撞、文化大交融的时代，出现了不少问题。其中比较突出的一个问题就是一些人价值观缺失，观念没有善恶，行为没有底线，什么违反党纪国法的事情都敢干，什么缺德的勾当都敢做，没有国家观念、集体观念、家庭观念，不讲对错，不问是非，不知美丑，不辨香臭，浑浑噩噩，穷奢极欲。

---

① 李淑云：《我编辑了阿耐小说〈欢乐颂〉，她真是个神秘的作者》，2016 年 5 月 11 日，澎湃新闻（http://www.thepaper.cn/newsDetail_forward_1467705）。

② 习近平：《在文艺工作座谈会上的讲话》，2015 年 10 月 14 日，新华社（http://news.xinhuanet.com/politics/2015-10/14/c_1116825558.htm）。

现在社会上出现的种种问题病根都在这里。"① 学习习近平总书记的讲话，回味《欢乐颂》里描绘的人物故事，感觉就是这些病根的再现。安迪、曲筱绡、赵医生是西方观念的代表，而樊胜美、邱莹莹、关雎尔等是传统观念的代表，他们的生活交集之后，其观念碰撞便成必然。这就有了他们对家庭、对事业、对爱情等不同的看法，进而产生了一系列碰撞故事。例如，他们中的典型人物曲筱绡，她生活在富裕的家庭，父母的娇纵和留学国外的经历，造就了她崇拜西方自由、随心所欲的性格，她随性花钱、随性骂人、随性敲诈人、随性打人，并在成为海归美女安迪亲密无间的闺蜜后，为了自己的利益随性出卖；她崇尚性自由，在与英俊潇洒的知识精英男赵医生同居后，又客串体验了曲父介绍的富家公子刘歆华的情感；她喜欢恶作剧，恣意破坏朋友圈里各种生活秩序；在她的字典里，"钞票是她的第一生产力，帅哥是她的第一原动力"，"我的性格就是这样，属于我的好东西我扔掉毁掉送掉都无所谓，但决不能看着属于我的好东西被别人抢去。"读着这些文字，明眼人一看就知道该作品的价值向度，她不正是"价值观缺失，观念没有善恶，行为没有底线"的典型吗?!

本来，作者以艺术的手法反映这些社会存在的问题无可厚非，但在作品中，作者对这些社会存在问题的描写采取了欣赏与怂恿的态度。作品欣赏谭宗明、安迪、包奕凡、曲筱绡等财富阶层人士的任性，而对樊胜美及其家庭，还有王柏川、邱莹莹等低层人士的奋斗恣意戏弄，并引导她们崇尚以安迪、曲筱绡为代表的西式文明生活。作者还以为，这才是我国社会转型的方向。这就大错特错了。

其实，作者所描绘的这些问题只是我国社会转型期局部社会生活的表象而已，并非社会的本真。社会表象，顾名思义就是作者通过感知而形成

---

① 习近平:《在文艺工作座谈会上的讲话》，2015 年 10 月 14 日，新华社（http://news.xinhuanet.com/politics/2015 - 10/14/c_ 1116825558. htm）。

的社会感性形象，而社会本真是指社会本来的真实面目。我国社会转型期肯定会出现许多问题，尤其出现了一些人价值观的变异，但这并不代表我国社会性质的转变，社会主义核心价值观始终是我国社会发展的主流价值观，而并非是"钞票是第一生产力，帅哥是第一原动力"。《欢乐颂》作者根据性格决定命运的逻辑，通过人物性格编排了丰富的故事进而构建了人物立体生存生活的空间，但由于其忽略了我国社会本质的内在要求，忽略了社会本质决定社会现象的哲学逻辑，单纯为艺术而艺术编排故事，因此该作品构建的生活只能是表象真实。表象真实就是作者在感性认识后用艺术虚构的事实，属于现象真实；本质真实则是作者在理性思考的基础上，通过源于生活高于生活的艺术创造，以历史理性对社会生活的本质及其必然性的揭示，进而表现符合社会本质要求和发展规律的真实。可惜，该作品并不属于后者，它颂扬的西方价值观仅仅是社会转型期某一局部生活的自然主义摹本而已，根本不符合我国社会本真，更不是我国社会转型的方向。

分析作品还应关注作者的人生观。当代著名文艺家木心说："宇宙观决定世界观，世界观决定人生观，人生观决定艺术观、政治观、爱情观。"[1] 该作品对财富任性的欣赏与怂恿态度，以及对安迪和曲筱绡爱情观的赞同态度，暴露了作者"三观"不正。难怪《每日经济新闻》记者走访刻意"隐姓埋名"的作者时发现，该作者的特征之一是"内心一直在纠结是奸商还是文化人"[2]。所谓奸者，虚伪、狡诈、阴险也，带有如此人生观的人写出的作品，其负能量可想而知。习近平总书记指出："生活中并非到处都是莺歌燕舞、花团锦簇，社会上还有许多不如人意之处、还存在一些丑恶现象。对这些现象不是不要反映，而是要解决好如何反映的问题。

① 木心：《1989—1994文学回忆录》，广西师范大学出版社2013年版，第906页。
② 徐杰：《〈欢乐颂〉走红揭开原著作者阿耐的神秘面纱》，2016年5月8日，每日经济新闻（http：//www.nbd.com.cn/articles/2016-05-08/1003446.html？all_page=true）。

文艺创作如果只是单纯记述现状、原始展示丑恶，而没有对光明的歌颂、对理想的抒发、对道德的引导，就不能鼓舞人民前进。"他强调，"我们要通过文艺作品传递真善美，传递向上向善的价值观，引导人们增强道德判断力和道德荣誉感，向往和追求讲道德、尊道德、守道德的生活。"① 对照这一要求，《欢乐颂》的价值引导完全是逆向的，尤其让分析力、认知力尚未成熟的低龄读者和欠思考的女性读者"代入式"体验财富任性的快感，会使他们回到现实后更加不快，从而对社会更加不满，最终可能把年轻一代引向歧途。关乎年轻一代价值观引领的大是大非问题，我们不能不警醒，不能不重视。

◆ 作品描绘社会表象不仅是为了表象，而且表象背后的文化密码令人惊讶和忧思

以上我们了解了作者虚构事实的本领与本意，也了解了作者在生活中和作品中的人生态度和价值向度。在此要说明的是，艺术本身没有问题，崇尚艺术是值得尊敬的。有问题的是作者要借艺术把人们的思想引向何方。《欢乐颂》在用艺术构建这种表象真实的时候，绝不是为表象而表象，而是无意抑或是"刻意"把人们的思想引向与我国主流价值观不一致的方向，这正是令人感到惊讶和忧思的地方。

其一：在对待生命的问题上，作品以理性为借口，通过作品人物的态度表现出对底层群众生命的淡漠。作品中，安迪是个工作狂，对属下要求严格，雷厉风行，说一不二。其属下有一位老实本分的员工叫刘斯萌，因不适应安迪的工作作风，在做一份业务报告时出错被安迪发邮件痛斥，结果其在凌晨三点跳楼身亡。事件发生后，安迪竟然没有一点自我反思的意识，当家属闹到公司说明家庭的困难时，她也没有表示歉意，而是任由公

---

① 习近平：《在文艺工作座谈会上的讲话》，2015 年 10 月 14 日，新华社（http：//news. xinhuanet. com/politics/2015－10/14/c_ 1116825558. htm）。

司总经理谭宗明自行处理。当有人建议她"这几天你宁可沉闷点儿，看上去苦恼点儿，更人性、也更容易让别人放弃对你的指责"时，她却说："是啊，我用悲痛和优厚处理的表态表达公司对每一位员工的重视，但你得看到，我是第一责任人，他们更需要一个坚强的引导者，而不是一个容易被一件事击垮的小女人。说到底——做戏。"她完全不提公司在刘斯萌自杀方面该有的态度，而是装傻。当死者母亲拿头撞玻璃，撞得头破血流，送医急救时，"谭宗明说遇到这种事反正他怎么做，家属都不会满意，他索性趁把人送到医院兵荒马乱，关掉手机拔脚溜了"。类似这样的态度在樊胜美父亲病重时再次得到表现。樊胜美是个白领打工女，为家庭困难已背上一身债。当樊父脑溢血被送到医院时，当医生问"救还是不救"时，当樊母跪下去"求求你们借钱给我们"时，在场樊胜美认识的财富阶层人士均表示冷漠，他们的回答是："行。但我需要跟你谈利息和抵押，毕竟这需要涉及十万元本金。"最终逼其签下变卖老家房产作为抵押的借条才借到了救命钱。作者以所谓的理性和市场规则表达了财富阶层对底层群众生命的淡漠态度，而这种态度是完全背离社会主义核心价值观的。

其二：在对待生活的问题上，作品极力渲染所谓西方文明生活，通过作品人物故事宣扬腐朽奢侈生活，宣扬性自由。作品中，豪车、豪宅、名牌衣服、高档消费娱乐场所已成为财富阶层生活的主要道具。作品极力说服人们向往财富阶层贵族化的生活，促使人们把对金钱的追求作为人生唯一的目标。樊胜美是底层人物的代表，为了实现能过上财富阶层生活的理想，她认真衡量了自己拥有漂亮外表的条件，欲利用这一条件拼命挤进富豪生活的圈子，为此她不惜牺牲爱情，决意要找一个富有的公子哥作伴侣。但富豪阶层的歧视让她屡屡失败，她由此变成了富豪阶层戏弄和讥笑的"捞女"。作品大肆渲染阶层意识。在作品中曲筱绡与安迪共乘飞机坐在头等舱时，总结出了穷人为什么穷，富人为什么富的原因——"她就是少一条本事：豁出去。这条本事你我都有，所以我们坐前面，他们挤后面。"这里所说的"豁出去"，就是"行为没有底线，什么违反党纪国法的事情都敢干"的意思。基于这样的价值向度，所以在作品中富裕阶层人士的错也是对，而底层人士的对也是错，如安迪因自己的精神病基因，为了不连累深爱的恋人，她毅然离开了也深爱着自己的奇点，她被给予了无与伦比的赞美。但她还没有与奇点解除恋爱关系，又认识了富家公子包奕凡，且第一晚两人就同居，她又被赞以两人的爱情碰出了火花，并被解释为不是"不正经"，只是"没正经"。曲筱绡认识赵医生也很快同居，之后又与富家公子刘歆华同居，"在家昏天黑地了两天两夜。等刘歆华去门口取必胜客外送的晚餐，曲筱绡一个人坐在床上忽然觉得有点儿乏味。仿佛跟一个男版的自己做了两天的爱"。对这种男盗女娼、醉生梦死的生活，她竟不知廉耻地美其言说："以结婚为目的的恋爱是功利的。"相反，樊胜美因追求富豪被骗失去了贞操，却被曲筱绡百般讥笑。邱莹莹因与"猥琐男"白主管恋爱失去贞操，之后在公司愤然举报白主管的不良财务行为，这本是正义的举动，却被公司炒鱿鱼。作者通过作品人物喊出了："即使人与人应该平等，这社会还是有阶层之分的，无视阶层只会碰壁，努力做事克服阶层局限才是办法吧。""现在的许多所谓阶层实际上是只敬罗裳不敬人，即使自身心理建设足够，又有何用？"作品清晰地表达了让人们认可阶层的事实，并告诫底层"努力做事克服阶层局限才是办法"，还告诉人们阶层划分的标准是财富，非心理建设能够克服。作品这种隐性表达的世界观和人生观令人惊怵。

其三：在对待事物的问题上，作品极力宣扬金钱万能的自由主义、以暴制暴的无政府主义。例如，曲筱绡为了个人利益，在其父的教唆下不择手段，拉关系、走后门、作秀、说谎、行贿是其经营的主要手段。为了利用包奕凡拉近与另一家企业主的关系，她不惜出卖安迪的信息与包奕凡做交易，最终达成了自己的目的。安迪为了自己精神病家族的信息不被暴露以致身败名裂，竟然利用自己掌握包家投资资金的便利，要挟包太不去调查她的家族信息。为了摆平网络上攻击安迪的帖子，曲筱绡用"曲氏妖法"，找"铁哥们"把发帖人狠揍一顿，打得她衣不蔽体，然后要挟她老实认罪，接受别人唾骂，替安迪讨还了公道。为了樊胜美哥哥打伤人一案，安迪利用与包奕凡的关系，私下威逼利诱"摆平"。樊胜美的无赖哥哥为了逼迫妹妹拿出卖房款，竟然把中风瘫痪的父亲抬到了妹妹的男朋友王柏川家。为帮助王柏川解决这一难题，曲筱绡再次用"曲氏妖法"，通过包奕凡找来十多个地痞流氓，找到樊胜美的无赖哥哥一阵猛打，并用利刃在其屁股上雕上"王八"符号，才把他彻底制服。作者在作品中说，"厚道"这个词儿不在曲筱绡的字典上。在作品中，看不到道德的谴责，看不到法制的作用，看不到财富任性被制裁的结果。这种金钱万能、暴力至上的描写，把读者引向自由主义和无政府主义的歧途。

其四：在对待中华民族传统文化的问题上，作品采取"集合式"描黑的手法表明反传统的态度。例如，安迪回国后发现她的中国家庭竟然一片肮脏：父亲在母亲精神病发作后抛妻弃子奔自己的前程，竟当了大官；母亲被抛弃后又被路人强奸生下了她的疯弟弟；本应是从传统文化熏陶出来的外公也离家出走成了"画痴"，后在她当大官的父亲的操作下卖画发了大财，但就是这么一个本应是道德典范的老者，也在卖画发财后迷上了女色，用她父亲的话说："老先生下半辈子害怕结婚，但红颜知己还是有几个的。"樊胜美的家庭更是一塌糊涂：父母生有一子一女，儿子做保安工作竟把顶头上司和 VIP 客人打了，结果被人追债还被判刑。父母重男轻女，硬是把整个家庭的负担压向靠打工度日的樊胜美，从而迫使她丧失自尊晚上出去做"三陪女"。作品为樊胜美的生活设置了许多难题，似乎在告诉读者：如果人生可以选择，谁还愿意做樊胜美呢，孝老爱亲，你孝得起爱得起吗？邱莹莹、关雎尔、王柏川、应勤是受家庭教育、学校教育成长起来的好青年，他（她）们积极工作，靠自己的劳动去实现自己的理想，但他（她）们受尽煎熬：邱莹莹见义勇为被公司炒鱿鱼；关雎尔循规蹈矩却接受西式生活的诱惑；王柏川努力拼搏而受尽富贵阶层的白眼；应勤懂廉耻结果遭痛打。作品就这样把中华民族勤俭节约、自强不息、孝老爱亲、知廉明耻等文化传统描绘得一无是处。在该作品中，中华文化传统犹如一尊瘟神，凡是尊崇它的人都没有好的结局；相反，西方文明却犹如太阳，凡是崇尚它的人都会感觉温暖如春。至此我们终于明白了该作品表象背后的文化密码：所谓"欢乐颂"，实际是宣扬金钱万能的"欢"、性解放的"乐"和对西方文明的"颂"，它与中华优秀传统文化是南辕北辙、背道而驰的。

习近平总书记指出："中华优秀传统文化是中华民族的精神命脉，是涵养社会主义核心价值观的重要源泉，也是我们在世界文化激荡中站稳脚跟的坚实根基。增强文化自觉和文化自信，是坚定道路自信、理论自信、制度自信的题中应有之义。如果'以洋为尊''以洋为美''唯洋是从'，把作品在国外获奖作为最高追求，跟在别人后面亦步亦趋、东施效颦，热衷于'去思想化''去价值化''去历史化''去中国化''去主流化'那一套，绝对是没有前途的！"① 笔者以为，这应该是对《欢乐颂》这类作品的当头棒喝。最近，有许多读者对该作品也提出了强烈反对的声音。在天涯论坛，楼主"非是人间富贵花"发出了"看过《欢乐颂》的原著，我来说说这本书最让人反感的地方"的帖子，结果引来80多万的点击和1.4万的回复，许多读者在回复中表示了对该作品"三观"不正的反感。② 在此希望有关网络媒介和传统媒体，应该认真听听读者的意见，再不能为这类作品提供舞台，否则，真是无颜面对江东父老了。

---

① 习近平：《在文艺工作座谈会上的讲话》，2015 年 10 月 14 日，新华社（http：//news. xinhuanet. com/politics/2015 – 10/14/c_ 1116825558. htm）。

② 非是人间富贵花：《看过〈欢乐颂〉的原著，我来说说这本书最让人反感的地方》，2016年 4 月 22 日，天涯论坛（http：//bbs. tianya. cn/post – funinfo – 6905312 – 1. shtml? event = rss | rss _ web）。

《欢乐颂》是怎样炼成的

余媛媛*

【摘要】 由小说《欢乐颂》改编的同名电视剧在 2016 年 4 月播出。荧屏内外，热议不断。阶层空间的隐秘展示，社会各阶层的整齐亮相以及阶层与阶层间的甜美互动，都是热议的焦点。剧组收割了口碑和关注度，大众收获了"欢乐"和参与感。但在这看似"皆大欢喜"的局面之中其实蕴含着深刻的文化逻辑和打开时代文本的密钥。《欢乐颂》，说到底是一部被"生产"出来的作品；它同时也具有"生产"功能，进一步加固了大众对于阶层空间的想象。

2016 年劳动节前夕，一部《欢乐颂》看得人"热血沸腾"。电视剧的热映，反向拉升了网络原著的人气。阿耐灵通的笔触，搭配刘涛的"梨涡浅笑"与王凯的"盛世美颜"，人人"颂"之而后快；樊胜美的"故作坚强"和关雎尔在"男神争夺战"中的赫然落败，又仿佛一下子把我们拉回到最"熟悉"的现实：优异者"居高不下"，平常人"久战不捷"。创作者对不同阶层间的"裂隙"进行了卓有成效的缝合，但缝合的过程，也使

---

* 余媛媛，哈尔滨师范大学文艺学硕士研究生。

社会空间的层级分布情状得以愈加分明地展现。

这一曲《欢乐颂》，搬演得五味杂陈，让我们不禁擦了擦眼睛，想要一探究竟。

一 "生于斯，长于斯，老于斯"：阶层的空间隐喻

小说名叫"欢乐颂"，将故事主人公们日夜缠绕、围困的小区名字也叫"欢乐颂"。这当然是作者有意为之。但作者不止有意"安排"了这样一个"风云际会"的场所，还着重"安排"了对众主角在小区一齐出场合理性的想象。

安迪是外企高管，曲筱绡是富家千金，以她们的财势、地位，本不应居住在这样一个条件一般、档次中等的小区。于是作者开篇即铺写安迪"国内寻亲"的计划和曲筱绡的"家产危机"（退居"中产"，只是曲为争家产在其父面前表创业决心的策略性选择），并且提前交代了常年居于"高处"的安迪对于"烟火之气"的无限神往。关雎尔和邱莹莹刚开始工作，薪资有限，外加家里支助，合住在此类小区还算合理。而樊胜美虽是普通企业的 HR 高管，但花销（尤其是在服饰妆容、人际交往方面的投资）与资历齐头并进，也只能在如是小区租下一个窄迫的隔间了。

这样一来，入住"欢乐颂"就不仅归功于作者的"着手成春"，而且更像是故事主人公们几经思虑的"情理之选"——其后入驻"欢乐"的奏鸣曲，也就演进得自然而且热烈——安迪、曲筱绡、樊胜美、关雎尔、邱莹莹，这5个性格有别、背景各异的新时代女性，最终团圆在由自己主动挑选的"甜蜜的困境"里。

"欢乐颂"小区的场景布设，相当具有典型性。"孤冷精英""精灵才俊""平凡奋斗者"，各居一隅，鼎足而立。"平凡奋斗者"花开三朵，既同气连枝又自怀心事。"孤冷精英"和"精灵才俊"，性情、站位看似天然

对峙，实则惺惺相惜，有着与同他人在一起无法比拟的会心的"默契"（安迪和曲筱绡在"识人断事"上将对方引为"知己"，她们都能一眼望穿邱莹莹的"好处"与"局限"，以及关雎尔的稳妥无为）。"平凡姐妹花"居于楼层过道的中段，出了电梯即可看见，其他两人回家也必须经过；安迪和曲筱绡居于过道两端，既隐蔽又安全，既避开了许多一般性的烦扰，又隐含着愈深的契机（安迪和曲筱绡如遇不可解的"难题"，常常会穿越过道，直接去敲对方的门）。

每当 22 楼的邻居们有什么集体活动，无论是寻常聚会还是紧急商议，一定是在安迪宽敞明亮的客厅里展开。这既有赖于安迪居室优越的客观条件（相形之下，三姐妹家实在是太逼仄了），又隐晦地反映出"高级精英"（资产、资源的垄断者）在社会事务中绝对的支配地位（门牌号 2201 以及 2201 门梁上日夜扫视的摄像头，也有类似的提示作用）。而就算邻居们需要共同面对和处理的事情再棘手，"战火"也绝不会烧进曲筱绡的"闺房"——曲筱绡，作为另类的"资产精英"，似乎永远保有切时进击和抽身远去的权利。与之相反，姐妹争端则在住户最多、南北不通的 2202 连续上演。邱莹莹在感情受挫后对众人的误解，三姐妹对曲筱绡的误解，樊胜美与安迪正面对质等重要戏码都是在这块不大的场域里缤纷展开的，仿佛寓示着：财产越是丰厚，地位越是崇高，资源越是流动不竭，人际关系就越是"简单""纯粹"，"安宁"与"欢乐"，就越是容易渐入佳境、呼之欲出；而那些资产紧缺、地势低狭、空气流通不畅的地方，则注定令"欢乐"寸草不生，叫"情谊"寸步难移，甚至走向"激进"的反面。

假使"欢乐"源于取之不竭的"资本"对个体生存（条件、关系）的保障，那"资本"从何处来？当"资本"的雪球越滚越大时，"我们中的每一个"，依然能"欢乐"若此吗？

在这种稳固的状似永恒的生存场景和生产秩序中（"狂人"如置身其中可能要放声问一句："从来如此，便对么？"），故事中的所有人注定都不可能"走得太远"。故事的叙述者抽空了主人公们的"精神前史",让她们自觉仿佛从天而降一般生于"斯",长于"斯",老于"斯",循环不止,往复无期,以致终于忘记了自己究竟是"谁",摩肩接踵却不出格套地一同涌向"不问出处的欢乐"。

二 "看!我们都一样":身份差异何以缝合

《欢乐颂》里,"表面"天差地别的五姐妹是通过她们对彼此间"共性"的相互指认,以获得某种程度的"归属感"的。

"培养"(阶级/超阶级)感情的最佳方式无疑是共同应对"困境"。电视剧中,导演和编剧匠心独运,在"五美初识"阶段添设了一出"电梯惊魂"。平常相见不相识的5个邻居,在人力不逮的"真正的"困境面前,发现了一些彼此之间先前所不察的相近甚至相同的"基因":原来外表冷酷、事事高人一筹的"女强人"安迪也会在险情化解后露出如释重负的表情(导演通过一个事后安迪爬楼梯回家,背靠扶梯喝水以平复心情的镜头,将她强势外表下的"紧张"和"虚弱"刻画得入木三分),原来平常玩世不恭、素以整人为乐的"白富美"曲筱绡也有善良细致、让人如沐春风的一面(事件平息,安迪仍心有余悸,在电梯中瑟瑟发抖,曲筱绡很"贴心"地把水递给了她)……5个"熟悉的陌生人"在楼梯的拐角处不期而遇,短暂的惊诧之后便"相逢一笑泯恩仇"——"你看呀!我们(其实)都一样"。

然而处境的"山水有相逢"并不代表"平衡"("平等")的一劳永逸。相反,"五美"每回迅速结成联盟、心手相牵之时,也恰恰是她们"做我自己""各显神通"之际。

仍然以"电梯惊魂"为例。虽然电梯故障是"不可抗因素",成功激发出了五姐妹"同仇敌忾"的"革命"情谊。但个性与能力的差异,也正在此刻悄然显现：安迪天赋异禀，依靠仪器般精准的记忆力迅速对在场人员做出了存活率最高的"最优部署"，并且凭借天才的心算能力估测出电梯抢修所需的确切时间，让大家的情绪逐渐稳定下来；曲筱绡看着像"绣花枕头"，却最懂得调适气氛和安抚人心，隐隐透露出"领导者"的果敢和化约的才能；而樊胜美再精干也只懂得在事后"据理力争"，关雎尔虽学养相当却在险境面前"一言不发"；最"夸张"最"聒噪"的还数邱莹莹，尤其在剧中，导演似乎有意无意地放大了"斗升小民"由于受识见所限在思想方面的贫瘠与愚弱。虽然"我们都一样"，但"他们"只会沉默，"他们"只会抱怨，"他们"只会在情绪和对情绪的想象（"复制"和"生产"）中"陈陈相因"——"执牛耳者"的"冷静"和"睿智"从来不属于"他们"！

在"我"（"主体"）对"我们"的想象性体认之后，在关于"我们"的想象性归纳之中，"我们"（想象的"主体"）果不其然又重新分裂了。这使得我们不禁追问起此番"二次分裂"的缘由：如果安迪的"天赋"一定程度上归因于科学训练和实践精神（笼统而言就是受"西式教育"的影响），曲筱绡的果敢和机智归功于她复杂的家庭环境对才智与心性的"磨炼"，樊胜美纵使资历深厚、经验老到却始终未能跳出现下窠臼拥有"全视者"的战略眼光，关雎尔是由于家里管得太"严"、从小被规训得太"乖"而不得不处处束手束脚，邱莹莹是因为父母的见闻实在有限，自己又常常从微博、论坛及励志书籍上获取"速食知识"才使得她出口即成笑谈，那么，她们求取知识、积累经验、获得教养、施展天赋的机会是均等的吗？是怎样的社会结构和家庭语境造就了她们已有的知识水平和精神层次，而这样的"结构"和"语境"又是如何生成的？谁来赋予她们求取知识、积累经验、获得教养、施展天赋的操练模式？谁来定义她们各自已有的天赋、教养、知识、经验的"终极价值"？

除此以外，"原罪"观念的引入也加速了肉身各侍其"主"的"我们"的"灵魂相认"。

"原罪"观念在西方社会尤其是基督教信众群体中一直以来都很有市场。早在2012年底小说《欢乐颂》结集出版时，发行方就给出了"美剧风格十足"的宣传标语，小说和影视作品中时时闪现的"原罪"魅影，又恰好有力地佐证了这一论断。

《欢乐颂》中，没有一个人是"完美无虞"的，正是在"求完美而不得"这个"普世"的大前提下，"我们都一样"。邱莹莹智商才貌都捉襟见肘，而且还被"白主管"连哄带骗地夺去了的"第一次"，这几乎要成为她日后寻找伴侣路途上的羁绊（故事往后发展，应勤还差点因为"处女情结"跟她分手）；关雎尔性格乖巧，也难免在对赵医生的单恋上因爱生妒，后来还"错口"对谢滨说出了曲筱绡与其母为争家产、苦心谋算的"真相"，间接导致了曲筱绡家庭关系的破裂；樊胜美有"捞女"的"罪恶史"，曲筱绡在与她熟识后依然可以拿这段"特殊经历"来要挟她；曲筱绡前二十四年都过得"纸醉金迷"，即使同赵医生相恋后见到阳光型男也依然会动心，完全不避"脚踏两只船"的嫌疑。

无论是在小说还是电视剧里，最"完美"的人无疑是安迪。她集美貌与财富于一身，追求者也个个产厚质优，博人欣羡。但纵然"完美"如安迪，也有永远不能忘却、永远不可去除的忧患：一边是发疯的母亲，一边是背弃疯癫母亲只身返城的父亲，还有一个失散多年、心智失常的弟弟，而且她自己也有与人亲密接触的官能障碍，似乎还"遗传"了母亲不定时发疯的"潜质"，一经催逼即有可能全面失控……

"偶然"失守的道德贞操，晦明难辨的历史身份，到《欢乐颂》中已经失去了"反向指控"的力量。一人有"罪"，万人请诛；万人有"罪"，天下大赦。把记忆条分缕析，是为了更方便忘却；让罪责昭然若揭，是为了更轻易原谅。与其说作者狠心切断了众主角们"完美自全的退路"，不如说她在"月亮之下"为众生另选了一块宴请"欢乐"的"腹地"。既然

"乖乖女"也做"出格"之事，既然义薄云天的樊姐也包藏"捞女"的机心，既然最"一见钟情"的爱也需事先侦查并且随时可能逢源"变节"——既然"天才"与"疯子"只有一线之隔——那么请尽情欢乐吧，请到"欢乐"为止；请尽情挑选吧，请尽量不要越出"友情"（仅有的"权力共享领地"）的边界；请忘"我"地接受既定的现实（"我们"的"权力晋升规范"）吧，至少在权力"匿名"之所，"我们都一样"。

三 "哦，原来你也在这里"：文本的密钥与质询

《欢乐颂》里，五姐妹通过她们对彼此间"共性"的相互指认，来获得某种程度的"归属感"；《欢乐颂》外，读者和观众们也异常顺利地完成了同剧中人物的"相认"，各就各位，各得其所。

由《欢乐颂》引起的诸多热议中，参与感最强、投注感情最为真挚的一条便是"我从她们身上，看见了自己的影子"。

《欢乐颂》的影响，之所以能从剧情讨论延展至社会热议，除了有"明星班底的明星效应"（所谓"山影出品，必属精品！"）的持续发酵，原著作者和编剧在"社会层级分布图"上的精准"对孔"也功不可没。如果说安迪这样独赋异禀的天才离我们普通民众还稍稍有一点遥远，那像曲筱绡这样家底不俗、名牌时装傍身的"白富美"就算与我们没有直接交集也已经并不鲜见了。尽管如此，我们还是会在"百花丛中"一眼便"认出"自己就是已经工作一年仍觉前途渺茫的"傻大姐"邱莹莹，"认出"自己就是刚刚从非名校毕业凭着自身的刻苦努力好不容易进入"500 强企业"实习却仍需经受"考验"的"乖乖女"关雎尔，"认出"自己就是在大城市打拼多年、谙熟职场规则、企望有一天能"擒龙"成功的"永远的小镇姑娘"樊胜美，而绝不会"错"把自己指认成安迪和曲筱绡，甚至不再愿意相信像樊胜美那样的"灰姑娘"，最终真的能如愿以偿坐上安迪的

"老板椅"，坐拥安迪高枕无忧的人生。

时至今日，这种高度"内在化""主体化"的过程对我们来说，已然无须大费周章。剧版《欢乐颂》里有一个无时无刻不在分析、每时每刻都在判断，像"梦魇"一样窥破世间所有"秘密"并且始终无法驱散的"画外音"；而在我们的现实生活中，社会"既定的条例"、生活"本然的逻辑"早已将我们鞭策成为"训练有素的士兵"——无须启动，无须号令，我们就能动作熟练、整齐划一地登上"绿皮火车"，在冗长的车厢之中迅速找到"隶属于自己"同时也是"自己隶属于"的"位置"，然后奔赴战场，然后片甲不留。

在《欢乐颂》中，作者书写最用力的一个人物不是安迪，不是曲筱绡，不是樊胜美，而是关雎尔。这在小说的后两部里体现得尤为明显。邱莹莹太"傻"太"没有希望"，曲筱绡又太过"聪明"，在新时代"创业史"的主线上时有"跳脱"，樊胜美几乎已经放弃对"个人奋斗"的信仰，转而从"登龙术"上寻找突破口，安迪则在企业王国中"绝顶"已久，难免心生"别绪"。唯关雎尔刚刚踏上社会，既有校园生活的"良好习惯"打底，又得以在"500强企业"高度标准化的"格子间"内"矫正身形"，既有安迪、曲筱绡、樊胜美这样风格迥异、经验丰富的"职场老手"的谆谆教导，又有邱莹莹勇为"前车之鉴"——她的"成长"历程，整体呈现出一种由"收"及"放"并逐渐向"收放自如"潜行的"喜人"趋势，而且基本上与"现代企业制度"和西方"现代化"神话同构——努力即有成效，努力即握有成功的主动权，低调做人，高调做事……正如与小说同名的电视剧主题曲所唱："仍相信未来在我手中，好运对爱笑的人情有独钟。"

关雎尔在紧张、压抑却似乎前景可观的企业生活中不断历练成长，并且在如是"成长"的过程中学习了"技能"、增长了"才干"、明确了"目标"、丰缮了"思虑"，逐渐开始以一种"主人翁"的姿态来想象和拥抱未来。如果将关雎尔的"成长"也看作一个"主体化"的过程，我们或许可以再深入想一想，这里指涉的"主体"是一种怎样的"主体"？（阿尔都塞笔下"臣服的主体"，是否能给予我们一些新的启示？）"主体化"的过程完成以后，未来真的就"犹在掌中"吗？

让我们暂且把上述问题悬搁，虚心回到小说第二章樊胜美与曲筱绡堪称经典的对峙时刻，曲筱绡无意间听见了樊胜美欲往酒吧开幕现场"掐尖儿"的计划，仿佛在形势上已经占得了"先机"，于是肆无忌惮地向樊胜美迎上去：

> 曲筱绡的眼睛早盯上了樊胜美，电光石火间，火眼金睛地将樊胜美桌上身上的用品搜罗一遍。而樊胜美也是一样。两人的视线在空中交会，爆出噼噼啪啪的激情电光。唯有邱莹莹不知，她只关心曲筱绡的亮片包了，因为她看到上面有醒目的 LV 大字。好歹，她还是在海市混了两年的，没吃过猪肉，却见过猪跑。顷刻，曲筱绡便恢复娇媚笑容，一脸云淡风轻，而樊胜美忽然全没了自信。

樊胜美对阵曲筱绡，"高仿 A 货"对战"直邮真品"，"气焰顿失"对仗"云淡风轻"。原来故事一开始，樊胜美就已经在曲筱绡的 LV 挎包上"认出"了"失败的自己"，我们随后即"认出"业已失败的樊胜美，并且对她说了声："哦，原来你也在这里。"

旋响《欢乐颂》的密钥原来是承认失败。

阶层镜像、创伤记忆与女性成长

——评阿耐的《欢乐颂》

童 娣[*]

【摘要】一般评论将《欢乐颂》推举为"都市情感、职场励志的小说",应该说只是触及这部小说的表层。《欢乐颂》是当今社会阶层分化的镜像,是关于创伤与疗救的范本,是家庭出身、教育背景、形象气质、价值观念、文化态度、情感方式迥异的女性的完全成长手册。

阿耐的网络小说《欢乐颂》于2010年在晋江文学城连载,追捧如潮,纸质书也于2012年出版上市。随着2016年同名电视剧的热播,更是掀起了新一轮的阅读热。

一 阶层镜像

《欢乐颂》以居住在繁华都市中档小区"欢乐颂"22楼不同出身、不同职业、不同性格与价值观念的5个女孩子的家庭、事业、生活、友情、爱情为线索展开叙事,折射出当下断裂时期社会形形色色的众生相,将因

---

* 童娣,南京晓庄学院文学院副教授。

阶层区隔、背景差异引发的命运的分野、性格的搏杀、人性的异变展示得淋漓尽致。

从社会阶层划分的角度来看，安迪与曲筱绡、关雎尔、樊胜美与邱莹莹分别代表了城市的上、中、下层阶层，她们最大限度地触及当下社会各阶层的阶层属性、交往与断裂、流动的愿望与挫败的无奈。安迪与曲筱绡隶属于广义上的社会上层，但又有所区分。安迪，海外名牌大学的博士，华尔街归来的商界天才，拥有惊人的美貌、睿智的头脑与非凡的工作能力的天之骄子。男闺蜜、金融大鳄谭宗明对她宠爱有加；亿万富翁的独子包奕凡非她莫娶；作为名画家的外公给她留下多套房产与天价的字画、古董；亲生父亲更是政界高官，让她随时随地享受权力的福利。她自身是一个典型地将知识资本与文化资本进而置换为经济资本的成功人士，又随时随地受到各类政治权力资本、经济资本与文化资本的包裹与呵护。正因为安迪所处的精英阶层的地位，她在性格上显得盛气凌人、干脆利落。小说作者赋予安迪集万千宠爱于一身的耀眼的"主角光环"，她既是作为社会精英人士的作者阿耐的自画像，也投射了社会中下阶层对成功人士的幻想。

曲筱绡，拥有富二代的优势出身，自己也子承父业成为公司老总。父母都是暴发户，经济资本雄厚却对她疏于管教。曲筱绡去国外留学镀金却将心思放在泡吧玩乐上，不学无术，文化资本匮乏，在文化上极度不自信。曲筱绡对上层精英如安迪刻意讨好与逢迎，尽管刁蛮不堪却对安迪的指令不敢有过多违背；对出身中产阶层文化品位较高的关雎尔也较为客气。但她对邱莹莹与樊胜美等下层阶级都极尽捉弄揶揄之能事，即使传授所谓的江湖经验也是趾高气扬、居高临下。

因为文化资本匮乏，曲筱绡极力寻求补偿。曲筱绡与赵启平的恋爱及两次分手极富隐喻色彩。曲筱绡倒追赵启平除了因为赵启平长得帅，更重要的是赵启平出身于高级知识分子家庭，书香门第，又是留洋博士，著名外科专家。为了掩盖自己的不学无术，曲筱绡经常不懂装懂，终于在一次牌局中因安迪麦克白夫人的笑话而被最终戳穿，导致赵启平因为觉得曲筱绡与自己不在同一文化层次缺乏精神沟通而提出分手。两人的第二次分手是因为曲筱绡为了弥补自己的恶作剧，投赵医生所好在他的车上装上一套远高于车价的高级音响，却被曲筱绡的富豪朋友取笑为小白脸，赵启平拥有知识分子的傲气与清高却在经济资本的挤压面前陷入尴尬境地，从而第二次与曲筱绡分手。赵启平拥有文化资本却缺乏经济资本，曲筱绡拥有经济资本却缺乏文化资本，为了弥补两者之间的鸿沟，叙述者刻意设置了两人在性格上肆意潇洒、我行我素、任性洒脱、富有情趣的共性，从而最终实现文化资本与经济资本的耦合。

关雎尔出生于城市中产阶级家庭，既具有中产阶级的慵懒保守，也不乏进取的热情。关雎尔在小说中是安迪的小跟班，无论是工作方式还是为人处世都积极向代表社会上层精英的安迪靠拢，这反映了中产阶级渴望自我超越，实现向上层社会流动的愿望。但她又缺乏安迪的自信，最典型是的体现在她将经过安迪操刀的实习报告用符合自己身份的语言重新叙述。中产阶级的地位决定了她待人处事显得患得患失、瞻前顾后。

从经济资本、文化趣味来看，关雎尔与赵启平最为接近，关雎尔对赵启平一见钟情就在情理之中。然而城市中产阶级出身的关雎尔既缺乏樊胜美式的掐尖的冲动，又缺乏曲筱绡有巨额经济资本支撑的底气，这样的恋情注定只是无疾而终的被动单恋。尽管关雎尔在文化资本上与曲筱绡相比占有明显优势，但文化最终在强势的金钱及金钱所赋予的底气与任性面前败下阵来。

樊胜美与邱莹莹都来自小城镇，没有雄厚的家庭背景支撑，也没有过多先天的禀赋与后天的机遇，典型的城市底层，她们扎根城市的道路充满心酸与无奈。樊胜美与邱莹莹的区别在于尽管邱莹莹相貌普通、心机全无，却有父母的爱作为支撑；樊胜美尽管貌美、情商一流，却处处受到贫困家庭的掣肘。尽管一开始她刻意遮盖与隐瞒，但最惨痛的真相往往在她最猝不及防时暴露于阳光之下。贫困家庭接二连三的变故与无度的索取如影随形，时时在她最光鲜亮丽时探出头来给她一记响亮的耳光。阶层的烙印成了她生命中不能承受之重，她的生活、婚恋都被贫困家庭的枷锁左右。尽管已经成了外企资深 HR，月薪上万，却不得不住在不见天日的小黑屋，购买廉价的衣物。她的爱情也被金钱所左右，一心想凭借美貌与头脑去"掐尖"进而跻身上层社会，却总是受到冷落与欺骗，因为上层社会有它自己的一套准入标准与游戏规则。在上层社会撞得头破血流的樊胜美不得不退而求其次接受了同一阶层的中学同学王柏川的爱情，从而将沉重的家庭负累转嫁到王柏川身上。轻装上阵尚且不能游刃有余的工厂小业主王柏川何以有能力承担如此重负？因此，在买房加不加樊胜美名字的大是大非面前，王柏川果断使出计谋阻断了樊胜美的幻想。浪漫的爱情在房子、金钱面前显得如此不堪一击。

同样来自底层，相较于樊胜美的虚荣与削尖了脑袋往上层社会挤的精明，邱莹莹人如其名，单纯而晶莹，一厢情愿地去相信爱情，却被渣男白主管抛弃，撞得头破血流。最终费尽心机终于嫁给小康阶层的 IT 男应勤。

《欢乐颂》中的 5 个女孩作为不同阶层的典型代表，为当下社会的阶层处境与阶层关系提供了一幅生动的镜像。

二　创伤记忆

按照上述阶层分析的视角，安迪代表社会上层精英阶层，拥有美貌、智慧、财富等稀缺资源，她是典型的拥有"主角光环"的人物，然而她的光环上却有一个黑子。她之所以离开美国华尔街回到中国一个很重要的原因是希望在国内找到自己失散多年的弟弟，由此小说一开篇就揭开了她鲜为人知的孤苦童年。她之所以搬入中档小区欢乐颂并与樊胜美、邱莹莹等社会下层成为邻居，一个很重要的原因是希望接触人间的烟火气。因为过去的自己长期被包裹在一个坚硬的壳里，她希望能在一个陌生的环境中做出改变，弥合童年创伤所留下的心理阴影。

安迪的创伤记忆分为两个层面：一是自己的孤儿经历，小时候的安迪随着自己有花痴的母亲颠沛流离，母亲去世后又去了孤儿院，饱受饥饿与欺凌。成年后的安迪胃口大得惊人且偏爱大荤，是受到童年饥饿经历的影响。因为饱受欺凌、侮辱与损害，长大后她害怕并拒绝与他人的亲密接触，不喜欢身体的交流。二是因为自己的外婆与母亲都有精神病而担心自己继承了疯狂的基因。当她遇到什么棘手紧张的事时，总是陷入高度紧张的状态，不得不用喝水深呼吸控制情绪，时刻担心自己精神病会发作。

童年的创伤记忆影响了她的恋爱与生活。安迪在介绍自己的姓名时回避用自己的本名何立春，而是安迪，让人误以为她姓安，因为何是她花痴母亲的姓氏，立春则是母亲去世后她被送去孤儿院的那天。何立春三个字携带了太多的童年创伤记忆。安迪不愿意提及自己的过去，更害怕别人对自己的调查，因此有时候她甚至不惜违背自己为人处世的原则阻止别人的调查行为，因为她不敢面对自己的过去，害怕自己的身世被曝光。安迪一听闻自己的未来婆婆包太因发现了自己的痴呆弟弟前往自己的岱山老家展开调查，立刻表现得非常恐惧，她不惜以恐吓要挟的方式要求包太立刻返回，恐吓要挟的手段就是自己最为擅长的让包家的金融资产蒙受损失。也即是说，她不惜动用自己的专业组织调查。为了阻止并惩罚谢滨对自己的调查，安迪甚至放弃原则默许包奕凡向自己之前最不屑动用的魏国强的权力求助，达到迅速打击、警告谢滨的目的。这里当然有维护自己隐私的合理动机，但更多的是对自己身世曝光的担忧与恐惧。

从安迪与奇点的最终分开可以看出童年创伤记忆的深刻烙印。安迪害怕与他人的亲密接触是横亘在她与奇点亲密关系之间的障碍；安迪担心自己身上遗传的疯狂基因影响她与奇点孩子的健康，安迪顾虑奇点的父母不能接受他们的爱情；安迪怀疑精明但不够强悍的奇点是否能与自己共同承担疯狂的隐患与童年的创伤。而安迪与包奕凡的恋爱过程可以看作对童年创伤的疗救过程。包奕凡英俊帅气，极富男性魅力，安迪的理性拒绝丝毫没有减弱他"死缠烂打"的热情，最终他以自己的性感、关爱与温暖点燃了安迪的生命欲望，融化包裹在她身上的坚冰："在包子火热的怀抱里，安迪感觉身上一层一层的恐惧熔融了，掉落了。"

包奕凡内心足够强悍，面对安迪的发疯威胁丝毫不在乎，不完全当回事，这就减弱了安迪创伤记忆所引发的压力与愧疚感。爱情的温暖消弭了安迪的创伤记忆，而与几个邻居的交往也使她对他人不再怀疑与恐惧。

关睢尔的男朋友谢滨在《欢乐颂》的叙事功能中除了突出关睢尔的成长之外，更重要的功能是弥合与疗治安迪的创伤记忆。谢滨与安迪有相似的童年创伤记忆，有相类似的心理防御机制，比如他们都是本能地一看到熟人就躲，害怕因别人了解自己的底细而受到伤害。正如安迪与谢滨探讨因为创伤所产生的恐惧心理时所说的，"我心中的那种恐惧日积月累，深入骨髓""我不敢说出那恐惧的核心，不敢对人说，怕成为别人手里的把柄，也不敢对自己说，走到阳光底下的人谁敢回首阴寒""长年累月，我害怕有人挖出我的恐惧，到后来，这种害怕本身也成为恐惧的一部分，反而恐惧的核心却越来越模糊"。因为有朋友的支持，有爱人的关怀，安迪认识到无私的善意、对他人的信任是避免心灵扭曲的最好方式，所以她奉劝谢滨放弃对曲筱绡的调查，认为这种调查是纵容自己心中的黑暗卷土而来。与其说安迪是劝慰开解谢滨，不如说是开解另一个充满创伤记忆的自己。由此可见，她已经有勇气面对自己的心魔。而当谢滨指出"那些过去的经历已经变成你的阅历。你即使有恐惧，你也已经能应对"时，安迪发现自己已经彻底从创伤记忆中走出来，发现自己在不知不觉中变为正常人，她也不那么怕孕检了，而且她认为哪怕孕检有问题也能勇敢面对。

三 女性成长

《欢乐颂》中的 5 个女主角经过职场的磨炼、爱情的洗礼与友情的浸润，在性格、情感追求、价值观念等层面都发生了一定的变化，体现出女性的成长主题。其中表现得最为突出的是安迪与樊胜美的成长。

安迪，聪明睿智，对数字极其敏感，上学期间因智力超群经常跳级，20 岁修完博士学位，后从事金融行业，为人处世注重理性和逻辑。智慧与理性使她在职场上游刃有余，但过度理性使她一开始就在爱情中陷入困境。安迪与奇点的爱情始于网络，在虚拟的空间中两人因为共同的兴趣爱好而互相关注、吸引并产生好感。网络中的奇点幽默、聪明、精明、妙语连珠，与安迪有诸多的共同话题；然而，现实中的奇点个头不高，体质瘦，头发白而微秃，其貌不扬；安迪却是身材高挑，相貌出众，属于典型的美女。因此，奇点对安迪有爱欲的冲动，而安迪对奇点并无特殊的感觉，两人尽管出于理性与尊重成为男女朋友，但安迪对奇点的亲密接触与爱抚却有先天的抵触心理。安迪一厢情愿地解释为自己因为童年时期受到花痴母亲的影响而留下了心理阴影，曲筱绡却一针见血地指出那是因为奇点不够性感，引发不了安迪的感性冲动与欲望。安迪最终与奇点分手并迅速接受包奕凡的爱情可谓验证了曲筱绡的论断。曲筱绡认为安迪太正经、太理性，需要找个肉弹开窍，而包奕凡恰好是一个合格的肉弹。包奕凡给安迪的感觉是极其性感，"浑身散发肉腾腾的风骚"，安迪与他在一起好像灵魂释放了，变得闪闪发光。尽管她试图"检视"自己与包奕凡在一起时的纵情、不理性是否是身上疯狂 DNA 的本性毕露，但非常享受被肉腾腾的包子包裹的感觉并很快与包奕凡有了孩子。的确，再完美的逻辑、再强大的理性、再深刻的思辨有时候也不如一个真情的拥抱易让人动容。

安迪在爱情上没有选择理性、冷静、精明的奇点，而最终选择性感、热情、冲动的包奕凡，并在此基础上以感性欲望冲决理性罗各斯（希腊语：λογος，英语：Logos），最终完成了对自我创伤的弥合与拯救。在欢乐颂众邻居的世俗熏染与包奕凡的爱情包裹下，安迪变得不再高冷、超凡脱俗，成长为一个不乏人间烟火气的完善个体。

如果说安迪的成长体现为感性与欲望对过度理性的纠偏，那么樊胜美的成长则体现为现代个体观念战胜传统家庭思想，最终发展成为一个具有现代意识与女性意识的独立个体的过程。樊胜美之所以想去"掐尖"以至于被富二代曲筱绡认为是"捞女"，一方面是想通过婚姻改变阶层命运的意愿使然，另一方面则是家庭负累的逼迫。樊胜美虚荣心的滋长、爱情观念的扭曲变异与她被重男轻女的传统思想束缚、被家庭的亲情所绑架不无因果。在残酷的现实面前，在欢乐颂诸邻居的帮助与开解下，樊胜美逐渐从家庭的负累中解脱出来。樊胜美的成长大体经历了三个阶段。第一个阶段是面对父亲的突然中风，走投无路的樊胜美在奇点与安迪的帮助下果断卖掉哥哥的房子为父亲治病，避免个人承担沉重的负债；第二个阶段为对曲筱绡与包奕凡一起带人教训无赖哥哥心怀感激；第三个阶段是哥哥将她告上法庭后她选择诉诸法律维护自己的合法权益。小说最后写到她接到法院通知她哥哥撤诉后任性而放肆地笑，她的笑容如此自信、独立、优雅而放肆。

《欢乐颂》中其他人物，如关雎尔也在与谢滨的恋爱中变得更加独立，不再是对父母之命唯命是从的乖乖女；曲筱绡也不再是一个单纯的刁蛮任性的富家女，而是在向安迪的职场经验学习中、在与赵医生的恋爱中、在帮助樊胜美处理家事中变得成熟、理性而富有同情心。

一般评论将《欢乐颂》推举为"都市情感、职场励志的小说"，应该说只是触及这部小说的表层。《欢乐颂》是当今社会阶层分化的镜像，是关于创伤与疗救的范本，是家庭出身、教育背景、形象气质、价值观念、文化态度、情感方式迥异的女性的完全成长手册。

"他者"的生存景观：阿耐小说中的女性书写

石立燕[*]

【摘要】阿耐的小说从家庭/社会、男性/女性、本土/外来等不同维度切入现实生活中女性的生存状态。她们的生命底子或多或少地打上"他者"的烙印，主人公或者在性别关系中被规定为从属，或者在空间关系中处于边缘，这使得小说展现出女性作为"他者"的一种生存景观。阿耐女性书写的意义在于，无论是面对家庭社会的"性别他者"还是面对城市的"空间他者"，她们从未放弃为自身注入新的意义。小说在追求女性经济独立的基础上，导向的是心灵空间的饱满和女性主体意识的觉醒，致力建构一种新型的两性关系。阿耐的小说延续了传统文学对女性生存境遇的思考，同时又拓展了女性书写的通俗性和当下性，带上了网络文学的特质。

在网络文学作家中，阿耐被冠以"财经作家"的称号，这与其书写了大量的商业社会中的故事有关。在这些故事中，我们总能看到一个或几个女性主角，她们或是因自己的性别被原生家庭挤压盘剥，或是在经济大潮中艰难地打拼，寻找在大城市的一块立足之地。这是一些有痛感的生命，

---

* 石立燕，山东师范大学文学院讲师。

如果抛去财经的标签，我们可以清晰地看到阿耐小说中展现出来的女性的生存景观。在面对家庭社会的"性别他者"和面对城市的"空间他者"之间，女性踏上寻找自我的艰难历程。

在黑格尔的哲学中，"他者"是一个关系性的概念，往往存在于两组关系中：主体与他者、同者与他者。前者强调他者的从属性，后者则强调他者的差异性。黑格尔的主奴辩证法认为："其一是独立的意识，它的本质是自为存在，另一为依赖的意识，它的本质是为对方而生活或为对方而存在。前者是主人，后者是奴隶。"① 因此在主体/同者和他者二元对立的关系中，虽然双方只有通过对方才能反映和确定自己，但二者之间并非平等关系，主体/同者往往是对立中的肯定或中心一方，他者则为从属或边缘一方。因此，在这种关系中，"他者"往往处于一种不平等的从属或边缘地位。阿耐小说的主人公大多为女性，有家庭中的女性、商战中的女性及在城市中漂泊的女性，她们带上了浓浓的"他者"色彩，有的体现出相对于男性的从属状态，有的体现出在城市异乡的边缘身份。阿耐通过曲折而有意味的故事不仅写出了女性"他者"的生存景观，而且体现出为女性自身注入新的意义、建构女性主体意识的自觉。阿耐的小说都是通过网络写作和在线连载、网络传播的即时性和快餐性让小说在继承传统文学对女性生存境遇思考的同时，也兼顾了小说的通俗性与可读性，带上了网络文学的特质。

一 性别他者及两性关系的建构

西蒙娜·德·波伏娃受黑格尔、萨特等学说的影响，在《第二性》中提出了女性的"他者"理论，认为相对于以男性为主体的存在方式，女性是一种"他者"。"女人相较男人而言，而不是男人相较女人而言确定下来

---

① ［德］黑格尔：《精神现象学》（上卷），贺麟、王玖兴译，商务印书馆 1979 年版，第 127 页。

并且区别开来，女人面对本质是非本质。男人是主体，是绝对：女人是他者。"① 按照波伏娃的观点，她认为定义女人的参照物是男人，但是定义男人的参照物却不是女人。也就是说，女人并不是男人的对立面，只是男人的附属品，是一种和物品具有相同地位的"东西"。在历史上，因为生理等因素使女人的劳动能力有限，因此女人必须依附于男人才能生存下去，所以，女性相对于男性是处于一种他者的附属性地位的。阿耐笔下女性的出场往往伴随着现代城市特有的生活场景，公寓、酒吧、写字楼、夜总会、大酒店、地铁等，但总结起来不外乎家庭和社会两种场域。

（一）家庭场域

父亲在家庭关系中无疑占据重要的地位，但阿耐小说中的父亲几乎都处于缺席的状态，我们在小说中很难找出一个完整的父亲形象，父亲即使在场，与女儿的关系也是紧张的。《回家》中的苏明玉，《不得往生》中的许半夏，《欢乐颂》中的安迪，这些在商界叱咤风云的娘子军背后，几乎都有一个不堪的父亲。苏明玉家庭重男轻女，父亲苏大强自私而懦弱，在女儿的成长过程中，苏大强几乎是隐身的；许半夏的名字是父亲取自"生半夏毒"，暗示女儿"有毒"，可见对女儿的厌恶，在许半夏的成长过程中，父亲几乎从没在场过；安迪更是一个弃儿，与疯疯癫癫的母亲生活了几年后，被送入孤儿院。到安迪成长为商界精英时，父亲出现了，但这个父亲在安迪眼里成了自私、猥琐和不负责任的代名词。

真实或生理意义上的父亲的缺失构成了对男权话语的某种颠覆和抵制，但这并不代表父亲功能的丧失。拉康运用索绪尔的语言符号理论中的能指与所指，提出了"父亲之名"的概念，指出：父亲是一种隐喻、一种

---

① ［法］西蒙娜·德·波伏娃：《第二性（Ⅰ）》，郑克鲁译，上海译文出版社 2011 年版，第 9 页。

能指符号，父亲形象成为一种秩序的象征，父之名作为一种符号维度承载起了社会道德规范和文化秩序。阿耐正是在这一规范和秩序的认知上，写出了女性在家庭关系中处于从属地位的"他者"身份。

在小说《回家》中，苏母在家里表现得比较强势，但这是一个被男性所建构的女性，是被有利于男性的社会结构和制度所建构的。因此，虽然父亲苏大强处于缺席状态，但"父之名"由苏母强势地表现了出来。李银河曾说："在生育观念上，父权制态度的主要表现是偏爱男孩。"① 这在苏家有明显的体现。苏母有三个孩子，大儿子苏明哲、二儿子苏明成和女儿苏明玉。从小苏明玉便生活在一个不公平的甚至被遗忘的环境中，苏家自明玉上大学后便没再给过一分钱的抚养费，致使明玉只能自己兼职打工交学费和养活自己，但对已工作的明成时常接济。为了风风光光请儿子的女友来家里做客，拆了原本摆在客厅的女儿的小床，自此，家里再也没有了明玉的床位。更甚者，为了给儿子明成买房，苏家将原本两室一厅的房子换成了一室一厅，至此，明玉幻想等哥哥结婚后自己占据哥哥那间卧室的幻想完全破灭，家里彻底没有了明玉的立足之地。对此，苏母的解释是："女儿是给别人家养的，养到十八岁已经尽够责任义务。"与明玉处境相似的还有《欢乐颂》中的樊胜美。樊家挤压女儿补贴儿子，拿着女儿赚的钱为儿子买房，认为"女儿迟早是人家的人"，拒绝把房子过户到女儿名下。当儿子因打架要给别人赔款时，樊家对女儿予取予求，完全无视女儿的经济状况与承受能力。在《欢乐颂》中，即使强势如曲筱绡者，在家庭中也是一个"他者"的身份。曲父在海市做生意时认识了曲母，这时曲父已有妻子和两个儿子，曲父为与曲母结合便选择了与前妻离婚，前妻离婚后带着两个儿子仍然在老家与婆婆住在一起。之后，曲母生下了曲筱绡。然而

---

① 李银河：《李银河自选集——性、爱情、婚姻及其他》，内蒙古大学出版社2006年版，第160页。

曲母始终得不到曲家的认可，每逢过年过节，曲父回老家，都以老母亲反对为由将曲母和女儿曲筱绡独自留在海市。直至老母亲去世，曲母仍然没得到丈夫的允许回老家，老家里始终住着前妻的两个儿子。至此，曲母才明白，阻挠她融入这个家庭得到承认的并不是自己的婆婆，而是有着根深蒂固男尊女卑观念的丈夫。曲父始终把与前妻所生的两个儿子当作自己潜意识中的继承人，将他们安排进企业的核心位置，而女儿曲筱绡，在家族事业中边缘得多。

在这种父权制二元对立的原生家庭中，女人的存在只有两种可能，一种是根本不存在，如《回家》中的苏明玉，她自己几乎不认为是家庭的一分子，当哥哥、嫂子在母亲葬礼上痛哭时，她发现自己竟然冷静得如同路人。一种是处于低下、从属的地位，主体意识得不到承认。波伏娃曾说："女人不是天生的，而是后天形成的。"① 女性与男性的差别是长期以来女性受到奴役的结果，女人要摆脱加在她身上的既定秩序，就得为自己注入新的意义。苏明玉凭自己的努力，不仅在大学期间养活了自己，而且成为职场上的成功者。樊胜美一开始被称为"捞女"，总是想抓住一个异性来获得自己在这个世界上的存在感，她相亲了无数次，与王柏川在一起，仍然是她潜意识中寻找的一个中介。因此，她与王柏川的交往处处带上依附色彩，依赖王柏川解决自己原生家庭的问题。虽然樊胜美也有自己的工作，但无论在心理上还是物质上，她还是一个依附者，一个相对于男性的"他者"。后现代女性主义认为："当代父权制文化中，大多数女性的意识当中存在着一个展示全景的男性权威，她们永远站在他的凝视和判断之中。"② 樊胜美的意识中也站着这样一个男性权威，当象征男性权威的父亲因中风瘫痪而无法参与正常权力话语之后，樊胜美又下意识地将男友王柏

① [法] 西蒙娜·德·波伏娃：《第二性（Ⅱ）》，郑克鲁译，上海译文出版社 2011 年版，第 9 页。

② 王淼：《后现代女性主义理论研究》，经济科学出版社 2013 年版，第 100 页。

川看作了替代品。在她与这个世界之间，男性是她的一个中介。樊胜美主体意识的觉醒得益于两个契机：一是王柏川施展计策阻止樊胜美在他的房产证上署名；二是父权的去势，樊胜美在父亲瘫痪、哥哥出逃之际掌握了家里的财政大权，家庭不再对她予取予求。前者使樊胜美真正看到了自己一贯的"他者"身份，她的依附地位与原生家庭相比，并无二致，就如小说中所说的："我是把你当作救命稻草，死死抓住你不放。王柏川，你我一样的年龄，一样的出身，一样挣扎在海市立足，我凭什么对你要求这么多……"后者则让她有了一定的财力和自由。波伏娃曾说："一旦她不再是一个寄生者，建立在依附之上的体系就崩溃了，在她和世界之间，再也不需要男性中介。"① 因此，觉醒后的樊胜美对王柏川说："我家的事应该由我自己承担，而不能以爱的名义绑架你。如果有可能，来日我们可以重新开始，但必须以各自独立的姿态重新开始。"当樊胜美不再需要男性做中介来与这个世界沟通时，她才真正具有了主体的意识，开始了摆脱"他者"身份的第一步。

（二）社会场域

阿耐写了大量的职场故事，尤其在市场经济下的商战场景下，构成了主人公生存的社会场域。如果说家庭场域规定了女人在父权文化下的他者身份，那么，体现浓浓男性主体关系的商界则再一次让我们看到了女人摆脱他者身份的艰难。在这个弱肉强食、男性占主导地位的商业社会打拼，女性有的被男性化，有的成为男性的附庸。

《不得往生》中的许半夏，在生意场上，她发现"女性身份"给她带来诸多的不便，为了掩饰自己的女性身份，她故意将自己吃成胖子。当生

---

① ［法］西蒙娜·德·波伏娃：《第二性（Ⅱ）》，郑克鲁译，上海译文出版社 2011 年版，第 543 页。

意伙伴半开玩笑地抱歉没把她当女人看时，许半夏是这样说的："别，还是别当我是女人，解放前只有杰出女性才配叫先生，赵总看不起我才当我是女孩。"在小说中，"去女性化"俨然已成为许半夏融入商业社会的潜意识。《食荤者》中的于凤眠恰恰相反，她从接手一个行将破产的小房产公司做起，终于成为当地房产界响当当的名头，她的发展经历不是"去女性化"，而是充分利用姿色，以牺牲色相为代价结交当地权贵。在小说的结尾，我们悲怆地看到成功如于凤眠者也不过只是男人的附庸。无论是"去女性化"还是作为男性的附庸，甫一进入社会场域，女性便进入了"他者"的身份，这也注定了要摆脱这种身份的艰难。

李银河认为："这两种现象（性的自由和男女平等）背后，可能有一个共同的因素，那就是个人的独立性、个性的全面发展，以及每个个人的自我实现。"[1] 阿耐的小说不仅写出了女性在社会场域中的"他者"身份，而且探讨了如何在个性独立和自我价值实现的基础上，同男性建构一种新型的两性关系。

《欢乐颂》中的安迪和包奕凡、《不得往生》中的许半夏和赵垒、《食荤者》中的林唯平和尚昆，这些都是作家偏爱的两性关系。在安迪与包奕凡相处时，包母一再违反约定对安迪的私事横加干涉，安迪并没有因为她是包奕凡的母亲而妥协，而是运用经济的手段让包母乖乖住手。安迪独立、聪慧、深谙商界的经济规则，所以在处理两性关系时，她从容而有主见，底气十足。许半夏一开始在生意场上，为了便于与男人打交道而使自己增肥成胖子，但见到赵垒后，她一见钟情，发誓要减肥，然而最终吸引赵垒的不是许半夏的容貌体形，而是她的聪慧、独立、体贴与真心。在小说中，他们一起去杭州，许半夏先到，便把订房等事宜都打理好了，形成对比的是赵垒同伴苏总的女友除了小鸟依人外似乎什么都做不了，赵垒自

---

① 李银河：《李银河自选集》，内蒙古大学出版社 2006 年版，第 165 页。

豪地说："我来的时候，你什么都已做好，你看他们，还得苏总去登记，小姑娘只会站一边。"许半夏拥有的独立的人格，让她在与赵垒的两性关系中既保持了自身的独立又享受了爱情的美好。《食荤者》中，与林唯平的聪慧、干练、独立形成鲜明对比的是尚昆的前妻，前妻经济上依附丈夫，每月需要丈夫签字才能领到零花钱，当争取到作为离婚财产的一座工厂时，却又将工厂经营得几近破产。这与后来尚昆放心地把几亿家产都交给林唯平打理形成了鲜明的对比。

"解构主义之父"德里达认为，不存在中性和温柔的二元对立，在二元关系中，总有一级处于支配地位，把另一级纳入自己操控的范围，二元对立就是权力关系的对位。因此，"为了避免他者重新成为新的主体或同一，他者的解放在于超越二元对立，放弃一方对另一方的统治"。[1] 阿耐小说中建构的这种两性关系，在合作和承认差异的基础上，打破男女的二元对立，平等地参与权力的对话，体现出浓浓的"去他者"的意味。

值得注意的是，在阿耐的许多小说中，大多有一个烟火气十足的男性角色。《回家》中擅长做饭的石天冬；《欢乐颂》中善于识人却唯独对安迪宠溺包容的奇点；《不得往生》里老实认真的老苏。他们包容平和、温暖纯净，阿耐的小说在建构理想的两性关系时，他们并不是终点，却是女主人公们心灵成长的必经之路。她们成长过程中父爱的缺失，以及父权制下女性他者的从属身份，让她们对男性充满了防范、戒备与对立。而石天冬、奇点、老苏们的出现，不仅缓解了这种紧张的两性关系，而且在一定程度上弥补了家庭场域中缺失的"父爱"，只有这样的弥补，女性的主体意识才能去顺利建构，去追寻从容不迫的、真正平等的两性之爱。

---

① 胡亚敏、肖祥：《"他者"的多副面孔》，《文艺理论研究》2013年第4期。

二 面对"异托邦"的空间他者

阿耐的小说《欢乐颂》,其题目"欢乐颂"不是乐曲的名字,而是女主人公们生活的小区的名字。空间理论的奠基人之一列斐伏尔在对城市进行研究时,提出了"空间生产"的概念以及空间在沟通城市与人的关系时的意义。他指出,空间从来就不是空洞的,它往往蕴含着某种意义。"从生活空间的架构、配置及安排,可以判读出空间中的每个人的身份、地位及尊卑程度。"①《欢乐颂》这个以空间命名的小说,便到处弥漫着"空间生产"的色彩。5个女主人公居住在欢乐颂小区的22楼,曲筱绡和安迪是业主,分别有自己的大房子,安迪在同一栋楼的其他楼层还有自己的保姆房,樊胜美、邱莹莹、关雎尔三位来自外乡的人则群租在一间拥挤的不通透的房子里。安迪虽然善良,但她骨子里有种高智商的优越感,她周围汇集的也都是社会上层的商界精英。曲筱绡则是既有经济上又有本土居民的优越感,她在小说最后与关雎尔的男友、刑警谢滨交战时叫骂:"你外来杂种休想在海市地盘横行。"她朋友多,路子广,调查一个人的底细往往一个电话就能搞定,本土居民的优越感展露无遗。而群租房里的三个女孩子普通得多,相对于安迪和曲筱绡,她们处于社会的下层和边缘,表现出不同程度的自卑。大城市对她们来说,充满了魅力和诱惑,但也有太多的辛酸。她们享受大城市的繁华便利,在大城市中编织梦想,同时也承受着生计、住房、职场等各方面的压力。大城市对这些外来的想在此立足的人来说,带上了"异托邦"的色彩。

"异托邦"是福柯在20世纪60年代提出的概念,是相对于"乌托邦"提出的,"乌托邦"是虚拟的理想的,而"异托邦"是现实中存在的空间。福柯通过对精神病院、妓院、福利院等特殊空间的研究,探讨了在一个文

---

① 吴宁:《日常生活批判——列斐伏尔哲学思想研究》,人民出版社2007年版,第49页。

化内部划分出属于特殊群体的异质空间，这些特殊群体往往是被主流社会排挤压抑的。在这个意义上，"群租房"也可以是大城市中的"异托邦"，"这是一个充满了异质的空间，是现实中实际存在的空间，是一种不同于本土的'他者空间'"。① 如果说性别他者是存在于"主体/他者"的从属关系中，那么，空间他者则是存在于"同者/他者"的边缘关系中。空间的原著居民和定居者是稳定的"同者"，而来自异乡的漂泊者成为这个空间的异质，带上"他者"的色彩。

在《欢乐颂》中，阿耐探讨了城市中来自异乡的女人的生活状态。她们离开自己原本生活的空间，来到大城市租房居住，艰难地打拼。这期间，她们不仅有认同危机，而且还有源于空间的生存焦虑。她们无法真正地融入城市的主流社会，樊胜美打扮一新兴致勃勃地去参加一个酒吧的开业聚会，她把这称为"掐尖"，就是拼命挤入社会的上层，获得某种认可，但是最终也只是灰头土脸地离开，成为聚会中的"外来人"。异托邦意味着权力的缺失，福柯曾指出："空间是任何公共生活形式的基础，空间是任何权力运作的基础。"② 《欢乐颂》中物业服务人员区别对待租户和住户，给人印象尤其深刻的是樊胜美的父母带着孙儿来到海市投靠女儿，一家四口挤住在樊胜美租住的不足几平方米的卧室。樊家父母下楼散步时，因没带门禁卡无法进入公寓大门，正在上班的樊胜美打电话给物业，请求通融一下，先让她父母回房间，物业服务人员小郑嘲讽而无情地拒绝了她。终于等到下班，她领着爸妈进入大楼，还要忍受保安的眼色，小说中写道："她领着爸妈进入大楼，看到换班了的保安的眼色，就知道他们早传开了。还能是怎么回事呢，无非欺她是个租户。樊胜美咬牙切齿，却也没有办法，找物业投诉，人家才不理租户呢，

---

① 吕超：《比较文学新视域：城市异托邦》，中国社会科学出版社 2011 年版，第 32 页。
② ［法］米歇尔·福柯、保罗·雷比诺：《空间、知识、权力——福柯访谈录》，包亚明主编《后现代性与地理学的政治》，上海教育出版社 2001 年版，第 13 页。

巴不得租户全部搬空，省得增加他们管理的难度。"城市空间中的"他者"身份深深刺痛了樊胜美的心，这也让她意识到空间本身所包含的权力关系。为了满足自己的虚荣心，表明自己已融入海市这座大城市，一开始，樊胜美向王柏川谎称自己在欢乐颂中是住户而不是租户，并称自己住在 2203（实际上曲筱绡住在 2203）。空间本身所赋予的权力和生产出的社会关系，让这些城市中的异乡人感到边缘化的同时，也急于摆脱他者身份的限定，于是，买房（成为一个空间的主人）便成了樊胜美、邱莹莹等人的救命稻草。邱莹莹与应勤准备结婚时，让樊胜美心里酸溜溜的不是邱、应之间的情感，而是应勤的"有房"。樊胜美对王柏川不断提出的要求也是买房。"买房"不只是一种物质的要求，更成为一种心理的需求，"买房"似乎成为摆脱空间他者获取话语权力的必经之路。

然而，作家的探讨并未就此停住，邱莹莹虽然由于与应勤的结婚摆脱了租房的状态，成为某一空间的主人，但她又沦为了性别他者，她辞掉工作，在家庭生活中完全以应勤为主，成为依附丈夫的全职太太。而樊胜美，由于王柏川在房产证署名上的诡计，她虽然拥有一间属于自己住房的梦想破灭了，却收获了心灵的自由和解放，迈出了自我主体意识建构的第一步。

一开始，樊胜美为了补贴家用，盘踞三间租房中最差的一间，黑暗无窗狭小逼仄，后来当她主体意识觉醒后，她意识到：她的补贴家用，不过是对哥哥的娇纵，是父母重男轻女、索取女儿补贴儿子的一种无意义的牺牲。她决定从小黑屋搬到邱莹莹以前租住的有窗户的大房间，空间的转换让她获得了心灵的巨大满足："樊胜美坐在春日暖阳普照的卧室里打开电脑连上网，在和煦的春天里打个满足的哈欠，觉得生活真是美好，即使接下来要做的是最让她头痛的事（应对哥哥争财产的起诉），仿佛也可以轻松面对了。"当朋友提出可以把自己的御用律师借给樊胜美用来打官司时，樊胜美婉拒了好意，决定自己来打这个官司，因为她认识到，官司不难，难的是面对自己的内心。而当听到哥哥撤诉后，她蹲在地上，笑得"天然恣肆"。这是发自内心的一种生命状态的惬意。空间充满了隐喻，从小黑屋到有阳光的大房子这样的小空间转换，实际上就是樊胜美对话语权力的争取，是从心理上对他者身份的摒弃。在异托邦的他者空间中，虽然可以借助强大的外力（物质）解决一定的表层问题（如住房），但如果内心不发生改变，将永远无法摆脱"他者"的身份，无法逆转权力话语的缺失和边缘化的处境。

三　阿耐女性书写的"爽文"化特质

新时期以来，中国当代文学中张扬女性意识的创作从 20 世纪 90 年代开始，以林白、陈染等为代表的一批女性作家，关注个人生活的私密性，创作呈现私语化倾向。进入 21 世纪，女性书写逐渐从自身成长的狭小天地中走出，转向历史与现实的多元化写作。阿耐的小说延续了传统文学对女性生存境遇的思考，为我们建构起了独立鲜活、个性突出的当下女性形象。这些女性形象没有自怨自艾和敏感多疑，也不再把自己囿于狭小的空间内郁郁独语，虽然被规定了"他者"的身份，但她们有把握自己命运的自觉，对于男性，也不再是紧张的对抗，由于女性自身的强大的主体意识，她们有了更多消解男女二元对立、重建新型男女关系的自信与自觉。

与传统文学多对女性的精神世界进行聚焦相比，阿耐的小说更多是从外部来定义其生存意义，情节发展的动力是事件而非主人公的内心逻辑，这与小说通过网络写作和传播的方式有很大关系。"网络小说充满着娱乐性……读网络小说绝对没有精神负担，不会有一种思想的沉重感，通过阅读会获得一种极大的消遣，只要你喜欢这部小说，你就会愉快地消遣一段阅读的时光。"① 网络文学的这种娱乐和消遣功能使网络作家比较注重小说的通俗性和大众化，小说不仅要故事好看，而且人物要让读者有代入感，除此之外，语言还必须通俗易懂，符合网络快速浏览的特点。这样的文章被称为"爽文"。"爽文"是网络文学的一个重要概念，我们借用有人对此的定义："简略来说，'爽'不是单纯的好看，而是一种让读者在不动脑子的前提下极大满足阅读欲望的超强快感，包括畅快感、成就感、优越感，等等。"② "爽文"写作也体现在阿耐对女性"他者"境遇的书写中。

首先，人物阶层化、类型化明显。高冷范的职业女性是阿耐小说的一大人物类型，《回家》中的苏明玉，《食荤者》中的林唯平，《欢乐颂》中的安迪，她们往往有个人身世或在职场中的不幸，但凭借自己的高智商在商界叱咤风云。这与作者阿耐的身份有一定关系，阿耐是一名深谙职场法则的企业高管，在这类人物身上投射了很多自己真实生活中的影子。因此，读阿耐的小说，读者多少会有雷同之感。到了《欢乐颂》，人物类型多了起来，5个女主人公来自不同的社会阶层，她们虽然住同一小区同一楼层，相互之间在友情的名义下各有交集，但网友纷纷吐槽"人物阶层化"了。的确，在这5个女主人公身上，不同阶层的人大多都能找到自身的影子，成功地将自己代入，所以该作品受众之广远远超出了阿耐的其他作品。然而这样将人物放在阶层中描述的写法，虽然易于吸引读者，打开市场，但限制了对女性精神世界挖掘的深度，将女性作为群体而非个体对待，人性的复杂被消解。

其次，语言通俗化、大众化。在阿耐的小说中，我们很少看到较长的句子，大部分都是短句，干净利索不拖泥带水，人物对话生动，富有生活

① 贺绍俊：《新世纪带给文学的一份厚礼——关于网络文学的革命性和后现代性及其他》，周志雄主编《网络文学的兴起——中国网络文学发展文献史料辑》，人民出版社2014年版，第98页。
② 邵燕君：《面对网络文学：学院派的态度和方法》，周志雄主编《网络文学的兴起——中国网络文学发展文献史料辑》，人民出版社2014年版，第137页。

气息。"捞女""剩女""掐尖""早稻田大学""IT男""花痴""本本族"
等鲜活的生活词汇在小说中随处可见，一些网络词汇也时不时地在小说中
蹦出，如《欢乐颂》中包奕凡与安迪的对话：

> 包奕凡问了安迪一句，"你好像从来没问过我为什么爱你。"
>
> "咦，有必要问吗？"
>
> "OMG，我还真多此一举。"

"OMG"便是典型的网络词汇，是"OH，MY GOD"的缩写。

传统女性书写中无论其语言风格是典雅感伤、疯狂颓废，还是冷峻犀
利、闲适平和，往往都离不开语法规范的书面化语言和生动形象的比喻，
离不开象征、隐喻等手法的运用和意境的营造。但阿耐的小说很少使用修
辞，语言往往简洁明快，表达意思通俗、准确，一些网络词汇、大众词汇
的使用消解了阅读障碍，非常符合网络快速浏览的特点。例如，"在这世
上，多少掘金女闪着贪婪的眼光等着撬有钱男，男人在鲜嫩脸庞面前不堪
一击，黄脸婆的劳苦功高完全不占一点儿砝码。""呸！我让你死个明白。
我揍你，第一是你害我爸妈离婚，第二是打飞你的威胁。今晚让你明白，
你外来杂种休想在海市地盘横行。"这样的语言虽然生动鲜活，但有时也
不免带上粗糙简陋的痕迹，有时因过于生活化，俗语粗语在小说叙事中泥
沙俱下。

再次，情节设计更注重"快感"。阿耐小说的女主角虽然很多都是
有痛感的生命，她们往往带有原生家庭或人生的一些缺憾，但与传统的
严肃文学追求"痛感"相比，通俗文学追求的更多的是"快感"。在小
说的情节设计中，无论女主人公有着怎样痛感的生命，但往往能够一路
"打怪升级"，感情上也能将那些可望而不可即的男神统统收入囊中，即
使是樊胜美、邱莹莹这些社会边缘的小人物，最终也能获得自己想要的
生活。可以说，阿耐小说中的女性生存带上了乌托邦的色彩，传统文学

中女性被现实阻遏的生存理想在小说的乌托邦中酣畅淋漓地表达了出来。女主人公们为了摆脱"他者"的困境而使自己的"装备"不断升级，这些装备包括知识、财富、地位等，在现实的商战、两性关系甚至与原生家庭的关系中无往而不胜，极大地满足了读者"爽"的目的。又如，在《回家》中，苏明玉挨了哥哥的一顿暴打后，动用社会关系以最快的速度将哥哥送进监狱，让这个无担当、无责任感的"啃老族"饱受教训，大快人心。《不得往生》中的许半夏草莽起家，从收购废钢起步，一路惊险但连连过关，最终成为商界的新起之秀，并获得了梦寐以求的爱情。《欢乐颂》中的曲筱绡，古灵精怪，刁蛮任性，始终活在自己的随性中。虽然她在小说中一出场就与两个哥哥争家产，但两个哥哥根本不是她的对手；她对赵医生一见钟情，经过一番死缠烂打的追求，最终抱得男神归；生意场上，她也因为有安迪等朋友的帮助而顺风顺水。可以说曲筱绡完全颠覆了传统的女性形象，她经济独立，在两性关系中非常开放，活得潇洒随性，暗合了女性读者在现实中难以实现的"白日梦"。此外，阿耐的小说叙事视角比较单一，几乎全采用全知全能的视角叙事，人物的内心可以毫不费力地被读者获悉，这也符合了"爽文"对阅读畅快感的要求。

总之，阿耐的小说从家庭/社会、男性/女性、本土/外来等不同维度切入现实生活中女性的生存状态。她们或者在性别关系中被规定为从属，或者在空间关系中处于边缘。虽然她们的生命底子或多或少被打上"他者"的烙印，但她们从未放弃为自身注入新的意义的努力。英国作家、女权主义的倡导者伍尔夫在《一间自己的屋子》中提出，女性的主体地位只有在她们经济上获得独立，空间上拥有属于"一间自己的屋子"的时候才能确立。阿耐的女性书写可以说是对这一主张的生动诠释。无论在"性别他者"还是"空间他者"的书写中，阿耐在追求经济独立的基础上，还将"心灵空间的饱满和女性主体意识的觉醒"作为思考的重点，致力于建构一种平等独立的新型的两性关系。阿耐的小说继承了传统文学对女性生存状况的思考，同时又拓展了女性书写的通俗性和当下性，将女性主体意识的觉醒放在当下大城市的生活主潮中，将人物放在现实社会的阶层中，有较强的现实意义，较易引起读者的共鸣。在网络小说中，这种将对社会的观察与思考融入通俗化的叙事，将思想性与可读性相结合的写作方式，值得我们关注。

《欢乐颂》：在一地鸡毛中欢歌高进

韩　晓*

【摘要】与以描写"商战"为主的普通精英小说不同，阿耐把笔墨更多地投向了普通的白领们，她们齐心协力地解决了几个问题，主要不是"精英派"安迪和曲筱绡的问题，而是"普通派"的：樊胜美的无赖哥哥的问题，邱莹莹的有处女情结的男朋友的问题，关雎尔的警察男友是不是在家庭背景上撒了谎的问题——围绕着这几个问题，牵扯出来的是农村的、小城市的，普通乃至于底层的市民农民的家庭。于是，在三十年的高歌猛进之中，人们经历的是伦理与价值观的破碎，那些在中下层的人，或者死守着僵硬的道德观，或者将自己的弱势作为挟持他人的工具，又或者想摆脱所有不愉快的阴影，用隐瞒过去来换一个美丽未来。

2016 年上半年是被影视剧《欢乐颂》承包的半年，从客观数据上来看，《欢乐颂》登陆浙江、东方卫视之后，收视率节节升高，东方卫视 CSM52 城收视率早已突破 1.9，牢牢占据卫视晚间电视剧第一名的宝座，在浙江卫视也屡屡刷新收视新高。不仅如此，《欢乐颂》目前日最高播放

---

* 韩晓，山东师范大学中国现当代文学硕士研究生。本文系 2016 年山东省研究生教育优质课程建设项目《中国当代文学研究》成果。

量超过6.8亿。《欢乐颂》无愧为2016年第一部达到现象级的都市剧。①《欢乐颂》第一季播出后，在高度关注的情况下也引发了巨大的争议，人们关于财富、阶级、价值观展开喋喋不休的争论，甚至著名剧评人毛尖干脆发文批评"《欢乐颂》就是金钱颂"。作者阿耐显然不是这个意图，我们不禁带着疑问走进《欢乐颂》这部小说，走进阿耐为我们编织的海市这座大都市的一千零一夜。

与以往的都市情感小说一样，爱情仍是这个时代都市白领不可或缺的精神食粮，在这个"各扫门前雪"的时代，城市钢筋水泥的建筑物像是一个个动物园的牢笼，而你我就是这座牢笼里的困兽，金钱、权力、地位将每个人的隔膜加深又加深，都市中的每个人都有一段自己的故事，她们习惯戴着口罩出门更像是一种保护自己的屏障。在这种情况下，《欢乐颂》的独特之处就显现出来了，5个出身不同、性格迥异、身处不同阶级的女孩相遇在欢乐颂，她们从一开始的防御，到慢慢熟悉并成为至交，为我们谱写了中国版的《老友记》，这不禁令笔者想起前些年火爆一时的电视剧《爱情公寓》，有时候我们所着迷的不是住在哪儿，而是与一群志趣相同的人在一起。《欢乐颂》这部小说就像它的题目一样，生活就是一曲交响曲，交织着悲欢离合，酸甜苦辣，从第一部到第三部5个女孩都获得了成长，虽然这成长交织着血泪，但开放性的结局仍留给人们无尽的想象空间。

一　都市中的人生百态

这部小说之所以引起人们的巨大关注，是因为阿耐观察的视野与视角是一般的"作家"所缺乏的，她能把经济生活解剖得特别真切，同时她对人性的理解又是明快而善意的，她总能提供特别好用的"职场指南"与

---

① 凤凰娱乐：《〈欢乐颂〉大结局"安包"CP第二季续未了情》，2016年5月，凤凰网（ht-tp：//ent.ifeng.com/a/20160511/42618504_0.shtml）。

"情感指南"。同时，她又拥有女性作家特有的敏锐触觉，把商务活动跟女性成长糅合在一起，通过对女性在商务活动中的智商、情商、专业素养、高超技巧的写实性探索，对社会生活中良性商务氛围和女性在高端商务活动中不可或缺的作用给予了肯定，真正将女性从男人商海的附属地位中超拔出来。这是一次事关女权和文风的双重转型，阿耐于此走在了女性主义作家的前列。

这部小说紧跟时代的步伐，这不是一部都市白领的奋斗史而是此时此刻社会的一个切面。它现实得让很多看惯了"玛丽苏""霸道总裁爱上我"的读者接受不了，他们沉浸在固有的思维定式中不能自拔，认为灰姑娘理所应当有王子来拯救，女强人注定会成为剩女，富二代只会花钱不会赚；他们同样也不愿承认世界上有智商极高的美女，有会赚钱也肯吃苦的富二代，有他们接触不到的特权阶级存在，但这部小说接地气的地方在于，我们在这部小说中能够对号入座看到自己。但同时现实性不是对生活现实的简单还原和展示，而是独辟蹊径，由生活现实的独特视角、个别片段、剖面出发，发掘和揭示被掩蔽、被忽略的现存和未来现实。

小说随着安迪的出场徐徐展开，这个人物以作者阿耐为原型，可以看出在她的人物塑造上作者甚是偏重，这个从一开始就带着神秘光环的美女高管犹如平地惊雷空降到欢乐颂这个中档小区中，她智商极高，理智但又讲义气，她的行为如同电脑程序一样规律，一丝不苟，工作起来雷厉风行，像是古代调动千军万马的女将军，不少有智商崇拜倾向的人都喜欢安迪，但是这种女精英少之又少，从小开始的智商碾压、千疮百孔的身世使这个美女看起来不食人间烟火，像是冷冰冰的雕塑，我们亦只可远观。而随后出场的曲筱绡也随手打破了人们传统观念中对富二代的定义，当然她的初衷实在可笑，每一个富二代身后都会上演一出争家产的大戏，为了母亲的期望，娇滴滴的曲大小姐只能变身女强人，恶补功课，努力赚钱。这个白富美人物设定也是剧中争议最大的一个人物，有人说她开了"上帝视角"，除了安迪，每个女孩的感情她都要插上一脚，最喜欢指责别人的话是"拎不清"。以曲筱绡为代表的"上流社会"的玩法就是视法律为无物，动用各种关系去查别人的隐私，他们认为这就是他们证明"能力之外的资本等于零"的方式。

相较于安迪、曲筱绡，2202的三位姑娘才更接近我们的生活，生活中大部分刚毕业的白领身上都能看到邱莹莹的影子，她单纯善良，青春洋溢，讲义气重友情，谈起恋爱来不管不顾，即使头破血流也依然相信爱情。跟她同样是刚毕业的小白领关雎尔，是个典型的"乖乖女"，性格稳重，家境优渥，出门有父母拥簇照拂，从来没做过出格的事，工作起来四平八稳。更显真实的人物还有樊胜美，这位看起来美丽高傲，工作不错的女白领应该是婚姻市场的香馍馍，却硬是把自己剩到三十岁，于是揭开华丽的面纱背后是一摊子家庭琐事，从小没有人帮扶的她靠自己在海市打拼，她在工作中圆滑、世故，是职场上的"老油子"。

这5个女孩由于不同的原因相聚在欢乐颂，成为邻居，从表面上看她们都是令人羡慕的，安迪和曲筱绡自不用说，樊胜美、关雎尔、邱莹莹也足以让人羡慕，她们美貌、青春、健康，看起来都有着不同的发展前途，可是一层隔膜时隐时现将她们区分起来，让2202的三个姑娘不时陷入自我价值的怀疑中。托克维尔说："在民主时代，欢乐要比贵族时代来得强烈，有更多的人可以分享欢乐。但是在这种人人平等的虚幻氛围中，人们的希望和欲望其实更容易被不平等的现实摧毁，灵魂所受的折磨和烦恼反而要比明显划分了不同阶级的时代要大。"[1] 在《欢乐颂》中，每个人的出身和所在的阶级已经决定了各自的命运。有的人不认输，在现实面前撞得头破血流，撞的每一面墙都是在冲破自己的樊篱，可代价也是巨大的。

---

[1] 杨泽章：《托克维尔的政治思想及其理论价值》，《武汉科技大学学报》2011年第4期。

二 难以言说的生存困境

在这个全民狂欢的时代，城市中的每个人都有自己不愿撕开的伤疤，但人生不只有苟且，不管来自怎样的背景，处在怎样的阶层，从事什么职业，都有权利尽情享受自己的人生，阿耐的小说总是在困境中呈现出生活的温情与人性的宽容。

（一）浮华下的一地鸡毛

原生家庭带给我们的影响是巨大的，不仅给我们划分好阶级和活动范围，而且在潜移默化中影响我们的择偶观。樊胜美，一直被曲筱绡诟病的是"捞女"这个标签，她像千千万万渴望以自身美貌改变命运的都市女孩一样，为了进入上流社会挤破头，不放过任何能够遇到富二代的机会。因为家庭的原因，樊胜美对自己的认识十分清醒，她站在三十岁这个尴尬的年纪十分渴望步入婚姻，找个人为她遮风挡雨，同时她又对自己的认识很清醒，当她得知邱莹莹不顾一切地谈起办公室恋情时，她是这样跟关雎尔说的：

> 像我们这种老家不在海市的女孩，工作是唯一的依靠，千万不可为了一个没出息的男人冒险。[1]

在自己的择偶问题上，樊胜美尤为小心谨慎，她深知自己有几分姿色，不肯轻易将就。当高中时期的追求者王柏川出现时，也同样逃不过樊胜美用 HR 的毒辣眼光进行审视裁夺。他们从第一次在希尔顿大酒店吃饭开始就进行互相的盘算打量，都市中的饮食男女大都离不开房、车这两个要素，他们的对话里明里暗里始终都进行着互相的揣摩；当樊胜美第一次

---

① 阿耐：《欢乐颂》第一季，四川文艺出版社 2012 年版，第 15 页。

坐进王柏川的宝马时，心里悬着的心放下一半；当她得知王柏川还没有买房子时，便决定与他保持一些距离。在她的观念中名牌衣服、名牌车代表着脸面，房子则是安稳和生活保障，显然她不太满意王柏川创业中小老板的身份，她不知道拒绝了多少个这样的小老板，她看得十分清楚。

那些人总是要求她在工作之外做他们的后勤，随时接受召唤请假替他们管账管人，周末时间打扮得花枝招展替他们做客户公关，需要她的工资共同支付小商品房的头款与按揭，以及三从四德地替他们照顾他们的家人，替他们生孩子并完全承担起养孩子的繁杂事务……直至把她折腾成黄脸婆。如果他们发达了，他们会即刻甩了她这个黄脸婆，如果他们永不发达，她的黄脸婆生涯永无止境。人生便是如此残酷，若是不事先想清楚那么多的如果，最终只有后果。①

樊胜美对王柏川远没有之前对其他小老板那样理智，她并非对王柏川全无感情，可是这感情掺杂着太多不可言说的因素，她一方面看中王柏川外貌身价，觉得王柏川也许是支潜力股，更重要的是作为一名"美女"，她很享受追求者对她的赞美和仰视。作者毒辣的地方在于王柏川自始至终对樊胜美的感情也并不纯粹，他爱樊胜美的美丽与能干，更重要的是能为他撑起门面，樊胜美这个"灰姑娘"在婚姻市场上并没有如愿以偿等来拯救她的王子，而是遇到跟她各方面条件相匹配的王柏川。更可笑的是，两个人都不坦诚，樊胜美假装自己有房，王柏川假装自己有车，樊胜美在度假村的饭桌上经不住曲筱绡的揶揄，将王柏川作为一个男人最后的尊严踩在脚底。

在度假村的闹剧使王柏川灰头土脸，也让樊胜美脸上无光，她一心想塑造的"白富美"形象轰然倒塌。这个有点虚荣、有点自卑的女孩不禁使

① 阿耐：《欢乐颂》第一季，四川文艺出版社 2012 年版，第 174 页。

我们心生怜悯，是什么导致她在三十岁的年纪还住在群租房最便宜的一间屋子里，又是什么使她的处境如此难堪。纵观三季小说我们不难发现，除了安迪以外，每个人身上的悲剧都是性格悲剧。樊胜美对重男轻女的父母无可奈何，一度的妥协和退让使她的哥哥索求无度，也直接影响了自己的婚姻观和爱情观，她一直把结婚当成自己阶级上升的台阶，当发现她不过是有钱男人的玩物时，王柏川对她的好才凸显出来，一度成为她的救命稻草。

第一季结尾表面上看王柏川与樊胜美已经重修旧好，但5个女孩都陷入自己的危机，私下暗流涌动。安迪与魏渭（奇点）陷入情感的纠葛之中难以脱身，工作上的麻烦接连不断，她是否能够看清自己对魏渭的心意？被赵医生识破自己身无长物，小妖精（曲筱绡）将何去何从？小蚯蚓（邱莹莹）与经济适用男应勤能否走到最后？关雎尔年终审核通过了吗？作者设置悬念的手法不可谓不高明，美国戏剧理论家贝克在《戏剧技巧》中说："所谓悬念，就是兴趣不断向前延伸和欲知后事如何的迫切要求。无论观众是否对下文毫无所知，但急于探其究竟，还是对下文作了一些揣测，但渴望使其明确，甚至是已经感觉到咄咄逼人，对即将出现的紧张场面怀着恐惧，——在这些不同情况下，观众都可谓处在悬念之中，因为，不管他愿意不愿意，他的兴趣都非向前冲不可。"[1] 于是我们的阅读也随着人物的新生活翻开新的篇章。

（二）及时行乐的人生哲学

欢乐颂的5个女孩每个人都有着不同的烦恼，但并不影响在一地鸡毛中勇往直前。巴赫金"狂欢理论"认为"狂欢式的笑"是节庆的诙谐，节庆活动与"人类生存的最高目的"有着密切的关联，是"民众暂时进入全

---

① ［美］乔治·贝克：《戏剧技巧》，余上沅译，中国戏剧出版社1985年版，第215页。

民共享自由、平等和富足的乌托邦王国的第二种生活方式。"① 她们以肆意的笑和纵情享受生活来对抗生活中的平庸。

人生在世谁都逃脱不了"生老病死、爱恨离别"这几个字，一直缠绕在"白富美"安迪心中的一个魔咒就是"害怕自己身上携带发疯的基因"，复杂的家庭背景使安迪将自己紧紧地包裹在自己塑造的茧之中，孤儿院中痴傻的弟弟，无情的父亲，疯癫的母亲，注定安迪无法像正常女孩那样恋爱、工作，为了不拖累别人，安迪放弃了初恋男友奇点，孑然一身的安迪仿佛是一个女战士，始终处在战斗状态，但就是这样一个理智、冰冷的悲剧角色使我们深深为之颤动，亚里士多德指出："借引起怜悯与恐惧来使这种情感得到陶冶。"抛开安迪身上的身世阴影，我们之所以喜欢她是因为她是一个独立、聪慧的现代女性，作为欢乐颂里年龄最大的女性，在职场上雷厉风行，本应是个霹雳娇娃的存在，她却在生活、爱情上显得笨拙无比，开车要靠记忆找路，学跳钢管舞像教科书一样一丝不苟，甚至一开始在对待爱情上也懵懵懂懂。

表面上看安迪对待男女之情不够开窍，可正如曲筱绡所言，安迪是这层楼上最"拎得清"的人了，她非常明白自己的心意，也能够勇敢地追求自己想要的。魏渭显然不适合她，魏渭太精明，作为一位生意场上的"老油条"，他在做任何事之前内心就已经有了小算盘，当他通过调查安迪得知她的身世时，显露的一丝迟疑让从来就没有安全感的安迪感到不安，她很快发现自己对魏渭的情谊后便迅速抽身，这种对待感情不拖泥带水的态度令人好感顿生。当魏渭一再纠缠时，安迪这样对曲筱绡说："摆在我面前的事实是，我喜欢包奕凡，但魏渭不放手，我该怎么办？"连曲筱绡这样洒脱、又见多识广人都被安迪吓一跳。不仅如此，在对待她与包奕凡的

---

① ［苏］巴赫金：《拉伯雷的创作与中世纪和文艺复兴时期的民间文化》，《巴赫金全集》第六卷，李兆林等译，河北教育出版社 1998 年版，第 11 页。

感情上，面对包妈妈一系列的调查与质疑，安迪进退有节，这是包妈妈没有想到的，一心以为安迪怀孕是为了争夺家产的故意而为，可没想到安迪根本就没想过跟包奕凡结婚，从小接受西方教育的安迪从不认为婚姻是牢靠的，那一纸婚书起的只是契约作用，却束缚不了两个人的精神。

包奕凡的烟火气瞬间将安迪的防御融化，这是一段棋逢对手的爱情故事，两个人的财力相当，样貌般配，不存在高攀下嫁，正是因为在这种平等的状态下，两人才能做到足够坦诚，当包奕凡知道安迪的身世后，安迪也并不担心，因为她有足够的财力来养活孩子和弟弟，这是一般女性做不到的，最好的爱情应该就像舒婷说的那样："我必须是你近旁的一株木棉，作为树的形象与你站在一起。"

女神从此走下神坛，开启了有血有肉的新人生，工作不再是她唯一的人生追求。即使是负担最重的樊胜美，也与王柏川陷入甜蜜的热恋。"小妖精"曲筱绡自不用说，当她在医院第一眼看到赵医生后，便爱上了这位帅哥医生，于是就开始了死缠烂打的模式，曲筱绡美丽又古灵精怪，很快就把赵医生迷住，两个人相处中显现出来诸多不和谐的因素，如赵医生爱看书爱听音乐会，而曲筱绡对学习一窍不通。当赵医生嫌弃她"胸无点墨"与她分手后，不甘寂寞的曲筱绡立刻又搭上相亲对象刘歆华，财貌兼备的刘歆华遇上正处感情空窗期的曲筱绡，一段天雷勾地火的速食爱情便开始了，两位家境相当、情感经验丰富的年轻人追求"肉欲"的享受，信奉"及时行乐"的人生信条，他们进入爱情的状态很快，可感情也消退得快，很快曲筱绡就发现刘歆华跟她之前认识的男人并没有什么不同，而这类男人已经提不起曲筱绡的胃口，转而她又重新投入赵医生的怀抱，而赵医生也并非书呆子，他看似闷骚，实际内心火热，当两个人都发现彼此才是最合适的人时，毫不犹豫地选择了重新在一起，这种潇洒的人生态度让人羡慕。

《欢乐颂》中虽然写了5位女孩各自的挫折和苦痛，但并不意味着向我们传递生活中的黑暗面，从它给每个主人公的结局我们可以看出，她们虽没能跨越阶级的身份的局限，实现人生的反超，但最终还是在这段布满荆棘的奋斗之路上收获了友谊、获得了成长。历来以女性为中心的小说，爱情都毫无悬念地成为第一主题，在那些作品中，女性往往通过爱人和被爱，完成生命的价值体现。但残酷的现实说明，爱情并不能让女性实现真正的救赎和自我救赎，现代女性对内心和外界的情感诉求同样重要。《欢乐颂》中的5个典型人物，虽然没一个能够离开感情，但爱情已非她们的生活全部，即使险些深陷入爱情旋涡不能自拔的邱莹莹，一样以"注册会计师"为人生的阶段性理想。可以说，没有爱情，他们的人生一样光彩照人。女性命运、情感、行为方式、思维习惯在21世纪中国发展的大气候中的成长轨迹，才是读者应该给予更多关注的主题。

三　重新书写自我价值

《欢乐颂》能够在众多小说中脱颖而出，是因为它突破了传统都市小说中"靠男人"的戏码，无论是现在流行的"仙侠剧"还是"都市爱情剧"，他们都有同样的主题，爱情永远是故事主线，女性永远是男性的附庸，她们把一切幸福的筹码加在男人身上，如果不是圆满的结局，读者还会为之惋惜感叹，而《欢乐颂》中的"五美"终于在跌跌撞撞的磕绊中明白：爱情只是生活的调味品，女人永远应该为自己而活。

这部剧在笔者看来塑造得最成功的不是白富美安迪，也不是鬼马精灵的大小姐曲筱绡，而是深陷沼泽不断挣扎的樊胜美，甚至连《人民日报》都一本正经地评论道：《欢乐颂》这部作品有得有失，它塑造成功的是樊胜美，塑造得不成功的是安迪。

樊胜美是个让我们心疼又惋惜的女孩，最后虽然没有明确的归属，她却是小说中成长变化最大的人物。家庭的拖累让她一度以为王柏川就是自己的救命稻草，她要在这个尴尬的三十岁赶紧把自己嫁出去。长久以来，高中时代一直暗恋樊胜美的王柏川把她当成遥不可及的"女神"，他对待樊胜美一直小心翼翼，仔细呵护着，当他得知"女神"背后有一摊子累赘后，他的天平不知不觉开始倾斜了，也许一开始他的爱就不是纯粹的，一个漂亮又能干的妻子对于处在创业阶段的小老板来说无疑是块"金字招牌"，为了利益和虚荣心他一直在这段爱情中"不诚实"，一开始谎称自己有"宝马"车子，后来由安迪牵线跟包奕凡生意失败后仍打算对樊胜美隐瞒这个结果，被识破后，王柏川对安迪说不需要隐瞒了，并指责樊胜美：

> 为什么她从来只有居高临下的指责？……为什么她立刻确立所有责任，并将所有，甚至莫须有的责任都栽在我头上？都是赤手空拳出来打拼，何必如此轻贱我？她家一堆破事，我又何尝说过她什么……①

我们可以从王柏川这段抱怨中看出这两个人在爱情里关系是不平等的，王柏川总是以低三下四的态度讨好樊胜美，而樊胜美仗着自身的美貌和王对她的崇仰一再践踏王柏川作为一个男人的尊严，樊胜美把自己甚至自己一家的幸福都寄托在王柏川身上，她希望王柏川能够担当起照顾她一家老少的责任并且能尽快买房，在海市立足。直到樊胜美的家庭再起波澜，她才明白这个世界上男人是靠不住的。樊胜美的哥嫂知道她忌惮王柏川的父母，因为家庭原因，她与王柏川的恋爱一直得不到王家父母的认可，如今哥嫂又把事情闹到王家，她与王柏川的关系岌岌可危。在处理这件事时，王柏川表现得蹑手蹑脚，他首先想到的只是把自己家的麻烦推出去就好，并不想因为樊胜美家的事惹祸上身，他凭什么要为了樊胜美豁出去？作为成年人，许多事情的做与不做，得看投入和产出。如果说这件事

---

① 阿耐：《欢乐颂》第二季，四川文艺出版社2012年版，第205页。

只是增加了两人的隔阂，那么，随后的买房事件则彻底浇灭了樊胜美心中最后一点希望。房产证上能加樊胜美的名字，对于樊来说就在这座大城市有了个根基，从此生活有了保障，而王柏川在这件事上踯躅不前，他忌惮樊胜美无底洞似的一家，同时也表示他从内心深处对这段感情是没有足够信心的。悲痛之后的樊胜美终于幡然悔悟，以召集大家吃饭的形式与过去做告别，她在席间对王柏川说：

> 你我一样的年龄，一样的出身，一样挣扎在海市立足，我凭什么对你要求那么多，把我已经绝望的事情推给你做，勒令你一定做好做到我满意。我现在才明白了，我是把你当作救命稻草，死死抓住你不放。我绑架了你，对不起，我欠你一个巨大的人情。①

这段话说得王柏川无地自容，在感情的博弈中，只有势均力敌的人才能共赢，两个从一开始就各怀鬼胎的恋人，结局自然是两败俱伤。让人喜悦的是樊胜美的成长，她终于意识到"靠男人翻盘"是多么愚蠢的想法，女人只有拥有独立的人格才能吸引不顾一切来爱你的骑士。

四　结语

《欢乐颂》这部小说一共有三季，洋洋洒洒几十万字的鸿篇巨制，不但没有引起读者的反感，反而让读者有手不释卷读下去的兴趣，这与作者高超的写作技巧、娴熟的笔法是分不开的，更重要的是，因为读者将自己的人生经历融入其中，为我们打造了一个与真实生活近乎平衡的世界，让读者产生极强的代入感。而很多作者把握不好的就是艺术真实和艺术虚构之间的平衡，如果太写实就会缺乏艺术创造力，如果太过虚构和夸张就脱离了现实生活，不接地气。作者显然是处理这个问题的高手，以安迪为

---

① 阿耐：《欢乐颂》第二季，四川文艺出版社 2012 年版，第 209 页。

例，一开始她是一个冷冰冰、不食人间烟火的"霸道女总裁"，随着与欢乐颂四个女孩的相处以及与包奕凡的爱情逐渐升温，她慢慢卸掉了心中的防御，开始以一种新的胸怀来拥抱每一天。不仅如此，邱莹莹的塑造也让我们倍感真实和亲切，这是一个"小女人"的形象，结婚就是她人生中的首要任务，而"把自己嫁出去"就是女人成功的象征，所以在她结婚后，她一直不厌其烦将自己成功出嫁的经验传授给好姐妹关雎尔、樊胜美，全然忘记了她在这段爱情中的委曲求全和隐忍，邱莹莹作为这部剧中底层社会的代表，她跟处在上层的安迪一样没有阶级观念，在心底信奉人人平等的交友观念，只不过安迪的平等是美式的：无论强弱都有生存权利，但强者自然生活得更好，这就是公平；邱莹莹信奉的则是大锅煮糨糊的糊涂平等：她和朋友交往，从来都不考虑朋友的社会地位、教育水平和经济条件，用一个大标签"朋友"干净利落地盖过这个人自带的所有小标签。邱莹莹的这种糊涂平等和零距离感真是贯穿全文，除了体现在一视同仁的"熊抱"上，还体现在她在婚宴上公然提出要生个孩子和安迪、包奕凡的小孩结娃娃亲这件事中。阿耐写活了邱莹莹这个角色，道尽少不更事时我们在恋爱中、交友中犯的错误。

　　5个来自不同阶级、性格不同、职业不同的姑娘，因为在欢乐颂的相遇，使她们成为闺蜜，她们分享着彼此的喜悦和痛苦，我们从《欢乐颂》中能看到自己的影子，经常不自觉地将自己带入其中，我们有时也会像安迪一样缺乏安全感，有时也会像曲筱绡一样尖酸刻薄，也会有与樊胜美一样的虚荣心，也会像关雎尔那般患得患失，犯傻的时候也会像邱莹莹一样一根筋，这也许就是《欢乐颂》魅力所在。它面面俱到的人物设置总能使我们对号入座，在某个点上与角色产生共鸣，具有极强的代入感。但作者在塑造人物性格时，虽然生动真实，却总缺乏一种人性的厚度，面对安迪、谢滨这样一个极为复杂的写作对象时，总是极为轻快地滑过去。使读者在读这些"解决过程"与"解决办法"时，会产生在读一个网帖的感觉，这大概就是过于在情节的表面上解决问题造成的。

这部小说总体上来说是积极乐观的，正像德国诗人席勒谱写的诗歌一样，充满着对自由、平等生活的渴望，小说中的每个人都遇到过不同程度的挫折和困难，但依然没有阻挡她们对幸福的渴望，英国作家霍雷思·华波尔曾说："世界对情感的人来说是一出悲剧，对理智的人来说是一出喜剧。"①《欢乐颂》篇幅巨大，看似洋洋洒洒，其实是阿耐在花费大量的时间观察生活与孜孜不倦地探索后的成果。生活永远是创造的第一源泉，这是阿耐唯一不变的宗旨。书中精英们对烟火气的欣羡，也正表明作者对真实生活的充分肯定。正是因为所有的细节都来自美妙的生活，五彩缤纷的主人公们带给读者的一波一波的跌宕起伏，一定会让读者全身心地欢乐起来，这是本书借"欢乐颂"公寓为名的巧妙暗含。

---

① 闫广林：《历史与形式：西方学术语境中的喜剧、幽默和玩笑》，上海社会科学院出版社2005年版，第8页。

浮世中难得的知性定力

——评网络小说《杜拉拉升职记》

李　展[*]

【摘要】《杜拉拉升职记》作为职场网络小说，重点是专业技能建设和人际关系中的人性展示。小说中 HR 专业知识的有机化展示，构成了作品的重要内容；而杜拉拉的好学上进，凸显了知性品格对于当下文化环境的精神定力。而关于小说的同期影视改编，其时尚化的消费文化精神消解了小说文本凸显的知性品格。二者同期共在，谁是谁非莫衷一是，显示出网络文化时代无比复杂的精神文化语境。

在当今边缘化的网络文学世界中，除了各种玄幻、仙侠、修真、穿越等虚构的小说类型外，还有一大类从文学传统来看属于写实文学的作品，依然盛行不衰，无论属于都市、伦理、青春，还是职场等类型小说。李可的《杜拉拉升职记》便属于这种写实性的职场小说，它于 2007 年在网络诞生，2008 年由陕西师范大学出版社出版，并于 2009 年 1 月再度推出升级

---

* 李展，武汉纺织大学传媒学院副教授。本文系湖北省教育科学"十二五"规划课题"文化创意、新媒体产业与地方高校新闻传播类创新型人才培养研究"（编号：2014B092），武汉纺织大学课题"中国消费文化语境下的艺术传播"（编号：153056）阶段成果。

续集《杜拉拉2》，更因为姚晨版的"杜拉拉"话剧，王珞丹版的"杜拉拉"电视剧，徐静蕾版的"杜拉拉"电影，先后紧锣密鼓地开张，增加了杜拉拉现象的"网络性"文化热度。就现有的研究状况看，其与市场的火热并不成比例，研究视角主要从传播学、女性主义、影视改编等方面探讨得比较多。但关于《杜拉拉升职记》的文学文本的研究并不多见。在笔者看来，如果不对作品的文学特征和价值进行判断，是无法做出真正合适的评价的。以下主要以陕西师范大学出版社出版的《杜拉拉升职记》的纸质版本作为主要研究对象，其他作为辅助材料，进行阐释。

一　经验型写作的知性沉淀

《杜拉拉升职记》的写作可以归入职场小说类型，似也可以归入都市小说类型。但这种归类，只是论说方便或者市场定位的无奈之举。即使类型小说"注意受众趣味，注重模仿既成的艺术经验"，也绝不意味着这是一种"封闭的自足体系"；我们倾向于把类型艺术当作一种创作主体对艺术成规和社会心理的"话语表意体系"，借此"形成话语的交流和倾听、对话、妥协"的开放的"动态意义系统"①。真正优秀的作者因为有着自己的独特生活经验和艺术敏感，往往有超出"类型"模式的独特艺术创造。

对于职场小说类型，其核心问题至少包括专业技能、人际关系与个体婚恋等方面，一般将重点放在人际关系的厚黑学职场内斗，或者再加上婚恋时尚作为核心模块。但是，《杜拉拉升职记》的重心是职场奋斗和专业精神，以及由此引发的人际关系中的人性展示，婚恋在该小说中基本可以忽略不计。对于杜拉拉来说，其生活经验具有明显的作家自传性写实特征。说来奇怪，《杜拉拉升职记》的作者李可，在这个网络时代其信息竟然相当模糊，能看到的介绍材料只是说，"女作家，某名校本科毕业，十

---

① 郝建：《中国电视剧：文化研究与类型研究》，中国电影出版社 2008 年版，第 62—70 页。

余年外企生涯，职业经理人。从事过销售和人力资源工作"，甚至"李可"也不是真名。① 成名的作者有意对大众隐藏了自己的信息。但是，个体经验如何变成文学是非常值得研究的问题。"经验"的写作并不必然保证写作的成功，经验只是作家想要写作的作品材料，更何况在信息如此发达的网络时代，这种类似经验基本都可以在新闻文本和娱乐八卦之中找到或者发现相当的原型，这使得经验本身的同质化现象严重。

对此，谢有顺认为"经验已经贫乏"。进入 20 世纪 90 年代后，"经验"成了文学的新宠，它提倡的是一种趣味和煽情。作家们丧失了 20 世纪 80 年代对语言的兴趣和探索，相反转向历史传奇、日常生活和身体细节。② 但这种经验需要至少在两个维度上进行转化、发酵或者升华才可能构成文学：一是语言层面的物质外壳的支撑，二是需要被存在光亮照耀，需要精神性的维度。它不可能是一些鸡毛蒜皮的材料的表层堆积。不过，经验写作最有可能呈现作家的语言才华类型和历史内容的真实维度，但这需要对历史进行存在性的深度理解。对于小说写作需要的"物质外壳"由语言建立起来，这是小说写作的地基，也是小说承载精神的容器。"小说写作，特别需要注意语言针脚的绵密。这个针脚，就密布在小说的细节、人物的性格逻辑，甚至某些词语的使用中。读者对一部小说的信任，正是源于它在细节和经验中一点一点累积起来的真实感。"③ 只有在这种相互信任的艺术真实的基础上，小说的阅读效果才会呈现。

关于这一点，《杜拉拉升职记》的作者是有所体悟的。她说，"书应该提供怎样的帮助呢？我以为好书应该做到集中提供逻辑的、生动的、有效的信息。所谓逻辑、生动而有效，光是经验分享还不够，这些经验是要容易理解和记忆的、实用的，并且是有意思的，还要周到而通用，能够上升

① 李可，百度百科（http://baike.baidu.com/subview/566836/5093730.htm#viewPageContent）。
② 谢有顺：《经验已经贫乏》，《南方文坛》2004 年第 3 期。
③ 谢有顺：《小说的物质外壳：逻辑、情理和说服力》，《当代作家评论》2007 年第 3 期。

到常识甚至原则的境界，以便于人们达观地遵从及现实的获益。"① 实际上，作家在这里提出了一个重要的问题，就是文学的认知功能。这本来是一种常识，但是当我们过分看重文学的娱乐或者教化功能的时候，反而容易忽略这种认知功能及其附属的实用性。确实，《杜拉拉升职记》最为明显的叙事特征就是语言朴素，叙事条理，逻辑清晰。这种将经验认识上升到"原则的境界"，表明作家在某种程度上的文学自觉。该书的语言不像那些文采斐然的小说，毫无"亮眼"或者"惊艳"的感觉。但是其叙事条理清楚，在其下面隐藏着作家的知性特征和认知逻辑以及在这种知性特征之下对生活表层帷幕下的某种精神领悟。这是典型的经验主义认知逻辑，而非想象和虚构类型的隐喻写作，它倾向经验写实而非向虚编造。虽然学界对知性的概念还有待进一步探讨，但是，这个概念基本指向对经验世界的理性认知，但又不同于纯粹理性概念，它把特殊的没有联系的感性对象加以综合处理，并且联结成为有规律的科学知识的一种先天认识能力。按照康德的理解，"知性从自我意识的先验统一出发，运用范畴去综合感性提供的经验材料，这是一切可能的经验和经验对象之所以可能的条件"②。《杜拉拉升职记》的真正文学贡献可能就在于对知识及知性的强调，并达到了文学整体上的有机组织。在这一点上，它超过了历史上其他文学作品部分章节的知识属性。比如，《红楼梦》中有关于中药药方的知识展示，张炜《古船》中有系统的菜谱知识，这种知识如果单独拿出来，是无法作为文学本身观照的。它只有融入文学性知识之中，才会有真正的文学属性。《杜拉拉升职记》的特殊性在于这种知识以专业系统化的方式呈现出了时代特征。

---

① 李可：《杜拉拉升职记·自序》，陕西师范大学出版社 2008 年版。
② ［德］康德：《纯粹理性批判·中译本序》，邓晓芒译，人民出版社 2004 年版，第 4 页。

二　专业性知识的陌生化效果

韦勒克认为，叙述性小说的两个主要模式在英语中分别被称为"传奇"和"小说"；"小说是现实主义的，传奇则是诗的或史诗的，或应称之为'神话的'"。这两种类型显示出散文体叙述的两个血统：小说由非虚构性的叙述形式一脉发展而来，传奇则是史诗和中世纪浪漫传奇的延续体。从文体风格看，前者强调代表性的细节，强调模仿，强调真实性，而后者强调更高的现实或者心理感受，强调诗意的境界。① 小说的变迁尽管有融合二者的趋势，但是小说的语言构成就其审美特征来看，确实可以分为诗性语言和非诗性语言的表达。不过非诗性语言的表达往往指向事物本身，具有知性知识的特点；而诗性语言表达往往意在言外，表达事物但又超越事物本身，属于文学的诗性范畴，往往与审美判断力相关联。但二者在具体艺术语境中又可以相互转化和支撑。

在《杜拉拉升职记》中，非诗性语言提供的物质支撑主要体现在传统的文学爱好者从未接触到的 HR 职场专业知识，比如 SWOT 分析、SMART 分析，以及 SOP 定义、360 度绩效评估，甚至在小说的结尾，拉拉以职业经理人的身份和眼光，通过电子邮件把这种专业知识提供给李都——当然也提供给读者——《早日实现退休理想——你需要眼光和资格》的人生规划的专题知识，都属于典型的此类知识。这里选取"SMART"目标设定原则进行阐释。小说中拉拉对于自己的下属周亮既愚蠢顽固又死要面子的心态，进行了一次别有意味的教育。

小说这样写道：

——先解释一下 SMART 原则：该原则是在工作目标设定中，被

① [美] 勒内·韦勒克等：《文学理论》，刘象愚等译，江苏教育出版社 2005 年版，第252—253 页。

普遍运用的法则。

S 就是 specific：意思是设定绩效考核目标的时候，一定要具体——也就是目标不可以是抽象模糊的。

M 就是 measurable：就是目标要可衡量，要量化。

A 就是 attainable：即设定的目标要高，有挑战性，但是，一定要是可达成的。

R 就是 relevant：设定的目标要和该岗位的工作职责相关联。

T 就是 time - bounding：对设定的目标，要规定什么时间内达成。①

这是杜拉拉对自己的下属周亮的工作进行细化的一个片段，这种采用 SMART 数学建模的量化和细化工作目标的应用在各个领域都开始盛行。如果单纯拿出这样的知识进行展示，只能说是一种 HR 专业知识，但作为一种故事情节的组成部分，其功能被转化为一种文学知识要素。需要说明的是，这个章节在最初的网络小说的版本中没有出现，而在 2008 年由陕西师大出版社出版的《杜拉拉升职记》中，由作者进行了添加。这个细节说明，作者明确地意识到这种专业知识对该小说的重要意义。这种知识呈现还有很多章节。这种专业知识的实施情况，对周亮的教育当然使其心服口服了；对一般读者，从传播学的"知沟"理论看，这样的知识设定，使得小说的知识广度超过了普通读者的知识广度。知沟理论可理解为对传播信息的熟悉、知晓或理解方面的差异。② 但是作为专业知识确实是许多非专业人士不清楚的。

这种非文学性知识被有机地镶嵌在整个文章故事中，其功能在于使得

---

① 李可：《杜拉拉升职记》，陕西师范大学出版社 2008 年版，第 155 页。

② ［美］蒂奇纳等：《大众媒介信息流通与知识增长差异》，张国良主编《20 世纪传播学经典文本》，复旦大学出版社 2009 年版，第 562 页。

读者既增长了知识，又有效地对阅读速度进行有限度的阻抗，使得兴趣能够较长时间有效地维持，并得以从容地思考，快餐式阅读受到限制，更好地实现了精英文学的审美功能。同时，对大众产生文学"陌生化"的艺术间离效应，打破日常的思维惯性而获得某种领悟，使得这种写作不是单纯的知识传授，而是成为故事的组成部分。在大众文化时代艺术和生活越来越失去界限的整体语境中，该作品"文学的陌生化"的书写，使得非诗性知识成为小说文本的有机构成，确实获得了成功。

三 超越知性的审美领悟

小说对于这种专业性知识的陈述算不上多么高级，读者的接受也不困难，基本属于看了就能理解，容易记住的接受心理层次，倒是符合作家的写作目的，但是上面说过，小说不仅属于知识和经验的陈述和分享层次，它有自己更高的精神维度，需要被存在光亮照耀。只有这样知识才会得到激活，经验才会重被赋予思考。正如谢有顺所说："因为经验总是贫乏的，所谓'日光之下，并无新事'，唯独存在的光芒、灵魂的颤动才能永恒。"①《杜拉拉升职记》真正具有文学性品味的是从生活经验中升华出来的人生领悟，这种人生领悟超越了平庸的常识世界，将我们带入了一个新的富有知性的精神世界。这种对生活经验的贴心体验和领悟，才是这部写实作品最为宝贵的品格，它闪烁着一个知识女性的知性光芒，体现出一种人格独立和女性精神。②

小说的知性品味有很多方面，比如叙事的逻辑清晰条理，拉拉处世的周到而严密，人性的反思精神等，都可以说是一种理性精神的成长。更值得注意的是，小说对这种生活经验最集中的提炼，宛如警言一般，

---

① 谢有顺：《经验已经贫乏》，《南方文坛》2004 年第 3 期。
② 卢翱翱：《〈杜拉拉升职记〉中女性主体意识的觉醒》，《大众文艺》2012 年第 13 期。

令人会心解颐，获得高度的精神享受。例如，"谈恋爱和性骚扰有明显区别，谈恋爱就是两个都愿意，性骚扰就是一个愿意另一个不愿意"这种常见又暧昧的生活场景大家肯定会心有同感。又如，"别搞不清谁是老大"，这在职场中受挫的读者最有感受。"紧挨着核心业务这棵大树来发展，才不会被边缘化并能最快地发展。"这在社会发展如此迅速的时代，真是至理！"官僚就是该做决定时思考，遇到困难时授权。"这种情况古今中外竟然相同。"我不撒谎，我相信你也不撒谎；假如你撒谎，只要被我发现一次，你就是个不值得信任的人。我用你我就信你、support（支持）你到底，你要是好，我们一起好；你要是不好，我们一起玩完；我若是足够幸运，在玩完之前发现你辜负我的信任，那我就干掉你。"对于认真的人，相信这是值得思考的西方人生准则。"You deserve it! 的两层含义：名至实归和罪有应得。"估计这是中国人更明白的中国式体验。诸如此类，在小说文本中这样的句子还有很多，当然这些认识经验的知性反省都是杜拉拉在工作中不断碰壁得出的人生之痛，后面都隐藏着故事，但也确实是宝贵的人生体验。这些丰富的人生体验和反思，体现了作家对生活的理解和其才华的展现，这种知性展示可以发现作家的审美判断力的经验主义实用类型。通过这种知性的最为恰当的表达，作家获得了某种对于生活理性的驾驭能力；而读者也从中体会到想表达但是苦于没有恰当的语言而不能表达的职场心酸和苦涩，同时也因为这种总结的切中肯綮而令人心神畅快。《杜拉拉升职记》这种小说对职场经验的经典总结，对栽过跟头的人会产生深切的人性共鸣，虽具有特定的时代特征和社会信息，也具有一般的普泛性。

但是，我们也必须指出，小说的总结总是小说的总结，并不能完全成为职场的宝典或者圣经，一旦知性的贴心体验变成了文学的文本知识，读者只有用自己的生命激活才会富有价值和意义。真正的问题的解决，却在使用人的存乎一心的理解能力，而非简单的规则和知识。所以我们发现，DB 公司的高手对公司的规范和法则都是相当熟悉的。比如，玫瑰对于李斯特不提拔自己的报复，利用了公司女职工的怀孕假期法规，度假费的领取又涉及公司不同级别的待遇享受；拉拉对 SOP 规则的利用，使得她相对有效地避免了童家明的陷害；而黛西对公司的讹诈同样利用了相关法则。小说展现了美国 DB 公司企业文化，由于有这些规则的制约，相对避免了权力的任意泛滥和中国民企类的老板的性骚扰，但也并非没有利益、权力、资源的争取。事实上，公司内部到处充满了职场陷阱，杜拉拉从一个草根到 HR 行政经理的奋斗历程，实际是一个不断学习和进取的过程，这个过程充满了艰辛、苦涩和无奈，但是收获就是经济的相对自由和思维方式的知性的精神升华。对于拉拉来说，美国公司已经足够好了！所以，在小说的结尾，拉拉在电子邮件中总结的那样：早日实现退休理想——你需要眼光和资格。这是一个草根阶层，"姿色中上"，"没有背景，受过较好的教育，走正规的路子，靠个人奋斗获取成功"的励志故事。

但是，这真是两害相权取其轻的人生。这个人生，并不轻松！

四 网络经验写实的文学精神谱系

虽然如此，《杜拉拉升职记》体现出来的知性品格，依然有着自己的文学限度。如果说这种品质在个体方面算是一种现代性的进步，但是在社会层面，其精神属性依然有着某种遮蔽。该作品尽管始于网络小说创作，但是其实质不过是传统文学通过网络媒介的营销传播，依然属于一种写实主义文学传统的畅销书类型。

杜拉拉的精神谱系带有传统社会强调的社会责任感，又同时富有改革开放以来以科学知识推动中国社会现代化的现代意识形态背景，虽属外企，但这属国家文化战略的一个组成部分。杜拉拉的人格构成属于一种正能量的主流文化人格。李可总结道："杜拉拉基本就是那么个人：好处是踏实、自然，有理想，善于总结；缺点是心胸不够，乐观不够。"① 笔者根据《杜拉拉升职记》提供的信息推测，杜拉拉应属于20世纪70年代中后期出生的一代中国人的精神写照，属于踏着改革开放的鼓点一路走来的中规中矩的社会主义新人，其文学本质都是革命落潮后新写实主义日常生活美学的追随者。池莉的新写实主义都市小说如《烦恼人生》就是这种写作的源头。只不过池莉还带着革命神话的落影，在一惊一乍中，将日常生活的描写作为突破革命神话的重大发现，② 而李可们直接沐浴在了"日常生活审美化"的消费时代思潮之中。艺术与生活距离感的消失，成为这种大众文化的基本特质，也是这种文学丧失想象力的一种表现。在传统艺术看来的文学美感，在这种写实主义艺术中是匮乏的。整部《杜拉拉升职记》匮乏诗性，这是现代都市的快节奏生活对人物高压导致的精神裂变，一切带有浪漫色彩的生活情调都与这种生活无关。③ 小说中杜拉拉赤裸裸而强硬地训斥属下："作为员工，对他们来说什么是最重要的？说得通俗易懂点，就是钱、权二字！任何关系晋升、加薪的事情，就是员工最关心的事情。"④ 不过，虽然权力和金钱是衡量这种生活的标准，但是我们依然发现，小说中杜拉拉在强悍的外表之下，透露着丝丝凄凉之意。这种凉意，终于在小说的结尾，才带上了我们熟识的美文味道："夜色不知不觉中一点一点笼罩了拉拉，她感到了凉意的侵浸。"拉拉因为找不到爱情的着落而哭了。当这种知性连情感都要算计的时候，她失败了；只有当她哭了的时候，她才回到了自然的状态，才会感受到被人世间的功

---

① 李可，搜狗百科（http：//baike.sogou.com/v456105.htm？fromTitle=%E6%9D%8E%E5%8F%AF&ch=ch.bk.amb）。

② 李展：《重释池莉〈烦恼人生〉的精神意蕴》，《武汉纺织大学学报》2012年第2期。

③ 黄岚：《一个危机时代的人生梦想——〈杜拉拉升职记〉解读》，《新乡学院学报》2010年第4期。

④ 李可：《杜拉拉升职记》，陕西师范大学出版社2008年版，第159页。

利心遮蔽了的自然世界："秋天来了，金黄的落叶三三两两地飘落到长安大街上，这正是北京最美的季节。"① 我们忽然发现，《杜拉拉升职记》这部小说其自然的味道是如此难得，景物描写几乎没有，心灵一直紧张，而这种诗性在谨严而紧张的社会文化的逻辑叙事中，几乎没有地位。

由此可见，这种紧张的职场生活对人物的精神世界而言，具有相当的异化色彩，尽管作家站在自己的立场上有选择地进行了维护。但是女主人公的孤单、悲哀、痛苦都无法找到真正的合适的倾诉对象，只好憋在心中，用知性调节自己。杜拉拉是一个相当知性的女人。这部小说真正的流行秘密不是别的，正是知性的品位，契合了大多数混迹在都市红尘中职场男女迷茫的心灵。它提供的主要不是文学的诗意，而是文学知性，因此成为对比较情感化、情绪化、缺乏理性思维的中国人的正面理智教育。文学的叙事和故事提供的参照体系，属于职场人生指南的"葵花宝典"。但《杜拉拉升职记》毕竟是文学读物，不同于"职场实用手册"——事实上作为 HR 职业经理的杜拉拉的故事搁置了相关的大量人事问题——其秘密既与当事人的避世心理有关，又与"文学的陌生化"有关，只不过这里陌生化的不是诗性对人性的存在论升华，而是专业知识对于普通人的"知沟"间离效果。它对生活经验的知性领悟给予了精神混沌的大多数人一线生存的亮光。

五　与影视同在的文化混沌世界

最后，在关注了小说《杜拉拉升职记》的同时，我们不得不对杜拉拉的影视改编稍加一瞥。稍微留心一下，就会发现影视改编带有完全不同的文化脉络和社会考量。杜拉拉的正能量当然符合主流文化意识，但是影视版几乎改变了小说版杜拉拉的知性形象，而是打造了一种都市时

---

① 李可：《杜拉拉升职记》，陕西师范大学出版社 2008 年版，第 261 页。

尚流行文化。

我们简单以王珞丹版的电视剧为例讨论。本来杜拉拉的出身问题小说中付之阙如，作为草根阶层的杜拉拉到底是出身城市底层还是农村社会，不太分明，但是小说职场中杜拉拉是没有地方哭泣的。当小说开始的时候，拉拉在民营企业，在老板胡阿发的权力淫威之下受到性骚扰，躲无可躲，只好跑到一个叫夏红的朋友那里。至于夏红和拉拉的关系，到底是什么，小说没有交代。但是到了电视剧里面，拉拉在工作的城市中有自己的父母和得以安栖的家园，忘记了小说文本是拉拉自己花钱贷款买了一套小房子——这无意中透露了杜拉拉通过高等教育进城的农村底层背景。而这点对于草根出身的拉拉至关重要，电视剧《蜗居》就是关注这个房子的事情带来的人性畸变，而电视版杜拉拉没有这个压力。夏红这个小角色突然也有了重要的戏份，她的老公和拉拉也在工作上相互提携。我们且不说拉拉来自农村，或者城市底层，单就这一改编，就大大降低了小说中最为凸显的拉拉工作奋斗的难度，因为拉拉的知性品味正是面对艰难又要选择上进带来的必然结果。而其工作的艰辛在电视剧里面被王伟和拉拉的爱情及其他人的爱情而冲淡，川流不息的是都市文化奇观对现代青年男女的时尚按摩。于是小说的知性品味被情绪和时尚取代，其朴素的文学风格也被演员的靓丽和表演取代，留给我们的是平庸浅薄的时尚剧，而杜拉拉身上流淌的历史和社会文化烙印，也被平面化了。杜拉拉成了一个没有历史根基的漂浮的中产阶级成功偶像，"英雄"不再问"出身"了，这是否与社会现实情况正好相反？但这一点，正是小说文本的知识女性所要反抗的。

21世纪的中国社会越发变得光怪陆离。随着网络文化的崛起，新式媒介和艺术不断涌现，视觉影像已经成为当前主要的艺术形式，人们更加注重参与式体验，电子游戏更是将人带入了虚拟的世界。现实和虚拟，到底哪个更加真实突然成了问题。这个世界已经变成了一个符号的世界。"在'现实'和象征再现之间并没有什么区别。""信息意义的文化变异如此广衷，让我们能够以多重的向度彼此互动，有些向度非常明显，有些则隐晦不清。"① "真实虚拟的文化"差不多已经颠覆了传统的写实与虚构的艺术经验世界，生活在这样的世界的人是否好像一朵浮沤，到哪里去寻找根基？小说文本的杜拉拉和影视剧文本的杜拉拉相互影响，共同存在，哪个更真哪个更假，已经不太重要，重要的是我们浑然其中，娱乐至死。这也许是在新的历史背景下写实艺术和虚构艺术的界限消失的真正原因吧！

由此，杜拉拉这个从写实小说中诞生的有着自己历史的人物，在信息泛滥的海洋中，其知性品格真的就成为一种难能可贵的人性的定海神针，一种不会随波逐流的可能性也许诞生。或许，正是这部作品最有启发性的地方吧……

---

① ［美］曼纽尔·卡斯特：《网络社会的崛起》，夏铸九等译，社会科学文献出版社 2003 年版，第 463 页。

重绘文学与现实的渐近线

——从网络原创小说《余罪》反思真实书写问题

杨俊蕾[*]

【摘要】 网络原创小说《余罪》以特有的真实书写方式，在当代视阈中重绘了文学与现实之间的渐近线。作者常书欣通过"血性"与"情分"两个维度，营造起一个带有显著中国小镇青年特征的草根英雄。

当越来越多的职业作家沉湎于各种西方化的文学技巧不能自拔，动辄就用百余字的长句子挑战读者的理解力和耐心程度时；当越来越多的类型文学出版陷入自我复制的怪圈，在千人一面的类型套路中打转时，名不见经传的网络写手常书欣在《余罪》里却开始了极具现实魅力的笔记体写作。从外观的文体形式来看，《余罪》在最初网上连载时保持每日一更，四字题目的一章里每次更新六七千字。这种段落的攒集不是常见的长篇小说篇章结构，反而更接近中国古代传统的评书评话，像是瓦舍勾栏里的说书人每天抛出一段演义，吸引着一干围观者欲罢不能，恰如鲁迅先生所说的："在市井间，则别有艺文兴起。"[①]

---

* 杨俊蕾，复旦大学中文系教授，博士生导师。
① 鲁迅：《中国小说史略》，上海古籍出版社1998年版，第71页。

和网络小说大多都是巨无霸体量一样,《余罪》的码字数已经高达200万字以上,并且从第一卷到第七卷,每一个新完成的篇章在字数上都是涨势。回望一下公认经典的纯文学作品,《红楼梦》不足100万字,《战争与和平》约130万字,精选约取的文学化艺术写作显然不是像《余罪》这样的网络小说的制胜法宝。那么它的阅读吸引力究竟缘何而来?不仅各大文学网站竞相转载,更重要的是在改编为网剧后吸引了逾数十亿的在线点击量。火爆的点击量继而推动了这部网络原创小说在线下出版实体书,自2015年连续出版多卷后,截至目前不过短短1年的时间,已经连续加印3次。《余罪》依靠什么聚集起如此海量的阅读者?蜂拥而至的看客们从中获得了怎样的欣悦与满足?一言以蔽之,久违的真实。

在网络小说《余罪》中,可以读到当代文学暌违已久的某些品质。首先是书写的真实和作品的现实主义,继而是人物性格中的少年血性以及这源自单纯正义的血性与第一层次的社会现实相碰撞后促生的情节冲突。更深层次上则是写作者未必时刻自知,却又始终坚持的民本立场与民生情感,一以贯之地体现在技巧无甚高明可言的刑侦故事里,每每在无心之际的真情迸发,便会在不经意间点燃草根读者们的感动。

一

《余罪》的故事是现实主义的刑侦题材,主人公余罪①是典型的中间人物,身份上不是高富帅的设定,事业道路上不是精英化的路线,就连支持人物各种行为行动的思想动机也从来没有拔高之举。然而就是这个长相歪瓜裂枣的晋地青年,却凭着异常真实的刑侦经历感动了大量读者。真实的、当代的、中国的,土生土长似乎就是清晰倒映着你和我生活经验的真

---

① “余罪”是该小说最初在网络上进行连载时所用的人物名,及至小说出版成为纸质书,这个包含调侃意味的名字被改为“余醉”,但又特加一笔说明,“他那帮哥们都叫他‘余罪’”。常书欣:《余罪:我的刑侦笔记1》,海南出版社2016年版,第13页。

实，在网络小说《余罪》中每天刷出一页新的认识与体悟。

现有的余罪故事在不同的媒介载体上被横加上名目各异的概括。始发于网络格式的小说分为八卷，"菜鸟总动员／明谋与暗战／毛贼的江湖／乡警也疯狂／思维的子弹／警营大过年／真实的谎言／骗你先商量"。纸质书出版后，网络上的一卷编辑成一本，基本上保持了每本含纳一到两个刑案实例的节奏。小说从余罪即将从警校毕业写起，第一卷主要写如何选拔特勤人员；第二卷余罪被送入监狱，卧底贩毒集团；第三卷里功劳傍身的余罪遭遇明升暗降，成为街头反扒队的先锋；第四卷里余罪被派遣到偏僻乡野破了偷牛案；第五卷仍是乡警的余罪解开一桩 18 年前的积案；第六卷破获的是网络上的跨境赌博和高速路麻醉抢劫；第七卷再次回到时下形势极为严峻的禁毒侦破中，也正是在此卷中，人物第一次发生了自我认识的内在心灵危机。本来网络连载到这里，余罪经受了内外震荡后已经悟到了几分人之为人的存在感，以"大结局·与子同袍"为题目，了结整个故事。但是，可能受到复杂的动因影响，不久后又开出第八卷"骗你先商量"。这一卷的出现耐人寻味，在警匪故事线上出现大幅落差，从紧张危险的缉毒故事改为贴近日常生活的电话诈骗、二手车买卖诈骗和民间金融集资案件。这种写法从人物的衡量标准来看无疑是大踏步倒退的，一个已经做下出生入死功业的少年英雄人物，居然能够平静地清零人生，不仅穿过了形形色色的名誉和虚荣诱引，而且在遭逢了重大心理创伤和生死刺激后，依然找回平常心态，波澜不惊地重复常规工作与日常生活。此中正像中国的传统武侠小说，英雄故事最终回落在平凡"世人"的视角，"以平凡的'世人'为视角来叙述不平凡的'剑侠'故事……可能隐含着作家的某种价值判断"[①]。《余罪》的缔造者常书欣自言受武侠系列小说影响很深，由此可见一斑。在余罪的人物塑造和感动成分上，"血性"和"情分"是带

---

　① 陈平原：《千古文人侠客梦》，新世界出版社 2002 年版，第 37 页。

有爆发力的两个维度，集中体现了一个平凡却独特的基层个体，并最终指向平民阶层如何实现集体化的自我认同，又是如何达到共情与互助的。

《余罪》的第三卷有一个平淡开端的缉拿故事。街头反扒队偶然抓捕了一个流动盗窃电动车的蟊贼，又偶然地在追赃环节遇到了开正规门店来销赃的窝主。原本是简单的正义追查故事，因为年轻窝主的家庭背景陡然提升了难度，余罪和他的年轻战友们的惩恶扬善信仰也遭到了倾覆般的打击。这些在县城教育中完成启蒙认知的年轻人们共同信奉着"多行不义必自毙"，在各种原因的影响下选择警校成为警察，也就是担当起社会上除暴安良的利刃职责。可是在官商勾结的小环境里，他们突然一头碰上公权与私欲编结起的特权利益巨网，严重挑战并动摇着人们的信仰根基。

余罪和战友们遇到的难题是中国目前在很多地方都存在的现实问题。打开公安部主办的《人民公安报》，打开中央政法委主办的《法制日报》，花样繁多的官商勾结犯罪赫赫在目。然而文字中的叙述与现实层面上的遭遇终究不同，小说《余罪》在写到这个问题的时候采用了现实主义和英雄主义交相推进的写法，在零距离贴近现实、反映现实的同时，描述出一个令人感动的契机，"它经历着一个瞬间的生命力的阻滞，而立刻继之以生命力的因而更加强劲的喷射"①，由此创生出一个特属于我们这个时代的草根英雄。

"余罪数月来第一次，穿上了警服，奇怪地看着，镜子里那个仿佛根本不认识的自己。"常书欣在此处让长期既贱且痞的余罪"穿上警服"的动作描写，像极了《大话西游》至尊宝自觉而主动戴上金箍的一段，先用一个象征意义大于实际意义的标志性动作，预言式地刻画了人物内在的决心和自我改变。余罪接下来要进行的是一场庭外问询，对象是副区长。二者间的不对等关系不仅体现在年龄上后者年长很多，而且在身家财富上后

---

① ［德］康德：《判断力批判》上，宗白华译，商务印书馆1985年版，第84页。

者比余罪多得又何止几何倍数，更大的悬隔是余罪和副区长之间的行政级别差。在这场对比悬殊的"以下犯上"过程中，余罪本无任何胜算可言。他唯一可以凭持的武器是已经侦察出来的真实案情，然而在灰暗地带里的权钱勾结交易，早把这一点真实践踏到粉碎。这也正是身为乡警的余罪无法容忍的："当你的人格和尊严被践踏在别人脚下的时候，那种感觉是屈辱的……可当拥有这身警服依然被践踏着的时候，那种感觉不仅仅是屈辱能够形容的。"忍无可忍，则不能再忍。一个无权无钱只有真情和热血的少年刑警，在愤怒到极点的时候只有一个方法：把自己的躯体变为武器，把自己的血作为证据。

相似的场景犹如两千五百年前《战国策》一幕的重演。唐雎与秦王讨论愤怒的种类，天子之怒会导致"伏尸百万，血流千里"，布衣之怒不过是"免冠徒跣，以头抢地"，然而第三种愤怒来自"布衣之士"，譬如专诸、聂政和要离。一旦布衣之士真的愤怒起来，则"伏尸二人，流血五步，天下缟素"。在直击现场般的史书记载中，随着唐雎"挺剑而起"，秦王先自萎了，"色挠"并"长跪而谢之……"①

余罪没有唐雎那么幸运，也许是因为他面对的对手早已失去了中华民族的传统信义，或者是他所要捍卫的民间利益和草民尊严比唐雎的"五十里国土"更加无形，也更困难。所以，余罪的那一刻表情从"万念俱灰"变成了"如怒目金刚，如厉鬼恶煞"，手里的动作却是"握着贾原青的手，用力往自己腹部一刺"。情势骤变的现场，余罪身上的鲜血汩汩流出，用"诡异到像是在哭泣的笑声"，嘲讽刚才还在放言可以摆平所有事情的对手，用"一个血淋淋的结果，把自己的生命变成一个如山铁证"②。

小说《余罪》在这个段落中使用了传统的"苦肉计"，余罪为了达到

---

① 《战国策》，缪文远、罗永莲、缪伟译注，中华书局 2006 年版，第 368—369 页。
② 常书欣：《余罪4》，海南出版社 2016 年版，第 78—81 页。

证实敌手真实罪行的目的不惜出手自伤，此中依据的情理就是"人不自害，受害必真"，兵法上却以此为大伤，所谓"杀敌一千，自伤八百"，不到非常时刻不予推用。余罪在非常时刻的自伤选择来自反常现实的无边压力，也体现了这部小说在反映现实，针砭现实方面的文学意义。其中的意义之重大令读者在阅读过程中热泪动容，其后续影响更加敏感尖锐，触痛现实的锋芒也导致了作品本身被修改。这段描写在网络首发时用了一个刚猛勇毅的题目，"以血为证"，而在纸质出版物上改成相对温和的"血证如山"。然而不管词语怎么更改，余罪这个人物在矛盾情境中的血性一搏还是为读者们提升了相信现实的信心，也让读者们看到了一个浑身都是中国小镇青年习性的草根英雄。在古希腊盲诗人荷马的游吟中，"歌唱吧女神，歌唱裴琉斯之子阿基里斯招灾的愤怒，它给阿开亚人带来了无穷尽的痛楚"[①]，而在网络小说《余罪》里，一个布衣平民的愤怒同样得到作者与读者的共同激赏，因为它能激发更多人在绝望境地里的智慧和勇气，在看似无路可走的困境中，敢于拼出生命的蛮力，尽力保护并相信我们社会底线上的正义。

二

《余罪》中另外一点让人非常感动的地方是关于集体认同后的情感描写，情感的辐射面包括主人公与朋友，与家人，与同事，甚至与自己身处的时代与国家。这在当代很多以纯文学或者严肃文学来自诩的作品中缺席日久。很多作家崇尚新结构主义思潮中的"零度写作"，用不带个人情感判断和倾向的笔法去模仿旁观者的口气，在作品的人物之间制造情感上的间隔甚至绝缘；又或者用一种伪装的悲天悯人来俯视笔下环境，极写人物的苦难细节，在环境描写上刻意呈现晦暗破败的外观。无论是前者真的无

---

① ［古希腊］荷马：《伊利亚特古希腊史诗》，陈中梅译，译林出版社 2000 年版，第 1 页。

情还是后者的虚情假意，在文学写作中流行日久之后造成的冷淡、寡情与书写功利化，都损害了文学本身作为特殊艺术情感形式的本质，更何况"缘情"与"抒情"本来就是中国文学传统中的重要论题。① 而且，"情因何而起"的背后还有人物的价值认同问题，不涉真情的文学写作在实际上是隐藏了写作者内心深处的怀疑或无信仰。而在《余罪》中，网页承载的大体量文字中固然有不少冗余的赘文，但是主人公的感情世界也因此得到完整呈现。

余罪历次侦破得手，没有任何一次归属于个人英雄主义的孤胆超绝，总是和各种情感人物的帮助联系在一起。就像小说虽然以人名做书名，主要故事架构也是以一人的经历来贯穿，但在各章节里都能听到作者在击节念唱："岂曰无衣""与子同袍""同气枝连"……一干兄弟的草莽气质和草根身份在欢饮啸聚后的酒令合唱中显露无遗。从朋友到同事，每当余罪在贪念与良心的天平间找不到准心与正路的时候，又会有亦师亦友、似知音又像天敌的前辈领路人点醒他的迷误。及至家人，一桩18年都未曾告破的悬案终于破获，异地抓捕成功的逃犯解押回来，余罪竟然放弃争功，不及时递交结案，而是法外容情，让逃亡18年的嫌疑罪人先回家与父母相见。接下来情节陡转，抓捕嫌疑人归案的队伍再到家里却扑了空，人去屋空的眼前景象在情节上逆转了此前的成功叙事，也在悬念上打造起了一个余罪是不是犯了滥情主义错误的怀疑。小说接下来的叙述调成了深度感人模式，在关键处诉诸中国乡土特有的"血缘空间"②，重现了乡土中国的亲密社会景观："于是县城里就出现了这么一个奇观：一队有老有少的几十人队伍，在县城里慢慢地走着，队伍后面，跟着上百名随时戒备的警察。"老少几十人是嫌疑人的家族，他们在嫌疑人被抓回乡里的第一件事是"祭

① 王德威：《"有情"的历史：抒情传统与中国文学现代性》，《中国文哲研究集刊》2008 年第 33 期，第 121 页。

② 费孝通：《乡土中国》，北京出版社 2004 年版，第 104—105 页。

祖"，让"这个逆子上炷香，烧刀纸"①。

在作者常书欣的情感谱系中，对于先祖的诚心祭奠显然具有净化罪恶、洗涤灵魂的超越功能，能够在惩罚罪恶的法律空间之外，实现改善社会与人心的教化功能，其中显示出对于"慎终追远"的民间化解读，亦是网络文学的民间写作者们"悄悄积蓄着"逐渐流散于民间的"道的传统"②。其实，不仅是逃犯嫌疑人会因为真情牵绊而生出内心的忏悔，而且即使是主人公余罪，在即将受到派遣进入毒贩团队卧底之时，恶性犯罪中的暗黑暴烈程度让初出茅庐就被丢进极度危险中的他，也感到无法释怀的"颓废、落寞、绝望、愤怒，甚至于有一丝接近疯狂"。黑脸守护神许平秋在幕后给予的方便是一个简单却有奇效的救助：让余罪给父亲拨通电话，让毫不知情的商贩父亲依旧在电话另一头啰唆着毫无新意的亲人思念和抢白。站在人性悬崖边的余罪无言静听着爸爸幸福啰唆，他知道此中的设计正是"刻意地用普通人的感情拴着他，怕他走得太远"，怕他对未来、对人性完全丧失希望或信任。

在网络小说《余罪》中，关于普通百姓的真实情感描写因此具有了一种值得重视的伟大力量，它能够部分地实现宗教职能，救赎人性，不向恶的深渊堕落。而且，在深情与真情处的描写还因为网络小说常见的简单化文字而具有格外催人心肝的感染力量。当逃犯最终被父母亲手送进"钢筋网状的牢笼"时，一路陪他归案的母亲却忍不住"跟在车后走着跑着哭着，她拍打着车窗，哭喊着，声音悲痛得已经嘶哑"。理性而冰冷的法律在数百人的围观下增加了人情的温度，地处华北的晋地县城也成为实在有灵的人之栖息。执法报告忠实记录下"祭祖"和"家属陪同"的每一细节，目的是给真实悔罪的年轻人一个减轻罪责的机会。小说中这一章节的

---

① 常书欣：《余罪5》，海南出版社2016年版，第349—356页。
② 陈思和：《陈思和自选集》，广西师范大学出版社1997年版，第171页。

题目是"白发亲娘"，浅显直白，却无比恰切。

三

从网络原创小说《余罪》继续向外推溯，能够引出很多值得反思的新增问题。比如，网络小说与中国文化传统的关系，与中国当代现实的关系，以及网络化的写作在何种程度上催生文学自身的概念改变，等等。与此相关，文学评论的思考与进行方式，文学理论的思考与学术范式，是否都需要在这个新兴前提的参与下做出及时的调整与回应，来实践一种新型的研究，"以网络化的思维方法来认识文学，重新审理既有的文学惯例和文学观念。"①

中国在 20 世纪 90 年代进入全球架构的万维网，第一个从中关村接入的互联网端口如同引爆信息的导火索，以不可思议的高速度改变了现实的存在状态，并同时重新配置着接受维度上的感知方式。对文学来说，固有艺术样式的经典性和超越性被书写与传播的技术便利大大稀释，海量写作者的网络参与造成阅读总量的无限膨胀，应时而生的副产品则是永远处于动态变化中的网络写作在整体上良莠不齐、泥沙俱下。作为网络写手的实存环境，当前网络文学中混杂着多重分类。如果以写作对象来划分，常见的原创网站会列出奇幻修仙、架空穿越、历史奇情、都市言情、校园言情等频道。如果以二元来判断好文学和坏文学，那些偏重欲望描写并以撩拨感官刺激作为主要手段的写作无疑最为低下。即使像《余罪》这类已经相当自觉地保持笔端干净的原创小说，在网络页面的初始连载中，也时常流出准色情段落，这些段落在纸质书出版后被删节。而书中还有为数不少的错别字、词语误用，甚至是主要人物姓名的前后不一致，因为急于迎合读者阅读购买的风潮而继续刺眼地留在印刷页面上，像一个网络原创写作的

<hr />

① 欧阳友权：《网络文学本体论》，中国文联出版社 2004 年版，第 169—170 页。

胎记符码，提示了它的出处来源。

平心而论，大多数网络写作由于获利方式和阅读点击直接捆绑，陷入码字却非书写的状态，很多网络写手迫于压力而自觉不自觉地以写作来取悦他人，娱乐读者，以致有时候让渡了许多代价，包括文学的艺术特质、公共社会的道德感以及作者自身的品格操守。《余罪》的出现也在一定程度上携带着上述问题，但它之所以能够脱颖而出，被网民们票选为 2013 年好原创，又冲入网络小说搜索和下载的前列，正在于大体量的非精致文本映射出一个能够让读者们真实体验到的粗粝现实，以异质同构的方式赢得来自民间自发阅读的喝彩。其中的特别价值，就在于它虽然来自基底松软的网络文学语境，却殊为难得地采用真实书写的方式，重新绘制了文学反映现实的渐近线。

《余罪》的非常态写作

刘振玲*

【摘要】 成本 300 多万的《余罪》创下 20 亿点击量成为 2016 年网络剧的一匹"黑马",①在《余罪》网剧播出后,原著小说又掀起了一波畅销高潮,作者常书欣也颇有接班海岩成为下一个"刑侦警匪剧"制造者的架势。网剧《余罪》之所以能脱颖而出,与其扎实的原著是分不开的。本文主要立足于原著小说的人物形象、情节范式、叙事三大方面,试图探讨警匪题材网络小说《余罪》的非常态写作。

《余罪》是网络文学作家常书欣所著的都市类小说,连载于创世中文网,作品讲述的是一个传奇警察和毒贩、悍匪、黑道大佬的交锋实录,为我们展示了一个光怪陆离而又真实存在的非常态世界。小说不但夺得了 2013 年创世中文网"中国好原创"评选第十二名的好名次,而且还引来了央视《新闻直播间》的强势报道,无疑已经成为刑侦题材网络小说的一匹

---

* 刘振玲,山东师范大学中国现当代文学硕士研究生。本文系 2016 年山东省研究生教育优质课程建设项目《中国当代文学研究》成果。

① 赵琪:《超级网剧〈余罪〉的"黑马"之道——基于人物形象和戏剧冲突看〈余罪〉的热播》,《大众文艺》2016 年第 18 期。

黑马。笔者认为，作品之所以能取得如此巨大的称誉得益于作者对警匪题材小说的非常态写作：人物形象的颠覆性处理、罪与赎的情节范式、突破传统模式之囿的叙事。

一 人物形象的颠覆性处理

常书欣的《余罪》在人物形象的塑造方面可谓进行了颠覆性处理，主要体现在对主角形象的塑造和对警察群体的重新定义上。

（一）痞子变英雄

传统的警匪题材作品中的主人公一般都是高大上、代表正义与邪恶做抗争的形象，人物性格完美勇敢、无懈可击，主角光环过重，满足了一部分读者的 YY 心理。而小说《余罪》在塑造主角时的独特之处就在于它对这一传统模式的突破，警校中一群未毕业的问题学生组成的"痞子团体"成为作品中的主要人物。

小说开始时的场景被设置在警校内，作为禁毒处处长的许平秋接到秘密任务，要亲自选拔一名特勤，也就是所谓的卧底。深谙世事的许处将选拔对象瞄准警校的一批打架斗殴、坑蒙拐骗、偷奸耍滑、无恶不作的问题学生身上。故事的主角便是这群"问题青年"。鼠标严德彪好赌，骆驼骆家龙爱好网游，孙弈擅长改装车辆，帅哥汪慎修更是离谱，将"一贱倾人妞，二贱倾人财"奉为圭臬……故事的亮点就在于人物命运的颠倒反转，这群原本连找工作都成问题的无背景、无学识、无素质的问题青年们最后反而都顺利通过了羊城考验，并在自己的职位上干得有声有色：鼠标成为警察后，赌博专长派上了用场，最终成为查赌高手；擅长改装车辆的孙弈，后来在余罪卧底期间，将自己精心完成的改装车嫁祸于渔仔，帮卧底余罪赢来了翻身的机会；在"武小磊杀人案"中，帅哥汪慎修更是利用自己的美貌诱逼刘继祖的妻子说出了案子的真相……一群插科打诨、互相调戏的痞子青年的成长过程就这样活灵活现地展现在读者眼前。

除了上面提到的人物以外，这群"痞子团体"的核心人物当然非最贫、最贱的"贱人余"余罪莫属了。

"余罪"是一个法律上的概念，一般是指犯人"隐瞒未交代的罪行"①。而在小说中，余罪是主人公的名字，主人公作为一名警校的学生，从一场特殊的选拔中"脱颖而出"成为一名卧底，后在与毒枭、扒手、悍匪、杀人犯的斗智斗勇中逐渐成长为一名出色的人民警察。在这里，原来法律意义上指代犯人的"余罪"反而指代一名出色的警察，这种角色的反转和对立显然是别有用心。

在警校期间，余罪便对充满诱惑的选拔漠不关心，甚至猜想许处是在挑选能够去一线卖命的人，后来在与体工院校学生打架时耍心机，在羊城培训时的惊人生存能力，都被许处尽收眼底。尤其是羊城培训期间，余罪偷奸耍滑，精于算计，最后竟然以超出常人的反侦查能力甩掉监视学员的刑警们，并将散落的"狐朋狗友"都纠集起来，教唆他们用塑料袋来堵住车主的排气孔，从而换取修车钱，显然是一个熟练老道的街头小混混的形象，所有的一切让许平秋对他刮目相看。这样一个街头小痞子形象的余罪最终"脱颖而出"，踏上了禁毒一线。于是，一个痞里痞气学员的警察生涯就这样正式开始了。

小说在塑造人物角度上的非常态之处就在于此。故事的主人公不是品行端正、自带主角光环的英雄人物，反而是集贫、奸、痞、色于一身的反英雄形象。直到最后，在历经与毒枭、悍匪、黑道老大、杀人逃犯的斗智斗勇以后，已经成为一名三级警司的余罪尽管心智不断走向成熟，但他的

---

① 赵琪：《超级网剧〈余罪〉的"黑马"之道——基于人物形象和戏剧冲突看〈余罪〉的热播》，《大众文艺》2016 年第 18 期。

痞里痞气、吊儿郎当、偷奸耍滑仍然停留在原点，他身上的反英雄色彩仍然是读者们关注的焦点。

以余罪为首的这群学员尽管奸诈世俗，但他们身上有其他学员没有的团结和义气，几年的警校生涯将他们牢牢地捆绑在一块，彼此之间相互了解，平时互相挖苦，但关键时候绝对讲哥们儿义气。他们的形象粗糙简单但是贵在真实。胆小和勇敢互补，正义和奸诈并存，很明显，读者更欣赏这样接地气的警察，毕竟这个世界的英雄究其根底，也都是些小人物。角色的非常态让故事处处充满看点，对常态下的英雄形象已经产生审美疲劳的读者们惊讶于反英雄人物形象的大胆新奇，在阅读的过程中获得一种"痞子逆袭"的快感和体验，而当不乏人性弱点和局限的余罪在完成个人英雄主义的反转时，也更能够引起读者发自内心的情感共鸣。

（二）身有"余罪"的警察

"警中有位前辈告诉我：慈不掌兵、善不从警。好人当不了警察，因为善良在作奸犯科的人看来，是一种可笑的懦弱。"小说开篇主人公余罪便对警察这一职业做了简单概括。这句颠覆读者价值观的名言奠定了《余罪》这部作品中的警察形象，用作者常书欣的话来说就是"身有余罪，心向正义"。

传统写作中警察的高大全、伟正光的形象在《余罪》中被重新定义，有关警察这一职业背后不为人知的故事在作品中也得以真实暴露。作品中提到的警察大都属于禁毒处、刑警二队这样的高危部门。他们面对的罪犯毫无疑问也是凶神恶煞、满腹心机的人物。长期与此类嫌疑人交涉，为了维护大多数人的利益，作为警察的他们难免会触碰个人的底线和原则，那个时候他们内心承受的无奈和挣扎是我们普通人难以体会的。作品中余罪做卧底期间，为了找到嫌疑人的犯罪证据，他不可避免地做了很多其实是违反法律的事情：协助嫌疑人走私毒品、违法改装车辆、按黑道上的方式处理掉走私小头目郑潮，这些方法手段残忍暴力，有的甚至突破了正常人的心理承受限度，尽管目的是纯粹正义的，但是代表正义的一方在将罪犯绳之以法之前已经越过了法律的界限，和那些原本处于对立面的罪犯站在了一起，案子破了，他们却身负"余罪"。"最大的无奈莫过于你不得不采取并不情愿的处理方式"①。一次次的破案经历让余罪逐渐理解警察这个职业，要想斩妖除魔，就势必当不成善男信女，要想伸张正义，就势必得忍受内心的纠结和无奈，承载大大小小的"余罪"。

在我们为小说开始时的神秘选拔喝彩时，有没有想过：其实这场选拔本身就有不道德的地方？向学员隐瞒真实的选拔目的，让他们误打误撞阴差阳错地成为一线禁毒成员，从人道主义来讲，这是对他们生命选择的不尊重，但是故事情节的发展仿佛又合情合理，我们不得不承认许平秋的秘密选拔在小说的开始部分就吸引了读者的眼球。因为选拔出来的人员要去从事传说中死亡率最高的一个职业——卧底，没有人敢拿自己的生命做赌注，尽管它的回报丰厚诱人。其实这也在一定程度上反映了当下警察这一职业的一种不可逃避的现状：有些岗位危机四伏，但又必须有人去做。那属于我们这个社会的灰色地带，常人根本无法理解他们的无奈和绝望。"我们都有罪，我们都在负罪前行，我们背负这些沉重的翅膀，是为了减少这个世界的罪恶……所以，我们都是不怕有罪，但求无悔。"身有余罪，心向正义，常书欣一语道破当今社会警察的生存困境，并将其公开化，这种写作是以往警匪小说没有过的，它打破了传统警匪小说警察形象塑造的脸谱化和模式化，将小说中的警察塑造成有血有肉、身有"余罪"、有良知的形象，从而提高了作品的感召力和可信度。

除了揭示警察群体"身有余罪，心向正义"的生存困境之外，常书欣

---

① 赵琪：《超级网剧〈余罪〉的"黑马"之道——基于人物形象和戏剧冲突看〈余罪〉的热播》，《大众文艺》2016 年第 18 期。

还拓宽了思路，采取多视角、多侧面、多警种、全方位地捕捉警察群体的写作方法，为读者呈现出立体化的警察形象。作品中除了冲锋陷阵的一线刑警之外，还介绍了缉毒警、户籍警、片警、猎扒小组等多个警种，有别于其他警匪小说的单一警种，这种全方位的捕捉塑造，更能充分地反映出当今社会的警察生活，警察文化也通过不同警种的内心世界传达出来。可以说常书欣在警察形象的塑造上取得了巨大的突破，这种塑造方式也为后来的警匪网文小说提供了好的范例。

二　罪与赎的情节范式

传统的警匪题材网络小说的情节范式往往是记叙奇观式的犯罪过程和缜密高超的侦破手段，对情节中人物的内心世界挖掘得不够多，他们将重点放在不可饶恕的罪行上，最后罪犯被绳之以法，正义终于战胜邪恶，继而向读者传达"法网恢恢，疏而不漏"的价值观念和"歌颂真善美，抨击假丑恶"的主旨追求。常书欣的《余罪》在情节范式上的非常态之处就在于他重视情感和人性的阐释，在惩恶扬善的基础上增加了反面形象救赎主题的书写，在描写警察和犯罪嫌疑人斗智斗勇的同时流露出对人性的关怀。常书欣关注人性的阴暗面，并试图在作品中救赎那些挣扎在罪恶中的灵魂。

（一）　自我救赎

叔本华说过："我们的价值，无论是道德方面，还是智慧方面，都不是由外部得来的，而是出自我们深藏着的自我本性。"① 所谓"人之初，性本善"，每个人的人性中都有善良美好的一面，一念之差的罪过不是一场牢狱就可以一笔勾销的，也不是所有身体上的苦痛都能换来灵魂的涤荡，

① ［德］叔本华：《爱与生的苦恼》，金铃译，光明日报出版社2006年版，第21页。

更多的时候需要自我救赎。

《余罪》中的自我救赎意识在一代贼王黄三身上体现得最为深刻。黄三，道上人称"三爷"，"传说出手从不落空……这个人出手选择性很强，他作案次数很少，不过收获很大"①。这个三十年前叱咤五原市的贼王却在严打时被同行杜迪栽赃陷害，最后坐了十五年牢。其实自入狱那一刻起，黄三就踏上了自我救赎之路。作为贼王，就算没有被杜迪咬出来，落入法网也是迟早的事情，贼王没有反抗，甘愿伏法，用十五年的牢狱生涯换来后半生的平静。更为难得的是他对生死对手的宽恕，让他的自我救赎更为深刻彻底。当余罪问到他是否恨当年栽赃给他的杜迪时，黄三不屑地笑道："刚开始恨，恨不得把他除之后快……可这么多年过去了，我一点也不恨他，反而很感激他，没有他那一下子，我恐怕没有后来这平静的三十年……"② 出狱后的黄三仍在救赎的道路中前行着，他深知自己是有罪之人，不断行善，收养了四个福利院的孩子，并抚养他们长大成人，而在他行将就木时，又为养女楚慧婕替罪，用自己的生命换来子女的彻底悔悟，至此黄三的自我救赎达到高潮。

《论语·卫灵公》篇中，子贡问曰：有一言可以终身行之者乎？孔子答曰：其恕乎！这就是我们传统文化中的恕道。仇恨除了徒增自己心灵负担外没有任何意义，面对仇恨我们要做的就是尽量宽恕，用一颗大度的心去拯救那些在黑暗中挣扎的灵魂，宽恕了他人，也便救赎了自己。

（二）他人救赎

培根说过："人的天性不是长成药草，就是长成杂草；因而应适时地给药草浇水，并把杂草除掉。"③ 在灵魂绝望的边缘，他人的救赎甚至可以改变

---

① 常书欣：《余罪——我的刑侦笔记3》，海南出版社2016年版，第278页。
② 同上书，第285页。
③ ［英］培根：《培根论人生》，王义国译，光明日报出版社2006年版，第160页。

一个人的一生。《余罪》中的被救赎在武小磊杀人一案中体现得尤为明显。

18年前刚刚高中毕业的武小磊与同伴在外喝酒，同伴因小事与当地街头混混陈建霆起了争执，武小磊意气用事失手将陈建霆杀死，当晚便逃走，没想到这一逃便逃了18年。在"救赎"这个话题上，小说并没有像以往的故事那样，叙述犯罪者心里惭愧、悔恨的一面，而是将视角转移到武小磊父母身上，常书欣将武小磊父母在负罪状态下辛苦的生活与真诚的救赎表现得淋漓尽致。正所谓"儿子作孽，父母赎罪"①，18年间，武小磊的父母武向前夫妇一直在替儿子赎罪。他们与亲朋好友断绝往来，将自我摒弃于正常的社会生活之外，帮忙抚养陈建霆的女儿、为陈家的集资房出了大部分钱，并帮忙操办了陈建霆父亲的丧事，他们做的一切甚至赢得了与之不共戴天的受害家属的原谅。武小磊的父母是在真诚地忏悔，尽一切努力来弥补儿子当年因为冲动所犯下的罪过。

从人性的角度看，武小磊其实是一个介于人性善恶边缘的灰色人物。他没有勇气来直面人生、正视自己当年的罪过，只能蜷缩在陌生的角落里，靠父母的接济支撑自己的生活。而父母忍辱负重18年所做的一切，以及余罪锲而不舍的追捕，都是为了拯救这个处于灵魂边缘地带的灰色人物。当所有人都在质疑对武小磊的抓捕是否违背良心时，余罪以实际行动完美回答了这个涉及伦理问题的诘问。余罪的正义之心在一定程度上恰恰救赎了武小磊一家，毕竟忍辱负重、众叛亲离的生活太过煎熬。如果不是余罪的果断和决绝，他们还会继续背负着灵魂的重压，痛苦地活下去，继续替儿子赎罪，继续处于无形的心灵炼狱中，永无安宁。

人性是个永恒的主题，救赎与被救赎始终出现在常书欣的小说《余罪》中，他弘扬生命的可贵，挖掘最脆弱的时候仍然发光的人性。无论是自我救赎还是对他人的救赎都是因为人心的善良、责任和希望。让读者在

---

① 常书欣：《余罪：我的刑侦笔记5》，海南出版社2016年版，第167页。

灵魂的挤压下思考罪与赎的伦理内涵，在精神的重担下更深刻地认识人性，小说的艺术审美价值也随着对情节人物生存困境的观照和人文关怀的理想而提升。

三　突破传统模式之围的叙事

在叙事方式上，《余罪》的非常态之处在于它突破了传统警匪题材的叙事模式，主要体现在多种题材的混合书写和娱乐性美学元素的渗入，二者相互支撑，使得《余罪》这部作品更加激烈精彩，迎合大众口味，以《余罪》为代表的警匪类网络小说也成为彰显社会问题的重要大众文化场域。

（一）多种题材交叉书写

传统的警匪题材作品往往分为以下四类：人物类、惊天大案类、侦破案件类和卧底类，[①] 一般警匪小说是以一种类型为主，比如蜘蛛的《十宗罪》主要是侦破案件类，几章讲一个案件，全部作品由十几个案件组成，这些案件之间没有丝毫联系，再如海岩的长篇警匪小说《永不瞑目》，就属于卧底类，主人公肖童主动要求充当警方内线，打入贩毒集团，最后配合警方将贩毒团伙一网打尽。

小说《余罪》则是人物类、惊天大案类、侦破案件类和卧底类四大题材的混合书写。《余罪：我的刑侦笔记》（1—2）既属于卧底类，又属于惊天大案类，主要描写主人公余罪的卧底生涯，两部作品围绕一个案件，就是毒枭傅国生毒品走私案，余罪被秘密选拔成为一名卧底，打入傅国生贩毒团伙，与许平秋带领的禁毒处警察里外配合，成功侦破案件，第二部完结；《余罪：我的刑侦笔记》（3）则是人物类，从反扒小组的街头猎扒开

---

① 高磊：《香港 TVB 警匪题材电视剧的叙事研究》，硕士学位论文，山东师范大学，2015年，第 55 页。

始一直到"机场外宾贵重物品失窃案",都是围绕贼王黄三和他的养女楚慧婕这两个人物来展开描写的,虽然中间穿插了毛大广医院盗窃案,但此案的设置也是为"机场外宾贵重物品失窃案"做铺垫;《余罪:我的刑侦笔记》(4—5)则属于侦破案件类,这两部中分别侦破了"偷牛奇案"和"武小磊杀人案",这两个案子之间没有丝毫联系,完全可以独立成书。

四大题材的交叉综合,使得《余罪》拥有其他警匪作品没有的大格局,从混迹人群中的扒手,到躲在山野里的悍匪,从横行街头的流氓,到逡巡在海岸线边缘的毒枭……一个光怪陆离而又真实存在的地下世界就这样展现在读者面前,其中反映出来的黑社会问题、贪污腐败问题等也都是广大人民群众密切关注的社会问题,从而使得《余罪》从众多题材单一的警匪作品中脱颖而出。

然而另一方面,多题材交叉书写的模式在带给读者光怪陆离的阅读感受的同时,也对作者的叙事技巧提出了较高的要求,一旦处理不好很容易使小说成为刑侦式的故事会。《余罪》全套共八卷,故事的发展设计虽没有出现前后脱节的现象,但有的地方衔接明显不成熟,比如第三部中在余罪面前露了一面的女贼楚慧婕随即销声匿迹,到了第四部中成了"机场外宾贵重物品失窃案"的主犯,两者之间的衔接很牵强,大有专门"填坑"之嫌。可见作者构思尚未成熟,叙事技巧还不圆熟,在对全局的把握上还有待改进。

(二)娱乐性美学元素的渗入

网络文学作为大众文学的一种,它的功能系统包括"认识功能、教育功能、娱乐功能、审美功能"①,网络文学的读者面向普通大众,他们的审美意识并不高,因此娱乐功能就显得尤为重要。"在快节奏的紧张工作后,

---

① 郭国庆:《市场营销通论》,中国人民大学出版社 2007 年版,第 485 页。

上班族处于一种自我'耗尽'状态，零散成无主体、无中心的碎片，从而逐渐形成了阅读轻松化、通俗化的诉求……力图以此来摆脱人生压力，重拾生活的信心。"① 在这种情况之下，警匪题材的网络小说也渐渐摒弃原来单一的推理叙述思路，不追求深度的叙事模式，侧重追求群众趣味，注重消遣性和娱乐性，为迎合后现代的大众文化诉求而增添了各式各样的娱乐性美学元素。

娱乐性美学元素包括喜剧性、类型人物、恐怖元素、暴力、科幻、悬疑、非理性等，② 与传统的以恐怖、暴力、悬疑等元素为主的警匪小说相比较，小说《余罪》中的"喜剧性、类型人物"等娱乐性美学元素尤为突出。首先，故事情节的喜剧性处理。主人公余罪油嘴滑舌，做事不拘小节，即使在紧张危险的卧底期间也是不改自己的"痞子"本色，喜剧效果十足，使得紧张的刑侦环节得以缓冲。例如，在警校期间，前来教训余罪的三名体工院校的学生反而被余罪一伙打得落荒而逃，在面对教务处老师的训话时，余罪竟然"恶人先告状"，将打人行为嫁祸于三名外校生身上，其奸诈精怪惹得读者捧腹大笑；打入贩毒团伙后，余罪喊走私小头目郑潮为"高潮哥"，痞里痞气的形象一览无余，使得阴险狡诈的走私团伙内部也充满喜剧意味。喜剧性元素的渗入让读者在紧张、刺激的故事情节中得以片刻的缓冲，在哈哈一笑的舒缓中体会更深层次的主题内涵，小说的张力也便显现出来。其次，"类型人物"这一元素在作品中更是显而易见。前面提到的人物形象的彻底颠覆：逆袭成功的"痞子英雄"们和身负"余罪"的警察，均是有典型特征、独立人格的人物。

---

① 高磊：《香港 TVB 警匪题材电视剧的叙事研究》，硕士学位论文，山东师范大学，2015年，第 56 页。

② 卢蓉：《电视剧叙事艺术》，中国广播电视出版社 2004 年版，第 269 页。

四 结语

《余罪》小说中不同于传统警匪题材网文小说的非常态写作不是作者的随意为之，它是契合读者内心需求和欲望的。《余罪》打破了传统警匪小说英雄主义的套路，塑造了一批具有反英雄主义色彩的小人物，同时又对警察这一群体的形象重新做了诠释，作品中的人物身上多了几分烟火气息和俗世情怀，从而使小说具有现实主义深度和人文关怀的精神。这种对人物形象进行颠覆性处理的写作方式，对当代警匪题材的创作来说是一个巨大的创新和突破。然而也有读者对小说中作者塑造的以余罪为首的警察形象颇有微词，这就对作者今后的写作提出了更大的挑战。叙事方面，娱乐性美学元素的渗入能够看出作者试图以一种轻松、闲适、随意的姿态，努力消解读者对刑侦警匪题材作品阅读的紧张感，这样的写作方式也暗含了网络时代的文化心理诉求。

由小说改编而成的网剧《余罪》于 2016 年 5 月份上线，第一季播出仅 72 小时就点击破亿，截至目前播放量 5.96 亿次，豆瓣评分 8.5，微博话题"超级网剧余罪"阅读量超过 4.5 亿，[1] 成为网络 IP 剧的又一成功范例。网剧《余罪》之所以能爆发出如此巨大的能量，与原著的非常态写作是分不开的。作者常书欣也颇有接班海岩成为下一个"刑侦警匪剧"制造者的架势。

然而在 2016 年的 10 月份左右，《余罪》等网剧在播出平台悄然下架，据了解，这是继《盗墓笔记》后，2016 年第二批被要求下架整改的网剧，《余罪》播出平台也回应，称将对内容进行修改调整，这给刑侦警匪等略大尺度 IP 剧的发展造成不可小觑的恶果。由于警匪题材小说自身的特殊

---

① 莫琪：《网剧〈余罪〉原著者常书欣：被关过一年，所以写得出很多细节》，2016 年 6 月 14 日，网文江湖_澎湃新闻（http：//www.thepaper.cn/newsDetail_forward_1483440）。

性，在改编成 IP 剧时，难免会出现种种问题，有网友也为热播网剧《余罪》泼了盆冰水："余罪这样的警校生可能存在，但毕竟不是主流。以这样'非主流'的警察为影视剧主角，会给警察形象造成怎样的伤害，会给观众带来怎样的误导？相当大一部分警察，是不会接受余罪这样的'非主流'警察形象的……《余罪》的致命硬伤是传授犯罪方法，在影视作品中传授违法犯罪的方法，是绝对不能碰触的法律红线。"① 网友的观点一针见血，作品中的"看点"也同时成为"禁点"。随着网剧审查力度的日趋加大，面对这一系列问题，我们需要审视自身，不断自省和学习，为改编自警匪类网络小说的 IP 剧重新规范并找到一条合理发展的道路。

---

① 易胜华：《给热播网剧〈余罪〉泼盆冰水》，《法制日报》2016 年 6 月 27 日第 007 版。

"唯我一代"的生命散文与精神自白

——读张嘉佳《从你的全世界路过》

项　静[*]

【摘要】 从张嘉佳《从你的全世界路过》的文体风格入手，分析"唯我一代"的生命经验所启迪的坦白式的写作倾向，这种写作的代际属性和蕴含的文学样式有更新的可能。

一

在宽泛的意义上，张嘉佳《从你的全世界路过》可以被称为小说。小说的本体论人物就在于为我们重新找回昆德拉漂亮地称之为"生命的散文"的东西，而"没有任何事物像生命的散文如此众说纷纭"[①]。张嘉佳铺排华丽而揉捏到位的文艺腔调，孤注一掷坦白给世界看的风格，废话流般让人没有喘息空间的语速，让我们在当下妄图文学整体现实主义的焦虑中放了个风，为之一震或者短暂惊艳，它把现实的困顿、无聊、颓废都形式化为一种叙事风格、写作方式和精神自白。

＊ 项静，文学博士，上海市作家协会理论研究室编辑。

① ［英］迈克尔·伍德：《沉默之子》，顾钧译，生活·读书·新知三联书店2003年版，第94页。

《从你的全世界路过》是一个"80后"的后青春回忆录，是一部掺杂了七情六欲的青春奏鸣曲，他的"全世界"就是综合性的长散文，反讽的随笔，小说的叙述，自传的片段，历史事实，异想天开的独语等，爱情、青春、友情、游历、放荡、豪迈、不羁等，形形色色的主人公到处串场，转身却又不见，有温暖的，有明亮的，有落单的，有疯狂的，有无聊的，也有莫名其妙的，还有信手乱侃、胡说八道的，每一个人之于这个"全世界"来说，都是飘荡的碎片，但它们拒绝成为漫长而有教益的人生故事。迈克尔·伍德在论及昆德拉的小说人物时，有一个说法，不管在小说里还是小说外，"人物最重要的地方在于，他们的需要对我们而言是否真实，我们是否能够想象他们的人生。所有令人难忘的小说人物，既是真实的，又是想象的历史片段，是搜集起来用语言重新创造的历史片段，所以他们像我们见过的人，而且比这更好的是，也像我们还没有见到过的人。"①

　　张嘉佳小说中形形色色的人物是怎样的人？我们可以简单组合一个群落：他们有过微时的落魄，他们说着废话流抵御着生活中的那些伤害，分手或者离婚；他们有过赚钱的幻想，被打击了之后沉迷于游戏；他们爱着一个男人或者一个姑娘，用全部的心血和热情，但有的成功共同回忆往事，有的失败完成自我成全；他们爱着自己的狗伙伴梅茜，他们知道不是狗离不开他们，而是他们离不开那只狗；他们爱着那些消失了的人：姐姐或者某个让你心动的姑娘；他们离开脚下的土地，去放开那个被捆缚住的自己。他们是一些面目不甚清爽、真实生活着的青年人，他们的生活因为张嘉佳的叙述而有了一种戏剧性，但万宗归一，他们就是《那些细碎却美好的存在》中玄虚的那种普普通通的存在者，"不想那些虚伪的存在，这世界上同样有很多装逼犯，我偶尔也是其中一个。如果尚有余力，就去保

_____

　　① ［英］迈克尔·伍德：《沉默之子》，顾钧译，生活·读书·新知三联书店2003年版，第98页。

护美好的东西"。

如果所谓的"历史"是重大事件的话，这一代人几乎没有进入过"历史"，张嘉佳不是去复制经历过的生活，而是有意识地制造一种历史感，来营造的一种与其说是差强人意的历史感觉，不如说是一种熟悉感。20世纪末21世纪初期这一段时间内，异地恋的校园电话卡这种时光渐逝的见证物，初恋的兵荒马乱的情绪，还有那些具体而又潜藏着共同记忆的生命中的时间制造了一种熟悉感。比如，1999年5月大使馆被炸，学生游行；2000年，大学宿舍都在听《那些花儿》；2001年10月7日，十强赛中国队在沈阳主场战胜阿曼，提前两轮出线；2002年底，"非典"出现，蔓延到2003年3月（《末等生》）。

接下来一个更需要追问的话题是，他们是谁？他们来自哪里，可能是来自东北的一个姑娘，可能是江苏某个小城市的男孩，与当代中国电影电视剧中的小镇青年面目相似。他们所归属的是城市中的中等阶层，如今他们有着不差的收入或者还有一些来历不明无须确证的富二代，他们能够转身离开困境之地，下个决心就能做到去周游世界。比如，在《骆驼的姑娘》中，朋友失恋了，就可以劝他，老在家容易难过，出去走走吧。他点点头，开始筹备土耳其的旅行。这不是一个普通凡俗的人可以拥有的选择，他们非常便利地追寻和享用旅行的意义，他们笃信"美景和美食，可以抵抗全世界所有的悲伤和迷惘"（《美景和美食》）。

张嘉佳作品中的人物基本都接受了大学教育，无论对这个制度是嘲讽还是无动于衷，他们基本都坦然接受了大学教育。除此之外，看不到更多明晰的文化背景，或许从小说中人物的自我"坦白"可以瞥见某种端倪，《旅途需要二先生》中提到过早年看的《大话西游》和美国公路片，和泪共唱的《一生至爱》。《河面下的少年》中则有一大段关于我们青春的排比堆砌的各种流行文化符号，"我们喜欢《七龙珠》；我们喜欢北条司；我们喜欢猫眼失忆后的一片海；我们喜欢马拉多纳；我们喜欢陈百强；我们喜欢《今宵多珍重》；我们喜欢乔峰；我们喜欢杨过在流浪中一天比一天冷清；我们喜欢远离四爷的程淮秀；我们喜欢《笑看风云》；郑伊健捧着陈松伶的手，在他哭泣的时候我们泪如雨下；我们喜欢夜晚；我们喜欢自己的青春"。张嘉佳的叙述是直白而坦诚的，这些人在流行文化中徜徉着，并被流行文化塑造了人生和世界，它们是这一代人的文化基础，是他们表达自己的情绪基础，也是他们情感共同体的入场券。男欢女爱的模式，对情感的态度，还有自我解脱的方式，戏谑而无奈的语调，基本上都是来自这种流行文化的滋养。

张嘉佳的作品不是这个时代的孤例，我们可以推而广之，韩寒的一个 APP，他新拍的电影《后会无期》；新媒体上的非虚构写作"记载人生""果仁小说"等；写《谁的青春不迷茫》《你的孤独，虽败犹荣》，以坦白说话作为口头语和个人标志，分享自己的成功与失败捕获大量在校生拥趸的刘同；《最小说》中厉害的写手安东尼，写作从来不加标点符号，擅长从平淡生活中发现闪光点，捕捉生活小情趣，笔下文字自成一统，充满童话梦幻色彩，他们都可以在一个宽泛的意义上归为同类。如果从"同时代人的写作"最表面的意思来看，他们的确是在制造一种半径最大的共同体情感，我们的青春，我们的爱恨情仇，我们的粗糙与不经，不悔与悲壮，寻找与迷茫。他们是以平等分享的方式来面对自我经验的，长期以来我们评判一件艺术品的价值，基本基于如下的原则，不是它能在哪些方面服务我们，而是看它让我们摆脱怎样的思维定式。但张嘉佳们是逆行于这一原则的，它首先是服务读者的，是体贴入微的写作，更重要的，他是跟你在一起的。尤其是对 20 世纪 80 年代生人来说，他非常朴素地唤起了一代人的共同生活图景，当然那也只能是一个曾经非常朴素的生活时代，才能在目下煊赫的时代，引来念念不忘之回响。

纳博科夫说："风格与结构才是一部作品的精华所在。"① 张嘉佳当然形成了自己的简单粗浅的风格，他喜欢机关枪一样的语速，乐在其中，奇异的排比句，句子空洞而炫丽，说过好像没有说过一样，可能他们与读者的快感全在于说出的这个华丽的过程。那些呢喃的话语的确具有按摩治愈的疗效，死于列车出轨的朋友多艳，就是靠着这种排比句，从悲痛、愧疚消弭到青春无悔的模式去中了（《青春里没有返程的旅行》）。

张嘉佳的语言文字及唯美的故事容易让人沉迷，以至于我们会暂时搁浅这一代人不言自明的生活语境，憧憬着有一种生活如他们一样绽放或者放浪。他们无一例外都不谈时代的艰难，没有腐败、矿难、贫富差距、自我囚禁、时代板结，没有彻底的绝望，庞然怪物般的空虚，当然他们也很少以正面的方式谈论历史、政治，这些几乎都是一种简单的装饰性背景，毕竟无论写作者如何回避经验都无法抹擦干净历史的痕迹，比如"文化大革命"，以他习惯的"镶嵌"方式出现在一篇故事中，一个老三届的妈妈，教训年轻儿子不敢表白爱情，沉重的历史、残酷的往事以一个老太太戏谑的方式拉平到爱情的俗套上，这是时下多数文学的一种通病，只不过有病理深浅的区别。

二

1947 年，阿尔贝·加缪创作了《鼠疫》，在法国文坛引来无数批评。还是他的好朋友萨特和波伏娃，他们认为当一个社会被一个作恶多端的无能政府制造出来的黑暗笼罩的时候，身处其中并拥有极大影响力的作家，其创作如果不涉及政治和历史立场，不主动担负起深厚的历史责任感，不指认（即使是隐喻的形式）罪恶的来源，那么，他的写作就是不负责的，

---

① ［美］弗拉基米尔·纳博科夫：《文学讲稿》，申慧辉等译，上海三联书店 2005 年版，第 22 页。

就是不道德的。由此推之，如果在一个涌动着无数暗流、贫富差距每天都制造不同故事的时代，如果不涉及现实，不主动担负起历史责任也同样是不道德的。而在我们的潜意识中，这种道德基本是针对严肃文学的，也会在许多偶然时刻，比如它们太招摇过市时，成为挥向通俗文学的定制武器，虽然结果都是各说各话。从经典文学的角度来衡量、蔑视、忽视甚至鄙薄通俗文学是容易的，就像我们一直所做的那样，在这条道路上我们有历史传统，也有鲜明案例。而现在鸡汤文的命名是最便捷的方式，只要被归入这个范围，就像刺上红字的奸夫淫妇，如果愿意吐上一口骂上一句固然是正常的选择，最高傲的方式莫过于转过头去视而不见，当然这也是一句非常流行的鸡汤文。

无论我们如何谈论通俗流行文学，也或者避而不谈，都不能阻止这种文学的突然疯狂成长，或者一直成长。张嘉佳的睡前故事在受众人群中是最为贴心的文学样式，他们想象着柔和轻缓的音乐，饱含午夜电台文艺散文朗读腔调的女声，驾轻就熟地读出张嘉佳的那些与狗狗梅茜的故事——《给我的女儿梅茜，生日快乐》："我们要沿着一切风景美丽的道路开过去，带着你最喜欢的人，把那些影子甩在脑后。去看无限平静的湖水，去看白雪皑皑的山峰，去看芳香四溢的花地，去看阳光在唱歌的草原……去远方，而漫山遍野都是家乡。"一个爱护动物又不是激烈的猫狗平等主义者，一个情贴心灵的麦田守望者，一个敏感不屈满怀热情的灵魂，一个历经沧桑初心永葆的男人，是的，我们需要一个这样的自己和朋友。

销量和影响大到成为现象的此类通俗大众文学，改革开放以后是从琼瑶的风靡开始的，历经岑凯伦、安妮宝贝、知音体、读者文、张小娴、连岳、陆琪等，其实我怀疑村上春树、昆德拉部分也是被以通俗文学的方式接受的，在这个名单上似乎还可以加上王朔、王小波、石康等人，不管是经典作家，还是二流段子手，在大众读者接受的角度上可能都是被扯平了的，都是我们心灵的按摩师。而不得不说的是，现在的张嘉佳是一个定制版的综合体，我们可以在张嘉佳的暖男体小说中时时遇到熟悉的声调、故事，有波拉尼奥式漫游的不羁，有王朔式的痞气，有青春的粗糙杂乱，也有周星驰式的戏谑无厘头，有琼瑶爱情女神的执着，有连岳、陆琪的鸡汤风范，还有韩寒电影中类似的"没有看过世界，怎么会有世界观"的行动哲学，还有许多其他面目熟悉的二手哲学。总之，这个张嘉佳不是横空出世，而是慢慢浸染成长出来的一颗饱满硕大的果实。

韦勒克、沃伦在《文学理论》一书中说："我们怀疑这个读书原则对文学研究的实用性。这种读书原则恐怕只是对于科学、历史或其他累积性和渐进性的科目来说才值得严格地遵守。在考察想象性的文学的发展历史时，如果只限于阅读名著，不仅要失去对社会的、语言的和意识形态的背景，以及其他左右文学的环境因素的清晰认识，而且也无法了解文学传统的连续性、文学类型的演化和文学创作过程的本质。"[1] 在历史、哲学和其他类似的科目上，阅读名著的主张实际上是采取了过分"审美"的观点。文学当然也是如此，张嘉佳的畅销书这一类文学作品可能是在过分"审美"的观点之外，与现实最短兵相接的部位。

三

小镇是张嘉佳心中的童话世界，日后在他的小说里反复出现。而张嘉佳在小镇上的人生以升入大学划上逗号，跟所有当代中国的小镇青年一样，他们都迅速融入城市的生活圈子，但张嘉佳似乎并没有经历过城市与乡村的巨大的心理差距（至少从他作品中的人物身上看不出来），这种心理落差几乎是近50年来当代文学中一个最为重要的母题。另外，张嘉佳小说中也没有都市在地青年的那种天然的存在感，以及故作声张的"地方

---

① ［美］勒内·韦勒克、奥斯汀·沃伦：《文学理论》，刘象愚、邢培明、陈圣生、李哲明译，文化艺术出版社2010年版，第1页。

志"心态，这些东西日后都以迷茫自恋（怜）、沉溺式的都市青春小说的方式发泄出来，所以张嘉佳的小说几乎没有特别鲜明的都市志痕迹，城市只是他的小说故事发生地。由此，那种寓居都市生活的屈辱、奋斗、挣扎的心态都可以略去不表，都市生活文学呈现的陈词滥调省略不说，这就造就了一种极为简洁、流畅、语速极高，具有速度美的故事流线和抒情语流，也为他小说中的自由随意的心态提供了一种合理性，为小说的轻逸摆脱了多重负累。连人物形象他都开始拒绝往人性深处伸展了，这几乎也是当代文学的另一个母题（人性的复杂、人心的暗夜等），他的小说人物都是那种具有"飞蛾扑火"式美学意味的人物，他们说走就走，不计得失，甚至没有了现代人的算计，离婚的男人动不动就净身出户，以表示对曾经爱情的尊重；暗恋的女人们也都深埋爱情，为那个感受不到爱的男人付出到底。这一切让在现实中翻滚的人们看来，的确是一个具有诱惑力、幻想性，并且因为小说中生活语境的铺陈具有一定现实可行性的类"仙境"。

张嘉佳属于当代中国作家中和鸣那一类，也很难顺理成章地把他归入通俗作家一族，他们轻剪人们心翼上的星点，有时候也不过是蹈常袭故，但他们始终有体察时代人心的一条明晰的线索。他的主导叙事是诉说自己，忠实地想象他人的生活失去了兴趣，或者丧失了这种能力。莫里斯·迪克斯坦特别关注美国文学中 20 世纪 60 年代作品中的坦白趋势，这种趋势试图把文学从某种停滞不前的形式主义中解放出来，使他接近个体的体验。张嘉佳类似的创作倾向当然无法与美国 20 世纪 60 年代文学倾向的历史相类比，但大体的历史情境颇多类似之处。我们也面临某种停滞不前的文学形式，作家们延续着重新模拟事实发生的世界，由此模仿前辈作家们的思想承担，并幻想获得道德和责任上的光荣与梦想，对现实发出一种声音。此外，新的文学形式比如网络小说等以乖张庞杂的形式吸引了大量欲与求的读者，但这又很难俘获渴望精神食粮的青年一代的芳心。张嘉佳们的作品拒绝、回避承担透视生活窗口的作用，它是写给自己和同类的，就像微信公众号"记载人生"的口号，"和对的人在一起"。相对于想象他人的生活，为自我构想一个可能的人类情境，这些作家更在意自己同类人的世界。在形式上，他们的作品更像是随笔或是小品文而不是小说式的叙述，每一个人都有许多故事要诉说，每一个人都有许多情感要倾吐。

"唯我一代"可能是由于作者的懈怠，过于关注自我，或者缺乏想象力而造成的，但也可能和某种文化氛围有关，贬低技艺和创新、鼓励自我表达的文化氛围。将作者带入作品，可以消除幻想和对生活的平庸模仿，使读者更加关注形式。坦白式的写作方式，不需要辛辛苦苦地设计故事情节、刻画人物性格和周遭环境，也不需要提出曾经让现实主义小说荣耀一时的历史洞见。莫里斯·迪克斯坦说："这些小说的作家，仅仅只是作者自己，而不是就现实和再现的关系提出问题，进行反思。他们没有让我们走到幕后，去看艺术创作的过程，看作品在表述中如何观看自身，但是他们也不是完全虚构出来的人物，拥有无限可能的神秘和意外，他们只是写作的人：对他们而言，当务之急是要将那些素材写下来，尽管他们也让故事的主人公陷入爱情与战争，但人物角色只可能生活在作者无处不在的光环之下。"①

他们写下的爱情故事，细节的真实，萌动的思绪，还有大城市夜晚的每一条街道，广袤世界的任何一个为我而存在的地方，都是一枚掷地有声的徽章，散发着它微小而顽强持久的力量。奈保尔说，每个作家都是带着一个社会、一种文化以及这种文化给予他的安全感来写作，他被这样一个自给自足的世界所保护、所支撑。他永远也做不到像海明威那样去写巴黎，带着探险家的自得其乐去描写狂热，去描写狂斟豪饮和性奇遇，却从不涉及街上究竟发生了什么。海明威能够以一个作家的身份来简化20世纪

①　[美] 莫里斯·迪克斯坦：《伊甸园之光：六十年代的美国文化》，方晓光译，译林出版社2007年版，第106页。

20—30年代的巴黎，而他无法把自己放在一个类似的位置上，奈保尔心里清楚20世纪30年代一个像他这样出身的人绝无可能去巴黎，就在这样简单的层次上已被拒绝。张嘉佳他们当然也是在许多简单层次上已经被拒绝的作家，依靠自己的安全感来写作，是许多作家没有选择的选择，它只能是袖子上的一枚徽章，不会成为一具躯体，但我们能看到它各个角度的闪亮。

罗兰·巴特说过自己的任务是探索一种文学记号的历史，他讲过一件轶事，法国大革命时期的政论家埃贝尔在写作时，总爱用一些"见鬼！"和"妈的！"字眼，这些粗俗的字眼并不表达什么，然而，这种写作方式却是当时革命形式的需要，它把一种语言之外的东西强加给读者，形式的历史表现了写作与社会历史的深层联系。张嘉佳们的小说、散文是我们这个时代有意义的一种文学记号，或者是肩膀上的徽章，或许正是靠着他们所提示的形式，才会指引下一次文学形式的变革——如果还会有变革的话。小说家卡萨塔尔不只把作家看作艺术家，也看作见证者，看作有偏见、有人性、愿意学习的人，他认为我们需要从关心这个世界的人身上反观这个世界。有时候不只是关心也享受这个世界，从唯我一代这种写作倾向的作家身上，似乎看不到改造世界的主观愿望，却有安于此在的耐心和热情，因为他们"从你的全世界路过"，所以他们愿意不经磨砺地去模仿一个世界，在平滑、鲜亮、炙热、奶白色的光晕之外，有一片雾气和不安的深渊，似乎是一代人的精神胎记。

以"解构主义"视角剖析"微博上
最会写故事的人"

——评张嘉佳的《从你的全世界路过》

宋竹青[*]

【摘要】"微博上最会写故事的人。"张嘉佳凭借他的睡前故事系列合集《从你的全世界路过》掀起了一阵"深夜微博故事"热潮。突如其来的成功与传统书评家一边倒的质疑的确是个值得令人深思的现象。本文试图用解构主义的视角剖析《从你的全世界路过》,探寻其一方面大获成功,一方面却又饱受质疑的原因。

张嘉佳,人家给他贴标签,说他是"微博上最会写故事的人"。这个"微博上最会写故事的人"从 2013 年开始在他的微博里给人"讲"睡前故事,在每个失眠的夜里用他神经质般的喃喃自语,幽默大胆的情感宣泄,戳中了微博上无数深夜未眠的、坚硬而破碎的心。人们调侃张嘉佳满嘴的套路,却又为他的套路深深陷落。2013 年 7 月张嘉佳的睡前故事在微博上刚萌芽,几天内转发量就达到 150 万次,阅读人数超过 4 亿;同年 11 月,

---

* 宋竹青,南昌大学文艺学硕士研究生。

这些故事从一个个零碎的深夜里被"打捞"出来集结成书——《从你的全世界路过》，一跃成为"当年国内出版界的黑马"——半年销售量就超过200万册。横空出世的大 IP，引来影视投资方的垂涎。2016 年 9 月 29 号，《从你的全世界路过》第一部同名电影上映，口碑与票房依旧两极分化，但丝毫不影响张嘉佳和他的《从你的全世界路过》再次于公众视线里回炉"重火"了一把。

仔细研磨张嘉佳的故事，可以发现它们确实一个个都不精细，情节破碎单一，时而满嘴粗话，时而华丽至极，不少书评员一眼就看穿了张嘉佳赤裸的套路。连他本人都承认，"一部分连短篇都算不上，充其量是随笔，甚至是涂鸦"[①]。可是无论你是否认可，张嘉佳确实成功了——凭借几十篇并不为专业人士看好的故事，其中除了赶上内容营销火爆的好时代与好平台之外，其实还有值得深入思考的一些地方，今天，我们就透过解构主义的视角分析一下满满的张氏套路，以期获得一些特别的发现。

一　后现代的爱情故事：男女二元对立的瓦解

爱情类型的网络文学，主要阅读人群还是女性，尤其是限定为 13—20 岁的低龄女性。由于受到固有的男权中心主义的影响，当前比较受欢迎且发展成为独立派别的网络文学有总裁文、高干文、黑帮文、穿越文、架空文、未来文、外星文及仙侠文等。然而无一例外，其人物设定大多为"才子佳人或王子公主"，亦即我们熟知的所谓"玛丽苏"或"杰克苏"，它们都没有脱离千百年来思维传统中我们对男女关系的固有设定。

在这一点上，张嘉佳显然有一些自己的"觉悟"。这种"觉悟"使得《从你的全世界路过》里"男男女女"和"男男女女的爱情"隐隐约约透着那么一丝"新鲜口味"。张嘉佳小说中的男性形象同传统网络小说的男

---

① 张嘉佳：《从你的全世界路过：精装升级版》，湖南文艺出版社 2014 版，序言。

性形象相比，懦弱、胆小、失败——举手投足间透露出一股浓厚的屌丝气息——他们是需要被女性呵护、照顾的对象；他们对于爱情的态度往往是小心翼翼、如履薄冰的。这与传统文学中绝大多数的男性形象是有一些出入的。

与此同时，与其相对应的女性形象则相反，她们在情感上握有主动权，有绝对的独立人格，无论是爱与不爱，无论是争取还是放弃，都有自己的主张与坚守，是典型现代都市里无所顾忌的新型"自由女性"的代表。例如，书中《我希望有个如你一般的人》里，女主毛毛在经历了一段失败的爱情后，决定向"爱而不说"的男主管春主动求婚；再如《开放在别处》里，为室友幸福而诋毁自己的黄莺；《小野狗与小蝴蝶》里，为守护和陪伴不懂事的小野狗而献身的小蝴蝶；《初恋是一个人的兵荒马乱》里，百般照顾不懂事的"我"，充满母性光辉的班长与姜微。这些女性无论在经济上还是心理上，都是独立的个体，基本都受过一定程度的高等教育。所以她们在精神层面基本已与男性无异，达到了较为自由的状态。

这很符合现代中国的整体国情，女性完成了在经济上的独立，随之而来的就是她们进一步要求与男性在精神生活上保持平等、不依附的关系。在情感上，她们虽不拒绝男性，但也不与男性建立过去那种强烈的依附关系，而是偏向保持着一种来去自由的姿态。所以《从你的全世界路过》中的女人因为爱而走近一个男人，因为不爱而放弃一个男人，甚至因为非常爱而默默付出不计任何回报，这实际反映的是现代都市女性迫切追求的生活状态与精神状态。

但是，虽然在《从你的全世界路过》中的她们较之于传统女性来说更为独立、豁达，看似在感情世界里来去自如、游刃有余，但生活中她们也依旧面对着重重困境。这种困境主要来自男性与社会：缺乏安全感的毛毛因为买房的分歧离开管春，独生女悦悦因为要照顾父母而选择放弃异地男友胡言而回家工作，在《生鲜小龙虾的爱情》里张嘉佳通过叙述者的口吻间接表达了男性对女性做出这种选择的质疑态度——轻易得来就容易患得患失，自己挣来才是幸福——这无异于是对男权社会的道德绑架，是对"自由"新女性最无情的"肢解"。生活在现代中国社会的女性，虽然她们一直不停地追求着梦中的理想生活，但这种理想与现实生活的具体细节依旧存在诸多的"不适宜"。所谓的"自由""独立"事实上更像是一面虚无缥缈的旗帜。

强势男性在感情世界里的"不强势"，自由女性在感情世界里的"不自由"，透过《从你的全世界路过》，你看到的爱情不是传统意义上男女二元对立式的正面作战。无论是男性还是女性，在一段感情里他们都是弱者，性别的概念在这里其实已经弱化了，而与此同时，爱情本身得到了强化。这使得读者能够更多地去关注爱情事件，审视爱情本身的美好与残酷，体验读者自身的欢喜与悲伤，而不是单纯地去认可或否定其中的某一个人物。

二　张氏语言的"套路"：粗话与华词的交相辉映

书评家都说张嘉佳的故事太假，随随便便一较真就有几箩筐的缺点，实在登不上大雅之堂。然而当这些登不上大雅之堂的故事，遇上了"刚好的时候"，却出人意料地"负负得正"，制造出了一锅神奇的"半夜温情"。

《从你的全世界路过》里最令人印象深刻，最能带给读者强烈阅读体验的莫过于"粗话"与"华词"交相辉映且自成一派的"张氏语言"了。讲到松花江的鱼在水里冷得颤抖，嘴里暴喊的是"狗东西你冻死大爷了啊"；写茅十八给女朋友荔枝做的导航仪，里面多是一些诸如"你关，你关，回头老子不做导航仪了，换根二极管做收音机，你咬我啊"这样的大粗话。这边读者刚刚觉得能在故事里听到这些自己也常用的"粗话"觉得很有意思，另一边张嘉佳又能突然一个转身，铺排出"如这山间清晨一般明亮清爽的人，如奔赴古城道路上阳光一般的人，温暖而不炙热，覆盖我所有肌肤"和"世间予我千万种满心欢喜，沿途逐枝怒放，全部遗漏都不要紧，得你一枝配我胸襟就好"这般竖起一身鸡皮的"华词"。可以说传统文学意义上的"阳春白雪"与"下里巴人"在《从你的全世界路过》中完全没有分界。对于偏好"华词丽句"的人来说，张嘉佳在情感上迸发出一句句柔美的铺陈，给他们以蜜糖般的心灵慰藉与人文滋养；同时，《从你的全世界路过》中广为使用，足够引人共鸣又无伤大雅的"粗话"，则让人体会了张氏故事最简单直接的情感宣泄。这些粗话、脏话基本没有要伤害对方的目的，反而更像是年轻人惯用的口头禅，是一种逐渐演化的语言的附加成分，恰到好处地营造出了一种随意、诙谐和亲昵的语义功能。通过将"粗话"与"华词"糅杂在一起，张嘉佳的故事突然就拥有了一种奇特的、具有反叛性的魅力，读者在整体阅读中会莫名地体会到一种"笑中带泪""俗中见真义"的感受，极像不识字的祖父母辈在晚年饱经风霜后，于天井的长条凳上给儿孙讲述最朴实的人生道理——自有一种味道。

张嘉佳在语言上的大胆与创新，与解构主义的反传统、反权威的精神不谋而合。而近年来，基数庞大的网文（网络文学）、阅读群体和迅速扩张的数字化传媒，使新媒体文学的阅读人群、写手阵营和原创作品数量犹如"破竹"，屡创新高，可以说几乎形成了文学史上从未有过的一道奇观。另外，新媒体创作展现了不一样的文学生产方式：文学从专业化创作走向"新民间写作"。新媒体写作常常是以平民姿态、平常心态写平凡事态，用大众化、凡俗化的叙事方式，展示普通人本真的生活感受，显示出平凡的真切感与亲和力。① 在此意义上来说，《从你的全世界路过》呈现了现代读者最为喜闻乐见的文本形式。而不论是何种读者，或长或幼，从《从你的

---

① 欧阳友权：《新媒体文学：现状、问题与动向》，《湘潭大学学报》2012 年第 6 期。

全世界路过》中他们读出的"故事"也不尽相同，这正是解构主义文学批评期待达到的目的。

三 所谓"睡前故事体"：模糊真实与虚构的界限

凭我童年残存的记忆，在电视、电脑、手机、平板这些电子产品尚且匮乏的年代，普通百姓傍晚吃过晚饭，往往喜欢围坐在晚饭桌前唠唠嗑，碰巧来了兴致，就能"嗑"出一些有趣的奇闻逸事。譬如，谁有一天下夜班看到的河滩边的白衣女子，谁曾经喝醉酒回家路上听到绕梁的丝竹声，早上醒来发现自己在河边睡了一宿……这些故事大多真假难辨，人生体悟与口语粗话互相掺杂，却总能调动听者十二万分的精神头儿，尤其对在一旁玩耍的"蓬头稚子"来说，这无疑是童年里最叫人印象深刻的时段。而今，大众传媒引起整个社会生活方式的改变，上面讲到近似"围炉夜话"的模式早已为人们所淡忘。逝去的东西总叫人缅怀，再见时亦难免为之心动。在无数疲乏且空虚的城市人临睡前，张嘉佳的"故事"以他独有的"夜话"模式娓娓道来，就像时隔多年再见已逝的家中老者一样，情怀多于感动，熟悉胜过细究。

张嘉佳的"故事"强烈的辨识度来源于其"废话流"式的口述模式。在新媒体内容呈现井喷的今天，如果你的故事没有辨识度，就会像那些千篇一律的网红脸，转瞬即逝。张嘉佳很聪明，他自创了"一种体例、一种方法、一种风格、一种新式矫情范儿。他重新发明了讲故事的方法"①。这种讲故事的方法在他自己总结，叫作"废话流"。废话流分成三种，分别是吐槽流、故事流和诅咒流。《从你的全世界路过》（精装升级版）全书共八章节，每章5至6个短篇故事，共计46篇。其中《我希望有个如你一般

---

① 咪蒙：《我们假装迷恋重口味，内心向往的却是真爱》，2014年5月，豆瓣书评（https://book.douban.com/review/6657664/）。

的人》《姐姐》《摆渡人》等篇目，尚可算为规矩的小说；最短的是《反向人》，寥寥 700 来字的闲碎言语，确实只能称得上是"涂鸦"。诚如他本人精辟的总结，他的故事里充斥着吐槽和诅咒：人物对话中的答非所问，冗长又看似无意义的反复叙述，出现频率不高不低的粗话脏话……每个篇目之间也几乎没有联系，排列随意，无逻辑可循。它们却构成了张嘉佳故事的独有风味。

　　细究"废话流"口述模式大受欢迎背后的原因，除了读者对传统"围炉夜话"时代的缅怀，同时还与自媒体的发展密不可分。由于整个中国社会正在经历由传统向现代甚至后现代转型的过渡期，整体社会呈现出碎片化的态势，张嘉佳的"睡前故事"，在它远离宏大叙事和主流思想、关注微观个人生活事件的同时，又十分幸运地"搭上了"自媒体微博平台的"班车"，展现了现代社会碎片化阅读的节奏——既能随时展开，又可任意放下。"睡前故事"是一种典型的碎片化的写作模式，它的热销显示了一种新文学表达形式的兴起，没有宏伟的长篇大论，意思到了即可，看不到精雕细琢的描写、洋洋洒洒的议论和抒情，尽可能使用简洁的叙事，给读者留出了适当自由想象的空间。这种新型的写作形式和故事模式，契合当下越来越紧凑的生活节奏，也顺应了都市年轻人的阅读习惯。而这种时下饱受热议的"碎片化"的阅读与写作模式，不正是解构主义所追求的"支离破碎的不确定感"吗？

　　尽管中国读者对后现代主义的触觉并没有西方读者的那么敏锐，但是他们显然对盛行颇久的现代主义文学略显倦怠。后现代主义文学以追求反讽与戏谑为主的解构叙事的快感著称，这种新型的呈现方式让人耳目一新。在具体的叙事上，张嘉佳的故事有着某种消解真实性与突破现代主义框架的意味（显然并不彻底）——譬如《初恋是一个人的兵荒马乱》中的"我"（叙述者）呈现出来的不可靠感，语言上的"玩世不恭"，叙事形式上的段落反复、叠加与否定营造出的文本真实与虚构的混淆……这些无异于给中国读者呈现了一道颇有意思的"新菜式"。

当然，相比较更多有意创作的、更为成熟的"无人物、无情节、无意义"的解构主义作品，张嘉佳的《从你的全世界路过》对人物形象、叙事和阅读模式的解构并不彻底，作品还留有很多传统文学的痕迹，其解构主义倾向可能更多的是一种无意识的创作与表达。但是，这种无意识的解构主义倾向的暴露，较之现今诸多主题鲜明且人物形象单一的仙侠、魔幻、校园爱情等题材的网络小说而言，不能不算是一种大胆的挑战。诚然，在语言表达和价值观的传递上，小说本身还存在着诸多缺陷。但是，如果《从你的全世界路过》的出现，可以为更多具有解构主义倾向的网络文学的诞生提供一个模板的话，能使中国读者接触一种新的、在未来值得无限期待的本文形式的话，这大概就是我们今天探讨张嘉佳与他的"睡前故事"的意义。

讲故事的人和读故事的人

—— 简评《从你的全世界路过》兼论当代青年的情感认同

徐布维*

【摘要】《从你的全世界路过》凭借人物塑造大众化和语言风格通俗化的特点，在同类作品中脱颖而出，其独特的"睡前故事+煽情"叙述模式打动了无数青年人的心。事实上，与作者自身写作技巧和风格相比，作者张嘉佳借作品传达出的人生观、价值观及情感观与当下青年高度契合，才是该书持续热销的根本原因。以20世纪"80后""90后"为主体的青年一代，面对来自时代和社会的认同危机，渴望被肯定，更怀有"即使平凡也终会收获希望"的原始愿望。而张嘉佳的故事恰好与这种心理相呼应，书中人虽然普通却充满着对生活的勇气和向往，读者和作者在故事中完成了双向的情感互动。但同时，作品仍旧存在着一部分语言粗粝、情节僵化等硬伤，折射出我国网络文学发展的通病。

一

2013年7月，张嘉佳带着他的"睡前故事"闯入公众视野，迅速成为微博话题榜上的热搜。这些故事转发量过千万，阅读量超几亿，并在同年

---

* 徐布维，山东师范大学文学院2015级卓越班学生。

11月被汇编成一本短篇集——《从你的全世界路过》（以下简称《路过》）。《路过》甫一出版，上架6个月销量就超200万册，连续数月占据各大排行榜榜首，成为亚马逊、京东等购物网站书籍类的首推。2016年9月，由其改编的同名电影《从你的全世界路过》在全国上映，一个月内票房已超八亿。于是在以"80后"为代表的观影群体对电影的共鸣与感动、批判和评论中，原作《路过》重回各大门户网站的话题热门位置，销量再度攀升。

从书籍诞生到作品影视化，三年的时间里，《路过》饱受争议。喜爱这部作品的书迷认为它是"治愈系（指为了让积蓄过度压力的人或有忧郁症倾向的人减轻压力而使用的各种行为和手段①）佳作"，张嘉佳本人也被视为"最会写故事的人"，成为众多年轻人追捧的偶像。反对方则坚定认为，"情节安排生硬""人物脸谱化严重"等都是作品的硬伤，实质是另一意义上的"心灵鸡汤"。

然而不论是赞扬还是批评，《路过》毋庸置疑地将这种以"煽情＋鸡汤"的短故事为主要表达方式的新网络文学推至公众面前，成为文学作品商业化的成功标杆之一。《路过》的畅销绝非偶然，它意味着逐渐掌握话语权的当代青年在某种程度上的认同和肯定，或者从情感上讲，张嘉佳和他的故事王国给予"80后"的，是一场在都市森林中感同身受的集体狂欢。

二

2013年上市至今，《路过》共出两版，2013年第1版分为7个部分，作者将各部分依次命名为"第×夜"；2014年版则增添了第八部分，即"第八夜，新生：暗夜尽头天总会亮的"作为对前七夜的修订和补充。作

---

① 孟红森：《从〈千与千寻〉看日本"治愈系"文化》，《山西大同大学学报》2013年第10期。

者张嘉佳将《路过》定位为"睡前故事",他强调自己希望这些故事"能给喜欢的人一点点力量,一点点面对自己的力量"①,更强调由故事共鸣而生发的力量给予人坚强和感动。也因此,我们可以从作品中直观地感受作者对"讲故事"这一行为动作的刻意突出,"故事"成为《路过》的核心主题:书中人演故事,"我"在讲故事,我们读故事。

整部作品由38个短故事组成,相互独立又有千丝万缕的联系,一口气读下来不觉松散。这与双重主题结合的叙事结构密不可分,存在于全书的"我"兼有叙述者与经历者的双重角色。正如作者张嘉佳在书中写道的那样,"读过睡前故事的人会知道,这将是一本纷杂凌乱的书,像朋友在深夜跟你在叙述,叙述他走过的千山万水。这个朋友就是我"。②

纵观整部作品,以第一人称出现的"我"贯穿始终,有着双重的行为主体身份。"我"有时候是故事的经历者,《初恋是一个人的兵荒马乱》便是"我"从小学开始的初恋故事。"你读高三的日子,有我快活吗?现在回想,都快活得想翻空心跟斗呢。"③ 在类似的话语中,读者能够轻而易举地走进故事,和这一刻的"我"产生同一视角感知与共情。从开篇《第一夜初恋:从你的全世界路过》开始,"我"便一直置身故事之中,参与每个人的悲欢离合、经历每个人的酸甜苦辣。此时的"我",已与作者张嘉佳重合,叙述着关于他和身边人的故事。

而在每一个故事的结尾,都会有"我"的一段话,或议论或煽情,带着沧海桑田之后的感慨。这时的"我"显然已抽离出故事,以旁观者的角度冷静而清晰地分析着一个个故事。如果说参与故事中的"我"是作者的理想化身,那么看似波澜不惊、口中说着"一个人的记忆就是座城市,时间腐蚀着一切建筑,把高楼和道路全部沙化。如果你不往前走,就会被沙

---

① 张嘉佳:《从你的全世界路过·序》,湖南文艺出版社2013年版,第1页。

② 同上书,第5页。

③ 同上书,第23页。

子淹没"① 的"我"，更像是在扮演读故事的我们。我们以第三者的视角阅读故事、感知故事，那些生活教会我们的经验会令我们预料某些故事的走向，我们甚至可以在下一秒说出和书中类似的话，慨叹那个曾经与书中人如此相像的自己。此时此地，我们就是叙述者"我"，冷眼看着别人演绎他们的爱恨情仇，从已知的线索中为痴儿怨女判定必然的结局。

在这样的双重设计下，读者对《路过》中故事的感知体验是多样的，既有感同身受的代入感，又有跳出故事之外的冷静与了然。书中"我"和心中曾经的自我已经重合，故事也因此更加亲切自然，因为我们读的其实是自己的故事。

《路过》的接受度如此之高，大众化的人物塑造是其重要原因之一。38 个短故事，每一个主人公都是平凡的小人物，他们在感情世界和现实生活中横冲直撞，无力却执着、无奈却温情。

书中之人皆为身边之人，"茅十三""猪头""管春"等人物，都是"我"的好兄弟，彼此之间嬉戏打闹、打游戏、凑钱吃饭、拼酒、为室友的表白出谋划策……这些细节都取材于生活，读来下意识便能在眼前浮现出场景。这是绝大多数"80 后"身边的宿舍生活，普通又接地气。众人在爱情中的选择更是熟悉，有痴情者为帮前女友摆脱困境不惜倾家荡产，有深情者明知不被爱、仍为心爱人豁命拼酒维护尊严，还有分分合合兜兜转转终于破镜重圆的有情人……这些都是深陷爱情中的我们曾经或正在做的事，单纯又直接。我们能在他们身上找到自己的影子，找到自己熟悉的青春。

张嘉佳笔下的这些人物总是带着一些缺憾的，怀着最初的勇气，以爱为名做过无数的傻事，写在故事里、读在口中便成了如今自嘲的素材。我们都是普通人，那些我们在生活中做的、觉得稀松平常的事被作者张嘉佳

---

① 张嘉佳：《从你的全世界路过·序》，湖南文艺出版社 2013 年版，第 9 页。

仔仔细细记下，放在故事里，我们阅读着、唏嘘着，感动了自己。与现实生活高度重合的人物形象塑造，是这本故事集的格外动人之处。

但从另一层面看，这样大众化的人物取向也存在脸谱化、单一化之弊。在阅读过程中，我们很难从某一个人物身上找到他们独有的某些特点，在我们眼前浮现的是近似于符号的模糊形象。同时，人物性格也呈现极端性的特征——喝起酒来不醉不归、为了爱放弃一切……即使是为了故事情节的推进和其他需要，也容易令读者产生倦怠的阅读体验。

如果说大众化的人物塑造是以人物形象反映日常生活的微观之笔，那么整部作品直白通俗的语言风格则暗含作者的生活态度。张嘉佳在作品中的语言与其说是通俗，毋宁说是一种张氏"无厘头"。脏话和俚语穿插在《路过》绝大部分故事之中，并且风格切换极其随意，往往上一秒还在潇洒地骂道"我去你大爷的"，下一秒瞬间转换为深情款款的文艺风，"就算什么改变都没有发生，至少，人生就像一本书，我的这本也比别人多了几张彩页"①。这可能是《路过》整部作品中最有争议的一点，读者对其评价褒贬不一。有乍读之下心中一惊者，觉得不甚适应；也有对其敬佩者，敬佩张嘉佳能够这样不加掩饰地、赤裸裸地表现各种各样的情绪，能够如此真实直接地呈现出普通人的七情六欲。

但就整部作品而言，《路过》在追求表达的真实自由之路上确有偏离轨道之嫌，为了口语化而口语化的行为极易使作品走向媚俗的一面。以第一章开篇一段作者对茅十八的描写为例：

> 正当我骄傲的时候，跟我合作的茅十八异军突起，自学成才。
>
> 这狗东西太无耻，他发明的属于废话流分支：诅咒术。比如好端端地大家在打牌，茅十八一行字："大慈大悲普度众生观世音菩萨，

---

① 张嘉佳：《从你的全世界路过·序》，湖南文艺出版社 2013 年版，第 114 页。

圣洁的露水照耀世人，明亮的目光召唤平安，如果你想自己的父母平
安健康，就请重复一遍，必须做到，否则出门被车撞死。"

我去你的三姑夫。①

这段文字显然已失去了文学应有的美感，字数不少却基本毫无用处。
整部作品中诸如此类的细节层出不穷，这纵然与其借助于网络的传播方式
有关，但最主要的原因，还是作者尚未把握好俗与雅的度，俗大于雅，流
于媚俗。过度的无厘头，便成了低俗的缘由。

除了在以上几方面的构思设计，作者对故事篇幅的控制也增强了文本
的可读性。《路过》作为"睡前故事"，短故事的叙述节奏与当下碎片化阅
读的趋势步调一致，简单的叙事和恰到好处、略带人生导师口吻的浅议论
与都市人阅读习惯相契合。由此而观，《路过》借助故事文本的创造设计
成为同类书籍中的佼佼者，也是在情理之中的了。

三

尽管《路过》在文学层面的艺术价值有待商榷，但不可否认的是，
《路过》传达出的世界观和人生价值，在以"80后"为代表的当代青年群
体中引起了强烈共鸣和情感认同，而这恰恰是其畅销至今的深层原因。

不论是讲故事的人还是故事中的人，甚至绝大部分读故事的人，都是
20世纪八九十年代出生的青年人。他们身上体现着鲜明的时代烙印：改革
开放带来的良好环境使他们接触到更加开放自由的思想和理念，但同时来
自主流社会的各方面评价（尤其是个人主义、自我中心等负面评价）也成
为压在其身上的社会压力。作为独生子女，他们在家庭层面拥有较以往更
加丰厚的资源，但他们面对的升学、就业、购房等压力也较之前成倍增

---

① 张嘉佳：《从你的全世界路过·序》，湖南文艺出版社2013年版，第3页。

加。而文化认同"既存在于宏观的社会层面，也存在于微观的个体层面，它是个体在不同的情景和群体中进行文化态度决策和自我定位，从而进行社会适应的过程"。来自社会、经济、教育、家庭等各方面的压力让青年一代无所适从，个体难以在社会群体中找到恰当的自我定位，认同危机随之产生。理想与现实之间的激烈冲突使当代青年更渴望温暖与希望，尤其是在他们踏入社会之后，这种渴求变得越发明显。

在这种情况下，《路过》在文字中传达出的治愈和温暖无疑是这群渴望归属与拥抱的青年人的救赎。书中所有人物间的互动，都体现出一种细微的感动，就像是喝了一口温度恰好的白开水那般熨帖。不管是"我"跟金毛"梅茜"之间的温情（"一开始，我以为是它离不开我。现在，我知道，是自己离不开它。"①），还是《末等生》中王慧为了喜欢的男生一步一步跌跌撞撞成为更好的自己（"对这个世界绝望是轻而易举的，对这个世界挚爱是举步维艰的。"②），读者都能收获心灵上的轻颤与温情，进而在阅读中获得自我情感的治疗。这种治疗是当代青年切实需要且乐于接受的，因为它来自身边的同伴群体，足够真实。

《路过》的故事拆开看，其实就是一勺勺心灵鸡汤。即使张嘉佳在书中写"山是青的，水是碧的，人没有老去就看不见了"③，满怀物是人非的感伤与沧桑，但故事的最后，他还是会给每一个默默奋斗着的平凡的小人物以一个相对圆满的结局，他还是会说，"过自己想要的生活，上帝会让你付出代价，但最后，这个完整的自己，就是上帝还给你的利息"④。这其实是当下青年心理状况的映射：这些高喊着自由与梦想、诗与远方的青年一代，看似离经叛道、颓唐迷惘，但其实他们从未走远，并且正在回归。

---

① 张嘉佳：《从你的全世界路过·序》，湖南文艺出版社 2013 年版，第 140 页。
② 同上书，第 240 页。
③ 同上书，第 276 页。
④ 同上书，第 292 页。

集体怀旧中的伪沧桑、"为赋新词强说愁"的矫情、自我放纵与追逐……这一切都是他们对生活另一种形式的回应，他们渴望的仍旧是被关怀和认同，他们仍在一次次受挫后自我安慰和治疗，依旧会像父辈一样扛起社会和家庭赋予的使命与责任。

我们在《路过》中找寻和捕捉的，是那些压抑失落的日子过后仍不忘初心的自己，是找到正确位置的自己。

四

张嘉佳在《路过》的最后这样写道——

> 当你合上这本书的时候，我知道你会记得一个个人名，一场场欢乐，一段段哭泣，和一张张无所畏惧前行的笑脸。①

的确如此，《路过》并非像书名那样，浮光掠影地"路过"，它在每一个读者的心上留下一道淡淡的痕迹。我们都在书中或多或少地找到了曾经的自己，听说过或正在演绎着与书中人一样的故事，恍如庄周一梦。

《路过》的现象级畅销带给我们的思考远不止于此。我们应当看到，在当前的话语背景下，青年一代对认同感和归属感的需求日趋增加。这种混合着因时代转型而产生的迷惘和压抑、温情和乐观的复杂心理以及这种心理下进行的各种个体行为选择，值得我们进一步反思和深究。而如何处理好纯文学审美追求和青年情感需要之间的关系，更需要网络文学创作者真正的思考和实践。

讲故事的人和读故事的人其实都是我们，我们在大大的时代里小小地活着，坚定又有力量。

路过之后，余温仍在，我们的前途，是星辰大海。

---

① 张嘉佳：《从你的全世界路过·序》，湖南文艺出版社 2013 年版，第 293 页。

微博"鸡汤"的"YY"与
"文青翻身"的可能

——评《从你的全世界路过》

李 强[*]

【摘要】《从你的全世界路过》是近年来罕见的在网络微博、实体书、大银幕上都获得了巨大成功的"鸡汤文"作品。本文首先将《从你的全世界路过》置于畅销书"鸡汤文"和网络微博写作两条脉络中考察,认为其有新"鸡汤文""安稳型叙事"的特质,而在以实体书出版为主的新"鸡汤文"中,它又有微博的网络性YY的特征。从媒介视角看,"睡前故事"的实体出版、电影改编之间的差异,也反映了微博"鸡汤"YY的独特意义。从网络文学整体的发展格局来看,依托微博平台的独特机制,以《从你的全世界路过》为代表的微博写作的成功也为式微已久的网络"文青"文学的"翻身"带来了希望。

---

[*] 李强,北京大学中文系中国当代文学硕士研究生。

张嘉佳①从 2013 年 7 月开始在新浪微博固定地以"长微博"形式发布"睡前故事"系列，连载期间引发热捧。② 同年 11 月，"睡前故事"系列结集出版，取名为《从你的全世界路过》（以下简称《路过》），在畅销书市场也收获颇丰③。在影视改编方面，由张嘉佳亲自操刀改编的电影《从你的全世界路过》于 2016 年 9 月 29 日在大陆上映之后，票房刷新了国产爱情片的记录。④ 从网络连载到线下实体出版再到搬上大银幕，《路过》收获的巨大成功，显示了当前年轻人对"鸡汤文"的强劲需求，也彰显了以微博为平台的网络写作的全新可能性。

一 "YY"的"安稳型叙事"："鸡汤文"脉络中的《路过》及其新变

在近三十年的中国图书市场上，"鸡汤文"算是为数不多的"可持续发展"的通俗畅销书类型。"鸡汤文"最初得名于美国励志演讲者杰克·坎菲尔和马克·汉森的《心灵鸡汤》（*Chicken Soup for the Soul*）系列讲座（1993 年），他们的演讲给很多人带来了力量。后来出版了《心灵鸡汤》系列书，畅销全球，1996 年在国内出版（吉林人民出版社）后引起了国人

---

① 张嘉佳，1980 年生于江苏南通。毕业于南京大学信息管理系，曾做过话剧演员、影视编剧、电视编导、专栏作家等。编剧作品《刀见笑》（电影于 2011 年上映，当年曾获第 48 届台湾电影金马奖最佳改编剧本提名，该书实体版亦于同年由江苏文艺出版社出版），策划栏目《欢喜冤家》，长篇小说《几乎成了英雄》（新星出版社，2005）、《情人书》（新星出版社，2010），短篇小说集《从你的全世界路过》（湖南文艺出版社，2013）、《让我留在你身边》（湖南人民出版社，2014），等等。

② 2013 年 11 月出版的《路过》实体书封面的宣传语"'睡前故事'刚连载几天内便达到 1500000 次转发，超 4 亿次阅读。"据笔者于 2016 年 10 月 28 日查看张嘉佳新浪微博的数据，2013 年 7 月开始的"睡前故事"单条转发量均在 5000 次以上，10 月的更有几条达到 35000 次以上，评论均在 1000 次以上，估算数据与官方宣传的出入不大。

③ 该书仅 6 个月就畅销 200 万册，打破了 10 年来单本畅销书的销售记录，连续 3 个月蝉联 3 大畅销排行榜榜首。《张嘉佳〈从你的全世界路过〉销 200 万册，将改编电影》，2014 年 06 月 23 日，中国新闻网（http://www.chinanews.com/cul/2014/06 - 23/6310340.shtml）。

④ 《〈全世界〉票房破 8 亿持续刷新爱情片纪录》，2016 年 10 月 25 日，新浪娱乐（http://ent.sina.com.cn/m/c/2016 - 10 - 25/doc - ifxwztrt0395882.shtml）。

追捧，"鸡汤文"也逐渐成为一种文体类型。20世纪90年代以来的很长一段时期，"鸡汤文"的代表作家有刘墉、周国平等，主要的"鸡汤产地"有《读者》《青年文摘》《意林》《知音》等杂志。这类"鸡汤文"以大中学生和刚刚参加工作的青年人为消费群体，内容一般是名人的成功故事，也有一些是原创性的生活化的故事，最后从这些故事中提炼出一些人生智慧、生活感悟等。

目前年轻人中较为受欢迎的新"鸡汤文"代表作家有卢思浩、刘同、大冰等。相对于刘墉、周国平等人的"鸡汤文"，新"鸡汤文"最明显的变化在于书名的直白、浅显，基本上都取自大众流行语。例如，刘同的"谁的青春不迷茫"系列：《谁的青春不迷茫》（中信出版社，2012）、《你的孤独，虽败犹荣》（中信出版社，2014）、《向着光亮那方》（中信出版社，2016），大冰的《乖，摸摸头》（湖南文艺出版社，2014）、《阿弥陀佛么么哒》（湖南文艺出版社，2015）、《好吗好的》（湖南文艺出版社，2016），卢思浩的《你要去相信，没有到不了的明天》（湖南文艺出版社，2013）、《愿有人陪你颠沛流离》（湖南文艺出版社，2014）、《离开前请叫醒我》（湖南文艺出版社，2015）。相对周国平的《安静》《守望的距离》等名字，这些新"鸡汤文"不再在"哲理智慧读本"和畅销书之间扭扭捏捏，而是有着明确定位，以日常话语直面读者。

新"鸡汤文"更重要的变化是在内容方面。新"鸡汤文"少了刘墉、周国平等人作品的思辨色彩，不再带出宏大的哲理性问题，更多的是以展现年轻人的日常生活状态为主。作者也不再以"人生导师"自居，教导年轻人如何进步向上，而是以朋友的身份设定与读者分享故事，给读者生活力量。从故事类型来说，以周国平为代表的旧"鸡汤文"更像是一种基于"道路是曲折的，前途是光明的"逻辑上的"奋斗型叙事"，核心是"忍受苦难，拼命向前"；而刘同、大冰等人的新"鸡汤文"是基于"道路一直都是曲折的"但"人艰不拆"① 逻辑上的"安稳型叙事"，核心是"岁月静好，现世安稳"。新旧"鸡汤文"在思想内容方面的差异可以集中反映到"远方"这个"鸡汤文"必备高频词上。旧"鸡汤文"里的"远方"是奋斗的乌托邦，"既然选择了远方，便只顾风雨兼程"（汪国真《热爱生命》）。"生活不止眼前的苟且，还有诗与远方"中"远方"也是一种努力超克"眼前苟且"的高蹈理想，这是高晓松继承自其母亲的话，② 也是旧"鸡汤文"脉络里的资源。而在新"鸡汤文"里，"远方"就是最原初意义上的"远处的地方"，是"世界那么大，我想去看看"③ 的地方。这些新"鸡汤文"作家大多数也是四处游历的，比如大冰常年旅行，还在云南、西藏等地开过旅馆。

张嘉佳的《路过》承续了新"鸡汤文"的"安稳型叙事"。通过各种YY④ "路过"的故事将"远方"落实为睡前陪伴的"睡前故事"。"睡前故事"最初是指"亲子阅读"中给宝宝讲的故事，这种"借用"在某种意义上来说确实是有效的，就像张嘉佳在《路过》的封面和扉页写下的话："如果你要提前下车，请别推醒装睡的我。这样我可以沉睡到终点，假装不知道你已经离开。"正如张嘉佳所说，"这本书拆开来是一个个的故

---

① 该语出自林宥嘉演唱的歌曲《说谎》（收录在林宥嘉 2009 年 10 月 30 日发行的专辑《感官/世界》中）"别说我说谎人生已经如此的艰难，有些事情就不要拆穿"，后常被网友引用。

② 这句话最初出现在高晓松给其母亲张克群的《红墙黄瓦》（机械工业出版社，2010 年）一书的序言中，"妈妈从小告诉我们的许多话里，迄今最真切的一句就是：这世界不止眼前的苟且，还有诗与远方——其实诗就是你心灵的最远处。"该序言不久便以《这世界不止眼前苟且》的标题被多处转载（见《文苑》2010 年第 6 期、《读者》2010 年第 16 期）。后来，高晓松在《奇葩说》等节目中多次提到"诗与远方"的话题，推动了这句话的流行。

③ 2015 年 4 月 13 日河南省实验中学的顾少强老师在辞职信上写的辞职理由是"世界那么大，我想去看看"。这份辞职申请在网上引发热议。

④ YY（"歪歪"）是"意淫"（YiYin）的拼音首字母缩写，出自《红楼梦》中警幻仙子对宝玉的评语，本意为精神层面上的"淫"。在网络语境中，YY 并非特指与性有关的幻想，而是泛指一切超越现实的幻想，可以视为是一种网络空间的"白日梦"。（见吉云飞、李强、高寒凝《"网络部落词典"专栏：网络文学》，《天涯》2016 年第 6 期。）

事，合起来是一个世界观"。① 这不是单纯的故事，而是 YY 的"世界观"②
建构。"安稳"地"路过"并不是逃避，而是以一种相对安全、妥帖的方
式处理自我与世界的关系。进而以 YY 的形式在另一个现实中寻找面对生
活的能量：既然无法改变世界，那么，我们为什么不能在更好的"世界"
里安放自己？绕过现实的伤痛，在网络空间以故事得到欲望的满足，以健
康姿态参与现实生活。这种 YY 的"路过"其实反而是一种积极建构。

在整体的当代文学格局中来看，如果说20世纪80年代后期至90年代的
"新写实小说"是"日常生活的诗情消解"③，揭示了"诗意栖居"的宏大叙
事日益破碎的现实，那么大致兴起于20世纪90年代的旧"鸡汤文"就是在
努力以"奋斗型叙事"来弥合"日常生活"与宏大叙事的巨大裂缝，而当前
的新"鸡汤文"是直接在进行"日常生活的诗情重建"。作为新"鸡汤文"
的"睡前故事"借助微博平台，以最直接有效的方式将"小资""文艺"的
"安稳型叙事"送达年轻人的枕边，让"日常生活"也成为富有诗意的空间。

二 微博"鸡汤"才能强效"YY"："睡前故事"及其实体出版、 影视改编

考证张嘉佳的微博内容不难发现，这些"睡前故事"的模式其实是逐
渐形成的。张嘉佳的微博（开通于2009年8月28日）最初主要发表一些
抒发人生感慨的短句，大多反响平平。从2012年开始则逐渐多了故事性内
容，这年的4月27日14：28到16：59，他连续发了五条"我有个哥们叫

---

① 《张嘉佳重庆分享"睡前故事"创作：这是我的世界观》，2013年12月15日，中国新闻
网（http：//www.chinanews.com/cul/2013/12－15/5620796.shtml）。

② 世界观，在汉语里原意为"对世界的总的和根本的看法"，在游戏里指包含一个虚构世界
（fictionaluniverse）并以此为核心的一套设定。因为通常以这个虚构世界为核心，有时候世界观也
会降级指代它所包含的那个虚构世界，不过此时世界观在汉语原意里的哲学意味多少会被凸显出
来，更强调这个世界的系统性和自洽性。（见傅善超、王恺文、吉云飞、高寒凝：《网络部落词典
专栏：电子游戏》，《天涯》2016年第5期。）

③ 借用蔡翔的《日常生活的诗情消解》（学林出版社，1994年）中的说法。

@××（××代指张的微博好友的 ID——引者注）……"① 的故事，这里@ 的好友可能确有其人，后来的"朋友"则不一定是了。不久之后的 5 月8 日 20：57，他发了一条长微博"聊聊青春神一样的少年，第二个人物，小山篇。这是个过渡，接下来真正神一样的少年将会依次出场。第一个人物张萍篇，可以在前几节的微博看到"②。2012 年 6 月 8 日，他首次使用"睡前故事"的标题，"睡前故事，婆媳儿子弱智妹妹完整版，有大结局，甜蜜温情的不得了，催眠利器，看完正好呼呼。祝大家好心情"③。这应该算"睡前故事"的真正起源了。到 2013 年 7 月之后，"睡前故事"的基本模式趋向固定：开头是"我有个朋友（或哥们）"，引出一个故事，最后以一段较短的有文采的哲理提炼作结。这个模式将"微博体"与"鸡汤文"很好地综合了起来："我有个朋友"是微博体常见的开头，以"身边人"来吸引眼球，但又不局限于现实的真实性。结尾的押韵、升华则是"鸡汤文"常见的处理方式，读来朗朗上口。其中简短的尤其适合用作 QQ 或微信的签名，在网络平台极易传播。例如，"故事的开头总是这样，适逢其会，猝不及防。故事的结局总是这样，花开两朵，天各一方"。

张嘉佳认为，"通过众多读者的转载，微小的博会显示出强大的力量。之所以我的书籍发行量高，是因为我站在微博的肩膀上"④。事实上，"睡前故事"能迅速引发追捧并不仅是因为其"微小"⑤，而在于其在微小空间

---

① 张嘉佳新浪微博，2012 年 4 月 27 日，（http：//weibo. com/p/1005051197362373/home？is_ search=0&visible=0&is_ all=1&is_ tag=0&profile_ ftype=1&page=22#feedtop）。

② 张嘉佳新浪微博，2012 年 5 月 8 日（http：//weibo. com/p/1005051197362373/home？is_ search=0&visible=0&is_ all=1&is_ tag=0&profile_ ftype=1&page=21#_ rnd1468644896606）

③ 张嘉佳新浪微博，2012 年 6 月 8 日，（http：//weibo. com/p/1005051197362373/home？is_ search=0&visible=0&is_ all=1&is_ tag=0&profile_ ftype=1&page=19#_ rnd1468648888031）。

④ 杨兴文：《站在微博的肩膀上》，《做人与处世》2014 年第 19 期。

⑤ 需要说明的是，"睡前故事"能够风靡，倒与新浪微博的"长微博"的出现有一定关系。新浪微博最初要求文字不能超过 140 个字（含标点符号），后来有了"长微博工具"，将文字转化为图片的形式发布，没有字数的限制。这就使得"微型博客"的微博比较接近长博客，长文章在微博传播成为可能。

里以极为高效的方式提供了陪伴感。比起那些一开始就主打实体出版的"鸡汤文"（刘同、大冰、卢思浩等人的作品），"睡前故事"因为是在相对固定的时间段更新（和网络长篇类型小说读者"追更"的情景相似），对读者来说就有一种强烈的陪伴感。这种陪伴感有时甚至比内容本身的意义更大，它是原子化时代读者的"刚需"，可能也是读者对"鸡汤"最依赖的部分。除了微博平台特点之外，"睡前故事"的成功与张嘉佳本人创作特质也有很大关系。很早就混迹于网络且有过编剧经历的张嘉佳，十分清楚如何在有限的篇幅里讲一个引人入胜的故事。"睡前故事"的起承转合大多十分巧妙，悬念处理也恰到好处。叙事语言干净利落，即使是渲染情绪，也极少拖泥带水。这种节奏比较符合微博用户的阅读习惯。

"睡前故事"在实体出版为《路过》的时候被明确划分为《初恋》《表白》《执着》《温暖》《争吵》《放手》《怀念》7个部分。各部分主题明晰，涵盖了当代年轻人生活的许多方面，唯独缺少现实职场方面的内容。将职场奋斗排除在"世界"之外，这与新"鸡汤文""安稳型叙事"的要求是高度契合的。此外，张嘉佳的文字功底和讲故事的技巧，完全能够满足新"鸡汤文"读者的要求。"睡前故事"实体出版的时候做了一些精细化（也是将网络生态扁平化）处理。事实证明，这种处理也是极为成功的。《路过》成功地让"睡前故事"走出微博，抓住了新"鸡汤文"读者群。

"睡前故事"的实体化让其收获了更多的"鸡汤文"读者，但其影视化让不少读者、观众感觉有些"闷"。电影《从你的全世界路过》从原作中挑出了茅十八、猪头的故事，统合在"我"（陈末）的主线之下。相较原作，茅十八和猪头的故事都加入了更加现实的剧情线。比如茅十八在《路过》中不知什么原因跟荔枝分手，结局是"我"看着他做的导航仪发表各种感慨。而在电影里，荔枝的身份被具体化为警察，茅十八也为了救她而付出了生命。猪头的故事在原作中是一个喜剧，他一直默默为崔敏付出，最终和崔敏修成正果。而在电影中，他被自己苦心等待的燕子（即原作中的崔敏）给抛弃。相较原作，电影《路过》更多地展示了现实的残酷性，少了"YY"。但这些剧情改动又没办法为年轻人提供积极应对困境的建议。不得不退回到旧"鸡汤文"的"揭露问题——光明结尾"的套路，以强行讲道理而不是温柔地说故事的方式让年轻人近乎虚妄地相信"明天更美好"。相对于原作的 YY，电影改编显得沉闷。或许可以说，《路过》的高票房依靠的并不是好口碑，而是"睡前故事"原著 IP 的影响力和邓超、白百何这两大"票房王"① 的号召力。

三 "文青翻身仗"：微博"鸡汤"的"YY"与网络写作的新可能性

对比"睡前故事"及其改编的 YY 的效果的差异，我们就不能再将微博写作简单地理解为"发布在微博上的作品"，而应该意识到它对整个网络生产机制的意义。微博不是一个简单的发布交流信息的平台，而是一个生产性空间，其内部包含了"网络性"的内容。相对以起点中文网为代表的网络类型长篇小说，"微博写作"显示了网络文学在长篇商业化写作之外的可能性，为文艺青年的网络创作提供了途径。

"文青"本来笼地指对文学、艺术等有着浓厚兴趣，喜欢思考社会人生等问题的青年。在网络时代，他们形成了自己的"部落"，通常被贴上"文艺""小资"等标签。网上曾流行过对当代青年人进行的"文艺青年、普通青年、2B 青年"的"文普 2"的区隔模式。相对"文青"来说，"普2 青年"的趣味要草根化且容易满足。在网络文学发展脉络里，在网络长篇类型小说确立为主流地位之前，网络文学平台上活跃的很多都是"文青"。彼时在榕树下（1997—）、新浪网（1998—）、天涯论坛（1999—）等平台上活跃着安妮宝贝、李寻欢、宁财神、邢育森、今何在、慕容雪村

---

① 参考《2015 年终演员票房排行榜白百何登票房王的宝座》（《法制晚报》2015 年 12 月 30 日 A30 版）、《邓超获评最具号召力演员 1 年票房达 40 亿＋》（《京华时报》2016 年 6 月 15 日第 29 版）。值得注意的是，这些统计数据均是《路过》上映之前的。

等作家，他们的作品在网上赢得大量读者之后大多走向纸质出版渠道。但就内容来说，它们大多偏向传统的写实主义。经过十多年的发展，网络长篇类型小说成为网络文学的主流，而以榕树下为代表的"文青"网站日渐衰微，"文青"写作被放逐到网络文学生产机制中的边缘位置。①

目前主流的网络长篇类型小说在整体风格上是偏向社会"文普2"格局里的"普2"的趣味，而《路过》的"睡前故事"是"文青"趣味。正如张嘉佳自己所说，"我想'睡前故事'受到大家喜欢是因为它们是将文艺青年生活化。以前很多作者写故事，内容一接地气就会显得市井。我希望'睡前故事'能成为文艺青年的翻身仗"②。如果能够在"接地气"和"市井"之间找到平衡，"文青"或许就能在网络文学的格局中翻身。

近年来主打短篇文学创作的网站平台，如"豆瓣阅读"（2012—）、"一个"（2012—）、"汤圆创作"（2014—）、"醒客"（2014—）等，都可以看作榕树下网站之后"文青"文学网站试图"翻身"的实践探索。但是，这些实践的效果并不理想。有意味的是，在豆瓣平台上，反而是活跃在小组里的"直播贴"有可能成为网络时代能够有效表达现实诉求的全新文学样式。"直播贴"具备鲜明的"网络性"特征。近年来影响较大的"直播帖"如《浮城谜事》《失恋三十三天》《与我十年长跑的女友明天要嫁人了》等③，能够在论坛走红的根本原因在于它们的故事本身具有很强

---

① 需要注意的是，目前在主流的网络长篇类型小说里虽然也有"文青文"，但它更多的是一种与"小白文"相对的风格。主流网文里"文青"指向一种"情怀"，即一种价值关怀上的追求。在生活观念、审美气质上，网文里的"文青"与"小白"同属草根一脉，与网文圈之外的那些以"文艺""小资"为标签的"文艺青年"相比，更接近于"普2青年"。

② 《张嘉佳重庆分享"睡前故事"创作：这是我的世界观》，2013年12月15日，中国新闻网（http://www.chinanews.com/cul/2013/12-15/5620796.shtml）。

③ "大丽花"（鲍鲸鲸）在2009年5月17日到8月18日在豆瓣小组上连载帖子《失恋33天：小说，或是指南》，后改编电影《失恋33天》于2011年11月11日上映，开创了"光棍节档期"。"看着月亮离开"于2009年11月11日至12月30日在天涯论坛连载的帖子《看我如何收拾贱男与小三》，收到7612168次点击、11801条回复，后被娄烨改编为电影《浮城谜事》。"你这个贱人"（李海波）于2013年1月20日到1月28日在豆瓣小组连载帖子《与我十年长跑的女友明天要嫁人了》，在春节期间引发热议，被多家媒体转载报道。

的现实针对性和互动性，能够引起读者共鸣。这种紧贴社会现实，以相对较短篇幅出现的互动的文字样式，为网络时代"短篇"的复活提供了一种可能的通道。张嘉佳也写过引起巨大反响的直播贴，① 他写出来的"睡前故事"其实也都具备直播贴特征。除了如前所述的陪伴感、直接反映现实之外，"我有一个朋友……""我……的时候"设定本身也是典型的"非虚构的虚构"的"直播风格"。

四　结语

"睡前故事"既是传统"鸡汤文"在媒介革命之际吸收资源发生的新变，又是网络空间产生的符合网络时代读者需要的新型文艺样式。无数文学实践已经证明，只有在读者"刚需"的土壤上，文学才能生长出生命力旺盛的果实。当年以玄幻、修仙、言情为主的网络类型小说之所以迅速崛起正是因为它们满足了"普2青年"的"刚需"。"文青"文学网站的商业上的失败，说到底也是因为"文青"的"刚需"没能落地（早期网络"文青"写作后来逐渐自说自话，远离了"文艺青年"的日常生活）。微博平台具有"豆瓣阅读""汤圆"等单纯的文学生产平台所没有的现实互动性、生态开放性和传播迅捷性特征。这在这里，"文青"文学的作者才有可能触摸到"文艺青年"的"刚需"，落实到日常生活，以类似于"睡前故事"（或"直播贴"）的形式让式微已久的"文青"文学真正"翻身"。

---

① 大漠仙人掌（张嘉佳的 ID）：《超级 8 卦小夫妻天天恶战，我这个合租的天天看》，2007年 3 月 30 日（http://bbs. tianya. cn/post – funinfo – 948649 – 1. shtml）。正文约四万字，截至笔者查询时（2016 年 8 月 16 日）点击量已达到 478 万。

网络文学的叙事语言与文化可能

——评张嘉佳《从你的全世界路过》

杨　刚*

【摘要】张嘉佳网络小说《从你的全世界路过》创造了网络文学作品在图书销售市场的记录与奇观，作品经媒介转换后在大众娱乐文化市场得到肯定，同名改编电影获得了不俗的票房成绩。本文旨在考察作品的文学魅力及文化价值，围绕文本在话语技巧、语言风格、艺术表现三个方面呈现的特点进行叙事语言维度的分析，试图通过评析作品包含的两大文化元素：青春流行文化和青年都市文化，以及文本在思想主题和表达技巧上表现的文化特征，由此窥探网络文学的文化可能。

《从你的全世界路过》有着显著的网络文学标签，作者张嘉佳自诩"微博上最会写故事的人"，该书由作者在网络平台微博上持续发表的系列"睡前故事"集结编著。作为一部网络小说，《从你的全世界路过》有着许多网络小说的共同特征：故事篇幅短小但故事架构完整，符合网络时代读者碎片化的阅读需求；故事题材富于都市生活气息，叙事场景富于画面感

---

* 杨刚，中南大学新闻与传播硕士研究生。

及代入感，内容以爱情故事为主，迎合网络时代读者青春化的阅读诉求；故事主角以善良人物为主，故事的结局总是"痴情者必有善终"，满足读者的想象性阅读体验；叙事语言口语化，行文句式简短，幽默诙谐的俚语和脏话夹杂文中，措辞接地气；对话式表达分行排列，排比句式运用层次分明，阅读感受轻松流畅；故事的最后一般有一段议论抒情，文字感性而细腻；等等。

短篇集《从你的全世界路过》不同大多数以长篇为主的网络小说之处，在于它采用生活化的叙事语言和讲故事的方式讲述了 33 个平凡却引人深思的"睡前故事"。作品犹如一部后"青春的回忆录"，交织着"七情六欲的青春奏鸣曲"，爱情、青春、友情、游历、放荡、豪迈、不羁等是作者笔下的"全世界"。从作品来看，故事中形形色色的小人物主人公皆本真忘我，在爱情里奋不顾身，要么痴情地对一个人好，要么在沉默无言中选择守护，为的是守候那份至真至诚的温暖和真情。戏剧化的故事发展中，流露出真实可信的生活细节，或许，正是作者张嘉佳笔下这些爱情的细枝末节里充满了熟悉的回忆，使得千万读者有所共鸣，愿意彻夜守候，反复咀嚼，在故事中寻找自己生活的印记，从而实现这部网络小说非凡的文学魅力和文化价值。

一

客观地讲，这些书中的故事充满烟火气，在日常的都市生活中，显得平凡而不易被关注，为什么在作者笔下写出来偏偏那么灵动呢？纵观《从你的全世界路过》全书，这种吸引力大概源于作品在叙事语言维度呈现的三个特点。

首先，叙事语言的话语技巧：语句简练接地气。项静在她的文学评论中说："张嘉佳铺排华丽而揉捏到位的文艺腔调，孤注一掷坦白给世界看

的风格，废话流般让人没有喘息空间的语速，让我们在集体妄图现实主义
的焦虑中放了个风。"① 书中很少出现长句，且很多时候是一句话自成一
段，文中大篇幅的对话分行排列，这种铺排结构看起来非常舒服。书中频
现奇异的排比句，句子空洞而绚丽，有人说："那些呢喃的话语的确具有
按摩治愈的疗效。"譬如书中，作者讲述死于意外车祸的姐姐，作者就是
靠这种排比句，从无尽的思念和回忆转而"伤心欲哭，痛出望外，泪无葬
身之地，哀莫过大于心不死"的情愫中，"生育总是有一次阵痛。结果无
数次阵痛。相爱总是有一次分离。结果无数次分离。四季总是有一次凋
零。结果无数次凋零。自转总是有一次日落。结果无数次日落"（《姐
姐》）。对于"执着"，作者感慨"你燃烧，我陪你焚成灰烬。你熄灭，我
陪你低落尘埃。你出生，我陪你徒步人海。你沉默，我陪你一言不发。你
欢笑，我陪你山呼海啸。你衰老，我陪你满目疮痍。你逃避，我陪你隐入
夜晚。你离开，我只能等待"（《小野狗与小蝴蝶》）。在张嘉佳的作品中，
经常穿插一些脏话和俚语，在《从你的全世界路过》的故事中，往往上一
句还是"我去你大爷的"等无节操词语，下一句立刻文艺腔袭来，"在季
节的列车上，如果你要提前下车，请别推醒装睡的我。这样我可以沉睡到
终点，假装不知道你已经离开"（《最容易丢的东西》）。语言的使用口语
化，流行语自然也不少，读起来既不费力，又像是发生在我们身边的事情
一样，一句接一句便自然而然读到了结尾。

其次，叙事语言的表达风格：娓娓道来如清风。张嘉佳的作品形成了
简单粗浅的叙事语言表达风格，故事在叙述发展中，人物间的对话无疑是
信手拈来的，足见作者的语言功底，由此窥探其语言感性、浪漫、风趣的
风格。例如，书中一个"老三届"的母亲教训年纪轻轻的儿子不敢表白追
求爱情，"我就特别看不起你们这帮年轻人，二三十岁就叨叨说平平淡淡

---

① 项静：《徽章的力量　张嘉佳〈从你的全世界路过〉》，《上海文化》2015 年第 1 期。

才是真。你们配吗？我上山下乡，知青当过，饥荒挨过，这你们没法体会。但我今儿平安喜乐，没事打几圈牌，早睡早起，你以为凭空得来的心静自然凉？老和尚说终归要见山是山，但你们经历见山不是山了吗？不趁着年轻拔腿就走，走刀山火海，不入世就自以为出世，以为自己是活佛涅槃来的？我的平平淡淡是苦出来的，你们的平平淡淡是懒惰，是害怕，是贪图安逸，是一条不敢见世面的土狗。女人留不住就不会去追，还把责任推到我老太婆身上！"（《老情书》）。沉重的历史和残酷的往事，以一个老太太戏谑的语言方式让人怦然心动，这正是叙述语言和文字的魅力。"我希望有个如你一般的人，如山间清爽的风，如古城温暖的光。从清晨到夜晚，由山野到书房，只要最后是你，就好。"这是作者写在该书最开始的一小段话，作品"娓娓道来"的行文调性和"清风徐来"的叙事基调由此绵延。读这本书，就像是小时候听父母给自己读睡前故事。故事内容或温暖，或明亮，或疯狂，或悲伤，但语气总是温柔，情感始终细腻。在这个属于别人的小世界里，张嘉佳用他的耐心和文字，静静描绘着属于我们的"全世界"。有的作者能用几行字描绘出一场波澜壮阔，读来心潮澎湃，而张嘉佳能用寥寥数语，将一些惊心动魄的场面稀松平常地带过，没有过度的渲染，却有一种平静的力量，像一股微风，不经意间，便在读者心底掀开一个温柔的角落，慢慢沉淀、发酵出一些情绪，"余音绕梁"般在体内缓缓流动。

最后，叙事语言的艺术表现：细节刻画有共鸣。正如书的封面上写道："每一分钟，都有人在故事里看到自己。"一篇好故事一定能引起共鸣，这正是作者最高明的一点。同样一个故事，可以长如电视剧，也可以短如电影，甚至微电影。张嘉佳的文字就像电影，没有任何多余冗长的部分，只介绍那些最重要的情节，每篇文章基本都用阿拉伯数字分解成几个部分，每个部分都短小精悍，描述一个主题。譬如第一个部分描写故事主人公的性格特点，第二个部分叙述男女主人公在一起的一些特别事件，第三部分回忆往事或者刻画男女主人公的情绪变化，第四个部分突然结局，辅以一些抒情感慨。读完最后一个字，会有戛然而止而又意犹未尽之感。故事中那些最重要的情节里刻画了一个个生动的人物，打字如流星追月般的"废话流"茅十八，平时惜字如金，却在自己录制的GPS导航语音里絮絮叨叨地对女友表白；《我希望有个如你一般的人》里的管春，是路痴也是情痴，总把爱深埋在心里；《摆渡人》里的小玉，文静秀气，但为爱人挺身而出；《老情书》里的"毒舌"胡言，口无遮拦，但孝顺仗义，为了心上人舍弃一切。还有骆驼、毛毛、何木子……这些书中刻画的人物，我们总能找到一些自己的影子，比如为爱痴狂的自己，比如思念溢满的自己，又比如年少任性、多年后才明白父母无私付出之伟大的自己，或者是毕业时与朋友把酒言欢、踌躇满志的自己……小人物的喜怒哀乐，或许就是人类情感世界的本源。正如作者所言，"糟糕的和美好的，融在一起才是你"，张嘉佳用自己的文字让读者直面往事，把丢失的自己捡起来。文中不乏金句，但也不失沉静的思考。《摆渡人》里写道："世事如书，我偏爱你这一句，愿做个逗号，待在你脚边。但你有自己的朗读者，而我只是个摆渡人。"那些我们都会经历的岁月与情感，被张嘉佳点缀在一篇篇的故事里。那是别人的故事，却更像是我们自己的故事。

　　读张嘉佳的文字，会觉得每个人的生命都是一首诗，喜怒哀乐、悲欢离合都是诗里的韵脚，不管是平淡如水，还是轰轰烈烈，都会在或咸或淡中品尝到属于自己的生命滋味。这部作品是一本会让读者阅读时先笑出声再流下泪的书，忽而想起《大话西游》里的一句经典台词："我猜中了开头，却猜不到这结局。"我想，不管曾从谁的世界经过，也不管有谁曾兀自来过，最后一定会有一个属于我们的"全世界"，以豁然开朗的姿态，为诗的结尾画上一个圆满的句号，这是作者想传达给读者的生活感悟，亦是作者作品叙事语言的文学魅力所在。

二

从文化可能来看这部作品，不论是作品本身包含的文化元素还是作品文本引起的文化思考和启发，都是值得谈一谈的。

作品主要包含了两个范畴的文化元素，一是青春流行文化，二是青年都市文化。

（一）青春流行文化

有论者说："张嘉佳的叙事是直白而坦诚的，这些人在流行文化中徜徉着，并被流行文化塑造了人生和世界，是这一代人的文化基础，是他们表达自我的情绪基础，也是他们情感共同体的入场券。男欢女爱的模式，对情感的态度，还有自我解脱的方式，戏谑而无奈的语调，基本上都是来自这种流行文化的滋养。"《河面下的少年》中有一大段关于青春的排比堆砌的各种流行文化符号，"我们喜欢《七龙珠》。我们喜欢北条司。我们喜欢猫眼失忆后的一片海。我们喜欢马拉多纳。我们喜欢陈百强。我们喜欢《今宵多珍重》。我们喜欢乔峰。我们喜欢杨过在流浪中一天比一天冷清。我们喜欢远离四爷的程淮秀。我们喜欢《笑看风云》，郑伊健捧着陈松伶的手，在他哭泣的时候我们泪如雨下。我们喜欢夜晚。我们喜欢自己的青春。"还有《旅途需要二先生》中的美国公路片和《大话西游》。除了这些青春的流行文化符号，还有贯穿在青春里的文化事件和历史事件。比如"1999 年 5 月，大使馆被美国佬炸了。复读的我，旷课奔到南京大学，和正在读大一的老同学游行"；"2000 年，大学宿舍都在听《那些花儿》。九月的迎新晚会，文艺青年弹着吉他，悲伤地歌唱：'啦啦啦啦，啦啦啦啦，啦啦啦啦去呀，她们已经被风吹走，散落在天涯'"；"2001 年 10 月 7 日十强赛中国队在沈阳主场战胜阿曼，提前两轮出现，一切雄性动物都沸腾了，宿舍里男生怪叫着点燃床单，扔出窗口"；"2002年底，非典出现，蔓延到2003年3月。我在电视台打工，被辅导员勒令回校。4月更加严重，新闻反复辟谣。学校禁止外出，不允许和校外人员有任何接触"（《末等生》）。张嘉佳不是去复制经历过的生活，而是通过这些元素带来一种熟悉韵味，触发读者回忆里的心弦。

（二）青年都市文化

美食与旅行、兄弟与爱情等，都在时间和空间上赋予了作品文化印记。美食与旅行常常是都市青年在各大网络平台发布状态的主要素材，也是他们必备的生活调味剂。这不只是物质层面的享乐，更多的是一种情感的寄托，在很大程度上体现了一种生活状态与生活态度。正如张嘉佳在书中所写："美景和美食，可以抵抗全世界所有的悲伤和迷惘。"《旅行的意义》还有《吃货的战争》《生鲜小龙虾的爱情》等，作者抑或单纯地表达对美食的热爱，抑或借由这些美食表现某种情感或道理。这些香气四溢的"睡前故事"，让深夜饥肠辘辘的读者欲罢不能。书中不同形式的旅行，不约而同地表达了一个相似的主题——逃离都市、释放内心，而这些正从侧面体现了当下年轻人在都市生活中迷茫和无奈的一面。

作者张嘉佳笔下记叙的是大学里男生的宿舍生活，男生之间时常以打闹、捉弄的方式表达兄弟感情。书里，打闹玩笑、玩游戏、喝酒、凑钱吃饭、为室友表白出谋划策等桥段层出不穷，有看似没头没脑的胡闹，亦有彼此慰藉的温情，大学时代的友情在故事里多少得以再现。爱情是所有人都绕不开的话题。《从你的全世界路过》对爱情的描绘，带有青春网络文学普遍具有的伤痛感和理想感，对情感问题的处理带有浪漫主义色彩，对大学时期爱情的描写同样如此。这些爱情的开始都让人哭笑不得：男生以偷热水瓶的方式表达爱意，或是对女生宿舍唱无厘头的山歌。但是故事的后来因为不尽相同的原因变得周折坎坷，让人咋舌。书中也会让这些故事的主人公在"多年以后"再次聚首，用"事业有成"的身份回忆大学时代的爱情，或云淡风轻，或大醉一场。这样的桥段正符合当下年轻读者的情感现状，也迎合了他们感伤、怀旧的心理。

带有"治愈系"标签的《从你的全世界路过》契合了读者的文化需求并给予读者以思考启发。作品文本在思想主题和表达技巧方面呈现的文化特征：一是文本在思想主题上表现出年轻一代与社会既有规训抗衡的特征。比如说《老情书》这篇故事，我们认知传统的中国父母对孩子的爱是无私地默默付出，但是等到孩子成年后这种付出就演变成让他们感到束手束脚的牵绊，无论是职业上的选择，还是婚恋上的干涉。然而《老情书》里的老太太是个非典型的中国父母形象，她有中国父母的无私奉献，同时也有对子女的宽容和理解，令人诧异的是故事中的母亲鼓励孩子离家闯荡，打破了传统中国父母与子女的羁绊关系，这似乎有违"百善孝为先"的社会既有规训和传统道德价值观，本真的老太太在去世前帮助儿子收获爱情，令人为之动容和敬佩，契合了读者关于社会文化的思考。

二是文本在表达技巧上呈现的富含哲理且诗意化的总结。张嘉佳在《从你的全世界路过》中常用诗意化的哲理总结穿插在故事的开头或结尾，以此丰满故事的意蕴。在《那些细碎而美好的存在》里，作者通过与工作失意打算飙车的朋友对话，传达了一种理智的人生态度："有些事情值得你去用生命交换，但绝对不是失恋、飙车、整容、丢合同，和从来没有想要站在你人生中的装×犯。"作者往往直面人生难题，亲人去世、伴侣分离、爱人劈腿，这些故事都意指人生的绝望与深渊，但故事的主角绝不会持续消沉，而是在生活中慢慢恢复看到美好与希望。作者通过主人公的逆转让读者产生共鸣和看到希望，"我们都会上岸，阳光万里，路边鲜花开放"（《摆渡人》）。在人生问题没有"根本"解决方法的时候，或者说这个部分是个人努力与奋斗无法触动的铜墙铁壁的时候，这些可口的文字是精致包扎后送到跟前的一个看上去完美但又粗糙、简单的生命"解释"。

项静在评价张嘉佳《从你全世界路过》时说："张嘉佳的小说将那种寓居都市生活的屈辱、奋斗、挣扎的心态略去不表，意欲把都市生活文学呈现的陈词滥调省略不说。"又说："他的小说人物都是那种具有'飞蛾扑火'式的美学意味，他们说走就走，不计得失，甚至没有了现代人的'算计'，离婚的男人动不动就净身出户，以表示对曾经爱情的尊重；暗恋的女人们也都深埋爱情，为那个感受不到爱的男人付出到底。"① 其实不难发现，这形成了《从你的全世界路过》简洁的故事流向和流畅的抒情语流。书中的故事、人物、情感，在现实中挣扎的人们读来，的确有一种慰藉的力量，小说口语化的叙述表达，让这一切看起来并非触不可及。

对于张嘉佳的作品《从你的全世界路过》，有论者抑或认为跟严肃文学相距甚远，"鸡汤""矫情""伪文艺"的标签扑面而来；抑或觉得归之通俗文学都牵强，全书题材单一，主题雷同，故事过于戏剧性。然而创造了图书销售奇迹的《从你的全世界路过》确实影响了千千万万的读者，如一股暖流温暖了在孤独中的夜晚、迷茫中的时刻彷徨的人们，我想这亦是文学之于读者的重大意义之一，其文学魅力和文化价值便在于此。《从你的全世界路过》，成长为一个强大的文学 IP，延展出经济路径，改编自张嘉佳作品的同名电影《从你的全世界路过》2016 年 9 月 29 日上映后斩获近 8.14 亿票房，② 书中同名故事改编的电影《摆渡人》也已于 2016 年 12 月 23 日上映，这部作品创造的文化价值和商业价值无疑值得肯定，同时拓宽了我们对网络文化中文化可能的想象空间。

---

① 项静：《徽章的力量 张嘉佳〈从你的全世界路过〉》，《上海文化》2015 年第 1 期。
② 《2016 年中国电影五大事件》，《宝安日报》2017 年 1 月 3 日（http：//barb. sznews. com/html/2017 -01/03/content_ 3700979. htm）。

《请你原谅我》：以正义之名的网络奇观

张　娜[*]

【摘要】小说《请你原谅我》描绘了因公交车不让座而引发的网络暴力事件，充分印证了网络社会的"全景敞视主义"与媒介传播的意义"内爆"特征，展现出景观社会的特点。在这场以正义为名的奇观中，小说对道德的挖掘不止于对人肉搜索的道德性讨论，而是有着更深层次的批判与表达，即道德在高度媒介化的虚拟时代是如何被作为一种工具被操纵，又如何导致了失控的正义。此外，小说触及对人性、伦理与存在的剖析，刻画了孤独与爱中的人性挣扎和伦理拷问，以及行走在现实空间中个体生命的沉重，表现出"通常之道德，通常之人情，通常之境遇为之"的悲剧意识。

从看似不起眼的公交车不让座插曲到掀起轩然大波的网络声讨事件，文雨的《请你原谅我》（又名《搜索》）展示了后现代社会的一场网络奇观，残酷灰暗又直击人心，以一种尖锐的方式映照出虚拟时代的喧哗、浮躁与苍白，以及行走在现实世界的生命个体的沉重、复杂与卑微。小说蕴

＊ 张娜，南京大学文艺学博士研究生。

含着丰富的话题性，涉及网络、媒体、人性、道德、正义等多重话题，扯裂着属于这个时代的网络伦理之痛。为何一件不让座的小事能发展成令人震惊的网络奇观？为何网络正义变成了失控的网络暴力？还有，为何无人作恶却又无法避开悲惨的结局？这些问题催人深思，可以说是网络社会的副产品。本文将结合后现代主义的相关理论，试图对以上问题作出阐发，同时进一步挖掘小说呈现出来的多重深刻命题。

一 网络奇观：全景敞视主义、内爆与景观

在小说中，都市白领叶蓝秋身患绝症，因在公交车上没有给老大爷让座，而被有心利用的记者陈若兮拍下发到网上，从而引发网友围观、口诛笔伐，使得叶蓝秋处境更加艰难，变成整个社会追踪、调查、指责的"罪犯"。一件小事酿成如此波澜，皆因网络媒体效应。在我们思考网络究竟是什么时，我们需要重新审视福柯提出的"全景敞视主义"。

所谓"全景敞视主义"，源于福柯对边沁的"圆形监狱"建筑设想的发展。边沁构造了这样一种建筑："四周是一个环形建筑，中心是一座瞭望塔。瞭望塔有一圈大窗户，对着环形建筑。环形建筑被分成许多小囚室，每个囚室里都贯穿着建筑物的横切面。各囚室都有两个窗户，一个对着里面，与塔的窗户相对，另一个对着外面，能使光线从囚室的一端照到另一端。"① 圆形监狱的"完美"之处在于瞭望塔（监督台）能够以持久又不确定的"看"来持续监督囚犯的一举一动，完成对囚犯最大程度的权力施压。这种权力控制的本质在福柯那里得到进一步的阐发，福柯认为圆形监狱："推翻了牢狱的原则，或者更准确地说，推翻了它的三个功能——封闭、剥夺光线和隐藏。它只保留下第一个功能，消除了另外两个

---

① ［法］米歇尔·福柯：《规训与惩罚》，刘北成、杨远婴译，生活·读书·新知三联书店1999年版，第224页。

功能。充分的光线和监督者的注视比黑暗更能有效地捕捉囚禁者，因为黑暗说到底是保证被囚禁者的。可见性就是一个捕捉器。"① 如此一来，透明性或者说可见性变成有效监视的重要原则。在互联网渗入生活方方面面的今天，无处不在的大数据、摄像头等监控手段如同"充分的光线"将个人的环境、隐私、状况等可见化、透明化，实现了边沁设计的"圆形监狱"功能。福柯指出，全景敞视主义"使权力自动化和非个性化，权力不再体现在某个人身上，而是体现在对于肉体、表面、光线、目光的某种统一分配上，体现在一种安排上。这种安排的内在机制能够产生制约每个人的关系"②。透明的全景敞视机制使得"看"成为一种权力的象征，目光的聚集之处亦是权力的施压之处。从公交车上乘客们对叶蓝秋的现场指责到网络上更大规模不在场的"围观"，正是人们持续的目光汇集形成对叶蓝秋的权力监控，进而关于叶蓝秋的零零碎碎、真真假假的各路消息也开始在网上"裸奔"。此权力的实施非一人之所能为，恰恰是在目光的统一分配中造就了一种制约与规训的关系，权力的监督者就是处于圆形透明监狱缩影社会中的全体网民。也正如福柯所说，权力的实施者无关紧要，监督者的动机也无所谓，"可以是出于轻浮者的好奇心，也可以是出自孩子的恶作剧，或是出于哲学家想参观这个人性展览馆的求知欲，或是出于窥探和惩罚为乐趣的人的邪恶心理"③，形形色色的网民各怀心机，有意或无意卷入这个网络旋涡，共同促进了一种权力效果的出现，因为"全景敞视建筑是一个神奇的机器，无论人们出于何种目的来使用它，都会产生同样的权力效应"④。而且，在现代透明社会，看与被看的位置是相互的、同一的。比如一开始作为监督者的陈若兮在后来被指认为罪魁祸首时，又变成了所有

---

① ［法］米歇尔·福柯：《规训与惩罚》，刘北成、杨远婴译，生活·读书·新知三联书店1999年版，第225页。

② 同上书，第226—227页。

③ 同上书，第227页。

④ 同上书，第227页。

人监看的对象。

如果说全景敞视主义给予了一种对互联网生态的权力理解，也让我们看清了叶蓝秋事件背后的环境机制，那么鲍德里亚的"内爆"理论则能进一步指明叶蓝秋事件网络旋涡的形成过程。"内爆"（implosion）是鲍德里亚从麦克卢汉那里借用而来的概念，其内涵却被置换。"内爆"意味着意义的"内爆"。在高度媒介化的时代，媒介事件与真实之间的边界模糊不清。鲍德里亚指出，"根据麦克卢汉的表达，每一种媒介都把自己作为信息强加给了世界。而我们所'消费'的，就是根据这种既具有技术性又具'传奇性'的编码规则切分、过滤、重新诠释了的世界实体。世界所有的物质、所有的文化都被当作成品、符号材料而受到工业处理，以至于所有的事件的、文化的或政治的价值都烟消云散了"①。媒介在传达讯息的同时也在衍生意义，制造意义，拼贴意义，乃至吞噬意义，由此导致真实的丧失和意义的消散，我们被置于一种幻觉和超真实的境况之中。如同 D. 凯尔纳所评价的那样："媒介中的符号和讯息的扩张，通过中性化和消除所有的内容而涂抹意义。这一过程导致意义的坍塌，以及媒介和现实之间差异的消失。在社会中，由于讯息和意义被媒介信息所渗透，它们只能'内爆'为无意义的'噪音'。"② 爆炸式增长的信息衍生出充满噪音、冲突与不确定性的混沌环境，媒介作为一种拟真工具将所有的对话、交流和互动都完全内爆成一个平面。内爆在瓦解着哈贝马斯说的交往理性可能性的同时也消解了人们对真实体验的基础。叶蓝秋事件从一个道德危机事件变成社会热点新闻，其间以爆炸性的方式产生信息量，日益攀升的关注度以极速增长的点击量呈现，围绕不让座事件的一系列严肃讨论、谩骂及个人信

---

① ［法］鲍德里亚：《消费社会》，刘成富、全志钢译，南京大学出版社 2000 年版，第132 页。

② Douglas Kellner, *Jean Baudrillard: From Marxism to Postmodernismand Beyond*, California: Stanford University Press, 1989, p.68.

息披露等都制造出巨大的新闻泡沫。以陈若兮为代表的媒体人有选择性地呈现新闻事实，故意混淆新闻与传闻，那些捕风捉影的消息都被纳入制造媒介真实的工程之中。由此，叶蓝秋道德败坏、给董事长当小三、破坏别人家庭等传言风头越来越高，乃至叶蓝秋是变性人的离谱谣言，都替代了让座事件成为更富有吸引力的炒点。与其说人们在意文明社会让座的道德风尚，不如说更愿意消费夺人眼球的婚外恋故事，原本的事件意义在内爆中被消解。网络媒体在对此事件的推波助澜中更是吞噬了意义本身，何谓真实、何谓拟像都变得无关紧要。

这一景象亦即德波说的"景观"（spectacles）。景观，简而言之，是一种被展现出来的可视的景象，也意指一种主体性的、有意识的表演和作秀。[1] 德波指出："在现代生产条件无所不在的社会，生活本身展现为景观的庞大堆聚。直接存在的一切全都转化为一个表象。"[2] 现实社会成为景观社会，景观以意象把握世界，"景观不是附加于现实世界的无关紧要的装饰或补充，它是现实社会非现实的核心。在其全部特有的形式——新闻、宣传、广告、娱乐表演中，景观成为主导性的生活模式"[3]。叶蓝秋事件中，在媒介的有意引导和控制下，"不让座"逐渐演变成一场轰轰烈烈的人肉搜索戏码，它早已脱离了原始的、纯粹的新闻报道语境，而以强烈的视觉冲击力和心灵震撼力使之带有被看特质和戏剧意味。可以说，媒体导演了这场精彩绝伦的网络景观，使之变成可供观众消费的商品，例如，以观众发送短信参与讨论的方式来赚取短信费，为观众打造道德宣泄的论坛等，从而在物质上与情感上实现对景观的消费。

广大网民们以"一种痴迷和惊诧的全神贯注状态"沉醉地观赏着"少

---

① 张涵：《德波的"景观社会"理论评析》，《山东大学学报》2009 年第 3 期。
② ［法］居伊·德波：《景观社会》，南京大学出版社 2006 年版，第 3 页。
③ 同上书，第 3—4 页。

数人"制造和操控的"景观性演出"①。网民们通过网络、手机等多种媒介载体对叶蓝秋的唾骂、嘲讽，以及在现实中对叶蓝秋的堵截阻拦、言行侮辱都不过是对景观演出的热切反应。这就像坐在剧场里看戏的观众，当深恶痛绝的一幕上演时，他们自然忍不住嘘声、骂声一片，其情绪亢奋的背后是对演出景象的深深"痴迷"。我们也就不难看到线上线下对叶蓝秋的一片倒戈之势，如同滚雪球一样积聚其超负荷的信息量形成一股网络旋涡，进而演变为一种网络奇观。这是属于我们时代的奇观，无论是去深度化、平面化，还是碎片化、混沌化，都展示出詹姆逊的"奇异美学"效果。小说在对人物的分别叙述中串联起整个事件的发展过程，剖析了置身于如此奇观中的各路人物，令人不胜唏嘘。

二　网络正义：被操纵的道德与失控的正义

如果要给小说塑造的网络奇观加一个性质，那就是道德奇观。小说巧妙地展示出一个徘徊在道德与反道德的奇观，网友、媒体以道德绑架叶蓝秋，却肆意披露其个人隐私，到底何谓道德、何谓不道德成为小说的一个拷问。在这场全民道德的大追击中，小说对道德的挖掘并不止于对于人肉搜索的道德性讨论，而是有着更深层次的批判与表达，即在高度媒介化的虚拟时代，道德是如何被作为一种工具被利用、被操纵的。

康德说，"有两样东西，人们越是经常持久地对之凝神思索，它们就越是使内心充满常新而日增的惊奇和敬畏：我头上的星空和我心中的道德律"。② 康德是将道德作为实践理性来探究，作为绝对信仰来持存的。在叶蓝秋事件中，道德并不是一种信仰，甚至算不上一种规则，而是彻彻底底地变成了一种工具。道德被随意玩弄于掌之中，进而言之，道德已经在污

---

①　［美］道格拉斯·凯尔纳：《波德里亚：一个批判性读本》，陈维振等译，江苏人民出版社 2008 年版，第 115 页。

②　［德］康德：《实践理性批判》，邓晓芒译，人民出版社 2003 年版，第 220 页。

浊的功利世界中被掏空，其核心价值被工具性所替换。可以说，在这场奇观中，很少有人真正在意道德，相反，如何操纵道德为自身谋取利益才是奇观的主题。

被操纵的道德主要体现在以陈若汾为代表的媒体与大老板沈流舒的较量上。小说起始就明确点出记者陈若汾认为"新闻工作就是记录事实"已经是她原来的想法，当她发掘不让座事件及后来牵扯进来的婚外恋所可能引发的社会效应时，首先想到的是此道德事件能够带来的巨大媒体效益，而并非是出于一种道德责任感去报道。她的目的是试图利用叶蓝秋事件来提高电视台网站的点击率，借助网络人气通过注册、短信、广告、网络电视等收费项目使得网站独立运营，由此来实现自己在30岁前从记者到制片人身份转变的事业追求。她之所以选择在道德上做文章，看重的正是道德的利用价值。接下来的煽动论坛发言、鼓励观众短信参与讨论、诱导采访叶蓝秋老师等都是一系列操纵道德的手段，她做的即是尽力点起道德这把火。而对沈流舒来说，他介入对道德的操纵之中，一方面是为心爱的女下属叶蓝秋出一把恶气，另一方面是逼迫老婆与其离婚。沈流舒对叶蓝秋怀有爱慕之心，在被动卷入与叶蓝秋的绯闻风波之后，他不仅没有立即澄清，反而刻意隐瞒了叶蓝秋得病、两人清白的事实。并故意制造诸如"叶蓝秋是变性人，S先生是变态连环杀手"的惊悚新闻来促使舆论发酵，待到社会舆论达到峰值、叶蓝秋去世之后，才以实习记者杨佳琪之手撰写批判评论来反转舆论趋势。正是在他的操纵下，陈若汾成为第二个叶蓝秋，失掉了事业与爱情，被逼上死路。整个过程他老谋深算，见招拆招，趁机在纵容、扭转道德舆论的过程中实现自身目的。

事实上，道德杀人的故事并不新鲜，古今中外皆有之。无论是文学虚构中的潘金莲，还是对犯了淫罪的女性浸猪笼的做法，都是道德对人的疯狂惩戒。美国作家霍桑的小说《红字》中的女主人公也因通奸被迫终身戴上象征耻辱的红字。但是从来没有一个时代像现在一样让全民成为审判者。在虚拟时代，网络放大了对道德的审判，同时也让道德变得更容易被操纵、被流放。巴赫金的狂欢化理论指出，"狂欢式使神圣同粗俗，崇高同卑下，伟大同渺小，明智同愚蠢等等接近起来"①，狂欢有着自己一整套表示象征意义的具体感性形式的语言，充满着"与世上和人体生殖能力相关联的不洁秽语，对神圣文字和箴言的摹仿讥讽等"②。由于限制相对较少，网络上的发泄、谩骂及嘲讽大肆横行，粗俗的言语、不分轻重的指责都充分体现了巴赫金阐发的狂欢化言语特征。网络的集体宣泄构成了网络狂欢空间，在某种意义上，全民道德审判就是一场道德狂欢。小说指出网络上只有魔鬼与圣女，叶蓝秋的身份形象恰是从魔鬼转向圣女，其间容不下第三种类型，充分印证了网络环境的非理性化倾向。这也让道德审判的走向变得更趋向极端化、范围扩大化，进而酿成难以收拾的后果。

当小说展现出这种空洞的道德奇观之时，更揭示出所谓网络正义的触目惊心。以道德之名施行正义，或者说，以正义之名施压道德，两者本质是同一的。网络的自由性与迷惑性在于它让每个人误以为自己都是公正的法官，都有执法的权力。在匿名的掩护下，众多网友合力完成了一场场道德与正义的施暴。虚拟空间与现实空间存在着互相影响、互相渗透的关系。网络上的民意涌进现实时，就能转化为介入现实的强大力量，继续将毫无节制的权力关系投射到现实生活中去。小说以沉静、冷漠的笔调描绘出所谓的网络正义是如何一步步走向"失控"，直到变成网络暴力。这种"失控"首先表现为叶蓝秋之死，尽管叶蓝秋的自杀带有对病症的绝望意味，但并不知情的公众仍然算得上死亡事件的推动者。以此为结点，以网络正义为名的恶意闹剧走到了暴力的边缘。其次，是沈流舒推动的对三个大学生和体育老师的惩罚，因其在叶蓝秋临死之时言语轻佻、举止冒犯，

---

① ［苏］巴赫金：《巴赫金全集》第 5 卷，白春仁、顾亚铃译，河北教育出版社 1998 年版，第 162 页。

② 同上。

他们背上骂名并面临法律制裁。其惩罚甚至株连亲人好友，体育老师的女朋友竟被当场强奸。

小说以叶蓝秋之死为高潮，却并未让其结束，而是继续探讨一个无病症之人能否在如此"网络正义"中活下去？如果说叶蓝秋之死是一个身体与心灵都备受摧残的弱者的反抗，那么陈若兮作为其反面，理应尽力扛住这种压力。在陈若兮被大家揪出成为最后的替罪羊时，她冷静地说，我没有得病，我不会成为第二个叶蓝秋。但陈若兮辞职后在人才市场受尽冷遇，并被施以暴力。当她决定以召开新闻发布会的方式来解决问题时，场面却再度失控，本人竟被逼跳楼。坚强果敢如陈若兮也未能抵抗住来自全世界的指控与责骂。一场因让座而引发的暴力事件以两条人命为代价，这是小说给予的灰色回答，也更加深刻地揭露出网络正义的可怕性与伪饰性。

萨特在《禁闭》中表达了"他人即地狱"的思想观，人与人、社会之间存在一种消极悲观的施压与对立关系。人的意志、选择受他人意志的影响，人的存在终究要面对社会，甚至要经他人、社会来确认。残酷的网络生态延伸并恶化现实情境，处于网络旋涡中的当事人要接受千万人的审讯，他人的目光、意志都在影响着个人的生存选择。叶蓝秋没能扛住，陈若兮也没能扛住，在所谓的网络正义面前，死似乎变成了对自己、对他人的一种交代。正义是相对于非正义而存在的，正义的反面是暴力，而且正义本身很可能就是一种暴力。小说在对叶蓝秋、陈若兮等人遭遇的刻画中，将这种失控的正义所具有的暴力本质展现得淋漓尽致。

三　网络众生相：人性、悲剧意识与个体存在

这是一场以道德与正义之名的网络奇观，也是一场令人扼腕的悲剧。小说的关怀意识不仅表现在对网络正义与暴力的社会反思，而且直接触及

人性的复杂，塑造了多个鲜活真实的人物形象，刻画了行走在都市空间里个体生命的沉重、无奈与卑微之态。褪去网络话题的外衣，我们能够看到小说对人性、伦理与存在的剖析以及弥漫于其中的悲剧意识，其关注的内核直指心灵，这也是小说给予我们最宝贵的财富之一。

王国维在《红楼梦评论》中提出叔本华所说的三种悲剧，"第一种之悲剧，由极恶之人，极其所有之能力，以交构之者；第二种，由于盲目的运命者；第三种之悲剧，由于剧中人物之位置关系而不得不然者，非必有蛇蝎之性质与意外之变故也，但由普通之人物，普通之境遇，逼之不得不如是，彼等明知其害，交施之而交受之，各加以力而各不任其咎"①，第三种悲剧不同于恶人所为、俄狄浦斯式的盲目命运所造成的悲剧，而是由普通人因位置、立场、境遇等多方关系因素不得不如此做而导致的悲剧，可谓悲剧中的悲剧，更感人肺腑。此段话虽是对《红楼梦》的分析，运用到此篇小说上又何尝不是如此。纵观整个事件，前前后后并没有一个真正的恶人。处于旋涡之中的当事人，无论是陈若兮、莫小渝、沈流舒还是唐小华、刘义等人，他们都有足够的理由为自己做无罪辩护。之所以造成这样的悲剧，多半与"剧中人物之位置关系而不得不然者"有重大关联，他们不过是站在自身的立场，在自身的境遇中思考问题，并做出相应的行为而已。

对陈若兮来说，作为一个职业媒体人，挖掘社会生活热点，做观众喜欢看的新闻，这是她的职业要求。所以即使到了最后，她也表示不后悔做这样的新闻，因为这是她的职责。对莫小渝而言，面对日渐冷淡的丈夫以及为丈夫所觊觎的漂亮秘书叶蓝秋，她气愤、害怕、妒忌以致去举报叶蓝秋是"小三"，这跟她的处境有着莫大的联系，并非因为她是蛇蝎之人。而沈流舒报复陈若兮，要与太太离婚，是基于一个中年男人对于感情消逝

---

① 王国维：《王国维论学集》，傅杰编校，中国社会出版社 1997 年版，第 359 页。

的无能为力，还有关切到自身与公司的利益。实习记者杨佳琪选择与唐小华联手搞垮陈若兮，不是没有经过挣扎的，毫无分文的实习，且还要受上司陈若兮的压榨，她不过想尽快转正，摆脱不公正的境况。此链条上的每个人都自觉或不自觉地促进了悲剧的发生，但归根结底不过是王国维所说的"通常之道德，通常之人情，通常之境遇为之"① 而已。

在喧哗、浮躁、空洞的网络奇观下是无法掩盖的悲剧意识，而这种悲剧折射出人性的复杂和个体生命的沉重。小说善于将人物投入具体的社会关系之中，对人物的选择与行动做出简洁又深刻的心理描写，这也为透视人物心理与性格提供了窥探的窗口。小说对人性、伦理与存在的把握主要表现在两个方面。

其一，是在孤独与爱中的人性挣扎和伦理拷问。这条线主要展现在叶蓝秋、杨守诚与陈若兮的三角恋情以及莫小渝对叶蓝秋和沈流舒的感情猜忌与误解之中。在叶蓝秋生命的最后时日，她纵容网络流言一天天发酵，因为害怕孤独地死去；也纵容与杨守诚的感情，因为贪恋一个男人的温暖。她是善良的，同时也是敏感的、脆弱的，她太多的不愿辩解、澄清都脱离不了她内心的孤独。她不愿走捷径，表面光鲜亮丽的女子实则承受了诸多人生变故和世情冷暖，然而其临死前偷取了本是陈若兮的爱情却是抹不去的事实。杨守诚是陈若兮可以托付终身的好人，在自愿照顾叶蓝秋的日子里竟爱上了她。他想要忠于与陈若兮的感情却又抗拒不了叶蓝秋的魅力，经受着爱情背叛与失去爱人的双重煎熬。在陈若兮看来，叶、杨两人的爱情是叶蓝秋的报复，更是自己人生失败的证明，她为杨守诚付出那么多却依然无法让他爱上自己。这样一场恋情是爱对孤独的拯救，也是对人性与伦理的拷问。于叶蓝秋而言，与沈流舒的暧昧关系不过是自己保住工作的手段。沈流舒对其未尝没付出真感情，但

---

① 王国维：《王国维论学集》，傅杰编校，中国社会出版社1997年版，第360页。

他痴情的另一面却是对发妻的残酷，他与莫小渝的离婚之战揭示出他的冷漠无情、狡诈与精明。

其二，是现实生存的人情冷暖与沉重无奈。在小说展现的剖面上，我们看到奔波在生活与职场上的陈若兮、杨佳琪、唐小华等人的艰难和沉重，这一普通人的普通遭遇让人颇有共鸣，也是我们透视个体生命存在的放大镜。陈若兮的坚强与掌控能力是在多年的摸爬滚打中锻炼出来的，她需要安抚离异的母亲，又要处理与父亲、继母糟糕的关系，还得在职场上察言观色、见机行事。她的精明能干、强势与承受能力是应对现实的武器，看似毫无畏惧的她实则背负着沉重的枷锁。杨佳琪是底层的实习生，在叶蓝秋事件之后，她从开始单纯、唯诺的小姑娘变成了有心机、耍手段的正式记者，她说"人要在事业上取得成功，必须学会在适当的时候扔掉那些不适当的朋友"，这是个体生命在接受丛林法则之后的冷漠蜕变。唐小华一心想得到叶蓝秋的位置，却聪明反被聪明误，被解雇后只得接受现实，继续开始生存探索之路。此外，还有面临沉重城市生活压力的小警察刘义，设计图纸被上司剽窃的杨守诚以及被扣发工资的营业员，等等。一系列的笔触都深入个体生命的描绘，展示出网络社会中不同职业、地位、处境中的人物真实又暗淡的生存境况和充斥着不公与谎言的社会环境。

总而言之，小说呈现出波澜起伏的网络奇观，字里行间蕴含着对网络暴力的批判性，并挖掘出潜存在网络旋涡中的人性底色与个体生命的生存维度。作为一部网络小说，《请你原谅我》展示出不同寻常的社会深度与批判色彩，在被改编为电影《搜索》之后，亦是掀起一波讨论热潮。小说的基调是灰暗的，如何让奇观的结局不再上演是每一个置身于网络语境的人应该思考的问题。

"献给现实的蟠桃"

——评文雨的网络小说《请你原谅我》

李文浩 *

【摘要】 文雨在超现实主义与现实主义两种创作潮流之外，通过小说《请你原谅我》精心营造出一个介于虚拟与现实之间的独特所在，以文学的方式记录数字环境中的个人生活，考察虚拟生活真实化与现实生活虚幻化进程，并以此折射数字媒介时代中的社会文化关系，在艺术美感和人文意蕴上均取得了突破，为现实生活献出了一枚数字蟠桃。

正如读者洞悉的那样，不少网络写手将他们的小说交付给一个神秘的时空。在这个时空中活跃着的小说主人公要么具有摧坚神力，在江湖中傲视群雄，要么可以突破时间与空间的界限，进行时空穿梭与旅行，而供主人公们大展身手的生活环境也与现实生活不尽相同，形似八卦的岛屿能悬浮空中，人类与仙神妖魔等各族相互争斗。在此基础上，各种宗族、伦理、风俗、道德机制共同服务于日常生活的开展，形成了特征明显，等级严密的社会管理制度。这种神秘时空营造出一个相对封闭的场域，有利于

---

* 李文浩，湖南科技大学人文与传播学院讲师。

作者充分发挥想象力，进行集中而卓有成效的论述，而其创造出的奇幻世界，能充分满足读者的好奇心，并能帮助他们暂缓俗世的压力。因此，近年来，在此基础上形成的玄幻、仙侠、修真、穿越等类型网络小说在网文界大行其道，取得了较快的发展，网络作家排行榜中名列前三的唐家三少、辰东、天蚕土豆均是以创作上述类型网络小说作品见长。而近年来，现实主义题材的创作也逐渐兴起，《致我们终将逝去的青春》《翻译官》《蜗居》等小说均取得了不俗的成绩。对此，有研究者指出，"网络文学趋向于两个极端，一头是神话，一头是现实"，两方界限分明，鲜少互动，但"神话的中国与现实的中国，一个来自于想象，一个来自于生活，缺少了其中任何一面，都是不完整的、不准确的"①。

在超现实主义与现实主义两种创作潮流颉颃互竞之际，文雨另辟蹊径，将虚拟现实与客观现实融合，在小说《请你原谅我》② 中，她精心营造一个介于虚拟与现实之间的独特所在，以文学的方式记录数字环境中的个人生活，考察虚拟生活真实化与现实生活虚幻化进程，并以此折射数字媒介时代中的社会文化关系，为现实生活献出了一枚数字蟠桃。

一 借叶蓝秋形象的塑造针砭网络暴力

小说围绕女主人公叶蓝秋人生的最后历程展开。身患癌症的叶蓝秋因为拒绝在公交车上为老人让座，在网络上引发激烈讨论，网络语境中的口诛笔伐最终影响了她的现实生活，将她推向死亡。文雨有意借助现实世界与数字空间两个维度之间的张力，清晰却又模糊地塑造出叶蓝秋这一充满

---

① 马季：《网络文学：一头是神话一头是现实》，《人民日报海外版》2012 年 12 月 15 日第007 版。

② 此部小说曾几度易名，初稿《请你原谅我》于 2007 年发表于网络。后易名《网逝》，入围 2010 年第五届鲁迅文学奖；其后电影版权由导演陈凯歌取得，更名《搜索》，改编为同名电影，2012 年 7 月全国公映。2015 年，《搜索》再版，更名为《明天，你是否爱我如初》，本文一律采用《请你原谅我》一名。

矛盾的人物形象。

　　叶蓝秋说自己是会装可怜的"狐狸精"。她在新闻工作者陈若兮眼中是道德沦丧的新闻主人公；在阔太莫小渝口中是"破坏她家庭的狐媚女子"；在小学老师张绫霜口中是娇生惯养的独生女；在键盘侠的文字中是自私自利、水性杨花的贱人。有趣的是，较之上述种种劣迹，叶蓝秋给杨守诚、沈流舒和路天明留下了截然相反的印象。杨守诚与叶蓝秋相识源于叶蓝秋"见义勇为"的义举，他感慨叶蓝秋的果敢与坚忍，视她为圣女，并心甘情愿地陪伴她，守护她；沈流舒欣赏叶蓝秋"把女子的职业与妩媚结合得恰到好处"，视她为最得力的助手；路天明视叶蓝秋为自己情感的救赎者，甚至不惜以犯罪的方式为叶蓝秋复仇。

　　从狐狸精到圣女，从第三者到工作伙伴，从背叛者到救赎者，种种矛盾叙述的背后折射出的并非是叶蓝秋自身复杂的性格特征，而是网络暴力言论对人的扭曲与摧毁。"网络这玩艺，隐了身份，说句难听的，你吵了半天，说不定连吵架的对象是人是狗都不知道。比街头骂架更胜一筹。"陈若兮对于网络舆论的"高论"简单直白地点明了网络言论的天然优势。"众口铄金，积毁销骨。"没有了真实身份的挂碍，也就少了一份由社会身份带来的庄严感与责任感，喜则大笑，怒则大叫，自由肆意的言谈能使人暂缓俗世生活的压力，却也有可能演化成言语暴力，将他人推向绝境。

　　作为最早的一批网络小说写手，文雨伴随着互联网发展而成长，她擅长借助网络小说描绘现实、批判现实。在《请你原谅我》中她将批判的矛头直接指向网络暴力，众人对叶蓝秋的口诛笔伐几乎应和了鲁迅笔下中华民族的"食人传统"，而小说对当代社会文化问题的关注，也很有些五四时期"问题小说"的意思，但《请你原谅我》探讨的不仅仅是网络暴力这一社会问题。

二　借沈流舒言行的展示揭示"权力/话语"关系

小说围绕女主人公叶蓝秋的人生经历展开叙述，却并未故步自封地局限于对单个人物的单线条故事叙述。在 10 万字的篇幅中，以叶蓝秋为节点，串联起陈若兮、杨守诚、莫小渝、沈流舒、路天明、沈惠琳、杨佳琪、唐小华等多个人物，其中隐藏着现在的故事与过去的故事，形成了较为复杂的人物关系。

叶蓝秋机缘巧合地介入了陈若兮与杨守诚的生活。成也叶蓝秋，败也叶蓝秋，叶蓝秋的不让座行为帮助陈若兮在职业生涯中收获短暂的荣光，也使陈若兮走向职场和情场的陌路。杨守诚因为叶蓝秋的出现，找到了理想的爱情，却最终只能长久地陷入思念与愧疚的情感池沼。

通过参与网络闹剧，莫小渝终于确定了叶蓝秋与沈流舒之间的关系，却也看清了自己无力挣脱的无爱婚姻。沈流舒饱受叶蓝秋离世带来的情感煎熬，却在复仇的道路上屡战屡胜，并以好丈夫的形象重新回归家庭，事业也并未受到影响。

路天明甘愿以犯罪为代价为叶蓝秋复仇，可见他对多年前的负心之举仍有愧疚之情，而这种愧疚终究没有办法弥补了，与此同时，他与沈惠琳的感情也受到了冲击。

杨佳琪并没有因为帮叶蓝秋翻盘，而如愿以偿地获得杨守诚的爱，相反，却离杨守诚更远了。唐小华在失去了利用价值之后，非但没有取代叶蓝秋成为沈流舒的亲密伙伴，反倒被公司扫地出门。

由此可见，小说中塑造的大多数人物的结局并不美好，但沈流舒是一个特例。这位以"奸夫"形象出现在网民咒骂声中的 S 先生，也曾是网络暴力的受害者，为何却能淡然面对网络中的非议，并在现实中突围呢？通过分析小说中众人物的社会身份不难发现，沈流舒是其中为数不多的"大人物"，他是上述小说人物中唯一一位不需要依附他人的自足者。作为四海贸易公司的董事长，他拥有由财富带来的权力，而正是因为对权力的占有，使他得以用自己的方式与网络暴力之外的另一种力量——媒体暴力抗衡。

陈若兮代表的媒体力量在叶蓝秋事件中发挥着巨大的作用。看似真实、客观的新闻报道，潜移默化地将指向明确的意识形态灌输给大众。"那公共汽车不让座比抢手机的事还要小吧，你为什么要大张旗鼓地报。是不是想显得你们这些记者比普通老百姓能耐，把人强奸了还找一群观众问人家有没有快感，不都是你们这些记者做的好事！"杨守诚的一番牢骚，居然正中陈若兮的命门，成了对媒体暴力的直接控诉。

沈流舒深知"陈若兮是记者，拥有丰富媒体优势，玩媒体，搞新闻，我们都不是她的对手"。他选择用自己熟悉的金钱权力法则与陈若兮决战，并大获全胜。在这场争斗中，隐藏着一种预言式的权力关系。

在资本至上的时代，金钱的力量渗透至社会生活的每一个角落。电视台制作叶蓝秋不让座的专题节目是为了获得高额的短信收益，网站开放不让座专题讨论平台是为了获得点击率以吸引商业投资，而陈若兮也正是因为难以抵挡20万的诱惑以惨败收场。以此为逻辑进行分析，可以发现，看似平等、开放、自由的网络并没有想象中那么完美，资本完全有可能影响舆论走向，在新"权力/话语"关系的背后，一种新的社会文化关系也正在生成。

三 通过影视改编实现从虚拟到现实的突破

近年来，网络文学具有的潜在经济价值被广泛挖掘，IP热大行其道。而早在2012年，《请你原谅我》就被陈凯歌改编成电影《搜索》搬上大荧幕。作为网络小说，这部作品在生产过程中的互动性体现得并不明显，但电影版的改编使原著的互文性大大增强，并使之成了一个介乎现实与虚拟之间的特殊文本。电影并未照搬小说中的全部人物及情节，而是有选择性地进行了增减。例如，删除了路天明、沈惠琳等人物，删除了大学生欺侮叶蓝秋的情节，将叶蓝秋的坠亡地点由山崖改为医院，等等。

特别值得一提的是，在影片的结尾部分男主人公杨守诚为纪念叶蓝秋开通了一个名为"蓝秋绽放"的微博。这一情节设置在原文中并没有出现，原文中只提到诅咒过叶蓝秋的愧疚者为示忏悔设计了一个悼念网页。小说创作于 2007 年，当时微博尚未风行，而到了电影上映的 2012 年，微博已经成了热门的社交工具。将网页改为微博固然是为了迎合时代的需要，却也意外地使这部作品实现了从虚拟到现实的突破。如果说叶蓝秋是作品中"美"的化身，杨守诚就是作品中"爱"与"善"的象征。他是小说中唯一一位没有走向沦丧的人物。他既没有同沈流舒、陈若兮一样沉迷于欲望与权力，也没有像叶蓝秋一样不堪一击，消极挥霍生命。他认真打理着微博，一如他曾经对叶蓝秋尽心尽意的陪伴。微博的设立使杨守诚的爱突破时间与空间的界限，进一步引发情感共鸣，时至今日，每天仍然有不少网友在蓝秋绽放的微博留言，与虚拟的人物展开互动。

经由影视改编，《请你原谅我》在小说、电影和现实生活之中营造一个巨大的超文本，而微博就是这个超文本之中的超链接，它使原本平行的两个时空重合，使原本闭塞的文本结构无限延伸。叶蓝秋是死了，但她所处的虚拟世界经由受众的介入而鲜活起来，并逐渐成为人们网络生活和现实生活的组成部分。人们难以确认微博主人的身份，更难以从作品营造出的氛围中抽离，这种亦幻亦真的审美感受是数字媒介时代之前的文艺作品难以达到的。这一超文本在服务于创新式文艺生产的同时也在不断进行着自我创新与超越，它的存在强化了网络小说的"'实用'功能"，以"生活指南"① 的方式，提醒着人们警惕网络中的语言暴力，谨防叶蓝秋的悲剧再度上演。

四　结语

《请你原谅我》在人物形象塑造、创作技巧、艺术特点和思想内容呈现等方面均有着不俗表现，可以被视为网络小说中的经典之作。2010 年，该小说入围第五届鲁迅文学奖，这是网络小说第一次获此殊荣。但平心而论，作品仍然有较大的修改和提升空间。

例如，小说中绝对主人公叶蓝秋的性格塑造还不够丰满。小说的第 2 节通过对叶蓝秋言行的描写，展现出她得知自己病情之后内心的焦躁与不安，这是个人面对突如其来的疾病时的正常反应，也正是因为这股奔涌的不平之气，促成了不让座事件的出现。但遗憾的是，作者并没有将主人公对疾病的复杂情感一以贯之地呈现于小说的其他章节中，致使叶蓝秋的性格演进衔接较为生硬，更影响了读者对人物内心的体察与共鸣。

又如，小说中部分情节设置存在逻辑问题。文中多次为沈流舒真正身份的揭示埋下伏笔。可以推断出，在叶蓝秋的中学阶段，沈流舒与她的关系是较为亲近的。但叶蓝秋在大学毕业进入四海贸易公司工作后，却并未发现沈流舒是自己的旧相识。这样的设置自然是为了在文末沈流舒自曝身份时突破读者的期待视野，但过于牵强，容易将读者"隔离"于文本之外，难以融进小说的叙述情景。

总而言之，《请你原谅我》以较强的现实表现力和现实批判力，区别于一般的网络小说创作，以虚拟与现实的交叉生活为题材，关注网络化进程中国人的精神状态和社会的文化关系，在叙事技巧、表现角度、人物塑造和价值意义方面均达到了较高的水平。它为网络文学的现实书写奠定

---

① 周志雄：《网络小说与当代文化转型》，《山东师范大学学报》2013 年第 3 期。

了基础，为现实主义网络文学的发展提供了经验，并为网络文学影视改编做出了表率，它的出现印证了网络写作"在艺术美感和人文意蕴上同样具有审美创新的广阔空间"①。蒋孔阳曾谈到文学史上伟大的作家与作品的两种类型："一是具有深刻的思想内容和历久不衰的艺术魅力"；"另一种是思想上还不够那么深刻，艺术上也还不够那么十全十美，可是，他们却有一股强大的生命力。"这种生命力具有"震撼人心的精神力量和艺术力量"，"适应了时代的需要和号召"②，《请你原谅我》应属此类。

---

① 欧阳友权：《网络小说的叙事维度与艺术可能》，《小说评论》2016 年第 5 期。
② 蒋孔阳：《〈"献给现实的蟠桃"——郭沫若历史剧论稿〉序》，《学术研究》1983 年 03 期。

变革中的文学与沉潜的文学性

——从《网逝》看当下网络文学中的文学性书写

许玉庆[*]

【摘要】 网络文学一旦失去了对文学性的追求，就会面临着沦为文化消费品的危机。本文以著名网络小说《网逝》为例，从三个层面探讨了网络文学的文学性问题。第一，从文学场域的变迁出发，通过对网络文学生产、传播和接受的分析，认为网络文学是文学发展到一定时代的必然产物，对网络文学进行文学性评价有其必要性。第二，通过对小说叙事场域的现代性、叙事形式的颠覆性和叙事语言的独特性等三个方面的深入分析，认为网络文学在艺术形式上的文学性探索与传统文学存在着诸多不同。第三，以小说有关现代人性与爱情的书写为例，认为网络作家对人性与人情问题的探索具有独特性，文学性的高低是判断网络文学价值大小的尺度。

自网络文学诞生以来，文学界就对其进行过各种各样的争议。其实，争议对于一种新的文学类型而言是一件再平常不过的现象了。艺术的生命

---

* 许玉庆，山东旅游职业学院副教授。

力在于创新，而人类一旦面对一种新生事物时总是要产生这样那样的争议。正是在这种此消彼长的争论中，新文学所内蕴的原创性价值才得以彰显。同样，网络文学正是在争论中迅速成长起来，成为当下文坛不可小觑的一种文学类型。特别是近年来，网络小说与影视剧结缘，获得网络剧追捧者的痴迷，进而打造出一个个文化热点，如《芈月传》《杜拉拉升职记》《致我们终将逝去的青春》《匆匆那年》《欢乐颂》《翻译官》等。这样不免就出现了一个令人费解的现象：一方面，读者、网民和影视剧追捧者在痴迷网络小说及其改编的影视剧；另一方面，评论界对此却难以做出真正令人信服的解读。那么，网络小说何以如此火热？到底这一文学类型拥有怎样的审美特性？其实，在题材、主题、网络、影视等表层下，真正起着"召唤"功能的就是"文学性"。"这一切都警示我们必须关注网络文学的'文学性'问题，解决好文学'出场'而'文学性'缺席的矛盾。"① 为此，我们不妨以文雨的著名小说《网逝》为例，解读以其为代表的网络小说对文学性的坚守与突破。

一 文学语境的变迁与新文体的发生

在文学发展史上，某一类型的文学总是特定时代的产物。"可以肯定地说，每一种叙事新形式的出现都与其所用的媒体相适应。因为媒体决定着叙事的形式，媒体的容量与蕴含的技术性限定着叙事能用的技巧、展开的形式。"② 从口耳相传到文字的诞生，从竹牍书简到造纸术的发明，从传统媒介到大众媒介，再到互联网、自媒体，文学艺术一直在不断推出各种新的文学类型。无疑，传播媒介的变革在不断推动人类去拓展自己的审美表达空间，延伸自我对人性挖掘的深度。如果没有印刷术和造纸术的发

---

① 欧阳友权：《网络文学本体论纲》，《文学评论》2004 年第 6 期。
② 聂庆璞：《网络叙事学》，中国文联出版社 2004 年版，第 24 页。

明，文学就不会拥有今天的累累硕果。随着互联网、自媒体时代的来临，传统文学必然会发生新的变革。当然，这种变革不是将传统文学弃之不顾，另设炉灶，而是在新媒体下进行艺术形式的创新。可以说，生产、传播和接受方式的变革是导致网络文学发生的最根本的原因。

第一，网络文学生产方式的变革。传统文学生产主要以纸笔为工具，写作速度相对较慢，其间还要经过作家的深思熟虑和漫长的修改锤炼，最终才会被拿到读者面前。网络文学生产截然不同，主要采用键盘敲击的方式，写作速度相对较快。一个网络写手在一天之内最快能够完成上万字的创作，一年能够完成 200 万—500 万字。张柠在《网络文学的文学性和新标准》一文中曾经举过一位叫"打眼"的作者写《黄金瞳》的例子：他平均每天更新 8000 多字。当然，写作速度的变化不仅是个数字问题，而且是伴随其间的文学观念的变革。在这种情境下，一个作家是不可能像过去那样对文本进行精雕细刻的。与此同时，作家在文学生产过程中还要顾及所写作品的可读性，毕竟互联网已经培养一大批喜欢互动的读者群。他在创作进程中要不断阅读读者的信息反馈，在彼此互动中调整故事发展、完成人物性格的塑造，以此来取悦广大受众。所以说，网络小说很容易走上模式化、消费化的道路。在题材上，网络上一度出现了大量的盗墓、网恋、穿越、怀旧、科幻等作品。例如，随着"穿越"小说的兴起，在《步步惊心》《梦回大清》等小说的引导下，网上已经出现了 700 多部这样的作品。这些小说叙事情节曲折，非常符合快节奏生活环境下当代人的阅读习惯，因而很容易成为一种时尚的文学消费品。基于以上分析不难发现，网络文学的生存语境与传统文学已经迥然不同。随着新的文学类型产生和发展，文学界逐渐形成了一支适应互联网美学的网络作家群体。

著名作家慕容雪村在谈及自己的创作经历时认为："就是因为互联网的兴起，我才又开始把这个爱好捡起来，可以说如果没有互联网，也就不会有我的写作生涯。"① 可见互联网是网络文学产生和发展的前提，同时也塑造了这类文学所独有的特质。

第二，网络文学传播方式的变革。传统文学的传播方式一般要经过约稿、投稿、审稿、出版、发行等诸多环节，中间要经过编辑的审查，最终以纸质的形式出现在受众面前。相比较而言，网络文学传播要自由迅速得多。一部网络文学作品通常不需要经过层层审查，只要不触犯法律制度便可自由传播；传播方式也相对简易，通常各大网站都设有文学专区，作者只需在文学社区或文学网站申请个账号，或者注册自己的博客、微博、朋友圈、网络日志，然后将文本点击上传，或粘贴，就直接呈现在读者面前；传播速度快，可以说作者和读者等于零距离接触，只要作家将自己的文字贴在网上，读者就会非常便捷地点击阅读，而且传播范围可以无限放大。所以说，传播方式的变革让网络文学的自由度得以空前提升，更多的写手在互联网空间中可以"八仙过海，各显神通"。正如张柠所言："网络文学是建立在'读者选择机制'基础上的（同时它的淘汰机制也非常残酷），网络文学整个生产和传播过程有自己的特殊性，跟传统文学不一样。"②

第三，网络文学接受方式的变革。互联网具有参与性、互动性、及时性等特点，基于此，网络文学的接受群体也呈现与传统文学的很大不同。首先，网络文学的受众大多是在互联网诞生之后成长起来的，与网络、手机、阅读器等共生的一代。他们非常熟悉新媒体，对新媒体上的文学有着天然的亲近感。网络文学之于他们就是日常生活的组成部分，只要有时间就在电脑旁、公交车上、咖啡屋等打开阅读器进行碎片化的阅读。但是这种接受方式不同于传统纸媒阅读，一部作品可以用几个晚上或连续几天读

---

① 周志雄、慕容雪村：《"我是一个纯粹依靠写作吃饭的人"——慕容雪村访谈录》，《网络文学评论第三辑》，花城出版社 2012 年版，第 31 页。

② 张柠：《网络文学的文学性与新标准——从一部网络小说谈起》，《学教育》2015 年第 2 期。

完，而是一个漫长的追踪式的阅读过程。其次，网络受众的接受方式也发生了变化。网络文学接受因作家与读者处于同一层面上，彼此可以就某一人物、某一故事情节、某一话语展开平等对话，所以这一接受方式实际上已经包含了作家与受众共同创作的文学取向。例如，在"天涯社区"中，连载文学中的读者跟帖是一种非常普遍的现象。读者受众可以就该文本中的某些问题提出自己的见解，供作家在后面的文学创作中作为参考。这种"跟进式阅读"体现了现代阅读文化的特点：读者的个体性得到了尊重和凸显。更为重要的是，网络阅读的碎片化倾向导致了文学创作不需要再像传统文学那样具有严密的逻辑性和形式上的整体感。一部网络作品的切入点变得非常随意，但又不会影响阅读效果。

总之，网络文学是文学语境变革的必然产物。这就要求我们应该从文学观念上改变以往对网络文学的评价，让网络文学写作和网络文学评论回归到常态。消费文学也罢，通俗文学也罢，对网络文学的这些争议实在是没有什么实质性的意义。网络文学和文学大家族的其他类型一样，不过是文学发展到一定阶段的必然产物。那么，我们就完全可以采用文学性的标准来衡量网络文学作品价值的高低，达到大浪淘沙的目的，让其不断生产出更好的作品。

二 现代叙事场域与叙事形式建构

网络文学作为一种新文学类型，最显著的特点就是叙事形式上的创新。基于书写工具、传播方式等因素，网络小说在人物塑造、结构形式和语言风格等方面会更多思考如何贴近读者受众，如何更加自由地表达自我，如何更加充分地施展自己的才华。这些都是构成网络文学文学性的基本要素，否则我们讨论网络文学的文学性就显得非常空洞。有鉴于此，我们不妨以文雨的著名小说《网逝》为例，对这一问题进行研讨。略去网上网下对该作品的争议不谈，仅就这部作品的艺术形式而言，就具有网络小说的诸多特质，即故事发生的现代场域、叙事形式的颠覆性和叙事语言的独特性。

第一，故事发生场域的现代性。在网络小说中，故事发生的场域与传统文学有着明显的不同。传统小说，特别是现实主义小说，对故事场域的书写往往追求真实性，体现时代感。网络小说对场域的书写则倾向于体现一种现代感。也就是说，不论是历史叙事还是现代叙事，网络小说的叙事场域书写都是为了作家文学表达的需要，是为了让小说叙事更精彩更具有可读性。这些故事通常发生在大都市、大学校园、皇宫后院，以"北上广"居多；叙事空间一般在酒吧、咖啡屋、教室、宿舍、高级公寓等，人物多为高级白领、大学生、留学生、皇帝、妃嫔等群体。像《翻译官》中的外交部、巴黎地铁、高档酒吧、私人别墅、豪车等，加上美丽动人的爱情故事，整个就是王子与灰姑娘故事的现代版。故事场域的现代感成为吸引读者的一种方式，因为这样的场域最能满足当下人对高档生活、怀旧心理、职场争斗、人情冷暖等方面的心理期待。现代人的某些心灵诉求在这些小说中得以梦想成真。

《网逝》中的故事主要发生在某都市的公交车厢、咖啡厅、成功人士的私房大宅、市电视台的新闻制作中心、城市中心广场等空间。这些时尚符号处处展示着现代人生活的表征：欲望无限膨胀、人心浮躁、社会运行机制僵化……身处浮华社会中的各阶层人士在为自己的生活奔忙，为自己的生计算计，为自己的情感困惑，为自己的家庭焦灼，为自己的病情绝望，可谓是一地鸡毛。这是再普通不过的生存现实，因而人们渴望在僵化的、毫无生机的生活中遭遇一点意外，让憋闷中的灵魂获得哪怕一丝喘气的机会。而互联网打造的虚拟空间恰好能够解决这一困境。《网逝》是一个发生在现实与虚拟空间中的互动性故事。在一个后现代场域中，在一场人为制造的荒诞剧中，每个人都自觉不自觉地卷入其中。起先由传统媒体点燃了导火索，接着互联网则将人的恶欲进行了无限放大。对此我们不禁要反思：我们的生活究竟哪里出了问题？仁爱与人性，婚姻与爱情，亲情与友情，究竟应该寄放在何处？现代场域叙事给我们的启示就是：现代人究竟应该如何面对他人与自我。

第二，叙事形式的颠覆性。上文已经谈及，网络文学不同于传统文学的一个显著特点就是要面对互联网写作。它已不可能像传统文学那样进行各种叙事技巧的实验，而是转向对以往叙事技巧的颠覆。当然，这也是一种创新，但是这种创新不是基于纯粹审美的需求，而是按照互联网的特点建构新颖的叙事形式。网络文学彻底摒弃了传统线性叙事，转而追求叙事的空间化，读者可以在任何叙事单元切入而不会影响阅读效果，形成一种别具一格的阅读体验；形式上更趋于简单化，情节更加有趣，便于读者的碎片化阅读需求。例如，小说《网逝》的章节并不复杂，可以说简单至极。每个章节以人物名字命名，揭示"让座事件"前后他们各自的人生轨迹和心理变化。小说主线则从"让座事件"开始，转到电视报道、网络炒作，直到叶蓝秋坠崖、陈若兮殉职，叙事如行云流水，起承转合自然有度。其次，这部小说之所以在诸多网络作品中具有代表性，还因为它在大叙事中的细节之精巧，让结构内部充满了叙事的张力和变奏：杨守诚与陈若兮的恋情变奏、莫小渝与沈流舒的婚姻危机、叶蓝秋与沈流舒的依稀往事、杨守诚与叶蓝秋的巧遇守候，让这个简单的故事又不断生出玄机，变幻莫测；电视、广播、互联网、手机等媒体不断参与到叙事中去，让人物与故事随其加温、膨胀，直至终结。

可见，该小说在网络文学叙事探索层面还是颇具代表性的。这一形式满足了作家表达主题的需要，又汲取了互联网、自媒体的特点，是一种集中展示新媒体传播特点的艺术形式。可是在诸多既有的网络文学中我们不难发现，这一艺术形式逐渐呈现出模式化的趋势。作为不断期待创新的文学艺术，任何模仿和复制都会导致对其艺术价值的伤害。就像作家文雨所言："作者最珍贵的是自由的创作灵魂，不因为市场、读者，或者任何人而束缚。网络写作跟风严重，所以，八个字，学人者生，似人者死。"①

第三，叙事语言的独特性。话语是每个人作家所特有的标签，是作家文学世界最为鲜活的色彩。网络小说中的话语自然受到互联网的影响，体现为简洁、快速。这种影响不仅是指语汇的革新，而且指话语表达的独特性。以人物形象描写为例，网络小说很少像传统小说那样对人物外貌做精雕细刻的描述，而是在故事情节发展和人物活动中逐渐让人物呈现出来；在文字表达上，作家也去除了"陌生化"的表现手法。《网逝》中的人物出场就呈现了这一特色。杨守诚——"福无双至，祸不单行，是杨守诚最近生活的最佳写照。"陈若兮——"陈若兮是记者，记者的工作原本是记录生活中的真实，但这已是她成为记者之前的想法了，用英语说，是 was，而不是 is"。沈流舒——"沈流舒喜欢坐在市中心摩天楼顶层的咖啡厅里谈生意，休闲，放松，还有，享受成功的感觉"。叶蓝秋——"叶蓝秋从医院出来，病历报告上是医生手写的鬼画符一样的天书，看不懂，但医生的话她听懂了，医生的表情，她也看懂了。听懂话，源于世界有语言，有沟通这两个词，而看懂表情，是源于父母双亡的她，学会了看人眼色，明晓自己心里的冷暖"。小说对每个人物的刻画都是简洁利落，直奔主题，而不像传统小说那样做大篇幅的细节描写，以期达到真如其人的艺术效果。但是，我们切不可将话语的简洁简单视为一种直白或非艺术化追求，因为网络小说的话语毕竟是文学性的，蕴含着丰富的审美内涵。例如，在对叶蓝秋的描述中，"鬼画符一样的天书"隐喻着上天在无情地宣判她的死刑，让这样一朵正在盛开的花朵面临凋零的苦境；"父母双亡""学会看别人眼色"的人生经历，让其在生

---

① 诸葛漪：《冷静客观是网络冷门词》（http：//roll.sohu.com/20120711/n347844143.shtml）。

命最脆弱的时刻不愿再去继续忍受苦难，进行无谓的挣扎。在《匆匆那年》《翻译官》等小说中，作家对网络叙事话语的这一特点都做了很多尝试，凸显了该文体的话语独特性。

此外，《网逝》还对时代文化和网络文化做了精心的修辞呈现，用简洁的网络语言揭示了现代生活的哲理。像"网络主角只能是两种人，十全十美的圣人和十恶不赦的魔鬼"，道出了网络时代人们的生活感悟；"这年头，没死人的新闻根本没价值""也许，这就是网络的价值，诅咒一个人，是免费的，惋惜一个人，也是免费的，而纪念的空间，是收费的"，揭示了当下生活中新闻消费主义的尴尬；"古人的方式是灰飞烟灭，现代人的方式是——格式化"，则是对现代生活中信息泛滥的一种讽刺。这样的话语修辞，能够满足现代青年读者群的期待，将心灵鸡汤变成了一种文化时尚。

三 文学性视域中的爱情与人性

在以往的文学观念中，文学性标准只适合于纯文学、严肃文学，至于通俗文学、网络文学等可以排除在外。对此，首先需要明确的问题就是：什么是文学性？面对浩如烟海的阐释，我们没有必要拿出某种理论进行解读。目前普遍接受的看法就是：文学性就是文学之所以成为文学的那种决定性。那么接下来我们又要追问：文学又是什么？文学是作家对现实世界进行独特理解后建立的一个艺术世界。综合以上所述，我们认为：文学性就是决定文学作品价值大小的尺度。所以说，纯文学、严肃文学、通俗文学、网络文学都有属于自己的文学性。在文学性视角下，金庸的武侠世界与莫言的"高密东北乡"是一样的，各自塑造了一个独特的艺术世界。至于它们的经典性程度，则是一个有待进一步深入探讨的话题。所以说，网络文学作为一种文学类型，有必要进行文学性的探讨。将目光投向其技术层面的同时，我们更应该对其做出相应的文学性阐释。那么就《网逝》这部小说而言，其诞生之后引起广泛的关注，并不在于其揭示题材的敏感性，也不在于其塑造了多少现代职场人物，而在于其在文学性上做出的独特理解。《网逝》的文学性价值在于，作家对网络时代的爱情和人性做了独特的思考。

第一，对爱情的独特认知与现代人格的建构。爱情是文学的永恒主题。翻开任意一本文学经典，都能读到令人难以忘怀的爱情故事。才子佳人，有情人终成眷属，更是小说常见的套路。网络小说同样热衷爱情题材，像《网逝》《匆匆那年》《翻译官》《欢乐颂》《杜拉拉升职记》等无不涉及爱情，但是又显示出与传统爱情叙事的明显差异。那么，它们何以做到了让如此多职场白领、大学才子才女甚至家庭主妇们如痴如醉？究竟给现代人以怎样的人生启迪呢？仅从表面看，有评论者认为这是因小说更加贴近了受众的生活，现代感更强烈，传播速度也更快了。深层的根源则是，作家为受众提供了一种独特的爱情观：爱情是一种难以言说的不期而遇。

在传统认识层面上，爱情是要遵循必然律法则的。因而文学界形成了一套程式化的爱情写作模式。真正的生活却是充满了偶然和变数，程式化的爱情不能带给人以审美的愉悦。富有审美意蕴的爱情总是容纳了一些难以言说的神秘感。《网逝》中的杨守诚与叶蓝秋本来是在两个轨道上滑行的人，生活中并不存在任何交叉。但是一次偶发的抢劫事件让两个人不期而遇，"同是天涯沦落人"的人生遭际无形中开启了一段凄美的爱情故事。躺在广场上无助的杨守诚遇到了"危难之处显身手"的叶蓝秋，当然叶蓝秋的"伸手"也绝非出于侠义豪情。但无论如何，这本身就是一次奇妙的偶遇。特别是当杨守诚重新办了电话卡后，大脑中想到第一个该通知的人竟然不是他的女友陈若兮，而是叶蓝秋。"他为自己大脑中忽然冒出这样的想法而震惊。他问自己，为什么是叶蓝秋，而不是陈若兮。"当叶蓝秋因昏迷而被送到医院后，醒来看到的第一个人却是杨守诚；叶蓝秋提出要到她父亲出生的地方去寻根，杨守诚竟然答应同她前往；弥留之际，叶蓝秋自己也产生了困惑："一开始，她以为自己是贪恋日出的美景，但日子一天天过，她分不清自己到底是贪恋美景，还是，男人的温暖。"应该说这种没有任何功利色彩的偶然间萌生的情感，这段难以言说的朦胧不清的情感，正是杨守诚和叶蓝秋之间的爱情。"所以爱的激动和沉醉往往来自双方走近的过程中，在自己尚且够不着的地方让人神魂颠倒。"① 这种探索意识在小说《翻译官》中有着异曲同工之妙。程家阳与乔菲以实际行动揭示了现代爱情的真正内涵。乔菲为生活所迫在课余时间到酒吧陪酒挣学费。以传统世俗眼光看，她肯定是一个品行不端的学生，如何配得上家庭出生好、在外交部工作的翻译官程家阳呢？但是在程家阳看来，他与乔菲是彼此深爱的，哪怕这份感情面临着来自世俗的强大阻力；他并不在乎乔菲的那段经历，也不在乎她家庭的贫寒。由此可见，网络小说中的爱情书写不仅是为了满足叙事动机的需要，而且是一种对人的信仰与情感的全新拓展和挖掘。在《致我们终将逝去的青春》《欢乐颂》等小说中，作家对爱情的现代性问题都进行了相应的探索，为现代人格的建构提出了很多建设性的空间。

第二，现代人性问题的焦虑与走向。在日常生活中，我们一次次围绕人性问题做着永无休止的争论。其实人性问题似乎总是在不断超出人类对它的认知。悖论的陷阱让每个人在生活的道路上无所适从。黑格尔在谈及人的本性问题时曾说过："在这有限的阶段里，各人追求自己的目的，各人根据自身的气质决定自己的行为。当他向着最高峰追求自己的目的，只知自己，只知满足自己特殊的意欲，而离开了共体时，他便陷于罪恶，而

---

① 吴炫：《否定主义美学》，黑龙江人民出版社2010年版，第150页。

这个罪恶即是他的主观性。"①《网逝》中叶蓝秋在公交车上没有给老人让座，这本来是一个再平常不过的事件，充其量也仅限于道德层面。但是当事件被媒体无限放大后，就变作一把锋利无比的剖析人性的手术刀。陈若芬为了升职，机关算尽：通过电视、互联网、手机等各种媒体去揭秘他人隐私，鼓动网友谩骂攻击当事人；沈流舒为了和厌倦已久的妻子离婚，不惜动用警方的私人关系暗地调查妻子行踪；无知的网民不假思索就将叶蓝秋骂作变态、同性恋，用最邪恶的语言发泄内心的阴霾，甚至那些刚刚进入花季的青年大学生，也变成了令人不齿的猥琐之徒；青年实习生杨佳琪为了尽快转正，不惜出卖自己的上司、表哥的女友陈若芬……如果说人性之恶是通过互联网被无限放大的话，那么我们更要追问那些纵容打破所罗门瓶子的人。在互联网时代里，人类究竟如何面对自身恶欲的膨胀，如何面对身边的这个世界？

《网逝》中既没有完美无缺的好人，也没有十恶不赦的恶棍，更多的是生活中的普通人。他们天天在为生存奔忙，为家庭辛苦，为内心焦虑。比如沈流舒，虽然他属于上流社会中成功者的典范，能够游刃有余地操纵资本和各种人际关系去摆平生活中的大事小情，但是他依然有着自己烦恼；他内心中喜欢的是叶蓝秋，发现叶蓝秋失踪后到处寻找她，但是又有着不得已的隐衷；与莫小渝的婚姻闹到了分崩离析的地步，对其痛恨至极，但是当得知莫小渝被故意诊断为子宫癌要推上手术台时，他还是赶到医院挽救他的前妻。还有路方，那个要在手术台上对莫小渝下手、为前女友叶蓝秋报仇的医生，是自己那颗未曾泯灭的良心让他在最后关头放弃了手术。可以说整部小说在人物形象建构方面始终贯穿着作家的一种独特理解：人性是善与恶的统一，是可以拯救的。著名导演陈凯歌正是看中了小说的这一点，才决心将其搬上荧幕的。

---

① ［德］黑格尔：《小逻辑》，贺麟译，商务印书馆1997年版，第92页。

综上所述，网络文学正以人们难以预料的速度空前成长，这是当下文学研究中一个不容忽视的领域。特别是近年来网络小说的影视改编，已经达成了小说与影视的共赢，不断创造一个个文化产业的神话。但是我们也应该注意到，网络小说的批量生产和只求速度不求质量的现象十分突出，造就了大批量的同质化的、文学性低下的作品。像《鬼吹灯》《盗墓者笔记》等不断推出的续集，实际上就是一种十足的类型化写作。所以说，文学性追求是网络文学的根基，一旦根基丧失，这一文体就会彻底沦为文化消费品。

女人们的战争

——从《搜索》看当代女性生存困局

李 楚[*]

【摘要】不同于许多远离现实、求新求异的网络文学作品,《搜索》呈现出独特的现实主义风貌,在主题建构上表现出了非凡的野心。作者敏锐地捕捉了现代都市女性的特质,成功地塑造了叶蓝秋、陈若兮等一系列女性人物,将其置于极尖锐的矛盾冲突之中,使其直面社会、职场、情感上的种种挫折挑战,而在此过程中,也折射出当代女性面临的不同生存困局。在由男性主导的社会中,女性不仅难以获得和男性同等的地位,还要被迫接受男性制定的社会规则,这意味着她们不但要在种种不公正中艰难求存,更不得不与同性竞争,以符合主流社会的价值要求,在同侪中脱颖而出,获得男性的关注和垂青。

作为唯一一部入选鲁迅文学奖的网络作品,《搜索》一书可谓无愧于这份殊荣,作者文雨立足于现实,对当下社会存在的许多问题都进行了反映。在作品中,女主人公叶蓝秋因为在公交车上没有为一位老人让座而为众人指责,在绝症中被网络舆论裹挟,最终被逼自杀,可谓是一个典型的

---

* 李楚,西安交通大学文艺学硕士研究生。

悲剧性人物。在修改版中，最先报道叶蓝秋事件的女记者陈若兮也为网友人肉，成为网络暴力下又一个牺牲品，这种悲剧似乎是由网络中不理智的民众造成的，但是重审书中其他的女性人物，便能发现叶蓝秋、陈若兮的悲剧并不是个体的悲剧，还隐含着这些都市女性面对的共同困境，本文拟从三个方面对这些女性人物进行分析，来探讨当代女性共同的生存困局、陷入困顿背后的深层原因，以及其中掩藏的复杂心理机制。

一　被物化的女性

李渔在《闲情偶寄·态度》篇中有言："尤物者，怪物也，不可解说之事也。凡女子，一见即令人思，思而不能自已，遂至舍命以图，与生为难者，皆怪物也，皆不可解说之事也。"①《搜索》的女主人公叶蓝秋大概就是李渔口中的"尤物"了。在故事中，三个主要男性角色杨守诚、沈流舒、路天明皆为她神魂颠倒，对她念念不忘。叶蓝秋并不需要刻意去做什么，便获得了周围男性的帮助，让这些男人周围的女人们心怀不满、愤愤不平，而这些都市男女也因为叶蓝秋而交织成一张复杂的关系网，被迫离开了生活原有的轨道，滑向了不可测知的深渊。

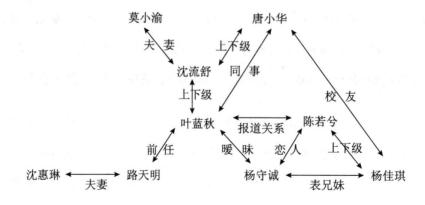

图1　《搜索》人物关系

---

①　李渔：《闲情偶寄》，中国社会出版社 2005 年版，第 11 页。

叶蓝秋不让座之事被曝光后，关于叶蓝秋的传闻纷纷扬扬散播于网络上，对于这些传闻，女记者陈若兮嗤之以鼻，作出了极为辛辣的评论——"叶蓝秋这样过分美丽的女人，就是让座事件不曝光，直播时没有被人称为第三者，也已经处于被羡慕被嫉妒的境界了。这样的人，注定要被同性嗤之以鼻，被异性意淫，被无聊的旁观者捕风追影恶作剧。"叶蓝秋的美貌注定了她的不平凡，成了她的原罪，她在因此获益之时，也因此备受谴责，在同性眼中，叶蓝秋的美貌是空洞的、贫乏的，同时也是危险的、具有诱惑性的，在陈若兮与她在同一辆公交车上相遇时，她对叶蓝秋的容貌品头论足，以为："像叶蓝秋这样的女子，不会因为区区一个座位与人起争执。她最适合扮演电视电影中被男人强暴，除了哭什么也不会做，除了美丽一无所有的女主角。"在女人们的眼中，叶蓝秋只是一个除了美貌外而一无是处的人，但美貌又成了她最大的武器，让她在面对各种情况时均能无往不利，然而这并不是凭借她自身的能力，而是因为她诱惑了男人，所以她总是不需要付出任何努力便能轻而易举地获得他人不可企及的东西。这种美丽带有毒性，因为她似乎具有左右男人意志的魔力，使男人背叛自己原先的婚姻、爱情，转投入她的怀抱。

　　叶蓝秋是否知道自己的优势，她又有没有像众人指斥的那样滥用自己的美貌？这个问题恐怕很难回答，用叶蓝秋自己的话来说，她和沈流舒"之间看似不清楚，实则什么都没有的暧昧，只是她保住工作的手段之一，而非出自她的本意"。笔者无意对叶蓝秋做道德评价，但仅就她这句话而言，读者们还是可以见得一些端倪：叶蓝秋不像女人们想象中那样邪恶，但她同样明白自己的优势所在，并且有意利用这种优势来影响身边的男性，这么看来，女人们的怀疑似乎并不是没有依据。她因为美貌而为人所归咎，却也享受到了美貌给她带来的许多便利。显而易见，这种便利是属于美人的特权，是其他更多平凡女子无法拥有的。美貌是一种资本，在杨佳琪的同学宴上，事业有成有房有车的师兄宣称"女人最要紧的就是漂亮"，大学肄业的叶蓝秋被沈流舒录取的原因在于她美丽更甚于他的妻子，而在叶蓝秋为沈流舒送文件，周围所有男人的目光都聚集在她身上时，沈流舒感到自己的身份得到了彰显——"男人彰显身份的方式有很多种，名牌、靓车、豪宅，甚至内涵、学识、优雅等，但都不如陪伴在男人们身边，优雅得体的女人。""远古时代，最漂亮的女俘，被赏赐给最英勇的男子。现代社会，最优秀的女子，把自己嫁给最匹配的男人。"在沈流舒们看来，女人是男人旁边的饰物，是他们成功的象征，不可或缺的点缀，但女人们是否愿意屈从于这样的地位，就不是他们关心的了。当妻子莫小渝在电视上披露他和叶蓝秋的暧昧关系时，他大发雷霆，因为这是"家丑"，而他的朋友居然看见了他不光彩的一幕，所以事情"不再是叶蓝秋和莫小渝之间的争风吃醋，沈流舒的齐人之福。莫小渝的行为，让他在朋友们面前，丢尽了面子，下不来台"。女性的意志是不被考虑在内的，同制定规则时一样。

二 无法平衡的情感和事业

男性以容貌作为评价女性的第一标准并强迫女人们屈从，但后者总不甘心全盘接受，时刻寻找着突围之路，进入职场，获得经济上的自主，无疑是最好的方法之一。《搜索》一书中，女记者陈若兮无疑是现代职业女性最典型的代表。在工作中，她表现出了过硬的专业素养，而在生活中，她也总是强势的一方，常常掌握着事情的走向，这样的陈若兮，不可避免地招致了男友表妹、公司实习生杨佳琪的不满，在杨佳琪心里，陈若兮缺乏女人味，也甚少承担家务，连自己的衣物都要男友来洗，根本配不上表哥杨守诚。

陈若兮不一定知道杨佳琪对自己的评价，但她很清楚自己永远也无法像叶蓝秋那样吸引男人的目光，从而成为被男人呵护的女子。她的容貌缺少女性的妩媚，她的短发，甚至也成了男人婆的代名词。相比软弱的男友杨守诚，她意志坚定，更具有决断力，在自己的岗位上，她也表现出了非凡的才能，完全有更进一步的实力，但是故事的最后，陈若兮失去了事业、爱情，还为众人唾骂，走上了绝路。陈若兮绝对不是一个反派人物，虽然叶蓝秋事件经由她的鼓噪宣传一步步发酵，但她只是一个推手，真正加速叶蓝秋死亡的，是网络上可怕而残忍的"民意"，但是在叶蓝秋死亡之后，她又作为凶手被民众拉出来示众，成为一个有心计、有手腕、有权力的恶毒女人，走上了一条和曾经的叶蓝秋一样被妖魔化的道路。

陈若兮是一个想要在事业上有所成就的人，在与男友的交往中，她也曾多次提及自己的工作，但这些显然不是男友感兴趣的，在叶蓝秋出现之前，他们便已经出现了争吵，叶蓝秋的出现，仅催化了他们感情的破裂，使他们更早地结束了这段感情，而在情感上的失意之外，她也并未在事业上获得安慰，最后被逼上了绝路，成了故事中最大的输家。情感和事业间的冲突，似乎是不可调和的，在众人眼中，女人若想在事业上有所成绩，那么不免就要牺牲自己的家庭，正如波伏娃所说："男人就不存在公共和私人生活的割裂问题；在行动和工作上他对世界把握得越紧，他就越有男子汉气质……而女人自主的胜利却与她女人气质相抵触。"① 陈若兮的强势、霸道，都让杨守诚感到疲惫、厌倦，所以碰上了处于绝境、柔弱美貌的叶蓝秋时，他不由自主地便起了怜惜之心，暂时将女友陈若兮放在了一边。在与陈若兮分手时，杨守诚坦露心声，认为陈若兮"变了"，他怀念过去那个软弱的、可以在他面前毫无顾忌哭泣的陈若兮，而不是

---

① ［法］西蒙·德·波伏娃：《女性的秘密》，晓宜等译，中国国际广播出版社 1983 年版，第 221 页。

这个坚强得让人害怕的陈若兮。正如杨守诚对叶蓝秋所说的，"打人是男人们的事，女人啊，尤其是像你这样漂亮的女人，还是站在一边看看热闹就好"。在男性眼中，女人应当是柔弱的，当她不再依靠男人时，她仿佛就变成了一个异类，失去了女人应有的特质，这也是当代大部分职业女性的尴尬所在，在职场中，女性被要求和男性一起竞争，但当她们表现出过强的竞争力时，社会又会指责她们太具有攻击性，失去了女性柔顺的个性。

除了陈若兮，《搜索》中还有两个值得注意的女性人物：杨佳琪和唐小华。唐小华是叶蓝秋的同事，她自认为能力胜于叶蓝秋，却始终被叶蓝秋压过一头，心中早有积怨，而她对于沈流舒的旖思也注定了她无法与叶蓝秋和平相处，虽然在叶蓝秋死时她同样流下了眼泪，但在看到沈流舒将桌上莫小渝的照片换成了叶蓝秋时，她嘴角不屑的冷笑终究还是出卖了自己的内心。唐小华敌视叶蓝秋，因为她们不仅是工作上的竞争关系，更是情感中的对手，尽管叶蓝秋也许并不这样认为。

杨佳琪原本是陈若兮手下的实习生，经由叶蓝秋死亡的报道，她踩着陈若兮获得了晋升，但是随之而来的就是难以招架的批评，"她年轻，她是女人，她升得太快"，都成了她被指责的理由。亚里士多德的话很能代表一部分男性的看法："女性之所以是女性，是因为她缺少某种特质，我们应当看到，女性的本性先天就有缺陷，因而在折磨着她。"[1] 女人在职场中，总是有着先天的劣势，事业这个词似乎是专属于男人的，当女人妄图涉足时，不可避免地就会被视为僭越，但当她们退出职场，回到家庭时，却又面临着另外一种窘境。

---

① ［法］西蒙娜·德·波伏娃：《第二性》，陶铁柱译，中国书籍出版社1998年版，第10页。

三 无力自主的人生

"以美好的身体取悦于人，是世界上最古老的职业，也是极普遍的妇女职业，为了谋生而结婚的女性也在此列。"① 作为全职太太的莫小渝恐怕就属于张爱玲口中"为了谋生而结婚"的一类，在与沈流舒结婚之前，莫小渝是小学音乐老师，而在结婚之后，她就辞去了工作，成了一个清闲的贵太太，对于她的际遇，朋友们都以为她成功地俘虏了一支绩优股，对她的生活，不乏歆羡之意。

没有工作的莫小渝，一切都依赖着丈夫沈流舒的给予，而她的交际，也为丈夫轻视，在他看来，莫小渝的朋友"不是跳舞认识的，就是麻将搭子"，都是一些上不得台面的人物。作为妻子，莫小渝尝试着融入丈夫的圈子，但她的举动为沈流舒排斥，她发现了自己婚姻中的裂缝，试图弥合它，但她的努力徒劳无功。被心中的恶意驱使，她向电视台曝光了丈夫和叶蓝秋之间的暧昧关系，并借由网络引导舆论，煽动网友们攻击叶蓝秋，然而尽管使劲了全身解数，她也未能挽救自己的婚姻，她同沈流舒的婚姻终于还是走到了尽头。在沈流舒提出离婚时，她心神失守，惊慌无措，却找不到一个可以同自己商量的人，她忍不住感慨："女人放弃工作事业的悲哀就在于此，表面看来，她的朋友很多，晚会，逛街，旅游购物，麻将搭子。不能较真，一较真麻烦就出来了。这些朋友，首先是沈流舒的朋友，然后才是沈流舒夫人的朋友。"当莫小渝放弃工作选择成为一个全职主妇的时候，她似乎就已经失去了同丈夫平起平坐的机会，而成了丈夫的附庸，一旦主人想要抛弃她，她似乎除了等待即将到来的厄运，没有一点点还击的余地。事实上，沈流舒也确实一直掌控着节奏，连莫小渝报复叶蓝秋的举措，都是在陈若兮的引导下完成的。

---

① 张爱玲：《谈女人》，《张爱玲文集》第4卷，安徽文艺出版社1996年版，第72页。

莫小渝的生活，始终在丈夫的控制之下，当沈流舒单方面想要解除这种关系的时候，对莫小渝而言，仿佛天塌地陷一般，除了情感上的受挫，离开沈流舒还意味着失去安闲优渥的生活。英国作家、哲学家萧伯纳说："让人们受到束缚比让他们摆脱束缚更容易，只要这种束缚会带来利益。中产阶级女人之所以依恋她受到的束缚，是因为她在依恋本阶级的特权。若是摆脱男人的束缚，她就必须为谋生而工作。"① 经年沉湎于跳舞、麻将中的莫小渝如何融入社会，在离开沈流舒之后她如何维持自己体面的生活，对她而言都是亟待解决的难题。

为了家庭而放弃工作，实质上是一种自我牺牲的选择，但做出这种选择的女人们并未得到同等的回报，当金钱成为衡量家庭地位的主要标杆时，没有经济收入的主妇们不可避免地会遭到丈夫们的轻视，他们以为女人们的花费是由自己供给的，所以她们理当对丈夫唯命是从，而妻子为维持家庭所做的贡献，却被视作了她应有的义务。

四 男性视阈下的女人们：不可避免的冲突和战争

女人们的战争，不仅意味着对外界种种挫折的抗争，更意味着同性之间的厮杀和较量，2014 年的日剧 *First Class* 中提到了一个概念"mounting"，用来形容女性之间的竞争关系——"感情、工作、金钱、物质，判断这人在自己之上还是之下，没有任何根据随便定基准，互相排位"。在女人们中间，这样的排位实在是再普遍不过的了。莫小渝在同叶蓝秋比较，唐小华在同叶蓝秋比较，陈若兮在同叶蓝秋比较，杨佳琪在同陈若兮比较，女人们之间波涛暗涌，就连叶蓝秋初恋男友路天明的妻子沈惠琳看到叶蓝秋深陷不让座风波时，都"有种扬眉吐气的感觉"，因为她心中清楚，"老公失败的初恋永远是妻子心底的结，如果初

---

① ［法］西蒙娜·德·波伏娃：《第二性》，陶铁柱译，中国书籍出版社 1998 年版，第 131 页。

恋的女子恰巧既美丽又动人，更是所有妻子的噩梦。叶蓝秋是沈惠琳的永远也醒不来的噩梦"，而自己想要与这种美丽抗争，就只有"大方得体，提高警惕"。

最早的时候，最优秀的男人有机会拥有最美貌的女子，时光推移，女性逐渐有了选择的机会，她们于是开始争夺最优秀男人的注意，周而复始，始终不变的是男性的主导地位，女性的价值由男性制定的规则而决定，而找到一个可以依托的成功男人，似乎也成了女人人生中最重要的任务，这种价值观在目前许多综艺节目中都有反映。在芒果 TV 的真人秀《黄金单身汉》中，25 位女嘉宾需要获得唯一一位男嘉宾的玫瑰花才能升级，否则就将被淘汰出局，为了博得男嘉宾的注意，这些女嘉宾互相攻击，将其他人贬得一文不值，而在节目的宣传稿中，这些行为却被视作男女平权、追求爱情的表现。我们不禁要问："究竟什么算是追求爱情？"在《搜索》中，网友误以为叶蓝秋介入了沈流舒和莫小渝之间的婚姻而将她视为第三者，对她口诛笔伐，甚至拥到她家门口，声称要将她浸猪笼，恨不能杀之而后快，但是在她死后，大家对她确实做过的、介入杨守诚和陈若兮之间的感情生活之事却表现出了极大的宽容，甚至还打出了真爱无罪的口号。一方面因为她身患绝症，已经自杀，毕竟死者为大，不好横加辱骂，另一方面也因为杨守诚并不出色，没钱、没地位、长相普通。吊诡的是，杨守诚真正的女友，最先报道叶蓝秋事件的陈若兮，反而成为世人眼中的蛇蝎妇人，因为自己的私人情感而煽动网友攻击情敌，最终将叶蓝秋逼上了死路。

在世人的逻辑中，美貌的女子总是逐利的，而女人们也必然因为男人展开你死我亡的争斗，在这个过程中，男人的态度总是游离的，女人们也并不要求他们做出选择，因为男人的过错仅仅在于他们经受不了考验，真正有罪的，是那些美丽的女人。所以陈若兮认为叶蓝秋是"所有女人的天敌"，莫小渝对叶蓝秋的惩罚是"长得再漂亮又怎么样，哪里还有正经男人会娶这样的女人进门"。

当容貌成为评价女性的最高标准，当找到一个成功男人结婚成为女性的最高价值追求，女人之间的竞争似乎就是不可避免的了。正如戴锦华在《涉渡之舟》中所说："当整个现实和历史都已变成菲勒斯的自由穿行场的时候，女性争取话语权力的突围表演，无异于是在重重关隘、遍地荆棘丛中杀出一条通往女性话语的血路，其凶险艰难可想而知。"①

---

① 戴锦华：《涉渡之舟：新时期女性写作与女性文化》，陕西人民教育出版社 2002 年版，第 368 页。

《圈子圈套》在网络文学中的经典
意义与艺术缺失

马明高[*]

【摘要】依据网络文学的特征,《圈子圈套》在网络文学中的经典意义是典型的类型文,职场小说,现实主义题材,以自己为生活原型创作的。小说塑造了众多性格各异、内涵不同的人物形象,通过人物来写时代,书写了很多感悟式的名句,金句。其艺术缺失是还没有塑造出雕塑般独特的人物形象,没有把矛盾上升转化为人性冲突文化冲突,灵魂冲突,以及精神内涵与思想厚度的薄弱。

一

许多年后,再读王强的网络小说《圈子圈套》(以下简称《圈子》),依然十分激动人心。记得这部小说 2005 年在网络上风行时,被广大的粉丝称为"职场胜经""销售培训教材"。他们自发地建立起"圈子圈套群",自称为"圈友"。2010 年被清华大学出版社与长江文艺出版社出版后,

---

* 马明高,孝义市作家协会主席,供职于孝义市文化广电新闻出版局。

销售量突破 150 万册，被称为"职场商战小说开山之作"，被评为 2006 年全行业优秀畅销品种、2010 年首届中国大学出版社图书奖一等奖，成为当当网、亚马逊前十大畅销财经类图书之一，新浪网极具网络影响力图书。

《圈子》不像其他网络小说，动辄几百万、上千万字，体积过于庞大，也不像其他网络小说那样粗制滥造，错字病句充斥漫长而热烈的文字之中，它十分节制，三部近百万字的样子，不是随心所欲地不负责任地乱写，而是在更新速度不慢的情况下十分讲究质量，文字流畅而生动准确，作者显然有扎实的文学功底，小说写得非常细腻，对当今社会的职场、商场和情场写得都很到位，每一个场面，每一个人物的性格与形象，每一个对话都写得非常生动准确。

《圈子》三部曲不仅写了充满诡秘、惊险、刺激的商战交锋与无烟搏杀，环环相扣，机变迭出，计谋重重，情节曲折，引人入胜，而且描写了漫长转型时代中情场争斗，男欢女爱，从中可以窥探到当今社会各种人生追求与爱情故事。《圈子》三部曲叙写了在这个大时代浪潮中一系列经由与内外困境斗争，获得人生意义与世俗成功的故事，为更多奋斗在北上广深的大量底层青年提供了鲜活生动且可仿效复制的人生样本。而且这些人生样本，不单是让他们从心理上获得一种超越现实与阶层的想象性满足，获得一种生活中的虚拟性精神满足或代偿性心理抚慰，更重要的是这些人生样本都基于真实的生活和真实的案例，可供广大的底层青年借鉴和参考，可圈可点，令人信服。所以，它才被称得上是"商战的一本经典教科书""供各行业从业人员研读的职场'胜经'"（本书"内容简介"语）。在这里，我要强调的是，欲望、白日梦、YY（意淫）、虚拟性精神满足、象征性补偿、爽等，是网络文学的写作特征，但也不能过度而失真，失去现实与生活的逻辑与基础。即使是玄幻、穿越、重生、修仙，也不能超越现世界、现宇宙与现人类的物理基础与因果逻辑，否则就是鲁迅说的"瞒和骗"的虚假文学和苍白文学。

《圈子》三部曲不仅叙写了当今世界各种角落的形形色色的时代风貌与社会生态，从国外到国内，从高档社区到社会底层，从红、黄、白、黑到吃、喝、嫖、赌，写字楼内的白领生活、会场饭局上的无烟战火、网络邮箱里的阴险毒辣、国际化都市的灯红酒绿、男女情场上的风花雪月与风情性爱，摹写出中国自改革开放以来漫长而剧烈转型的时代特征和人们沉迷其中的身不由己与不能自拔。更为重要的是，它还着力塑造了一系列的人物形象，诸如洪钧、俞威、菲比、琳达、邓汶、薛志诚、范宇宙、李龙伟、小谭，还有科克、韦恩、劳拉、玛丽等一些中外合资企业的外国高管与白领。特别是洪钧、俞威、薛志诚、菲比、邓汶、琳达等主要人物，性格鲜明，形象生动、内涵丰富，读后给人留下了较为深刻的影响。

从这些品相和意义上来看，我认为，《圈子》可以称得上是这些年来网络文学中的经典作品之一。而且，它在网络文学中的经典价值意义以及其艺术缺失和精神薄弱等，都值得认真探讨和分析。这对我们进一步认识网络文学与传统文学的不同特征与共同点，从而探寻文学的恒久价值与意义，引导提高网络文学健康发展与提升质量具有十分普遍而重要的意义。

二

我总认为，在我们这个平面化、大众化、庸俗化甚至娱乐化的时代里，人们本身骨子里是就轻避重、就易避难，喜欢娱乐群玩、自我麻木和自欺欺人，追求遗忘现实与瞬间快感，自然是抵制卓越的优异的，缺乏经典和缺乏对经典的尊重，普遍的一种文化不自觉、不自信的文化自怨、自恨和自贱的时代气息，弥漫于广大的知识分子与文人中间，久久不散。在这样的时代背景下，一是要认清互联网络传播的最本质特征。它改变了传播最基本的单位从社会机构到部落个人彻底转变，对个人资源的最大化激活。人人充满自信、自以为是且以我为中心。它是由过去的金字塔传播结构彻底转变为围观式的体育场环形传播结构，而且中心主席台最激烈的讲话或表演，也很难改变或左右全场观众的交头接耳、互相串联和起哄打闹。因为人人都是自私而自洽的，人人都在寻找自己的兴趣点和兴奋点，核心和焦点很难形成且十分分散。二是要认真认清网络文学的最本质的特征。它是无边无际的庞大海量，且时时刻刻都在变化、都在更新，是动态的、无边际的文学，而且它是广阔无边的、汗漫无穷的、社群互动的、个体享受的、没有精神动力的慵散娱乐，自然它的内容就是泛文学、亚文化的主流兴趣，它本身不是对精英、优秀、经典有着过分的需求和关注，它不喜欢理论体系、知识谱系甚至规矩和约束，它喜欢不由自主的欲望穿越、草根逆袭、YY和自欺欺人，最后哈哈大笑。所以，它更多的是漫不经心的表达，即兴式的发挥，情绪化的发泄，装腔作势的做作，抖机灵的调侃和无病呻吟的抒情。所以，有人说网络80%的文学创作是令人讨厌的，10%的是由于其思想偏执而令人发狂，只有10%的作品精彩有趣。

必须基于这样的基础认识，我们才能去谈网络文学的经典性与经典化问题。

何谓网络文学？邵燕君下过一个定义："网络文学，并不是指一切在网络发表、传播的文学，而是在网络中生产的文学。也就是说，网络不只是一个发表平台，而同时是一个生产车间。"① 她意在强调网络文学的"网络性"，并且阐释出三个特性：一是"超文本"，由"节点—链接"的网络构成，具有无限的开放性和流动性；二是由"粉丝经济"消费形成了"部落化"；三是其指向与ACG（动画、漫画、游戏的英文首写字母）文化的连通性。其实，说到底，网络文学与传统文学的不同就是生产方式和消费方式有些不同，还有就是其亚文学、泛文学的性质更多些。生产方式

---

① 邵燕君：《网络文学经典解读》，北京大学出版社2016年版，第3页。

的开放性、流动性与消费方式的互动性、参与性，虽然强化了作者与读者的高度融合，但无形中也弱化或拉低了作者的独立性与主体性，助长了一次性的快餐式消费。这些也不影响其最后以"文学"追求的定型与固化。这跟传统文学在期刊上发表也没有人过多地在意作者或手写或电脑敲字的生产方式一样，读者是以消费到最后定型与固化的"文学"优劣为目的。这些也从另一个侧面说明，不管是网络文学还是传统文学，其核心的价值与意义还是在于"文学性"，而不主要在于其"网络性"与"纸质性"的不同。说到底还是工具与载体等生产方式与消费方式的不同，从而形成"条条道路通罗马"的现象，且不说你坐火车还是坐轮船，也不说你先付费后付费或者分期付费，只要能按时去了"罗马"就行。我们要消费和享受的"文学"，不正是"条条道路通罗马"的"罗马"吗？其实我们作为读者，更在意的是，它是真实、纯粹的"罗马"，还是视频、美图的"亚罗马""泛罗马"或者"假罗马"呢？

我很同意这样的观点，经典是建构起来的。中国人民大学美学研究所所长张法认为："一个文艺作品如果符合了那个时代的人们内心的深层的东西，才可能成为经典。所谓经典，就在于经过了时间的洗礼。我们把什么作为经典，就意味着我们对未来走向什么地方提供了方向。经典的精神实际上与人类性紧密相关的。'凡是我们认为经典的，它既是在个别时代建立起来的，又有超越时代的人性因素。'"[①] 这也就是邵燕君说的，文学的经典性就是其典范性、超越性、传承性和独创性。她还进一步阐释道："网络类型经典的'经典性'特征——其典范性和超越性表现在，传达了本时代最核心的精神焦虑和价值指向，负载了本时代最丰富饱满的现实信息，并将之熔铸进一种最有表现力的网络类型文形式之中；其传承性表现

---

① 转引自乔燕冰《在不朽的艺术中，寻找回乡之感》，《中国艺术报》2016 年 11 月 4 日第 3版。

在，是该类型文此前写作的集大成者，代表本时代的巅峰水准，在该类型文发展进程中具有里程碑的意义，并且首先获得当世读者的广泛接受和同期作家的模仿追随；其独创性表现在，在充分实现该类型文的类型功能的基础上，形成了具有显著作家个性的文学风格，广泛吸收其他类型文之外的各种形式的文学要素，对该类型文的发展进行创造性更新。"① 她还强调网络类型小说的商业性不排斥文学性，程式化不排斥独创性，娱乐性不排斥严肃性。其实，是不排斥但肯定有极大的影响。但这些又真是网络文学在这个时代的"时代性"特征。我想强调网络文学中的"文学"，更多的是亚文学、泛文学，这肯定是不争的事实。所以，我们在探讨和分析网络文学经典性的时候，更应该在意或着力的还是其"文学性"，而不应该是其类型文的形式与技巧。因为网络文学首先是文学，而文学的本质和核心肯定是内容。

在厘清以上的一系列问题之后，在此基础上来谈《圈子》在网络文学中的经典意义与艺术缺失，就能把握住其重点与要害了。

三

《圈子》是典型的类型文，职场小说，现实主义题材，属于"写实、真实、现实"的小说。当我得知"网络创作现实题材增幅100%，玄幻独大被打破"② 的信息后，十分欣喜。架空、玄幻、穿越、重生和修仙等网络文学一统天下的封闭格局正在打破，这说明网民和读者渴望与需求来自生活、来自自己熟悉的时代的网络作品。幻想类文学阅读起来是爽快，情节遇到瓶颈时用"打斗"取巧补充化解，糊弄读者和网民，而现实题材的作品必须符合生活的逻辑和现实的规律，作者没有生活阅历和体验基础是

---

① 邵燕君：《网络文学经典解读》，北京大学出版社2016年版，第16、17页。
② 《文汇报》2016年8月28日第1版。

绝对不行的。宅在屋里"面壁十年"也"难破壁",即使面对互联网电脑也干着急没办法。这就给网络文学创作提出了更高更大的难度,同时也为今后的网络文学创作提出了更新更高的努力方向。而《圈子》的经典意义之一还恰恰在于此。作者王强在清华大学获得工科硕士学位后,出人意料地到联想集团做了一名最底层的销售员,后来先后在 SSA 中国公司、西门子中国有限公司、SiebeISystemS 和 SASlnstitUte 等多家知名外企工作。短短7 年里,从国内企业的一名普通员工飙升到外企在华机构的最高层,先后担任两家跨国软件巨头在中国区的总经理,堪称职场精英,有着令人称奇的丰富经历。《圈子》正是他现身说法,以自己为生活原型,用自己的生活经历与体验写成的,全景式地展示了 IT 行业的残酷商战和外企圈子内的巅峰对决、生死厮杀,主人公洪钧的命运大落大起、跌宕起伏,洪钧、俞威、琳达、菲比的爱恨情仇惊心动魄、回味无穷,外企高层的各色人物描写生动、情节真实,不愧为广大在市场打拼的营销人员的"经典教科书"。小说中最令人心动的就是主人公洪钧虽然命运犹如过山车,充满各种磨难与惊险,但他凭借自己正直善良的人格魅力、过人的智慧、坚强的毅力和顽强的意志,依靠自己的友情、爱情和团队精神,闯过了一道又一道的人生难关,展现了主人公不畏艰险、不惧强权、决不放弃、永不言败的时代精神,展示了青年一代从底层弱者奋斗为时代强者的内心世界、家国情怀与人生境界,告诉人们如何运用人间正道与生活智慧去经营事业、爱情与家庭,如何活得更像一个大写的人。

网络文学首先是文学,而文学说到底是人学,是心学。所以,小说的力量还在于写人,还在于对人心更深入的开掘,对人性有更新更深的发现。而《圈子》的经典意义之二也在于此。这部小说塑造了众多性格各异、内涵不同的人物形象。如洪钧、俞威和邓汶,虽然都是 IT 行业的精英人物,但人物性格与内涵充满了差异性与对立性,他们之间既有众多的对立与不同,又有许多显联性与互利性,充满了具有时代特征的丰富性和复杂性，蕴含着许许多多说不清道不明的社会内涵与人生密码。洪钧大智大勇，真诚率直，实心实意爱自己的女朋友，帮助同学与同事，树立一切以客户为中心的价值观，把客户当成自己的伙伴、自己的朋友，当成自己的衣食父母，不耍花招，用心为对方着想，而不是用所谓的搞定。他总是能够抓住关键环节给客户提供超越需求的动心，让客户感动，实现合作共赢。俞威则大奸大猾，急功近利，自私自利，他把别人的情人变为自己的情人，而且对她不是真心相爱、真情相处，只是为了满足发泄私欲，为我所用，从不去为她着想，不去想她想要什么样的爱情生活。他永远把客户当作对手和敌人，在客户面前完全以自我为中心，耍尽花招，坑害客户，进行所谓的搞定，对同事和朋友耍小聪明，设置圈套，阴险毒辣，诡计多端。而邓汶是从海外归来的"海龟"，文儒尔雅，耿直简单，善良而缺乏城府，充满柔情且孩子气。再如琳达与菲比这两个青年女性，都年轻漂亮，雅致高洁，但性情个性迥异，爱情观和世界观更是截然不同。一个风情万种，没有真爱，只有性爱，是个极度现实的女人，她知道什么时候依附谁、离开谁，谁当她的领导她就跟谁好，她不拿出真心去爱男人，只是想利用男人，当然和她睡觉的男人也绝对不会娶她，甚至连和她逛街都不会，因为他们约会的地方只在屋里床上。另一个则性格活泼，对爱情执着而专一，虽然经常耍点小性子，但真心真意去爱男朋友，替男朋友分担忧愁，为男朋友着想，给他以温暖的情爱和无私的支持。李龙伟、薛志诚、范宇宙也都是个性鲜明、性格特异的人物形象。特别是范宇宙这个人物非常有趣，是职场和商场上十分精通关系、充分利用关系的人，他看上去没什么本事，而实际上又无所不能，是江湖上圈子里常说的"聪明人"，是深谙中国国情与人情世故的人。作者善于抓住人在职场生存、求偶、社交等方面的本能，抓住人类共有的食、性、面子、尊严、权力、利益、贪婪等原始欲望，去构筑事件的冲突、动作的冲突和戏剧的冲突，去进行动静、强弱和性格的搭配，去写人的纠结、苦恼与内心的艰难与煎熬。善于把各种职场、商场和情场上的矛盾，转化和设置为激烈的性格冲突、人性冲突和文化冲突。这样，小说自然就充满了张力，故事生动曲折，情节跌宕起伏，惊心动魄，引人入胜。

《圈子》的特点还在于必然性与偶然性的处理自然而圆润，自洽而精彩。洪钧和俞威从伙伴到分离，从分离到对手，从对手又到最后的合并，挺有意味而含义绵长。琳达从洪钧的情人变为俞威的情人，琳达去洪钧住处还钥匙而相遇菲比，到最后俞威车祸住院，菲比去单位找洪钧而相遇琳达。这些都既充满了偶然性，也充满了必然性，但不虚假而自然妥帖。不像现在好多期刊上登的一些青年作家，特别是青年女作家写日常生活的小说，叙事中过多的情节巧合和偶遇，过多地依赖于技巧与机巧，生硬地设置人生的意外与戏剧性的人性撕裂，有意强化了作家感兴趣的事情和细节，有意专门去靠近主题突出意蕴。这样，把本来在生活中的一点点事情故意放大了，大到文本整体结构不能撑住，导致不近情亲、不合常理的地步，自然就少了叙事的温润、丰腴和丰饶的小说之美，从而使文本变得生硬、急促而干巴巴的。

《圈子》的经典意义之三，在于它通过人物的动作与行为来写时代，透过人物的形象与内心去表现时代的风情与表征。无论洪钧还是俞威、范宇宙、薛志诚，无论琳达还是菲比、凯蒂、劳拉和玛丽，他们和她们都具有现今时代与当下社会的典型特征、典型人格与典型心态。作者不是生硬地通过对时代外在的风貌与风情去表达时代与把握时代，而是通过对各色人物的塑造与表现来反映这个时代与当下社会的风貌表征，来理解与感悟这个时代。这样，我们从小说的第一部到第三部，自始至终看到的都是人，前台有人在活动，幕后也有人在操纵，而没有让时代淹没了人，时代只是人活动的背景，而人成了联结整个时代内部轨迹的重要动因。其实，每一个个体人物的背后都牵连着时代的神经。这样，关注了每一个人物，也就是在关注生命脉络牵连的时代主题。可惜，作者在这方面还不是自觉的行为，因而着力不足，浅尝而辄止。关于这一点，我在后面还要论述。

《圈子》的经典意义之四，还在于它在小说中书写了通过人物言说或内心体悟的不少感悟式的警句、"名句"与"金句"。譬如"在洪钧看来，向老板汇报的过程，就是一个引导老板提出问题，好把自己想说的话变成老板想听的话，再通过老板的耳朵放到老板的心里的过程。""俞威修炼多年的功夫，完全可以面对一个他切齿痛恨的人，目光中却是包含着尊敬、亲切甚至爱慕。""她一直在寻找的一样东西：男人，可以把自己托付给他的男人。可惜的是琳达至今还没有得到这样的东西，她倒是得到了一个结论：原来男人都不是东西。"再譬如，"出众的人自然是要站出众人之外的"，"输掉一个客户，可能是一个销售人员有问题，输掉一个市场，就一定是公司有问题"，"成长，就是一个人快乐越来越少的过程"等都在通过对读者与网民的引导，激发他们的认同感，让他们舒缓在社会和生活中的压力，放飞梦想，识理明志，不知不觉中与小说中的故事、人物同呼吸、共命运，从而汲取精神动力，化为自身心智与情感结构的一部分。所以，才被许多粉丝网民和读者摘抄、转录，进而广泛传阅。

四

当然，《圈子》也不是尽善尽美，成为时代经典，只是在现阶段的网络文学发展中，具备经典作品的初步特征与基本品相。它在距离真正的网络经典文学方面，还有不少艺术的缺失和精神价值的薄弱。

尽管网络文学是大众的、轻逸的，是属于"草根文化"的"青年亚文化"，具有一种共享同一文化空间的"协商性对话"机制，但我觉得《圈子》的重心，还是有些过多地叙写了职场的项目和IT企业的介绍，过多地叙写了营销的策略与商战之争，作者过多地追求了"小说的有用性"，是"比所有的教材都好看，比所有的小说都有用。它让我得到了很多知识，大开眼界，也让想通了不少困惑已久的问题"（《圈子》第三部封底"圈友评论"语）。但过多地倾向于"职场胜经"和"销售培训教材"，尤其是小说的第二部和第三部，自然要削弱小说的艺术性和文学性，削弱小说对社会与时代的精神与厚度的把握，削弱小说对人物的思想与人性深度的开拓与发掘。这些只能是浅尝而辄止，造成了艺术的缺失与精神内涵的薄弱。

艺术缺失之一在于，《圈子》塑造了众多各异的人物形象，但还没有一个给人留下十分深刻印象的人物，缺乏那种给人雕塑般的坚实感的人物形象。其实，像洪钧、俞威，像琳达、范宇宙、薛志成等这样的人物，都有可能塑造为当下这个时代与社会的典型人物形象。因为从他们的身上作者已经发现了时代的内涵与意蕴。洪钧超人的坚韧、宽厚的胸怀。俞威急功近利的人性弱点与善于"利用"与"搞定"的奸诈与聪明。琳达的情爱观更具有典型的时代特征，当今的都市中有多少这样年轻的女孩？只有性爱，没有真爱，充满了实用主义的市侩哲学与及时行乐的享受思想，唯独缺乏理想主义与对自己与他人的珍爱，这是多么的可悲而可怜。范宇宙是一位很具有中国特色和世俗特色的人物形象，真的是"世事洞明""人情练达"啊！薛志诚更是一个典型的时代底层者的奋斗形象，卑微、胆怯、执着、真诚、脸皮厚。真的，把这一个个人好好地打开之后，他们每一个个体的背后牵连的都是一个时代，都是这个时代的内部神经与精神密码。因为他们的人生遭遇与内心痛苦，他们的职场胜败与思想煎熬，正是这个时代与社会的内部轨迹与内在声音。但可惜作者都是有所发现、有所涉猎，由于用力不在此处，造成叙写力量的过度分散和浅尝辄止。作者没有像民间的那些好石匠那样，用那坚硬而锐利的錾子在生活的石头上，一下一下地去凿刻人物形象，使他们更细致、准确和传神，使他们更饱满、丰饶和深厚。

艺术缺失之二在于没有把各种职场与商战的社会矛盾上升转化为更为

激烈的人性冲突、文化冲突与灵魂冲突。时代精神与特征不是僵硬的文字化表述，人物也不是干巴巴的时代与社会的牵线木偶与傀儡，而是有血有肉的生命体，是有情有义、有爱有恨的人物形象，其中人与人之间的矛盾冲突，正是人物丰富复杂的内心与深刻独特人性的外在展现。因为人不是简单的观念符号，自然人与人之间的矛盾冲突，也不是外在的、直接诉诸的世界观与价值观的冲突，更不是外在的、浅显的工作利益与职场商战的冲突，而是深层次的、内在灵魂的性格冲突、骨子里的文化冲突与人性冲突。只有较深刻地写好了这些，也就塑造出了真实可感的人物形象了，也就写出了真实的时代精神与社会特征了。因为人是处于某个时代和这个社会里的人，他们与时代与社会有着千丝万缕的内在勾连。只有写好了人，也就对时代与社会有了很到位的表达。古今中外的文学经典也告诉我们，读者不是因为对那个时代与社会感兴趣才去长久不衰地读那些书的，而是因为被那些个性鲜明人性深刻的人物形象深深吸引才去阅读的。当然，《圈子》在这方面还是有很大的差距的。

艺术缺失之三在于《圈子》精神内涵与思想厚度的薄弱。尽管《圈子》是一部接地气、树正气、有情趣，充满理想主义色彩的网络小说，它不像别的官场和商战小说，充满了"人中龙凤无所不能"的爽 YY 故事，充满了强大的欲望机制和资权机制，充满了市侩主义的写作伦理，而是能够拨动读者与网民的情感之弦，帮助人们树立正确的世界观，激发人们的内在潜力，鼓舞人们去追求健康美好的幸福生活。但是，由于作者年轻，生活体验还是不深，发现问题、认识问题和分析问题的能力还是不强，对中国现时代的真实矛盾和人性中深刻内涵还是洞察力不足，让我们读了《圈子》还是觉得不太过瘾，读后还是留下令人难以忘怀的耿耿之心、觉得还是缺乏应有的厚度，缺乏应有的深邃程度、宏阔程度与厚重程度。

诗意·悲剧·乌托邦

——《山楂树之恋》的热与冷

刘 絮[*]

【摘要】《山楂树之恋》延续了古典文学对诗意爱情的书写传统，爱情与死亡之间的冲突彰显了悲剧美与生命力；在"文化大革命"的时代背景下没有一味控诉生命创伤，而着眼于人情美与人性美，这些满足了读者的审美期待，形成蔚然成风的"山楂树现象"。与该题材其他小说相似，小说营造的纯爱乌托邦在充斥爱情危机的当下令人心生向往，同时也戳穿了读者心中不可实现的爱情幻象，这是导致该题材小说在火热流行后又迅速冷却的关键原因。

同许多网络言情小说一样，《山楂树之恋》继在网络火速连载传播后，2007 年江苏文艺出版社出版了《山楂树之恋》的纸本小说，随后 2010 年张艺谋根据小说改编成同名电影搬上荧屏，2012 年李路导演的同名电视剧又再次掀起"山楂树"的热潮。一时间，"山楂树现象"风起云涌，海外还出现了"静秋粉丝群"，刮起了一场"纯爱"之风。[①]继影视剧宣传以

　＊ 刘絮，山东师范大学中国现当代文学硕士研究生。本文系 2016 年山东省研究生教育优质课程建设项目《中国当代文学研究》成果。

　① 郭小东主编：《现代主义视野下的知青文学》，武汉大学出版社 2013 年版，第 254 页。

及热播的狂潮过后，《山楂树之恋》逐渐淡出了人们的视野，以天涯论坛对《山楂树之恋》的评论为例，大多集中出现于 2010 年前后，也就是电影开拍上映期间。这似乎也是大多数网络小说被改编为影视剧后的命运走向。

以《山楂树之恋》为代表的青春题材网络言情小说往往红极一时，尔后又淡出读者和观众视野的原因是什么？当然，这离不开作品、影视剧得以宣传的传媒助力，而在当下快速更新的网络文学世界，不同题材的网络文学作品层出不穷，长江后浪推前浪，各领风骚数几天。刨除外部传媒助力以及生产环境因素，就小说文本而言，造成其冷与热的原因又是为何？本文便以小说《山楂树之恋》为例，对该问题进行探析。

一 爱情的诗意化彰显

中国是一个诗歌的国度，尤其是对爱情的书写在诗歌中更能动之以情。正如叶嘉莹在讨论"爱之共相"时，"人世间之所谓爱，虽然有多种之不同，然而无论其为君臣、父子、夫妇、朋友间的伦理的爱，或者是对学说、宗教、理想、信仰等的精神之爱，其对象与关系虽有种种之不同，可是当我们欲将之表现于诗歌，而想在其中寻求一种最热情、最深挚、最具体，而且最容易使人接受和感动的'爱'之意象，则当然莫过于男女之间的爱情，这正是写男女欢爱之小词，有时偏能唤起读者幽微丰美之感发和联想的主要缘故"①。因此，爱情是永恒的文学主题，对爱情的书写往往是浪漫而有诗意的。作为读者而言，基于传统阅读模式定势的影响，对于具有诗意美的文学书写往往能够快速被吸引。"文学读解中的定势是一种审美的'知觉预态'，'这种预态是指人们预先使自己处于对某种类型的准备接受的状态之中。'它支配接受主体对欣赏对象自动地、有时是情不自

---

① 叶嘉莹：《名篇词例选说》，北京出版社 2012 年版，第 5 页。

禁地作出反应，它表现为审美选择的潜在态度，直接影响到接受者注意什么和怎样注意。"① 因此，对诗意化爱情书写的接受定式，使《山楂树之恋》中的诗意被广为感受，是其文本独特的魅力之一。不同于当下其他类型的青春题材网络小说，《山楂树之恋》没有都市外衣的色彩斑斓，而是具有历史与特殊时代色彩的小说，因此它的诗意是年代色彩的彰显，更为质朴与普遍。当去除宏大叙事和普遍的讨伐"文化大革命"的声音后，个人的创伤被压缩，重压生活之下的爱与温暖被个体不断放大，占据了小说书写生命体验的主导地位。对爱与温情的诗意书写在文本中比比皆是。

小说对文题及相关人物的命名便呈现了缕缕诗意。王安忆曾有《锦绣谷之恋》等系列小说，20世纪80年代的经典电影《庐山恋》在2010年重新翻拍，"某某之恋"的命名模式具有20世纪人们朴实、热忱的恋爱色彩，这与《山楂树之恋》重写20世纪70年代的爱情故事是一致的。"山楂树"是贯穿全文的一个重要象征，最初它是经西村坪村长之口讲出，是抗日战争和民族英雄的标志。山楂花本来是白色的，但是正因为西村坪的革命英烈英勇抗战，后来的山楂花便成了红色，这是用战士的鲜血染红的。这种讲述同许多红色经典如出一辙。但不同的是，《山楂树之恋》是一部描述"文化大革命"时期的爱情小说，红色的山楂花不仅仅作为革命英烈的痕迹存在。红色还代表着如火的青春和热烈的浪漫，是主人公"静秋"和"老三"从相遇、相识、相知、相恋到最后生离死别的见证。自古以来，诗意的传达总需要借助一定的暗示工具，托物言志便是最为常用的修辞手法之一。在古典文学传统中，恋人之间传达爱意往往借助一定的花草意象，"折柳"与送别，"满地黄花堆积"与惆怅的情绪，"春日游，杏花吹满头"与面对心上人满心欢快的情绪，"梅落繁枝千万片，犹自多情，学雪随风转"与怀恋旧人的浓愁。"山楂树"作为小说题名，作为故事中

---

① 龙协涛：《文学阅读学》，北京大学出版社2004年版，第164页。

反复出现的布景，作为人物时时提及的神圣之树，契合了自古以来香草喻情的传统，自然而然地便富有诗意，使人在读小说的过程中不自觉地感受到美的意味。与诗意化相一致的还有人物的命名，"静秋"最初将"老三"吸引也是因为名字很美。看到"静秋"使人不自觉地想起泰戈尔的诗句"生如夏花之绚烂，死如秋叶之静美"，充斥着对生命与爱情的感慨。小说中其他人物的命名均是很普通的，"孙建新""老三"等均有时代的痕迹，唯有"静秋"的名字被老三着重强调并在文中反复提及。诗意的呈现是缕缕如丝的，如果小说中每个人的名字都精心雕琢，便会盈满则亏，失去了这种自然彰显的诗意。"静秋"的突出与爱情的诗意、故事的诗意是一致的，是可以被读者铭记的。

具有诗意的海誓山盟、男女主人公的经典对白在古典文学与当下的青春言情网络小说中往往是诗意的集聚中心，最直接传达出主人公对爱情的坚贞与执着，也最容易为人传颂。"蒲苇纫如丝，磐石无转移"是诗意告白的源头之一。"我不能等你一年零一个月了，我也不能等你到二十五岁了，但我会等你一辈子……"这是《山楂树之恋》中传播最广的告白。不同于古典文学中着力刻画内心的情绪，表达对爱情忠贞坚守的信念，当下青春题材网络小说中的诗意语句则更加直白，更容易与大众的内心相通。小说中对此类语句反复强调，读者在阅读过程中甚至对此类对白加以传抄，具有诗意的对白已经是小说的代指，是主人公及爱情故事的象征。它们也往往作为小说和影视剧宣传的招牌，因其简短便于宣传，能够直入人的内心深处，有利于塑造独一无二的人物形象和爱情故事，在诸多的青春题材网络文学中吸引眼球、独树一帜。

《山楂树之恋》中普遍彰显的诗意，与古典文学中对诗意爱情的书写有契合之处，迎合了读者的阅读定势与审美期待，满足了读者和观众对美的追求。诗意化是以《山楂树之恋》为代表的青春题材网络文学的重要特质，也是其魅力与吸引力的重要根基，是其红极一时的重要因素。

二 悲剧美的魅力

王富仁在《悲剧意识与悲剧精神》一文中谈到悲剧观念的构成问题时说，"人类为什么会产生悲剧的观念？它是在人类感受到自我与整个宇宙、整个大自然、整个世界的分裂和对立中产生的。整个宇宙、整个大自然、整个世界是人类生存的环境，但这个环境与人类却不是一体性的存在。它是有自己独立的意志，独立的力量的。它的意志与人的意志常常是对立的。也就是说，人类与宇宙、自然、世界的对立意识是人类悲剧观念产生的基础。没有这种对立意识，就没有人类的悲剧观念；有了这种对立意识，就有人类的悲剧观念。在这种对立中，人的力量永远也无法最终战胜宇宙、自然和世界的力量，宇宙、自然、世界的力量较之任何一个人的力量都是无比强大的。这决定了人永远无法摆脱自己的灾难，人永在灾难和灾难的威胁之中，人的生存没有安全感"①。因此，悲剧感与对抗相关，与人的生命力量相关。抵御与宇宙相分离的焦虑，反抗被宇宙、世界安排的命运，反抗的结果虽早已被揭示，反抗过程中体现出的精神与力量是悲剧崇高感的来源。宇宙、世界安排给人的命运，突出体现为生命的终结——死亡。所有生命的最终旨归，无论生命过程都经历过怎样的异彩纷呈，最终所有生命均会化为虚无。因此，直面人生的终点，对抗死亡，是文学悲剧美的具体呈现，是生命力量的彰显。

正如爱情是文学书写的永恒主题，爱情的凋零也总会给人没落与痛心之感。爱情与死亡之间的冲突在文学书写中成为一个重要的主题，男女之间因为一方患了不治之症，最终导致爱情破裂的悲剧，自古至今，无论在西方还是东方都不在少数。《红楼梦》便是因为黛玉的疾病而导致爱情悲剧的经典，日本20世纪80年代的电视剧《血疑》在中国内地上映后引发

---

① 王富仁：《悲剧意识和悲剧精神》（上篇），《江苏社会科学》2001年第1期。

收视热潮。疾病导致爱情悲剧，似乎已经成为言情剧的经典模式之一。《山楂树之恋》也不例外，"静秋"的生活逐渐好转，一切都按照"老三"为静秋设计好的人生进行，静秋相信了爱情，作为教师转了正，实现爱情的所有阻碍似乎都随着时代的变化逐渐被移除，而男主人公因为疾病在故事中永远地缺席了。有情人最终不能成为眷属，爱情悲剧往往如此。人对死亡不得不体认，死亡是个体不得不面对、不得逃离的宿命，因此关于疾病和死亡导致的爱情悲剧总能够使人心生震撼与恐惧。但《山楂树之恋》对该叙事模式的运用没有落入俗套，基于以下几个方面。

疾病导致悲剧，在虚构的故事中更多带有偶然的因素。尤其发生在有情人就要成为眷属的时刻，虚构很容易使人对故事的真实性产生怀疑，进而影响情感的渲染与引起读者共鸣。而《山楂树之恋》的特别之处在于，首先，小说是有人物原型的，是根据现实生活中的"静秋"在"老三"去世30年后为回忆老三、缅怀老三写成的回忆录而改编成的小说。并且小说中对当时的环境加以描绘，以及影视剧中对故事环境的生动呈现引起了"50后""60后"对青春岁月的追忆与缅怀。虚构与想象是文学的重要特质，我们理应不向文学求真实，但是在知晓故事真实性的前提下来阅读这部小说，还是会给人以巨大的震撼。"老三"的生命已经凋零，无论在小说中，还是在现实生活中，他产生的影响是一直存在的。静秋生命处境的转变，离不开老三曾经的鼓励与帮助，现实中的静秋有了孩子，正如老三曾经对静秋的断言，她会做母亲，她活下去就是他生命的延续。小说中对"老三"的追忆没有停止，现实中依然如此。这是实实在在发生的故事，因为真实，所以更容易令人消除心中的阅读距离，令人为悲剧痛心叹惋。首先，《山楂树之恋》的故事情节相对简单直白，尤其对男主人公患病以及爱情泯灭的描写，伤而不虐。"老三"在生命临终对"静秋"的叮嘱是活下去，故事和现实生活中的"静秋"最终秉承了"老三"的遗愿，带着时代、生活和爱情给予自己的磨砺和痛苦将生命延续下来。干净利落的爱情故事和对生命的尊重、执着，是小说向上的精神力量给予人的正能量。再次，敢于直面和书写死亡过程，是《山楂树之恋》的特质。言情小说对"死亡"的书写往往是迅捷而省略的，患绝症的主人公在得知自己患病以后往往对另一方进行隐瞒，以自己的藏匿来结束爱情，文本对患病者的生命凋零过程也是粗笔勾勒的。在《山楂树之恋》中，"老三"病症的加剧及生命的陨落过程，与"静秋"生活不断出现转机是同步进行的。生的希望与死的陨落同步表现，反抗不得的命运更加令人悲伤。《山楂树之恋》是发生在"文化大革命"时期的爱情，但其中的爱情悲剧，并非特殊时代的遭际，而是个体不可控制的疾病导致。"老三"指引"静秋"不断发现自我，突破时代与社会对个体精神的枷锁，他借给静秋看的书、手风琴拉的苏联歌曲等在特殊年代里都是不被允许的。但他是接受了新知识熏陶的，是精神自觉觉醒的个体，因此对时代和社会的条条框框，他是反抗的。并且对于比自己小的静秋，更是极力地去讲说精神觉醒的道理，促进她对独立自由人格的追求。这是两种思想之间的对抗与融合。他们的反抗突破了时代和社会赋予生命和思想的枷锁，最终却败给了肉体的消亡。生命反抗的有限性，与反抗精神的无限性，体现了生命之力，也体现了个体在宇宙、世界与命运面前的渺小。

亚里士多德在《诗学》中称悲剧是使人生发恐惧与怜悯的生命体验。《山楂树之恋》代表的是那个复杂而又质朴时代的简单爱情，是所有人简单美好初恋的写证。在当下重物质与性开放的爱情、婚姻面前，《山楂树之恋》是永远回不到的过去和所有人最缅怀的青春。美好事物的幻象终将破灭，成长意味着成熟，也面对着层层诱惑和挑战，人一直在这种过去、现在和未来相混的境遇中挣扎、生活。面对《山楂树之恋》这一美好的虚幻，反思自身的处境与人生必经的成长，难免怜惜悲剧主人公，也难免心生忧虑与忐忑。就阅读者和观众而言，这是由悲剧而带来的生命体验与反思。这是剧中的爱情与生命存在给予人的思考，是该小说为人缅怀的特质。

三　乌托邦的魅力与幻灭

"文化大革命"是被广泛言说的历史，新时期以来伤痕小说、反思小说力图控诉"文化大革命"时期对人性的毁灭，它们自身承载着过重的情感诉求与历史使命。不同于这些严肃文学，《山楂树之恋》提供了一种言说"文化大革命"的可能。而且与青春文学角色相适应的是，它没有承载控诉"文化大革命"创伤的使命，爱情仍然是它表现的主题，"文化大革命"只是爱情得以产生与发展的背景。并且因为该故事取材于人物真实的经历，使其自身的时代色彩与现实气息更容易引发读者的感慨与共鸣。对普通人而言，历史是宏大的，难以全面把握和言说。自身在历史中的经历才是真真切切的体验，个人化的话语为触摸时代和历史提供了可能。

小说《山楂树之恋》的"说明"中提及了小说的发表历程，最初现实生活中的"静秋"将老三的故事改写成一个三万多字的小说投稿到《L省文艺》，但因为小说中人物缺乏斗争性，所以要求对小说进行修改。后来，卢新华的《伤痕》发表，中国文坛进入"伤痕文学"时期，艾米父亲开玩笑称《山楂树之恋》差一些就代替《伤痕》而进入文学史了。那么《山楂树之恋》当时如果发表，能否进入文学史呢？历史不可重演，但是这提醒我们小说的独特性，它自身带有的乌托邦性质，使其处于严肃小说和青春言情小说之间的中间地带。

何谓乌托邦？"乌托邦，就像对发展和变革的欲望一样，其基础是采纳了可能性的视角，悬置并质疑对现有自然秩序和社会秩序的被动默从和自发顺从。对可能性的投射是每一种进步信念的基础，无论是作为可能性、变革的态度还是道德良知，都拒绝承认事实。"[1] 乌托邦基于对现实处

---

① ［英］约翰·哈萨德编：《时间社会学》，朱红文、李捷译，北京师范大学出版社2009年版，第229页。

境的不满而产生，它意味着可能性，指向未来能改变现状的努力。因此，它也意味着虚幻，现实社会中尚未实现的理想。未来或许能够实现，或许永远实现不了，但是它会激发人们改变现状的思维与行动。乌托邦，意味着理想，意味着对现实的反抗。

与青春言情小说相区别的是，故事发生的特殊时代以及自身附有的年代感。一方面，该小说与青春言情小说相一致的是它的着眼点在于男女主人公之间的爱情，小说中的话语更多是私人化的，刻画的也是私人化的情感世界。时代的苦难只是故事发生的背景，而对爱情进展的着力刻画更是将时代苦难的痕迹几乎消灭殆尽。甚至正是基于时代与社会的衬托，爱情才更显得弥足珍贵，爱情悲剧的发生越发令人叹惋。不得不说，这在无形中是对书写时代苦难的逃避。时代与历史只是为小说中的故事穿上一件灰暗的外衣，但是并没有全面深入揭示时代景象，更别提对时代与社会的反思，因此小说虽然不同于现代的青春言情小说，但是就其本质而言，过于私人化的书写同后者如出一辙。这是在回忆历史时，塑造的特殊时代、特殊社会里的乌托邦。

另一方面，小说中男女主人公的爱情结局虽然是悲剧性的，但是爱情进展过程中的阻碍是时代和社会的压迫以及疾病的折磨，这些均是外在处境的挑战，而非来自人性的局限。小说的模式似乎还是才子佳人模式，高干子弟"老三"在勘探队工作，为两人的爱情提供了充裕的物质保障。"静秋"的家庭出身不好，但是也是有才气的、模样不错的女孩子。二人的精神世界得以联通，为爱情的进一步深入发展提供了支持。如果没有时代与社会的阻碍，没有疾病的命运安排，二人的爱情难免遭遇别的危机，比如来自主人公自身性格的危机。因此，小说中的爱情书写也具有乌托邦色彩，当然这也是所有青春题材的言情小说具有的通性。读者对青春题材的言情小说中塑造的乌托邦是向往的，尤其是女性读者。正是小说中为塑造爱情乌托邦而设定的完美的男女主人公，物质条件优渥，精神世界完美高尚，对爱情坚贞不渝，这契合了读者对爱与美的向往、追求。另外，当下的爱情呈现多种形态，当这样一部打着"纯爱"的旗号来诉说爱情的小说和影视剧一经出世，便吸引了诸人的眼球。相比之下，如今的新闻打开便是带有各种价码的求婚与豪车豪宅式的婚姻，更有甚者是泛性的爱情与明星出轨的丑闻，尤其是后者每每引起大众的愤怒与叹息，这个时代怎么了，到底有没有真正的爱情？一边怀疑，一边追求，言情小说中塑造的爱情乌托邦都是虚幻的，即使是《山楂树之恋》中塑造的爱情虽有人物原型，但小说浓缩了历史和现实，使其中的爱情不自觉地具有了乌托邦色彩，这满足了人们追求与想象的心理。这是所有青春题材网络小说吸引人的魅力所在。

而我们不得不承认的是，青春题材的网络小说乃至其他题材的网络小说的宿命之一便是出版纸质小说，拍摄成影视剧，或许引发收视热潮，但之后故事的使命便似乎告一段落。当然，原因是网络小说、影视剧不断出现，人们被各种宣传的噱头不断吸引。不得不说由于小说的乌托邦色彩对人们的吸引是有时间限制的，当故事落下帷幕，读者似乎也能够深谙其中的虚幻与叙事套路，读者和观众的目光还是要落在当下的现实生活中，小说和影视剧的吸引力量自然便会削弱。尤其是当下快节奏的忙碌生活，该题材的小说和影视剧更多只是作为人们放松精神的消遣，故事结束了，神经也就不再因为剧情的发展而紧张。因此，就青春题材的网络言情小说而言，乌托邦色彩是满足人们审美与幻想的重要因素，有着巨大的魔力，也是其最终淡出荧幕与阅读视野的关键，使很多作品只能红一阵。

《山楂树之恋》中诗意的文本、震撼人心的悲剧美，为书写"文化大革命"、描写知青的青春岁月提供了一种可能，契合了人们对古典文学传统、对美与生命力的追求的阅读模式。小说本身的爱情乌托邦色彩，在当下的爱情危机、婚姻窘境的现实面前尤其吸引人。但乌托邦毕竟是尚未实现的可能，因此也是导致人幻想破灭的重要因素。《山楂树之恋》

作为青春题材的网络文学代表之一，其作品上述特质是促成小说、影视剧热与冷的重要原因，同时也是该题材文学流行特点的关键因素。或许《山楂树之恋》早晚会被前进的作品洪流淹没，但其本身所赋有的时代特质与该题材网络文学的特质不容忽视。它是一代人青春记忆的见证，也是书写特殊时期爱情的可能。

风中的山楂花

——有关艾米的《山楂树之恋》创作艺术探究

赵会喜[*]

【摘要】这篇文学批评主要从小说的创作意图、结构铺设、语言模式、典型细节等方面入手进行艺术探究，运用马克思主义美学文艺观，并运用精神分析法理论，做了多方面尝试性的探索。遵循从小说文本出发的艺术规律，进而将作品的关切辐射到社会文化背景中，在理论探究层面上及现实主义美学等方面均有创建。

一篇小说成功的重要原因之一，就是为读者讲述了能够吸引人的故事。艾米的《山楂树之恋》这部长篇网络小说，通过讲述 30 年前那个让人们为之泪下的纯真爱情故事，作者以其敏锐的文字触角捕获了大多数读者的阅读神经，将爱情之美与时代的悖谬进行了艺术剪裁，表现了人性之美、心灵之美，充分展示了新时期现实主义小说的美学力量。莫言说："每个人心中都有一片难用是非善恶准确定性的朦胧地带，而这片地带，正是文学家施展才华的广阔天地。只要是准确地、生动地描写了这个充满

---

* 赵会喜，网名三月雪，现供职于河北省魏县文联。

矛盾的朦胧地带的作品，也就必然地超越了政治并具备了优秀文学的品质。"① 艾米这部作品就具备了这样的要素。笔者欲从小说的创作意图、结构铺设、典型细节、语言模式、精神分析等方面入手，进行创作艺术探究。

一

小说之所以被称为这类体裁，根本原因在于作者塑造了生活中的一类人或者说典型环境中的典型人物，能够从根源上揭示生活的隐蔽或者说人生的意义。若一个作家不能从烦琐的生活中提炼出这样具有"真、善、美"的故事，而只叙述个人杯水风波、一己悲欢，充其量只能够是具有历史性或者说带有个人史色彩的回忆录而已，其文学的价值也将要从另一种角度进行评说。这就是作家作品能否长久地牵动大多数读者神经元的根本所在。

从这个层面上讲，小说重要的功能就是将人以及各种关系之间内心的隐秘揭示出来，以不同维度呈现在社会生活这条奔涌的大河之中。而人物的命运及走向都将而且必须与这条河流生发着千丝万缕的联系。唯有这样，读者才能够看到这条河流历史的存照、现在的情状及未来广阔的大海。这样作家与读者才能够表现出同样的关切与悲悯，或者说共鸣，这就要求作家要坚守民族道德与社会良知。这是每位作家不可逾越的创作情感底线，作品一旦失去了民族性，就会失去它应有的社会属性和阶级属性，也就不能够被称为时代的精神食粮。作家要立生活之德、人格之标，进而才能彰显出生活之美、人性之美。"文艺是给人以价值引导、精神引导、

---

① 莫言：《讲故事的人》，2012 年 12 月 8 日，中国新闻网（http：//www. chinanews. com/cul/2012/12 - 08/4392599. shtml）。

审美启迪的，作家艺术家的思想水平、业务水平、道德水平是根本。"①

艾米这篇小说争论的焦点，首先是静秋与老三之间的爱情问题，笔者对此展开多维度的分析。

作者讲述的显然并不是单纯意义上的爱情，意在折射那个时代一类人的"爱情"模式，而这样的爱情是短暂又永恒的。单独说"爱情"这两个字，若仅局限于个人的悲欢故事，则未免流俗，它必须将他们的人生观、价值观与这个复杂的社会紧密联系起来，才能够充分阐释其"爱情"的意义。他们之间相互无私的给予，以至倾其所有，这样才共同建立起爱情的基础。当然，这样的"爱情"又是在那段特殊的岁月里产生的，也就是说在这样的社会大背景下产生的爱情，才显得弥足珍贵，才能够从生活的幽暗处闪出可爱的光来。也就是那种具有真正社会生活意义上的爱情，才得以让静秋和老三的爱情有了生活的根基。他们之间的爱在那个时代的风雨之中，显得有些飘摇，甚至风吹草动都经不起，包括静秋的内心波动，有时也经不起。在一次次地误解老三的认知"爱情"的旅途中，才保有了纯真之爱，让爱情这个主题得以持久而弥新。或者说艾米通过这样的"爱情"方式，传达了向善向真的一种价值追求，在那个政治经济形势严峻而迫切的年代，那些美好的事物没有被灰暗淹没，反而以坚韧的内质在寻求着"爱情"那些微弱的持火者。

若从张承志的文字描述来看，"爱"这个字是这样表述的："如果你读着感到震惊，那么我想说：我爱你。"

那么这里的"爱"，显然是写给祖国的山川之爱，广博之爱，国家与民族之爱，而非躲进一隅的个人悲切。如果艾米不是将静秋与老三的爱情置于那个大时代背景之下，就有可能陷入个人回忆录中去了，那将仅是索

---

① 中共中央宣传部：《习近平总书记在文艺座谈会上的重要讲话学习读本》，学习出版社2015年版，第50页。

然无味的故事了。

对作者创作一篇小说真正意图的理解与把握非常重要，但在理解上就有可能从不同的角度出发，表达出不同的见解。小说归根结底是要讲述有关情感的故事，若仅停留在这个层面又失之于浅显。

于此，笔者先举出两部作品，路遥的《人生》不单是讲述爱情的故事，我们更应将作者在爱情背后隐藏的部分揭示出来。作者思考的是在经济体制苏醒之时，在这片山峁相连的土地上人生和社会的抉择，包括生活状态、理想和爱情诸类。因为"爱情"只是这片土地上的一部分，由于生活中大部分事物的映照，才让"爱情"这个词语，显得那么广袤而又纯净。但笔者认为，高加林和刘巧珍们暂时都无法改变这片土地恒定的命运，作者只是重新让高加林认识了生活的新原点。再如张承志的《黑骏马》，作者曾明确地说这篇作品不是爱情小说，而展现的是像索米亚一样成熟的伟大女性，谱写的是"人民之歌和人生之歌"①。作为批评家，也唯有这样，从小说文本出发，必须要还原为那个时代的精神文化，才能够真正理解作家的创作意图。理解艾米的小说也应是同样的思路，不能仅限于"山楂树"之恋这个事情本身。这是"文化大革命"后期在西村坪发生的一个故事。在知青下乡、成分错划、阶级斗争为纲的多种复杂政治因素并存的年代，"爱情"这个词，是潜藏着一定风险的，不能轻易地触碰，否则将有可能身败名裂，"家道中落"，人生中其余的事情也将无从谈起，况且静秋与老三都是在特殊的家庭里，还存在着要划清界限的问题。比如，静秋不敢看望爸爸，而是委托老三，就是明证。那么静秋与老三之间的爱情正是在这种缝隙里开出的一小朵红花，而这"红色的泪"，正映射出那个时代对人性的摧残。

只能让爱情存在于老三讲述的理想状态中："我不能等你一年零一个

---

① 李鸿然主编：《中国当代杉树民族文学史稿》，长江文艺出版社 1986 年版，第 178 页。

月了，我也不能等你到二十五岁了，但是我会等你一辈子。"

笔者以为艾米还有一层意图隐蔽在文字的背后，那就是在那个年代里，人们首先想到的是生存，在生活中能够保全自身的位置，关乎个人的荣辱及家庭的幸与不幸，所以"爱情"在复杂的政治与个人、集体利益的冲突中，处处都要显得谨小慎微。作者敏锐地捕捉到了这些，以纯净的爱情折射那个命途多舛的年代。这就要求作家在创作时必须把握好政治尺度，"必须要融入道德因素的考量，必须以推动人的灵魂向上为己任"①，这应该成为一个优秀作家的基本的职责。

我们必须明确，"爱情"是在什么样背景下产生的，或者说是什么样的现实环境造成了静秋与老三的爱情悲剧。

首先，从他们的家庭情况进行分析。老三的父亲是军区领导。在这个时期父亲被打成"走资本主义的当权派"，被赶出了军区大院。老三的妈妈当年为了革命、为了划清界限，还亲自带领护工队搜查她那资本家父亲暗藏的财产；直至最后含恨自杀。静秋的爸爸被错划成地主，"现在是戴着帽子在受管制"，但她还要与爸爸划清界限；妈妈是学校的老师。从双方的家庭来看，也正是专制与被专制的关系。在那个几乎由阶级成分决定一切的年代，他们之间爱情的愿景基本上是可以预见的。但静秋执意地要抓住那朵风中的山楂花。

何为爱情？这种纯真的爱情，关键要看在他们之间是如何萌芽的，在冰封而又贫瘠的土地上。再从个人情况来看，在"文化大革命"之前，老三家里那时有很多名著，可以说他从小时候就受到家庭的熏陶，又会音乐，于此之前老三在总部从事文艺工作，又有些文字的才识，所以老三对事物的认知与视野，明显与他者不同。而静秋呢，在妈妈的影响之下，学

---

① 中共中央宣传部：《习近平总书记在文艺工作座谈会上的重要讲话学习读本》，学习出版社2015年版，第106页。

会了拉手风琴，又是校队两个球队的主力，由于家庭境况，能够承受生活中各种各样的苦难与不幸，性格里面透露着坚韧。只要有活儿干，打零工，即使再苦再累也能够坦然接受。

笔者以为，每个人童年的印痕，对他们今后的成长有着不可估量的影响。静秋与老三在《山楂树》的歌曲里相识，正是双方的优秀品格让这两朵山楂花在风中相互触碰，擦出了爱情的火花。然后，再反观那个时代，人们都在忙着"下乡"，而后是招工、返乡，各自为生计拼命地奔波着。下乡是必由之路，而不下乡者，又要有各自的门路和充足的理由；那些"下乡"没有门路者，便扎根在了农村的广阔天地。余敏嫁给长森就是例证。这是为了最低的生存标准，没有别的第三条道路可供选择，因为长森的父亲是西村坪村长，能够弄到招工指标，那么余敏作为下乡青年便开启了别样的人生。再者，阶级成分在那样的时代改变了很多下乡青年的命运，当然，包括爱情，也包括政治命运和人生前程。

在艾米的小说里，阶级斗争的气息四处弥漫。当时，涂建设同学在黑板上写了一句话，无意中忽略了"忘记"二字，结果成了"不要阶级斗争"几个字样，当场被打成"现行反革命"，之后的情况"就不知道了"。当老三说静秋在西村坪写的那些文字，都是"应景文章"时，静秋便认为是"反动之极"之论。即使老三之后给静秋写的那些"情信"，在那个断章取义的年代里，也可以被指为反动的证明，那么他们之间的爱情也就会不复存在。

从上述家庭情况、个人认知与时代变化等方面的分析，就可以明确地判断这篇小说的主旨，并不单纯局限于"爱情"这个范畴，显然是爱情背后隐藏的那个特殊的时代。这才是小说创作的真正所指，才使这篇作品具有强烈的艺术感染力，将纯真的爱情毁灭给人看，这是艺术的"虚"带来的艺术力量。

这部小说假以静秋之故事为基础，由艾米创作而成。笔者暂且将这个创作当作实事，当然，我们从网络上也可以看到各种各样的猜测，从某种角度上讲都存在各种理由。但从整体上考察，若作者没有同样的或者类似的经历，即使依凭艺术的虚构力量，确实难以完成这样的纪实性长篇小说。"只有作家在自己的亲身经历中间，体验了这种伟大时代的情节，他才能够在作品中间组织和集中这些情节。"① 这是创作的基础，也是孙犁一贯坚守的现实主义文学创作的道德底线。文学创意写作，还存在着类似托尔斯泰式的以听说的故事而创作的伟大小说之创作方法。以上这些文学意义上的判断，都存在着一些交叉，毕竟创作属于作家个人的范畴，所以艺术就会存在多种的可能性。

现在，我们再回到小说本身作以探究。艺术"假扮成以某个记忆、经历或事件为托词而发的内心深处的自白，可以脱离开它的创造者独立存在"。而这种自立本身就是艺术之美，"真正的艺术家的根是在这内心深处扎下的，不是在学校的那些日子和经历里的"，"在极其温暖幽暗的地方，将事物后面的上帝围住"②。说到这里，对艾米与静秋的争论，也就释然了。

二

长篇小说创作的关键在于结构的经营，这是现实主义创作传统的基本准则。而人物之间矛盾冲突的推演，使小说宏大的结构得以呈现，所以结构的铺设就需要作者对繁密复杂的社会生活要素，进行重新布阵。

这篇小说的结构，是从多个维度展开的。作者首先设置了具有标志性的时间词语，小说从 1974 年初春到西村坪体验生活、编写教材开始，"转眼到了 1975 年""料峭的春寒"之时，然后是静秋重返学校，又继续开始

---

① 孙犁：《孙犁散文》中卷，中国广播电视出版社 1995 年版，第 21 页。
② ［奥地利］莱纳·马里亚·里尔克：《里尔克散文》，叶廷芳选编，人民文学出版社 2008 年版，第 105 页。

了学校生活；又至"1976年4月间"，魏玲来找静秋，再到这年的五四青年节，孙建民来找静秋；再到10年后，20年后，30年后；最后交代：谨以此文纪念孙建新（老三）逝世30周年。正是这样具有标志性的时间词语，记录了那个时代发生的事件，烙上个人与集体的印记，将读者带入那样的文学之场、命运之场和爱情之场相互交织的链条中。

作者又以"山楂树"为意象，贯穿小说的始终，构筑为小说的明线。小说在描写西村坪自然环境时，就由张村长介绍开着红花的山楂树，静秋联想到苏联时期的同名歌曲及老三演奏的手风琴曲；"在坟前插一束山楂花"和老三后来所做的一系列行为，直到小说最后，"老三埋在了那棵山楂树下"，与开首遥相呼应。由此，山楂树在艾米的笔下，被赋予了象征的意义。不单是烈士鲜血的浇灌，同时也是爱情之花，在风中战栗的山楂花。

其次，以"爱情"为内质进行铺设，此为小说的暗线，构成了小说紧密的内在结构。

笔者也可以从宏观上探究静秋与老三之间"爱情"的设置模式。若以老三为爱的核心点向外辐射，形成小说文本的隐性结构体系。比如，老三要在休班或者轮休之时，必须为静秋默默地做出一切，而这些几乎每件事都是静秋预先不可能知道的。当这些真实地发生在静秋眼前时，才不断地预设—推演—验证，这肯定是老三做的，此外不可能有他者。老三要买香肠、买钢笔、买毛线、买冰糖；要放一束山楂花，要买胶鞋、买运动服、买山楂花色的布料；看打排球、看开小拖儿的同名者、看万昌盛，直至最后留在K市医院看病；等等，这一系列的日常行为，恰恰是静秋需要的，同时也为他们的爱情构筑了基础。而静秋呢，也可以作为一个核心点向外辐射形成一个显性的结构模式，同时也是为解释这些"预设"而安排的。这就要求静秋与不同的人物，尤其是内心世界进行交锋与碰撞，甚至到了发疯的地步。比如，她要与长林一家子、要与魏红、要与周建新、要与李主任、要与万昌盛、要与江老师和成医生等，向他们进行内心痛苦的求助与破解。从上述可以看出，小说以静秋与老三为核心点分别辐射，基本形成了"爱情"之间的交集，而其他人物只是"爱情"周边的有形或者无形的社会之场，共同构成了艾米小说的清晰脉络。

静秋与老三的交集具有强烈的排他性——要排斥长林，要排斥周建新，要排斥小时候的同学，但在极特殊的情况下出现了"暂时性"的迁移。比如，静秋无形中对成医生从内心底层进行了"自我迁移"，但这恰是一个女孩子被现实的重压而无助的折射，同时也是艺术细节上的真实，也是在潜意识的驱动下能够做出的力所能及的无言的微弱反抗。因为静秋的纯粹之心无法容忍这个社会给爱情带来的尘埃。若从创作艺术的角度讲，这些人物的悲剧又成了此后"伤痕文学"的滥觞。

这些预设—对抗—释疑，环环相扣，成了小说的内在结构，进而让小说成为遥相呼应的整体。以上几条线索相互交织，让读者在期待中又产生了新的期待，于悲切之中又产生新的悲切。在结构的处理上，笔者以为也存在着某些瑕疵。以老三住院为例，于情节上成为小说故事前后的转折，则前面的情节铺展得有些拖沓。之后为读者关切的那一部分——老三的病情状况，没有从多个角度进行挖掘，或者说老三最后的内心世界未被充分地揭示出来。因为人们都想让像老三这样的人多些时间，或者说永远地活在这个为之眷恋的尘世上，让老三在爱情的微光里，生命得以延续，有情人得以眷属，让梦想得以照进现实。再者，就是作者在小说的前半部分由于"惯性写作"的原因，而陷入某些枝节的琐屑上与某些事件过多的列举上，作者又事无巨细地描述，反而让小说的结构前后有些失衡；又由于艾米对自然环境描写的缺乏，故事情节之间本应存在着的音乐性被消磨殆尽，而留给读者自由想象的空间越来越少，自然也会影响到读者的审美情趣。

三

小说的魅力不在于写"实",而在于写"虚",若不能在艺术的"虚"中完成创作,那么作品的存在价值就值得考虑。

笔者以为小说中其他几个次要人物的塑造,都是作者从那个时代的矿藏中提炼出来的。比如,弟媳妇、张一,这类人物在后来都为静秋这个人物的塑造起了关键作用,这是读者在最初阅读作品时不能够预设的。正如路遥创作《人生》时,其中作者也没有想到德顺老汉这个人物会成为小说的关键落点,这已在作者的预设之外了。若没有弟媳妇、张一这类人物,静秋还不会懂得在复杂的社会生活中要吞咽多少委屈。为什么这么多的不幸让静秋承受呢?这是现实生存状况与理想冲突的结果,也是那个时代脆弱的"爱情"使然,同时也是塑造人物典型的需要,作者要将社会生活中的不幸,都集中在"类型"人物身上。再如,秦疯子、铜婆婆及江老师、成医生,从反、正两方面让静秋体味到人间的冷暖与悲喜。

笔者以为上述人物,为了艺术的需要而进行了多角度的设置,使艺术在细节中渐趋于它的真实。这是一个作家创作风格成熟的主要表现。当然,小说中有些素材与人物的添加,显得有些用力过猛。比如静秋的妈妈讲解"失足"的问题,那些身边的例子;当魏玲闯下大祸时,静秋联想到的那些例子,显得有些拖沓,以致在结构上有些松散。其实,关键还是在于作家如何处理艺术的"虚实"问题。孙犁在《关于〈山地回忆〉的回忆》中,就表述了创作中的"虚实"问题,"小说里那个女孩子,绝不是这次遇到的这个妇女。这个妇女很调泼,并不可爱"[1]。但孙犁从生活中找到了真善美,找到了艺术中的"虚",成功塑造了当代文学史上的典型人物。

---

① 孙犁:《孙犁散文》中卷,中国广播电视出版社1995年版,第353页。

这说明生活中的真实与艺术中的真实，还存在着很大的区别。艺术必须传达出真善美的声音，而真善美"应该是一个民族文艺的支柱性精神需求"。从这个角度讲，艾米的这束山楂花才显得那么动人心魄，也拂去了人们对事物认知上的尘埃，这是一个作家的艺术境界。

四

作品要通过情感故事感染读者，而感染的艺术魅力就源自文本的典型细节。笔者于此列举三个细节来谈一下艺术的力量。

"她紧紧咬着牙，他的舌头在她嘴唇和牙齿之间滑来滑去。"

平素里，静秋听到"追求"这两个字，就感到受了"惊吓"，更从未听说过"接吻"这样的词语了，那么这是静秋与老三的第一次不经意间的"接吻"，便被静秋的牙关堵在了外面。为何？从意识上讲，这明显属于"失足"的范畴；从阶级属性来讲，这是不可能存在的；从精神层面上讲，已经逾越了自己坚守的道德底线。因为社会及眼前生活中复杂险恶的状况，不可以存在这样的"接吻"方式，尤其是发生在静秋身上，因为她还在上学，父亲在乡下"戴帽受管制"，还要划清界限。这冷不防的一吻，已经超越了阶级范畴。

笔者再从其他作品中进行艺术细节的比较。《人生》中的人物刘巧珍对高加林的爱与渴望，路遥是这样描述的：

> 加林犹豫了一下，轻轻地搂住她的肩背，然后坚决把他发烫的额头贴在她同样发烫的额头上。他闭上眼睛，觉得他失去任何记忆和想象……①

这是几乎发生在同时期的爱情故事，刘巧珍对高加林的爱恋，作者并

---

① 路遥：《路遥精品集》，作家出版社2009年版，第28页。

没有描述接吻的情况，包括此后的多次约会。笔者以为路遥是讲述爱情故事的优秀作家，他将爱情融入了这片广袤的黄土里和这片苍茫的景物里。这也是艾米小说存在的严重不足的问题，缺乏自然环境描写。路遥小说中随处可见的是自然风情的描述，严格遵循着现实主义文学创作的理论。

以景言情是创作的古训，一直在时空里浸润着我们的思想和我们的悲悯之心。若小说，尤其是长篇小说，只是将一个个故事炮制出来，读者就会感觉到审美疲劳，没有可供呼吸的自由的空气，灵魂不能与故事中的人物一起飞翔。笔者也可以举出一个具有阶级性的接吻的例子。钱锺书的《围城》，苏小姐让方鸿渐吻她的脸颊时，作者有这样的表述：

> 鸿渐没法退避，回脸吻她。这吻的分量很轻，范围很小，只仿佛清朝官场端茶送客时的把嘴唇一抹茶碗边。①

这显然是属于小资产阶级情调之吻，他们可以用法语说"吻我"，也可以用法语指责对方对爱情的背离。不过，钱锺书这部小说的创作理论，在很大程度上又支持了艾米小说创作的可能性。那就是作家必须有"虚"的艺术境界，唯有此，才能成功地塑造出文学史上的经典人物，否则将有可能陷入自传体系里或者别样的纪实文学题材之中。

在另一处，静秋与老三离别时的隔河拥抱，艾米在这类题材中做了艺术上的新探索，表达了爱情中的纯净之美，这一切实则是情感使然，而后才会有艺术上的创新。先是老三在河的另一岸不停地挥动着手中的白衬衫，目送着心爱的人，走走停停，"然后她看见他伸出双手，这次不是在挥手，好像要抱抱她一样。她看见周围没人，也向他伸出双手"。

这条江心岛旁边的河流无法隔断他们之间的纯真之爱，也包括社会生活这条奔涌的大河。艾米将那个时期人们之间的爱以这样的方式进行描

---

① 钱锺书：《围城》，人民文学出版社1991年版，第100页。

述，在所有爱的方式里，尤其显得独具匠心。从创作技法而言，这是典型的东方艺术之美、含蓄之美，将炽烈的情感浸染于万物之间。古有"杨柳依依""雨雪霏霏"，大抵是这样的意思，一直延宕至今。

比如，川端康成《雪国》这部小说描写岛村的爱情。那是在时间与空间只能够用来"远望"的爱情，只能够在意识里涌动，小说中没有一个"吻"字和拥抱的出现，却在雪国里散溢着虚无之美、哀伤之美和纯净之美。而这部小说是从1935年开始陆续在期刊上连载的。须知，此间正是日本处于军国主义对外侵略的时期，而川端的作品以虚无之美和纯净之美来对抗这个暴烈的社会。这就是川端的作品体现的东方艺术之美。

艾米小说还有一处细节，即静秋与老三在医院的那个晚上。而他们"一起飞"的经历，作者运用一千多字来描写，明显超越了人物性格塑造及情节发展的需要。这就要求作者把握好他们之间的度，必须让读者感受爱情的纯净之美，而不能陷入细枝末节常识性的问题。比如描写老三脱衣服即可，而不需要静秋也是如此繁复的过程。再说静秋也不可能骤然间性格变得如此勇毅。因为静秋之前一听到"同房""睡觉"等字眼，就吓得不得了，身上发抖。这在某种程度上，等于艾米以现在的体验代替了那时静秋青春之恋的内敛体味，这本身就是作家的创作意图值得考虑之处。但张艺谋在改编为电视剧时，这部分情节处理得较为妥帖周全。所以笔者推测，主要原因还是艾米迎合了网络文学的消费市场，而没有考虑静秋性格的发展需要。古语有"乐而不淫""爱而不见"的含蓄之美，都是值得借鉴的。

另外，在那个时代"情信"是不可或缺的。老三给静秋总共两封信。第一封信基本上是略带有总结性质的信，对任何人都是适用的。但就是这样的信，却被静秋用细密的针线缝在了衣服的布袋里，晚上躲在被窝里偷偷地看；当静秋为老三的信将近崩溃之时，她用了将近1天的时间写了一封16个字的回信：

苦海无边，回头是岸，既往不咎，下不为例。

这16字爱情方针，却让老三在最为寂寞和痛苦的时候，一直完好地保存在身边，还有静秋6岁时的照片，这些都给老三带来莫大的慰藉。也许，在所有真爱的人眼里，每一处都是对方的化身，包括光影和烟尘。就像这部小说中的其他人物所说，就是一口唾沫，对方也是如获至宝。当这封信再次回到静秋身边时，所爱的人已经不再，这16个字表现的艺术力量，是不可估量的。所有的泪水将在这些文字的背后汹涌，淹没读者心灵的堤坝。

老三的第二封信，确实撒了个美丽而又苦痛的谎言，一方面坚定了静秋对他深爱不移；另一方面也让老三的精神彰显出来，人道、人性在这里得到了印证。老三让读者感动的是，当其能够走动的时候，到八中看过静秋打球，也为她的学生拾过球；面对心爱的人，老三选择的是没有打扰，这样的做法，人性与悲悯于此刻尽显出来。当老三不能够走动的时候，就让建民一个人来看静秋，"回去再讲给他听"，并且这一切都发生在K市。爱情之远，爱情之近，古往今来皆若此。尤其是让建民讲述静秋的故事，来弥补老三对静秋之爱的愿望，让笔者自然想到史铁生《原罪》中十叔这个人物，十叔是通过一面面镜子的折射原理来看外面寂寞而又平凡的世界的，而后再给孩子们讲述那些可爱而又新奇的故事。而作者文字的悲凉之美与苍茫之美，弥漫其间，让读者为十叔这个人物拥有镜子之心而唏嘘感叹。

笔者这样说的时候，仍有保留意见，并不是老三、静秋的人格多么崇高伟大，而依然是当时众多人物中经历悲情中的一个与另一个。他们各有优缺点，或者双方互为优缺。老三为自己的爱情而所谓"得手"；静秋为爱情也同样"索取"了很多。这些都是值得思考的现实中的与理想中的爱情问题，笔者所言仍是一个人性的问题。

杨绛说："灵性良心如日月之光，暂时会被云雾遮没，云消雾散之后，依然光明澄澈。"但"灵性良心完全消灭肉欲，可说办不到"①。在某种程度上，这样一句话表明了灵与肉所受的苦痛，人在当时的环境中，就像旋涡中的一片落叶或者枯草，身不由己。

尽管静秋与老三这样的故事是真实存在着的，但作为小说中的人物，他们又是现实中人物的复合，也就是"这一类"人的形象代表。本身存在着这样那样的不足，反而显出人物塑造的真实性，这也是艾米小说成功的重要原因之一。

笔者注意到很多小说在情节的推进中，都有致命的偶然因素，而且还必须要求读者将这些偶然因素视为情节发展的必然，否则故事将无法得到合理的解释。这容易导致在逻辑推理方面的误判，也提醒作家在创作时尽可能地贴近小说的本质或者小说的本源。

比如电视题材小说《霍尔瓦特大街》中的情节，就存在着许多这样的偶然因素，若在一个细节上出现了纰漏，将容易导致整个小说的崩盘。在小说文本中确实需要这样的偶然因素，从理论和事实上也需要这样的因素，作家以情节的方式告诉读者，因为事件就是这么发生的，而且必须是这样。

小说是讲述"类型"故事的艺术，若不能从社会生活中取譬于类，不能够对复杂的社会生活进行复合，则小说的艺术性就可能会削弱。比如史铁生的《命若琴弦》中，存在着宿命的"一千根"琴弦这一偶然性因素，老瞎子若没有记错的话，他们将会重见光明，但这几乎是不可能的事实。因为小说的创作意图本身就不在这里，但对于创作者而言，只能这样说才是最合理的解释。路遥《人生》中的那张招工进城表，似乎就决定了高加

① 杨绛：《走到人生边上》，商务印书馆2007年版，第45页。

林的命运，要重返生活的原点，但实际生活中也未必如此，应该是那个时代决定了他们的命运。作者却只能这样创作了，所以当时就产生了那么多《人生》的后续之作，说明这些偶然的因素在起作用，因为作家以这种因素支配了人物的命运，读者也就有了充足的理由可以这么做，或者那么做。张承志《北方的河》中的那张费尽周折的准考证，成了其奋斗的唯一抓手，若没有这张轻盈的证件，前面所有追梦的历程就显得无从着落，随之也就失去小说的目的性，显然这张证件的偶然因素，便是阅读这篇小说一个重要的"渡口"，这样你才能有理由望见人生的大海。

而艾米这篇小说，老三的白血病就存在着这样的偶然因素，在某种必然之下的偶然，而且这种必然性作者只是模糊了言辞——老三只是协助工作队进行调查白血病的产生，是否与采矿工作环境有关系，其结果并未得知，这是由于当时的条件所限。反过来讲，若一个作家仅依凭偶然因素推进小说的情节发展，这对于创作中长篇小说来说，本身就值得怀疑，读者就要反问造成这样的悲剧的原因究竟何在，作家将无从回答。话说回来，若将这篇小说事件的时空转换到现在，造成静秋与老三悲剧的前提就不再重演，因为这是当前中国医学界的事实，若这样的话，我们就会失去一部优秀的伤痕小说。这就是艺术与生活的重要区别，或者说艺术的经典必须有它的时代性，这是作家创作小说的大前提。艾米小说的成功无疑是把握住了这些。

五

作为优秀小说家，并不在于为读者讲述了多么宏大的叙事，而在于如何将那个时代的故事讲得入脑入心。这就要求作家对语言的感知度和把控力。从女性文学的角度出发，艾米并没有剪裁西方女性主义文学的模式，而是坚守了具有浓郁的中国传统叙事（而非叙述）模式，这也是一位作家风格渐趋于成熟的标志之一。

作者在句式运用方面多采用短式句；在个别情况下采用了长式句，但这些是用来表现静秋的内心波动，也显得较为妥帖。再者，在特殊场合老三说的几个句式，也是长式句，那是为了表现其具有哲学家的辨识的勇气，艾米运用这几个句式也是相当考究的。此外，几乎皆为短式句，主要是在对话方面。作者以女性特有的敏感度，运用丰富的人生阅历，形成了艾米式的语言模式，这也是最能感动人心的地方。

笔者以为，每位作家在表述"爱情"这个话题之时，都有自己独特的语言表达模式，或者说特殊的语气、语调，也包括语法的特殊处理，然后将语言的能指和所指发挥到最大效力。比如《黑骏马》中的"爱情"语言，是粗犷苍凉的，宛若一首激荡绵长的草原古歌；《人生》中的"爱情"语言，是炽烈纯粹的，而又陷入若大马河一样呜咽着的优美的琴声里；《铁木前传》中的"爱情"语言，明显有着革命政治色彩，又散溢着些微浪漫主义情调，若料峭春寒的土地上的萌蘖。而艾米这部小说的成功，就在于其准确地捕捉到了静秋这个人物的典型语言，使特有的女性表述推进着小说情节的发展，跌宕起伏。何以如此？因为静秋的语言是逆向度的。若这样的语言施加在刚认识的老三身上，那就会让老三备受煎熬。

当静秋确信自己已经"有些"爱上老三了，这是女性潜意识里的判断，不涉及任何的逻辑推理。

"以后不能指望别人，还是我自己过来告诉你一下。"（老三）

（静秋）声明说："你告诉我干什么？我管你——到哪里去？"

静秋这样的表述方式，也可以称为艾米式语言，至少有双重意思，表面是义正词严地拒绝，而内心里又隐藏着女性对爱之初的羞涩表达。尤其是破折号的运用，更是在表述上推进了一层，不管是在过去还是将来，你我之间都没有什么样的交集，也就是我们之间不存在着某种可能性。当然这种方式，在现实生活中并不可用，因为这是典型人物之间的对话，仅表达着人们对爱情的审美取向和价值引导。笔者看到很多名角在电视做客，他们都说美好的爱情只能够存在于影视作品里，现实中的爱情只能是另外一种样子。因为现实中的爱情必须建立在多种因素之上，而静秋与老三处于那样贫苦而又充满不幸的年代，"精神之恋"的意味所占成分应该说较多些。须知，那个时代阶级成分对爱情而言，其结果几乎是没有奢望的。也正是在这样的背景下，他们拥有了精神上的彼此，互为取暖，才彰显出他们之间爱情之美和人性之美。

当老三说："只求在我死后，在我坟前插一束山楂花，立个墓碑，上书：在这里埋葬着我爱过的人。"

她扬起手，做一个要打他的样子，威胁说："你再乱说，我就不理你了。"

静秋的这句话，在老三的语境之下，就显得很有韵味，将内心纯净的一面展现了出来，既有含蓄之美，又有嗔怪之势。一旦离开这样的语境，或者说换成对方来说，这样的语言所指将失去意义。静秋这简短的几个字，对老三而言，也是幸福的另一种表现；前面还有静秋典型的细微动作。显然，静秋的语言是对老三的语言的一种默认与升华，这就是他们之间所谓心有灵犀的语言。

"还有呢，再讲一个。"

这是静秋听老三讲故事的对话，单独判断这个句子，也不含有什么样的情感，但是与前面老三的大段式的表白和独白对比来看，就能够显出静秋的语言魅力来。因为老三说，我要"让你相信世界上有永恒的爱情"，"我相信我是最爱你的那一个"。而静秋简短的几个字，就显得意味有些不寻常，从感情的铺设上，她的心已经完全融入老三的世界里了，她贴心地将爱的云烟弥漫给对方，而对方就是不明就里，因为老三要的是那句话，但静秋要的不是这些，而是平平淡淡的行为。所以反过来，静秋就要缠着老三讲故事，也可以说在老三讲故事的过程中，就是静秋在分享爱的旅程。这方面女性永远都掌控着深爱着她的对方。

还有，静秋与老三在医院的那个晚上，静秋说："我们会在一起的，我不会让你一个人去的，我会跟你一起去的，不管你在哪个世界里，我都要跟你在一起，你不要怕——"

平素里，都是静秋紧张害怕得不得了，而这次静秋表现出来的果敢与挚意，已经出乎读者的预料。从理性的角度讲，为了寻求到真爱，付出什么都是值得的，毕竟静秋与老三是这样纯真地爱过，彼此都为爱情付出了这么多；从意识的角度讲，是一个人内心的强大动力来支配的，爱到洪荒之时，彼此的精神要融合起来。由此，爱的选择也就没有对错之分，因为在纯净的情感面前，道德在临界点会失去评价力。此后，小说情节的发展，便证明了笔者的推测。

笔者选择这三处对话，恰好说明了静秋对爱的理解认知过程，从一个自我封闭的世界到一个互为包容的世界。艾米以细致的笔触捕捉到所特有的对话方式。

六

这篇小说的成功之处，在于作者运用了心理描写及意识流的创作方法。作者对静秋这个人物的塑造运用了大量的心理描写，将人物复杂的内心活动通过细腻的笔触展现出来。

笔者从精神分析的角度进行剖析。其实在小说中，静秋每做一件事或者一个行为、一个动作等，几乎都要伴随着这样的内心纠结，总是在"做"与"不做""想"与"不想"之间徘徊，最终都能够在"做"与"想"之间重新找到心理平衡，否则静秋就要在无形中疯掉的。读者也可能要承受着同样的心理煎熬，以致淡化了文字的审美功能。

比如，静秋在西村坪编写教材的空隙，就很想或者说时时想见到老三，但静秋不能有意识地做出来。比如，老三的衣着——洁白的衬衫，老三的脸型、肤色、身材和那双"不符合无产阶级的审美观"的眼睛，都能够让静秋紧张到"心痛的地步"。有时候，老三几天没有出现，静秋还要编出理由，说"欢欢"想三爹了。其实，在静秋看来，就是想听听老三的手风琴，看他的脸是否又瘦了。一个人的内心活动是极其复杂的，存在着多种发生的可能性。当老三所谓的"躲"起来时，之于静秋就要运用相对立的两种意识来平衡自己，一是否定老三的言谈举止，老三的微笑、黑脸膛、身材等这些都要"见鬼"，而且还要与长林比较一番，才发现自己已经"有些"爱上老三这个人了。这就是于不知不觉中对那个人产生了很强的依恋的感觉。对于静秋，这是从无意识中做出的一个心理判断。

按照弗洛伊德精神分析理论，人们的"无意识则是没于海水中硕大无比的主体部分"[①]，而这一部分意识是心理活动的基本动力，对人们的行为起着重要的支配作用。而静秋的"做"与"不做"、"想"与"不想"，恰是"潜意识"在控制着自己的内心活动，进而让静秋的内心，从表面上看是平静而又内敛的，实则是涌动又执着的，这两种意识的纠缠，就会让静秋的话语充满了不可捉摸性。这样静秋所说的有些伤害性或者逆向性的话语，就会显得合乎情理了，因为这是在初恋阶段。但在静秋与老三确认"在一起"这样的想法时，也多次出现过逆向性的心理，或者是移情于成医生，这是静秋不能承受之重，要么静秋就有可能走向崩溃的边缘。在最后无法见到老三时，静秋的种种行为何尝不是崩溃的表现？这即是爱也是恨，同时交织在一起的艺术力量。

小说中有关老三在静秋的碗底藏香肠的行为，有关老三有未婚妻的行为，有关情信的行为，有关白血病的行为，有关死亡消息的行为，等等，在

---

① 朱立元主编：《当代西方文艺理论》，华东师范大学出版社 2014 年版，第 45 页。

静秋的内心都要引起一系列的心理活动及相关的联想，这就是一个人的无意识在起着支配性的作用，而且这种无意识又能够准确地反映出静秋对老三的最为真切之爱，从这个意义上讲，很明显这又是一部典型的女性意识小说。

笔者在上文说过，静秋与老三在医院的那个晚上，他们一起"飞"这样的行为，已经超出了静秋这个人物所当然的发展趋势。现在解释的理由之一，就是这种爱的无意识在支配着静秋，为了心爱的老三，否则将是作家的一处败笔。

从弗洛伊德理论来讲，他们都做了一个梦，这种梦强烈持久而又让人们为之感叹。

老三说自己做的梦："总是云遮雾罩的，看见一个背影像你的，就大声叫静秋、静秋，但等别人回过头，就发现不是你——"

静秋的梦，也是"四处迷雾茫茫，他跟着她两个人摸索着，到处寻找对方"，"而他总是在什么地方叫静秋、静秋，每次她循着声音找去，就只看见他的背影笼罩在迷雾中"。

他们的梦何其相似，他们渴望对方的世界也是相同的。在静秋看来，那是老三死亡以后的梦，从这样的梦境，读者也可看出静秋对老三的爱与死亡之认知，几乎是同一个概念了，平素里有"死了都要爱"这句话，也许还要与静秋之爱存在着境界上的差距。

艾米对这两个人物在情节上又做了温暖的安排。老三在最后的日子里，决定留在K市医院，这样就可以多陪静秋；同时也将静秋在寻找老三在何处的种种行为推向了极致。静秋曾经执着地跋山涉水寻找心中的恋人，却发现老三就在自己的身边，这样也将他们的爱情推向了一个高度，纯净而唯美，悲情与哀歌。

小说最后，静秋在向老三呼唤着自己的名字：静秋——静秋——让这两个人的爱也走到了纯粹的边缘。老三的"两滴红色的、晶莹的泪"，宛若风中两朵摇曳的山楂花。

七

这篇小说还运用了很多方言、俗语和一些顺口溜，也为这篇网络文学增添了不少地方色彩和许多意想不到的猜测，以及所带来的"实"与"虚"的纷争。

比如，"打赤脚"，这个词经笔者查阅为古楚语系，那就是湖南方言了。长林说："我脚重，费鞋，是想打赤脚的，但砂砾冷……"于山路上打赤脚，所带来的疼痛可想而知。因为静秋看到长林的鞋子已经"走破"了，当然，这也为静秋的坚韧性格做了陪衬。静秋曾经在煤屑、泥灰里打赤脚的，而这些隐忍的性格恰恰是女性最为绚烂的地方。

"布得儿"这个词，是在说老三的身体的，这也为老三的病情埋下了伏笔。"嘴巴子会嚼多人"，这个词是静秋在臆想中说老三的，意在与"长林傻"作对比。

此外，还有很多方言、俗语，不再列举。但有一个"拉"字，着实不雅致。比如"拉尿"，并且还是运用到女性身上，"一条线""湿一片"等语句之中，则更不具有审美意味了。文本也不是运用这一次。笔者以为，可以改用其他词语，或者用叠词亦可。

笔者通过上述几个方面对艾米小说创作艺术的分析，对于一个作家而言，要始终把握住文艺的人民性、时代性和审美性，唯有这样，才能够彰显出信仰之美和崇高之美。

网络文学，也要讲究历史和美学品位

——评艾米的《山楂树之恋》

张 芳[*]

【摘要】艾米的《山楂树之恋》一反近些年涌现的网络文学作品关于描写玄幻、穿越、盗墓、情色等虚幻的题材，讲述的是好友在"文化大革命"背景下的亲身经历。艾米采用其特有的温婉、简洁的语言书写了特殊年代的苦难、温情与至纯至真的纯粹爱情。文章从历史的、美学的角度分析了艾米的网络文学《山楂树之恋》。较之于目前呈现的网络文学来说，艾米的《山楂树之恋》具备一定的历史品位和美学品位。但仍是对中国传统苦情戏写尽人生悲欢离合的叙述套路的延续，缺乏对"文化大革命"时期极"左"、僵化的思维的深度开掘，仍然没有摆脱作为"大众文化"和"市场经济"双重语境下孕育的流俗的悲情小说的怪圈。

艾米从 2005 年就开始在海外华人圈文学网站"文学城"发表作品，《山楂树之恋》让艾米真正地声名鹊起，这部作品迅速成为海外读者追捧的"网络时代的手抄本"，很快在国内引发热议。江苏人民出版社在 2009

---

* 张芳，中国传媒大学艺术学硕士研究生。

年正式出版此作；2010年著名导演张艺谋根据这部文学作品拍摄了同名电影，掀起新一轮的热潮。随后，同名电视剧也于同年开拍，引起了极大的反响。《山楂树之恋》以20世纪70年代的"文化大革命"为历史背景，讲述了女知青静秋下乡编写教材及返城前后，与地质勘探队高干子弟老三的爱情故事。面对家庭成分不好而自卑的静秋的怀疑、犹豫，老三一直默默地守护着静秋。等到静秋工作转正、返乡回城后，来寻老三时，老三却因矿物辐射得白血病离开了人世。小说的着力点更多在于讴歌与颂扬纯洁的爱情，而男主人公老三的死让整个故事蒙上了浓厚的悲情色彩。

一

相对于目前网络文学呈现的总体面貌来说，《山楂树之恋》这个作品在网络文学创作中是有一定历史品位的，从小说中可以看到一些作者本人的历史观，也可以窥探到作者本人主体思想水平的高低。按艺术创作规律讲，艺术应求真、求似。《山楂树之恋》是艾米根据好友熊音在1977年写的一个类似回忆录为蓝本改写而成的一部长篇纪实体小说。文章对话大多沿用原文中的对话，叙事是艾米的。小说的序言和尾声也还原了这一现实情景，序言中所述老三死后，静秋把她和老三的故事写成一个3万字左右的小说。在小说中老三逝世30周年，静秋将30年前的回忆录交给了好友艾米，艾米进行了二度创作。其实这部文学作品中最真实的则是反映了"文化大革命"那段岁月中静秋和老三的纯洁爱情，切实地反映了特殊年代的苦难、温情。

文学一直被视为时代风貌的风向标。不同时期的文艺作品就如同一个"多棱镜"，或多或少地从不同角度折射出现实世界的千姿百态，或隐或现地折射出特定时代独特的文化内涵和思想倾向。思想精深是小说

《山楂树之恋》的一大亮点——歌颂和赞扬爱情，爱情一直是为人们歌颂和追求的对象。文中通过讲述苦难时代一个悲剧的爱情故事，对我们当下的生活产生影响。较之于那个时期中国的历史语境，中国社会的现实语境和时代主题都发生了巨大变化，当下更多地表现为重物质轻精神。爱情逐渐被消费主义裹挟到商品化、市场化的时代浪潮之中，而更多地和金钱、荣誉、地位、肉欲等物质化的东西交织在一起。在这一方面，《山楂树之恋》不仅仅歌颂了纯洁的爱情，作品同时代发生激烈碰撞，产生了一定的现实意义，就是对当下"宁愿在宝马车里哭，也不愿在自行车上笑"所体现出来的价值观念的一种批判。《山楂树之恋》可以被看作当代文化的症候性文本，有助于进一步探究作品构建在历史与现实之间的对话。

仔细审视这部作品，仍然缺乏对当时历史的深刻反思。《山楂树之恋》是置于悲剧时代下的一个简单而近乎流俗的"灰姑娘"式的爱情故事，特别是以男主人公"白血病"滥俗的叙述桥段为结局。而对于大时代背景中苦难的意象缺乏关注，缺乏对苦难时代中人性的深度开掘。因而割舍了作品与时代背景之间的血肉联系，进而使得作品无法企及和具备"伤痕文学""反思文学"那样强有力的批判深度。

网络文学因更具自由度而催生了一系列宣泄欲望、娱乐至上的作品。当下网络文学更多欠缺正确的"历史意识"，欠缺表现某种历史思考的更多审美形式，且选题固定地局限在某一类中，比方说穿越类、言情类等。仲呈祥先生和张金尧先生合著的《坚持"美学的历史的"标准的和谐统一》中写道："艺术家只有把握了科学的历史意识即唯物史观，才有可能真实地叙述历史事件和营造历史氛围，才能成功地塑造出历史人物的艺术形象。塑造历史人物的艺术形象，在对历史思考的中心母题下，可以以'广角镜'来进行多种形式的意义呈现，从而实现'较大的思想深度和意识到的历史内容，同莎士比亚剧作的情节的生动性和丰富性的完美结合'。"①

<h2 style="text-align:center">二</h2>

加缪认为："艺术告诉我们，人不只是归结为历史，还在自然秩序中发现了一种存在的理由。"② 这种存在的理由就是艺术，是审美的态度。考察艺术家"意识到的历史内容"的深度和广度同"美学观点"侧重形式分析是相辅相成的。读者可以通过感受艾米在《山楂树之恋》质朴而又极具平实的语言在时间中的流动，去体会那段苦难的生活和悲剧的爱情。该小说中呈现山楂树的意象也是可圈可点。此外，小说《山楂树之恋》以第三人称的全知叙述并渗透了第一人称主体意识视角叙事，兼具全知与限知的双重视角，使得小说的语言和空间得到了最大限度的发挥，给读者以朦胧的美感。《山楂树之恋》没有脱离"灰姑娘"叙述模式的俗套，带给读者更多的只是感动，从而缺乏一种深度的悲剧美学体验。

文学是用语言来塑造形象和性格，用语言来反映现实事件、自然景象和思维过程的。艺术语言作为艺术作品的表现手段，选择不同艺术语言会产生不同意味的艺术作品。《山楂树之恋》采用质朴而又极具平实的语言，自然地再现那段苦难的生活和悲剧的爱情。小说在讲到静秋打零工给篮球场做地坪，把脚烧坏，老三为了让静秋穿上自己买的胶鞋时有一段对白：

> 老三说："男人不为自己流泪，男人也不兴为别人流泪？我知道我劝你不打工，你不会听；我给你钱，你也不会要。但是如果你还有一点同情心，如果还有一点，心疼我的话，就把这鞋穿上吧。"

---

① 仲呈祥、张金尧：《坚持"美学的历史的"标准的和谐统一——关于艺术批评标准的若干思考》，《文艺研究》2008 年第 10 期。

② ［法］加缪：《反叛和艺术》，杜小真译，转引自朱立元《二十世纪西方文论选》上卷，高等教育出版社 2002 年版，第 492 页。

老三擦擦泪，叮嘱说："一定记得，穿上，我会躲在附近监督你的，你要是把鞋脱了！"

静秋："你就怎么样呢？打我一顿？"

老三："我不打你，我也赤脚跑到石灰水里去踩，一直到把我的脚也烧坏为止。"①

文本中的这些朴实语言，传递的是老三对静秋深深的爱意。这种曲折隐喻的艺术语言，耐人寻味。小说还使用调皮语言来展现静秋对老三懵懂的爱与自我克制的矛盾张力，比方说，文中有一段表现静秋克制自己对老三情感的描写："她在自己写村史的本子的最后一页写了个决心书：'坚决同一切小资产阶级思想划清界限，全心全意学习、工作，编好教材，用实际行动感谢学校领导对我的信任。'她只能写得含混一些，因为没有地方可以藏匿任何个人隐私。但她自己知道'小资产阶级思想'指的是什么。但过了几天，'小资产阶级思想'又出现了。"② 静秋把自己对老三懵懂的爱说成是"小资产阶级思想"，这样的话语体系表现了男女爱情的禁忌，同时也暗含创作者对那个荒诞时代的嘲讽。当然，文中也有很多唯美的语言："我不能等你一年零三个月了，也不能等你到二十五岁了，但是我会等你一辈子。"③ 艾米在此赞美与颂扬了隐藏在"文化大革命"深处的纯真爱情。在一个"谈情"色变的时代，创作者采取一种隐性化的方式来处理"文化大革命"这一时代背景，艾米书写的静秋与老三的爱是超越俗世所浸、与肉体欲望的"至纯、至真"的爱。通过对爱情生活的极端化叙述来书写这一时期人性的压抑，以此来表达对纯真爱情与人性的呼唤与期待。

从小说的书名《山楂树之恋》，便可发现山楂树这一意象在整个文本

---

① 艾米：《山楂树之恋》，江苏人民出版社 2009 年版，第 33 页。

② 同上书，第 5 页。

③ 同上书，第 49 页。

中起到的作用。首先，山楂树这一意象有作者假借小说中人物赋予的意义，这种意象是那个时期人们共同的、内在的表达。文中静秋在西村坪见到那棵山楂树，以及听到张村长讲述用无数抗日志士染红的山楂树故事，便可窥见那个时代人们共同的"革命意象"。还有就是静秋的实习老师唱的那首名曲《山楂树》，因为歌词大意是说两个青年同时爱上了一个姑娘，这个姑娘也觉得他们俩都很好，不知道该选择谁，于是去问山楂树。这首歌便被当时的人们认为是"黄色歌曲"，甚至算得上"腐朽没落""作风不正"。当然，山楂树的意象更多的是作者赋予小说所表达的，目的是以此来反思和批判那个独特时代僵化的意识对人性造成的压抑。其实，红色的山楂树是老三得白血病的前兆，山楂花本是白色的，红色的山楂花是因为受到矿物的辐射而引发的变种，也就交代了男主人公最后的死亡。当然，《山楂树之恋》中山楂树及其相关引发的审美意象，主要还是向读者传达静秋与老三悲剧性的爱情。

《山楂树之恋》采用了全知与限知的双重视角。一方面，小说采用第三人称静秋为叙述者，拉开了叙述者与读者的距离；另一方面，小说中有很多静秋的内心独白，让读者有代入感。二者相结合，使得小说想要表达的情感得以充分地体现，同时也渗透了作者的感情与价值判断。小说在描写静秋几日不见老三的不安心情时，用内视角来描述静秋对老三的情愫。《山楂树之恋》极富创造性的突破还在于它打破单一叙述的封闭性。在文章的尾声，真实的"静秋"发声，这样，在文本中形成了一种开放的对话格局，不同于传统文学，体现出网络文学的灵活性与自由性。

然而，《山楂树之恋》没有脱离"灰姑娘"叙述模式的俗套。艾米将静秋塑造成一个前凸后翘、拥有天使般的面孔、魔鬼似的身材的女性，她具备了"灰姑娘"这一角色应具备的优秀品质，她是美丽、纯洁、善良、勤劳，而且能歌善舞，打得一手好球的文艺女青年。艾米让女主人公和"灰姑娘"一样面临悲惨的遭遇，静秋出身不好，父亲被打成"右派"离家劳改，母亲是"历史反革命的子女""走资派"，她家境贫寒，为了生活，去打零工、苦工，为了能在城里工作转正，她下乡编写教材。这一切悲惨遭遇的设置是为了等待"王子"的救赎。作品中省军区司令员的儿子"老三"就是童话中的"王子"，他帅气、真诚，善良、忠贞而又富有牺牲精神。这样主人公静秋就具备了被"王子"发现、救赎，赢得"王子"的爱情的条件和可能。只是这个"灰姑娘"的结局充满了悲情色彩，而缺乏深度的悲剧美感。悲剧的本质是那些合乎历史必然性的人类进步要求和美好品质，因为个体在与时代或者现实世界的冲突、对抗中会遭受挫折、失败甚至是走向毁灭。

因此，"文艺作品要靠自己的历史品位和美学品位去吸引感染受众，要有引领性、指向性，而不是一味去迎合受众的时尚需求，一味强调所谓的观赏性是没有指向性的，观赏性因人而异，因时而变，因地而迁，只有保证历史品位、美学品位，才能够自然具有吸引力、感染力。"① 网络文学创作也应如此。艾米的《山楂树之恋》较之于目前呈现的网络文学来说，具备一定的历史品位和美学品位。但是在《山楂树之恋》中仍缺乏对"文化大革命"时期极"左"、僵化的思维的深度开掘，只是延续了中国传统苦情戏写尽人生悲欢离合的叙述套路。特别是将故事的结尾构建在男主人公"白血病"流俗的叙述桥段上。此外，网络文学《山楂树之恋》对人性的开掘深度还是不够，在面对灾难和毁灭时缺乏诗性的救赎，这部小说没有摆脱作为"大众文化"和"市场经济"双重语境下孕育的流俗的悲情小说的怪圈。

---

① 仲呈祥：《文艺，要讲究历史和美学品位》，《浙江日报》2016年1月8日第20版。

山楂树下的所谓"纯情"

王璐瑶[*]

【摘要】小说《山楂树之恋》为中老年人找回了过往的记忆，为年轻人提供了一种纯爱模式。这种模式必然带有中国传统爱恋观的色彩，它无关灵魂。所谓的"纯情"亦只是一种认知概念的偏差。作品能带给我们的，更多的应该是一种情感的共鸣。

《山楂树之恋》是美籍华人艾米根据好友的经历写成的一部长篇小说，来自一个女人的亲身经历。该书讲了这样一个故事：静秋是个城里姑娘，因为家庭成分不好，"文化大革命"时受打击，一直很自卑。静秋上高中时被选中去西村坪体验生活，住在村长家，认识了"老三"。老三是军区司令员的儿子，喜欢上了静秋，愿为静秋做任何事，给静秋很大鼓励。他们相爱了，后来老三却得白血病去世了。这部小说在海外文学网站上一经发布，便成为读者追捧的"网络时代的手抄本"，传入国内后，被称为"史上最干净的爱情小说"。2010年9月，由张艺谋导演的根据同名小说改编的电影上映后，更掀起了一场关于纯爱的讨论。据说，那些有过下放经

---

* 王璐瑶，山东师范大学地理与环境学院2014级学生。

历的中老年人，从该片里找到了昔日的青春与初恋；那些情窦初开的年轻人，从该片里找到了纯情恋爱模式。我们在关于纯爱的讨论之前，先要确认一下，老三和静秋之间是爱情吗？

一　山楂树下的爱情，无关灵魂

山楂树作为小说的主线，至少出现了 15 次。

静秋一行 7 人刚到西村坪的时候，路上大家气喘吁吁，赵村长见大家都很累，就承诺说等走到山楂树那里就歇一会儿。静秋听到这个山楂树时，想到的却是一首名为《山楂树》的苏联歌曲。然而中苏交恶以后，苏联的东西在中国成了禁忌，按当时的观点，这首歌是"黄色歌曲""腐朽没落""作风不正"。

等到走到山楂树下，赵村长告诉大家这是一棵开红花的树，花的颜色是被抗日英雄的鲜血染红的。然而静秋想到的不是抗日志士而是歌曲里英俊的小伙子。她在内心狠狠地批判了一番自己的小资产阶级思想。

静秋到了村长家，她跟着小侄子欢欢去叫他干爹（即老三）吃饭，走到勘探队房子外面的时候，听到了手风琴的声音，而且是她喜欢的《山楂树》。静秋听得入迷了。

静秋把自己家人被批斗的事讲给老三，老三说的一些话让静秋觉得他很反动，担心他这样乱说别人会去揭发他。老三说他只对静秋一个人说，如果静秋去揭发他，只求在他死后静秋能在他坟上插一束山楂树，立个墓碑，上书："这里埋葬着我爱过的人。"

老三在 K 市等静秋并接她回西村坪，路过山楂树时，问她想不想过去坐一会儿，她说害怕那种阴森森的气氛。静秋问他她刚到西村坪那天是不是在山楂树下站过，老三说没有，原来静秋是把《山楂树》歌曲里的青年想象成了老三。

静秋答应给老三织毛衣，等老三把毛线拿过来的时候，却发现是像映山红花一样的颜色，原来这也是山上那棵山楂树花开的颜色，毛线也是老三给静秋买的。

静秋随同志刚、秀芳回家看妈妈，走热了趁大家在山楂树下休息的时候，躲到一边脱毛衣，想起了上次跟老三走到这棵树下的场景。

静秋回市跟班上课学医，看到老三信的时候，就总想回西村坪看山楂花。

5月份的一个星期天早上，静秋刚打开门，就看到门外旧课桌上放着一个玻璃瓶子，里面插着一束红红的山楂花。她甜蜜了一会，但害怕有严重后果，给老三写了16个字的短信："苦海无边，回头是岸，既往不咎，下不为例。"

静秋担心老三过不了小河，只能露宿街头会被冻死，就想如果真的是这样就跟随他去，死后让人把他俩埋在山楂树下。但是想到山楂树下埋的都是抗日英雄，他们的死轻于鸿毛并不够资格。

又是5月份，秀芳来看静秋，并带来了一些山楂花，静秋一看就知道是老三叫秀芳送来的。

老三给静秋的第三张照片，是专门跑到山楂树下照的。他向静秋许诺说，等她转正了就带她去看山楂花，并在那棵树下照相。

得知老三生病后，静秋去医院看他。老三送给静秋一段山楂红的灯芯绒布料，并让她回去做好，再来的时候穿给他看。

静秋再去医院看老三时，他问她想不想去看山楂树，她说现在还没开花，以后再去吧。老三没吭声，她突然担心他是不是知道自己将要不久于人世，所以想实现诺言。

老三走了，按他的遗愿，他的遗体火化后被埋在那棵山楂树下。西村坪大队按因公殉职处理，让他埋在那里。每年5月，静秋都会到那棵山楂树下陪伴老三看山楂花。

......

这样一棵山楂树，可以说是他们二人从初识到分离关系的见证，而恋人多喜欢用某种意象或实物来珍视或追忆感情，作家多喜欢用某种意象或实物来强化情感设定。

何谓"爱情"？根据《现代汉语词典》（第六版），爱情是指男女相爱的感情。书中静秋对老三的怀疑和思念的心理活动以及内心的挣扎和左摇右摆，都表现出静秋是喜欢老三的。而老三对静秋的嘘寒问暖和心甘情愿，也令我们感动和唏嘘。但是从另一方面来看，老三对静秋的照顾，其实更多地停留在物质方面，如为她换灯泡，推板车，送冰糖胶鞋，送山楂红的毛线和布料，等等。这样一个物质充裕又会拉手风琴懂得情调的人在那个年代对大部分女孩子而言都是幻想中的"白马王子"。而静秋的文静懂事，挺不错的身材和相貌也大概是吸引老三的方面之一吧。

其实，这个故事本身并无新意，"贫家女与富家子相恋"的模式在中外文学作品和电影中已是屡见不鲜。然而，这部小说被誉为"史上最干净的爱情故事"。"与其说他们是被'爱情'打动了，不如说，他们被'文革中的爱情'打动了。'爱情'是永恒的主题，'文化大革命'才是眼泪的助推器，换句逻辑学的话说，'爱情'是必要条件，'文化大革命'是充分条件，爱情加'文化大革命'，充分又必要。"[1] 故事滥俗，但也只有设定在那个年代里，对真实想法的表达，对爱情的正视，才会显得这样难能可贵。

而当我们把眼光集中到这段关系中时，会发现它其实更符合一种传统的中国式的爱情模式和表达。

张爱玲说，对大多数女人来说，爱就等于被爱。静秋就是被爱的那一

---

① 石一枫：《用"文化大革命"装点滥情——读艾米〈山楂树之恋〉》，《当代》（长篇小说选刊）2007 年第 6 期。

个，她默默接受着老三给她的物质帮助并慢慢对老三形成一种依赖，如果这就是爱情，那么在很大意义上是我们平常人的爱情，男方的物质基础和女方的温顺美丽符合传统中国的"爱情设定"。它是一种自然而然的靠近，而与爱情的本质无关。换句话说，二者的关系是不平等的。《红楼梦》中宝黛之间虽亦未能终成眷属，但二者之间更多的是一种灵性上的沟通与共识。朝云一句"学士一肚子不合时宜"亦能表现出她与东坡二人的心有灵犀。所以笔者认为，静秋与老三之间是有爱情的，但是这种爱情无关灵魂。

二 所谓纯情，是认知概念的偏差

我不知道"史上最纯真的爱情"这个观点从何而来。尤其是每当看到这样"史上""史无前例""最"一类的评价都会有一种本能的警惕。看过文本后，更觉得这只是一篇平缓舒和又有着淡淡忧伤的特定时代爱情小说而已。书中男女主人公像当下大多数恋人一样，有付出，有猜疑，有动摇，也有一见钟情。如果说所谓的纯真和干净就是男女主角没有发生性关系，那么这种逻辑实在可笑。网名"不羁的帅哥"在豆瓣影评《就电影论电影，兼谈所谓"纯爱"》中这样写道："女主角对性处在完全无知的状态，所以不可能有性幻想；其次，她也对这事充满了恐惧之感，因为母亲有命令。换句话说，即使是守贞代表了她的纯洁，也不是出于自己的爱情观或者说强烈的道德感。"

而作者采用静秋的视角来书写，也是造成所谓"纯爱"论断的重要原因。试想，假如老三是这个故事的第一人称，作者又该如何表达？大概就是第一次看见她，就觉得她与其她的女孩不一样，然后"我"采取哪些方法追求她，"我"如何在背后默默关注她，"我"送给她好多东西，"我"快要死了，但是她怎么办，"我"如何控制住了自己的情欲……同样一个故事，大家还会认为这是一个纯爱小说吗？简单讲，所谓"纯情"只是误把"无知"当"纯爱"。

纯爱是一种情绪，是我毫无顾忌地相信你，不掺杂任何目的，而不是你得了白血病我们没有在一起。

纯洁不等同于贞洁，纯洁是心灵上的自由和真诚。纯洁的下一步是成熟。

"三俗电视剧帝"海岩大师的《玉观音》给出了一段对纯洁的定义："也许她的目光让我心里产生了一种结束的预示，也许这种预示让我突然变得宽宏大量，让我不在乎安心到底有什么缺点和经历，哪怕她过去确实有过男朋友，哪怕她其实早已不是处女，我都会像现在一样喜欢她……我想过，她不管是什么样，不管过去她发生过什么，她在我心目中永远都是纯洁的。一个女孩儿是否纯洁应该取决于她的个性和心灵，而不取决于她的历史。"

对纯爱的单纯歌颂，是 21 世纪消费欲望的投射。《山楂树之恋》的走红仅仅因为所谓的"纯"是难以成立的，作品表面看来是"史上最干净的爱情小说"，实际正是作者迎合消费心理之举。① 毕竟故事发生的年代已经离我们远去，在物欲横流的当下，人与人之间利益至上，快节奏的生活和戴着面具的面孔让人们开始怀念真诚。至少，静秋和老三，二人之间的爱情比当下的很多速成"爱情"好得太多了。人们怀念"纯情"的同时也在消费"纯情"。而当人人都在谈论"纯情"时，这二字的分量反而变得很轻。

"纯情"绝对不在满大街的高谈阔论中，也不是人人都可以幻想的小说桥段。它是一个很个人化的东西，而不是可以做出千千万万大众爱情的模具。

---

① 杜娟：《引号内的纯情——论山楂树之恋的走红》，《文学界》2012 年第 12 期。

三　当我们谈论山楂树的时候，我们在谈论什么

《山楂树之恋》这部小说故事情节有些陷入俗套，文笔略显粗糙，但也不是毫无可取之处。一个根据故事原型改编的小说，本身就带有个人化的怀念和追忆色彩。当作者把它呈现给大众的时候，读者也可以从中窥到自己的影子。毕竟情感是一种大众都拥有的东西。

而我想，在当下，当我们谈论山楂树时，也不应只去在意故事情节，而应该从情感的角度出发，去信任，去追求，去理解，去尊重，去爱和被爱，去把握近在咫尺的即使平淡的幸福。王小波在《黄金时代》中这样写道："那一天我21岁，在我一生的黄金时代。我有好多奢望。我想爱，想吃，还想在一瞬间变成天上半明半暗的云。后来我才知道，生活就是个缓慢受锤的过程，人一天天老下去，奢望也一天天消失，最后变得像挨了锤的牛一样。"一如小说中，老三对静秋说的那些话，"重要的是你自己要相信你的妈妈，即使她真的是历史反革命，她仍然是个伟大的母亲。政治上的事，说不清楚——你不要用政治的标准来衡量你的——亲人。""你很天真纯洁，只知道仰望那些领袖人物，以为他们是神。其实他们还不是人！是人就有私心，就有权欲，闹来闹去，都是为了掌权，只有下面的人吃亏。"即使是在那样一个年代，他依然可以心怀理想，向往爱情，保持人格和思想的独立自由，这才是如今中老年人为山楂树下爱情感动的原因。

在艾米小说的结尾处，有这样一段话："老三生前把他的日记，给静秋的信件、照片等，都装在一个军用挂包里，委托他弟弟保存，说如果静秋过得很幸福，就不要把这些东西给她；如果她爱情不顺利，或者婚姻不幸福，就把这些东西给她，让她知道世界上曾经有一个人，倾其身心爱过她，让她相信世界上是有永远的爱的。"其实从某种角度而言，静秋和老

三也很像中学生之间的爱情，以为一个微笑就是一辈子，以为可以为喜欢的人放弃一切。我想，中老年人怀念山楂树的爱情，是在追忆他们过往经历的时代，年轻人感慨于《山楂树之恋》，则更能从中看到中学时代的影子吧。所以我们不要双标化地既论断"这样简单的爱情已经离我们远去了"，又以"早恋"之名扼杀中学生的美好感情。毕竟山楂树，对外人而言只是一棵普通的甚至是带有政治色彩的树；对当事人而言，却承载了最美好的青春。

现实主义的皮相与网络文学的歧路

——评《蜗居》

陈浩文[*]

【摘要】《蜗居》是六六试图通过写作，直接对中国经济转型期社会问题发言的一次努力。但小说"前剧本"式的叙事方式，对情节合理性的过分倚重，以及语言上的粗糙，不仅削弱了主人公海萍个人奋斗的积极意义，而且消解了海藻驯服于宋思明所喻指的资本—权力利益集团的悲剧性，甚至使整部小说呈现出道德说教的生硬感和卖弄聪明的轻薄感。《蜗居》这部作品存在的问题，显示了"大众"和"消费"对网络文学的绑架，但归根结底，小说未能讲好中国故事，还是在于作者对文学的诚意不足。

不得不说，当今时代，可能在很多人眼中，网络文学在某种程度上已经代替纯文学成为文学的代名词。通过对网络文学作品的阅读，人们更能轻易从中找到一种对现实的替代性想象，获得心理上的短暂安慰或某种价值观的认同。毕竟，网络文学的写作方式完全不同于传统的文学写作方

---

* 陈浩文，中国社会科学院研究生院博士研究生。

式，它提供了一个作者与读者共同协作完成文学创作过程的参与性平台，邵燕君认为，网络文学"与每一个读者那么的直接相关，粉丝具有很强的'参与性'……一般的读者即使不参与创作，也在漫长的追更中，与作者，与其他读者形成了一个'情感共同体'"①。作为一个从网络上发帖出道，到现在为止拥有数量可观的读者群体的网络写手，六六的流行并不是没有原因的。从《王贵与安娜》一书的出版开始，她的写作始终被读者认为"行文跳脱飞扬，新鲜灵动，轻松幽默，活泼可亲，散发着生活的智慧和纯真"②，并且，许多读者能够从她的书中获得某些认同感。也因此，以六六为代表，一批敢于直接面对当代中国转型期诸种重大问题发言的作者，似乎成为某种网络文学与传统文学抗衡的符号。毕竟，20世纪90年代以来，中国文学的"向内转"令当代作家的创作迅速放弃了对中国社会重大问题发言的权利，而转向了越来越极端的"私人化"写作。不痛不痒的创作使得读者不再信任作家描述的生活，反而是直接挪用、改编现实事件的网络小说，让人们感受到了这批网络文学作者干预生活的激情。但是否就能因此认为，网络文学从此具备了比纯文学更强大的讲述中国故事的能力？通过对《蜗居》的分析，我们或许能够获得一些答案。

一部针对中国社会热点问题而创作的小说，如果只是因为选择了现实题材，当然远远不足以使它成为一部拥有广泛读者基础的作品。《蜗居》之所以能够引起人们感情上的共鸣，主要还在于它忠实地反映了时下许多家庭在房价飙升国情中的典型困境。小说的主人公之一海萍在上海工作多年，却只能和丈夫苏淳龟缩在1间10平方米的出租屋内，还不得不把儿子欢欢寄养在老家的父母那里，"要在这个城市里有一个家，这显然是

---

① 李敬泽、邵燕君、陈晓明：《网络时代的文学》，《中国现代文学研究丛刊》2016年第8期。
② 周兆呈：《从"低学历"阴影到特别骄傲——〈蜗居〉编剧六六狮城十年路》（http：//blog. sina. com. cn／s／blog_ 49b1bafe0100gves. html）。

不可能的"①。衣食住行，自古以来就是中国人一生中需要解决的几个基本生存问题，也是海萍这样一类重点大学毕业生在异乡确保自身社会地位及人格尊严的基本前提。因此，拥有一套在上海的房产，成了海萍的梦想。但是，高房价使海萍面临的，是梦想的崩溃。不断奋斗，却可能最终"无立锥之地"。这种梦想和残酷现实造成的落差，令海萍对自己的人生信念产生怀疑，开始对生活感到迷茫，对婚姻感到失望。海萍的境遇，也正是现实中人们面对高房价不能再通过自己的努力把握人生的真实写照。从这一点上看，《蜗居》的出现，确实是有它的时代意义和现实意义的。

但对于现实的高度摹写，并不等于《蜗居》就是一部优秀的文学作品。《蜗居》这样一部小说，其成功之处更多是在于它的现实意义，而不是在于它的"现实主义"。尽管现实主义在方法上要求遵循再现生活的原则，但是艺术和现实之间联系的发生，是通过艺术自身的形式法则，而不是被动地接受现有秩序、机械地模拟物化的客观现实来实现的。高明的现实主义艺术作品往往是"通过被纳入主体、被主体经验过并以形象的方式表现出来的现实与外在的、未被主体加工过的现实状况的对比来批判现实的"②，但六六展现了一种在资本和权力勾连之下高度严密的、十分合作者之"理"的现实生活秩序。按说，面对这样一个都市青年如何在资本——权力的双重压力之下，被物化，被扭曲，一步一步丧失独立主体地位，沦为某一上层利益集团附着品的主题，《蜗居》完全可以进行更深入的探讨。然而，在小说中，以海萍、海藻为代表的为个人梦想奋斗的青年，他们和官商利益团体之间的冲突被六六用一种更高权力机构出面惩奸除恶的套路轻描淡写了；而海萍和海藻这一对姐妹的经历，更是让人觉得作者像是试

---

① 六六：《蜗居》，长江文艺出版社 2007 年版，第 7 页。
② ［德］特奥多尔·W. 阿多尔诺：《被迫的调和——评格奥尔格·卢卡契的〈反对被误解的现实主义〉》，章国锋译，载柳鸣九主编《西方文艺思潮论丛·二十世纪现实主义》，中国社会科学出版社 1992 年版，第 299 页。

图将海萍买房这一中心事件扩展为一个中国当代知识女性如何通过个人奋斗获得经济独立的故事。可惜的是，正是由于对小说中这一根本性冲突的规避，整部小说从"女性奋斗史诗"变成了"权力的童话"。

尽管六六用了很长的篇幅描写主人公海萍如何为了维护自己的尊严愤而辞职，如何通过为外国人 Mark 做家教在经济上赢得了转机，又如何在丈夫蒙受冤屈时选择夫妻同甘共苦而不是大难临头各自飞，但不可忽视的是，海萍之所以能够潇洒地从公司辞职，是宋思明通过手中权力运作促成的；丈夫苏淳冤屈的洗刷，也是宋思明请来律师解决的，甚至海萍最终能够顺利找到新的职业方向，一步步发展起自己的事业，也还是宋思明在其中牵线的结果。可以说，海萍面临的生存困境，不断在宋思明的权力之手下被消解了，而海萍通过宋思明直接或间接的帮助，最终实现的"买房"梦想和第二职业的开拓，都是建立在妹妹海藻和宋思明的桃色交易基础之上的。虽然在宋思明与海藻的关系建立之初，是海藻将身体物化为资本向宋思明归还 6 万元欠款，但是，双方地位不平等的本质很快被二人之间的情感关系掩埋了。宋思明面对海藻，始终是将自己放置在一个追求者的位置，他向海藻乞求爱情，他的一切情绪为海藻而牵动，"这个姑娘，如果笑，他就会心头柔软；如果哭，他就会手足无措；如果冷漠，他就会害怕；如果决绝分手，他内心痛楚"①。权力和资本不再形象狰狞、扭曲人心，而换之以温情脉脉的面纱，以一种守护者的形态给予了被规训的人们以尽可能的自由和独立。于是，海藻用身体换来的，是最终飞往美国开启新生活的希望；海萍作为间接受益者，开辟了新事业。一切矛盾都在权力的守护之下消弭了，高房价变成了一个没有伤害任何人的背景性符号。六六声称的要写出一种真实的生活，反映生活中不那么美好的一面的意图也因权力规训的合理秩序变成了对"权力乌托邦"的臣服。

---

① 六六：《蜗居》，长江文艺出版社 2007 年版，第 90 页。

六六的这部小说，还在叙事逻辑上存在着一种被用力证明的合理性，但奇怪的是，她笔下的人物常常在行动上给人以巨大的悖谬感。首先是海藻和宋思明。在叙事逻辑上，六六试图想要把海藻塑造成一个因为物欲而堕落的"糊涂的姑娘"，把宋思明塑造成一个滥用私权、收受贿赂、包养情人、熟知官场潜规则的贪官。为了给宋思明对海藻的感情找到一种逻辑性，她塑造了一个存在于回忆中的初恋形象，并使用了一连串密集的意象去概括宋太太在身材、生活观念等方面的衰老，来说明宋思明对海藻的爱起源于一种对逝去青春的心理补偿和占有对方初夜的自我欺骗。甚至，六六在叙述宋思明和海藻的相处过程中，花费了大量篇幅描写二人充满肉欲的性爱场景，试图放大宋思明和海藻关系在道德上的不正当性。但是，宋思明在结尾处为了海藻而死的结局不仅没有强化二人关系的不道德感，反而有了一种悲剧性的升华，同时，也造成了作者叙事逻辑上十分突兀的撕裂感。事实上，这是作者自身都没有意识到的，人物的非理性和作者既定的道德评价之间的冲突。六六是一个道德理性至上的作家，这种道德理性至上的观念，也使得她习惯将所有的人物强行纳入主流社会道德评价体系的框架之中。譬如在她的另一部小说《王贵与安娜》中，由家庭责任建立起来的感情大过于年少幻梦般的爱情是小说的主题，而为了完成对这一道德主题的宣扬，六六毫不犹豫地让安娜在面对往昔英俊温柔又博学多才的情人提出的共度余生的请求时，甚至没有任何挣扎就选择了守护家庭而不为逝去的爱情和青春而痛苦。在《蜗居》中，六六同样将这种评价机制施加到每一个人物头上。于是，一个为了房子不断奋斗的海萍必然是成功的，一个堕落为小三的海藻必然是受到惩罚的，而一个"以权谋私"的"贪官"宋思明必然是要走向灭亡的。但是，人始终存在非理性的精神世界，而这一部分，是理性不可掌控的。因此，即使宋思明和海藻的关系有多么的不正当，宋思明对海藻的追求、占有的过程中依然不自觉地流露出纯粹而柔情的一面。可惜的是，在小说的诸多部分，六六都吝啬于笔墨去挖掘人物的非理性，从而常常使人物形象看上去"合理"而不"合情"。

这种人物的"合理"不"合情"，一方面体现了作者和人物之间的话语冲突，另一方面这其实也是由六六"前剧本"式的叙事方式造成的。六六在小说中对人物的塑造基本上依靠大篇幅的对白，人物生活的环境、面对命运转折的种种心理转变，往往是被忽略不计或者轻描淡写的。这种单一的叙述方式，常常使人物形象充满了一种生硬的拼贴感。例如，海萍在小说的背景交代中是一个对妹妹有深厚感情和养育之恩的姐姐形象，但是在买房过程中，面对海藻的堕落，海萍只是表达了口头上的担忧，对妹妹和宋思明之间的关系，丝毫没有主动保护亲人的行为，甚至当海藻拿着做"小三"得来的钱给海萍时，她也只是推脱一下就接受了。尽管作者以买房、欠钱、丢工作等一系列事件试图为海萍的行为找到一种逻辑上的合理，从而使得这一人物有生存艰难自顾不暇的借口。但是，海萍在海藻的堕落上自始至终的不作为，甚至在接受以海藻堕落为前提的帮助时心理活动的缺失，给读者造成了一种人物冷漠、自私、虚伪的印象，甚至会让人觉得作者在小说背景中一笔带过的有情有义的长姐形象和海萍是完全不同的两个人，这也使得海萍这一人物失去了她应有的丰满，进而流于扁平。

一个真正的小说家，对其笔下人物应该是具有最诚挚的同情心和最童真的探索欲的。因为他深知人性的复杂，懂得人们在面对命运时的种种迷茫和痛苦，所以，对于笔下的人物，他不会用一种上帝的全知和威严安排每一个人物的生活，评判每一个人物的品性，代自己笔下的人物发言。这也正是托尔斯泰当初意欲写一个荡妇，最终却成就了安娜·卡列妮娜的原因。同样，福楼拜的《包法利夫人》中，一个过分天真的、受到错误教育的、试图通过偷情获得传奇式爱情的女人也因其遭受的不幸和痛苦而让人同情。

而六六对于笔下的人物，过分倚重了她作为作者的权威。作者仿佛是小说中四处游荡的幽灵，偶尔改头换面，附身于某一人物身上，和读者面对面高谈阔论。因而，在《蜗居》中，读者看到的不是一个个独立的人，而是符号化的人物群：已婚男人、已婚女人、未婚男人和未婚女人，以及代表不同国家文化观念的外国人。已婚男人对老婆的看法永远是对方不会对自己俯首帖耳，而是"直呼其名，并想甩脸就甩脸给你看"①；已婚女人则总是处于一种对丈夫、对婚姻的近乎歇斯底里的嫌恶之中；未婚男女则是糊涂得随时准备走向歧路，至于外国人，他们更像是中国人生活的围观者和真正没有任何道德风险的金主。可以说，除了宋思明因其自身的非理性冲突显示出人物的复杂性和悲剧性之外，其他的人物都在不同程度上被脸谱化了，而这，恰恰是作者对人性的好奇心和同情心的缺失造成的。

此外，作者对叙事因果逻辑的迷恋，也折断了小说呈现深刻主题的可能。海藻的堕落和她将要面对的生活的可能困境，原本足以引领读者从人物的遭遇中获得某种更深层次的对人和社会的思考，然而，由于 Mark 和宋思明、海萍之间的渊源，海藻的怀孕和流产，宋思明的落马和死亡需要有环环相扣的人物动机来使这一系列情节的展开更为自然合理，于是，作者在借助宋太太之手对海藻施以流产的惩罚之后，竟然设计了外国人 Mark 因为受宋思明生前之托，将海藻带去美国妥善照顾，从此过上了充满希望的新生活的结尾。这不仅使作者安排的惩罚变得无足轻重，更在一种看似合理的因果之中，使海藻和宋思明这段建立在桃色交易上的感情瞬间出现一种充满低俗浪漫色彩的、大团圆式的魔力。于是对海藻来说，这样一段人生经历就不再意味着抉择、痛苦、迷茫和巨大的代价，而成了一段带着肉粉色疤痕的，可供追忆的艳遇。也因此，《蜗居》这部小说失去了它本应有的崇高意味而流于浅薄。

《蜗居》的语言同样加剧了小说的浅薄感。六六在小说中使用了大量的网络流行语和影视作品流行语，譬如，海藻和小贝的聊天："俄滴神呀！

---

① 六六：《蜗居》，长江文艺出版社 2007 年版，第 106 页。

老公！你简直太伟大了！你就是鲁迅笔下的孺子牛啊！"① 而海萍收到单位同事以结婚为名行收红包之实的请帖时的心理活动是："NND，为什么不先问小吴！可恶！就不去，偏不去，死活不去。"② 尽管这些流行语对塑造人物性格起到了一定的积极作用，但是，过多流行语的直接使用，不仅没有使作家的语言媒介变得更加丰富，反而更加显露出作者在语词塑造上创造力的缺乏。作者将一堆混乱而粗糙的语言素材不经加工地混杂在作品之中，并且洋洋自得于这种消化时尚的小聪明，而且人物的对白也因为对流行语的依赖带给读者一种无聊的卖弄感。

虽然文学性这一概念的含义在后现代主义思潮迭起之下，不断迁移、扩张，但是雅各布森对文学性的一些基本看法依然有效，即文学性存在于文学的语言层面中。童庆炳指出，文学性在具体作品中表现为气息、情调、氛围、韵律和色泽。③ 而这些，都蕴含于文学语言的创造之中，没有任何伟大文学家的思想及创造的经典形象不是通过文学语言传达出来的。网络文学尽管在它的发展过程中显露出了一些未来文学发展的可能性，但是之所以许多批评家面对网络文学依然会感到无从下手，除了那些具备批评潜质的网络文学作品因网络文学过快的生产方式而湮灭于庞大的作品数量之中的原因外，语言形式的粗糙也是造成网络文学进入文学批评视域十分困难的原因之一。六六的小说，脱离了流行语的支撑，经常就变得干瘪无力，在她的笔下，人物情绪兴奋时，便只能是"雀跃"的，女人向男人撒娇时，则只会是"娇嗔"的。而在第十四章描写海藻和小贝的约会，作者竟然直接搬运了一首占了整整一页的流行歌曲——这除了让人感叹作者在文字上惊人的懒惰之外，再也无话可说。

事实上，《蜗居》没成为近年网络文学中一部讲好中国故事的代表性

---

① 六六：《蜗居》，长江文艺出版社 2007 年版，第 14 页。
② 同上书，第 44 页。
③ 童庆炳：《谈谈文学性》，《语文建设》2009 年第 3 期。

作品的原因，归根结底，还是在于作家对文学的诚意不足。网络文学的生产范式和大众文化的兴起息息相关。消费性、娱乐性的文化环境，以及读者打赏、影视 IP 改编等一系列逐渐成熟的商业运作机制，也使网络文学的生长环境受到制约的因素越来越多。尽管"大众"可能意味着一种革命性的文学未来，但"大众"也可能意味着欲望的膨胀，莫名其妙的自负，对平庸的推崇以及对反思性生活的漠视。只有通过读者的认同、赞赏才能达到对自身创作的肯定，这并不是一个成熟的作家应该具备的素质，因为这种对自我的不确定代表一种不成熟的文学观和可能存在的对读者的讨好。而六六恰恰旗帜鲜明地指出，她的写作只有在"一边写，一边听下面有人使劲拍巴掌，或者砸砖头也行"的状态下才能进行下去。① 这种需要读者回应的创作，也使得六六将自己放在一个比读者更低的位置，将文学创作变成一种和读者互动的工具，因此，《蜗居》中合乎大众逃避现实残酷性的心理需求的情节、某些近乎油滑的语言腔调和大团圆式结局的出现也就不足为奇了。但是，文学，无论是什么时代，生长于哪一种媒介之下的文学形态，终究是一种以语言为传播途径，"让大地的美丽，让号召人们为幸福、欢乐和自由而斗争的呼声，让人类广阔的心灵和理性的力量去战胜黑暗，像不落的太阳一般光华四射"的艺术。② 而如何使网络文学成为专注于心灵建设的事业，而不至于沦落为只是好玩的消遣，尤其需要网络文学作者的自我修养。王国维说："有境界则自成高格。"只有创作主体不被网络文学的商业运行机制绑架，真正把文学看作高尚的艺术，一种自我完成的生命实践，网络文学的未来才是有可能的，伴随网络文学生长的一代读者也才可能不是没有深度的。

① 舒晋瑜：《六六：不上网就不会写小说》，《中华读书报》2007 年 12 月 19 日。
② ［俄］康·帕乌斯托夫斯基：《金蔷薇》，戴骢译，上海译文出版社 2007 年版，第 12 页。

论六六的《蜗居》对传统通俗小说的继承

亓慧婷*

【摘要】 六六的《蜗居》因电视剧的改编而大火，并因此掀起一股都市伦理剧的创作热潮，我们在看到其作为网络文学的显著特点之时，也应看到这部小说与传统通俗小说的诸多联系。《蜗居》从多个角度展开故事的讲述，情节跌宕起伏、冲突不断，这都是传统通俗小说的叙述特点在当下的运用。同时，作为大众文化，《蜗居》在小说的消遣性、趣味性、娱乐性等方面又得到了长足的发展，这些一以贯之的特点无疑使其在传统小说与现代小说两种风格的双向借鉴上形成了自己独特的艺术张力。《蜗居》也存在不足，比如，情节的冗杂、人物的单薄等。

一 叙述上的多样手法

小说《蜗居》主要写了两个叙事维度。第一个叙事维度主要是以海藻的感情为线索的叙事。海藻作为一名普通公司小职员，有着自己的小爱情，跟小贝过着相亲相爱的生活，但是后来因宋思明的介入，两人的感情

---

* 亓慧婷，山东师范大学中国现当代文学硕士研究生。

发生了变化，海藻在诱惑下一步步走上了职业小三的角色，也最终走向了被设定好的命运。第二个叙事维度是海萍的买房之路，海萍跟苏淳都是名牌大学毕业，放弃了回老家的机会而留在了大都市江州，但飞速上涨的房价根本不是两个小白领能支付得起的，于是围绕着买房，海萍跟苏淳开始了漫漫的攒钱之路。小说就是沿着这两条主要线索而展开，中间又延伸出了以宋思明为线索的分枝等情节。这种多线的复式结构，是我们传统通俗小说最常用的表现手法，四大名著里的《红楼梦》，是沿着宝黛钗的爱情纠葛跟荣宁两府四大家族的荣衰为主要线索展开的，同时又有着多条复线，形成开放的辐射式的布局。小说因此可以较为自由地展开，这大大加强了小说的故事性，满足了读者的求奇心理。在小说真实表达现实生活的基础上，丰富和扩充了读者的期待视野。这种线性叙述跟传统小说一以贯之，在叙述维度之外又有多角度叙述。作为叙事性网络作品在当代小说基本结构基础上的借鉴形成了自己独特的艺术张力。

通俗小说又被称为"故事性小说"，因此对故事性的要求是通俗小说特别看重的。而《蜗居》就是一部以故事性见长的作品。故事性就是对情节冲突的描述，有了情节的编排才会使小说有趣。在乔纳森·卡勒《文学理论入门》中提到"不过，最基本的还是，一个情节需要变换。必须有一个初始情景、一种变化，包括反向发展的变化，以及一个结局，这个结局要能够使情节中的变化有意义"①。《蜗居》作为一部网络小说在情节方面设计得非常成功。攒钱买房之路坎坷曲折，但往往是在快要得到房子的时候又会出现意外被迫止住了自己买房的脚步，为了攒钱两人晚上吃面条；海萍为省公交钱骑自行车去上班，不成想自行车又被偷；苏淳为了挣钱接私活，不料被人利用而入狱；为了把苏淳从警局保出又把跟宋思明原本断了的线重新接上了。而海藻这边呢，她跟随姐姐留在了江州，做起了小职

---

① ［美］乔纳森·卡勒：《文学理论入门》，李平译，译林出版社2013年版，第88页。

员，虽然贫穷但拥有跟小贝的爱情也很幸福，而故事远没有这么简单。偶然的机会认识了宋思明，在宋思明物质跟精神的诱惑下，海藻沦陷了，改变了自己的初衷，过上了有钱人的物质生活，小贝的离去让海藻彻底走上了一条不归路，落得个流产、远赴异国的结局。以宋思明为中心，又写了他从一个呼风唤雨、一人之下万人之上的地位沦为一个贪官败类，以他的车祸惨死而收场，中间又加入了官场勾结、官官相护的黑暗现实，甚至他参加同学聚会都是一个重要的情节。这一连串的情节要么是角色设定向相反的方向发展，像海藻的前后变化；要么是最初的难题得到了解决，像海萍最后拥有了属于自己的房子。"在每一个具体故事中，我们都可以看到在事件层次上的发展与在主体层次上的转变之间的结合"①，传统小说的叙述规范和作者的客观描述相结合，使得故事的发展有张有弛，在不背离通俗小说基本结构的基础上又有着自己的创新。传统小说中一波未平一波又起的故事情节都可以在这个文本中看到，读起来始终感到有转折有高潮，给人很"爽"的感觉。像《玉梨魂》是围绕白梨影与何梦霞之间不可实现的爱情而展开的，中间因为礼教的束缚、观念的冲突而没有终成眷属。《牡丹亭》的故事情节相比于《玉梨魂》就显得更加曲折，柳梦梅与杜丽娘是在梦中相识相爱，丽娘相思成疾一病不起，到这里便是一个大的转折。三年后，柳梦梅拾得丽娘画像才知道她是自己的佳人，丽娘的起死回生成全了两个有情人，但故事并没有结束，丽娘父亲杜宝据不认此婚事，最后在皇帝安排下两人才能相守。一波三折，矛盾冲突不断才让读者爱不释手。

除了这些在一般上看起来是自己外在的冲突之外，很多情节也是在写自己内心的冲突。海藻在身体上出轨后对待小贝又是愧疚又是心虚，但还是断不了跟宋思明的联系，甚至感到跟宋思明在一起时特别刺激。在小贝

---

① ［美］乔纳森·卡勒：《文学理论入门》，李平译，译林出版社2013年版，第88页。

知道这件事情之后，她内心备受折磨，想放弃这段感情减少对小贝的伤害，又不舍得离开深深爱着自己，自己又放不下的小贝。而另一边的宋思明也是处在行为导致的各种矛盾冲突中，在妻子与海藻之间摇摆不定，内心受着良心的惩罚……处处有"戏"便是一种成功。勒内·韦勒克、奥斯汀·沃伦在《文学理论》中说"冲突具有'戏剧性'，包含着一些大致相等的力量之间的较量，包含着动作和反动作"①，因此故事中的这些角色在很多时候做了一些自己不想做的事。这是在塑造人物时不能缺少的技巧，人物有血有肉有灵魂才能打动读者。

传统小说中的伏笔、巧合等叙事技巧也在《蜗居》中广泛使用。小说可以说是处处存在着伏笔。海藻借了宋思明的六万块钱，就为后面海藻"金钱肉偿"做了铺垫，而海萍为了一支烟跟苏淳大吵，嫌苏淳不能赚钱没本事，就为后面苏淳为了赚钱而接私活，以致违法被抓埋下了伏笔。巧合的运用也恰到好处，宋思明跟海藻的第一次见面就是一个巧合，海藻被老板叫去陪的客人恰好就是宋思明，而宋思明也正好喜欢海藻这一类型的女孩，后面海藻买的房子的下面邻居就是老李一家，这都似乎是意料之外的事情，但想想又顺理成章。所有这些技巧的运用都推动了故事的发展，增强了网络小说的可读性。再如六六的另一部小说《双面胶》一开始，亚平跟胡丽娟他们各自生活家庭的不同就为后面的婆媳关系做了铺垫，而丽鹃跟亚平吵架恰好被婆婆听到，后面丽娟、亚平跟婆婆三个人的吵架又被公公听到，这些巧合的运用就一步步使矛盾升级，推动了故事情节的发展，最后酿成了那样的结局。此外，小说的成功也离不开叙述视角的独特运用。作者很机智地运用了全知全能视角，每个人的思想都在作者的操控下，各个角色的内心情感和行为的动机都在安排之中，这种视角的运用为

---

① ［美］勒内·韦勒克、奥斯汀·沃伦：《文学理论》，刘象愚等译，江苏教育出版社2005年版，第254页。

我们展示了海萍、海藻、宋思明等人真正的情感。同时使得一切都赤裸裸地暴露在大家面前，其现实性也不言而喻。比较明显的是《水浒传》的叙事，其用全知视角全方位描述人物和事件。可以说小说《蜗居》的视角运用吸取了传统小说的长处，对于故事的展开是十分有利的。

二　大众化的审美追求

以《蜗居》为代表的网络小说与传统通俗小说一脉相承，在小说的消遣性、趣味性、娱乐性等方面取得了长足的发展。这也是它区别于高雅文化的重要特征，正是因为不需要面向有着丰富的社会经验、有着较高的文化修养的读者，所以在文本的复杂性、深刻性上要求不高，这也符合了广大市民的审美追求，类型化的通俗小说也在社会风潮中层出不穷地涌现。在古代，以当时来说，小说可能处于边缘的地位，但是四大名著在陌肆之中被老百姓津津乐道，一直到今天，虽然小说的地位已有明显的提高，但相比于严肃文学，这些网络小说、消费文学还是处于不被看好的境地。郑振铎在《中国俗文学史》中提道，"所谓俗文学就是不登大雅之堂，不为学士大夫所重视，而流行于民间，成为大众所嗜好，所喜悦的东西"①。虽然不被学者重视但为大众所喜爱，这种大众化品格是不应该被忽视的。顺应读者大众的需求，又服务于读者大众，这是通俗小说不断发展的重要原因。

《蜗居》因其电视剧的改编而大火，如果从文本来追其大受欢迎的原因，肯定也离不开剧本即小说的创作成功。小说人物设置简单明朗，与传统通俗小说中的武侠、言情、公案等题材相比，又加入了时代话语中的其他元素，使得小说在复制传统小说模板基础上有着新的活力与生命力。故事放在了大都市江州，也是一个纷繁复杂的社会，只是故事的主人公不再

---

① 郑振铎：《中国俗文学史》，东方出版社 2012 年版，第 1 页。

是才子佳人王侯将相，而是像《金瓶梅》里面的普通市民，只是活在了现代。故事发生在身边自然引起我们的好奇心，海萍、海藻等人的塑造也完全符合大部分普通人的生存现状，无论是随着故事进展而生发出的同情、鄙夷还是嘲笑，都是把读者带入小说中的成功表现。关于小贝跟海藻的感情，有的读者会为他们之间简单而温馨的爱而感动，满足自己对爱情的幻想，期待自己的爱情；有的看到了海藻跟小贝过着冰淇淋都不舍得吃的苦日子，表示不愿相守这样的没有面包的爱情；也有的因为海藻的背叛而同情小贝，并想象自己对于爱的人背叛该采取的措施；等等。这都是读者对于文本的不同表现，读者在阅读过程中主动地参与到故事中去，释放了自己的感情、排遣了自己的寂寞，这本身就是一种消遣，一种放松。其娱乐性功能也在小说阅读甚至读后得以实现。海藻跟小贝在一起时的幽默快乐，海萍在儿子从老家回来后全家团圆的欢乐，都给读者温馨放松的阅读享受，这种深陷其中的阅读快感正是疲于奔命、表情单一化的现代人所需要的。正如陈晓明所说，"这是一个文学大众化的时代，文学彻底走向人民，成为为人民狂欢、发泄与自我满足的一种工具"①。

娱乐消遣，是读者大众在忙碌之余所享受和追求的，但是一味放纵自己的欲望、抒发自己的感性直觉也不是人们想要的，像当下一些写作者们的身体写作，特别是在网络上以各种噱头吸引读者的小说一样，即使因为猎奇心理读完了文章也丝毫没有任何的思考，甚至感到无聊疲累，这是尤为可怕的。随着人们文化水平的提高，读者们想要的不只是娱乐趣味，知识性也是必要的。虽然鸳鸯蝴蝶派的小说被很多写严肃文学的作家们或是严肃文学的研究者们诟病，但其创新性的写作技法，对现代都市商业文化的描述，这些在读者看来却是新奇的、有知识性的，因此也是大众读者们

---

① 陈晓明：《众妙之门——重建文本细读的批评方法》，北京大学出版社 2015 年版，第262 页。

需要的。《蜗居》这部都市题材小说继承了传统通俗小说表现现实的特点，写了海萍整个家庭的一些基本生活轨迹，没有言情小说霸道总裁、傻白甜那样的人物设定，也没有玄幻的天马行空，只是在讲述一个身边人的故事。随着经济发展带来的高房价现象，从2000年以来一直还是人们关注的热点问题。《蜗居》便围绕着这个问题而展开。"满大街都是polo，超市老太太都穿dior，现在公车上，哪个不拎LV？"满眼的名牌，充斥着物质的存在。放大了我们有时忽略掉的现象，所有的都赤裸裸暴露在我们眼前，更能激起我们的共识。在小说中描写的那个物欲横流的都市社会，每个人都想办法让自己看起来更有钱，正如宋思明所说，凡是钱能解决的问题，就不是大问题。人们的价值观在扭曲变形。人的本质在渐渐吞噬，趋于异化。在当下的都市生活中，名牌、房子这些消费品，不只是作为一种实用的必需品，也成了感官享受的对象，人们在自己跟别人的眼光中得到了满足。这些赤裸裸的风景被作者真实地表现了出来。此外，小说中以宋思明为中心的官场勾结的腐败，女性性别角色的消费，男性在男女平等地位中却被要求担负买房养家的重任等社会现象，都让读者在消遣之余进行进一步思考。故事性小说的知识性、价值性也在读者大众的思考中得到实现。此类小说中的《欢乐颂》《翻译官》等都市小说也是在读者消费中受到了教育，"寓教于乐"是通俗小说的一个重要特点。

三　继承上的发展和不足

网络小说在当下呈繁荣发展之势，除了在这些基本手法、大众化审美品格上的继承之外，也有属于它自己的独特特征。网络小说因受网络的影响，形成了作者、读者双向互动的创作接受模式，作者可以在创作中根据读者的意见要求而改变自己的创作方向，这就变成了读者也是创作者的这样一种新模式，无疑顺应了读者大众的需求。网络语言的广泛运用，使得整个文本变得俏皮活泼，贴近生活而具有强烈的时尚感。叙述风格也顺应了这种快餐式阅读的写作方式，叙述简单轻松，大大降低了阅读障碍。情节的设置跌宕起伏，虽然还是模式化的故事但前因后果事件的组织又不是固定不变的，也能让读者感到新奇。特别明显的是金庸、琼瑶等的通俗小说，琼瑶的小说无怪乎男女主人公相爱，中间的重重阻力，最终大团圆的结局，也是对于明清时期通俗小说模式的翻版，但成功的是作者把剧情又重新组织，加入一些新的情节或是使情节向相反的方向发展，再加上琼瑶擅长古典文学中对意境、景物的描写手法，就使得读者在轻松熟悉的结构化模式中又有了新的发现，期待视野得以扩展。当下新近的南派三叔的小说像《老九门》《盗墓笔记》，也是围绕盗墓这一主题展开，只是在内容上有创新、有发展，使得读者即使知道是同个类型的还是会觉得有新鲜感，这便是一种发展。同时，当下的网络小说也在积极向雅文学靠拢，像《甄嬛传》古典语词的诗句、心理描写的细腻都是值得赞叹的艺术特点，而《诛仙》等玄幻小说气势恢宏的结构，对情爱的颂扬、对奋斗的推崇都是积极向上的，这显然表现出通俗文学向严肃文学认真学习的态度，是值得鼓励的进步现象。此外，当下不管是以《蜗居》《欢乐颂》为代表的都市题材小说，以《宫》《步步惊心》为代表的穿越题材小说，还是以《匆匆那年》《初恋那件小事》为代表的青春校园小说，都含有时代的气息，有着当下人的思考。

《蜗居》小说在发扬传统通俗小说的优点之外也存在着不足。首先，人物不够丰满。小说中的人物尽管刻画得比较细致，但心理描写做得不够成功，因为作者用的全知视角，使得作品与读者之间产生了距离，读者也不能完全读懂人物的所思所想。像宋思明的人物设置，他既想跟海藻在一起又不想跟结发妻子离婚，他爱的是海藻这个人还是喜欢自己的权力，使得读者无法正确理解宋思明的思想，也就在这个人物身上产生了困惑。又如海藻在小贝离开自己之后非常痛苦，但见到了宋思明立马又开始了欢欢乐乐的另一段生活，在这个过渡上显然不够熟练，这样就把海藻对小贝的爱情放到很低，而这在小说情节或是角色刻画上又是矛盾的。这些不足都使得小说中的人物扁平，逻辑性不强，影响了故事的讲述。其次，故事讲述太过冗杂。这虽然是通俗小说顺应大众的特点之一，但同时也造成了小说表述烦琐，使读者感到单调无聊。比如，在海萍与她的两个学生 Mark 和正雄的讲述上，如果是为了表达海萍的努力上进，但与 Mark 之间发生的事情写得过多过细，与小说主题更是差得太远，即使是为了增加故事情节，也显得有些牵强。最后，小说的境界不高，只是单纯地讲故事，在承认其现实性的同时，也应看到并没有多少值得反复咀嚼的价值，只是当作快餐消费并不能让读者再读时产生新的体悟，在揭露房价、欲望、人性时太过尖锐，对美好东西的表达欠缺，一部好的作品是应该向着真、善、美看齐的，暴露得太彻底反而降低了小说的艺术价值。而这也是当下通俗小说中存在的通病，能否被更多人接受，关键是思考如何在程式化的故事表达中向着更高水平迈进，正如邵燕君所说"网络作者和读者在文学资源、美学标准和师徒传承等方面都与主流文坛失去了关系，这个断裂是全方位的"，[1] 怎样加强与主流文学的联系，弥补这种断裂都是当下应该思考的问题。

---

[1] 周志雄：《网络文学的兴起——中国网络文学发展文献史料辑》，人民出版社 2014 年版，第 133 页。

"蜗居"时代的性与身体

张 猛[*]

【摘要】网络文学作品《蜗居》最为人诟病的一点，在于作品中泛滥的性欲描写与身体叙事。通过运用文化批评的视角，我们分析了该作品中性爱与身体描写的细节，认为它们与整体的作品之间具有不可分割的关系。文中的身体描写揭露了"身体"规训于"权力"的隐蔽事实；现代社会身体与欲望日益呈现出"审美化"的趋势；在消费社会的大环境下，海萍、海藻的命运具有普遍意义，普通人难以避免会受到"符号消费"对身体的异化影响。纵观上述几个层面，《蜗居》中的"情色描写"是对当代社会的复写，是对都市生存状态的观照。

2009 年，根据同名小说《蜗居》改编的电视剧甫一上映，即引发众多争议。据媒体报道，时任国家广电总局某司长痛批该剧"靠荤段子、官场、性等话题炒作"，社会影响低俗、负面。[①]与电视剧相比，小说《蜗居》中对"性"和"身体"的描写所占的比重更大，几乎每个章节均以男女人物赤裸的身体叙事作为结尾。作品中的情色描写是否总是作为"边角料"

---

* 张猛，北京外国语大学比较文学与跨文化研究博士研究生。
① 华静言：《批〈蜗居〉广电总局司长遭人肉》，《河南商报》2009 年 12 月 16 日第 A24 版。

或调动低级趣味的叙事策略，应当予以鄙弃？通过分析我们发现，"性"和"身体"与《蜗居》这部作品的关系十分紧密，以上文该司长言论为代表的观点自持"卫道士"的立场，片面强调了文学的伦理，却忽视了身体叙事的真正意图。"身体"，不该成为被遮蔽、受忽略的对象，而恰恰应当作为解读《蜗居》的一个有力支点，为分析情节与人物提供佐证。

"身体"占据话语的中心，可以追溯至哲学上的重大转折——自尼采以后的许多哲学家将"身体"取代"意识""灵魂""主体"等论题，将之作为哲学研究的出发点。这里的"身体"，既可以是哲学思考的中心，也是真理领域中的解释学中心。学者汪民安考察这一哲学转向时，以福柯的权力学说为例，指出："身体成为各种权力的追逐目标，权力在试探它，挑逗它，控制它，生产它。正是在对身体作的各种各样的规划过程中，权力的秘密、社会的秘密和历史的秘密昭然若揭。"[①] 对于"身体"的描写和解释，不应仅囿于伦理观念定位，那些"必须以'爱'的面目才能显身的'性'规则同样可以被看作是某种性禁忌，它同样建立在性本质主义教条的基础上。这种教条仍将'性'看作社会生活中可怕的自然力量，必须加以控制，否则将威胁到人类社会的稳定发展"[②]。文学作品中的"性描写""身体叙事"是否可行，判断的出发点应该是这种叙事是否与作品主题密切相关，是否更有利于文学思想的表达。据此，我们认为运用文化批评中的"身体"理论剖析小说《蜗居》的相关情节，对于更好地理解这部作品将是很有助益的。

一　被权力改造的身体

《蜗居》首先是一部关于"空间"的小说。"蜗居"这个比喻一针见血，将现代都市最重要的两种构成——"人"与"房子"之间的紧张关系

---

① 汪民安、陈永国：《身体转向》，《外国文学》2004 年第 1 期。
② 陈宁：《女性身体观念与当代文学批评》，南开大学出版社 2014 年版，第 176 页。

勾勒了出来：生活在光怪陆离的大城市中人，其身体已经由于空间的逼仄而被迫变形。要适应这种压迫的空间感是很困难的，其中一个典型的例子便是——海萍夫妇因为"房事"而影响了夫妻间正常的"房事"。苏淳向妻子示爱，而海萍的身体欲望被工作和购房的压力消耗殆尽。苏淳愤愤不平地抗议："我觉得我都快成风干的木乃伊了！一个月连一次都没有！我们才多大啊！你这不是压抑人性吗？"海萍则回应他："没有房子才是压抑人性呢！饱暖思淫欲。"① 这种言论看似荒谬，实则折射出"权力"对现代人观念与身体的改造——对稳定居住空间的正常诉求瓦解了人的正常欲望，而幕后操纵这些的是住建部门、房地产商的管控权力。福柯指出："建筑本身并无所谓压迫或解放，并无所谓控制或者自由，相反，它随时势而定，一个建筑和空间只有在被实践和操作时才能起到压迫或者解放的作用，也就是说，只有被有意运用到统治技术中时，建筑才能发挥控制和规训的功能。"② "房子"已经成为关系到身体是否平衡的巨大隐喻，与苏淳和海萍的境遇构成鲜明对比的是，象征"掌权者"的宋思明深夜驾车驶入别墅区，与海藻在宽敞的卧室里尽情释放身体的欲望，"床在咫尺……两个人俯倒在厚重的地毯上，无声，翻滚。"③

除了空间政治上的作用力，权力对身体的规训还体现在宋思明强烈的"男权"意识上。张权生分析电视剧《蜗居》时提出，该剧中的男女关系大都呈现出不平衡的样貌："或是男性压抑女性，或是女性压抑男性。男性压抑女性，表现为处女情结、多妻制的遗毒、母性至上。"④ 宋思明对海藻的情感，在陈寺福看来匪夷所思：海藻的外形并不算女孩子中间特别出众的。对此，作者给出了两点解释：海藻酷似宋思明大学时代暗恋的女同

① 六六：《蜗居》，长江文艺出版社 2007 年版，第 47 页。
② 汪民安：《身体、空间与后现代性》，江苏人民出版社 2015 年版，第 107 页。
③ 六六：《蜗居》，长江文艺出版社 2007 年版，第 87 页。
④ 张权生：《〈蜗居〉的女性主义批评》，《贵州大学学报》（艺术版）2011 年 3 月刊。

学；在宋思明看来，是他占有了海藻的"初夜"。"处女情结"是男权文化施加于女性的精神枷锁，作为市长秘书的宋思明，拥有炙手可热的权力和中年男人觊觎青春肉体的野心。"占有一个处女"成为宋思明在身体层面的抱负，而觉察到宋思明意会错误的海藻并没有打算把真相说出来，可见她对这种男权文化的倾轧是默许的，甚至产生了"利用这一优势"的想法。海藻从最初对"老男人"的反感，到后来听从宋思明的安排，通过改造自己的身体——购买性感内衣、积极做瑜伽塑形——来取悦他，这本身就隐含着对男性权力的归顺；而最终她一个人在街头心灰意冷，"回头想想，她与宋思明之间，除了那些隽永的刻画在心头的床笫之欢外，还剩下什么？"① 没有情感上的共鸣，只有身体对权力的服从甚至迷醉，海藻直到最后才幡然醒悟：这一切竟只是因为一栋"房子"，出于那可以任意改变身体形态的空间政治。"为了姐姐买房，妹妹不得不出卖自己的肉体，整个故事的缘起竟然是如此让人瞠目的事实，这种事实能唤起人们对不太遥远的关于阶级斗争的情感记忆。"② 表面上看似男女情爱的身体描写，却勾勒出男女权力、政治约束的暗影浮动，对比身体受压抑的苏淳与情欲泛滥的宋思明，不能不令人瞠目结舌。

二　欲望与身体的"审美化"

小说后半部分，海萍在得知苏淳被派出所拘留之后寝食难安，她来到 Mark 的住处寻求帮助，而后者给她提供的治疗"失眠"的方法竟然是"走路"。令海萍惊奇的是，持续性运动促使身体进入疲劳的状态，她倒在床上很快便沉沉睡去。习惯了朝九晚五上班的都市白领，在很多情况下其实是觉察不到自己的"身体"的。莱德曾经提出过"缺席的身体"理论。

---

① 六六：《蜗居》，长江文艺出版社 2007 年版，第 296 页。
② 肖腊梅、谢宏图：《沉重的都市空间现代性——以〈蜗居〉〈双面胶〉为例》，《当代文坛》2013 年第 2 期。

"当我们投入创造我们的环境、主导我们日常例行活动的有目的行动时，身体通常会从我们的体验中'隐身'、'不显'。"① 现代社会的大部分人都生活在这样的"隐形状态"之中。海萍疲于应付工作，为了提高收入而寻找兼职，越来越不注重身体的保养和维护，她拥有的仍旧只是身体的"生产价值"，是结合了生殖与创造财富目的的实用性身体。而真正能够将身体从这些因素中抽离出来的，必然是社会财富的占有者；从这个意义上说，被包养后的海藻是这一过程的代表：她通过"自身的努力"，一步步实现了欲望与身体的"审美化"。

最初，外形条件一般的海藻并未产生过任何凭借身体"上位"的想法，她与"白领"小贝交往，每天过着循规蹈矩的普通生活。与宋思明的交往实现了她的一部分虚荣的愿望，她渐渐觉察到个人的"身体优势"，开始关注"审美化"的身体。海藻出入于高档商场结果遭到售货员的鄙视，一怒之下她选择"报复性消费"，在售货员惊讶的目光注视下，拎着大包小包的衣服趾高气扬地离开。这与小说开篇那个在高档冰激凌面前"自嘲"着走开的海藻已经有了本质的区别。审美性身体"对于快感、欲望、差异、风格、外表这些非功利因素的情调变得越来越突出，而且成为自我认同的核心之一，特别是女性，她的自我感觉、自信、自卑常常都与身体的外观紧密联系在一起"②。而海萍始终挣扎在城市消费群体的中下层，连一日三餐、交通工具的选择都要斤斤计较，更不用说为自己购买奢侈的化妆品。她和海藻互相换衣服穿，以此满足女性最基本的审美需求。这种被"阉割"的审美化身体携带的，正是消费社会固有的病态症候。

除了身体外观上的"审美化"，小说中的身体"审美化"还表现在海

---

① ［英］克里斯·希林：《文化、技术与社会中的身体》，李康译，北京大学出版社 2011 年版，第 62 页。

② 陶东风：《消费文化中的身体》，《贵州社会科学》2007 年第 11 期。

藻与宋思明之间欲望的"审美化"。相较于海萍与苏淳、海藻与小贝之间的性体验，海藻与宋思明"偷情"的事实与过程表现出更多的"游戏意味"。这本书用了相当多的篇幅展现两个人调情时的"荤段子"，强调双方对彼此身体的"把玩"，"做爱"已经不再局限于两性普遍意义上的互动，它成了一种消遣，一种肉体与心理上的快感技术。很难想象把这些桥段用于海萍与苏淳两个人身上会是什么效果，困顿于物质迷城的白领阶层没有精力、也调动不起兴致"调情"。海藻对宋思明"身体"的看法颇值得玩味：最初她直言宋思明"真的很老"，发自内心对这个男人不感冒；然而随着时间的推移，她臣服于宋思明的男性魅力，好奇"晚餐他总是吃得很少，而 Night 精力旺盛，他靠什么支撑啊！"① 后来她甚至在宋思明给老婆打电话时挑逗他的身体，主动爱抚宋思明的性器官。海藻对一具中年男人的身体由不屑到欣赏的态度背后，金钱和权势的力量功不可没。宋思明多次在与海藻做爱之后掏出信用卡、钥匙或者现金，这些带有性交易隐喻的细节进一步暗示了两个人的关系。另一个很典型的例子是，小贝得知海藻出轨之后，带着强烈的愤怒进入了海藻的身体。他这个时候已经完全顾不上器官上的享受，而只是单纯地为了发泄怒火；而海藻出于愧意，忍受着身体的疼痛，没有做任何反抗。这里的欲望已经完全不具有"审美化"的指向，它成了小贝"复仇"的武器。由此看来，作者写"性"并不是单纯为了迎合读者的期待视野，"欲望身体其实就是情境中的身体，它体现了人的情境性存在状态，伴随着不可分割的身体感觉，理解他人就是理解其身体感觉与身体处境"②。

---

① 六六：《蜗居》，长江文艺出版社 2007 年版，第 108 页。
② 欧阳灿灿：《叙事的动力学：论身体叙事学视野中的欲望身体》，《当代外国文学》2015年第 1 期。

三 身体与"符号消费"

女性在任何一个时代都会为了维护自身的外在形象而进行一定的消费，现代消费社会极为丰富的物质财富、先进的医疗技术和科技手段，为这一消费提供了更多便利。而在晚期现代性的背景之下，人们的消费对象不再指向"物品"，而是"符号"。学者方英认为："在与个体相联系的一切稳定的因素被松开之后，时尚便有了自由组合的可能性和困惑，这是一个适合各种符号不断上演的时期，而且原先符号体系中的象征和价值意义已丧失殆尽，保存下来的是符号的区分作用、符号的显示差异性的功能。"① 海藻将一件价值500元的内衣穿在身上，对镜欣赏了很久，"50块钱的内衣和500块钱的内衣，本质的区别是：女人与女色"。她由衷地感叹："钱的好处在于，你的胸可以想大就大，想小就小。"②

海藻的观点或许是错误的，但作者借她之口，犀利地指出了现代社会的真相——物质消费给人以纸醉金迷的幻觉，拥有社会财富的人，总是要靠一些"符号"来提升自己。宋思明春节时参加同学聚会，这群人到中年的男人达成了一个共识：不许带家属、不许带孩子。事实是，每个人都默契地带来了年轻的情人。"包二奶"这件事情已经失去了原有的价值意义，它成了鉴别人社会地位和能力的衡量指标。宋思明和海藻躺在酒店的房间里，对面住着大学同学和他的情人。为了显示男人们的"性能力"，两个房间同时传出此起彼伏的"叫床声"。男人们真的是在享受女色带来的快感吗？英国学者特纳曾指出："资本主义消费主义批判最终建立在某种真实需要的观念和需要与快感之间的某种区分上。欲望是'空的'，需要则是'真实的'；资本主义是在琐碎的快感水平上运作，但是根据消费批判，

---

① 方英：《消费社会中的女性身体消费》，《河南社会科学》2006年第4期。
② 六六：《蜗居》，长江文艺出版社2007年版，第112页。

它最终不可能满足我们的需要。这个观点的背后存在另一种设想：交换价值不好而使用价值好。"① 这一论述道出了符号消费与普通意义上消费的区别：它不再是出于具体的"需要"而进行的消费，它指涉的是心理的欲望，是一种"空"的实在性。

"符号消费"的观念越普及，它合理性之后的阴影就越隐蔽，而生活在其影响下的身体就越陷于被动的模仿和追逐中无法自拔。海藻向宋思明抱怨，去了一趟恒隆广场，物价高得令人难以忍受，她什么也没有舍得买。并且她强调自己"没有什么物质欲望"，对奢侈品不感兴趣。宋思明回答她："兴趣爱好靠培养，以后你会有的。"② 海藻果然长进很快，随着和宋思明交往的深入，她的控制欲也渐渐培养了起来。一次次忍受独守空房的寂寞，让她越来越清楚她能够实实在在抓住的是什么。因此她接过宋思明送来的 500 万元时，并没有任何推辞。宋太太找到她，强令她交出这些钱，她誓死抵抗，拒不回答钱放在哪里。"500 万"，在经历了与小贝的"行兼跑"、电子红玫瑰之后，在体会到姐姐一家买房子的困难之后，海藻更加深刻明白了这个符号意味着什么。

而努力挣钱留在大城市的海萍也同样依靠一堆符号激发斗志，她渴望买一套"处女房"——这个符号不啻为对女性身体根深蒂固的歧视；在向苏淳描述未来房子的模样时，她提到"海尔橱具""美国的康宁餐具"，正是这些虚拟的符号支撑着她在这个城市举步维艰地生活下去。说起房子，她的"脸蛋就洋溢着一层兴奋的红光，鼻翼也会因为兴奋而扩张，手脚挥划之处，你得提防她踢到地上的电视或者不小心手撞着墙。苏淳会假装不经意地用手拦一下她大幅度的举动，以免她在受到磕绊的时候突然梦醒，进而因眼前现实的对比而更加沮丧"③。鲍德里亚在《消费社会》一书中指

---

① ［英］布莱恩·特纳：《身体与社会》，马海良译，春风文艺出版社 2000 年版，第 85 页。
② 六六：《蜗居》，长江文艺出版社 2007 年版，第 240 页。
③ 同上。

出，这些符号消费的实质正是在于身份的建构。我们每一个消费社会中的人都与海萍一样，将对"符号"的消费作为身体损耗的支点和方向，"流通、购买、销售、对作了区分的财富及物品、符号的占有，这些构成了我们今天的语言、我们的编码，整个社会都依靠它来沟通交谈"①。

四　结语

学者何字温在考察当代国内文坛"身体写作"时，曾经批评某些作家进行的身体描写对整个文学实践"零价值"："类似于卫慧、棉棉及木子美等人的创作，自然不会得到任何文学及文化上的肯定，因为其中描写的是彻底的、纯粹娱乐与游戏的身体，它无关乎民族国家、党派政治、意识形态、放逐了启蒙，摆脱了历史与文化，不仅与灵魂没有牵连，也不通向私人的无意识隐秘经验，在这里，身体就是身体，作为生活的一部分它是重要的，但是并不具有神奇的造反、颠覆与革命力量。"② 对照他的评价标准来分析《蜗居》，我们认为尽管这部小说中的性爱和身体描写不无"娱乐与游戏的身体"，但这种描写绝对不是与灵魂和无意识隐秘经验无涉的。透过这些直白、暴露的性描写和身体叙事，我们得以窥知权力机器通过空间政治、物质崇拜等对身体的规训，了解到后工业背景下身体与欲望的"审美化"及其对人的异化，洞见"符号消费"蛊惑身体与精神的一面。从这些层面来说，《蜗居》正是凭借"性"与"身体"，从文化批判的角度作为现实生活的一种复写，获得了"神奇的造反、颠覆与革命力量"。

---

① ［法］让·鲍德里亚：《消费社会》，刘成富、全志刚译，南京大学出版社 2001 年版，第 72 页。

② 何字温：《近代文坛"身体写作"研究概观》，《海南师范学院学报》2005 年第 3 期。

危险的暧昧与错位

——评《蜗居》

高祥清[*]

【摘要】《蜗居》之所以能被人们记住，在于它是一部真实不做作的小说。运用现实主义的创作手法，小说中没有太过想象的夸张，而是平易近人地将社会现实娓娓道来。第一眼看到的是故事，第二眼看到的是经典，第三眼看到的是生活，第四眼看到的则是自己。用传统叙事加上生活语言，抓住读者的阅读焦点，打造"新鲜出炉的现实主义"，《蜗居》成为新一代网络小说中贴近社会生活的"佼佼者"。

一 选择与被选择中看性情

读完整本书，贯穿全文的，表面看是房子，不如说是选择。并非说"生存还是毁灭"才算是选择，小说处处充满选择。海萍在安身大城市还是小县城中选择了追求大城市，海藻在追随姐姐还是留在父母身边中选择了追随姐姐，这是小说的一开始姐妹俩选择的路，走下去的是海萍在一次

---

[*] 高祥清，山东师范大学文学院 2015 级卓越班学生。

次买房子中选择了观望，错失了一套套的房子，海萍在选择买房后向妹妹海藻借钱，选择让老公苏淳向公公婆婆"啃老"，这两个选择一个让海藻与小贝之间心生龃龉，转而与宋思明纠缠，另一个让苏淳借下高利贷，最后让海藻陷入与宋思明的纠缠之中。我们无法评判海萍的选择，她对苏淳和海藻安排得理所当然，海萍此时的性格已不是大学毕业后决定与苏淳留在江州时的决绝，也不是劝妹妹留下时的信心满满，海萍已经被现实生活狠狠地拍打在岸上多次，现在她的身份是个母亲，其次才是妻子，再然后才是姐姐，她的性格也由此而来，母性占据了大部分，然后是带着小市民的市侩和莫名的抱怨审视着周围的一切。她对婚姻选择口头抱怨，这对海藻的影响是极大的，在海藻的心里，姐姐海萍与苏淳开始的感情是多么令人羡慕，在潜移默化的影响下，她竟然也开始觉得"爱情，爱情是什么，不过是鱼上的香菜"，可悲，海萍在苏淳真的犯错被逮捕时，不离不弃，远不再是口头上的"恨不得离了婚"；而海藻已经远离小贝，抛下鱼眼睛，开始去找寻更好的生活。再有就是海萍在知道海藻与宋的关系，知道房子是宋的后，仍能住下来，反倒是苏淳一直觉得瞒着小贝不好，女人，真的是嫁人生子后，家的中心，感情的重心，全部转移到孩子身上，人的心真的会偏。

而海藻呢，这个亲近姐姐并愿意为此留在这座大城市的单细胞姑娘，她的选择慢慢地由开始的踟蹰到意气用事再到最后的被选择，随着生活的一波波的洪流，不再反抗。对于海藻来说，小贝是她共度一生的结婚对象，小贝单纯善良，没有一点独生子女的骄纵，而且一心为他们的小家打算。是什么时候海藻开始觉得小贝心眼小，看人狭隘呢？是海藻要为姐姐买房拿出他们要结婚的钱，小贝提出了反对，而宋拿出了这两万块钱，解了她的燃眉之急，海藻觉得这个"老男人"是有可取之处的，最起码比小贝通情达理，海藻的心开始偏移，因为此时的她还是以姐姐为生活重心的，小贝占第二位，宋只有一个小角落，在海藻的心里轻轻掠过，留下了小小的痕迹。接下来，宋见到了海藻的一次次无措与狼狈，此刻的海藻已经被选择，被陈寺福——她的上司选定为打开宋思明方便大门的敲门人，被宋思明——她的"恩人"选定为帮助宋找回青春释放激情的女人。此刻的海藻，在踏上一条不归路时，种种推力，直接的或是间接的，她对小贝的爱与坚守显得无足轻重了些，软弱、单纯的她很快选择了不归路，她为和小贝的爱情戴上的决绝面具很快便被摧毁，和宋一次次地纠缠不清。这暧昧很危险，渐渐侵占了海藻的心，小贝成了单纯要结婚的对象，小贝开始渐渐模糊，宋却渐渐熟悉，海藻知道该什么时候撒娇，什么时候沉默，她开始适应。陈寺福对她评价得不错，海藻是个弹簧，她的适应能力超强，或者可以说海藻选择适应，在压力来临后。对于海藻来说，宋逐渐成为英雄，她从宋的身上又逐渐找到幼年时在父亲身上的那种安心和崇拜的感觉。然后是不想放手，海藻撒过"善意的谎言"，对姐姐，对小贝，对父母，还有宋思明，这个单纯的姑娘在最后想抓住的时候对宋也撒了个谎，宋以为海藻是第一次，海藻话到嘴边咽了下去，她知道这样对两人都好。

走过这一遭，海藻得到过姐姐一心的关怀，得到过小贝单纯的爱，得到过宋的宠爱，海藻失去了小贝，失去了孩子，失去了做母亲的资格。但是海藻的性情是可以得到宽恕的，所以 Mark 带走了她，在另一片的土地上的重新开始。

宋思明，这个具有矛盾气质，备受争议的人，这个心理活动最频繁最细腻的人，前期兢兢业业经营，从一个无背景的穷小子到手握大权，权术已成为他生活的重心，为官之道运用得很熟练。正如书中所说，他就像一台电脑，每天一睁眼，所有的事已经有条不紊地整理在脑子里了。但是海藻是宋思明的病毒，恋爱中的男人会变傻，宋思明在平坦大道上走着，偏偏要停下来欣赏保护一朵娇柔的花，是权力需要一个展示的窗口，还是对青年穷困时求而不得的爱情的继续，还是单纯到爱上海藻，这都是一步臭棋，一着不慎，满盘皆输，这个有着成熟和矛盾气质的宋思明，一次次败给了内心的欲望。他在最后选择让海藻生下孩子并且为其安排好后路。对于家庭，他在书中说过此生不后悔，若有来生，愿意带妻子、女儿远离这权力旋涡，经营好自己的小家庭。宋思明这一人物，我觉得是本书最立体的角色，他不止一次想过败在海藻这个小女人手里，败得心甘情愿，他将一个有血有肉、功成名就、释放自我最后内心却还保存着责任感的老男人形象充实得有模有样，这是一个很具有代表性的人物。

二　平淡直白叙述的魅力

作家六六，人到中年，经历了女儿、妻子、母亲，这三个角色的纠缠，人生就在这起起伏伏的跌宕中回味着，抵御着生活情感上的冲击，斑驳的人生中多了些凝重、忍耐、宽容，明白了无力挽狂澜的世事沧桑与无奈，在这现实中，作家六六的青春美丽随着时间褪色，她的成熟韵致却越发体现在书中，她的冷静，她的细致，还有她对人物写实的触碰。《蜗居》这本小说为什么让人百读不厌，除了作家的个人魅力，还有就是作家独特的写作叙述方式。余华在《读与写》中曾经说过，单纯的叙述常常是最有魅力的，它不仅有效地集中叙述者的注意力，也使得读者不会因为描述太多而迷失方向。就像一张白纸，它要向人们展示上面的黑点时，最好的方法就是点上一点黑色而不是涂上很多黑色。《活着》是一个很好的体现，而在我看来，《蜗居》也是如此，叙述语言简洁，并没有多少华丽的辞藻、多么纷杂的场景描写来渲染气氛。作者用看似平静的语言来叙说人物多变的细腻的心理。"'啊，海藻，我是多么多么爱你。'宋思明一声叹息。"①这是宋思明与海藻肉体交缠的第一次，在他酒醉冲动半强迫海藻的情况下，在他得到海藻的情况下，没有多余的话语和场景的描写，写出宋对目

---

① 六六：《蜗居》，长江文艺出版社 2007 年版，第 87 页。

前的状况很满意，也是他期盼已久的，夙愿达成，"宋思明猛地一把抱住海藻，像巨大的金钟罩一般将她层层包围，紧紧又温柔地搂着她，一句话都不说。两人不知道这样站了多久，直到一个男人推门走出来吸烟，以奇怪的眼神看着两人，他们才松开。宋思明拉着海藻的手，一直冲下15楼"，这是宋与海藻偷欢被小贝发现后，海藻选择小贝，宋苦等答案，海藻却迟迟无音讯。宋在听到海藻的消息时逃掉会议来见海藻，两人没有对话，此时无声胜有声，全在对望一眼中，他懂她所想，却不舍，在这一片小天地里两人沉浸在两人世界里，没有身份，没有世俗，唯余想念与告别，海藻单方面的告别。寥寥几句话，将两人的悲伤气场刻画无遗。这般煽情的场景，一个女性作家却又写得如此平静，不做作，读来却让人感到有魅力。

三　独特的叙述视角

《蜗居》全书未出现作家六六的身影，但又觉得她无处不在。这大概因为全书是以第三人称来叙述的，是全知视角与有限视角交织的，全能视角即上帝视角，是指当某件事情发生时，可以将一个人的描写镜头，拉到另一个人身上，从一个场景切换到另一个场景。而有限视角更为巧妙，它限制了个体心理活动，我知我所想，我猜我所猜，每个人物站在自己的角色思考自己的位置行为和细腻心理。"海藻觉得自己很鲁莽。那个宋思明，是自己以为的情愫罢了。他并没有什么想法。也许，从开始到现在，都只是自己潜意识里有一种喜欢，又怕这种喜欢真的蹦出来把自己吓一跳。逃了半天，其实逃的是自己。傻。算了。宋思明拿着电话没放，想了想，笑了：'小姑娘。'"[1] 这里是海藻在宋思明的几次帮助后，贸然给宋打了电话，交代完姐姐的事后，邀他共度圣诞节，宋态度正常，简洁拒绝了她。

---

① 六六：《蜗居》，长江文艺出版社2007年版，第83页。

海藻的心理，这种站在海藻视角的直白描写，写了海藻期待落空后的淡淡失落，自作多情的自嘲。宋的描写，则带给我们的感觉更丰富了些。宋听出了海藻的失落和稍稍的难为情，宋对海藻有喜欢，感兴趣和那种犹如看见猎物进了套以后，逃不掉的一种掌控感。这里的描写没有将宋思明单纯地作为一个政客或者嫖客来描写，而是将其植入男人的欲望，再加上政客、嫖客交杂而写。这是有限视角的运用。由海藻的场景切换到宋思明的场景则是全知视角的运用，这两个视角的运用使得虽然只是一小段文字，却有了错乱时空里相处的画面感。

四　巧合与"冷幽默"下的深思

"无巧不成书"，《蜗居》这本书中多了些啼笑皆非的冷幽默。宋思明的老婆努力让手里的钱活动起来获得更多的钱，放高利贷时，巧的是放给了海藻的姐夫苏淳，而海藻是找宋思明借的钱，宋思明则从家拿钱给了海藻，当宋太太发现那个做了标记的装钱的信封回到自己手里时，看到此刻的我们有些啼笑皆非。再看宋思明轻巧巧的一句"世界很小，互相交叉"带过，不免觉得宋太太做得有些可笑，当她一心为这个家，当她为他照顾他女儿，还有他的爸妈弟弟一家人时，他们的婚姻早已出现了问题。巧的是，残酷的社会现实刚好如此，本书创作于 2006 年，那时候刚好"二奶"之风兴起。这批人的婚姻出现错位，当妻子把重心放在家庭、儿女身上时，男人的心却早已放在婚姻外的诱惑上，形成让人讽刺的危险错位。

宋思明与苏淳，前者让任何人评价都算是人生赢家，在很多人眼中，这个人睿智，很厉害，甚至在海藻眼里，他是个无所不能的人；而后者，则是个平庸的人，他没有很大的野心，在单位加班加点，对老婆唯唯诺诺，因此，海萍的口头禅是"都怪你"，他从未反驳。这两个人的结局很具有戏剧性，宋思明的结局是被调查，凄凉死去，而苏淳成为网店的老板，更加自由的奋斗者。对宋来说，得不到的永远在叫嚣，永远没有被满足，这让他在拿着权力之剑在错位的路上越走越远，他不在为人民服务，而只是在满足自我，他自己的位置找不到了。而苏淳不一样，他始终牢记自己是一个丈夫，一个父亲，还是一个儿子，所以他努力工作，可以忍受海萍的抱怨，很男人的一次，就是海萍让他向其父母伸手要钱时，他没有，而是借了高利贷，这是这个老实巴交的男人始终在做的。甚至到最后，他做到科长，却觉得不踏实，自己开了网店，在权力的诱惑下，始终坚持住自己的本心，找到自我的位置，这是这本书中的一个不忘初心、方得始终的人物。

对于书中一些看似微不足道，却对情节发展起绝妙作用的人物，作家刻画得也是别出心裁。楼下的李老太太及他们一家刚开始是海萍寻求心理平衡的比较者，然后是拆迁的受害者，当一家人因为李老太太的死换来一套精装修的房子时，一家人是高兴的，只有老李略带悲伤，老李的妻子一句舍得，觉得人命舍得对，才有如今的得。然后，他们一家是压倒宋思明的最后一根稻草，这个一直生活在底层，这个从未被注意过的家庭，很是讽刺地取得了一次"天大的胜利"，在斗争中，虽然有可能是被动的斗争，但对于这家人足够了，一条人命换来的如此重视，这公道也是有人主持了。这是书中更加黑暗的一面，而笔者喜欢赤裸裸地揭开。

《蜗居》这本书，对于最后人物的命运，宋的死亡，海藻的远走他乡，小贝的重新开始，以及海萍苏淳一家的奋斗初始，人们有褒有贬，但不管怎么说，在笔者看来，这是一本很勇敢的书，它教人们直面现实，这现实虽很残酷，但我们每个人的坚守初心，定能让这现实充溢暖暖阳光。

两驾马车与双线合一

——从长篇网络小说《裂变中国三部曲》看文学的融合

叶　炜[*]

【摘要】传统观点认为，网络文学和传统文学之间有一道深深的不可跨越的鸿沟。但随着网络的逐渐成熟，好的小说已经并将继续出现。在这样的背景下，作为写作者一定要学会利用不同的传播媒介。传统文学和网络文学没有什么高下之分，网络文学也不是传统文学的附属品，两者都有自己的用武之地。传统文学和网络小说，从两驾马车走向双线合一，是当代写作观的哲学转变。在此意义上，网络文学和传统文学都肩负着讲好中国故事的重担。

众所周知，我们早已步入了互联网时代，在这个特殊的网格化虚拟和现实相互交错融合的现代社会里，我们每个人的身份都在随时随地地转变。就创作者而言，许多传统意义上的作家开始转变为网络写手，就阅读者而言，许多传统意义上的"读者"逐渐转变为"网友"。网络时代，写作的神秘性逐渐淡化，互动性的交流不断增强。作为生活在这个时代的写

---

* 叶炜，江苏师范大学文学院副教授。

作者，我们必须打通"网友"和"读者"之间的概念内涵。数字化时代，写作者和"读者"的距离已经缩短为零，借助鼠标，双方已经实现了即时的互动交流。作品的生产和创造过程已经不再是传统意义上单一的全封闭状态，一部优秀的文学作品常常包含着网友的在线参与。所以，传统作家的写作要解决的已经不是要不要"换笔"的问题，而是在换笔之后还要不要"换脑"的问题。

正是在这一理念的指导下，笔者一直认为传统作家要全面认清并善于学习网络写作的优势。在写作完成了偏向传统叙事的"乡土中国三部曲"①的同时，又创作并出版了偏于网络风格的"裂变中国三部曲"《山西煤老板：黑金帝国的陨落》②《糖果美不美》③和《贵人》④。其中，笔者2010年创作的长篇网络小说《山西煤老板：黑金帝国的陨落》在网易读书的点击阅读量已经高达1800多万，连续多年占据阅读榜和订阅榜的榜首。这个例子有力地说明：传统文学和网络文学说到底只是传播的介质不同罢了。传统也好，网络也好，都是"文学"的定语。笔者相信终有一天，这两种文学会从互相交叉逐渐合二为一。

一　网络文学不是传统文学的附属品

表面上看，网络小说《山西煤老板：黑金帝国的陨落》是纯文学小说《富矿》的副产品，是其姊妹篇。但在实际的创作过程中，这两部作品是完全独立的创作，也可以看作是笔者试图融合传统写作和网络写作的一种努力。

创作完中国作协重点扶持的长篇小说《富矿》不久，笔者又看到山西

---

① 叶炜：《富矿》《后土》《福地》，青岛出版社2015年版。
② 叶炜：《山西煤老板：黑金帝国的陨落》，中国画报出版社2010年版。
③ 叶炜：《糖果美不美》，朝华出版社2011年版。
④ 叶炜：《贵人》，《雨花·中国作家研究》2016年第12期。

煤改和煤矿灾难不断的消息，再创作一部有关煤矿的长篇小说的想法在心头萌发。碰巧此时一位出版界的朋友向笔者约稿，说看了《富矿》感触颇深，能否再创作一部同类题材的小说，重点关注一下山西煤改和煤改中的煤老板以及官商的勾结。考虑这方面的素材《富矿》并未用足，完全可以把《富矿》未用完的素材充实到新的创作中来，笔者便立即着手《山西煤老板：黑金帝国的陨落》的创作了。

笔者很清楚，这部新作和《富矿》的创作完全不同，《富矿》的写作目的是由小人物反映百年煤矿史，反映工业文明和农业文明之间的相互渗透和影响，而《山西煤老板：黑金帝国的陨落》关注的是一个更加特殊的群体，这个群体的生活更加为常人所不知。他们处于舆论的焦点当中，身上折射着中国特有的官商文化。这两部作品更重要的不同是在创作手法上，一个是传统经典的叙事，一个是充分网络风格化的写作。

笔者在《富矿》的创作札记中说，在目下的中国，有关煤矿的长篇小说创作并不多见，专事煤矿小说创作的作家更少。在涉及矿山题材的创作中，以中、短篇作品居多。相对于矿山生活的丰富和煤矿工人的艰辛，以及社会对煤矿的关注度，这类题材的长篇创作真是很不相称。而反映此类题材的网络长篇小说更是一片空白。

早在 2002 年，笔者在接触煤矿生活了解和积累矿区素材初期，就充分感觉到矿山题材是一座名副其实的"富矿"，应该将矿区写作的文章做足，不然就太可惜了。囿于《富矿》的宏大主题限制，当时的创作还不可能将过多的笔墨放到煤矿高层管理者身上，尤其是作为特殊阶层的煤老板，更是不宜涉及。这就为《山西煤老板：黑金帝国的陨落》的写作留下了巨大的发挥空间，而这样一部作品，也非常适合使用网络小说的创作手法。

因为准备比较充分，在动笔之际，一个从底层奋斗不断勾结官员借力发展逐渐壮大的煤老板形象呼之欲出。笔者的任务只不过是将主人公煤老板王大力如何一步步走上发迹的奋斗史以网络小说的方式展现出来。在写作过程中，王大力这个人物一直走在笔者笔触的前面，有关他的那些或悲伤或辉煌或肮脏或下流的故事，就像鲜花开放一样，一层层次第铺开。

文学的魅力就在于不同于新闻纪实报道，网络小说也是如此。《山西煤老板：黑金帝国的陨落》的写作不能受到新闻性报道的影响。有关煤老板，并不是娱乐媒体报道的那样一味地奢侈和放纵，他们中更多的人是在为财富积累而努力打拼。在国家政策的变动时刻，他们有着和常人一样的惊慌和无奈，他们也是凡人，我们中的任何一个人都具有煤老板身上的善和恶。所以，对于煤老板，不必神化，更不必妖魔化，他们就是一个群体，有着常人的一面。

无论是传统文学创作还是网络文学写作，始终都离不开人间情怀。所谓人间情怀，就是作家要站在平民化立场去立体化表现生活。人是这个世界上最为复杂的动物，作为表现人的灵魂的长篇小说创作，如果没有这种人间情怀，可能会是一种极为遗憾的缺失。

现实生活中的人物都是一个多面体，作家只能用多棱镜来观察和表现。无论是传统叙事《富矿》的创作，还是网络小说《山西煤老板：黑金帝国的陨落》的写作，以及此前的几部长篇小说，我都努力做到用人间情怀去塑造笔下的人物，展现他们的命运。《富矿》中的麻姑、笨妮、蒋飞通，《山西煤老板：黑金帝国的陨落》中的王大力、首长秘书，笔者都尽力做到让他们"站起来"，以便让读者把他们看得更加清楚。

传统叙事也好，网络叙事也罢，都应该对现实生活有所担当。作家具有的启蒙意识和敢于担当表现在创作当中。自小说界革命开始，作家就被历史整合进了启蒙者的行列。作家身上有着与生俱来的责任感和使命感。对此，所有有所抱负的写作者都不会否认。

我们曾经刻意强调文学的审美，但文学的质地同样离不开思想，离不开启蒙。任何一个作家包括极具创作个性的张爱玲，都会自觉不自觉地在作品中渗入自己的思想。创作网络小说《山西煤老板：黑金帝国的陨落》

的目的很简单，在丰富煤矿题材小说长廊人物形象的同时，笔者想尽可能地反映煤老板生活的全貌，让被改革者和改革者一样有说话的权利和机会。

笔者在小说中说过这样一句话："改革自有改革的理由，动饭碗者自有动饭碗的动机。"但依照"小孩子的思维来进行煤改，其理由并不让人心服口服，最起码，不能让王大力这样的煤老板心服口服"。或许，自古以来，能让既得利益者"心服口服"的改革很少，但作为小说创作，必须给"人物"一个"公平"交代，尽管这个"交代"是虚拟的，但可以以此来影响读者。

《山西煤老板：黑金帝国的陨落》出版时，正是山西煤改收尾之际，山西煤矿国有化以后，矿难的讯息依旧不断。就在此书脱销不久，又传来山西矿难死亡上百人的消息。笔者在小说中通过主人公王大力提出这样的疑问："国有化了就没有矿难了吗?"小说进一步指出：国有煤矿矿难不断的事实证明，煤矿国有化未必就能减少矿难。

可以看出，《山西煤老板：黑金帝国的陨落》虽然是网络化的写作，但其质地依然是现实主义的，小说内容充满了对现实的批判。在写作过程中，笔者极力避免作价值上的判断，尽力做到客观展示生活现实，并力求在客观的基础上有所超越。

对许多读者来说，煤老板是一个陌生的阅读题材，传闻中煤老板的奢华，他们的花天酒地，他们的官商勾结，都对读者形成一种吸引。为避免过分猎奇心理，笔者极力做到敏感描写的节制和语言的活泼幽默。笔者在写作中极力将读者的注意力吸引到对煤老板命运的关注上来，让他们在轻松的阅读中体味煤老板生活的沉重。

小说是语言的艺术，好的语言在很大程度上决定着小说写作的成败，现实主义创作尤其不能忽视语言的力量。作为有着十分鲜明网络化风格的长篇小说，《山西煤老板：黑金帝国的陨落》的语言很干净，笔者试图挤掉这部小说语言的所有芜杂，只留下有分量的"干货"。只有这样，才能保证读者阅读上的快感和轻松。

《山西煤老板：黑金帝国的陨落》的创作使笔者认识到，只要作家能够做到内容和形式的完美统一，传统文学和网络文学没有什么高下之分，网络文学也不是传统文学的附属品，两者都有自己的用武之地！

二　从传统文学到网络文学：写作观的哲学转变

在写完以煤矿为叙事大背景的传统叙事的《富矿》及网络叙事的《山西煤老板：黑金帝国的陨落》以后，笔者很想再写一部以铁矿为背景的长篇网络小说。笔者以为，铁矿和煤矿一样，也是一个有待挖掘的文学富矿。作为"裂变中国三部曲"网络化长篇小说第二部作品，《糖果美不美》的创作起源于此。

《糖果美不美》在内容上是对铁矿主（后为地产商）后代爱恨情仇的反映，可以说是对"富二代"的切片式展示。在这方面，这部网络化的作品看点颇多，足够吸引读者特别是青年人阅读。

一段时间以来，关于二代的话题弥漫于各大平面和网络媒体，其中"官二代""富二代""贫二代"引起了较为广泛的关注。笔者对中国的二代群体很感兴趣，二代现象折射出了中国社会转型时期的问题和矛盾，通过对这三个群体生存状态的考察，可以反观中国社会的多元文化形态。于是笔者先后写出了《山西煤老板》《糖果美不美》《贵人》，分别对"贫二代""富二代""官二代"这三个群体予以展示，写了一个"裂变中国三部曲"。在这三个作品中，尤以《糖果美不美》写得最为用心。

作为网络小说，《糖果美不美》有一个寓意很深的意象——"糖果"，这个意向象征着一切美好的东西。这个意象是偶然间想起的，觉得很适合"富二代"这个小说题材。

糖果是一个很美好的东西，特别对于小孩子来说，吃糖果是一种不可多得的享受。糖果象征着财富，也象征着爱情等一切美好的东西。同时，糖果也意味着诱惑。人在成长的过程中，会遇到很多诱惑。如何选择，以及如何处理这种种诱惑，是我们每一个人都要面对的考验。从这个意义上来说，成长是危险的。但我们必须成长，必须选择。

相比较《山西煤老板》，《糖果美不美》借用了更多网络小说的创作手法。有许多人认为，传统文学和网络文学之间存在着一道很深的鸿沟，两者的写作是完全不同的，是在两股道上奔跑的马车。其实这种观点是不全面的。无论是传统文学（纯文学）还是网络文学，在本质上都是作家的精神创造，两者之间是可以互相借鉴、互相融合的。《糖果美不美》就是要做出这样一种尝试。

在形式上，《糖果美不美》借用了网络小说的特点，这部作品猛一看上去，很容易被看成一部时下流行的网络作品，但在仔细阅读之后，读者或许会发现，这部作品的内涵和传达出的审美价值依旧是传统意义上的。这是和时下流行的网络小说不同之处。总的来说，这部作品在写法上是网络化的，在内涵上是传统的。

网络小说和传统叙事界限的打通，标志着笔者写作观的哲学转变。

《糖果美不美》是一部表现人心孤独和社会病态的小说。小说中写到了以杜虹为代表的几个女性，她们身上都不同程度地存在着孤独之"美"。因为深爱而又不得不远离江上风，杜虹几乎一辈子都生活在孤独的阴影当中；江楚楚则因为内心的恐惧和孤独走上了置人于死地而后快的不归路，幸好她骨子里还有对美好的希望，最终，她战胜了孤独；而女大学生夏晴因生活所迫，不得不向内心的另一面"屈服"，做出了遗憾终生的错误选择，从而让她倍加痛苦；同样受到孤独纷扰的还有江上风的情人米贝，这个时尚女人内心深处也有一丝孤独的影子，她差一点就被孤独击倒。让这些女性走出孤独，是这部小说的一个底色，这是一部给人美好希望的小说，读了它，你会感到很温暖。

这个小说和笔者以前的作品不同，以前偏于暴露，是为了学习鲁迅，"引起疗救的注意"。而这个作品主要是给人以光明和希望，充分传达出了写作的善意。更为重要的是，这部小说有效结合了传统叙事和网络表达。从这个意义上说，这部作品标志着笔者的写作开始了一个新的转型。

从某种意义上来说，这个转型可以说是写作观的哲学转变。

三　网络文学和传统文学都要讲好中国故事

如果用一句话来概括"裂变中国三部曲"收官之作《贵人》的话，或许没有比"一个城市打工者的'血泪光荣史'，为你揭示深藏在媒体职场的规则与真相"这句更合适的了。一个从乡村踏入都市、满怀理想主义情结的新闻专业女研究生，成长为享誉业界、代表社会正义良知的无冕之王，这中间需要经过多少身体和心灵的千锤百炼？《贵人》会告诉你。

从讲故事的角度来说，这是一部融合了传统叙事比较耐读的长篇网络小说。而耐读恰好是小说在当下的阅读环境中必须具备的第一品质。当代小说从 20 世纪 80 年代初的觉醒到 80 年代中后期的先锋，再到 90 年代以后的各类现实主义表演，最终，我们不得不再次回到小说写作的原点——讲一个好故事。或许，讲一个好故事是一名小说家最基本的本领，但就是这个最简单的要求，让许多作家深陷尴尬和困惑。

一段时间以来，许多作家被各种各样的文学实验弄得眼花缭乱。他们不厌其烦地谈论着文学的形式创新，谈论文学的语言，却对小说的故事内核不置一词。认为前者才是作家的本领，谈论那些才能体现出自己的品位和时髦。不错，文学的创新离不开形式包括语言的外壳。但现在摆在小说家面前一个更为重要的问题是：我们如何去讲一个好故事，从而让读者靠近而不是远离文学。在这一点上，网络小说做得似乎要比传统写作好得多。

网络小说要写得好看。一切的创新必须从这个原点出发。至少，在目前的阅读环境中，这是一个无法规避的现实。在此基础上，我们再去追求小说的启蒙，以及其他创新。

当代中国正处于转型时期，具体说就是处于从乡村向城市的过渡阶段。为了表现这一阶段前期的当代中国，笔者用15年时间创作了"乡土中国三部曲"《富矿》《后土》《福地》。而对于现阶段的当代中国，如果用一个词来概括的话，似乎没有比"裂变"更准确的了。相比较于巨变等宏大"大词"，"裂变"似乎更加符合现阶段的中国国情。所谓裂变，常常意味着不平静，往往带着些许"痛感"。"裂变中国三部曲"要表现的就是这种转型时期刻骨铭心的疼痛感。为此，笔者分别选择了偏于一隅的大学生、处于风口浪尖的煤老板和代表中产阶级的城市白领这三个题材，在写作传统叙事的"乡土中国三部曲"——《富矿》《后土》《福地》的同时，又完成了长篇网络小说"裂变中国三部曲"——《糖果美不美》《山西煤老板：黑金帝国的陨落》《贵人》，来系统观察和表现转型时期的当代中国，来努力讲好中国故事。

讲好中国故事，需要合适的写作语言。笔者一直在思考小说的语言问题，究竟什么样的语言才是小说需要的？在已经出版的"裂变中国三部曲"前两部《糖果美不美》《山西煤老板：黑金帝国的陨落》中，笔者大胆借鉴了网络语言的简洁和明快。而作为"裂变中国三部曲"第三部《贵人》的语言更加网络化，生活化，职场化，口语化。因此，作为网络化风格小说，这部作品非常好读。

"QQ空间"是这部网络小说一个华丽新鲜的外表，其内容则是白领的职场生活以及他们之间的爱恨情仇。

职场也是一个空间，而且是大多数人生存战斗的空间。在职场，也存在残酷的"政治"斗争。这种斗争常常被称作"办公室政治"。

办公室政治是一种非血腥暴力的惨烈斗争活动。由于单位并不是由一群有共同理想的人组成的，同事之间是为了生活及地位而聚在一起的，为了上位加薪，彼此极易产生竞争，看不见的硝烟由此而生。

同事之间相处既要保护自己免受人害，更要为了先发制人而主动害人；大家都抢着向上爬，都希望出人头地，激烈的办公室政治使每个人的大脑里都紧绷着一根弦。

这就让职场网络小说有了非常好看的元素。

对笔者个人来讲，写作一个表现职场的长篇网络小说是很久以来就有的愿望。但笔者自己一直在高校学习和工作，对于"公司"的生活缺乏真切体验。当然，高校也是"职场"，在大学机关坐班也会面临"办公室政治"，但和社会上的其他职业比起来，高校的环境毕竟还是相对"简单"了点，"单纯"了些。在这样的一个背景下，要完成一个精彩好看的职场网络小说是有困难的。

就《贵人》而言，笔者熟悉报纸新闻工作，从大学时期算起，笔者和报纸打了近15年的交道了，因此，对报社的运作和新闻的生产有着深切体会。于是，把写作的背景放到一个新闻集团的构思，便自然而然地产生了。在这个相对熟悉的"职场"中，笔者让笔下的人物活跃在编辑部、总编室、记者部等"空间"里面，让他们在这里斗智斗勇，喜怒歌哭。

《贵人》的创作来自"QQ空间"的启发，笔者的所有创作灵感也是在这个题目的启发上得来的。这就在无形中为这部小说的创作加了一个"紧箍咒"——小说必须围绕"QQ空间"展开故事情节，而且又必须是精彩好看的职场生活。

说实话，笔者一向讨厌有限制的命题写作。网络小说虽然自由，但也是有着特殊限制的。有限制的写作虽然让人生厌，但同时又充满了挑战。在笔者看来，写作《贵人》的过程就如同经受了一次创意写作中的头脑风暴，尤其经受了类同于强制关联法和聚合写作的训练：用几个看似毫无关联的关键词，来铺陈为一部长篇小说。笔者相信对于几乎所有的写作者而言，带着镣铐跳舞的情形可能都曾经遇到过。一个有追求的小说家是愿意在写作方面做出多种努力和尝试的。笔者之所以愿意投入这么大的精力来写这部网络小说《贵人》，就是要挑战一下自己，看看是否可以在受到很多限制的情况还能挥洒自如。

其实，在此前以及今后的很长一段时间内，中国几乎所有的作家在创作时都是不可能完全放开的，只要我们生活在这个星球上，只要我们顾虑到社会关系，我们的创作就不能做到完全自由。这就是真实的现实。

笔者之所以对《贵人》QQ空间这个结构形式感兴趣，还因为这个结构的内涵很宽广。从一般意义上来看，QQ空间只是一个虚拟的网络空间，许多人在这个空间里发布日志，贴一些照片，总之，是把这个空间当作一个与他者交流的载体。但如果我们静下心来想一想，我们生活的这个星球，岂不就是一个"QQ空间"吗？只不过，这个空间稍微大了点而已！

任何写作都是有动机的，没有动机的写作是不存在的。长篇网络小说《贵人》的创作同样是如此。

处于裂变中国时期的现代社会，人们的生活已经离不开网络。网络是虚拟的空间，但许多人把虚拟的空间当作真实的存在，总感觉网络虚拟的环境下人才是真实的，而在生活中，我们往往喜欢带上各种各样的"面具"。网络的虚拟，让现实里的人可以穿上各种"马甲"，在鼠标移动的背后呈现本真的面目。因此，笔者才有了"真实的是网络，虚拟的是生活"的感叹。可悲的是，我们常常不得不活在"虚假"的生活中，因为和我们打交道的每个人脸上几乎都有一副乃至更多的"面具"。

网络是虚拟的，网络也是真实的；生活是真实的，生活更是虚拟的（这话怎么读都有点拗口，但仔细琢磨琢磨，聪明的你或许会从中品出复杂的味道出来）。对于我们，则是学会识别和利用。这里，当然包括"QQ空间"。

作为"裂变中国三部曲"收官之作，这部名为《贵人》的长篇网络小说，笔者希望它也能够像前两部《糖果美不美》和《山西煤老板：黑金帝国的陨落》一样，在给读者带来阅读快感和审美愉悦的同时，也能给大家带来些许有关当代中国和人生的思考。因为它讲述的是当代中国的故事。如何讲好当代中国故事，是网络文学和传统文学都要面对的头等问题。

综上，当为数众多的"网友"和"粉丝"从网络融入现实，一个作家能否及时"换脑"势必将影响他的作品能否更好地生产和传播。许多人认为，网络文学和传统文学之间有一道深深的不可跨越的鸿沟。有人认为传统文学更有质量，而网络小说泥沙俱下。不错，这是一个客观情况。但笔者以为，随着网络的逐渐成熟，好的小说已经并将继续出现。而且现在已形成了这样一个产业链，就是好的小说先出现在网络，而后再形成实体书。实践证明，这是一个不错的发展趋势，尤其是对那些刚刚走上文学创作之路的新人来说，尤其是如此。当然也有反其道而行之的，即先有了实体书，再有网络电子书，实现实体书和电子书的同步销售。因此，传统作家不必回避网络，网络文学也不必自我清高。传统文学稍微往类型的路子多迈一步，网络文学再多具备一点义学因素，两者就能实现高境界的无缝对接。在这样的背景下，作为写作者一定要学会利用不同的传播媒介，让自己的文字走得更远，让自己的思想涟漪波及每一条河岸。

《黄金瞳》：超成功的现实困境

郎　静[*]

【摘要】　网络小说因其快消、低俗和商业化的特质为很多文学批评者所诟病，但当我们跳出纯粹的文本批评，将其作为一种文学现象与当下中国的现实困境相联系时，网络小说背后蕴含的无意识隐意如冰山一角般逐渐浮出水面。而打眼在《黄金瞳》中的超成功狂想逻辑成为一窥冰山下"中国式焦虑"的绝佳文本。

相较于舌尖上的味觉、伸手可及的触觉及近距离感知的嗅觉和听觉，人类最后发育的感觉器官——眼睛，不仅提高了人们认识、参与社会生活的能力，而且在文学作品中被赋予丰富的想象和诗意的表达。无论是《封神演义》里的千里眼助纣为虐，还是《西游记》里孙悟空的火眼金睛，抑或是顾城的《一代人》渴望用眼睛寻找"黑夜"过后的理想之光，"眼睛"都在各自的语境中保持了逻辑上的合理性。但当神话中的超能力"撞"进现实，在网络小说家打眼的处女作《黄金瞳》中拼贴成一条通往成功的康庄大道时，其本身的逻辑错位则成为我们思考当下中国社会的一

---

*　郎静，南开大学文艺学博士研究生。

把钥匙，特别是当我们跳出纯粹的文本批评，将其出现置于转型中国的语境中时，超现实"黄金瞳"成功表象背后的隐意让我们不寒而栗。

一　从草根到资本大鳄的逆袭

《黄金瞳》于 2010 年 6 月在起点中文网首发，历时大约一年八个月，产出 400 多万字的完结作品，目前总点击量 18242130 次，尽管距离首发日已经过去六年之久，但在起点中文网都市类小说的收藏榜中，《黄金瞳》仍以 373712 的收藏量排在第 8 位。① 2011 年 7 月《黄金瞳》更名为《典当》开始公开出版发行，共 13 册，总销量已超过 100 万册。不仅如此，在"听中国"有声小说网站的通俗文学类中更是以超高的下载量高居榜首。如此畅销的网络小说自然也成为影视公司青睐的对象。据作者打眼称，其电视改编权已出售，并且于 2013 年 5 月在北京启动了拍摄计划。② 由此可见，以《黄金瞳》文本为核心的辐射式传播模式再一次证明了，对以市场为导向的网络小说来说，故事情节的简单化、奇观化、低俗化成为"吸金"的不二法宝。因此，不难发现，400 多万字的《黄金瞳》故事链条非常简单，除了通过各种"惊喜的意外"之珠串联出一条华丽逆袭的"成功"珠链之外，竟别无其他。在这里，对成功欲望的狂想成为打眼借由《黄金瞳》给读者留下的唯一痕迹。

就人们的接受期待而言，要最大化唤起成功的满足感。首先，人物设置必须尽可能地贴近受众。其次，无限拉大现实与成功之间的距离，增加其成功的难度，从而在狂想之中满足读者成功的欲望。在打眼的笔下，《黄金瞳》的主人公庄瑞出生在苏北古城的一个单亲家庭，一米八的身高，虽然相貌不算英俊，但笑起来给人一种亲切感。在中海市一家名牌大学毕

---

① 数据均来自 2016 年 8 月 27 日起点中文网所示的实时数据。

② 《一年 800 万　徐州"打眼"又上榜》，《都市晨报》2013 年 12 月 4 日，凤凰网资讯（http：//news. ifeng. com/gundong/detail_ 2013_ 12/04/31794568_ 0. shtml）。

业后，就业竞争激烈，事事不顺，人也变得内敛许多。因为生病没有赶上公务员考试，又不安于在家乡小县城的一个小公司上班，所以再次来到中海市，成为一家当铺的小职员。这里，对网络小说的受众而言，开篇短短的几段话便唤起了强烈的情感带入，16 年寒窗苦读，一朝毕业，曾经的理想化作泡影，为了生存收起了锋芒，只能变得如草根般从众如流。而故事的转折便从这里开始了。因为一次意外的事故，庄瑞的眼睛受了伤，伤好之后发现自己的眼睛里充斥着一股"灵气"，不仅能够看穿物体的表面，而且可以通过吸收古玩字画珠宝中的"灵韵"，完成灵气的积累、进化、再生和输出的循环。有趣的是，当我们将庄瑞眼中的灵气从青绿色到紫金色的变化与当代社会的资本运作轨迹摆在一起时，二者之间内在的逻辑暗合则折射出了现实冰山一角的残酷。

马克思在《资本论》中通过详细论述资本运作的规则，揭示了资本家成功的秘密，即最大限度地榨取工人的剩余价值，并将剩余价值转化为资本进行再生产。就资本家个人而言，一笔可观的财富则成为进入资本运作轨道的敲门砖。眼睛发生变异后的庄瑞，最先在古玩市场捡漏无数，通过吸收古玩中的灵韵逐渐加深了眼中灵气的透视距离，继而通过赌石、金矿积累财富，迅速实现了过亿的身家。在人们对成功的理解中，金钱财富的积累只是其中的第一步，更重要的是得到上流社会的认可和尊重，完成"从主人到主人血统那一步之遥的跨越"①。在彭城小有名气的庄瑞机缘巧合之下与北京官居高位的母族重逢，虽然作者努力想要表达庄瑞独立自强的成功之路，但丝毫无法掩饰母族带给他的光环。在金钱和权力的双重优越性下，他得以真正地融入古玩的行当里，在北京读研究生，买四合院，开珠宝店，结交各国贵族和商业巨子，最后成为最年轻的教授和院士，可

---

① ［美］艾瑞克·霍布斯鲍姆：《资本的年代（1848—1875）》，张晓华等译，中信出版社 2014 年版，第 289 页。

谓名利双收，无人望其项背。

如果说此时庄瑞的成功还只局限在自己及家人周围，那么当他筹办自己的私人博物馆，发现海外海盗岛的宝藏、非洲丛林里的远古遗址、敦煌文化遗迹、北京人头盖骨，发掘东汉第一个皇帝陵墓、成吉思汗的黄金室、曹操墓、秦始皇陵墓，打捞宋代沉船及其他各国的沉船时，更是将个人的成功与国家主义紧密联系在一起，如此一来，资本和个人就在民族国家的宏大叙事下被赋予了合理与合法性。在全文的最后，小孩子追问奶奶苗菲菲："为什么庄爷爷和普通人不一样啊？是因为他的故事被写成书了吗？"苗菲菲说："对，也不对，等你看懂了书里的故事就明白了……"想必这本关于庄瑞的传记故事里，有他小时候与母亲、姐姐相依为命的艰难生活，有后来个人的"小成功"，但更多的是关于他对于国家考古事业做出的前无古人的巨大贡献，所以作者以"他是一个划时代的传奇"为庄瑞稳固而辉煌的成功画下了句号。

而吊诡的是，在以庄瑞为核心的成功链条变得越来越稳固、华丽，并且影响巨大时，我们不难发现这一切始作俑者的源头是一次虚幻莫名的眼睛变异，而在超现实稳固的成功背后反衬出来的是现实生活中成功所面临的种种困境。

二 "成功"的结构性困境

随着中国社会的转型，"成功"一词的内涵被急剧缩小。在革命年代，个人成功的概念让位于救亡图存的民族大义，因此，在当时的社会话语中，成功被赋予一种历史感和集体性，革命激情使得成功凝缩为照亮远方的灯塔，无差别地激励无数仁人志士抛头颅洒热血；在社会主义建设初期，计划经济和集体主义依然是人们生活的全部，此时的成功只存在于国家意义层面上，以国家之名，无数社会主义建设者在各自的学科领域做出了自己的贡献；而一直到了20世纪80年代，随着改革开放和市场经济的繁荣，一大批弄潮儿和先行者纷纷下海经商，他们中的成功者便成为大众话语中所谓的"成功人士"，"成功"第一次在真正意义上成为"个人"的定语。当在百度中搜索"成功人士"一词时，出现的是俞敏洪、马云、马化腾、张朝阳等人的图片和新闻。不难发现，在我们当下的语境中，作为定语的"成功"被缩小在了商业领域，而这些在市场经济的洪流中成为时代弄潮儿的成功人士迅速成为我们当前社会资本游戏规则的制定者和主要参与人。

当大多数普普通通的青年满怀理想，想要参与其中时，却发现被拒绝在以"金钱"为敲门砖的上升通道之外，留下的只有"寒门难出贵子"的残酷现实，特别是当"我的爸爸不是谁"的时候，成功所要付出的艰辛让大多数人敬而远之，而更多人一方面选择在现实的平凡中实现自我价值，另一方面则在虚幻的网络文学中满足自己对成功的欲望，这也是网络小说的盛行之于当下社会的意义之一。在网络小说的世界里，人们通过自我排解的方式无意识地接受了当下社会"成功"模式的合理性，即"不是我不想而是我力量不够"，也因此超能力"黄金瞳"的出现在这里找到了现实意义的契合点。在看似荒谬的狂想背后，实则是中国社会资本与权力结合的稳固结构中个人上升渠道的堵塞，即"不是我力量不够，而是我没有突破壁垒的资本"。

因此，当代社会认同的成功成为一种颇为稀缺的资源，根本不是通过正常的努力和奋斗就能够实现的，是有条件的，需要付出你能付出的一切代价。在电影《致我们终将逝去的青春》中，寒门子弟陈孝正对女友郑薇说，"我的人生是一栋只能建造一次的楼房，我必须让它精准无比，不能有1厘米的差池"，他道出了当代青年普遍的生存境况。在赴美留学与爱情之间，他选择了前者，而后来当他拿到绿卡，华丽归来时，他成了同学的拯救者，并期待重新获得曾经丢掉的爱情。这恰恰暗示了一个关于体制错位的寓言，即当我们无力在社会主义的体制内解决自身阶层困境的时候，还可以通过想象一个资本主义的体制来完成，当正面进攻不再可能时，逆袭似乎是成功的唯一办法。同样，在韩寒电影《后会无期》中，经历了爱情的打击、朋友的背叛之后，江河试图通过"温水煮青蛙的故事"来告诉浩汉，我们无法改变自身所处的环境，但只要发挥人的主动性，是可以挣脱体制的束缚来改变自身的环境，从而实现逆袭的成功的。但浩汉狠狠地将锅盖盖上，说青蛙缺少的不是跳出来的能力，而是缺少跳出来的机会。这狠狠地一盖，击碎了最后一丝成功的可能性，犹如冷水浇头般让我们感到成功与现实之间不可弥合的巨大裂隙。

霍布斯鲍姆在《资本的年代》中一针见血地刺破了草根与资本大鳄之间华丽的表象，即"从理论上说，资产阶级要工人努力劳动，是为了使工人可尽早脱离工人生涯，跨入资产阶级天地。………然而事实证明，绝大多数工人一辈子仍是工人，现存的经济体系也要求他们一辈子当工人。'每个人的背囊里都有根元帅权杖'的诺言，从来就不是为了把每个士兵都提升为元帅"①。而反观当代中国，当正面奋斗、侧面逆袭在"资本"的强大力量面前纷纷溃败时，人们不得不诉诸一种错位的逻辑，在一个毫无现实感的地方，留住一点点成功的欲望。

三 "新穷人"的现实焦虑

据第 37 次中国互联网络发展状况统计报告显示，截至 2015 年 12 月，中国内地省份互联网普及率排名前三的城市分别是北京、上海和广东，分别是 76.5%、73.1% 和 72.4%，其中就网民规模的增速而言，广东以 6.6% 高居榜首；在网络娱乐类应用中，网络文学用户规模达到 2.97 亿，

---

① ［美］艾瑞克·霍布斯鲍姆：《资本的年代（1848—1875）》，张晓华等译，中信出版社 2014 年版，第 252—253 页。

占网民总体的43.1%，其中手机网络文学用户规模为2.95亿，占手机网民的41.8%。① 但与网络视频、网络音乐和网络游戏相比，无论是电脑还是手机，网络文学的网民使用率都居于最后，这也在一定程度上反映出网络文学受众的有限性。在一份关于《网络小说及其读者关注度分析》的调查报告中，作者根据 Google Ad Planner、Google Trends for Websites 等用户流量统计信息，以2010年5月到2011年10月为时间区间，调查了网络小说读者的年龄和文化水平，其中就年龄分布而言，25—34岁的读者是网络小说阅读的主体；就文化水平而言，具有高中、学士及硕士文化程度的读者是网络小说主要的读者群，特别是学士所占比重最大。②

当我们把以上数据综合分析时，不难发现超现实"黄金瞳"背后现实焦虑的承受者就是那些具有大学以上文凭，漂在"北上广"，拥有一定的工作和收入，但是在消费社会的碾压下辗转反侧、百爪挠心的"新穷人"。他们是消费社会的产物，但正如鲍曼所言，是一群"有缺陷、有欠缺、不完美和先天不足的——换言之，就是准备不够充分的——消费者"③。也就是说，一方面他们面对消费社会的物欲横流和各种殿堂级的商品，不能随心所欲地掌握一切，而沦为物神忠实的奴仆；另一方面在鲍曼看来，除了物质的匮乏和身体的痛苦，"新穷人"还承受着社会和心理的压迫，因为"人类存在的适当与否，是通过特定社会的高尚生活标准来衡量的，不能依照这种标准，本身就是苦恼、痛苦和自我屈辱的来源"④。就当前中国的社会现实来说，高尚的标准由掌握资本的"成功人士"制定、引领和更改，他们是城市真正的主人。正如本雅明所言，"他们乐于接受自己作为

---

① 中国互联网信息中心：《第37次中国互联网络发展状况统计报告》，2016年1月22日，第66页，中国网信网（http://www.cac.gov.cn/2016-01/22/c_1117858695.htm）。

② 吴琼：《网络小说及其读者关注度分析》，《图书馆建设》2012年第3期。

③ ［英］齐格蒙特·鲍曼：《工作、消费、新穷人》，仇子明、李兰译，吉林出版集团有限责任公司2010年版，第90页。

④ 同上。

物品主人的印象。他们为拖鞋、怀表、毯子、雨伞等设计了罩子和容器。他们明显地偏爱天鹅绒和长毛绒，用它们来保存所有触摸的痕迹"①。而对于怀揣成功理想的"新穷人"们来说，只能在被资本固化的结构性体系中营造出"拟主人"的成功幻觉，以暂时缓解心理的苦恼和痛苦，而这也是网络小说打败严肃小说而受到大众青睐的最主要的原因。

因此，打眼的《黄金瞳》说到底就是在一个"成功"成为奢侈品和易碎品的社会里，通过超能力的狂想为"新穷人"们提供一个膜拜"成功"的异托邦之地——它就在那里，但"我们"却永在途中！

---

① ［德］瓦尔特·本雅明：《巴黎，19世纪的首都》，刘北成译，商务印书馆2015年版，第45页。

"九部千章"背后的单薄与空洞

——论《侯卫东官场笔记》的单一思维

林淑玉 *

【摘要】网络小说《侯卫东官场笔记》以其沉稳的现实主义风格赢得了广大读者的青睐，至今已推出 9 部 1000 余章，但如此庞大的叙述体系在创作方式、主题设定和叙述手段上都深受"实用主义"的单一思维影响，缺乏对现实人生的深入探索和对艺术真实的分寸把握，显得空洞与单薄。

《侯卫东官场笔记》（原名《官路风流》）于 2008 年在起点中文网首发，一经推出便迅速风靡网络，2010 年纸质小说出版，销售量逾 500 万册，成为起点中文网自成立以来最畅销的作品之一，并引发了"官场小说"的创作与关注热潮。《侯卫东官场笔记》之所以受到如此大的关注，与其贴近现实的取材，朴素沉稳的风格，精细连贯的叙事和"官场教科书"式的"实用理念"密不可分，正如小桥老树自己说的那样，这是一部"普通公务员的成长历史……是大家真实的工作生活状态……这种真

---

* 林淑玉，山东师范大学思想政治辅导员。

实打动了读者，才引起了大家的共鸣"①。可是，所谓囊括"304 位各级别官员，涵盖 84 起官场风波，涉及 66 个党政部门，呈现 23 次微妙调动与升迁"② 的这 9 部 1000 余章的皇皇巨著究竟呈现了多少"生活的真实"，在创作上又以怎样的精神内核为支撑书写了多少符合逻辑的"艺术真实"呢？这成为本论文探讨的重点。在笔者看来，这是一部读不完的《侯卫东官场笔记》，前两部取材扎实、笔触细腻、情感真挚、人物立体、故事得宜、节奏有序，其创作水准达到了传统作家的水平，但从第三部开始，"主角光环"凸显，"英雄走运"的模式"开挂"般重复上演，小说节奏呈现"幕景剧"式的分段推进，配角人物更换频繁却无突出形象，"女主"设置臆想化明显，主题锁定"官路有惊无险，风流毫不停歇"的模式，同质化严重，完全没有创作如此之长的必要。统观整部作品，《侯卫东官场笔记》迎合作者自我想象和读者对拥有真实外衣的"小人物逆袭"期待的单一化思维倾向明显，有损创作的高度和深度。

一 小说"幕景剧"的创作模式

从上青林的"田坎干部"到青林镇的"侯副镇长"，从县委的"侯大秘"到益杨开发区的"侯主任"，从沙州市委的"侯科长"到成津县的"侯书记"，从沙洲市的"侯副市长"到岭西省的"侯副秘书长"再到茂云市的"侯市长"，侯卫东的 10 年升迁之路通过其职位的调动和工作地点的变化而一一呈现，小说更是以此为线索，甚至根据其工作变动的情况来规划每一部的布局，形成了"一部一档官阶，部部均有升迁"的创作主线，但可惜的是，每一部作品的"升迁套路"都十分相似，凸显的人物特

① 宋芳科：《记者专访"小桥老树"：副局长为娃奶粉钱写书成名后年入百万》，中国甘肃网（http：//gansu. gscn. com. cn/system/2016/09/28/011489689. shtml）。
② 小桥老树：《侯卫东官场笔记》（http：//baike. so. com/doc/3818307 - 4009855. html）。

点也缺少成长痕迹,再加上过分强调主角的叙事策略,使得"侯卫东"的职务变迁和每一个阶段遇到的人、事在一起组成了一个个不断变换却略显僵直单一的"官场背景",如话剧舞台上的"幕景",起落变换都为凸显主角的"光辉",自己本身却被简单化了。《侯卫东官场笔记》这种人物大于故事、环境过分背景化的创作模式使得9部小说宛如不断转换背景的"幕景剧",乍看鲜明,长观无趣。

"幕景剧"式的创作模式使得小说构思单一,重复性较高,对于典型事件的描写不够深入,人物刻画也缺少层次感,严重影响了作品的思想性和真实性。此外,有关绝对主角"侯卫东"的塑造也出现了"头重脚轻"的现象,在前两部作品中,"擒棒客得勇敢名声""修公路落疯子称号""开石场插无心之柳""临变局展官场智慧""改殡葬现高强能力""建场镇出务实作风""遇恶斗息多处危机""整基金成大将风范"等事件环环相扣,"侯卫东"理性、积极、有胆气的人物形象也呼之欲出,再加上"遇阻挠定三年之约"和"遭青睐现内心挣扎"等两条情感线索的推进,使得整个故事起伏充盈,人物也充满温度质感。但从第三部开始,侯卫东的个性特征似乎已经定型,做事沉稳,所以事件再大也会有惊无险,聪明牢靠,所以政界、商界、"红颜界",所遇之人几乎都对他存天然好感,"伯乐"处处,朋友满满。这种"实用、完美"的叙事倾向使得"侯卫东"的"成长痕迹"颇不明朗,除了作者在全知视角的交代上,直接说他变得更加冷静、沉稳之外,事件中的"侯卫东"却越来越脸谱化、单一化,既缺少"成长小说"主人公应有的丰富的心理过程,又缺少"官场小说"主人公处在复杂环境下的微妙权衡,此时,整个"幕景剧"的主角也失去了"独挑大梁"的魅力,小说就此陷入单薄与空洞之中,难以自拔。

二 "官路""风流"的主题设定

《侯卫东官场笔记》原名《官路风流》，其9部作品无一不是从这两个关键词出发，通过叙写"风流畅通的官路升迁"和"官场得意的风流韵事"将一个"小公务员"的"奋斗史"呈现得精彩过瘾，却也因为过分顺利的官场生态设置和过分周到的情感欲求满足，使得小说逐步陷入"实用、完美"的想象泥潭，大大削弱了生活的复杂性和多面性，对人性的挖掘也没有深入下去，整个作品显得冗长偏重、内涵单薄。

从"公务员考试第二名"到"莫名被分上青林山"，侯卫东的基层奋斗历程还充满着由懵懂青涩到遇挫解困再到初有成效的过程，但在这之后，官路就变成了"事事机遇，处处贵人，偶有曲折，无伤大雅"的步调，保持了平均一年升迁一档的节奏，使得读者投射其中，感受到"付出立见成效，官路并不艰难"的错觉。此时的"官路"已经变成了满足作者和读者"臆想成功"的方式，其本身的生态和特点就变得无足轻重起来。再加上，作者在"官路畅通"之外，还实现了很多读者更在意的"经济自由"，让侯卫东"进则为官自尊，退则家财万贯"，落实到他的处事方式和小说的故事构成上，就变成"处变不惊，颇有底气的侯卫东"和"一脉酣畅的侯卫东升职记"。除去"官路"外衣下的对人"升官、发财"等"实用"理念的满足之外，"风流"成为推进故事发展的另一条主线，并且在更加本质的层面"完美"了人们对"成功"的定义。"一个校园爱情修成正果的原配（张小佳），一个激情遗憾充满情愫的'越轨'朋友（段英），一个能满足男性所有想象且无所欲求的'情人'（李晶），一个净如幽兰、心意相通的知己（郭兰）"，4个交替为主且互不干扰的"女性"都以"爱"的前提扶助或温暖"侯卫东"且只增加了"侯"的魅力而没有损失属于他男性尊严的光芒，这种"美人绕怀且无宫斗"的"戏码"更是增添了小说"想象大于实际"的特点，虽吸引了读者更多的情感投射但偏狭于"官路风流"的主观设定，使得小说显得单一、虚化。

"官路风流"的主题设定其实具有典型的"网络小说"特点，一方面，它充分抓住了当下环境中，人们对"权、财、情、欲"的希求想象，在"正统路径"（中国传统的"入仕理念"）的现实外衣下"完美"化了"自我奋斗"的过程和结果，充分激发了"题材"本身的吸引力；另一方面，它充分重视"读者"，甚至不惜损坏小说本身的独立性来满足甚至强化读者的"想象"，以达到带有"商业属性"特征的极致"阅读体验"。这种既任性随意又"谦卑讨好"的创作姿态成为网络小说精品化的天然阻碍，也成为这部小说由"精"入"粗"，由"美"入"俗"的原因之一。

三 "英雄""走运"的男权叙事

"他恨不得实行三妻六妾的封建婚姻制度"是小桥老树借侯卫东之口多次表达的想法，虽然多为戏谑、激动之词，但不失为小说情感模式设置的典型概括。"张小佳、段英、李晶、郭兰"4个女性形象几乎可以代表男性潜意识里对女性渴望的全部要求，既有男性性意识的欲望满足，又有伪饰道德伦理的情感前提；既有臣服于男权魅力的心甘情愿，又有反衬男性光辉的"各领风骚"，总之一句话，这完全是为满足男性作家和男性读者想象而设置的，几乎不具有独立丰满人格的女性角色，是男性自我"中心化""英雄化"的典型男权叙事方式的体现。

其实"一夫多妻"的"皇帝式婚姻"模式在很多传统小说中也经常出现，这种男权叙事的方式和其体现"男性为中心"的文化心理成为很多中国作家难以摆脱又常沉迷的"窠臼"，也致使许多文学作品中的女性形象大致依据男性的喜好而"生"。《侯卫东官场笔记》的更甚之处在于，在小说设置的现代环境中努力"合法化"这种"一夫多妻"的结构，企图建立一个真正的"帝王婚姻"模式。它让4个女人互不干扰地出现在"侯卫东"各个重要的人生节点上，"张小佳"是爱人，从始至终陪伴身侧，开启了他青年时代的"爱情想象"，并给予了他满意的婚姻和伦理的"正途"；"段英"是朋友，在他事业遇挫时出现，满足了其男性的保护欲望，昂扬了其被"踩落"的自尊，给予了他激情的体验和心灵的安慰；"李晶"是情人更是"伙伴"，在他努力上升的阶段出现，不仅情、欲合一无私倾注，而且善解人意能替他排忧解难，给予了他一段堪称"完美"的出轨经历，大大提升他的自我认知和人生定位；"郭兰"是知己，伴随他的爱情梦想而生，在他事业巅峰时融入，既满足了他男性情感占有的完全和纯粹，又增添了其权力得到的情感温度。这4位女性宛如争奇斗艳的四季园景，春、夏、秋、冬，百色更替，温暖了男性以自我为中心的所有臆想，更极致的是4个女性之间几无任何矛盾冲突，"大妻"娇嗔易哄，"朋友"知趣体贴，"情人"大气无私，"知己"单纯深情，不仅她们之间没有龃龉的剧情破坏各自的美好，在侯卫东心里也没有产生痛苦的矛盾，反而用"女人只能在同一时间爱上一个男人，而男人可以同时爱上几个女人"来获得了心理的安慰、平衡，这是多么为男性开脱和着想的作家，运用了多么鲜明的"男权叙事"才能达到的结果，而兼顾了世俗评价体系和隐含文化心理的"大写"的"侯卫东"也就此完成了自我"英雄化"的过程。

除去性别层面的"男权叙事"，小说还将"权力""自由"等能满足男性深层心理需求的东西"理想化"地呈现了出来，开启了一种所谓"英雄走运"的叙述思路。在"权力获得"方面，小说为"侯卫东"设置了"先苦后甜"的故事模式，只是"苦"的篇幅在全作当中所占比例微乎其微，"甜"的部分则以一种只求"快感"不顾"逻辑"的方式充溢了故事的方方面面，在"官路"层面，做到了"官运畅通"。在"自由希求"方面，小说首先解决了"财务独立"的问题，使得侯卫东为官做人都底气十足，然后设置"情感多选"的模式，毫不压抑其内心的渴望，最后营造

"众星捧月"的氛围，使得他总处于"被另眼相看"的"幸运"中，有路可退。这种兼集世俗评价、内心欲求、深层渴望的"圆满化"叙述方式不仅将"男权叙事"推向极致，而且单一化了故事的思想内容和情感深度，严重影响了小说的生命力。

四 "单一"投射背后的"网络症候"

通过以上对小说创作模式、主题设定和叙事策略的讨论，可见《侯卫东官场笔记》存在严重的"唯读者是从"、片面追求"叙述快感"的"单一化"思维，这种思维方式不仅促成了小说"九部千章"的繁复冗长，而且影响了小说的整体构思和所达到的艺术高度。其实就网络小说创作的整体而言，《侯卫东官场笔记》无论在内容设定、故事发展，还是在语体风貌、节奏技巧方面都达到了"上层"水准，尤其是前两部作品，甚至已达到"精品"的地步，但可惜的是，这部"开篇"优质的网络小说，并没有摆脱网络媒介的特殊环境和生产机制的影响，一如既往地保持其充满张力的现实主义创作风格，而是在多重外在因素的左右下走向了潦草和单一。

《侯卫东官场笔记》的"单一化"思维背后，体现了目前网络文学生态的一个重要"症候"，那就是"创作话语权"的转移问题，这同时也是网络文学在不断"自我选择和升级"的过程中的一个基本矛盾点，是创作者、"消费者"和发布平台之间对"创作话语权"不断争夺、权衡、妥协而产生的结果。本来，网络的"生产环境"因毫无门槛的"呈现"要求和自带读者的天然优势，应该更加促进创作的"个性化""私人化"才对，创作的话语权也应牢牢掌握在创作者手中才是，但实际的情况是，网络更是消费场域和公共区域，它以点击量赋予创作者等级、标签，以评论、转发实现读者对作者的实时影响，因此，在网络环境下，尤其是专门网络创作行业，创作的话语权已牢牢向读者的需求和喜好倾斜。此外，创作除去向读者倾斜之外，大型网络平台因对网络运营机制的控制，也会对创作产生一定影响，诸如它对某一题材、类型，甚至创作风格的强调会滋生一大批类似的网络小说等。总之，当代网络小说创作已逐渐改变传统纸媒的"生产—消费"方式，呈现作者、平台、读者争相活跃的态势。这也成为网络小说普遍的过分看中读者态度，扎堆于某一题材，以充分满足读者想象为目的，而不惜破坏故事和生活本身逻辑的单一思维的体现。

其实，网络是创作媒介的升级，这本应如纸张的流行和印刷术的改良一样，大大促进文化传播的速度和效率，而非从本质上改变创作的独立和对美的追求，因此网络小说也应保持其符合创作规律的独立和自由，尽快建立起促进自身精简和升级的机制，既符合时代要求又在审美上有所追求，这样才能固其根本，细水长流，也只有这样，网络小说才能出现真正经得起时间检验的精品之作，也才能在商业属性之外找回属于文学的更根本的意义。

军事·历史·架空·耽美

历史、民族与英雄的别样书写

——评现实主义力作《遍地狼烟》

苏　勇*

【摘要】尽管《遍地狼烟》在某种程度上仍然带有网络小说惯有的猎奇色彩，但其鲜明的现实主义创作手法、真诚的创作态度、宏阔的现代视野和国际视野、独特的视角、寓言性的呈现方式等，还是让这部小说显得内涵丰富、光彩夺目。小说极为辩证地描写了个人与历史、国家、民族之间密不可分的血肉联系，书写了在大时代背景下，英雄儿女们站在历史理性和民族意志的高度上，谱写的一曲慷慨悲壮、鼓舞人心的抗战之歌。同时，小说也雄辩地展示出，当前语境下，现实主义题材的作品仍然拥有广泛的读者，并且，也会继续拥有其读者。

大致上，热门网络小说的发生、发展，都有着相似的套路，即先期拥有为数甚众的网络点击率或浏览人次，紧接着就进入包装和出版发行阶段，然后就是影视剧改编的进一步推波助澜，最终得以使其成为一个名副其实的大众文本。而《遍地狼烟》之所以可以浮出历史地表，之所以得以

---

* 苏勇，江西师范大学文学院副教授。

在如此庞杂而多元的小说生态中脱颖而出，之所以能够在线上、线下同时赢得读者，原因是多方面的，这其中固然与某些商业手段有关，固然与影视剧的改编有关，固然与当前社会人们的阅读心理和文化诉求有关；而且，为了迎合大众，小说描写的内容仍带有网络小说或通俗小说惯有的猎奇色彩：孤胆英雄、绝色寡妇、烽火狼烟、铁血柔情等，但不可否认，无论在叙事策略上还是在思想深度方面，《遍地狼烟》都是近年来同类题材中不可多得的佳作。

一 朴素的现实主义创作手法

在某些一味追逐"后"理论的人看来，现实主义这种及物的文学创作形态即使不是个面目可憎的历史怪胎，也是位风烛残年甚至病入膏肓的耄耋老人，她早就应该随着"革命""启蒙""宏大叙事"等能指一并退出文学的场域。一句话，现实主义文学过时了。然而，现实的情况恐怕要让他们失望了，现实主义文学仍一如既往地拥有强大的生命力。她仍然是当今世界男男女女们认识世界、认识自我的一个有效途径。而《遍地狼烟》就是一部这样的小说，小说以抗日战争为背景，以朴素的现实主义创作手法，塑造了牧良逢这样一个个人命运与民族命运休戚与共的正面英雄形象。在创作手法上，小说并没有故弄玄虚地引入什么现代主义、后现代主义的表现手法，而是忠实于现实主义的创作原则，即在典型环境中塑造典型的人物形象。

牧良逢这个人物形象虽然颇富传奇色彩，但在作家李晓敏朴实真诚的讲述中，又是那么有血有肉、真实可信。可以说，小说中主人公牧良逢的年纪尽管也就20岁左右，但他身上体现出的精神面貌，某种程度上，恰恰是我们这个时代很多年轻人所匮乏的。他阳刚果敢、憨厚正直、深明大义、爱憎分明、不畏惧、不认输、不妥协、有担当、有责任感、有使命感。那么从整个故事的脉络来看，小说写了牧良逢的成长史，而这里的成长显然是多个层次、多个角度、多个意义上的。例如，牧良逢如何在腥风血雨的硝烟中成长为一名成熟的狙击手；牧良逢的精神世界如何在残酷的现实面前构筑起来；牧良逢如何将小我叠加在大我之上；等等。这些多维度同时又具有互文性的细致描写，使得牧良逢这个人物形象饱满而又具体，真切而又立体。

我们发现，近年来的文艺创作，有这样一种趋势，就是所谓的人性化书写。但在具体的写作过程中，有些作家往往将人性片面地理解为人的私欲私利，从而在写作中脱离历史、脱离社会、脱离实际。事实上，人不仅是自然存在物，而且也是社会存在物，因而，我们对人性的理解，就不能着眼于人的自然属性，还需要看到人的社会存在的特性。马克思指出："从前的一切唯物主义的主要缺点是：对对象、现实、感性，只是从客体的或直观的形式去理解，而不是把它们当作感性的人的活动，当作实践去理解，不是从主观方面去理解。"[1] 毛泽东在《在延安文艺座谈会上的讲话》中也提道："有没有人性这种东西？当然有。但是只有具体的人性，没有抽象的人性。"[2] 可见，人性并非是抽象的，脱离历史、脱离社会、脱离物质现实的存在。而《遍地狼烟》最突出的特点就是：既非脱离历史语境来单纯地描写所谓的人性，也非剥离了人性而刻板地把人物写成是历史摆弄下毫无主体性可言的玩偶，而是将两者非常辩证有机地结合在一起。牧良逢的精神境界并非自其出场就有如此之高，实际上，文本一开始，牧良逢作为一名以打猎为生的乡野小子，并没有非常自觉的民族意识、民族认同和家国概念。虽然牧良逢并非是在"壮丁"意义上被卷入战争之中的，但他还没有深切地意识到，当时整个中华民族已经岌岌可危了。并

---

① 《马克思恩格斯文集》第 1 卷，人民出版社 2009 年版，第 499 页。
② 《毛泽东选集》第 3 卷，人民出版社 1991 年版，第 867 页。

且，他参军的最初动机更多是出于对枪的与生俱来的迷恋。在回答师长的问话："好枪是给你了，你应该怎么办？"牧良逢想了想，说："多杀鬼子。"牧良逢之所以还需要想一想，是因为他最初对战争的性质认识得还不是非常深刻，对侵略者还没有切肤之痛。而正是在残酷的斗争环境中，牧良逢目睹了日本侵略者的暴行，这种对日寇、对汉奸的憎恨才逐渐地强烈起来，那么与此同时，狙击侵略者、汉奸等的行动也就变得自觉、主动起来。

不仅如此，我们之所以说牧良逢这个人物形象是丰满的，还在于他对待恋人、对待战友、对待人民群众、对待敌人时的不同态度，另外也在于他比别人站得更高。显而易见，牧良逢并非是站在狭隘的个人主义立场上，而是站在国家、民族以及人类的立场上来展开他的行动的。牧良逢憎恶侵略者，对日本鬼子从不手下留情，但是他并未将这种仇恨迁怒于无辜无知的日本人民身上，他不仅阻止战友伤害日本女人滨田凌子，而且还多次对她进行救助。这在战争时期，是需要勇气和智慧的。也因此，牧良逢这个人物形象与我们惯常读到的那种扁平化的民族英雄形象有着极为鲜明的区别。

此外，小说还刻画了其他一些较为成功的人物形象。例如，热情泼辣、忠贞聪慧的茶馆老板娘柳烟，外表冷酷、内心火热的王大川，单纯天真、善良明理的战争牺牲品滨田凌子，老实巴交、知恩图报的阿贵，等等。

二　表述历史与历史表述

在一定程度上，讲述什么样的历史，与在什么样的历史条件下讲述，这两者之间的逻辑关系本身就值得玩味。而实际上，任何对于历史的表述都并不自外于表述历史的时代，文本总是在讲述了一个关于他者的故事、他们的世界的同时，也寓言性地讲述了一个关于我们当下经济、政治、文化等的故事。在此意义上，《遍地狼烟》在进行历史表述及其表述历史的同时，呈现出以下几个显著的特点。

首先，从小说的题材选择上来看，这部小说可以被理解为一个关于我们当代社会的寓言，或者说是关于现代社会的隐喻。我们发现，近年来，出现了大量的以狙击手为描写对象的小说，如《抗日狙击手》《抗战狙击手》《中国狙击手》《回到民国的无敌狙击手》《穿越之我是狙击手》等，当然，《遍地狼烟》是较早涉及这一题材或领域的优秀小说之一。而这一系列有关狙击手题材小说的出现，固然有很多是跟风之作，即看到了《遍地狼烟》等小说的巨大成功之后，一拥而上。也与当前我们的社会形势、价值诉求有关，也即与我们现代社会的基本逻辑——准确、快速、高效——有关。显而易见，狙击手本身极富传奇色彩，他们身怀绝技、嗅觉灵敏、身手敏捷，弹无虚发，先发制人，而这样的人自然是天赋极高的带有神秘色彩的少数派。射人先射马、擒贼先擒王。狙击手潜伏、隐匿在绝佳的地理位置上，以捣毁敌人的中枢神经、消灭敌人的精锐力量、攻击敌人的优势堡垒为目标，他们是战斗的先锋、前哨。而狙击手的这些特征、行为，无不对应着现代社会的基本逻辑、基本原则和基本要求。狙击手攻击敌手的快、准、稳，难道不是高速运行的现代社会在逻辑上的最佳注解吗？因而，与其说，狙击手题材的出现揭示了一段一度被我们所忽视的历史，毋宁说，它有效地隐喻乃至复现了现代社会的基本逻辑。

其次，小说具有鲜明而强烈的现代视野。这种现代视野既表现在上面所说的题材选择上，也体现在人物的思想意识之中。小说的主人公牧良逢尽管出身乡野，但从小就接受了现代教育。小说在一开始就明确指出，牧良逢 10 岁时，在山下私塾接受了韩老先生的教育。而这位韩老先生有着丰富的阅历，小说特别指出，他在日本、法国和美国这 3 个国家奔波了大半生，60 岁时才回到老家风铃渡。这位老先生不仅教授传统文化，还教授哲学、历史、法制、军事、工业等。牧良逢跟随老先生学习了四五年，可以说已经是一个具有现代意识的年轻人。那么，为什么要在文本展开之时，进行这样的描写呢？显然是为后面牧良逢自身素质包括技术和精神层面的进一步提升做准备。而这种描写本身给小说注入了一种现代意识或现代感，得以使我们自然而然地将抗日战争纳入战争的现代性系统中去。

最后，小说的历史视野是开放的、国际性的。同其他抗战题材的小说相比，《遍地狼烟》这部小说对抗战的描写并非像其他小说那样画地为牢，就抗战而写抗战。而是将抗战纳入整个第二次世界大战的结构或格局中去，将中国人民奋起反抗侵略者的历史融入整个可歌可泣、波澜壮阔的反法西斯战争的历史图景之中。小说一开始，主人公牧良逢是以一个历史秩序之外的年轻猎人的身份出现的。在一次狩猎过程中，牧良逢意外地遇到了一位身处险境的美国飞行员。这位美国大兵是国际反法西斯组织中的一员，他与中国人民一起抗击日本侵略者，不幸的是，这位美国大兵的飞机被击落，命悬一线。也正是这位美国飞行员将牧良逢以及整个叙述拉进了抗日战争或者反法西斯斗争的历史序列之中。尽管这种国际主义援助或国际主义精神并非是小说描写的主要内容，但显然小说的作者在进行创作时，是有着极为自觉的国际意识的，小说借人物之口写道："美国佬现在是我们的朋友。"不仅如此，小说还描写了美国记者对中国人民反抗侵略者的报道，并借美国记者之口，由衷地赞扬了中国人民英勇无畏的抗战精神。此外，小说还在不经意间写了国际反法西斯阵线对我们的援助：美国的牛肉罐头，德国的狙击手教练，各种较为先进的枪支，等等。而之所以说作家的这种国际意识是值得赞许的，是因为从世界范围来看，特别是在西方人眼中，在某种程度上，中国人民抗战的历史并没有得到应有的尊重；而在许多西方历史教科书中，中国人民的抗日战争并没有被十分严谨、十分具体地纳入整个反法西斯战争的结构之中。因而，在此意义上，这部小说在格局和视野上，就有着重要而清晰的历史意义和艺术价值。

三　民族意志高于一切

毫无疑问，新中国成立后很长一段时期内，由于国共意识形态之间的对峙，描写国民党军队正面抗战的小说，相对来说是比较匮乏的。而近些年来，之所以大量地涌现出表现国共并肩抗战的文艺作品，是因为在新的历史条件下，国共从对峙走向了和解。但就《遍地狼烟》而言，小说在这方面的叙事处理是极为微妙而具有创造性的。

表面上看，《遍地狼烟》主要是描写以牧良逢为代表的国军正面抗击日本侵略者的故事，而关于我军的篇幅不是很多，只是在第十章《锄奸行动》中，比较集中地写了老马率领的游击队，掩护锄奸队撤退。但实际上，小说中牧良逢从未有过对自己党派归属的明确指认，而牧良逢的父母牧大明和徐秀兰本身尽管在文本中是缺席的，但他们从一开始就被指认为"早些年就参加了共产党……现在也在八路军那边带兵打鬼子"，因而，牧良逢的血液中自然而然地就携带着我党的基因。而在小说的叙事逻辑中，牧良逢之所以加入国军完全是个巧合，根本就不是什么心向往之。不仅如此，他甚至极其厌恶国军的某些做法。牧良逢之所以被收编到二零四团，起因就是牧良逢在柳烟茶馆，看不惯吴连长调戏、欺负老板娘柳烟而抱打不平，之后因闹事被抓了起来，在牧良逢被带去团部的路上，因为他成功地反击了鬼子的伏击，才被师长和团长相中，并留在狙击排。并且，我们甚至可以说，国军的腐败在某种程度上还直接推动着叙事的发展，小说后面也多次写到，牧良逢同那些流氓无赖式的兵痞发生过多次摩擦和争执，这些冲突使得主人公牧良逢常常处于不利地位。在小说的结尾处，牧良逢为了八连的军饷，还动手打了三十六军的一个营长和新上任的八连连长，为此，差点掉了脑袋。实际上，在牧良逢眼中，正义天理远比这些所谓的职位、军衔、权力更重要，即使是差点丢了性命，也无所畏惧。可见，牧良逢虽然加入了国军，并受到了上级的器重，但并没有明确的党派意识。牧良逢的一切行动都不是站在狭隘的国民党党派立场上，而是站在国家和民族的立场上，遵循着民族的意志，听从于人民的心声。

我们看到，小说着力刻画的三位优秀的狙击手无一例外地全都出自底层，他们是我国下层劳动人民群众的代表。他们最能感受人民的疾苦，也最能深切体会国家、民族之于个人的意义。这也就是为什么当他们深恶痛绝的土匪们和日本鬼子拼死进行肉搏的时候，看到土匪们一个个倒在血泊之中，"中国军人们的脑海里闪过一个念头，他们和土匪之间所有的矛盾现在都微不足道了，这是他们中国人的内部矛盾，而现在，他们共同的敌人是日本侵略者"。而这三位狙击手此生的愿望也并非是什么大富大贵，他们仅仅是希望，早一天赶走侵略者，老百姓们得以过上和平安宁的生活。他们没有对所谓军衔、权力等的迷恋，他们对未来的期待朴素而简单："回家娶个老婆生一堆娃，美美地过小日子。"

不仅如此，牧良逢的行为逻辑或依据均来自民间伦理和传统积淀。他救助美国大兵约翰，为柳烟打抱不平，为乡亲们除害，因八连新来的连长及其上司克扣军饷而对他们大打出手，等等。这一系列的行为均源自他接受的传统伦理价值，即扶危济困、挺身抗暴。

习近平总书记在《在文艺工作座谈会上的讲话》中深刻地指出："我们当代文艺更要把爱国主义作为文艺创作的主旋律，引导人民树立和坚持正确的历史观、民族观、国家观、文化观，增强做中国人的骨气和底气。"① 无疑，《遍地狼烟》做到了，小说并没有走庸俗的抗日神剧路线，即以非历史化方式在解构历史的同时，又以一种新的近乎荒诞的方式去结构历史，从而使得历史被过度消耗、消费并最终被消除。而是在尊重历史的前提下，以一种历史理性的方式重新描述历史并重新组织我们的历史经

---

① 习近平：《在文艺工作座谈会上的讲话》，《人民日报》2014年10月5日第2版。

验和历史感受。我们固然不主张个人应该被历史、国家与民族所淹没，但个人从来都不可能脱离历史、国家与民族，个人是存在于历史、国家与民族之中的个人，历史、国家与民族是由无数个个人所绘就。小说借汪教官之口指出："我们这帮人，拿起枪就是军人，丢了枪就是老百姓，如果国人都像我们这样，何愁赶不跑小鬼子？"而正是这些热血男儿的奋不顾身、视死如归，打动着万千读者，并鼓舞着我们为祖国的繁荣和富强而奋斗。

四 他者的视点

这部小说在叙事上，还呈现出一个非常突出的特点，即超越了类似题材常规书写上的非此即彼、非敌即友、非左即右、非黑即白等所谓的二元对立结构，小说并没有刻板地将日本人与侵略者完全等同起来，而是在某些既是他者又非侵略者的日本人的注视下，清晰而客观地呈现出历史的本真面目，呈现出侵略者的真实嘴脸。这也正体现出作家的鲜明立场，即站在历史理性和人类命运的高度上，真实再现那段让人们刻骨铭心的战争。

众所周知，在第二次世界大战中，德国和日本这两个能指作为法西斯重要的轴心国，必然携带着某种不言而喻的贬义。但是《遍地狼烟》显然没有刻板、笼统地进行这样非友即敌化的处理，而是对其进行了巧妙的解构。例如，在写猛子（王大川）这位狙击手的时候，特别提到，猛子之所以枪技了得，是因为接受了德国佬的训练。那么，这里引入德国佬显然自有其深意。这预示着，在法西斯世界之中，也并非铁板一块，其中还有那些能够洞悉法西斯罪恶，并愿意帮助热爱和平的人共同反抗的善良人们。

如果说关于德国佬的描述还仅是闲来之笔，那么关于日本女战俘的描写就是神来之笔了。在一次战斗中，牧良逢在击毙日本军队后，抓获了一名日本女军医。这位战地女军医叫滨田凌子，刚刚从东京一所医学院毕业，被军方征到中国战场。显然这名女护士接受了日本法西斯的愚民教育，这使得她并未清楚地意识到这场由日本军国主义发动的战争是一场侵略战争。她甚至理直气壮地说："我们的军队是过来建立大东亚共荣圈的，你看看你们国家多落后，人民多愚昧，我们是带着先进的现代文明来教化你们的，是来帮助你们的。"并且最初她对牧良逢及其战友怀着满腔的恨意，因为她目睹了几十个同胞被牧良逢的部队消灭。而在中国军人眼中，她也不过是个女鬼子。而且因为这个女鬼子并不老实，几次三番想通风报信，所以差点做了阿贵的刀下冤魂。而牧良逢之所以并没有伤害她，一是因为她是个女战俘，要将她交至军部；二是因为他要让她亲眼看看她所说的"先进文明"是如何在中国为非作歹的。

我们看到，作家并非是在一般意义上，将德国人、日本人都一刀切地描写为嗜血狂魔。滨田凌子仍然保有善良的人性，她积极救治中国孩子，并且为了救孩子上山采药时，差点让豺狗吃掉。而当滨田凌子亲眼看到日本军队是如何屠戮手无寸铁的中国人民、逐渐感受到中国人民的善意与温暖之后，她终于意识到这场战争的性质，她强烈地感受到自己国家发动战争的不义与中国人民奋起反抗的决心。与此同时，善良的中国人民也意识到，"她和那些鬼子不一样"。即使之前几次都差点要了日本女军医性命的阿贵，对待滨田凌子的态度也在后面发生了改变，在将其送往团部医院的女兵宿舍时，为了这位日本女性不被女兵们欺负，不惜假传圣旨："你们可不能欺负她啊！这是团部的命令。"

可以说，以日本女军医的视点进行描写，有这么几个显著的效果：一是由女军医的视点再现这场战争，更能够突出日本法西斯的残暴和非正义性，因而也就更有批判性和控诉性。二是更有效地揭示了法西斯以及日本军国主义的真实面目，而这种揭示是双重的，也就是说，日本对我国发动的侵略战争，不仅使得我国人民深陷苦难之中，而且也使得那些被愚弄的日本人民变成了战争的牺牲品。三是体现了我国人民的深明大义和人道主义情怀，虽然痛恨日本侵略者，但并没有将某些心存善意的日本人民和日本军国主义一概而论。

五　结语

一段时期以来，宏大叙事似乎越来越成为一种陈旧的、过时的话语，文学关注和表现的领域更多地集中于个人身体、个人经验、个人情感等方面，而关于历史、社会、民族、文化等的表述被刻意地压缩、抽离乃至悬置。个人的私欲被无限放大，个人的情怀被无限张扬，个人的诉求被无限抬高。而这样的描写恰恰将"人"抽空了。在此意义上，《遍地狼烟》体现出的现实主义情怀就显得难能可贵，她将个人与历史、国家、民族的命运紧密相连，让"人"在追求世界和平、民族解放，以及实现自我的道路上变得光彩夺目。事实证明，那些经得起时间汰洗的、广为传颂的优秀作品，恰恰不是什么光怪陆离、晦涩拗口的无病呻吟之作，而是那些自然朴素的、真实可信的现实主义作品。有理由相信，在《遍地狼烟》等优秀作品的影响下，一定会有一大批鼓舞人心的现实主义作品涌现出来。

论《遍地狼烟》的传奇性

张建安　杨秀珍[*]

【摘要】李晓敏的《遍地狼烟》因自身的传奇气质受到广大读者的喜爱，小说表现了故事背景与社会的复杂性，人物生命境遇的奇特性，加上湘西土匪元素的融入等，形成了叙事内容的丰富传奇品性，读者不难看出作者艺术上的探索与努力。

李晓敏于2009年开始网络文学创作，其小说《遍地狼烟》先后获得中国首届网络小说创作大赛一等奖以及第二届中国出版政府奖。2011年第八届茅盾文学奖评选首次接纳网络小说参评，《遍地狼烟》成为唯一跻身该奖的网络小说，李晓敏也成为迄今凭借网络文学入围茅盾文学奖的第一人。

小说《遍地狼烟》通过表现小人物的人生际遇，揭示其生命主题和社会历史意蕴。欧阳友权在《茅奖视野中的网络文学》一文中肯定了《遍地狼烟》的文学价值。他认为《遍地狼烟》里的人物有浓厚的传奇色彩，小说故事情节生动曲折，语言表达准确传神，能与同时申报的其他传统小说

---

　* 张建安，怀化学院中文系教授；杨秀珍，怀化学院中文系学生。

相提并论。① 第八届茅盾文学奖评委会副主任高洪波接受记者提问时表示自己十分喜欢李晓敏的《遍地狼烟》，他认为小说在"创作中表现了抗日战争这种民族危亡战争中自己的文化自觉，而且塑造的人物狙击手牧良逢，有《亮剑》的感觉"②。《遍地狼烟》讲述的是猎户出身的牧良逢阴差阳错走上抗日征途，并成长为一代枪王的传奇故事，小说并不是单纯地弘扬爱国主义和民族主义精神，看得出来，作者希望通过对人物内心信仰的构建来传达其人生和历史理念。

一　传奇人物形象构成了小说的灵魂

小说《遍地狼烟》中活跃着各色各样的人物形象——有英勇善战的士兵，有善良淳朴的百姓，有豪爽正义的国际友人，有不畏强权的警察，有顽强坚贞的女性，有仗义率性的土匪，也有虚与委蛇的汉奸、卖国求荣的贼子……小说中的人物多为寻常百姓，这些人物的生命境遇却是非常离奇、独特的，为寻常生活中不常见的。

（一）社会环境的复杂

小说人物的传奇性与社会环境的发展有着紧密而深刻的联系，社会环境的复杂性加深了小说的传奇性，而小说的传奇性又反射社会环境的复杂。抗日战争是中华民族历史上一次伟大的卫国战争，也是中国人民反抗日本帝国主义侵略的一场正义战争。由于特殊的历史条件，近代湖南的现实生存环境十分恶劣，寻常百姓生活困顿，生存艰难，安全性得不到任何保障。但也正是因为如此，李晓敏在他的系列题材小说中，主人公的人生通常都具有非同寻常的传奇色彩，《遍地狼烟》和《我的民国》中社会环

---

① 欧阳友权：《茅奖视野中的网络文学》，《小说评论》2016 年第 1 期。
② 颜慧：《为长篇小说取得的成就喝彩——访第八届茅盾文学奖评委会副主任高洪波》（http://zjzj.org/ch99/system/2011/09/19/002029571.shtml）。

境的复杂性表现得尤为明显。例如，《遍地狼烟》中的牧良逢是猎户出身，因帮助柳烟得罪了国民党军队的连长，误打误撞加入国军，并因枪法超绝成为国军的中坚力量。随着抗战进入相持阶段，牧良逢逐渐接触到共产党的游击队，并发现自己的亲生父母竟是共产党的政要。在之后的作战过程中，牧良逢深感国民政府的黑暗和腐败，最后决定投入新四军的怀抱，自愿加入了共产党领导的革命队伍。在《我的民国》中护院保镖郝一城爱上了东家第二任太太杨柳儿，后因不忍杨柳儿被卖入妓院，救了杨柳儿并和她一起逃往长沙。郝一城凭借一身武艺，加入了劳工会，后为自保建了纺织工厂，并成了省城的商会副会长。日军攻下东三省，挥师南下，武汉沦陷，长沙陷入一片战乱，郝一城受共产党革命思想的影响踏上抗日征途。国家危难，老百姓要想置身事外也不可能。抗日战争时期，有很多像牧良逢和郝一城一样的百姓，他们只想过平平淡淡的生活，但是身处乱世，身不由己，因为个人的命运与国家的命运是紧密相连的。他们一身正气、英勇善战、敢做敢当、快意恩仇，为了国家和民族挺身而出，故而成就了他们一生的传奇。

除了社会环境的复杂性外，小说还透示出浓郁的地域文化背景。湖湘文化源远流长，近代湖湘文化主要精神是忧国忧民的爱国精神，前赴后继的牺牲精神，经世致用的求是精神，坚韧不拔的执着精神和自强不息的奋斗精神，等等。[1]《遍地狼烟》中的主要人物无不凝聚着这种湖南人精神，无论是怀化小镇风铃渡的牧良逢，还是《我的民国》中的郝一城，无不呈示出湖南人特有的精神风骨，湖南人的血性和骨气在他们身上表现得尤为酣畅淋漓。请看：面对民族危机，他们信念坚定——"他们和土匪之间所有的矛盾现在都微不足道了，这是他们中国人内部矛盾，而现在，他们共同的敌人是日本侵略者。这个念头闪过的时候，他们的枪打得更狠了，为

---

① 郑涛：《论湖湘文化孕育的近代湖南人精神》，硕士学位论文，中南大学，2003 年。

殉难的中国人报仇。""我儿,我现在才真正地认为我儿子了不起,他们抓我就是想让你当汉奸,咱千万不能丢祖宗的脸,你们郝家祖上数代虽为奴,但好歹是堂堂正正的中国人,咱不能忘了本,当汉奸丢祖宗的脸……"与敌人抗战他们不怕牺牲,前赴后继——"弟兄们,别唱了,大丈夫生当作人杰,死亦为鬼雄,今日咱们是保家卫国而死,虽死犹荣。大家不要难过,等倒了阴间,老子照样带你们打日本鬼子。"正是小说中无处不在的湖湘人的顽强坚韧和铮铮铁骨,才让小说的人物形象和故事情节更加出奇,小说的传奇性得到了充分的展现。

(二)生命境遇的奇特

李晓敏擅长将小人物的命运置放于一个宏大的历史背景之中,借由人物的生命境遇传达自己的价值观念,在人物刻画方面侧重对人性的发掘,表现人物内心的信仰和力量。《遍地狼烟》中的主人公牧良逢出生在一个猎户人家,从小和爷爷练习枪法,对枪有着独特的感悟力。因帮柳烟脱困打伤了国军的一个连长而被抓,车辆行驶途中,偶遇鬼子埋伏,张团长看中了牧良逢在实战中展现的枪法和胆魄,便说服牧良逢加入国军。在之后的抗战征途中,牧良逢屡立奇功,并多次绝处逢生。也就是在这一系列的征战过程中,牧良逢形成了自己的价值判断,最终做出了正确的选择。从牧良逢加入国军的原因看,我们不难发现,这是偶然夹杂必然的结果。偶然的是,牧良逢刚好在那一天下山给柳烟送山鸡,而那一天又刚好撞上武汉失守后溃败的国军在柳烟的茶馆滋事;必然的是,风铃渡位于怀化,处于武汉西南方,是国军退守的主要地域,战争失败,将士士气萎靡,常常寻衅滋事。就算不是因为这次偶然的事件参军,牧良逢疾恶如仇的性格也迟早会指引他走上抗日的征途。这种偶然夹杂必然的人生境遇是小说《遍地狼烟》人物传奇性的重要表现。李晓敏多次在小说中运用这一手法,又如在抗战结束之际,新四军准备收降一个大队的鬼子,但日军听信重庆方面的命令，拒绝向国军外的其他部队投降，牧良逢接到上级指示，要他带领部下击退新四军。牧良逢深知两党之间存在分歧，但未曾想到国军竟能做到如此地步，使他最终对国民政府彻底失望，遂投奔了新四军。偶然的是就在柳烟劝解未果后，日军拒降的事情发生了；必然的是国共两党之间的矛盾终将爆发，牧良逢终有一天要面临抉择。这种偶然夹杂必然的人生境遇让小说的情节显得曲折离奇，而生命境遇的主体人物也更加显示出了传奇色彩。

（三）土匪元素的融入

除了生命境遇的传奇，小说人物的传奇性还表现在它融入了湘西土匪这一元素。民国时期政治黑暗，农村地区的经济受到严重破坏，再加上湘西多是山区的自然条件、湘西重要的战略地位、少数民族居多等因素，导致湘西成为土匪横行的天地。湘西土匪起源于明末清初，至清朝末年正式形成一股逆流。民国以后时期的湘西土匪常常通过利用武装攻击政府军队、银行等机构来壮大自身势力。[①] 湘西土匪的存在和发展本身就具有一定的传奇色彩，再加上作者刻意表现了许多性格迥异的土匪形象，他们有的烧杀淫掳、无恶不作，有的坚守道义、侠气凛然，故而传奇色彩更浓郁。在《遍地狼烟》中有较多的笔墨用来刻画土匪形象。例如，《遍地狼烟》中的赵老虎，便是一个典型的土匪形象。赵老虎是十里牌的土匪头目，为人心狠手辣。他手下有一百多号人马，五六十条枪，平日和另一个土匪头目王保山各自占据一山，互不干涉。后赵老虎和王保山均被牧良逢收编，划入 204 团 3 营战斗序列，两人均被任命为连长。江山易改，本性难移。赵老虎以前占山为王，为人一身匪气，在严格的军营管理体制下难免适应不了。在昆仑一战中，赵老虎连负责把守西侧阵地，但最后全线溃

---

① 孙静：《民国时期湘西匪乱研究》，硕士学位论文，华中师范大学，2004 年。

败。"这帮由土匪改编过来的兵痞们第一次看到钢铁做的装甲车和这令人窒息的毒气，惊慌失措下，不顾上级营长的再三警告，全连士兵跟着赵老虎临阵脱逃，将主阵地的侧翼拱手让给鬼子，204团一时陷入鬼子大队的反包围之中。"在民族大义面前，赵老虎选择做了逃兵，在逃跑过程中，杀害村民、奸淫妇女，无恶不作，最终为牧良逢所擒。在赵老虎被收编之后，本有机会改过自新，重新做人，但小说安排了一场战役，让赵老虎逃跑了。这一安排是符合人物形象的，同时也增加了人物自身的传奇意味。

小说《遍地狼烟》无论是写抗战枪王，还是写江湖游侠，都有着真实的历史背景，这也为其小说传奇性的表现提供了可信度，不至于让读者产生奇而无信的阅读感受。虽然艺术来源于生活，但是无虚构即无艺术，李晓敏擅长在叙述对象和表现手法上凸显小说的传奇性。其小说的故事发生在湘西，是在宏大的抗日战争历史背景下进行的，小说中的人物身上无不融入了湘西人独特的铁骨和血性，具有浓厚的湖湘人文特色。在人物形象塑造方面，作者长于将曲折的生命境遇、复杂的人物关系扭结在一起，这不仅使小说人物的性格显得饱满生动，而且也增强了小说的传奇性和可读性。

二　多种形式设置悬念增加了小说的传奇品性

小说叙事过程在某种程度上说就是讲故事的过程，如果作家只是平铺直叙地讲故事，那将会显得索然无味。李晓敏小说的传奇性不仅体现在叙事对象上，而且表现在其情节的传奇性上。作者擅长书写故事的传奇，设置悬念是其小说情节传奇性的突出表现。

悬念是作品艺术魅力的重要来源之一，悬念设置方法是小说创作的重要手法。一部小说有没有吸引力与小说的悬念密切相关，悬念可以增强读者的期待心理，增强读者的审美愉悦。考察《遍地狼烟》这部小说，我们不难发现李晓敏喜欢并善于运用省略设置悬念、预叙设置悬念、意外情节设置悬念等艺术手法。

（一）利用省略设置悬念

省略设置悬念是指对故事情节的内容或发展按下不提，通过使读者产生心理期待而产生悬念的手法。这一手法在《遍地狼烟》这部小说中反复出现，如关于牧良逢身世背景的介绍："牧良逢从记事起，就和爷爷生活在这片大山深处，他没有见过自己的父母，也没听爷爷或者别人说起过有关自己父母的事情，久而久之，牧良逢也就再没把这些事放在心上了。"牧良逢亲生父母究竟是谁？为什么他们要离开牧良逢？牧良逢的爷爷为什么从来不跟他提及他的父母？……一系列问题萦绕在读者心头，而小说中并未对这些问题作出解答。又如《我的民国》中自毁容貌的杨柳儿从尤小如那儿得知郝一城过得很好的消息后自杀，尤小如恳求父亲尤正昌成全郝一城和杨柳儿，尤正昌怕出差错，命胡魁转移杨柳儿。后文并未对杨柳儿的消失做具体描述，相反转入另一情节的描写。读者对杨柳儿的去处毫无所知，自然生出疑惑，也就达到了作者设悬的目的。

（二）利用预叙设置悬念

预叙设置悬念是指提前透露将要发生的情节或结局，使读者产生强烈好奇心的设悬手段。例如，在昆仑战役爆发前，也就是牧良逢收编赵老虎、王保山等土匪势力之后的时间里，小说中有这样的描述："天空中阴云密布，充满了莫名的肃杀之气，牧良逢哪里知道，一场惊心动魄的生死之战即将到来。"李晓敏在结束前一故事情节的描述后，将这一情急涉及的人物将来的命运发展全都做了预叙，信息量不可谓不大。

（三）利用意外情节设置悬念

意外情节设置悬念是最能突出传奇性的设悬手法，它是指用出乎人意料的情节来设置悬念的手法。这一手法在《遍地狼烟》三十二章表现得尤为突出，在一次作战中，牧良逢为解救一名战俘不幸摔入冰冷刺骨的河中。河水水流之急，温度之低，牧良逢生存的可能性极低，其他战友们都认为牧良逢已经战死，可就是在这样的环境下，李晓敏设置了这样一个情节："也不知过了多久，他终于感觉到身边有水草，就顺手一把抓住再也不松手了，他挣扎着往岸上爬。原来，从他落水的地方算起，这河正好是个'之'字形，水流太急将他冲到了下游几公里处的对岸。"牧良逢爬上岸后碰上了夜晚出来打鱼的英子父女，被救脱险。这样的巧合是平常人难以碰到的，是作家为了构成小说戏剧性效果的刻意为之，营造了传奇性的人物命运，小说的传奇色彩也就更浓了。

三　传奇性在网络小说中的特殊意义

小说传奇手法能有效吸引读者的注意力，同时也使小说产生张力。小说中传奇性和其他艺术元素如果融合得巧妙，更容易形成一种独特的艺术审美氛围。阅读小说文本，笔者发现，传奇手法在小说《遍地狼烟》中有以下两点作用。

（一）丰富了人物的性格特征，拓展了小说的想象空间

人物形象的塑造一般是通过语言描写、动作描写、心理描写、神态描写等方式，李晓敏的小说常常借助传奇性叙事，塑造人物，如骁勇善战的牧良逢、侠气仗义的郝一城、意志坚定的秦礁、不让须眉的柳烟……所有这些人物的性格并不是单一片面地展现，而都呈现出一种复杂、矛盾的特

点。牧良逢作为战士勇于牺牲、甘于奉献，同时他也具有自己的性格局限，在共产党员任之武劝他加入共产党时有这样一段心理描写："他何尝不晓得这个政府的黑暗和腐败，但是身上的军装在时刻提醒着他，身为一个军人的气节，在他看来，如果现在投入共产党，他就丧失了一个军人的气节，是背叛。"如此抒写，形成强烈对比，凸显了人物的悲剧气质，丰富了人物的性格特征，拓展了小说的艺术想象空间。

（二）建构了小说的情感基调，提升了小说的审美意蕴

小说主题的表现总是离不开特定的历史环境，只有在典型环境下才会有典型人物的出现，正因为先有国共第二次合作的历史背景，才有后来牧良逢革命道路的选择和革命信仰的建立。正是基于这一逻辑关系，才得以形成《遍地狼烟》思想内涵的丰富性。假若小说的背景不是发生在抗战的特殊时期，牧良逢等人物的性格特征势必得不到如此充分的体现，其人物内心信仰的构建也可能失去其现实基础，故而小说的意义和价值也可能会大打折扣。

《遍地狼烟》特殊历史背景赋予作品以无限的沧桑意味，这对于小说情感基调的建构具有重要意义。小说虽然淡化了政治色彩和教化功能，侧重对普通民众人性的挖掘，但因为表现了人物内心的信仰而具有强烈的抒情品性，因而给人一种悠远苍凉的历史情怀，这无疑提升了小说的审美意蕴，也使小说《遍地狼烟》具有比较深广的社会内涵。

网络军事题材小说的活力

——以《遍地狼烟》为例

马　丽[*]

【摘要】 网络文学中的军事题材小说以其热血的场面描写、对历史的解读和鲜明的"网络特色"极受读者追捧，而军事小说极具故事性和传奇性，为网络文学打开了新视角。《遍地狼烟》讲述了一个少年牧良逢从普通的山村少年成长为优秀抗日英雄的传奇故事，生动地演绎了中国热血男儿在抗日战场上的英雄往事。小说传达了一代中国青年的爱国情怀及英勇奋战的精神，这正是网络军事题材小说的魅力所在。

网络文学^①以互联网为载体，以一种超乎想象的速度快速崛起，凭借其"草根性"^②迅速占据文学市场，改变了整个文体格局。其中以军事为题材的小说，尤其受到年轻读者的追捧和喜爱。2009 年初，作家李晓敏以"菜刀姓李"为笔名开始在网络发表军事题材小说《遍地狼烟》，一经发布立即受到大批读者的追捧和出版界、影视界的关注。这部小说号称是迄今

＊ 马丽，广西大学中国现当代文学硕士研究生。

① 本文所用网络文学定义为在网络上创作、在网络上发表的原创作品。

② 汤哲声：《中国网络小说的特征》，《中国文学批评》2015 年第 4 期。

为止最好看的"狙击手"题材小说，同时也是首部描写中国人民抗日战争时期正面战场的抗战题材小说。主人公牧良逢父母是共产党八路军的战士，而牧良逢是在阴差阳错之下从军参加战争，从一名普通的国民党士兵成长为英勇的抗日英雄。这个题材是比较新颖的，无论是在传统文学还是网络文学中，抗日战争时期正面战场的描写因为种种原因还是寥寥无几。贯穿《遍地狼烟》整部小说的元素除了家国情怀、战友之情，还有亲情、爱情、民族情等。作为以网络为传播媒介的文本，《遍地狼烟》的故事发生背景被作者设定为中国历史上真实存在过的抗日战争时期，这无疑更能吸引读者的目光，让作者在熟悉的背景中迅速找到认同感和代入感，与此同时也让读者更容易接受和喜欢。所以它能在众多穿越战争题材的小说中脱颖而出，成功占据网络文学的一席之地。

一 小人物成就大英雄

小说的主人公牧良逢在开场就是一个普普通通的山村少年，引人注目的是他高超的枪技，他用民间狩猎用的火铳射杀了发狂的野猪，随后牧良逢救了从坠毁的飞机中存活下来的美国人。正是由于这个美国人，牧良逢获得了更多关于外界的知识，如抗日战争、各种关于枪支的知识和作战策略等。可以说正是这个美国人开启了牧良逢传奇的一生。没有美国人给予这个生在乡村里、长在乡村里的少年这些知识，他即使有高超的枪法可能也不会取得这么高的成就。值得关注的一点是，牧良逢身上具有正义精神，中国人自古崇尚关羽的忠义精神，在《遍地狼烟》这部小说中，主人公也正是因为侠肝义胆、义薄云天才增光添彩。因为正义，他开枪击伤欺压一位寡妇的国民党军官，他解救了被汉奸万太爷陷害的阿贵和阿慧，他看到兄弟连被剥削时挺身而出。除暴安良、忠肝义胆、济世安民等这些优良的中国传统价值取向在历经千年的历史发展过程中深深根植于中国人的观念中，所以读者阅读到这些情节，很容易与作品产生共鸣，产生慷慨激昂的情感，为牧良逢的见义勇为叫好，甚至想为祖国冲锋陷阵。无论在哪个年代，战争的炮火与硝烟注定会带来生离死别，牧良逢自小与父母分离，后来也与未婚妻柳烟失散，战火流离的年代激发了人们的爱国情怀和对战争的警示与觉悟。目前有的网络军事小说并不尊重真实的历史事实，有的穿越题材的军事小说出现了"雷人"的剧情及大量血腥暴力的场面描写。部分穿越军事小说大体为主人公携带现代先进武器穿越回某一战争时期建功立业，不仅名利双收，还得美女相伴。这样的创作模式制造了大量雷同的军事小说，使得读者极容易在相似的网络文学阅读中产生疲倦感。再加上血腥暴力场面的描写，在未成年人读来容易激发他们内心的狂躁，导致价值观的缺失或歪曲。网络文学的发展使得文学创作更加自由化、个性化，但是，军事题材的小说不加引导地进入文学，只能演变为一场网络暴力的狂欢。而《遍地狼烟》虽然也有狙击场面和战争场面的描写，但是重点突出的是热血少年们的神勇。他们与鬼子狙击手进行生死较量，配合新四军摧毁鬼子小型兵工厂和印钞厂收编土匪、解救战俘。在这部作品中，我们看到了牧良逢及一群中国好男儿身上的血性和阳刚之气。这才是《遍地狼烟》的主旋律，不仅塑造英雄，而且在英雄的成长轨迹中传达出对祖国山河的热爱，对爱情的忠诚以及草莽英雄的豪气的赞颂。在这部小说中，我们可以窥见网络文学中军事题材小说受欢迎的原因。正是有小人物也可以建功立业成就自己不凡人生的故事，让读者不仅感受到血脉贲张的战争场面，同时会产生自己作为平凡的小人物也可以在现实生活中有所作为的积极心理暗示。大多数的网络文学读者都是在平常的生活中默默无闻，但是在类似《遍地狼烟》之类的军事题材小说中，很多人可以满足成为英雄大人物的梦想。

二 真情和温情增添人性光辉

在小说《遍地狼烟》中，不只是枪声和杀声，也有真情和温情——被施救的美国飞行员约翰，茶馆里的漂亮寡妇柳烟，在师部医院当护士的王小田及日本女军医滨田凌子，这些人都与主人公牧良逢产生了紧密的关联和纠葛。美国人约翰把自己关于枪支的知识、军事上作战的策略以及中国战争的形式都教授给了牧良逢，两个素昧平生的陌生人产生了深厚的情感，他们既可以说是师生，又可以说是亲密的朋友。约翰也可以说是牧良逢的启蒙者，他开启了牧良逢的眼界。寡妇柳烟是牧良逢在阴差阳错之下从一个国民党军官手下救出来的，他们之间产生了爱情，柳烟陪伴在牧良逢身边，后来更是劝说牧良逢走上中国共产党的革命道路。值得注意的还有日本军医滨田凌子，她不仅受到感召投入中国救治伤员的队伍中，而且对牧良逢始终怀有一份美好的暗恋情结。除此之外，还有牧良逢与猛子、小伍这些战友的兄弟情、战友情，"这是军人间的兄弟情谊，因朋友而生，又因朋友而死"①，从这些人物身上的情感增添了小说的人性、感性和可读性。从读者自身出发，他们需要的是有血有肉的英雄，如果小说塑造的英雄人物只是冷冰冰的人物，那么就会让读者与作品产生隔阂，人性化的英雄人物就使得读者在阅读过程中感同身受，这也是军事题材小说受到热烈追捧的一大原因。不仅《遍地狼烟》有这些情感因素，而且在当今的网络军事题材的小说中同样如此。从《血战台儿庄》《抗战狙击手》等小说中我们都可以感受到为国家抛头颅、洒热血的英雄气概，而小说中也不缺乏侠骨柔情。所以读者在阅读过程中看到英雄人物的热血，还能感受到有血有肉的真实人物，这样，就拉近了作品与读者的距离，活生生的人物加上故事发生在中国人民耳熟能详的抗日战争时期，发生在全国同仇敌忾抵御

---

① 李晓敏：《遍地狼烟2·抗战枪王》，江苏文艺出版社2011年版，第1页。

外敌的历史时期，这样网络上的军事题材小说便越来越流行了。

三　传统小说的叙事结构

网络军事题材的小说在叙事上以传统的叙事情节取胜，而且具有一定的传奇性和巧合性。在小说《遍地狼烟》中，完全以时间顺序展开叙述，并不采用文学手法上倒叙、插叙等叙事技巧，这在一定程度上降低了对读者的阅读水平要求。正如戴维·洛奇的观点——"小说就是讲故事"。[①] 在小说《遍地狼烟》中基本每一个小章节叙述一个故事，许多的小故事交织在一起构成主人公牧良逢的成长轨迹。在《遍地狼烟》第一部中我们尤其可以看到，每个章节的小故事之间没有太多的交叉，许多人物之间也没有太多的交集点，所以在阅读上很轻松省力。和许多网络小说一样，军事题材的小说在思想深度和文学性上并没有太高的追求。军事小说乃至网络小说都只是想把一个故事讲好而已，只要故事情节生动，吸引读者的目光，那么这部网络小说无疑就是成功的。除了传统的故事情节外，《遍地狼烟》在一定程度上还出现了看似简单的偶然事件，正是这些事件推动故事情节的发展。例如，牧良逢参加战争正是由于在闹事的士兵手下救人而阴差阳错当兵的；坠入河中被老百姓所救；牧良逢被军统抓走，差点被处死，意外遇到了以前与之合作的军统特务及时出手相救。主人公牧良逢每次都能逢凶化吉，这符合中国传统小说里"无巧不成书"的叙事设置。[②] 从这一点上我们可以明确，网络文学并不是完全独立于传统文学而存在的，网络文学也从传统文学中吸收养分。正是由于这一桩桩、一件件巧合的事件，才成就了牧良逢的传奇之路。《遍地狼烟》的传奇性还体现在人物的传奇性上。主人公天赋异禀，对枪支有天生的喜爱和使用的能力，不仅如此，

---

① ［英］戴维·洛奇：《戴维·洛奇文集小说的艺术》，王峻岩等译，作家出版社1998年版，第14页。

② 周志雄：《网络文学的发展与评判》，人民出版社2015年版，第176页。

在战争中总能想到出奇制胜的方法突出重围，取得胜利。在一定程度上，牧良逢是神化的"人"，他接近完美，正义善良，拥有超高的枪法和军事策略。从小说章节名字中我们可以体会到牧良逢的"神性"特质，如"少年神枪""绝地狙击""绝地营救""奇招突围"等。人能力的"神化"这一点满足了部分读者的补偿心理，现实生活中的大多数人是平凡无奇、资质平平的，但是在阅读军事小说的过程中他们见证少年的天才之处，满足自己对理想生活的幻想，是对现实生活缺少激情的补偿。

　　除了传统故事的写法之外，《遍地狼烟》的情节叙事是快节奏的。小说故事情节是以一贯之的，情节上很连贯，决不拖泥带水，这也是以网络为媒介快速阅读下的一大特点。小说并没有对人性进行深入的刻画，也并不是要表达深刻的哲理和深奥的人生意义，主要是想表现牧良逢乃至一代中国青年的英雄气概。而且是单线的叙事结构，如果用一句话概括《遍地狼烟》的故事情节，我们可以说是平凡乡村少年牧良逢成长为英勇的抗日英雄的故事。牧良逢的成长就像时下流行的网络通关游戏一样，玩家打怪升级，不断地刷副本进行新的任务，在任务中获得奖励和升级，读者在小说的阅读过程中仿佛和主人公一起并肩作战，自由自在地享受人生。而这一点正是与金庸小说的流行一致，毕竟大多数人在小时候乃至年轻时期都有过所谓的"江湖梦"，在一个不太受既定规则约束的世界里修炼成绝世武功，然后行侠仗义，快意江湖。在阅读《遍地狼烟》时读者感受到的是一种血性，而牧良逢的军人身份，对一些部队生活的描写也满足了男性阅读者对军队的向往。网络文学作家在创作时往往追求的是阅读者理解上的轻松，阅读者不需要费脑就能轻松阅读网络文学作品，甚至是在闲暇时通过网络文学放松。网络文学是一种消遣的文学，并不追求意义的深度和语言的精致。阅读上的无障碍才是网络文学所追求的。《遍地狼烟》在语言上采用的都是通俗的大白话，采用平实的白描手法，虽然传统意义上的文学意味减少了，但是正因为其无障碍的阅读才能让小说迅速流行起来。

四 开放式结局带来无限的可能性

小说《遍地狼烟》的结尾并没有给读者带来明确的结局，主人公牧良逢的归宿并没有得到明确的答案。在笔者看来，小说的结尾写到牧良逢的父母和爱人在延安召唤着他，牧良逢为了民族大义应该是要投身共产主义革命中去的。但是作者为什么没有给出明确的答案呢？在这部小说中，我们可以看到故事的发生背景，是在中国抗日战争时期，主人公参加战争都是以国民党士兵的身份加入的，所以我们也可以认为故事的结尾牧良逢仍然坚守自己的立场。正如小说里写道："身上的军装却在时刻提醒着他，身为一个军人的气节，在他看来，如果现在投入共产党，他就丧失了一个军人的气节，是背叛。"[1] 军人的天职是服从命令，牧良逢一直以来都是以国民党士兵的身份参加战争，所以立场的改变并不是那么容易的。然而这个结局或许有读者接受不了，所以读者安排了这样一个开放性的结局。这样我们可以在阅读完这部小说之后在心中有自己的一份答案。一千个读者有一千个哈姆雷特，那么在不同的读者心中也会给牧良逢安排不同的结局。正如文中任之武所说，牧良逢选择回去坐牢不仅是他个人的损失，也是国家的损失，但是如果牧良逢继续拿着枪战斗，就有可能成为民族的罪人。[2] 这恰恰体现了康德的二律背反理论，在这里牧良逢的选择已不仅仅是个人的选择，而且是历史的选择，在国家民族的层面上也给读者带来一定的思考。这种敞开式的叙事超脱了大多数的网络军事小说，具有一定的文学意义，向读者敞开结构能给文本带来无尽的意味。这一点也是《遍地狼烟》能流行经久不衰的重要原因之一。

---

① 李晓敏：《遍地狼烟2·抗战枪王》，江苏文艺出版社2011年版，第331页。
② 同上。

五 结语

《遍地狼烟》兼有传统文学和网络写作的优点，除了故事情节上的传统叙述外还兼有网络文学鲜明的特色。但我们不能否认的是许多网络文学作家没有史学家深厚的文学底蕴和历史知识，所以在军史知识方面的展现是有一定缺陷的。许多网络作家并没有经历战争，也没有经历军旅生活，单纯地依靠想象进行小说创作。他们在人性的刻画和语言艺术上也没有传统文学的深刻。但从《遍地狼烟》的流行我们就可以看到，在军事小说里读者感受到的是对战争的敬畏，对保家卫国英雄人物的热爱，对英雄人物成长路程的向往。读者在阅读过程享受到一定的愉快感，能暂时忘掉现实生活的忧愁和烦恼，这一点是有价值的，也正是军事题材小说甚至是网络文学的魅力所在。

《弹痕》：一部颠覆传统军事小说叙事规范的网络文本

李盛涛[*]

【摘要】纷舞妖姬的网络军事小说《弹痕》颠覆了传统军事小说的叙事规范。主要表现为三个方面：一是题材描写的去史诗化，主要表现为战斗场面描写的小型化、隐秘性和境外性，突出了战争场面的视觉化效果；二是主题向度的民族国家形象建构，其中纵向维度的民族国家形象建构主要是将弘扬传统文化的目的性要求介入小说叙事，而横向维度的建构更多是对国家形象给予一种文化的批判和反思，这使小说获得了一种民族性、本土性和意识形态属性；三是对传统军事小说叙事伦理的动摇，小说在强调作为国家意志的叙事伦理之外，还写了作为兄弟情义的叙事伦理内涵，使叙事主体获得了一种自由性和独立性，在一定程度上动摇了传统军事小说的宏大叙事。因而，相对传统军事小说而言，《弹痕》在叙事方面的突破与创新都具有重要的文学生态意义。

在网络文学场中，网络军事小说是一个重要的小说类型。与传统文学

---

* 李盛涛，滨州学院人文学院副教授。

场中的同类型小说相比，网络军事小说既有传统该文类的遗传性特征，又有该文类在网络语境中的变异与创新。在中国当代文学（特别是在新中国成立后十七年文学）发展史中，军事题材小说发展迅猛，形成了特有的叙事模式，主要体现为以下几点：叙事伦理中将国家意志作为至上的原则；以二元对立的艺术思维方式塑造人物、构造故事情节；在史诗性风格和理想主义的色彩中形成一种宏大叙事形式。这些特征构成了中国当代军事小说的主要叙事模式，但也存在着局限性，诸如：题材的单一性，以抗战题材和解放战争题材为主，缺乏丰富性和多样性；理想主义和乐观主义构成的喜剧色彩较浓，而批判性和悲剧性构成的审美风格较弱；在严肃、崇高的宏大叙事背后，缺乏自由伦理的个体叙事。由于诸多原因，这种叙事模式积习已久，很难改变。况且，当代和平环境对军事小说的发展也构成了时代性的悬置和瓦解。首先，和平年代的主流价值观念对以冲突、斗争为主要内容导向的军事小说构成了瓦解，它深层次地制约着军事小说叙事的繁荣和创新；其次，在传统文学场中，当前的军事文学创作多以影视剧形式存在于公共空间，而不像小说那样更宜于私人空间阅读。这种公共空间存在形式，既决定了军事题材小说创作很难突破意识形态的种种禁忌，又因过度迎合意识形态而导致了影视剧创作中"抗日神剧"频现的怪现象。传统军事小说叙事模式的局限性和当代语境对军事小说创作的整体性悬置，使军事小说创作在传统文学场中裹足不前，很难创新。然而在网络文学场中，军事小说取得了某些突破。若站在一种比较、反思和重建的文化立场来看，网络军事小说具有重要的文学生态性，突出体现在题材、主题意向和叙事伦理等三个方面。其中，网络写手纷舞妖姬的《弹痕》极具代表性。

一　题材描写的去史诗化

与传统军事小说相比，网络小说《弹痕》以特种兵题材为主。传统军事小说的题材类型主要包括抗战题材和解放战争题材两类，这两类题材多在现实主义小说叙事规范之下，力求真实地再现战争的本真影像，并阐释其历史合理性。而当前的网络军事小说形成了以抗战、特种兵和雇佣兵为主要题材类型的小说叙事，其中特种兵题材是主要类型，且是网络军事小说与传统军事题材小说具有交叉性的题材类型。在传统文学场中，特种兵题材电视剧往往体现为一个成长主题的叙事模式，写主人公从一个自由的生命个体成长为一个公共属性的生命形象。但这类特种兵题材的电视剧由于受意识形态的影响，意义的表达变得过于纯粹而明澈。而《弹痕》这部网络军事小说，它在题材处理上自由与杂芜了许多，小说内容主要由几个模块构成：第五类特殊部队的士兵赵海平因女儿被人轮奸而死，怒杀17名民兵、妻子以及妻子的情夫。队长战侠歌将畏罪潜逃的赵海平带回，并将赵海平隐姓埋名留在了第五特殊部队；主人公战侠歌颇具荒诞而叛逆的成长史；被开除后的战侠歌重新进入第五特殊部队，在训练中先后夺得大地勋章、丛林勋章、山地勋章、雪原勋章和勇士勋章，用一年时间掌握了别人需六年时间才能掌握的军事课程；战侠歌消灭境内的东突分子；战侠歌激战车臣恐怖分子；战侠歌带队参加国际"蓝盾"特种兵大赛夺魁；战侠歌只身带回六十年前冻死在雪峰上的先烈杨振邦的尸体；战侠歌和雅洁儿国外蜜月旅行时消灭佛罗伽西亚怒狮恐怖组织；徒弟万立凯以战侠歌翻版式的生命形态续写了一个叛逆而与众不同的军旅生活。作品写出了战侠歌从一个叛逆性的"坏孩子"到超级特种兵的成长历程。

《弹痕》题材的特点，突出表现为战斗场面描写的去史诗化。叙事的史诗性往往是传统军事小说的审美特点。所谓史诗性，就是用恢宏壮阔的战争场面表现宏大的历史进程和广阔的社会生活，并以此阐释从战争走向和平的历史合理性。传统长篇军事小说的史诗性追求与当时整个宏大的启蒙文化语境密切相关。而在当代碎片化、平面化的消费文化语境中，《弹痕》的去史诗化主要体现为场面描写的小型化、隐秘性和境外性三个方面。

战争场面的小型化指军事行动往往由军事小组或个人的形式去完成。如主人公只身带回叛逃的赵海平、在雪山峰顶带回六十年前被冻死的英雄遗体、在佛罗伽西亚痛击恐怖组织等。战斗场景的小型化极大地解构了传统军事小说叙事的宏大性和史诗性，消解了传统军事小说主人公形象的公共属性，使人物形象更突显了自我生命意识和类似西方军事小说中的个人英雄主义色彩。战斗场面的隐秘性特点往往体现为军事行动的非公开性，战斗场景发生在森林、沙漠等偏僻之地。这种隐秘性，不同于传统军事小说战斗场面的隐秘性。传统军事小说中的隐秘性往往与"谍战"题材密切相关，两军对垒之间的灰色地带和惊心动魄的斗智斗勇，都使这类作品极具感染力和陌生化审美效果。而在《弹痕》中，这种隐秘性主要指军事行动发生在人迹罕至的原始森林、沙漠或高原雪域地区。正因为人迹罕至，双方的战斗叙述往往表现得淋漓尽致。传统"谍战"类小说隐秘性的主要艺术功能是扩展小说的意义空间和挖掘人性的复杂性，而《弹痕》的隐秘性主要强调战斗场面对读者的视觉刺激效果。森林、沙漠和雪域高原往往形成一种极致性战斗环境，有学者认为这种极限情境能很好地将人物的性格"逼"出来，并认为极限情境："是一种具体化了的神话原型，起着把'准英雄'从普通人提升为'卡里斯马'式的英雄的仪式功能作用，具有神话学和人类学上的象征意义。而这种叙事模式的设置在中国当代文学这两类英雄叙事作品中普遍采用，正是中国传统文化中'英雄历劫乃成'思想特质的文化和文学体现，是我国民族深层文化心理同构性的表层文化症候。"[①] 这种极限情境和主人公形象的英雄化塑造，构成了一种相互生成的关系，强化着小说的英雄主义色彩。"隐秘性"的军事题材具有重要的文学功能：在接受效果上，能极大地冲击读者的认识盲区并造成强烈的陌生

---

① 赵启鹏：《论中国当代文学两类英雄叙事中的"极限情境"模式》，《东岳论丛》2006年第4期。

化审美效果；在文学创作方面，这种陌生化题材领域因较少被文学习性所规训，故为文学的自由想象与表达提供了广阔空间。从而，题材的隐秘性为网络军事小说叙事突破现有的文学规范和各种外在束缚提供了种种可能性。题材的境外性是指战斗场景从本国疆土扩展到域外领土，《弹痕》的战斗场景分别涉及车臣、佛罗伽西亚等地。战斗场景发生地的不同，其表意功能亦所有不同。传统军事小说的战斗场面往往发生于境内，战斗场景域内性特点往往具有如下文化功能：借此表达一种强烈的民族屈辱记忆和仇恨情绪，或表达"枪杆子里出政权"这一政治命题的合理性，抑或潜在地建构一种社会主义国家伦理。而网络军事小说战斗场景的域外性特点具有以下文化功能：既有对民族屈辱历史的文化复仇感，也有民族自信心膨胀的强国心态，抑或仅仅是战争暴力美学叙述行为的自由越界。军事行为的境外性特点使网络军事小说在叙述战争暴力行为时无所顾忌，有种信马由缰的叙述快感。

总之，《弹痕》在题材方面具有重要的文学生态性。场面描写的小型化、隐秘性和境外性等特点，使得网络军事小说表现出鲜明的去史诗化特点，突出了战争场面描写的视觉化效果，在题材拓展和文学手法的创新方面具有重要的文学生态性。

二 主题向度的民族国家形象建构

《弹痕》主题向度的文学生态性，主要体现为民族国家形象的文学性建构。民族国家作为一个"想象的共同体"，在本质上是现代性想象的产物。所谓民族国家形象建构，是指在小说中对民族精神和国家形象的文化思考和建构。民族国家形象包含两个意义维度，一是在纵向维度上的民族精神和文化传统，是一个文化学、人类学的概念；二是在横向维度上它属于一个时代的国家意志和意识形态，突出体现为社会主流价值导向，是一个政治学概念。这两种价值取向的意义维度关系复杂，有交叉性，有差异性，甚至有对抗性。在《弹痕》中，这两种意义维度的思考都有涉及。

纵向维度的民族国家形象建构突出表现为将弘扬传统文化的目的性要求介入小说叙事。如作品中夏侯光河形象，他是出身于武学世家的超级武学天才，夏侯家族在神农架整整避世生活了82年，夏侯光河秉承家训誓杀鬼子，却不知道新中国早已成立，而夏侯光河加入特种兵的目的就是打鬼子。夏侯光河这一形象是作为传统文化的形象代言人介入叙事之中的，他既体现了传统文化的生命力，也体现了作者企图将传统文化融进当代社会的努力。还有，战侠歌设计的诡雷与大自然的韵律相吻合，让敌人防不胜防，从中体现了"天人合一"的文化思想。可见，小说对传统文化的书写意在表达一种民族国家形象建构：这种传统文化不仅构成了引以为豪的历史文化内涵，而且对患有文化健忘症的当代语境构成了一种召唤和救赎作用；它不仅是绵延不息的中华民族精神的生命符码式体现，而且是对当代文化人格缺陷的补充和建构。因而，在当下浮躁、快餐化和瞬时性的消费文化语境中，传统文化介入小说叙事对民族国家形象建构而言就有着非常重要的文化意义。

横向维度的民族国家形象建构，主要体现在对国家意志和民族认同感的书写上。这种横向维度的国家形象建构，主要表现在对当代社会的批判。如果说作者对纵向维度的民族精神给予肯定的话，而对横向维度的国家形象更多是给予批判和反思。实际上，批判和反思也是一种文化建构立场，意在建构一种理想化的国家形象。《弹痕》则体现出广泛而深刻的批判性和反思性。

首先，小说表达了对当代世俗化语境的批判。网络军事小说产生于当代的世俗化语境之中，而现实的世俗化语境与文本的战争化语境存在根本的差异。现实的世俗化语境是体验性的、温软的、意义暧昧的，是德勒兹和瓜塔里意义上的灰色"散文时代"；而文本的战争化语境是想象性的、坚硬的、意象明确的，具有史诗意味的仪式化特征。文本世界与现实世界的差异必然导致作者批判意识的产生，如作品写道：

> 当战侠歌回过头时，他的脸上已经满是苦涩的无奈，这种有着太多空想和不切实际的理论，初衷当然是好的，但是它也误导了一代甚至是几代中国人！使现在政府各个部门中，无法避免地充斥了一种自己是泱泱大国的上位思想，眼睛里只能看到自己曾经的胜利，却不愿意去正视失败，更不愿意深入的分析别人的成功与优势所在。

> "下一代！"在这个时候，战侠歌的心里突然产生了一种不能抑制的恐慌，"我们的下一代是不会再走入这种歧途了，可是面对铺天盖地的电视剧、电脑游戏、动画片、漫画书砸过来的文化侵略，我们的下一代，又应该在什么地方，找到属于中国人自己的骄傲支撑点呢？"①

这里的批判和反思是非常深刻的，既有对当代教育弊端的批判，又有对当下环境对主体不良影响的担忧，还有对误读历史的深切忧郁。将战争化语境和世俗化语境进行对比，使作者获得了一个现代性的批判视野。当人们在世俗化社会之中为生存而苦苦挣扎之际，《弹痕》携带的阳刚、血性的战争文化气息能够穿透世俗社会和消费文化的漫天雾霾，使读者在仪式化的战争场景中获得一种庄严而崇高的民族主义情感的洗礼。从这里看，《弹痕》具有反现代性的文化意味。

其次，作者表达了对战争本身的批判与反思。在中国传统军事小说中，由于二元对立思维影响所致，战争本身（特别是我方所进行的军事行动）具有不容置疑的合理性和合法性，缺乏像西方文学那样对战争本身的反思和批判。因而，传统军事小说往往缺乏意义的深刻性与复杂性，多史

---

① 纷舞妖姬：《弹痕》第四十章（http：//www.jsnovel.com/html/10/1736.htm）。

诗性和喜剧性，而少悲剧性和荒诞性。这导致了中国传统军事小说批判性与反思性的普遍缺乏。然而，《弹痕》有着强烈的批判性与反思性。当战侠歌和爱人雅洁儿在佛罗伽西亚度蜜月时，遇到"怒狮"恐怖组织向政府军进攻，在一次政府军的防御战中，为了建立自己的机枪阵地，政府军机枪排长下令打死己方的工兵排士兵，然后用士兵的尸体组成了一个机枪阵地，为整个营的兄弟赢得了 8 个小时的突围时间，最终机枪排长谢罪自杀。小说写道：

> 伸手轻轻抚摸着工兵锹那锋利的锹头，机枪排长在这个时候，竟然笑了，他微笑道："工兵排的兄弟们，我替你们报仇了！"
>
> "啪！"
>
> 锋利的单兵锹，狠狠砍到了火力支援连的连长头上，他反手这一击用足了全身的力量，整个单兵锹，有将近一半都砍进了他自己的脑袋里。这名火力支援连的连长，在倒下的时候，他的眼睛就像工兵排的那些兄弟一样，睁得大大的。大概在他临死的时候，都在想一个问题："我究竟是一个英雄，还是一个……屠夫？！"

这里，火力支援连连长的行为和战侠歌的行为极为相似，奉行以小的代价换取更大的胜利，体现了一种实利主义的价值取向。战侠歌在"英雄还是屠夫"的追问和彷徨中，体现了作者纷舞妖姬在人性与阶级性、人类学立场与民族主义立场之间的矛盾心态。这里，作者对战争本身提出了批判与反思，无疑使《弹痕》获得了意义的深刻性。正如尼采所言："文化意义上的伟大是非政治的，甚至是反政治的。"① 这里，"反政治"可以理解为一种广义的批判性，它使小说获得了一种批判的硬度、意义的深度和艺术的自主性。

----

① ［德］尼采：《偶像的黄昏》，卫茂平译，华东师范大学出版社 2007 年版，第 102 页。

可见，《弹痕》中的民族国家形象建构，体现了网络军事小说对传统文学场的超越。在传统文学场中，中国当代文学往往缺乏民族国家形象建构意识，因为当代文学（特别是都市文学）多站在普遍的人类学立场，书写当代中国具有普遍意义的生存困境和生命形态。而《弹痕》重新站在了第三世界的文化立场之上，表达一种民族国家形象的精神建构，这便是对当代盛行的文化人类学立场文学创作的超越，使当代文学重新获得了一种民族性、本土性和意识形态属性，对纠正当代文学创作中过度去意识形态化的现象具有一定的文学意义。当然，以文学形式进行民族国家形象建构也存在着内在的悖论性。一是民族精神内涵和国家形象内涵之间本身存在着差异性，甚至矛盾性。在很多方面，属于民族精神范畴的东西不一定属于国家形象这一范畴，反之亦然。这两者本身的差异性导致了在网络军事小说中建构民族国家形象的困难性。二是这一目标的整体性价值诉求和个体性的文学表达之间的悖论。民族国家形象建构是一种整体性、抽象化的价值诉求，往往具有固定性的价值内涵和外延。而网络军事小说叙事是一种极具个体性的话语形式，叙事背后体现了作者生命意识的个体性和差异性。因而，这一价值诉求的整体性、抽象性和叙事背后生命意识的个体性、差异性之间必然存在着悖论。这种悖论使民族国家形象建构不再具有更多的现实指涉功能，而多是一种文学想象。

三　对传统军事小说叙事伦理的动摇

在题材和主题意向的背后，实则体现了《弹痕》对传统军事小说叙事伦理的动摇。所谓叙事伦理，就是影响叙述行为的一系列价值取向，它决定着叙述动机、叙述行为走向和整体的叙事效果。在传统军事题材小说中，叙事伦理往往体现为以国家意志为主导的价值取向，其文本地位往往体现为终极性和一元性。但在《弹痕》中，叙事伦理呈现出复杂性，主要表现为意识形态范畴内的国家意志和传统文化中的兄弟情义（而在雇佣兵题材的网络军事小说中，除国家意志和兄弟情义之外，叙事伦理还包含主人公的生存意志）。叙事伦理价值内涵的复杂性深层次地决定了《弹痕》不同于传统军事小说的文学图景。

首先，小说突出强调了作为国家意志的叙事伦理。作为国家意志的叙事伦理，在小说中被如此处理：国家利益虽高于一切，但主人公不再盲从，而是获得了自省的主体性；虽将国家意志作为理想化的、终极意义的存在形式，但将它和世俗社会中的政治权力区分开来。例如，小说中写特种兵赵海平杀死犯罪分子畏罪潜逃并得到战侠歌的谅解与保护，此处的"法律"便被作为传统认识范畴中的国家意志受到了质疑和批判。这里，作者将国家意志和世俗权力（霸权）分开来。在战侠歌看来，真正的国家意志具有理想化色彩和终极意义，甚至带有伦理色彩和人道主义味道。而且，作者将具有争议性和思辨性的力量融入这种叙事伦理之中。如小说写战侠歌和雅洁儿在国外蜜月旅行遇到恐怖分子劫持人质，为了救下所有人，战侠歌牺牲了一个6岁小女孩和她的母亲。这一事件，在传统的军事小说中几乎是不存在的，因为"孩子""女性"等弱势群体往往被当作需要保护的"人民"对待，而概念"人民"又被置于一个神圣的、不可侵犯的位置，主人公宁可牺牲自己也要保护"人民"的利益。这里，传统军事小说的叙事伦理将"人民"高度抽象化了，"人民"成了一个没有具体生命形态的空洞的能指符号，从而也就获得了不容侵犯和不可亵渎的神圣性。但在网络写手纷舞妖姬的叙事中，"小女孩"和"母亲"这两个形象不再具有意识形态的象征意义和隐喻功能，而是一个有道德缺陷的、真实的生命个体，当这两个形象所代表的少数生命和绝大多数生命形式被放置在天平的两端时，主人公战侠歌毫不犹豫地选择了放弃前者而保护后者。于是，战侠歌并没有像传统小说叙事伦理那样采取自我牺牲的方式挽救危局，而是牺牲少数他者以力挽狂澜。在传统的军事小说中，战争危局往往被设计成通过主人公自我牺牲的方式得以解决，从而形成了"献身伦理"的叙事套路。其实这样处理，也就把战争置于可控制的存在状态，体现了一种廉价的乐观主义和浪漫主义情怀。然而《弹痕》不同，主人公通过牺牲少数或他者而拯救多数的行为方式获得了一种真实性，从而对传统军事小说的叙事伦理进行了质疑和挑战。

而叙事伦理中的兄弟情谊因素突出表现为战侠歌和赵海平的关系之中。在《弹痕》中，写主人公战侠歌视杀人犯赵海平为兄弟，并通过整容和隐姓埋名的方式让赵海平生存下来；当赵海平受伤失血昏迷后，战侠歌割腕让赵海平吸吮自己的血液……这些行为让战友视战侠歌为生死兄弟。叙事伦理中的兄弟情谊具有浓郁的传统文化内涵，既有江湖文化的侠义观，又有血亲伦理的手足情义。兄弟情谊在叙事伦理中的介入，使《弹痕》与许多古代文学中的故事类型构成了一种隐秘的互文关系。这种叙事伦理内涵不同于国家意志的叙事伦理：如果说叙事伦理中的国家意志内涵更多是外在植入型的、整体性的、抽象性的内涵要素，而兄弟情谊是内在自发型的、个体性的、生命性的内涵要素。它的存在使人物形象更具有人情味儿，也更丰满真实。这种个体性的叙事伦理诉求，不仅使网络军事小说获得了本土文化风貌，而且使网络军事小说因获得了审美变革的因素而呈现出不同于传统小说的文学图景。

《弹痕》之所以具有不同于传统军事小说的叙事伦理，主要由战侠歌的叛逆行为所致。主人公战侠歌具有极强的叛逆性，可以说其军旅生涯始终与叛逆性相伴，如因打伤学员被踢出第五特殊部队进入特务连，在演习中不按常规出牌全歼二炮指挥部，偷飞 SU－27 教练机撞下敌人侦察机，在潜艇失事前用鱼雷发射管将自己发射出海面成功救出研究资料，等等。性格的叛逆性使战侠歌成为极具故事性和戏剧性的行动元，小说由他催生的矛盾冲突不仅发在敌我之间，而且发生在主人公和军规军纪所代表的意识形态之间，甚至和爱人之间。战侠歌和军规军纪所代表的意识形态之间的矛盾，是《弹痕》与其他同题材类型军事小说的不同之处。其中，对赵海平事件的处理便是代表。更重要的是，战侠歌的天马行空、出奇制胜的战斗智慧与谋略同他的叛逆性密切相关。当然，这种叛逆性也使得他更像是一个无法无天的"坏孩子"，在一步步走向成熟、被意识形态规训的过程中充满了喜剧性，使本该严肃、刻板甚至惨烈的战争场面变得有些轻松、活泼，甚至诙谐有趣。这种故事构造在其他网络军事小说中是不存在的。在传统军事小说中，当国家意志和个体意志发生矛盾时，个体意志往往无条件地服从国家意志，个人甚至以献祭的方式表达对国家意志的忠诚。而战侠歌行为的叛逆性使其以极端另类的方式挑战了传统军事小说中叙事主体的唯一性，使叙事主体在很大程度上获得一种自由性和独立性。当然，由于传统军事小说革命故事叙事的强势影响，《弹痕》中的叙事主体还不能完全从革命故事叙事中剥离开来，但在认同国家意志的前提下，有意强调个体的生命价值和存在意义，是《弹痕》中叙事伦理方面最为重要的文学生态性表现。

总之，纷舞妖姬的网络军事小说《弹痕》与传统军事小说同中有异，既体现了网络文学场与传统文学场的关联，又体现了网络文学对传统文学的超越与创新。叙事主体的民族主义文化立场使《弹痕》等网络军事小说重新获得了一种民族性和意识形态属性，这对当代文学创作中普遍的人类学立场而言，具有重要的补充和纠正作用，体现出一种可贵的文学救赎力量。因而，不论是对军事题材领域的拓展、主题向度的民族国家形象建构，还是对传统军事小说叙事伦理的动摇，《弹痕》都具有重要的文学生态意义。

《新宋》：新启蒙知识分子的"大国"设计

陈立群*

【摘要】《新宋》是中国大陆网络小说的"架空历史"类型的经典。它推动了网络历史小说类型的完善，开拓了 21 世纪中国本土乌托邦构建的一种重要范式，见证了新启蒙知识分子在文化生产领域的崛起和蜕变。

2004 年，22 岁的前铁路修理工、未来的历史系研究生罗煜以笔名"阿越"开始在幻剑书盟发表架空历史小说《新宋》。一时之间，赞誉四起，《新宋》被奉为网络穿越小说的经典。2005 年《新宋》开始出版纸质书，从第一部《十字》、第二部《权柄》到第三部《燕云》，断断续续近十年，终至完成。当日读者，皆已老大，旧年风光，风流云散。但《新宋》在网络小说发展进程中留下的痕迹，历久弥鲜，它的写作与流传过程中产生的芜杂而丰富的文化意义，也逐渐显豁，成为当代网络文学与大众文化的宝贵财富。试述之。

---

* 陈立群，华南师范大学文学院副教授。

一　"架空"：乌托邦的"历史"化

作为网络小说"架空历史"类型的扛鼎之作，《新宋》一向被人称颂的优点之一却是它历史细节的真实。著名科幻作家韩松曾评论《新宋》对历史细节的种种考究："这样的考证，在《新宋》中，比比皆是，从官制到礼仪，从庙堂到勾栏，都努力进行着准确的描写……《新宋》是很'硬'的。在本质上，它与刘慈欣的《球状闪电》《全频带阻塞干扰》是一类的。"① 而除了正文里的各种考证注释，阿越自己的博客里还有大量的随笔，讨论诸如宋代的船坞、绍圣七年的宋军禁军布防等作品相关细节。与当时流行的其他穿越小说、架空小说相比，《新宋》里历史制度的呈现，名物细节的雕琢，确实严谨得多。

但是，倘若与主流文学里正儿八经的历史小说比较呢？甚或，倘若与阿越乃至阿越的导师们的专业论文比较呢？——无疑，必是萤火与日争辉。然而，赞美《新宋》的历史"真实"度的读者多数是不会去读这些更为"真实"的专业著作的。我们要的是《新宋》，而不是《宋史》，正如我们要《异世界之中华再起》《篡清》，而不是《清史》《民国史》。我们并不需要对一个已经闭合，已经不可改易的历史有更多了解。这对我们当前的处境毫无进益。我们需要构造一个"新"的、填补了我们一切缺憾、兑现了我们一切野望的幻境。至少，它可以纾解我们当下的精神重负。

所以，真相大白了：网络历史小说的爱好者们要求这"历史"，但这个"历史"，并不是那个曾真实存在的时空，而是网络小说、穿越小说的臆造，大众的"YY"。这个"历史"不属于科研，而属于意淫；不属于理性，而属于欲望。网络小说的"架空历史"类型，就是在制作这种"历史"。就是因为我们对这种"历史"的欲求，所以网络小说诞生了"架空

---

① 韩松：《架空历史与现实世界》，《新宋·十字》序言，四川科学技术出版社2005年版。

历史"类型。意淫的历史构建，首要目的是满足观众的欲望，因而这个"历史"必然脱离真实历史的方向，驶向欲望的目标，而"架空"——虚构、虚幻。所以《新宋》原先被出版者归类于"幻想小说"——科幻、玄幻、奇幻，即使它后来努力往"新历史小说"靠，这个"YY"的本质、幻想的本质并没有变化。

那么，我们为何需要这种"历史"呢？欲望为何需用"历史"的幻象解决？"架空"为何还要依托"历史"？

从读者对架空历史小说的历史真实性的赞赏，作者对小说历史背景真实性的追求，我们可以发现，架空的"历史"是在努力通过模仿，向历史挪借它的"真实"性。这个"真实"，指向一个确凿不移的实在。它矗立不动，自成一统，向当下现实封闭，拒绝各种运动变化。它是现实的广大王国里唯一沉默的对抗者。于是，"历史"作为历史的拟像应运而生。它是客观自在的、不可动摇的他者，拥有强大的、独立运作的完整法则。从而，它可以与现实裂土分茅，分庭抗礼。不愿意、不能够接受现实支配的东西，可以到"历史"中申求政治避难。从而，"架空"的"历史"其实是一个打扮成历史的"乌托邦"。它用"历史"构建了一个家园，安置所有被当下现实放逐的愿望、情感、梦想。在当前现实中不可实现的东西，可以到"历史"中成为真实，因为"历史"有一套与现实迥异的规则。所以，"穿越"发生了，在现代社会面临各种生存困境的小人物，到古代、到历史当中去解决他个人以及整个现代社会的难题。

不过，我们为什么只用历史对抗现实呢？时间轴上还有另一个向度——"未来"。为什么我们不幻想着未来来对抗现实？大约1个世纪以前，梁启超们这样做过。而太平洋彼岸，北美大陆上的科幻作家们一直在这样做。但是，此时此地的我们已经不相信未来的存在。因为现实的统御如此深重强大，我们无法想象它会改变成为一个不同于现在的未来。对于我们，"未来"是从未存在过的东西。而我们只相信存在着的东西。就是历史，我们对它力量的信赖，也只是来于它曾经是一种现实存在。现实的统治已经令我们完全折服，我们不再能相信任何未兑现为既有实在的东西。从而，我们将我们想要的东西，装扮成仿佛已经存在，如果不能是现实，那就装扮成历史。

所以，我们的乌托邦必须改头换面，以"历史"的模样出现。而"历史"必须要像历史自身，要呈现为一个客观自足的他者，与主体的欲望、价值、观念脱离联系。所以，《新宋》必须有对历史真实的追求。它的细节越真实准确，它整体"架空"的 YY 才越合理合法。但是，最终，所有的真实与准确，都只是为缔造一个"历史"化的乌托邦，一个彻底与历史真实决裂的"新"宋。

二 "传统"：现代的救赎与未来的设计

与《新宋》对历史细节的考究一道受到赞扬的是它对历史的尊重。这种尊重，不仅是指对历史的呈现尽可能地保持原貌，而且是指这种呈示是将历史放在与现代平等的位置，甚至更高的位置。

此前以及此后的许多穿越小说里，穿越者主角总是在能力、知识、思想、道德，甚至性魅力上无条件全方位地碾压原生土著。而《新宋》恰恰相反，很多时候，它让古代土著超越作为现代人的主角。王安石济世安民的大志、司马光廉洁清正的德操、狄勇慷慨捐躯的情怀，都是石越自叹不如的。故而，有网友真诚地感叹："《新宋》最吸引人的不在于对古代的修正，最有魅力的是它带读者领略一番古代文人的风骨与情操。"[1]

这样光芒四射的不仅有宋的名公巨子，而且有宋的民风、政制等。例如，韩家、桑家等商人世家的大胆灵活、勇于进取，三省官员对皇帝手诏

---

① 叮叮－旭珊：《匡世济民是什么？和读书人又有什么关系？且看〈新宋〉——读〈新宋〉》（https：//www.douban.com/doubanapp/dispatch? uri ＝/review/7913760& download ＝1& channel ＝card_ review）。

的直接封驳，神宗赵顼对无限制的君权恶果的清醒认识，等等。因而，与之前的穿越经典《异世界之中华再起》《篡清》等不同，《新宋》呈示的并不是一个腐朽不堪、亟待救治的古董，而是一个别有机杼极富潜力的古典，穿越者主角也没有强烈的革命意识，要求急剧地彻底地改造社会，而是蛰伏、顺从，与时消息，因势利导。所以，网友评价："本书当中所描绘的政治乌托邦，是奠基于中国传统文化的再发现，透过糅合西方实证主义精神，循着渐进改革的步骤来改变中国固有的历史进程。"①

这是因为《新宋》选择的穿越对象不同吗？《新宋》的旧版开头写道："（我）回到了被陈寅恪称之为'华夏民族之文化，历数千年之演进，造极于赵宋之世'的北宋。"所以，《新宋》与《异世界之中华再起》《篡清》对历史破坏性的穿越不同，是因为他选择的是处于封建社会繁荣时期的北宋，而不是衰落的明、清。然而，"华夏民族文化的造极"，对北宋的这种解读并不是新中国史学的一贯传统，正如陈寅恪在这个传统中实际上一直处于边缘。对北宋的一般解读是积贫、积弱，是靖康之耻，崖山之绝。所以，在阿越的解读后面其实隐藏着 20 世纪 90 年代中叶以来逐渐汹涌的保守主义文化暗潮：对传统文化的批判清算转化为对国学、古典的推崇，陈寅恪和钱锺书成为文化英雄。不但学界如此，民间亦如是。《明朝那些事儿》的流行，于丹的《论语》的走红，历史热、国学热一直延续至今。

这是当代中国社会历史观念的革新。曾经，历史是现在及其未来急切地要超越、要战胜、要改变的对象，因为现在或未来的意义，就在于这种改变，这就是"进步"。但是，现在，历史得到了正面肯定。现实承认它是自己的来源，强调自己与它的关联，挖掘它拥有的美好内蕴，作为自己合理性合法性的基石。从而，历史不再是与现在对立着的、顽固的、不肯

---

① 包正豪：《历史的真实与创作的虚构》，见《新宋·十字》（下卷），四川科学技术出版社 2005 年版，附录第 10 页。

消失的敌人。"过去"的滞留，不再是一种令人烦恼的难以清除的污渍，会污染现在乃至未来的新鲜、进步。相反，它成为支撑现在乃至未来的支柱。这种支柱性的持续存留，被称为"传统"。它被视为现在乃至未来的同盟军。

这一观念转向，反映了许多学人曾经描绘过的当代中国大众的一种心态：告别革命。不过，对年轻的《新宋》作者和读者们来说，这与其说是来自对过往的翻来覆去政治斗争的疲倦，不如说是来自对21世纪中国未来前进道路的思考。

世纪之交的中国已经发生巨大变化，它经济实力强大，领土主权完整，已经是世界政治舞台上不容忽视的大国。这个大国，未来该走怎样的道路？近百年来，成为民族国家以后的中国，旧有的一贯道路是革命与战争。这条道路，《异世界之中华再起》《篡清》已经酣畅淋漓地演绎过，这也是这两部作品热门的原因。但《新宋》想演绎另一种可能，在救亡、解放、称霸之外的可能："想象我们的伟大祖国除了四大发明历史悠久还一直领先世界，近世的鸦片战争、马关条约、圆明园、洋务运动、戊戌变法、辛亥革命、抗战，等等。持续不断、前赴后继，令无数人艰难苦恨繁霜鬓的救亡与图强的努力，都不会发生，不必发生，改变文明的走向创造历史创造一种文明的模式。"[①] 所以，《新宋》选择熙宁二年的北宋，中华文明仍然昌盛强大的时代，删除了所有的衰败、弱小、被压迫被剥削的痛苦记忆，强行屏蔽了一切民族复仇主义的偏见，正视自身，正视世界，正面地策划未来。

同时，选择这个时代，也是选择"华夏文明近一千年来最关键的十字路口"。这个时期华夏民族自己创造的文明之花正臻于完善，所有的创造

---

① 第五天：《跟这本书相比，种马小说真算不得多意淫》（https：//www. douban. com/doubanapp/dispatch？uri＝/review/2519515&amp；download＝1&amp；channel＝card_review）。

力已经绽放，所有的可能性已经敞开，而一切缺漏、一切黑暗也清晰无误地呈现出来，这正是万众聚焦，屏息凝视，华夏文明可以开创怎样光明的一个未来的大好时机。这也正是王安石改革的时代。真实历史上，这个改革不尽如人意，我们没有看到我们想看到的东西。那么，《新宋》将和我们一起尝试再现这种可能性。阿越说："我写这部小说，原是希望可以对读者有益的。所以，我尽我的能力，在一部历史幻想小说中，向读者介绍一个自己所读到所理解的宋朝，去与读者共同探讨小说中华夏文明的发展方向。"

三 立德者：新启蒙知识分子的自我想象

很明显，这样的演绎，并不是一般读者会自然生发的 YY。实际上，读过《新宋》的人，无论观感好坏，都会承认，它与一般大众喜闻乐见的 YY 小说不太相同。可见，《新宋》有相当的文化区隔性，它呼应的是大众中文化知识水平较高的那一部分。实质上，对知识、文化、思想的呼吁、张扬，一直就是《新宋》的核心主题。

《新宋》的主角石越，在众多穿越小说里是非常独特的穿越者形象。他不是《异世界之中华再起》中杨首长般的革命领袖、军事统帅，也不是《1629》《带着淘宝穿越异界》里的技术救世的经济建设主持人、政治偶像。在《新宋》里，政治领袖是皇帝，军事统帅是狄家、种家等诸将，技术革新领导人是兵器研究院，市场经济推手是各商业世家。而石越，作者为他保留的是一个"立德者"的角色。"太上立德，其次立功，其次立言。"德，乃万世法度，立德，即为万世师表。

所以，小说里，石越首先作为思想导师出现。这个思想导师既是道统的继承人，又是民主思潮的启蒙者。石越乍到宋代，先以一部《论语正义》为晋身之阶，赢得大宋士子的钦服，被视为紧继孔孟的先贤；后又一部《三代之治》，借"大同世界"的传统图景，宣扬民主政治理念，更被视同圣贤，成为大宋读书人的精神领袖。进而，他将书院与《汴京评论》交给桑充国。入仕，迅速成为相臣，参政议政，成为立法者。之后，倾尽所有心血，树建制度。

有读者中肯地评论："石越借以影响历史的并不是某一项或几项科学技术和知识，而是先进的政治理念和哲学思想……相比之下，他带给宋朝人的技术和知识只不过是这些哲学理念的副产品罢了——即使是这些副产品，准确地说也不是石越直接带给他们的，而是他们沿着石越指引的方向依靠自己的力量取得的……'在他看来，播下火种比自己做官，前者更加重要。'"①

所以，石越是作为一个思想启蒙者来到宋代的。这个设定，无疑与作者的身份、专业素养，以及主观写作意图有很大关系。它反映了一个新的知识分子群落——新启蒙知识分子的崛起。

我所说的"新启蒙知识分子"，是指 20 世纪 90 年代中叶以后出现的知识分子群落。它区别于 20 世纪初新文化运动的启蒙者。彼时，民族国家处于危急存亡关头，救亡是启蒙的主要动力和目标；而眼下，稳固强大的民族国家已经建设成功。它也区别于 20 世纪 80 年代的启蒙者、思想解放的先驱们。先驱们诞生于体制当中，依体制而成长、强大、存活，他们致力于使自身的话语成为意识形态权威，与主流意识形态争夺话语领导权。而眼下，以产业化的教育与娱乐化的大众文化为主干的文化市场逐渐形成，而新启蒙知识分子是这个市场的主要劳动者、话语产品的生产者。他们以市场为生，对于体制、对于主流意识形态有相对的独立性，要求独立的话语权。思想者与立法者是他们对自己社会定位的理想。历史、传统、文化本位，则是他们的大国设计。

---

① 苏湛：《架空历史小说的新尝试——评〈新宋〉》（http://tieba.baidu.com/p/61229997）。

所以，当年《新宋》的读者虽然不多，但影响很大。他们大多受过高等教育，拥有专业知识，都很好地接收了《新宋》传递的理念，产生了强烈的共鸣，对它表示了毫无保留的认同和仰慕。但是，十年之后，多数读者的观感发生了"新奇—热爱—怨念—无视"的变化。其中原因，有读者批评说"因为作者太懒"，"弄得一拖8年，前后体例风格判若两书"，"非要在前半截爽文的后面嫁接上'历史的真实迷雾''人性的复杂真相'之类文青向东西"①。然而，真实的缘由，恐怕不是作者太懒，没及时将金手指开完，而是他觉察到，这金手指开不下去了。早已有读者指出，《新宋》中那些关于宋的"新"的各种YY，其实也还是对西方文明进程的选择性复制："一句话，书中所描写的宋，其革新的内核全部是西方文明提供的，按照这样的描写发展下去出现的文明，绝对不会是什么作者想要的跳出西方中西论的现代文明模式之外的新东西。"② 也就是说，那个"新华夏文明"的未来，仍然没有能够开启，"立德者"的光辉形象，终究只是想象中的。

因而，《新宋》之后，"架空历史"就只有《回到明朝当王爷》《官居一品》《上品寒士》等作品了。不再是关于一个王朝、一个国家、一个民族的YY，而只是对"我"自身的意淫，改造世界、建设理想社会的豪情已经消失，只有顺应社会规则、努力争取个人利益最大化的自我奋斗。而玄幻小说迅速崛起，很快压倒了"架空历史"，成为主流网络小说类型。这更虚无了：个人奋斗的依仗，不是战争谋略，不是技术知识，不是思想观念，而是玄幻的金手指。

而与网络小说中这种幻灭相伴随的，是小说之外资本对网络文学、网

---

① 《如何评价阿越的〈新宋〉?》，2014年9月29日，知乎（https：//www.zhihu.com/question/22917752/answer/31164202）。

② 第五天：《跟这本书相比，种马小说真算不得多意淫》（https：//www.doubanapp/dispatch? uri＝/review/2519515& download＝1& channel＝card_ review）。

络文化场域的侵入、垄断，是整个社会的贫富分化、阶层固化、资本统治的预警。当年的新启蒙知识分子意识到，文化生产领域的话语生产者其实只是制作符号商品的劳动力，知识生产者并不等于"知本家"，而很可能只是IT民工，知识分子不但无力解放、拯救大众，很可能连自己都保障不了。启蒙理想于是悄然息声。

但是，乌托邦就此死亡了吗？不。网络小说中，新的类型、新的主题、新的YY仍然在源源不断地生产出来。而那些，孕育着新的乌托邦的种子，譬如《牛男》《神仙日子》《御膳人家》的美食共同体；《将夜》对一切体制的破碎；《没有来生》《魔王》里，爱对恶的超度、亲情对世界的拯救；等等。作为国家民族整体设计的社会乌托邦或许破裂了，但碎片化、多元化、多维度的新形式的乌托邦在诞生。他们更具体、更深切地与当代社会、文化、个人交渗着，更难以消灭。这就是那不可毁灭的时间的种子吧？或许，这部分正是由于它们的存在，才使时间得以流动，而永不止息地开启无限的"尚未"。

阿越说，他曾认为中华历史有两个转变的关节，宋与明，但后来，他意识到，转变在每个时刻都能发生。那么，让我们时刻准备着吧。

女性历史小说的叙述时间

——以蒋胜男的《芈月传》为例

姚婷婷[*]

【摘要】作为一部女性历史小说巨著，蒋胜男立足于战国风云的时代战场，用如椽的巨笔，沿着主人公"芈月"九死一生的人生轨迹，再现群雄并起的乱世之争。在如此宏大叙事背景下，如何处理叙事时间速度与情节疏密度、历史时间与叙事时间之间的关系，成为考验作家叙述能力的重要方面。

随着《甄嬛传》《女医明妃传》《芈月传》等女性励志大戏的热播，相应的"女性历史小说"文本也再次走进大众读者的阅读范畴。作为网络小说的一种类型，宏大的历史叙事，超长的文本结构，多重化的人物性格，共同交织出一部部女性史诗巨著，蒋胜男的《芈月传》即是在这样的时代文化语境中产生的。承载着"女性大历史小说第一人"的盛誉，蒋胜男立足于战国风云的时代战场，用如椽的巨笔，沿着主人公"芈月"九死一生的人生轨迹，再现群雄并起下的乱世之争。

---

* 姚婷婷，山东师范大学中国现当代文学硕士研究生。

对于历史小说而言，故事叙述年代的选取，关乎小说在时间上的整体性，《芈月传》的时间架构源自楚威王，归结于秦昭襄王，顺着历史上发展的真实轨迹，在分崩离析的时代格局中，各诸侯国不断寻找强国之策，演绎着吞并与兼容的生存之道。本文试从探究《芈月传》的时间跨度出发，从文本的内外部进行分析——叙事时间速度与情节疏密度、历史时间与叙事时间，从历时的演变中解读蕴含其中的文化密码。

一　叙事元始

中国人对一部作品尤其是大作品的开头是非常讲究的，有所谓"开章明义"之嫌。而网络小说动辄几百章的更新数量，上百万字的写作阵势，在正式运笔之前，网络写手往往需要用几千字的文字，充满吸引力的开头，来锁定自己的阅读群体。而在《芈月传》中，作者借助"夜观天象，霸星初生，当横扫六国，称霸天下之人"的预言将主人公芈月带到读者面前，也直接将芈月搅进了混乱的历史旋涡，自此，芈月的生命就融入国家的危亡之中，在小说人物身上暗含着社稷的福祉，似乎成为女性历史小说的一个叙事特征。

中国著作家往往把叙事作品的开头，当作与天地精神和历史运行法则打交道的契机，在宏观时空或者超时空的精神自由状态中，建立天人之道和全书结构技巧相结合、相沟通的总枢纽。[1] 这种带有着神秘色彩的"霸星初生"的人物出场方式，在人与天地间联结，芈月自然也成为这一份神秘色彩笼罩下的产物。同时，在《芈月传》中："戴着面具的女巫转圈跳跃吟唱，向着传说中主管子嗣、驱除邪魔的女神少司命乞求保佑，让产妇顺产，让婴儿顺利出生。"[2] 在文化的源流中，"女巫""少司命""司命

---

① 参见杨义《中国叙事学》，人民出版社1997年版，第129页。
② 蒋胜男：《芈月传（壹）》，浙江文艺出版社2015年版，第10页。

祭"，这种带有独特地域特征的楚国文化，携带着丰富的文化密码，在不自觉中渗透小说文本的叙事之中，笼罩着一股神灵色彩。

杨义曾经指出："鉴于中国叙事文学对开头的异乎寻常的重视，以及它在时间整体性观念和超越的时空视野中的丰富的文化隐义，有必要给它起一个独特的名称：叙事元始。"① 在《芈月传》中，我们可以把"霸星初出"的星象看作小说的叙事元始，它带来的不仅是超越时空的主体性，而且，全书的主体部分显然也接受了叙事源头的笼罩，并呼应其带神话色彩的解释，让故事在叙述的过程中更加具有人间性。自此，从而进入全书叙事的真正主体。小说作品中的叙事元始，是出于历史和神话之间的，在现实和虚构中找到一种平衡界面，从而形成一种独特的叙事层面。

作为小说的叙事元始，蒋胜男对"霸星现"仅用一章的篇幅进行书写，在全书 131 章的书写长度下，第 1 章的情节略显单薄，情节叙述较为疏松，从而小说在时间速度上与后文相比，显得略快，然而这是传记体小说特有的叙述方式。芈月的一生，逃不开跌宕起伏的命运，从小说的开篇，便可以初见端倪。起初那个受性别捆绑，在人们的意识中不可能成就统一大业的小女孩，众人又何曾想到她日后奠定了秦国统一大业的基础。在这种人物命运发生强烈反转的传记式小说中，开篇往往采用的是一种"欲扬先抑"的写作方法，在紧凑的时间速度下，人物情节设置稍显单薄。而这种情节的单薄性，让芈月的人物形象比较单一化，与下文中紧凑的人物经历形成一种强烈的对比，从而才会在故事的叙述中形成张弛有度的节奏感。前期的芈月，她的生活是淡然的，由于性别带来的差异，不涉及政治权利的中心地带，承受着楚威王的庇护加之公主的身份，在这种环境下的芈月绝对想象不到，自己即将成为陪嫁，远赴他国，并在异常混乱的政事局面中运筹帷幄、指点天下，实现自己当时"鹰之惑"的雄心。

---

① 杨义：《中国叙事学》，人民出版社 1997 年版，第 130 页。

二 叙事时间速度与情节疏密度

从襁褓中嗷嗷待哺的婴儿，到暮年成为历史上第一位王太后，芈月走过的一生何其漫长，借助宏大的叙述视野，叙述者将其一生的经历囊括于笔下，饱含争议的"天下霸星"式的命运预言，陪嫁媵侍远走家乡，颠沛流离中异域的生活经历，在如此复杂而又缠绕的内容下，如何处理情节的疏密度与叙事速度之间的关系，成为考验作家叙述能力的重要标杆。作家通常会运用这样一句俗语："有话则长，无话则短。"来简单扼要地解决这个问题。其实，在大跨度、高速度的时空运转中，《芈月传》的写作已经接触到所谓的"时间速度"这个概念，意味着"时间速度"渗透到叙事过程中的每个部分。

所谓时间速度，是叙事时间与叙述速度之比，是一个相对性的概念。叙事时间速度，是和叙事情节的疏密度成反比的，情节越密，时间速度越慢；反之，情节越疏，时间速度越快，[①] 这就形成了叙事文本的节奏。在《芈月传》的具体书写中，蒋胜男对于故事本身时间速度的把握是比较准确的，身为小说中的主要人物担当，对于芈月的故事设置自然是重中之重，从楚威王的庇护，到芈月来到秦国后身处险境，作者自然地按照小说中的叙事节奏来讲故事，与其他类型的网络小说相比，传记式的小说类型在故事的编排中能够做到统筹布局、详略得当，需要的是作者开阔的历史视野与突出的叙述能力。作为历史上真实存在的传奇女性，芈八子（宣太后）的人物塑造在与主线历史相符合的前提下，作者再次用文学性加工的方式，来协调着作品中的情节疏密度。不同于对历史史料的真实性的考据，网络女性历史小说在故事框架下合理的架空、虚化历史背景，表现出一种美学思辨性。

---

① 杨义：《中国叙事学》，人民出版社1997年版，第141页。

作为全书的主体，芈月成年之后的生活成为作者叙述的主要方面，伴随着起起落落的人生经历，主人公芈月逐渐从稚嫩的孩童蜕变成君临天下的秦国宣太后。从亲密度来看，来到秦国的芈月最亲近的人不外乎是自己的姐姐芈姝。然而，对于世间所有的女子来说，都离不开一个"情"字。正如"水能载舟，亦能覆舟"，"情"对于芈姝来讲，成就了她地位的同时，也让其人生走向了毁灭。曾经何其关爱的两个人，却为一位帝王而相互牵绊，芈月的身不由己，芈姝的生不如死，都在小说故事的讲述中细细展开。

对于小说中的主要人物，如同芈月芈姝，作者总是不遗余力地用丰富性的故事情节，让人物性格立体化和多面化。然而，对于一些配角，作者也没有忽视他们的身份角色以及存在的意义，他们的存在成为这部作品主线叙述外一条隐含的副线，是故事情节发展的必要铺陈。曾经那个夜观星象，看出"霸星转世"的唐昧都被楚王发配边疆了，却依然一心为国，不遗余力地设计刺杀芈月，并将其"霸星"的预言告诉芈月。那段情节的描写，不自觉中丰满了配角的性格，在这种大无畏的选择中，让这个小人物身上也背负着一丝悲凉感。这种小人物式的角色，虽然在小说文本中只是惊鸿一现，随之便消失在小说繁重的历史叙述中，但是对于调节故事的疏密度有着重要的关系。冯甲，小说中典型的"墙头草"式的小人，在嬴荡举鼎身亡后，依附于芈姝的冯甲便一直作威作福，在芈月与芈姝之间一直挑拨离间，加剧了两人之间矛盾冲突的同时，也让小说文本的叙事情节复杂化，在复杂化的小说情节下，叙事速度变得缓慢。蒋胜男在作品中塑造了很多如此类型的小人物，他们的出现不只是一个个事件的催化剂，也串联起整个故事副线的发展脉络。

文学叙事的时间速度，包含着更多叙事者的主观投入，更多的幻想自由度。文本的疏密度和时间速度形成的叙事节奏感，是著作家在时间整体性之下，探究天人之道和古今之变的一种叙事谋略。① 如果没有叙事节奏的加快，《芈月传》如何在宏大的结构，繁重的历史叙事中，来展示人物大起大落的历史命运。同时，如果没有叙事时间的缓和，缺少小人物来增添一些故事情节，那么即使主角的特征非常明显，他们的形象也缺乏深度，在饱满度与细致精妙程度上也会有所欠缺。

三　历史时间与叙事时间

在小说文本内部，存在着叙事时间速度与情节疏密度的比较。然而，还有一种外部比较，就是历史时间与叙事时间的比较。历史时间的刻度，是人类以其观察和体验到的日、月以及其他天体的运行周期来制定的，它是一个客观存在的常数。② 但是，当这种常数投影到叙事过程中时，它却变成了一个变数。对于如同《芈月传》这样的网络女性历史小说而言，主角的人生经历都是从幼年时期开始，直接叙述到她的老年时期，在构思小说的过程中，网络作家需要对其有一个明确的界定，如何做到简略得当，如何铺排人物经历，考验着作家的叙事功力。

在一部网络文学作品中，讲述一日发生的事情所使用的文字数量，有时候比一月、一年，甚至是十年的文字还要详尽。网络小说，尤其是非现实题材类的架空历史小说，时间变换是网络作家经常简略叙事的一种方法，数十年一带而过。这就是说，在故事的讲述中，人作为小说的叙述者，按照自己的意愿和小说叙事的节奏，把历史时间的周期进行了扭转。适应小说叙事的需要，一天的时光伴随着主角经历的变化竟显得何其漫长，一年的时间在作者的笔下，也就一挥而过。在《芈月传》中，经常会看到如此字眼"一晃数月过去了""又过了几天""一晃又过去了几天"，

---

① 杨义：《中国叙事学》，人民出版社 1997 年版，第 144 页。
② 同上书，第 141 页。

这种类型的时间标志的出现，让小说文本的叙事时间速度变快。

所谓叙事时间速度，是由历史时间的长度和叙事文本的长度相比较而成立的，历史时间越长而文本长度越短，叙事时间速度越快，反之，历史时间越短而文本长度越长，叙事时间速度就越慢。在这两对反比关系的博弈中，作者的叙述视野、知识体系、情感表达都会影响作品的叙述时间速度。作为人物传记类型的小说，芈月的经历自然是小说中的叙述主体，她的降临、她的生子，原本在顷刻之间发生的事情，作者按照叙事的节奏感和张力，叙述得极其详细。仅仅是她生子的那几个时辰的描写，作者独列一章，将生与死的抉择，众人心怀鬼胎的心理活动，刻画得细致入微。原本简短的时间，在作者笔下尽情地铺展开来，在叙事过程中，叙事时间自然而然地成了一个可控的变数。在《芈月传》中出现的小人物，在历史时间的跨度上，多半表现为一笔带过的描写。

对历史小说而言，编纂者的历史视野与叙述能力关系作品的质量和内涵的丰厚程度，深刻地影响着叙事速度。与历史文相比，女性历史小说将原有的历史背景虚化、弱化，着重于发展故事，讲述故事。而历史文是依照特定的历史环境讲述故事，故事从属于历史真实。网络女性历史小说离不开一定的历史史料，《芈月传》借助楚威王、秦惠王所在历史时间为主要的故事背景，在原有史料基础上进行文学性的第二次加工，是一种叙事背景下的"大历史"。从后现代主义史学观的角度来看，女性历史小说中的"宫斗"并不是叙事中的主要目的，是故事推进和人物命运发展的必要铺排。众多女性角色的轮番出现，小人物在故事中的一挥而过，让整部小说作品在宏大的叙述背景之下，让故事的逻辑更加合理，让小说的讲述更加顺理成章，从大历史中观察"小历史"。

作为一部网络女性历史小说，蒋胜男将叙述视角放置在战国争霸之地，秦、楚之国，既有宫廷之争，又有时局动荡的描述，在这种百转千回的情感纠葛中，塑造了一位具有雄鹰般壮志的女性。芈月曾经望着窗外的天空，说："这个宅院太小，小得让我感觉很憋气。在这个院子里，赢了又如何，输又如何？就算是赢家，也只能一辈子看着这四方天，数着日子等年华老去，然后让另一个女人占据你的位置，去争，去抢。"① 即使历经黑暗、千生万死，芈月也并没有成为一个心胸狭隘、满腹怨恨的人，反而，逆境是人们成长中最好的朋友，她曾经品尝过蜜糖般的爱情、母亲离世时的撕心裂肺，两种极端经历，让她拥有的是突破墙垣的视野和勇气，带她看到的是一片更加广阔的天空。

---

① 蒋胜男：《芈月传（陆）》，浙江文艺出版社 2015 年版，第 317 页。

《芈月传》背后的女性意识及当代
中国女性的生存困境

王玉蓉*

【摘要】芈月因"霸星"的身份从小得以自由成长。童年"人"的塑造与成年后社会制度对"女"的规范注定了她一生都处于对抗社会的磨难命运。芈月在个人自尊、爱情、理想、欲望、自我实现几个维度里，一步步突破社会规训，完成了女性个体确立的经历，谱写的恰恰是当代女性自我实现的幻想。而芈月遇到的种种阻碍折射的是当代女性在自我确立时的生存困境。母亲、妻子、个体，三重身份是撕裂的，个人领域与公共领域也依旧是矛盾的。女性的生存困境在当代社会往往以隐形障碍得以凸显。

一 女性"人"的自觉与被塑造

"《芈月传》是先秦，每个人的自我意识都比后世强，每个人背后都有母国，都有自我。所以包括女人在内，每个人都很自负，每个人都认为自己能改变世界，像张仪落魄成乞丐了，仍然认为我能改变世界，因为时代

---

* 王玉蓉，山东师范大学文学院 2015 级卓越班学生。

不一样。"从作者蒋胜男的采访回答中可以揣摩出，作者选择秦宣太后作为书写人物，看中了战国时代与现代社会的生存环境最为贴近这一特点，因此，一个战国时期女性的生活与命运也是最容易引起当代中国女性共鸣的经历。

乱世出英雄。在一个阶层流动频繁、思想碰撞激烈的动荡时代，芈月得以在一个相对轻松的时代环境中成长。她作为女性的身份，还尚未束缚于封建后世的礼教枷锁中。同时，芈月还在娘胎里时，星象预言她是能"横扫六国，称霸天下"的人物。"霸星"的身份，给予了她得以成长为"人"的机会。童年时期，她便得到了楚威王的宠爱与重视，常被楚威王带在身边言传身教。潜移默化里，她拥有了跳出宫闱的眼界与心怀天下的抱负。她不是作为"女孩"被要求养蚕织衣来期待的，更多地承载了"霸星"政治成就的期待。无疑，这在古时是男性的专属领域。而芈月在小时候天然地接触了这个领域的经历，令她以后在面对社会的种种制度不公时，才会心有不甘而反抗，才得以成为一个健全的"人"。芈月区别于芈姝等女性不同的成长期待与塑造，也注定了在之后的成长道路上，芈月会走向更广阔的社会领域，完成"个体"的确立，而不仅仅是当个好妻子、好母亲。

小说中，楚威王因星象预言要求屈原作芈月的老师。而屈原是这样回绝的："给予鸡以鹰的眼界，则相当于将鸡放在鹰巢，不是跌落而死便是在风中恐惧痛苦，而它本可在鸡窝里自由自在。"小说中屈原说的是社会现实。但小时候被作为"霸星"塑造，一直接触政治领域被培养的芈月自然心有不甘："你怎么知道我是鸡，难道我不可以是鹰吗？"这是芈月对男女平等的呼喊，对于制度不公的反抗。但这样的宣言又何尝不是现代女性的心声？

现代社会自然已经不存在古时压迫女性的制度。但是现代女性也不会有小说里"霸星"的期待设置。女性不再被束缚于家庭那一小片私人领域，但是她们在主动踏入公共社会空间时依然有着各种各样的隐形障碍。这隐形的障碍往往是通过观念上的歧视与偏见造成的。"凯特·米利特在《性的政治》中从权力关系角度，揭示了父权制社会在文化、经济、性等方面对女性的全面统治和塑造。"① 女性被塑造成温柔的、娇弱的特质，故而在文学作品中也往往是象征着自然与爱的。而这样的女性特质，往往令女性在理工类职业中不受待见，女性被认为解决问题的能力、心理抗压能力不如男性。然而女性特质并非生来就是温柔娇弱，是被社会塑造成这个形象。"所以女性的欲望、性、心理、行为特点等不是女性特质的产物，相反，人们恰恰是通过女性的欲望、性、心理、行为和语言等来确定一个人的女性身份。"② 温柔娇弱不是女性特质的产物，人们恰恰是把温柔娇弱等特质作为确定一个女性是女性的标准，而那些不符合标准的女性，往往会不自觉地在标准的规训下向观念上的女性特质靠拢，以此来确定自己的身份。女性不是天生的，而是被塑造的存在。女性特质与其说是天然的，不如说是后天形成的。颠倒了顺序的迷思今天依然束缚着中国女性的发展空间。女人这个性别特征往往首先是具备"女性"的特质，其次才是具备"人性"的特质。

二 忠贞不渝的爱情迷思

"忠贞不渝"的爱情是需要双方都恪守才能实现的。而在古代，男性可以纳妾，可以休妻，可以拈花惹草，女性却只能一生都维系于一个男性身上。男女双方根本是在不平等的基础上谈论"忠贞不渝"。这也就决定了女性对"忠贞不渝"的牺牲。它产生于男性将女性视为自己的所有物而产生的占有欲。它是男性为了满足自己的需求而对女性实施规范与掌控的

---

① 魏天真、梅兰：《女性主义文学批评导论》，华中师范大学出版社 2011 年版，第 206 页。
② 同上书，第 85 页。

工具。"忠贞不渝"仅约束了女性一方，男性却能在各种理由下抛弃女性，享有多个女性的"忠贞不渝"。男性在这里不过是最大获利者。"忠贞不渝"的虚伪性暴露无遗。它只是男性给女性编织的美好骗局。它反映的恰恰是将女性标榜为所有物的男权意识，所以才不能容忍"背叛"（女子改嫁）。因为一个物品是不该有自己的思想，有自己的七情六欲的。

小说中，芈月一生总共有3位爱人，并且在成为太后后拥有了男宠。由于感情线比较庞杂，在此只举她与黄歇、秦慧文王的感情作例子，足以管中窥豹。芈月活在楚威后的压迫之下，依然敢于追求自己的爱情，与青梅竹马黄歇私订终身。因为楚威后从中作梗，不得已作为媵女嫁入秦国，在私奔时黄歇坠下悬崖，心灰意冷的她进入秦宫后只为了给黄歇报仇，并无意争宠。然而复仇未果，反而在与秦王的相处中得到了秦王的赏识，而她最终也对秦王有了爱慕之心。斯人已逝，但她的生活还得继续，能遇到令自己心动的男性，从而走出悲伤，不沉迷于复仇，开始正常的生活，实在是人生幸事。尽管有这样符合人物内在发展逻辑的理由，许多网友依然谴责其负心于黄歇，背叛王后芈姝。要求芈月忠诚于"已死"的黄歇，与古时要求女性在丈夫死后守节有何不同？如今制度上的贞节牌坊已拆，然而人们心中的贞节牌坊却依然屹立不倒。

芈月，作为一个生命个体，有着生而为人的生命情感，在失去爱人的今后岁月，依旧有着自己的七情六欲，依然享受现世生活。她不再是禁欲的、被男权道德要求空洞化的女性形象，而这样透露出生命本真状态的女性形象，恐怕是男权意识作祟的人最不能接受的状态，所以迫不及待对这个形象进行口诛笔伐。

千百年来，人们执着于"执子之手，与子偕老"的完美爱情。中国古代注重家族的儒家文化占据着意识形态主流，以家庭为单位的农耕经济是社会主要经济形式，这种被塑造出来的理想爱情才有可能实现。而在流动性强的现代工业社会，高离婚率已经成为一个社会问题，这种高标准爱情已经很难达到了。如今女子可以改嫁，但"忠贞不渝"也上升到了道德层面，给予人新的束缚。"忠贞不渝"的爱情在现代社会通过与人品、道德的挂钩，已经站在了道德的制高点。似乎不是"一"，就破坏了爱情，人生便是不完美的。"忠贞不渝"又成为一种新的桎梏。同时，在男权意识的作祟下，男性往往能因为"生物冲动"的理由得到身体背叛的宽容，但女性的桎梏是从身体到情感的双重束缚。

然而复杂的情况在于，对芈月行为的批判，恰恰也有女性自身。她们看不到芈月的生命张力，却死死守住道德律令。如果从福柯的理论出发，我们或许可以得到这样的解读：女性出于个体对社会的适应，因此会遵从规训的行为模式，让她们自己呈现被"驯化"的面貌。正如福柯所言："用不着武器，用不着肉体的暴力和物质上的禁制，只需要一个凝视，一个监督的凝视，每个人就会在这一凝视的重压之下变得卑微，就会使他成为自身的监督者，于是看似自上而下的针对每个人的监视，其实是由每个人自己加以实施的。"① 而这种个体对社会的主动适应也使得女性面临的束缚更加复杂以及难以挣脱。

三　爱情——女性生命的全部意义

在以往很多小说里，爱情这个元素构成了女性生命的所有。古代"才子佳人"模式里的女性自然不用多言，嫁给一个功成名就的丈夫，成立家庭，相夫教子便是女性价值体现的所有。在《甄嬛传》里，甄嬛对爱情"愿得一心人，白首不相离"的追求，我以为是对于一个稳定归宿的向往。其实这就是当下许多女性的追求：通过爱情（婚姻）来为自己寻找依靠。

人，作为社会的人，应该是有着自己的生活的。但这句话在大部分情况下是对男性而言的。他们的生活是拥有多个圈层的，社会公共领域与家

---

① 李银河：《女性权力的崛起》，中国社会科学出版社 1997 年版，第 127 页。

庭私人领域，而对于女性，她们的生活圈子是要小很多的。当代女性在法律制度上拥有了参与政治、受教育、社会劳动等多项权利保障。但是法律上的平等从不等于事实平等。

当代社会，即使女性能够受教育，被允许参与公共生活，但女性在职场上的处境依然有各种问题。女性承受着激烈的社会竞争以及在此基础之上的职场不平等，当代中国女性由此产生了对社会公共领域的厌倦。在现代社会巨大的生存压力下，有部分女性受教育，找工作只是为了在更好的平台嫁一个更好的依靠，然后"回到家庭"。

而《芈月传》更像是女性独立意识的宣言。芈月一生有过3个爱人，其与青梅竹马黄歇的感情最为悲剧。几次机会他们都可以两人远走高飞，但是最终芈月都放弃了这样孤注一掷的爱情，因为她不仅有爱情，还有她不能放弃的生活。而在芈月成为秦国太后后，爱情与生活的矛盾就体现得更明显了。作为太后，她代表着秦国的利益，而黄歇是楚国士子。她希望黄歇能入秦为相，她便可与黄歇携手而立，然而黄歇没有为了芈月而妥协，他还是选择了楚国，因为他不能放弃宗族、放弃国家。"我可以为你而死，但我不能只为你而活。"这里体现了男权意识下对男性社会责任的要求。但是两个相爱的人最终走向对立面，不只是黄歇促成的，也是芈月自己促成的。是回秦国夺取王位，还是与黄歇回楚国过着恩爱生活，芈月选择了前者。前者路途虽凶险但只要赢了就能从此掌握自己的命运，而选择后者始终活在权力者的阴影之下。芈月选择前者不仅是生存的需要，更重要的是芈月的身上还承载着作为一个人的责任与欲望。她不是一个空洞的能指。"我可以为你而死，但我不能只为你而活。"这句话是黄歇反复对芈月讲的，而芈月自己同样也在实践着这句话。这是对于社会责任被男性垄断的反叛，也是对女性自我牺牲的反抗。

从将爱情视为唯一的甄嬛到不再只是追求爱情，甚至为了事业牺牲了爱情的芈月。《甄嬛传》与《芈月传》只是隔了几年，然而社会的风向总是悄然转变的。这两种不同的女性形象，背后或多或少反映了当代中国女性对保障自身权益的选择发生了微妙转变——由婚姻转变为事业。而这样的转变恐怕不能仅仅被乐观地解读为当下中国女性意识提高的反映。

四　自我意识确立的牺牲

在许多文本里，女性的歌颂往往体现在两个方面，"妻性"与"母性"。而在这两个角色里，女性往往是牺牲的。在芈月与其子嬴稷流亡燕国时，她时刻以秦王遗妾、秦质子嬴稷母亲的身份自居，支撑着自己渡过难关。这样的身份指向了两个女性使命。一是为丈夫牺牲；二是为儿子牺牲。此时的芈月背负着一种崇高的政治使命，不能在秦惠文王死后，令秦国出现人亡政息的局面；让更贤明的儿子得到应得的一切，造福秦国。故而她要保全自己与嬴稷，为的就是有一日能返回秦国，助他的儿子夺得王位，不让秦惠文王的政治遗产被昏庸之人消耗殆尽。然而这种崇高的使命抹杀掉了她"自我"的存在。

而蒋胜男最终令芈月突破了这种身份的桎梏，完成了自我的确立。然而这个自我确立的过程是痛苦的。因为当她以秦王遗妾身份自居时，她尚且怀抱着秦王曾要立她的儿子为太子的希望，只是出于寿命限度，无法看到嬴稷的成长，无奈才立了王后的儿子。秦王曾经是她的倚仗，被寄予厚望的儿子（未来的秦王）亦可以是她的倚仗。但这只是她的自我欺骗，残酷的现实是，秦王知道自己时日不多，为了江山的稳定他一开始就是要立王后的儿子为太子，虽然中途曾摇摆，但他知道自己的时日无法等到嬴稷长大成才，故而他对嬴稷的厚望与赞赏只是把他作为王后儿子的磨刀石。而这也令王后一党视芈月母子为眼中钉，引来日后的追杀。

黄歇逼着芈月认清这个现实，她也终于明白君王的恩宠在政治面前多么不可靠，她最终面对秦惠文王为了政治利用她们母子的残酷现实。"在这一刻，她终于明白她不是秦王遗妃，不是秦质子嬴稷的母亲，而是她自己。"她不再一门心思地冒死返回秦国，她开始正视自己的想法，终于放弃了那附加在她身上的崇高使命，开始考虑以前她不愿考虑的一条道路——安稳过完一世。至于最后她依然选择回到秦国参加争夺王位的斗争，也依旧是听从自己内心的选择，是为了获得权力令自己不再被当权者迫害而活得战战兢兢。此时，女人首先是人，其次才是妻子、母亲。

而值得注意的是芈月自我主体的确立是建立在倚仗不存在的情况之下。秦王这个角色就暗示了他无法成为芈月绝对的倚仗，在江山社稷面前，他也只能牺牲芈月母子。而对芈月来讲，这便是"婚姻"的不可靠。不但不会成为倚仗，反而带来了杀身之祸。

而这又何尝不是对当下女性生存境遇的影射——女性对婚姻的不信任。"随着历史的发展和进步，'男权苛求'更多地以社会压力的形式出现，女性更深地陷入双重角色——一方面整个社会从制度上保证每个女人和男人一样享有就业机会。另一方面在社会意识和观念上却基本沿袭了传统的男权主义的女性价值观，女人依然是家庭劳动的主角，依旧要尽传统女性为妻为母的种种天职。"① 由于种种客观和主观因素，两相平衡的难度便产生了两种极端现象：牺牲对幸福爱情的向往换来事业上的进取；牺牲事业上的进取换取家庭幸福。近几年，越来越多发生在女性身上的"逼婚"意味着女性选择前者的人数在增多。恐怕这不仅仅是因为女性主动对自我独立的追求。而是越来越多的女性不相信"回去"更能保障自己权益。结婚的高成本带来巨大压力，现代社会的高离婚率，名人频频发生婚外情的负面效应以及这些事件发生时，社会舆论在无意识的男权观念下对男性出轨的较高容忍度，女性最终只好选择了更可靠的"工作"而不是

① 刘慧英：《走出男权传统的藩篱——文学中男权意识的批判》，生活·读书·新知三联书店1995年版，第92页。

"婚姻"来保障自己的幸福。然而这样的自我意识的确立，是割舍了家庭幸福换来的，是建立在没有其他更好保障的基础之上。

五 "女神"的倒塌——女性"人"的欲望书写

人物塑造得成功与否，关键看它是否丰富饱满。在很长时间里，女性形象都是"天使与魔鬼"的极端分化。近年来，我们看到了越来越多更加丰满的女性。《甄嬛传》便是一个很好的例子。甄嬛从一个天真善良的少女成为一个工于心计的深宫妇人，有其人物成长转变的内在逻辑，最终成了令人爱恨交织的复杂人物。我们很庆幸女性不再是一个以德报怨，拥有神性的圣母空洞形象。

然而《甄嬛传》依旧是小心翼翼地表达甄嬛的"人性"。甄嬛人性的释放都是由于他人危及自己以及亲友的生命，无奈在环境倒逼的现实下被动反抗。在这里女性依旧是被动的。求生与复仇才是她的主要行为，最终成为太后，只是附加的产品。而芈月则不同，虽然有外部环境的迫害，但是芈月最终能成为秦宣太后，更多是自己主动争取来的。是其本身自我实现需求令其一步步成为太后，并执政多年。虽然芈八子作为历史上真实存在的人物，其结局已经是确定的，但作者选择她，本身就代表了这个人物能最大限度地表达作者的隐含话语。

作为"霸星"降生的她得到了楚威王的言传身教令其开阔了胸怀和眼界，当她站在城楼上陪同父王观阅三军归来的景象时，她便对权力产生了向往。这是她权欲的主动萌生。在父王死去，楚威后刁难迫害的处境下，她一有机会便跑到南熏台偷听屈原授课。她希望掌握知识，逃离宫廷，将来于天地间成就一番功业。她不像她的养母莒姬一般，只能被动地面对当权者的淫威，万般委屈只求保全自己。她不甘如此，她有掌握自己命运的欲望。她在恶劣的生存条件下，也依然对美好生活充满希冀，她与黄歇两小无猜，最终私订终身。这是对爱情的向往。她本有机会可以平淡过完一生，条件却是幸福可能会被当权者破坏，忘记成为鹰的梦想，忘记过往的迫害与生母养母的仇恨。但是，这样的生存状态不是她想要的，只是活着还不够，她还要快意恩仇，还要成为鹰，于是她突破了环境的限制，成了太后。她为了复仇，与黄歇站在对立面，为了秦国利益，杀了自己的爱人，因为对权力的迷恋，迟迟没有把权力给予儿子，最终逼得嬴稷发动政变幽禁太后于宫中。对孤独的无法忍耐令她包养男宠。一个人的私欲与贪念，责任与担当在她身上都有了体现。在芈月身上，女性不是古时面对残酷命运而无力抵抗的形象，也不是如甄嬛一般面对残酷迫害而进行的被动反抗，她不但对残酷迫害进行反抗，还主动拓宽了她的生命维度，活得有价值，但也坦然面对人性里的弱点与庸俗。

启蒙运动中，人类摆脱了上帝的"羔羊"这一身份桎梏，在神面前不再是罪恶的，肯定了自身的存在，自身的欲望。但这样的个性解放是独属于男性的。甚至在上帝死了以后，女性被塑造成了"神"，人类把女性理想化。与其说这是一种赞美，不如说它抹杀掉了女性作为"人"的可能性。在当下中国，女性在男权意识下被塑造起来的女性特质，也令人难以接受女性的主动。在事业上有进取心的女性往往给人野心勃勃的负面形象，"女强人""女汉子""剩女"这类词语，便是对脱离传统形象的女性的讽刺。至于在爱情上主动的女性则更令人难以接受了。"性"是个羞于提及的话题，女性的性则更是羞耻的代表。主动的"性"只会与"荡妇"联系起来。芈月这样的网络人物形象，让我们看到了一个不是作为欲望客体，不是按照男性需求构建的女性形象。现实社会依然存在着苛刻的观念，挤压着女性生存方式的多元选择。芈月这个人物承载的便是在现实中挣扎的中国当代女性难以实现的幻想。

"女强"之路该走向何方？

——评祈祷君《木兰无长兄》

勾彦殳[*]

【摘要】从"女强文"的发展脉络来看，祈祷君的小说《木兰无长兄》是一部具有标志性意义的作品。这部作品塑造了一位相貌、身材非常男性化的女主角，并安排女主角"女扮男装"，以男性的身份进入叙事，从而建功立业，不仅实现了自我价值，也为国家和历史的进步做出了贡献。这一巧妙的情节设置一方面举重若轻地解决了传统"女强文"在故事合理性方面的尴尬处境，另一方面为我们带来了新的疑虑。事实上，木兰正是以否定自身的方式实现了自身价值，《木兰无长兄》的升级方式是男性的，而价值内核是女性的。这样的"女强"之路是否可行呢？木兰的成功方式具有可复制性吗？《木兰无长兄》为"女强文"的未来创作提供了一个新的可能方案，但这一方案的前景仍然是晦暗不明的。

---

* 勾彦殳，北京大学文艺学硕士研究生。

一 "女强文"的尝试与困境

对于在职场与家庭之间劳碌奔波的当代青年都市女性来说，网络空间便如同一片她们"自己的园地"，在这里，她们摒除了男性的视角与评判准则，代之以女性独有的情感诉求与欲望模式，并进而培育出了由女人写给女人看，女性自己抚慰自己、自己奖赏自己的"女性向"网络文学。①以彰显女性的才智、能力与社会竞争力为目标的"女强文"便是"女性向"网络文学中的一个重要的子类型，自 2004 年倾泠月的作品《且试天下》之后，女状元、女首相、女将军、女皇帝的故事便层出不穷，迄今，晋江文学城、潇湘书院等网站上都已经设置了"女强"的风格标签，下属作品万余。②可以说，当代女性对重设传统性别关系的渴望已经成了一股不可忽视的潮流。

从"女强文"的发展脉络来看，2014 年 10 月至 2015 年 8 月连载于晋江文学城的《木兰无长兄》是一部非常具有典型性的作品。这个故事开头便为读者描绘了一幅非常具有象征意味的图景：女英雄花木兰在解甲归田之后，没能顺利回归家庭，过上"你耕田来我织布，夫妻恩爱苦也甜"的幸福生活，反而因为相貌平庸、力大无穷而被视为怪物，成了婚姻市场上乏人问津的"大龄剩女"③。

这幅图景恰恰是许多青年都市女性面对的真实境况，她们成长于"妇女解放""男女平等"的时代，从小被鼓励努力学习、刻苦工作、与身边的男性伙伴们公平竞争，然而，当她们真正来到社会竞争的领域之

---

① 参见肖映萱《"女性向/男性向/女频/男频"词条》，郑熙青、肖映萱、林品主编《"网络部落词典"专栏："女性向·耽美"文化》，《天涯》2016 年第 3 期。

② 截至 2017 年 1 月 18 日 12：00，晋江文学城作品库"女强"标签下属作品共 22745 部，潇湘书院作品库共 20270 部，起点女生网原创书库共 10071 部。

③ 祈祷君：《木兰无长兄》第 1 章，2017 年 1 月 18 日，晋江文学城（http：//www. jjwxc. net/onebook. php？novelid=2214297&chapterid=1）。

中时，却遭遇了传统性别角色设置的迎头痛击。她们无奈地发现，自己的"工作身份"与"家庭身份"之间发生了难以弥合的断裂：一方面，要想在政治、军事、金融、法律这些传统意义上的男性领域中获得事业成功，变得"男性化"似乎成了唯一的选择，她们不得不从旧式家庭中出走，抛弃自己身上温柔、细腻、软弱的"女性特质"；另一方面，社会却仍然以婚姻和家庭是否幸福作为衡量女性是否成功的最大标准，而婚姻和家庭对女性提出的期望正是"女强人"们早已抛弃的那些东西，于是，再也无法回到"对镜贴花黄"的腼腆少女时代的"女强人"们便自然而然地成了"老巫婆""灭绝师太""第三性别"，面临着前所未有的尴尬处境。

在这样的情况下，"女强文"便找到了蓬勃生长的土壤。它是当代女性对自身所能抵达的多种可能性的设想，在这个想象的乌托邦之中，她们可以运筹帷幄，可以叱咤风云，可以出将入相，甚至可以坐拥后宫三千，所有在现实中因为种种制约而无法达成的欲望与幻想都能取得代偿。我们可以明显地发现，随着社会对性别角色的认识越来越多元化，当代女性在参与社会竞争、实现自身价值方面的"野心"也越来越大，她们已经不是仅仅作为"贤内助"撑起社会的"半边天"，而是提出了更高的要求，即希望根除传统性别角色设置带来的种种"隐性歧视"，真正以平等个体的身份参与社会竞争、凭借自身实力获得男性对手的尊敬，甚至还对传统的性别权力关系提出了尖锐的挑战。

然而，有趣的是，在"女强文"自己的阵营之中，作者与读者们对"何为女强"的定义也是千人千面、极为不同的。如果仔细考察各大文学网站上的所谓"女强文"，我们便会发现，"女强"这个分类已经变得极为泛化，其中既有女主角凭借智谋武略而晋身的政斗文、商斗文，又有女主角凭借美貌和女性魅力而反向征服男人甚至向男人报复的宫斗文、宅斗文；既有排斥爱情和婚姻的无 CP① 文，又有无限制放大女性吸引力和性权利的玛丽苏②文……大家似乎只能达成一点共识，即依附于父权和夫权，以婚姻和家庭为最高旨归的"贤妻良母"故事不是"女强"的，除此之外，几乎所有其他的一切都可以因为某种原因而划入"女强"的范围，在这个大集合之中，存在着诸多互不相容，甚至彼此矛盾的成分。

这一现象恐怕并不是偶然的。简单粗暴地撕裂传统性别秩序固然可以使在现实中饱受创痛的作者与读者们感到一种报复性的"爽感"，但与此同时，性别权力关系的简单倒置不能真正成为解决问题的方案，作为代价，女强文遭遇了一系列由此而来的、难以解决的现实问题，不得不品尝着破坏带来的阵痛。无论是倾泠月的《且试天下》、蒋胜男的《芈月传》，还是李歆的《秀丽江山》，女主角与男主角之间的关系都已经不再单纯，他们不再相濡以沫、共渡难关，不再坚守爱情、忠贞不渝，琼瑶时代的爱情神话早已宣告破产，以家庭为核心的男女同盟关系也难以为继，走出家庭，来到更广阔世界的女主角们忽然发现，在不知不觉之中，自己与爱人已经从合作者变成了竞争者，为了立场，为了权柄，为了利益，有时甚至仅仅是为了自保，她们不得不面对爱情与事业难以两全的困境，在这个过程之中，背叛、利用、妥协、舍弃接踵而至，女主角们在事业成功的同时，往往也承受着难以言喻的伤痛和憾惋。

不可否认的是，即使已经牺牲了很多东西，女主角们仍然在与男性的竞争中处于弱势地位。有时是因为自身的身体条件所限，有时是因为难以撼动固有的男性中心的社会秩序，她们常常要在付出艰苦卓绝的努力之后

---

① CP，即 coupling 的简写（另有一说为 characterpairing 的简写），意为配对，指小说中具有恋爱关系或暧昧关系的两个角色。参见郑熙青《"CP"词条》，郑熙青、肖映萱、林品主编《"网络部落词典"专栏："女性向·耽美"文化》，《天涯》2016 年第 3 期。

② 玛丽苏，即万人迷式的万能女主角，往往在故事中与多个迷人的男性角色发生互动。参见郑熙青《"玛丽苏"词条》，郑熙青、肖映萱、林品主编《"网络部落词典"专栏："女性向·耽美"文化》，《天涯》2016 年第 3 期。

才可能有所作为。面对难以解决的现实困难，有些女主角便选择了"另辟蹊径"的方式，她们利用自身的美色收服一群有权有势的仰慕者，再通过他们的帮助获取事业成功。这样的"女强"还能算是女强吗？但是，如果不算，那么，以己之短攻敌之长又是公平的吗？为了在男性的优势领域之中与男性竞争，另一些女主角则像现实中发生的那样，抛弃了自己女性化的一面，割舍一切温柔、细腻、软弱的性格因素，这又在性别关系的撕裂之后带来了自身角色认同的撕裂，究竟什么才是女性该具备的和该拥有的呢？为了得到而抛弃是值得的吗？这条自强之路所通向的，究竟是新的自由与新的可能，还是一无所有和满地鸡毛呢？

在很大程度上，"女强"标签之下的混乱和争议正是女性崛起之路的不确定性带来的。文学的幻想往往自觉或不自觉地以社会现实为依托，无论是穿越、重生，还是玄幻、仙侠，都没有背离已有的社会秩序，它们构筑的乌托邦世界看似光怪陆离，其内核和运作方式依旧是我们熟悉的。而女强文的"爽点"来自对已有社会秩序的颠覆和报复，因此，在女主角们从"男尊女卑"的强力轨道上突围而出的过程之中，必然处处遭遇传统的撕扯与惯性的狙击。

读女强文的时候，读者们常常要纠结：一部女强文中的男主角应该比女主角更强还是比女主角更弱？如果更弱，女主角为什么要爱上他？如果更强，"女强"之"强"又体现在哪里？女主角在得到天下之后还能如何？她应该把王位传给自己的儿子还是女儿？她的儿子应该随父姓还是随母姓？如果女主角当皇帝，男主角能干什么？如果男主角当皇帝，女主角还能有多少机会施展自己的才能呢？她真的不会功成身退，沦为后宫斗争中的牺牲品吗？可以说，合理性的问题已经成了女强文的最大问题，现实牢牢地制约着我们对女性可能性的想象，为了确保"女强"，故事很难不变得处处漏洞，而这些漏洞又会反过来影响读者的阅读快感。这恐怕也正是女强文始终不温不火、难以"大热"的原因。

二 木兰的"突围"

与同类作品不同，《木兰无长兄》选择了一个非常别出心裁的方式来处理这个问题：它的女主角花木兰/贺穆兰是一位身材、相貌非常男性化，甚至连葵水也没有的女子。她女扮男装，以男性的身份进入叙事，以男性的方式参与竞争，并最终获得了事业的成功。以彻底抛弃女性化的一面为代价，木兰便得以绕过了身份的困扰，"花弧之子花木兰"理所当然地获得了男权社会的接纳和认可，不用再去忧心"女人不能参军""女人不能做官""女人不能抛头露面"这一系列的问题。除此之外，女主角还有一个"金手指"①——她身负先天之气，力大无穷，有万夫莫敌之勇。这就弥补了木兰身为女人在体力、武艺上有可能出现的弱势，为她提供了在军营中与男性竞争的资本，使她有能力、有机会去展现自己的才能、实现自己的抱负。

通过从"女人"变成"男人"的方式，木兰巧妙地绕过了白风夕、芈月、阴丽华们曾经遇到的种种困境，她在地位彻底对等的基础上与男性公平竞争，堂堂正正地胜利并获得了社会认可。"合理性"的问题被快刀斩乱麻地解决了。事实上，这份简单和干净也正是《木兰无长兄》的"爽点"之所在，木兰走的是以力破巧的路子，她不必百般算计、"比坏比狠"，也不必委委屈屈、含恨妥协，只要一往无前，便能永远葆有心中的光明。可以说，在某种程度上，木兰便是每一个女性读者努力想要成为的那个自己，她首先是"木兰"，是一个超越了性别的人、一个独一无二的自己，而不是一个时时受到束缚、顾虑着"男人该做什么，女人该做什

---

① 金手指，指电子游戏中的作弊器，可以修改各项数值以降低游戏难度。在小说中，指作者为角色设置了某些极为有利的条件，使此角色可以相对轻松地克服剧情中的困难。参见王恺文《"金手指/外挂/秘笈"词条》，傅善超、王恺文、高寒凝、吉云飞主编《"网络部落词典"专栏：电子游戏》，《天涯》2016 年第 5 期。

么"的"花弧之子"或"花弧之女"。因此，木兰成了一个既强大又善良，既坚毅又温柔的木兰，她在自己的故事里善始善终，从未为了实现目标而付出本性尽丧的代价，这恰恰是多少女强文的女主角都无法做到的事情。

如果说木兰采取的方式是"男性"的，那么，她要守护的价值却是"女性"的。原身花木兰从军的初衷是保护自己的家庭，她的父亲双腿残疾，弟弟胆小怕血，都无法在残酷的战争中存活，如果木兰不参军，她的家庭就必然遭遇破碎的命运。她期望的是回家恢复平静的田园生活，所畏惧的是自己的不当行为改变别人的命运，看得出来，原身花木兰从根本上说还是一个传统社会中温良谦恭的女子，她并没有出将入相的野心，也没有与男人一较高下的想法，她安于自己的女儿身份，"策勋十二转"与其说是奋斗的结果，不如说是大势推动之下的意外。

在这个问题上，来自现代的贺穆兰与原身花木兰具有惊人的一致性。贺穆兰与很多穿越女主角不同，她没有否定原身的选择，也没有将"自由""平等""解放"这些现代价值强加到花木兰身上，她甚至对"花木兰"这个新身份没有什么认同感，而是把自己当成暂时住在花木兰身体里的房客，兢兢业业地为主人保管着她的财物和社会关系。作者精心设计了小说的结构，逼迫贺穆兰完成从"木兰不用尚书郎"到"木兰要做尚书郎"的转变，为了实现这个目的，贺穆兰不是穿越了一次，而是穿越了三次。

贺穆兰第一次穿越时的所闻所见与第三次穿越时经历的真实人生就像一对平行时空，木兰关于"做不做尚书郎"的选择则是产生分歧的拐点。如果木兰不做尚书郎，事情便向着悲剧的方向发展：火伴们或是英年早逝，或是壮志难酬，卢水胡人成了北魏统治的不稳定因素，拓跋焘性情大变，国家陷入混乱。正是这些悲剧推动着贺穆兰在后面的两次穿越中去行动、去改变。换而言之，无论是花木兰还是贺穆兰，她们的初衷都并没有多么的"高大全"，她们都是先从保护自己身边的人、亲近的人开始，再一步一步地扩大目标。实际上，贺穆兰的理想暗含着一个推己及人的逻辑：从希望保护自己的家人和朋友扩展到希望保护别人的家人和朋友，再扩展到希望天下太平、人人幸福。

可以说，贺穆兰置身于北魏的政治环境之中，便天然地具有了双重的反思者视角：站在女性的立场上，她不仅能看到战争给国家带来的巨大利益和将士们获得的好处，还能看到它对个人生活和心灵的残害、对弱势群体的践踏；站在现代人的立场上，她又能够超越利益立场和个人身份的限制，以平等的眼光看待周围的每一个个体，理解他们的处境与选择。

在故事中，木兰是拓跋焘的得力下属，北魏的将军，统治者的一员，但她也结交或帮助过违抗灭佛令的小和尚爱染，无家可归的柔然奴隶，流窜乡间的卢水胡人，固守坞堡的堡主袁放，做了逃兵又落草为寇的土匪……按照常理来说，这些人都是阻碍历史的"进步"者，必然要被社会淘汰，但贺穆兰没有站在"进步者"的道德制高点上审判他们、抛弃他们，反而尊重了他们作为"人"的尊严，肯定他们也有获得幸福的权利，并尽可能地为寻找一条双方共赢、共存之道而不断地努力着。这种"妇人之仁"正是木兰独特和可贵的地方，她不是一个毁灭者，而是一个保护者，甚至可以说，她正是一个弱势群体的代言者，她的强大不是为了自己，而是为了替所有沉默忍受的人发出声音。从这个意义上说，"花木兰"便成了一个价值的化身，"没有花木兰，北魏便陷入混乱"，这何尝不是在提醒我们，暴力手段必须与慈悲之心结合起来，否则，社会便会在丛林法则的诱导之下走向毁灭呢？

三 疑云密布的成功之路

故事里的贺穆兰成功地突围而出了，从"木兰不用尚书郎"到"木兰要做尚书郎"，她不仅将自己从婚姻市场上无人问津的窘境中解救出来，也为北魏的发展和改革带来了一丝新的契机。如同所有的励志故事一样，在结尾之处，所有人都过上了幸福的生活：国家统一了，战争结束了，卢水胡人找到了营生，袁放搞起了商业，道门与佛门相安无事，军中的改革也启动了，府兵制的问题、女兵的问题都提上了议程。木兰甚至还生了一个相当有象征意味的女儿，她继承了父亲的美貌和母亲的神力，必定能够拥有比上一代更美好的人生。但是，这是不是意味着所有的问题都得到了解决呢？一个木兰的成功可以带动千千万万个木兰的出现吗？

这个问题的答案恐怕就不是那么乐观了。回顾贺穆兰的成功之路，我们不得不承认，她的成功有两个必不可少的先决条件：其一，要割舍绝大部分的女性特质，伪装男性的身份参与社会竞争；其二，要有压倒性的"金手指"，这个"金手指"的力量必须大到在一定程度上能够扭转乾坤的地步，从而使皇帝不得不倚重她、支持她。换句话说，木兰实现自身的方式便是否定自身，她将自己变得男性化，最终达到了彰显女性能力和价值的目的。

故事里，"花木兰"和"狄叶飞"这两个形象的对置很值得我们玩味：花木兰是一个长得像男人的女人，狄叶飞是一个长得像女人的男人，花木兰拼命隐藏自己的女子身份，狄叶飞却在拼命证明自己的男子身份。在这里，"女性"和"女性化"成了人们的原罪，一旦与之沾边，嘲弄、侮辱、骚扰、歧视便接踵而来。狄叶飞是新兵营里武艺仅次于花木兰的高手，本来可以凭着自己的本事出人头地，却因为长相的问题，时时被人质疑"靠出卖色相上位"，连性格都受到了影响，变得越来越敏感多思、自卑自怜，后期甚至隐约出现了受虐倾向。

故事里曾经提到，在一场战斗中，暗恋狄叶飞的士兵为救他而死，这位士兵的同袍要把狄叶飞打死偿命，最后，狄叶飞轻吻这位士兵的额头，满足了他最后的心愿，才勉强解决了矛盾。① 然而，我们冷静地审视这个故事，如果狄叶飞长相平平，士兵是出于友情、形势、战友之义之类的原因为他而死，事故的责任还会落到狄叶飞身上吗？人们恐怕只会感叹死者的德义，却不会对幸存者有任何关注。士兵的同袍恼羞成怒，其中未必没有恼怒于死者的死因不光彩而迁怒狄叶飞的意思。平心而论，这场事故中狄叶飞完全是无辜的，他既没有有意以容貌引诱这个士兵，也没有示意他为自己挡灾，如果他有错，只是错在恰好长了一张引人犯罪的脸，引起了别人的好色之心而已。

而这个不讲道理的逻辑正是女性在参与社会竞争之后，面对男权优势的话语时常常遇到的问题：如果成功，就是出卖色相的结果；如果失败，就是自身能力不足还不安于室的明证。女人/像女人 = 软弱无能 = 手段可疑 = 祸水，这个等式一旦成立，女性上升的渠道便被堵死了，她们必然被圈禁在家庭的方寸之地中，成为被保护、被供养、被施舍、被轻视的对象。贺穆兰面对的就是这样的情况，如果她也长了一张貌美如花的脸，那么，即使再天生神力，替父从军的故事也不可能有任何下文。我们可以看到，为了让故事进行下去，作者为木兰开的"金手指"已经大到了有点荒谬的地步：北魏的气运系于木兰于一身，急于改革的拓跋焘又正面临着无人可用的窘境，要么北魏出一个前所未有的女将军，要么大家一起走向灭亡。可以说，如果没有拓跋焘和寇谦之的一路保驾护航，仅凭木兰自己的努力，"策勋十二转"也许还是可以做到的，但最好的结局也无非是像原身花木兰那样荣归故里，想要进入政坛，进而改变世界却是千难万难的。

我们不禁要问：花木兰毕竟只是一个个例，她太得天独厚了，而这个世界上其他的女人不可能像她一样，既长得以假乱真，又具有天生神力。

---

① 祈祷君：《木兰无长兄》第 135 章，2017 年 1 月 18 日，晋江文学城（http://my.jjwxc.net/one-book_vip.php? novelid = 2214297&chapterid = 135）。

没有了金手指，别的女人该怎么办？归根结底，木兰的成功之路是一条不可复制的成功之路，她能给我们一时的代偿之快感，却不能给我们长久的安慰和承诺。说白了，她的机会是靠顺从，甚至迎合男权中心的话语得来的：看，花木兰的故事岂不是证明了男人比女人更优越吗？优秀的女人是具有男性特质的女人，必须要向男性靠拢，才有可能获得成功！这究竟是女人之幸，还是女人之不幸呢？

我们回到女强文的脉络上来看这个问题，正如前文所述，女强文在安排情节时往往会受到"合理性"问题的困扰，男性优势的话语环境和制度设计未能给女强文提供足够的想象空间，为女主角设计一条合情合理的升级之路是一个相当困难的任务。迄今为止，女强文还没能形成一个相对成熟的类型，面对巨大的现实困难，很多小说又落入了"比坏比狠"的窠臼，"你瞪我一眼，我灭你全家"的处世准则甚嚣尘上，利用色相、阴谋诡计、心狠手辣的桥段层出不穷，这些迷思使"女强"之路显得更加晦暗不明。必须要说，《木兰无长兄》是一部气魄宏大的小说，它举重若轻地避开了同类小说的覆辙，女主角的胸襟、眼光、品德、言行，都使人心神一清，足以为同辈楷模。但是，在肯定的同时，我们也必须注意到，在《木兰无长兄》的成功背后，存在的是社会整体信任感缺乏的巨大黑洞，至少，在作者为木兰设计出这样一条"女扮男装获取成功"的升级之路时，本身就蕴含了女性对"凭借自身的能力和优势取得成功"的深深疑虑和对"事业与婚姻无法两全"的深深无奈。

直到故事的结尾之时，北魏提高女性地位的改革才刚刚开始，但是，我们还是可以看到，征收女兵的工作开展得并非一帆风顺，很多女孩子去应征只是为了看热闹，甚至是为了提高自己的身价，日后好嫁一个如意郎君。①

---

① 祈祷君：《木兰无长兄》第482章，2017年1月18日，晋江文学城（http：//my.jjwxc.net/onebook_ vip.php? novelid＝2214297&chapterid＝482）。

木兰固然成了北魏第一位女将军、女侯爷、女三司，但这并不意味着，北魏已经具备了孕育其他女将军、女侯爷、女三司的土壤。女性地位的提高还是停留在纸上的雄心壮志，女性自身的觉醒也迟迟没有到来。此时此刻，站在这条疑云重重的"女强"之路上向前眺望，我们恐怕不得不感到一丝沉重。可以说，木兰仅仅是划破黑暗长夜的一道火光，她究竟会成为燎原的火种，还是会成为转瞬即逝的流星，也仍然是一个悬而未决的问题。一个木兰的故事结束了，千千万万个木兰的故事还需要寻找新的书写方式。也许，这并不是凯旋与落幕，而是收拾行囊、等待着新的出发。

女性心目中的英雄花木兰

——祈祷君《木兰无长兄》

王 华[*]

【摘要】本文通过细读小说，分析《木兰无长兄》中的英雄木兰形象。木兰超越了男女性别意识，不仅拥有人品和力量，而且包含了男人的坚韧不屈和女人的理解包容的伟大魅力。在古今木兰征战一统天下的过程中，作家展示了以情感体验、融入实践、平等态度来打通古今，沟通传统与现代，进行文化、价值的重新建构。作家运用独特的艺术手法，如幽默、细节、对比、逻辑，完成了英雄木兰真实性书写。

这部小说按照内容可以分为两部分，前一部分是穿越之后的贺穆兰寻找花木兰的记忆，并且试图弄清楚女英雄花木兰为何离开人世；后一部分则是找到原因的贺穆兰必须代替花木兰帮助大魏皇帝拓跋焘完成一统天下的任务，否则不仅百姓遭受战争之苦难，而且自己的"火伴"也是命运坎坷。作家创作该小说的目的是为女英雄花木兰立传。小说的前后两部分内容相互交织，结构绵密，加上番外，小说的脉络清晰，逻辑完整。本小说

---

* 王华，蚌埠学院文学与教育系副教授。

突出的阅读感受就是幽默风趣。

一　小说内容方面特色

作家本着为女英雄花木兰立传这一目的，而从下面几个方面体现出独特的英雄内涵。

（一）超越性别意识

小说首先通过贺穆兰代替已经解甲归田的花木兰，来体会英雄木兰的返乡生活，和平的生活并没有平静、幸福，而是面临着没完没了的谣言与逼婚尴尬。第1章至第25章返乡后的英雄木兰作为"剩女"婚嫁问题。但是在这背后，是作家对女性生存的古今比较，古今木兰都面临着剩女的命运，折射出现代与古代的女性面临同样的婚姻困境问题。

> 所以他们都明确赞同花木兰的英勇和守卫家国的行为，但他们不聊这个，他们聊的是她的一切其他方面，尤其是"虎背熊腰，貌丑肤黑，和男人厮混在一起十二年，如今都嫁不出去，估计年纪太大，也生不出孩子"这方面的东西。
>
> 这些男人似乎觉得通过这种"闲聊"，就好凸显女人即使再有能力，最后还是落个落寞下场的结局以及男人就该干男人的事女人就该做女人的活一类的论点。
>
> 好像再这样说一说，他们没有也上前线为抵御柔然尽一份力的事实就有了合理的理由，而是要是去了就有更加完美的结局似的。
>
> 你看，女人都能当个将军了，我去了还不捞个元帅当当……
>
> 妈蛋！
>
> 花木兰一个人能挑十个你们这样的"元帅"好不好！
>
> 你们这些战斗力只有负五，被恶犬都能追得满村跑，连耙子都挥

不动的渣!①

　　贺穆兰体验到人性阴暗之面，让她为其他无数"女英雄"在当年可能遭遇的可怕事情而痛苦，因为"男女之别，有时候根本不来自于力量和身体的差别，而是来自于人心的甄别"②。尤其是对同为女性者，应和闲汉的谣言，让她认为木兰为保护这样的人而做出的牺牲，毫无价值，认为木兰根本不应该恢复性别而退伍。

　　阿单卓的来访，让贺穆兰发现失去的记忆，在遇到相关的人（阿单志奇与狄叶飞）时候，会恢复花木兰与之相关的记忆，贺穆兰决定寻回花木兰的记忆，让花木兰归来，从而自己可以回归现代。贺穆兰营救陈节，并决定去探访花木兰一直照顾的伙伴家属。正是在这一拜访过程中，贺穆兰理解了花木兰的选择。正因为花木兰超越了性别意识，贺穆兰不断探寻花木兰从军的动力是保护男性，因天生神力她，将此视为上天赋予她的使命，以前是男性保护女性，现今，换成她来保护男性，理解了"花木兰强大的绝对不仅仅是人品和力量，而且包含了男人的坚韧不屈和女人的理解包容的伟大魅力"③。这才有了战争中她不断救援同伙士兵的事件。才能以豁达的心态，面对回乡之后的生活。英雄花木兰做到了双性同体，阿单卓对花木兰的称呼的变化也反映了这一点。虽然为"花将军"变成"花姨"而迷茫困惑，但是与贺穆兰相处，他认同了"花姨"，而在贺穆兰自我反思时，让他了解这世上不只是拥有高官厚禄才是成功，不只是力量惊人才是英雄，希望喊他的守护神一声"阿爷"。

---

　　① 祈祷君：《木兰无长兄》第8章《求亲木兰》，2015年7月3日，晋江文学城（http：//www.jjwxc.net/onebook.php? novelid=2214297&chapterid=8）。

　　② 祈祷君：《木兰无长兄》第75章《亦真亦幻》，2014年11月5日，晋江文学城（http：//www.jjwxc.net/onebook.php? novelid=2214297）。

　　③ 祈祷君：《木兰无长兄》第81章《拦路喊冤》，2014年11月10日，晋江文学城（http：//www.jjwxc.net/onebook.php? novelid=2214297）。

（二）现代性价值观对人与社会的引导与推动作用

第一，现代性价值观体现在女性对自我的社会定位。花木兰不留在军中继续为她的陛下效力，而是返乡，这就是在古代生活的花木兰无法突破的意识牢笼。木兰的生活困境，在于她生活的时代已经无法给她提供出路的支撑思想。接受了男女平等教育的现代贺穆兰，在女性身份暴露之后，则是选择了留在军中继续做"花将军"。与之对比的穿越到现代的花木兰，接受现代文明的熏陶，从事特警工作，表现极其优秀。

第二，现代性价值观体现在维护与提升人性的正能量。贺穆兰接受了花木兰的"火伴"关系，保护她重视的"火伴"。但同时她保护弱者，而不是歧视弱者，珍惜生命并非懦弱，在练兵时候，不断教育自己的士兵以保护自己的生命为前提，而非战死。现代性的价值观对人性的正能量的维护还体现在如何对待战死的士兵。

贺穆兰收拾死者的遗体，不允许扒光死者衣物，也不允许扣留死者遗物，"玄衣木兰"体现的是对死者尊严的维护，也安抚活着人的心灵。贺穆兰继续花木兰对战死伙伴牵挂的家人的照顾，将自己战争获得的财物，除自己家庭所需，其他都用来抚养战争的遗孤。

第三，就是对待郑宗的处理方式，因为从寇谦之的静轮天宫中了解到这一世的宦官宗爱就是郑宗，在其他平行空间的世界里曾经毒杀了皇帝拓跋焘。所以，贺穆兰初次见面，就动了杀机。在和郑宗的相处中，贺穆兰不断地克制和反思，包容郑宗的同性性取向问题。最后贺穆兰根据他的特长，推荐他成为白鹭官。可以说将郑宗可能引发的阴暗面转向人性正面。

第四，现代性价值观体现在建构民主自由的思想解放空间。贺穆兰因为在现代社会中，接受了宗教信仰自由与其他各种信仰的平等共存，因而她不认同佛与道之争。小说中既有她体会到佛教安抚人心的作用，又有和寇谦之交流时候，她对道教文化的阐述，在第74章，她厌恶这个世道，渴望有儒家的仁义道德教化。贺穆兰也不认同拓跋焘将道教立为国教，以及因为强行征兵而进行的灭佛行为。并以此教育太子拓跋晃，君主对待宗教信仰应该持中立的态度。

在某种程度上，无论是道教佛教，还是什么其他的教派，都能使人故步自封。那些看似牢不可破的顽固的教义，往往就是压制并消灭我们想象力与创造力的罪魁祸首。因此，思想常常会被桎梏，一些可以继续思考的问题亦常常因此而停滞不前。

……

为君者，需要听取所有的声音。无论是好的还是坏的，无论是有利的还是有弊的。作为首领，他必须有独立思考的能力，取最适合自己的用，而不是以什么作为依据。①

第五，与现代性价值观一致性的反战意识。贺穆兰可以为保卫家国而浴血奋战，不惧牺牲。但是，无法做到为魏国开疆拓土而攻城略地。又一次突出了作为女性的花木兰对生命的珍惜，对日常生命的重视，渴望和平，反对战争的思想。

他们活生生砍下别人的头颅，也在她的面前被人砍掉，掉下马的人和马匹纵横颠倒，成了一整团血肉，等到那团血肉被其他活人的尸体填充后，血肉模糊的情景就一下子浮现在她的面前。

他们都不认为那些是人，只是一群军功、敌人、需要被消灭的对象等被许多形容词指代的东西。所有人都在厮杀，无论是敌人还是自己人。

没有理智、没有人性，没有荣耀，全是杀！杀！杀！

---

① 祈祷君：《木兰无长兄》第 49 章《山中野寺》，2014 年 10 月 17 日，晋江文学城（http：//www.jjwxc.net/onebook.php？novelid=2214297）。

一直一直杀而已！

贺穆兰不怕死尸，也不怕战争，但她被这样的人性吓坏了。①

……

尤其是贺穆兰与寇谦之讨论关于战争："'你错了，如果是那位来，最终还会选择解甲归田。因为我和她一样，打从心底厌恶战争。这便是我和她最大的共鸣之处。'贺穆兰摸着自己的肩膀，'我们杀人，是为了保护更多的人；我们争权，是为了为更多的人谋取权利；我们愿意解甲归田或为陛下牺牲，是相信这个世界里依旧有人在坚持着我们的信念……'"② 体现出来的古今木兰的反战意识，女性对战争的抗拒，完全与男性立场不同。

第六，现代性价值观体现出的引导力量。作为身体力行的现代性价值观实践者贺穆兰，因为她的实践，让和她相处的人都感受到了希望和信心。

爱染遇见您，我遇见您，还有痴染师父遇见您，都太好了。我们的人生原本根本不该是这样的，但因为遇见了您，突然变得好像和正常人没有什么不一样了。

这并不是说因为您，所以我们才从如何恶劣的环境中解脱出来，而是说，您让我们觉得，日子就该是这样过的。错的不是我们，而是其他别的什么事情。③

---

① 祈祷君：《木兰无长兄》第 120 章《新的火焰》，2014 年 12 月 5 日，晋江文学城（http://www.jjwxc.net/onebook.php？novelid=2214297）。

② 祈祷君：《木兰无长兄》第 461 章《最后的选择》，2015 年 7 月 10 日，晋江文学城（http://www.jjwxc.net/onebook.php？novelid=2214297）。

③ 祈祷君：《木兰无长兄》第 80 章《傲慢与偏见》，2014 年 11 月 9 日，晋江文学城（http://www.jjwxc.net/onebook.php？novelid=2214297）。

（三）自我反思

小说中贺穆兰有两次非常重要的自我反思。贺穆兰并没有意识到自己持有现代人的优越感，对古人持有的傲慢与偏见，直到出狱的陈节向贺穆兰辞行，准备到卢水胡人居住地杏城去帮助他们，不愿意自己的朋友走错路。

也许是因为她是一个外来者，所以她对这个世界完全找不到归属感……

贺穆兰的眼界决定她看见了这一切，悲哀与这一切，却不知道该如何改变。

正因为她看得太多，想得太多，反倒不知道如何做了。

但陈节不同，他是一个从眼前做起的真正英雄。

无论是对花木兰也好，还是对卢水胡也好，他的眼界不开阔，只能看到很小的那一部分，那他就先从自己看到的一部分做起，然后再做其他他能做得到的事。

这几天贺穆兰也在思考：……陈节是魏国人，希望魏国永远强大和平，所以他去做他觉得该做的事。

她能做什么呢？如果说她在努力维持着一切不变，用以保持"花木兰"的存在，那她自己的存在，究竟要靠什么来维系？①

陈节的选择让贺穆兰反思自己如何存在此世。而阿单卓与她的交谈，让贺穆兰意识到自己的傲慢与偏见，认为自己：

"我才是那个普通又自大的人。"

---

① 祈祷君：《木兰无长兄》第 75 章《亦真亦幻》，2014 年 11 月 5 日，晋江文学城（http：//www.jjwxc.net/onebook.php? novelid=2214297）。

......

"因为自身的见识和学识，而对这个世界落后制度的傲慢、对根本不是来自于自己的力量与名气的傲慢、对于站在前人肩膀上的那种傲慢，甚至是对一个还在成长中的少年的傲慢……"

"因为接受过太多来自书本和影视剧的描述，所以对那个'罪恶'的宫廷产生的偏见，对'身为上位之人必定自私自利'的偏见，对于'保母'这个词的偏见，甚至对别人该如何生活指手画脚的偏见……"

她能确保自己正直，却还是没有逃开这些傲慢与偏见。

......

可以毫不谦虚地说，她拥有高于这个时代的开阔眼界，有学习过历史后对历朝历代各位英明君主的评价和定义，所以，她对于拓跋晃这种只知其"术"而不知道其"本"的储君非常失望。

......

更何况，这位太子既没有高于她历史知识里那些伟大君主的特质，也没有什么让她觉得为之赞叹的美德。

可她却忘了，这样做是不公平的。

在这个生产力低下、五胡乱华后十不存一、民族纷乱不休、内忧外患不断，还有佛道之争并行的混乱时代，作为一个鲜卑族的储君，这个孩子也许已经做到了他目前达到的最好标准。

这就是这样一个时代，无论是王孙还是奴隶，都有着朝不保夕的危机感，抓住一切能抓住的东西，利用一切能利用的资源，已经是他们被弄成惊弓之鸟后唯一能做的事情。

她痛斥拓跋晃将别人视作工具随意利用，却忘了他才十五岁，他既没有接触过未来，也没有如后世那些君王般接受过儒家"民贵君轻"的教育，他甚至不是个汉人。

但他还有可以改变、可以被潜移默化的可能。

她为何要拿秦皇汉武、唐宗宋祖一般的标准来苛求这个眼界有限、只是顺应如今这个时代生产力水平发展的储君？

即使秦皇汉武、唐宗宋祖，在没有登上皇位之前，也是不完美的。但这也并不能抹灭他们对自己那个时代的贡献。①

贺穆兰第二次自我反思是她拥有花木兰所有的记忆、力量，代替花木兰重新上战场。然而贺穆兰死于初战的马蹄之下。

她有什么资本张狂呢？就算重走一遍花木兰的旅程，她连别人的一根手指头都抵不上。

花木兰的第一箭就救了莫怀尔，而她的第一箭……

贺穆兰想起那个被铜锤生生锤裂了脑袋，脑浆迸裂的同火，自我厌恶地闭上了眼睛。

她从来不知道千军万马一起奔腾是那般的骇人。热兵器时代里少有的残酷和狰狞，是她无论即使如何自我心理建设，都无法想象到的可怕。

……

她知道一切一定是重来了。被柔然人战马践踏过去的那一刻，她都能感觉到自己的眼珠子和五脏六腑全部碎裂时的痛楚。在这个不能开膛破腹也没有器官移植的时代，她肯定是死了。

若说之前她觉得她是老天的宠儿，是足以捍卫花木兰威名之人，那这中军战场上残酷的经历就给了她一个迎头痛击。

除去花木兰的心境，就算给了她武力和见识，她也什么都不是。②

---

① 祈祷君：《木兰无长兄》第 81 章《拦路喊冤》，2014 年 11 月 10 日，晋江文学城（http：//www.jjwxc.net/onebook.php？novelid=2214297）。

② 祈祷君：《木兰无长兄》第 120 章《新的火焰》，2014 年 12 月 5 日，晋江文学城（http：//www.jjwxc.net/onebook.php？novelid=2214297）。

如果说之前和伙伴相处，尤其她尝试改变阿单志奇的从军经历，却让阿单志奇深受打击，让她意识到无法速成的伙伴情感，那么这次战争死亡体验，让贺穆兰意识到自己在实践方面与花木兰之间的差距，并不是蝴蝶的翅膀轻轻一扇，就能改变当下的现实，并没有速成的战功。

（四）融入古代，打通古今

正因为贺穆兰的自我反思，让贺穆兰意识到自己为拥有着超出这个时代的高度，带着以往的经验以俯视的态度，根本看不见自己身边的任何东西，所见皆是傲慢与偏见。贺穆兰在和阿单卓交流之后，开始警醒并纠正自己的态度：不再超脱于世外，而是尽可能地融入现实实践生活中去。作家从阿单卓的感受来表现贺穆兰的努力融入的行为。

> 阿单卓明显的感觉花姨变了。如果说过去的她有一种隔离与世外的冷淡的话，那现在的她就明显变得要'鲜活'许多。
>
> 她会在下楼时认真去看那些围坐在一起说着琐碎事情的食客，也会突然主动问起他'你小时候是什么样子的'这样的问题。
>
> 他说不上来哪一种态度更好，但这样的花姨让他更加乐于亲近也更加乐于倾诉，而且由衷地感到欣喜。①

拥有了平等态度，是融入古代生活、打通古今价值文化樊篱的第一步，其次则是生活实践，贺穆兰战场失利说明了这一点。但是，作家认为光有这些还不够，这些没有情感这一黏合剂，古今的价值、文化就可能只是碎片，无法打通，也无法黏合重建。所以作家无论是在描写古代花木兰在现代的生活，还是现代贺穆兰在古代的生活，都首先关注她们的情感体

---

① 祈祷君：《木兰无长兄》第81章《拦路喊冤》，2014年11月10日，晋江文学城（http://www.jjwxc.net/onebook.php? novelid=2214297）。

验与认同，唯有如此，才能打通古今樊篱。在这方面，贺穆兰的情感体验写得较多，除前文论述她与阿单卓、太子拓跋晃、陈节、狄叶飞等外，皇帝拓跋焘也是必须关注的。贺穆兰对皇帝的直接感受是"求亲木兰"，十四骑年少英俊的羽林郎的求亲，是为花木兰撑场子，也是皇帝希望木兰获得幸福。而此时的拓跋焘皇帝因为接受花木兰身上的阳气，而日益暴躁，并且怀疑太子。在幻境里贺穆兰从花木兰的记忆中，看到抽取阳气的片段。

我当然想延年益寿……但是花木兰，比起那个，我更想你能活命。

当初你不愿做我的兄弟，后来你又不愿做我的贴身侍卫，你现在连前程和荣华富贵都不要了，那我便保你一世安宁。

我堂堂一国之君，若要夺你那点先天之气，难道还要用骗的不成？①

当贺穆兰的性别暴露时候，她担心其他人因为自己的性别攻击自己和陛下，使她无法再留在军中，拓跋焘说："你不必担心那么多，因为他们都要听我的。"

"这两年来受过的痛苦、见过的残酷、忍下的泪水、心中的不公、对这时代的落后发出的悲鸣，都因为这一句话而值了。"②

而对于贺穆兰的性别，拓跋焘的反映是："你是说你是女的嘛。我知道的，我身边那宦官赵明不也是女的……"

拓跋焘不以为意地摆了摆手，"女的就女的，不就上面多两块肉，下面少一块肉，你便是个宦官，我也会重用"。

---

① 祈祷君：《木兰无长兄》第 268 章《她的陛下》，2015 年 3 月 6 日，晋江文学城（http：//www. jjwxc. net/onebook. php？novelid＝2214297）。

② 同上。

"花木兰，我用你，不是因为你是勇猛过人的'男人'，而是因为你是花木兰。你是玄衣木兰，是虎威将军花木兰，是生擒鬼方怒斩大檀之头的英雄。"

"我要用的是你的人，不是你的性别。若是我只要个勇猛过人的男人去塑造成魏国的英雄，我可以在大魏拉出一条街的人，我会选你，是因为我觉得你就是我一直在等的那个可用之人，我大魏一直在等的那个可用之人。"①

拓跋焘的成长背景，就是一种文化的建构。他既受到原始的少数民族文化影响，如英勇善战，冲锋在前，血性、勇武和豪爽的个性，成为不同于汉民族文化背景成长的皇帝，他又接受过汉文化的教育，因此，他很重视汉文化，推广汉文化。其中，最让人推崇的是他的胸怀，不计前嫌，不计性别，不计出身的用人标准；生气勃勃，无惧无畏，勇往直前、坦荡、重情、忠义的性格。贺穆兰因此理解了花木兰为何会发出那样的喟叹："这是她的陛下。""是为之征战、愿意为之平定四方之人。"而为之折服的贺穆兰，现代社会已经没有跪拜的她，发自内心地折服而愿意跪拜。

贺穆兰在积极融入古代的同时，也绝不妥协，除前面她介入灭佛事件以及对大魏官员无俸禄制度的反思外，她还力图改造几个制度问题，一是"立子杀母"制度。当太子拓跋晃寻求贺穆兰的帮助，通过阿单卓的转述，贺穆兰了解这一制度的残酷。因此，积极帮助拓跋焘，隐藏假死的贺赖夫人，并且开导她，让她接受毁容再次入宫照顾自己的孩子。二是拒绝战争中杀"死营"奴隶（其实是被抢掠的平民百姓）谋取军功，因此奴隶花生追随贺穆兰，甚至为保护贺穆兰而牺牲。三是改变对战死者扒衣扣留瓜分

---

① 祈祷君：《木兰无长兄》第 268 章《她的陛下》，2015 年 3 月 6 日，晋江文学城（http：//www. jjwxc. net/onebook. php？ novelid = 2214297）。

遗物的习俗。四是改革"府兵制",花木兰被迫代父从军,其实就是"府兵制"存在的问题,小说结尾拓跋皇帝让她担任改革"府兵制"的将军。

二　小说在艺术方面的突出特点

(一)喜剧风格

小说幽默风趣的喜剧风格,是通过戏剧性故事、语言、场景来完成的。开篇贺穆兰穿越到已经解甲归田的花木兰身上,代替花木兰相亲的故事,木兰相亲的一系列遭遇,"镇宅木兰""怪力木兰""抓贼木兰""求亲木兰""磨刀小弟"充满喜剧色彩。在"不如不问"中木兰考计算,阿单卓用马鬃来算,"花小弟坐在车上脱了鞋,数完了手指数脚趾,手指脚趾都不够,灵机一动换成数指节,也是个人才"。

喜剧风格也体现人物事件的喜剧冲突。贺穆兰回忆到陈节作为她的亲兵的事情,陈节因为崇拜花木兰,抢着为花木兰洗衣服的场景以及他爱吹牛的性格,弄出"巨物木兰"的称呼。

喜剧风格还体现在语言上,如小说中贺穆兰与若干人见面:

"这就是花将军?本官是此地的太守若干人,久仰大名……"

"吱。"

贺穆兰面无表情的吱了一声。

(你小子说我吱一声,啥事都给我办的)

……

"嗯?嗯……嗯!"

若干人先是不解,而后思考了一下,突然脑子里灵光一闪,短促又激烈地"嗯"了一声。

(他吱什么?嘶这吱的我怎么这么心乱,我是不是漏了什么?哦我的天啊！想起来了，是那个意思！）

"嗯——"

贺穆兰见若干人听懂了，意味深长地长"嗯"了声回应。

（小子不错，不是随口承诺）

此外，人物形象之间，不同性格之间的冲突，也体现出喜剧色彩。狄叶飞男生女相，在无女性的兵营，他经常被误认为女性，因此，遭遇了种种可笑亦可悯的骚扰事件。

（二）塑造人物形象的对比手法

一是木兰多次重生，她生活的世界的对比，她多次的尝试，都是一种试错，寻求如何统一国家，停止战争，保护自己的火伴，尽可能让火伴获得自己渴望的幸福生活。二是多个不同人物之间的对比。作为皇帝的拓拔父子对待宗亲态度的比较；如黑山大营中不同兵营的将领、种族、士兵的对比，如左军、右军、中军的比较等；其中对女性进行比较的较为典型的就是被诬陷信佛的"张氏"的刚强与丘林莫震之妻"王氏"的懦弱等。

（三）悬念伏笔的设置

小说以第112章为转折，前面部分几乎都是后面小说的伏笔，特别是出场人物，在贺穆兰的从军经历中，一一出场，贺穆兰努力改变他们的命运，比如对袁放、盖吴等人，木兰都是善待他们。此外，小说的明线是贺穆兰穿越后建功立业，如何突破古代对女性的束缚。贺穆兰征战柔然、胡夏北凉，大魏实现统一。暗线是花木兰重生现代，如何融入现代生活。第461章可以说是抖开包袱，对小说之前的伏笔、悬疑，都一一进行了解说。第462章至第480章，加上中间插入的番外，都是对人物结局的交代。

（四）化虚为实

英雄木兰除《木兰辞》中的内容，其他都是语焉不详。作家通过合理设置的细节，来完成对英雄木兰由虚到实的塑造，遵循逻辑。如关于木兰织布，是因为木兰天生神力，必须学会控制自己的力气；而阳气过足，没有天葵，所以在军中很安全，不容易被人识破性别。而木兰的长相，应该倾向中性，所以才有"雌雄莫辨"，小说第 476 章，特意让贺穆兰以女装成功出场："但花木兰的'美'已经超脱了性别，你说她是男人也行，说她是女人也行，这是一种包容和坚强，已经超越了性别之分。更多的是一种说不清道不明的气质，一种舍我其谁的气势，一种谁也模仿不来的天性。"① 此外，作家在塑造历史人物，强调自己忠实尊重历史，人物都是有原型的，注重细节，如拓跋晃的偏阴体质，在他去找花木兰时、和阿单卓同榻而眠时点出，为后面木兰渡阳气做好逻辑铺垫。作家注意细节的真实可信，前后有逻辑，从而完成小说由虚构到真实的阅读感受。

① 祈祷君：《木兰无长兄》第 477 章《我能理解》，2015 年 7 月 26 日，晋江文学城（http：//www. jjwxc. net/onebook. php？novelid = 2214297）。

论网络小说的文化整合与离散审美

——以海宴的《琅琊榜》为例

周丽娜*

【摘要】《琅琊榜》有效整合了各种文化资源，将宫斗、夺嫡、复仇和权谋等老故事讲出了新意，既在感官欲望层面上很好地满足了大众读者的需求，又能够升华出新的意义和主题，进而引发读者的理性思考。作为网络小说文本，《琅琊榜》通过文化整合激发了读者解读文本的多样性，满足了不同类型读者的审美需要，鲜明地体现了网络小说的文化整合倾向和离散审美追求。

作为架空历史网络小说，海宴的《琅琊榜》是于 2006 年 12 月 8 日—2007 年 10 月 25 日发布在起点中文网上的"女性向"小说。纸质版初版本于 2007 年由朝花出版社出版，后来，四川文艺出版社又于 2011 年和 2014 年出版了两个版本。《琅琊榜》自发布至今已有十年，在豆瓣读书保持着 8.6 分的高分，并于 2015 年获第一届网络文学双年奖银奖。2014 年山东影视传媒集团将其改编为电视剧，2015 年播出后又产生了巨大影响，在豆瓣

---

* 周丽娜，烟台大学人文学院副教授。

电影更是获得 9.2 分的高分，并获多项政府大奖。作为一部通俗的网络小说，《琅琊榜》既获得了大众读者的好评，又获得了主流精英们的青睐，是网络小说史上颇具代表性的经典之作。

作为一部以夺嫡和复仇为题材内容的小说，《琅琊榜》讲述的故事并不新鲜，却是一个精彩的"好故事"。它不仅从宫斗、夺嫡、复仇和权谋等老故事中推陈出新，将这些极为古老的故事讲出新意，成功地融入了具有现代色彩的人文主义思想，而且引发理性思考。在对老故事的推陈出新中，《琅琊榜》极为鲜明地体现了网络小说的文化整合倾向和离散审美追求。

一

与传统纸媒文学不同，网络小说从来不会拒绝大众，而且最大限度地争取尽可能多的大众读者，可以说天然携带大众文化的基因。因此，如果我们仅仅采用精英文化的文学价值体系来评判网络小说显然并不合适。但网络小说也没有完全拒绝传统纸媒文学遗产，精英文学资源也会被网络小说吸收和利用。"大众文化的价值取向是多元的、混杂的、无意识的。"[①] 大众文化没有自己明确的价值立场，却具有整合各种文化资源的超强能力。《琅琊榜》在一个老故事的新讲法中成功整合了各种文化资源，接合了若干种文化意识形态，体现出网络小说的强大文化整合能力。

《琅琊榜》的基本故事内容主要包括两部分：一是宫斗、夺嫡故事；二是复仇故事。这两个都是极为古老的故事，在文学世界中早已习以为常。其实，"莎士比亚之后，一切情节都成滥套"，文学要讲述一个"新"故事几乎成为不可能的事，即使所谓的"新"也不过是老故事的新版本而已。《琅琊榜》却在融合各种文化资源的基础上将上述两个极为常见的故

---

① 王俊秋：《权谋文化传统与"清宫戏"的盛行》，《中国文学研究》2008 年第 3 期。

事讲出了新意。

宫斗、夺嫡故事中蕴含着中国传统的权谋文化，这种文化在中国有着深厚的根基和源远流长的传统。"长期以来，中国文化伦理对于权谋文化表现出明显的赞赏和肯定，对于权谋使用者也很少给予明确的道德评判，最多是将权谋作为一种'术'——方略、方法——来对待。因此，从春秋时期纵横家的辩术，到明代小说《三国演义》的谋略，政治权谋成了一种绵延不断的文化传统。"① 在中国传统文化中，权谋被作为一种"政治智慧"来欣赏和表现。成王败寇，权谋在中国道德伦理体系中只有"有效"与"无效"之别，而无"善"与"恶"之分。表现权谋文化的典籍更是成为当代商场和官场的教科书，成为当代人从中汲取人生智慧的源泉。虽然自五四新文化运动以来，整个中国封建伦理道德体系都遭遇了激烈的批判和否定，但是权谋文化并未遭遇现代文化观念的洗礼，其中现代人文精神的匮乏也并未在文学表现中获得反思。相反，很多文学作品对权谋文化津津乐道，以此作为吸引读者的要素。作为中国传统文化的重要组成部分，文学不是不能书写权谋文化，如何书写，采用何种方式和立场书写权谋文化才是最关键的问题。《琅琊榜》中的梅长苏是权谋的化身，正是他的足智多谋才一次次化险为夷，让靖王萧景琰在血腥残酷的夺嫡斗争中胜出，并完成了自己复仇的夙愿。但是小说并未完全立足赞赏的立场表现权谋，而是强调了权谋的手段性和工具性以及使用权谋的被迫和无奈，即小说在表现权谋文化的同时也对其进行了基于现代人文主义立场的反思。而且与强调权谋的小说不同，《琅琊榜》强调的是情义的重要性，甚至贯注了"以民为本"的思想。这是该小说与其他同类题材小说最大的不同。尽管小说中的梅长苏是一号男主人公，但他在这场斗争中仅是作为手段和工具而存在，更重要的是他自觉自愿地充当手段和工具。梅长苏因中了火寒

---

① 王俊秋：《权谋文化传统与"清宫戏"的盛行》，《中国文学研究》2008 年第 3 期。

之毒，天不假年，危在旦夕，因此他的权谋既不是为了自保，也不是为了自身的荣华富贵，而是为了给赤焰军申冤，还天下清明的政治统治。这使《琅琊榜》与其他宫斗、夺嫡小说中主人公为自保和上位而不惜运用权谋而有境界高下之别。梅长苏权谋的利己性很弱，利他性却很强。在崇高动机的支配下，梅长苏的权谋手段就不再是人性的必然，而是为形势所迫的不得已。小说着意凸显的不是恶的手段，而是善的目的。梅长苏与靖王萧景琰本是有着共同奋斗目标（复仇/夺嫡）的兄弟，但前者隐瞒了自己作为少帅林殊的真实身份，以谋士的身份出现在后者面前，助其在众皇子夺嫡中取胜。因此，在靖王知道梅长苏真实身份之前，二人的关系是主子与谋士的关系。梅长苏刻意隐瞒自己的真实身份就是要以自己的"恶"维护靖王的"善"。当蒙挚对扶助"天性不善权谋，也很厌恶权位纷争"的靖王参与夺嫡表示怀疑时，梅长苏如此回答他："他天性不善权谋，这又有何妨，不是还有我吗？那些阴暗的、沾满血腥的事我来做好了，为了让恶贯满盈的人倒下，即使让我去朝无辜者的心上扎刀也没有关系，虽然我也会因此而难过，但当一个人的痛苦曾经超过极限的时候，这种程度的难过就是可以忍耐的了……"①

　　梅长苏将自己当成"地狱归来的恶鬼"，自觉自愿地作为恶的手段和工具来帮助靖王。可以说，《琅琊榜》既强调恶的手段的必要性，也强调善的结果的必需性。靖王厌恶不择手段的谋士——既利用梅长苏的权谋，又鄙视其为人，但他又不得不承认梅长苏对他走向成功的重要性，对后者说："你虽然阴险毒辣，却也实在有才，我身边若无你这样的人，又有什么力量对付太子和誉王呢？"② 同时，梅长苏认为只有将一个没有污点的清清白白的人扶上皇位才能开辟大梁的新时代，才能带来清明的统治，所以

---

① 海宴：《琅琊榜》，四川文艺出版社 2014 年版，第 56 页。
② 同上书，第 126 页。

他说："如果要坠入地狱，成为心中充满毒汁的魔鬼，那么我一个人就可以了，景琰的那份赤子之心一定要保住。虽然有些事情他必须要明白，有些天真的念头他也必须要改变，但他的底线和原则，我会尽量地让他保留，不能让他在夺位的过程中被染得太黑。如果将来扶上位的，是一个与太子誉王同样心性的皇帝，那景禹哥哥和赤焰军，才算是真正地白死了……"①

在小说中，手段与目的被清楚地分离开来。主人公梅长苏仅是作为恶的手段而存在——权谋被采用的同时也承受着反思和批判。小说既在工具理性层面承认权谋的有效性，同时又在价值理性层面判定了权谋为恶的存在。而小说表现权谋文化的两种立场之间形成的张力就不再是单纯满足读者学习斗争智慧的需要，而能够进一步引发读者对权谋的理性反思。而且，小说让不同人物来承担恶的手段与善的结果，采用将手段与结果分离的方式表现权谋文化也在很大程度上突破了"以恶抗恶"的怪圈。恶的手段固然有效，但人性的善良和美好的一面毕竟被保存下来，也是最应该被保持的部分。因此，正义得到伸张的同时，小说进一步加强了读者对于善的信念和向往。

二

"复仇"也是一个极为古老的故事，无论在通俗文学还是高雅文学中都屡见不鲜，但是能将复仇故事讲出新意来的很少，尤其在大众性的通俗小说中，"复仇"仅是作为人物强烈的行为动机和推动故事情节发展的因素而存在的，报仇雪恨的结局成为故事的最终走向。《琅琊榜》中的复仇却并不如此简单，梅长苏的最终目标不是简单的报仇雪恨，而是还天下人以真相和清明的统治。小说将基于个人的报家仇与基于国族的纾国难紧密

---

① 海宴：《琅琊榜》，四川文艺出版社 2014 年版，第 371 页。

联系在一起。《琅琊榜》中的复仇不是以杀死仇人为最终目标，而是以如何能够让天下人知道真相，如何能够重建崭新的政治秩序为最终追求。当言侯（言阙）密谋用火药炸死梁帝时，梅长苏及时劝阻了他。梅长苏认为他这样做虽然杀掉了梁帝，却会伤及无辜，留下一片乱局，而且冤案也不能昭雪。梅长苏对言阙说："真正的复仇不是你这样的，你只是在泄私愤而已，为了出一口气你还会把更多的人全都搭进去。"① 对于梅长苏来说，复仇并不是简单的个人的事情，而是怎样给亡人洗雪冤情，还亡人以清名公道。当以追索真相、揭示真相为目标时，小说就将复仇由个体情感的宣泄层面上升至公理正义的维护层面。更重要的是，梅长苏的复仇过程也是一个新政治秩序重建的过程——他要以一个心怀天下、重情重义的君主取代现在这个自私自利、薄情寡义的君主。梅长苏之所以要拥立萧景琰为帝，更多不是因为曾经的兄弟情深，而是因为他充分具备新君主的素质，只有他能够建立一个从上到下的新统治局面和政治制度。萧景琰与其对立面的梁帝、太子、誉王等人有很大区别——前者始终心怀天下，情义为先；后者却始终出于一己私利玩弄权术，不惜滥杀无辜；对于萧景琰来说，情义永远是他的首要选择，甚至可以为此不计利害得失。如在梅长苏曾经的副将卫峥被抓之后，梅长苏从利益得失角度衡量不主张救卫峥，并力劝萧景琰。但是后者始终不为所动，坚守自己的信念和原则，并对梅长苏说："我若是依从先生之意，割舍掉心中所有的道义人情，一心只图夺得大位，那我夺位的初衷又是什么？一旦我真的成了那般无情到令人齿寒的人，先生难道不担心我将来为了其他的利，也将先生曾扶助我的情义抛诸脑后？"②

在这一方面，梁帝的选择与萧景琰形成鲜明对比。对梁帝来说，手中

---

① 海宴：《琅琊榜》，四川文艺出版社 2014 年版，第 300 页。
② 同上书，第 570 页。

的权力和皇位才是最重要的，其他都是为此服务的手段和工具而已，所以，为保住权力和皇位他宁愿牺牲亲情、爱情和友情，甚至选择无视真相。即使面对莅阳公主揭露的全部真相，梁帝在震撼之余想到的仍然是翻案之后对自己声名及威权的影响。他痛斥静贵妃母子不忠不孝，处心积虑要害他，深明大义的静贵妃进一步劝他说："陛下是天子之尊，只要您不想承认今天所披露出来的这些事实，当然谁也强迫不了您。可即使是天子，也总有些做不到的事，比如您影响不了天下人良心的定论，改变不了后世的评说，也阻拦不住在梦中向您走来的那些旧人……"① 静贵妃是在提醒梁帝即使以他的皇帝之尊也无法彻底消灭和掩盖真相，但梁帝仍不思悔改。当梅长苏质问梁帝害死那么多无辜者心中可有愧疚之意时，梁帝仍坚持认为天下是自己一个人的天下，对任何不服从自己的人他都有生死予夺的权力。梁帝并不缺少治国理政的才华，但他治理天下的出发点并不是天下百姓，而是一己私利，因此对他来说权术的使用是他政治统治中必不可少的要素：他支持太子和誉王党争；默许夏江、谢玉等人诬陷忠良，滥杀无辜，等等。其实，都是为了维护自己作为最高统治者的地位和权威。因此，萧景琰的最终胜出也意味着"有情"最终战胜了"无情"，情义的重要性获得了凸显。当然这也并不意味着一切黑暗的结束，即使萧景琰取代梁帝，重用贤良，结束党争，重建秩序，也仅是一个故事的结束和另一个故事的开始。虽然以新君取代旧君可以暂时结束一段黑暗的统治，但作者显然也很明白仅此并不足以改变君主专制的封建政治制度，如结尾处老太监高湛所言："在这宫墙之内风从来就没停过"。

可见，《琅琊榜》将复仇这一古老的故事写出了新意，进一步提升了故事的境界和格调。小说在复仇故事中融入了公理正义的追求，融入了强烈的民族国家责任感，从而区别于那些了结个人恩怨的复仇故事。

---

① 海宴：《琅琊榜》，四川文艺出版社 2014 年版，第 835 页。

三

在大众文化层面,《琅琊榜》有足够吸引大众读者的故事情节。梅长苏等人与对手太子、誉王、梁帝等人的斗争可谓波澜起伏,高潮不断。整个故事也是沿着对立双方的斗争不断升级,最终以正义战胜邪恶结束。斗争的升级及重重危机的不断化解更是整个故事的爽点,在这方面,《琅琊榜》与其他网络小说并无多少差异。可以说,小说首先在感官欲望层面上很好地满足了大众读者的需求,让读者在阅读中获得快感和愉悦。网络小说的情节结构与精神分析学相似,也是一个由压抑到宣泄的过程。小说开始时就是一个主人公蒙受着千古奇冤,背负着血海深仇,结束时主人公终于昭雪冤仇,并重新回归林殊的位置。大众读者在阅读过程中被压抑的情感也获得了有效宣泄。"无辜遭监禁或被驱逐,邪恶得逞,这就像个'首要情景',一个剧烈的原始精神创伤。但美德的最终胜利及公众的认可使得压抑从首要情景中释放出来:剧终,善有善报,读者或观众向善的心得以满足。"① 欲望的满足,感官的愉悦及情感的宣泄,体现的正是网络小说具有的大众文化功能。

如果说大众文化主要是在感性层面发挥着心灵抚慰功能,那么精英文化则在理性层面发挥着反思和批判的功能。精英文化立足于价值理性,在对终极价值的追问中,提供超越现实的理想作为社会发展的远景参照。《琅琊榜》贯穿了非常清晰的价值理性立场:在对权谋的表现中又对其作为手段之恶进行理性的反思和批判;在复仇的过程中又以还天下人以真相和清明的政治统治为终极目标。一个有情有义的君主带领一群纯良之臣就能开辟一个新的政治局面,建立一种新的政治秩序,尽管这样一个追求和

---

① [澳]约翰·多克尔:《后现代与大众文化》,王敬慧等译,北京大学出版社 2011 年版,第 300 页。

目标带有极大的理想化色彩，在现实生活中根本不可能"梦想成真"，但是小说为我们提供了一种人文主义的终极价值，为我们提供了一个具有参照性的彼岸价值观。小说在权谋文化的故事中融入了现代人文主义的价值观念，从而有效整合了精英文化。

此外，中国传统文化中的"家国一体"观念、民本思想和现代政治文化中的民族国家观念、爱国意识也成为《琅琊榜》小说主题的重要组成部分。梅长苏一人的家仇也是整个大梁的国难，他最终拯救的不仅是自己，而且是整个大梁。毁掉大梁的人是梁帝这样以天下为自己一人的天下，无视生命与道义，滥杀无辜的人；拯救大梁的人则是梅长苏、萧景琰这样以天下为天下人的天下，尊重真相，坚守道义良知的人。梅长苏的复仇雪冤背后有着深厚的爱国情感：他曾经因保家卫国而蒙受奇冤，冤情昭雪后他又回到战场，最终为国捐躯。这不仅是一个复仇的故事，也是一个爱国爱民的故事。

总之，《琅琊榜》在早已模式化的老故事中整合了大众文化、精英文化、传统文化和政治文化等各种文化观念，升华出新的意义和主题，既激发了读者解读文本的多样性，也满足了不同类型读者的审美需要。

网络小说的强大文化整合功能也使其审美接受不同于传统纸媒文学。与传统纸媒文学审美接受的单一性和确定性相比，网络小说的审美接受属于离散审美。离散数学是现代数学的一个重要分支，其思想和方法被广泛应用于计算机科学及相关专业领域。为了更好地描述网络文学的审美特性，我们可以借用"离散"这一概念。"离散审美"指的是网络文学区别于传统文学的阅读和接受的方式。网络文学是超文本，而"网络技术使超文本具有了无限的开放性和流动性"[①]。与技术性密切相关的网络文学审美接受也具有无限的开放性和流动性。如果说传统文学审美具有稳定性和集

---

① 邵燕君主编：《网络文学经典解读》，北京大学出版社2016年版，第4页。

中性，那么网络文学审美则具有差异性和多元性。一个优秀的网络文学经典能够最大限度地满足不同个体以及每个个体不同层面的需求。整合了各种不同文化的《琅琊榜》，在审美接受上所具有的开放性和流动性，恰好使其符合了优秀文学经典的审美接受特征。

　　网络小说《琅琊榜》的叙事特征、文化特征和审美特征，显示了当下文化发展的一个重要趋势——通俗文化与高雅文化正在走向融合。文化的雅俗之分，是现代主义发展过程中的一个重要现象，但在后现代文化中，技术发展带来文化的充分民主化和普及化之后，雅俗之分变得不再重要。雅俗的区分甚至成为阻碍文化发展的滞后观念，而雅俗的互融互渗才是今后文化发展的方向。因此，网络小说这种技术发展带来的文学样式需要建立新的评价体系。决定网络小说本质属性的，是其依托的传播媒介：电子媒介与纸质媒介的差异决定着网络小说与传统小说的区分。电媒决定着网络小说主要是一种"看"的文学，以感性欲望的满足为首要追求；纸媒决定了传统小说主要是一种"读"的文学，以理性的反思为首要追求。从文化属性看，前者属于大众文化，后者属于精英文化。当然，上述概括是在整体倾向上对网络小说与传统小说的概括和区分，这并不意味着网络小说中没有理性反思，或反过来说传统小说没有感性满足。毕竟，同是作为以汉语为语言工具的文学艺术，网络小说与传统小说之间必然存在着某种继承性，甚至传统小说的精华，理应转化为网络小说发展自身的有效资源。但是，由于网络小说的媒介属性和文化属性，我们不能以文学性、独创性和思想严肃性等传统小说的评价标准为唯一的衡量标准。目前最需要的是根据网络小说的媒介属性和文化属性建立一套新的评价标准和评价体系，遗憾的是目前的网络文学研究还没有真正解决这一问题。上述从文化属性和媒介属性对网络小说《琅琊榜》的分析，既参考了传统小说的评价标准，也凸显了网络小说特有的叙事特性、文化特性和美学特性，希望能够为网络小说评价体系的建立提供一个参考。

论《琅琊榜》对中国古代复仇文化的传承与延伸

陈飞燕*

【摘要】网络小说《琅琊榜》以"复仇雪冤、扶持明君"为主线，以"家国天下、情义千秋"为底蕴，置于"架空历史类"的宏大背景中，讲述了"麒麟才子"梅长苏才冠绝伦，以病弱之躯为复仇雪冤所做的一系列斗争。小说沿袭了中国古代传统的复仇文化、忠义精神，又契合了当下的道德风尚与审美追求，对中国古代的复仇文化进行传承与延伸，反映出当今社会的文化精神与价值取向。

"一卷风云琅琊榜，囊尽天下奇英才。"这句极具风骨的诗句出自一部名为《琅琊榜》的网络文学作品。2006 年，小说《琅琊榜》开始在起点中文网连载，其凭借着精彩的朝堂暗战、大气磅礴的叙事结构，持续占据起点中文网榜首、九界网最热门点击，被评为"架空历史类年度网络最佳小说"。2007 年小说《琅琊榜》实体书出版，引发畅销热潮，至今已出版至第三版，豆瓣评分高达 9.1 分，被誉为"中国版的《基督山伯爵》"。

---

* 陈飞燕，山东师范大学文学院 2015 级卓越班学生。

2015 年 11 月,《琅琊榜》荣获第一届网络文学双年奖银奖。① 同年,依据网络小说改编的同名影视剧《琅琊榜》热播,获得社会各界一致好评,亦引发人们对于中国古代复仇文化的深刻思考。

自古以来,复仇作为人类社会历史的一种特殊文化现象,浸染与孕育出大批优秀的复仇文学作品,记载了复仇主体悲壮凄美的个人奋斗与社会实践历程。在中国,复仇则成为一种特定的、源远流长的文化传统,"惩恶扬善、报仇雪恨"的复仇行为具有应然色彩,受到人们的普遍理解,具有无可争议的正义性,而这种现象也一直持续到 21 世纪,直至今日。《琅琊榜》以"梅长苏复仇翻案"为主题,在整体结构布局上采取单线式的发展结构,情节环环相扣、奇峰迭起,并汲取了中国古典小说中"大故事套小故事"的艺术手法,引人入胜。在新的时代背景下,《琅琊榜》继承了中国传统的复仇文化,并在一定程度上突破其连续性与稳定性,从不同方面进行新的诠释与解读。

一 血亲之仇 道义之恨

中国最早的复仇现象源自远古时期的血族复仇。《山海经·大荒东经》中曾有记载:"《竹书》曰:殷王子亥宾于有易而淫焉,有易之君绵臣杀而放之。是故殷主甲微,假师于河伯,以伐有易,灭之。遂杀其君绵臣也。"② 文中记载的殷祖为先祖王亥复仇,剿灭有易部落的血族复仇故事,开启了中国古代复仇文学主题之流。

受中国传统的宗法伦理影响,这种血亲复仇(或者说伦理复仇)的复仇类型在中国复仇文学中占据了重要地位。《礼记·曲礼上》如此规范:

---

① 网络文学双年奖:由浙江省网络文学作家协会、宁波市网络作家协会、慈溪市网络作家协会联合举办,2015 年举办首届,以全球华语网络文学为评奖范围。

② (晋)郭璞注:《山海经·大荒东经》,《山海经》卷十四,文渊阁四库全书版。

"父之仇，弗与共戴天；兄弟之仇，不反兵；交友之仇，不同国。"① 意为：对于杀兄仇人，不必与其共存于天下；对于杀兄仇人，途遇即杀之，不必返回持取兵器，同时也含有随身携带兵器伺机寻仇之意；对于朋友的仇人，不能与其待在同一国家。这从儒家主流文化的视角对血亲复仇予以肯定。

在这种持久稳定的伦理风习和民俗心态的支配下，人们很自然地建构了"不复仇，非子也"的复仇意志及复仇意志动摇则"不忠、不孝、不友、不义"的伦理信念，以"尽孝尽伦"作为复仇的正义指归及社会、家族的伦理使命，并由此对后世的文学创作产生深刻影响。先秦文学中，《春秋公羊传》《韩非子》《吕氏春秋》对伍子胥为父兄鞭尸复仇的事迹均有记载。"据史家统计，仅记载两汉历史的史书（包括散失在后世史书中的片段）中即有 17 例为父（从父、养父）、8 例为兄弟（从兄弟）报仇的，其他像为母、为夫、为子、为舅等血亲复仇的事例均有。而后世史书中的《孝义传》《孝友传》《列女传》等更是较为集中地载录此类事件，不愿放过精彩的复仇实录。"②

随着"复仇文学"形态的逐渐成熟，以血亲复仇为主题的文学创作更多反映在唐代传奇等传奇类小说、明代"三言二拍"类的拟话本小说、清代《聊斋志异》及某些笔记体小说中。如宋人刘斧所著《卜起传》，明代冯梦龙编著《苏知县罗衫再合》《蔡瑞虹忍辱报仇》，清代蒲松龄《聊斋志异·卷三》（庚娘篇），等等。以血亲复仇为主题的古代叙事文学在数量上颇为可观，这种现象反映出中国古代文学对血亲复仇模式的偏重。

近现代复仇文学仍多以血亲复仇的基本情节模式生发，却呈现出不同的叙事策略和更为丰富的复仇主题。鲁迅小说《铸剑》在"干将莫邪"的

---

① （汉）郑玄注，（唐）孔颖达疏：《礼记·曲礼上》，经部，礼类，礼记之属，《礼记疏注》卷一，文渊阁四库全书版。

② 王立：《中国古代复仇文学主题》，东北师范大学出版社 1998 年版，第 8 页。

"父仇子报"模式的基础上深化主题，带给读者仇将无报的悲剧感与绝望感。汪曾祺以《复仇》沿袭传统的"遗腹子"模式，质疑伦理框架下复仇行为的合理性。金庸《天龙八部》则以乔峰为报杀父之仇而毁灭、成全自我的复仇之路，以此证明世界的荒诞与无意义。红色经典创作《白毛女》《红色娘子军》《红旗谱》则在讲述传统意义上的复仇故事的同时，代表整个阶级进行复仇。

《琅琊榜》则突破伦理化的"血缘复仇"模式的框架，契合了五四以来血亲复仇与道义复仇相缠绕的新的复仇叙事的演绎特点。尽管涉及血亲复仇的内容，却仅仅作为推动情节发展的线索之一。作为复仇主体，梅长苏背负着"血缘复仇"与"道义复仇"这两种不同的复仇意愿。其父林燮惨遭奸臣陷害，含冤葬身梅岭。其母晋阳长公主则间接被害，自缢身亡，此为杀父杀母的"血缘之仇"。因受朝中佞臣的陷害、围攻，梅长苏率领的七万赤焰将士含冤埋骨梅岭，此为铲除奸佞、匡扶正义、为忠魂沉冤昭雪的"道义之仇"。

《琅琊榜》中，这两种复仇形式兼而有之，作者却有意将梅长苏的复仇行为更多地倾向于公仇，而非私怨。伦理化的亲情复仇被作者淡化、搁置，以"道义复仇"取而代之，一改对于传统的"血亲伦理复仇模式"的偏重。小说文本中仅有两次涉及梅长苏双亲的描写：当靖王质问梅长苏父亲的名讳时："梅长苏慢慢低下了头，缩在被子中的手紧紧握了起来，又缓缓放开，脸色已白得接近透明……他的心中却没有丝毫轻松的感觉，反而沉甸甸的，好像有什么粗糙的重物碾过胸口，带来阵阵钝痛。"[1] 另一处则为《翔地记》的批注中带有梅长苏因避讳母亲闺名而修改过的痕迹："梅长苏微微沉吟，并没有直接回答，'先母的闺中小名，写批注时遇

---

① 海晏：《琅琊榜》（下），四川文艺出版社 2015 年版，第 722—723 页。

到……他的目光有些悠远，也有些哀伤'。"① 这两处细节描写表现出梅长苏对于双亲罹难的逝去之悲、含冤之辱与复仇之恨。小说中，被害者"赤焰军"与梅长苏不再具有血缘伦理关系，除自身利益与情感受损之外，梅长苏的复仇动机更多出于加害者夏江、谢玉破坏了"公理正义"的社会道德标准，有悖于道义伦理。这种复仇模式的选择突出强调了梅长苏、靖王等作为"忠良"与谢玉、夏江等作为"权奸"之间的对立，以"道义"之名向加害者复仇，进而跳出个人恩怨，从更加宏大的道德批判的社会学视角表现复仇主题，迎合了"家国天下"及"忠、孝、悌"的价值取向，凸显出梅长苏复仇动机的合理性与崇高性，为复仇之举增添一抹应然与高尚色彩。

此外，"在中国的伦理社会中，并不承认个体的独立性，而是要求它无条件地融入社会的一般准则和既定秩序中，使个体的人都能够成为社会伦常纲纪的一个符码。"② 这也是梅长苏将"国家大义"作为复仇动机的重要方面。处于封建礼教统摄的历史背景下，梅长苏将个体价值服从于社会价值，将"双亲遇害之仇""忠义蒙冤之恨"同个体价值的实现及报效国家、铲除奸佞系于一体，并且将报效国家置于最高复仇动机的位置，进而突显小说中复仇的群体性倾向，宣扬惩恶扬善的普遍教化之旨。

二　肉体毁灭　人性观照

在中国传统的以复仇为主题的文学作品当中，大致是以"善必惩恶""有仇必报，报则必达"的情节模式与"手刃仇敌，大仇得报"的"大团圆式"③ 的结局收尾，以加害者肉体的毁灭作为复仇终结，不留下任何使

---

① 海晏：《琅琊榜》（http://www.qdmm.com/BookReader/HbWmBvTZNTc1，6wnQEZ7naAY1.aspx）。

② 鲍明晖：《复仇主题与中国文学的文化特质》，《山花》2011年第12期。

③ 所谓"团圆"，即悲剧主人公即使遭受大灾大难，其结局也往往带有亮色：或是恶人得到惩处，善人得到昭雪、褒奖；或是在天界实现生前夙愿。

加害者继续存活肆虐的机会。复仇过程中，"在中国这个以伦理为重的社会中，通过暴力手段甚至过当手段复仇都具有无可厚非的正义性。复仇主体在这样一种情形下，很少考虑法律及复仇带来的消极影响而更多地考虑个人如何达到泄愤雪耻的目的"①。

"古代中国人认为只要为了善的被损害去毁灭恶，手段的偏激过当可以被理解接受。"② 如赵襄子灭智伯后，以智伯头骨漆作饮器（《史记·刺客列传》）；伍子胥为父兄报仇，将楚平王尸骨掘出坟墓，抽以三百钢鞭（《史记·伍子胥列传》）；"诸儒宗之"的崔瑗，"手刃"杀害其兄的仇人（《后汉书·崔瑗传》）；晋代赵充在手刃仇人后食其心肝（《太平御览》）；唐代《烈女传》中曾记录："（王）君操密袖白刃刺杀之，刳腹取其心肝，徽食立尽……"王赟则为报父仇而刺杀仇人，将其头颅四肢砍下后祭奠父亲（《宋史·刑法志》）；宋江成为梁山泊头领后，命部下攻击黄文炳，造成无辜市民惨遭横祸（《水浒传》）。种种复仇文学作品表现出复仇者总是选择亲手杀死仇敌，甚至连同加害者的亲属奴婢一并诛戮的复仇方式，具有极大的酷烈性与悲剧性。"众多有仇必报、刑尸泄愤等等故事在古代中国每被广为传播、大加渲染而缺少对复仇的必要性、分寸手段的检讨深省。"③ 这进一步导致"以暴制暴，以血还血"的过激性的复仇方式被后世长期沿用采纳，而复仇文学作品中复仇方式的扩大化、残忍化，直至《水浒传》，滥杀无辜仍然有增无减。作为正义的复仇，这种扩大化、残忍化的过激性复仇手段，往往会引人非议，甚至在一定程度上否定了正义本身，难以用当今的道德与正义原则进行评断。

相比较之下，梅长苏的复仇怒火并没有消融理智，越过正义领域，而

---

① 杨捷：《中西方古代复仇文化之比较——以〈赵氏孤儿〉与〈哈姆雷特〉为例》，《山西农业大学学报》2010 年第 5 期。

② 王立：《精神摧残与肉体毁灭——中西方复仇文学中手段方式及目的比较》，《沈阳师范学院学报》1999 年第 5 期。

③ 同上。

是采用了有分寸的、合乎法律的复仇方式。他选择在众人齐聚时揭穿谢玉的罪恶行径，使谢玉伏法，被流放边境，并以谢玉口中十年前赤焰冤案的证据，换取保护他在流放途中的人身安全，并未因此而株连其亲属奴婢。层层阴谋败露后，夏江隐身京城，苟延残喘，后被捕入狱。太子、誉王则在党争中羽翼尽折，被贬为庶民。作为复仇主体，梅长苏并未急于手刃仇敌或诛戮全族，而是采用步步逼近，对案件真相层层剥离的形式，审慎思索更为合适的复仇时机、更准确的复仇途径为英烈平反昭雪，使皇帝承认旧案错判，进而将奸佞绳之以法，还天下一个正道清明。梅长苏的这种复仇方式在一定程度上削弱、淡化了复仇的残酷性与毁灭性，避免因复仇过当而表现出扩大化、残忍化倾向，与"道义复仇"的主题相契合，也在一定程度上彰显出梅长苏复仇行为的正义性。

生辰宴会上，梅长苏设计揭露谢玉多年的阴谋，萧景睿得知身世之谜，异姓双亲反目成仇，卓青遥与谢绮夫妻劳燕分飞，幼子生而无依……梅长苏不禁感伤。"他忍住喉间的叹息，不愿意再想下去。叹道：'谢玉今夜之败，此时已成定局，昨日之非，方有今日之报，只是可怜无辜的年轻一辈，各有重创。'"① 此处描写表现出梅长苏对于自身复仇行为过当而牵连他人的内疚。这种有分寸的、合乎当时法律标准的复仇目标制约了梅长苏复仇雪冤的手段与方式，而特定的复仇方式、手段实施的同时也需要考虑既定目标是否恰当，超出限度并不是梅长苏复仇的初衷。

即使步步为营、算计人心，梅长苏未曾失去心底的善良与初心。他一方面做最险恶的事，一方面又尽最大可能坚守住自己的价值。何文新杀人案中，誉王用无辜的流浪汉代替尚书之子，梅长苏则以女尸救出誉王妃及其腹中的孩子。面对同样的问题，他希望在不伤害他人的前提下达到自己的目的，这表现出隐藏在他心底的善念。而梅长苏最终选择以"林殊"的

---

① 海晏：《琅琊榜》（http://www.qdmm.com/BookReader/HbWmBvTZNTc1，V0Ru7ATteEw1.aspx）。

方式战死沙场，可以看作主人公单纯人性的回归。通过描写梅长苏内心的矛盾与充满文学张力的复仇情节，既表现出作者对人性的深度理解和包容，也表达了作者对人性向善的道德诉求，这与当下社会提倡的社会主义价值观是高度契合的。

与此同时，《琅琊榜》也向世人传递了文学发展的又一方向，即不再塑造单纯善的角色，也不再宣扬盲目的乐观与愚忠。梅长苏，既胸怀天下、忠肝义胆，又运筹帷幄，向不平抗争，对愚昧说不。这使得小说角色在融汇儒家思想的基础上，结合了现代思维，以半架空的故事为背景，进而塑造出更符合现代审美价值的英雄角色。

三　急流速进　稽迟延宕

《公羊传·隐公十一年》中提出："君弑，臣不讨贼，非臣也。子不复仇，非子也。"① 在这种"善必惩恶，有仇必报"的封建传统价值观的影响下，复仇与否，往往成为对个人品行评判的标准，放弃复仇则会被社会主流价值观所唾弃。与此同时，"迫于舆论压力急于实现伦理使命，中国古人往往生怕失去'甘心'——亲手杀死仇人的良机，总是急不可待地摧毁仇命"②。复仇行动一经开始，便期图一发而制敌死地，不可有丝毫犹豫退缩。较复仇过程中复仇主体心灵世界的斗争冲突，中国古代复仇文化更关注复仇结果，偏好复仇目标实现后的社会效果，同时为迎合民众的接受心理，省略了不少必要的心灵冲突与过程描绘。

伍子胥之父伍奢因受费无极谗害，与其长子伍尚一同被楚平王杀害。伍子胥出逃吴国并成为吴王阖闾重臣，后协同孙武带兵攻入楚都，"力掘

---

① （汉）何休学注，（唐）陆德明音义：《公羊传·隐公十一年》，经部，春秋类，《春秋公羊传注疏》卷一，文渊阁四库全书版。

② 王立：《精神摧残与肉体毁灭——中西方复仇文学中手段方式及目的的比较》，《沈阳师范学院学报》1999 年第 5 期。

楚平王墓，出其尸，鞭之三百"（《史记·伍子胥列传》）。纵观整个复仇过程，伍子胥的复仇目标是坚定的，一心复仇，无暇他顾，不惜倒行逆施，以臣子身份鞭尸旧主，毫不手软。整个复仇过程以伍子胥"逃离楚国—奔吴复仇—掘墓鞭尸"为线索展开直线叙述，并未涉及伍子胥对"以下犯上"的复仇举措是否得当的思考与决断，忽略其内心感受。作为中国古代复仇文学的典型代表，《赵氏孤儿》在叙事策略上亦采取了直线叙事的方式，以"救孤—定计—报仇"为复仇线索展开直线叙述。为排除异己，屠岸贾将赵盾全族赶尽杀绝，阴差阳错地收养孤儿为义子并精心抚养其成人。叙述者程婴以画卷描述的方式向赵孤说明屠岸贾逼赵父自刎、赵母自缢、改其姓氏、收其为子的事情，孤儿听后"尚兀自腾腾怒怎消，黑沉沉怨未复"①，立即立志报仇："我拼着生擒那个老匹夫，只有他偿还俺一朝的臣宰，更和那合宅的家属。"② 并未念及多年养育之恩，当下立断，复仇行径达到了决绝而残忍的地步。这其中，作者并未体现伍子胥在"以下犯上，引兵灭故国"与"为父兄复仇"之间的矛盾冲突，也未能体现赵氏孤儿在"养育之恩"与"家族复仇"之间冲突的尖锐性与情节的紧张性，复仇情节呈直线、迅猛发展的态势。

《琅琊榜》则通过情节的延宕使故事千回百转，也通过延宕的技巧表现复仇主体的人性纠葛、彷徨。"即主人公在复仇过程中遇到的与复仇无关或者阻碍复仇的种种事件，这一条暗线阻挡了主人公的复仇之路，也是故事延宕症结所在。"③ 梅长苏身为江湖第一大帮派江左盟宗主，势力遍布庙堂江湖，复仇行动可谓轻而易举，却选择以卷入党争的方式步步逼近"复仇翻案"的核心。梅长苏病骨支离，在整个复仇过程中心力交瘁，多

---

① 纪君祥：《赵氏孤儿》（第二版），长春吉林文史出版社2004年版，第211页。
② 同上。
③ 刘素绸：《复仇延宕下潜隐的文化内涵—〈哈姆雷特〉与〈琅琊榜〉比较》，《荆楚学术》2016年第二期。

次与死神殊死搏斗，这对其复仇进程造成一定的抑制与干扰。进入京都后，其并未直接扶持旧友靖王，直奔复仇主题，而是暗中支持靖王，令太子和誉王在明争暗斗的过程中羽翼尽折，以此帮助靖王一步步涉入朝局，达到"鹬蚌相争，渔翁得利"的效果。是否营救赤焰旧部卫峥，是复仇过程中最为尖锐的冲突。一旦失败，将前功尽弃。在这里，"兄弟情义"与"复仇雪冤"之间的尖锐冲突，加强了情节的紧张性与观众的期待心理，使得情节跌宕起伏、千回百转。最终，梅长苏冒着前功尽弃的危险，组织了一场惊心动魄的救援。救援过程中，飞流本可以杀死夏江，却将其放走，这为夏江提供了继续存活肆虐的机会，使得日后的复仇之路出现更大的危机。而梅长苏坚持于梁帝在位时完成平反，并非单纯追求复仇的结果，而注重一种正大光明的事业在本次复仇行为的确立，不被好事者质疑，这也是小说情节延宕的重要表现。

梅长苏的复仇之路充满延宕，其原因：其一，在于梅长苏作为复仇者的同时，还是儒家仁者的化身，集忠国、情义与复仇雪冤的责任于一身，这使得他一面完成最险恶的算计人心，一面又尽最大可能地坚守住自己的价值。冒死营救卫峥，不杀谢玉，放走夏江，等等。这都是他为了保住本心而做出的努力，体现作者对复仇过程中人性的体察与精神关注。其二，《琅琊榜》作为一部网络文学作品，异于传统文学作品的呈现方式。网络文学作品呈现在读者面前的是部分而不是整体，是过程而不是结果。作者通过边构思，边写作，边在网上发布的创作形式，使读者一部分、一阶段地阅读作品。基于网络文学这一特点，作者在小说中充分运用矛盾诸方各种条件因素，设计延宕的复仇情节使梅长苏的复仇之路受到抑制和干扰，情节千回百转，进而加强读者的期待心理，达到良好的阅读效果。

此外，《琅琊榜》继承了中国古代复仇文化中"忠奸对立、正邪较量"的冲突设置与主人公大获全胜的"大团圆式"结局。其中，梅长苏、靖王、赤焰残部等作为复仇主体满怀忠义之气，义愤填膺，与谢玉、夏江等机关算尽的加害者形成鲜明对比，这在强化善恶力量对比的同时，也造成了正反两方力量过于悬殊，形象对比过于绝对，主人公的"传奇性色彩"和"主角光环"浓厚，在一定程度上削弱了情节的曲折性与斗争的激烈性，对于政治斗争的描写略显逊色。全书中"党争计谋"设计的原创性并不高，不可避免地带有八王夺嫡的影子。

人文学者徐岱曾言："如法炮制往往是推陈出新之母，如果取消小说家对于固有范式的模仿权利，那不啻就是取消新艺术的诞生。所以，在小说世界中，常态与异态，规范与超越永远是一对矛盾，但其结果却是艺术模式的自我更新与蜕变而不是退出历史舞台。"①《琅琊榜》在继承中国古代传统复仇文化的基础上，在复仇主题、复仇方式、复仇结果等方面做出了延伸与突破，同时在对复仇主体进行人性体察与精神关注的基础上，表达出符合中国人传统文化心理的惩恶扬善的价值观，迎合了近代复仇文学对于人性的关怀。而这种写作立意也使得《琅琊榜》不同于网络上的"速食言情小说"或"宫廷斗争小说"，经得起读者的反复阅读与推敲。

---

① 徐岱：《小说叙事学》，中国社会科学出版社 1992 年版，第 187 页。

《琅琊榜》和《基督山伯爵》复仇叙事比较研究

陈经纬　　王春晓*

【摘要】复仇是古今中外文学作品的重要母题。网络小说《琅琊榜》因同名电视剧的热播而受到人们的追捧，让复仇文学出现在大众视野，展现出"中国式"复仇的目的性、集体性与法外复仇性。同样以复仇为题材的《基督山伯爵》描述的则是一种"西方式"的复仇，与"中国式"复仇相比，这种复仇带有宽恕性、个体性与法内复仇性。造就差异的原因可以归结为东西方文化、制度、法律等方面的不同，本文将通过对《琅琊榜》和《基督山伯爵》的对比分析来揭示东西方复仇叙事的不同表现形式，以及复仇文化的差异与局限性。

复仇文学在中西方文学史中，有着各自不同的发展历程和叙事特征。在中国的复仇文学中，由于根深蒂固的儒家复仇文化的影响，复仇性质呈现出大致不变的嗜血状态，保留着原始的粗鲁与野蛮；而儒家文化对忠孝品质的强调及礼纪纲常的制定，使个体复仇故事几乎都演变为集体复仇故事；同时，儒家文化主导下的法与礼之间的暧昧关系，又让中国的复仇故

* 陈经纬、王春晓，曲阜师范大学中国现当代文学硕士研究生。

事多具有法外复仇的特性。相比较而言，在西方文学中，因为基督教教义的演变、教化与影响，复仇叙事经由野蛮的嗜血阶段发展到理智的宽恕阶段，甚至使复仇终止；而西方文化对个体精神的肯定与维护，使个体复仇故事仅限于个体复仇，复仇者成为孤胆英雄；同时，西方法制观念的明确，让复仇故事多具有法内复仇的特性。网络小说《琅琊榜》改编成电视剧之后，制造了狂热的收视热潮，并因此而吸引了海外市场的注意。在将电视剧《琅琊榜》外译的过程中，曾有人试图将梅长苏的身份，译为 The Count of Monte Cristo,① 即琅琊山伯爵。互联网的豆瓣平台上，不少读者注意到了网络小说《琅琊榜》与法国经典名著《基督山伯爵》之间的关系。本文也充分注意这两个文本都是在复仇文化土壤上结出的硕果，并拟就二者叙事的相似性与差异性进行比较研究，以此见微知著，探究中西方复仇叙事的不同特质，以及复仇文化存在和发展的合理性问题。

一　相同的复仇情绪，不同的复仇性质

中国的复仇文化源远流长，最早的复仇故事可追溯到血族复仇，"血族复仇是一个家族对另一个家族的报复，每一个人都可以从近亲那里寻求支援。简言之，血族复仇有赖于亲族的团结"。② 血族复仇是一种集体性的活动，氏族的成员将复仇看作是一种神圣的使命。在这种使命的指引下，"在'死后有灵'观念的支配下，横死者有权力要求本族成员为自身讨还血债的权力。'以血还血'的信念强固了氏族群体意识，并在这种意识支配下构建和持续了复仇伦理"③。血族复仇是各类复仇的基础，如血亲复

---

① 《网友制〈琅琊榜〉英文版预告琅琊山伯爵什么鬼?》，2015 年 10 月 26 日，网易娱乐（http：//ent. 163. com/15/1026/10/B6RLFJPR00031GVS. html）。

② L. T. Hobhouse, *Moralsin Evolution：A Study of Comparative Ethics*. Volume 1，NewYork：HenryHolt，1906，89.

③ 王立、刘卫英：《传统复仇文学主题的文化阐释及中外比较研究》，北京师范大学出版社2011 年版，第 13 页。

仇、侠义复仇、政治复仇等，这些复仇延续了血族复仇精髓，对待复仇要以血还血，以牙还牙。在以孝与礼为主导的中国文化里，有仇必报的复仇观念深刻地烙刻在人们的身上，成为一种文化的印记，其中最突出的复仇是血亲复仇。所谓的血亲复仇就是为家族、家庭成员雪冤，以告慰死者，也令生者心灵得到安慰。古代中国存在着许多复仇故事，伍子胥鞭尸报父兄大仇，越王勾践卧薪尝胆报家国之仇，虽复仇的原因不一样，但主旨都是复仇。

复仇的直接动机是仇恨，仇恨情绪中的怨恨、愤怒等是促使人们走向复仇之路的催化剂，正是因为这种非理性情绪的存在，历史上出现了许多复仇的事件和文学作品。纵观中西方复仇文学与历史事件，复仇的动因皆因仇恨而起。西方文学中的《美狄亚》《哈姆雷特》《呼啸山庄》，中国文学中的《赵氏孤儿》《原野》，这些作品皆以仇恨贯穿文本的始终。《琅琊榜》与《基督山伯爵》虽都以仇恨情绪作为复仇的基础，但两者的仇恨性质有着很大的差别，这与中西方的文化特质、社会制度、法律观念等有很大关系。

细读《琅琊榜》可以看出，梅长苏的复仇属于典型的血亲复仇，他采取的复仇方式属于"中国式复仇"，"中国式"复仇深受儒家思想的影响，讲究以直报怨，有仇必报，绝不姑息。在重视孝文化的中国，血亲复仇被看作尽孝的极致，孝是孔孟思想中重要的一部分，也是儒家思想的精髓。对于何为孝，孔子在《论语·为政》中说："今之孝者，是为能养。至于犬马，皆能有养，不敬何以别乎？"可见孔子对于孝道的重视，在伦理层面上，孝是人们的精神信仰与导向，是至善的体现。因此，如果至亲之人遭到迫害，仇恨的情绪就会出现，复仇的意识随之被激发，子孙会倾其所有报血亲之仇。

如果说孝是血亲复仇的根本，那么血缘是血亲复仇的一个重要标准，血缘的亲疏性决定着复仇的性质、方式、手段和程度。如《礼记·曲礼上》载"父之仇弗共戴天，兄弟之仇不反兵，交游之仇不同国"。《礼记·檀弓上》则对血亲复仇的程度做了进一步的细化："子夏问孔子：'居父母之仇如何？'夫子曰：'寝苦枕干不仕，弗与天下共也；遇诸市朝不反兵而斗'。曰：'请问居昆弟之仇，如之何？'曰：'仕弗与共国，衔君命而使，虽遇之不斗。'曰：'请问居从父昆弟之仇如之何？'曰：'不为魁，主人能则执兵而陪其后。'"可见在血亲复仇中，父母之仇不共戴天，无论复仇者是何身份，都应无条件义无反顾地选择复仇。《琅琊榜》中梅长苏的父亲林燮是赤焰军的统帅，与祁王关系密切。梅长苏与祁王、靖王是好兄弟、知己，但因皇帝的猜忌多疑、心胸狭隘再加上谢玉与夏江等利欲熏心小人的诬告，使得一代贤王与忠心耿耿的将帅成为刀下亡魂。值得庆幸的是林殊（梅长苏）存活了下来，但身中火寒之毒，这种毒非常人所能容忍，而为了报血亲之仇，为了还祁王与赤焰军的清白，林殊毅然决然选择极端的治疗方式，这种治疗方式不仅改变了他的容貌，还将他的寿命缩短。为了在有限的时间里完成复仇大业，梅长苏没有鲁莽行事，而是多年谋划，一步步地达到预期的效果。

通观整部作品的复仇叙事，梅长苏的复仇是不顾一切的，任何人、事或情谊，如果阻挡自己的目的，就会毫不犹豫地舍弃。萧景睿是一个重情重义的年轻人，视梅长苏为至交，但梅长苏为了向谢江复仇，不惜牺牲掉了与景睿之间的友情，父母之仇高于一切的观念已经深入骨髓里。翻阅中国古代的历史或文学记载，"中国式"复仇方式是以消灭肉体为主，强烈发泄自己的仇恨情绪，只要能亲手手刃仇人，复仇之火随之就会得到熄灭。如《谢小娥传》中谢小娥的父亲和丈夫被江上的盗贼所杀，为了复仇，她女扮男装手刃仇人后自首。《水浒传》武大郎被潘金莲、西门庆这对奸夫淫奸妇毒死，武松手刃奸夫淫妇后自首。"中国式"复仇是一种残忍的嗜血复仇，只要复仇之人大仇未报，无论被复仇者是在世还是不在世，复仇者都会有仇恨情绪，务必要通过对肉体的毁坏来实现复仇的责任与义务。在《伍子胥列传》中，伍子胥为父报仇，挖开楚平王的墓将尸体取出来鞭尸以达到泄愤的目的。在《琅琊榜》中，梅长苏的复仇属于"中国式"复仇案例的一种，他的复仇建立在肉体的毁灭之上，在对谢玉与夏江的复仇当中，梅长苏运筹帷幄、步步紧逼，在进行复仇的过程中，毫不留情，用尽一切手段与方式，将他们置于死地，在他们的生命结束时，梅长苏复仇的怒火才得到了平息。梅长苏的复仇是一种建立在"孝"之上的嗜血复仇，是伦理层面的复仇，在复仇的过程中体现了中国式的复仇观是建立在毁灭肉体的基础之上。

　　《基督山伯爵》的复仇情绪与《琅琊榜》是一样的，都因仇恨而起，这种情绪是坚定心智的动力。《基督山伯爵》中唐戴斯的复仇是典型的"西方式"复仇，这种复仇相比中国式复仇是一种温和的复仇，这与西方的文化、宗教有关。"西方式"的复仇呈现出一个变化的过程，从野蛮的"嗜血"复仇走向理性宽恕式的复仇。大仲马所处的时代是受基督教影响较大的时代，是富有人道主义思想的时代，以及关注主体思想的时代。"17世纪欧洲兴起的宗教改革运动尤其是法国宗教改革家加尔文的学说，在很大程度上影响了此后西方的复仇观念。加尔文在《基督教原理》认为，人们在世间是接受着上帝预先给定的命运，社会法律体现的是上帝的意志，基督教徒贯彻上帝法律不是消极盲从，而是在运用自如地以之体现上帝意志。"① 唐戴斯的复仇深受这种宗教思想的影响，宗教思想使之在复仇的过程中有一个"度"，这个"度"是一种合理范围，既让自己的仇恨情绪得到释放，也让被复仇者能够意识到自己的错误，并体尝到与自己伤害过的人一样的苦楚，这就是"同态复仇"心理。这种心理是西方复仇的宗旨，也是发泄仇恨情绪的最佳方式，他注重的是精神上的折磨，让人时

---

　　① 王立、晋桂清：《比较中西方复仇文学中的手段方式及目的》，《温州师范学院学报》2005年第1期。

时刻刻处在痛苦的边缘，这比中国式的复仇更具杀伤力。唐戴斯受到唐格拉尔、费尔南、维尔福等人的诬陷无端入狱十几年，在牢狱中，他的身心受到了非常人所能想象的痛苦，在得知事情真相的那一刻，仇恨支撑着他，让他有机会向仇人复仇，复仇是以牙还牙与宽恕相结合的过程，是一种相对和谐的状态，这与《圣经》的思想有绝大的关系，《旧约》与《新约》的惩戒与宽恕思想相融合，构成了西方复仇文化的一般性宗旨。因此，费尔南的自杀，唐格拉尔的破产，维尔福的疯狂给唐戴斯的复仇画上了终止符号。纵观整个文本，精神的折磨比肉体的折磨更让人恐惧，在巨大的精神压力下，正常人会变得疯狂，像维尔福那样背负着太多鲜为人知的秘密活着，在基督山伯爵的施压下，他变得失去理性，变成一个废人。唐格拉尔在受到基督山伯爵的"考验"之后，体悟到饥饿的痛苦，感受到精神折磨的可怕，领略到唐戴斯父亲被饿死的感觉，意识到自己的错误。文中有过这样的描述："'我该忏悔什么？'唐格拉尔嗫嚅者说。'忏悔您做过的坏事，'那个声音说，'哦！是的，我忏悔！我忏悔'唐格拉尔喊道。说着，他用瘦骨嶙峋的拳头捶击自己的胸口。"[①] 在他的忏悔之下，基督山伯爵认为他已经得到了同等的报复，这样基督山伯爵就达到复仇的目的，选择了宽恕。

对比这两部文学作品，虽然复仇情绪是人物行动及情节进展的核心动力，但复仇的性质不一样，"中国式"复仇关注复仇事件本身，所有的一切只为复仇服务，仇恨高于一切，将复仇视为自己理所当然的责任与义务，甚至不惜牺牲一生的时间，《琅琊榜》的梅长苏就是如此，古有"君子报仇十年不晚""有仇不报非君子"，追其原因终究是中国文化的影响，尤其是儒家思想的"以直报怨"，这种思想存在着一定的缺陷，毕竟人都有善恶两面，在某些问题的处理上终究会出现偏差，如果无心之失造成的

---

① ［法］大仲马：《基督山伯爵》，周克希译，译林出版社 2013 年版，第 1291 页。

仇恨，且尚有悔意，如果采取毁灭肉体的方式复仇，夺取他人改过向善的机会，未免失之于严苛，可能会造成冤冤相报，永无休止的复仇。而西方式复仇中关注的不是复仇事件，而是人的精神与情感，通过对仇人思想的折磨，来使自己的复仇情绪得到释放，同时对忏悔的人给予宽恕，不被仇恨羁绊寻找自己的幸福。《基督山伯爵》的唐戴斯就是这样典型的复仇者，他的大度使他的后半生充满幸福与美好，而不是一直生活在冰冷的复仇中。

二　相似的复仇能力，不同的复仇条件

复仇行为的促成，除了有仇恨情绪作动力之外，复仇主体还要具备复仇的能力，以及与仇人相抗衡的条件。《琅琊榜》和《基督山伯爵》这两个文本中，复仇主体有着基本相似的复仇能力，但在复仇条件上有着很大的不同，这背后的文化成因值得探究。

从复仇能力来看，林殊和唐戴斯在受害前就已经是人中之龙，都堪称了不起的少年英雄。在受陷害后，又都通过传奇经历，获得了超强能力。《琅琊榜》和《基督山伯爵》之所以能成为广受读者喜欢的作品，其主要魅力来自主人公也就是复仇主体超人般的复仇能力，让读者在阅读过程中，能通过代入感与主人公共享快意恩仇的情感体验，日常生活中积累的负面情绪因此得以宣泄涤净。这也是中西复仇文化与文学恒久长在的重要原因之一。

复仇条件一般可以分为主观条件与客观条件。主观条件主要表现为复仇主体的复仇意志力状态，客观条件主要表现为复仇主体的物力、人力方面的资源。

从主观条件来看，在复仇的过程中，人的复仇的意志是否坚定是复仇能否成功的一个关键条件，梅长苏复仇的意志自始至终没有动摇，无论外

界怎样干扰，他都一如既往地复仇，儿女私情甚至亲情，都可先搁置一旁，一切以复仇为主。而基督山伯爵的复仇意志就呈现不稳定的状态，易受外界环境的干扰，尤其是情感，当梅丽苔丝请求基督山伯爵放过她的儿子时，唐戴斯一度动摇，想要放弃一切的复仇，在他看来，情高于一切，只要自己爱的人幸福自己怎样都可以，可见复仇的意志已有开始消解的迹象。

梅长苏复仇意志力之所以坚定，主要因为中国的儒家传统文化给予复仇行为一种积极赞扬的态度，这为复仇者添加了精神上的动力，为复仇的进行与成功提供了的思想上的支持，成为梅长苏报仇的最强条件支持。而西方受宗教文化影响颇深，尤其是基督教，基督教的《新约》中讲究"宽恕"之道，对待自己的仇人要选择原谅与饶恕。所以基督山伯爵在复仇初始时满腔怒火，迫不及待地找到自己的仇人开始复仇。但在揭露维尔福的恶行时，伤及了维尔福儿子的性命，面对无法挽回的悲剧，伯爵即开始怀疑自己的复仇，怀疑自己是否偏离自己所谓的正义，内心不安与迷茫，试图寻找迷失的自我。此时的唐戴斯对自己的行为开始反思，反思自己有没有私自惩罚他人的权力，并使他懂得宽恕自我与仇人，回归平静心态。

从复仇的客观条件来看，虽然梅长苏和唐戴斯都有着与仇人抗衡的充足物力与财力，但梅长苏比唐戴斯拥有更多的人力资源。

《琅琊榜》中，梅长苏的个体复仇故事被讲述为群忠与群奸斗争的宏大集体故事，以这种忠奸斗争的宏大主题为依托，梅长苏的复仇获得了巨大的人力资源，使复仇能够以排山倒海般的气势，势不可挡地向前推进。林家可谓忠臣世家，恪守尽"忠"的为臣之道。谢玉、夏江等奸佞，为了谋取自己的利益蛊惑君主，将林家、祁王、赤焰军等忠臣置于死地。奸臣的诬告不足以促成一个冤案，这要取决于皇帝是否仁义与贤明，而正由于皇帝的不仁义与猜忌，造成了不和谐的君臣关系，正如《孟子·离娄下》中所言，"君视臣如草芥，则臣视君如寇仇"，平等的君臣关系一旦打破，冤案就会促成，忠臣事君不二的品质就会动摇。臣对君忠的前提是君主贤明，"荀子主张臣子对君要有'忠'的基本框架下的灵活态度，君主的德行有别而臣子也应当在尽忠报主时有具体的偏重点，追随圣君，辅佐中君而威化暴君"①。《琅琊榜》中皇上忌惮祁王与林家的权势，为了保住自己的皇权而采取冷漠的方式将一切抹杀，不承认自己的错误，朝堂上下，人心惶惶，忠臣不敢谏言：身为臣与子的景琰对身为君与父的皇帝不满；蒙挚、言侯、霓凰郡主以及赤焰旧部等人深知林家的忠心、皇帝的无德以及奸佞的阴谋，不对皇帝抱有任何的期待，只能在为国尽忠的大原则下，等候时机为林家平反。梅长苏在复仇时是靠自己的一人之力谋划全局，过程辛苦可想而知。霓凰郡主、静妃、景琰等人发现其真实身份后，为国尽忠、为国除奸的使命感，使他们自觉加入梅长苏的复仇行动中来，梅长苏由一个人发展成一个集体，颇有"众人拾柴火焰高"的意味，这为梅长苏的复仇提供了强大的助力，众人参与复仇行动的动机尽管与梅长苏不同，但最终为梅长苏的复仇提供了巨大的人力与强大的精神支持。

而这种将个体命运纳入国族命运中的叙事方式，也与中国儒家文化的影响有着极大的关系。儒家文化的礼教纲常观念，使得每一个人都被纳入既定的关系和秩序中，比如林殊，他不仅是林殊，而且是君之臣，父之子，朋之友，盟之主。个体的动静必定牵制整个关系秩序的动荡，于是个体复仇必然成为集体复仇事件。

《基督山伯爵》中，唐戴斯的个体复仇故事仅是个体的故事，他的悲惨遭遇来自费尔南与唐古拉尔的嫉妒以及维尔福的私欲。夺妻之恨，丧父之痛，无端入狱的痛苦，这一切是他复仇的先决条件。在整个复仇的过程中，唐戴斯是以个体的身份来进行复仇的，唐戴斯自觉地将复仇视为自己

---

① 王立、刘卫英：《传统复仇文学主题的文化阐释及中外比较研究》，北京师范大学出版社2011年版，第13页。

的责任与义务，通过自己的谋划，不同的转换身份，步步为营，以达到复仇的目的。这种叙事方式依托注重个体独立的西方文化，遂使个体复仇成为必然，唐戴斯也就成了西方文学中众多孤胆英雄中的一个。

三 "法"在中西方复仇行为中的作用

在中国历史发展的长河中，法与礼一直有着微妙的关系。法是明令禁止私自复仇，若要复仇必须要符合法的规定，《春秋公羊传·定公四年》中有言："父不受诛，子复仇，可也；父受诛，子复仇，此推刃之道也。"虽然法律禁止私自复仇，但中国的社会奉行礼教至上，甚至出现了礼大于法的倾向，尤其在西汉中期，汉武帝"罢黜百家，独尊儒术"，使得儒家思想的"礼"占据主流地位。在礼教盛行的时代，将礼教作为维护社会秩序的武器，此时的法处于一种失灵的状态，社会秩序混乱不堪。董仲舒等大家倡导用《春秋》的经典意思去断案，这就是著名的"春秋经义决议"，"董仲舒在《春秋繁露·精华第五》里说过：'《春秋》之听狱也，必本其事而原其志；志邪者，不待成；首恶者，罪特重；本直者，论其轻。'① 按这种断案原则，即使罪犯真的杀人，只要犯罪动机是好的，合乎礼教的，也可免罪，复仇尽孝就属其列"②。到了东汉，《春秋》已经取代法律的地位，社会秩序出现混乱，法外复仇现象有增无减，甚至造成冤冤相报，出现礼法不分的状况。究其原因除了儒家的思想之外，统治者过高的权力也是一个重要的原因，人治大于法治的格局造成法外复仇的现象屡禁不止。

细读《琅琊榜》可以发现，社会秩序的维持，等级制度的维护，犯罪行为的惩处，这些都建立在"礼"的基础之上，只要有看似合适的理由，就可以做出判决。《琅琊榜》中的皇上是"礼"忠实的实施者，他的权力

---

① （清）苏舆：《春秋繁露义证》卷三，中华书局1992年点校本，第92页。
② 王立：《中国古代复仇文学主题》，东北师范大学出版社1998年版，第171页。

取代了"法"，按照自己的意愿来处理问题，谢玉与夏江残害忠良，皇帝未经彻查就下令处置祁王及林家，这成了梅长苏复仇的原因。法在梅长苏所处的时代是失灵的状态，几乎可以忽略不计，正因为人们不重视法，人们对待仇敌可以肆意妄为，达到一种"嗜血"的状态。梅长苏的复仇是符合"礼"的典型，它有着合理的动机——报血亲之仇，对待仇人可以毫不留情，将他们置于死地。梅长苏在复仇的过程中，试图证明自己的行为是合理的与正义的，从伦理角度来讲，他的行为是合理的，是一种尽孝道的表现，为世人接受，并得到人们的谅解。但从法律的角度来讲，梅长苏的这种行为是不合法的，属于私自复仇的行为，不符合法的规定。值得注意的一点是，梅长苏在复仇的过程中，很少考虑法的内容，行事风格超出了法律的范畴，成为"法外复仇"的典型。

"法"在"中国式"的复仇中，扮演着旁观者的角色，清楚地看着周围的一切，却无能为力，它的存在要有特定的环境。如果国家政治开明，社会稳定，法律体系完善，人们就会采取合法的方式来申冤，以使自己的仇恨情绪平息，复仇的行为就会锐减，但在《琅琊榜》中法律几乎无法发挥应有的作用，人们只能通过自己的方式来讨回公道。

西方社会与中国不同的是，他们注重法的作用，倡导人的自由与平等。对待复仇，有着自己的看法。"西方的文化力求公正，从'真'或客观真理的角度来看待复仇行为是西方传统'隆法'精神的表现。按照柏拉图的学说，现实中没有完人，故治理国家必须依靠法治，复仇行为也要受法律的制约"。[1]基督山伯爵在向仇人复仇的过程中，没有采取武断的方式夺取性命，而是通过自己的智慧，利用法行使自己的权利，揭露仇人的不法勾当，让他们接受法律的审判，让仇人们得到应有的惩罚，可见法起到

---

① 桂萍：《论中西方文学复仇主题的文化传承与嬗变》，《南京师范大学文学院学报》2006年第4期。

了制约的作用。但西方的法律存在着巨大的局限性，法律保护的对象只是少数有权势、有金钱的人们。唐戴斯在复仇之前，代表着普通大众，在法律面前，他们是需要保护的弱者，但在权势与金钱面前，法律失灵，不能申冤。而伯爵在复仇的过程中，成为少数有权势人的代表，因此而得到了法律的庇护，这样的法律带有强烈的欺骗性与选择性，根本不能保证人们的自由与平等。伯爵被法律陷害，又被法律所救，这前后的一正一反，对法律的存在有着极大的讽刺效果。

比较《琅琊榜》与《基督山伯爵》两个文本，复仇叙事各自呈现出不同的样态，由此我们得以洞察不同的文化背景、社会制度对复仇叙事的具体影响，并以此省察中西方文化的合理与不合理之处，推动复仇文学叙事走向合理和完善。

"网文"之文化政治

——从《后宫·甄嬛传》在电视媒介上的"被删"谈起

张春梅*

【摘要】 本文围绕《后宫·甄嬛传》，从"网文"与电视剧这两种传播介质在时空、人物、线索、叙事重点等方面的不同处理方式，意图考察"网络聚落"的情感结构、文化心理和社会意识。并指出，只有在"媒介"层面上才可能言说"网文"的合法性及特殊性，也才能区分"网文""作者"与传统文学的"作者"在生产方式、媒介选择上的差异性，而"文粉"和观众的区别内在于不同的媒介。

作为"宫斗"类型的扛鼎之作，无论是"网文"版《后宫·甄嬛传》，还是电视版《甄嬛传》，在其个体发生发展史上都可谓光华璀璨，历经 5 年至今，电视屏幕上还常见其滚动播放的身影，"甄嬛"的吸睛率由此可见一斑。不过，我对"甄嬛"的关注，不是因为其"热"，作为两种媒介文本的观看者和阅读者，反而是二者之间的"文本间性"让我觉得很有意思。比如，这两个版本对最终由谁来继承皇位的处理出入很大。"网文"

---

* 张春梅，新疆大学教授。

版是让甄嬛好好恶心和报复了皇上一把，也就是"绿帽子"一顶冠冕堂皇、气死人不偿命地戴下去。这好像有很强烈的战斗性，并对所谓"皇位正统"给予了大大的嘲笑。电视版则依旧例，在不乱皇室血统的前提下让雍正被气死，而皇位还是他自己的亲儿四皇子得以继承，从而保证了根本秩序的岿然不动。至于甄嬛的举动就演变成了清晰的"为情杀夫"。这两种不同的处理方式，看似简单而明晰，但不同媒介的文化政治各有指向，尤其当"网文"比之电视剧多了不少重要内容，换句话说，后者比作为文本基础的前者少了一些东西的时候，再来看"网文"，似乎隐约透出几分当下的现实性和症候性。这是我选择"网文"《后宫·甄嬛传》做分析的主要理由。

对这个问题的分析，我想从文本发生的语境开始。从什么时间、什么地点开始讲述故事，关注什么时空的故事以及文本内外的对话，这对管窥"网络一代"的目光和两种媒介的差异很有帮助。

一　朝代、"帝"与宫廷内外

流潋紫的《后宫·甄嬛传》是"架空历史"的故事，这在"网文"世界普遍存在。对不同时期历史素材的借用很多，但明确指明对应年代或时代的极少，多数还是拼贴的模糊所指。而且，即使明指，其重点也不在返回历史，而在兄弟相残，比如紫沫嫣然的《清宫计》（红袖添香网），桐华的《步步惊心》（晋江文学网）纷纷将重点放在康熙年间"九子夺嫡"，同时着意于两情之坚。这是不是"独一代"生活的现实以及关于"兄弟"的想象不得而知，但透过"架空"与"改写"的普遍性还是可以见出其情感取向的。

话说两个版本的"甄嬛传"。电视剧一上来便指明这是"清宫"的故事，而且还是清朝皇权稳固、威压四夷的时代，就很容易让人联想到其现实隐喻。但"网文"是"架空历史"的,时间是所谓"大周朝",宫廷所在"紫奥城",故事发生的具体时空是"乾元二年农历八月二十",当朝者为"大周朝第四代君主玄凌","那天"正是"甄嬛进宫的日子"。接着,"我"这个叙事者介绍了本朝的皇权背景:"我朝太后精干不让须眉,皇帝初登大宝尚且年幼,曾垂帘听政 3 年之久,从摄政王手中夺回王权,并亲手诛杀摄政王,株连其党羽,才有如今治世之相。"一番解说,疑似康熙,当然,我所说的"疑似"很大程度上也是来自影视的"历史塑造",距离"正史"有多远却不好说。不管怎样,电视剧还是决然选择了雍正,这就很有意味。在这种关于"朝代"选择问题上的不同,直接关系我们提到的"正统"归向何处?电视版保留了"皇权"的纯正,"网文"却在女人主导之下实现"皇权"置换,由女人对皇权归属做出选择,从而"异姓人"入主权力。颇有意味的是,无论甄嬛,还是"新帝",在清朝大一统的体制之内却均是汉族一脉,对皇帝之"子"的置换,就不仅是玄凌的"血脉"问题,还涉及汉满象征秩序的颠覆。从这个角度看,电视剧的处理是站在江山永固的层面,体现了公共媒体的政治性,"网文"则多了几分僭越的味道,尽管这僭越与更多的"希望""后宫心思"放在一起显得含混和暧昧。

而在这整个"朝代"的起始之间,关键却在"帝"的位置和"帝"的情感结构。对"帝"的想象,电视剧和"网文"两种媒介的处理很不同。主要在于两处。

其一,电视剧和"网文"中关于皇帝的形象想象不同。

电视剧选择陈建斌出演玄凌,并将玄凌置换为"雍正"。这样故事发生的年代就定位于雍正时期,指定一个确定的年代有助于人物关系落地,同时也能和读者心中关于此王朝的既定想象(主要是影视的)形成对话关系。至于陈建斌的老成、不苟言笑、略带几分阴森的面容,在雍正朝的宫廷结构就显得理所当然。这种"清晰",强化了"帝王"的合法性和宫廷秩序的不可僭越。电视建立在自己的一套熟稔的系统里，英名的帝王＋稳定的政治秩序，儿女情长只是政治的附属，这套叙述是电视传媒可以兜得住的。

但"网文"的处理很不一样，或者，电视剧给出的时空太清晰，权力结构下的"宫斗"故事就变得理所当然，"网文"与之相比，则不那么清晰。而能够站得住脚的，是作者原本就没给个清晰的朝代（即"历史架空"），并对主人公的名字进行置换，皇帝叫玄凌（不是康熙玄烨，也非雍正胤禛），这种不确定易于把焦点凝聚于故事本身。由于朝代的不确定，则人物行为不确定，历史也就变成了"我"讲述的历史。这给关乎"情"的叙述提供了诸种可能性。

因此，网文中的"帝王"便与惯常的帝王想象有了出入。玄凌是个什么样的人呢？且看下面的描述。

> 却见一个年轻男子站在我身后，穿一袭海水绿团蝠便服，头戴赤金簪冠，长身玉立，丰神朗朗，面目极是清俊，只目光炯炯的打量我，却瞧不出是什么身份。（第八章春遇）
>
> 偷偷睁眼，迎面却见到一双乌黑的瞳仁，温润如墨玉，含着轻轻浅浅的笑。（第八章春遇）

这是甄嬛自入宫以来第一次正面与皇帝相遇。从描述看，尤其当下读者的视听已被"男神范儿"的男子形象定格（如《花千骨》中的白子画、《琅琊榜》中的梅长苏），很容易就会有"才貌双全"的想法，并能确定本"文"的"大神"已经出现。而这与陈建斌的"雍正"建立联系就有难度，后者显然沉稳威严有余而"神气"不足。当这位"玄凌"以"玄清"冒名出现的时候，其实已经预示了"玄清"的被遮蔽和"不在场"，也就是说，男一号是玄凌，而不是玄清，则甄嬛与皇帝便有了多重复杂关系：初恋情人、爱妃、背叛者、仇人、宠妃。甄嬛决定"返宫"的"根"

也在这多重关系当中，这里有她可以借重的资本。

从关于皇帝的不同想象来看，电视剧是在现实的主导意识形态规约之下，而"网文"更具日常生活性质，是一种日常的政治，是从"生活"视角出发影射政治。"皇帝"的不可侵犯性由于日常化的书写变得淡化而模糊，一如玄凌的出场，并不以"皇帝"，而是一个"着便服""丰神朗朗"的男子，是男与女的相对，从而预示一场可能"不同"的"宫廷"爱情。不过，最终结果是皇帝始终如一，倒是甄嬛越来越深地嵌入皇权结构。

其二，关于"帝"的情感表述。

其实，说到皇帝的"情"，电视剧的处理是旧情不可撼动，却未能将皇帝的"情"表现得真诚动人，准确说，不是皇帝的"情"多么情比金坚，而是因为那是皇帝的，是皇帝愿意记忆的，所以"不可僭越"。这是规矩，也是宫廷的严酷。故而在推动情节的关键几处略提"前史"，此外便无多余交代。"网文"却不惜笔墨，从最初的肖似纯元，到因纯元离宫及后来的几位妃嫔的"形似"或者"神似"，甚至要让玉娆进宫，乃至最后的纯元之子之死，从正面或侧面对皇帝的"痴情"和烙下印痕的记忆反复描摹。就像安陵容说的，其他女人于皇帝"也不过是个影子罢了"。这样做的结果，使以"情"的名义存在的亡魂成为杀人武器，既杀人，又诛心，还伤情。而这个武器的反身指向却是，我爱这个男人，但我要独自拥有。这岂非悖论？宫中道德在宽容，要"共侍一夫"，但这些女子心里所想的是"我的"。"纯元"二字，委实意味丰富，纯粹，第一、唯一且根本。因此，与其说皇帝在追逐"纯元"的影子和想象，不如说这里的女子们都怀有一个"纯元"的梦想，于是在悖论性的"共在"场域中，杀戮不止。这样一个骗局因"情"的注入，于是局势便无限繁衍并推演下去，大家一起构造出巨大的复杂的监视和惩戒系统。这个系统如此完备，以致无人怀疑此系统可能有问题。甄嬛看似清楚，却也不过是局里的"笼中鸟"罢了。而从对"皇帝"的描述看，玄凌的一系列举动因为"情"和"纯元"反而获得了支撑的依据和理由。由此，被统治者对统治者的想象就被巧妙地嫁接到"情"，而"权"被置换于后，这就为叙事者"我"的"弄权"提供了高大上的借口。换句话说，站在叙事者"我"的立场，统治者之所为是可以理解的。换角度看，反而是叶澜依、浣碧、玉娆的存在，溢出了"我"的政治想象，也使看似严密的宫廷多了几只向外的"眼"。但革命只能发生在体制之外。体制本身不可撼动。

这就涉及关于"宫廷内外"的不同书写，是电视与"网文"的又一不同。

电视剧显然将重点放在"宫内争斗"之上，即连"感情"也必须在"宫内"才能完成，更不用说情节推动力本来源自宫廷。这从"网文"中一个重要人物——甄珩的消失便可见一斑。此人原本牵连很广，与宫内外的几个人物密切勾连。如今被删，则人物线索意义消失，宫外徒然只是宫内的影子，是被宫内吸引和辐射的依附所在。宫外世界从甄珩的被"消失"开始变得不可见。"网文"却把甄珩作为重要线索，从而宫廷内外的比重较之电视版差距巨大。与甄珩"被删"命运类似，甄嬛之二妹玉娆、赫赫可汗摩格，也或被删，或简化。这种区别无疑提出一个问题：从宫内到宫外意味着什么？"我"将如何安置对前述"帝"的想象，或者情感？而宫廷内外的杂糅也使电视剧的"重点突出"在"网文"中很难获得，进而标识出一种现实的复杂性。这与朝代的不确定、"帝"的形象淡化构成了互文。

不过，这个关乎"宫廷内外"的问题或者说"注目"于"宫内"的问题，却因叙事者"我"的无处不在破功。"我"在宫内叙述却不断将视线拉向宫外，甚至宫外才是决定宫内风云变幻的重点。在电视中，玉娆被删除，摩格成为一闪而逝的鬼影，至于甄珩和他的爱情似乎从未发生。于是乎观众完全被吸睛至宫内后宫之三宫六院，前朝成了摆设，而家事与国事完全揉在一起，也只有叶澜依的存在带有几分"异端"的色彩，不过也是"景观"大于意义。两相比较，或许可以得出这样的结论，即宫内外的关系才是流潋紫之"网文"关键，由此"我"关于家国，关于爱情的想象才有了落足之处，甚至有些内容溢出了那个被书写时代的想象范围和"我"的控制。这些内容一个是叶澜依，驯兽女，与宫廷格格不入的奴婢，竟心存弑君的念头；浣碧，一个摆夷女子，私生子，奴婢，竟敢追求自己的爱情并成功逆转；甄珩，官家公子哥，竟因为一个长相似皇帝女人的妓女将家族引向深渊；摩格，虽出场不多，但形象迥然，既有异域形象，也有人情寄望；至于玉娆，更是极为出彩，尽管小说中她被隐藏在甄嬛的背后，但恰恰是这个人物让甄嬛的政治想象和情感结构无法安置。玉娆，出于情，毁于情，最终选择勇敢走出情感骗局，走向大漠，从隐喻的角度说，她走出了宫廷——后宫女子的全部想象。而这些人物，恰如我前面已经提到的共同的电视版命运——被删，就成了有趣的媒介问题和媒介的文化政治问题。

二　人物删减与改写

电视版与网文的一个关键区别，在于"网文"中几个重要人物或失重，或消失不见，或被"不名之手"推至幕后。但这几个人物又别具意味，他们或关民族，或关地位，或关男女，并引导我们思考"在编"和"僭越"的关系政治。

前面已经说到，甄嬛的兄长直接从电视剧中消失，甄嬛的家庭结构也就变得单一，而她的"宫斗"无形增强。但"网文"中的"甄珩"很重要。一方面，由甄珩这条线，方牵连出安陵容的宫廷行为和命运，并直接推动情节发生几次逆转，没了甄珩，安陵容的转变就显得不够，很有些突兀；另一方面，甄珩的情史、家变和遭际改变了甄嬛的命运轨迹，若非如此，也就无后来的从寺庙返宫一说。还有一点也很重要。甄嬛有哥哥且与其感情深厚，将兄妹关系这条线删掉，不仅文本环境中的行为动机模糊化，而且过分强调了"独一代"的取向——这很容易让人浮想联翩。但实际上，不仅甄珩被删，玉娆——甄嬛的亲妹妹——这条线也被删除，而玉娆与甄府遭难直接相关，甚至代表关于情感的理想。换句话说，这些人物都牵连着"情感"和不同情感位置，比如甄珩，是"真演"，还是"演成真"，实则二者有之，着实应了那句"假作真时真亦假，无为有处有还无"。电视剧显然过分侧重政治、权力，以及何以在宫中安身立命，从而满足了观众对权力的窥视欲望。

而就感情的叙写来说，将甄珩和玉娆两个人物去除，既不能凸显"为情而生因情而死"的反体制力，又随之影响了叶澜依的"钟情"和浣碧"僭越"的力度与意义。实际上，前二者更有逆反性质，他们均在主流意识形态之中，处在社会主流位置，却偏偏做下"随心所欲"之事。叶澜依和浣碧的阶级位置，包括民族属性所无意识被赋予的"奇异"却有更多合理性，且似天然具备反叛的可能性。这里自然有关于底层的想象和关于异族的想象，是一种刻板印象。而在文本内外，这种"刻板印象"恰恰暴露了流潋紫自身现实的指涉机制。套用麦克卢汉的理论，在获取情感的优先性的同时，"奇异"的部分已经被截除并变成"异端"的存在。从这个角度，我们也就不必为文末才出现的关于异族赫赫可汗的叙述是如此符号化和简单化感到不足和不够。野蛮、直接、敢爱敢恨、狡猾、大漠与像马奶酒一样的"辛辣和腥味"，已经是流潋紫关于"异族"的全部能指。这在网文世界并非流潋紫一人为之，在长篇累牍的叙述中，几乎没有作家不涉偏远疆域和异族，却几无异族获得征战胜利者的光环。烽火戏诸侯的《雪中悍刀行》洋洋洒洒 500 余万字，主体即与北莽的战争，有意思的是，无论后者多强，终究不是中原的对手！而异域对中原的臣服分明多矣！猫腻的《将夜》、Fresh 果果的《花千骨》、海晏的《琅琊榜》、萧鼎的《诛仙》等莫不如是。

关于"异族"的想象在下面这段对话中表现得很有意味。对话发生在甄嬛与玄清、玉娆、摩格三个维度之间。即将远赴大漠的玉娆对甄嬛说："天涯海角，总要为自己一次，是不是?""姐姐，我是为自己好过，并不是为你……你也要为自己一次是不是?"甄嬛却说："你不要有糊涂主意，断不能嫁去赫赫毁了自己一生幸福。"二人所言关乎个人对"幸福"的理解，细一打量，实则两套完全不同的话语体系，但又彼此缠绕，既有夷夏之见，又有个体对命运的把握和选择，进而隐约透露出历史的现实和现实的政治。

玉娆这个人物，清晰讲述了"情起情灭"的故事。她在"网文"中也不显眼，却是整个故事链上的关键。没有她，甄嬛可能就不会出宫，甄家不会几近家破人亡，甄珩的命运也就不会大起大落。即使如此，这玉娆始终对"情"报以极大的希望，她看重的是"痴心"能有所托。流潋紫对这个人物的设计，着实可圈可点。当甄嬛被迫去跟匈奴可汗和亲的关口，却是玉娆主动"替姐出嫁"。可见从头至尾是她自己在选择人生，既为家庭，也为自己。相比甄嬛，我倒觉得玉娆果敢而纯粹。然而，电视剧《甄嬛传》将这个女子放弃了，女子群像的丰富性也就大打折扣。

除了玉娆，在整个"女子"格局中特殊而鲜明的还有两个，有摆夷人血统的浣碧和来自底层的驯兽女叶澜依。她俩与甄嬛围绕玄清共同构成四维的关系结构。玄清有仁有义有情，对甄嬛有情，与叶澜依有仁，于浣碧有义。后两者均为玄清而死，且让人觉得"死得其所"。而玄清的"死"只是坚定了甄嬛"杀死皇帝"的决心，进而扶持一个"自己的皇帝"。同样为"情"，不同位置的女子认知方式也不同。如叶澜依"我也会尽心护着王爷所护之人，就当报答昔年之恩吧"，这个当年的"恩"是由于玄清把自己"当人看"，关乎尊严。而且，这个被浣碧称为"妖孽女子"的叶澜依，却对"个人需求"和所在"环境"看得最清楚。从这个意义上说，叶澜依已经突破"宫闱"走上个体的反抗之路。她有强烈的自我意识，比如下面这段对话：

> 玄清微微不忍，看着她道："其实皇兄很宠爱你。""很宠爱我
> 么？"她清冷的神色在月光下凌冽如水，触目惊心，"我若不喜欢他，
> 宠爱于我不过是束缚罢了。"

这不啻一个爱情宣言，畅快而自信，独立而尊严。叶澜依最后"杀帝"，实则为情而死，看似铜墙铁壁的"宫廷"已是裂隙横生。

浣碧，这个喜穿碧色衣服的姑娘，更彰显反抗的力量。她敢爱敢恨，敢为自己的情感争取未来，"侍女"的身份没能阻止她的爱情发生和绵延。流潋紫将这样一个女子嫁接于王朝秩序之外的末端——摆夷族，实在很值得揣摩。对政治中心而言，浣碧的民族身份是边缘，她的母亲也是边缘，一生只能是不明不白地存在。而六王爷的生母舒太妃同样被边缘化，尽管皇帝给了她无限荣宠，但她的孩子只能是个"逍遥王爷"，全因"舒贵妃的出身着实为世人所诟病"。民族身份与浣碧的奴婢身份似乎画了等号。但"摆夷族"所负载的意义还不止此。用叙事人"我"的眼光看，"摆夷男女一向用情专一，民风又淳朴豪放，无论男女老少都生性坦率、奔放，可以无所顾忌地追求心仪的人，往往也爱用对歌传情，大是不同于中原的民风保守，讲求父母之命、媒妁之言"。这差不多就是自由恋爱和关于爱情忠贞的想象了，却用"边缘"和"被看"的方式说出，显见其"不主流"，"被删"怕也是基于这种考虑。反倒是这种关于爱情的想象在"80后"的流潋紫这里依旧具有"理想"意味，显示出与现实的相关性。

从这样一个关系链来看，浣碧的"追求"有僭越的成分，但放在她的民族身份以及其母为爱情的不管不顾，似乎一切都是顺理成章。因此，也只有浣碧才敢对皇帝的"恩宠"拒绝，并直言"已经有心上人"。而玄清对甄嬛不离不弃的"爱"，似乎也在他的民族身份和血缘的加注之下变得让人容易理解。总之，"民族"被赋予了一种力量，一种与众不同，一种

虽边缘却奇特的意义。这与前面提到的"大漠""赫赫"一起构成"刻板印象"的一部分。或许，正是在这个充满社会想象的问题上，电视剧选择将"摆夷"直接截除，一丝不留。

回过头看，电视剧对几个重要人物的删除，使重心集于"宫斗"从而大吸眼球。网文的"情"是重点，却并未简单地写"爱"与"恨"，反倒大费周章地将故事置于纷繁复杂的人事与宫廷政治之中，而人物的多面向，既塑造出了形象的多面，又展示出人之世界本身的复杂性。正所谓"人之不如意，十有八九"，坚忍，成了宫廷中一种普遍化的品质和现实。而"职场宝典"的说法，恰恰将宫廷对应着社会生活，并折射出所谓"网络一代""网络移民"或各种"后"的生活现状和精神现实。

三 "剪纸小像"或"反秩序的秩序"

两种媒介的"甄嬛"均言情与恨，但侧重点不同。"网文"中对皇帝的"恨"，实对过于政治和功利的"情"而发，看似甄嬛与皇帝仇深似海，但这"恨"与"报复"是默认或已内在化的"自家人"的故事。电视剧将"情"这条线索草蛇灰线般布在后宫争斗的重重阴影里，使"后宫争斗"成了引人注目之处，所谓的"情"倒成了点染，甚至奢侈。《甄嬛传》在"宫斗"这方面做足了戏。即使后来返宫的甄嬛是因"情"归来，不过是大规模的、真正残酷的"宫斗"开始，一些新角色的出现，更说明斗争的连绵不断，而"甄嬛"凭"狠""心计""谋略"将对手置之死地而后生。于是，观众看"戏"、看"热闹"的心思必然得到大大的满足。从这个角度看，电视剧和"网文"各有所求。

在整个"宫廷"世界，能够跟甄嬛形成对手戏格局的只有"帝"，也就是说，让甄嬛年年月月忠实于宫斗的，只是那个叫玄凌的皇帝。玄清，或者为"情"生死不顾的温实初都不过一个"剪纸小像"而已，是

"宫"中的镜花水月。但"网文"中的叙事人"我"使故事变得很有意思。"我"并没能"网"住自己的世界，尽管所有的阴谋、阳谋均由"语言"铺陈展开，也没能遮挡秩序中的"裂隙"，其关键就在于"我"的复杂性。

在"网文"中，第一人称的叙事者"我"常常突破自身的时空限制，将意义赋予情感场内的他者。且举一例。时值七夕晚上，玄清与玉隐有段对话（浣碧已改叫玉隐），玄清说："其实你不必等我，我在外面，也不晓得自己什么时候会回来。"玉隐只是摇头："妾身也不知道王爷什么时候会回来。但是妾身知道，只要妾身一直等下去，王爷终究会回来。"这之后的叙述却不再以"玄清"和"玉隐"称呼，改成了第三人称的"他"与"她"，这是谁眼中的"他与她"呢？看下面这段叙述："可是他眼里只有那个女子，怎会再看见其他。是什么时候呢，她对自己有了这样的情意？"接下来看似浣碧的内心独白："只是自己再美再温顺，他的眼底心中，都只有她一个。"这样笃定的叙述很值得揣摩。无论是"他"，还是"她"，即使两两相对于"宫外"，"我"都会化作隐形的一方参与到对方谈话当中，且长驱直入他者的心理。这种"代言"法，妙在"我"既看到了一切，又感知一切，"我"站在绝对的"看"的位置，并以自己的"看"与"想"决定了身边人的选择。这个叫甄嬛的女人似乎才是那个拥有无边权力的王者，尽管她早已被环境囚禁。

而且，整部《后宫·甄嬛传》的叙事者除"我"以外，其余皆标明"他"或者"她"，只有对话的场景才会出现人物的名字，借此获得一点现场感。否则，这样一种由"我"掌控的叙述，就被一种十分鬼魅的气息笼罩了。"我"像是一个幽灵，像是一个站在"现在"却穿越回"往昔"的鬼魂。这犹如《聊斋》故事不是由书生引起，反而是那个"女鬼"成了故事的主角和讲述者。只可惜，无论是人，是鬼，都在自己预设的权力和生存情景之中。而偏离这鬼魅之气的，恰恰是不完全被"我"所见的玉娆、叶澜依和浣碧。可即使如此，"我"还是想法侵入"她"的世界并最终将其夺走。

而在以甄嬛为中心的"情爱"故事中，概括起来，不过是一群女人的争斗，是为了一个或"某个"男人的争斗。这个"男人"，可以是皇帝、夫君、情人，也可能是未来的皇帝。甄嬛的三上、三下，进宫、出宫、返宫，看似情节跌宕，但她心中的那尊"帝"的雕像深深烙印在无意识里，从未转移。所以玄凌的举动常常触动她内心深处的"需要"，如"我从未见玄凌这样沉浸在回忆与情感的交织中与旁人安静说话。那种亲厚的感觉，有一丝的恍惚，我觉得自己只是一个外人，远远看着他们说话"。这种时不时的温柔一缕，使"宫廷"和皇权问题变成了个人之事，让甄嬛的"斗"显得不那么理直气壮，而玄凌的"狠"多了几分可以理解和不得不为的意味。这是对皇权的理解，对那个结构性存在的"宫廷"的理解，而"皇权"结构（性别）本身并未成为质疑所在。联系"丰神朗朗"的"帝"的形象，"网络"媒介的政治理解似乎可以描述为：平视之中的仰望。

在这个问题上，叶澜依的指斥可谓一针见血："有时候我很羡慕淑妃，宫里那么多女人活得像行尸走肉一般，唯独她能出宫。虽然是被贬黜的废妃，可是有什么要紧。宫外是活的天地，人是活的，心也是活的。可是她却那样蠢，非要回宫，把自己放在这不死不活的地方。""蠢"的原因是什么，叶澜依也有答案："果然娘娘眼中，天家富贵胜于他的倾心！"尽管这样的说法在特定的情景当中是情绪化的，但从"网文"整体看，甄嬛的行动和旨向从未离开宫中，一副"搅得周天寒彻"的架势，实则从未离开这一"想象的共同体"，就像浣碧的决绝又伴生着新一轮的"主母"争夺，宫廷内外开始合一，世界还在按照原有的模式循环。这样一个"我"并非《后宫·甄嬛传》所独有。"网文"以女子为主人公的很多，且大都个性极鲜明，感情真诚强烈，能力超群，绝对美艳过人，在以男性为主的世界里纵横捭阖，最终女子的"革命性"却是将身心奉献给一个男人。《女帝本色》《扶摇天下》《花千骨》《三生三世十里桃花》《何以笙箫默》等不同类型的"文"皆如此。这是否给我们透过"网文"了解当下青年人的情感结构带来某种启示？而所谓的"叛逆"多是醉心于快意恩仇，有仇必报，这种大结构之内的个人主义是否正体现了"网文"的文化政治？或者说，这恰恰体现出实用性的民粹主义，因此才有一些学者指认的"网文"是"爽文"？反过来看，"网文"不断书写忠贞爱情的故事，是否正是对"真爱不可得"之现实的隐形书写？当下，爱情是否已成遥远的"乌托邦"？僭越、臣服、渴望，既复杂，又矛盾，却异常有力地纠缠一处，是否代表着权力与"心"的亘古较量？

宫内/宫外、汉族/摆夷或赫赫、主子/奴婢，这重重秩序之下"我"的所谓复仇却无一不在前一序列，因此是"秩序之中的反秩序"。而舒太妃、浣碧、叶澜依能进"宫"，犹如一场为了在秩序内生存和追求理想的游击战。舒太妃以知事阮延年义女的身份方名正言顺，浣碧必得成为"玉隐"才能走近对方的世界，叶澜依靠的却是"与众不同"。显然，"我"或是流潋紫的关于"爱情"的异域想象终究只是"看不上眼"的敷衍式夸赞罢了。无论哪种，从对共同的选择和描述看，清宫与现实的关系，似乎已经不再是戴锦华在20年前的《雾中风景》所指出的那样是"腐朽、没落的象征"，那是20世纪80年代影视的选择，而21世纪的网文书写重点已转移至"盛世"，心态也在发生变化，这不能不说与今日中国之世界位置有关。但有一点，依旧在潜意识中留存，即"隐秘而心照不宣的是，清王朝，作为一个少数民族征服、统治了'大汉民族'的政权，便成就了一个恰当的'异己'/他者的角色；事实上，即使在历史文化反思运动中，一个并不昭彰、却不言自明的前提，是其历史、文化主体的汉族身份"①。这再次指涉出电视剧"被删"和"网文""我"始终在宫廷之内的理由。

① 戴锦华：《雾中风景》，北京大学出版社2000年版，第423—424页。

最后，笔者想就本文论述中的"网文"之引号做出说明。在当下的文化语境中，似乎网络文学已是个清晰所指，不需论证也足证其存在。但我想，既然还加"网络"二字，那自然与传统文学不同。且不说二者在技术、资本、介质、传播上的区别，单说《后宫·甄嬛传》，"网文"生产的特殊性就很明显。"网文"作者的"在网"写作，已不是简单的个人行为，但又是个人行为，这种"个人性"是通过与读者或者"粉丝"的互动展开的。"原创"＋粉丝＋写与看的多边关系决定了两种媒介在关注点上的不同。在《后宫·甄嬛传》写作的时期，继续写"同人"的很多，或许可以说，"网文"的写作过程具有"小聚落"性质。电视剧的制作却以单向传输为主，以收视率和三观正确作为基准，媒介监督系统完备。就"网文"的传播看，电视剧类似"网文"产业的下线，既借助"文粉"，又考虑一般受众的看法和不同意识形态。而且，还有不能忽视的平台重叠的作用，即微博＋网站两种平台的合谋（《后宫·甄嬛传》利用了这两种媒介发"文"），一定意义上折射出网文写作的多重相关性。所谓"微博"的私人性质，显然是公私兼顾且极有可能是网络产业链的重要组成部分，这从其广告、明星名人主体即可见出。这样一种平台的重叠与流潋紫《后宫·甄嬛传》引发的"抄袭"官司，"职场宝典""甄嬛体"反倒凸显出"网文"的杂糅、拼贴与整合性质。而从"紫奥城"到"紫禁城"，则说明将纸质版当成"网文"也许并不合适，电视剧的影响显然很大。在这个意义上，加上引号的"网文"标识出其与传统文学以及电视媒介的不同。

《后宫·甄嬛传》：学术视野中的价值观讨论

王 青[*]

【摘要】《后宫·甄嬛传》小说兴起和影视剧热播以后，受到学术界的广泛关注。学者的介入研究大多着眼于《后宫·甄嬛传》宣扬的价值观问题，弥补了受众讨论的缺憾，从更宏观的角度分析作品的利弊得失，以期从中抽出文学发展的共性问题进行深入探讨。学者的讨论不仅加速了网络小说的经典化进程，更在极大程度上提升了小说的发展高度。

童庆炳先生在《文学经典建构的内部要素》一文中指出，"文学理论和批评的观念"^①是文学经典建构不可或缺的内部要素之一。网络小说想要在文学领域得到长足的发展，不可能完全独立于学术界视野。来自学者的批评与讨论不仅是对文学作品进入学术视野的一种肯定，而且对文本进行更高层次的解析和更深程度的挖掘，极大提升了网络小说的发展高度。

《后宫·甄嬛传》小说兴起和影视剧热播以后，从服饰器物到礼仪规矩，从中药知识到古体语言，作品中的各个细节都引发观众、网友们的广

---

* 王青，中国社会科学院研究生院博士研究生。
① 童庆炳：《文学经典建构的内部要素》，《天津社会科学》2005 年第 3 期。

泛热议，甚至有网友将各位小主的生存环境平移到当下职场生活中，总结出一系列职场生存法则。只是，潜藏在作品中的价值观倾向这一主题意蕴遭遇受众的忽略，鲜见大规模的讨论与思考。学者的介入研究大多着眼于《后宫·甄嬛传》宣扬的价值观问题，弥补了受众讨论的缺憾，从更宏观的角度分析作品的利弊得失，以期从中抽出文学发展的共性问题进行深入探讨。学者的讨论不仅加速了网络小说的经典化的进程，更在极大程度上提升了小说的发展高度。

一 学术视野中的价值观问题

（一）《人民日报》刊文引发《甄嬛传》价值观问题讨论

2013 年 9 月 19 日，《人民日报》发表名为《比坏心理腐蚀社会道德》的文章，批判当下社会犬儒主义与投机主义盛行的道德状况。在文章中，作者陶东风认为，近几年来流行的宫斗剧即是该种社会风气在文艺创作中投射的结果，并特别指出影视剧《后宫·甄嬛传》传播和宣扬的价值观是"在残酷的宫廷斗争中，你必须学会比对手更加阴险毒辣，你的权术和阴谋必须高于对手，才能立于不败之地"[①]，实质就是"比坏心理"。而对比同类型题材的韩剧《大长今》，则表现出主人公在残酷的宫廷斗争中坚持道德立场和做人原则，坚持正义，最终战胜邪恶的作品主题。作者指出，价值观标准应该是评价历史题材作品时最重要的标准，不正确的价值观会导致观众把不正确的生存理念带入现实世界。

此文章一出，即在社会各界产生强烈反响，引发对《后宫·甄嬛传》价值观问题的广泛讨论。同日，新浪网展开以"《甄嬛传》比坏心理腐蚀社会道德？"为主题的网络调查。至调查结束，共有 218972 位网友参与调

---

① 陶东风：《比坏心理腐蚀社会道德》，《人民日报》2013 年 9 月 19 日第 8 版。

查。其中有67.8%的网友并不赞成该种观点，认为："影视作品应该多样化，如果所有电视剧都歌颂正义，太假太单调，并且与社会脱节。"只有不到3成（29.1%）的网友赞成《甄嬛传》鼓励以恶抗恶，败坏社会风气，坚持"影视作品要弘扬正气，传播正确价值观"。另有3.1%的网友认为无所谓。

有不少学者就"《人民日报》批《甄嬛传》比坏"的问题各抒己见。陈庆贵在《〈甄嬛传〉热播宣扬比坏让我们反思什么》[①]一文中赞成《人民日报》的批判观点，认为：甄嬛传的热播并不代表其一定是好东西。现代社会"娱乐至上""消费主义""享乐主义"等观念恶化了受众审美，也带来了文艺家审美的偏离。《甄嬛传》被允许欣赏假丑恶，会导致不良的社会效应，教人向善、传播正能量才应该是规约文艺作品的普世价值。而王丽在《〈人民日报〉批〈甄嬛传〉有没有必要》[②]一文中持有质疑观点：这种批评有一定的合理性，但是在一定程度上夸大了一部电视剧的社会功能与影响。一方面公众对艺术作品有一定的是非曲直的辨识力，另一方面《甄嬛传》热播很大一部分原因是观众对其故事情节、古典氛围、语言特色的欣赏，以及画面、剪辑等精致艺术处理的吸引，并不见得是为了看主人公如何"比坏"的。

（二）此前已有对价值观问题的讨论

其实，早在影视剧《后宫·甄嬛传》播出之初，学界关于剧中宣扬的价值观问题的争议就一直存在，《人民日报》此次的批判文章再次引爆了这一讨论热点。专家学者们的观点大致与上述观点相符，分为批评与肯定两种倾向。

---

① 陈庆贵：《〈甄嬛传〉热播宣扬比坏让我们反思什么》，《中国职工教育》2013年第22期。
② 王丽：《〈人民日报〉批〈甄嬛传〉有没有必要》，《课堂内外创新作文（高中版）》2014年第8期。

中共江西省委宣传部常务副部长陈东有在《〈甄嬛传〉的道德底线何在?》一文中坚持："《甄嬛传》真可谓是一部中国后宫'厚黑学''阴谋史'集大成之作,剧作者双眼盯住的只是历史文化中的垃圾,历史观和人生观、价值观有大问题。"① 雍青在《〈甄嬛传〉:一次不成功的突围》② 一文中提出:影视剧《后宫·甄嬛传》批判制度戕害的主题在故事展开过程中被完全遮蔽了,而是让位给了对丛林法则的认可;作品是非判断的价值立场也被人物设置等因素模糊,甚至丧失了。张黎呐撰文《〈甄嬛传〉的"伪女性"叙事及宫斗剧的价值观异化》③,表示影视剧《甄嬛传》价值观的异化比其他宫斗剧更甚,两性关系异化为统治与被统治,亲情友情异化为利益,女性异化为男权社会的附庸,人性异化为自私、阴狠、不择手段,以皇上的喜好为价值判断准则鼓吹君王论与权力至上。庞旸在《〈甄嬛传〉宣扬了什么》④ 中批判《甄嬛传》宣扬了充斥着中国传统的奴性文化和权谋文化。

　　而刘朝晖在《深宫香损有谁怜——评热播电视剧〈甄嬛传〉》中评价:"这部剧在暴露人性丑恶之余,也鲜明地表达出了对封建社会压抑人性的控诉;在展现人物悲剧之余,也传达出一种批判和对人性的体悟,试图使这部后宫剧也带有正剧的色彩,而达到人性的深度,意在召唤人性的真善美,渴望真善美对人性的塑造。"⑤ 李汇群认为《甄嬛传》的最大意义是观众在欣赏影视作品时"感慨女性人生的艰辛,感叹等级制度对人性的压抑和戕害,也得以窥见我们所处时代的不足和进步"⑥。《人民日报》《光明日报》等国内知名报刊也曾刊发文章肯定"《甄嬛传》只是借宫廷作为平

　　① 陈东有:《〈甄嬛传〉的道德底线何在?》,《决策》2012 年第 7 期。
　　② 雍青:《〈甄嬛传〉:一次不成功的突围》,《艺苑》2012 年第 6 期。
　　③ 张黎呐:《〈甄嬛传〉的"伪女性"叙事及宫斗剧的价值观异化》,《创作与评论》2014 年第 1 期。
　　④ 庞旸:《〈甄嬛传〉宣扬了什么》,《杂文月刊 (下)》2013 年第 10 期。
　　⑤ 刘朝晖:《深宫香损有谁怜——评热播电视剧〈甄嬛传〉》,《青春岁月》2013 年第 19 期。
　　⑥ 李汇群:《〈甄嬛传〉热播的启示》,《中国妇女报》2012 年 4 月 26 日第 A02 版。

台，它的意旨在于解读一段历史，阐述一段文化，表达对于世道人心的见识"，"给后宫戏这一类电视剧创作开掘了文化深度"；① 赞扬 "《甄嬛传》以对人性的深度开掘，对封建皇权的强烈批判，对真善美的热情讴歌而获得了观众的认可，为泥沙俱下、良莠不齐的古装剧市场挽回了声誉"②。

二 解析"学术视野"

鲁迅在论《红楼梦》时说："单是命意，就因读者的眼光而有种种：经学家看见《易》，道学家看见淫，才子看见缠绵，革命家看见排满，流言家看见宫闱秘事……"③ 对于 "《后宫·甄嬛传》所宣扬的价值观对社会的影响"这一论题的讨论也是如此，学者们大致都是从自己特定视角出发做出评价，侧重点不同，观点不一。面对学术视野下仁者见仁、智者见智的讨论风潮，普通受众往往难以理解，同一问题正反两方面的观点都有学者立论支持，究竟孰是孰非？这一问题的解决就需要我们对"学术视野"的特殊性进行解析。

（一）特征：问题意识与人文关怀

"电视剧作为大众化的艺术化形式，给观众提供了审美的虚构场景，而能够潜移默化地使观众在电视剧设置的'拟态环境'中认识世界，认识他人，从而认识自我，调整自我，进而产生共鸣，产生行动。"④ 的确，在信息时代，受教育的途径多元化，文学作品、影视作品等大众文艺形式占

---

① 毛佩琦：《不妨"俗得那样雅"》，《人民日报》2011 年 12 月 30 日第 24 版。

② 韩业庭等：《古装戏应弘扬主流价值观——从电视剧〈甄嬛传〉说起》，《光明日报》2011 年 12 月 21 日第 15 版。

③ 鲁迅：《〈绛洞花主〉小引》，《鲁迅全集·集外集拾遗补编》，人民文学出版社 2005 年版，第 179 页。

④ 黄庆山、陈燕：《传统伦理道德观念的解读——电视剧〈铁梨花〉观后感》，《当代电视》2011 年第 3 期。

据相当的比重。随着文学作品的网络爆红与影视剧改编，受众有可能在无意识间受到作品中故事情节的影响，不自觉地接受作品的艺术熏陶与思想、价值观的渗透。在这种情况下，就需要将文艺作品拉入学术视野，由秉承人文关怀的学者们理性介入，以携带问题意识的眼光进行全面审视。学术界不是发行方，对作品单方面的宣扬鼓吹不是学者的职责所在，对作品的人文价值进行问题预估才是学术视野的核心要务。

《后宫·甄嬛传》在人物塑造、语言运用、情节处理等方面的确颇具艺术性，但其中虚实结合的历史"真相"、蔓延始终的悲剧氛围、人人自危的人际关系、人物之间的阴狠耍诈、坍塌的社会道德等消极方面也是不容忽视的，有可能对受众的思想观念和心理健康产生潜移默化的影响。

影视剧《后宫·甄嬛传》将故事发生背景落实到清朝雍正年间，在虚构的故事情节中掺入诸多符合该时空史实的事件、人物等元素，并通过细致的礼仪、器物、服饰等尽量还原历史细节。这原本是影视剧创作人员以严谨负责的职业态度对历史与艺术的尊重，是改编作品应该肯定的部分。不过，从客观角度来看，古装宫廷剧已然成为现代大众接触历史、理解历史、想象历史的重要方式，对于繁忙生活中无暇读书、无暇了解历史事实的观众而言，影视剧表现出的历史空间很容易被默认为是真实的写照。与其他宫廷剧草率地戏说历史不同，《后宫·甄嬛传》确定的历史时段与真实的历史元素更给不明真相的观众造成认知上的误解，以为作品展现的就是完全的历史事实。虚实结合的历史"真相"带来大众历史知识的混乱，助长不正确史学观念的蔓延，消解了真实历史的沉重性与严肃性，甚至有可能将社会的发展推向历史虚无主义的深渊。

《后宫·甄嬛传》整个故事透露出不可逆转的悲剧宿命感，字里行间弥漫着顺应既有规则的绝望，无可避免地传达出应对社会现实的消极态度。作品中，所有天性的美好都无一例外地遭受毁灭，甄嬛的天真、眉庄的傲骨、陵容的忠贞……所有秉承美好的人或事物也难求幸存，不谙世事的淳常在被溺毙荷花池，直言快语的流朱以死救主，基本的爱情、亲情、友情也频频面临异化。美好无处藏身，抗争者终究要面临失败。就连最终的胜利者甄嬛也不例外，不是通过对制度的抗争去争取权利与自由，而只是在现有格局下的顺应与谋求。终于，"多年媳妇熬成婆"，甄嬛成为中宫之主，位临皇太后，深受封建制度戕害的她并没有想要改变这种格局，而是继任为权力的决伐者，导演着新一代后宫嫔妃的悲剧。作者流潋紫在影视剧的拍摄过程中引发创作冲动，延续《后宫·甄嬛传》的时空设置，继续创作宫斗小说《后宫·如懿传》。其间，甄嬛依旧掌皇太后的职权，力图以权谋安排控制六宫妃嫔的制约平衡。无处不在的悲剧氛围使受众在感叹人生际遇无常外，极易受消极情绪影响失去抗争意识与行动力，被动接受命运安排。作者蔓延出的灰色心理不仅会造成个体奋斗意志的消磨，更可能形成消极悲观的社会氛围，无形中延滞了时代的发展速度。

《后宫·甄嬛传》在故事情节和人物形象塑造的过程中，也从侧面传达出一些错误的价值取向与生存哲学。华妃家族落败时，曹琴默的倒戈印证了"只有永恒的利益，没有永恒的朋友"的后宫真理。在恃强凌弱的后宫体系中，"弱者不值得同情"，甚至"以怨报德"。安陵容在选秀前被羞辱，甄嬛挺身而出，而后知其家境困难，选秀后接到家中居住，进宫后更是事事维护。后来安陵容却依附皇后一党，暗中用舒痕胶害甄嬛小产，用疫病害死甄嬛嫂嫂和外甥，逼疯其哥哥。权力、人情、利益大于职业道德。皇上赏华妃掺有麝香的欢宜香伤其机理，避其有孕，太医院上下畏惧皇权而长了同一条舌头；温实初为了生生世世护嬛妹妹周全的承诺，给曹琴默下梦魇之药，致其死亡；小宫女花穗收了余氏不少金银而背弃忠诚，给甄嬛下毒。借刀杀人、以牙还牙等恶性事件更是比比皆是，甚至甄嬛为了最终扳倒皇后，不惜利用尚未成年的胧月公主的谎言以博得皇帝的信任。《后宫·甄嬛传》传达出脆弱的人际关系、坍塌的社会道德等负面价值观念及错误生存哲学，这些难免不动声色地渗入受众的日常观念中，对自身发展与社会运转产生相应的不良影响。

事实证明，《后宫·甄嬛传》在实际传播过程中的确产生了一系列消极影响。湖北某 17 岁女生为了减肥，购买《后宫·甄嬛传》中安陵容为了身轻如燕曾使用过的药物"息肌丸"，以致患上了神经性厌食症，甚至在期末复习时晕倒在自习室；台湾彰化县某女性也借鉴故事中红花堕胎的情节自行服食红花流产，险些丧命。

可见，对于一部文艺作品的讨论，以问题意识和人文关怀为特征的学术视野的介入是必不可少的。

（二）对待：兼顾考虑、理性分析

学术界不会对讨论对象进行单一的肯定，自然也不会全盘否定。《后宫·甄嬛传》比之其他宫廷剧，有很多优越之处，尤其在价值观方面对封建皇权制度给女性命运带来的戕害进行了一定意义上的抨击，给大众呈现出一个几近真实的历史空间。"网友们纷纷表示：看完该剧再也不想穿越回到古代，那是个吃人的社会，生活在当代是如此的自由、平等和幸福。"① 因此，在《后宫·甄嬛传》的评价过程中要避免以偏概全，既不能因问题的存在而草率质疑作品宣扬的价值观的正确性，也不能因深刻的价值观而忽略作品的问题所在。面对学术视野下《后宫·甄嬛传》评价的众说纷纭，我们更需要在肯定与否定的辩驳中兼顾考虑，并以此为基点，理性对待。既肯定作品中宣扬的正确价值观念，肯定其积极因素，鼓励相关类型作品强化主题意蕴的表达；又要关注问题所在，注意艺术作品的舆论导向，适时对消费者，尤其是青少年进行价值观念的引导，提升其艺术修养与文化鉴赏力，也为后来的文艺创作提供可资借鉴之处。

---

① 韩业庭等：《古装戏应弘扬主流价值观——从电视剧〈甄嬛传〉说起》，《光明日报》2011 年 12 月 21 日第 15 版。

例如，针对人民日报关于《后宫·甄嬛传》"比坏心理腐蚀社会道德"的评论，我们需要进行客观地分析，避免人云亦云。一方面，《甄嬛传》与《大长今》本身就是两种类型的文学作品，虽然都是历史题材，但是主旨风格完全不同。《大长今》是通过坚持正义来战胜邪恶，以讴歌人性的真善美，传播正能量；而《甄嬛传》是借助丑陋的灵魂与行为表现带来视觉的冲击与心灵的震撼，以揭露封建制度对人性的摧残。《大长今》是正面讴歌，《甄嬛传》是反面鞭挞；《大长今》带有喜剧意味，《甄嬛传》弥漫悲剧色彩；《大长今》致力于对人性美好的宣扬，《甄嬛传》揭露的是历史环境的戕害。两者从表达主题到表现风格都完全不同，在一起比较并没有实际意义。正面书写和反面讽刺，喜剧抒发与悲剧震撼，人性刻画与环境批判，都是文艺作品应该表现和涉及的方面，并且各有其艺术价值，不分上下。如果硬将不同类型的艺术作品加以比较，择出优劣，也是对艺术多样性的伤害。另一方面，《甄嬛传》的故事情节的确是"以恶制恶"，通过对真善美的毁灭，对恶的宣扬来战胜"敌人"，也的确对社会现实带来一定程度的不良影响，但是《甄嬛传》的主旨并不在于讴歌这种胜利，而是通过最终成功的虚无对这种"比坏"进行否定与鞭挞。这一点是需要十分强调的。同时，大众在欣赏网络小说或影视作品时更多专注于作品跌宕起伏的故事情节，以作为娱乐消遣，并不追求实际功用，且大多数艺术消费者有自己的理性思维与价值判断，所以，单部艺术作品对消费者的影响往往有限，难以形成深刻的社会化影响。

当然，《人民日报》发文的目的并非是为了专门批评《甄嬛传》而赞扬《大长今》，只是通过《甄嬛传》这样一部影响较为广泛的文艺作品透视当下社会中令人担忧的道德状况和由此产生的投机侥幸心理，以引起普遍性的警醒和注意。文章主要关注的是当下普遍的社会现象，需要在全社会树立和弘扬社会主义核心价值体系，培育诚信文化。文艺作品作为文化建设的重要组成部分，自然在该方面承担了不可推卸的责任。笔者在这里对于作品的评价也并不是要对文艺作出一刀切的好坏区分。

三 解析"价值观问题"

综合学者们评论《后宫・甄嬛传》价值观问题的各种声音,大致可以总结出几个关注点:"是否体现批判主题""是否宣扬'恶'文化""是否弘扬正能量""是否指向现代社会"等。如上文而言,针对这些问题,更应该对已有研究结果兼顾考虑,从作品出发理性分析,以文本为本位进行客观化解读。

(一)是否体现批判主题

《后宫・甄嬛传》导演郑晓龙曾坦言:"我拍了一部悲剧,一部把美毁灭的悲剧,希望观众感受这其中强烈的批判精神,不仅是对封建社会的一种批判,更是对这种社会制度下扭曲人性的一种抨击。"① 对于导演的自陈,一大批学者似乎并不买账,对《后宫・甄嬛传》价值观问题的质疑半数以上都指向作品中"批判主题"的缺失。问题究竟何在?

通过对《后宫・甄嬛传》的详细解读,不难看出小说文本中比较明显地体现出"封建社会对女性命运戕害"这一严肃主题,影视作品更是以该主题为宗旨对原著进行二度创作。只是由于影视剧的特殊要求,表现出来的形式特点以及观众群的认知需求等种种原因的限制,《后宫・甄嬛传》在实际的表达与接受过程中产生了偏差与错位,甚至是误读,没有引起受众对批判主题的广泛注意。

1. 作品力图呈现的"批判主题"

甄嬛的成功之道伴随着"美"被毁灭的事实,作品将自我的销蚀与通

---

① 唐蓉:《郑晓龙:批判精神是我最希望观众读解到的》,《光明日报》2011年12月21日第15版。

俗意义上的成功相对比，通过两者之间的矛盾张力来引发受众对其中批判主题的思考。于小说文本而言，这种"美"与"恶"的冲突对比要更为强烈，对于价值思考的指示意义也更加明显。

小说作品以甄嬛为第一视角展开叙述，在人物语言中，在主人公自剖的心理描写中处处可见无奈之色。"人无伤虎意，虎有害人心"①"我心中明白，在后宫，不获宠就得忍，获宠就得争。忍和争，就是后宫女人所有的生活要旨。"②"后宫争斗，有孕的嫔妃往往成为众矢之的……以己度人，岂不胆战心惊……"③"这个在宫里生活纵横了那么多年的女人，她被自己的枕边人亲自设计失去了孩子，终身不孕"④"镜中人面桃花相映红，而我的眼神，却冷漠到凌厉"⑤"唯余长长一幅云褶裙裾，在她身后逶迤如一道永不能弥合的伤口"⑥"臣妾要这天下来做什么，臣妾要的始终都没有得到"⑦。此类后宫生活的生存法则与嫔妃内心的身不由己在小说中几乎处处可见点染，贯穿整个文本，为故事内容弥漫上一丝浓重却不易察觉的悲伤基调。

小说中，甄嬛的每一处应对也都带有别无选择的悲剧感。刚入宫，选秀时的锋芒初露已然引得后宫诸位的频频侧目，为自保，甄嬛不得不称病避宠，韬光养晦；新承恩泽时，未侍寝而进封、椒房之喜、八日连宠，甄嬛一人独承雨露而致整个后宫成为怨气所钟之地，为了对玄凌的情谊与爱慕，她只得踏上后宫这个血雨腥风之地；在得知"莞莞类卿，暂排苦思，亦'除却巫山非云也'"之后，为了保全尚在襁褓之中的女儿，为了她不

---

① 流潋紫：《后宫·甄嬛传》（第一卷），浙江文艺出版社2014年版，第129页。
② 同上书，第127页。
③ 流潋紫：《后宫·甄嬛传》（第二卷），浙江文艺出版社2014年版，第77页。
④ 流潋紫：《后宫·甄嬛传》（第三卷），浙江文艺出版社2014年版，第35页。
⑤ 流潋紫：《后宫·甄嬛传》（第四卷），浙江文艺出版社2014年版，第34页。
⑥ 流潋紫：《后宫·甄嬛传》（第六卷），浙江文艺出版社2014年版，第9页。
⑦ 同上书，第254页。

因"有我这样不入她父皇眼的母亲，有我这样破落的家族"① 而"备受苦楚折磨"②，为了"将她的未来做我力所能及的安排"③，她毅然离宫修行；玄清死后，纵然万念俱灰，她依旧不得自由："为了我未出世的孩子，我不能死；为了我的父母兄妹，我不能死；为了死的无辜的玄清，我不能死。"④ 她想要的，唯有一人可以给予，她惊觉："我的命数，终究是逃不出那旧日时光里刀光剑影与荣华锦绣的倾覆。"⑤ 她要回宫，要"这天下都匍匐在我脚下"⑥，要"将这天下至高的权力握在手中"⑦，为的却是"保护我腹中这个孩子，保护我要保护的所有的人"⑧。

作者在整个故事的铺陈中，不论是氛围的渲染还是情节的设置，都融入了浓重的灰暗色彩，如书中甄嬛所言"我这一生到此，即使再身膺荣华，也不过是一辈子的伤心人罢了"，如作者所言"字字都是情感的不圆满"⑨。作者流潋紫在《一纸伤情，以衬你的圆满——写在〈后宫·甄嬛传〉之后》一文中有这样一段话："人真的是会变的，如陵容，如甄嬛，如皇后。一开始，谁不是真心相待，怀着最纯真的期待，盼着未来？连朱宜修，也有过那样甜美宁静的时光。一路走来，只觉不堪回首，不能回首。生活，生生把自己磨砺成了另外一个人。所以甄嬛，会那样唏嘘，那样难过。连自己都知道，失去了就是失去了，一切不可再得。可不是？对于女子而言，哪怕赢得一切，若失去最爱的人，最珍惜的事，才是至大的讽刺与悲痛。所以，当年写完七本，自己也不忍再看。"寥寥数语，精准

① 流潋紫：《后宫·甄嬛传》（第三卷），浙江文艺出版社2014年版，第74页。
② 同上。
③ 同上。
④ 流潋紫：《后宫·甄嬛传》（第四卷），浙江文艺出版社2014年版，第14页。
⑤ 同上书，第15页。
⑥ 同上书，第70页。
⑦ 同上。
⑧ 同上。
⑨ 流潋紫：《一纸伤情，以衬你的圆满——写在〈后宫·甄嬛传〉之后》，《后宫·甄嬛传》（第六卷），浙江文艺出版社2014年版。

地概括了《后宫·甄嬛传》全七本的要旨，这是一个悲剧的故事，所有的女人在封建时代皇权至上的后宫生活中被磨砺成阴狠毒辣、精于权谋的非人模样。所谓的"成功"，不过是封建专制束缚下无奈的人性牺牲。小说最终呈现出一种悲痛，也是一种讽刺，讽刺封建皇权制度对女性命运的无情戕害。

影视剧《后宫·甄嬛传》虽是出于对小说文本的改编，却也在故事情节、人物设定，甚至对话语言等方面尽量忠于原著。而从所删减与调整的内容上，不难看出导演与编剧意欲强化的表达主题也正是封建社会对后宫女性的身心戕害。尤其是影视剧对甄嬛形象的漂白，作者兼编剧的流潋紫就坦承："有意将主角甄嬛前期'漂白'，是为了让环境对人性异化扭曲的作用更加明显。"[1] 从前期的不谙世事到最后的精于谋划，强烈鲜明的明暗对比形成了对封建皇权体制下后宫生活毁灭人性的强烈控诉。

2. 作品实际呈现的"批判主题"

事与愿违，作品实际呈现出的"批判主题"与导演、编剧力图呈现出的"批判主题"出现一定程度的错位，这种错位主要表现在影视作品的解读中。这与影视剧的特殊要求，表现出来的形式特点以及观众群的认知需求都有直接关系。

首先，《后宫·甄嬛传》原著有 7 卷本，200 多万字（含作者亲笔番外），按新闻广播员每秒 200—300 字的语速计算，单单将全书朗读一遍，就需要 100 多个小时。而要将如此鸿篇巨制的小说作品改编成 76 集，50 小时左右的影视作品，就不得不需要对小说的情节内容进行精简。可以说，影视剧《后宫·甄嬛传》在同类型改编作品中算是成功之作，尤其是需要将原本架空历史的小说坐实到清代雍正王朝，其间虚与实的对应、精

---

[1] 王磊：《流潋紫谈〈甄嬛传〉语言：以〈红楼梦〉为样本》，《参花（文艺视界）》2012年第 5 期。

简与逻辑的兼顾，都力求臻于完美。不过，情节、线索的删减虽然在编剧与导演的努力下尽量保证故事的完整性与连贯性，却难免导致故事情节不及小说丰满，事件发展的推动力随之减弱。比如，影视作品中完全抽掉了甄嬛哥哥甄珩与大妹妹玉娆这两条线索。剧中甄嬛在得知玄清死后决定回宫，一是为玄清报仇，二是因为流放宁古塔的父亲病重。而在小说中故事背景要更为复杂：哥哥甄珩被陷害结党营私而致全家招祸，父母妹妹流放川北穷山恶水之地，嫂嫂与襁褓之中的外甥惹鼠疫致死，流放岭南的哥哥得知妻孩死讯后被逼疯。在这样的境遇下，玄清又死了，唯一可能抱有的希望也被残忍打破，唯有甄嬛重回宫廷，依附皇权，才有可能保全自己的父母兄妹不再为奸人所害，保全甄氏一族的活路。影视剧将复杂的人物际遇简单化，虽然也满足了事件发展的动因，却远不及小说充实的故事背景带来的悲剧震撼力。封建皇权时代，女子命运与家族命运紧紧相连，不得自主的意义写照也随之减弱。

其次，小说作品的内容、意义，可以依靠多种文字技巧表达，作者想要传递的情感倾向可以借助对主人公的心理描写等隐匿于字里行间，读者在文本阅读过程中便可体会作者营造其间的喜怒哀乐。而影视作品是语言、动作、画面等多种手段融为一体的影像艺术，创作者完全退居幕后，通过演员的演绎、故事本身的架构以及光、影的调和来展现事件的起承转合，作品传达出的主题意蕴需要观众自主解读。《后宫·甄嬛传》故事本身是主人公通过"美"的销毁与"恶"的凸显而走向权力顶峰。但是，所消逝的"美"是人物内在的美好与纯真，是精神世界的善良与充盈，是隐于富贵权势之外的形而上学，这些都是影视作品拙于表现的。而所依靠的"恶"表现于后宫妃嫔间的争宠。在皇权高度集中的封建社会，多一分宠爱意味着多一分权力，在等级制度森严的宫廷之内，多一分权力也相应多一分的富贵荣华。这富贵荣华与穷酸潦倒的对比在影视剧中的表现最为明显，除了严照嫔妃位份的吃穿用度规矩外，连奴才们也是拜高踩低，见风使舵，眼盯着各位小主娘娘的恩宠福祉。"美"的销毁过程表现不足，"恶"的部分被片面强调，此消彼长间，不仅故事的悲剧意味被消解，而且阴谋、陷害等嫔妃之间尔虞我诈的宫廷争斗手段更容易引得观众注意，成为戏剧冲突的重中之重。

同时，单靠画面表现的故事情节，也有可能使观众忽略了制作者隐藏于画面背后的深刻含义。有学者认为："剧中甚至对甄嬛在故事后半部中的复仇行为也采取了赞赏的态度。"① 其实，影视剧除了对初期甄嬛的美貌动人、心思精巧、聪颖伶俐持褒奖态度外，并没有对甄嬛任何计谋性的策略叫好称赞，就连甄嬛自己也不认为这一路走来的种种行为是值得夸耀的，只是生存所需罢了。剧中最后片段，甄嬛说："槿汐，我累了，扶我去睡会儿吧。"这句话一语双关，既表示累了一天之后的身体倦怠，更体现出甄嬛走到今日身心俱疲的状态。甄嬛睡后梦中思绪纷飞，此前一幕幕于眼前重现。如若匆匆一瞥，观众很容易认为这只是在全剧终之前对甄嬛一生至此的前情回顾，而仔细观察可以看出，这一段画面共有 30 多个画面，却并不以时间线索为序。前 8 个画面大致勾勒出甄嬛入宫承宠时期的顺心遂意，而往后 20 多个场景是将甄嬛失子、失宠、失爱、失心的画面做了集中展示，以曾经的纯真轻松与当下的沉重作一突出对比，前后场景数量的差别也凸显出在封建皇权制度下"臣妾想要的终究没有得到"的无奈与虚空。

再次，在《后宫·甄嬛传》中，主人公初期的纯真、诗意、美好与后来的位临高座、翻云覆雨，于现代人而言是两种不同的人生观取向，难分伯仲。两者又经常穿插在一起，难分彼此。观众一方面欣赏甄嬛"愿得一心人，白首不相离"的爱情夙愿，渴求其与玄清"琴瑟在御，莫不静好"般的相知相伴，另一方面又追求物质生活的丰盈与权力地位的提升。在现

---

① 雍青：《〈甄嬛传〉：一次不成功的突围》，《艺苑》2012 年第 6 期。

代民主社会中，男女平等、婚姻自由、一夫一妻，甄嬛遇到的爱情悲剧在如今的生活条件下已然不复存在。而剧中人物妆容从简单到精致，服饰、器物从得宜婉约到大气奢华，发饰从最初的素淡清雅到后来满头的金箔珠翠，却与现代人普遍认可与追求的"优质生活"不谋而合，也契合了现代社会对于"成功"意义的通俗界定。在影视作品的接受过程中，观众对于甄嬛爱情夙愿的破灭除了扼腕叹息外无计可施，却能从中看到主人公谋求权力与荣华的步步为营，透视出如何在现代社会中应对职场挑战的缩影。很多观众在欣赏《后宫·甄嬛传》时，不自觉地将关注点放在甄嬛的生存困境中，希望通过主人公的披荆斩棘，探求影视作品中有关成功学的经验价值，以期作为自己现实生活的借鉴。

除了作品内容对观众关注点的引导以外，观众在欣赏影视剧之前对其内容、主旨等也有自己的期待视野。观众对《后宫·甄嬛传》的期待视野往往来源于以往观看宫斗类型影视作品的经验，且与自身现有的精神状态、生活困境等因素息息相关。以往《金枝欲孽》《美人心计》等宫斗剧中，"斗"自然是作品表现的核心。而《后宫·甄嬛传》中药材、香料等新颖的阴谋手段、舒痕胶等隐匿的故事线索在符合观众关于"斗"的期待视野的基础上，超出预定积累，打破观众的期待惯性，给观众以耳目一新之感。同时，在追名逐利、信仰缺失的当下，人际关系崩塌，个人主义观念高涨，个体在深度转型时代狂潮中存在普遍的心理茫然与精神困惑，观众在对影视作品的解读过程中大多以己出发，寻求情感与观念的共鸣，也在作品中，不自觉地衍生出自己独特的有益于解除自身困境的价值认同。当《后宫·甄嬛传》中甄嬛在尔虞我诈的生存困境中一步步成长，走到权力顶峰时，受众自觉将其中的生存法则与价值观念移植到当下的工作生活中。很少有普通大众能够跳脱出狭隘的自我认知，从大环境出发，探讨封建皇权时代对女性命运的摧残，这也受到观众们文学素养、人生阅历、精神境界等方面因素的制约。

最后，在高压力、快节奏的社会生活中，影视剧成为大众茶余饭后一种娱乐消遣的方式。大家受《后宫·甄嬛传》中精美的宫殿、器物，考究的礼仪、服饰，颇具古典意味的人物台词，甚至五花八门的争宠手段所吸引，愿意与甄嬛一起步入险象环生的后宫争斗之中披荆斩棘，一起承担失意时的伤心苦楚与成功带来的酣畅淋漓。这于观众而言是繁忙生活中一剂轻松的调味，也是宣泄郁积情绪与压力的一种方式。观众更多注意的是故事情节本身，寻求跌宕起伏的情节刺激与触目可见的美感享受，对影视剧背后所隐藏的严肃主题并不刻意追求。

（二）是否宣扬"恶"文化

通览《后宫·甄嬛传》，不论小说还是影视剧，都是以阴谋陷害为主要手段制造矛盾冲突来推动故事情节的发展，整部作品中触目可及的都是人性道德领域"恶"的部分。爱情被异化，掺杂进政治因素，再受宠爱的华妃也因为家族权势的震慑而不得生子；友情被异化，再情同姐妹也终究抵不过为了利益的倒戈相向；亲情被异化，甚至自己肚子里的孩子也被当作扳倒对手的工具。由此可见，学者们对《后宫·甄嬛传》中对"恶"文化的诟病并不是空穴来风。然而，作品中对封建皇权时代"恶"文化是否采取的是"宣扬"的态度还应回归历史空间进行评说。

高度集中的封建皇权统治中，所有人所有事都只对天子一人负责，所谓"普天之下，莫非王土；率土之滨，莫非王臣"。在这样的背景之下，国家之间为了版图的扩张不惜生灵涂炭，大臣为了得到天子重用不惜相互陷害弹劾，皇子们更是为了皇位的争夺而手足相残，就连后宫女子也不得不为了皇帝的宠爱而斗得你死我活。封建专制政权对人性的扭曲与异化已昭然若揭，《后宫·甄嬛传》专注于对封建皇权时代腐朽礼教制度下的后宫女性命运进行立体化的揭示。

封建皇权时代的选秀制度与六宫格局，是女性悲剧的源起。从选秀开始，秀女们就被剥夺了爱情自由与平等的权利，她们仅是等待皇上遴选的对象，撂牌子抑或赐香囊，一切与女子的意志无关。被选中进宫为六宫妃嫔的女子，纯真专一的爱情于她们而言，注定只能是奢望。她们与皇帝，是夫妻，亦是君臣。她们承担着充实掖庭、为帝王家绵延子嗣的政治使命，大多仅充当了生育的工具或牵制前朝的棋子。身份地位、性命荣华，甚至家族命运都只能依靠皇帝宠爱，实际上是通过宠爱得以依附皇权。在男尊女卑、一夫多妻盛行的年代，当后宫佳丽三千需要向同一个男人求宠索爱的时候，寂寞、嫉妒、不甘等负面情绪应运而生。欲望不得满足，便唯有谋划才能求得爱，求得地位，求得生存。秀女大选三年一次，源源不断的新人进来，旧人为了保住地位，新人为了谋取地位，不得不展开此起彼伏的权力拉锯战，而斗"恶"就成为后宫女人之间战争的形式。从被动到主动，受到的是封建等级制度与帝王专制统治的推动，半分由不得自己。

　　《后宫·甄嬛传》是一部历史小说，它力图还原历史空间中女性的身世浮沉，追求历史真实。小说中，甄嬛在初入宫时，听到凤鸾春恩车声音时引发对后宫女人命运的感慨："尽态极妍，宫中女子哪一个不是美若天仙，只是美貌，在这后宫之中是最不稀罕的东西了。每天有不同的新鲜的美貌出现，旧的红颜老了，新的红颜还会来，更年轻的身体，光洁的额头，鲜艳的红唇，明媚的眼波，纤细的腰肢……而她们一生做得最多最习惯的事不过是'缦立远视，而望幸焉'罢了。在这后宫之中，没有皇帝宠幸的女人就如同没有生命的纸偶，连秋天偶然的一阵风都可以刮倒她，摧毁她。而有了皇帝宠幸的人就可以高枕无忧了吗？恐怕她们的日子过得比无宠的女子更为忧心，'以色事他人，能得几时好？'她们更害怕失宠，更害怕衰老，更害怕有更美好的女子出现。如果没有爱情，帝王的宠幸是不会比绢纸更牢固的。而爱情，恐怕是整个偌大的帝王后宫之中最最缺乏的东西了。宫中女子会为了地位、荣华、恩宠去接近皇帝，可是为了爱情，有谁听说过……"① 这是封建皇权时代最真实的后宫生活写照，这种生活是寂寞的、无奈的、险恶的，甚至是你死我活的。其中严格的尊卑等级观念、皇权至上法则、女性被戕害的命运等，都是封建专制时代的主要特征和必然产物。它本身就并不美好，《后宫·甄嬛传》只是通过艺术加工将这种"恶"形象化地传达出来。

想要以封建专制时代为故事发生的背景，保持历史的严肃感、厚重感，这些在现代价值观念体系下看来扭曲的规则，"恶"的文化是必须呈现，且毋庸置疑的。我们完全可以跳脱出作品内容本身，来评判那个时代的生存背景对人性的异化这一客观事实，但如果非要以此为角度来批判作品传达的价值观念，那所有揭露社会历史现实的文艺作品的价值倾向就都值得讨论与质疑了。

从这种《后宫·甄嬛传》宣扬"恶"文化的评论出发，如果想要避免此类价值观的辩驳，必然要在作品中融入反抗尊卑等级、消解皇权，甚至女性解放的思想行动。这类作品又违背了真实的历史状态，沦入戏说的窠臼。以穿越小说《末世朱颜》为例，讲述了来自 31 世纪的欧心妍坐上时光机想重回历史空间一览慈禧太后的风采，却阴差阳错顶替叶赫那拉·玉兰进宫，自己成为慈禧。原本谨遵爷爷决不可改变历史的嘱咐亦步亦趋，以冷血无情将国家百姓推入深渊，推动历史一步步向既定轨迹发展。可亲身经历的惨痛令灵魂如坠炼狱，她痛定思痛，决定挽救晚清国运，利用现代管理经验呈现出一幅不一样的晚清盛世图景。这部小说中也有慈禧与后宫妃嫔的争宠，甚至为了笼络皇后，将自己的亲生子送给皇后抚养，有慈禧与六王爷奕䜣的两情相悦，有慈禧对皇上的从有情到无情等类似《后宫·甄嬛传》的情节描写。不同的是，位临太后的慈禧并没有像甄嬛一样开始引领下一代的后宫争斗，而是不再拘泥于历史陈规，勇于革新，突破

---

① 流潋紫：《后宫·甄嬛传》（第一卷），浙江文艺出版社 2014 年版，第 52 页。

封建皇权时代必然的悲剧结局，引入现代理念，终于把晚清开创成一个中华盛世。这样的结局安排，给读者呈现出历史发展的另一种可能性，纵然没有了如《后宫·甄嬛传》般的关于宣扬"恶"文化的质疑，却又有不少读者批评其最后对历史结局的戏说，消解了历史严肃感，削弱了作品的思想深度，更容易引起接受者对历史真相的误解，等等。由此可见，忠实地还原历史，还是能动地改写历史，都是艺术创作的一种选择方式，二者之间并没有必然的高低优劣之分。于其评价而言，也是各有利弊。同一部宫斗题材的历史小说，既想要揭示历史深度，又想避免时代背景下"恶"文化的展示，这其中的艰难还需要文艺界的积极探索。

对于《后宫·甄嬛传》这样一部历史题材的文艺作品而言，故事表现的封建专制时代后宫女性之间尔虞我诈的阴险计谋，旨在还原当时的历史真实以传达女性的悲剧宿命。作品中"恶"的描写是一种客观意义上的表现并不意味着是一种宣扬，恰恰是通过悲剧色彩呈现出一种贬斥。

（三）是否弘扬正能量

陈庆贵在《〈甄嬛传〉热播宣扬比坏，让我们反思什么》① 一文中宣称："对任何表现形式的文艺作品而言，无论是讴歌真善美也好，抑或是鞭挞假恶丑亦罢，其基本责任功能担当，都是教人向善而不是相反；如果文艺作品被允许欣赏假丑恶海盗海淫，社会影响效用则不可想象。可以说，教人向善也是古今中外规约文艺作品、放之四海而皆准的普世价值。"该说法代表了一众学者对《后宫·甄嬛传》价值观问题所持有的观点：即使作品通过对扭曲人性的刻画展现出抨击封建皇权社会对女性命运戕害的主题，其未能宣扬正能量依旧是值得诟病之处。就这一问题，需要从三个方面进行阐释。

---

① 陈庆贵：《〈甄嬛传〉热播宣扬比坏让我们反思什么》，《中国职工教育》2013 年第 22 期。

其一，《后宫·甄嬛传》原本就不是以宣扬正能量为主旨的作品。在观众以往的欣赏经历中，已经习惯了善恶二元对立的价值体系，要不就是惩恶扬善，正义得到伸张的正面主题，要不就是玉石俱焚，集体毁灭的悲怆意味。而在《后宫·甄嬛传》中，虽然甄嬛一类与华妃、皇后一党依旧满足了"善恶"二元对立的叙事机制，但是其实就本质而言，甄嬛、华妃、皇后并无分别。他们都是后宫体制的受害者，他们都从最初的纯真善良，对爱情充满期待，一步步滑向阴谋的深渊。即使故事以甄嬛为主线开始讲述，其实这之间的演变也凝聚着皇后、华妃等一众后宫女人的一生。甄嬛的最终胜利不是因为"善"，她的双手也沾满鲜血；华妃、皇后的死亡也难以完全归于"恶"，她们曾经也情深似海。在悲剧的后宫中注定没有胜利者，她们想要的注定不能得到，失去的却早已无法估量。这原本就不是一个讲述"邪不压正"，宣扬正能量的故事，所有人都沁浸在封建专制体制的泥沼之内，以毁灭性演绎着带有浓重悲剧色彩的故事。

其二，关于宣扬正能量问题，我们首先要解决所谓的"比坏"，所谓的"技高一筹"，背后究竟隐藏着什么。甄嬛的成功或许的确是出于她不动声色的连环计谋。华妃、皇后两大阵营的先后垮台，甚至是最后皇帝的驾崩，主动出击也好，坐收渔翁之利也罢，能够在风起云涌的后宫之中保全自身尚属不易，最终能够屹立不倒，执掌六宫之权的更不会是等闲之辈。只是仔细观照剧中出现的谋害伎俩，并不能看出甄嬛的手段比之其他要高明多少，倒是华妃陷害眉庄假孕争宠从此绝了眉庄柔情承宠的念头，皇后一计误传纯元皇后故衣直接致甄嬛以废妃身份出宫，自己却乐享 4 年逍遥时光，皇上的欢宜香更是让嚣张跋扈多年的华妃低了头。这一桩桩，一件件，哪一个比下来，也不见得就是甄嬛的心思更加阴毒，谋划更技高一筹。

那甄嬛的成功究竟源于什么？这就需要对比甄嬛与剧中其他人物的不同之处。华妃为了用木薯粉事件扳倒甄嬛，不惜利用身边曹贵人的温宜公主；皇后为了当年王府里嫡福晋的位置，设计害死自己的亲姐姐与亲外甥；皇帝更是用尽一切手段保证江山的稳固，甚至赐死亲生手足。相比之下，甄嬛对自己身边的人却亲厚有加，广结善缘。对身边的侍奉之人，甄嬛从未轻视、践踏。即使知道浣碧暗中勾结曹琴默、华妃一党陷害自己，依旧动之以情、晓之以理，让浣碧明白其中利害关系，继续留其在自己身边；槿汐对食之事暴露后，不顾怀着身孕进慎刑司看望，承诺不惜一切代价救槿汐，而不是弃卒保车；暗中请温实初给小允子病重无人管的哥哥治病。正是甄嬛对主仆情分的珍视，才使身边之人愿意死心塌地忠诚于她。就算出宫去甘露寺那样的凄苦境地，浣碧、槿汐也生死相陪，槿汐甚至自愿与公公苏培盛结成对食以助甄嬛回宫；小允子甘愿装神弄鬼吓疯丽嫔，帮助剪除华妃党羽。对身边于自己无害的妃嫔，甄嬛更是以礼相待。知道端妃喜欢孩子却一生与子嗣无缘，求皇上将温宜公主交给端妃抚养；纵然母女之情不忍割舍，也还是继续留自己亲生的胧月公主在敬妃身边；就连对不受众人喜欢、性格孤僻的叶澜依也是客气有加。就因如此，才使甄嬛在后来滴血验亲、扳倒皇后等事件中受众人维护，有惊无险。由分析可见，甄嬛纵然表面上是一步步精于计谋走到最后的成功，可成功的背后并不源于甄嬛的"更坏"，或甄嬛的"技高一筹"，相反，却恰恰是甄嬛的与人为善。

《后宫·甄嬛传》从表层意义而言，的确没有正面宣扬真善美等积极的价值观念，但从事件发展的深层动因进行分析不难看出，正是甄嬛对身边人的脉脉真情与善良之举才使得她在等级森严的后宫制度中平步青云，成为最终的获胜者。这不得不说是一种潜在正能量的宣扬。

其三，电视剧《后宫·甄嬛传》中也存在多处反封建禁锢的尝试：甄嬛一出场便宣称要嫁与这世间最好的男子，皇帝虽坐拥天下却未必能如己所愿；得知爱情破碎后，毅然抛下荣华富贵而出宫；纵然废妃没有回宫的先例，却为了心中所求而坚持回宫；经历一次失败的爱情后，勇敢接受与允礼之间的感情，并以合婚庚帖完成再嫁；冒死在帝王后宫生下允礼的孩子；甄嬛的妹妹玉娆拒绝皇帝，拒绝多女共事一夫，嫁与平阳王玄汾，一生白首齐眉。虽然这些正面的斗争之举大多以悲剧收场，毕竟凭一己之力想要推翻根深蒂固的封建专制制度并不现实，可是在封建思想无孔不入的年代，能够有细微的尝试已实属不易。尤其是甄嬛与允礼的"琴瑟在御，莫不静好"，玉娆与玄汾的"我心匪石，不可转也"都为沉闷的宫廷斗争注入一丝清朗的阳光，不得不算是剧中不可多得的"正能量"。

（四）是否指向现代社会

对于《后宫·甄嬛传》的价值争论虽然众说纷纭，有一点却是统一的：都是从现代社会的人文关怀出发，意图厘清古典宫斗题材的文艺作品对当下现实社会的是非影响。有观点认为《后宫·甄嬛传》中"尔虞我诈、钩心斗角的行为背后是个人主义逻辑……爱情神话、姐妹情谊和善良纯真等作为大众文化'心灵鸡汤'的超越价值荡然无存……与其说是人伦纲常的后宫，不如说更是赤裸裸的丛林法则"[1]，也有观点坚持"它的热播带给人们的不只是简单的故事，更启示人们思考和分析当今社会的问题与现状，对日常生活有着永恒的价值和意义"[2]。

无论哪种观点，都对于同一社会现象，即观众自觉不自觉地想要将剧中的手段或价值观移植到自己的生存环境。对于这一问题，首先应该考虑的是观众所看中的，想要借鉴的部分是否具有真正的普世价值，是否适用于现代社会。毕竟时空环境不同，很多条件都已今是而昨非。观念与手段的移植与植物生命的移植是相通的，决定最终是否能够存活的不是前后的相同因素，而恰恰是不同因素。

---

① 张慧喻：《"甄嬛"的出路与宫斗的权力想象》，《南风窗》2012 年第 11 期。
② 马苗萌、李志楠：《〈甄嬛传〉走红原因及人物主体身份认同》，《电影文学》2014 年第 5 期。

或许封建宫廷生活中的等级制度与今天职场的晋升法则有某些相似之处，可其中的种种不同也是显而易见的。现代社会感情与工作是截然不同的两个生活领域，没有人强迫你在工作之外的时间内依旧以上司为情感中心，感情世界与工作也不存在一损俱损一荣俱荣的连带关系；现代民主社会，每一个公民都有自主选择爱情与工作的权利，在任何一段社会关系中都不存在所谓身不由己的抉择；职位的晋升靠的是后天努力与真才实学，出身、容貌，甚至单一上司的评价已经不再在成功学中起决定性作用；在法制年代，自然也没有仅靠对某一人的瞒天过海就可以为所欲为的无限制的自由，阴谋与伎俩最终会在天网恢恢下无处遁形；一夫一妻的现代婚姻制度，也无须在爱而不得的寂寞长夜中生出那许多的不甘与阴毒。处于封建皇权社会中的女人们别无选择，她们注定背负着整个家族的兴衰荣辱与一群人平分爱情，那一点点的荣宠决定了全族的生死命运。她们不得不铤而走险，去争夺，去依附。而对于处在现代社会的我们，命运在自己手中，我们可以通过自身的努力，光明正大地争取自己想要的情感、自由与财富，无须经过扭曲与毁灭去权衡如何才是最好的选择。

　　艺术源于现实，更高于现实，从虚构的文艺作品中肆无忌惮地汲取"经验"以为现实生活所用必然是盲目不可取的。不过，对于古典题材作品的现代价值关怀却是无可厚非的，毕竟作品的受众是现代人群，如果完全忽略其与现实社会的影响，也难以受到大众的青睐。《后宫・甄嬛传》的现实意义主要集中于对现代社会的批判及对大众的精神引导等。

　　每一时期影视剧的热播背后都有其相应的社会背景，比如21世纪前十年热播的几部影视剧，2006年《士兵突击》、2007年《奋斗》、2010年《杜拉拉升职记》，以许三多、陆涛，以及杜拉拉等一系列基层小人物在环境中的摸爬滚打，直至逐步成长，反映了21世纪初，随着市场经济的繁盛，人们在风云变化的社会现实面前渴求通过自己的努力追逐成功。步入21世纪第二个十年，社会处于深度改革转型时期，市场经济弊端的显露日益明显，人际关系崩塌，社会面临信任危机，传统道德体系崩盘，扶起老人反而成为被讹诈对象，各种社会骗局不计其数。《后宫·甄嬛传》中尔虞我诈的生存困境在一定意义上是现代社会状态的一种投射，具有深刻的批判意义。

《后宫·甄嬛传》中宫廷礼仪、等级等历史知识的普及，古代诗词典故的活用与渲染，在给受众传播相应古典知识的同时，也激起大众对传统文化的热情。有读者观众特意翻阅正史史书或通过百家讲坛等栏目关注专家辨析，了解虚构的作品与真实的历史之间种种矛盾与重合，以真正熟知关于那个历史空间的人物史实脉络与时代风情。《后宫·甄嬛传》中尔虞我诈的生存环境与当代职场生活有一定程度的契合，受众在欣赏作品曲折变化的故事情节的过程中获得相似的情感体验。主人公的步步高升也完美迎合了现代社会对于成功的精神诉求，为高压力的现代人群提供了历史时空的拟态环境，以供情绪宣泄与精神消遣。同时，《后宫·甄嬛传》通过艺术渲染和夸张而呈现出人物间激烈的戏剧冲突，其间的阴毒斗狠并不在于正面宣扬，更多的是为当代社会的道德沦丧敲响警钟。当然作品中也不乏同样适合现代社会恒久不变的普世价值，这是需要我们学习和借鉴的。

所以，针对《后宫·甄嬛传》中体现出的种种情节与观念，需要我们理智对待，仔细取舍，不是将剧中的手段与价值观全盘移植，而是选择真正符合现实环境的部分加以运用。例如，不是学习人物间的钩心斗角，而是了解封建社会对人性的异化；不是熟知权谋文化，而是懂得如何在险恶的环境下与人为善；不是追逐无意义的成功，而是把握自己想要追求的生活；等等。

21 世纪以来，网络文学的发展已然渐趋成熟，相较于网络文学发展的速度与规模而言，相关的理论研究和学术批评，明显远远滞后于网络文学发展的实际需要。同时，在网络小说评价领域，一直存在学术界和读者两条评价体系。学术界往往针对文学现象进行宏观把握，读者倾向于着眼作品进行微观分析，针对单一作品的学术界讨论屈指可数。在中国知网上，以"后宫·甄嬛传"为检索条件，有近千篇文章，这在网络小说领域可谓凤毛麟角。《后宫·甄嬛传》被纳入学术视野，表明了学术界对网络小说及其相关现象的关注与重视，也为网络小说的发展提供新的要求与解读思路。着眼于学术视野中对《后宫·甄嬛传》的价值观讨论有助于立足文本进行理论化分析，力求在学者与读者两条评价体系中寻找一个契合点，将对网络小说的宏观把握与微观分析结合起来，为网络小说的研究方法进行一种新的尝试。

一代人的爱与恐惧

——《后宫·甄嬛传》论析兼及网络文学性的思考

马为华*

【摘要】《后宫·甄嬛传》是宫斗类小说的经典之作，作品以复杂的人物形象及与当下相似的生存境遇营造了真实感，进而以爱情为拯救者，吸引读者读得如痴如醉。第一人称和现实主义创作手法的使用，掩盖了意识形态性，回避了暧昧与丰富的地方，本质上是非常自恋的一种创作。最后，质疑了网络文学流行的文化研究的方法，呼吁网络文学的文学性。

流潋紫创作于 2006—2009 年间的网络小说《后宫·甄嬛传》①是"宫斗类"网络小说的一部经典之作，小说讲述了女主人公甄嬛在残酷的宫廷斗争之中，凭借智谋与手段走上后宫权力巅峰，并且收获美好爱情的一生。这部小说被称为宫斗小说集大成者，2012 年被导演郑晓龙改编为电视剧，一时成为人们热捧的电视剧。

---

* 马为华，广州大学人文学院副教授。

① 《后宫·甄嬛传》：2006 年开始在晋江文学城（http：//www.jjwxc.net）连载，2007 年 2 月起由花山文艺出版社出版发行第 1—3 册，其后，广西师范大学出版社出版 4—5 册，重庆出版社出版 6—7 册，截至 2009 年 9 月第七册出版，整个出版过程历时两年有余。2011 年 12 月年浙江文艺出版社出版《后宫·甄嬛传》（修订典藏版）。

一 从"真实"谈起

对于这部作品，大多数网友表示非常喜欢，但是遭到了官方和传统学院派的批评，比如说著名学者陶东风在《人民日报》上发表文章，认为这是一部"比坏"的作品，"甄嬛终于通过这种比坏的方式成功地加害皇后并取而代之，这就是《甄嬛传》传播和宣扬的价值观。也许有人会说，《甄嬛传》比《大长今》更真实，因为生活就是只有学坏才能生存。且不说这种对'生活'的理解是否过于狭隘、过于偏激，退一步讲，文艺作品也应该高于现实而不只是简单地复制现实。在评价历史题材作品时，最重要的标准还不是真实性标准，而是价值观标准。不正确的价值观会导致观众把不正确的生存理念带入现实生活"；① 但是另一方面，学者邵燕君辩护道："这个剧确实没有弘扬善、美，但我觉得它在揭示真的层面上，还是有相当大的推进的，它把我们这个世界的规则和潜规则的真实性和残酷性揭示出来了，这也是一种推进。"② 粉丝们力挺甄嬛的理由恰恰也在于，她不但是个"真性情的女人"，而且"骨子里是善良的"。她的道德底线正是建立在"爱恨明了"的基础上的，让人觉得可信、可亲、可敬。③ 面对这些争论，我觉得饶有兴味的是，喜欢或者不喜欢这部作品的理由，居然都是真实。正如亨利·詹姆斯所说："予人以真实之感（细节刻画得翔实牢靠）是一部小说至高无上的品质——它就是令所有别的优点都无可奈何地、俯首帖耳地依存于它的那个优点。如果没有这个优点，别的优点就会都变成枉然。"④

---

① 陶东风：《比坏心理腐蚀社会道德》，《人民日报》2013 年 9 月 19 日。
② 邵燕君：《多维视野下的〈甄嬛传〉》，《文艺理论与批评》2012 年第 4 期。
③ 亦如：《甄嬛骨子里还是个善良的女人》，豆瓣电影，2013 年 5 月 10 日（http//movie. douban. com/subject/4922787/discussion/53182090/）。
④ 亨利·詹姆斯：《小说的艺术》，朱雯乔、朱乃长等译，上海译文出版社 2001 年版，第 15 页。

这样一部架空历史的虚构作品真实感源于哪里？

首先，在于女主角甄嬛，恰如作者流潋紫自己在《后宫·甄嬛传》（修订典藏版）的序文《虽是红颜如花——我为什么要写后宫》中强调的那样，她塑造甄嬛这一人物的一条重要原则———不完美："我笔下的甄嬛……因为不完美，才更亲切吧。"① 借用网络术语来说，这是一个腹黑的白莲花形象。

白莲花，按照百度百科的说法是：她们有娇弱柔媚的外表，一颗善良、脆弱的玻璃心，像圣母一样的博爱情怀，是那种受了委屈都会打碎牙齿和血吞的一类无害的人，总是泪水盈盈，就算别人插她一刀，只要别人忏悔说声对不起，立刻同情心大发，皆大欢喜地原谅别人。②

甄嬛并不是这样一个道德至上、无力应对生活的人物形象。小说中甄嬛在等级森严、伴君如伴虎的后宫中逐渐成长，该要阴谋的时候要阴谋，该隐忍的时候隐忍，能报仇的时候绝不手软，具有非常明显的腹黑属性。据百度百科："腹黑"一词来源于日本 ACGN 界，通常用来指表面和善温良，内心却黑暗邪恶的人。原意为"表里不一""口蜜腹剑""施诈"的意思，但并不一定是指内心奸猾狡诈。在更仔细的分类中，腹黑又可以分为两种，一种是狡诈的，还有一种就是甄嬛这一类的：此类人非常聪明，算计（褒义）起来，技术一流，但是不属于危险类。③ 甄嬛形象简直就是大家孜孜以求的完美女性：美丽、独立、智慧、有力，而且最关键的是无害。这是一朵腹黑的白莲花，这真是现代社会土壤才能孕育产生出的奇葩，这个形象充分展示了现代女性对渴望掌控自己生活权力感的向往，但同时也意识到权力的双刃剑特性，因而从一开始就将甄嬛设定为一个无心

---

① 流潋紫：《后宫·甄嬛传》（修订典藏版），浙江文艺出版社 2012 年版。

② "白莲花"词条，2014 年 8 月 8 日，百度百科（http//baike. baidu. com/subview/934307/10989731. htm#viewPageContent）。

③ "腹黑"词条，百度百科（http：//baike. baidu. com/view/6437. htm）。

入宫、只向往一心仪人的浪漫角色，在小说展开的部分中，甄嬛迫不得已地卷入了权力，并且成为权力游戏中的胜利者，于是甄嬛就成了一个既玩弄权谋而又无比高尚的人物形象。

当然构成小说真实感的不只在于这个人物形象的复杂性，更在于这个形象让人们产生的代入感。小说中的后宫在文本里因大量细节的描写具有了物理意义上的真实性，而且后宫生存方式和当下生活在心理上的高度同构性，更加强了代入感，"以《后宫·甄嬛传》为代表的'宫斗'小说中的后宫世界，与现实世界的职场有着复杂的投射关系。后宫中妃嫔的晋升模式可以看作是对职场晋升模式的一种模仿；森严的等级秩序，尔虞我诈的人际关系、你死我活的权谋斗争则是当代职场焦虑的极端化展现"，由此，或许也可以解释缘何大多数穿越架空类小说的历史设定都是在古代了，"大周后宫成了一个关于现实世界的大寓言，展现着每个人在现实生活中都会不断遭遇到的关于利益与道德的抉择，后宫世界则将这种焦虑推向了没有出路、无法逃离的境地，因而甄嬛的每一次违背初心，无论是为了家族还是为了爱人，都是那么的别无选择、无可指责。可以说，正是这样的甄嬛，为现实生活中的每一个人背负了良心的负担，也因而最具有打动人心的力量。"①

如果仅是厚黑学般地展示人与人之间的权谋斗争，或许还不会让人们如痴如醉。每一个阅读《甄嬛传》的人，都知道这是一部虚构的作品，然而在情节一步步圆熟的推进中，让每个人欲罢不能的恐怕是作品展示的惊心动魄的爱情。甄嬛所求不过是真爱，然而，后宫的黑暗，皇上的喜怒无常，都让甄嬛历经了磨难，也费尽了心思。幸好，甄嬛最终得到了玄清肝脑涂地的爱情。更为重要的是，小说的后半部分，最后的秘密揭开：皇上的翻手为云覆手为雨，原来却只是为了守护心中唯一的真爱纯元皇后，

---

① 邵燕君：《网络文学经典解读》，北京大学出版社2016年版，第204页。

"我的皇后，我爱的只有那一个让我魂牵梦萦的人，我的菀菀。纯，是她一生如一的纯净，不曾沾染世俗的污浊。元，她是我的最初，也是我的唯一"①。没有出场的纯元皇后是小说里所有女性命运背后的推手，从未出场却最完美，后宫的人其实都在她的影子下生活。源于唐玄宗的宠妃梅妃的"惊鸿舞"经由她改造后美艳绝伦，冠绝天下。甄嬛因惊鸿舞获得皇上盛宠。安陵容的歌声已经算是冠绝后宫，但只及得上纯元皇后的六七分。正是这一点点相似的歌声让皇上看到了安小主。甄嬛封妃被贬，就是因为穿了纯元的故衣，而这件衣服恰好就是纯元第一次邂逅皇帝时所穿的。端妃一手琵琶炉火纯青，却只得纯元皇后三四分真传……叙事在这里达到高潮并且闭合，没有人仔细去想：原来爱情的至高无上，和爱情的空缺是一体两面的事情。一部表面纯情之作，内里对爱情的解构到了无以复加的地步，没有人去细细思考这种断裂和不合理，在小三遍地，到处出轨的匮乏时代，它已经成了我们愿意相信的神话。神话，对愿意相信他们的人来说，具有毋庸置疑、至高无上的真实性。这是一代人的恐惧与爱，因为恐惧而愿意相信有一个完美的爱情会拯救我们，即使这爱情不过是幻象，那似乎也是我们能找到的最后的拯救。

二　现实主义复活还是自恋致幻剂

网络文学赢得读者的方式在于讲故事，这是最古老的一种技艺。网络小说作品动辄洋洋洒洒数千万字，主要靠的是讲故事，爱·摩·福斯特在《小说面面观》里给故事下了个定义："故事就是对一些按时间顺序排列的事件的叙述———早餐后是午餐，星期一后是星期二，死亡以后便腐烂，等等。就故事而言，它只有一个优点：就是使读者想知道以后将发生什么。反过来说，它也只有一个缺点：就是弄到读者不想知道以后将发生什

① 流潋紫：《后宫·甄嬛传》（http：//www.ty2016.net/zhuanti/zhenhuanzhuan.html）。

么", 进而将之喻为"冗长无比、蠕动不休的时间绦虫"①。读网络文学作品, 读到最后有时候会坚持不下去, 并不单纯是审美疲劳的问题, 福斯特关于小说的定义或许能解释这种现象。为了维持故事能讲下去, 情节要尽可能戏剧化, 并且要时不时高潮迭起。从表面上看, 网络小说几乎没有意外地遵循"开端、发展、高潮、结束"的路径, 似乎是早前先锋小说家们弃若敝屣的现实主义在网络小说里还魂复活了一般。

以"我"这个第一人称视角控制的现实主义, 几乎是大部分网络小说选择的叙事套路, "是形式, 而不是内容, 更具有历史性"②, 从这个角度去探究网络小说叙事形式的套路, 会有一些很有趣的发现。关于现实主义, 伊格尔顿曾经有这样一些解说, "现实主义文学倾向于掩盖语言的社会相对性或被建构性: 它帮助肯定下述偏见, 即存在着某种'普通'语言, 某种这样地或那样地自然的语言。这种自然语言把现实'原封不动'地交给我们: 它不像浪漫主义或者象征主义那样把现实扭曲成为种种主观的形状, 却把世界按上帝自己所可能了解的那个样子再现给我们。符号没有被视为一个由某一特定的可变的符号系统的种种规则所决定的可变之物, 却被看作开向事物或者心灵的一扇透明窗户", "那些把自己冒充为'自然'的符号, 那些把自己当作唯一可以想象到的观察世界的方法的符号, 就恰恰由于它们的此种行为而是权威主义和意识形态的。意识形态的功能之一就是把社会现实'自然化', 使它看起来像自然本身一样单纯和永恒。意识形态力图把文化转变为'自然', '自然的'符号则是它的武器之一", "意识形态在这意义上乃是一种当代神话, 是一个将自己的暧昧之处和选择可能性全部洗涤尽了的领域"③。果真如此, 我们从来不去追问网

---

① [英] 爱·摩·福斯特:《小说面面观》, 苏炳文译, 花城出版社 1984 年版, 第 24 页。

② 赵毅衡:《苦恼的叙述者——中国小说的叙述形式与中国文化》, 北京十月文艺出版社 1994 年版, 第 283 页。

③ [英] 特里·伊格尔顿:《二十世纪西方文学理论》, 伍晓明译, 北京大学出版社 2007 年版, 第 118 页。

络文学那些板结固化的规则果真是铁板一块吗？我们只会被高度紧张的情节一路拽着走，感同身受地同情着甄嬛，看女主人公如何"别无选择地"从一只小白兔成长为一只大灰狼，而我们不会意识到，其实作者根本就没有给人物选择的机会和可能性，在高密度编织的情节下，我们迅速就理解了甄嬛为了正确的事情可以不择手段的力量与无奈，而且我们从来没有追问它的逻辑"可能不是或不仅是将人性恶的方面放大，而且试图为人性恶确立它的合法性"①。

其实几乎一以贯之的第一人称视角非常明显地凸显了网络小说现实主义的非客观性，但是由于第一人称的无距离感，亲切感，它似乎并不构成对现实主义的消解，反而有加深真实性代入感的作用。第一人称视角的大面积铺开，其实是这个宏大价值解体的空虚时代人们极度自恋的表征。网络小说，不论类型如何，几乎都在讲述一个以成功学为核心的自我价值追寻与认同的故事，"人们说自恋时并不是指那些爱自己的人，而是指脆弱的个性，拥有这种个性的人需要源源不断的外界支持来进行自我确认。这种个性的人不能容忍别人的复杂需求，却试图通过扭曲别人的身份，分离出自身需要的和能用的东西，以此来与他们建立联系。因此，自恋者仅以量身定做的表达来与别人交往。这些表达（一些分析传统称之为'部分客体'，还有一些称之为'自我客体'）是脆弱的自我所能处理的一切"②。所以并不奇怪，网络小说里的爱情如此纯粹，根本不会意识到"爱情意味着从对方的视角品尝人世间的惊喜与艰辛，由双方共同的经历、体验、悲伤和喜悦而形成"③。也因此即使以言情出彩的《甄嬛传》，也有学者分析道："《甄嬛传》较大的败笔是言情，这部分占了很大篇幅。在《甄嬛传》

① 孙佳玉等：《多维视野下的〈甄嬛传〉》，《文艺理论与批评》2012年第4期。
② ［美］雪莉·特克尔：《群体性孤独》，周逵、刘菁荆译，浙江人民出版社2014年版，第190页。
③ 同上书，第7页。

中，爱情成了推动故事的重要动力，成了事件的第一因。不知道是人一恋爱就变傻，还是一恋爱就变崇高，《甄嬛传》前面部分显得智力较高，后面写言情就显得弱智。果郡王平时言行谨慎，能在雍正的猜忌下苟全，一恋爱就置身家性命于不顾了。皇后、华妃因为位不正，故或失位或丧生，甄嬛为了恋爱，失位、僭越，却能一路逢凶化吉，吉人天相。"① 言情，本应该承担起拯救重任，却终于力有不逮。而网络小说之所以如此类型化，恐怕恰恰也是由这种高度自恋而又非常单薄的自我关注造就的，自恋者没有兴趣探究别人的世界。

慢慢地低下头，看见瑰丽的裙角拖曳于地，似天边舒卷流丽的云霞。裙摆上的胭脂，绡绣海棠春睡图，每一瓣每一叶皆是韶华盛极的无边春色，占尽了天地间所有的春光呵。只是这红与翠、金与银，都似到了灿烂华美到了顶峰，再无去路。

缺一针少一线都无法成就的。我忽发奇想，要多少心血、多少丝纵横交错方织就这浮华绮艳的美丽。而当锐利的针尖刺破细密光洁的绸缎穿越而过织就这美丽时，绸缎，会不会疼痛？它的疼痛，是否就是我此刻的感觉？

举眸见前庭一树深红辛夷正开得烈如火炬。一阵风飒飒而过，直把人的双眸焚烧起来。庭院湖中遍是芙蓉莲花，也许已经不是海棠盛开的季节了……

突然，心中掠过一丝模糊的惊怵，想抓时又说不清楚是什么。几瓣殷红如血的辛夷花瓣飘落在我袖子上，我伸出手轻轻拂去落花。只见自己一双素手苍白如月下聚雪，几瓣辛夷花瓣粘在手上，更是红的红，白的白，格外刺目。

---

① 孙佳玉等：《多维视野下的〈甄嬛传〉》，《文艺理论与批评》2012 年第 4 期。

那种惊怵渐渐清晰，如辛夷的花汁染上素手，蜿蜒分明。

一滴泪无声的滑落在手心。

或许，不是泪，只是这个夏日清晨一滴偶然落下的露水，亦或许是昨晚不让我惊惧的雷雨夜遗留在今朝阳光下的一滴残积的雨水，濡湿了我此刻空落的心。①

这一大段，基本就是七卷《甄嬛传》的情绪主旋律了：伤感、疼痛、怅惘、犹疑、失落，就如这个时代的我们一样，处在一种惶惶不安、无可名状的焦虑中，那些"模糊的惊怵"，"想抓住又说不清楚什么"，其实真是我们"空落的心"。

三　重谈"文学性"的问题

网络文学诞生以来，迅速席卷了普罗大众的阅读生涯，进而由于 IP 转化利润的原因包揽了很多电视电影屏幕，成为网络时代里文化生活非常重要的一个部分。粉丝的高热度，纯文学的被冷落，学院派的不屑或意图研究却不知如何下手，构成了我们当下文学生活的有趣图景。

学院派的尴尬，在于数十年的精英立场在这个削平一切价值的后现代文化语境里显得无力，而且网络文学文本本身的庞大，也导致了研究的巨大困难。另一个非常现实的问题是，网络文学自顾自地使生命力蓬勃旺盛，原来适用于纯文学经典解读的一套阐释方案似乎在这里完全失效。令人十分尊敬的北大学者邵燕君，提出要做"网络时代的文学引渡人"，她带领一批北大学生介入性地研究网络文学，贡献了很多极富创见的观察，如网络革命不但打破了精英文学—大众文学之间等级秩序，而且根本取消了这个二元结构，类型小说的商业性不排斥文学性，类型小说的程式化不

---

① 流潋紫：《后宫·甄嬛传》（http://www.ty2016.net/zhuanti/zhenhuanzhuan.html）。

排除独创性，类型小说的娱乐性不排斥严肃性。① 她还具体地分析过各种网络小说承担起的建设主流价值观问题："如同中国的玄幻小说也在满足有关共产主义的宏大叙事解体后，个人世界归属和终极意义的匮乏；耽美小说，是传统言情模式在现代社会受阻之后，'换种说法说爱你'，继续满足纯爱的匮乏；那些回到汉唐宋明的'历史穿越'小说，是在一个梦想'大国崛起'又普遍'去政治化'的时代，满足公民公开讨论各种制度变革可能的政治参与性的匮乏；就连那些似乎只专注于'打怪升级'的'小白文'也在满足着在学校—家庭—补习班中规规矩矩长大的男孩儿们青春热血的匮乏。"② 虽然紧接着邵燕君强调，她并不是在美化网络文学，但是从她的解读思路和表述里，我们显然发现网络文学真的是几乎要承担起了以前人们寄望于纯文学承担而不得的所有价值和意义，"优秀的网络作家也追求主题深刻、文化丰厚、意境高远，但这一切必须以'爽'为前提，这也就意味着任何的'引导'都必须以对快感机制的尊重为前提"③。从这里我们可以看到一种矛盾乃至分裂性：一边强调不存在大众文学——精英文学的等级性，一边又强调要用通俗文学的标准来研究网络文学。评论界对网络文学有见地分析，大多也遵循这一文化研究的思路，不期然地，网络文学研究和网络文学文本分享着同样的分裂：一边是深渊般近乎恐惧的焦虑，以及对这种恐惧的绝对认同，一边是 YY 式的希望与拯救，从深渊到巅峰的跨越，是以期待或者说幻想为工具的。一味地肯定网络文学表达社会意识的真实性，无条件地单一遵从快感机制，似乎并不能构成和网络文学真实的对话和批评，所谓对话和批评，必然意味着不同观点和立场的引入，否则不过是取消了批评的现象描述和一家之言。

如果网络文学研究，不从文化研究的角度出发，网络文学是不是就绝

---

① 邵燕君：《网络时代的文学引渡》，广西师范大学出版社 2015 年版，第 137—139 页。

② 同上书，第 40 页。

③ 同上书，第 209 页。

对要以粉丝为中心，要以爽为最高目标？已经有成熟的网络作家明确地说不，网络作家风弄在不同的场合谈过："身为创作者，不能被读者所左右，因为创作是私人的事情，不可能被大众参与。它表达的是你对这个世界的看法，不是大家对这个世界的看法。"她也不承认媒介变化必然带来的对文学的改变，她认为文学只有两种：好的文学和坏的文学。① 笔者认为在作家这种朴素的表达里，其实已经蕴含了跨越大众精英鸿沟的桥梁，那就是文学性的问题，好的文学，具有好的文学性；不好的文学，文学性很低。我们都说张爱玲的创作雅俗共赏，她吸引读者的秘密并不在于文化价值或者读者中心，而是她能够写出人性的复杂性，她能看到人性病了的很多症状，但是她并不给出空洞的疗救，而是写出暧昧性，技术高超地写出人的困难。网络文学非常值得肯定的是它的确有建构共同体，建构乌托邦的冲动，如卡西尔所说，人的独特性在于会使用符号编织意义，然而如果这种冲动仅以自恋而又 YY 式的希望和爽来解决世界和自我的复杂性、断裂性和矛盾性，那注定会陷入枯竭中。

就《甄嬛传》来说，正如有的论者所说："《甄嬛传》就不完全固定于一个类型，给了读者较为丰富的想象空间，读者们各取所需，各自认同。阴谋家看到险恶的斗争，此消彼长，你死我活。小白领看到《杜拉拉升职记》，可以从中感受到职场的险恶，作为职场手册来学习。家庭主妇看到妇姑博弈，叔嫂斗法。恋爱家看到真爱，有了爱可以逢凶化吉，过关斩将，一路绿灯。"② 这个评论很自然地让我们想起了鲁迅对《红楼梦》的评论，而且很多网络穿越架空小说都在不约而同地向这部伟大的作品致敬，我觉得原因在于《红楼梦》家族小说庞大的结构特别适合需要相当长度的网络小说学习和模仿。另外一个深层的原因，也许即使是在当下，我

---

① 邵燕君：《网络时代的文学引渡》，广西师范大学出版社 2015 年版，第 292 页。
② 孙佳玉等：《多维视野下的〈甄嬛传〉》，《文艺理论与批评》2012 年第 4 期。

们的文化结构依然是宗法式的，个人主义的确立依然困难重重。值得提醒的是，这些号称向《红楼梦》学习的作品，往往借鉴了它的写法、结构，但是达不到它的浑然天成：所谓悲凉之雾，遍布华林，它写出了种种精神氛围和挣扎，而《甄嬛传》和多数网络文学作品一样，它的很多所谓不同因素，是马赛克式地拼贴在一起的，不能极富文学性地写出我们的爱与恐惧，不能写出美丑善恶、黑暗光明、希望绝望是如何错综复杂地纠结在一起，而人就在这种纠结中创造自己的历史、现在与未来。网络文学作品触及了世界的复杂，人性的无明，以及在无明浩瀚复杂的现实里坚持追求美、正义、尊严的困难，但是为了追求所谓的爽，绝大多数网络文学以YY的方式解决了这些困难，从来伟大的作品只负责提出问题，而不解决问题，好的作品提供一种召唤结构，以一种未完成性来激发读者自己的思考和回应。某种程度上讲，我们看待网络文学的方式表明了我们是谁，我们想要成为什么样的人。绝望虚无与希望拯救在一条路上，在同一件事上携手而来，我们准备好了怎样的姿态去迎接呢？在没有了神话，做不了英雄的时代，好好做一个人是否有失体面呢？

江山死否？

——重读李歆的《秀丽江山》

杨建兵　　徐梦婷[*]

【摘要】李歆的历史穿越小说《秀丽江山》，首次将笔触伸向东汉江山更迭的特殊年代。刘秀在中国历史上的存在感远不及高祖，麾下云台二十八将的知名度也远逊于走进文学和影视殿堂的三国名臣，《秀丽江山》以真实的历史为依据，跳出历史穿越小说擅写宫闱萧墙的惯常俗套，以大胆的想象，充实、丰富了刘秀、阴丽华、庄子陵、冯公孙等一批光彩夺人的历史形象，表现出现代人对历史的深沉思考。以《秀丽江山》为代表的一批网络小说也向文学界证明，文学江山也应有它们的一席之地。

历史和文学作品一样，也是一种文本。历史文本和文学文本的相通性，使文学对历史的改写成为可能，而且，许多历史人物是因为走进文学殿堂，经文学作品的演绎与传播之后，才具有了激动人心的魅力，文学形象的内涵也在诗与史的不断对话中逐渐丰富起来。

在历史穿越小说盛行的近十几年中，一些经典的网络作品已经"黄袍

---

* 杨建兵，武汉工程大学外语学院副教授；徐梦婷，武汉工程大学外语学院 2012 级汉语国际教育学生。

加身", 如桐华的《步步惊心》, 李歆的《独步天下》, 玄色的《哑舍》, 等等。它们各自凭借在语言、情节和人物上的特色, 成为网络文学研究难以绕开的典型个案, 也向坚守传统文学的研究者们证明, 完全不必为网络文学的经典化问题而忧心忡忡。那么, 以浑然天成的历史想象出彩, 敢于涉足穿越小说处女地的《秀丽江山》, 是否也会成为李歆继《独步天下》之后的又一经典呢?

一

　　《秀丽江山》讲述的是王莽新朝末年, 南阳刘氏领导的汉军为匡扶经纬, 披肝沥胆重统江山的故事。乱世的青年才俊常会成为后人谈论的焦点, 这个定律已经被《三国演义》演绎了无数遍。李歆尽管没有罗贯中力透纸背的如椽大笔, 却敢于踏足强汉光环下的埋骨青山, 去呈现一个病入膏肓的王朝在垂死之时的竭力挣扎。这部主打爱情的历史穿越小说, 整体文风严肃, 时而带点肆意的活泼, 语言平白如话, 通达流畅, 作者并不效仿一些刻意追求古典意味的网络小说, 将穿着现代服装的人物推到戏台子上, 咿咿呀呀唱一出"文不对时"的老戏本, 她只有在处理史书上记载的真人真事时, 才会像一位引经据典的老学究一样, 得意扬扬地掉一掉书袋子。秀丽夫妻的爱情传奇是《秀丽江山》的主音, 但小说涉及的内容比"独善其家"的爱情更为广博, 并以此区别开其他缱绻妖娆得有些肤浅的网络小说, 如被部分读者奉为南朝穿越经典之作的《凤囚凰》。若说《秀丽江山》较之风格绮丽的《凤囚凰》有什么更吸引人的地方, 想必除了"小三国"的金字招牌, 便是东汉开国时才德韬略概不输容止的能臣强将了。不可否认, 容止确实与冯公孙一样足智多谋, 但他只看到了南朝承袭的魏晋风流, 却没能读懂魏晋的暴力和鲜血, 殊不知美色安乐只存一时, 政权更迭下的万仞江山才是不朽。

《秀丽江山》小说的情节安排紧贴史实，起笔于新朝建国第十年，即天凤四年，搁笔于永平七年，其间浩浩 47 年，处处充斥着君臣算计、家族争斗、战争血泪，一着不慎满盘皆输的对弈时刻在上演。作者在尽可能照顾到所有剧中人物生命轨迹的同时，对目不暇接的节点事件展开了详略得当的叙述，如详写刘秀在刘伯升遇害后的种种怪异行径，略写李轶向刘圣公献计诱杀刘稷和刘伯升的过程。如此富于文学味的情节设置，不仅可以让故事变得张弛有度，而且有利于提高刘秀在一众能人强将中的辨识度，继而顺理成章地在他"温柔好笑语"的性格中增添一笔沉稳多智。对《秀丽江山》一类时间跨度较大的文学作品来讲，详略与虚实是判断作品是否成功的基本标准。从这个意义上来看，在情节掌控方面，《秀丽江山》和《凤囚凰》二者相加的分量也敌不过一部《三国演义》，同样以史为骨，同样笔涉乱世，罗贯中在处理纷繁复杂的三国人事时，有意对史料进行适当取舍，从而使小说角色抽枝于《三国志》，却又与原汁原味的历史人物保持着若即若离的关系，最终达到"假作真时真亦假，无为有处有还无"的艺术境界。反观《秀丽江山》，在消化庞大的历史信息方面还稍显吃力，有时更是为了忠于历史强行勒住想象的缰绳，不免有生搬硬套之嫌。如何在历史和文学之间找到一种恰当的平衡，是包括穿越小说在内的一切历史题材文学需要思考的问题。

网络文学不是无根浮萍，它也在学习经典中寻求进步和突破，经过十数年的发展，网络文学的特点越发凸显，它关注读者的兴趣，但面对新鲜题材也不惧做"吃番茄的第一人"，创作门槛很低，但文笔和故事依旧被读者看重……不过，这些特点仍然掩盖不了年轻作者读者们最看重的两个字：情怀。从历史穿越小说《战起 1938》入围茅盾文学奖开始，文学界就已形成共识，网络文学从来都不是一个贬义词，仅仅是"垮掉的一代""我手写我心"的最便捷途径，在网络文学日渐成熟的今天，传统文学是时候搁置偏见，躬身去蔡阳刘氏麦浪涌动的田间垄上感受一下这群文学江山的接班人对历史文化的小执念和大情怀，也看一看那位自清廷重回汉家的姑娘，是如何借得故人四分赤心六分才情，凝神细书一段自古名士如美人的茜色传奇的。

二

毫不夸张地说，每个人都做过恣意潇洒走马江山的痴梦，期冀有一天借东风，腾云霄，"扶摇直上九万里"，"温酒赋尽诗酒茶"，我们可以把这梦想笼统地归结为老庄情怀，但比之于隐逸遁世的惯常说法，我更愿意称之为天性——狂妄得令人拊掌笑骂的天性使然。在《秀丽江山》里，女主角阴丽华集可爱与狂傲于一身，以区别于史册里那位美貌端庄的一代贤后，现代思维赋予了她鲜明的人格魅力，而她所有的爱恨情绪又强烈到将她自己烧成乱世里的一堆灰烬。当我们以为这就是"任性"的极限时，小说里另一位更加狂狷傲气的人物简装登场。事实上，东汉名士庄子陵的出场很难引起我们足够的注意，因为作者在勾画庄子陵的形象时笔触略显平淡了些，仿佛水墨画上一个超然世外的背影，始终让人心生一种雾里看花的隔阂感。但正是因为这种难以触碰的距离，赋予了庄子陵令其他角色望尘莫及的夺人光彩。从庄子陵的正式露面到拒绝为官而与主角进行的机智周旋，凡有他出场的情节必定是清风徐徐，水波不惊，一派与世无争的轻松愉悦，也在主线情节波折迭起的时候给读者发热的脑子送来一掬冷泉的清凉。

庄子陵是《秀丽江山》中性情最契合名士风度的人物之一。自古名士皆至纯至真之人，纵使江山几番更迭，真名士迎风踏浪，不退不畏，远有国之名士公孙鞅以青山松柏自勉，千金徙木变法强秦，近有忠义贤侍张骞立身以信持节西度，坎坷远行13年，他们无一不践行着天意不足畏，舍命谢君恩的处世之道。① 千年来，故事里的人物依然颜色不退，德望不减，言名士，必公孙已成共识。那庄子陵呢，他的治世之才比之鞅如何？对此刘玄曾说："阴识是个人才，朕顾惜人才，也不会滥杀无辜，否则开了这个先例，像邓禹、庄光这般的能人隐士愈发不肯归附，于朕所用了。"可知庄子陵的才能可与云台二十八将高居首位的邓仲华并肩，此后刘秀的屈尊三顾也印证了这一点。可以想见，倘若乱世不平，庄子陵的作为必定与云台诸将不相上下。笔者很期待作者可以顺着小说的发展，而非历史的进程向读者展现一个可掌理国之大任的庄光。做一介逍遥隐士，富春垂钓等愿者上钩固然是一桩美事，可如若施大才护苍生得名留青史，那未尝不是江山之幸！

　　事实上，庄子陵不愧为有担当的真名士，他虽远遁方外，却不似魏晋七贤一味地消极逃避世间牵绊。凡人世道他看得通透，自身的才华在刘秀诸位文臣武将面前难免明珠蒙尘，而他宁为鸡头不做凤尾的倨傲本性绝对不允许他做出这样的抉择，因此他除了在江山未定时拜请程驭老先生救治阴丽华的腿伤之外，此后数年踪迹不寻。再见时山河已固，庄子陵便顺应本性成全了自己江山钓客的梦想，这梦想看似与七贤别无二致，实际却有云泥之别。首先，庄子陵坚持的超然物外，只避俗，不避世。他可以借阴丽华之名在暗处为刘秀的理人治国出谋划策，及至刘秀登门求才，阴丽华从旁苦劝，亦不改初心严厉拒之，也可以收起君臣之礼，从容坦荡赴同窗之约，只谈过往，不论国事，推杯换盏酣睡至天明。这些在后世人看来自相矛盾的言行举止，不过是"发乎其心"罢了，看似极端，实则中正，哪有半点魏晋时期虚无玄远的清高之相？其次，庄子陵与刘秀素来交好，得其赏识，选择淡名薄利大隐于市不过是出于一种难能可贵的自知之明。阴丽华时隔六年再次见到庄子陵时，他曾目不斜视地说："朝中既有梁侯，

------

① 此处"远""近"以故事发生的时间为界。

又何必非要强求庄某?"此后刘秀请他进宫一叙同窗情谊,他又意味深长地说了一句话:"既得阴丽华,何需庄子陵?"不难看出,庄子陵并非不了解朝堂,恰恰是他太了解了,因而他对朝堂众臣的赏罚任用提不出更好的谏言,既然君臣和谐,自己何必锦上添花?最后,七贤隐逸有一朝天子一朝臣的忠君之志的影响,庄子陵显然没有类似的思想包袱。刘秀待他宽厚有加,在时势造英雄、乱世出英雄的动荡时代,以雄才傲骨闻名天下的庄子陵却根本不屑于借刘秀之势封王拜相,他一度改头换姓隐居于富春便是为了避开刘秀的明察暗访,避开纷繁杂乱的凡尘纠葛。"山不就我,我来就山",刘秀依然以同窗的身份请他进京,尽管求贤无果,他也未曾动过半点"得之我幸,不得除之"的念头。或许在老同学刘秀的眼底,庄子陵最大的缺点也正是他最大的优点。

在数以万计的穿越小说中,少有角色会因为不贵胄、不江湖、不绝世、不救世而被我们记住,庄子陵便是其一,这个角色的个人魅力既来自历史,更源于作者的再丰富和改造。基于充分的历史考据,作者笔下庄子陵的形象几乎就是从史册上拓印下来的,这种严谨得近乎苛刻的历史考证态度,在众多以历史穿越为噱头的网络小说中实属不易。不管是《后汉书》记载的"狂奴故态",抑或"士有故志,何至相迫",作者都一一进行了合情合理的演绎,而小说另外添饰的更加丰满的情节也足够支撑起庄子陵的恃才傲物,比如庄子陵留京期间,他的旧友大司徒侯霸派人登门拜访,庄子陵箕踞抱膝,极尽无赖傲慢,又含沙射影地嬉笑怒骂侯霸的痴病,一句"如今我人主尚不见,又岂会去见他这个人臣"堵得来使无言以对,让庄子陵这位历史上就不拘形骸的名士在小说里也得到读者们的青睐。

时逾千年,江山几经反复,当年无双国士的画像早就斑驳不堪,辨不出姓甚名谁,唯独名士傲骨依稀有迹可循,在作者有如神助的笔端,见风化尘的冢中骨竟神迹一般重又生出新鲜血肉,于富春山涧高歌一曲"吾本江山一钓客"的名士传奇。

三

政治，一个名利场而已。在一般人眼中，这世间根本不存在真正的贤德，什么体恤民情、十里长街，不过是逢场作戏的假仁义，昭烈帝所言"惟贤惟德，能服于人"在他们眼中也只得一个伪君子的定论。也许历史对我们而言真的太遥远，所谓故人风骨，无一例外全被碾碎做了历史壁画上的落尘。正如天衣有风在《凤囚凰》描绘的美色环伺的景象一样，靡丽得过火几乎让人忘记了刘宋开国初期的青松马革，心底仅存的一丝斗志也因建立在仇恨之上而难以自拔。倘若尽雪前耻，对一个新生的政权而言，谁能堪当大任去持斧劈山建立新秩序？东汉名仕冯公孙用他的切身经历给出了答案，"天助自助者"，凡修德行，守信义，礼下士者，何愁民心不向，何处不是洛阳？

《秀丽江山》中有精通文韬武略的谋臣良将无数，其中既担得起君子美称，又不失贤德的名士唯有冯公孙一人。冯公孙本是新朝的父城郡掾，文武兼备，学识出众，因出巡属县遇伏，被刘秀的汉军俘虏，得刘秀相护方能保全性命，虽然他有心归于刘秀麾下，但由于牵挂父城亲人，遂与刘秀定下君子协定，征战昆阳的路上由冯公孙护阴丽华一路无恙，刘秀则答应放他归家，此后因缘际会，幸为一世君臣，结刎颈之交，同襟共苦，闯荡江山。作为颍川归顺派的代表人物，他在刘秀缔造东汉帝国的过程中发挥了举足轻重的作用，论领兵打仗，他或许比不上河北归顺派的耿弇，但若论贤德，云台二十八将无人能出其右。刘秀北上招抚遇挫，逢王郎叛变，并派兵追杀刘秀等人，刘秀率众连夜逃路，行至饶阳芜蒌亭时，因饥寒交迫滞留修整，冯公孙先是杀马，后煮豆粥，从容自若一丝不乱，与狼狈到无暇自顾的其他部下形成鲜明的对比。待众人逃到南宫滹沱河，遇大风雨，还是冯公孙未雨绸缪，"将私藏的一点麦饼用水泡开，加了些不知名的野草，烧了一大锅麦饭"。如果说刘秀是军队的实际领袖，那冯公孙便是君臣上下的精神支柱。

冯公孙在小说中扮演的角色有很多，几乎都做到了尽善尽美的地步，尤以良师益友贤臣良官为最出色。为人友，刘秀慧眼识人，正是看中他端方君子这一点，才将阴丽华的安危托付于他，公孙果不负所托，竭尽全力护持阴丽华的安全，面对耿弇的无心之过，公孙亦不容有失地说出了："你伤了她，自然就要付出代价！"同样，阴丽华几番向公孙询问他对刘秀的评价，也是因为她心里把公孙视为值得自己信赖的朋友，是刘秀可以同悲共笑的知音。为人师，公孙是阴丽华的"情感顾问"。不管是在出使河北问题上阴丽华因刘秀安排她回新野的决定而产生了信任危机，还是河北脱困之后，阴丽华受制于现代思想一再拒绝劝说刘秀娶真定王外甥女郭氏，把握住阴丽华致命弱点的公孙都是一个有理有据的调停者。为人官，公孙"在关中治理有方，威名卓越，深得人心，外加百姓封冕的'咸阳王'"。为人臣，公孙是"捍卫刘秀利益的坚强后盾"，他在铸造东汉帝国中"功劳显赫，而在论述战功时却总是退避三舍，默默独守树下，不卑不亢，最终荡了一个'大树将军'的戏称"。后驻守关中，关中三辅早已上奏弹劾，称征西大将军冯异拥兵自重，刘秀将奏折交给冯异，"为表忠心，冯异的妻儿作为人质被他先行遣送至京都安顿"。贤德如冯公孙，他江山帷幄的这一生从来以理服人，好比无故不可离身的温润佩玉，总会让人产生浓浓的依赖，仿佛天下无不可退之险，无不可护之人。

时下的作者们甚少有驾驭得了圣贤风度的好腕力，于是读者也似乎忘了，这江山不仅有淡看权势的富春山林天下客，也有志存高远的庙堂贤士阳夏侯，芜蒌亭豆粥，滹沱河麦饭，冯公孙的贤才负得起东汉江山的千钧之重。人说江山日异，历史遥不可及，古人之贤不过明日黄花，读过便弃了。笔者以为不然，过去虽远，但还未到不可追忆的地步，时间会证明以修身齐家为目标的贤孝精神不是华夏的鸡肋，相反，它会在漏中沙的洗练下历久弥新。江山壮阔，代有人出，无须夸大其词，若贤仕在世，那必是冯公孙的模样。

四

作为煌煌银汉的中兴之主和定鼎之君，光武帝在东汉乃至中国历史上的地位都非比寻常，他完全配得上王夫之"允冠百王"的评价。而作为《秀丽江山》的男主角，刘秀亦是一位堪称完美的兄弟、丈夫、将王和人主，书里书外的温和、幽默、隐忍、多谋、坚韧、仁义、痴情，任意摘取一二，便是穿越小说男性角色的"人设标配"。我们有感于秀丽夫妻亘古传颂的爱情，但在爱情之外，刘秀从搏命百战到偃武修文的心态变化，在封建专制的时代背景下更令人心折。

《秀丽江山》的其他角色设定或许会有争议，唯独刘秀的形象完美得让人无法反驳，但同时，正是因为刘秀温柔仁厚的性情奠定了举国上下温和低调的气质，所以光武帝在中国历史上的存在感远不及高祖，麾下本可名声大噪的云台二十八将亦比不上有文学影视作品提升知名度的三国将臣。凡开国帝王，难免会在南征北战中沾染一身戾气，刘秀则是一个容易让人忽视的例外。身为一个在民间成长起来的帝王，朝代的更替暴露在他面前的是巍巍江山也埋葬不了的血与泪。在硝烟战事中，没人能置身事外，他在马背上的那几年见证了太多的死亡，二姐刘元和三个孩子，大哥刘伯升，这些都是他血脉相连的亲人，是战争带来的血淋淋的教训。他哭过痛过，更多的是无可奈何地忍辱负重，彼时以他偏将军的身份拒绝不了战争，只能提柄长剑以战止战。待戎马闯出了朝堂，创业时骑牛持剑上阵的蔡阳农夫刘秀，践祚后便收刀入鞘，柔道治国，"他对连年的战事感到了厌倦，决定将隗嚣、公孙述这两个大麻烦先搁置一旁，置之度外，下诏勒令所有还朝的将军留在雒阳休养，把军队调防河内，打算暂时休兵"，还太平于天下。不妨作一个假设，凭刘秀的才谋，若有私心，在位期间借抗击匈奴成就千古霸业并非难事，但必然以百姓的生死与国家的存亡为代价。作为深知民生多艰的明公仁主，刘秀最终选择了刀剑入库，休养生息。仁爱天下者必将得天下。于是，江山归刘，民心归汉，善战不好战也成为汉民族最为宝贵的民族根性之一。

相信每一部穿越小说都代表了创作者某一方面的思考，或是爱情，或是亲情友情，再深刻一点，可能还有现代人对历史的思考，但能写到《秀丽江山》这个深度和高度的作品着实不多。很多作者喜欢写小情小爱的萧墙，写钩心斗角的宫闱，反而把人主江山兴亡一肩担的偌大责任视若无物。其实，平安治世时的谈情说爱固然美好，生灵涂炭时堂上君臣整治江山的担当更值得关注。那么，久经沙场百炼成钢的刘秀想告诉我们什么呢？是珍惜和平吗？可能是有的。小说中花了很大的篇幅去描写战乱，从汉军起义到昆阳大战，一直写到刘秀从隗嚣、公孙述手中收回汉家江山，若站在读者的角度去看确实是酣畅淋漓，但那故事里也有我们的位置，是你我在乱世走了一遭，对来犯之敌致以迎头痛击，是我们擎着猎猎旌旗，守望红日荣升江山再起。很庆幸这片一度痴迷于忘我厮杀的大好江山被刘秀照拂得很好，他放下屠刀虽未成仙成佛，但当身边有过客絮絮说起那段腥风血雨的青葱岁月时，他也可以眼角酸涩地回一句，那个年代太累了，和平真好！

生长于没有战争的现代，让我们可以心满意足地凝望他的来时路，凝想他未来仍会绵延不息的长久光荣，他以史为鉴的态度让我们明白，不必等浓郁血色熏染得或生气或死寂的眼瞳去告诉他和平二字的分量，跌跌撞撞走过"小三国"的他，血脉中已然糅进了一道不死不灭的传世温柔。

读者总是能在书店的醒目区域找到这样一些畅销书，封面惹眼，书腰直言不讳地标明网络点击量，在作者名前加诸一连串或官方或民间为其量身打造的"镀金王冠"，对作品的评价也毫不吝啬地奉上诸多溢美之词。

客观地说，这些畅销书的问世是颇不为传统文学所待见的。粗粗翻过几页，不是语言青涩不加修饰，就是人物苍白千篇一律，因此，这群叼着金汤匙出生的文学圈新人总是显得那么不合传统的胃口，除了情节差强人意，其他的小说要素基本都不及格。如果放任自流，那么传统文学坚守了百年的江山不被这些畅销书糟践得一塌糊涂吗？

笔者虽然不是网络文学的反对派，但10年前曾写过一篇质疑网络文学作者的文章，对网络文学的发展保持一种既谨慎又开放的态度。时至今日，我们必须承认一个事实：网络文学已经撑起了书店畅销区的半壁江山，在传统文学与网络文学近20年的竞争对抗中，网络文学丝毫不落下风，网络文学已成长为文学家族中不可或缺的一员。江山虽大，寸土不成歌。互联网的影响如此之大，任尔东西南北风，我自岿然不动的抱团式取暖不过是个笑话，不管传统意义上的作者和读者如何看待网络文学，是心怀宽容还是心存蔑视，在传统文学如雾中少女顾影自怜的今天，时代也正携扶着网络文学，自鱼龙混杂的作品中摸索到年轻一代不约而同的民族文化认同——愿承先祖风骨，秃笔续千秋，走墨邀故人，扶立起这千年妩媚如一的迢迢银汉、秀丽江山。

在以耽美内核阐发女性主义中重塑爱情神话

——以《有匪》为例

蒋紫旗[*]

【摘要】《有匪》作为 Priest 创作生涯中第一部言情类武侠小说，承接武侠类型传统的同时，伴随着现实困境与女性主义之间的撕扯与冲突，与"女性向"网络文学中的女性主义相互勾连，游走在耽美创作经验与女性性别经验之间，以耽美内核为日渐坍塌的爱情神话重塑了新的可能性。

前 言

由中国作协网络文学委员会主办、中国作家网承办的 2016 年度中国网络小说排行榜半年榜名单中，首发于 2015 年 11 月 15 日，完结于 2016 年 5 月 16 日的《有匪》凭借高人气投票与罕见的类型文创作佳绩位列"已完结作品"第七名。作者 priest 是积分在晋江文学城[①]位居

---

* 蒋紫旗，黑龙江大学文学院 2014 级学生。

① "晋江文学城创立于 2003 年 8 月 1 日，是中国大陆著名的女性文学网站，以耽美、爱情等原创网络小说而著名。主要提供由网友独立创作的小说。"摘自 360 百科（http：// baike. so. com/doc/601167 – 636433. html）。

全站前三的大神①级作者，此前创作的小说题材包括都市、玄幻②、修仙种种，尤其擅长书写耽美类型文。所谓耽美，就是讲述男性与男性之间恋情的故事，又称 BL（Boys' love），主要由女性作家书写供女性读者阅读，这一题材最早出现在日本，中国大陆的耽美小说最早出现在 1998 年左右。早在《有匪》前，Priest 已完结《天涯客》（2010 年）、《山河表里》（2014 年）等多部为人称道的耽美佳作，奠定了她在耽美领域的大神地位。

值得注意的是，尽管 priest 此前已经创作数十部耽美小说，却极少涉足 BG（boy and girl）题材，《有匪》作为作者创作生涯中第一部言情类武侠小说，延续了此前作者探索类型文写作的努力，充分发挥了作者驾驭多种题材的能力，在承接武侠类型传统的同时，又与"女性向"网络文学中的女性主义相互勾连。作为"女性向"网络文学的代表作者，priest 是如何在《有匪》中打破 BG 与 BL 间横亘的壁垒，将已臻成熟的耽美内核暗化于 BG 言情叙事，为旧类型文中日渐坍塌的爱情神话注入新的生命力？这种尝试又为女性主义网络文学的探索潮流与当代女性的情感经验提供了怎样的借鉴意义？

本文试图对"女性向"与"耽美"类型文发展过程中看似平行的脉络进行梳理与分析，借助耽美设定模式背后潜藏的世界观，探讨《有匪》以耽美内核为"女性向"网络文学诠释网络女性主义，为在女性主义爱情观冲击下坍塌的旧类型文爱情神话，重塑了新的可能性。

---

① "大神"一词是粉丝们对那些站在网络文学商业机制顶端的作家们的昵称。"大神"作家，主要指在作品点击量、粉丝规模、作品影响力等方面突破一定规模的"超级"网络作家。参见孟德才编撰"大神"词条，邵燕君主编《网络文学经典解读》，北京大学出版社 2016 年版，第 329 页。

② "玄幻"指其世界设定的文化背景和根源不是来自系统化的中国传统的"修仙小说"或西方传统的"奇幻小说"，主要由作者自己根据需要而构造的。参见陈新榜编撰"玄幻小说"词条，邵燕君主编《网络文学经典解读》，北京大学出版社 2016 年版，第 346 页。

一 "女性向"创作：网络时代承袭的女性主义

传统纸质文学的话语体系中，女性写作大体上呈现一种缓慢上升又急速坠落的"抛物线"型发展轨迹。从以凌叔华为代表的包含女性主义意识的 20 世纪 20 年代女性写作算起，30 年代的丁玲、40 年代的张爱玲与萧红到 80 年代的张洁与王安忆，直至以林白、陈染"一个人的战争"为代表的女性写作达到"抛物线"顶点的 90 年代，女性写作逐渐从无意识到有意识地延续其一脉相承的内核——追求两性平等，维护差异互补，共同面对现实困境的创作倾向。20 世纪 90 年代后，"卫慧"与"木子美"们自发融进出版商介入女性写作的浪潮，其贩卖性经验等书写手段，实则透露出某种意义上女性写作的倒退，转而以取悦男性为首要立场。至此，女性写作似乎跌落进谷底，不可避免地重新被吸纳进男性话语体系，凭借男性的衡量标准构建女性文本。

实际上，纵观各类文学的发展脉络，网络文学以其独树一帜的创作形式，前所未有地达成了文学与时代真正意义上的水乳交融，一方面，在横向上当今社会的发展现状、女性生存状况与性别意识无时无刻不投射于"女性向"① 网络文学的即时创作中；另一方面，网络文学也在纵向上呈现整体与时代互相咬合的格局，看似后继无力的女性写作实则早已伴随另一种媒介的变革悄无声息地移步网络文学领域，数十年间继续在曲折迂回的道路上探索，并凭借网络载体的优势将女性于网络中构建的个体意识带入线下，向更为广泛的用户传播，辐射至社会群体。

以 1994 年在北京召开的世界第四届妇女大会为标志。中国的女性主义早在 20 世纪 80 年代萌生苗头，90 年代已经有所发展，到这一时期，女性

---

① "女性向"是女性在逃离了男性目光的封闭空间里以女性自身话语进行书写的一种趋势，与"男性向"相对。这种书写所投射的，是只从女性自身出发的欲望和诉求。参见肖映萱编撰"女性向"词条，邵燕君主编《网络文学经典解读》，北京大学出版社 2016 年版，第 338 页。

主义的扩展主要集中在学术研究领域，如北大张京嫒等人引入女性主义著作等，尔后才出现林白、陈染等标志性作家。可以说至此为止，即使在世界范围内，女性主义的思潮特征也并不明显，主要反映在学术思想领域。而在国内，一方面，国人对"女性主义"是为何物尚且没有明晰的概念；另一方面，女性主义思潮对日常生活并未产生明显影响，从而无论是受到资本冲击的传统纸质文学，抑或初露端倪的网络文学，包含女性主义意识的小说并不多见。

此前以"才子佳人"为类型代表的传统言情一直以来占据民间文学的主流地位，这种传统言情脉络在进入近代后被骤然截断，"左翼"文学、"十七年"文学与"文化大革命"时期文学历时几十年，固定下革命与爱情密不可分的言情套路，甚至在真正意义上，爱情时刻准备为阶级斗争意识被动"献身"。这一时期，不仅爱情本身成为政治刻意摆弄的道具，失去其真实动人的独特魅力，而且连同"爱情对象"在这一固定的叙事套路中被定型为刻板的扁平性格，我们可以从"恋人"身上看见为国为民的时代使命与"高大全"的英雄光辉，独独难见他作为"人"这一生物个体，与生俱来的生理特征和可感的真挚爱恋。长久以来，当"恋人"们隐藏着的压抑与神秘感被允以释放，此后女性作家在塑造"恋人"形象的一开始便反复尝试勾勒理想的痴心爱人——他英俊多金而矢志不渝，一同历经风雨而痴心不改，生命、自由、名利皆可抛弃，唯爱情不可辜负，凭借想象与揣测填补此前空缺的男性生理形象与情感旋涡。

与之对应的女性角色，则出现高度密集的"白莲花"① 式女主人公，此类女主人公往往集真善美于一身，以完美无瑕的"圣母"形象与理想的

---

① "圣母/白莲花"都用来形容和讽刺文学、影视作品中大量出现的一类女性角色：柔弱善良、逆来顺受、毫无心机，同情心泛滥，对爱情忠贞不渝，总是无原则地原谅所有伤害过她的人，并试图以爱和宽容感化敌人。琼瑶作品《梅花烙》中的白吟霜、《还珠格格》中的紫薇等都是典型的"圣母白莲花"式女主人公。参见王玉玊编撰"圣母/白莲花"词条，邵燕君主编《网络文学经典解读》，北京大学出版社 2016 年版，第 340 页。

痴心爱人同舟共济，然而这里"完美无瑕"的女性实则是以男性衡量女性的标准来塑造，无形中迎合了男性话语体系对理想女性的定义：温柔貌美、善解人意、逆来顺受、单纯无害，围绕男性来书写"生命之全书"。当期待已久的痴心爱人仿若活生生地站立眼前时，依赖与顺从成为理所应当的最优选择，作者与读者相互影响着全情谱写一场有关爱情的时代传奇，生活的琐屑与旁人的是非在爱情的光辉下霎时黯然失色。在此类作品中，我们很难看见以实现独立个体价值为理想、主动反抗男性话语秩序的女性形象。

当"女性向"时期的网络文学盛行"白莲花"式女性形象创作风气过后，逐渐有部分作者意识到背后隐含的弊端和缺失，意识到"女性向"写作自觉纳入了"男性中心社会对于女性的强者建构"，伴随着借助网络时代加速传播的女性主义思想，开始了此后蔚然成风的"女强文"创作。如"自由行走"的《第三种爱情》（2007 年）中，女主人公邹雨始终在尴尬的三人关系中坚持自我的原则，在成为难以启齿的"第三者"后，依然近乎固执地数次拒绝无疑是外人眼中"理想恋人"的林启正为求补偿的示好，又如作家"潇湘冬儿"的代表作《11 处特工皇妃》（2009 年）中女主人公楚乔，多次为了回到燕北和守护百姓的信仰，与身份对立的男主人公正面冲突，在虎狼环伺的男权社会中以实力彰显女性价值。

发展至 2013 年前后，女性主义的思想已经为广大女性读者接受并默认为"女性向"小说的基础设定，此时再有"白莲花"式女性角色出现，作者与作品反而会成为众矢之的，而这之前"女性向"小说的过渡时期，在与《仙侠奇缘之花千骨》（2008 年）、《琉璃美人煞》（2008 年）等一众着墨"白莲花"式主人公"女性向"小说的角力中，零星散落的包含女性主义意识的"女性向"网文逐步推动了网络女性主义从女性自我的视角出发，主动书写对女性的反思和以独立自强为基础的个体塑造。

二　女性主义的文本实验：现实困境与重塑认知

同最初集真善美于一身的"白莲花"式女主人公不同，网络文学发展至今，受众程度较高的女主人公越来越多地倾向于不完美的人。从女性主义意识最为强烈的"女强文"类型网络文学的发展轨迹中，我们可以窥见，最初"不食人间烟火"、精神至上的"白莲花"式女主人公们，几乎被另一种"小人物"心理的世俗化女主人公全面取代。"小人物"并非指主人公出生低微或妄自菲薄，这类女主人公中不乏出身显贵的名门之后或扬名立万的女中豪杰，如桐华《步步惊心》（2005 年）的女主人公马尔泰·若曦、四木《无方少年游》（2012 年）的女主人公冷双成，相反，清空"我即世界"与"众人怜我"的"玛丽苏"①设定，既为自身作为不可复制的个体存在而独立自强，又对深陷大千世界的渺小人力有着清楚的认知，才是对"小人物"心理更为准确的解读。

在这类女主人公身上，即使作者一开始给出了近乎内外兼修的优越设定，也多是为达成读者期待视野的手段，当代都市弱肉强食的世俗法则内化于"女性向"网络文学当中，不复以往文中女主人公依靠姣好容颜一呼百应的情形，外形的优势并不成为获取现实捷径的优势，唯一能依仗的是同男性一样"真枪实弹"的"拼杀"。

"无论多么职业化的作者，在幻想和现实间进进出出，都势必将现实的焦虑，关注投射进小说世界，并有意无意地进行方案尝试，来确保小说的幻想世界不会因现实的反向'烛照'而坍缩。对于女性网文作者，性别

---

①　玛丽苏在如今中文网络中通常指一种过度自我投射的写作，多数情况下指年轻女性作者将自己本人幻想成为故事中的一个万人迷的万能女主角，在故事中和多个迷人的男性人物互动的情况。郑熙青：《"网络部落词典"专栏之三"女性向·耽美"文化》，《天涯》2016 年第 3 期。

问题是最为普遍的现实焦虑。"① 在启蒙语境与独生子女政策下成长起来的一代女性，自我认同且被鼓励加入生存竞争行列，与男性享有同等资格的教育权，从而与男性成员平等争夺社会资源，拥有同等的社会地位成为她们成长的迫切需要，无论设定为哪一层次的社会人群，性别带来的生存焦虑都成为女主人公首要面临的严峻困境，作者与读者的视线从以往着眼的情感纠葛上移开，转而首先着眼于生死存亡。晋江大神妖舟的《不死》（2009 年）中，即使女主人公自带"不死"的超能力，也因为近乎废柴的实力而难以自保，时刻在生死状态间徘徊："库洛洛，你，你们，大概是强到永远不会被人胁迫的。可是我没有那种骄傲站着的力量，所以我会去做你们根本不屑做的事，那是弱者的生存方式。"② 天下归元的《凰权》（2011 年）作为这一类型文的典型小说，女主人公凤知微面对现实的催逼，立下"永远不依靠任何人，永远不指望任何人，终有一日我要全靠自己，居于人上，让那些俯视过我的人，于尘埃对我仰视"的誓言。③

这在《有匪》中体现得更为彻底，在正文前的小说文案里，作者便直接亮明了女主人公周翡的生存危机："你要记得，你的命运悬在刀尖上，而刀尖须得永远向前。"

作为飘摇乱世中的一隅桃园，四十八寨从一开始就埋下危机的征兆，饱蓄引而不发的火力，年少单纯的周翡对纷乱世事尚不知情，读者却可以透过大当家李瑾容端肃的面容窥见一二。书中卷一末，周以棠下山前敲打周翡的一席话，无疑可以看作周翡脱胎换骨的起点，是她浴火重生的契机："我不是要跟你说'舍生取义'。"周以棠隔着一扇铁门，静静地对她

---

① 陈子丰：《女频网文阅读与读者的女性主体建构》，《中国现代文学研究丛刊》2016 年第 8 期。

② 妖舟：《不死》，番外，第四章《库洛洛 X 骗子（前篇）》（http://my. jjwxc. net/onebook_vip. php? novelid =428463&chapterid =44）。

③ 天下归元：《凰权》第一卷第六十章《最是那一咬的温柔》（http://www. xxsy. net/books/286405/default. html）。

说道，"阿翡，'取舍'不取决于你看重什么、不看重什么，因为它本就是强者之道，或是文成，或是武就，否则你就是蝼蚁，一生只能身不由己、随波逐流，还谈什么取舍，岂不是贻笑大方？好比今天，你说'大不了不回来'，可你根本出不了这扇门，愿意留下还是愿意跟我走，由得了你么？"①

这是慈父形象的周以棠第一次，也是唯一一次出口如此不近人情，但就是这唯一一次，促使此后周翡于武学一道不敢有丝毫懈怠，与人说出"我只好拼命练功"这样的话，内心始终怀揣焦虑与不安。在与"女性向"网文中的女性主义脉络发生勾连的过程中，作者透过女性视角暴露的女性生存经验使与之共鸣的读者产生阵痛，但是，《有匪》体现了这一时代特征又不仅限于这一时代特征，借助作者此前创作耽美题材的大量经验，提供了另一种女性主义的解读方式。

发源于日本的耽美自诞生起就与此前的同志文学有着本质上的区别——虽则同样是描写男性与男性之爱，但"它不是写给同性恋群体看的同志文学，而是女性写给女性看的'美少年'之间的爱情叙事"②。出于满足女性欲望的根本目的，日本的耽美书写主要来自女性的幻想，与现实的男同性恋很少有事实上的联系，但自日本的"耽美"概念进入中国网络空间，从将男男划分"攻受"③角色，实则对应男女性别模式的早期发展至今，本土化改造就持续出现在大陆的原创耽美界，尤其当耽美进入"女性向"网文语境中，书写男人与男人之间爱情故事的耽美，成为一种重要的网络女性主义的试验方式。

---

① Priest：《有匪》第十一章《风云》（http：//www.jjwxc.net/onebook.php？novelid=2595385&chapterid=11）。

② 肖映萱：《"女性向"网络文学的性别实验——以耽美小说为例》，《中国现代文学研究丛刊》2016年第8期。

③ "攻/受"是"耽美"对男男关系的基本设定：在性行为中，被插入的一方是受，而插入的一方是攻。参见徐艳蕊编撰"攻/受"词条，邵燕君主编《网络文学经典解读》，北京大学出版社2016年版，第333页。

最为突出的表现为，男人与男人共同书写历史，无论是在恋爱还是在闯荡的过程中，性别本质实际上已经被隐去，读者首先看到的是两个男人，或者说两个披着"男人"外壳的女人实现的大写的"人"。《有匪》在"女性向"网络文学的空间内借用耽美这一内核首先重塑了女性的自我认知。表面上看，周翡的女侠形象迎合了女性读者依据以往阅读经验惯于期待的女性强者形象，但从周以棠下山后她的蜕变开始，周翡的女性身份未曾于她武学一路造成障碍，站在周翡的角度回看，她也不曾费心思量过女性形象是否会为自己带来麻烦，作者一面探索着女性的历史主体性，却没有着意强化"女"侠的性别本质，周翡的生存危机与成长动力实质上并非源自性别，更多的来自家族教育和大时代背景下的使命感。作者换用男性书写大历史的眼光，最终指向的是"侠"之大道与超越自我的探索。

　　此前"女性向"网络文学面对女性生存困境进行的文本实验普遍从女性身份出发，集中于女性独特的性别经验，从而界定女性的性别价值。按照波芙娃在《第二性》中表达的观点，"当一个女人试图界定自己时，她开始时一定说'我是一个女人'，而没有一个男人会说'我是一个男人'"，可见，此时"女性向"网文中的女主人公反而被营造进与男性不对等的关系中，因为他是一个人，而她只是这个人的"他者"——这印证了伍尔夫的说法："女人作为'他者'的假定被女人自己进一步内化了。"《有匪》的作者恰恰拒绝"女性本位"意识，选择让众人被社会建构的女性性在周翡身上处于无意识状态，由此让周翡"从与女性性或男性性的对抗中逃离出来"，将之都作为统一的自我的部分。在周翡身上，男性气质与女性气质共存，内在的"双性同体"、灵魂的"雌雄同体"伴随着剧情推进，其中的比例也在不断发生着变化。在去除性别本质主义的世界观下，周翡以反照内心的方式认同自我价值，正视生存焦虑，实现了探索女性首先作为大写的"人"的生命可能。

三　回归爱情本质：重组固化的性别特质

伴随着女性以突破生存困境为首要追求，自身提供生存保障的实力日益增强，"女性向"网络文学逐步塑造出男女主人公之间新的情感模式——"双强"CP①模式。势均力敌的个体实力与不分伯仲的智商、情商，实则暗指平等对话的社会地位，作者希图通过"强强对手"或"强强联手"的情感模式打造以平等对位、个体独立为前提的爱情神话。然而，不仅在现实生活中这一理想化的追求频频遭受阻碍，在独立的二次元空间中，"女性向"网络文学关于重塑爱情神话的实验也是良莠不齐。

一方面，尽管多数家庭对女性投身于社会竞争抱有了前所未有的宽容和鼓励，但随着女孩长成为女人，男权社会的话语规则试图对女性的人生价值重新定义，"婚姻"的成功与否往往成为女性人生价值的终极来源。另一方面，作者自身的矛盾同样影响着"女性向"网络文学的创作——既渴望得到主动选择生活方式的自由，独立书写个体经验的人生，又隐隐期待一个强大而有力的男性的照拂。多年来受到的教育使我们基本形成了固定的性别认知，女性被鼓励成长，也被定义了温柔、守持等性别特质。"女性向"作者意识到了"女性"实质上是一种文化塑造的性别身份，却又无意识地在创作中同男性一样重申这些态度，在父权秩序的压抑中扮演他们所期待的性角色，即使是立场鲜明的女性作者也会在不经意间发出表里不一的两种声音。正如苏珊·戈巴在《阁楼上的疯女人》中所说："一方面颠覆父权制的文学标准，另一方面又与之保持一致。"而这也是网络女性主义挑战、颠覆着男权话语秩序的同时自身内部存在的问题。

耽美类型文对男人与男人之间的爱情的书写，正为这一固化的性别

---

① 这一词汇最早出现于日漫，表示人物配对关系。参见陈子丰撰"CP"词条，邵燕君主编《网络文学经典解读》，北京大学出版社 2016 年版，第 328 页。

定位开启了另一种重设的可能：当一段爱情去除了男性与女性的性别标签，等同于去除了强弱之分、攻守之势这些读者心理预期与作者基础设定。以2016年大火的耽美小说——墨香铜臭的《魔道祖师》为例，乍看魏无羡是威震江湖的魔道祖师，个性狂放不羁且功力登峰造极，内敛寡言、存在感较之稍弱的蓝忘机却多次在危难关头护他无恙，日常生活中魏无羡亦不时被蓝忘机反调戏，反撩拨。耽美背后代表的性别意识淡化让爱情双方显得更加具有真正意义上的"双强"和对等实质，爱情本身更低程度地接受性别的格式规范，而更关注爱情双方的人格魅力，由此读者审视女性的目光，转而集中在主人公的世界观，处理人事与感情的方法等方面。

这一内核从Priest本人的耽美作品中也可见一斑，《六爻》（2014年）中两位主人公甫一登场，性格就颠覆了传统CP惯常的设定，"事儿精攻"与"尖酸刻薄受"，单看哪个都是毫不讨喜的设定，但正因为生长于耽美的土壤，相较发生在男女之间的爱情故事，女性读者们对此抱有了极大限度的宽容。《有匪》虽是男女之情，却并不延续以往泾渭分明的性别定位，它打破某些业已成形的刻板印象，将传统语境下的男女性别特质进行自由组合。初遇时谢允便死皮赖脸地擅入四十八寨，骗小姑娘说自己字"霉霉"，三年后再相逢身陷敌营，隔着死人白骨他还不忘面不改色地拿言语调侃彼时尚未认出来的周翡。男主古灵精怪，油嘴滑舌，女主沉稳内敛，技压群雄，这种不同寻常的人物设定让初来乍到的读者好一阵摸不着头脑，怀疑作者是否把男女主角易了容换了魂，以致后来在《有匪》的评论区里，粉丝们管周翡叫"翡哥"，管三公子谢允叫"三公主"。

除了人物个性的不同寻常，"女强男更强"的"双强"CP模式同样受到颠覆，周翡是赫赫有名的南刀传人，武学骇人的江湖传说，而谢允却是个"不用废就很柴的角色"，小说中最常见的男女主人公相处场景是周翡手持一柄破雪刀奋力厮杀突围，而谢允躲在她身后摇旗呐喊，不时扔出几句风凉话为周翡招致更多火力。读者唯一一次看见男主人公显露实力，是在四十八寨遭遇灭顶之灾时，谢允为搭救命悬一线的周翡，强行运转功法，以一人之力力挽狂澜，但谢允究竟实力如何，与周翡相较孰强孰弱，这些问题直到全文完结也无法找出答案，或者说，作者从未打算给出答案。作者在《有匪》中打散了固有的传统观念，在耽美内核外披上了 BG 外壳，将固化的性别特质移置，从而拆解了本质主义的性别观。

潇湘冬儿《11 处特工皇妃》（2009 年）中，女主人公楚乔同样武艺超群，胆识过人，与男主人公诸葛玥在书中共同历经几十万字的风风雨雨，然而小说将近尾声时，诸葛玥一番感动不少女性读者的剖白，实际上骤然瓦解了此前作者苦心塑造的独立女性形象："父亲，你没了我还有别的儿子，大夏没了我还有别的臣子，可是星儿没了我，就什么也没有了。"①

可见，"女强文"中"女主很强，但男主更强"的设定，或许正是源自"双重的社会角色与生命体验，构造出双重的情感需求，女性既需要作为'人'在社会公共领域受到个人价值的肯定，又渴望作为'女人'得到美满的爱情和婚姻"②，作者与读者的心理预期双向交汇后投射进网络文学的创作，则明显地透露出矛盾的"对立与依赖"，她们往往将男性推至极端对立面的同时又怀有对男性的依赖与幻想。《有匪》恰恰借助作者书写耽美题材的大量经验成为暗化耽美内核的 BG 实验场，颠覆固化的社会角色，破除父权制意识形态生产的"强大的男人与赢弱的女人"的刻板印象，以达到跨越性别，回归人与人之间本质吸引的爱情实质，去尝试组建一种更为自然真实的恋爱方式。

---

① 潇湘冬儿：《11 处特工皇妃》（http：//www. xxsy. net/books/165098/2700637. html）。
② 肖映萱：《"女性向"网络文学的性别实验——以耽美小说为例》，《中国现代文学研究丛刊》2016 年第 8 期。

四 另类爱情解读:"我们"不如"我与你"

不可否认,此前"女性向"网络文学为追求两性平等,维护差异互补所进行的大量性别实验,促使在"玛丽苏"夹缝中生长起来的网络女性主义发展为如今席卷网络文学的浪潮。但早在几年前,这一实验已然出现矫枉过正的趋势:在爱情面临生存困境的挤压,自身无法得到足够安全保障的情况下,爱情即刻失去了原先自带的光辉而成为空洞的能指,被主动交付与现实接受利弊的权衡。同样是在《凰权》中,即使男主人公宁弈是权倾朝野的王爷,当他面临皇权倾轧,自保尚且力有不逮之时,凤知微弃金钗择乌纱,选择继续依靠个人奋斗保全家身,毅然回绝了他的示爱:"一生行事,钢丝之险,败,则需陪您丢命,胜,不过是您后宫三千分之一,您拿什么来承诺完整美满一生?"①

这种"相爱相杀"的虐恋模式反映出对个体价值近乎偏执的追求,甚至不惜将双方逼入横戈一击的困境,以精确计算的利益等额进行交易。这一倾向不仅反映出作者的内心,实际也是当代女性的普遍缺憾,对经历了高等教育和性别启蒙,已经有了追求独立个体价值的女性意识的当代女性而言,难以接受甘于平凡的传统性别设定,在并没有与之匹配的社会规则的当下,面对无一处可以安放理想的现实,爱情似乎成了唯一的,也是最后的精神慰藉与安身之所,然而没有生存基础的一切"幸福"都让人感到虚幻,唯有痛苦能让人感到真实。一旦性别成为问题的触发点,男性往往在此时被塑造为炮制痛苦与危机的假想敌,直至以一方做出牺牲与妥协的姿态为终结。

在这一问题上,首先向同性恋与异性恋的二元对立发起挑战的"酷儿

---

① 天下归元:《凰权》,第一卷第六十章《最是那一咬的温柔》(http://www.xxsy.net/books/286405/default.html)。

理论"或许带给我们一些启示。"酷儿理论"不仅借助男同性恋群体解构社会秩序赖以生存的二元对立，更是强调所有性别与性身份有多样的建构性。"正如大卫·哈尔普林在强调酷儿理论的怪异的批判性时所说的：'顾名思义，酷儿（怪异）就是与正常的、合法的、主流的事物格格不入的东西，它并不必然指涉任何特定的事物，它是一种没有本质的身份。'"① 实质上，现实与理想的冲撞正是源自基于父权制的异性恋基础被动建构的性别设定——将回归家庭、隐身历史作为理想价值指向。"酷儿理论"这一倾向恰与耽美的内核二者具有某种程度上的相似性，纵观以往重要的耽美代表作品，无论故事双方的关系进展到何种程度，主人公首先以独立自主的个体为前提进行来往，没有一方作为另一方的从属物并自我阉割，也没有一方提出将另一方建构为理想伴侣形象的要求。《魔道祖师》中，蓝忘机知晓魏无羡在九死一生之际走上"魔道"之初，一直劝说他"改邪归正"，但当他看出魏无羡决心已定，便不再拿自己的标准去要求对方，反而回过身将后背交给魏无羡，不惮以名门正派的出身回护魏无羡。让其"是其所是，为其所是"，在此基础之上相互给予，相互生成，耽美的同性之爱最终追求的是共同维护对方成为具有丰富精神内涵的独立个体。

　　"女强文"呈现的极端趋向，暴露出一场矛盾的情感角力：以爱情虚无为口号的女性强者，实质上却正是以男性爱人的情感为倚仗，施加伤害之实。《有匪》展现的爱情观正是对这种趋势给出的回应：正如女性拒绝被纳入传统男权话语体系对女性的性别建构，女性同样不具备要求爱人为其成长的痛苦承担代价，或以爱为名索取牺牲的资格。从周翡初涉江湖起，多数时候谢允都与她形影不离，对周翡的情况可以说事无不晓，但他

---

　　① ［英］拉曼·塞尔登：《当代文学理论导读》，刘象愚译，北京大学出版社 2006 年版，第 313 页。

从来选择尊重周翡最终的决定，并不因为两人亲密的关系而强行插手周翡的选择。四十八寨濒临灭门之际，周翡不惜以命死守，正因为他对周翡足够了解和尊重，即使本可以轻而易举地将已经是强弩之末的周翡带走，他依然选择了和她并肩面对："阿翡，"谢允轻声说道，"我其实可以带你走。"①

生死关头谢允支持了周翡慨然赴死的决定，日常两人的相处中，谢允也一直认可她作为独立个体选择生活方式的自由，当谢允气呼呼地质问她："是你的小命重要还是'交代'重要？"周翡毫不犹豫地回答他："交代重要。"此时的周翡已经在江湖历练中逐渐认识到四十八寨之外世界的险恶，即使她始终抱有生存的焦虑，却也始终秉持一份最初的倔强和韧劲，谢允知晓她的与众不同，在平日里磕磕绊绊的相处中，主动维护周翡的个性和她身上与众不同的那份鲜亮。看似从头到尾谢允都是躲在周翡身后的废柴，确实做到了将周翡的人生全然交付与她本人，并从未在周翡真正需要他的时候缺席。这种双方之间的独立与尊重正是爱情赖以滋养的土壤，故而生死之际谢允选择并肩作战，周翡的回应虽然不着一字，但书外读者看在眼里，都能明了。

　　不过周翡什么都没说，只是将东西塞进谢允手里，抽出自己被他攥得通红的手指，看了谢允一眼。

　　一个人，是不能在自己的战场上临阵脱逃的。

　　而此物托有生死之诺，重于我身家性命。

　　这一副性命托付给你，还有一副，我要拿去螳臂当车。②

这段情感关系虽然最终走向男女之情，但谢允对周翡而言，除去恋人

　　① Priest：《有匪》，第九十三章《绝处》（http：//my.jjwxc.net/onebook_vip.php? novelid =2595385&chapterid =93）。
　　② 同上。

身份更带有知己与导师的象征色彩，虽则亲昵，却不会亲昵到无间，分歧也有，但不会朝着生分一路相爱相杀而去，由此最终呈现了《有匪》对爱情的观点：亲密关系需要两个人都拥有存在感与幸福感，在本质吸引的基础之上互相去维持对方的个体价值，共同面对现实困境。这种去除性别本质主义色彩，扎根于独立与尊重基础的放养式相伴，未尝不是另一种对爱情的解读。

直到故事的结尾处，谢允死里逃生，与周翡终成眷属，而当谢允气息渐渐消散时，"忽然之间，她心里繁忙的楼阁便倾颓了一半"①。这本是言情叙事中常见的套路，是无数"女性向"网络文学用过的"老梗"，周翡一时之间同样"觉得自己过去的若干年都活到了狗肚子里，一瞬间便被打回了原型"②。浑浑噩噩一阵过后她想起来，自己得回去守护家人，追查搅动武林的"海天一色"，接过坐镇四十八寨的重任……"方才还空空如也的心里顿时被满满当当的事塞了个焦头烂额"③。于是，到底她没有重复其他"女性向"网络文学中的女性强者形象，不似十四郎的《三千鸦杀》（2010 年）中，目睹傅九云魂飞魄散的覃川那样，"眼睁睁看着自己的世界破碎支离，完全崩溃"④，不似《11 处特工皇妃》的男主人公想象的楚乔那样"没了我，就什么也没有了"。她的世界里不仅有谢允，还有担当，有她痴迷的武学，爱情固然重要，于她完整的人生而言却不会是"生命之全书"。

而在现实世界里，当代女性的爱情神话也在经受反复的解构与重建，女性主义的写作传统接续到了网络文学领域，伴随着启蒙语境下女性主义

---

① Priest：《有匪》，第一百一十五章《船僧》（http：//my. jjwxc. net/onebook_ vip. php？ novelid = 2595385&chapterid = 115）。

② 同上。

③ 同上。

④ 十四郎：《三千鸦杀》，第五十章《没有你的黎明》（http：//www. jjwxc. net/onebook. php？ novelid = 631005&chapterid = 50）。

意识的蓬勃发展，"女性向"网络文学与网络女性主义面对现实困境对爱情本质的冲击，持续进行着迂回曲折的摸索。正如女性对自我价值的认知时刻潜身于"女性向"网络文学的创作中，爱情神话的重塑实则也是对当代女性主义的反向启示。《有匪》正是伴随着这一现实困境与女性主义之间的撕扯与冲突，游走在耽美创作经验与女性性别经验之间，以耽美内核为日渐坍塌的爱情神话重塑了新的可能性。

本书由山东师范大学中国现当代文学国家重点学科资助出版

中国网络文艺作品评论选

网络文学卷（下）

主　编◎周志雄
副主编◎吴长青

中国社会科学出版社

目　录

（下）

武侠·玄幻·仙侠·修真

青春·言情·女性·穿越

探险·侦探·科幻·解构

武侠·玄幻·仙侠·修真

终究意难平，携手天下游

——小说《紫阳》评论

血　酬*

【摘要】近年以来网络小说大为盛行，无论是小说本身的传播、销售还是改编影视剧、游戏等周边衍生产品都在社会上形成了较大的影响。作为21世纪大放光彩的类型文学、通俗文学的代表，网络小说这一现象非常值得研究。本文选取了多次获得作协等有关部门推介的小说《紫阳》作为研究范本，从文论与创作的角度出发，对《紫阳》进行了解读与阐释，并在此基础上通过对小说结构、人物设计、情节推进、快感机制等方面进行分析得出结论：文学即人学，天道即人道。没有完美无缺的人生，而正视缺憾积极进取恰恰是这部历史仙侠小说的现实意义所在。

一　《紫阳》介绍

《紫阳》是由风御九秋撰写的一部仙侠小说，2013年12月在17K小说网首次发表，2015年4月全文完结，写作周期横跨3年，共计17个月。

---

* 血酬，本名刘英，中文在线集团总裁助理。

该书全篇 190 余万字，2015 年 11 月由广东人民出版社分五册全集出版。首发网站点击率 1300 万，业已开始进行影视剧、游戏的制作改编。

《紫阳》曾入选"2015 年度中国网络小说排行榜精品榜"①"第二届首都青少年最喜爱的网络文学作品"②"花地文学榜"网络小说 TOP10。

花地文学榜担任评委的王祥老师曾评点道：《紫阳》在东晋——五胡乱华时期的真实历史情境中，展开道术修真故事，把天下情怀与人生超脱感悟于一道，立论中正和平，写作路数较为独特。相较一般爽文，此作直面历史情境与人生境遇的种种困苦，主角格外克己，谨守道家分寸，怜悯和谅解世人，努力超越于人类一般欲望，不枉杀，不枉取，求得自身超脱，既顺应天人本性，又不被欲望所控制，所谓自由，即是本分。如此清洁，在网文中殊为难得，在暗黑流大行其道之时，表达光明价值观的作品更为可贵，作者心胸见识远在一般网文作者之上，宜予鼓励。③

关于该作品的价值，尤其是美学方面的价值王祥老师已说得非常清楚，在此不再赘述。

二 人物之主角观照

网络小说主要是通俗小说、类型文学，作者非常擅长通过故事里的人物来表达自己的想法，而读者通过代入主角来获得阅读快感，也就是说作者、读者通过故事里的人物进行"共振"，形成了三位一体的"情感共鸣"。

《紫阳》在故事表现上采取了"虐"而不是"爽"的手法，但也脱不

---

① 《2015 年度中国网络小说排行榜揭晓》，2016 年 1 月 27 日，中国作家网（www. chinawriter. com. cn/news/2016/2016 – 01 – 27/264153. html）。

② 《第二届首都青少年最喜爱的网络文学作品揭晓》，2016 年 1 月 27 日，光明网（http: //culture. gmw. cn/2016 –01/27/content_ 18677838. htm）。

③ 《2016 花地文学榜网络小说〈紫阳〉》，2016 年 3 月 25 日，羊城晚报 – 金羊网（http: //news. ycwb. com/2016 –03/25/content_ 21654446. htm）。

开这套"爽感"模式。主角莫问从一出场就遭受各种苦难，而后在逐渐成长的过程中，他经历磨难逐渐成熟强大，从而找到了解决办法和人生的答案。

莫问在相当长的学艺历练时期里都是个不讨喜的主角，性格未成突遭大变，出身商户之家，又饱受乱世无用的儒家教育，却阴差阳错地投身了道家，世界观、人生观在反反复复中被改造，儒家、道家不同思想的冲突导致他为人处世既生硬又别扭，像一个只知读书不谙世事的少年书呆子，可以说是能力又差，脾气又大。显然这样的主角设置和成长路径会导致小说的阅读快感降低，人物的代入感变差。但我们不能简单地以一本普通的YY小说（意淫小说）的路数来看《紫阳》，如果是抱着看爽文心态的读者，很可能等不到莫问下山争国师、救仆人老五的第一波高潮爆发。

我们必须根据作者在作品里的设定来看待莫问的举动，是不是有足够的合理性。作为一个十多岁父母双亡的少年，虽然他采取的很多办法是稚嫩的、不成熟的、自以为是的，但这是少年成长的必需，也是他人生的真实体现。从某种意义上来说，这些让人觉得不爽的地方可能就是这部小说在人物设置上最出色的亮点，也恰恰是让人物真起来、活起来的必要条件。

笔者阅读过大量作品，知道网络小说的主角往往是最容易没面容的，也是最不容易成长的。说没有面容并不是说主角的样貌不好或者是个性不强，而指的是主角经常只是起串联主线的作用，或是打怪升级，或是大杀四方，反倒不如个性鲜明的配角出彩，给人印象深刻。不容易成长指的也并非是能力的提升方面，而是主角的心智不会成熟。我们经常看到在仙侠小说有些人从开篇到最后活了上百万年，可无论是言谈举止，还是为人处世都幼稚得如十几岁的少年，你可以说是初心如一，但更多的还是写作技法的不成熟。更不用说大量的小说里出现的万人如一人语气，千人同一人面容的情况了。

但成长是有代价的，《紫阳》毕竟还是一部网络小说，秉承着网络小说的快感奖励机制，作者必须考虑读者的反应，而且是即时的反应。所以作者不得不对此妥协，莫问在面临前所未有的苦难时，同样利用自己的成长来获得奖励。得到胡人公主的帮助，得到上清的青睐，得到阿九的爱情，得到宝物的奖赏……所有的问题都必须给出解决办法，而且是自己解决，尽量不倚赖别人，这其实就是最典型的快感模式。当然莫问并不像很多小说里最终成了"宇宙之主"，也没有妻妾成群。他依然是敬天法祖，尊师重道，对三清祖师崇敬无比，心怀敬畏。莫问最终成了金仙，与阿九携手天涯，像一对神仙眷侣，但也留有诸多遗憾。

这些遗憾，他无力解决，无论是忠仆老五、还是秦云母子或是其他人，他力有未逮的时候太多了。这其实也是作者价值观的体现：仙人也是人，仙人的"仙生"其实也就是"人生"。没有人的人生是完美的没有缺憾的，关键是面对人生，你会做出什么选择。

莫问错了又错，一次次的选择，一次次的天意作弄，不可能全部规避，只能说在这些事情没有发生的时候，是否做好了准备，事情发生以后，该如何的补救。从这一点上来讲，《紫阳》具有现实的观照意义，甚至你会感觉作者很多时候并不是在讲故事，而是在"讲道理"，比如上清门派挑选徒弟时列的那些稀奇古怪的考题。可能这些考题并不完善，但作者用来表现诚心、忠义、孝道、仁善、气度等。讲天地君亲师，讲敬天法祖，讲学习的过程，如父母教子，如师傅教徒。但对古代的典章制度及道门仪轨过度解释，未免有因意害文之嫌。

三　情感

《紫阳》是一部历史仙侠小说，但也可以说是一部情感小说。这部小说里涉及的情感不但丰富，而且炽烈，有父母与子女的亲情，有同门学艺的友情，有忠仆老五的兄弟情，有家、国、天下之情，有师徒之情，有报恩之情，更有各式各样的爱情。因篇幅所限，不能一一说明，仅以同门友情与二三爱情为例。

仙侠小说，除了本身的魔幻新奇之外，更重要的是能创设更加"极致"的环境，而作者又特意选取了历史上的魏晋南北朝时期来承载故事，残酷，冷血，更加激凸人性。小说一开篇就铺设满门被杀、妻子被掳如此惨烈的环境，让人迅速代入那个时代环境，不由得感觉秋风萧瑟，寒意透体。

比起被胡人杀死的那些亲友，活着的人们才更感觉痛苦。有人说把美毁灭给人看，这就是悲剧。《紫阳》在开篇来看，就是一部悲剧。

悲剧的作用在于刺痛人心，让人悔悟、警醒，让人不忘前事。

在主角的爱情世界里，第一个被毁灭的美，就是林若尘。

林若尘，就像她的名字一样，如灰尘一般漂泊，如尘土一般落幕。

林若尘知道莫问可能没被杀，但她因为害怕而不敢挣扎，最终被胡人掳掠而去，曲意逢迎，还生了一个孩子。有很多读者因此而痛恨她，但莫问最终还是原谅了她。在笔者看来，林若尘没有贞节牌坊，她只是个贪生怕死的普通人，不像莫问是个饱读诗书的"圣人弟子"。那时节的女人无力保护自己，零落成泥碾作尘，为求生做出任何的举动都是可以理解的。在目睹夫君亲人一家惨死之后，求生的本能让她做出了最像"正常人"的举动。我们越是对林若尘内心沉痛，越是应该想到造成这一切的根源。这也是林若尘作为悲剧人物被毁灭的价值所在。

林若尘是莫问青少年时期的梦魇，让他内心百般纠结，用他自己的话说："恨其品行有亏，却又怜其遭遇悲苦。"①

---

① 《紫阳》网络版第四十六章，2014 年 1 月 17 日，17K 小说网（http://www.17k.com/chapter/715640/15347979.html）。

狐狸阿九作为"正牌女友"，在莫问的情感世界里扮演了亦师亦友的角色，莫问最消沉低迷也是第一次遇到情感难题的时候，她说林若尘"本是寻常女子，寻常之人行平常之事，不对也无错"。①

林若尘最后还是自杀了，她本可以不死，因为她和莫问其实无爱，她本也无错。不管是胡人公主石真还是秦云，抑或路人一般的苗女龙含羞等人，都比她更对莫问有爱意。但她是所有人里面最特殊的那个，因为她是莫问明媒正娶的妻子，也是整个故事里前半程的"女主角"。

莫问爱过别的人，他对石真说"当年我应该娶了你"；他为秦云母子一怒伐天，最后挣得祖师赏赐的一百零三天；他为阿九拼尽最后一滴血却无怨无悔。但他从未爱过林若尘，只是因为作为"夫君"的责任，因为心中的"大男子主义"，他才放不下林若尘。

作为读者，可以从冷眼旁观的角度在时代、礼法、情感等方面进行更深入也更轻飘飘的探讨，但对一个乱世之中挣扎求生的女子来说，活着的每一天都是折磨。林若尘只是莫问礼法名义上的妻子，没有经过自由恋爱，没有两情相悦过，因为父母之命媒妁之言，她就和一个陌生的男人走到了一起，结成了夫妻。这是林若尘的悲剧，也是她不得不死的缘由，她看起来是苟且偷生，但其实早已生无所恋。

她就像这个故事里的"陌生人"一样生活着，当然作为故事里的一条线索也很重要，因为她的遭遇和举动，莫问才不得已上了山学了道，遇到了生命中真正爱着的那个"人"。

对莫问来说，在山上学艺的时光，几乎是他人生最长的快慰。

同门之情，是故事的另一主线。以北斗七星命名的七个人，彼此之间上演了一幕幕的爱恨情仇。

---

① 《紫阳》网络版第四十六章，2014 年 1 月 17 日，17K 小说网（http://www.17k.com/chapter/715640/15347979.html）。

老大千岁是个忠厚老实的人，从一而终，也算是求仁得仁，阿九与他类似，不过与莫问相得的不是友情，而是爱情。

刘少卿和夜逍遥、百里狂风三个，起初与莫问感情并不好，所选的人生道路也有偏差，这三个人在莫问下山遭遇重大危机的时候并没有出手相助，到场相助的柳笙最后却黑化了。

百里狂风被柳笙所杀，柳笙又为夜逍遥所杀，同门反目，让莫问痛彻心扉。作者设计的同门七兄弟，每个人都有自己的个性，也有自己的缺点，他们都不是完人，但也因此而显得真实。

七兄弟有生有死，有爱有恨，虽不是大团圆的结局，但最终也算是求仁得仁。毕竟除了女主角阿九之外，其他人的戏份并没有那么多，读者投之于其上的感情也没有那么浓烈。

《紫阳》从结局来看并不是一部悲剧，但作者在人物设定包括剧情上设计了很多的"坎"，跌宕起伏，读者跟着剧情走向看下来真是十足的虐心。

关于"虐心"这一模式与写作技法，陈玉蛟曾提道："网络小说中出现的各种各样的'虐心'模式是与读者内心的欲望与需求相对应的。"[1]

读者为什么会觉得虐，是因为我们无法面对的，正是一个真实而复杂的自己。

很多人说网络小说其实就是 YY 小说，就是用来逃避现实的。我们在一定程度上认可这一说法，我们渴望虚幻，渴望瑰丽的异世界可以给我们不同的人生体验。但理智告诉我们，在虚幻之外我们也渴望真实的体验。

我们喜欢阿九这样完美的狐狸精，但我们知道她并不是真实的。无论

---

[1] 陈玉蛟：《谈网络小说中的"虐心"模式》，周志雄主编《网络文学研究》第一辑，山东人民出版社 2015 年版，第 150 页。

睡得多么甜美，我们总要从梦境中醒来。我们的内心并不强大，有的人像"林若尘"，有的人像"莫问"，那些完美的人物我们无法与之共鸣，只能仰慕、供奉他们。

我们读完小说，可以回头想想自己，是不是一个"杀伐果断"的人，是不是一个犹豫不决的人，是不是也有过懵懂迷糊的青春期，是不是也做过一些很傻很天真的事？莫问得了天狼毫之后的惴惴不安，是不是我辈小民中了500万彩票后的真实写照？

《紫阳》高出一般YY小说的地方，正是因其对人生百态的洞察，书里面写的人物，其实就在我们的身边，而不是在二次元的画布上，只存在读者的幻想之中。

写的是虚幻的神仙鬼怪，但情感是真实的，背后站的都是人，而且一定是充满正能量的"此身为人"①，文学即人学，天道即人道。

如今的网络小说已充分满足了人们"求不得"的幻想，却也因此使得大量读者不愿意接受稍稍刺痛的现实。我们知道如果网络小说只有幻想，只让人逃避现实，那么它是走不远的。《紫阳》作为一部有强烈现实观照的幻想作品也能火起来，这是网络小说的进步之处，也是一件幸事。

四　结构与叙事语言

小说的结构决定故事的走向与叙事节奏，《紫阳》的创作遵循了网络小说的特点——模式化的结构。许苗苗曾指出，"在当前中国网络文学创作生态之下，模式化的结构有其必然性和合理性"，"高度模式化的结构是类型小说的特点之一"。②

---

① 血酬：《华语网络文学研究2》，山海经杂志社2016年版，第181页。
② 许苗苗：《从结构看网络小说的发展需求》，中国作家协会创作研究部选编《网络文学评价体系虚实谈》，作家出版社2014年版，第96页。

《紫阳》全文一共七卷，标题分别为：道人、真人、玄奇、鬼墓、悟道、游方、生死。各卷的章节数如下：

第一卷　道人 92 章

第二卷　真人 88 章

第三卷　玄奇 68 章

第四卷　鬼墓 67 章

第五卷　悟道 66 章

第六卷　游方 73 章

第七卷　生死 126 章

如果按照网络小说里打怪升级换地图的写法，第一卷道人的章节数应该是最少的，之后每一个新的环境或者等级开一个新卷，随着情节的展开，章节数会逐渐增多，大结局的一卷往往是最长的。

我们拿同样是七卷本的历史小说《家园》（作者酒徒）来看，家园全本 233 万字，各卷章节数如下：

第一卷　塞下曲 56 章

第二卷　功名误 68 章

第三卷　大风歌 77 章

第四卷　扬州慢 76 章

第五卷　水龙吟 76 章

第六卷　广陵散 75 章

第七卷　逍遥游 144 章

从数据统计来看，《紫阳》的开篇两卷章节数明显多于中间四卷的均值，略有些头重，这也与作者自身的创作意图相关，开篇与结局两头并重。

在小说的创作语言上，《紫阳》并不像《蜀山剑侠传》那么"文"，反而非常跳脱，有鲜明的网络小说特色。周志雄认为，"网络语言是在网络环境中产生的，带有简洁、时尚、调侃的意味"①。

小说的语言也算简练，虽然介绍了不少古代的礼仪、典籍等史料，但在描述时仍注意简练，没有长篇铺陈，可以说是不灌水，有风骨。

五 历史与现代性

作为一部历史仙侠小说，不可避免地会引入大量的传统文化内容。

关于传统文化在小说中的应用，笔者曾在风御九秋的另一部书《气御千年》评论里提过，需要进行扬弃。②

每个作家都有自己的知识谱系，有自己的价值观取向。从《紫阳》的文本上分析，作者的总体思想还是以道家为主，儒家为辅，敬天法祖。

莫问，是一个由儒入道的人，他的经历也是一个知识分子逐渐旷达的过程。这个主角为什么名叫"莫问"？名字是很重要的，因为这几乎是一个人存在的标签，我们说要成名，要扬名，名字是父母取的，但在小说中，则是作者起的，有其自身的寓意所在。

是去世事沉浮中历练，用心去体验？人在身处绝境时，常会无语问苍天，莫问是没问，还是不要问？

从作者的写作脉络来看，对传统文化是非常尊崇的，但也不主张不加辨识地全盘接受。探究作者的写作旅程，可以发现其有鲜明的现代价值观。

传统文化的传承与现代价值观的结合，是历史仙侠小说的方向所在。

《紫阳》有很多优点，却不是一部完美的作品，也不是作者最高水平的体现，更不是一部讨喜的 YY 小说，但能看出来作者的努力和诚意。

我们明白作者在书中试图表达什么，是那些可以传诸子孙，教化于世

---

① 周志雄：《网络叙事与文化建构》，中国作家协会创作研究部选编《网络文学评价体系虚实谈》，作家出版社 2014 年版，第 135 页。

② 血酬：《华语网络文学研究》，浙江文艺出版社 2015 年版，第 70 页。

人的东西，是在现代社会里稀缺、需要被鼓励的那些美好的传承。

当我们读完《紫阳》，再去读作者的最新作品《参天》时，能明显感觉其笔力的进步，思维的开阔。《紫阳》里出现的很多问题，都得到了修正。

以笔者来看，目前网络小说批评的价值主要还是在帮助作者的创作。但囿于水平，可能并不能完全指出问题，激浊扬清。

小说是虚幻的，但生活是真实的。作者可能表达了更多，但我们并没有完全读出来，会留有一些遗憾。但观小说描绘的人生百态后，我们能更振奋地生活，一切足矣。

魂落忘川犹在川

——《忘川》宿命书写中的现代性

卢玉洁[*]

【摘要】新武侠小说代表作家沧月以武侠小说起步，凭"听雪楼"成名，时隔九年，《忘川（上、下)》（以下简称《忘川》）为这个书系划下了圆满的句号。作品通过四个深陷情仇家恨和传奇阴影年轻人的恩怨纠葛，再次传达出强烈的宿命意识。其宿命书写套用江湖的外壳，所映射的却是现代人的认知与情感困惑，主要表现在被人造物所消解的恐惧、行动的非自主性和存在的实在性三个方面。极富寓言性及当下性，具备一定的审美价值。

作为沧月新武侠小说"听雪楼"系列的收官之作，《忘川》是一部非常典型的粉丝向作品，人物、情节和极富特异性的时空，和前作一脉相承。与同为系列续作的《云荒·羽》相似，《忘川》主人公们所处的时代，传说散尽，荣光西沉，辉煌的灰烬之上，暗哑的是波澜壮阔的建业诗篇，唯有凄凉的宿命余音萦绕。

---

* 卢玉洁，江西师范大学比较文学与世界文学硕士研究生。

"光阴荏苒，而命运之轮旋转无休"，宿命意识是沧月武侠玄幻小说的突出特征。其名"忘川"，书中对它的解释是：一条位于滇南驿道附近的天上之河，由拜月教先代祭司迦若所建，用于指引筑路死去的孤魂野鬼踏上黄泉路，得以超度，魂魄穿梭的声音甚过怒江和澜沧江。忘川及黄泉路并非沧月的原创，它们是佛道两教传说有机融合后建立的往生系统的组成部分，原生道教求飞升长生，不涉轮回，所以从其功能渊源上看，和佛教更近，综合《玉历宝钞》《佛说三世因果经》等经文中对忘川的描述，它是黄泉路尽头，望乡台下奔涌不息的血色河流，波涛中满载虫蛇，死后怀有执念的亡魂若想再见故人，可以不喝孟婆汤选择跳入河中，脱出轮回千年，以换得奈何桥上一瞥。宿命，轮回，至死不休的执念，乃至为此抗拒轮回的决心——名唤忘川，实为"不忘"，恰好是本作的最好注解。

沧月写古，写刀光剑影中的命运轮转，但并不代表她的作品与传统武侠小说一样立足于某个相去甚远的时空，在强烈的宿命意识和极致的虚无荒凉对"侠义"的消解之中，蕴含着现代性的迷梦。

一 宿命的"显"与"隐"

"命运"相关的表述见诸沧月每一部作品，她对宿命意识的执着自不必赘述。同梁、金、古为代表的现代武侠小说先驱们相比，"预言"是月版武侠在宿命意识表现形式上的一个显著区别，借助这种形式，沧月径直越过自己的前辈同中国古代文学相勾连，《红楼梦》的判词足以佐证中国传统文学的预言血统。她并不满足于将预言者打入虚无缥缈的冷宫，更无意取而代之，而是制定了强有力的预言机制，来保障命运的神秘莫测和坚不可摧。以"听雪楼"系列为例，血薇剑第二任主人舒靖容"冥星照命，与其轨道相交者必当陨落"的预言由与血魔（阿靖父亲）、白帝（萧忆情、池小苔师父）并称三大陆地飞仙级人物之一雪谷老人作出，同时雪谷亦是阿靖与青岚的师父，"人中龙凤"（萧忆情、阿靖）的核心人际关系就在上述人物之中展开。由此可见，预言者非仙非神非佛，他们本身就是主人公深陷其中无法逃脱的庞大宿命的一块拼图，积极参与情节的推动；下达预言的权力由具体的神（如希腊神话中神谕的来源是奥林匹斯诸神）移交给掌握一定"窥探天道"能力的术士、占星师等修行者，"宿命"得以去人格化的同时，被禁锢其中的人越发求告无门。

《忘川》中，"预言权"进一步向下跌落。三大陆地飞仙级人物、力量媲美天神的拜月教祭司迦若于系列前作中先后离世，圣湖干涸，及至《忘川》主要人物活跃的时代，遗留的只有先代辉煌的残影，然而预言，或者说宿命的效力并未因为发出者泯然众矣而有丝毫减弱。梅景浩临死时"君子之泽，五世而斩"[1]的遗言，风陵渡上石明烟"今天是你们第一次相遇，就令刀剑相见，这并不是吉兆"的警告，最终都得到应验。"预言"也不再如"冥星照命""血薇，不祥之剑也。嗜杀，妨主，可谓之为'魔'"一样拥有相对书面的格式，从"显"到"隐"，预言所负载的宿命宛如一位可怕的杀手悄然藏匿在人物情绪激烈时脱口而出的话语里，无迹可寻，又无处不在。

宿命表现形式的"隐"招致其在人物生命历程中的"显"，于关键时刻展示其无可匹敌的力量。消解了"预言"的《忘川》，就其结局而言似乎和金庸先生代表作《天龙八部》的宿命文化没有分别，然而事实上，接替"预言"这一宿命形成机制，自幕后走到台前的"愿望"以及以苏微、原重楼等个性高扬的人物面对"愿望"凝聚而成的"宿命"所做的抉择，是《忘川》在宿命意识上的重要突破。

---

① 沧月：《忘川》，北京联合出版公司2014年版，第4页。

（一）情仇家恨的血色青春

伦理身份冲突与复仇是武侠小说永恒的主题，血缘关系决定的伦理身份和摆脱身份、获得仇恨以外人生价值渴望的二元对峙，可以较为便利地生成"宿命"的祭品。在《忘川》中，同样存在着这样一个角色——原重楼。他的选择，证明在强烈的宿命意识之下，沧月突破宿命堡垒的积极尝试和"存在是生命的意义"的独特价值观。

原重楼拥有多重伦理身份：惨遭听雪楼灭门的江南梅家最后的男丁梅子瑄、拜月教现任祭司灵均、腾冲玉雕大师原重楼。这些身份彼此间互成因果，互有交叉，十年前原重楼目睹亲生父亲身首异处，由于实力悬殊而不能暴露身份，只能忍耐巨大震惊悲痛装作路人，可这并没有帮他逃过萧停云的夕影刀，杀身之祸竟然仅是因为他目击了这一切。夕影重创了玉雕大师至关重要的右手，"原重楼"的恋人因此离他而去，这个假造的身份瞬间支离破碎，他开始成为"梅子瑄"。而为了更好地成为梅子瑄，他首先要变成"灵均"，掌控并利用一切可供复仇的力量，甚至不惜欺师灭祖，玩弄天道盟、风雨组织、听雪楼、拜月教这些举足轻重的江湖组织——这是个疯狂的复仇者，他的胆量、作为在沧月所有的作品中史无前例。

表面上，原重楼是宿命洪流一个彻彻底底的推波助澜者，血缘关系作为本源关系，在他身上似乎展现了其压倒性的力量，但耐人寻味的是，诸多身份之中，他最珍视的并非复仇的直接动机"梅子瑄"，而是"原重楼"，他以这个名字和心爱的女子苏微结婚，且真相揭开后，从未刻意纠正她对他的称谓。

原重楼是梅景浩的私生子，性格软弱的梅家家主把他和母亲抛弃在腾冲，直到正房夫人过世才接回他的母亲，依然不敢让他认祖归宗，却在家族覆灭之际找到这个连族谱都没有记载的孩子，一路引来了武学冠绝天下的杀手，碾碎了"原重楼"的存在。对他的父母，原重楼未必没有怨愤，他向苏微讲述自己父母的故事时，就将父亲设置成一个始乱终弃、暴毙而亡的纨绔子弟形象，尽管他不可能把这个故事编得过于接近事实。而在苏微治好他的手臂，和他坠入爱河，眼前、心里只有他一人——他疯狂的复仇之路途中，"原重楼"竟意外获得重生的一线曙光、逐渐还原本来面貌的时候，他曾毫不犹豫地选择了放弃。听雪楼当时仍未覆灭，只是伤害他至残疾的萧停云诈死，原重楼已经先一步表现出大仇得报的狂喜，足见他尽管是个复仇者，但不是"梅子瑄"，而是自己生活的终极理想"原重楼"的殉道者，尤其当江湖的"信使"萧停云刻薄地贬低"原重楼"，质疑他创造美好的能力，讽刺他理想的价值时，瞬间引发了他孤注一掷的反击。

"……你要知道，她不是你的迦陵频伽，她是血薇的主人，远比你想的要出类拔萃。你配不上她……你总不能让她那双手一辈子拿劈柴刀吧？"

"闭嘴！谁说我配不上她？"原重楼终于被激怒了，"不管怎样，我们已经拜堂成亲了！轮不到你一个外人来说三道四！"

"那又怎样？"萧停云冷然，"她一看到血薇，还不是立刻扔下了你？"

原重楼猛然一震，一下子说不出话来。

他抬起头，死死地看着萧停云，眼里流露出极其奇怪的表情。那种奇怪的眼神，竟然让身经百战、心机深沉的听雪楼主都有些不寒而栗起来。

"看来，我们两个，天生就注定是你死我活的仇敌。"原重楼的嘴角泛起了一丝冰冷的笑意，看着萧停云，语调缓慢而低沉："你毁灭我的生活，一而再，再而三。我不会放过你的……君子之泽，五世而斩。你的死期到了！"

原重楼不属于沧月笔下"覆满了雪的荒原",他为江湖人视为草芥的那些简单、平凡而脆弱的人生代言,以"荒原"的方式和规则向江湖开战,最终和它同归于尽,曾起死回生的"原重楼"则彻底消亡。假造的身份所承载的人生,因其"虚假"注定崩塌,这是"原重楼"的宿命,但和以乔峰为代表在两难抉择中自我毁灭迎击宿命的英雄,乃至"镜"系列中,由于愧对自己拒绝选择所致的浩劫,挺身而出去践行宿命的真岚、慕湮等不同,原重楼一直明白自己是谁,究竟想要什么,他的世界泾渭分明,他的感情炽烈纯粹,他的选择百死不悔,而他为守护那个转瞬即逝的"原重楼"历经的一切疯狂和温情,正是这个谎言堆积起来的存在的"真实"。

(二) 传奇附庸的自我追寻

同样以复仇作为对理想人生的祭奠,听雪楼大总管赵冰洁面临更多一层宿命——"朝露"的命运。言及朝露刀,自然要涉及"血薇""夕影""朝露"三把刀剑见证的爱恨情仇。在"听雪楼"的世界里,三把刀剑历任主人中最为江湖人耳熟能详的,是缔造了听雪楼神话的"人中龙凤"一代,血薇剑主舒靖容和夕影刀主萧忆情珠联璧合,彼此倾心,朝露刀主亦即萧忆情小师妹池小苔因爱生恨,协同二楼主高梦非叛变,被终身软禁在神兵阁,受复仇者石明烟的挑拨,"人中龙凤"长期积累的不信任终于爆发,互戕而死,听雪楼的鼎盛时期随之落下帷幕。又历两任,至萧停云接任,局面早已江河日下。

璀璨夺目的传说,未竟霸业的唏嘘,回响在"人中龙凤"昔日追随者们的脑海,刀剑新的主人们失去了自主选择人生的权力,他们被选定,被培养,被授予神兵利器的唯一理由,就是"配得上"前人立下的威名。人造物于世间,源于有死者对不朽的执着,反过来,人的造物却支配起个人的独一无二,这样的现实何等荒诞,即使在同为武侠题材的作品中,也罕有报上刀剑名号时不报其主人，仅以刀剑名号指代主人的情况。"人中龙凤"时期的四大护法、石明烟、池小苔……这些和刀剑新主人们有着师徒名分的人，一意孤行地把后辈们作为他们推翻刀剑相向命运的武器，反过来却铸就了宿命。

萧、苏、赵三人中，萧停云最有夕影旧主萧忆情的权谋城府，不同于远离听雪楼、和姑姑石明烟相依为命于风陵渡长大的苏微，从懂事开始，他一步步按着所有人期待的轨迹，按着萧忆情的模样成长得能够独当一面，一一匹配人中之龙的遗产：雪谷传人、夕影刀主、听雪楼楼主。命运的轨迹如此契合，听雪楼众人却希望剔除最终的结局，"甚至，能够和血薇的主人结成连理，圆了昔年人中龙凤的缺憾"——这份扭转命运的不甘不仅摆布他的事业，而且要涉足他的爱情，把他彻底变成一个傀儡。萧停云身上负累太重，苏、赵二人都是孤女，唯独他的生父南楚是听雪楼高层成员，他的出身，他所受的教育都决定了他无法对强加的人生做出有力反抗。爱上赵冰洁，是他对命运说的第一个"不"字，他也发出过"我不能把自己的一生都活成另外一个人""我最重视的，是自己掌握自己的命运，不被任何东西蒙蔽"的抗诉，但即使如此，在洛水上和赵冰洁互诉衷肠，假死暗中考验她对听雪楼的忠诚后，他依然前往南疆寻找失联已久的苏微，希望拉她回来重整旗鼓，不惜绑架她的新婚丈夫。可以说，萧停云对"人中之龙"的宿命欲拒还迎，他的确感到不公不忿，然而他的行动绝大部分依照着听雪楼楼主"应有"的标准所作，面对一心向往普通人生活的苏微，他视她的决定是鬼迷心窍，认定江湖才是最好的归处，全然忘了自己也深受其害，也渴望着不负本心，从这里开始，萧停云为宿命作伥，死于血薇剑下，亦是顺理成章。

血薇新主人苏微是"听雪楼"江湖的一抹亮色，有别于阿靖那坎坷经历造就的孤傲敏感、杀伐决断，苏微是一张白纸，"在这过去的十几年里，除了无穷无尽地习武练剑之外，她对接人待物几乎一无所知"，她注定和尔虞我诈的江湖格格不入。风陵渡的世界单纯而狭窄，在踏入江湖之前，她受到的教导就是要配得起血薇，做夕影的左膀右臂，永远不可以对夕影出手，而幼年时的那场洪水，使她生存的危机感远超同龄人，所以对威胁到她生存意义的赵冰洁才会带有敌意。她憧憬萧停云，冲撞赵冰洁，不是源于情爱和嫉恨，而是少女特有的天真烂漫和对生存价值的一种本能捍卫。一方面，苏微渴望认可，渴望证明自己的价值，而另一方面，她和萧停云最大的不同是，她不接受永远活在传说的阴影中，成为论据去证明别人的传奇——她，才应该是自己生命的最终结论。

"多谢你。有血薇在，天下何事不可为？"

"有我在，"她却忽然更正，"我。"

宿命起点振聋发聩的这个"我"字，撑起了苏微的轻灵、决绝和快意，保证她那颗赤子之心鲜活如初。入江湖十年，她坚持为剑下亡魂设立牌位超度，当她意识到"血薇主人"的身份正在吞噬她的存在时，便远走南疆，和原重楼相识相恋后，更迸发出无与伦比的胆气："我们就在这里安家！看谁敢来阻挠？"这份"成为自己"的强烈愿望和原重楼复归自我的执念不谋而合，正是他们相互吸引的原因。相比原重楼的偏执阴郁，苏微明朗而真诚，和不怀好意接近她的原重楼接触时，她的纯粹一次又一次在无意间挽救她的性命，并唤起原重楼内心的温情。

《忘川》最后，苏微为原重楼杀死了萧停云，原重楼随后自绝于血薇剑下，江湖、市井，都没有了她的容身之处，天地之大，只剩风陵渡供苏微了却余生——她如愿跳出了"荒原"，却跌进了刀剑相向的惨烈宿命，这似乎是来自江湖的反讽：无论逃离它，还是适应它，代价都是你视若珍宝的纯真。

二　刀光剑影中的现代性寓意

宿命论认为人生受外在力量的主宰，包括生死祸福、贫贱富贵等一切事情都是由人无法控制的力量促成，是人力无法抗衡的。[①] 透着十足的古味，也就不难理解它总和时空极具特异性的作品结合，发挥得淋漓尽致的原因。宿命论的广泛影响有其深厚的历史根基，可为什么在自然科学获得长足发展，人类探索的触须已经伸向浩瀚宇宙空间的今天，它依然拥有数量可观的信徒，以至于阅读相关作品的时候，宿命洪流过后的悲凉和虚无，竟使身处现代的读者感到长久的心悸？沧月笔下呈现的确实是一个原汁原味的武侠世界，但现代性，这个作者浸渍其中无法摆脱的存在，寓于她的人物和宿命的剑拔弩张中，他们的焦灼和恐慌是现代的偷渡者，就生活在我们之中。

《忘川》宿命书写中现代性的体现。一是被自己的造物所消解的恐惧。萧、苏二人的缘分起于刀剑，又以刀剑终结，他们生下来"就是不幸的孩子"，不幸并不是因为他们遭受的磨难，而是随刀剑一并被赋予他们的"使命"，上代更改宿命的期望形成的高压强迫他们循规蹈矩地活出别人的人生——复制传奇，这被证明是一个危险的错误，而在这个"制作"过程中，人实际变成了没有发言权的原材料。苏微的愤怒就在于此，她一遍又一遍尖锐地假设"如果我不是血薇的主人""如果我不能驾驭这把剑""如果我对听雪楼没有用了"，是不是"我就不再是'我'"，不再有任何意义。她发现自己不是不可替代的，不是能从他人中区别出来的，"苏"是不是"舒"，或者"微"是不是"薇"，都没有强调的必要，因为"人中龙凤"这一唯一的目的产品，决定了她的价值，评价她人生的准绳竟然仅仅是她对这个目的的有用性和适用性，然而，人类是不能作为原材料去

---

① 孙振波：《中西文学宿命意识比较研究》，硕士学位论文，辽宁大学，2011 年。

制作历史的。"在有死之人的个体生活周围，环绕着不朽的自然和不朽的诸神"①，"有死"是人存在的唯一标记，人的有死性在于"个体生命以一个从生到死的可辨认的生活故事，从生物生命中凸显出来"，而为了在一个除了自身皆不死的世界里找到自己的位置，创造某些长久存在于世的产物变成了人的人物，做出不朽功业的能力，正是人类的"神"性所在。功业是人类的丰碑，一个标志，可它不能代替人来回答"我是谁"，正如血薇剑主不能代替苏微回答，她就是血薇剑主。苏微挣脱传奇的泥坯，在被送入命运熔炉烧制前开始了一场属于现代的逃亡，向和宿命一起凝视她的无数双眼睛，展示了分工配给的位置、模型所赋予的形状……"目的"的一切需求之外，人能够拥有怎样的邂逅。她手持血薇杀死萧停云，应和了上代刀剑相向的结局。从这方面看，苏微坠入了宿命的陷阱，但相应地，她亲手终结传奇，使龙凤结合的蓝图化为泡影，却是在刻骨铭心的爱恨间，窥见了独一无二的自己。

二是行动的非自主性。"十步杀一人，千里不留行。"侠客们因为身怀绝技而快意恩仇，因为了无牵挂得以来去自如，强大而孤独，这一固定印象一度使武侠小说遭受颇多非议，担忧心智尚不健全的人会加以效仿。但《忘川》中的一众江湖客，恐怕鲜有人乐意重蹈覆辙：赵冰洁抹杀自己真实身份的活动，为听雪楼树立了有史以来最可怕的敌人；萧停云对原重楼的绑架，成为决裂的导火索；拜月教主明河不问政事，险些酿成圣湖重开的灾祸……在沧月笔下，江湖并不是一个可以率性而为的地方，充斥其间的这些意外和偶然，恰恰证明在一个公共空间和私人空间彼此渗透和混淆的世界，生活着复数的人类的事实。人的行动在复数性的人之间展开，"每个行动都造成反动，每个反动都造成连锁反应，从而每个过程都是新

---

① ［美］汉娜·阿伦特：《人的境况》，王寅丽译，上海人民出版社 2009 年版，第 10 页。

过程的起因"，①决定了行动，必然是不可逆和不可预见的，因而尽管人可以自由地行动，但无条件地自足和自我主宰不可能实现——人无法控制行动引发的后果，甚至不能看到这个后果（赵冰洁至死都没能得知敌人的真正身份，即使她因他的命令而死）。这种无能为力感内在地和宿命论共通，现代社会的人类穷尽自然所掌握的庞大知识助长了它的蔓延，因为认识的增长并不能改变人的复数性的根本境况，只会强化人的沮丧。行动固有的非自主性令人失望，不过人并不是无计可施，报复过去的错误会引起新的报复，所以真正有改变未来力量的是来自他人的宽恕，苏微参与追杀原重楼的父亲，可谓原重楼残疾的帮凶，十年后，原重楼这样解释自己对她的帮助："因为我记得在那一刀落下时，是你挡开了你同伴的手，喝止了他——也是因为你的阻拦，那一刀才没有把我整个人劈成两半。你毕竟救了我。虽然之后的十年里，我日夜恨不得自己在那一天就死去。"这就是宽恕的力量。

三是对业已丧失的确定性的补偿，即在无法抵达真实的前提下，如何确认自己的存在。苏微的南疆之行自始至终都是原重楼的刻意设计，精通幻术且势力覆盖腾冲的他，轻而易举地编织了一个又一个假象，割裂苏微和听雪楼的联系，削弱她对萧停云的信任，且利用她对他的感情操纵她杀害萧停云。在此过程中，她凭借自己的感官、常识和理性得出的所谓"真相"，都和真相背道而驰，这种被愚弄和操纵的事实，在沧月"镜"系列的角色云焕身上已经初露端倪，《忘川》则更进一步，使幕后黑手和被欺骗者之间建立了无比亲密的关系，带来的愤怒要比虚无缥缈的宿命更加强烈。这是苏微的噩梦，某种程度上也是现代社会的噩梦，即怀疑"没有什么是真实的"，以及"一个邪恶意志统治世界和人类"。作为现代的标志，异化的世界丧失了它的确定性，一切变成了过程而不再拥有完成时，一切

---

① ［美］汉娜·阿伦特：《人的境况》，王寅丽译，上海人民出版社2009年版，第149页。

变成了相对不再有固定的真理，一切对理性和人可以遭遇真实的信仰瞬间崩塌，居于这样动荡不安的世界中的人，不仅安全感消失殆尽，连存在都不得不被质疑，就像苏微面对彻底的欺骗自问的那句："她的重楼，是否从未存在过？"

他用尽最后的力气，拉起她的手，按在了自己的心口上，微弱地喃喃："这一场相遇……就算什么都是假的……但这里、这里，却是真的。"

原重楼的遗言将现代的两个怀疑引向了人心。"即使没有真理，人也能是真实的"，人或许无法确定给予感情的世界的真实，却可以确认感情的实在，确定人的心灵真实地起着作用，从而在世界中找回"存在"的证明。《忘川》最后，当孤光提议为苏微种下梦昙花，帮她忘却这段切肤之痛时，苏微拒绝了，从这一刻开始，未来何去何从已经不再重要，因为宿命的洪流与人生的跌宕起伏中，萧停云、赵冰洁、原重楼、苏微，他们先后都找到了自我，品尝过真正向往的生活，也许数月，也许只是一个拥抱，可正如原重楼所说，人不活在别处，就在灵魂悸动的这一刻。

于茫茫星海中演绎修仙神话

——网络仙侠小说力作《遮天》评析

鲍远福*

【摘要】起点白金作家辰东创作的《遮天》是近几年来收获艺术性和美誉度"双赢"的网络仙侠小说力作之一。小说用洋洋洒洒600余万言为读者展现了一个磅礴大气又不失人文情怀的修仙世界。它充分地融合了现代小说的叙述手法，以线上写作互动与线下商业运作相结合的模式，成功地塑造了以叶凡为主角的人物形象谱系，其故事线的铺展也充分地展示了其向传统文学和文化经典致敬的意图。在众多"升级打怪流"的网络仙侠小说中，《遮天》之所以能够脱颖而出，是因为它以富有个性的审美价值追求和紧密贴合时代精神的创作理念，为21世纪青年读者提供了一种"爽文学"的阅读接受体验。以《遮天》为代表的网络文学异军突起，标志着当代文艺批评的格局正悄然发生某种变化，而这种嬗变足以引发当代文学研究者的重视与反思。

《遮天》是辰东所著的仙侠小说，2010年10月首发于起点中文网，

---

* 鲍远福，贵州民族大学传媒学院副教授。本文系贵州民族大学人才引进项目"网络游戏艺术的符号表意研究"（16rcyjxm008）阶段性成果。

2013年5月完结，全书逾600万字，属于超长篇的修仙巨制。小说以神秘的"九龙拉棺"从太空降临地球为引子，为读者展示了一个气势恢宏的洪荒修仙世界，进而引出许多起源于地球古星的上古神话和历史遗秘，卷帙浩繁，故事情节繁杂，叙事构架庞大，人物形象众多，几个主要形象角色刻画鲜明，故事线比较完整，结构上也能前后呼应，具有较强的可读性。

一 人物群像的成功塑造

《遮天》的最大特色是比较成功地塑造了以叶凡为代表的性格各异的修仙人物群像。小说以"九龙拉棺"为引，以"老子西出函谷关"之后的情节猜想为最大悬念，以叶凡为核心行动元，塑造了数以千计的人物角色，因此，《遮天》的读者，一开始都会被小说中卷帙浩繁的线索人物所吸引。

小说包括一明两暗三条线索，明线是叶凡的成长和飞仙之路，它构成了整部小说的主体。小说对叶凡的成长和修仙之路做了详细的刻画，他因偶然因素掉落"九龙拉棺"而误入北斗星域的"葬帝星"，然后一次又一次地突破自身体质（荒古圣体）条件的限制，从轮海、道宫、四极、化龙、仙台五重肉身境界一步步蜕变，进入天人合一的圣人、大圣、准帝、大帝四重精神境界，最终逆天而又完美地"活出九世"，在红尘中成仙……可以说，叶凡的每一次进阶都是"逆天"的，其战力和境界都力压同一级别的高手，甚至像其他仙侠小说的主角（如《星辰变》中的秦羽、《斗破苍穹》中的萧炎、《凡人修仙传》中的韩立等）一样"越级"战斗，击败强敌。这种形象设置，除了暗合"升级打怪流"的仙侠小说常用的"主角光环"模式外，还有效地提升了故事情节的张力与韧性，为叙事提供更多的"故事线"，也为小说的超长篇架构奠定了关键性要素。主角光环的无限放大，其成长之路的艰难险阻呈现几何级数增长，是推动叙事进程的内在驱动力，也是网络仙侠小说商业化写作模式盈利的主要手段。在这种设定中，叶凡生动立体的性格与心理特征得到了完整的呈现：对于亲人和朋友，他充满温情和友爱，甚至柔情似水；面对弱者（如小囤囤），他勇于承担卫护的责任，无怨无悔；面对敌人，他疾恶如仇，永不妥协；面对绝境，他从不轻言放弃，善于利用有利条件扭转不利局面；在处理各种复杂关系的过程中，他更是心细如发，有勇有谋，以现代人的创造性思维分析问题，从不轻易地受到他人意志的影响。这么多复杂的个性特征集于一身，塑造出叶凡这么一个复杂饱满的个体。在仙侠小说脸谱化、符号化的人物塑造大趋势下，叶凡这一形象具有独特的审美意味，作者并没有把他塑造成一个圣人和完人，而是像我们芸芸众生中的一分子，或者像亚里士多德说的那样，他仅是比我们普通人"好一些"的那种人。从这个意义上讲，叶凡算得上是网络仙侠小说中的一种"典型性格"。

　　小说中的两条暗线，一条是为叶凡成仙提供因缘或契机的狠人大帝的"故事线"。另一条则是前文所说的老子和释迦牟尼的"故事线"。通览全篇，小说对狠人大帝这一角色的刻画最为饱满，《遮天》无意中借用了中国古典小说"草蛇灰线"的情节建构方法来"完形"狠人大帝的"故事线"，令读者在读到这个奇女子的故事时欲罢不能，大呼过瘾。狠人原是一个身世凄惨的小女孩，她是人间最弱的体质，根本没有修炼天赋，她却能够以另类崛起的形式冲击和改变了修仙世界的格局，其璀璨光辉足以照耀万古诸天。小说对狠人的成长着墨不多，但我们看到的却是一个不断与天地、法则、强敌甚至自我抗争的顶天立地的"人"：她因亲人离殇而以比凡体更差的体质踏入修炼界，成道过程中以凌厉手段吞噬各种体质，举世皆敌而不悔，杀尽仇寇，令宇宙各域之强族授首，斩杀禁区异族至尊，守护人族和平；在黑暗动乱年代，她虽神志不清却依然消灭了极尽升华的禁地强者（弃天至尊），拯救了亿万苍生；她一生收集了无数奇珍异宝，在红尘中领悟长生之道，寻到成仙契机却又漠然视之，因为目睹自己最亲的人逝去却再难弥补,所以她在红尘中一世又一世地活着,"不为成仙!只为在这红尘中等你归来",一句泣血含泪的誓言,道尽了人间沧桑与悲欢离合,此等境界与情志,足可让"遮天世界"中的所有生灵顶礼膜拜。虽然小说还描写了很多其他身世凄凉的"大帝",但是狠人大帝无疑是所有成道帝者(如无始大帝、恒宇大帝、虚空大帝、太阳圣皇、太阴圣皇、青帝雪月清)中最令人同情唏嘘,也是最血肉饱满的帝者,她的身世绝世凄迷,她的责任担当令人感佩,而她的才情更是亘古未有,冠绝寰宇。

狠人之外,小说对白衣神王姜太虚的刻画也深入人心,这个叶凡视之如师如父的强者同样身世凄凉,但他没有局限在悲惨人生的小格局中,而是以维护天下道义、拯救亿万苍生为己任,不屈不挠地抗争一切胆敢挑战人族的黑恶势力。从另一个角度上讲,我们完全可以将其视为传统儒家社会中有良知的知识分子的象征和代表。此外,小说中还塑造了一系列性格鲜明的次要人物,如贪婪奸诈又富有正义感的"黑皇"与段德这对活宝,天外飞仙一般卓越出尘的狠人一脉弃子华云飞,神秘莫测且心机深重的摇光圣子,重情重义而又豪爽洒脱的庞博,充满灵动魅惑之美的安妙依,以及如同精灵一般跳脱、纯真与善良的姬紫月,赤子一般的小松,永远停留在三岁的女婴小囡囡……每一个角色背后都有可歌可泣的故事,他们充实了《遮天》的人物谱系,更丰富了小说的"故事线"。我们说,正是在这些熠熠生辉的次要人物的"拱卫"和映衬下,主人公叶凡才会被刻画得那么生动形象、入木三分。

二 向经典致敬的叙述方式

网络白金作家猫腻在他的《庆余年》第 6 卷《殿前欢》第 44 章开头写道:"多年以后,剑庐十三徒王羲站在那队骑兵面前,准会想起桑文姑娘带着他去挑选姑娘的那个明朗的下午,一样的无奈,一样的头痛。"这是以调侃的方式对马尔克斯《百年孤独》的模仿，当然，它也是网络作家对文学经典的致敬。在《遮天》中，虽然没有这么直白的"戏仿"痕迹，但是作者对串联整部小说的线索人物——老子的叙述，表露出了辰东对《史记》这一经典文本的敬意。据《史记·老子韩非列传》记载："老子修道德，其学以自隐无名为务。居周久之，见周之衰，乃遂去。至关，关令尹喜曰：'子将隐矣，强为我著书。'于是老子乃著书上下篇，言道德之意五千余言而去，莫知其所终。"① 从司马迁的简略叙述中，我们看到了老子一生充满了神秘色彩，这也为《遮天》精巧的情节设计提供了无限地叠加意义的潜能。

《遮天》从《史记》关于老子"莫知其所终"这个开放式结局着手，以新颖奇诡的想象力为骨架，"无中生有"地建构了"老子西出函谷关"后的"故事线"，并将老子的"修仙之路"与叶凡在异星世界的冒险紧密地串联起来；以此为引，小说把中国上古神话和儒、释、道三家的传说人物，如三皇五帝、容成氏、周代的姬氏、姜氏两大家族、函谷关令尹喜、释迦牟尼、西皇母、葛洪、灵宝天尊、镇元子等一一推向前台。这既展示了辰东娴熟驾驭历史掌故的能力，使小说在故事情节层面更接地气，也在"升级打怪"的仙侠小说平铺直叙的情节套路之外另辟蹊径，增加了本土化叙事的元素，有效地提升了故事情节的可看性与趣味性。这就像周志雄教授所说："网络玄幻武侠小说多以传统文化为依托，在幻想世界的架构中表达价值诉求。"②《遮天》之所以在起点中文网激烈的竞争中获得如此不俗的成绩，③ 与其叙事对中国传统文化的继承和借鉴是分不开的。

除了上文线索人物老子的演绎，《遮天》还提到了中国上古神话传说

---

① ［西汉］司马迁：《史记》（卷六十三·老子韩非列传），中华书局1959年版，第2141页。
② 周志雄：《兴盛的网络武侠玄幻小说》，《小说评论》2016年第3期。
③ 据起点中文网的统计，《遮天》连载完结时，一共获得6286.06万总点击量和545.9万总推荐量，辰东也由此晋升中国作家富豪榜的前三甲，详见http://book.qidian.com/info/1735921。

和民间文化中的很多经典文本：对西漠以及阿弥陀佛星域的相关描写，显然有地球佛教及其典籍的影子；斗战胜佛、孙悟空、六耳猕猴、金蝉子、镇元子、灵宝天尊、大力牛魔王等角色则是对《西游记》故事人物的借鉴；"瑶池""蟠桃会""西皇母""大羿射日"、容成氏、赤松子、"金乌族"、昆仑山的描述中，则隐藏着上古神话典籍《山海经》《淮南子》《太平御览》《穆天子传》的"故事线"；荒古禁地不老山上的"封神榜"等情节，则是对明清通俗小说《封神演义》的模仿；至于"先秦炼气士"和炼丹家葛洪的描述，则直接取材于东晋志人志怪小说（《搜神记》《世说新语》）的创作手法；此外，地球上的蓬莱仙山、龙虎山、五台山以及不死药"人参果""蟠桃"的相关描述，则与中国禅宗、道教的遗秘息息相关；最后，文中对安妙依形象的相关描写，则有向金庸武侠小说人物（如《神雕侠侣》中的小龙女）致敬的意味。

这里以小说对容成氏的叙述为例，来说明《遮天》对中国传统文化的模仿与致敬。小说中对容成氏的叙述，虽大多为杜撰，但在情节上能前后呼应，自成体系，故事内容本身也比较精彩，对于他与地球修仙者一脉之间的渊源关系的交代也很有意思，很像是《遮天》"主体叙事"之外的一个较为完整的"副本"，这部分故事读起来颇有史传文学的审美质感，相关神话材料的组合也比较充实，带有某种辑佚探秘的味道。根据小说的叙述，容成氏的修仙源于地球，终于飞仙星，但他最终并未成为"大帝"。这也说明，修仙人物虽有神力，但寿命有限，修仙求道之伟力最终也败给了岁月的侵蚀……所以，容成氏的故事也隐隐地代表了辰东对中国传统道家修仙文化的一种反思：即使是神仙也抵挡不住岁月的侵蚀，长生不老终究只是一种美好的幻想而已，这也从另一个层面升华了小说的主题，表明了人与自然规律抗争的背后，蕴含着令人无奈的生存哲理。

综上，在故事层面，《遮天》做到了荟萃百家精义，融上古神话和历史逸闻为一炉，这使其在修仙、升级、打怪、冒险、复仇的惯常模式之外，又在叙事层面开拓了一种新路径。正因为辰东将中国传统文化（神话传说、寓言故事、通俗演义、志人志怪和历史轶事）演绎得如此神乎其技，并与修仙问道的玄幻小说笔法嫁接得如此紧密，才让深处中国文化语境的读者备感亲切，不厌烦其超长的篇幅而有动力继续阅读下去。诚如欧阳友权先生所言："网络写作除了媒介和载体的不同，在艺术美感和人文意蕴上同样具有审美创新的广阔空间，同样能够像传统创作一样，创造有魅力、有温暖、有亮色的文学力作。"① 从这个意义上讲，《遮天》在 21 世纪"修仙升级流"的仙侠小说中可谓独树一帜，带有明显的风格特色，也具有成为经典佳作的潜力。

三 "爽文"背景下的阅读心理转变

《遮天》由地球现代故事"代入"剧情，吸引读者进入一个气势恢宏的修真、成长、战斗、争霸、求仙乃至统御无限宇宙的玄幻世界，其内容有很强的"上手性"，其情节也十分贴合现代读者的阅读心理和精神需求，在其创作、传播和接受过程中，充分体现了邵燕君教授说的"爽文"特征。② 周志雄教授指出："网络文学的读者首先应是一个网民，受过中学及以上的教育，其次他们处于人生的成长奋斗期，他们有梦想，要完成学业，要结婚、生子，要创业，要买房子，他们开始独立地面对人生的各种问题，在各种现实面前存在着普遍的迷茫和焦虑。阅读网络武侠玄幻小说是这些读者放松紧张焦虑的一种很好的途径。"③

以《遮天》和《完美世界》（辰东）、《星辰变》（我吃西红柿）、《斗破苍穹》（天蚕土豆）、《凡人修仙传》（忘语）、《缥缈之旅》（萧潜）、

---

① 欧阳友权：《网络小说的叙事维度与艺术可能》，《小说评论》2016 年第 5 期。
② 关于"爽文""爽文学观"的相关分析，参看邵燕君《从乌托邦到异托邦——网络文学"爽文学观"对精英文学观的"他者化"》，《中国现代文学研究丛刊》2016 年第 8 期。
③ 周志雄：《兴盛的网络武侠玄幻小说》，《小说评论》2016 年第 3 期。

《斗罗大陆》（唐家三少）等为代表的集修仙、升级、打怪、冒险和复仇等多元化成长模式的"爽文"，自然可以消除这些处于人生打拼阶段的年轻人的生活压力和精神焦虑，从心灵层面给他们以慰藉，并借此激励他们像小说中的无敌主角那样，破除成长道路上的一切障碍、险阻、劫难与痛苦，最终通向成功的巅峰。从这个意义上讲，《遮天》给我们传递的就是这种带有"满满正能量"的"爽文"气质：主人公叶凡因为奇缘而从地球来到北斗星域的"葬帝星"，进入了一个奇异的修真世界，他拥有得天独厚的身体条件（荒古圣体）和成为绝世强者的内在潜力。为此，他以一颗坚定不移的求仙问道之心，不断打破各种禁忌与规训，最终开拓了属于自己的盛世：他不仅强势镇压一切当世之敌，而且成就了传奇霸业，收获爱情与友谊，最终飞升仙域。叶凡的"登天飞升之路"，是现实生活中无数普通的现代人对于成功和梦想的终极隐喻，也符合芸芸众生关于理想生活方式的精神幻想。读者在阅读和感受叶凡的成长与成功时，也在释放着内心的追梦欲望，其因日常生活的琐碎而日趋陷入虚无、平庸与无聊境遇的种种尴尬，在叶凡的勇者征途中获得了精神的超越，因此也在心灵层面与小说的角色产生共鸣。

虽然以《遮天》为代表的网络仙侠小说故事情节是无稽与荒诞的，但是，阅读接受心理的固有惰性以及生存现实与精神理想的双重悖论，驱动着这类小说的读者在"网文"的阅读过程中为自己建立一个类似的非现实世界，让疲惫的灵魂找到短暂的栖身之所，这也是《遮天》这类"爽文"在快意恩仇中，寄托理想情怀的写作和接受模式对现实社会的最大价值。换句话说，升级、成长和挑战一切规则的剧情设置，作为推动网络仙侠小说叙事开展的动力，也是它们的创作者借此宣泄身处现实世界抱负无法实现、理想无所寄托和情怀无处安放的种种压力、郁闷、紧张、无奈甚至绝望等情绪的最有效手段。最终，这种类型的"爽文"成功地将作者、叶凡这样的虚拟角色与具有相似境遇且企图有所改变的年轻读者紧密地联系了起来。所以说，以《遮天》为代表的网络仙侠小说传递出来的"爽文"观念，其所对应的就不仅是作者创作过程的愉悦、快慰以及作品虚构人物快意恩仇、挑战和超越现实规训的任性，而且与读者阅读过程中淋漓尽致的审美愉悦紧密相连。由此，网络小说中的修真冒险、仙侠武道、升级打怪和成长冒险等元素建构的奇异世界就成为作者和读者共同的精神寄托及现实欲望的文化表征。

此外，在《遮天》中，主角叶凡要在修炼和成长的过程中面对很多危险和挑战，要生存就需要打败甚至消灭很多敌对势力：大教派、诸圣地、太古万族、荒古禁地和其他异星世界的修炼者。他要生存，要成长，要复仇，要保护自己的爱人朋友，要成仙，就只有比敌人更强大，才能主宰自己的命运。小说中，叶凡与狠人一脉的传承者华云飞、摇光圣子等强者的对决，他与天皇子、不死天皇、荒古禁地的"斩道者"等仇敌的对立，以及他在修炼过程不断立誓"变强"的情节并不是简单的情节需要，而是暗含着对网络空间之外的现实世界里阴魂不散的强权政治、霸权主义、宗教矛盾，以及国与国之间紧张关系的隐喻和影射。让读者在"愉悦"的阅读体验中不时地回溯对现实生活的关注和反思，这都表明了网络文学的现实意义和存在价值，也表现网络文学作家对社会现实的某种积极的干预意图和人文关怀。从这一点来看，以《遮天》为代表的"爽文"不仅揭示了写作者追求"爽快舒畅"感受的叙事体验和写作情趣，而且在接受层面深深地揭示了读者向往在阅读中获得"快意恩仇"诉求的心理刺激与深层欲望，更是为网络传播时代的文学消费营造了一种富有价值和情怀的审美接受语境。因此，作为网络"爽文"的代表，《遮天》这类仙侠小说的"爽点"，更是在创作、传播、接受、反馈与再创造等多个不同环节得到了集中的爆发。

四　进一步思考

首先，网络超长篇仙侠小说，由于线索人物太多、情节推进过于复杂、悬念设置相对琐碎的原因，一般都会出现故事情节拖沓，主角光环太明显，次要角色脸谱化、平面化的通病。这在《遮天》中很多关键的次要人物身上都有体现，比如圣皇子（斗战圣皇之子）、天皇子（不死天皇之子）的刻画都很脸谱化乃至于相似。女性人物方面，《遮天》对安妙依的刻画比姬紫月更加生动立体，着墨也更为用心，她与现实世界相互映衬，带有浓郁的香火气息与隐喻色彩，也表达了作者向传统武侠小说女性形象致敬的意味，比如金庸笔下的王语嫣、小龙女，以及仪琳等辈。在安妙依与叶凡的情感纠葛中，我们不难看出，在她的身上还寄托了叶凡乃至作者辰东的某种情思或潜意识，这正如《诛仙》中陆雪琪对张小凡及该书作者萧鼎（张戬）的意义。反观小说对女主角姬紫月的塑造，则显出某种"程式化"的倾向，虎头蛇尾，甚至成了衬托主角叶凡英雄光环的"点缀"和符号。其他女性角色如紫府圣女、摇光圣女、瑶池圣女及风族圣女的形象虽然前半部分的描写各有特色，但后半部分的交代比较仓促，寥寥数笔，语焉不详甚至千人一面，因此极不真实，这可能是小说宏大的叙事结构与繁复多样的人物设置产生的副作用，表明作者驾驭人物形象的能力尚待提高。

其次，关于老子和释迦牟尼这两个地球人物的情节设置与解释，本来是《遮天》这部小说中最大的悬念，也是最容易引发读者共鸣的。关于两人的"故事线"，前文的叙述将他们刻意"神异化"和"光环化"。登天路上，到处都有他们的光辉传说，不禁令人浮想联翩，但是在小说后半部，他们又受制于主角光环而迅速沦为普通的修仙者，不仅没有"成帝"，而且只是因为叶凡受到强敌阻挠才"侥幸"突破屏障，踏入仙域。在结局部分，叶凡打进仙域，老子和释迦牟尼甚至销声匿迹了。这个仓促的结局与前文"九龙拉棺""西出函谷关""灵山路断"的宏大设定产生了巨大的裂隙，老子和释迦牟尼作为推动小说叙事的关键性行动元的功用，也在流水账一般的叙述过程中消失殆尽，使得故事情节首尾失调，从而影响了《遮天》叙事情节在整体上的平衡感。从这个意义上讲，在整个《遮天》的故事框架中，老子和释迦牟尼这两个"重新建构"的角色不幸地沦为强行推动叙事进程的"噱头"，甚至与辰东原先的艺术构思相互颉颃。

由此可知，《遮天》中的这两个重要线索人物的构思与写作之间是脱节的，人物形象的塑造也是失败的，他们的功能仅仅是叙事节奏层面的悬念而已。因为老子的神异只剩下辰东"西出函谷关"后的虚构演绎。相对而言，释迦牟尼的形象虽更加简洁，但其作用要丰富些，具体体现在三个方面，一是引发其与"葬帝星"上"西漠"尊崇的"阿弥陀佛"之间恩怨的零星叙述，包括阿弥陀佛星域、金蝉子、觉有情等相关的叙述，二是引发叶凡与安妙依的情感纠葛的情节副本，三是引出赤子小松和地球佛家的相关"故事线"。关于老子和释迦牟尼这两个角色，辰东的处理方式是，让其神秘化，不在叙述过程中交代清楚他们所以神异的内幕，只是让他们成为小说设置悬念、引发读者深入阅读的一种手段。因此，从本质上讲，他们在小说中只是一种叙述技巧的表征，或者说是叙述方式的符号化。

最后，作为一部超长篇网络仙侠小说，《遮天》虽然顺利完成了该类型基本叙事构架，但是商业化的写作与接受模式，决定了它也无法避免同种题材作品内容描写的弊端，即"升级打怪"模式的不断重复，虽然作者试图用上古神话来冲淡情节上的重复，但由于作者语言运用、叙述技巧、修辞表达和遣词造句火候的欠缺，小说仍然无法避免这种尴尬：全书几乎有一半的篇幅在描写战斗场景，从叶凡作为一个小修士开始一直到其成为"红尘仙"，各种各样的战斗层出不穷，"越级战斗"的场面更是调动读者胃口的一大法宝。然而，大多数战斗的套路化与模式的雷同，比如宇宙破裂了多少次，神魔贯穿了古今未来，打碎了多少星辰，而没有细腻的场景、情态与富有画面感的动作描写，让读者无法在脑海中想象这些场景，这就会削弱故事情节的整体性，使小说的某些段落沦为"快餐文"，甚至可以在阅读中跳过去，忽略不计。除此以外，小说最后匆匆收尾，也是很多读者无法接受的，这与小说开始的宏大设定相比，是一个不可忽视的"缺陷"，它和情节重复的尴尬在辰东后续创作的超长篇续作《完美世界》（连载于 2013 年至 2016 年之间）中再次隐现，成为困扰当代超长篇网络仙侠小说走上"经典化之路"的痼疾。怎么处理这个问题，以辰东为代表的网络作家们需要思考，网络文学的研究者们则更需要从学理的层面予以反思。

"青春写作"的仙侠小说

——评《花千骨》

孙　敏*

【摘要】 作为一部被冠以仙侠、虐恋特色的网络小说,《花千骨》在本质内核上延续的仍是校园题材小说中对青春故事的讲述,对生命价值的追问,对个体成长的关注;其青春写作特色具积极、正向能量,并由此获得年轻观众的青睐。

果果的小说《花千骨》自 2008 年首发于晋江文学城, 2009 年实体书出版, 2015 年被改编为电视剧、游戏、网络剧后, 已成为网文领域现象级作品的典型代表。电视剧《花千骨》以 195 亿的网络播放量位居 2015 年电视剧网络播放量第一位,[①]同名手游上线不足 1 个月流水就近 2 亿元人民币。[②]目前对其研究多集中于《花千骨》的影视改编、IP 运营背后的市场运作与粉丝效应, 而作为一部网文作品, 其在艺术形式、主题思想方面所

---

* 孙敏, 山东师范大学中国现当代文学硕士研究生。本文系 2016 年山东省研究生教育优质课程建设项目《中国当代文学研究》成果。

① 中商产业研究院:《2015 年电视剧网络播放量 top10 花千骨芈月传琅琊榜三足鼎立》, 2016 年 4 月 15 日, 中商情报网 (http://www.askci.com/news/chanye/20160415/1649434553.shtml)。

② 易观智库:《2015 年三季度中国网络人气小说前 50 名: 花千骨夺魁》, 2015 年 12 月 9 日, 中商情报网 (http://www.askci.com/news/chanye/2015/12/09/155344dbfw.shtml)。

做出的探索，作品本身的审美特色和文化风格也是值得关注的内容。作为一部被冠以仙侠、虐恋特色的网络小说，《花千骨》在本质内核上延续的仍是校园题材小说中对青春故事的讲述，对生命价值的追问，对个体成长的关注，其青春写作特色具积极、正向能量，并由此获得年轻观众的青睐。

一 青春：从校园到仙侠

青春小说的流行始于 20 世纪末"80 后"作者群在文学市场上的集体亮相。该类小说选取 13—23 岁①的在读中学/大学生为主人公，以校园环境为背景，讲述青年人的恋爱、学习、生活，主题指向青春的疼痛与成长。不同于 20 世纪传统文学领域青春小说对思想启蒙的探索、对革命与恋爱问题的追问、对文学先锋性的追求，当下的青春小说往往聚焦于校园恋情、个体成长及情绪宣泄。现实中个体成长的环境——中学/大学校园也被置换于文本中，作为与现实相对的镜像而存在。基于对现实的超越与反叛，校园小说延伸出不同的主题，即重构校园生活与反叛校园环境；前者如《那些年我们一起追过的女孩》《毕业那天我们一起失恋》，指向对青春中美好恋情、友情的怀念与追忆；后者如《草样年华》《北京娃娃》，指向青春的迷惘、困惑与疼痛。通过书写青春故事，表达青春情绪，青春小说吸引了大量的青年读者。如果将青年人写作、供青年人阅读、讲述青春故事、表达青春情绪定义为青春小说的主要特征，可以发现校园并非书写青春故事的唯一环境。在超现实题材小说，如玄幻小说、武侠小说中，有大量以青春期的少男少女为主角，聚焦个体成长的作品，人物活动的背景虽变成了虚拟化的江湖，但其中对成长问题的

---

① 根据一般入学年龄 7 岁推算，青少年进入中学的年龄为 13 岁，结束大学生活时的年龄为 23 岁，故在读中学/大学生的年龄为 13—23 岁。

揭露，对迷茫、困惑、彷徨等青春情绪的表达都具鲜明的青春写作特色，如《诛仙》以平凡少年张小凡的自我修炼为主线，展现了其成长过程中面临的困惑、迷惘。"玄幻小说是青春的呓语，玄幻小说的写作，不是青春的堕落，而是青春的一种表达方式，阅读玄幻小说就是阅读青春，享受青春。"① 而《花千骨》的创作正是基于此，抛开仙侠外壳，可以发现这是一部以少女花千骨拜师学艺、恋爱、成长为主题的小说，其综合了升级流小说中的成长叙事、校园小说的青春书写、言情小说中的爱情探寻，并在此基础上做出了探索。

《花千骨》的青春写作特色，首先表现为对个体成长的关注及对"残酷青春"的书写。小说围绕人物花千骨的成长轨迹展开，其出场年龄为约莫12—13岁，而偷盗神器时的年龄为18岁，② 之后经历蛮荒一年、瑶池大战、被关押于长留海底16年后成为妖神。因长留海底的16年时间在小说中被设置为相对静止的时空，花千骨本人在行动和思想上并未有什么变化，故可将该阶段视为暂时的停止，以此推算，其成为妖神时的心理年龄应约为20岁。对照校园小说，12—13岁至20几岁正是个体从中学走向大学的阶段，即青春期；在此阶段，花千骨经历了只身离开家乡求艺、拜白子画为师、爱上白子画、偷盗神器、被逐蛮荒等事情，从一无所有到收获知识、友谊、爱情，人物身上被刻上鲜明的成长痕迹，与校园小说中对理想、友情、爱情的追求相对照，展现出青春乐观、积极、明媚的一面。但如同所有青春故事中人物都将面临的无法逃避的考验一般，花千骨因盲目与冲动而犯下放妖神出世之错，以此承受了爱情之苦与身心之虐；青春小说的"冲动—惩罚"模式再一次作为内在叙事机制推动情节前进，并将青春疼痛的一面充分展现。对照校园小说中人物常

---

① 汤哲声、陶春军：《"青春写作"的玄幻小说》，《重庆三峡学院学报》2010 年第 1 期。
② 果果：《花千骨》（上），湖南文艺出版社 2014 版，第 322 页。

遭遇的辍学、打胎、爱情的失意、友情的背叛、自杀等事件，青春故事中的疼痛往往源于个体的彷徨、偏执、冲动，由偶然性的事件促成，并导致无法逆转的人生结局。在明媚与疼痛交织的笔法下，《花千骨》延续了青春小说中对"残酷青春"意象的书写。其次，对写作先锋性的追求。青春写作往往具先锋性、探索性、实验性。《花千骨》做出的探索为将仙侠、玄幻、武侠、青春、成长、言情等多元素融合，该探索主要是通过设定了一个仙侠、奇幻、古典相结合的异度空间而实现的。该空间为小说的物质空间，也是承载作者和读者文化、价值观念、思想、欲望的观念空间。摆脱了现实校园环境及附加于其上的一切意识形态设置，小说中出现的一切超脱现实的事物都有了合理的存在理由，呈现为强烈的包容性。人物不必再为世俗事务羁绊，而被赋予了更多的自由，去尽情追求自己想要的东西。主体人物的个性特色更为鲜明，故事也更富神话、传奇性。而基于想象建构的异度空间也满足了读者对游戏、娱乐性的追求；"仙侠叙事则舍宏大精义而偏重言情，承载着太平时代年轻人天马行空、无所羁绊的青春梦想和对极致浪漫爱情的无尽渴求"①。校园小说中单一、感伤的青春演变为多元、张扬的青春。

二 虐恋：小人物与大故事

"虐，残也"；作为一种身体感受，其指向残害、虐待。作为爱情故事中的一种情节元素，虐来自对主角身体、境遇的"摧残"及由此实现的对读者心灵的"摧残"；其始自鸳鸯蝴蝶派的悲情、苦情、惨情小说，而经张爱玲的《半生缘》发展，至琼瑶的系列小说中达到高潮。21 世纪初《对不起，我爱你》《蓝色生死恋》《天国的阶梯》《假如爱有天意》等虐恋韩剧的流行，则进一步促使虐成为一种审美症候。放眼网络言情小说，

---

① 戴清：《"仙侠奇幻"影视文化热的审美思考》，《中国文艺评论》2015 年第 3 期。

非甜即虐，甜中有虐、虐中有甜或先虐后甜、先甜后虐，因方便制造情节冲突，形成戏剧张力，从而传达较为深刻的思想内涵，"以虐写爱"模式广受言情作者喜爱。因爱情故事具先天女性特征，从女主角的设定来看，虐恋模式的组合多为平凡女性与纯美、悲剧之大爱情的结合，即小人物与大故事；此处的"小"并非单指人物身份，而偏向人物在爱情博弈中的弱势地位。将女主角设置为小人物，与网络小说对代入感的追求相关，指向俗世中的平凡个体，无雄厚家庭、经济、社会背景，外貌普通，并因预设的家庭、出身、命运、误会等遭遇而处于劣势；大故事指向女主经历的传奇式爱情故事，如遇见不同寻常的男主，并因性格、误会、命运等因素与之产生爱恨纠葛，结局则多为女方的受伤害，如消失、死亡，并伴随男方的悔恨。小人物与大故事的结合突出了爱情在叙事中的中心位置，强调误会、牺牲、报复、悔恨等非正向因素对爱情造成的阻挠，从而引发读者在一波三折的情节中唏嘘落泪，感叹爱情之传奇。

青春小说中的虐恋故事同样延续了上述模式，但不同于都市言情、古代言情、穿越小说中以虐恋的渲染来制造紧张的情节张力，引起读者的感同身受，传达爱情里的悔恨与遗憾不同，青春小说中的虐恋更多扮演了作为青春情绪的表达方式的角色，其突出的是个体在爱情里的勇气、牺牲。青春期为个体身心萌动的阶段，青年人有强烈的叛逆、冲动、自我与对归属、爱的需要，他们渴望摆脱父母的束缚，独自探索梦想、世界，但一成不变的现实生活使其受到众多约束，对不平凡的、温暖爱情的追求便成为个体价值实现的主要途径，这也解释了言情与校园小说的结合。因青年人的情感波动较大，情绪易趋于极端，故虐恋故事的色彩也更为鲜明，冲突更为强烈，但不同于言情小说中可能存在的功利、欲望、性爱成分，青春小说中的虐恋专注于表现爱情里的追逐、牺牲、毁灭与成全，突出爱情之纯粹。如罗伯特·麦基说，"人物真相只有当一个人在压力之下作出选择时才能达到揭示——压力越大，揭示越深，该选择便越真实地表达了人物的本性"①。故在审美上青春小说中的虐恋更具纯美、浪漫性。

《花千骨》以对师徒禁欲虐恋的塑造而堪称虐文的代表作，其书写了少女花千骨与师父——长留上仙白子画的爱恨纠葛。在这场悲切动人的爱情故事中，花千骨爱上师父白子画，并以暗恋的姿态体验了爱情赋予个体的勇气、力量及隐忍之痛、被羞辱之苦、不得承认之悲伤；而当她最终决定放弃生命与爱情时，其渴求的爱情才有了回应，而代价是自我的毁灭与爱人的疯癫。小说对虐恋的营造基于以下几个方面。第一，对人物境遇的摧残。小说中花千骨的不幸遭遇始于爱情的发现与发觉，终于爱情的毁灭。爱情与逆境相连，与生死相对，在这场明知不可为而为之的冒险中，爱情的双方以迎合、牺牲的姿态来体验着爱情；爱情原本具有的甜蜜含义也被解构为痛苦、牺牲、受虐。在受虐的境遇下寻求生存的意义，寻找价值，爱情由此具备了表达自由的深层次意义。"作为解放的总趋势，爱情成了自由的别名，在这个意义上说，只能通过爱，只能通过释放自己的激情与能量，个人才能真正成为完整的人，自由的人。爱情也被视作一种挑战的举动，一种真诚的行为，一种抛弃虚伪社会中一切人为禁锢的大胆叛逆，它要求人们找到真正的自我，并把它毫无保留地呈现在自己心爱的人面前。"②此种虐恋设置基于对平凡现实的超越与对青春激情的冒险式体验，更意味着对现实中麻木不仁的自我解放，对个体潜能、价值、热血与理想的追逐。第二，自由抗争与命运悲剧。以爱情之名来表达自由，书写自我，青春小说具有鲜明的自我特色，这与青年一代的成长环境、文化观念相关。青春小说的写作、阅读者多为"80后""90后""00后"等独生子女一代，自幼独自成长的经历使其高度重视自我价值，如鄙视成规、追求个性、抗拒制度等，写作、阅读也带有自我意识的流露、寻找。但个

---

① ［美］罗伯特·麦基：《故事——材质、结构、风格和银幕剧作的原理》，周铁东译，中国电影出版社 2001 年版，第 118 页。

② ［美］李欧梵：《现代性的追求》，生活·读书·新知三联书店 2000 年版，第 99 页。

体的张扬需以对外在意识形态的服从为前提，当自我意识与强大的外在环境发生冲突时，自我与环境的悖论便形成了青春故事中的疼痛。花千骨的爱情悲剧基于世俗规则下对师徒禁欲恋的压制，爱情与道义、规则的冲突构成了俄狄浦斯式的命运悲剧。将个人悲剧上升至命运主题，无疑使虐恋具有了反抗命运的含义。虽最终的结局不过是幻灭，以爱情书写的这场悲剧却具备了撼动人心的力量。

三 成长：从叛逆走向坚强

青春的书写往往与成长相关，但在众多的青春叙事中故事的讲述往往只局限于某段校园生活，而以人物走出校园，面临未来时茫然无措的举动作结，其所表达的含义是，青春是被叙述的此在，是被回望的彼岸，是热血之后的冷漠，是疯狂之后的无措，而并不具备联通未来的功能。而根据埃里克森提出的自我同一性观念："年轻人为了体验整体性，必须在漫长的儿童期已变成的什么人与预期未来将成为什么人之间，必须在他设想自己要成为什么人与他认为别人把自己看成并希望变成什么人之间，感到有一种不断前进的连续性。"[①] 青春里的成长应与个体对自我的认同相联系，其应具备修复困惑、迷惘的功能，并使个体获得面向未来的清醒认知，无惧于未来。如哈贝马斯所指出的，"启蒙是一项未竟的事业"；青春小说的"成长"也是未完成的叙事。

与以往的校园小说不同，《花千骨》继续书写了"残酷青春"后个体的精神成长，即花千骨最终以魂飞魄散的代价将妖神之力注入神器，使六界重回和平。在该故事中，花千骨原本是世上最后一个神，在经历磨难，看透世事后，她牺牲自己，成全白子画，乃为"神"之本性的显现。作为一个立体

---

① ［美］埃里克·H. 埃里克森：《同一性：青少年与危机》，孙名之译，浙江教育出版社1998年版，第73页。

的人物形象，花千骨的人性中有"人""妖""神"三个不同层次，根据弗洛伊德的"本我—自我—超我"结构分析，那个放荡不羁、犯下弥天大错、报仇雪恨的花千骨代表着生命中潜藏的欲望，是被世俗压抑的邪恶本我；而努力拜师学艺、承受错误之惩罚的花千骨是现实生活中的自我，要顺从世俗规则，为改变命运而努力奋斗；而那个牺牲自己还六界和平的神之花千骨，是理想的超我，此为自我的超越。借"自我"克服"本我"，走向"超我"的过程，乃是一个人的精神成长历程；以自我的牺牲达成对外部丛林法则的服膺，成长便具备了向外拓展的含义。意味着人物不再沉迷于一己情绪，而走出青春期的"自我"局限，进一步向外界的意识形态靠拢。"'成长小说'中的主人公需要一个明确的成长目标，主人公要么回应外部的意识形态的质询和召唤，要么认同某种文化中的理想人物，才能发生心理的认同和变化，成长为'新人'。"① 如《西游记》故事中孙悟空终戴上金箍，走上取经路；此处揭示的是，成长是个体从叛逆走向坚强的过程。其指向的现实主体是从校园向社会过渡的年轻人，他们深怀梦想、激情、个性，从小被父母、老师宠爱，却终将要走出象牙塔，与青春里的疯狂、热血告别，从独特的这一个成为茫茫人海中为生存奔波的万千类似面孔中的某一个。青春里的冒险、激情终究只是化为脑海里的回忆，作为一种与现在相对的镜像而存在。为适应外部世界的既定秩序，他们必须重塑自我，达成理想与现实的平衡，重新回答"我是谁"的古老命题。这并非依赖于外部条件的变化，而基于个体对自我心灵的探索，对生存价值的追问。而对该问题的探索也显示了小说赋予青春的积极意义：青春是一个不断向前的成长过程，青春里的热血并非是只能被回忆的过往，而是可以促成心灵成长的基石。通过将成长与青春相关，小说也具备了更为深刻的思想内涵。

---

① 祁春风：《自我认同视野下的 80 后青春叙事》，博士学位论文，山东大学，2016 年，第27 页。

同时，小说中的"成长"书写也具备将文本与网络写手、读者的实际成长历程相联系的意义。由此，小说文本便能成为读者自身生活经验的折射；通过将自我代入，他们同样可以体验人物成长道路上的蜕变，并由此获得勇气与力量。如晋江网友 wxyw8d 所指出："心理的质变大都起源于爱……现在的我们，仿佛在从小骨身上获得慰藉，获得生成执念的勇气和希望。"① 而与成长主题相对照，在故事的讲述上，《花千骨》使用的是升级式叙事，情节按照人物经历顺序式展开，青春是此在的，正在被建构的，并试图为此画上圆满的句号。无疑，这种与怀旧类青春小说的回溯性叙事俨然不同的进行时叙事，会更多吸引与主角年龄相仿的十几岁的年轻人，这也解释了《花千骨》电视剧在中学生中有较多受众的原因。

四 结语

网络文学具先天的青春性，这一主要由年轻人创作的文学类型，以对年轻人的贴合而具备广泛的市场。这一特征在《花千骨》文本中，体现得尤为鲜明。其蕴含的虐恋、成长、亲情、友情、爱情等青春元素，以及对成长问题的深入探讨，均显示了网络小说在校园题材外对青春写作的另类探索。其流行在于作品鲜明的网文症候赋予读者的升级式阅读体验及其暗含的青春文化特色符合年轻读者渴望反叛现实、体验不平凡生命的需求。而多元素杂糅的美学特征使其具鲜明"大众文本"性，同时，传统与后现代相结合的叙事方式则彰显了网络小说可以承担的叙事维度与内涵深度。这均使其在同类仙侠小说中表现突出。从某种意义上说，《花千骨》可视为网络创作与青年亚文化相结合的一次成功尝试，而其影视热播显示了大众娱乐文化市场对其的肯定。

---

① wxyw8d：《给我爱的勇气》，2010 年 1 月 20 日，晋江文学城（http：//www.jjwxc.net/comment.php? novelid＝316358&commentid＝164763）。

伟大的小爱与渺小的大爱

——评 Fresh 果果的《花千骨》

邢玉丹 *

【摘要】《花千骨》直视小爱与大爱的激烈碰撞，颠覆了它们原有的位置，把执念与命数相结合，写出了执念这种绝望之爱的极端经验，以感人至深的文字力量展示了 "小爱" 的坚实伟大和 "大爱" 的渺小空无。这部小说诠释的爱恋给当今读者带来的快感正是它适合再次作用于新一代人的情感结构，那种关注个人的幸福与满足的认识经验。由此它触发人们的 "爽点"，使人产生 "代入感"，获得读者的认同。当下读者的情感结构在某种程度上是被美学这种 "可感性分配" 形塑的，"可感性分配" 的秩序决定了爱的等级，而《花千骨》等小说以新的 "可感性分配" 来撼动关于爱的等级观念。

Fresh 果果的小说《花千骨》是网络文学中仙侠类型小说里比较优秀的一部，它集中而专注地呈现了两种爱，即至死不渝的男女之爱和心忧天下的苍生之爱。前者因为偏于私人、只涉及二人世界的完满幸福，故常被

---

* 邢玉丹，北京大学中文系硕士研究生。

贬为"小爱"；后者关乎大多数的存亡命运而被赞为"大爱"。中国当代文学建设之初就踏上了宏大叙事的道路，格外偏重有关阶级、政党、民族国家的叙事，甚至出现了"重大题材"之说，那时提倡的自然是大爱——爱党、爱人民、爱祖国，个人的小爱则让位于大爱。而新时期之后的新写实小说拒斥宏大叙事的同时也放逐了爱情神话，日常生活变成了无意趣的死水一潭，这个时候人们"不谈爱情"，也就不必面对小爱与大爱的冲突。网络文学在当代所谓传统的"严肃"文学之外开辟了新的场地，任凭想象力驰骋飞扬，寻找另一种美妙的可能性，哪怕这只是意淫。《花千骨》直视小爱与大爱的激烈碰撞，并颠覆了它们原有的位置：女主花千骨把小爱演绎得惊天动地，而清心寡欲守着天下的男主白子画终于被她感化，放弃他虚空的大爱观念，不顾一切追求他们的个人小爱——"爱给你人给你。六界覆灭干我们何事？这些人是生是死干我们何事？"① 也许一直坚持对错太难，服务众生太累，花千骨的爱情又太浓烈太不可抗拒，他才义无反顾地从守护一切人走向守护一个人。下面我将详细分析这部小说的"小爱"与"大爱"之间的张力关系。

一 绝望的爱恋：执念与命数

花千骨作为世上最后一个神，从出生起就注定无法安宁地过完一生。她命数诡异，煞气十足，潜伏在身上的神性只能给她平凡的肉体带来不可承受的压抑和痛苦：她时时处处被妖魔鬼怪纠缠，只好不停地挣扎反抗，在父亲逝世后为了求得自己的平静而决定访仙问道。网络小说中常常有着约定俗成的逻辑，即"设定"，而作者对花千骨的设定就是如此惨烈而悖谬——遇到她的人总会被噩运侵袭，导致她不敢轻易沾惹别人，可她又在

---

① Fresh 果果：《花千骨》，2015 年 1 月，努努书坊（http：//www.kanunu8.com/book2/10734/190401.html）。

心中强烈地渴望爱，不吝付出，单纯地期待爱的曙光。她的爱，在残酷命运的笼罩下便显得执拗而坚定。当她变作小虫偷偷溜进仙宴，享受长留上仙白子画的温润微笑之后，就决定拜他为师，九死不悔，且在未来苦苦地坚持着对他的爱。作者在小说中最想表达的一种爱，可能是"执念"，一种绝望的爱恋。执念是个一旦进入心底就生根发芽、难以驱逐的魔鬼，因为它不知不觉地渗透我们的潜意识之中，成为我们的心结，并时刻干扰着我们的意志，影响着我们的行动。但每个人都有执念，不管其具体指向是什么。一个人或者一个梦想，都有可能化成执念，令我们魂牵梦萦。执念是魔鬼，有时也是天使，是促使人们完善自我的动力，花千骨就在它的引领下一步步迈向更高的修仙境界。

也许，执念本身并无对错，关键看人们怎么选择。花千骨为了爱师父、陪伴师父白子画这个执念，已经越过了正误的边界——为给师父解毒，她不惜使用种种禁术收集神器，并被人欺骗，放出了人人谈之色变的妖神之力，差点酿成一场大灾难。她执念之深，达到为一个人可以冒着背叛整个世界的风险的程度。她的朋友朔风在帮助她解开神器的封印之时，也问过她："就算是一辈子身背污名，被所有人误解，被所有人怨恨，受尽非人的苦楚你也甘愿？"[①] 花千骨的回答则"干净又执着"，她只怕失去白子画，怕失去毕生难得的温暖和爱护，为了维持这一切，她做什么都不怕。她的身世因太过独特而孤苦异常，喃喃诅咒着她的命运落在她柔弱的肩膀上，但她的爱又是那么强大。只可叹，她爱上了世间最"无情无心"的人，这也是命中注定。如果她的命数加强了她的执念（因命途多舛而更珍惜爱，执念更深切），那么，她的执念反过来要击破命数的限定，与之顽强地抗争。在古希腊悲剧里，有《俄狄浦斯王》这样的命运悲剧，人类

---

① Fresh 果果：《花千骨》，2015 年 1 月，努努书坊（http：//www.kanunu8.com/book2/10734/190338.html）。

与命运做斗争终归失败，落得一片苍凉的悲壮，而花千骨竟想以执念之爱对抗她的命数，改写自己的人生。她执着地爱着白子画，可他心中只有责任义务而没有个人情爱的空间，夺得他的爱几乎不可能，他是个比她自身的命运更强大的存在。作者在此处的设定不得不说是很精妙的，想得到一颗永远无法得到的心如同遭遇一个避无可避的命运，那种执念何其柔韧又何其绝望，这是一道无解的题目。执念不清，绝望不止，以执念反抗命数只能更深地增加绝望，花千骨是这样，紫薰浅夏是这样，杀阡陌何尝不是这样。

在小说中，作者把执念与命数相结合，写出了表现执念这种绝望之爱的极端经验——花千骨因她的执念被逼到绝境，走向了所谓"正派"的反面，并设计让白子画亲手杀死自己，由此把他推向悔恨的深渊，这一招是如此之狠。而杀阡陌为保护花千骨，曾放话说："白子画，你若敢为你门中弟子伤她一分，我便屠你满门，你若敢为天下人损她一毫，我便杀尽天下人！"[①] 执念之爱，必定是小爱，因为大爱包容天下，怎会集中到一点，把万般宠爱放到一个人身上，让自己钻进无法解脱的死胡同？小说只是表达了生活中可能存在的一种经验，也许是以比较极端的方式，对它做任何的价值判断都是无效的，不曾那样爱过的人，不知个中深情与孤意。

二　外溢的经验：情感结构与爽点

读《花千骨》，大概不需要用道德伦理或者意识形态来指责或者批判。它不是那一类小说。我们承认它太过理想化，或者说它有着读者熟悉的套路。承认之后我们还是有可能被感动，还会有人被某个场景戳中内心的柔软并洒下热泪。这个文本，甚至网络文学的大多数文本，都不应该在文学的教育功能上谈，在审美和娱乐层面还能够略做评说。网络文学追求"爽

---

① Fresh果果：《花千骨》（http：//www. jjwxc. net/onebook. php？novelid＝316358）。

感"或"快感",文中必须有"爽点",来触动我们的心旌,让我们在阅读中得到想象性的满足。它作用的不是人们的理性观念,而是情感结构。

"情感结构"是雷蒙德·威廉斯提出的概念,它是经验的、个人的、情感的,是一种微妙的、不可捉摸的认识经验。"威廉斯认为,这种连接个人与群体、社会之间的纽带便是'情感结构',它既有外在'总体性'的影子,又有内在主体意识的色彩,是一种复杂而矛盾的'共同经验'。"①我们在阅读网络小说时,会处于一个潜在的经验共同体之内,如同在一个文化社区中,有着类似的情感结构并分享它,这情感结构外化为我们的笑点、泪点或萌点,让我们不自觉地动情。我们每个人有自己独特的经历,这经历抽象为我们的个人经验,成为我们的所谓"内在主体意识"的一部分。《花千骨》里人物的执念,和我们所拥有的某种执念在本质上是相似的。一经触发,我们会想起自己也曾傻傻地爱过,为此受到什么样的折磨,于是有了"代入感",和文本产生共鸣。我们常说的"爽文"给予我们的强烈的"代入感",主要指一种共鸣,一种"默契"。威廉斯认为:"艺术家与观众之间必须有一种默契,这种默契的程度取决于他们是否分享同样的情感结构。"② 有了相同的情感结构,我们在"社区"内可以达成经验上的共识,从而找到文本中的"爽点"并满足自己的欲望。

情感结构是一个很复杂的概念,它是把结构的稳定和情感的经验性结合起来的,不同的情感结构之间有着一定的矛盾和张力。不同时代的人们有不同的情感结构,在急剧变化的当代语境下,不同时代的人们携带着自己那一代人特有的情感结构与另一时代的人相遇,在感情上产生碰撞是不可避免的。过去,"人们所生活于其中的社会是一个具有'共同体'性质的社会,人们对通过在共同体中占据主导地位的个人和集团的感受性,以

---

① 曹成竹:《情感结构:威廉斯文化研究理论的关键词》,《北方论丛》2014 年第 2 期。

② 周刊:《雷蒙德·威廉斯的"情感结构"与几个相关概念的比较研究》,《社会科学论坛》2010 年第 4 期。

获得关于整个人类境遇的理解"。① 在新中国成立早期生活过的人们有着他们特别的情感结构，比如集体主义情怀，是他们共同分享的经验。到"80后"和"90后"这两代人，个人主义渐渐占了上风。我们不再一起向往一个渺茫的乌托邦，不再谈论"实现共产主义"，而是关注个人的情感意志，个人的前途发展，个人的"微小而确定的幸福"。《花千骨》是只有我们这个时代才会出现的小说，因为它浸润着我们这个时代的思想观念。这个时代，小爱战胜了大爱，宏大叙事早已解体，我们不再那样关心天下，而更多地追求私人的小爱。所以我们有了如此之深的执念，并永不后悔。在这个时代，用"情感结构"来分析应运而生的网络文学，笔者以为是恰逢其时的，因为"情感结构关注的是微观叙事，关注的是不为意识形态所外化与显现的细碎和微妙的情感，关注的是人们共享的价值观和社会心理"。②

另外，有人认为："如果说'意识形态'是父权社会无处不在压抑力量的象征，那么情感结构代表的就是处于被边缘化和弱化的女性意识。"③《花千骨》中有执念之爱的人大多是女性，应该不是巧合。男人以头脑思考世界，女人以心灵感受世界，虽然这么说有点武断，但还能看出男性和女性对生活和感情的态度是不同的。花千骨、紫薰上仙和蓝雨澜风都因为爱上一个人不可自拔，为了得到那个人的一点点爱而愿意付出任何代价。而摩严和白子画还固守他们的那一套规则，那些所谓对错都是父权社会的规约。杀阡陌被花千骨认成"姐姐"也不是偶然，他固然美得雌雄莫辨，但他身上的女性气质决定了他的阴柔一面。这种女性气质就和执念相关，执念的爱是小爱，他更向往的是小爱而不是大爱。

---

① 李林洪、杨兰：《雷蒙德·威廉斯"情感结构"范畴研究》，《文化论苑》总第 463 期。

② 曾丽萍、李思兰：《试论当代文化语境中情感结构的建构意义》，《作家杂志》2008 年第 12 期。

③ 同上。

三 美学的抚慰：可感性分配与爱的平等

笔者以情感结构来解释《花千骨》等网络小说带给我们有价值的部分，但在此我还想回答一个问题：这部小说更让我们动容的是花千骨的小爱，可这小爱在很多读者看来足以称为"伟大"，白子画的大爱却显得那么渺小空虚，是一个空洞的能指。他总是在嘴上说、心里想，却几乎改变不了世间自古就有的不合理的状况。他所谓的心系六界，并没有在任何关键时刻拯救了六界，反而伤害了一个并无害的花千骨，让她受尽折磨。而花千骨为他做的牺牲，一点一滴，都是实打实的关爱。她的小爱发挥到极致，惊天地泣鬼神，堪称伟大；他的大爱只是逃避内心，那么渺小。最后白子画也觉悟道："高尚情操？这仅仅是一个词？还是奉献出自己幸福，牺牲了自己的一切的人才会有的一种感觉？我此生心系长留，心系仙界，心系众生，可是却从没为她做过什么。我不负长留，不负六界，不负天地，可是终归还是负了她负了我自己。"① 花千骨的哀哀控诉则震撼人心："我没有师父，没有朋友，没有爱人，没有孩子，当初我以为我有全世界，却原来都是假的。爱我的，为我而死，我爱的，一心想要我死。我信的，背叛我，我依赖的，舍弃我。我什么也不要，什么也不求，只想简单的活着，可是是老天逼我，是你逼我！你以为到了现在，我还回得了头吗？"② 花千骨的心思何其单纯，只想简单地活着，寻得简单的爱情，过完简单的一生。但是命运注定是要让她一生颠簸的，事情终于发展到不可收拾的地步，她绝望到以自己的毁灭来惩罚白子画。她的小爱在某种意义上已经超越了白子画的大爱，更充实饱满，更感天动地。

---

① Fresh 果果：《花千骨》（http：//www. jjwxc. net/onebook. php? novelid＝316358）。
② 同上。

话说回来，小爱一定就比大爱等而下之吗？小爱就是卑微的，或者庸俗的，大爱就一定高尚且壮烈？难道涉及人数多的爱就一定胜过涉及人数少的爱吗？若按人数多少来决定高下，花千骨在墟洞里也考虑过这个问题："可是谁又说过两个人的性命就比一个人重要？千万人的性命就一定比一个人重要。生命的价值并不是用数量来衡量的啊！为了救一人而杀一人不对，难道为了救两个人救千万个人杀一人就一定是对的了么？师父总是告诫她说重要的是不是一个人的能力而是他的选择。就算他身负巨大的妖神之力又如何？只要他能一心向善造福苍生大地也说不定啊！"① 大爱和小爱，这不同的爱的质量可能无法比较，但它们的程度是可以衡量的。如今讨论这个问题，似乎这两种爱确实有高低之别，这也许是多年的意识形态规训出来的结果。雅克·朗西埃试图从美学的角度揭示一种属于意识形态的或者干脆就是政治的选择现象："广义而言，美学是指'可感性分配'，这种'可感性分配'决定了行动、生产、感知和思想形式之间的连接模式。"② 我们被这种"可感性分配"内在地约束着，它的秩序决定了我们能看到什么，看不到什么，什么是"好的艺术"，什么是"坏的艺术"。这种情形下，甚至我们的情感结构也被某种力量控制并塑造了。回到《花千骨》，这"可感性分配"的秩序甚至决定了爱的等级，什么是高级的爱，什么是低层次的爱，在某些时刻必须牺牲哪一种爱来成全另一种爱，我们应该怎样去感知、接受和体验它们。我们也许改变不了现实的秩序，幸好我们可以进行美学革命。"任何美学/艺术的革命，都是通过美学/艺术事件的呈现，冲击和改变固有的'可感性的分配'，达成对美学感觉机制的

---

① Fresh 果果：《花千骨》，2015 年 1 月，努努书坊（http://www.kanunu8.com/book2/10734/190342.html）。

② 蒋洪生：《雅克·朗西埃的艺术体制和当代政治艺术观》，《文艺理论研究》2012 年第 2 期。

重组。"① 我们通过阅读并不十分符合主流思想观念，但更贴合我们当下经验的网络文学，大概可以部分地改变过去的"可感性的分配"而重建之。

我们在《花千骨》里看到的就是伟大的小爱超越了渺小的大爱，而结局的圆满使读者得到了感觉和想象层面的抚慰。这抚慰是新的"可感性分配"给予我们的，是文学给予我们的。

---

① 蒋洪生：《雅克·朗西埃的艺术体制和当代政治艺术观》，《文艺理论研究》2012 年第 2 期。

想象与意义的结点

——氤氲中的"情感乌托邦"

姜　鹏[*]

【摘要】文学从本质上讲，是一种虚构性存在，这种虚构性文本从外部而言指世界本体，从内部而言指情感本体，"情感本体说"与"世界本体说"共同构成了"文学本体论"的两种立场。在滚滚而来的现在性下，就国内而言，网络文学的"情本体"构建，灵活地适应了当下文学发展时代规律，因为它一方面满足了在现代性下读者的情感渴求，迎合了市场需求；另一方面，情感本体构建为网络玄幻小说褪"边缘化"色彩提供了契机，网络文学也能够凭此以自信的姿态进入批评家的视野，向"中心文学"靠拢。

20 世纪 80 年代互联网进驻中国，然后以铺天盖地之势在国内蔓延起来。风行起来的互联网给"纸质时代"中国文学带来了前所未有的冲击和挑战，同时也催生出另一类文学类型，即网络文学。网络文学凭借数字媒介进入网络空间之后如鱼得水，不断发展壮大，成了当代一股不可小觑，

---

* 姜鹏，河南大学文艺学硕士研究生。

但又被边缘化的文学势力。在此过程中，玄幻（修真）小说则以一种新异、亲昵的姿态进入互联网终端的视野，深受广大青年读者的喜爱，几乎已经达到了"手不释卷"的狂热状态。在此风潮之中，网络作家萧鼎的《诛仙》极具代表性。该作品获得了广大网络读者的一致好评，被奉为网络文学之经典，并随之进入了市场化，被改编为同名网络游戏，在近期更是被改编为同名网络电视剧。那么，如《诛仙》这一类网络小说的经典之作是靠什么打动读者呢？在很多理论总结中，把网络小说的盛行现象归结于"互联网的盛行，大众媒介的飞速发展，玄幻小说内在丰富的想象力以及文本删掉中侠文化与传统儒、释、道精义的混融，等等"。① 但这只是抓住了此类网络小说盛行的表层机制，而未把握其核心要义。如果要用一种恰当的理论来阐释此类文学盛行的原因，克莱夫·贝尔的"有意味的形式"倒是可以提供一个较为可靠的理论依据："一件艺术作品要想存在就必须具备某种属性，而具备了这种属性的作品起码可以说不是毫无价值的。这种属性是什么呢？唤起我们审美情感的所有对象的共同属性是什么呢？可能的答案只有一个——有意味的形式。"② 但网络玄幻小说在某种意义上又不同于克莱夫·贝尔的"有意味的形式"论，接下来本文就以具体文本《诛仙》为例，从深层原因来分析其文本形式所蕴藏的核心"意味"，揭示其被热捧和肯定的内在动力机制，剥开这个隐匿于氤氲之中的"情感乌托邦"。

一 现代性下情感因子的呐喊与诉求

现代性的命题从类属上讲，是归属于西方传统文化阵营的，它缘起于西方文艺复兴之后以笛卡尔为代表的近代西方哲学，后来的学者把与

---

① 欧造杰：《从〈诛仙〉看网络玄幻小说的艺术特征》，《河池学院学报》2013年第1期。
② ［英］克莱夫·贝尔：《艺术》，薛华译，江苏教育出版社2004年版，第3页。

此相继的西方资本主义社会在思想、文化等方面显现出来的特性称为"现代性"。现代性的基本特质就是："一种理性批判精神、自由创造精神。"① 法国的笛卡尔、帕斯卡尔，英国的培根、洛克以及后来的德国古典主义哲学代表人物康德、黑格尔，一直都在承继并发扬着现代性的这种核心精神。但是，如果我们细察理性精神在西方社会的历史发展脉络，将会发现在理性精神主导和支配下的现代化，已经渐行渐远，背离了传统理性精神的初衷。理性精神的本质属性在于追求主体自身的完整、圆满和自由，但是这种理性精神无法摆脱自身的主体性局限——理性的完满和自足将导致精神的僵化和凝固，这意味着批判、创造和自由的终结。而人作为理性精神主体，一方面践行着理性精神的本质要求，以理性的法则来规范人的存在之维，使社会行为秩序化、法制化，使人类分工结构化、科学化等；另一方面又囿于主客体关系的后天局限而南辕北辙，在理性精神支配下，人的主体性显得越来越"自大"，现代性的主体迷惘地尊奉理性精神为至高无上的法则，意欲抹杀主体之内与理性相区别的异质因子，诸如：情感、欲求、意志、本能等，以实现理性精神的绝对统治。但这样做的结果就是理性精神失去了批判的原动力，理智主体失去自由和创造的推动力。这样前进的方向就成了后退的趋势，而且越陷越深。面对这样的糟糕现状，在西方兴起了一大批后现代主义者意欲走出人类中心主义的知识范型，重新回归现代性的核心概念。那么在后现代的视阈下，人的情感、本能等非理性因子是否回到了自身得以生存和栖息之地呢？答案是让人惋惜的。因为情感的存在不单是一种个体化的体现，更是一种缓慢的社会化过程，情感的表现、释放和满足在不同的时代、阶层、人群显现出不同的方式和过程。自现代性发生以来，现代性的话语大都是在逻各斯的框架内进行的。到了后现代，人们突破了

---

① 张世英：《"后现代主义"对"现代性"的批判与超越》，《北京大学学报》2007 年第 1 期。

逻各斯现代性的囚笼，开始步入后现代的"'爱洛斯现代性'，即情感与本能的现代性"①。后现代并不意味着现代性的终结，因为它不但继承了逻各斯现代性下对非理性因子排斥、制约与控制的特性，并且针对非理性因子中潜在危险的情感和本能，还创造性地建立起来了对其进行排泄和疏通的可靠通道。当然，这一突破的完成是一个循序渐进的过程，而互联网的时代性介入，无疑为这一转换提供了前所未有的动力。在国内最先接触互联网的当属青年知识群体，然后以这个群体为原点发生了快速且广泛的辐射，互联网首先成了青年知识群体新型的情感表达与宣泄工具。但互联网的迅猛发展仅为后现代性下的情感因子诉求打开了一扇便捷的大门，并未及时提供作为理性主体的人所需要的实在内容，这就为网络玄幻小说的兴起提供了一个时代契机。因为人作为实践的主体，人的每一种实践活动都显现出一种具体的善，所有的知识和选择也都在追求某种善，那么到底何为善？"就其名称来说，大多数人有一致的意见。无论是一般的大众，还是那些出众的人都会说这是幸福。"② 人的最终目的就在于追求一种最高的善，即幸福。此种幸福并不来自感官与身体的满足，而是来自实践活动之后产生的一种精神自足状态。但这种精神的自足只是一种假定意义下的自足，它的完善状态更大程度上类似于"情感乌托邦"的存在，这正是现代性下的人苦苦寻找的心理依托和精神良药。与此同时，网络文学就恰恰具备了建构"情感乌托邦"的特质。这正是后现代语境下理性与非理性因子在结构和功能上相互制衡的结果，对幸福的追求也是现代性下主体性哲学的自我完善和进步。

---

① 王宁：《略论情感的社会方式——情感社会学研究笔记》，《社会学研究》2000 年第 4 期。
② ［古希腊］亚里士多德：《尼各马可伦理学》，廖申白译，商务印书馆 2003 年版，第 9 页。

二 叙事空间中情感因子的塑形与消费

面对后现代性的时代背景和大众知识青年的情感处境，网络为"情感乌托邦"的实现提供了极具可靠性的通道，为后现代性下的读者提供急需的"情感乌托邦"创造了条件和基础环境。那么，这里首先要面临着一个无可回避的问题：被边缘化网络文学和传统的中心文学同属在一个文学框架内，它们都同样分有文学基本特性，即虚构、想象、情感、修辞等，为什么网络文学承担起后现代性下"情感乌托邦"的建造功能，而中心文学却受到网络终端读者的相对冷落？这是因为网络文学特有的内在机制打破了传统文学自有的文学律，就像中国20世纪初白话小说打破了传统文言诗歌的文学律一样。网络文学特有的游戏性、自在性确保了它强壮的生命力，但网络文学一切特质的生长都有一个万万不可割弃的根，这个根就是作家情感的凝结物，也是读者情感和心灵的需求品。这个"根"在想象和修辞中成长，一部完结的作品就是一个完整的情感表现体，一部成功的作品也就是一座理想的"情感乌托邦"。接下来我们不妨进入萧鼎的《诛仙》之中，一览这座"情感乌托邦"的概貌和细节。

作者开篇便以友情为全书铺开思路，张小凡和林惊羽遭遇了草庙村的屠杀之后，二人分别拜入青云门不同首座。入青云之后作者便自然而然地为张小凡安排了一颗爱情的苦果，在一系列事件之中展现了师门的田灵儿、陆雪琪与主人公张小凡的情爱纠葛。如果我们能够有意识地去思索以上简短的情节脉络，将会发觉作者在故事展开之后，似乎非常急切地想要为爱情安排一个优先的位置。作者似乎非常明白他的作品面对的是一个什么样的读者群体，并且这样一个读者群体最需要的是一种什么样的情感。因为在后现代性下青少年的心智成长得更加迅速，情感与本能长久以来被体制理性压抑、排斥，而像《诛仙》这一类网络小说恰恰能够迎合、满足读者的情感渴求，读者能够在文本中饕餮般吞食着自己内心中希求已久的情感盛餐。基于以上缘由，作者以张小凡和田灵儿、陆雪琪及碧瑶之间的情愫流转为引子，以张小凡和碧瑶的爱情发展为主线为全书做好了一个完整的框架。除此之外，也生发了一些以爱情为主题的支线情节，比如在妖兽灭世部分，谈到的兽神与巫女娘娘玲珑前世今生、纠缠不清的情怨；野狗道人为了自己心中深深爱慕的小环，在周一仙和小环被擒之际，不惜舍命相救，最终力竭而死；苏茹为丈夫田不易殉情而死；魔教鬼厉与正派陆雪琪之间的情爱苦痛；等等。当然在小说中也不是完全充斥着爱情的单调气息，作者也细心地在小说中安排其他情感因子的理想形态。譬如说，张小凡与天音寺普智的师徒情缘，意外成了草庙村灭门案的真相；青云门代表着仙风道骨和正义之象，竟包裹了几百年掌门弑师的丑恶阴谋。同样还有书写友情的，如曾书书和张小凡铁打不变的友谊；张小凡和陆雪琪掺杂着爱情与友情的友谊。

总的来看，"情因子"构成了整篇小说的筋骨，但并不意味着作者便已无它可写，"情"的结构性介入只是让整个文本"活"起来了，并没有使其"动"起来。真正使其动起来的是作者的想象力，这也是《诛仙》批评者共同认可的一点。可想象力的飞驰也不是无根之木、无水之源，文本中奇幻、传奇的情节和内容皆可见出作者无可比拟的想象力、创造力与中国古代神话文献的融合。但文本中的情节，构造的一大部分工作都是为了"情"的塑形而做的，如开篇讲兄弟情；七脉会武、万蝠古窟讲儿女情；青云突变讲师徒情；等等。这样一来，无论是从创作角度来讲，还是从文本释析角度来看，"情"的构造在文本都起到了本质性的功能作用，换句话说，《诛仙》能够在海量的网络文学中脱颖而出，在极大程度上缘起于文本中"情"的理想性锻造，而想象力带来的情节和内容上的传奇色彩，在更大意义上充当的是契合主体功能的辅助性角色。

三　网络玄幻小说中"情本体"的建构意义

实际上在网络文学中，情感因素的结构性渗透不但表现在像《诛仙》这样的经典文本当中，在其他的网络小说当中也得到了理想性的表现，比如当红玄幻小说作家"唐家三少""我吃西红柿""天蚕土豆"等。如果从接受美学角度来分析的话，这些作家都能够十分聪明地把握住读者在现代性下的情感需求，同时又非常幸运地借助了新时代下的一种新异独特的文学体裁和形式，在连绵曲折的情节内容中打破读者期待视野，在文本的对话与交流中紧紧地抓住读者的心。也就是在此意义上，形式与内容两个部分于作者而言，内容占据着更为紧要的地位，而内容的勾画以情为核心，那么情也就构成了玄幻小说中本体性要素。换而言之，就是"情本体"。"情本体"的说法并非笔者自创，而是源于李泽厚先生的美学概念。他认为在现代性下，"整个社会的人出现了心理危机，科技理性无法解决人的内在矛盾与困惑，情感作为人生的要义也没有自身存在的根据，因此需要建立起以工具为基础，以情感为主导的情感乌托邦"[①]。同样也正是在这个意义上，像《诛仙》这样的网络文学开始从边缘向中心靠拢，网络文学也开始进入研究者和批评家的视野，开始被他们正视。

从另外一个角度看，这一转型和靠拢趋势更是"中心文学"作家和批评家需要审慎思考的一个大问题。在同样的时代条件下，为何网络玄幻小说能够迅速地占领广大青年读者的市场，而中心文学仿佛摆出一副"高冷的姿态"，无意于自身在青年读者群体的"失意"。在面对这一挑战的严峻形势下，"中心文学"的叙事和书写不得不需要思考在这场攻城略地的较量中，自身存在的不足和缺失。不过，在新时代的文学场域下还存在着另外一种声音，他们认为人们需要从网络玄幻小说身上析出流沙与金石。如

---

① 杨春时：《"情感乌托邦"的批判》，《烟台大学学报》2009 年第 2 期。

著名学者陶东风先生在《中国文学已经进入装神弄鬼时代?》中对网络空间中玄幻小说的盛行，进行了深入浅出的批评，他着重指出了"网络玄幻小说存在着自身先天性不足，小说中的现象力被妖魔化、非道德化，小说缺少一定的文化意蕴，以及人的精神维度的价值关怀，等等"。① 面对这样"讨伐"，可以说把玄幻小说逼进了一个进退维谷的窘境，因为它首先解决的是市场问题，即所谓的"点击量"，其次才是文学律的问题。而"情本体"的提出可以为玄幻小说的时代窘境开一剂妙方，它首先针对性地满足了现代性下青年读者的情感渴求，解决了作者内心中最为关切的问题；其次，文本中"情本体"的建构也在一定意义上解决了网络玄幻小说自身文化意蕴和人文关怀的缺失，缓解了批评家的诘问，响应了中心文学律的规训。

当然，"情本体"的建构，并不能完全弥补网络玄幻小说的先天性不足。但如今在网络文学风行的大风暴下，它更需要的是接受、正视和引导，特别是一些批评家和研究者的声音。新时代下的文学发展更多的是需要接纳，其次才是质疑和批判。当我们真正地立足于文学创作和批评的名利场中，设身处地从网络文学创作的起点出发才会发觉，虽然这种文学类型被边缘化、市场化，当它们满足一定利益交换之后，同样希望能够进入中心文学的场域之中，也更加希望得到更多不同类型读者的鼓舞和肯定。

---

① 陶东风：《中国文学已经进入装神弄鬼时代？——由"玄幻小说"引发的一点联想》，《当代文坛》2006 年第 5 期。

"正""邪"本无界，只在一念中

——评萧鼎《诛仙》

聂庆璞[*]

【摘要】 武侠修仙类小说喜欢将不同的门派分为正、邪两类，正派一般匡扶正义，行事磊落；邪派往往危害社会，行为狠毒。《诛仙》的架构同样如此。但《诛仙》在行文中有金庸小说中类似的困惑：正派中人行邪事，邪派中也有好人，即具体行文对文本的设置进行了解构，变得邪中有正，正中有邪，正邪界线在具体的行事中模糊，变成了一个人为的虚假符号。《诛仙》的最大价值就在于对这种非此即彼的所谓正邪的解构。它塑造了张小凡这个受天地青睐（获得天书五卷），受书中两个最出色少女眷恋的人物，却是一个穿越正邪、亦正亦邪，同时也是至情至性的平常之人。

随着电视剧《青云志》的热播，一部十多年前红透整个网络界的小说《诛仙》再度成为人们谈论的热门话题。

2003年8月6日，一本名为《诛仙》的小说开始在幻剑书盟连载，不久，该书即显露出不凡的气质，受到读友们的热烈欢迎，起点中文、龙的

---

* 聂庆璞，中南大学文学院副教授。

天空等大型文学网站也纷纷转载，点击量很快突破 3000 万，并每天以 200 万的速度增长。这在当时的网络界来说，是一个奇迹。2005 年，《诛仙》排名在百度十大网络中玄幻小说的第一位，在"百度 2005 中国风云录"活动中，《诛仙》被授予风云小说奖，"诛仙吧"也成了百度文学类的第一吧，当时的报纸对"诛仙热"做了很多相关报道，颇为轰动。朝华出版社出版的前三册 35 万本在两个月内即销售一空，其后出版的前五册 100 万本也很快售罄。2007 年 8 月 17 日，该书连载完，同年，全 8 册出齐。此前的 4 月，由完美时空改编的同名网络游戏即已面世，到现在这一款游戏还是网游的热门。

《诛仙》作者萧鼎，男，原名张戬，1976 年出生，福建省福州市仓山区人。从小爱看武侠小说，2002 年起开始从事网络写作，2003 年在台湾出版了《暗黑之路》，同年《诛仙》也曾在台湾出版。他的作品还有《矮人之塔》（未完成）、《叛逆》《诛仙前传》《诛仙 II 轮回》《戮仙》《天影》（连载中）等。2010 年 1 月，萧鼎被增选为福州作家协会理事。

一

《诛仙》的故事是从一个叫张小凡的普通少年开始的。中原三大正道之一的天音寺高僧普智，希望与正道最大门派的青云门道家合作，进行佛道双修，参透生死，但青云门拒绝了他。一天，普智在青云山下草庙村旁被一个神秘高手击成重伤，受伤后，普智神志不清，为实现心中梦想，设下一毒计，杀害了青云门下草庙村的 244 名村民，只留下两个孩子和一个疯子，并将天音寺的"大梵般若"神功传给其中一个资质稍差的孩子张小凡。青云山果如普智所愿，收留了大难中留下来的张小凡、林惊羽等三人。林惊羽天资聪慧，被青云门"龙首峰"首座苍松道人收为徒；而张小凡资质愚钝，无人喜爱，在推让中，"大竹峰"首座田不易收其为徒。

在其后青云内部的"七脉会武"中，张小凡以其出奇好的运气和"烧火棒"（普智留下的噬血珠与摄魂棒的合体武器）的邪气，竟然进入了前四名，达到了"大竹峰"历史以来最好成绩。在四强比武中，张小凡碰上了"小竹峰"如冰雪寒霜般的师姐陆雪琪。这是一场争夺前二的半决赛，双方势均力敌，在决定胜负的一击中本有胜算，但陆雪琪的眼神让张小凡想起暗恋的师姐田灵儿，心中一片怅然，失去了求胜的斗志，心一软，反被陆雪琪以"神剑御雷真诀"引来的天雷击成重伤。而陆雪琪情愫暗生。

比武大会后，青云为了磨炼弟子，派获胜的前四名到空桑山"万蝠古窟"中除妖。除妖过程艰险异常，张小凡拼死保护了陆雪琪而身受重伤，陆雪琪被张小凡那种为自己舍生忘死的行为感动，在坠入死灵渊时，陆雪琪也没有去求生，反而为了救张小凡，一同坠入深渊。

在这次行动中，张小凡结识了魔教鬼王宗鬼王的女儿碧瑶。在坠入深渊后，张小凡和陆雪琪走散，却与碧瑶一起被黑水玄蛇逼入了滴血洞，困在洞中很多天，这些日子中他们相依为命，产生了扯不断的情丝。在洞中，张小凡得到了天书的第一卷，而碧瑶得到了金铃夫人的遗物——合欢铃。

魔教大举侵占流波山，正道中人断断续续来此阻击魔教。张小凡和田灵儿在山洞中无意听到魔教的企图是要得到亘古神兽——夔牛。之后，在正道中人阻止魔教活捉夔牛的过程中，张小凡为救田灵儿，在夔牛脚下被迫同时用出了青云门太极玄清道和天音寺的大梵般若功。虽救了田灵儿，却因怀疑他偷学天音寺不传之秘，并且使用至邪兵器噬血珠，而遭到正道的指责。

回青云山后，三大名门得道高人会审张小凡，可是张小凡因为答应过普智，宁死也不肯说出从哪里学得大梵般若功。就在众人想要惩治"手持邪物、欺师叛教"的张小凡时，平时寡言的陆雪琪，却冒死站出来，为张小凡求情，并以性命为其担保，令张小凡深为感动。

此时，魔教中人却趁机强攻青云山，青云门伤亡惨重，为了挽回败局，道玄真人祭出诛仙剑，并且使出诛仙剑阵，使魔教惨败。回头再审张小凡时，法相说出了草庙村真相。张小凡非常震惊。此时，魔教再次回攻，青云门大骇，道玄真人不得已再次祭出诛仙宝剑，魔教再次败在了诛仙古剑的无比神威之下。但碧瑶怂恿张小凡进入魔教，道玄担心张小凡坠入魔教，竟然再次动用诛仙剑，想击杀张小凡。在危急关头，碧瑶为了心爱的张小凡，念出了痴情咒："九幽阴灵，诸天神魔，以我血躯，奉为牺牲。三生七世，永堕阎罗，只为情故，虽死不悔……"以一身精血，化为厉咒，弹开了张小凡，替他挡了诛仙剑阵，自己却魂飞魄散，永不超生。幸好有身上的合欢铃，将飞散的三魂七魄保留了一魂下来，但是即使如此，也无法复生了。张小凡受到了前所未有的打击，再也不相信所谓的"正道"，叛离青云门，投入魔教鬼王宗，改名为"鬼厉"。

其后十年，鬼厉杀人无数，在魔教中，有血公子之称。他从鬼王手中得到了天书第二卷，在佛、道、魔三教同修中，修为精进神速。林惊羽则偶然得到了藏身在祖师祠堂中的上代青云最出色的人物万剑一的教诲，修为也大有长进。而陆雪琪，竟以常人难以想象的全力刻苦修炼，凭借天资聪慧和非人的刻苦竟达到了上清境界，进展速度仅稍逊于青云前辈青叶祖师。可无人知晓，她刻意苦练是为了让身体承受磨难来减轻她心中那一丝眷念。

在死泽寻宝中，鬼厉与陆雪琪以性命相搏，只为道不同，却谁都不忍伤害对方。在和黑水玄蛇的战斗中，鬼厉在即将昏迷之际救了陆雪琪，一同进入了天地宝库，取得了天书第三卷。

出来后，鬼厉发现手下多人死于鱼人手里。于是，下南疆调查真相。在焚香谷中的玄火坛中，救了一只九尾白狐，后称其为"小白"。在天水寨，鬼厉再一次与陆雪琪相遇，近在咫尺却远如天涯。在师门正道和爱情中苦苦挣扎的陆雪琪很是无奈。在明月下，她为鬼厉舞了一次剑，想以此斩断情丝。但剑虽舞完，情丝无法斩断，陆雪琪伤心而去。

在小白的帮助下，鬼厉到七里峒找到了金族的大巫师，求他为碧瑶收魂。不巧当夜金族遭到了木族的攻击，木族因为得到了兽妖帮助，击败金族，抢走了圣器黑杖和骨玉，并且重伤大巫师。大巫师承诺要救碧瑶，虽自知不久于人世，仍旧跟随鬼厉回狐岐山去救人。无奈，大巫师伤势过重，虽成功地将碧瑶三魂七魄找回来，却没能给其还魂，将其救活。

在兽妖与魔教的再一次进攻中，道玄再次启动诛仙剑阵，但无法打败兽妖，只得开启天机印，终于将兽妖击败。但天机印的戾气反噬道玄，致其重伤。此次战斗中，鬼厉在幻月洞中误杀万剑一，致与林惊羽反目；击断诛仙剑，但被其戾气所伤。

最后张小凡被天音寺方丈普泓上人扮成的黑衣人所救，在天音寺中养伤。普泓告诉张小凡普智的临终遗言，张小凡在普智的小屋中坐了一天后，原谅了普智。普泓为了感化张小凡，带他到天音寺镇寺之宝无字玉璧前，帮其消除胸中邪气，不想却引发"天刑厉雷"。在此期间，无字玉璧上闪现出天书的第四卷，张小凡将天书第四卷领悟。天刑厉雷劈下，无字玉璧似有所感，将天雷尽数引到自己身上，结果无字玉璧被毁，而张小凡无恙。

鬼厉从周一仙处得知乾坤轮回盘有可能救活碧瑶，于是便从天音寺普德高僧手中借出乾坤轮回盘，但此盘谁都不会使用，普德高僧揣摩数十年也不会。鬼厉拿着轮回盘在寒冰密室不但没救回碧瑶，反而被鬼先生骗去此盘，解开了四灵血阵的乾坤锁，使鬼王成功拥有了修罗之力！而碧瑶和合欢铃也在四灵血阵造成的灾难混乱中失踪。鬼厉心灰意冷地整日躺在在草庙村萎靡不振，后在陆雪琪的呵护及小白的开导下重新振作，并在古剑诛仙的召唤下来到幻月洞府，成为诛仙剑的新主人，且同时习得天书第五卷，关键时刻杀死了拥有修罗之力的鬼王，挽救了世间百姓，后来隐居在草庙村，并再次与陆雪琪相遇。

二

纵观全书，西方神魔、网络游戏与中国文化在该书中混杂一起。西方神魔文化、游戏文化体现在种族与地图的设置上。书中的种族设置比中国传统武侠或修真小说多了一个兽妖族。中国传统文化中有各种神鬼异兽，但没有所谓的兽妖种族。这一种族直接来源于当代的网络游戏，是西方渊长妖魔文化的一个表征。但该书中的兽妖又带有中国文化特征，它没有设计为自然界中特有的一种生物，而是设计为天地戾气所化的不死的兽神所驱使的不明所以的一个东西，它可以化为各种形状，如鱼人（妖）等。

作品在地理设置上受游戏与中国古地理知识影响，与传统武侠小说有区别。传统武侠一般有明确朝代背景，地域在中国境内。该书没有明确朝代背景，地理上受游戏影响，设置为一块大陆。这块大陆的地域环境又是中国古地理的：南疆巫族，十万大山，瘴气横生；北边但泽，湿地荒凉；西北荒漠，没有人烟；东边大海，物产丰富；中间中原，人气鼎盛。

但主要内核还是中国文化和武侠小说。表现之一，中国文化是儒、道、佛融合的产物，而该书仿之设计了一个佛、道、魔三修。出身于佛教的普智一直想要与道家的青云门合作双修，但总被拒绝，为实现自己想法竟设下毒计，屠尽全村。他的徒弟张小凡实现了他的理想，实现了双修，还将魔道也加了进来，实现了三修。笔者认为这是作者有意无意地对中国传统文化思想发展中三教合一的一种模仿。

表现之二是受中国武侠文化的影响。中国武侠文学很多作品中设置了"正""邪"双方，双方誓不两立、不问缘由、不死不休地战斗着。对正道中的人来说，只要对方是魔教（邪），就不必问为什么，只管杀就行了。实在让人不明所以。金庸的小说开始颠覆这一观念，《笑傲江湖》中的魔教教主与其他正道教派教主相比，唯一不好的恐怕是他的吸星大法会化去别人的功力，比较恶毒。但其实正道中的哪一位人物，不是无所不用其极来增强自己的功力呢？不同的是正道在暗中进行，而任我行是明着来。到了《倚天屠龙记》里，魔教明教甚至比绝大多数正教更人道，更有人情味。

《诛仙》其实一直在探索这一问题。何谓"正"？何谓"邪"？"正""邪"有何区别？青云门号称正邪两道之首，可见是亦"正"亦"邪"，青叶修炼成功后，一夜杀尽青云其他六峰占有者。这是"正"还是"邪"？天音寺的普智竟屠尽草庙村240人，是"正"还是"邪"？而魔教的碧瑶为了自己心爱的人，竟甘愿舍身就死，救下张小凡，是"正"还是"邪"？主人公张小凡开始一心守"正"，但他心中最高洁的理想被现实击得粉碎：他发现自己心中最为崇高，愿意为其牺牲一切的所谓"正"，在那些正道头面人物看来，竟然狗屁都不是。所以，他叛入魔教。最后，魔教鬼王荼毒生灵，他又杀了鬼王。他是"正"还是"邪"？《诛仙》在努力消解着正邪之间的分界线，所谓的"正道"都有"邪气"。青云掌门道玄由"正"堕"魔"，其第二大人物苍松道人竟然叛入魔教；焚香谷一直与兽神勾勾搭搭；天音寺一直觊觎着青云门。所谓的三大"正派"没有一派不在偷偷摸摸，干点见不得人的事。而魔教也不是一点好事不干，兽妖入侵，魔教虽是各怀鬼胎，但还是与兽妖奋起抗战，最后几乎全部覆灭，只留下鬼王宗的部分人员。

表现之三是修真层级限定在中国传统文化想象之内。《诛仙》是刚从武侠小说类型里分化出来的修真小说，带有武侠小说的明显痕迹，偏重武侠，修真的层级还在中国传统文化想象之内，与后来的修真小说中主人公动不动就成为开天辟地之主宰有着巨大差异。修真之人的理想是获得更高的武功和更长的寿命。青云子、青叶等成功之人，也是武功高强，寿命达几百岁。

作品里，中国传统文化的表现还体现在作者的语言与对古妖的借用。

作品语言流畅，与金庸等的武侠语言相比，更有激情和诗意，虽然这些激情与诗意有时显得有些做作。作品中作者还自创了一些诗词，这些诗词谈不上精品，但绝对不差，不是糊弄之作，表现出作者语言修养不弱。作品中的许多妖怪借用中国古代传说中的名称，显出一定传统文化意味。如黄鸟、夔、烛龙、玄蛇、饕餮等。①

三

在人物形象的塑造上，《诛仙》有自己的特色。主要人物张小凡、陆雪琪、碧瑶都性格鲜明，让人难以忘怀。张小凡天资一般、不善言辞、样貌也平凡，但性格倔强、正直、真诚。普智传他功法，让他不要告诉别人。他一直没有告诉任何人，兄弟林惊羽，师傅田不易，恋人碧瑶、陆雪琪、田灵儿，青云掌门道玄，等等，不论是与自己如何亲密的人，还是多么有权势的人，他谁都没有告诉，师傅几次追问，他只是含糊其辞，只因他答应了普智，不能告诉任何人。

他一心守正，以天下苍生为念，不以标签定正邪。碧瑶出生于魔道，但没干过什么大坏事，身世可怜，为救他不惜以身相舍。对此，他并不觉得碧瑶是魔道就死有余辜，而是念念不忘，甚至把自己的人生目标都设置为救活碧瑶。鬼王从青云门中救走他，并传他第二卷天书，给他很高的地位，所以，鬼王可以说是他的恩人。但最后鬼王滥杀天下苍生时，他毫不留情地击杀鬼王。青云道玄堕入魔道，他一样追杀；师傅田不易被道玄杀死，他与陆雪琪将道玄杀死。在他的心中，没有"正""邪"（魔）的分界，只有"正""邪"的行事。行事出于善念即"正"，行事出于邪念即"邪"。

---

① 这些都是传说中的猛兽。但作者故意以注的形式说出自《神魔志异》，不明真相的读者容易受骗，以为《神魔志异》确有其书。

他总是为别人着想，危难时刻冲在前面。所以，不管他在青云门，还是加入了鬼王宗，很多人一直是他的朋友，愿意帮助他。即使天音寺的普泓、普德、金族的大巫师等德高望重的人都对他以诚相待。正因为此，碧瑶才愿意以身相舍救他；陆雪琪才始终对他不离不弃，执念不忘。

成功的作品首先要有成功的人物形象。《诛仙》之所以动人肯定离不开张小凡这一人物形象。他是那样的平凡，又是那样的伟岸；遭遇那么多的挫折，还是那样正直善良，那样的重情重义。他是我们的理想，也是我们的哥们儿，甚至就是我们自己。

陆雪琪是《诛仙》的第二大灵魂人物。她白衣胜雪，美貌绝伦，天资聪慧，武功高强，忠贞不贰，是男性的理想女神。她自小聪颖，练功刻苦，深受师傅喜爱器重。在七脉会武中对张小凡初生情愫，在万蝠古窟中互相救援，在死泽中生死相依，在南方的兽妖洞中并肩战斗，情根一步步深种。别人怀疑张小凡时，她站出来挺他，张小凡危难时她救他，他消沉时她陪着他鼓励他。张小凡在鬼王宗10年，她把对他的思念化为刻苦的练功，终成青云门年轻一辈的第一高手。天音寺首徒李洵来求婚时，她断然拒绝，哪怕被师傅责罚，因为她有自己的心中所爱。她是一个完美的女人，完美得没有瑕疵！

碧瑶在作品中出现的时间并不长，却是作品不可或缺的核心人物。她贵为鬼王的女儿，从小却可怜得很。眼看着自己的母亲饿死，而自己还吃了母亲的肉，又在没有母爱的环境中成长。这个天真无邪美貌绝伦的少女虽身处魔道，却是毫无心机。她在滴血洞中与张小凡相处了几天，就爱上了他。她与张小凡不但没有所谓的正邪（魔）对立，还处处帮他。最后在所谓的三大正道因怀疑张小凡而用诛仙剑击杀他时，她舍身相救，使其不死，自己却是香消玉殒，只留下了肉身。她为情舍了身，为爱就了义，她是真正的爱神。所以，她虽然死了，却一直在作品中。她是鬼厉（张小凡）所要复活的恩人、恋人，也是读者念念不忘的爱神。

四

作品虽为修真武侠小说，但书中一直强调，如果为了修仙而违背人性，那修仙就没有了任何意义。人是情的动物，有父母情、兄弟情、师徒情、男女情等，所以，该爱就爱，该恨就恨。如果为了修仙，爱不能爱，恨不能恨，那修仙就失去了本来的意义。所以，陆雪琪的大成不是她有心修得，而是她的爱的化成，她心中的爱过于强烈，只好日夜用功将之化成修为。最典型的是张小凡。他集佛、道、魔三教于一身，得阅《天书》五卷，成为修为最高的人，但他始终没觉得这有什么意义，有什么值得骄傲的地方。十年中他唯一牵挂的是碧瑶，他活着的目的就是有一天碧瑶能复活。他是书中最有情有义的男子，所以，才能成为修为最高的人。因此，人道即仙道，人道即天道。

作品想象丰富，气势宏伟，是武侠修真中的佳作。作者在作品中为我们虚构了诛仙剑阵、四灵阵、八方玄火坛等诡异阵法；写了诛仙剑、崭龙剑、天琊剑、噬血摄魂棒、合欢铃等神奇兵器；有御雷真诀、大梵般若、吸血大法等威力巨大的武功。这些东西有的与以前的武侠小说有关，但大部分是作者新创，体现出作者对武侠文化有较深的浸润，也有较好的想象力。打斗描写气势宏伟，场面壮阔。作品描写了几次大的打斗场面，两次正魔大战，一次人兽大战，都发生在青云山上。作者的描写虽谈不上波澜壮阔，但气势上还是不错的，特别是诛仙剑的使用，作者写得有声有色，颇见功力。

《诛仙》被网友誉为"后金庸时代武侠经典"。整体看，《诛仙》与金庸等的武侠小说相比，并不逊色，但缺点仍然非常明显。一是在武功的描写上与金庸等名家差距明显，显出作者的文化功力与大家相比，还是有较大的距离。天书五卷到底是什么武功？作者不敢置一词，因为心理没谱；

各种武功的招数、路数作者基本心里没底，所以也不敢多写，都是语焉不详；甚至连作为三大正派之一的焚香谷是什么武功，修的什么道也是含含糊糊；鬼王到底是什么武功（就是天书第二卷吗），合欢派情况怎样，百毒门情形如何，都是语焉不详。二是书中线索虽不是很多，但漏洞颇多。如周一仙、鬼先生到底是什么人，始终没有交代。再如苍松道人的叛变显得很突兀，逻辑性不强。苍松是青云门的第二大人物，没有任何受委屈的地方，魔教长生堂提供的职位也不可能比青云门高，仅仅为了一百多年前师兄万剑一没当上掌门，突然叛出青云门，没有任何逻辑性可言。再如鬼先生为什么不救碧瑶？鬼先生显然会招魂术，并将之传给了小环，还救了野狗道人。但鬼先生为什么不救碧瑶呢？是个人恩怨，还是另有考虑？三是作品名《诛仙》，但与诛仙没有任何关系，书中既没有仙，更没有仙被诛，有些让人莫名所以。诛仙剑、诛仙阵名字出自《封神演义》，但本书与仙没有什么关系，所以借用到这里显得勉强。电视剧改为《青云志》，剧情虽改编得不怎么样，但名字倒是切合多了。

《斗破苍穹》的欲望叙事公式

耿弘明*

【摘要】本文以结构主义方法对著名网络小说《斗破苍穹》的小说文本进行了分析和研究，总结出了《斗破苍穹》以及常见玄幻小说的叙事套路，将其归结为这一叙事模型——"主人公（A），在某种刺激下（B），为了某个目的（C），来到某一情境（D），通过种种行动（X），得到某物（Y），击败（战胜）某人（Z）"。围绕这一叙事模式，详细解读了其中具体叙事功能的变化与阅读快感的关系。最后，本文围绕"得到"与"击败"这两大叙事功能，探讨了通常玄幻小说的爽点与攻击欲和贪欲的关系以及小说文本中具体满足这两大欲望的爽点设置的策略。

男频玄幻小说往往围绕着打怪升级、夺宝收美等桥段层层递进，构建起整个小说的完整故事，广大读者已经习惯于自觉地在阅读中寻觅这类桥段，以得到阅读快感和替代性满足（substitute satisfaction）。在这形态各异的玄幻小说中，天蚕土豆所著《斗破苍穹》的地位无疑是特殊的。该书在无线端和 PC 端都取得了令人叹为观止的傲人成绩，也帮助作

---

* 耿弘明，北京师范大学文艺学硕士研究生。

者天蚕土豆晋级"中原五白"，成为最有商业号召力的作者之一。不过对研究者而言更有价值的是《斗破苍穹》对之前玄幻小说的叙事套路加以改造升级，发展出了一套具有代表性的网络小说叙事模式，这一叙事模式之后被更多玄幻小说加以模仿，成了各大网站玄幻小说，尤其是无线向玄幻小说的主流创作套路。

《斗破苍穹》一书虽有 500 余万字，但其基本故事清晰明朗，这与单线叙事模式有关，简单将其概括起来便是：萧炎在退婚的侮辱之下，不被众人看好。之后他得到了药老的神秘戒指，并在药老指点下一路奋进，最终重上云岚宗复仇雪耻。他经历了重重学院和江湖风波后，得知药老被囚禁，他又联合好友和高手们解救药老。最终，他克服了重重阻碍，成了大陆上的第一强者。

但本文关注的并不是这个故事讲述了什么，而是《斗破苍穹》这个故事究竟是如何被讲述的，也就是说，书中到底分布了哪些叙事功能，这些叙事功能又是如何让读者获得了欲望的满足？当今读者为何能够从这些桥段中得到更大的满足感？本文拟借用结构主义文论的相关理论和精神分析心理学资源，对其进行一种分析和阐释。

从历时（diachronic）的角度，以经验总结的方式，去梳理斗破苍穹叙事过程的分析和论述，已经在网上论坛上屡见不鲜。例如，有网友曾戏谑地调侃道：

> 升级打怪捡宝贝，山洞学院拍卖会。
>
> 做完任务下副本，仙界神界换地图。
>
> 天赋奇佳根骨好，修炼一年顶十年。
>
> 炼丹练器练阵法，我是多面小能手。
>
> 戒指里面有老头，收个宠物是神兽。
>
> 白富美都爱上我，哪怕主角非常逗。

偶尔逛逛路边摊，心血来潮买板砖。

回家一擦后发现，上古神器残破版。

……①

再如，有网友对比《斗破苍穹》与作者之后的作品《武动乾坤》的时，发现了其相似性，于是写道：

萧炎：我认识你，你是林动，放眼整本《武动乾坤》，也是凤毛麟角般的存在。

林动：我也认识你，你是萧炎，一出手，就能震惊整本《斗破苍穹》。

萧炎：想当年，在乌坦城，我们萧家是三大势力之一。

林动：想当年，在青阳镇，我们林家是四大势力之一。

萧炎：想当年，在乌坦城，我得到了一枚戒指。

林动：想当年，在青阳镇，我得到了一枚符文石。

萧炎：我的戒指里有药老，他来历神秘。

林动：我的符文石里有貂爷，他来历也神秘。

萧炎：乌坦城有个拍卖行，我常在那里卖丹药。

林动：青阳镇有个地下交易所，我也在那里卖丹药。

萧炎：我有个妹妹叫薰儿，不是亲生的。

林动：我也有个妹妹叫青檀，也不是亲生的。

萧炎：我的红颜知己小医仙是厄难毒体，本来很受罪，控制了毒丹就厉害了。

林动：我的青梅竹马青檀是阴煞魔体，本来也很受罪，控制了阴丹也厉害了。

---

① 2014 年 6 月 22 日，新宋吧（http://tieba.baidu.com/p/3120164175）。

萧炎：我的目标是上云岚宗，击败纳兰嫣然。

　　林动：我的目标是去大炎林家，击败琳琅天。

　　萧炎：我还有个身份，是炼丹师。

　　林动：我也有个身份，是符师。

　　萧炎：我们炼丹师靠的是精神力。

　　林动：我们符师靠得也是精神力。

　　……①

　　这类文字充满了网络语境内的原创性、调侃性和反讽性，因此得到了广泛的传播，它们也的确总结出了玄幻小说的某种套路和模板，不过本文认为，此种总结归纳虽然自有其价值，不过也不妨更进一步，仿效列维－斯特劳斯对神话学的研究方式，对玄幻小说文本进行共时上的归纳与整理，以发现其中种种叙事功能的奥秘所在。这种研究强调的乃是整体性（wholeness）与共时性（synchronic）。列维－斯特劳斯认为，正如语言由一个个单元（unit）组成一样，神话也可以细分为神话素（mythemes），本文试图将玄幻小说中的种种"玄幻素"分解出来，将其按共时模式归纳整理。②

　　《斗破苍穹》全书内容丰富，包含事件极多，本文首先截取一部分故事内容，将其分解成最小的故事单位，然后将其整合成一种与原小说中故事时序相同的事件组合。仅以《斗破苍穹》全书第一百一十一章至一百二十章③中的故事内容为例，这部分故事内容构成了一个完整的故事单元，此时的主角萧炎已经离开了乌坦城，也拒绝了迦南学院的修炼邀请，他开

　　① 2015年4月1日，百度知道（https://zhidao.baidu.com/question/1176010686272194099.html）。

　　② 参见［法］列维－斯特劳斯《结构人类学》，陆晓禾、黄锡光等译，文化艺术出版社1988年版，第50—51页。

　　③ 天蚕土豆：《斗破苍穹》，2009年6月11日，起点中文网（http://vipreader.qidian.com/chapter/1209977/23843282）。

始了自由的流浪和修行。这部分故事如果按照小说中的故事时序排列的话，呈现出这样一种走向：

1. 主角萧炎报名参加佣兵队伍；

2. 主角萧炎受到同行者鄙视；

3. 主角萧炎证明了自己的能力，成功加入佣兵队伍；

4. 队伍外出冒险，遭到赤冰蛇的袭击；

5. 主角展现能力击退赤冰蛇；

6. 主角发现了灵丹妙药；

7. 主角悬崖边救了美女小医仙；

8. 主角遭到美女小医仙陷害；

9. 主角和美女小医仙达成了合作协议；

10. 主角和美女一起去探宝，途中遇到炎蛇；

11. 二人联手用药粉击败了炎蛇；

12. 二人找到了冰灵焰草；

13. 二人发现了三个石盒；

14. 二人发现了毒经和飞行斗技；

15. 同行者穆力企图夺走宝物；

16. 主角用计谋逃脱了；

17. 主角遇见红色巨狼；

18. 主角击败了红色巨狼；

19. 主角使用所得宝物修炼武功；

20. 主角从宝物中得到意外收获——"净莲妖火"。

我们通过如下表格，将这些基本事件归入一定的共时性的谱系之中。

……引发冲突	击败……	获得……
2	3	3
4	5	6
8	11	7
10	16	9
15	18	12
17		13
		14
		20

在这个组合中，新人物、新怪物的出现扮演着推进剧情、引发冲突的作用。例如，编号为2、4、8、10……的桥段都发挥着类似作用。与之相比，得到某物和击败某人是主角得以展示自我、自我实现的部分，它们是3、5、11……和6、7、9……这样的桥段。前面进行的是爽点的铺垫，后面则是爽点的爆发和释放，它们都是爽点设置中的固定程序和环节。

通过上文的分析，可以初步发现玄幻小说中的爽点设置的奥秘——不同的玄幻故事虽然显现为不同的形式和样态，但其内部也存在着严格的共性。不妨再参照托多罗夫的句法式研究，用一个句子包含种种叙事功能，进一步将玄幻小说中的种种事件归结为一个叙事模型之中。笔者将其概括如下：

主人公（A），在某种刺激下（B），为了某个目的（C），来到某一情境（D），通过种种行动（X），得到某物（Y），击败某人（Z）。

因此，以上所引的事件序列（《斗破苍穹》第一百一十一至一百二十章）就可以概括为：

主人公萧炎，在被人侮辱之下，为了加入佣兵团，通过展现能力，得到加入佣兵团的资格。

主人公萧炎，在面对恶兽的攻击下，为了保护队伍安全，在野外，通过展现斗技，击败了赤冰蛇。

……

这一叙事模型可以概括这种较小的叙事单元，例如一章之内的事件；也可以概括相对而言较大的叙事单元，例如几章或十几章的剧情。举例来说，我们也可以将《斗破苍穹》开头部分的数十章剧情按这一模式概括如下：

1. 萧炎，被退婚，为了证明自己，在家里，通过巧合，得到药老传承和修炼；

2. 萧炎，被族人鄙视，为了击败对手，在家里，通过修炼，得到了高超的能力；

3. 萧炎，家族受到威胁，为了获得经济垄断地位，通过伪装，得到了拍卖行会的支持；

4. 萧炎，受到挑战，为了击败竞争对手，在乌坦城，通过炼药，击败了另一大家族；

……

在这一过程中，快感层层递进，爽点不断累积，最终带给读者满足的阅读体验。前面的每个序列，无论是刻画人物，描写情境，激化行动，都是铺垫过程，它们最终服务于得到（Y）和击败（Z）两个功能，只有在得到宝物、美女、尊重、地位后，或者击败对手、怪兽、恶霸后，前文积攒的情节张力才会完全地释放为阅读快感。也就是说，真正的所谓爽点，更多地依赖于"得到"和"击败"这两个叙事功能。

进一步想，在玄幻小说的阅读中还存在这样的现象——某些段落爽点值较大，某些章节则略显平淡。那么一个问题也随之涌现出来——这种爽点值（快感值）有高低之别么？对此可以进行量化研究么？笔者认为，这是可以进行一种量化研究的。经过 20 世纪形式主义、新批评、结构主义等文学批评理论的洗礼，文学作品早已不再被认为是可意会不可言传的神秘存在，创作者也不再是巫术师一般的属灵者。对网络小说而言，创作者更像是工匠，它们精心写作如同打磨一件器物。而这位工匠的技巧和模型，则是可以被总结、模仿和推广的。近年来网络小伙的商业化和套路化的写作以及读者大量的及时反馈，都为这种研究提供了必要的条件。

以《斗破苍穹》为例，很多网友认为，"重上云岚宗复仇"是书中的第一个大高潮，前文无数的小高潮累积起来，都是为了促进这个大高潮的爆发。那么值得思考的是，为何它能够被称为大高潮？为何此处的爽点值要高于其他部分呢？我认为，这秘密便存在与种种叙事功能的使用方法上。如果将爽点值扩大，需要的便是在每一桥段和部分进行一种加工。同构阅读和研究，笔者将增大阅读快感值的办法概括如下。

1. 主角（A）：主角要具有代入感，让读者认同主角的欲望，人格和行为，这需要前文的铺垫来完成。大致而言，它要求主人公与读者在年龄、性格、渴望等方面都相近或相仿，要求采用单线叙事以保持读者的注意力和投入状态。

2. 刺激（B）：在刺激部分，需要不断增加刺激程度，提高仇恨值。例如，萧炎面对的乃是退婚的侮辱、整个家族的无视、整个乌坦城的嘲笑，这种刺激便足够激烈。

3. 目的（C）：必须让主人公的目的跨越一定的时间长度尚未实现，让其更具有紧迫性、重要性和丰富性。比如《斗破苍穹》中，萧炎的第一大目的是复仇云岚宗，他在小说的开头便与纳兰嫣然发生了冲突，而后他花了数年时间才达到打脸纳兰嫣然这一目的，他既是为自己雪耻，也是为了证明自己的实力，也隐含着为家族争光的目的——这一切都让主人公的目的更具有紧迫性和丰富性。

4. 情境（D）：必须让场景中汇集更多的参与者，这有助于增加这一场景爽点释放的爆发力。重上云岚宗这一情景便会集了诸多门派的高手，比如蛇王美杜莎、药老、萧炎、海波东，以及许多云岚宗的高手。

5. 行动（X）：行动要激烈，以便激发更深层的冲突。萧炎的行动包括挑衅、出手等，带有明显的攻击性和激烈度，对方则进行威胁、夺命、侮辱等行动，也具有强烈的攻击性。

6. 得到（Y）和战胜（Z）：要让高潮桥段中主角得到的宝物要更为重要，击败的敌人要更加强大。在重回云岚宗复仇的段落中，萧炎战胜的乃是大高手，斗宗级别强者——云山，得到的则是无与伦比的影响力和江湖地位。

综上，这一大高潮，或者说大爽点，乃是无数小高潮和小爽点铺垫的结果，是以上每个功能里种种操作方法和细节因素的累积。这也是让重上云岚宗这一大高潮显得更有震撼力的关键所在。反过来讲，如果使得目的并不那么紧迫，情境中减少相关人物，行动较为缓和，得到和战胜的对象较为弱小……那么它便是一个小爽点或过渡桥段。

以上对情节模式的总结，对创作指导和文本分析自然有一定的帮助，不过作为研究，本文还想切入的另一问题是：为何这种情节组织模式会受到读者的喜爱呢？为何这类模式能够满足读者的欲望呢？为什么单单这些桥段能够刺激读者的爽点而使之获得阅读快感呢？

这里，不得不提到两个关键词——"攻击欲"（死亡本能）与"贪欲"。

如上文所言，"击败"和"获得"是制造爽点的两种模式，"击败"与"攻击欲"有关，"获得"则和"贪欲"相连。事实上，在日常生活中，我们处处追寻着攻击欲的实现和贪欲的满足。我们观看足球比赛，打电子游戏，看好莱坞大片，留意大专辩论赛上的唇枪舌剑、访谈节目里的针锋相对，这些都是寻求攻击欲的满足的体现。我们在意他人的评价，在意利益和金钱，在意集体授予的荣誉，这些都与贪欲有关。

弗洛伊德在论述攻击欲时这样说道："人类并不是期望得到爱情的文雅的、友好的生物，人受到攻击，至多只能来防卫自己。相反，他们是这样一种生物，必须把他们具有的强有力的攻击性看作是他们的本能天赋的一部分。"① "对人来说，人就是狼。"②

如何对待欲望，体现人类的"文明"程度，猛兽只懂得直接释放自己的攻击欲，而人类懂得以压制、转移、升华等各种心理自我防御机制来转移、排解自己的攻击欲。弗洛伊德的研究者曾指出："人在不知不觉中把本我——能量（id－energy）转换成了最广义的文化活动。不是把某人痛打一顿，而是加入拳击俱乐部；不是窥探迷人的邻家女孩的一举一动，而是津津有味地品味《花花公子》；不是对人极尽羞辱之能事，而是成为律师；不是变成性变态，而是成为性科学家或刑事警察；不是忍耐秘密冲动的煎熬，而是把它们转化成小说、戏剧、诗歌和绘画。"③

具体到玄幻小说中，攻击欲的满足依赖于种种方法，我们试看《斗破苍穹》中的这一段打斗描写。

> 抬了抬眼，萧炎轻嗅了嗅迎面扑来的淡淡腥风，微微皱了皱眉，然后手掌缓缓地握在玄重尺柄之上，脚掌轻轻抬起，然后猛然一踏，身形骤然间由极静转化成极动，一道人影犹如闪电一般，在众人的注视之下，与两位蛇人猛然交错而过。
>
> "嘭，嘭！"
>
> 身形刚刚交错，萧炎的身形便是再次突兀停滞，而那两位满脸凶光的蛇人，则是如遭重击，身形剧颤着贴着沙面倒射而出，在倒射之时，口中的鲜血狂喷而出。
>
> 紧握着玄重尺柄的手掌微微松了松，萧炎舔了舔嘴，目光瞟了瞟

① ［德］弗洛伊德：《文明及其缺憾》，车文博主编《弗洛伊德文集》第八卷，长春出版社2004年版，第198页。

② 同上书，第199页。

③ ［荷］亨克·德·贝格（Henk De Berg）：《被误解百年的弗洛伊德》，季广茂译，金城出版社2010年版，第91页。

那被重尺起码扇飞了几十米距离的两位蛇人，在这般重击之下，他们即使不死，那也得非得落个重伤下场了

"嘶……"

萧炎与蛇人的交错，以及蛇人的吐血倒射，其间不过短短十来秒而已，而这十来秒，胜负立分。①

这一段把读者的攻击欲释放到了敌人身上，敌人是蛇人，似乎本就象征着某种邪恶的存在，因此死有余辜。不过，即使敌人是人类，那么敌人也早已在前文被塑造成了一个邪恶而死有余辜的形象，因此并不会损害读者的道德感。纵观全书，这种攻击欲的释放主要通过如下手段得以加强。

1. 招式的多样化。《斗破苍穹》中出现的招式不下数百种乃至数千种，一部玄幻小说包含的招式类型往往数十倍于一部武侠小说，它们层出不穷并且花样百变。仅《斗破苍穹》一书中，主人公便有八极崩、焰分噬浪尺、净莲妖火、吸掌等十余种招法，而且作者善于将一种招式又分出层级来，比如佛怒火莲有两色、三色、四色……八色等多种层级，随着斗技层次的提升，威力和效果也不断增加和增强。

2. 描写的光影化。玄幻小说作者往往特别着重于对招式光色的描写，它营造出了一种类似好莱坞电影一般的视觉效果，辰东、梦入神机等作者以此见长，小说描写的视像化是他们的重要手段，《斗破苍穹》的作者天蚕土豆也在有意无意地使用这一技巧。书中类似火、电、雷、光、焰等字眼屡屡出现。

3. 感官刺激的极限化。仅以上文所引打斗片段为例，其中便通过嗅觉（"嗅了嗅迎面扑来的淡淡腥风"）、听觉（"嘭，嘭"）、视觉（"一道人影犹如闪电一般"）等刺激读者的多重感官，营造代入感。

---

① 天蚕土豆：《斗破苍穹》第一百九十章，2009 年 7 月 21 日，起点中文网（http：//vipreader. qidian. com/chapter/1209977/24363147）。

4. 能力的扩大化。能力的扩大化使得功法带有壮美色彩，在传统武侠小说里，这种打斗描写的美学是双重的，金庸小说中有玉女十九剑一类婉约雅致的招法，也有降龙十八掌一类阳刚狂放的武功，但由于男频玄幻小说隶属于男频这一独特的分类，因此更多的招式展现出男性雄浑有力的一面，在小说中主人公的力量、速度、敏捷往往不断突破重重限制。开山裂石已经不再新鲜，甚至移山倒海、震天撼地都成了家常便饭。

5. 必胜的法则。主角可以暂时失败，但不能一直失败，那或者是古希腊悲剧，或者是中国式的苦情戏。不仅在《斗破苍穹》一书中如此，《星辰变》《永生》《斗罗大陆》等作品中都是如此，主角或他的团队肯定是毫无疑问的胜利者。这较为易于理解，因为失败总会带来挫折感，这不符合"爽文"的原则。

攻击欲通过这五种方式得到满足，也是"击败"这一叙事功能得以存在的心理学基础。

此外，在玄幻小说中，主角的贪欲也极限膨胀，这与弗洛伊德的泛性欲主义有关。成年人如果残留了口腔期或肛门期的特征，便有可能渴望攫取、贪婪无度。生活中的我们和玄幻小说中的主人公一样，可以获得的对象都无非两类，一类是实体资本（real capital），一类是布尔迪厄所言的象征资本（symbolic capital）。在玄幻小说中，前者是宝物、法器、秘籍、神兽等各类具体的物品或道具，后者则是美女的青睐、同行的认可、师父的肯定等无形的财富。

那么，贪欲是如何在小说阅读过程中得到满足的呢？

1. 层出不穷的宝物、法器、美女、金钱的设置。有学者曾概括资本主义的本性为"无限攫取性"，这同样可以用来概括玄幻小说中主人公的特性。举例来说，仅《斗破苍穹》里的宝物、斗技、法器便有净莲妖火等几百种，美女也有小医仙、萧薰儿、纳兰嫣然等多位，当然最后他们大部分都被主人公收入囊中。

2. 对他人反应和评价的着重描写。对于打斗描写来说，正反博弈的双方无疑是最重要的两个角色，但在玄幻小说中，观战者的设置别有奥秘。《斗破苍穹》中便会着重描绘他人的反应，尤其是高手的反应。当主角完成了某件惊天动地的大事后，击败某位武功盖世的大人物后，很多江湖高手或贵族名门都会震惊于主角的天赋才能和卓绝武功，然后感叹道："这可是百年难遇、千年难遇、万年难遇的人才呀！"这便是主角获得他者认同和获得象征资本的一种体现。

本文在以上对斗破苍穹进行了一种叙事模型概括，即主角（A），受到某种刺激（B）为了某个目的（C），在某一情境中（D），通过种种行动（X），得到某物（Y），击败（Z）。这一公式可以根据不同情况来进行具体操作，操作方式便是在每一环节对每一项进行加值或减值，因此文本造成的审美效果也变得有所不同。"可操作性"或者说"可置换性"也正是结构主义批评中除了完整性、共时性、关系性之外所强调的另一重要特征。而这背后的奥秘埋藏在人的攻击欲和贪欲之中。

如果说玄幻小说给传统小说带来某些挑战，也恰恰体现在这里——"欲望"而不是"美感"成了第一审美范畴。经典美学家喜欢区分"美"与"快感"来保护审美的纯粹性，康德在《判断力批判》对审美契机进行分析时，将美和快感区分开来，而后世论者多认为"净化""优美""崇高""荒诞"等审美概念才是艺术的核心范畴。而在网络小说论域，出场率最高的词乃是"爽点""yy""代入感"等赤裸裸宣示欲望满足的网络自创词汇，而这正是网络小说在美学上与传统文学之间最大的张力所在。

儒家人物形象的再创造及儒家
精神内核的再演绎

——论《将夜》书院众人物形象及其文化内蕴

王金芝*

【摘要】 本文论述《将夜》书院众人物形象及其文化内蕴的基本特征，揭示其在书院众人物形象的塑造时，从不同的侧面和角度对应历史上孔孟及其门下弟子等儒家人物形象，是儒家精神内核的体现和再演绎。《将夜》在人物形象塑造上的这种特征，在网文商业化"嗨点"的基础上，增加了人文的"嗨点"，将儒家精神内核贯穿于人物形象的塑造中，将深植于国人血液中的深受儒家精神浸润的精神内核和人格特征在小说里深度抒写，这种再演绎引发了读者对儒家精神在网络时代的重新体认。

如果以1998年台湾作家蔡智恒在BBS上连载的小说《第一次的亲密接触》作为中国网络文学的起点，[①]中国网络文学已经走过18个年头，以狂飙突进的速度成长为一棵参天大树，在我国文化事业和文化产业中的地

---

* 王金芝，广东省作家协会创研部副主任科员。
① 沿用网络及媒体（新浪网、中国作协等）的一般说法，以1998年痞子蔡的《第一次的亲密接触》作为中国网络文学的起点，距今恰好18年。

位越来越凸显，海外影响力也日益扩大，成为与韩剧、日本动漫和美国好莱坞相提并论的大众文化样式。2015 年中国网络文学收益规模达到 70 亿元人民币，预计 2016 年网络文学收益规模可达 90 亿元人民币。如今网络文学网站星罗棋布，网络作者数以百万计，年更新字数超过 600 亿汉字，年长篇小说超过 10 万部，文学网民达到 3.08 亿。① 一大批网络文学作品被改编为影视剧、游戏、动漫等，网络文学越来越多、越来越明显地影响着人们的阅读方式、思维方式乃至生活方式。中国网络文学规模之大，读者之众，影响之深远，远远超出评论家对其的重视程度，这大抵是因为网络文学作品大多是商业连载类型小说，呈现出与主流文学不一样的特征，本身的商业性、娱乐性大于内在的文学性，并且精品比较少。但是，随着网络文学的发展，涌现出大量"大神"作家，不止在商业上取得了巨大的成功，在文学性上也取得了令人瞩目的成绩，猫腻就是其中的一个代表。

猫腻在网络文学界素有"最文青网络作家"之称，他迄今共创作了《映秀十年事》《朱雀记》《庆余年》《间客》《将夜》和《择天记》（连载中）等 6 部小说。其中《将夜》是猫腻 2011 年 8 月至 2014 年 4 月连载于起点中文网的一部东方玄幻小说，凡 380 万字。这部玄幻小说排在"2016 年度中国网络小说排行榜半年榜"（中国作协网络文学委员会主办）榜首，让猫腻收获了 2011 年"年度作家"（网络小说），2012 年"年度作品"和"月票总冠军"。其获奖颁奖词由北京大学中文系副教授、北京大学网络文学论坛主持人邵燕君撰写，"继金庸之后，猫腻继承和发展了五四新文学运动以来中国现代类型小说的传统，并且具有'土生土长'的网络原生性。其写作代表了目前中国网络类型小说的最高成就，显示出从'大神阶

---

① 以上数据来源于 2016 年 9 月 25 日至 9 月 27 日在广东省佛山市召开的中国第二届中国网络文学论坛会议录音，为国家新闻出版广电总局数字出版司网络出版监管处副处长程晓龙发言时介绍的情况。

段'跃进'大师阶段'的实力"。① 可谓是评价甚高。可以说，这部小说代表了中国网络文学从发轫到现今 18 年以来的最高成就。本文试论述《将夜》书院众人物形象特征及其文化内蕴。

在《将夜》中，猫腻虚构了一个由昊天统治的世界，昊天是规则的化身、人间万物的主宰者。在人世间，有国，有城，有世俗凡人，有修行者；有温暖平和冷酷冷血，有七情六欲，也有战争杀戮灭绝人性。在《将夜》的世界里，最强大的国家是唐朝，最强大的势力是书院、道门、佛宗、魔宗四大势力。在这四大势力中，书院设立在唐朝，是唐朝的守护者，书院精神是唐朝的立国之本。《将夜》以浓郁的极富思辨性的笔墨呈现了昊天、书院、道门、佛宗、魔宗之间的理念冲突与战斗征伐。《将夜》塑造了数以百计的栩栩如生的人物形象，其中最引人注目的是，以孔孟及其门下弟子颜回、子路等儒家代表人物为原型，塑造了大批书院人物形象（夫子、大师兄李慢慢、二师兄君陌及其他二层楼夫子亲传弟子，还有书院培养出来的众多大唐子弟）。可以这样说，猫腻在类型商业小说里塑造了并没有类型化且别具一格的人物形象。这些人物形象从不同的侧面对应着历史上儒家的人物形象，是儒家精神内核的体现和再演绎。

《将夜》是一部"爽文"（商业类型小说），其中有很多"嗨点"，这些"嗨点"堆积起来，促使了《将夜》的成功。其中有伏笔千里、令人脑洞大开的"升级打怪"（故事情节），有简单直接又富有思辨意味的语言，更有数以百计的栩栩如生的人物形象。猫腻自己在《无穷的欢乐——〈将夜〉后记》里说："我较会写人，那些世俗的、琐碎的，我很擅长抓细节，因为我有生活呀，不管是酸辣面片汤，还是桌上的两盘青菜，不管是两口子的吝啬还是后来杯茶赐永生，都是我的嗨点和趣点"（《无穷的欢乐——

---

① 邵燕君：《以"爽文"写"情怀"——专访著名网络文学作家猫腻》，《南方文坛》2015年第 5 期。

〈将夜〉后记》，见猫腻微信公众号）。以孔孟及孔门弟子为原型塑造的书院（书院二层楼）众人物形象也是最大的"嗨点和趣点"之一。恰如猫腻所说："那是我理想中的夫子和门徒，或者说幻想中的，取了历史里的那些古人的某些气质，然后来愉悦自己的精神，幸运的是，我和你们在这方面始终是相通的，写的看的都很快活"（《无穷的欢乐——〈将夜〉后记》，见猫腻微信公众号）。在 2014 年 5 月 11 日《将夜》完结的时候，猫腻跟粉丝有一个"《将夜》完本 YY 活动"，在跟粉丝交流的过程中，猫腻也明确说，夫子是孔子，小师叔轲浩然是亚圣孟子，大师兄李慢慢是颜回，二师兄君陌是优秀版的子路（见猫腻微信公众号）。可是笔者要说，夫子不是孔子，小师叔轲浩然不是亚圣孟子，大师兄李慢慢不是颜回，二师兄君陌也不是子路。因为猫腻并没有死搬硬套孔孟及孔门弟子的历史形象，而是将其历史形象中自己印象最深刻的部分掰烂揉碎，将其中最闪光最抓人的精神特质融进自己塑造的人物形象中，从而达到"以点带面"的效果；另外，作者又不止于这闪光的一"点"，而是浓墨重彩，将这一"点"往大处、高处、奇绝处渲染，从而立住了人物，尤其是书院众人物形象，凭借自由和信仰的力量，个个丰富具体、有血有肉、光芒万丈。下文将详细论述。

一 夫子和孔子：主要精神特质的贯通

比起小说中其他的人物形象，关于夫子的直接描述并不多，猫腻大多采用"背面敷粉"方法，对书院在唐人心目中不可撼动的位置及对书院秉持的"道理最大"（书院什么最大，道理最大）的坚守的描述，对书院二层楼 13 位弟子不同秉性各有所长的生动描写，尤其是大师兄李慢慢"仁人"性格特征和二师兄君陌"志士"的性格特点，从而在侧面衬托作为书院的构建者及诸位弟子的老师的夫子的修为、性格、志趣及情怀。这都是从"背面敷粉"，侧面衬托染色，夫子的形象瞬间鲜明生动起来。夫子形象是在孔子"子温而厉，威而不猛，恭而安"[《论语·述而（第七）》]①的基础上，更多截取和贯通历史中孔子的精神特质。

首先是"崇高"，其中包含两个含义，一是精神的崇高，这反映到文本中就是夫子的修为及人格在唐人及修行者眼中很高。比如：

> 黄杨大师看着远处的碧空白云，感慨说道："天启十三年春天，书院开学，陛下在书院主持典礼，我与国师在道畔离亭里下棋，我曾问他夫子究竟有多高。"
>
> 皇帝陛下问道："青山如何答？"
>
> "国师老师曾经说过，夫子有好几层楼那么高。我当时说，二层楼就已经很高了，夫子居然有好几层楼那么高，那可是真高……然而如今看来，我们还是错了。"
>
> "夫子究竟有多高？"
>
> 黄杨大师诚心赞道："原来夫子有天那么高。"（《将夜》）

这种高度并不是肉体的高度，而是夫子敢于逆天追求自由，在天破之际化身为月挡住所有陨石护住天下的壮举，是以天下为己任的胸怀及修为无边为国为民的精神境界。"孔子长九尺有六寸，人皆谓之'长人'而异之"（《史记·孔子世家》），② 孔子在礼乐崩坏、列国混战之际游历六国，提出并弘扬"仁"学说，企图重建礼乐秩序的行为在本质上是相同的。在孔孟弟子及再传弟子的心目中，孔子也是这样高大的形象："仰之弥高，钻之弥坚，瞻之在前，忽焉在后"[《论语·子罕（第九）》]。③ 其实在中国人（尤其是知识分子）的心目中，孔子一直是这样高大的形象。

---

① 杨伯峻译注：《论语译注》，中华书局 2006 年版，第 77 页。
② 司马迁著，韩兆琦评注：《史记》，岳麓书社 2004 年版，第 761 页。
③ 杨伯峻译注：《论语译注》，中华书局 2006 年版，第 90 页。

其次是"事人"的态度和启蒙者的姿态。儒家讲究"修身、治家、平天下""未能事人，焉能事鬼"（先进篇第十一），① 这本身就是对"人"的关怀和积极入世的情怀。而孔子所处的时代和社会，恰逢奴隶社会崩溃而逐渐转化为封建社会，诸侯之间兼并战争时发，大国内部权臣或强大氏族之间你吞我杀频发。在这种动荡和变革的时代，百家争鸣，莫衷一是，孔子的志向是"老者安之，朋友信之，少者怀之"[《论语·公冶长（第五)》]，② 但是他的思想及主张屡屡碰壁，在鲁国行不通，在齐国也碰壁，到陈蔡等小国更不必说。孔子在卫国被卫灵公供养了很久，最终晚年还是回到鲁国，整理文献，著书立说，投身教育。

　　而《将夜》文中夫子更是将这一特点发挥到极致，他修为的来源是"人间之力"，于是"带着宁缺和桑桑周游世间，去看那些最美的风景，吃最好的食物，过最有趣的日子，最后在雪海畔让他们成亲洞房"（《无穷的欢乐——将夜后记》，见猫腻微信公众号)，利用饮食男女的力量，即人间的力量，将桑桑（昊天）由神变成了人。这种人间的力量和孔子的"事人"为本在本质上也是相同的。《将夜》一开篇，便将全书的基调和背景通过两窝蚂蚁的争斗而点出，两窝蚂蚁为了争夺荒原上的"树根"，进行着激烈的战争，未几便蚁尸数千，血腥惨烈。"俗世蚁国，大道何如"，当人类自己构建的社会成灾，社会变得黑暗时，我们该怎么办？夫子及以其为代表的书院，不惧未知和昊天，追求人性、爱情和自由，并且以浩浩荡荡的人间之力，对抗强权和邪恶，夫子强者一怒，与天斗，启蒙众生。在《将夜》的世界里没有月亮，这也是一个很大的伏笔，直到夫子登天，化身为明月庇护人间，所以是"天不生夫子，万古如长夜"。

　　再次是将艺术气质生活化的"趣"。夫子是一个有趣的人，他去国游

---

① 杨伯峻译注：《论语译注》，中华书局 2006 年版，第 113 页。
② 同上书，第 52 页。

历，遇桃山美酒，遂切花饮酒，何等的潇洒不羁；回长安城首要事是先喝三壶松鹤楼春泥瓮存的新酒，酒量却极浅；不远万里跑到极北的热海只为吃到一条新鲜的牡丹鱼，似乎是一个彻头彻尾的"吃货"。他身材高大，修为极高，帮大唐建国建城，设立书院，阻荒人南下，逐知守观主陈某，逆天而行，用的兵器却是极为朴实可笑的短木棒。孔子其实也是一个有趣的人，他注重养生，提倡"食不厌精脍不厌细"[《论语·乡党（第十)》]，① "不撤姜食"[《论语·乡党（第十)》]；② 他嗜好音乐，闻韶乐而"三月不知肉味"[《论语·述而（第七)》]；③ 他和别人一起唱歌，如果别人唱得好，便请那人再唱一次，自己跟着和唱起"子与人歌而善，必使反之，而后和之"[《论语·述而（第七)》]；④ 游说列国时，被人形容"累累若丧家之狗"，孔子听说后，欣然笑曰："然哉！然哉"（《史记·孔子世家》），⑤ 这是略带感伤的幽默；在授课的时候由于前言不搭后语，不能自圆其说，被弟子子游发现了，孔子便说"前言戏之耳"⑥ [《论语·阳货（第十七)》]，这是带有诙谐意味的狡黠。

二 书院众人物形象群像

（一）小师叔和亚圣孟子：主要精神特征的传神勾勒

小师叔在书院是仅次于夫子的传奇人物，虽然涉及他的笔墨较少，但是栩栩如生地刻画出了一个"指天呵地"的狂悖叛逆者的形象。猫腻精准地抓住了小师叔的原型孟子这一特点，就是性格刚烈，多出暴烈之语，

① 杨伯峻译注：《论语译注》，中华书局2006年版，第102页。
② 同上书，第103页。
③ 同上书，第70页。
④ 同上书，第75页。
⑤ 司马迁著，韩兆琦评注：《史记》，岳麓书社2004年版，第769页。
⑥ 杨伯峻译注：《论语译注》，中华书局2006年版，第182页。

《孟子》中甚至多次出现毫不客气的骂人之语，比如他抨击杨朱墨翟，"杨氏为我，是无君也；墨氏兼爱，是无父也。无父无君，是禽兽也"（《孟子·滕文公下》）。① 诸如此类骂人的话数不胜数。

（二）大师兄和颜回：至纯至仁的复制贴合

大师兄李慢慢是以颜回为原型塑造的人物形象，也是在神韵上跟颜回最贴合的一个人物形象，甚至可以在李慢慢的衣服上找到一块补丁，这恰好印证颜回的"安贫乐道"的"贫"，虽然这种印证稍显生硬。《将夜》中的大师兄，之所以是"大师兄"，"无论修行境界弈棋弄琴绘画绣花还是烹饪，他都排在第一"（《将夜》），这是他的本领修行；"大师兄做事很认真，非常认真，所以他做事很慢，非常慢"，这是他的认真严谨；他的笑是温和的，他的神情是刚毅的，他的语气是从容的，他的目光和笑容是干净的，猫腻有意识将其塑造成一个温润君子形象；他没有打过架，杀过人。讲经首座更是这样评价大师兄："刚毅木讷，是为仁。"（《将夜》）这就是大师兄的形象：安贫乐道、温和、平静、木讷、温润君子，简直就是"仁"的化身。这种"仁人"形象，基本上和历史中的颜回形象达到了高度统一。在《论语》中，颜回是孔子的得意门生，勤奋好学，安贫乐道，修养极高，他对以"仁"为核心的儒家思想有深入的理解，并且将"仁"贯穿于自己的行动和言论之中，得到了孔子的盛赞，"有颜回者好学，不迁怒，不贰过"[《论语·雍也（第六）》]，② "回也，其心三月不违仁"[《论语·雍也（第六）》]，③ "贤哉，回也！一箪食，一瓢饮，在陋巷，人不堪其忧，回也不改其乐。贤哉，回也"[《论语·雍也（第六）》]，④ "语

① 金良年译注：《孟子译注》，上海古籍出版社 2004 年版，第 139 页。
② 杨伯峻译注：《论语译注》，中华书局 2006 年版，第 55 页。
③ 同上书，第 57 页。
④ 杨伯峻译注：《论语译注》，中华书局 2006 年版，第 59 页。

之而不惰者，其回也与"［《论语·子罕（第九）》］，① "惜乎，吾见其进也，未见其止也"［《论语·子罕（第九）》］②。康有为曾经说，"孔门多弟子，而孔子所心心相印者惟颜子一人"③。

（三）二师兄君陌和优秀版的子路：骄傲自信视冠如命

二师兄的"黑发被梳的整整齐齐，一丝不苟垂在身后，不向左倾一分，也不向右倾一分"（《将夜》），头上戴着一顶很像一根棒槌的古冠，做起事情来一板一眼，为人说话行事向来直接，因为对夫子的信仰和对书院实力的自信，从来不畏惧道门、佛宗、魔宗、唐朝等势力，在面对浩浩荡荡的神殿大军时，他一马当先，带领师弟师妹们据地而守，表现出面临强敌时的莫大勇气和智慧。

子路是《论语》中出现次数最多的弟子之一，他"性鄙，好勇力，志伉直，冠雄鸡，配豭豚，陵暴孔子"（《史记·仲尼弟子列传》），④ "君子死，冠不免"（《左传·哀公十五年》），⑤ 子路给人留下的印象也是豪爽、敢于直言、勇敢，但是鲁莽。二师兄毫无疑问就是优秀版的子路，丢掉了子路最大的缺点（好勇、鲁莽），保留了子路的服饰装扮风格，敢于直言、勇敢的性格，新增了骄傲智慧、方正守礼、严谨肃穆以及匹夫抵挡千军的勇毅。

（四）书院其他弟子和孔门弟子：具有独立人格的个体以及具有
　　　　儒家鲜明精神特征的群体

《将夜》属于网络商业类型小说的范畴，但凡是这类小说，故事情节

---

① 杨伯峻译注：《论语译注》，中华书局 2006 年版，第 93 页。
② 同上书，第 93 页。
③ 康有为：《论语注》，中华书局 1984 年版，第 137 页。
④ 司马迁著，韩兆琦评注：《史记》，岳麓书社 2004 年版，第 984 页。
⑤ 左丘明传，杜预注：《春秋经传集解》，文学古籍刊行社，第 2148 页。

之曲折精巧，小说人物之鲜明生动，都有不俗的成绩。《将夜》在塑造人物上更是其中的佼佼者。《将夜》中的每一个人物，不管是主角配角，不管是滔滔千言还是寥寥数语，都能精准地反映出一个人物的性格和姿态。书院众弟子不仅包括二层楼夫子亲传的 13 个先生，还有书院招收的大量大唐子弟。书院的教学内容基本上是按照《论语》中提及的"六艺"课程设置的，兴于诗，立于礼，成于乐。在作者的笔下，于这种教学体系下成长起来的书院弟子们，基本上具有独立的人格，对某一专长保持持续的浓厚的兴趣，甚至于达到"痴"的程度，对国家持有强烈的责任心。这些都完全符合儒家所谓的"求智问学""独善""兼济""实践理性"等文化特质及人格建树。不管是从魔道转到书院的三师姐余帘，专注于推演沙盘的四师兄，下棋下到连吃饭都经常忘记的五师兄和八师兄，专于打铁（盔甲兵器）的六师兄，潜心研修阵法的七师姐木柚，痴于音律（箫琴）的九师兄北宫未央和十师兄西门不惑，醉心于格物致知的十一师兄王持，聪明绝顶不二天才的十二先生陈皮皮以及性格最为复杂的男主十三先生宁缺。宁缺杀过很多人，做过很多恶事，搜刮死者的财产，甚至吃过人肉，但这些都是为了活下去，他本人也为此心里惴惴然。为了生存而一直手里握着刀的宁缺是兽性的，可是桑桑给了他爱，他也回应这种爱，为了桑桑远走天涯，遭到全天下人的围堵追杀，他不仅爱桑桑，他还爱渭城，爱书院，爱大唐，所以为了这些爱，他，还有他的师兄师姐们，全部变成了大唐的守护者，承担起守护大唐及大唐人民的责任。不止于他们，还有大唐最普通的百姓杨二喜，书痴老先生，书院新一代的弟子张三李四王五，他们在书院精神即儒家文化的熏陶下，全部是人格健全的人。猫腻截取了孔孟及孔门弟子历史人物形象最闪亮最令人印象深刻的那一点精神特质，糅进书院众人物形象当中去，成就了一大批栩栩如生的人物群像。

　　鲁迅先生说过，"有我所不乐意的在天堂里，我不愿去；有我所不乐意的在地狱里，我不愿去；有我所不乐意的在你们将来的黄金世界里，我不愿去"（鲁迅：《影的告别》）。① 现在的网络商业类型小说的读者有 3.08 亿，说明网络文学里面有读者乐意的东西。《将夜》作为一部优秀的东方玄幻类型小说，在网文商业化"嗨点"的基础上，增加了人文的"嗨点"，将儒家精神内核贯穿于人物形象的塑造中，将深植于国人血液中的深受儒家精神浸润的精神内核和人格特征在小说里深度抒写，这种再演绎引发了读者对儒家精神在网络时代的重新体认。不管怎么说，这种创作对于现在泥沙俱下、同质化十分严重的网络文学来说，是一个值得高兴的好现象，这也从另一个侧面说明了网络文学对优秀文化传统的继承和联系。

---

① 鲁迅：《鲁迅全集（第二卷）》，人民文学出版社，第 165 页。

梁萧：不彻底的反传统"新侠"

——对《昆仑》主人公的形象学新解

阎一川 *

【摘要】作为大陆"新武侠"重要作品《昆仑》一书中的主人公梁萧，自《昆仑》出版以来一直都是备受争议的人物形象。不过，抛开对梁萧是非善恶的简单道德评判，考察"侠"的观念及侠义精神流变得出侠义精神的基本传统，以此作为基准并结合具体文本分析，才能发掘出其形象的真正内涵和确立他在中国武侠小说史上的应有地位。

时光荏苒，岁月如梭，不觉离《昆仑》在《今古传奇·武侠版》上连载完结并出版已过去了十年，修订版已经出版了也有将近五年。不过，偶然的一次搜索，竟发现在网络上关于《昆仑》的争论依旧热度不减。争论的最大焦点，无疑是关于《昆仑》一书主人公梁萧的是非正邪。在网络上，单是公然形成的"挺梁派"和"倒梁派"的论战，鼎盛期就持续了八年之久，双方各自拿出了各种书内书外的论据来论证梁萧究竟是不是"侠"和他究竟有没有侠义精神，俨然一副学术沙龙的壮观

---

* 阎一川，西北大学比较文学与世界文学硕士研究生。

景。① 这在其他武侠小说甚至是有通俗小说的读者群中都是不常见的。为什么一个小说中的人物形象能够引起读者旷日持久的争论兴趣？这个人物的塑造究竟是成功还是失败？这都是需要深入地对梁萧这个人物形象进行抽丝剥茧才可以说得清楚的。

一 "侠"的观念及侠义精神的流变

在对梁萧的具体形象进行剖析之前，首先必须梳理"侠"的观念，并据此考察侠义精神的演变，这样才能以这两个核心概念为基础，对梁萧这个人物形象做出明确的界定和清晰的阐释。关于"侠"的观念，陈平原先生已经对此进行过十分翔实客观的研究，他在刘若愚、侯建、田毓英、崔奉源等学者的研究基础上，用文史结合的研究方法，提出了自己的看法："在我看来，武侠小说中'侠'的观念，不是一个历史上客观存在的、可用三言两语描述的实体，而是一种历史记载与文学想象的融合、社会规定与心理需求的融合，以及当代视界与文类特征的融合。"② 按照陈先生的观点，"侠"的观念本身边界较为模糊，且具有相当大的包容性和流动性，并且与时代息息相关。

而根据这种具有动态性"侠"的观念，用文史结合的方法，依照时代顺序来梳理侠义精神就较为合理了：唐以前是从墨家思想演化而来的"游侠"精神，一诺千金、意气任侠，带有初步反抗不合理规则的性质；唐宋时则更为重视民间义气，演变为替弱势群体打抱不平的"豪侠"精神；而到了明清时期，这种为弱者出头的民间精神遭遇了官方权力和话语强势的置换，从而丧失了真正的侠气，转而形成了以忠于朝廷为核心的"忠义"精神；这种状况一直持续到民国时期兴起的旧派武侠小说，"从平江不肖

---

① 《如何评价〈昆仑〉中的梁萧？》，2014 年 8 月 21 日，知乎网（https：//www.zhihu.com/question/22746758）。

② 陈平原：《千古文人侠客梦——文学作品中的侠》，《文艺评论》1990 年第 1 期。

生开始，再次还侠客以独立不羁的自由意志和铲除不平的侠义情怀"①，同时因为遭受国外势力压迫的国家现状，开始强调家国情怀和民族意志；港台的新派武侠小说正是延续了旧派武侠小说的这种侠义精神，并去除其中过时的部分，提出了许多颇有建树的新见解。其中，港派武侠的梁羽生首倡"儒侠"，以传统儒家道德融合侠义精神，首倡"侠之大者"，强调为了民族大义不畏牺牲；金庸在他创作的中前期也响应了这一口号，并用"为国为民"的思想将其充实，不过在他创作的中后期，他又渐渐融入了道家和佛家思想，开始强调侠义精神中的个体性；在台湾，古龙和温瑞安则将这种对个体性的强调发扬光大，但是依然保留并坚守着侠义精神的民族性和英雄气度。至此，总的来说，关于"侠"及侠义精神已经形成了三大传统：以汉民族利益为核心的民族主义传统，以中国传统哲学为基础的哲学主义传统和以牺牲个人价值为代价换取集体利益的英雄主义传统。

二 梁萧的形象演变：对侠义精神传统的背离和复归

回到《昆仑》的文本中。其实，在凤歌创作《昆仑》的前传《铁血天骄》时，他还依旧延续了上文所述的侠义精神传统，刻画了梁文靖这个较为传统的"儒侠"主人公形象。只不过，在身处蒙元交战的大背景下，他与蒙古女子萧玉翎相恋及其所说的一些言语已经体现了他对民族观念和国家问题上的开放态度，并蕴含了非常明显的"民本"思想。

而在《昆仑》中，梁文靖的儿子梁萧彻底摒弃了传统的民族观念，汉蒙混血的血统及幼年父母相继离去造成的教育缺失使得他缺乏接受传统民族教育的客观条件，顽劣调皮和孤傲冷硬的天性又让他丝毫没有学习相关教育的主观动机。于是，幼年失母丧父的梁萧先是在懵懵懂懂中历经了人生中最为凄冷的一段时光，之后在"天机宫"这样一个脱离主流政治社会

---

① 杨经建：《侠义精神与 20 世纪小说创作》，《云南社会科学》2004 年第 1 期。

的江湖组织中，学到的又只有算学这样一种没有道德内核的技艺，见识到的也只是形形色色的权谋斗争，这又在一定程度上使他的道德观进一步缺失，甚至扭曲。不过所幸，在"天机宫"中，善良温婉的花晓霜成了他内心中唯一的依靠，温暖了他几乎已如铁石般冰凉的心肠。也正是由于这个原因，当"天机宫"面临大难时，他毅然选择了挺身而出，也因此被"天机宫"叛徒明归挟持。在这之后，他遇到了柳莺莺并暗生情愫，偶然搭救了蒙古大将伯颜而与南宋武林才俊云殊结怨，也因此被云殊化去了所有内力。之后，梁萧又遇见了另一个女子阿雪，凭借她的帮助利用"纯阳铁盒"的宝物恢复了内力，并与阿雪结为兄妹。

小说写到这一部分，梁萧并没有脱离传统武侠小说约定俗成的主人公叙述框架：幼年丧亲、背负血仇、遭遇冷暖、偶逢艳遇、武功全失又失而复得、与某位侠士因误会结下梁子……这几乎可以说是从袁承志、郭靖、杨过、张无忌等金庸笔下的大侠归纳出的一个模板，所欠缺的只是日后遇到一个武林中的侠义楷模来给予他正统的侠义教育，从而使他浪子回头痛改前非，由此重新步入正轨。譬如，那个曾经教育过他父亲的"穷儒"公羊羽就很不错。不过，公羊羽因为自己与南宋朝廷的私人恩怨并没有给他灌输民族道德，而只是暗暗传了点儿武功给他。在这之后，就有一样之前这些大侠们从来没有遇到过的情况发生在了他的身上，而更为不幸的是，梁萧做出了最错误的选择。自此，他的传统侠客之路出现了极大的转折。

（一）炮打襄阳城·勇救宋幼帝：与侠义精神民族主义传统的
　　　了断与回转

梁萧为什么会一错再错，从与云殊之间的个人误会升级为断送了自己的传统侠客之路？这还得从梁萧和帮助他恢复了功力的阿雪说起。话说他们二人在双方仇家明归和韩凝紫的双重追杀下逃难，偏巧来到了梁萧父亲所经住过的一个山村住了下来，也算是过上了一段快活的日子。只是好景不长，蒙古征宋，决定攻打襄阳城。本来这也没梁萧什么事，偏偏他所在山村的那几个玩伴要参军挣功名，于是为了保护这几个家伙，他决定随行照应。这一照应不打紧，在襄阳城下又遇见了云殊。在认定梁萧是汉奸后，武艺高强的云殊顺手灭了几个梁萧的朋友，使得双方积怨更深。不过，直到此时，梁萧毕竟只是稀里糊涂地助元攻宋，还是有弃暗投明的希望。然而，他的义妹阿雪在这时被宋人俘虏了，而且是非正规军武林人士，其头目正是云殊。武林人士一般都持有狭隘的民族主义观念，更何况蒙古人一贯残暴，这些武林粗人将憋着的一股恶气就全撒在了阿雪的身上。在这件事上，云殊其实是极力阻止的，但是梁萧当然不知道，他看见的只是自己义妹身上的道道鞭痕，于是他折弓为誓，要灭掉整个大宋，并将他的一身才能倾尽在了攻打襄阳城这个战役中。

不得不说，这便犯了侠义精神民族传统的大忌。作为一名传统意义上的侠客，可以曾经作奸犯科，可以曾经杀人无数，但是唯独不能参加非正义的侵略战争，更何况被侵略一方是汉民族。犯了其他错可以悔过，但是犯下这个错，就如公羊羽所说，"失了大节，错恨难返"①。从侠义精神的民族传统角度讲，梁萧首先无视自己父亲所在的族群利益，是为不孝；其次愧对养育他的南宋大地，是为不忠；再次帮助强大的一方欺压弱势的一方，是为不义；最后不能及时认识到战争的残酷性，是为不智。如此不孝、不忠、不义、不智之人，完全没有任何资格成为一名传统意义上的侠客。这是一个层面，另一个层面则是有象征意义的。金庸的"射雕三部曲"将襄阳城的武侠意义放大到了极限，使之成了新派武侠小说读者群心中象征"为国为民"侠义精神的一个圣地。梁萧无论怎么说都具有汉人血统，不帮着宋人捍卫襄阳也就罢了，还助纣为虐，协助蒙元侵略者攻破了这个圣地。这已经不是有没有传统民族观念的问题了，而是在恶狠狠地践

---

① 凤歌：《昆仑·祭我天罚》，长江出版社2012年版，第81页。

踏以此为根本的整个传统侠义精神结构。自此，梁萧便亲手彻底同"为国为民"的传统侠客一刀两断，按理说，梁萧已经亲自使自己和以汉民族利益为核心的侠义精神民族主义传统划清了界限。

只是，梁萧在攻下襄阳城不久的举动让我们大感意外，他似乎开始朝着民族主义传统复归。如果说对战争心生倦意尚可以解释为一种对天下黎民苍生博大的爱，但是之后他为了救下南宋朝的幼帝甚至搭上了义妹阿雪的性命，这就不只是博爱这么简单了。如果说襄阳城象征着南宋民间的民族主义，那么幼帝赵昺就代表着南宋官方的民族主义。如果说梁萧只是将幼帝赵昺当作一个孩子来体现他博爱的话，那么用阿雪来牺牲显然是过了。因为梁萧之所以帮助蒙元攻打襄阳城，主要原因正是为了替阿雪出气。那么，如果说阿雪只是因为救一个普普通通的孩子赵昺而死的话，攻打襄阳城将显得毫无意义。这一段剧情真实的用意可能正是让阿雪成了梁萧向侠义精神民族主义传统赎罪的祭品。这样说或许会显得有些残忍，可是事实上，也正是救下南宋幼帝让梁萧与南宋武林人士之间的关系有了一丝回转的可能性。这才让"天机宫"对梁萧有好感的一派如明三秋和秦伯符有了替梁萧出头的理由，也让花晓霜能够从中调和梁萧与"天机宫"之间的关系。说到底，梁萧虽然将侠义精神民族主义传统的堡垒炸了个粉碎，但他终究难以彻底斩断与其的牵扯，而是为自己留下了回转的余地。

（二）以算学入武·悟和谐之道：对侠义精神哲学主义传统的
　　　挑战和回归

虽然未能彻底断绝传统的侠义精神，但是攻伐襄阳已经使得他不为南宋武林所容，而他本身又与蒙古武林有着血海深仇，所以他再也不可能走传统侠客的武功习得之路。于是，自己领悟新的武功招式成了他几乎唯一能走的道路。

在这一方面，少时打下扎实的算学功底给了他极大的助益。利用他熟知的算学知识，梁萧试图将算学与武功融为一体，以数学知识为根基来创造独树一帜的武学体系。凭借这些新创的武功招式，梁萧在这个旧式武林世界中虽然不能说是但求一败，但也的确没有几人能与他从容过招。实际上，这种以算学入武的方式也隐隐带有挑战侠义精神哲学主义传统的意味。因为在过往的武侠小说中，高明的武学往往带有浓郁的哲学色彩，甚至是具备哲学性的，其代表就是武当太极功和少林派绝技。这也比较符合中国传统文化和中国武功的状况，因为中国传统文化正是以哲学为核心的，而中国武功更是与宗教思想和哲学思想密不可分。梁萧以算学入武，这样一种新的方式虽然其合理性有待考证，但毕竟是对这种哲学主义传统的一种挑战。以数学内核去替代哲学内核，既新鲜有趣，同时又具备一定的逻辑道理，作为文学艺术的呈现倒也合情合理。

不过，就算数学能够撑起一个武学体系，却依然有它完全处理不了的问题。譬如说，去探讨较深层次的社会问题。梁萧自襄阳城一战之后主要考虑的问题就是如何消弭战争。这个问题是数学永远无法解决的，但是哲学可以。梁萧西行苦修时在阿拉伯数学家那速拉丁那里得到的启发正是如此。一道数学难题的答案居然是"生命"，这就已经超出了数学的范畴而进入了哲学领域。苦心研修了一辈子数学的那速拉丁直到生命的尾声阶段才明悟了数学的局限性，那么梁萧始终想要摆脱的哲学思辨最后也将成为他的思想归宿。所谓贯通东西之学得出的和谐之道，其实还是以中国传统哲学尤其是道家的自然观为基础形成的。这一点也表明，梁萧在思想层面始终还是无法摆脱侠义精神哲学主义这一大传统，正像书中写到的那样，"无论他怎样抗拒天地，算到最后，算法总不免归于和谐"①。在全书的尾声部分，借九如和尚同弟子花生的一番佛语谈论梁萧的一生，更是表明了其对于哲学主义传统的回归。

---

① 凤歌：《昆仑·祭我天罚》，长江出版社 2012 年版，第 200 页。

（三）行事凭意气·一己当千军：同侠义精神英雄主义传统的
对立和趋同

正如前文所述，梁萧这个人物形象显然是有渐变而非脸谱化的。仍然以重大事件"攻打襄阳城"为界，在此之前，梁萧在人格上的成长速度其实是较为缓慢的。此时的他"胸无大志，行事只凭意气，从未想过什么治国平天下的大道理"①。他之所以在"天机宫"有难时站出来，只是因为花晓霜待他好；他随元军出征，只是出于照顾玩伴朋友；他一怒之下折弓为誓灭襄阳，也只是因为自己的义妹受到了侮辱。此时的他，完全没有统一的做事主张和原则，快意平生似乎是对他此时行事的最佳注解。与侠义精神的英雄主义传统对立，这时的梁萧就是一个纯粹的凡人，缺乏英雄形象的固有特征：对自己心中"道"的坚定执着，虽千万人吾往矣的气势和甘愿为大多数人牺牲的心理准备。

然而，襄阳城破后，阿雪惨死时，梁萧的心理开始发生了变化，他逐渐走上了一条探索自己的"道"的英雄之路。这一过程是漫长而艰辛的，恰恰如同由一个凡人进化为一位英雄。在历经了情变、亲离、与世隔绝等诸多人生中的磨难后，他终于悟出了和谐之道。在对侠义精神哲学主义传统回归的同时，他也以此为精神内核，潜移默化地趋同了侠义精神的英雄主义传统。于是，在全书的最后部分，面对声势浩大的剿灭义军的元军，那些他曾经的战友，他选择了保护过往的仇敌——南宋武林群雄。大喊三声"放闸"，让视自己为仇敌的云殊也不禁感觉恍如隔世，梁萧以一己之力挡住了千军万马，也让自己在《昆仑》一书中完成了对侠义精神英雄主义传统的彻底回归。

---

① 凤歌：《昆仑·祭我天罚》，长江出版社2012年版，第248页。

三 梁萧的形象归纳：不彻底的"新侠"

其实，在梁萧的身上，我们可以发现很多熟知的武侠小说尤其是金庸小说主人公的影子。杨过的轻狂跳脱、韦小宝的无赖耍贫、萧峰的悲凉沧桑和张无忌的优柔寡断，巧妙而错杂地投射在了梁萧一生的不同时间段上。这些使得归纳他的形象，成为一个十分难以处理的复杂难题。但也正是因为这种复杂，让凤歌对梁萧的形象塑造显得尤为真实，因为普通人的性格正如梁萧一样，不是能够简单概括的。在性格上，梁萧从年少时的"轻"一步步渐变到成熟时的"重"，这种经历了岁月这把刻刀一次次砥砺后的渐变极具真实性，也拉近了小说主人公与读者之间的距离。当渐渐厌倦了"高大全"式的英雄和充满正气并执着于此的传统大侠之后，这种由"侠"到人的转变恰恰符合了网络时代读者欣赏的主角类型：他们与寻常人几乎没有明显的区别，并不总是坚强，也并不总是优柔；他们喜欢逃避风险，却也能在某些关键时刻突然有了担当。在《昆仑》中，梁萧的性情是真实的，他会冲冠一怒为红颜，也会倚在自己爱人的肩上哭得像个孩子。在人生中的重大关头，他并不能总是做出正确或者符合一套主流道德系统的行为。但是，正是这些使得梁萧显示了一个"新侠"难能可贵的地方：性格上的绝对真实和人格上的动态发展。

作者凤歌塑造梁萧到这个程度，他的个人形象已经很饱满了：由稚嫩到成熟，有了自己的一套生活哲学，一个无比真实的凡人。但是，作为一个从小受到传统武侠小说耳濡目染的作家，凤歌始终没有忘记自己是在写武侠小说，一种最为重视理想与情怀的通俗小说类型。于是，梁萧这个凡人的形象在之前已经打好的几次铺垫中开始被强行注入一些崇高的品质，他更深入积极地思考，他逐渐有了坚守和执着，他开始追寻自己的"道"。为了使得这种处理显得不那么生硬，凤歌精心设计了梁萧错手杀死母亲这种人伦惨剧的情节，进一步逼迫梁萧反思他的人生："我统帅大军，杀人如麻，是为不仁；连累义妹惨死，自己苟且偷生，是为不义；我本爱莺莺，却又怜你孤弱将她迫走，是为不忠于情；错手杀死母亲，不能为爹报仇，是为不孝。我这般不仁不义，不忠不孝之徒，苟活世间，真是天地之羞！"① 于是，梁萧西行，开始探寻属于自己的"道"。而谈及这最为要紧的"道"，且先不说梁萧最终悟得的"和谐之道"是否有新意并能让大家满意，单就梁萧苦行寻"道"来说，显然是赋予了这个人物过多的内涵，并试图以这种方式将梁萧塑造为另一种模式的"凡人英雄"。过往的武侠小说主人公一般都有自己的"道"，不过他们的"道"都是既定或是来源于传统哲学的，而凤歌显然很有野心地想让梁萧西行去寻找一个与众不同的"道"。只是，这个过程是重视心理分析和逻辑推演的哲理小说能够表现的，却并非以精彩故事和跌宕情节为主的武侠小说能包容的。其实，《昆仑》较多地保留了自晚清民国以来传统武侠小说的叙述技法、故事框架，甚至是情节桥段的。这些外在的叙述模式和方法，使得《昆仑》从整个大故事到具体的小包袱，都演绎得极为生动精彩，达到了与优秀的民间表演艺术如相声、大鼓或评书类似的叙述聚焦效果，能够从头到尾将读者"拿"住。这正是《昆仑》的优点和成功之处。但是凤歌后来试图使用武侠小说的传统叙述模式去进行终极关怀，显然造成了形式与内容极大的不匹配。结果，凤歌的这种武侠实验以失败而告终。最终，他只能以"和谐之道"草草收场，并选择了让梁萧去模仿萧峰的事迹来为"天机宫"众人抵挡元军。也正是这些在初步成功后更高要求的写作尝试与文学冒险，却无形中让梁萧的形象一步步向着侠义精神的老传统慢慢回转，最终与这些传统产生了非常一致的趋同性。最终，除了民族主义传统由于凤歌坚决而狠辣地使用了"襄阳城"这一重要意象，使得梁萧难以真正地趋同外，哲

---

① 凤歌：《昆仑·祭我天罚》，长江出版社 2012 年版，第 48 页。

学主义传统和英雄主义传统实质上已经是得到了复归。这些在不同程度上都造成了梁萧作为一个"新侠"的不彻底性。

于是，梁萧成了武侠小说史上一个最为尴尬的形象：在不少支持传统武侠道德观的读者心中，他是一个十恶不赦的恶徒，与"侠"根本不沾边；而在喜欢凡人主角的读者眼里，却又有着极大的疏离感。他既无法达到传统武侠小说爱好者的阅读期望，也没能完全黏合网络时代"平民"主角的形象标准。不过，换个角度而言，也正是这样一个不彻底的"新侠"形象，也因此有了更多的可探讨价值，并且也会因他在"旧侠"和"新侠"之间重要的过渡作用而成为武侠小说史上一个绝对绕不开的重要形象。

试论网络文学中"经典性"元素的存在

——以修真小说《飘邈之旅》为例

吴正峻*

【摘要】 网络文学经过近二十年的迅猛发展，已经形成独特的文化产业发展模式，不仅带来当代文学的数字媒介转型，而且改变了华语文学的整体发展格局，成为中国文化一股不可忽视的新兴力量。但网络文学繁荣的背后是理论研究的缺失，网络文学的健康发展亟待构建一个既符合文学规律又切合网络特点的全新的网络文学评价体系。本文针对"网络文学是否拥有经典？是否可以拥有经典？"这个话题，通过对作品《飘邈之旅》的细读分析，试图寻找网络文学作品中"经典性"元素的存在，为构建网络文学评价体系进行一次尝试和探索。

一

随着互联网技术的蓬勃发展和中国网民规模的不断扩大，网络文学作为一种新的文学形式悄然兴起，并伴随着日新月异的传媒方式的变革，形

---

* 吴正峻，江苏省作家协会联络部主任。

成了以网络科技、数字传媒为平台，以娱乐、消遣、宣传为主要功能，以大众性、互动性、即时性为主要特征的新的文学业态，并通过孵化优质 IP 和产业化运作，使网络文学作品衍生动漫、影视、游戏等文化产品，形成独特的文化产业发展模式，不仅带来了当代文学的数字媒介转型，改变了华语文学的整体发展格局，同时也因其开放性、互动性的写作特征和庞大阅读群体产生的社会影响，成为一个日渐受到各方面关注的文化现象和社会现象。

然而在文学理论研究的层面，网络文学是否具有"文学性"，一直是一个充满争议的话题。由于受到传统文学精英本位思维定式的影响，传统文学批评家对网络文学这种产自草根、大众的、通俗的文学类型有种天然的成见，而且网络文学整体上也呈现出语言粗糙，体量巨大，故事情节离奇荒诞，作品缺乏思想深度、审美高度等为人诟病的特质。因此相对于传统文学批评来说，早期进行网络文学研究的学者很少，即使有所关注也往往理论多于评论，学理建构多于文本批评，对于具体作家和作品关注不多，或习惯套用传统的理论批评模式来解读网络文学，往往不得要领，从而导致网络文学创作与批评发展的极度不平衡。传统文学评价体系的无效，使得新的网络文学评价体系亟待确立。

什么才是真正好的网络文学作品？是偏重于以传统精英文学的评判标准作为参照系，还是以网络文学的商业化、大众化的特征重新去寻找新的批评价值尺度？随着网络文学影响力的急速扩张，越来越多的批评家开始重视这个问题。在 2016 年 8 月召开的中国文艺理论学会网络文学研究会学术年会上，欧阳友权指出，研究和探索网络文学评价体系构建既是网络文学健康发展所需，亦是理论批评界的责任使然。网络文学研究应当"从上网开始，从阅读出发"，关注当代文学场的变化，把握好中国网络文学的"过去、现在、未来时"，推动网络文学批评及其理论研究不断深入。周志雄认为，网络文学评价体系应从价值、理论、审美、文化、技术等维度着眼，在研究中建立一种开放的、综合的、多维的话语体系。以大视野、大融合实现研究的理论创新，从而推动网络文学的健康发展。邵燕君更是把建立网络文学评价体系的构想提升到了经典化的高度，她在《媒介革命视野下的网络文学"经典化"》一文中提出要从媒介革命的视野讨论网络文学的"经典化"问题，要在关注网络文学"网络性"的基础上，重新创建出一套专门针对网络文学研究的批评话语系统，文学研究者必须进入网络文学现场，真正"介入性"地影响网络文学的发展，并参与其经典传统的打造。陈定家在《文学的经典化与去经典化》一文中也认为，在以全球化、现代性/后现代性为基本特色的市场与网络语境中，市场文化与媒介文化对文学经典产生前所未有的冲击，但同时也给文学经典的承传与赓续带来了全新的机遇。

对于文学经典及其基本含义的阐释，陈定家认为至少包括以下几个方面的内容：第一，文学经典是被权威遴选并为世人常用的名著；第二，经典是具有百读不厌且常读常新之艺术魅力的优秀作品；第三，文学经典是可以超越民族与国界而产生世界性影响的作品；第四，文学经典是指那种能经得住时间考验的作品。按照这个定义，且不谈作品是否优秀，是否具有典范性，是否百读不厌，仅以网络文学短短不到二十年的发展历程，从时间上就让"网络文学是否拥有经典"成为一个可笑的伪命题。但是，这并不妨碍我们从"网络文学是否可以拥有自己的经典"角度出发，通过对文本的解读去寻找"经典性"元素存在的可能，或者说寻找在某一段时期里具有代表性和意义的精品呈现的特质，这也是我们在尝试构建网络文学评价体系过程中一个有效和必要的探索。

无论是"口头文学""纸媒文学"还是"网络文学"，只要是文学，其核心的基础仍然是文本，无论它的语言是否粗糙，结构是否合理，语言文字背后是否隐含深刻而丰富的内涵，既然是研究一部具体的文学作品，就只能也必须先从文本开始。尽管处于传统文学批评语境的笼罩下，我们仍可以用一种不偏不倚的态度，来观察这种既有艺术性和创造性，又兼具消费性和通俗性的新兴文学类型，以开放的姿态来进行一个探索性的文本细读研究。作为早期类型小说的开山之作，江苏作家萧潜（原名刘晓强）的修真小说《飘邈之旅》有着无法忽略的价值和典型意义，因此将它作为研究的范本是合适的。

二

《飘邈之旅》全文共 200 余万字，作者从 2002 年开始创作，2005 年完本，先在台湾由鲜网连载出版 28 本，2006 年才在大陆由南海出版公司出版了简体版实体书。《飘邈之旅》与《小兵传奇》《诛仙》合称为早期网文的三大"奇书"，被誉为修真小说的鼻祖，其开创的修真体系结构对后期的修真系列作品影响极大，不仅对修炼等级的定义和划分、升级形成了一个明晰的体系结构，而且作者在充分借鉴中国古典神怪故事元素的基础上，通过天马行空的想象，对古代神话传说中道、佛、神、仙的形象赋予了新的文学含义。在之后的许多修真类网络文学作品中，虽然具体名称、形象有所差异，但或多或少都有所借鉴和参考。可以说，这部小说在网络文学不长的发展进程中是作为一个"经典"，或至少在修真类网络小说中是作为"经典"存在的。

相信在十年前与我一同阅读《飘邈之旅》的朋友，都会有一份莫名的惊喜，那是一种在金庸、梁羽生、古龙等经典武侠小说的阅读体验之外，另一种新奇、喜悦的阅读感受。这是在《西游记》《封神榜》等古典神怪故事的基础上，取现代人的视角和文学语言重新演绎的神话，读者的想象空间被无限拉长了，儿时那些关于神仙、法宝、奇兽等的黑白色记忆被重新画上了色彩，变得更加鲜活和生动起来。十年之后重读《飘邈之旅》，惊喜少了，甚至多少还是有些遗憾的。因为文中有太多早期网络文学作品中回避不了的失败经验，加上这十年间出现了更多优秀的同类题材作品，如《佛本是道》《星尘变》《凡人修仙传》《仙逆》等，许多新的技法，新的故事元素不免让它显得有些黯然失色，即使如此，《飘邈之旅》仍然是一部非常有趣的小说，是一部可以很愉快、很轻松进行阅读的优秀作品。正如小说作者萧潜自己对作品的评价："这本书不会有太深奥的东西，就当它是茶余饭后的消遣品，在书中，也许会看到古代中华的延续，也许会看到先进的文明，也许会看到诱人的法宝，也许会看到仙人的遗迹，也许会看到西方中世纪的古堡，也许会看到各种稀奇古怪的野兽，不用奇怪这就是《飘邈之旅》。"

（一）小说的结构和情节设定

小说线状结构的情节结构类型体现了网络文学类型小说的共同特点，即小说各个情节的组成部分按时间的自然顺序、事件的因果关系顺序连接起来，呈线状延展，由始而终，由头至尾，由开端到结局，一步步向前发展。线状结构有单线式和复线式之分，《飘邈之旅》则是典型的单线式，整部作品都是围绕着主人公李强的一系列行为、遭遇和冲突来进行叙事，并推动情节的发展。

如果将小说整体分为三个大的阶段，那么从李强一无所有再遇傅山开始，到因为花媚娘的胡闹被传送到天庭星，描写的多是在天庭星上故宋国、丽唐国等地球移民国度里凡人世界的故事叙述，可以说是作品的过渡和起始阶段，故事节奏相对松散。但自从因与潜杰星的争斗意外被抓入黑狱之后，情节开始渐渐精彩起来，人物越来越立体丰满，这段旅程的奇妙勾人，精彩纷呈之处也才真正体现出来。从黑狱自救，巧遇莫怀远，寻找海玛瑙，塔中强迫拜师，到开始修炼修神天荐章，此为第二阶段，也可以称为修真阶段。之后李强开始进入修神阶段，也因为修神天荐章的隐患，引出了青帝收徒，鑫波角古神藏寻宝，成为原界主人等一系列的情节推动，至于最后的地球寻找传人已经是旁枝末节，只是作者为了作品的前后照应，为回应文中要回到地球寻找传人预设的一个交代而已。

总体来说作者对小说的故事架构和情节设计是很精妙的，不仅伏笔巧妙，使情节推动具有连贯性，并通过动作细节和情态细节来实现情节递进铺垫，不断将故事推向高潮。整个文本结构严谨紧凑，前后照应也相对合理，每一段情节也都会推出一个新的概念，增加一些不同性格的人物。关于修真体系的大部分设定也在情节之中纷至沓来，如法宝、符咒、佛宗、音攻、黑魔界、散仙、仙人、天劫、灵鬼界、仙器、魔尊、古修神等。更难得的是这些概念并不是枯燥的文字解释，而是完美地融入情节之中，用今天的话来说，就是融入了主角的爽点之中，使得每一段情节都很有内容，主角获得神器秘籍和收徒弟的情节设计也让小说增加了许多趣味性，满足了读者的某些阅读欲望。

据热心网友统计，在《飘邈之旅》中仅有名有姓的人物就达到339人之多，其中有高高在上的仙界至尊、远古仙人，大小神君、罗天上仙，也有大量的修真者、绿族人、树人等各种种族的众多凡人，甚至还有暗魔界的大魔神、灵鬼界的大尊和鬼王等，不得不佩服作者超强的想象力和非凡的创造力。在小说中有一些主要的配角刻画得极为生动，令人印象深刻。如赤明魔尊、琦君煞、"老疯子"、徒弟赵豪、纳善坦歌、帕本以及罗天上仙乾善庸、轩龙、孤星等都性格不同，各有特色。

小说在反面人物和矛盾冲突的设定上也有着自己突出的特点。相对于同类型的作品，《飘邈之旅》是一本轻松愉快，基本没有心理阴霾的轻松新奇向小说，主角李强既没有背负血海深仇，也不需要与什么万恶的残暴恶势力进行殊死争斗。文中没有通常的玄幻、武侠小说里充斥全文的血腥追杀，虐心的苦难，也没有一个又一个的反派 BOSS 出现供主角消灭来增加经验值和名望。正相反，主角是个具有现代意识的和平人士，能动口解决的决不动手，即使在冲突和争斗都带着一丝趣味性。《飘邈之旅》虽然也是主角实力的成长之旅，但除了那些情节需要出现的路人甲乙丙丁外，并没有出现那些大奸大恶，登场就是为了被主角砍的反派人物。魔尊赤明在跟随李强修真前，是以一个恶人的面孔出场，但其直率、天真，以为力量就是一切，这是他所处的环境的影响，而且偶尔的可爱不禁让人莞尔。百黄老人是一代宗师，一直作为主角的对手和反面形象出现，手段也让人不敢苟同，然而临死之前的所作所为，尽显宗师气概。琦君煞号称老怪道，手段残忍性格高傲，却也有情有义，恩怨分明。青帝一界至尊，虽然处处利用主角，却也处处护他、让他、忍他，从未失去半分至尊风度，没有占过主角什么便宜，原来算计与利用，也可以来得这样光明磊落。这些立场不一，性情各异的配角，虽然有不少人行事手段有可非议之处，然而大是大非之上却立得端正。全篇没有明显突出的矛盾主线，对主角最大的挑战就是自己的修真之路，因此主角就是在不停地和自身争斗，和环境争斗，与自己的心境作战来推动着情节的发展，也正是靠着作者精妙的情节设计和层出不穷的角色支撑，才让这部庞大雄奇的故事走到最后。

当然作品的不足也是明显存在的。《飘邈之旅》虽然被奉为"奇书""神作"，但小说的开头部分还是免不了落入了俗套。主角李强因被骗生仇，一怒之下杀人，走投无路之际遇到仙人的指引开始修真，这些老旧的桥段在当年或许勉强可读，但如果放到今天来看，实在太无新意，虽然很多网络类型小说的开头多是如此不忍细读。而且作者在小说创作后期似乎写得有些匆忙，前文设下的伏笔，也就是所谓的"梗"，挖的无数"坑"都来不及填埋。神界、暗魔界还没有去，佛宗的去向仍是个谜，傅山、侯霖净等成仙兄弟的回归，莫怀远、琦君煞的转世重修，等等，作者在结尾处用几句话便匆匆一带而过。最典型的莫过于爱情桥段的无疾而终，且不说对李强暗生情愫的梅晶晶、乔羽鸿和岚潹公主等几位女修真者，就连那位为救李强被迫与他元婴双修，让李强感受到一种刻骨铭心的美妙意境并已心生爱意的慧蘅宫云钰也再没了下文，让读者总有一种另一只靴子没有落地的失重感。这种开放式的结局褒贬不一，但多数读者还是认为这部小说的完成度不够高而倍感遗憾，以至于后来出现了许多"飘粉"续写的状况。其中最有代表性的是百世经纶续作的《飘邈神之旅》，还有《飘邈游》《飘邈神域》等 16 部之多，最终作者萧潜也开始了续作《歧天路》的创作。由此可见这部作品的魅力和当时巨大的影响力。

（二）《飘邈之旅》的思想性和社会效益

当下网络小说的创作主流是放松消遣流，或者无脑轻松流，主要功能定位是为读者提供放松或者发泄的渠道，作品的趣味性和阅读快感是第一位，因此那些刻意突出思想内涵的作品先天性的就会遭到大部分读者排斥。但只要是文学作品，多少都会有作者思想潜意识的表达。我们不知道作者萧潜在创作《飘邈之旅》时是否有意识地想要传递某种观念和思想，但我们在作品中确实看到了其蕴含的精神内涵。

平等、自强、善良、助人、真诚、豪爽，这是我们从小说中读到的，文本呈现或推崇的关于人性美德的定义。从一开始作者就把主人公李强作为一个具备现代普世价值的正常人，或者说是有着现代意识和中国儒家思想相结合的一个现代中国人的思维方式来进行定位的，因此在作品中他的为人处世始终带着人人平等的现代观念。不为强者卑膝，却可以为了朋友亲人的安危低下高贵的头颅；不因彼弱而恃强，即使已经成神之后，对弱小的凡人仍然平等相待，这些情节在整篇小说中随处可见。可以说除了一开始进入修真时领路人傅山给他的"紫炎心"之外，他的另一根"金手指"就是他的善良与真诚，他对朋友的慷慨与无私，在帮助别人的同时也获得了更多朋友的帮助，甚至原本的对手也转化成了朋友，也让他的能力越来越强，从而推动了整篇小说的情节推进和发展。文中有一个情节，在第四篇第五章的情节描述中，已经修炼有成的主人公李强装作一个与朋友失散并有些傻气的年轻人，途中遇到了一群行脚商人，他们并不富裕，甚至赚取那些微薄的收入都要冒着生命的风险，仅是萍水相逢，却仍然给了李强无私的帮助。文中还专门设置了善良的卡巴基老爹在李强心底留下一粒行善种子的情节，进而影响了他之后的修行方向，这与《悲惨世界》中卞福汝主教对冉·阿让的救赎故事何其相似，也为小说整体情节的推动找到了一个合理的理由与动力。

从价值观的角度来说，这是一部非常正能量的文学作品，作者把想要表达的与人为善的处世观、价值观，通过作品传递给了读者。遗憾的是，作品有些过于理想化，对人性恶的一面刻画得不够深刻，反面人物不典型，缺乏明显的对比和冲突。如果再从传统文学批评的角度出发，经典作品应当表现出迫切的现实关怀，淳厚的道德意识，真诚的人文信仰，积极的人生态度，即所谓的"风雅"精神。《飘邈之旅》虽然并不缺乏基本的道德价值判断，作者也试图传达惩恶扬善、英雄主义、民族主义等价值观念，也有维护和平、融合阶级、种族、信仰差异的先进思想，但对现实生活的清晰映照和深度挖掘还是保持了相当的距离。我们说《西游记》之所以成为经典，与它对于现实积极的批判和建设意义不无关系，作品中的妖魔世界正是对现实丑恶世界的批判，甚至神仙世界的描写也调侃和批判了上层统治阶级的荒谬无稽，《飘邈之旅》中如果加强类似的社会批判意识，应该对它的文学价值更有建设意义。

三

《飘邈之旅》这本书当年造成了怎样的轰动，它又是如何的传奇，它的点票、同人以及它之后铺天盖地的修真文，都是力证。就是到了现在，那些各大网站高居榜单的大神作品中，仍然有许多沿袭了它的部分设定，有些甚至根本就是飘邈同人，更有不少大神本人都是萧潜的粉丝，可以说，网络大神中能有如此地位的，几可算凤毛麟角。

萧潜何以被如此推崇？《飘邈之旅》究竟"奇"在何处？在与几位网络大神聊天的时候也曾经问过这个问题，答案几乎一致的，那就是他的创新和引领作用。它不仅创造了一个现代意义下全新的文学题材，建立了一个完整的修真体系结构，而且将中国古典神话、儒家思想、道家修炼、佛教禅理、武侠演义，甚至西方魔幻等完美融合，并赋予现代价值观下的人性定位。他打开了一扇窗户，让人们看到了一个奇妙梦幻、多姿多彩的修真世界，也让后来的创作者找到了一条有着更大空间，可以尽情发挥想象的书写之路。

（一）首创性地提出"星际修真"的全新概念

作者将早期神怪故事中只是在凡间、仙界、地府之间构成的交界范围扩大到了无限的星际之中，星球仿佛被缩小成了国度，大能者可以自由来去，每一颗星球都有着不同的种族、不同的文化、不同的修真者和功法。在此基础上，空间也被无限扩大，提出了由人界、神界、暗黑界、灵鬼界、妖界以及自成一体的原界的概念设定，并共同组成了一个完整的修真世界，展示了作者蓬勃的创造性和瑰丽的想象力。

（二）构建出一个光明属性的修真社会

这个修真社会是与现实人类社会的俗世百态相呼应的，其价值观念也符合人类认知和想象。尊师重道，达者为先，等级森严，成功需要付出努力才能得到，并根据能力大小决定在社会中的地位。修真社会中有师承，有门派，有不同的修炼功法，修真者之间可以为了法宝、晶石相互争斗，但不能随便介入凡人世界的战争，甚至不得主动伤害凡人，因为凡人社会是修真社会的基础，再向上推一个层次，仙人也不得随意伤害一个修真者，因为修真界也是仙界的基础，这成了一个规则，一条铁律，大家共同遵守。这也是被沿用最多的设定之一。

（三）典范性的修真元素设定

在作品中创造和使用了大量关于修炼功法、法宝、丹药等修真元素的概念和名词，并通过融入情节给予其合乎逻辑的解释和定义，有些设定更是开创性地发端之作。修真者拥有长生不老、移形换位、御剑飞行、身外化形、隔空取物等无边法力，各种奇幻的法宝、精美的战甲、威力强大的神器，以及炼丹之术、制器之法的设定等，其中渡劫、元婴、飞剑、储物手镯、炼丹、传送阵、晶石等修真元素几乎被所有的后期修真系列作品所借鉴和沿用，无论是忘语的《凡人修仙传》、我吃西红柿的《星辰变》还是方想的《修真世界》等许多大神级作品中都能看到它们的存在。

（四）创建了一套完整的修真升级的结构体系

作者把修真等级分为旋照、开光、融合、心动、灵寂、元婴、出窍、分神、合体、渡劫、大乘11个层次；而大乘之后便会飞升成为仙人，仙人又分为普通仙人、罗天上仙、古仙人、天君、始隐者、神人6个级别；修神则分为：一梵天、二欲天、三灭天、四焚天、五擎天、六幽天、七星天、八仙天和九神天。在这其中还特别加入了散仙的概念。散仙是修真者由于渡劫失败转修而成，这一层次介于大乘期的修真者与普通仙人之间，虽不如仙人，却在修真界无敌，而这一级别的设定也给小说的情节设计增加了许多变化和隐线伏笔。后期的修真类小说作品在升级的设计上有所变化，如忘语的《凡人修仙传》采用的是练气、筑基、结丹、元婴、化神、炼虚、合体、大成、渡劫、真仙的升级架构，方想的《修真世界》采用练气、筑基、凝脉、金丹、元婴、返虚、大乘的等级设计，三少的《惟我独仙》的等级设定则更为复杂，有入途、初窥、伏虎、腾云、道固、胎成、了然、贯通、登峰、无双、负担、道隆、脱胎、霞举、不坠、大道、莫测、斗转、劫成、升仙、天一等 20 余个层级。这些等级设定或许具体名称、级别有所差异，但多少都受到了《飘邈之旅》等级体系的影响。

四　结语

当前的网络文学创作存在大量跟风、抄袭、创造力萎缩的现象，这是网络文学大众化、商业化属性所带来的弊端，因而，超越传统、除旧布新的自觉意识对于网络作家来说，显得更加难能可贵。《飘邈之旅》作为早期的网络文学作品，其创作手法、故事元素在瞬息万变的当下或许已经不具先锋性和引领作用，但小说的胜处在于，作者能够在传承中国传统文化的基础上，打破桎梏，建立了印有萧氏标签的全新文学样式，树立了异质性的典范，开拓出了"修真之旅"。有鉴于此，《飘邈之旅》在网络文学的发展历程中已具有里程碑式的意义，文本的字里行间，已经有经典性的元素在闪耀。从这个意义上来说，萧潜《飘邈之旅》的黄金时代或许已经过去，但是他开创的时代还远未结束。

《紫川》：在时代裂隙中追寻神圣

张　歆[*]

【摘要】老猪是当代网络玄幻文学创作群体中的一位重要作家，他的作品《紫川》描绘了在信仰与幻灭、传统与现代之间人们的彷徨与抉择，观照了现今社会人们的精神向度。这部作品涉及玄幻、战争、情感等复杂多变、难以驾驭的题材，在当前关于玄幻题材的书写中，是第一部如此宏阔而细致地呈现历史发展进程的作品。它通过一个小的视角——紫川秀个体命运的沉浮来构织那个大的时代以及人们错综复杂的情感。小说通过叙述潜藏在宏大历史巨变中作为个体的人的最鲜活的肉身记忆，来探勘人的存在问题，关怀人的生存价值，思考人生的对立、矛盾、冲突、悖谬和悲剧。

随着文学变革思潮的兴起，人们受到西方后现代主义思潮的影响。传统文学开始受到质疑、嘲讽、消解。首先从创作理念关注"写什么"到注重"怎么写"，到"现代派小说""先锋小说"等创作实践。在语言和形式的层面上，动摇传统文本叙事方式，悬置其社会历史的指涉意

---

* 张歆，北方民族大学中国少数民族语言文学硕士研究生。

义。① 随后，网络文学中"穿越小说""戏说历史""个人化写作""玄幻小说"等小说潮流的出现，琐碎的日常生活、个人命运与生存价值、个体经验（包括身体经验）、虚构性写作成为网络文学叙述的中心并被推向极致，传统性宏大叙事被彻底颠覆、瓦解和抛弃，包括其中所具有的理想精神、崇高品格、责任意识也遭受到嘲弄、弱化、戏谑，取而代之的是消解历史的完整性和目的性的网络叙事（日常叙事、个人叙事、身体叙事、欲望叙事等）。

加缪在解释"艺术依赖于强制而生存，但却因为自由而死亡"这句话时说："艺术仅仅依赖于自身的强制而生存；而受到其他一切强制就会死亡。相反地，如果艺术不强制自己，就会沉溺于胡言乱语，并成为仅仅是幽灵的奴隶。"② 事实上，我国当下的某些玄幻小说创作就陷入了这种过度自由化的怪圈，它们从深厚的小说艺术中抽取了最肤浅的幻想成分，并用一种粗制滥造的形式把一些人性最为丑陋的部分表现出来而已。他们的作品中到处充斥着血腥和暴力。著名的幻想文学家米夏埃尔·恩德认为："幻想文学的目的就是为了恢复人性。"③ 而中国玄幻小说在这方面的作为太微不足道，甚至背道而驰。进入 21 世纪，随着社会转型的渐趋完善，文学生态的多样繁复，作家心态的日趋平稳，一些网络文学作家开始对自身进行重新审视与反思，呼唤灵魂的回归与重建。

一 《紫川》——时代裂隙中的留恋与革新

英国著名作家狄更斯在《双城记》的开篇曾这样写道："这是好得不能再好的时代，这是坏得不能再坏的时代；这是闪耀着智慧的岁月，这是

---

① 马德生：《论新世纪长篇小说对宏大叙事的重构与超越》，《文艺评论》2014 年第 5 期。
② 毛信德、朱隽编：《诺贝尔文学奖获奖作家随笔精品》，百花洲文艺出版社 2011 年版，第 192 页。
③ 彭懿：《西方现代幻想文学论》，少年儿童出版社 1997 年版，第 336 页。

充满着愚蠢的岁月……这是充满希望的春天，这是令人绝望的冬日。"① 事实上，当下消费社会主导下的网络玄幻文学的书写正随着时代的神经而跳动。

在网络玄幻作品里，语言往往以碎片化的方式呈现，肆无忌惮地倾泻，是一种无意义的文字暴力书写。张颐武在《玄幻：想象不可承受之轻》中认为玄幻作品是一种"自由联想的感性的自由书写"，将原有的逻辑性和历史性打碎，变成一个新的"奇幻空间的自由展现"。他认为，玄幻文学没有沉重感，没有"强烈的感时忧国意识"，也没有"作为民族寓言的沉痛宣告"，没有"对于中国的反思和追问"，是"非常轻灵自如的片刻想象的产物"。

但是从另一个方面来考量，这种把想象力发挥到极致，显示出文学最大限度的自由表现形式，在对人的性格、行为和心理的表现上，则获得了更为纯粹的可能性。歌德曾经这样谈到自己读莎士比亚作品时的感受："当我读完他的第一个剧本时，我好像一个生来盲目的人，由于神手一指而突然就是天光。我认识到，我极其强烈地感到我的生存得到了无限度的扩展。"② 六年磨一剑，《紫川》作为时代的经典，保留了幻想性文学天马行空的想象力，以紫川秀的成长叙事为基础，辅以波澜壮阔的史诗般描写和直击灵魂的故事内蕴。描写了人类、魔族、远东各族之间血与火的交融，刀与剑的碰撞，欲望与谜团的交织，构成了这样一部在网络文学中占有重要地位的玄幻史诗巨著——《紫川》。《紫川》一书，没有当下玄幻小说的浮躁气息，是真正可以称为文学的作品。它开拓了网络玄幻小说在幻想性和文学性方面二者兼顾的可能性。

《紫川》在网络文学处于嘲弄、颠覆的相对边缘状态中寻找转机和突

---

① ［英］狄更斯：《双城记》，郭赛君译，北京燕山出版社 1995 年版，第 1 页。
② 中国社会科学院外国文学研究所外国文学研究资料丛刊编辑委员会：《欧美古典作家论现实主义和浪漫主义》，中国社会科学出版社 1980 年版，第 279 页。

破，在虚构性叙事的"变"与"不变"之中试图重建与超越，充分展示了中国网络玄幻文学建构现代性的叙事关系，努力实现网络文学中的拨乱反正。卡尔·波普曾指出："审美的热情，只有受到理性的约束，受到责任感和援助他人的人道主义紧迫感的约束，才是有价值的。否则，它是一种危险的热情，容易发展为某种神经官能症或歇斯底里。"① 《紫川》作为成功的大众文化作品，不仅能使公众获得丰富而深刻的审美愉悦，而且能在审美愉悦中被陶冶或提升，享受人生与世界的自由并洞悉其微妙的深层意蕴。网络文学作品如果停留在仅仅满足于感官快适、刺激或沉溺，仅仅有娱乐享受是远远不够的，只有当其与文化中某种更根本而深层的东西融合起来时，才富有更为深层的价值。

杨义在《中国叙事学》中说："意象经过作者的选择和组合，达到象与意互相蕴含和整合的状态，它自然成为一种社会文化的载体，一种人文精神的现象。"② 文学是精神的创造，绮丽的幻想与作家奔腾不息的灵感相遇合撞击，于是化为作品中具有灵性和生命感悟的审美意象。对家族的热爱，对生命的关注和信仰的心灵都是灵动而湿润的。虚构地域空间特有的物质和文化精神与生存在其中的人的状态有着紧密的联系，在独特的网络文学创作中构成广大读者的"阅读潜意识"。

在小说的史诗式叙事方式中，我们感受到最为诚挚的感情与最为圣洁的信仰。紫川帝国的少年统领紫川秀不为战乱和苦难所动，面对纷乱的世事，他体悟到自己当下所处之地即为自己所追寻的存在。带领远东人民由被压迫、被奴役的生活走向自由民主。他无视苦难与自身的欲望，坚持着对自己内心的追寻。最终，他完成了他自身的救赎，建立了属于自己的光明帝国。《紫川》里无论什么样的社会生活描写，都不是无意义的活动和

---

① ［英］波普：《开放社会及其敌人》，戴雅民译，山西高校联合出版社 1992 年版，第173—174 页。

② 杨义：《中国叙事学》，人民出版社 1997 年版，第28 页。

无效果的姿态，它们强化了作者要表述的人和他们敬畏的神之间的归附关系，实现了由世俗世界向神圣世界的转化。

二　叩问存在之意，触摸神圣之境

刘再复曾经谈到中国文学缺少叩问存在意义的维度和与神对话的维度。这两种维度都真实呈现在《紫川》的小说叙事中。作者努力在小说中，通过玄幻小说中的重要母题——用成长叙事的方式去探究出最为诚挚的感情与最为圣洁的信仰。

在《紫川》中，我们可以很明晰地看到一种以自我意识为主体的边缘者心态，一种关于自我存在意义的追寻意识。这一点也体现在小说的成长叙事方式上，在回忆动荡岁月的间隙，还伴随着当下这个时间维度。紫川秀的活动轨迹构成了整部小说的叙述者话语，对于自身的追寻在话语、时空的交织中呈现着明晰的姿态。

在帝都流血夜中，紫川秀作为紫川家忠诚的守护者，保护了自己的家族。他从小被教导要戒除心中的私欲，当一切尘埃落定后，那些听从紫川秀的劝阻没有参与杨明华叛乱的将领们却被家族抛弃。作为家族守护者的紫川秀可以理解家族的做法，不去触碰权利的禁忌。但是作为一个人，他的内心惶惶不安，不知以何种身份存在于这混乱的世间。最后，他因为在帝都流血之夜为参与叛变的中央军军官求情，被当时的总长紫川参星调为预备役军官，形式上被家族流放，从而创立秀字营。面对自己纷乱的内心，他只能以离开这种令人感到无名恐惧的方式向自己呼唤，唤醒本真的自己。面对必须抉择的此时，紫川秀采取离开纷争之地的作为，使现时的自己向存在本身开放，让自身的存在栖身于离开这种行为中。

身陷远东时，紫川秀感受了人世间的无常。这无常即使是自己坚信的信仰也无法给自己确切的答复。为挽救数百万远东家族子民，紫川秀毅然承担叛徒污名，佯装投降魔族，在宴会上怒喝"犯紫川者，虽远必诛"，斩杀叛徒雷洪，为哥应星复仇。而后，他遭到魔族设计诬陷紫川秀叛降，被迫留在远东。千辛万苦回归紫川时，却遭到恋人紫川宁的背叛。无法回归家族的飘零感与耻辱感，使紫川秀把心重新禁锢，领导被紫川家和魔族欺凌的远东民众建立起自己的政权，封号"光明王"。他的心态也发生了变化，他对流着眼泪恳求他回归家族的紫川宁说："以前，你就是我的信仰，但今天以后——我的信仰就是远东大地。"这时，他从一个对家族忠贞不贰的少年成长为一个远东和平的坚守者，在这份坚守中，更多地包含了他对生命的尊重和理解。这一切，是可以无视苦难与自身的欲望的坚守。

远东在紫川秀心中是自己的一个自造的世界，他希望在他的世界中，人们不用受某些无形伦理的审判，是可以嬉笑怒骂地应对噩梦、劫难、奴役、痛苦、迷惘的世界。但事实上，他又无法摆脱对家族的责任感与负疚感，在这种内心的对立中，紫川秀是痛苦的、挣扎的，充满疑惑的，他无法接受紫川宁的背叛，无法接受战争中的人们之间的对立、矛盾、冲突、悖谬和杀戮。小说中，河丘的林睿说过一句话："在很多年前，我和现在的您一样年青。心里充满了正义和梦想。那时，我还不明白一个道理：指引个人行为的，是道德和良知；指导国家行动的，是利益。很多时候，这两样东西并不在一条线上。"[1] 但是，我们看过太多的同室操戈，太多的钩心斗角，太多的蝇营狗苟，我们更希望看到的恰恰是林睿口中对年青时代的正义和梦想的守护。这一点，我们在这个在旁人眼里追求金钱、美女、权势以及一切可以带来快乐的享乐的年轻人身上，看到了令人动容的坚守。

紫川秀出自本心的坚持，在混乱的社会现实之中带来的却是迷惘与困

---

① 老猪：《紫川》，2015 年 11 月 6 日，起点中文网（http://www.qidian.com/Book/20. aspx）。

顿，最终，他选择的存在方式成了围困他高贵灵魂的牢笼。于是，他只能向自己的信念寻求帮助，在神圣之言中去领悟生活。"国家正在经历着前所未有的灾难，我们每个人都还没有对国家的存亡肩负过这样大的责任。忠诚蕴含在每个人心中，世界可能殒灭，但信念的引力绝不会消失，而正是这种信念引导我们走向胜利，我坚信如此。"

三杰之乱中，斯特林意外失去生命时，紫川秀受到巨大的打击。在死亡的阴影下，紫川秀感受到自己无法承受生命的消逝，无法阻拦世事的发展。此时，紫川秀意识到即使是死亡，也只是另一种意义上的解脱。他拥有了向死而生的勇气与执着。他体悟到，面对纷乱的世事，自身的存在即为当下所处之地。紫川秀经历了人生的大起大落，慈悲的情怀与宽容的心始终伴随着他。他在一次次见证死亡时，混沌的俗世与神圣的神界停留在静止的一点，这时，人的灵魂在那一刻回复到它们的初始状态，即刚刚从神灵的身体里分裂出来的状态。紫川秀对于生命的坚守，于此时真正有了存在的意义，也完成了他自身的救赎。一次次的战争与杀戮，在人与神二者间建立了微妙的联系，完成了紫川秀人性到神性的部分转化。他在纷乱的社会浪潮中，选择彻底摆脱外物的束缚，用坦荡的灵魂去迎接命运。在一切结束以后，他登上了那个他并不想坐上去的高位，承担了他原本并不想承担的天下的重担，但此时，他是平静坦然的，没有勉为其难，没有苦恼困惑。他对斯特林的孩子说道："英雄辈出的民族是不幸的民族，和平的生活注定是平庸而烦琐的。有些事，或许你现在还无法理解。但当你长大，你就会明白：你的父亲，一定不会希望你成为英雄，世俗的很多东西，耀眼而毫无价值。只要你能健康的成长，正直的做人，独立的思考，幸福的生活，这是父辈对你的最高期望。"这也是他自己对人生的感悟，小说至此，完成了紫川秀作为一个人的成长，从不羁、困惑、痛苦到解脱、平静、坦然。小说中自我的真实状态，在各种异质矛盾的挤压之下，呈现出的表象，是另一种带有启示性质的符号。身份、阶层、欲望、感情、战争等庞杂而成却流动不拘的元素，使小说具备了开放辽阔的格局。

《紫川》中纷繁复杂的社会生活描写，人物命运的沉浮，自然景色的展现，都不是无意义的活动和无效果的姿态，它们强化了作者要表述的人和他们敬畏的神之间的归附关系。实现了由世俗世界向神圣世界的转化，实际上构筑了作者心目中存在之处，完成了从文本到精神维度的探寻。小说中对人的存在的疑问与探勘，铸就了小说的哲学品质，而对人的生存境况的关切与思虑，表露了作者老猪的哲学情怀。

"情义为先"的坚持

——评晋江定离的修真小说

李玉萍[*]

【摘要】晋江定离的修真小说，有令人惊艳的设定；有逆境奋斗求生的热血；有令人捧腹又可爱的各类萌物；有发人深思的善恶之辨及游离于善恶之间的复杂人性的刻画；还有最珍贵的"情义为先"的价值坚持和守护。定离修真小说"情义为先"的价值坚持，为价值取向日益暗黑化的修真小说发展注入温暖和亮色，同时也带来了修真小说价值取向破而后立、回归主流价值的希望。

一　定离修真小说简介

晋江作者定离，原来有很多马甲，她是微博博主会者定离，起点马甲是青衫烟雨和雾水之影，晋江马甲则是一个颇为彪悍的名字——老娘取不出名字了，江湖人称"娘爷"，最终诸多马甲汇成了晋江大神定离。她的小说涉猎类型繁多，有现代都市、网游类，譬如《相爱相杀》《狗血三千尺》

---

* 李玉萍，中国地质大学（北京）马克思主义学院副教授。

《玩个天下好胃疼》；有古代言情、奇幻仙侠类，譬如《海稻》《悠悠心不老》；还有西式奇幻色彩的《嘿，金鱼》《机甲护翼》，而真正让定离扬名天下的是她的修真小说。首发于起点女生网的《天下男修皆炉鼎》（2013年），让无数看女性向修真文的读者们眼前一亮，后来被网友评为网络四大经典女性修仙文之一。其后的《修真男配不好当》虽然坑了，依然粉丝无数。而在晋江文学城上首发的《修真之尸心不改》（2013年）、《修真之上仙》（2015年）均是既有点击量又有好口碑的上佳作品，正在连载中尚未完结的《从善》（2016年）已经累计了将近4亿的积分，位列晋江文学城相关类型作品综合排名的前列。而定离已经凭借《修真之上仙》获得了2016年第十四届华语文学传媒年度网络作家玄幻类大奖、"亚洲好书榜"原创女主榜第三名。定离在阿里文学以青衫烟雨的马甲正在更新的修真小说《天下男修皆浮云》也是颇受好评的作品。这样一个在线上线下皆受好评的作者的修真小说究竟有什么魅力，她的修真小说创作对这一类型的发展又有什么价值和意义？本文将主要以定离的三部完结修真小说——《天下男修皆炉鼎》《修真之尸心不改》《修真之上仙》为典型文本，探讨定离修真小说的基本特质与问题。

二 定离修真小说的基本特质

定离的修真小说，大多都有穿越的元素，现代的穿越者因为种种状况穿越到修真世界之中，挣扎求存，努力变强。也许正是基于这样的设定，定离修真小说的主人公，都能够在强者为尊却凉薄无情的修真世界中，保有对情义和善良的坚持和底线。

定离的修真小说，有令人惊艳的设定；有逆境奋斗求生的热血；有令人捧腹又可爱的各类萌物；有发人深思的善恶之辩，以及游离于善恶之间的复杂人性的刻画；还有最珍贵的"情义为先"的价值坚持和守护。这些特质，是定离的故事如此吸引人的最主要的因素。

第一，定离修真小说最惊艳的是设定，读者们为定离修真小说所吸引，最初的最初大多源于小说的极富匠心、奇诡万变的开始。

《天下男修皆炉鼎》的开篇绝对是脑洞大开到几乎令人惊悚。都市宅女苏寒锦老套地穿越到修真世界，却非常不老套地不仅穿到了一个女炮灰媚娘身上，而且还是一个正在吸男人阳元的反派女淫魔身上，更是一个马上就被主角反攻吸干，魔功散尽，濒临死亡的女魔头身上。于是，当穿越女附身的女淫魔被另一位反派魔修仇千凛所救，暂时挣脱死亡阴影，开始在修真界底层摸爬滚打，惨兮兮地挣扎求存的时候，她恍然大悟，她居然穿到了一本修真小说里。当她意识到这一点的时候，种种穿越文常见的套路或者机缘却统统不见！金手指？没有。各种好运奇遇？那是给小说的正面形象金钟良准备的，金钟良却是她的死对头。看过小说的先知？不好意思，她只看了各种吐槽贴，于是，原文情节人物只知道个零星大概，更郁闷的是，小说还未完结。但她清楚地知道，她附身的媚娘是一个本应该在她穿越过来就死掉的炮灰，而她没死。于是，苏寒锦成为这个世界的"病毒"，随时可能被小说设定下的"天道规则"清理掉。好吧，那就低调做人，避开男主，苟且偷生罢了。可是，霉运当头照，死亡危机一个接一个，终于，在爱上了魔修仇千凛，对方却因为救她而自爆元神，死在原文男主金钟良手下时，苏寒锦绝望之后奋起复仇，从此真正踏上了修仙求强复仇之路。小说的情节至此真正展开，天玄剑门、药仙门、云海界、灵玉界、真仙界、浮云岛……苏寒锦的修仙传奇，精彩纷呈，曲折离奇，在经历令人难以想象的苦痛与磨难中，在与这个世界开了各种金手指的男主对抗中，在守护自己在乎的师门、朋友、爱人的拼死搏杀中，一个原本普通的都市宅女被激发出了所有潜能，逐渐成长强大，直到最后成为那个修真世界的顶级强者，还成就了一个仙与魔的爱情神话。

《修真之尸心不改》的设定也很新颖，文案开篇就是：

控尸门的欢乐二缺弟子江篱炼了一具美得人神共愤引得天雷阵阵的男尸，以为好日子开始了，结果没想到门派惨遭灭门。①

穿越者江篱，脸上顶着碗大的红疤，属于连三流都算不上的魔修门派控尸门，好不容易撞上大运捡到并炼成了一具绝美活尸，没想到控尸门惨遭灭门，原因不明，凶手不明，恓恓惶惶的小魔修江篱就这样带着自己的活尸江笆，开启了一段修仙世界中的传奇之旅，从万象城到沧澜仙宫，从一线天的魔界到真仙界，再从神谷炼神塔重返修真界。这段波云诡谲、惊险万分的修仙旅程，有温暖，有寒凉，有感动，有哀伤，有愤怒，有无奈，有背叛，有牺牲，何为善恶？何谓正邪？在活尸江笆的另一端，是真仙界的大能墨修远，也是江篱努力抗争，奋斗求存血泪史途中的救赎。

《修真之上仙》的设定更是堪称奇思妙想。一个不算美貌如花，也算清秀佳人的大姑娘苏停云，居然穿越到一个行将就木的七十老太太魏云身上，原本已经随遇而安准备做富贵老太太、宅斗大BOSS，没想到居然被拎到修仙世界，成为无量山脚下小卒子一枚，人为刀俎我为鱼肉，只能咬咬牙，开启古稀老太努力种花养草炼丹的修仙生涯。原身魏云的身份？与无量宗灵悟真人苏漓江的恩怨纠葛？无量宗太上长老的阴谋与圈套？无量山后崖下凶兽大白的秘密？拭剑门有关拭剑湖底幼龙残尸和小师叔严玉卿的团团迷雾？大舌兰草小白的真正用途？神秘君上白凤的真正身份和意图？一连串的伏笔和悬疑设定引人入胜，令阅读者不自觉就沉醉其中。

定离的修真小说就这样凭借令人惊艳的不断创新的设定，开启了一段段曲折离奇、精彩万分的苦难中的历练与成长，小人物坚韧不屈，百折不挠又坚持底线，不忘初心的传奇。读者们就会这样从初始的好奇到不自禁地沉浸其中，一步步踏入由各种奇思妙想、精彩人物和各种仿若惊涛骇浪

---

① 定离：《修真之尸心不改》，2013年10月29日，晋江文学城（http：//www.jjwxc.net/onebook.php？novelid=1949726）。

的情节推进所构成的定离的修真小说世界之中，被吸引，被感动，被震撼，泪中带笑，感同身受，最后献上膝盖唱征服。

第二，定离修真小说最热血的是"我命由我不由天"的逆境奋斗求生的勇气与坚韧。

定离修真小说之所以打动人心，很大程度来自她笔下主人公往往会在险恶的生存环境中，激发出无限的潜能，展现出"我命由我，不由天"的逆境奋斗求生的勇气与坚韧，读来热血如沸，泪中带笑，又甘之如饴。

定离的修真小说中，女主都是基本不开金手指的，即使有金手指，那也是要付出相当惨重的代价和牺牲才能获得好处。这种自底层开始奋斗的历程，更能凸显小人物的勇气与坚韧，令人动容，引发共鸣。

《天下男修皆炉鼎》中，苏寒锦可能有的金手指：看过原小说的先知？她看的都是吐槽贴，能用上的细节统统不知。秘境宝物？那是给原书主人公她的死对头金钟良准备的。每次苏寒锦历尽千辛万苦，接受着比原本的考验残酷好几倍的磨难后，只能获得秘境宝物的零头，金钟良吃肉她喝点儿汤。面对逆境，苏寒锦的努力打拼却能凸显出这位原本普通的宅女骨子里的谨慎坚韧，还有通过奋斗改变自己命运，守护爱与情义的人性光辉：修炼"天心残卷"，不惜碎肉剔骨，重塑身体，彻底摆脱被迫 OOXX 吸人真元的万恶修炼功法"欲女心经"；努力奋斗求存只为养护恢复心上人的残魂；拼尽全力以命相搏，是为了维护真诚待己的师门天玄剑门；迎难而上不断变强，只为维护心中的善良与美好。

《修真之尸心不改》中，穿越者江篱脸上的大红疤原本应该是金手指，是神器天地乾坤，但这个金手指带给女主的，不仅是容颜被毁，成为人见人厌的丑无盐，而且肆无忌惮地吸收江篱辛苦修炼来的灵气，给江篱的报答是"天煞孤星"的命格，因为吸收了所有对江篱好，疼爱守护江篱的人的气运，结果就是江篱重视的亲友一个个横死，灰飞烟灭，让江篱痛不欲生，这个名单上都是江篱最重视的人：她的控尸门的师友、她唯一练就的活尸江笆（就是上仙墨修远，唯一一个逃脱厄运最终成为江篱爱人的人），她的师父沧澜仙宫典藏楼路远……都因为对她的亲近关爱遭遇各种横祸，江篱竭尽全力却只能眼睁睁地看着他们一个个逝去，于是，这个原本的金手指被女主愤然挖去，喂了魔器鬼幽的肚子。而江篱凭借自己的勇气与努力，在堪称残酷的魔界，炼神塔的试炼中绝境求生，杀出属于自己的一条通天血路。

第三，定离修真小说最欢乐的是个性鲜明，令人印象深刻又忍俊不禁的各类萌物。

网络小说的一大功能是娱乐，人们选择闲暇之时看小说，往往希望的是获得轻松愉悦的感受。定离修真小说中，各类有个性有节操的萌物设定，无疑是令阅读者忍俊不禁，甚至捧腹大笑的无上利器。

《修真之尸心不改》中，江篱的朋友兼伙伴七阶妖兽火鸦，火爆性格、毒舌本领、傲娇本质令人莞尔。江篱的灵宠也是各种欢乐：二货气质的幽冥鬼火，吃货本色的蛊王金灵，而上古魔器鬼幽，凭借其自持狠毒无情，实则话痨有情的反差萌，占据绝对的萌物一哥位置，牢不可破。这些萌物所带来的各种欢乐，成为其实很悲催，甚至很悲惨的江篱修仙传奇的调合剂，令读者在笑中带泪、泪中有笑的阅读体验中，品味张弛有度的小说感性节奏，舒缓了紧张刺激，甚至惨痛至极的情节推进中，被绷得几乎断弦的神经，以迎接下一波更大的滔天巨浪。

《修真之上仙》更是萌物总动员，鹦鹉学舌如滔滔江水绵绵不绝的大舌兰草小白，在拍着两片大叶子，萌蠢外形却会吐出"长的磕碜，你长的磕碜"噎死人不赔命的东北话时，会让人捧腹不止；背负凶兽之恶名、头顶两片小叶子、喜怒皆形于身体色、傲娇爱美、萌人一脸血的言灵大白，则颇有"大白一出，谁与争锋"的喜剧女王气场；顶着神树光环、颇有高大上之风格的神木之心，在用万金难买的神木枝条和大白换一钱不值花环、铁球玩具时，展现的幼稚纯真小心思令人绝倒；哀怨求大白而不得的舌兰草小兰；一脸高冷却满腔爱妹心的对着大白妹妹被称为大黑的双胞胎言灵哥哥……诸多活灵活现、个性鲜明的萌物逐一登场，增加的不只是小说阅读的趣味性，还有情节推进节奏的张弛有度。

第四，定离的修真小说，最让人感慨的是仙魔善恶之辩的设定与思考，游离在善恶之间的人性维度越发多元。

以武侠文学为代表的各类传奇故事，最为凸显的基本设定就是正邪善恶之间的对抗关系，往往从这种对抗关系的设定方式，会看出作者水准的高低。段位最低的就是正邪善恶壁垒分明，人物和故事往往会失于脸谱化与平面化；段位稍高的会去反思正邪善恶之间对抗关系的复杂性，从而开始探讨人性与世情；段位比较高的会基于正邪善恶对抗关系的相对性，探讨人性维度的多元和人性深度的复杂。金庸小说与古龙小说的高明之处，就在于基于江湖正邪善恶是非的多元化探讨，揭示人性的复杂多元，世情的沧桑变幻。

第五，定离的修真小说，则通过对修真世界最基本的仙魔之间对抗关系的设定，给出了她自己对正邪、善恶、是非的思考与认知。

仙魔之间的基本关系设定相类《周易》之中的阴阳，相生相克，相辅相成。只要有人存在的世界，有各种欲望之下的人性的阴暗、丑陋与污秽，就一定会有魔气。魔气积聚日久，就会衍生化形为魔物，贻害六界。当然，只要有人存在的世界，也就一定会有代表光明与善良的仙元之气，培育各类仙道人物，在魔物横行之时，扶正祛邪，扬善除恶，除魔卫道，恢复秩序与和平。

《天下男修皆炉鼎》一文中，最令人惊讶的情节设定就是虚空兽和域外天魔的关系。浮云岛上至纯至善的虚空兽，其能量的来源居然是最凶恶丑陋的天魔的生命力。正因如此，天魔一族的大祭司沉焰为了寻求族人的生机，不惜冒着灰飞烟灭的危险，投身三千界，寻找逆转契机，为天魔一族的生存求得一线希望，这才有了苏寒锦这个"变数"的修仙传奇的可能。发现了这个真相的苏寒锦，由此发出了这样的感叹：

> 放过浮云岛？那谁来放过域外天魔，放过他的族人？天魔的生命力滋养浮云岛的一切生灵，天魔为自己的力量疯狂，要拿回属于自己的东西有错吗？而他们要拯救浮云岛这些纯善的虚空兽，又何错之有？

——《天下男修皆炉鼎》514 章 "长命锁的真相"①

代表邪恶与污秽的魔气的源头是各类人性之恶；而代表正义与善良的仙气的源头是各类人性中善良、仁爱、光明的部分。两者此消彼长，只有达到一种稳定与平衡状态时，世界才会有和谐、稳定与和平。因此，《天下男修皆炉鼎》中，至纯至善的虚空兽最终离开了浮云岛，而至凶至恶的域外天魔在浮云岛上得到了生存的机会，浮云岛的结界会保障天魔们的生存，也会阻止天魔们外出作恶，至善与至恶获得了一种微妙的平衡，苏寒锦的世界也实现了一种相对的稳定与和平。但这种平衡能持续到什么时候并无定论。

第六，在定离的仙魔观中，修真世界的仙魔之争的背后是人性光明与黑暗面的永恒斗争。

定离的修真小说在对仙魔之间对抗关系的这种设定之下，呈现出正邪、善恶、是非的复杂与多元，正邪反转、善恶相逆，正邪善恶之间的界限模糊，正派仙修的内里可能漆黑如墨，魔门邪修却可能情真义重，一直秉承公道正义的神界仙尊可能因一己之私变得邪恶阴险，而作恶多端、杀戮无数的邪道真魔也可能因为舐犊之情、真爱之光而自我牺牲。譬如《修真之尸心不改》中的原本代表正义光明的神之后裔云歌和云舒，为了自己

---

① 来自微盘资源（http：//vdisk. weibo. com/s/aQhoXaLTtDN2q？sudaref = www. so. com&retcode = 6102），青衫烟雨在起点中文网的连载资源已被删除，因此本文引用的原文资源出自网友微盘资源。笔者注。

的地位和昔日荣光，不惜为恶，牺牲无辜。所谓的真仙界天门天尊则会为自己成神，不仅助纣为虐，甚至还亲设陷阱陷害无辜。《天下男修皆炉鼎》中，原著小说中的男主金钟良，一直自视为名门正道，对魔道邪修不分对象，不问是非，见之则杀，造成了苏寒锦心上人魔修仇千凛的自爆悲剧；后来更是自以为是，一心找天玄剑门的麻烦，逼得无辜的天玄剑门四面楚歌，苏寒锦的师父玄青为护师门同道自爆迎敌，灰飞烟灭。这种打着正道的旗号行自以为是、随心所欲的所谓正义，却成为利益争夺的棋子，不仅可悲，而且可恨。《修真之上仙》中的女魔头玉女，为保全女儿，可以自我牺牲；真魔轩辕问天，在爱与邪恶本性之间不断挣扎各种精分，最后为了曾经的爱人，选择了牺牲和成全。反之，所谓的正道仙家第一门无量宗的太上长老古风阳，居然是一个为了延长寿元，处心积虑地夺舍自己培养的徒弟苏漓江的阴险残忍之辈；而拭剑门之中，原本光风霁月的小师叔严玉卿，却会因为要变强的执念，被魔气乘虚而入，最终成为残忍嗜杀灭绝人性的真魔。在无数的正邪善恶之间的反转中，不仅有了故事情节的跌宕起伏、曲折多变，而且有了人性维度的多元和人性深度的延展，正邪善恶，不在仙魔归属，而在人心。

定离的修真小说，在各种天马行空的虚构传奇叙事中，凸显的是人性的真实。

第七，定离修真小说最动人的是"情义为先"的价值坚持。

女性向的修真小说，为了体现女性的主体意识，往往一反"女主必言情"的模式或思路，重点通过女主依靠自己努力，打拼修仙的崎岖惊险的长生之路，表达女性的理想、事业与追求。为了达到这一目标，往往大幅减少女主情感方面尤其是爱情经历的着墨，甚至可以通篇无男主、无爱情。云芨的《一仙难求》、绝世小白的《慢慢仙途》就是典型样本，甚至发展到依此来鉴定某部小说是否为"真正"修仙文的标准之一。这种初衷良好试图打破女性向小说创作常规的创新，在一开始的确令人耳目一新，但物极必反，当这样的创作意图搭配到原本就以冷漠无情、自私凉薄为基本价值特质的修真世界中，刻意弱化爱情、专注修仙的女主修仙文，逐渐演变成为杀人夺宝、杀人再夺宝、杀人又夺宝的单调模式。透过细腻的情感描写，揭示人性世情的女性向小说作者的长处被大大弱化了，女性修仙文逐渐呈现价值取向暗黑化的倾向。

正是在这样的背景下，定离的修真小说，坚持了女主修仙主体叙事的特质，但并未放弃对人物情感的细腻刻画，反而在善良底线、情义为先的价值坚持之中，呈现人性的光明与美好，也让她笔下的故事与人物更加出彩和动人。

《修真之尸心不改》中，女主江篱作为原身只有16岁的穿越者，原本只是得过且过地在各种欢乐之中，却不乏真情关爱的魔修小门派控尸门里混日子。师门一朝莫名其妙被灭，意外躲过一劫的江篱，在掌门临危传讯的示警下留得性命，在复仇欲望的刺激下迅速成长，努力修炼求强图存。其后，江篱屡遭磨难，堪称惨烈，却从未失却善良与重情的本心和底线。定离的修真江湖中，这样情义为先的坚持，被肯定，被感恩，被回报，在修真世界的冰冷和黑暗中浮现温暖与亮色。重情义的高阶灵兽金银蟒为了救江篱，以己身为饵，引开凶手的注意，最后在江篱的救助下升入真仙界，遨游天河，与龙为伴。江篱的重情与善良，打动了真仙界大能墨修远的心，让他真心以待，倾力守护，成为江篱情感的救赎。而江篱对朋友的真心以待，不仅换来了清渊、玉真、崔蔼的情谊，而且被万象城城主万林欣赏和追随，才有了后来江篱的成功修仙路。

定离的修真小说，对于"情义为先"的坚持，并未弱化女主修仙的主线叙事，更未弱化女主独立人格的刻画。无论是《修真之尸心不改》的江篱，《天下男修皆炉鼎》的苏寒锦，还是《修真之上仙》的苏停云，几乎都没有金手指，即使有也是作用有限，甚至所谓金手指恰恰是女主悲惨遭遇和曲折命运的罪魁祸首。而爱情的存在，只是女主情感的救赎或者心灵的慰藉，成长变强之后的女主往往会与自己的爱情对象携手并肩，相濡以沫。江篱的爱情对象墨修远，虽是上界大能，然而出现在江篱的修仙旅途中时，总是非伤即困，江篱的修仙变强之路，必须靠自己的搏命奋斗。苏寒锦的心上人天魔大祭司沉焰，一开始便自爆元神只剩残魂，要靠苏寒锦的绝境求生努力奋斗去养护和守护，神魂恢复后的沉焰又受限于没有肉身，始终只能给予苏寒锦建议和指导，却无法做出与自己真实实力匹配的帮助，直到最后神魂附身天魔王，却差点成为苏寒锦最可怕的敌人。苏寒锦的修仙之路，完全要靠自己的不懈努力，凭借决不放弃的勇气和坚韧，披荆斩棘，杀出属于自己的一条血淋淋的成功路。苏停云的经历也大抵如是，男主白夙在苏停云的成长道路上，只是真心相待的情感寄托，患难与共的生死爱人，苏停云的成功，最主要靠她基于"守护"信念的努力求强。

独立人格与情义追求，在定离的笔下结合的水乳交融，和谐一体。

第八，定离修真小说，最遗憾的是故事推进的后劲不足，稍显仓促的匆匆收尾。

定离的修真小说虽然精彩纷呈，却依然存在一些类型小说的通病，诸如一些情节和人物的似曾相识，还有故事情节推进中的后劲不足，稍显仓促的匆匆收尾。

也许是要强调女主的独立人格与自立自强，弱化男主在女主成长路上的影响，定离的修真小说往往是男女配角皆精彩，但女主的爱情对象往往个性模糊，形象比较平板化。无论是《修真之尸心不改》中的墨修远，《天下男修皆炉鼎》中的沉焰（仇千凛），还是《修真之上仙》中的白夙，共同之处都是外形俊美，能力超强，禀性淡漠，高冷禁欲系的男神特质，但具体个性远远不如书中的各个男配立体鲜明。无论是自私凉薄、善恶反转的沉锦，倔强傲娇却内里青涩深情的江云涯，面恶心善口是心非的柳飞舟……

定离的修真小说，往往架构宏大、线索庞杂，开篇精妙，发展精彩，情节推进中伏笔处处、高潮迭起，却往往在结尾处匆匆收笔，转折过猛，以至于有很多情节和伏笔出现断线、漏点，整个故事因此呈现有虎头有龙身，却没有与之相匹配的凤尾的问题。结尾没有主题的点睛和深化，往往只是故事和人物结局的交代，不能不说是非常遗憾的问题。相比定离修真小说的成就与精彩，这些问题需要改进，但是瑕不掩瑜。

三　定离修真小说"情义为先"价值坚持的意义

修真小说，是基于武侠小说、仙侠小说、道教文化、中国奇幻文化传统的，间或杂糅西方奇幻文化元素的，以"成长"母题为主，强调修为境界描写的网络玄幻小说类型。

修真小说作为玄幻小说最主要的新兴亚类型，同时也是网络时代中国武侠文学传统的延续与发展。它以萧潜的《飘邈之旅》为开端，我吃西红柿的《星辰变》、忘语的《凡人修仙传》、耳根的《仙逆》等经典作品为里程碑，拓展出修真小说的发展主线。其间又有血红的《升龙道》、梦入神机的《佛本是道》、辰东的《长生界》等开创修真小说的都市修真、洪荒流等支线流派。

修真小说最初的发展与传播呈现出以男性向小说领域为主，中西方奇幻元素杂糅的特质。自忘语的《凡人修仙传》始，出现了修仙文的小高潮，修真小说的发展出现了日趋中式奇幻文化基本时空设定的趋势。更偏重修仙文创作的修真小说，不再是男性向小说领域独有的类型，而是逐渐受到女性向小说创作者的青睐。2010 年前后，女性向修真小说开始崛起，并呈现出比较繁盛的创作与传播景象。

女性向修真小说的主体是修仙文，虽然起步较晚，但很快就出现了诸如《一仙难求》（云芨，起点女生，2010 年）、《慢慢仙途》（绝世小白，晋江，2011年）、《仙家悠闲生活》（看泉听风，晋江，2011年）、《极品女仙》（金铃动，起点女生，2011年）、《凡女仙葫》（冬天的柳叶，起点女生，2012年）、《天下男修皆炉鼎》（青衫烟雨①，起点，2013年）、《修真之上仙》（定离，晋江，2015年）等女性修真小说经典之作。

第一，在修真小说的发展路径之中，值得关注的是它的价值取向呈现出"私利为先"的利己主义为上的变化。

修真小说的价值变迁，最初主要体现在修士凭一己之爱憎，任性随意的行为选择。譬如《飘邈之旅》中的主人公李强，他能够为凡人的生计不计生死跳入湖底，也可以视凡人为无物，动辄扔进元界任其自生自灭；他能轻易送出价值连城的灵丹救一个陌生生命，也能如对待蝼蚁般轻贱其他生物生命。总而言之，他的善恶行为选择完全取决于他个人立场的情感与理念转换，传统意义的正邪善恶规则对李强这样的修真人士几乎没有约束力。

如果说修真小说初期的价值变迁，还仅仅体现在善恶行为选择的随意性和个体性的话，那么，从《凡人修仙传》《仙逆》开始的修仙文就已经将人性的善恶维度完全抹平，人性的冷漠、利益的衡量计算占据绝对上风。2010年前后，女性修仙文开始异军突起之后，灭绝师太式的主人公修真传奇越来越多，人性的自私冷漠程度，向令人心寒齿冷的程度快速迈进，修真小说的价值取向日趋暗黑化。一部风评上佳的修仙文，就是主人公基于追求长生不断变强从而掌控命运的理想，不断地修炼、杀人、夺宝、历险，继而不断升级最终成仙成神的故事，而充斥在主人公长生之路上的，不再是传统武侠传奇或仙侠传奇励志成长中的锄强扶弱、扶危济困、彰显人性之善的美好风景，而是习以为常的自私冷酷、人性凉薄和血淋淋的无情无义。

---

① 青衫烟雨是晋江文学城作者定离在起点女生网的马甲，实为同一人，笔者注。

这种情况的出现，主要基于修真小说的基本设定，也来源于女性向修仙文为凸显女性主体意识刻意回避爱情，避免"女主必言情"套路的创新构想。

　　不同于传统武侠世界或仙侠世界主要是江湖侠士或剑仙的传奇，修真世界中最主要的人物身份设定是修士，修士最主要的目标是追求力量与长生。而修真小说主要的时空背景设定——修真界，是强者为尊，胜者为王，弱肉强食的血淋淋的残酷世界，正邪善恶不再重要，恩怨情仇在大道面前也可以忽略不计，历练探险的主要目的是要获得机缘，提升境界，在此过程中，可以不择手段、乘人之危、损人利己，以至于很多修真文的情节展开过程，就是不断地秘境探险篡杀人夺宝的过程。为了变得更强、追求长生，修士可以无情无义，没有正邪善恶的判断，只有基于利益的衡量、谋算与取舍，这谋算之中甚至包括其他类型小说几乎都很珍视的友情、亲情和爱情。修真小说是基于修士个人的最大私利——"逆转自然规律、修得长生"——的传奇，其核心价值也转变为"私利至上、利己为先"。

　　在中国的武侠文学发展历程中，无论武侠仙侠，最重视的是侠义，其次是情义，最后才有可能是私利，让阅读这类浪漫主义气质小说的读者，会油然而生对美和善的向往和欣赏。而修真修仙小说，却是越发重视私利，偶尔顾及情义，侠义已经成为被人耻笑的奢侈品。修真小说里，超脱于凡尘俗世之上的修真界，告别了人世间历史的烟云，世俗的烦恼，历史与现实的时空维度都被虚无化了。无论是个人的爱恨，还是家国的恩仇，在"修道成仙"的基本目标下都卑微如尘。修真界的修士们，在修仙长生的终极价值光环之下，"私利为先"是基本的价值准则，情义偶尔可以考虑，比较好的坚持"情义为先"，但传统武侠文学坚持的"侠义为先"只能成为被耻笑和不屑的对象，即使敬仰，却是敬仰之中暗含"舍本逐末"的不屑和"稀有物种"的感叹。如定离的修真小说《修真之尸心不改》中胸怀天下，心有大爱，被镇于炼神塔的大能空行云，成为修真世界中不被理解甚至被漠视的存在。

侠义为先，情义满满，个人私利微如尘埃，那是武侠的境界；除魔卫道，扶危济困，扶正祛邪，修成正果那是仙侠的世界；利益至上，个人为先，企求力量，追求长生，权衡情义，谢绝侠义才是修真世界的真理，至少是当下修真小说版图的精义。其后反映的是从"利他主义"的武侠仙侠，到"利己主义"的玄幻修真的价值和类型的转换。这恰恰是当下社会现实在某种意义上的反映，个人主义甚嚣尘上，执着于自我的膨胀，执念于无限利益的追逐（物质为先），信奉的是无止境的个人成功。民族国家算神马，正义公理又值几何？六界众生与我何干？恰如修真世界中，一个普通的凡人踏上修仙长生大道，为了个人力量的成长，生命时长的无极限，排除万难，一切与此目标相悖离者，一概舍弃，侠义是浮云，情义要看付出多少代价，永远执着的其实就是自己。《一仙难求》中的陌天歌如是，其他修仙者大略也如是（主要指的是修真文和言情修真文，不包括修真言情文）。

在修真世界价值取向日趋暗黑化的现实中，定离的修真小说中始终如一的"情义为先"的坚持，为修真世界带来了一抹亮色，证明了凸显独立人格精神的女主修仙。无须专门回避细腻的情感世界，也同样有精彩的成长成功传奇，同时也带来了修真小说价值取向破而后立，回归主流价值的希望。

在修真世界中，基本的规则与传统的武侠仙侠大异其趣。强者为尊、成仙升级、私利至上的修真界，弱小者会被强者视为蝼蚁，主要功能是被强者欺负、压榨和利用。遇上强者，弱小者有可能被无视，更有可能被杀掉掠夺修炼资源。锄强扶弱、扶危济困？对不起，那是傻子和疯子才会做的事情。若出现了救助弱者的行为，要么是为了偿还人情，去除升级时的心魔；要么就是强者偶发好心情，这样的救助举手之劳，丝毫不会危及自身。"利他"无私的侠义，是修真界的稀有品质。修真世界中的情义，也是基于自身利益谋算衡量的对象。婚姻对象（修仙界称为道侣）最主要的功能是双修修炼升级，朋友是用来利用和出卖的，伙伴团队是基于利益而构建，为了集合力量杀怪夺宝捞资源的，师徒同门是用来增强门派实力的，就连血脉相连的亲人，也可能为了修炼升仙的需要或分道扬镳或弃之不顾。更有甚者，用亲人做自己修仙的垫脚石。重情重义同样是修真界的稀有品质，亲情、友情和爱情，也成为修仙天途上的牺牲与祭奠。

第二，定离的修真小说中的人物，在情义与私利之间却有自身的底线和坚守，由此让阅读者在惊险曲折的故事阅读中，时时心生温暖和感动。

在《修真之上仙》的最初故事发展中，想入无量宗求道问仙，希望能找到哥哥的小女孩李馨眉，意外与女主苏停云结识。面对为了凑够灵石求取入门资格猎杀灵兽，身受重伤又遭朋友背叛的李馨眉，原本窝在山脚下得过且过的苏停云，为了挽救小女孩的生命，凭借心中的善念，顶着个七十老太凡人壳子，拼了老命爬过了难如登天的登云梯，不仅救回了李馨眉的性命，与她结下了患难与共的情谊，还把自己送上了修仙之路，入了无量宗，开启了养灵花种灵草的天璇阁峡谷种田生涯。在种田生涯之中，苏停云又是因为善念，无意间养大了一颗特大号的舌兰草，又有了一个可爱又好玩的小伙伴——大舌兰草小白。得知李馨眉因为幼时被击伤，无法修炼晋级，除非有九品润脉丹才可挽回，苏停云又开始了发奋炼丹求进，以帮助小眉实现夙愿的修炼生涯。就这样，苏停云与李馨眉相互扶持的亲厚情义，成为原本安于现状的苏停云努力奋斗求强求进的修仙动力，也成为这段故事的情节推动力。苏停云遭逢大难，李馨眉不惜牺牲自己，启动了阵符殿阵图中隐藏的护山大阵，只为拯救对自己深情厚谊的婆婆，至死不悔。大舌兰草小白为了帮助善待自己的婆婆，拼了命地联络所有的舌兰草，将大殿中苏停云的惨叫传遍整个修真界，自己灵气耗尽，险些夭折。

护山大阵冲天的剑光击向杀害苏停云的古风阳，示警的惨叫声经由舌兰草传遍天下，闪亮的剑光，一声又一声的惨嚎，闪现的是修真界最稀缺的浓浓情义，激荡的是读者心中沸腾的热血，对善良与情义的感怀。

《天下男修皆炉鼎》中，定离让读者们看到的是天玄剑门玄青对于师父的崇敬之情，对于师门舍身相护之义；是邪修阵法大师夜旻君与吃货妖兽饕餮之间的朋友情义；是药仙门归真岛归元对苏寒锦的师徒爱护之情；是女主苏寒锦为救回爱人、维护朋友、护持师门一路拼搏，奋斗求强求进，甚至舍命成全的情义。情义为上的价值坚持，让冰冷无情只余修炼变强的修仙界多了温暖，多了感动，多了生死反转，多了不可能发生的奇迹。

定离的修仙故事，凸显了这样的意旨：有情，才能有不断变强的动力；有爱，才会有奋斗与守护的意志与勇气；有爱，才会有奇迹，有情，才能让大道长生的追求具有真正的意义和价值。正是基于这样的意旨，在江篱、苏寒锦、苏停云的修仙传奇中，因为心中有对师门、对爱人、对朋友的情义，原本普通平凡的她们，能够激发所有潜能，不断成长变强；因为要守护师门、爱人、朋友，她们能够在面对逆境、困境、绝境时，拼命相搏永不言弃；也因为重情重义之下的求生图存，她们创造出了一个又一个奇迹，江篱成功甩掉了带给她一切厄运和不幸的神器天地乾坤，对抗最强者——真仙界天尊并逆袭成功。苏寒锦最终改变了自己的命运，让不可能的"天道坍塌"成了可能，改变了域外天魔的宿命，成就了仙与魔的爱情传奇。苏停云则凭借心中对情义和善念的坚守，一路过关斩将，不仅改变了自己的命运，重塑了自己的原身，共同击败了魔界的进攻，而且收获了亲情、友情和爱情，大白小白相伴，白夙生死相依，在修真界开启了自己的幸福生活。

定离修真小说中的"情义为先"，是具有亲我主义特质的，也即我的情义和善良的对象，是爱我，对我好的以我为中心的朋友圈，至于其他人，与我何干？《天下男修皆炉鼎》中苏寒锦的内心自白，就清楚地表明了这一点。

> 归根结底，她自私，她冷漠，只在乎身边的人，而对其他的人和事都漠不关心。她不关心天下苍生，她只在乎心中所爱。她的目标并不是站在这三千界的顶端，无欲无求地俯瞰芸芸众生，更不是成为什么三千界霸主，万物皆蝼蚁。她只是想活下去。

> 从一开始进入这个世界拼命地想要活下去，到后来想要跟在乎的人一起安静幸福地活下去，这个目标，自始至终都没有变过。

——《天下男修皆炉鼎》514 章"长命锁的真相"

"利他至上"的侠义，苏寒锦会敬重却不会执行，但对于亲人、爱人、朋友的情义，苏寒锦却看得比什么都重，为此可以忍受所有痛苦磨难，甚至可以付出生命。这样"亲我主义"的"情义为先"，反映了网络小说的基本话语立场，从传统文学的精英立场转变为民间立场，而民间立场更为关注的是个体价值与情感体验的特质。

即使如此，定离的修真小说，在"个人利益至上""私利为先"的修真小说界已经算得上是三观颇正的有底线和节操的作品，读完这样的修真小说，至少心中会留存对仁善与情义的肯定与向往。更何况，从《天下男修皆炉鼎》中为"爱"努力拼搏的苏寒锦，《修真之尸心不改》中的为"不连累爱自己的人"而搏命奋斗的江篱，再到《修真之上仙》中的为"守护"而逆境修炼坚持不懈的苏停云，定离始终如一的坚持就是"情义为先"的价值取向。相比《一仙难求》中的陌天歌，亲情、友情，甚至爱情都要在自己修仙利益的天平左右权衡，两害相权取其轻，而最重的永远是自己，是自己的长生之路，定离笔下无论是苏寒锦、江篱，还是苏停云的为"爱"奋斗，"守护"执念，重情重义，虽然是小情小义，都显得尤为可贵，也为日益暗黑的修真小说带来希望和亮色。

修真小说的产生与发展，是网络小说产生与发展的一个缩影。具有鲜明后现代文化气质的网络小说，在"灌木丛生"的荒野生长过程中，会出现各种解构传统价值和主流价值的狂欢，但解构狂欢之后的重新审视和理性批判，也会有破而后立的对主流价值的认同和回归。当然，这样的"回归"，会建构在当下时空中，人们对于宇宙天地、社会人生的"存在"的思考之后。

在阅读接受的领域，女性修仙文的价值暗黑化倾向，已经引起了反感和唾弃的声音，更有对情义回归的希冀与呼唤。一位阅读过几千部修真小说的骨灰级读者 Evilspider 在评价她心目中最好的修真小说之后，开始批判修真小说的这种价值取向。在她百度贴吧的评论帖末尾，她认为女性修仙好文的标准应该是这样：

> 这本书里，不再只有枯燥的修炼、杀人、夺宝、历险和战争，更有荡气回肠的千年柔情。黎明破晓，伤痕累累的英雄踏剑归来，迎接他的，是美人百转千回的嫣然一笑。……
>
> 我希望这本书里的角色们，不再是修仙文中习以为常的自私残酷、自以为是、人性凉薄和血淋淋的无情无义。我希望他们大道无情却心中有情，太上忘情却高情远致。他们有情有爱有利有义有欲，一个个性格鲜活，跃然眼前。
>
> 灭绝师太们成仙的故事太多了，主角头顶主角光环玛丽苏护体脚踩一众配角乘风而去的故事也太多了，请各位多才多艺的作者们多写几本有情有义的修仙小说吧，拜谢了。①

这段网友评论恰恰证明：当修真小说中的价值取向开始践踏人性中最

---

① Evilspider：《女性修仙文的四大经典》，百度贴吧，凡女仙葫吧（http：//tieba. baidu. com/p/2243236883）。

宝贵的善、美、爱的时候，破而后立的主流价值的回归就已经开始了。

　　人性的深度和情感的温度，决定了小说的高度，受众的广度和传播的长度，架构在人性深度和情感温度上的神秘玄奇、通天彻地的玄妙幻想，世界才会更具魅力和持久性。定离的修真小说坚持"情义为先"的价值和意义，也许就是在修真小说曲折蜿蜒的发展路途中，让众人看到，坚持人性中的善良和光明的个人奋斗路途，也会有人人追求的繁花相送，安然静好的风景和幸福。

网络类型写作的突围与重构

——评徐公子胜治修真小说《神游》

贺予飞 *

【摘要】我国网络类型写作蔚为大观，类型激增与膨胀现象凸显。在"求变"语境之下，《神游》寻到了理法与现实交融的修炼体系构型途径，用人性与人情复活了修真世界的立体风貌，在人的内在宇宙螺旋中回溯生命本真，以突围与重建的姿态树立了修真写作革新的典范。

《神游》是徐公子胜治的人、鬼、神、灵、惊、天、地七部曲中的扛鼎之作，网络修真写作在此之前有早期"开山派"《飘邈之旅》《搜神记》《诛仙》拓荒，又有"都市血修流"《升龙道》《不死传说》《邪风曲》接踵而至，同一时期有"洪荒流"《佛本是道》、"太古流"《神墓》等与之争雄，之后还有"奇幻派"《星辰变》、"凡人流"《凡人修仙传》《仙逆》等异军突起。《神游》能在诸多修真流派中崭露头角，证明其魅力独到。它颠覆了异次元世界的架空模式，褪去了上古传说、洪荒封神、星际争霸等类型标识，也抛弃了神格体系、仙魔阶层的类型设定，将类型写作中单

---

* 贺予飞，中南大学文学与新闻传播学院博士研究生。

一化、机械化、程式化模式涤荡一空，以叛逆性、扩容性、探索性的方式实现了修真写作的变革。

小说发生在 20 世纪 80 年代的芜城中学，高一（4）班的石野在状元桥下偶然捡到修仙法器青冥镜。他拿到教室把玩时，从镜中看到阴魂柳依依。由此夜梦连连，精神不振。石野的同学风君子本为仙人，错入人世。为解石野之困厄，风君子传授他"世间三梦大法"与丹道，从此石野走上修真之路。在石野历经炼形修心、万里诛魔、光复梅氏、创立三梦宗、成为东昆仑盟主、平定修行界千年之乱等系列事件中，他始终持守本心，朝着神君之业迈进。与此同时，风君子除了教导石野外，也在人世间体验磨难，阅尽沧桑。这部小说被陈天桥称为"中国版的《哈利·波特》"，徐公子从文化根脉与现实土壤出发，深入人性与人情的迷阵，在精神宇宙中回溯生命本真，构建起一个丰盈自足的修真世界，实现了特性写作与公共写作之间的个体转换，是一部坚实之作、灵魂之书。

一 重构理法与现实一体的修炼体系

《神游》在思维的炼金术中搭建了理法与现实的桥梁。"四门十二重楼"修炼主体系与"世间三梦大法"修炼旁支体系将力量升级与心法领悟共融，是一次对传统修炼体系的打散、组合与重构。通常来说，修炼体系中主要分为两大类，一类是西方神格体系，它以基因和血统继承为基础，包含位面领域、神格等级、规则力量、宗教信仰等因素；另一类是东方修道体系，由炼气、筑基、结丹、元婴、化神等修炼境界构成一套完整的力量升级体系。这两类体系具有很强的游戏特质，各种法术技能、武器、丹药，以及力量升级的设定，可以称作网络游戏的文字版。而主角的成长经历与实力等级挂钩，类似于游戏里的冲关机制，打败敌人、获得奖励、功力提升，是修炼体系的惯用套路。与此同时，小说中法力无边的仙人，武功盖世的高手，貌美如花的女子随处可见，各种神兽、异魔轮番登场，新奇事物层出不穷，而小说最后皆属大团圆式结局，主角大多成为修炼强者，并抱得美人归。许多修真小说以游戏消遣作为主要目的，远离生活基质，毫无烟火气息，在一条宅化的文学创作道路中渐行渐远。长此以往，"充满感官刺激、欲望和无规则游戏的庸俗文化"的"美丽新世界"预言将成为现实。① 徐公子使用留白手法，刻意没有将体系中每个晋升阶段都逐一呈现，弱化了修炼体系的升级感，并创造性地加入心法参悟，这种手法也同样运用于《人欲》《灵山》《地师》等作品中，只有通读完他的系列作品，才会发现完整的修炼体系。这使得读者不再将注意力完全投注力量升级体系，而更加偏重心灵的修行与感悟。

徐公子剥开玄学的外衣，不再罗列一些空洞抽象的宗教术语，而是构建一个独立自足、气韵生动的修炼体系。一方面，徐公子将理法阐释放诸体系之中，为修炼体系的建构提供强有力的逻辑支撑。譬如，"世间三梦大法"包括"入梦""化梦""无梦"三重境界，"无梦"也称神游。这种修炼方法实际上源于《庄子·齐物论》中庄周梦蝶的掌故，与密宗观梦成就法同源。同时，许多梦境阐述背后也能寻辨到弗洛伊德释梦理论的踪迹。梦境的诞生与潜意识息息相关，而出梦是潜意识转化为意识的自觉。修炼到神游境界后，究竟是将梦境化入人世还是将人世化入梦境，都已无从区分。诸如此类的理法阐释在书中俯拾即是。另一方面，徐公子以讲故事的方式隐现体系与理法，达到了"窥一斑而知全豹"的效果。"四门十二重楼"丹道修炼体系按照"内照""炼形""大药""灵丹""还转""金汤""胎动""婴儿""阳神""问天""忘情""太上"循序渐进。②

---

① ［美］尼尔·波兹曼：《娱乐至死》，章艳译，广西师范大学出版社 2011 年版，第 2 页。
② 信息来源："四门十二重楼"丹道修炼体系在《神游》中并不完整，笔者参看徐公子的另一部小说《灵山》将其补全，即第一门：内照、炼形、大药，第二门：灵丹、还转、金汤，第三门：胎动、婴儿、阳神，第四门：问天、忘情、太上。

这不仅是一部修真典籍，更是一部道学指南。以"内照"为例，石野一直对柳老师暗生情愫，从奋不顾身地在暴徒手中解救柳老师，到经历青冥镜中的色欲劫，他一步步体察自我，不再逃避难以启齿的感情，这正是石野经历第一门第一重楼"内照"的体现；又如"灵丹"，它不是指具体可感的丹药，而是指修行人自我意识觉醒后的世界观雏形。石野大闹齐云观，放走瑞兽望天吼，葛举吉赞活佛召石野在广教寺问责，此时石野已练成"灵丹"之境。他之所以反抗名门正派，是因为他已形成独立的个体意识，不再屈服于权威，面对是非善恶有自己的判断标准。徐公子颇具灵性与慧根，他以理法的逻辑支撑体系，用故事的血肉融入体系，由此理法与故事都成为修炼体系中不可割裂的一部分。

圣魔皆出于凡尘，徐公子打破了"魔界→人界→仙界"的惯用身份与阶层结构设置，将权力释放于充盈着物欲与快感的社会生活中，用饱和着生活血肉感的市井之事贯穿修真体系，与福柯关于权力"网络化""非中心化"的论断不谋而合。福柯认为，权力不仅存在于战场、刑场、绞刑架、皇冠、权杖、笏板、红头文件等特定位置、身份和阶层中，而且像毛细血管一样遍布于人们的日常生活里。[1] 而大部分的现代修真小说，都以现代社会为背景架构了一个"虚拟真实"的平行世界，这个世界遵循丛林法则和强权逻辑，实际上割裂了复杂的权力关系，不仅将现实社会中充满各种博弈、悖论的权力网络简单化，而且含有很大的幻想、夸张甚至是扭曲的成分。《神游》破除了权力中心论的泥淖，挖掘到修真与现实之间的隐秘内核，借修行来影射现实社会，展现文明的冲突与矛盾，表达对时代的反思与诘问，具有强烈的批判现实主义精神。小说设定的背景在20世纪80年代，西方各种价值观和思潮涌入，制度开放，百业俱兴，人心思变。

---

[1] ［法］米歇尔·福柯：《规训与惩罚：监狱的诞生》，刘北成、杨远婴译，生活·读书·新知三联书店1999年版，第29页。

徐公子揭示了这一历史境遇下的国民心态与生存困境，并找到了"持守本心→维护戒律→重建秩序"这样一条解决途径。其中，万里诛魔堪称《神游》中最为经典的桥段之一。作为修行界高手，付接勾结外域势力出卖国家情报，打着传道的幌子夺人财物、淫人妻女，表面上做慈善活动，收养孤儿数百名，实际上这些孤儿的父母皆惨死于付接手下。在特殊行动小组诛杀付接的任务失败后，石野继续凭一己之力冒死追踪付接。从中西亚的荒芜戈壁到浙江嘉兴南湖，他敢于以小辈身份追杀付接，不仅是因为赶匠用生命换来了他逃出重围的机会，更是因为他身上肩负了修行人的责任与义务。当石野解开身世之谜，发现付接是自己的亲娘舅时，虽有恻然但自问不悔，这种大义凛然的气魄令人钦佩。徐公子在《神游》自序中说，"平凡的人平凡久了，往往会被暗示生而平庸却又有人不甘于平庸，于是会有人消沉、有人世故、有人功利、有人钻营、有人堕落、有人浮躁。""圣人说过：'礼失而求诸野'，这恐怕就是我要表达的主题"。① 文以载道，以文化人，《神游》以反类型、反 YY② 的决绝姿态在宣泄与臆造中突围，其血液、经络、骨骼以至整个肌体都传达着大地的温度与力量。

二　复活人性与人情的立体图景

网络类型写作的人物设置有具体模型，写手们在塑造人物时习惯以标签化、脸谱化方式勾勒，或强调某一个性特征而忽视人物的复杂性，使得人物缺乏血肉感、灵动感和灵魂感。同类小说的人物集结在一起往往具有群体性特征，如都市小说《成都，今夜请将我遗忘》里的陈重、《赵赶驴电梯奇遇记》里的赵赶驴等都具有猥琐、好色的个性，历史穿越小说《新宋》里的石越、《锦衣夜行》里的夏浔、《步步惊心》里的马

---

① 徐公子胜治：《神游》自序，2006 年 6 月 13 日，起点中文网（http：//read. qidian. com/BookReader/a3VCgM2qTlw1，LCvK992QRrw1. aspx）。

② YY：YY 是意淫的拼音缩写形式，指幻想现实中不可能发生的事情来满足被压抑的欲望。

尔泰·若曦等大多熟知历史，有计谋；公安小说《余罪》里的余罪虽已远离高大全式的人格，但匪气又成为一种新的英雄范式。而修真小说的人物大多以单纯的正义或邪恶形象出现，即使是唐家三少、天蚕土豆、我吃西红柿等大神笔下也有相似或雷同的主角形象，这也是导致读者们时常记不清小说人名的原因。而徐公子在《神游》中采用双主角设置，明暗交错，爽虐合一，不仅破除了非黑即白的人物设定，而且内在丰满、质地瓷实，扩充了人物的发展空间。他笔下的女性形象除了凡人还有阴魂、山神、异兽、树精，她们与男主角发生一段段纠葛而又荡气回肠的爱恋无不令人恻然。

作为小说的第一人称，石野是修行的主角；而风君子既是石野的同班同学，又是石野的修行老师，是游历尘世的主角。他们的人物形象充斥着复杂性、矛盾性，颇为吊诡的是，这种矛盾中的对峙不但没有造成个性冲突，反而形成了人物张力。在主角性格塑造上，石野长于农村，他做面馆小工，开饭馆，办酒厂，勤劳踏实、善良谦和、淳朴憨厚；然而芜城世家梅氏家族的遗孤身份又对石野进行了文化基因的赋魅，因此他的骨子里没有世俗与乡野之气。他在万里诛魔、茫砀山之战中显露了除恶卫道的杀伐果决，在开创三梦宗、两昆仑会盟中展现出修行世家的宗师风范。值得注意的是，石野没有把自己放在道德圣殿和禁欲神坛。他敢于正视内心隐秘的情感，对韩紫英的母性依恋，对柳菲儿的男性欲望，对柳依依的兄长关怀无不折射出他贾宝玉式的多情与博爱。正因如此，石野这一人物塑造才合乎人性与人情。小说的另一主角风君子在世间的历练实现了"出世"与"入世"的对立统一。他摒弃了仙人的正派腔调，不拘小节，自由率性，独创修真道法，以玩世不恭的态度游戏人间，既有"我本楚狂人，凤歌笑孔丘"的狂傲气质，又有顽主式的叛逆色彩；他洞察人情，顺应世俗，教导石野"不要以为只有败类才可以有心机，我等向善之人也不应迂腐"；① 他心系苍生，冒着天刑之劫的危险"借江山一用"，在昭亭山喝破佛门五衰，将七叶打入轮回永世为驴，不仅帮助身边的人、鬼、妖、兽修行，而且还以德报怨，以心头血供奉观音来救赎绯炎。风君子性格中的多重区隔有其独特成因，他的谪仙身份使他既不是正统的仙人，又不是世俗中的凡人；他出生于官员家庭，父亲是芜城副市长，因此他深谙世故，处世成熟。在人物发展脉络上，石野天赋异禀，悟性极佳，他不仅受风君子的教导与守正真人的庇护，平定两昆仑千年之乱，而且情感路途坦顺，既有知书达理、温文尔雅的柳菲儿做他俗世的妻子，又有贤惠干练、善解人意的韩紫英做他修行的伴侣，同时还与柳依依、石之秀等暗有情愫，这种爽文路线满足了广大读者的英雄梦、爱情梦；而风君子本是仙人，堕入红尘，他的爱人绿雪、七心皆为其惨死，爱他之人张枝、绯炎只能苦苦遥望。绿雪死后，风君子封印神识，忘掉记忆，告别修真界，经受七情磨难，剧情一波三折令人揪心，这种虐文路线以一种高压式负能量的宣泄使读者获得感官快感。

万物皆有情，徐公子笔下的女性形象颇有聊斋遗风。石野深受众多美女爱慕：韩紫英原本是九连山中的异兽香妃麝，亲见修仙眷侣携手飞天而心生羡慕，从此通灵。她虽为妖而精通人情世故，怀有善良慈悲之心，帮助石野打理日常事务；柳菲儿是石野的高中班主任，她生于芜城三大世家，思想传统，她为石野耗费10年青春，冲破世俗教条的束缚，等石野大学毕业后与其成婚；石之秀是瑞兽望天吼所化，天性率真，在七叶与绯炎联手攻击石野时，她舍命一吼，救石野于危难之中。围绕在风君子身边的女性则多有悲剧色彩：绿雪是昭亭山上的千年茶树精，草木本无情，绿雪却是理性与感性的矛盾体，她理智地拒绝了风君子携她入世的恳求，最后

---

① 徐公子胜治：《神游》第153回《镜中那一个，此生可曾识》，2007年5月5日，起点中文网（http：//vipreader.qidian.com/BookReader/vip，65875，10233058.aspx）。

却又为风君子挡天雷之劫而魂飞魄散；七心有天仙容颜，个性外冷内热，她为修炼七情合击 12 岁就戴上面具隔断世情。风君子破了七心的天人之誓，从此七心种下情根。为了风君子，她接受七叶的挑战，发动不伤人而伤己的七情合击，受 10 万生灵的反噬而死；张枝为豪门千金，个性直率，身有无形之刺，除了风君子的仙人之体，所有异性都不能与她接触。张枝因心直口快而酿下七心惨剧。风君子赠张枝一滴仙人血，借走她的无形之刺，从此天下男人都可以接近她唯独风君子不可。"山有木兮木有枝，心悦君兮君不知"，张枝只能独自消受这份苦情。这些女性形象仿佛都是为爱而生，用浓烈的情与义谱写了一曲动人乐章。

除此之外，徐公子还刻画了七叶、尚云飞、守正真人、法澄、张荣道、和曦、泽仁、百合、付接等大大小小 20 多个生动形象，具有现实感和典型性。例如，七叶有神君之能，他截杀石野，诡败法海，引动十万生灵把七心逼上绝路，为达到目的不惜使用任何手段，最终害人害己；尚云飞为葛举吉赞活佛弟子，资质悟性俱佳，活佛圆寂后他被物质诱惑降服，成为一个敛财商人。这些人物的生死祸福出人意料，但又有因果根源，命运似乎被一种无形大道主宰，他们的发展线路遵循着自身逻辑，或冲撞，或交错，或抵消，或背离，鲜活地描绘了人性与人情的立体风貌。

三　探寻存在与本真的生命哲学

追寻生命的价值和意义是文学亘古不变的话题，成长历程则是对生命存在方式的一种具象化解读。网络类型写作将成长主题奉为圭臬，由此，考验、磨砺、劫难成了一种基本的叙事结构。在《神游》中，尘世历练不仅作为小说的结构方式而存在，而且成了阐释永恒生命意志的注脚。历劫设置有其"原逻辑"。在原始部落的成人礼中，有鞭笞、杖击、割礼、蚁噬、拔牙、放血、跳牛等各种仪式。面对无所逃遁的劫难，人类的眼光从外在世界投注到自身宇宙，少男少女通过残酷的肉体折磨和心性考验来判断是否获得成人资格。风君子在凡间经历的"世间劫"和石野的修行中经历的"色欲""身受""丹火""魔境""妄心""真空""换骨""苦海""天刑"九劫都是一个认识自我、追寻本我的过程。徐公子回溯本源提出"我是谁"这一古老的哲学命题，这不仅是自我意识觉醒的过程，而且是探寻生命存在意义与价值的过程。他借人世与修行中的磨砺、挣扎、蜕变来表达自己对存在价值的思考与追问，从肉体到精神都在劫难中涅槃，最终抵达彼岸世界，建立了具有宗教意义的生命观。

自我意识萌蘖之后，徐公子又提出了"何为修行""为何修行""如何修行"的终极问题。在价值观被悬置的欲望时代，他为我们展示了人类灵魂的碰撞、撕扯与救赎。所有道法的修炼归根结底，都源于心灵的体悟与修行。杀人夺宝、打怪升级、炼药长生等手段与《神游》相比都落入下乘，徐公子认为修真的最终目的不是获得法术神通、长生不老、修道成仙，而是在于明心见性、知行合一、完备自我，这从本源上探讨了修真的意义。风君子与七叶在正一三山论道，七叶问："何为生？"风君子答："有私，生息轮回者为生。"风君子问："何为灵？"七叶答："知我，可行逆天者为灵。"七叶问："何为物？"风君子答："在者为物。"风君子问："何为神？"七叶答："用着为神。"七叶问："何为用？"风君子答："当者为用。"[1] 从风君子与七叶的对答中，我们可知七叶强调天地万物为我所用，以利我者为善，以害我者为恶。而风君子认为世间万物并没有高低贵贱之分，只有适合自己并且对他人无伤才能为己所用，一味强求物用和私欲，即使获得再强的神通与修为，也不可能真正得道。风君子最后问："何为修？"七叶答："知来处去处，得来处去处，合来处去处，为修！"[2]

---

① 徐公子胜治：《神游》第160回《微言阐广义，大音希有声》，2007年5月16日，起点中文网（http：//vipreader. qidian. com/BookReader/vip，65875，10237210. aspx）。

② 同上书，第161回《埏埴以为器，天心神用之》。

七叶最终败下阵来，只能按照风君子的意念作答，修行就是要去掉私欲，知行合一。去欲归真这一理念始终贯穿于修行之中，风君子传授石野丹道，两人在谈到修炼"走火入魔"的问题时说道，"××银行分行长挪用公款赌博……"——"因贪而走火。""年轻有为处级干部，为情妇葬送前程……"——"因欲而入魔。"① 古人说，举头三尺有神明，世人光低头想自己的利益得失，心被尘垢所蒙，道德秩序与情感良知在欲望面前一再溃败，徐公子借此传达了《神游》的立意：修行就是要持守本心，不因权、钱、色的诱惑而改变自己的心性。徐公子又号风君子、忘情公子，风君子是他在小说中的理想化身。这种创作理念来源于他的自身经历，他曾是国内著名的证券分析师，在看惯了金融圈的跌宕起伏与名利场的钩心斗角后弃商从文，潜心研究丹道与灵修，因此关照人的内在宇宙成了他小说创作的重要一环。

尼尔·波兹曼曾说："毁掉我们的，不是我们所憎恨的东西，而恰恰是我们所热爱的东西。"② 目前，大多修真小说将重点聚焦在"求仙""称王"上，主角通过修炼、杀戮、历险使实力由弱变强，最终飞升成仙统领一方。血红开创的"都市血修流"是现代修真的典型代表，我们不妨以《邪风曲》与《神游》略做比较，血红同样意识到了强权崇拜的弊端，因此发出"正邪，谁人能定"③ 的质疑，他以流氓式主角厉风的成长经历探索出一种生存方式来抵抗"以强者为尊"的现实社会，然而他的这种抵抗并没有达到解构效果；当主角强大以后又成为权威的实施者和规则的制定者，对于生命的解读流于表层意义。而在《神游》中，徐公子采取了艺术化的处理方式，他并没有点明石野最终是否战胜周春成为一代神君，风君

---

① 徐公子胜治：《神游》第 37 回《有物先天下，混成不知名》，2007 年 5 月 16 日，起点中文网（http：//vipreader. qidian. com/BookReader/vip，65875，10237210. aspx）。

② ［美］尼尔·波兹曼：《娱乐至死》，章艳译，广西师范大学出版社 2011 年版，第 2 页。

③ 血红：《邪风曲》，起点中文网原创小说书库（http：//free. qidian. com/Free/ChapterList. aspx？bookid =27372）。

子也仍在尘世游历没有返回忘情宫，这种结局恰恰使读者将目光聚焦于内在宇宙的探寻之中。我们的文化中缺乏使内心真正服膺的道德理想和神圣信仰，许多修真小说徒有其形而缺少精神内核，不得不臆造强权崇拜与感官狂欢来充当替代品。在物欲膨胀的时代浪潮中，徐公子高蹈性灵，发出了自己的光亮和声音。《神游》的生命哲学能给人带来情感的抚慰与皈依，收获心灵的净化与提升，指引人们走向光明、敞亮的本真境界，最终超越"悦耳悦目"的物质世界，实现对生命终极价值的叩问、确证与追寻。

当然，即使是优秀的文学作品也总会有些许局限和羁绊。《神游》也有驳杂、生硬和有待商榷的地方。譬如，徐公子在小说叙述中会时不时跳出文本宣谕几句，带有偏执的理性教化削弱了文学的形象主体，也存在过度阐释与拔高之嫌；在女性形象塑造中，白莲花、① 解语花②式人物居多，她们作为男主角的附庸而存在，缺乏了独立价值与解放精神。类似瑕疵在他的《鬼股》《地师》《天枢》等作品中也同样可以窥见。

在蔚为大观的类型洪流之中，仅有百万余字的《神游》却形成了一座极为重要的波峰。徐公子敢于突破修真写作的许多既定框架和模式，在理路纷呈的类型江湖寻到物质构型、立体填充、哲学赋魂的途径来重构修真世界，这种反叛式的贴地飞行无疑给正处于写作焦虑和转型的后来者们开辟了新空间，同时也提供了宝贵的精神养料。

---

① 白莲花：又称"圣母白莲花"，指以琼瑶笔下女主角为代表的性格柔弱、善良、纯洁的女子，现广泛用于文学与影视作品形象中。

② 解语花：出于成语典故，五代时期文官王仁裕（880—956 年）著有《开元天宝遗事》一书，其体裁为笔记小说，其中《天宝下·解语花》一节原文如下："明皇秋八月，太液池有千叶白莲，数枝盛开。帝与贵戚宴赏焉，左右皆叹羡。久之，帝指贵妃，示于左右曰：'争（怎）如我解语花！'"后来，"解语花"就指代美貌聪慧的女子。

青春·言情·女性·穿越

史学视野下的回眸:《第一次的亲密接触》 之意义与局限

程海威*

【摘要】在中国网络文学史上,《第一次的亲密接触》是一部名副其实的"现象级"作品:历史节点上,直到该作品走红,网络文学身为文学缪斯与网络比特之子,才首次大范围与大规模读者见面;文学意蕴上,植根于互联网的同时,作品汲取了传统文学的丰富养分,体现出扎实的文学性。从史学视野下观照:该著最大的价值在于以陌生化语体宣告着新兴网络文体的成熟,以审美日常化促进了大众审美方式的转换,以商业化尝试探索出网络文学的多面衍生开发模式;而网言鄙语的语言粗口秀,文化祛魅的快餐式写作,认知庸俗的价值肤浅性,利益驱动的过度商业化,则是其难以摆脱的审美缺憾与艺术困境。作为中文网络小说第一部代表作,该作品的不足与缺憾影响了后来者,亦折射出我国网络文学的普遍弊病。对待《第一次的亲密接触》以来的网络文学盛景,应正视风险,推崇理性,扬其精华,弃其糟粕,规避市场消费对逻各斯中心的"遮蔽",才能抵达文学的"澄明之境"。

---

* 程海威,文学硕士,任职于中南大学。

海量作品，超爆人气，大神迭出，点击数亿……当前我国网络文学呈现出"风光一片大好"的势头，成为全球范围内的文化奇观；然而表象之下，深藏内在的隐忧与不足，主要体现为有"高原"缺"高峰""速成"与"速朽""人气堆"与"快餐性"的三重矛盾。[1] 技术崛起而艺术缺失的悖论带来文学"父根"与"母体"的"审祖式"追问——机械复制时代文艺作品的"灵韵"（Aura）消散如何遏制？审美与消费之间的关系失衡如何矫治？文学艺术的崇高"元价值"（Meta – value）何以捍卫？网络文学何时产生一流作品？要回答这些问题，须从本源着手疏瀹源流，钩沉索引，则必绕不开汉语网络文学开宗立派的标杆作品——《第一次的亲密接触》（以下简称《第一次》）。

《第一次》由台湾作家蔡智恒 1998 年在网络上首发，问世后迅速风靡海内外华人圈，成为大陆"网络文学热"的导火索与催化剂。很多人因该小说的流行而知晓网络文学，无数草根在该作的影响下加入网文创作阵营，甚至不少年轻人受"痞子蔡"与"轻舞飞扬"的网络爱情故事吸引而走进网吧，推动"网恋"成为一时流行之最。及至 2016 年 6 月，我国网络文学用户规模已达 3.08 亿，[2] 签约网络写手百万以上，网络作品存量千万部以上，[3] 是最大的文娱产业 IP 源头，也是文学圣坛之下传统学人想要"选择性失明"却无从躲避的尴尬存在，是众多新锐学者密切关注、理论研究的对象。着眼于探寻网络文学生成、发展和受限的现实逻辑与理论走向，本文选择回归原点，从《第一次》谈起，自史学视野重新审视小说的意义、价值和局限，以为网络文学价值判定与生态革新提供一枚观察之"切片"。

---

[1] 参见欧阳友权《打开网络文学迷宫的锁钥在哪里》，《人民论坛》2016 年第 24 期。

[2] 参见中国互联网络信息中心（CNNIC）《第 38 次中国互联网络发展状况统计报告》，2016 年 6 月 30 日，中国互联网络信息中心（http：//www.cnnic.cn/gywm/xwzx/rdxw/2016/201608/W020160803204144417902.pdf）。

[3] 参见欧阳友权《打开网络文学迷宫的锁钥在哪里》，《人民论坛》2016 年第 24 期。

一 文学里程碑：缪斯比特之子与大众"第一次的亲密接触"

《第一次》创作于网络世界尘烟初起的年代，讲述的是"数字化生存"流行之际大学生"痞子蔡"与网友"轻舞飞扬"之间一段浪漫、新奇、悲情的恋爱故事。小说围绕男女主人公的网恋过程及言行互动展开，全文节奏清晰，语言生动，情思斐然。作品是蔡智恒第一部公开发表的小说，也是成名作；文中描述的网络恋情披上了时代的华丽外衣，是网络环境下的独有产物。良好的历史契机与纯正的文学基因，使《第一次》具备得天独厚的优势，一经面世，很快具有了网络文学的里程碑式意义。

（一）历史契机：网络文学在中国的首次公开亮相

汉语网络文学最早诞生，发展于华人留学生群体中间：1991 年，全球第一个华文网络电子刊物《华夏文摘》在美国创刊，张朗朗、少君、阿贵、图雅等人创作、发表了最早的网络原创散文、杂文、小说、文学评论、诗歌，同年，中国香港、中国台湾地区加入互联网，李顺兴等人的《围城》《文字狱》等作品是最早的中文超文本实验小说；1992 年至 1994 年，华人网络文学流行于海外，第一个使用 GB‐HZ 编码的中文互联网新闻组 ACT（alt. chinese. text）于 1992 年成立并逐渐积累数以万计的固定用户，《未名》《美人鱼》《东北风》等电子杂志 1994 年先后在美国、欧洲、日本创刊，《新语丝》网站在美国加州注册并成为活跃至今、历史最长的、以文学为核心板块的华文网站；1995 至 1996 年，诗阳、鲁鸣等人创办第一份网络中文诗刊《橄榄树》（Olive Tree）并形成具有一定影响力的华人网络诗人群，台湾交大研究生 Plover 完成小说《往事追忆录》《台北爱情故事》，成为当时台湾最有影响力的网络写手，中文网络写作传奇人物图雅在写下了近 30 万字的诗歌、散文、小说作品并积累不小名气后离开网络，再不复归；1997 年，美籍华人朱威廉投资创办"榕树下"文学网站，中国大陆网络文学的第一扇大门开启，真正开始了华文网络文学的全球化。①

在《第一次》爆红之前，华文网络文学经过百花齐放的野蛮生长期，已基本覆盖各类文学形态，孕育和产生了一批小有名气的网络红人写手和新鲜网文作品。然而，一来这些作品和作者的影响力局限于留学生群体中，少为外界所知，二来此时华人世界特别是中国大陆电脑及互联网普及率很低，网络文学的生成、传播无从谈起；三来作品从内容到形式与网络的合贴度还不够高，"网络化"标签不够深入，故未能形成如《第一次》般的影响力，文学史意义也大打折扣。直至该作诞生，掀起网络小说流行潮，才开启了一个新时代。在该作的影响下，中国内地产生以李寻欢、宁财神和邢育森为代表的"网络文学三驾马车"，《迷失在网络中的爱情》《无数次亲密接触》等一批在线小说作品也如雨后春笋般涌现，网络文学逐步迎来了狂飙突进的兴盛时期。

（二）文学根脉：深厚的传统功底与叙事的灵活性

《第一次》的走红借助了历史机遇，是"时代使之然"，② 也得益于小说本身的精彩故事情节、生动人物形象和幽默睿智的语言，根植于作品扎实的文学性造就的无穷魅力。就内容而言，该作能成为网络小说的"开山之作"，原因在于三个方面。

一是巧借先机，讲述了一个"传统经典性与先锋刺激性并存"的新故事。《第一次》创作于特殊的时代背景：台湾地区接入互联网的时间比大

---

① 参见欧阳友权、袁星洁编著《中国网络文学编年史》，中国文联出版社 2015 年版，第 1—57 页。

② 邹文生：《此情可待成追忆——解读〈第一次的亲密接触〉》，《周口师范学院学报》2002年第 6 期。

陆早 3 年，其本土网络文学发展历史也较大陆更长，前期发展步伐更快，经历了更好地孕育和积累。同时，台湾有着较好的武侠小说、言情小说创作传统与阅读氛围，以三毛、琼瑶、席绢为代表的言情小说家及以古龙、卧龙生、温瑞安为代表的武侠小说家的作品广泛流传，为通俗小说创作提供了参照，形成了有利于网络小说创生的文化母体。双重条件下，蔡智恒以网络式写作为体，以通俗小说技法为用，将传统经验与现代趋势相结合，创作出《第一次》。小说讲述的男女主人公通过 BBS 与 E–mail 建立的互动交流，点缀着咖啡、大片、飞机、香水、出租屋等元素的现代都市生活，基于互联网亚文化之上的浪漫恋情，无不极具"摩登"气质与先锋性，又迎合着商品经济时代求新求变的大众口味；小说男女主人公借助因特网谈了一场悬念迭出的新式恋爱，走在了时代的风口浪尖，却表现出鲜明的保守爱情观与传统价值取向，适应了不同读者群体的阅读需要，引起读者共鸣。

二是以爱为轴，上演了一幕"浪漫之爱情遭遇现实之绝症"的悲惨剧。"爱情"是人类永恒的话题，也是文学作品中长盛不衰的描写对象。以爱情经历为中心构筑小说大厦，能使不同性别、身份、地域、阶层的读者，均能调动自身经历融入故事情境。《第一次》通过讲述痞子蔡与轻舞飞扬的情感故事，展示了一幅时尚、纯真又浪漫的爱情画卷。小说男女主人公的网恋历程，虽被作者冠以"第一次的亲密接触"的帽子，事实上却是相交止于触碰，交流以柏拉图式精神恋爱为主，感情平淡而真挚。这种传统纯爱模式与商品经济登场以来，在大中城市大行其道的"快餐爱情"形成巨大反差，使受众产生极大的移情效应。在着力刻画两人间的爱情之浪漫美好时，作者反其道而行之赋予了小说一个悲剧性的结尾。层层伏笔之后，读者才发现，轻舞飞扬在与痞子蔡见面前便已知道自己患上了红斑狼疮，而在两人两次见面，互有好感并开始"吃饭逛街看电影"的幸福恋爱生活时，她却病情加重，休学住院，不久因病去世，让人不禁扼腕叹息。在文学史上，悲剧作品是格外搅动读者情感参与的一类，《第一次》描写的悲剧，不是单一、平面化的悲剧，而是建立在喜剧基础之上的悲剧，不单是轻舞飞扬的个人命运悲剧，更是男女主人公的爱情悲剧和网络恋情走入现实受挫的社会悲剧，其悲剧性更加打动人。

三是精巧构思，奉献出一部"人物典型性与情节曲折性兼具"的好小说。《第一次》中，三位主角人物形象生动、个性鲜明，令人过目不忘。男主人公痞子蔡是一名长相平凡、逻辑严谨的典型"理工男"，名为"痞子"却并不痞，事实上十足"本性纯良"，这从他的恋爱观与恋爱史中即可看出；与他关系很铁的同学兼室友阿泰，是号称"万花丛中过，片叶不沾身"的情场老手，他嘴巴又甜又油，在情场上百战百胜，充当痞子蔡的爱情参谋，实际上却迷失在肉欲爱情之中；女主人公轻舞飞扬则是一名外文系学生，她美丽、深情，很有生活情趣，对爱情渴望而坚持，可惜身染疾病，在大好年华中早早离开人世。作为知识丰富、思维活跃的后现代大学生，三位主角身上有着鲜明共性：青春洋溢、用语幽默。如痞子蔡称"优美的昵称，就是恐龙猎食像我这种纯情少男的最佳武器"，拍马屁时要"装作一副无辜的样子，正所谓'拍而示之以不拍'"。女主角轻舞飞扬的Plan意象翩翩如一首现代诗，在聊天中她常打趣遇见痞子蔡是"遇人不'俗'"，称他"一言九'顶'"（被讲一句要顶九句），更随口就聊出了一套"咖啡哲学"。而阿泰的诸多经典语录，包括"交女朋友三大忌理论""男人四种类型论""'睁眼说瞎话'之逃难法"等，无不令人捧腹，又闪耀着生活的"哲理"光辉。在谋篇布局上，小说精心设计，从痞子蔡的视角推进故事情节，使读者的心情随着男主人公的心情波动起伏，经历好奇—欣喜—紧张—激动—思念—痛苦的过程，体会到过山车般的喜怒哀乐转换；又通过轻舞飞扬的网名、Plan，多次提到想休学的情况，痞子蔡对轻舞飞扬"美丽蝴蝶"的印象及发现她皮肤冰冷、身上有斑等细节描写，多次为后文埋下伏笔，使故事的最终结局既在意料之外亦在情理之中，让人感受到作者在情节设置上的巧妙心思。对主角人物个性的精准刻画和小说情节设置的独运匠心，成为作品持续火爆的重要原因。

二 颠覆与再造：蔡式网络"痞子文学"的贡献与价值

网络文学是网络与文学碰撞和耦合的产物，"文学性"注定其与文学传统一脉相承，"网络性"则重塑了其外在形态和内在构成，两者交相缠绕，正如两条多核苷酸链的双螺旋结构，形成网络文学的 DNA。作为一部承前启后的作品，《第一次》以标新立异的姿态宣扬着网络小说在文体结构、语言元素、审美机制、产业生态等方面的另辟蹊径和崭露头角，并在拔帜易帜中建构起自身的价值。

（一）叙事陌生化：代言网络文体的成熟形态

媒介理论学家马歇尔・麦克卢汉（Marshall McLuhan）认为，"媒介即是讯息"，看似空洞、消极、静态的媒介载体，实际对知识、内容的结构、清晰度和意义起着强烈的反作用。印刷文明以文字为中心，成就了传统文学的"作者中心""逻各斯中心"与精英主义；电子媒介以电子多媒体讯息为中心，成为现代"信息采集人"中枢神经系统的延伸，使人的各类感官"存在感""参与感"集体增强，获得解放，这种人类重新"部落化"的过程开创了电子文化以整体思维为中心、以互动参与为中心、以情绪共鸣为中心的新纪元。《第一次》采用网络体叙事，网络媒介的结构改造和意义改写使小说在表达手法和艺术技巧上实现了不同于传统文学的创新，强化了读者的新奇感和特有的审美感知，从而在内容与形式上达到什克洛夫斯基（Viktor Shklovsky）所言的"陌生化"间离效果。它的走红标志着新生的网络文体在孕育中走向了成熟，并能够向大众提供喜闻乐见的"新物种"精神产品。《第一次》中网络体写法叙事上的陌生化在多方面均得到验证。

小说的标题，看似大胆、直接，实则一语双关、暗含伏笔。题为"第一次的亲密接触"，视觉冲击力极强，引发读者无限遐想，甚至颇具色情挑逗的意味。"好奇害死猫"的惊异心理牵引着读者迫不及待开卷"读屏"，全篇完了才发现作者玩了一个"标题党"的小把戏："亲密接触"的是初涉情场的男女主角，更是读者对"新新人类"网络恋情的好奇窥探；两者的"亲密接触"不但一点不"污"，反而平淡纯情得很。

小说简短的句式和明快的节奏具有鲜明的"互联网特色"。传统小说作品一般长句较多，力求完整，华丽铺陈，乃见真章，文法和结构均遵守规则，一张一合间，节奏亦追求平稳，网络小说适应在线阅读的一目十行和快节奏的现代生活，节奏感强，文字跳跃，对话体叙事应用广泛。《第一次》全文均是散文诗般的短句，线性推进，行文畅快，真实自然，是在线网络语境的真实写照。

网络语言符号的广泛使用及包袱频出的旧词新解、语码转换也是该作的鲜明特点。譬如，在以棒球比赛形容恋爱进展时，蔡智恒写道"一垒表示牵手搭肩；二垒表示亲吻拥抱；三垒则是爱抚触摸；本垒就是已经※&@☆了（基于网络青少年性侵害防治法规定，此段文字必须以马赛克处理）"。在与"轻舞飞扬"聊天时，"痞子蔡"说"现在你若送来半形符号':)'，我仿佛就能看见你微微扬起的嘴角……你若送来'呵'，我仿佛就能听见你那像麦当劳薯条的笑声"。诸如此类的语言夹杂着互联网符号，但新颖奇特。层出不穷的新词新义、中英转换，如"恐龙""美眉""见光死"等网络词语的使用，以"你娇艳如花，于是我口水'欲滴'"来解释"娇艳欲滴"，及"Sorry 让你久等了！Let's go"等大量中外语言转换，都是互联网文化的产物，时髦、有趣，符合年轻人的口味，具有较强的语言张力。

（二）审美日常化：推进大众审美的方式转换

"审美日常化"，即"审美日常生活化"，与"日常生活审美化"（the aestheticization of everyday life），是一对共生与一体的概念，最早由英国学者迈克·费瑟斯通（M. Featherstong）提出，是对"第一次世界大战"以后西方社会新的审美现象、思潮的理论概括。费瑟斯通认为，日常生活的被审美化使得艺术与生活之间的距离日渐消弭，既把"生活转换成艺术"，亦把"艺术转换成生活"。2002年前后，首都师范大学陶东风教授、南京大学周宪教授等将该概念引入中国并加以阐释，曾在文艺学、美学界引起广泛关注。进入21世纪以来，在市场经济发展、城市改头换面与中产阶级壮大的历史背景下，后现代主义、新享乐主义文化风潮在我国流行开来，艺术和审美开始走进大众日常生活，新兴的泛审美、泛艺术形态如广告、时装、流行歌曲乃至家居装饰等，均融入了艺术的元素、打上了艺术的烙印，使得日常生活环境"被审美化"，"审美"作为特殊精神活动走下神坛，为大众所共享。到1998年，大众，特别是城市市民，审美趣味、审美习惯悄然转向，审美日常化形成了生长、存在的深厚土壤。《第一次》大范围传播，贴合了这一潮流，进一步促进了大众文学艺术审美的标准与形态转换。

一是作品的流行，彰显了大众文学审美的平民视角与娱乐功能。传统文学以精英主义为内核，描写和歌颂的对象以英雄人物或典型样板为主，看重批判性和思想深度，讲求意识形态与价值观引导，《第一次》表现的是平凡人的网络生活，无论是痞子蔡、轻舞飞扬还是阿泰等都是芸芸众生中的普通一员，故事内容叙写的也是草根网民的风花雪月、喜怒哀乐，谈不上有多么深刻的教育意义。然而在这场"阅读狂欢"中，网民们从"众人能赏的大众化文学样式"中享受到了"网络文学面前人人平等"的快乐，[1] 从日常生活

---

① 参见张俊卿《试论网络文学的审美特征》，《新学术》2008年第1期。

的审美中获得了身心的放松和精神的愉悦。正如学者所言，"没必要对当代审美的这种出于乔木、迁于幽谷式的变迁怀有一种贵族式的失落感。从某种意义上说，审美精神本来就是一种世俗精神、大众文化。"① 自这个角度而言，《第一次》推动"民间文学"盛行，引领大众审美的日常生活化，有着不容小觑的时代价值和现实意义。

二是作品推动、弘扬了交互性审美的审美形态。不同于纸质媒介文学缓慢素材积累、烦琐编校流程及完结本的出版模式，网络文学充分利用了网络的即时性、互动性特征，使读者与作者"越过时空距离的阻碍，跨过读者作者身份的禁区，共同参与作品创作，享受互动的快乐"。在这种拒绝单向度意义灌输的互动审美模式下，作品是作者的作品，又是读者的作品，读者是作品的读者，又是作品的作者，自我主体与对象主体之间互动交流，形成"主客不分"的主体间性。《第一次》是蔡智恒在成大猫园BBS网站与网友互动中连载完成的。小说事先并无写作架构，作者边写边贴，适时参考读者意见修改内容，互动之合力成就最终摆在公众面前的小说全文。这种交互性的创作与审美过程，既增进了读者对小说背景与情节的了解，为网民讨论并传播作品提供了有利条件，又催生了读者对作品创作过程的审美参与，是如今各大文学网站上以"续更"为推进器的作者——读者交互式审美的前身。

（三）产业衍生化：开创 IP 经营的商业模式

论及近几年中国互联网圈的热点词汇，"IP"绝对算一个。近三年，国内影视娱乐圈几乎被如火如荼的"网络 IP 热"所承包，《步步惊心》《甄嬛传》《花千骨》《琅琊榜》《芈月传》《诛仙》《盗墓笔记》《何以笙箫默》《欢乐颂》《翻译官》《余罪》《微微一笑很倾城》……由网络小说

---

① 薛复兴：《文化转型与当代审美》，《美学》2001 年第 7 期。

改编的电视剧、电影、游戏、动漫层出不穷，不仅为文化娱乐产业提供了丰富、精彩的内容，而且产生了高达千亿的"IP价值"。而回溯源头检视中国第一个"网络文学IP"，《第一次》可谓当仁不让。正是《第一次》，第一次开创出"网络流行—实体出版—影视、游戏、戏曲等多面衍生"的网络小说商业开发模式，成为如今火遍全国的"IP"经营的滥觞。

据统计，《第一次》在互联网上连载后，当年9月即被中国台湾红色文化出版社抢先出版，热销近60万册，在中国大陆，30余家出版社争夺该书出版权，最终知识出版社捷足先登，一出版洛阳纸贵，重印20—30版皆被抢购一空，截至2005年，狂销100万余册。① 在实体书籍一纸风行的同时，《第一次》很快引起了影视剧、舞台剧导演的关注。在商业利益与大众文化裹挟推动下，2000—2001年，由上海电影制片厂及台湾学者公司联合摄制，金国钊执导，舒淇、陈小春、张震等领衔主演的同名电影在台湾及大陆先后上映，云集了多位一线大咖演员，成为首部由网络小说改编而成的电影；2001—2002年，北京人民艺术剧院、杭州市余杭小百花越剧团分别将话剧版与越剧版《第一次的亲密接触》搬上了舞台，前者由人民艺术剧院副院长任鸣执导，著名演员陈好、徐昂等主演，后者由著名越剧演员赵志刚、陈湜分饰男女主角，让痞子蔡与轻舞飞扬的爱情故事走进了中国传统艺术，10年后的2011年，北京人艺还更换人马再次推出了《第一次的亲密接触》十周年纪念演出；2003年，智冠科技公司、厦门火凤凰公司制作推出了名为"第一次的亲密接触"的单机游戏，游戏根据小说的剧情安排，让玩家在游戏中感受网络爱情的酸甜苦辣，至今仍可下载安装；2004年，崔钟执导，佟大为、孙锂华、薛佳凝、郭广平等主演的电视剧也亮相荧屏，在广东电视台、爱奇艺网站等平台分别播出，这也是网络

---

① 参见陈佳《痞子蔡七年来无法再超越》，2005年11月8日，中国网（http://www.china.com.cn/chinese/RS/1023236.htm）。

小说改编为电视剧最早的尝试。该小说还曾被改编为广播剧、漫画等。

总之，《第一次》作为中国网络文学早期的翘楚之作，扩大了网络文学的社会影响力，开了网络文学商业化运作、产业化开发的先河，引领了最早的"网络 IP"泛娱乐化全产业链经营，对网络文学乃至大众文化产业的兴盛繁荣有着拓荒式贡献。

三　狂欢与逐利：在线消费性写作的审美缺憾与艺术困境

《第一次》具有独特的文学史、文化产业史意义和较高的艺术审美价值，然而不容忽视的是：它宣扬了网络文学的粗口叙事与戏谑写作，促进了渎圣思维与平庸崇拜横行，加剧了欲望生产、粉丝消费与市场狂欢。自该作品起，网络消费性写作进一步挤压传统文学的生存空间，权力资本逻辑的介入加深互联网时代的文学创作—审美困境，21 世纪文学不可逆转地走上了未知路途。

（一）语言粗口秀：或杂或鄙的网言网语

"网语"充斥、中英混杂，部分用语或香艳或粗鄙，过度迎合网民的感官欲望，是《第一次》的第一大病症。小说中，"她竟 mail 告诉我""你敢 jump 我就 jump""万一她刚被 fire""晚安 you too""Mr 痞子"等中英夹杂的说法很多，这些网络语言无规则的随意性用法冲击了汉语语法的秩序与规律，破坏了汉语的纯粹性。既容易造成汉语使用的混乱，也不利于汉语教学和传播。

在记录人物言行或刻画人物心理时，处于匿名状态的作者描写大胆而刺激，充满感官化的欲望修辞打着色情的"擦边球"，充分进行着电子牧场的自由涂鸦，却有些粗俗和痞气。譬如在描写阿泰是"少女杀手"时，称他"能够一眼看出女孩子的胸围，并判断出到底是 A 罩杯还是 B 罩杯，或在数天内让女孩子在床上躺平";谈到一些寻找短暂刺激的女网友时,称她们与阿泰一见面就问他:"君欲上床乎?"阿泰则回答:"但凭卿之所好,小生岂敢推辞?"然后她们会问:"your place or my place?",阿泰则回答:"要杀要剐,悉听尊便。重点是跟谁做,而不是在哪做。"诸如此类的"大尺度"对话,虽不能以网络色情称之,却是实实在在的"粗口秀",少了几分文雅。

(二)快餐式写作:底蕴缺失的文化祛魅

草稿写作,快更速成,人文精神缺失,思考深度不足,是《第一次》的第二大病症。网络写手一蹴而就、连续更新、博取点击率的写作过程,缺乏文学创作必要的思想积累和时间沉淀,难免产出思想性、艺术性不够高,"好吃而缺乏营养"的"炸鸡薯条式"产品。

《第一次》由蔡智恒于1998年3月22日到5月29日在论坛BBS上隔日更新完成,仅用两个月零8天的时间即结束了全部10章34节的内容,相比古人"两句三年得,一吟双泪流"的字斟句酌,诗意酝酿与"批阅十载,增删五次"的艰苦劳动、悉心打磨,不可不谓之快。这种一次性创作,草稿即是终稿的写法,容不得仔细思考,也很难达到承载生命的厚度与人性的深刻的程度。就结果来说,《第一次》无论是结构、主题,还是思想深度,均未取得文学史上的突破,对人生与爱情的揭示处于浅表层,"为人民代言、为社会立心""文以载道"等传统精英文学所倡导的价值观亦无体现。事实上,蔡智恒本人在自述写作观时曾坦承:"我并没有很多阅读经验……我觉得能让读者阅读得很轻松、单纯,就是一个好作品。"①可见,其并不像传统精英派作家视文学创作为"引导国民精神的前途的灯火"(鲁迅语)与"三不朽"的事业,而是追求迎合大众的口味,放大文

①　蔡智恒:《雨衣》,知识出版社2000年版,第229页。

学的娱乐功能，让读者获得轻松的快乐而已。在这种缺乏人文使命与批判自觉的态度下进行娱乐式写作，创作出来的是缺少文化底蕴与思考深度的文学快餐，也就不足为怪了。

（三）价值肤浅性：主角人物的庸俗认知

对爱情解读庸俗，对人物点评浅薄，价值取向略显肤浅，是《第一次》的第三大病症，折射出现代人的"都市病"。

譬如小说中的男性角色，无论是男主人公"我"（痞子蔡）还是主人公的死党阿泰，对女性的第一标签就是划分其是"恐龙"（丑女）还是"美眉"（美女），以此作为判断和评价一位女生的首要标准，谈起见网友，则是语含讽刺——"我见过几个网友，结果是一只比一只凶恶，每次都落荒而逃"，表现出明显的以貌取人的庸俗取向。又如，小说中，痞子蔡与阿泰两人都是大学研究生，然而读遍全文，小说中两人几乎除了"泡妞"啥正经事也不干——区别只在于痞子蔡是一个腼腆、胆小、传统而又缺乏经验的"泡妞者"，阿泰则是一个把滥情当多情的"情场玩家"，甚至专门有一本《罹难者手册》来记载被他征服过的女生，对这些女孩更需要以身高、体重、三围和生日来加以编号才能避免混乱。根据小说中的描述，哪怕是欣赏被公认为是世界电影史上最经典浪漫的爱情电影之一的《铁达尼号》（泰坦尼克号），两人也是一个格外注意女主角脱光光让男主角画画的场景，一个看该电影如看日本 AV 片一般。可见，主人公的审美境界有些低俗。

纵览以观之，小说中的主角人物不是传统文学中"齐家、治国、平天下"的英雄角色，作者也未在其身上投射人性的反思或现实的批判，几位主角痞气有余，而精气神不足，缺少文学经典人物形象的人格魅力。

（四）过度商业化：利益驱动的消费危机

《第一次》引领的网络文学实体出版—影视—游戏改编的产业化浪潮兴起，对扩大网络文学的知名度与影响力固然大有裨益，然而网络文学与商业的合谋愈演愈烈，利润逻辑成为网络文学生产的主导逻辑，商品法则、粉丝经济成为网络文学存在、发展的基本原则，网络文学的文化商品属性凸显，甚至盖过其文艺作品的属性，造成千年未有之文学新变。

在文学产业化的浪潮之下，追求点击率和利益最大化的创作动机左右了网络文学的创作与传播，造成网络写手对色情、暴力、猎奇等人性中的负面元素的反复使用与过度张扬；"点击—粉丝—金钱"的转换成为写手的首要目标，"爽—完结—归属感"的进阶成为读者最大的期待；文学的神圣性、作家的担当感被抛之脑后，审美逻辑、人文逻辑寡不敌众，"垃圾文学"越积越多，代言文学艺术最高价值的"逻各斯"被消解。正如一些研究者所言："文学本体精神的逃逸，导致文学的崇高精神被世俗的感性愉悦和消费性表达所遮蔽；终极价值的追问被泛情的世俗关怀所取代，同时也助长了文化消费主义与后现代享乐主义。"① 在这场市场与商业对网络文学的围猎中，《第一次》起到了货真价实的肇始与催化作用。

在哲学家海德格尔看来，澄明是众乐之源，是自我超越，是"巅峰体验"，一切文学艺术作品，其终极追求是去除"遮蔽"，达到"澄明之境"，通过澄明，照亮人的精神以使他们的"本真"敞开，这是文学的使命；技术也只有在"去蔽"（revealing）的意义上而不是在制造的意义上才是一种"产生"。②

站在新的历史基点来回望近 20 年来华人网络文学的发展历程，《第一

---

① 马建梅：《网络时代：文化的消解与突围》，《名作欣赏》2012 年第 5 期。
② ［德］海德格尔：《人，诗意地安居》，郜元宝译，广西师范大学出版社 2000 年版，第 101—102 页。

次》的贡献与局限都十分明显。不可否认，这部网络题材、电脑写作、在线发表、网上走红的作品其平面化叙事、下半身写作的程度较之后的网络劣作还很轻微，实在不是一部没有文学性的"垃圾作品"；不可否认，作品通俗小说写作技巧应用娴熟，有着较强的可读性、感染力与扎实的读者基础，成为引爆全国网民的第一部网络小说，有其必然性；不可否认，作品的面世，宣告了新的网络文学时代的到来，具有独特的史学地位与转折意义。然而，以纯文学的标准来要求蔡智恒的作品，失望是难免的。① 小说代表与昭示的网络性对文学性的侵蚀，快餐横行对历史沉淀的反抗，消费价值对审美价值的置换，更不得不让人思考与警惕——欲望对理性的干扰，平庸对经典的"解构"，随意对神圣的"祛魅"，其危害几何？网络文学的技术性"出场"，如何才能成为丰富人类审美世界的文学性"在场"，网络写作崛起的新力量能否激活、转换传统文学的审美"存量"，又创造、生成网络文学的价值"增量"，文学艺术的超越性又何时才能反映于网络文学，使之成为人类心灵洗礼与精神进化的善宝，避免浑然不察凶险的大众走向"娱乐至死"的深渊……这一切疑问，都是我们面对今日之网络文学应有的思考，也警示文学理论家、批评家、爱好者应高擎理性与激情的火炬，拿起创作与批评的武器，持续关注网络文学的发展变化并为之耕耘劳作，以使互联网技术这项人类第三次科技革命的核心成果能成为中国文学发展的福祉。

---

① 周志雄：《回顾与评判——〈第一次的亲密接触〉与网络文学的发展》，《世界华文文学论坛》2008 年第 3 期。

《第一次的亲密接触》与网络小说的青春主题

——网络小说的青春主题研究之一

王　瑜[*]

【摘要】《第一次的亲密接触》在打开中国网络小说写作大门的同时，也开启了其关注青年男女情爱叙事的写作模式。这部小说以新颖和新奇的语言与大量夹杂中英文及其他语言符号的混合使用，连接起青年尤其是学生的知识储备，增强读者阅读的认同性。作品主人公痞子蔡与轻舞飞扬相恋后，经历了轻舞飞扬的死亡，体会到失去、世事无常和生命的无奈，心智与精神更加成熟。这种成长模式启迪了众多网络小说青春主题的创作。

　　《第一次的亲密接触》在中国网络小说中的地位是不言自明的，一向被看作中国网络文学开端的标志。自1998年蔡智恒在BBS论坛连载这部小说以来，关于它的研究层出不穷，对《第一次的亲密接触》的戏仿如《第二次的亲密接触》《第X次的亲密接触》《最后一次的亲密接触》等也充塞着网络。其间，以之为蓝本改编的电影、电视剧也曾在观众中掀起阵阵热潮。迄今为止，在中国网络小说的发展中尚未有其他小说能在影响、

---

　　* 王瑜，广西师范大学文学院教授。

价值与意义等层面与《第一次的亲密接触》相媲美。余下，笔者从青春主题的视角关注这部小说，探析其与中国网络小说青春叙事的关联。

一 野猫叫春

在《第一次的亲密接触》中，蔡智恒有 8 次提到"野猫"，对应着 5 个场景，与痞子蔡的感情发展潜在地形成应和，可以看作痞子蔡情感发展的暗示。猫叫春是动物发情的表现。性成熟的母猫一般 18 天左右发情一次，发情期可持续 5 天左右，在此期间，母猫常在夜间嘶叫，意在向异性传递信息，引起注意，吸引交配。从生物学的意义上看，猫叫春是动物性发育成熟后的一种正常表现，是基因决定的求偶行为。

《第一次的亲密接触》中，蔡智恒第一次写野猫叫春是在一个深夜。在铺垫了室友阿泰"Lady Killer"的形象后，想起自己形单影只"没有把到任何美眉，以至枕畔犹虚"的处境，痞子蔡"在一个苦思程序的深夜里"，听到"研究室窗外的那只野猫又发出了断断续续的叫春声。"[①] 在人类历史的发展中，交流方式出现过几次重大的变革，从最初的局限于生活群体内的交流到文字的出现、印刷术的出现，以及现代通信方式的形成等都曾改变了人们的交流方式。20 世纪末，数字媒体的出现极大地影响了人类的交流。交流方式越来越便捷，在提供方便的同时，更凸显出人们对交流的渴望。在数字化变革面前，最初的尝试者和受益者是年轻人。当时 BBS 论坛等形式率先受到他们的追捧，于是深夜不眠，在各种论坛板块寻找慰藉，寄放无法安置的青春。痞子蔡的处境多同此类。"上线来晃一晃，通常这时候在线的人最少，而且以无聊和性饥渴的人居多。若能碰上一二个变态的女孩，望梅止渴一番，倒也是件趣事。"对于青年人来说，荷尔蒙冲撞和多巴胺的亢奋是生物本能的呈现，只有在与异性的交往中才能平

---

① 蔡智恒：《第一次的亲密接触》，长江少年儿童出版社 2014 年版，第 12 页。

复。对于处于青春期的青年男女来说，孤单寂寞时上网寻找异性打发时间，与野猫发情期的叫春行为在生物学意义上相类似。在网上邂逅轻舞飞扬后，痞子蔡掩饰不住内心的狂喜——"离了线，忍不住想学电视里的广告大叫：'我出运了！我出运了！'……而研究室的窗外，那只野猫的叫春声又更响了……"① 野猫叫春的声音更响了是痞子蔡的一种主观感受，这种主观感受是与痞子蔡和异性的交往相联系的。在虚拟的网络世界，痞子蔡认识了叫轻舞飞扬的女孩，青春期荷尔蒙的冲动得以缓释，听起野猫叫春的声音也有了变化。此后，每一次痞子蔡和轻舞飞扬关系的进展和突破都伴随着野猫的叫声。在和轻舞飞扬见面之后，痞子蔡为她的美貌倾倒，回到宿舍还亢奋不已，忍不住打开电脑和轻舞飞扬继续网络上的缠绵。"研究室窗外的那只野猫，又开始叫了。虽然声音低沉了许多，但仍然是三长一短。看来这只野猫也是很有原则的……听说这种情形在心理学上，叫作'制约反应'。所以我想，我大概是被轻舞飞扬'制约'了。而那只野猫，也许是被其她（它）性感的野猫们所制约。"② 《第一次的亲密接触》最后一次提到野猫，是轻舞飞扬死于红斑狼疮之后。痞子蔡因为心爱女孩的离开，心中郁结了满满的悲伤，长时间沉溺于失去爱人的痛苦中。日子一天天地流逝，"阿泰依然风流多情，而我依旧乏味无趣。只是研究室窗外的那只野猫，似乎都不叫了"。③ 这是《第一次的亲密接触》最后一次提及野猫。物是人非，经历过和轻舞飞扬爱情的痞子蔡内心已不复往日的蠢蠢欲动，青春的荷尔蒙被真挚爱情所遮蔽，生物的本能反应也因为情感的介入得到了提升，所以野猫也不再叫了。

《第一次的亲密接触》讲述了一个青春期的情感故事。青春书写一直是文学尤其是小说创作的母题，不论是歌德的《少年维特之烦恼》、拜伦

---

① 蔡智恒：《第一次的亲密接触》，长江少年儿童出版社 2014 年版，第 19 页。
② 同上书，第 83—84 页。
③ 同上书，第 172 页。

的《唐璜》，还是巴金的《家》、张贤亮的《男人的一半是女人》、梁晓声等人知青小说的创作等，都是以青春尤其是青春期的情感为关注对象的。在不同时代，不论是纸质传媒还是电子传媒，不同代际的写作者用手中的笔诉说着不同代际的青春故事。这种关于青春书写的现象在数字媒体时代得以放大。据中国互联网络信息中心（CNNIC）最新统计，截至2016年6月中国网民规模达到7.1亿人，人均周上网时间26.5小时，其中10—39岁年龄段的网民占比达74.7%。进一步分析，在74.7%的10—39岁的网民中，20—29岁的占比最高，达30.4%；30—39岁和10—19岁分别占比24.2%和20.1%。[①] 对新事物的接受，青年要比其他年龄层的快速很多，尤其是在新事物开始走入人们视野的时候。时至今日，互联网的发展已走过几十个年头，青年网民所占的比例依旧居高不下，可以想见在互联网刚刚兴起时，青年网民占的份额了。在青年占绝对优势的互联网消费中，表现青年的喜怒哀乐自然更容易受到关注和追捧。《第一次的亲密接触》造成的热潮与此有密不可分的联系。事隔多年，蔡智恒忆及《第一次的亲密接触》造成的轰动："很多人将全文打印装订成册，到处传阅着。我学弟的桌上就有一本，另外我表弟也寄来一本说是要孝敬我（当然他们不仅不知道而且打死都不相信那是我写的）。"[②] 如果不是互联网的出现，对于从来没有出版经验，又没有太多写作经历的蔡智恒而言，《第一次的亲密接触》根本不会有问世的机会。这从《第一次的亲密接触》首版时找不到人写序可见一斑。正是因为网络的存在，促使关注青年男女情感生活的《第一次的亲密接触》成为畅销书、长销书，"甚至改变了写作与出版生态"。从题材上看，80%以上的网络小说都是爱情题材。曾有人问及蔡智恒为什么会出现此类现象，他的回答是："在网上发表作品的大都是年轻人，年

---

① 《网民人数首超7亿日均上网3.8小时》，2016年8月4日，光明科技（http：//tech. gmw. cn/newspaper/2016 –08/04/content_ 114884636. htm）。

② 蔡智恒：《第一次的亲密接触》，长江少年儿童出版社2014年版，第178页。

轻人的阅历和关心的事比较有限，不是课业就是爱情，所以多些青春的幽怨和风花雪月的叹息。"① 小说与互联网的偶遇又与青春撞见，促使众多的网络小说关注年轻人的感情生活，在虚拟的世界里建构起了一个个美妙的情爱画廊。就此而言，《第一次的亲密接触》在打开中国网络小说写作大门的同时，也开启了关注青年男女情爱叙事的写作模式，影响网络小说写作至今。

二 "一言九顶"

读《第一次的亲密接触》时时感受到它语言的新颖与新奇。曾有学者以语言学的视角探析这部小说的修辞魅力，从语音、词汇和语法方面论析这篇小说。② 就文本而言，《第一次的亲密接触》在语言方面将诸多的网络语引入小说的写作中，丰富了小说创作的语言表达，拓展了小说语言的表现空间，一定程度上引领了网络小说语言的变革。

网络以其自由开放的特征，吸引了众多年轻人的聚集。众多年轻人的相聚交流，带来了语言表述方式的巨大变化，影响着网络文学的创作。年轻人的生命中有着叛逆的特征，对于既有的生活有自己的体悟，不自觉地会创造出诸多新的词汇和语汇。对日常生活展示出自己的理解，通过新颖的语汇表达出来，进而形成具有代际特征的语言，在青年人看来是展现自我突出个性的标志。《第一次的亲密接触》中，许多语汇在今日看来仍颇具新颖的特色，如戏仿"子曰：'美女难找，有身材就好'"，"给我一杯壮阳水，换我一夜不下垂……"（阿泰泡妞回来改编刘德华《忘情水》的

---

① 敦玉林：《三生石上旧精魂此身虽异性长存——蔡智恒网络爱情小说的传统色彩》，《扬州大学学报》2003 年第 6 期。

② 杨素华从"语音变异""摹声变异""话语分拆""抽换语素""曲解语义""语义偏离""语体变异""语义色彩变异""语域变异""超常组词""方言夹用""简单符号变异之汉字造型变异"以及"语法变异"等视角探析了《第一次的亲密接触》。（杨素华：《〈第一次的亲密接触〉变异修辞分析》，《吉林化工学院学报》2014 年第 6 期。）

歌词），"细细回忆，你的淫荡。仿佛见你，床上模样……"（阿泰改编刚泽斌的《你在他乡》）和拍马屁被识破时"这是孟子教我的，'余岂好赞美哉，余不得已也'"的辩解，以及与轻舞飞扬见面时"弟本布衣，就读于水利。苟全成绩于系上，不求闻达于网络"等过目即难以忘怀。当下流行歌手的音乐可以随便地改编，孔子、孟子的经典语录也可以根据不同场合的需要随意盗用，改变了交流言谈时的古板与正统，使整个氛围轻松起来。除了戏仿，《第一次的亲密接触》还大量夹杂中英文及其他语言符号混合使用，勾连起青年尤其是学生的知识储备，增强读者阅读的认同性。当轻舞飞扬问道："你都爱看哪种电影？"痞子蔡的回答是："我最爱看 A 片。""痞子，美女也是会踹人的哦！""姑娘误会了。A 片也者，American片是也。A 片的简称。"青年男女对 A 片并不陌生，蔡智恒在《第一次的亲密接触》中将"A 片"一词翻解出新意是聪明智慧的呈现，颇吻合青年人的阅读期待。《第一次的亲密接触》中除了知识才学在语言对话中的暴露外，还有大量特殊网络语言符号的使用。蔡智恒在书中对笑脸符号的归纳就有":)""^_ ^"": P""^o^"": ~"等，还特意在书中对之做详细的解释，如，"你若送来半角符号':)'，我仿佛能看见你微微扬起的嘴角；你若送来全角符号':)'，我仿佛能看见你满是笑意的眼神"。① 网络符号是与网络亲密接触的年轻人经常使用的网络语言。有时一个符号传递出的意思在青年网民看来具有日常语言不具备的表达功能。《第一次的亲密接触》对网络符号的掌握和运用已入炉火纯青一行。正如有研究者指出："小说用一种新鲜的网络语言给当代小说带来了一种'陌生化'的效果。小说中英文和中文互相夹杂，搞笑、夸张、诙谐、风趣的网络语言无疑给读者留下了强烈的印象。"② 从 1998 年 3 月 22 日开始到 5 月 29 日结

<hr />

① 蔡智恒：《第一次的亲密接触》，长江少年儿童出版社 2014 年版，第 87 页。
② 周志雄：《回顾与评判——〈第一次的亲密接触〉与网络文学的发展》，《世界华文文学论坛》2008 年第 3 期。

束，蔡智恒用了两个多月的时间分 34 篇连载完《第一次的亲密接触》。两个多月的时间完成一部小说创作，而且还造成了持久不衰的阅读影响力，被誉为网络文学的鼻祖等，可谓当今文坛的奇迹。

在新颖与新奇语言的背后，《第一次的亲密接触》表现出了思维的跳跃与逻辑的反常，也是其受众多青年读者追捧的因素之一。提到室友阿泰是情场高手"万花丛中过，片叶不沾身"，文中的叙述是："据说这比徐志摩的'挥一挥衣袖，不带走一片云彩'，还要高竿。徐志摩还得挥一挥衣袖来甩掉粘上手的女孩子。阿泰则连衣袖都没有了。"① "自从他在 20 岁那年被他的女友 fire 后，他便开始游戏花丛。俗话说：'一朝被蛇咬，十年怕井绳'，但他被蛇咬了以后，却从此学会剥蛇皮，并喜欢吃蛇肉羹。"② 痞子蔡与轻舞飞扬相见于麦当劳，点了两杯咖啡，轻舞飞扬说："痞子，这次你请我，下次我让你请。"③ 文中，诸如此类的叙述和对话有多处。这些叙述和话语与日常生活中的表达背道而驰。如果日常生活中的表达是正向度的，这类表达就是反常态思维的体现，是反向度的话语表现。这种反常思维下的语言在网络中颇为流行。网络上，吸引眼球博取关注成为网友们的相近选择，于是语不惊人死不休，反常态的表达方式也成为受追捧的对象。《第一次的亲密接触》中诸多的网络语言对后来的网络文学产生了不小的影响，建构起网络和文学在语言上互通的桥梁。时至今日，当我们读到："我若成佛，天下无魔；我若成魔，佛奈我何？"（《悟空传》）、"逆天，尚有例外；逆吾，绝无生机。"（《霹雳战元史之动机风云》）之类的语句，似乎《第一次的亲密接触》融合网络语言的写作追求又在眼前。轻舞飞扬和痞子蔡见面时的话语"痞子，你真的是所谓的'一言九顶'哦。我讲一句，你顶九句。"网络是充满新奇和神奇的地方，无意的一句话很

---

① 蔡智恒：《第一次的亲密接触》，长江少年儿童出版社 2014 年版，第 5 页。
② 同上书，第 11 页。
③ 同上书，第 58 页。

快便可以举世皆知，言出者不经意间也成了网红。网络文学以其量产高的通俗化特征不自觉地改变着当代文学的创作生态，这些轻松谐趣的话语在传统小说中是很难出现的，在给其他网络小说创作带来影响的同时也改变着当前的创作格局。"日常生活已经越来越审美化了，审美也越来越日常生活化了。这种概念一方面看似将日常生活的质量进行了提升，实质上却只能是'审美'或'美'的标准的一种下落。因为日常生活靠文艺理论是提不上去的，而审美的标准却可以通过一场论争下滑。"① 《第一次的亲密接触》及众多的网络小说在语言层面给当前的小说创作带来的冲击亦具有类似的情状。

三　青春成长

在众多青春书写的小说中，绝大多数或直接或间接地关注成长，《第一次的亲密接触》也不例外。痞子蔡与轻舞飞扬相恋后，经历了轻舞飞扬的死亡，体会到失去、世事无常和生命的无奈，完成了"三观"的转变，实现了个体成长。

痞子蔡是一名在读研究生，室友阿泰是个经常玩弄异性情感的花花公子。如果说痞子蔡本性中还保留着质朴老实的因子，阿泰则直接以生活方式和情场经验诱导痞子蔡走入游戏感情的圈套。"阿泰好像看出了我的异样，不断地劝我，网上的感情玩玩就好，千万别当真，毕竟虚幻的东西是见不得光的……因为躲在任何一个英文ID背后的人，无论个性好坏或外表美丑，连是男是女都不知道，如此又能产生什么狗屁爱情？"② 处于青春期荷尔蒙旺盛冲动的痞子蔡也希望和阿泰一样得到异性的青睐，但对阿泰游戏感情的行为又有着不同的看法。尽管生理需求的释放对动物来说是一种

---

① 靳瑞霞：《为何难以被超越？——对网络小说〈第一次的亲密接触〉的古典性解读》，《世界华文文学论坛》2008年第2期。

② 蔡智恒：《第一次的亲密接触》，长江少年儿童出版社2014年版，第5页。

本能，但人类之所以成为高等级生物，在于有理性调节和控制生理需求，而不是被生理需求左右。生理需求和感情应该是结合在一起的，婚姻的出现和延续即是人类维护这一诉求努力的结果。就此而言，两性间的交往和两情相悦是一种本能基础上的情感活动。但现实生活中，情感在两性交往中有时是被抽离的。《第一次的亲密接触》中，阿泰因在情感上受过伤害，选择抽离感情玩弄异性。在此基础上，他钻研出许多和异性相处的技巧——"把马子有三大忌。一曰不浪漫，二曰太老实，三曰嘴不甜。其中又以不浪漫为首。""男人不坏，女人不爱。""情圣守则第一条：必须以相同的昵名称呼不同的女人"等。阿泰和异性的交往已经偏离了两性相处的核心，在他看来把马子不需要情感付出，更多是技巧游戏。尽管他每每出征，多有斩获，这种两性间的交往方式也是不足取的。同居一室的痞子蔡受阿泰影响大有步其后尘之意，但轻舞飞扬的出现改变了他——一方面，和轻舞飞扬的见面直接推翻了阿泰网络无美女的金科定律，让痞子蔡看到了不同于阿泰话语中的网络江湖；另一方面，轻舞飞扬离开台南回台北治病更让痞子蔡得以走进她的世界，在一篇篇网络日志的背后，痞子蔡读出了这个美丽女孩对自己深深的爱和对这个世界的不舍。从开始网上无聊打发时间慰藉寂寞到被轻舞飞扬打动、飞往台北，痞子蔡已走向与室友阿泰不同的道路。

　　"主人公经历了某种切肤之痛的事件之后，或改变了原有的世界观，或改变了自己的性格，或两者兼有；这种改变使他摆脱了童年的天真，并最终把他引向一个真实而复杂的成人世界。在成长小说中，仪式本身可有可无，但必须有证据显示这种变化对主人公会产生永久的影响。"① 轻舞飞扬的死亡是痞子蔡成长道路上的重要推动，使他强烈感到失去的痛苦。对于青年而言，由于特殊的年龄段，爱人的离开直接导致感情的丧失，在他

---

① 芮渝萍：《美国成长小说研究》，中国社会科学出版社 2004 年版，第 5 页。

们的成长中出现的频率较少。死亡的极端刺激使痞子蔡在沉溺感情伤怀过往的同时更加珍惜相处的温暖与温馨，使他改变了生活观念，迥异于过往。从《第一次的亲密接触》的叙述看，女朋友的死亡对痞子蔡的刺激和冲击是巨大的。"虽然现实生活中的她，已不再能轻舞飞扬。但我仍希望网络世界里的她，能继续 Flying in Dancing。阿泰常骂我傻，人都走了，还干这种无聊事做啥？可是即使她已不在人世，我仍然不忍心让她的灵魂觉得孤单。"① 对轻舞飞扬的牵挂与思念，使痞子蔡经历了阿泰未经历过的痛，也使他体会到了阿泰没能体会到的美好。在收到小雯转寄来轻舞飞扬的信和两人一起看过电影的票根，痞子蔡："眼泪迅速地如洪水般溃决我的防洪工程。骄傲无情的我，再也抵挡不住满脸的泪水。"无聊上网打发时间认识的女孩最后的信，开启了痞子蔡对世界的另一种认知，原来除了室友阿泰展现出来的荷尔蒙的冲动与释放，网络上青年男女之间是存在着真挚的爱情。至此，痞子蔡摆脱了阿泰的影响，完成了自我成长。较之于众多的成长叙事文本，《第一次的亲密接触》没有铺垫主人公从幼年到青年、壮年的变化过程，更着重痞子蔡的心理成长。轻舞飞扬在痞子蔡出现心理危机的情境下出现，颇应和作者蔡智恒当时的生活状态："程序仍然跑不出合理的结果，我觉得被逼到墙角，连喘息都很吃力。突然间我好像听到心底的声音，而且声音很清晰，我便跟自己对话。通常到了这个地步，一是看精神科医师；二是写小说。"② 现实中的蔡智恒因为论文卡壳，无法解决产生的精神困惑，选择以写小说的形式化解精神危机；小说中的痞子蔡面对室友阿泰的情场得意，青春怅惘，对自我产生了心理认同危机，结识轻舞飞扬得以缓解。轻舞飞扬病危离去期间，痞子蔡得以真切感知与室友阿泰所言完全不同的两性相处状态，在心理层面坚定了自己的认

---

① 蔡智恒：《第一次的亲密接触》，长江少年儿童出版社 2014 年版，第 170 页。
② 同上书，第 186 页。

同，解决了心理危机。"网络小说以切近现实生活的笔触，和读者一起面对生活难题。作者用生活智慧教会读者如何经营感情、事业、家庭，如何面对阶段性的人生困境，如何活得更精彩……它洞明世事、人情练达，能帮助读者提升认识生活的能力。"①《第一次的亲密接触》在展现小说人物青春成长的同时，打开了后来诸多网络小说关注成长的大门，启迪了诸多作品的青春书写。

---

① 周志雄：《网络文学与当代现实生活》，《光明日报》2016 年 11 月 7 日。

"畅销"与"经典"的距离

——以《微微一笑很倾城》为例

禹建湘　黄惟琦[*]

【摘要】顾漫的《微微一笑很倾城》是一部畅销的网络作品，人物设定完美，符合受众理想；情节双线发展，增加故事波澜；读者定位清晰，凸显女性意识；语言直白浅显，加强互动体验。但这种畅销作品离经典还有一段距离，畅销作品要想成为文学经典，还需从以下几个方面努力：丰富题材形式，拓宽读者范围；提高主题立意，挖掘社会深度；严控网络语言，遵循文学审美；拒绝沉溺网络，介入现实生活。

《微微一笑很倾城》是网络作家顾漫所著的青春言情题材网络小说，于 2009 年首次由江苏文艺出版社出版，2010 年获得"中国网络文学节"最佳作者奖，先后被改编为电视剧、电影、网游，是热销的网络小说之一。

《微微一笑很倾城》是典型的网络女性言情小说，讲述了上海某大学校园里一对才子佳人先在网络游戏中相遇，后在现实中相知，最后相恋的

---

* 禹建湘，中南大学文学与新闻传播学院教授，博士生导师；黄惟琦，中南大学新闻与传播硕士研究生。

故事。小说讲述了计算机系学霸系花贝微微与校草级大神帅哥肖奈偶然间在游戏中相识后，在现实中见面的一段从线上到线下恋爱的故事。小说通过一群年轻人的理想、爱情、亲情、事业来展现当下的校园和都市生活。题材不算新颖，主题浅显，语言直白，拥趸者甚多，尤其在电视剧和电影开播之后，更进一步积累了口碑，成为畅销作品。

一 《微微一笑很倾城》的畅销症候

（一）人物设定完美，符合受众理想

小说三个最基本的要素是人物形象、故事情节和环境场景，其中人物形象是核心。网络文学作品与传统文学作品一样，都是通过塑造人物形象来反映生活，通过人物的遭际来寄托理想与愿望。这部小说确实塑造了一个能打动读者的人物形象，这是小说成功的基础。小说中，男主人公肖奈外表上"青竹般秀逸潇洒"，风采佳绝；智商上曾"带领计算机系获得军校际联赛冠军"；情商上"肖奈的管理政策不容小觑，将公司打理得井井有条"等方面都看出作者着力塑造了一个完美的男主形象。女主人公也是青春美貌，聪慧可人，与男主人公是天设地造的一对，这是大众心里理想的情侣搭配，完全符合受众的理想爱情观。庞云云认为，"理想类型是现实的某种变异，与现实本身有一定距离，现实中的行动只有在极少数情况下，其过程与理想类型中的过程相似"[1]。读者一般都是现实社会中的普通人，没有网络言情小说中女主角那样的好运气，身边鲜有像男主角那么优越的男性，她们的爱情经历也可能非常平淡。小说在虚拟的生活中，把角色设定得非常完美，塑造了太多人可望而不可求的爱情，以此来吸引读

---

① 庞云云：《网络校园爱情小说对当代中国青少年恋爱观的影响》，《吉林省教育学院学报》2009 年第 11 期。

者。小说中，男主人公肖奈在游戏里给女主人公微微一场盛大婚礼，羡煞旁人。读者凭借天马行空的想象力在虚拟的电子空间里代入角色，痛快过一把"完美人设"的瘾。大众在阅读小说时，暂时忽略了现实与理想的距离，实现心中所想，满足心中所欲。除此之外，这部作品里的其他配角人物，没有一个坏到让读者牙痒痒的角色。即使是情敌，也不会暗中设计阴谋诡计来祸害别人，避开了一般网络小说那种冤仇大恨，爱恨情仇的狗血烂俗剧情。

（二）情节双线发展，增加故事波澜

双线，指作者在设计文章结构时，安排两条线索来推动情节的发展。双线结构大体可分为并列式和明暗式，《微微一笑很倾城》属于并列式双线结构，即现实生活是一条线，网络游戏生活又是一条线。线上男女主是侠侣队友。小说设定男女主同玩一款网络游戏，继而推动后续在现实的故事发展，这条线充分体现了网络的特性。随着网络技术的发展，曾坚朋认为，"网络作为人类以往从未体验过的一种新的生存模式，打开了'虚拟世界'的大门，改变了人类生存方式和实践活动本身"。[①] 如果人们对现实生活中的自己缺乏自信，通过网络的匿名性和虚拟性，你可以选定英姿飒爽或娇柔美艳的游戏角色来代替现实中容貌的美丑、年龄的高低。通过游戏人物的能力、级别提升来寻找自信和满足感。这条线还打开了网恋的话题。唐魁玉认为："网恋是具有新质和色彩的当代恋爱的方式之一。"[②] 生活里巨大的工作竞争压力，快节奏的生活方式更加让人们分不出时间来"谈恋爱"。网络的超时空性大大地压缩了现实的人际互动过程中所必需的时间和场所，信息传递的瞬时性和符号互动性刚好同时满足了快速交流与

---

① 曾坚朋：《虚拟与现实：对"网恋"现象的理论分析》，《中国青年研究》2002 年第 6 期。
② 唐魁玉：《过程与结果：网恋现象的社会心理分析》，《哈尔滨工业大学学报》2001 年第 3 期。

沟通的要求。① 与传统婚恋方式中的"身体语言"接触、现实视听交往不同，"网恋"中恋爱双方大多是通过文字性信息进行彼此之间的交流与互动，获取信息的单一性，更加能突出对方角色的优点，经过交流先奠定好感，形成情感依赖。有了感情基础之后，如果现实生活中见面也符合自己原定设想，随后的交往也是水到渠成，继而走向传统的恋爱过程。小说里男女主经过游戏合作搭档一段时间后决定见面，后发现对方甚是符合自己心意，之后的故事也就自然而然地展开。男女主在游戏里结成侠侣，举行盛大婚礼等体现出网恋的浪漫性。网络游戏里恋情极富幻想与激情，成本较现实也大大降低。美国"网络空间哲学家"迈克尔·海姆认为："网络是极富浪漫和柏拉图主义的虚拟实在空间。"② 在网络里能极大地实现现实里无法实现的梦想，更加让读者对剧情的发展充满期待，无形中也就锁定了读者群体。

线下男女主是情侣加工作伙伴。这条线主要写校园生活，以青春气息为精神质素。故事背景以校园，以及毕业之后的初入社会期间为基础。作者不用发挥卓越的创造力和想象力，描写的场景自然、真实。男女主一起骑单车穿梭校园、与室友打打闹闹共同去上课等都是我们在校园里会发生的普通场景，是每个人的人生都会经历的时刻。校园恋爱是大学校园普遍存在的一种文化现象。如果读者是在校学生，对剧情最具有发言权；如果读者已经走入社会，可以通过"回忆"视角和"怀旧"情怀回忆曾经的校园时光。另外，男主毕业之后与志同道合的室友一起开公司，还有一些与同行竞争而备受挫折等情景，都会引起读者为梦想打拼的切身感受与体会。作者通过文字青春的触摸校

---

① 胡忠青、张永禄：《近年中国校园小说创作走向》，《当代文坛》2005 年第 2 期。
② ［美］迈克尔·海姆：《从界面到网络空间——虚拟实在的形而上学》，金吾伦、刘刚译，科技教育出版社 2000 年版，第 111—119 页。

园、时代与社会，也让读者感受到质朴、本色、本心和率真。① 小说现实故事情节与营造网络游戏的虚拟环境相辅相成，情节双线发展，增加了故事的波澜。

（三）读者定位清晰，凸显女性意识

《微微一笑很倾城》定位清晰，同顾漫的其他作品一样，绝大部分读者是青春期的女生，爱情是这一年龄阶段的女生最喜欢讨论的话题。小说极大地满足了青少年尤其是女性读者对爱情的浪漫憧憬。陈娅芝认为，"相对于男生而言，女生会更加关注恋爱问题，渴望美好爱情。女性的这一普遍社会心理为网络言情小说的产生、发展提供土壤。言情小说自其产生与发展以来，无论是从创作上还是阅读上一直受到女性的青睐"。② 《微微一笑很倾城》小说的受众绝大部分是女生，小说中设计的情节，虽为虚构，但贴近生活。文本中的爱情与现实相关，又升华了其浪漫性和理想化，文学体验与读者的情感生活具有现实的交叉与内在的精神联系。③ 作品定位清晰也是作者锁定读者群体的手段之一。

作品的内容凸显了女性意识，表现了女性对自身作为人，尤其是女人的价值的体验和醒悟。一般的网络言情小说里，女性主人公大多从事助理、行政、秘书等这类辅助性的工作，很少与核心业务相关。但是在《微微一笑很倾城》中，女主去公司实习，她出色完成属于主营业务的手机测试报告，让对女性 IT 从业者有偏见的同事都肯定其工作成果，这类情节让读者看到，即使是女主，也会感受当代都市生存的现实和残酷，而不是一味地躲在男主的"保护伞"下博观众同情。作者塑造了一个乐观、自信、

---

① 胡忠青、张永禄：《近年中国校园小说创作走向》，《当代文坛》2005 年第 2 期。
② 陈娅芝：《网络言情小说对女大学生恋爱观的影响研究——以长株潭五所高校为例》，硕士学位论文，湖南科技大学，2013 年，第 11 页。
③ 戴婕：《从浪漫到现实：网络都市言情小说的商业化发展及社会文化心理》，《江西青年职业学院学报》2016 年第 26 期。

积极追求幸福的女主角，她勇敢大胆地追求爱情，但不会爱情至上；她思考人生，会积极寻求并证明自我价值，具有当代思维意识。张萱认为"女性自我意识作为自我意识的一个细分，是女性群体对自身存在的价值、意义等进行的深入认识、思考和评价"①。作者笔下的女主学习认真，工作努力，自强自立，以便更有底气来谈论爱。女主的存在其实是是以另一种方式存在的读者本身，在阅读时极易让女性读者产生代入感，通过文字描写或旁白，与自己对话。网络小说与传统文学一样除了具有社会化、审美和娱乐的功能外，还有思想认知和教育方面的功能，作品中传达的恋爱观能够潜移默化地影响读者自身恋爱观，比如女性独立意识的培养等。陈娅芝认为，"通过阅读网络言情小说，可以了解认识网络时代实际社会生活中存在的恋爱、婚姻、性爱等现象和问题"②。尽管文学高于生活，但终归来源于生活，小说的女性意识能引发读者的思考，对当前我国的女性主义而言有一定的启示意义。

（四）语言直白浅显，加强互动体验

纵观全文，《微微一笑很倾城》辞藻运用并不华丽，艺术性也有待于细琢。但是其语言风格浅显易懂，形式活泼，营造了一种温馨直白的风格。比如，小说中女主结婚买了一顶凤冠，其闺蜜调侃："居然把一个卫生间戴在头上！"这种对话极有生活感，诙谐幽默，让读者忍俊不禁。小说把网络游戏的故事情节作为一条主线，因此大量运用网络语言，汉字、拼音、英文字母混用还包括某些形象化的数字和符号，让读者有新鲜、时尚的阅读体验。可以看到，在小说里，男女主在玩游戏时或表达内心想法时，会常见"祈祷 ing"，"－＿－#"来表示尴尬等，这些符号和代码的出

---

① 张萱：《网络女性言情小说初探》，硕士学位论文，河北师范大学，2012 年，第 28 页。
② 陈娅芝：《网络言情小说对女大学生恋爱观的影响研究——以长株潭五所高校为例》，硕士学位论文，湖南科技大学，2013 年，第 12 页。

现，充分表达了当下主角的内心活动。形象简洁地传达作者描写当下文字的本意，并对刻画人物性格上都有一定帮助。这些网络语言，具有形式拉丁化、内容新意化的特点。形式上的拉丁化，包括网络语言符号化、数字化、字母化等，比如7878（去吧去吧）是数字化的表达，BT（变态）是字母化的语意，等等，这些网络语言的运用，对年轻读者具有强烈的吸引力。读者将重心放置阅读快感之上，不用太过于斟酌文字背后隐喻的意义，读起来轻松愉快。

文字语言口语化会增加读者与作家的互动，并且通过网络的交互性充分参与到作品的探讨中。读者也在充当作品的创作者，影响未来的发展方向，这非常能够提高读者对其作品的关注度。在《微微一笑很倾城》的创作过程中，于每一章节的连载结尾部分，都有作者针对读者各项要求和提问的回答，并提示会根据评价建议设计故事接下来的发展情节。事实上，顾漫根据读者意见和反馈，不断创作出《A大美女排行榜》《大神宿舍的排行》等番外篇，甚至根据角色受读者的受欢迎程度和反馈意见，以原作中的配角进行二次创作，衍生出与原故事相关，却又独立于原故事剧情之外的新作品《美人一笑也倾城》。网络文学消除了创作者与读者之间的二元对立，读者越来越拥有话语权。作者以符合大众理想化的倾向为支撑，为读者构建起了一个成人般的童话世界，满足了成年人尤其是年轻女性对爱情的追求与渴望。

二 《微微一笑很倾城》的经典性问题

网络文学呈现强大的生命力。通过不断地创新发展，网络文学畅销作品与经典文学作品的距离并不是一道鸿沟，谭洪刚认为，"网络文学题材需要面向社会现实生活，应该富于创新精神；网络文学需要在文学领域具有话语权的人物或者派别与集团的推进以及网络文学需要发展其成熟的艺术形式"①，张立群认为，"在读者都习惯于模式化写作和程式化阅读的前提下，一位网络作家忽然选择了所谓纯文学的取向进行创作并以求新的方式获得成功，网络文学就极有可能在颠覆业已形成的'网络文学传统观念'的同时，由时代经典转向文学史经典"②。网络畅销作品转变为经典文学的潜力非常大。

《微微一笑很倾城》同其他网络文学作品一样，衍生出电视剧、电影等多种文化形式，文化开发力度大且受读者欢迎。作为网络文学典型畅销作品之一，其有成功的借鉴之处，也有网络小说一般都存在的缺陷，通过对《微微一笑很倾城》的解剖，也许能找到一条缩短畅销与经典距离的文学途径。

（一）丰富题材形式，拓宽读者范围

《微微一笑很倾城》题材形式比较单一。可以将其分类为网络言情小说，主讲校园爱情故事，只围绕情侣展开，并没有涉及多方面、多层次的群体。我们分析对比顾漫的其他作品，可以发现她基本都围绕这种类型的题材在写，作品类型不丰富。因此读者也只是以女性学生为主体。虽然，大众粉丝已经取代权威机构成为网络时代经典的认证者，但考量文学的经典性之一，就是看其是否会随着时间的推移积累读者，是否能够被大多数社会群体阅读和接受。网络媒介提供细分和互动功能，根据读者的不同口味，网络文学类型变化丰富，层出不穷。亚里士多德曾说，"类型是一系列贯彻同一种内在确定性的文本"，③ 说明作家创作作品时的类型化倾向与人类基本欲望的固定表达方式相关；罗兰·巴特也说："类型就是一套基

———————————

① 谭洪刚：《论网络文学的接受与经典性问题》，《今日财富：金融发展与监管》2011 年第 12 期。

② 张立群：《网络文学能否产生经典》，《长江文艺》2015 年第 7 期。

③ ［美］让－玛丽·谢弗：《文学类型与文本类型性》，载拉尔夫·科恩主编《文学理论的未来》，陈锡麟等译，中国社会科学出版社 1993 年版，第 416 页。

本的成规和法则，随着时代的变化而变化，但总被作家和读者通过默契而共同遵守。"① 说明类型化倾向也与作家写作经验的积累和读者的阅读期待相关。② 大部分创作者的写作从反映自己的真实意愿开始，从顾漫的系列作品里可以折射她的恋爱观，塑造的人物都是她自己对恋爱对象的渴望。之前顾漫也有类似题材作品的畅销先例，因此她也是迎合女大学生这一读者群体的需求而进行的类型化创作。这类创作模式既有预期的人气效果，又省时省力，极具性价比。但同时也要注意到，网络文学以读者兴趣为导向，却极易带上商业性和功利性，在此目的下形成所谓的套路化写作。将自己的作品作为商品贩卖，虽然是网络文学能够持续发展、繁荣的最大价值推动力，但写作高度类型化、模式化、套路化，后果就是作品的严重同质化，缺乏独特的艺术个性。在顾漫的系列作品里，可以看到太多相似的人物形象或者故事情节。题材狭窄会影响读者的文学审美情趣，因此作品也难以大众化。其实我国网络文学作品类型极为丰富，作者可以通过不断探寻新的创作征途，突破类型化创作，创新写作模式和思维方式来丰富题材形式和内容，适应不同的阅读口味，拓宽读者粉丝群。

（二）提高主题立意，挖掘社会深度

《微微一笑很倾城》主要通过描写一群年轻人的爱情、友情、事业发展来展现当今时代的校园与都市生活。作品虽然对当今年轻人走入社会有鼓励作用，也会对女性读者恋爱观产生影响，但故事情节发展较为简单，并不会对读者赋予太大的启发性和教育性。诚如，网络文学的商业性保证了其作品能够贴近读者，但随之增加的功利性使其中的文学性与社会性几乎消失殆尽。绝大多数网络文学作品不会追寻理性层面上的深层次意义，

① ［美］艾布拉姆斯：《文学术语汇编》，转引自《陈平原小说史论集》，河北人民出版社1997版，第1316页。
② 邵燕君：《网络文学的"网络性"与"经典性"》，《北京大学学报》2015年第52期。

只是为了满足网友感性化寻求愉悦感的过程。这也是大部分网络文学共有的"通病"。作品的思想政治教育功能还不够，更别说对人类的思想发展史起着较大的影响或者在人类对世界的探索和认知过程中提供可以借鉴的思想，因此它很难随着时间的推移汇集众多的读者。① 上海市戏剧家协会成员常青田曾说过："真正具有文学性、趣味性、可读性的作品大概只占到全部网络小说的1%。网络这个平台的开放性和平等性，恰恰无法保证像传统文学似的精英筛选模式。"② 一部好的作品应该在传播过程中，让受众接受并肯定其存在价值，读者可以通过塑造的人物形象了解到一定时代、民族的社会生活。在评价经典文学作品《子夜》中，樊骏认为："茅盾的创作具有深刻的思想主题。在革命的年代里，这种真实地反映了社会现实、触及人们普遍关心的重大课题的作品，能够激发读者关于个人道路和民族前途的深入思考，并从中得出革命的结论，理所当然地受到更多的重视。"③ 而在《微微一笑很倾城》中，以女性意识这个话题为例，除了已经塑造的勇敢追求幸福的自强、自立的女主外，还可以立足于现实，从时代女性的婚恋观、两性意识的探讨与觉醒、自我意识的发现与认同等更多角度来描写女性意识，这样就更能够开阔读者视野，促使读者正确、深刻地了解社会人生状况。马会超认为，通过阅读网络文学作品，可以"获得政治、经济、文化、伦理、社会习俗等方面的知识……对社会形成一定的认识，从而能丰富社会阅历，启迪人的心灵，提高人们的思想道德水平"。④ 作者在创作过程中，应该有意识地提高主题立意，从内容上挖掘社会深度，让读者通过阅读作品以思考现实生活的价值。

———————————

① 焦垣生、岳甜：《中国经典文学的品格特征》，《西安交通大学学报》2012 年第 32 期。
② 鲁梦昕、王恒：《网络小说"物美价廉"频频"触电"喜忧参半》（http://www.wenming. cn/wmzh_ pd/sy/201212/t20121207_ 973353. shtml）。
③ 樊骏：《中国现代文学论集·下》，人民文学出版社 2006 版，第 749 页。
④ 马会超：《网络文学在大学生思想政治教育中的功能及其影响研究述要》，《兵团教育学院学报》2011 年第 21 期。

（三）严控网络语言，遵循文学审美

网络文学为了满足读者的愉悦感，在语言使用和内容编写上体现出娱乐化倾向。钱佳楠认为，"网络玄幻小说的作者，绝大多数都是业余的创作者，他们对于语言、形式、技巧的把握，本身就相对薄弱；即使偶尔有一两位长于优雅的辞藻，精美的结构，也不具备普遍的代表性"。① 《微微一笑很倾城》文中运用了大量网络语言，虽然给读者带来新鲜、时尚的阅读体验，但使用频率太高的直接后果就是增加一般读者的阅读困难。李志云认为："如果缺少网络经验，很有可能对网络小说的语言表达方式产生理解困难，甚至隔阂，更不能理解小说中具体语境下非常态的意义生成。"② 网络语言的高频率使用会淡化对文字的书写，隐匿文本理应承载的教育意义，降低文字的审美情趣。这在无形中限制了《微微一笑很倾城》阅读群体的范围。沈宁等人认为："网络小说语言是写手们在网络小说中使用的语言，很多是网民的独创。或是随意造词，或是无意中新造了某种用法，然而缺少专门的机构对其审核，研究其是否符合语言习惯，是否能明白清楚地传达意思。所以这些词语和用法的出现是偶然的，也是不成熟的。"③ 因此，网络语言的存在意义与价值，还有待读者和时间考验。同时，小说中对人物刻画的独白和对白占了绝大比例，句式简短。情节叙述的语言相比于刻画人物的对话少了很多，大多是起到告诉读者故事发展到了哪个地步的作用。环境介绍与描写更是凤毛麟角。这也会压缩人们在阅读时想象和思考的空间。因此，作者应该适度使用网络语言，避免随意创造、随意滥用给交流带来阻碍。遣词造句仔细推敲，讲究语法、词汇的正确应用，共同体现汉语的魅力。同时，遵循小说语言的审美特征，语言的

① 钱佳楠：《网络玄幻小说男主角人物原型分析》，《艺术科技》2016 年第 29 期。
② 李志云：《网络小说语言的审美特征》，《孝感学院学报》2011 年第 31 期。
③ 沈宁、吴蔚：《网络小说语言弊病原因试探》，《安徽文学月刊》2009 年第 1 期。

使用要有形象性、典型性、真实性和倾向性。细致刻画人物形象，生动展示情节，加大环境的渲染与铺垫，把小说三要素人物、情节和环境的关系协调好，作品才会有艺术感染力。

（四）拒绝沉溺网络，介入现实生活

文中大量出现网络游戏，如果一些网络作家在写同类题材时没有明确树立正确的网络意识，他们自身对于网络及网络游戏的喜爱会不自觉地融入自己的创作中，使小说充满了娱乐至上的思想，这会误导一些意志薄弱的读者，使读者忽视真正的生活，而沉迷于网络的虚拟环境中。在现实中对网络，以及网络游戏上瘾大有人在，他们通宵达旦地沉迷于网络里不可自拔，更有甚者羡慕和效仿小说中出现的新型的时尚化的网络爱情，渴望像小说中主角一样在网络游戏中遇到白马王子，随即展开一段姻缘而日夜做白日梦荒废学业生活。小说里配角曾经为了游戏角色而"男用女号"的故事情节在现实中非常常见，利用网络的匿名性和虚拟性增加信息来源的不确定性，双方可以包装或伪装性别、年龄、身高体重等各种体貌特征，随意隐藏真实情况，选择性表达想让对方知道的信息。但如果有一方输出虚假信息，那么输出真实信息的一方极有可能受到资源浪费、情感欺骗等"损失"，甚至伴随欺诈、强奸、拐骗的违法犯罪行为的发生。另外，小说里只展现了网恋的美好一面，对它的"无为性""非理性""泛爱性"[1] 等问题都避而不提。尽管小说反映了某种社会现象和社会文化，但其弱化了现实的残酷性，这些都会对读者产生畸形的引导。因此，作品应该多介入现实生活，小说里只是浅要地介绍了男主肖奈创办了与游戏相关的科技公司，还可以更深层次地通过主人公的发展来反映网络带给人的生存可能和

---

① ［美］迈克尔·海姆：《从界面到网络空间——虚拟实在的形而上学》，金吾伦、刘刚译，科技教育出版社 2000 年版，第 111—119 页。

生活机遇。可以从网络的正反面，塑造其他人物形象或架构角色面临的环境来影响某人物的情感寄托，从思想、心理上对网络及网络游戏的态度变化，来反映对网恋及现实情感的思考。以告诫读者上网不仅是为了娱乐，而且可以沉潜另一种理念：拥有正确的网络态度，游戏不等于不务正业，其实是可以从娱乐中找到兴趣，再从兴趣中追求更深层次的志向，以实现自身价值。同时，不应对发展网络恋情抱有侥幸心理，而应该立足于生活，利用网络为自己服务，摆正学业生活与上网、网恋的关系。让读者树立正确的网络意识，从网络回归到现实。

二次元的"漫"式青春

——评网络小说《微微一笑很倾城》

冯　蕊[*]

【摘要】 本文以网络小说《微微一笑很倾城》与其影视剧改编的对比，发现其利用精巧打造的人物设定和平淡温馨的语言环境，建构了一个贴近现实生活又令人向往的校园生活。而 IP 改编影视剧的成功可窥见其文学性，主要弊病在于语义的单层次性，修辞手法单调且单薄，全文用一种平铺直叙淡如水的方式在叙事。虽然这迎合了网络文学通俗化和大众化的需要，但是会直接导致文章在情感表达上缺乏深度。通过这一作品，可见网络文学抛弃了传统文学应有的审美态度，它的出现与流行是以牺牲文学作品审美性来满足大众的快餐需求，这是值得我们警惕的。

微微，芦荟微微。一笑，一笑奈何。很倾城。

在充斥着各种各样文艺而又晦涩的书名的现在，这样一个简单而又干净的名字似暖暖的阳光，映进心中。

顾漫的书名又是这样巧妙地融合，温暖至极。而《微微一笑很倾城》

---

* 冯蕊，山东师范大学传媒学院 2014 级学生。

也是一本那么轻松可爱的书，没有跌宕起伏，没有反目成仇，没有惊天动地的爱情，甚至男女主没有向对方说一句："我爱你。"但是，不需要差异，更没有悬念，从初见起，我们就已经认定他们会在一起。

《微微一笑很倾城》一书主要以网络游戏《梦游江湖》为引子，牵出一个男女主人公在游戏里认识，现实中见面，然后相恋的故事。女主角贝微微（芦苇微微）在网游上遭人抛弃后，男主角肖奈（一笑奈何）向微微求婚。此后微微在网游中跟着一笑奈何混，并结识了一笑奈何的几位舍友。因为参加比赛制作出来的视频被某公司相中，微微与一笑奈何为了谈合约而在现实中第一次碰面了。碰面后，贝微微才知道，一笑奈何竟是师兄肖奈，此后两人的关系便由网游向现实发展，完成了次元的转换。这部小说的作者是在第三届中国网络文学节时被评选为 2010 年度最佳作者的顾漫。

顾漫，典型的"80 后"，晋江原创网的驻站作家，曾是《仙度瑞拉》杂志编辑，和辛夷坞、缪娟、金子、李歆、似姜并称为"言情六小公主"。她的作品风格轻松浪漫，大多叙述都市爱情。2005 年以《何以笙箫默》一举成名，2010 年凭借《微微一笑很倾城》获得第三届中国网络文学节最佳作者奖，2013 年中国作家富豪榜第 44 名。至 2016 年，由《微微一笑很倾城》改编的电影和电视剧一经播出也是广受好评，收视口碑双收。

那么，一个平平淡淡，笑笑闹闹，没有什么波澜，只有温馨的二次元的网游文究竟有何巨大的魅力能够俘获读者的心呢？

一 精巧打造的人物设定

"那你想不想要一个更盛大的婚礼？"奈何的这句话果然是很雷人、很大神。

以大神淡泊名利的个性，这样说或许有些突兀，但是顾漫在尾声中对大神的心理描写把一切都变成了理所当然。

首先来看这位琴、棋、书、画、编程、篮球，样样精通的大神。

他可以在众多人聊得欢快时冒出一句雷人的冷笑话，也可以在无关紧要的时候对微微说一点也不情意绵绵却十分温暖的情话。

他可以为了报复魔道誓血的一句话而计算任务时间特意去堵在天山雪池，也可以为一个丑化微微形象的视频找真水无香决斗，事后又向微微解释。

在微微说出"这种事贵精不贵多，你有我就够了"时，一向淡然的他会不顾舍友调侃给微微打去电话，说："我很开心。"

在微微暑期回家时，他又毫不掩饰自己的不甘。

在想念微微的时候，他没有催她，只是浅浅一句："陌上花开，可缓缓归矣。"

太多太多的事情都显现着他和普通人并无差别的一面。

大神的形象就这样亲近起来——他拥有我们每个人都会有的情绪，他也会生气，也会欣喜，也会急躁，也会不耐烦。他的一切都似乎是相机镜头由近推远，一点一点来到我们面前，拉近大神和我们之间的距离，甚至让我们相信，他也会存在于我们的世界里。这样每一段落的叠加，便组成了每个女生中的白马王子，完美强大，平易近人，经常体贴，但是也偶尔不讲道理。

还有最重要的一点，他对微微的深情无可比拟。

接着便是被称为"美女学霸"的女主微微。

她和许多书中麻雀变凤凰的女主不同的是，她本身就是一只耀眼的凤凰。她无疑是美女，又学习好，性格完美，但是因为和大神互相呼应，这些都淡了起来，只留下他们的幸福。

在奈何PK大赛迟到时，微微有不安有心慌，但是她立刻明白了自己的感情，而且敢于面对。

在知道奈何就是肖奈时，她震惊居多，却又不放弃去听心里的声音，没有丝毫逃避。

以前总觉得，如果一个女生有无数优点，而又一路幸福通畅的话，是一定会让人嫉妒的吧。

但是微微打破了这个无形中的魔咒。

因为她也是那么亲近，仿佛就是自己和身边的好友，把所有的优点汇集一身，便组成了微微。

这样的她，是我们每个人梦想成为的样子，又怎能嫉妒得起来？

不论是欢喜冤家的《何以笙箫默》，还是霸道总裁的《杉杉来吃》，顾漫的小说中人物性格积极向上，与郭敬明带领的残酷青春文学是不一样的。后者的小说中多见变态人物性格，塑造偏执自我、愤世嫉俗，又感伤绝望的人物形象，如《梦里花落知多少》中的李茉莉疯狂嫉妒林岚和闻婧天生的好家境，羡慕其挥金如土的生活，于是做妓女并假装清纯女傍上富二代。且把贫富之间的矛盾夸张再现，《悲伤逆流成河》中易遥和齐铭虽为邻居却身世迥异，狭隘脆弱。但是，顾漫的作品不同，她开创了一个温暖的青春时代。一般来说男女主角都会有自己的性格缺陷，比如《花千骨》中的白子画虽然拥有完美颜值和高强武艺，但是坚守所谓正道至死不愿意承认爱情；如《步步惊心》中的十三爷虽然有文有武，但是对自己的爱情没有坚持到底，最终绿芜选择了溺水而亡。《微微一笑很倾城》则是不一样的，贝微微和肖奈没有缺点，近乎完美，比如贝微微最常出现的是图书馆，一反传统灰姑娘式的小说人物设定，智商情商双高，处理日常人际关系得心应手。

二 平淡温馨的语言环境

《微微一笑很倾城》的语言平淡温馨，但是有打动人心的力量。其中浅显直白的表达方式，可以使人们能够快速理解作品中人物的思想情感，以及故事人物的喜怒哀乐，而在传统文学那里，读者还必须深入地思考，通过人物的言行举止来对人物的喜怒哀乐做个判断。故而小说中的幽默语言达到了一个老树开花，久谈不厌的故事效果。

这是消遣也是一种治愈。

十几年前流行的是琼瑶阿姨的你冷酷，你无情，你无理取闹式的小说，五年前流行的是我爱你你却是我哥哥，我爱你你爸爸却是我杀父仇人，或者拥有韩剧三宝车祸癌症失忆的小说。而如今生存压力那么大，还房贷，拼业绩，养孩子，躺在沙发上的时候想放松下。所以这时，没有撕逼、堕胎、狗血、家暴，没有家族恩怨，肩负重任的男主，没有"傻白甜"的女主或者动不动就咬牙切齿要狠的女二的《微微一笑很倾城》看起来轻松自然，自然是一股清流。面对世界，面对生活，已经很疲惫，大家自然不愿意再去看那些沉重的故事和有野心的表述，看这种不必担心意外和结局的小说，是消遣，更是一种治愈。

这是我们曾经拥有过又好像不曾得到的校园生活。

《微微一笑很倾城》的主要剧情发展都在校园，如果说郭敬明抓住了小镇男女青年对浮华和成就的向往，那么顾漫抓住的是读书时代那一点单纯的少女心思。《小时代》的大学生活是那样的纸醉金迷，遥不可及；《微微一笑很倾城》的校园生活简直就是我们自己大学生活的还原，比如没有电脑跑去网吧，偷偷在宿舍里用小锅煮面被宿管阿姨抓到，躲在树荫下看心仪的男孩子在篮球场上奔跑，一下课以百米冲刺的速度去食堂打饭，还有出了图书馆总是来不及收被子的情景历历在目。更加难能可贵的是，区别于一些天雷滚滚，动不动就跑车出场，大牌云集的严重脱离现实的小说，《微微一笑很倾城》用最平凡的自行车、摩托车，使得读者更有代入感。但是我们平凡人的校园生活中又有多少像肖奈这样全能的大神，就是这种缺少，带来了好像一样又好像不一样的欲罢不能。虽说是虚幻，也算是对于现实生活的一种弥补。

每次和同学介绍《微微一笑很倾城》时，都会很认真地说一句："这是我看过的最温馨的书。"完全治愈系的小说，似乎心中有再深再隐蔽的阴霾，都会被那温馨照亮，消失不见，只留下期许和安定。

《微微一笑很倾城》像是童话，让每个人从头到尾地倍感欣愉。没有丝毫的阴暗，美好得让人觉得这样的故事不该存在于这个经常充满黑暗的世界，却一直心甘情愿地相信，它存在着，很真实地存在着。

还记得曾经在一本书上看到的一句话，大意是：能治愈悲伤的永远不是时间，而是幸福。因为我们每个人，无论有多么大的悲伤，多么重的伤痛，都抵不过那一抹微笑的阳光。而《微微一笑很倾城》，便是能治愈悲伤的、我们每个人的幸福。

因为相信幸福的存在，所以充满爱。

三　从改编影视剧窥见其文学性

要说网络小说的文学性何在，我不敢妄自评论，因为小白文代表作《岁月是朵两生花》《斗罗大陆》的作者唐家三少坦言："我们这种小说不存在任何文学性，只是让大家在一天工作之后看一下放松自己。我只是娱乐大家，我很清楚自己的定位。"

但是，这样的网络小说是 IP 剧所心仪的对象，它的地位可以说是无可取代的。最近几年 IP 这个词反复出现，按最流行的说法，IP 是 Intellectual property，即著作权、版权，可以是一首歌，一部网络小说，或是某个人物形象，甚至只是一个名字、短语。根据它们改编成影视，就可以称作 IP 剧了，类似《微微一笑很倾城》这样的网络小说改编为电影电视剧的 IP 还有很多，比如《致我们终将逝去的青春》《小时代》《何以笙箫默》《花千骨》《琅琊榜》等。

为什么会出现 IP 改编热？在这之前，中国影视投资制度并不完善、影视生产仍未实现工业化、受众也未形成稳定的观影诉求，很多时候投资一部影视剧就像是赌博，卖好卖坏全凭运气。IP剧可以有效削弱这种风险，因为IP自带粉丝基础。比如，许多网络小说本身就有百万量级的读者群，据CNNIC调研数据显示，网络文学用户中有79.2%的人愿意观看网络文学改编的电影电视，资本看重的就是这份潜在的"读者力量"。何况，率先吃螃蟹的IP剧都赚了个钵满盆满，于是资本几乎一拥而上涌向热门IP。

我认为网络小说改编成电影电视剧已经成为一种流行趋势，人气网络小说凭借着原本的"粉丝效应"将观众重新吸引到电影、电视剧上来。就拿《微微一笑很倾城》来说，原著持续畅销3年，累积销量为30万册；电影上映当天票房为5000万，夺得当天票房、排片率双料冠军。此外，初高中生和大学生是网络小说的主要受众。对新鲜事物敏感和网络使用度高的特性也在很大程度上促进了票房和收视率。

但是，这些IP的改编剧质量参差不齐，这大概就需要我们用文学的眼光来审视每一部网络小说，人物设定的合理性，语言的个性化，思想的高度化。对比之前那些哄抢、囤积玄幻和青春类的IP剧，从IP选择上来说《微微一笑很倾城》的改编是成功的。虽然同为校园青春爱情题材，但《微微一笑很倾城》的题材是其他同类型题材IP中未曾出现的游戏元素，对于游戏画面与现实画面的反复切换，构建的拟态环境，使得有玩游戏经历的观众拥有强烈的代入感。

四　网游文的不足与局限

纵使十分喜欢这部小说也依旧记得它不是文学经典，是一篇网游文，是一部网络小说。自然而然也就知道它有着网络小白文本身的通病：语义单层次性。这一类网络小说的修辞手法既单调又单薄，以网络游戏世界的对话为主，很少运用修辞手法，而是一种平铺直叙、淡如水的方式在描述整个故事。在语义表达上是直白的、单层次性的，虽然这迎合了网络文学通俗化和大众化的需要，但是会直接导致文章在情感表达上缺乏深度，读者往往不需要思考就能快速理解作品中人物的关系，以及人物的思想感情，有时甚至能直接猜中故事的结尾。

所以说以通俗易懂、人物简洁明了、语言浅显直白、故事情节重复单一为写作路线的网络小说，抛弃了传统文学应有的审美态度，它的出现与流行，是以牺牲文学作品审美性来满足大众的快餐需求，这是值得我们警惕的。

此外，这一类网络小说的人物设定过于完美，容易让三观尚未形成的读者陷入自己的幻想之中，而忽略掉现实社会与虚拟社会的界限。再者正面的人太过于正面，负面的人太过于负面，然而哪来这么多纯粹正面或者纯粹负面的人？就拿这部小说中的真水无香来说，他的人物设定是一个富二代，但即使是个沉迷网游的富二代，也应该是有见识的，最起码如小雨妖妖一样的女子在他的现实生活中是很常见的，不该就此被蒙蔽双眼。

正如小说中肖奈在第一次见到微微的网吧里对微微说的："如果，我知道有一天我会这么爱你，我一定对你一见钟情。"不禁感慨人生苦短，如果可以早知道自己所爱的人，那么就可以在有限的岁月里多爱一些。客观来说，《微微一笑很倾城》是一部符合有幻想或者说仍愿意相信爱情的读者需求的作品，描绘的那种在最美年华里遇到的平稳简单的爱情是值得向往的，我们也希望二次元的"漫"式青春文要倡导与引领的网络文学，能够在有限的文学传播中传递正能量，温暖读者的心。

网络言情小说对于本土文学传统的延续与裂变

王　月*

【摘要】网络言情小说承续中国现当代通俗小说而来，继承了冯梦龙、鸳鸯蝴蝶派一脉文学的基本特征，在叙事资源、叙事模式与情节设置上，对于中国的传统文学资源皆有借鉴与传承。然而，在价值理念上，网络言情小说消解了传统言情小说"爱情至上"的浪漫爱情理念，在对于女性话语与女性世俗欲望的重构中，又陷入了娱乐性、消费性的表层狂欢。

作为互联网和新媒体技术的派生物，网络文学[①]天然地无法摆脱欧美流行文化的渗透与影响，与此同时，又吸收了日本动漫文化、侦探小说等元素的影响，它所凸显出的开放性和交互性、[②]自主性与互文性，[③]对整个文学的创作、传播乃至整个阅读或接受方式，都产生了明显的变革，表现出迥异于本土传统文学形态的特质，也一度使其被认为是全新的文学类型。

---

　*　王月，广西大学中国现当代文学硕士研究生。

　①　本文所采用的网络文学定义为在网络上进行创作，首发的网络原创文学。

　②　此处采用李敬泽的说法，意指网络文学的作家创作与读者之间的相互交流与对话，两者基本处于一个同步状态，形成了一个日常化的交流领域。详见李敬泽《网络文学：文学自觉和文化自觉》，《人民日报》2014年7月25日第24版。

　③　此处采用黄发有的说法，详见黄发有《网络空间的本土文学传统》，《当代作家评论》2015年第6期。

然而从本土文化的历史脉络与文学链条中考察就会发现，网络文学并非横空出世，它"源于传统的通俗小说而来"，是冯梦龙、鸳鸯蝴蝶派一脉文学的接续，① 网络文学不仅与中国现当代通俗文学有着无法割舍的联系，传统的古典文学等文学传统也对其影响至深，这一点，在网络文学的研究中却常常被忽视。

一 传承与裂变

网络文学接续中国现当代通俗小说而来，作为互联网时代的市场化文学，② 它继承了通俗小说的一般特征，通俗小说对市场与大众口味的迎合，以及讲故事的基本模式与类型，也是网络小说得以生存的必然选择与基本形态。当下网络文学的几大传统门类，如言情、武侠、玄幻、穿越等，在中国现当代通俗小说中皆可找到源头。玄幻小说可看作武侠小说和神魔小说的结合体；悬疑小说可看作侦探小说和推理小说的结合体；后宫小说是传统宫闱小说的同类；盗墓小说源自传统的黑幕小说。网络类型小说的品类在所谓鸳蝴派时期就已经基本形成了雏形，不同的是当时的文体类型名称与现在不同，且分类也没有那么细化。一部网络小说通常又掺杂着众多的类型，以穿越小说为例，其中又可涵盖言情、历史演义、神魔、宫闱、娼门、悬疑小说等众多的题材分支。③

从清末民初的"鸳鸯蝴蝶派"就已经开始产生重要影响的言情小说，随着近年来女性受众群体的崛起，在网络言情小说时代更是读者倍增，成

---

① 这一观点引用汤哲声与范伯群的观点，详见汤哲声《中国网络小说的特征》，《中国文学批评》2015 年第 4 期；范伯群：《古今市民大众文学链》，《中山大学学报》2013 年第 6 期。

② 汤哲声：《中国网络小说的特征》，《中国文学批评》2015 年第 4 期。

③ 以上观点参考汤哲声和范伯群的观点，详见汤哲声《中国网络小说的特征》，《中国文学批评》2015 年第 4 期；范伯群：《通俗文学的传统与网络类型小说的历史参照系》，《中国现代文学丛刊》2015 年第 8 期；范伯群、刘小源：《冯梦龙们—鸳鸯蝴蝶派—网络类型小说—中国古今市民大众文学链》，《中山大学学报》2013 年第 6 期。

为网络文学中日益无法忽视的一个文学门类。网络言情小说不仅继承了鸳鸯蝴蝶派，以琼瑶为代表的港台言情小说的脉络，从上追溯，而且可接续到唐传奇、宋元话本、明清小说等本土文学的轨迹。处于这样的言情小说脉络中，网络言情小说不仅叙事资源很多取自传统文学，而且叙事模式、情节设置等也无法割舍与本土文学传统的紧密联系。

上古神话与民间传说，常被古风言情、仙侠小说等作为素材直接使用。《木兰无长兄》就是对经典民间故事花木兰的另类改写。源于神话传说及佛道文化的神、仙、魔等体系，以及成神修仙等叙事模式，也常被仙侠、玄幻小说广泛采用。《山海经》因其集上百的上古神话、历史人物、山精海怪、神怪畏兽等众多神秘元素为一体，众多古代言情、仙侠、玄幻小说竞相拿来使用。2015年因电视剧改编而大热的小说《花千骨》，① 其中的长留山、蜀山、蓬莱、十方神器、哼唧兽等，皆直接出自《山海经》。② 桐华的小说《曾许诺》与《长相思》的故事背景、人物关系、地点乃至动植物，也均出自《山海经》。桐华就曾直言《山海经》为其故事提供了合适的背景平台，"神话的魅力往往在于它的神秘，就像《山海经》，我们不得不佩服古人天马行空的想象力，这些传统文化中的瑰宝应

---

① 2008年首发于晋江文学城，作者为Fresh果果，2009年由北方儿童出版社出版，随后多次再版，被陆续在台湾与海外出版，并于2015年由慈文传媒改编成电视剧，继而大火。

② 长留山出自《山海经》，"又西二百里，曰长留之山，其神白帝少昊居之。其兽皆文尾，其鸟皆文首。是多文玉石。实惟员神魂氏之宫。是神也，主司反景。"清虚道长所在的"蜀山"最早有"蜀山氏"的提法，顾名思义就是居住在蜀山的氏族。"蜀山氏"的来源十分古老，早在先秦时期就已见诸记载，《世本》《山海经》等先秦古籍都记载有"蜀山氏"名号。《花千骨》中有"十方神器"，分别是：东方流光琴、南方幻思铃、西方浮沉珠、北方卜元鼎、天方谪仙伞、地方玄镇尺、生方炎水玉、死方悯生剑、释方拴天链、望方不归砚。《花千骨》原著小说中本有十六种神器，在电视剧中被改成了十种。这一设定，其实也是参考了《山海经》中的"神器"。《山海经》中提到的神器有：开天斧、玲珑塔、补天石、射日弓、追日靴、乾坤袋、凤凰琴、封天印、天机镜、指天剑。另外，《轩辕剑》中也提到了上古十大神器，分别为：东皇钟、轩辕剑、盘古斧、炼妖壶、昊天塔、伏羲琴、神农鼎、崆峒印、昆仑镜、女娲石。蓬莱岛出自《山海经·海内北经》对蓬莱山的描述。哼唧兽，出自《山海经南山经》记载："长右之山，无草木，多水，有兽焉，其状如愚而四耳，其名长右，其音如吟。"

该被传承下去……"① 类似的还有唐七公子的三生三世系列，她构建的远古上神世界，也多出自《山海经》。《三生三世十里桃花》中的众人如迷谷、巴蛇、青丘白狐、折颜、避子桃、毕方鸟、西王母、穷奇、饕餮等，在《山海经》中基本皆可找到原型，唐七公子也曾言明说："《三生》源起于《山海经》这本上古奇书，我对上古神话故事一直有着浓厚的兴趣。看过这本书的读者们大概都能在里边找到《山海经》的一些东西……"② 除《山海经》提供大量的叙事资源外，还珠楼主的《蜀山剑侠传》的"神魔大战"、儒佛道三教合流和"修仙进化论"，以及《西游记》和《封神演义》的降妖伏魔、奇特幻化，也成为不少仙侠小说借鉴与模仿的对象。

借用历史元素构建传奇故事，在穿越、历史、重生等类型小说中也屡见不鲜。如《步步惊心》《后宫·甄嬛传》《绾青丝》等，多以历史史实为依托，在尊重历史基本轮廓的基础上，加入了大量的虚构成分和娱乐元素，从而形成了对历史的戏仿与重构。"清穿"小说中被屡屡拿来使用的"九龙夺嫡"的情节，很难说不是受到以二月河的"帝王系列"、凌力的《少年天子》等为代表的清史小说与热播电视剧的影响。《梦回大清》的金子就曾坦言写小说之前，看过二月河等清史类的书。③ 实际上，"通俗类小说中借用历史元素的传统由来已久，中国小说史上也历来就有'讲史演义'的传统，在明清长篇白话小说中，借用历史元素敷衍而成长篇故事就是最主要的类型之一。流传甚广的传奇类小说《三侠五义》借用的

---

① 《还是一个爱而不得的故事》，2013 年 3 月 28 日，网易新闻（http：//news. 163. com/13/0328/02/8R15OE5B00014AED. html）。

② 《唐七公子：上古神话里的前世今生》，2009 年 2 月 17 日，新浪读书（http://book. sina. com. cn）。

③ 在被问到是如何发掘到清穿这个空白的题材时，金子坦言："那阵子看了很多清史的书，比如二月河的，发现他们都是以男性的观点在写，几乎没有为女孩子写的，我就去网上搜，基本没有找到我想看的东西。那个时候，还没有谁在网上写这些，我就是玩票性质写写……"详见《独家对话〈梦回大清〉作者金子：穿越大有可为》，2010 年 1 月 15 日，新浪娱乐（http：//www. sina. com. cn）。

是宋朝清官包拯的历史形象，《水浒传》则有方腊起义的历史背景，各类演义类型的小说如《三国演义》《宋宫十八朝演义》《隋唐演义》等则是基于各朝代正史的传奇式野史演绎"。① 一般来说，将历史元素引入小说，为小说铸就真实而恢宏的宏观背景，同时以现代人的理念与文化在真实或相似的历史空间上演古代传奇，既满足了现代人对知之不详的古代时空的好奇与新鲜，也为平凡的现代人提供了暂避现实空间的既定规则与生存焦虑，弥补现实失落，从中获得"玛丽苏"式爱情的心理代偿式体验。

在依托历史事实展开故事的同时，小说中还"仿真"地出现了大量的古代政治、官僚制度、日常起居、饮食文化、服饰文化、器具文化、建筑文化、风俗人情等传统历史文化因素。如《步步惊心》中涉及的就有大量的古代乐器（古筝、笛子等）演奏的音色和曲调、玉石等古典饰物（玉镯、木兰白玉簪等）、服饰（盘襟、貂皮斗篷、昭君套等）、茶艺（天蓝釉菊瓣纹茶具、武夷山的大红袍茶叶、泡茶工艺等）等文化因素，仅服饰一项，小说中涉及的细微描写就多达 32 处。② 类似的还有《梦回大清》《绾青丝》《寂寞空庭春欲晚》《后宫·甄嬛传》等，涉及的文化内容也极其广博。这种百科全书式的丰富文本内涵，让人极易想起《红楼梦》。事实上，为了达到仿真的效果，在人物对话与语言上，一些文本甚至直接采用了半文半白的"红楼体"。同样被用来增添文本的古典氛围的还有被广泛引用或化用的古典诗词。在《绾青丝》中，叶清花就在青楼唱和了一曲苏轼的《水调歌头》，由此一举成名。除此之外，王维、元稹、陆游、李清照等人的诗词名篇名句，也都出现在小说中。据不完全统计，《绾青丝》中的诗词引用多达 30 多处，《步步惊心》

---

① 李玉萍：《论历史元素在网络穿越小说中的应用》，《小说评论》2009 第 S2 期。

② 赵迪、陈瑶：《从穿越小说看传统审美元素的回归》，《文学教育》2014 年第 1 期。

中诗歌辞赋有 50 多处，《瑶华》中也是有 30 多处，《木槿花西月锦绣》有近 20 处。[①] 更多的对于古诗词的挪用还出现在大量的宫斗、宅斗小说系列中，大家闺秀的女子因琴棋书画的需要，将古代诗人如李白、李商隐、苏轼等人的名篇名句等拿为己用，以自渡难关，在获封"才女"的同时，又俘获了男主角们的青睐。除直接挪用古典诗词名句名篇外，一些网络写手还会根据情节与人物情感变化的需要，化用或自创诗词，以做小说的回目，甚至作为自己的网名与网站名称。不管是借用历史时空，还是将古典文化充实、丰富小说文本，所折射的都是大众对于唯美的古典文化与传统审美的深层认同，乃至于传统的诗意的精神世界的憧憬与向往，同时也在潜意识中对网络文学的审美趣味、艺术品质提出了要求。

网络言情小说的叙事情节与叙事模式，也很难摆脱本土传统文学的影响。穿越小说的穿越方式与特点，一般很难绕开李碧华的《秦俑》、席绢的《穿越时空的爱恋》与《寻秦记》。而实际上，从唐代李公佐的《南柯太守传》、李朝威的《柳毅传》、沈既济的《枕中记》、明代汤显祖的"临川四梦"（《牡丹亭》《紫钗记》《邯郸记》《南柯记》）和清代蒲松龄的《聊斋志异》，已经陆续构建了主人公进入别样时代或异度空间的叙事模式和情节构架。[②] 尽管这些文本尽是因为男女主人公因"情"的发展需要进行的时空转换，其中并不包含当下网络穿越小说中不同时空之间的文化、理念碰撞，尚且不能称为真正的穿越小说，但清末民初的政治幻想小说（梁启超《新中国未来记》、陆士谔《新中国》、吴沃尧《新石头记》、何向《狮子血》等），以现代时空与前现代时空、现代时空与未来时空的想

---

① 贺知章的《咏柳》、王维的《画》、白居易的《问刘十九》、元稹的《一至七言诗·茶》、卢梅坡《雪梅》、苏轼的《水调歌头》（明月几时有）、陆游的《卜算子·咏梅》、李清照的《一剪梅》（红藕香残玉簟秋）等，详见宋秋敏：《论古典诗词在网络文学中的品牌效应与应用价值》，《中国韵文学刊》2012 第 2 期。

② 黄发有：《网络空间的本土文学传统》，《当代作家评论》2015 年第 6 期。

象碰撞，就明显彰显出与网络穿越小说相同的文化逻辑与情节建构。① 以琼瑶为代表的港台言情传统，长期以来在网络言情小说中一直占据着重要地位。从痞子蔡的《第一次的亲密接触》到《和空姐同居的日子》，以及《山楂树之恋》，这些小说大多延续了琼瑶"爱情至上"的纯情小说模式，讲述的爱情大多纯洁而真挚，保持着纯情小说应有的清澈与干净，像《山楂树之恋》就曾被称为"史上最干净的爱情"。近年来不断出现的青春/校园言情小说也多归为纯情小说系列，如辛夷坞《致我们终将逝去的青春》、九夜茴《匆匆那年》、顾漫《何以笙箫默》、九把刀《那些年，我们一起追的女孩》等，写尽了校园爱情的美好与单纯。顾漫、墨宝非宝、顾西爵等人的"甜文"，② 引得众多女性读者少女心炸裂。与此同时，亦舒、岑凯伦、梁凤仪等人的都市言情小说模式，在网络言情小说中的总裁文、高干文中也得以发展。然而，随着市场经济时代个人生存压力的增大与世俗化浪潮对启蒙传统的冲击，琼瑶式的爱情至上的理念，逐渐被现实都市生活中女性群体的生存焦虑与残酷的生存威胁掩埋，爱情也成为可随时牺牲的替代品。在职场、宫斗、宅斗小说中的权谋现场的惨烈现实面前，爱情开始变得一文不值。专注于现实，主张不谈爱情，颠覆传统纯情模式的"反言情"模式，逐渐占据了整个网络言情小说的主流。不仅在职场小说（如《杜拉拉升职记》等）、现代都市（《蜗居》《裸婚时代》等小说）、宫斗、宅斗小说中如此，而且穿越小说也无法幸免。《步步惊心》中的若曦在已知历史不可更改之时，舍八爷而选择胜利者四爷之时，爱情的非功利性就已经消失殆尽。在真实的现代生存情境中，穿越小说基本抛弃传统的浪漫

---

① 房伟：《穿越的悖论与暧昧的征服从网络穿越历史小说谈起》，《南方文坛》2012 年第 1 期。

② 网络言情小说中，由于大众对于男女主人公甜蜜爱情的期待，就出现了一批写甜蜜爱情的网络写手，这些作者摒弃了写虐恋的模式，转而热衷于写男女主人公之间未经历太多波折与分离的痛楚，日常相处之间均是甜蜜的恋爱细节，令读者完全满足了对于浪漫甜蜜的爱情的期待。

爱情理念，重新回到了解构爱情神话的时代，网络言情小说对于传统言情小说叙事模式在延续中的裂变也由此完成。

二　价值重构与表层狂欢

尽管从清末民初"鸳鸯蝴蝶派"的"哀情小说"开始，言情小说就突破了中国古典言情小说"大团圆"的叙事模式，出现了对爱情回归现实之后的审视与女性地位、话语权的思考，到亦舒等人的都市言情小说中越加有增无减，关注女性在爱情中的独立个体地位与自我意识的要求，基本成为言情小说的共识。然而，在网络言情时代，与传统言情小说相比，网络言情小说对于现实尤其是女性群体在社会现实中的生存危机与焦虑的聚焦显得更为主动与自觉，"反言情"模式无疑是网络言情小说在当下的网络与消费时代的独特时代变奏与演绎。

互联网技术与现代通信科技的发展，赋予了网络文学任何时代都无法与之相比的交互性与读者参与的主动权。现代网络为读者提供的媒介平台与交流场域，远非明代的印刷术、民国的报纸等媒介可比。在人人皆可为满足自身的阅读时，期待参与作者创作的献言献策的便利下，加之以网络点击率挂钩作者收益的市场利益制度驱动，取悦女性读者群，满足当下社会现实生活中平凡女性的价值需求，成为网络时代言情小说的主要叙事策略。与此同时，网络的开放性与无门槛，又促使众多的中低层普通女性"浮出地表"，加入了网络言情小说的写作队伍中，使得这一时期的网络言情小说更多表现出现代女性对权力欲望的追逐与事业成功、婚姻美满的内心渴求，缓解现代社会给女性群体带来的身心困扰与心理焦虑，成为网络言情小说的主要目的。在市场化时代带来的全民趋利的倾向下，女性对权势的膜拜与争夺以改变自身困境的诉求，完全取代了对传统的浪漫爱情理想的需求。而由于网络的匿名性、私密性，网络言情小说对这一时期现代女性真实欲望的表达与女性话语的凸显，比任何一个时代都要淋漓尽致。网络言情小说，基本是以女性为叙述主角，塑造的女性角色也基本不再是传统的温顺、贤惠的形象，而往往是既有美貌，又有心计，以个人的魅力与才智在男性主宰的世界中如鱼得水的独立女性，征服男性获得权力与爱情的自救，而不是等待被救赎，成为网络言情时代的女性诉求。《后宫·甄嬛传》《凤囚凰》《帝王业》等宫斗、宅斗、职场小说与现代言情小说中的高干文也多属于此列，不断受到女性读者热捧的坐拥江山与美男的女尊文的出现就更能说明这一点。在基本回归现实世俗欲望的重构中，网络言情小说也脱离了宏大叙事的政治色彩与长期以来传统爱情的价值理念。

在商业性与娱乐性的冲击下，网络言情小说既瓦解了传统言情小说的深层精神理念，又不可避免地在世俗欲望的重构中，陷入消遣、娱乐的自我狂欢。为增添小说的趣味性，在叙述中往往将武侠、宫闱、江湖、朝堂等各种看点集中在一部小说中，其中不乏权势争斗、政治角逐、钩心斗角、争风吃醋、尔虞我诈等感官刺激的内容。大量的宫斗、宅斗、职场小说执着于凸显女人间的互相倾轧，女人与男人虚情假意的阴谋与算计，职场与商界"成王败寇"的贪欲、物欲等的追逐，明显是对市场与读者的迎合。典型的如《后宫·甄嬛传》中一群困于宫中的女人，为了一个男人与权势，而不惜出卖色相、友情、爱情，将矛头对准同是可怜人的同类，以阴狠毒辣的丑恶埋葬了人的单纯与善良，在"比坏"的价值选择①中越走越远，相似的还有《杜拉拉升职记》《浮沉》等小说。在传统爱情理念被消解的同时，网络言情小说在有意无意间重新回到了父母之命、媒妁之言、一夫多妻的时代，女性对男性卑微的依附心理在

---

① 此处引用陶东风的观点，指的是"谁的权术高明谁就能在社会或职场的残酷'竞争'中胜出；好人斗不过坏人，好人只有变坏、变得比坏人更坏才能战胜坏人"的比坏价值观。详见陶东风：《比坏心理腐蚀社会道德》，《人民日报》2013 年 9 月 19 日第 8 版。

无意识中不断凸显。《梦回大清》中茗薇与四福晋为争夺四爷的"衣服"VS"裤子"① 的经典对话，几乎可以视为女性视男权为中心的潜意识心理的折射，也彰显了网络言情小说在价值观上的回溯与人文关怀上的缺失。

尽管网络言情小说作为市场化文学，其消费性、娱乐性是无法避免的基本属性，很难以此来要求网络文学像精英文学一样的价值关怀，然而这似乎并不意味着网络言情小说可以无所作为。反观同属通俗小说一脉的传统言情小说，被新文学作家斥为"小市民文艺"的鸳鸯蝴蝶派作家，实际上创作出了一大批带着时代烙印的"哀情小说"，这些小说在满足整个市民大众阶层的消遣娱乐之外，仍然有对当时封建伦理的怀疑与思考，甚至用自己的方式，向广大市民传达着自由解放爱情的现代观念。② 与此同时，他们的小说还包含着波澜壮阔的市民社会生活内容，堪称民国时期的社会生活"百科全书"，为市民的社会生活提供了生活宝典与指南，像张恨水的社会言情小说，就以一个报人的身份，将纵横交错的社会新闻融于小说之中，构建了一个上至国务总理、政界要员，下至市井卖艺人、妓女、学子、婢女仆人等全方位、各个阶层的市民社会生活图景，为市民大众生活提供了可以借鉴的范本。在凸显现实的情境下，张恨水也并非一味地满足读者的欲望宣泄，而是在对现实的思考中，坚守了人对浪漫爱情的追逐及女性觉醒的独立、平等的理念与要求。在传统的保守价值倾向中，依然有现代意识的探索，即使传统的价值理念，张恨水俨然是对侠义精神、人性的善良、坚韧等美好品质的传扬。在价值观导向上，网络言情小说显然尚有可借鉴与传承的空间。

---

① 这里指的是茗薇与四福晋的一段对话："男人的事儿咱们女人不懂，都说兄弟如手足，妻子如衣服，这衣服不穿也罢了，女人对他们而言，也不过如此，是不是？"四福晋面带笑意却目光炯然地看着我，我用手指揉了揉耳边的翡翠坠子，若有所思地说："是呀，所以我早就决定做胤祥的裤子了。""什么……"四福晋一愣，不明所以地看着我。我呵呵一笑："衣服可以不穿，裤子总不能不穿吧。"详见金子：《梦回大清》，朝华出版社 2006 年版，第 193 页。

② 彭晓嘉：《论情爱叙事的网络演绎及其对主流价值观的多元表达》，《创作与评论》2014年第 8 期。

在深层价值观上借鉴上的缺失，导致网络言情小说对传统文学资源的吸收与利用，很难实现融会贯通，在碎片化的生硬移植与拼贴中，往往显得缺乏神韵而仅是停留在表面的生搬硬套上，与小说语境基本无法融合，最终只能沦为文本华丽的装饰与吸睛的娱乐消遣工具。毛泽东的《沁园春·雪》（"数风流人物，还看今朝"）本是一代革命领袖表现自我扭转乾坤的气魄与自信的名句，到了《步步惊心》中，转而成了女主人公情急之下恭维康熙的阿谀奉承之句；王维的"行到水穷处，坐看云起时"的自得其乐，成了皇子争夺皇位失利时自勉的激励之语；同样的还有红遍各大网络言情小说中的仓央嘉措真假难辨的伪作《见与不见》等诗句，不管是否合乎语境，都拿来强行增添小说的诗意化的情感曲线。类似的还有《木槿花西月锦绣》中，逢节日，不论上下语境是否需要，都要拿出来硬塞一首节日诗句，生硬之感充斥着整部巨著，更让人无奈的是本是男女主人公情浓时的个人情感表达的诗词集《花西集》，却成了介入各方政治角逐与争斗中的工具。这种为了增添文本的古典氛围，而进行的强行堆积，基本是画蛇添足，很容易暴露网络写手自身文学素养的缺陷。在缺乏深厚的古典文学积淀和专业知识积累的前提下，大批的网络写手在历史演义小说和电视剧中获取历史信息，将演义当作了真正的历史，并郑重其事地写于自己的书中，本是常识性的错误，却转而成了大批读者接受知识的渠道，如此循环不绝，难以纠正。《步步惊心》中，若曦提醒八爷提前防范对手的一张名单出错时，若曦大呼被《雍正王朝》骗了，基本暴露了网络写手们的这种倾向。如果说这尚是作者有意识地指明历史与演义小说之间的区别的话，那么在之后谈及的苏麻喇姑拒婚的情节，[①] 就明显是将《康熙王朝》的演义，当成真实发生的历史。这样的篡改完全解构了历史的深度，使得经典沦为娱乐消遣。更为严重的是，在一部小说获得读者的认可之后，不

---

① 桐华：《步步惊心》（下），花山文艺出版社 2009 年版，第 268 页。

论小说对传统资源借鉴处于怎样的水平，在市场化的驱动下，同质化的模仿和跟风之作都会一拥而上，网络言情小说也由此常常陷入同类型的机械模仿与低水平的重复中，无法超越，甚至不断恶化。如《梦回大清》走红之后，借用清朝为穿越时空，以"九龙夺嫡"为故事蓝本的穿越小说与古代言情小说，几乎成了"爆款"，数量上的批量生产又往往很难保证精品的出现，粗制滥造就成了常态。网络言情小说的传承，就在众声喧哗中，沦为低水平的表层狂欢。

网络言情小说对传统文学的借鉴与吸收，也并非乏善可陈。在2003年起点中文网尚未创立 VIP 收费制度之前，网络小说的创作基本是依靠兴趣而来的无偿创作，较为纯粹，所进行的传统借鉴也仍有一定的考证姿态。2003年之后出现的网络言情小说，虽然出现了为求陌生化效果与新鲜，而争相跟风的"伪古典"主义倾向，让一些网络写手采取了剑走偏锋的写作策略，即使如此，仍有一些网络写手自身有着丰厚的古典文学底蕴，或是对传统文化有着浓厚的兴趣，对文本中出现的古典文学传统，有着极为严谨的考据。如出身于汉语言文学专业的流潋紫，《后宫·甄嬛传》中的众多诗词，皆用得恰到好处，类似的还有匪我思存，她的《寂寞空庭春欲晚》对服饰器具等的刻绘极为美轮美奂。在借鉴的古典碎片上，网络言情小说的撷取尚有一定可圈可点之处。只是面对本土文学的深邃底蕴，网络言情小说的借鉴更像是一场无力辨识的"买椟还珠"，因为太专注华丽的传统文化残片，而遗失了在历史深处支撑的灵魂。在深度缺失的历史想象中，而丝毫未触及传统的骨头。但是，任何一种文学传统的传承，都不是一蹴而就的，而是一个循序渐进的过程，从这个角度来看，网络言情小说对本土文学传统的延续与继承，在未来仍有众多的可能。

《何以笙箫默》与"女频"网络文学的转向

王玉玊*

【摘要】创作于2003—2005年间的网络小说《何以笙箫默》清晰地预示了"现代言情"文的三个转向：其一，文体的变更，从强调环环相扣，高潮鲜明的，脉络连贯的复杂叙事，转变为结构相对松散平淡，无高潮亦无过场戏，突出"日常感"的片段连缀叙事；其二，"甜""虐"比例调整，从以"虐"为主，到以"甜"为主；其三，人物形象与言情模式革新，经典的"霸道总裁"文模式在大陆网络文学中确立。特别是在文体形式上的转向，直到21世纪的第二个十年中才渐次完成，足见《何以笙箫默》体现的前瞻性。但与此同时，《何以笙箫默》中人物性格与情感模式又鲜明地刻着其所属时代的印记，因而一经发表便被"90后"读者挪用为对于自身生存状态的寓言式表述。

在笔者从初三到高二的那几年间（2006—2009年），周围的女同学几乎没有人不知道顾漫。无论走到哪里，只要提起顾漫，都会引起热烈的讨论。在那个大众文化与网络文学已然拥有高度细化分类的年代，顾漫在中

---

* 王玉玊，北京大学中文系博士研究生。

学女生中获得的高度一致的赞扬堪称一个奇迹（一个可资参照的例子是，在新武侠、玄幻领域，"沧月①派"与"步非烟②派"便常常是泾渭分明的）。与顾漫受到的推崇形成鲜明反差的，是当时二十一世纪出版社出版的一系列青春校园言情小说，如《麻雀要革命》③等，这一系列作品大抵采用粉色作为装帧主色调，封面上画着非常具有日本漫画风格的人物立绘，在各大书店里洋洋洒洒地摆上好几书柜，不可谓不流行。但当时在班里，看这类书的女生会被认为浅薄和幼稚，甚至受到排挤。但阅读过顾漫的小说，了解顾漫写书有多么慢，知道顾漫开了多少"坑"④没有填，在当时都是足可夸耀的事情。可见顾漫于我们而言，不仅是流行，而且是经典。

那时一个经久不衰的议题是：《何以笙箫默》（以下简称《何以》）和《微微一笑很倾城》⑤（以下简称《微微》）哪个更好？当时的笔者是坚定的"《何以》派"。以今日的后见之明，从顾漫的整个创作序列来看，《微微一笑很倾城》确实算顾漫的巅峰之作了，而《何以笙箫默》相对而言存在着明显的缺憾（最核心的问题是赵默笙在大学时期与归国后的性格反差过大，难以弥合）。但即使如此，从整个"女频""现代言情"网络小说的发展历程来看，《何以》所处的地位仍旧是无可替代的，甚至可以说，《何以》清晰地预示了"现代言情"文的三个转向：其一，文体的变更，从强调环环相扣，高潮鲜明的，脉络连贯的复杂叙事，转变为结构相对松散平淡，无高潮亦无过场戏，突出"日常感"的片段连缀叙事；其二，

---

① 沧月：奇幻文学作家，早期曾在晋江原创网、潇湘书院等网站连载创作，大陆"新武侠"的代表性作者之一，代表作品有《听雪楼》系列、《镜》系列等。

② 步非烟：大陆"新武侠"的代表性作家，长期在《今古传奇·武侠版》《今古传奇·奇幻版》《武侠故事》《新武侠》等武侠刊物上发表作品，代表作品有《华音流韶》系列等。

③ 郭妮：《麻雀要革命》，二十一世纪出版社 2007 年版。

④ 开坑：开始创作一部小说即为"开坑"，相对地，将一部已经开始的小说写完就叫"填坑"。

⑤ 顾漫：《微微一笑很倾城》，晋江文学城（http：//www.jjwxc.net/onebook.php? novelid = 370832）。

"甜""虐"比例调整，从以"虐"为主，到以"甜"为主；其三，人物形象与言情模式革新，经典的"霸道总裁"文模式在大陆网络文学中确立。

一 从网络小说到网络化的小说

《何以笙箫默》自2003年9月起开始在晋江原创网上连载，在2003年年底一度停更，最终于2005年年末完结出版，历时两年有余。与《何以》同期，而又引起相当重视的"女性向"作品（含纸媒流行文学），如步非烟《华音流韶》系列、沧月《听雪楼》系列和《镜》系列、饶雪漫《左耳》、明晓溪《泡沫之夏》系列、藤萍《九功舞》系列、匪我思存《寂寞空庭春欲晚》《裂锦》等，多以悲剧为主，即使以大团圆为结局，在过程中也是磨难重重，"虐"身"虐"心。在这些作品之中，《何以》便显得格外的"甜"——大学时期的回忆纯然是在"发糖"，中间最痛苦的7年离别几乎被略去，重逢后虽有小"虐"，但在全员"助攻"之下，总体的基调仍旧是"甜"的。在顾漫接下来的作品《微微一笑很倾城》中，"甜"与"虐"的比例则经历了进一步的逆转——这是一部彻底的只"甜"不"虐"的作品。在我上高中的时候，《微微》的"甜宠"画风的确冲击了笔者习惯的感知比率（那时的笔者还是个只看悲剧不看喜剧，会为了故事里的生离死别而落泪的多愁善感的少女），而《何以》的"小虐大甜"恰恰处在笔者能接受的极限上，这也是笔者当时喜欢《何以》甚于《微微》的重要原因之一。直到2015年，"甜宠"风席卷整个女频，顾漫的前瞻性才彻底显露出来。

一系列与"甜""虐"比率调整互为因果的形式变化也在《何以》中显现出来。这一时期女频的网络文学创作，往往以纸媒发表为最高追求，对作品的形式要求也基本符合纸媒通俗小说的规范：文笔优美华丽、故事环环相扣，往往以多条叙事线索汇总达到高潮，并有一个或悲伤或完满，但一定令人印象深刻的结局。《何以》则是以与这些规范恰恰相反的方式写就的。

在《何以》中，每一个故事段落都构成一个独立的中心，彼此间则呈现平行关系，既没有统领全篇的高潮，也没有收束一切的结局。任何两个故事段落之间都没有展现两者间逻辑关系及时空关系的过场戏，因而故事段落之间也就缺乏绝对的承前继后关系，只有连贯的情绪在这些彼此区隔的故事之间顺畅地流淌，将整部作品串联起来。多中心导致了文本的松散和开放，在《恒温》一章（全书第九章）的"火锅聚餐"之后，赵默笙和何以琛的关系便已然进入了稳定期，在此之后，这个故事既可以随时结束，也可以永久地接续下去。这样的松散结构带有极端网络化的交互潜能，为作者写"番外"（即作品外传）和读者写"同人"（读者依照原作的人物或世界设定创作新的作品）都提供了良好的基础。

《何以》的魅力，不在于架构宏大或者高潮迭起，而在于每一个自为中心的故事段落之内的精巧、细腻与丰富。这里不得不提及的两个概念是"梗"和"日常向"。"梗"这个词，最初是对于相声术语"哏"的误写，后来在动漫、网络文学领域广泛使用，具体到网络文学的创作方法而言，它指的是以一个颇有意趣的小事件/对话/行为为核心，敷衍成相对完整的故事段落。从这个意义上来讲，顾漫绝对堪称"造梗""写梗"的高手，《何以》中的每一个故事段落都是以一个梗（大多是原创"梗"，也有一些借"梗"的情况）为核心扩写而成的，比如赵默笙打算在身前吊着何以琛照片跑800米的奇思妙想；赵默笙被刑法教授抓起来回答问题时那句震惊四座的"把他们都抓起来"；铺垫了无数次的头发长短问题，最后归结于何以琛让赵默笙留长发是因为这样赵默笙就可以变多一点；等等。有一些梗是反复用的，每次用都有新意，像"数九百九十九步"的梗，初用是"甜"，再用是"虐"，反用在何以琛身上就是执念入骨。《何以》中的很多片段，是可以当初读过一次便记忆至今的，像是"走散之后，要站到最耀眼的地方让你找到我"之类的桥段，在后来的网文和电视剧中已经被借用了无数次，但当初在《何以》中第一次与它邂逅的感动仍旧无法忘怀。

像这样以无数精巧有趣的"梗"扩写为因果连贯的故事段落，然后连缀成篇的作品，实际上是我们通常说的"日常向"作品。"日常向"（或称为"日常系"）这个概念，最初源于日本动漫，顾名思义，就是没有鲜明连贯的主线剧情，而专注主人公之间平淡而不失兴味的日常生活的作品。这里说的"日常"，绝不是写实主义意义上的平淡的现实生活，而是被精心结构的、极端审美化的、虽不激烈却含有丰富情绪的"有爱""日常"。

明晓溪在为《何以》初版作的序言中写道：

每一句话、每一个词、每一个过渡，她（指顾漫）都反复地修改斟酌，用心体会不同表达方式的细微差别。比如"他××地推开窗户""她××地低下头"，这些"××"她会考虑很久很久。[1]

好友作序，大约难免有溢美之词，但明晓溪此处所言，的确是可以与读者的阅读感受相呼应的。顾漫的精细，不在于伏线千里、丝丝入扣，而在于在每一个相对独立的故事段落之中，用准确的词句将复杂的小情绪调配到最饱满和谐的程度。《何以》中的定语、状语极多，几乎每句对白都配有相应的语气，每一个动作都被仔细地赋予了情态和幅度。比如《离合》一章（全书第6章）中写赵默笙放开抓住何以琛衣角的手：

也许是他的声音太严厉了，她的手竟然颤了一下，然后手指慢慢地慢慢地一根根地松开。[2]

恐惧、难过、不舍，从满怀期待到渐渐绝望，这些情绪并不需要读者

---

① 明晓溪：《写给乌龟漫》，见《何以笙箫默》，朝华出版社2007年版，第1—2页。

② 顾漫：《何以笙箫默》，朝华出版社2007年版，第84页。

去细细揣摩，而是通过对叙述的不断修饰和限定，以整体性的直观方式传达到读者心里。而所有这些情绪的氤氲、流动、变迁、汇集，就是《何以》全篇的连贯性所在，也构成了阅读《何以》时读者得以浸润其中的独特空间，这一空间将原本平淡琐碎的对话和行为转化为温馨幽默而又不失典雅的审美对象。

"梗"与"日常向"这两个概念在网文领域普及，至早也是 2010 年之后的事情了，而"甜宠文"的风行到了 2015 年才真正开始。但在《何以》中，无论是以"梗"为核心的创作方式，"日常向"的类型特征，还是"甜宠"的情感基调都已经以接近完成体的形态展现出来。虽无明确证据，但这种前瞻性或许必须归结为一种对网络媒介的敏感。从《何以》开始，顾漫的小说便始终是极其适合网页阅读的，舍弃了当时惯用的大段的物描写和内心独白，主体上以对话带动情节发展，分句简短明晰，按句分段，语言极端简净，形成了直白而精致，坦率而丰富的行文风格。时至今日，这种衍"梗"为文、各事件段落自为中心、小"虐"大"甜"、关注于情绪表达、对话为主、密集分段、语言简白流畅的文体已然成为"女性向"网络文学中颇有影响力的一支，特别是在非 VIP 制度的论坛和博客上发表的同人文中（这些作品不受编辑制度和付费制度影响，亦无纸媒出版和 IP 改编压力），已成绝对的主流。

二 从《花样男子》到《何以》："霸道总裁"文的进化之路

《何以》在形式风格上具有明显的超前性，这是不争的事实，但在内容、人物和思想层面，《何以》又极为鲜明地刻印着其所处时代的印记。

《何以》的故事分为两段——大学时期和归国之后。归国之后的故事，可以看作"霸道总裁"文的标准完形，而大学时期的故事是一个富家女与贫寒才子的恋爱历程。同样两个人的两段不同时期的爱情，伴随着社会地位的反转，相处模式也发生着相应的变化。

如果要讨论当代中国大众文艺和网络文学中的言情模式，或许不得不提到的一部作品是日本少女漫画《花样男子》（《花より男子》）。这部由日本漫画家神尾叶子创作的长篇少女漫画于1992—2004年间在集英社的漫画杂志《Margaret》上连载，曾长期霸占日本第一畅销少女漫画的宝座。2001年，由《花样男子》改编的中国台湾版电视剧《流星花园》开始播出（2002年在中国大陆播出），成为一代人心中的经典，由主演构成的偶像团体F4亦红遍亚洲。随后，该作品又先后于2006年和2009年被日本和韩国改编为电视剧，均获收视佳绩。在相当长的一段时间内，整个大众文艺领域的校园爱情故事，都是以《花样男子》为模板的：一个道明寺司式的男主，出身名门、本性善良但霸道跋扈；一个牧野杉菜式的女主，家境贫寒但刻苦努力、自尊自爱、充满正义感；一个花泽类式的男二，温柔优雅、充满艺术气息；以及数个围绕在男主身边的、有钱有"颜"的死党。前面提到的《麻雀要革命》等一系列由二十一世纪出版社出版的青春校园小说大抵如此。显而易见，《花样男子》是一个"灰姑娘"故事的现代翻版——帅气而又富有的男主人公将女主人公从贫寒的命运中拯救出来。与"灰姑娘"故事不同的是，《花样男子》中的男主人公是一个"未完成体"，他不像辛德瑞拉的王子从一出场就温文有礼、完美无瑕，而是一个不知民间疾苦、倨傲霸道的混世魔王。在与女主人公牧野杉菜相爱的过程中，道明寺才逐渐学会体谅、关怀他人，学会表达自己的善意，并逐渐成长为一个出色的大人。相比道明寺，牧野杉菜则一出场就乐观向上、不畏强权，富于进取精神与抗争精神，有着"杂草"般的顽强倔强，因而在这段爱情中，杉菜是相对成熟的那一个，是陪伴、守候道明寺成长的人。这样一层关系的存在，就使得杉菜在爱情关系中多少具有了主动性，不再是被动地被寻找、被拯救的辛德瑞拉。

《何以》中的前后两段爱情，也都不可避免地带有《花样男子》的影子：大学时代的赵默笙，继承了杉菜的执着与乐观，而7年后事业有成的何以琛是一个"成熟版"的道明寺。

大学时代的赵默笙是顾漫整个创作序列中最耀眼的女主人公，她生于市长之家，从小生活富裕，享受着父亲的宠爱，养成了开朗活泼的性格，是一个率直坦诚、极具自主意识的女孩。当平民杉菜变成了富家女赵默笙，爱情故事的女主角便彻底从被拯救者的地位中解脱出来，于是杉菜的"杂草"精神在赵默笙这里，也就全面地释放为一种自由、主动、积极的人生姿态。大学时代的赵默笙对于何以琛热烈而又大胆的追求，虽被以琛斥为"不知羞"，在当时的读者心中却是令人羡慕与向往的。这样的女性形象似乎只在21世纪第一个十年的中段集中出现，在当时的"女性向"网络文学中还有《致我们终将逝去的青春》（以下简称《致青春》）中的郑微、《左耳》中的黎吧啦等。这一形象的出现，与当时"90后"的整体心理状态密切相关。这一心理状态，大概可以用这样三句话来展现：

平凡的人，唯一不平凡的机会，就是谈一场不平凡的恋爱。①

在一个日益庸常的世间，英雄的故事需要传扬。②

我爱你，与你无关。③

笔者和笔者的同窗们大都出生于1992年，那似乎是尘埃落定的一年，冷战落下帷幕，中国开始建设社会主义市场经济，一切政治大事件似乎到这一年就结束了，历史课本也是每每讲到这一年便接近尾声，之后的内容基本都没有考试重点。所以笔者与笔者的同代人实际上是生活在一个富足而又充满希望，但同时也是极度平凡、庸常的时代之中的。没有什么可不满的，也没有什么需要反对，相比于"80后"漫长的叛逆期，"90后"实

---

① 引文为台湾八大电视股份有限公司出品的电视剧《终极三国》（2009）中的台词。

② 阿来：《格萨尔王传》，重庆出版社2009年版，第97页。

③ 引文为歌德《威廉·麦斯特的学习时代》中的句子，因被张爱玲在《沉香屑·第一炉香》中引用，并被徐静蕾在接受采访时引用等原因而为中国人所熟知。

际上是相对温和的一代，一边在自己的小世界里"圈地自萌"，一边对主流社会和主流价值保持着基本的服从和认同。特别是对当时还在上学、在社会中处于绝对消声状态的"90后"而言，强烈地需要一种英雄传奇来抵消现实生活中的无力感。而爱情，便适时地承担了这一功能。所以这样的爱情，总是一个人的英雄故事，是每一个读者心中唯一使自己变得不平凡的机会，所以"我爱你，与你无关"。因而赵默笙那些会被长辈视为"死皮赖脸"，甚至"没有自尊"的行为和言语在当时的读者看来，却是勇敢追求爱情的英雄壮举，因为在这个平凡而富足的年代，坦白而言，除了尊严，我们实际上再没有什么可以舍弃而又弥足珍贵的东西了。有勇气为了什么（其实无论什么都好）而舍弃自己珍贵的东西，这就是传奇。所以那个时代被引为经典（准确地说是被读者选择为经典）的爱情故事普遍都是消耗性的——不是我们因为相爱而成为更好的自己，而是我为了爱你舍弃事业，舍弃尊严，失去亲人与朋友，众叛亲离，背天逆命，直至一死方休。这份悲壮感只是在爱情故事中找到了最合适的寄寓形式而已，它实际上弥漫在所有那时正当年少的"90后"们的英雄情结之中。

大学时期的赵默笙形象之所以受到广泛好评，或许还与日益普遍的社交恐惧不无关系，无论把它归因于网络的发展，个人主义的内化，还是家庭结构的简化似乎都有化约之嫌，但个人的原子化确实是一个正在发生的事实。当年有些内向和胆怯的笔者是切实地被赵默笙坦陈爱意而不计后果的勇敢鼓舞过的，笔者不能准确知道有多少人拥有着与笔者相似的经验，但大概并不在少数。

在笔者的中学时代，"老了"是一个广为流行的感叹词。所谓"老了"是什么样子呢？大概就是从美国归来后的赵默笙的状态，乖顺规矩、待人温和、小心翼翼、顾虑重重。这种关于成长的灰暗想象是当时《何以》中前后反差如此之大的赵默笙形象可以在读者心中得以成立的重要原因。如果在网络中以"90后"作为关键词进行搜索，常常会出现的相关概念是

"早熟"，人们习惯以多媒体时代的信息爆炸来解释这种"早熟"。以笔者自身的经验来看，或许情况也不尽然，因为我们的中学时代原本就与"经典"的青春形式（如"五四"式"青春"）相去甚远，而被规划为一种按部就班的状态（在这一点上，或许"00后"更甚?）。"一场说走就走的旅行"① 之所以一度引起如此强烈的共鸣，其原因或许也在于此——我们一方面厌倦这种被（自己或他人）规划的生活，另一方面实际上也缺乏荡出正常人生轨迹的勇气。这种压抑感一方面通过"老了"的自嘲得以释放（感叹自己"老了"，就仿佛存在一个"老去之前"的自我状态），另一方面则被投射到对成人世界的想象之中，而成年赵默笙恰恰迎合了这样的想象。所以我一直对赵默笙惨兮兮地坐在何以琛家门口，抓住何以琛衣角，问"你还要不要我"的场景记忆犹新，因为在那个瞬间，赵默笙放弃了自我保护的本能，重拾勇气与坦率，挽回了她的爱情，就仿佛大学时代那个无所畏惧的赵默笙又回来了。何以琛将赵默笙的那些"小毛病""小脾气"一点点养回来的情节也总能令我感动，赵默笙何其有幸，才能遇到这样令她安心的爱情，使她可以慢慢卸下低眉顺眼、循规蹈矩的成人面具，重新显露出始终在心底"张牙舞爪""蠢蠢欲动"的"小放肆"与"小自由"。对于当时的我而言，这大概是想象中爱情最重要的"功能"之一。

在《微微》及顾漫此后的其他作品中（特别是《杉杉来吃》）中，这种主动而又直率的气质便逐渐从女主人公的身上消失殆尽了（剩下的，就是标准的"霸道总裁"文女主人公）。大学时代的赵默笙式女性角色，就如同她们在故事之中也常常在短暂的灿烂之后归于失败（《何以》中的赵默笙与《致青春》中的郑微都成长为"标准"的"职业女性"，而《左耳》中的黎吧啦死在了芳华正好的年岁），这类形象在大众文艺与网络文

---

① 一场说走就走的旅行：原文为"人生一定要有两次冲动：一次是说走就走的旅行，一次是奋不顾身的爱情"。是安迪·安德鲁斯的作品《上得天堂，下得地狱》中的名句。

学的舞台上也仅能凭借着注定是消耗性的热情而昙花一现。直到2013年韩剧《来自星星的你》热播之后，《致青春》《左耳》《何以》纷纷改编为电影和电视剧，这一类形象才又一次出现在大众的视野之中，但也再无什么引人注目的新作出现。事实上在这一时期，"包子"女主（即指那些忍气吞声、窝囊软弱的女主）的反面已然不被想象为赵默笙式的天真烂漫、勇往直前，而是能够在爱情的战场上巧妙地化解危机、捍卫爱情的成熟理性、料敌先机与运筹帷幄。

　　赵默笙回国后，何、赵两人的社会地位发生了逆转，何以琛成了典型的社会精英，相比之下，刚刚归国入职的摄影师赵默笙就显得平凡得多。与此同时，故事的关注焦点也从赵默笙身上转移到了何以琛身上，何以琛代替赵默笙成了爱情关系的主导者。由此，大陆网络文学中"霸道总裁"文的最初原型便生成了。如前所说，何以琛是一个长大成人之后的道明寺，他有着道明寺的霸道，但比道明寺更明白自己想要什么，更能够掌控局势，更"腹黑"（心有算计而不动声色），也更自信。在这样的男主人公面前，平凡的女主人公实际上什么都不需要做，只要享受被爱就可以了。当然，何以琛还是有缺点的，他极度缺乏安全感，面对赵默笙时也会情绪失控。相比之下，《微微》与《杉杉来吃》中的男主人公肖奈和封腾才是最为典型的"霸道总裁"——全知全能、雷厉风行的完美爱人。在这样的故事中，男主人公重新站在了拯救者，或者说"神"的位置上，而女主人公虽然仍是"灰姑娘"，却已经没有了杉菜的"杂草"精神，她们只是单方面地被宠爱，然后幸福着。这样的爱情，仍旧吻合于"平凡的一生中唯一不平凡的机会"这一构想，只不过那种"不知羞"的、有违矜持的热烈追求归根结底是不可信的，且已经被消耗掉了而已。直到2015年"甜宠文"盛行之时，这种关于爱情是"平凡的一生中唯一不平凡的机会"的构想，以及"霸道总裁"文式的爱情模式才被舍弃掉，这是后话。

　　行文至此，已近于尾声，本文以相当的篇幅回顾了中学时代笔者与笔者的同龄人所处的状态，以及我们当时对《何以》的普遍看法。之所以这样做，是希望可以约略还原《何以》得以流行的环境，及其读者群在阅读《何以》时的心理。在网络文学史上，《何以》应以其预见和开启了"女频"网文的转向而占有一席之地。在内容方面，《何以》可算得"霸道总裁"文模式的起始之作，同时也标识了《花样男子》式言情模式的终结；在形式方面，《何以》则在从"连载在网络上的通俗文学"到"网络化的文学"这一过渡中做出了具有先锋性与开拓性的尝试。但当我们真正去阅读《何以》这部作品的时候，会觉得这样的评价安在《何以》头上似乎太大了，因为《何以》的的确确是一个"小"故事，没什么野心，一味讲着爱情里那些无足轻重的小日常，篇幅不算长，也未见文采斐然。这是一个很"轻"的故事，撩拨的只是年少时那一点无处安放的、因被压抑而躁动着的过剩的自我意识。

以沉默生，用美满结

——顾漫小说《何以笙箫默》漫谈

李青颖*

【摘要】顾漫的小说《何以笙箫默》有着独特的魅力，小说名称及男女主人公名称充满美感、幽默、深情的语言词汇，多重插叙的叙述方法使小说内容更耐读。小说通过误会来创设情节，故事跌宕起伏，又不失温暖细腻。站在女性读者的角度上，《何以笙箫默》符合网络言情小说主要阅读群体的阅读趣味。

网络言情小说现在正处在飞速发展的时期，无论是作者、读者还是作品的数量都达到了非常惊人的程度。在这庞大的队伍中，提起某一个作者或是作品，都有可能会有不甚了解的读者。但说起顾漫，说起《何以笙箫默》，想必只要是对网络文学有所了解，甚至比较热衷于看电影追剧的人都不会陌生。在顾漫已经出版的四本书中，除了未完结的《骄阳似我》之外，其余三部（《何以笙箫默》《微微一笑很倾城》《杉杉来吃》）都已被拍摄成电影和电视剧，并且有了非常好的反响。其中，《何以笙箫默》

---

* 李青颖，济南大学文学院中国现当代文学硕士研究生。

作为她出版的第一部作品，第一次让"顾漫"这个名字出现在大众视野里。作为网络言情小说排名第一的作品，《何以笙箫默》必然有着自己独特的魅力。

一 古典化诗意化的命名

即使不对小说故事内容有任何的接触与了解，单单《何以笙箫默》这个书名，就已经充满了美感。"何以"，以何，一个充满古风的词，也正是男主"何以琛"名字中前两个字。琛字，又与沉默的沉字同音。"笙箫默"，让人联想起："悄悄，是离别的笙箫，沉默，是今晚的康桥。"这句徐志摩的诗，正是女主"赵默笙"名字的由来。默笙与陌生同音，以琛默笙，以沉默生。既然琴瑟起，那么，何以笙箫默？男女主的名字和小说题目都给人一种悠远静默、如泣如诉的清冷。然而我们又仿佛能透过这刻意克制的冷静表面，感受沉浸在更深处情感的流动。这种给小说命名的方式正是顾漫的一贯特点，如小说《微微一笑很倾城》，题目中即包含了男女主在小说中游戏《梦游江湖》里的网名芦苇微微和一笑奈何；《杉杉来吃》中也包含了女主薛杉杉的名字；《骄阳似我》中骄阳即阳光，暗含了女主的名字聂曦光。这种给小说命名方式可以说非常具有顾漫特色。

二 用多重插叙丰满内容的厚度与广度

对文本有了更深一层的了解之后便会发现，插叙是《何以笙箫默》在情节推进中最大的特色。而且，插叙的片段像幻灯片淡入淡出切换效果一般自然，不留痕迹。如果不认真去分辨，读者甚至都不知道自己是何时被作者从现在带到了过去的生活。比如，小说中写赵默笙在镜子前审视现在的自己与初上大学时的自己有什么不同时，小说的故事发生时间不知不觉就跳到了何以琛和赵默笙初上大学的时候。于是作者开始描写赵默笙是如何死缠烂打何以琛，而何以琛又如何一点点沦陷的。又如，在写赵默笙和何以琛一起回 C 大偶遇周教授时，故事时间又因为周教授的出现而自然而然回到了大学时，赵默笙在周教授的课上闹笑话的时候。写到何以琛在广州出差，在某个广场遇到了两个拍照留念的学生，让他联想到了第一次遇到赵默笙的样子，于是镜头又切换到了他们第一次相遇的情节……因为小说从 7 年后两人重逢开始，所有过去的时光只能通过插叙的手法进行表现，所以插叙的内容以二人一起经历的大学趣事为主，这样使文本仿佛同时讲述了两个故事。电视剧版《何以笙箫默》在处理插叙内容的时候甚至选择了不同的演员，去演绎处在不同时间段的人物，看起来像是两个故事同时进行。如果没有对过去时光的怀念，我们可能无法认识大学时候何以琛和赵默笙的样子，他们也许会一直以现在这种冷静、沉郁的形象存在在我们的脑海里。通过插叙的手法，让我们了解到大学时候的何以琛和赵默笙是如此的青春可爱，充满阳光，充满活力，这种可以感染每一个读者的激情让何以琛和赵默笙的形象更加的丰满。

不同于一般网络言情小说的叙事，《何以笙箫默》这种通过不停插叙来使故事内容丰满的形式，在与现在生活的对接中，极易产生空白。在这样的空白中，有利于激发读者的想象。波兰的著名文艺理论家英伽登认为"作品是一个布满了未定点和空白的图式化纲要结构"，读者通过在阅读中产生想象，从而对未定点的确定和对空白的填补使作品趋于完整与实际。德国现象学家伊瑟尔强调"空白"是文本召唤读者阅读的结构机制，是文本对读者发出的具体化的召唤和邀请。这种插叙的叙事模式，可以让读者运用自己的生活经验与价值体系参与到文本的再创作当中，使文学作品更加具体化。

三 用误会制造曲折的情节、探测人性的深度

小说情节从二人 7 年后重逢开始写起，却是沉默的相逢。"他们慢慢地，一步一步地走近，然后……擦肩而过。"① 故事就此开始，仿佛二人没有再次相遇的可能。然而，却因为何以琛丢失的钱包，二人再次有了交集，此后便一发不可收拾。不同于其他网络言情小说，为了使故事情节跌宕起伏，给读者一波未平一波又起的感觉而埋藏许多误会的伏笔，等待以后慢慢揭开的写法，《何以笙箫默》在小说的最开始，便将故事的最大冲突，即二人的分手原因以十分平淡的口吻交代给了读者。时间是治愈的良药，以 7 年之后的口吻再讲述之前的旧事，语气自然可以平淡得多。小说中的其他误会和矛盾也都没有任何伏笔，而是直接出现的。以伏笔的形式提醒读者早晚会有激烈的冲突出现，让读者始终处在纠结与担忧的情绪中，还不如让矛盾与冲突爆发得更加直接来得轻松。因为在一刹那的爆发结束后，小说便有了更加充足的时间去解决矛盾，去抚平创伤。这也是顾漫的小说看似情节跌宕，却依旧可以给人以温暖感觉的原因。

通读小说全文，两个人因为 4 次误会不停地处在矛盾中，但是在每一次矛盾爆发的表面下，满溢着两人炽烈的情感；每一次矛盾爆发，都是一次感情的递进。

第一次误会关于分手。何以琛在见到了赵默笙的父亲后，知道赵默笙的父亲是导致自己家庭破裂的原因，而赵默笙以为何以琛是因为以玫决定放弃自己，所以二人出现争执，赵默笙远行美国。其实这个问题一直没有得以解决，而是被何以琛埋藏了起来，直到最后赵默笙都不清楚自己最亲爱的父亲对何以琛和他的家庭来说是一种怎样的存在。"'她不适合知道这

---

① 顾漫：《何以笙箫默》，沈阳出版社 2011 年版，第 3 页。

些，也永远不会知道。'……这些东西，他一个人来背负足够。"① 所以，赵默笙单纯地以为父亲去找何以琛，侮辱了何以琛，所以何以琛才对父亲抱有很深的成见。这是故事最大的矛盾，也是导致故事发生的背景。在这个背景下，这个故事才渐渐以沉默拉开了序幕。

第二次误会关于赵默笙父亲。何以琛在那时无法接受自己和导致自己家庭破裂的仇人的女儿恋爱，而赵默笙以为何以琛是对自己父亲贪污的行为非常痛恨，所以对自己和父亲有意见。何以琛一直处在深深的矛盾之中，一边是给了自己生命的父母，一边是自己深爱的女友，不知道自己在他们之间该如何抉择。但是最终，他还是"屈从于现实的温暖"，在大醉后甚至抱着以玫不停地问："你为什么不回来？我都准备好背弃一切了，为什么你还不肯回来？"② 正是这种在对比中的屈从，才能让人体会到以琛用情之深。

第三次误会关于结婚。赵默笙对何以琛说自己已经结过婚了，以琛认为她与她的前夫应晖是因为爱情而结合，这样的认知让以琛难以压抑内心的失望与言语的刻薄。甚至在与赵默笙结婚后，整个人还沉浸在"嫉妒"和"介意"中。但其实赵默笙只是为了避免邻居家的儿子被他的父亲虐待，所以以形式婚姻的方式获得孩子的抚养权，而她与应晖并无实质性的婚姻。直到何以琛在 C 大偶遇应晖，并与应晖约谈过之后，才终于真的释怀。

第四次误会关于赵默笙去香港。赵默笙去香港出差，在收拾行李时被何以琛发现。何以琛以为赵默笙又要离开他，心情有了剧烈的起伏。后来在赵默笙的主动示好下，二人的关系有了进一步的进展，故事渐渐甜蜜起来。

———————————

① 顾漫：《何以笙箫默》，沈阳出版社 2011 年版，第 192 页。
② 同上书，第 68 页。

4次误会被解开后，故事也逐渐完满起来。在这个故事中，以沉默生，用完满结，终于为我们构建了一个"向来缘浅，奈何情深"，看起来虐，其实却充满了温暖甜蜜，是一个充满张力的故事。

顾漫在《何以笙箫默》后记中说："《何以》的灵感片段始于一天我和妈妈去超市。超市人很多很拥挤，我脑中就突然冒出了《何以》开头的那个画面。相爱相离的男女，很多年后不期然在人群中相遇，眼光相汇，淡淡凝视，然后又各自走开。《何以》一开始，就是想写这样一个擦肩而过。然后才渐渐血肉丰满，甚至人物都有了自己的脾气，不再受我控制。"① 这仿佛印证了柏拉图提出的文学创作的灵感说："凡是高明的诗人，无论在史诗或抒情诗方面，都不是凭技艺来做成他们优美的诗歌，而是因为他们得到灵感，有神力凭附着。"② 但其实，这种神力是根植于心底最固执的愿望所化，这种"即兴"是足够的材料储备和情感积累。即使这灵感来得突然，让人不得不紧紧抓住生怕它转瞬即逝，但是在创作过程中，顾漫也是在不断推敲："我在我的老台式机上，一遍遍地写着他们的重逢，写了十几遍，终于我满意了，他们也满意了。"③ 所以以龟速著名的她有一个众所周知的昵称"乌龟漫"。这种对于作品不断苛求完美，不断抛光打磨的态度，才是她每出版一本书就会畅销的原因。

四　充满人生睿智的语言

《何以笙箫默》的语言特色可以说是最能体现"乌龟漫"精益求精、不断推敲的部分了。第一，语言很专业。为了符合男主何以琛作为律师的职业身份，小说中几次出现了看上去非常专业的法律名词。例如，已遂、未遂，动产随人，婚内强奸，共同财产，等等。其中最有意思的一部分就

---

① 顾漫：《何以笙箫默》，沈阳出版社 2011 年版，第 242 页。
② ［希腊］柏拉图：《文艺对话集》，朱光潜译，人民文学出版社 1963 年版，第 8 页。
③ 顾漫：《何以笙箫默》，沈阳出版社 2011 年版，再序第 2 页。

是何以琛在家中请同事们吃饭，结果同事们意外发现何以琛"金屋"中藏的赵默笙。老袁打趣何以琛："非法同居？"何以琛却说："合法。……就是男女双方在平等自愿的基础上建立的长期契约关系。"这里运用了非常专业的法律解释，其实就只说明了一件事，那就是何以琛已经结婚了。这种不同于我们日常交流的方式，正符合了什克洛夫斯基的"陌生化"理论，即通过形式的独特性，使对象陌生，延长人们审美感知的过程。第二，语言很幽默。顾漫的小说除了温暖的故事情节以外，文笔幽默也是很突出的特点。比如，小说中在对老袁进行描写时用了这样的句子："形象更接近劫匪的魁梧大汉悠闲地在他对面落座，嚣张地跷起二郎腿。"把一个律师比作劫匪，十分生动形象地表现出老袁形象之魁梧。再比如描写何以琛工作繁忙："老袁则整天乐呵呵地算着本季度收入会增加多少，笑嘻嘻地说要给他准备一副最好的棺木。"这里用夸张的手法，描写何以琛工作过于拼命，让人读起来虽心疼何以琛，但对于这样的表达方式还是忍俊不禁。第三，语言很深情。有些时候甚至都不需要了解小说中的故事情节，只是看一下从小说中提炼出的经典语录，就会一瞬间爱上这部作品。在《何以笙箫默》中也有很多经典的深情语句被广为流传。如"向来缘浅，奈何情深。"如"如果世界上曾经有那个人出现过，其他人都会变成将就，我不愿意将就。"这些含蓄隽永、寄寓深邃的话语给了无数读者爱的希望和力量。

五 为女读者审美趣味量身定做

作为网络言情小说消费的主要群体，年轻的女性读者群体被作者选定成为所创作文本的隐含的读者，即作家本人设定的能够把文本加以具体化的预想读者。于是作者在创作时，尽量会贴近预想读者的心理预期。以年轻的女性读者群体作为自己的隐含的读者，决定了在男女主角人物形象的设定方向。"爱美之心，人皆有之。"有鉴于此，网络言情小说中的男主角向来以高大英俊的形象出现。在《何以笙箫默》中，男主何以琛"简单的衬衫长裤，却硬是能穿出一种与众不同的英气来。"鉴于年轻女性在生活中缺乏安全感，所以男主角设定一般优秀，有担当。就何以琛而言："撇开他英气逼人的外表，光这几年他在律师界里逐渐崛起的名声和坚毅正派的形象，就足以吸引任何骄傲或者美丽的女人。"除此之外，小说中的何以琛对赵默笙的一往情深、死心塌地，更是紧紧攫住了女性读者的心："你为什么不回来？我都准备好背弃一切了，为什么你还不肯回来？"这种形象设置不可不说是完美的。一般而言，"读者阅读文学文本，也是为了在想象中调整自己的存在状况，以及自己所身处于其中的社会权力关系"。① 正所谓"机发矢直，涧曲湍回"，不同的文体往往具有不同的格调与色彩，以网络言情小说为代表的这类文学作品之所以能够吸引和引导读者，超越时间与空间的隔阂，并迸发出思想与感情的火花，首先是由于作品本身的故事情节具有强烈的带入性和可共鸣性形成的基本属性。对于女性读者群体来说，女主角的形象设置一般要尽可能贴近自我，才能更加引发同感。比如，《何以笙箫默》中的女主角赵默笙："长得还不错，穿着很随性，头发短了一点，少了些韵味。比起围在以琛身边的女人，一般。"顾漫在《何以笙箫默》中通过对女主角总体而言各方面都比较普通的定位与现实生活高度拟合，对大学期间爱情朦胧而美好的描写，引发不少青年女性读者共鸣，从而形成代入感，又别具一格构思了相爱—分手—重逢—相爱的美满情节，从而弥补了不少青年女性读者对初恋"向来缘浅，奈何情深"的缺失感，把往往容易对现实折节屈从的读者从现实的桎梏中解放出来。

从小说开始两人相遇相顾无言，沉默以对，到最后幸福快乐、团圆美

---

① 童庆炳：《文学理论教程》，高等教育出版社 1992 年版，第 70 页。

满的大结局。以沉默生，用完满结，正是"向来缘浅，奈何情深"的体现。顾漫珍视在生命中出现的最微小的细节，并放在心中慢慢积累、发酵，厚积而最终薄发，创作出《何以笙箫默》等一系列清新甜蜜的网络言情小说。也让我们读者相信：执子之手，与子偕老，是世上最幸福的情诗。

青春文化与都市言情的碰撞

刘　媛[*]

【摘要】 中篇小说《何以笙箫默》凭借一段发生于校园和都市的爱情纠葛，将青春怀旧与都市言情两大主题巧妙融合，真实化的情节设置满足了当代读者的审美心理，并引起网友的共鸣和认同。男女主人公7年的分别不仅为作品人物性格复杂化提供了契机，而且成了过往与现实两大时空相互转换的重要桥梁。青春与现代是本小说最为突出的写作特色，而其中坚定长情的传统爱情观对当代快餐文化形成了强烈冲击，更能够引发读者对自身价值观的反思。

作为一部只有约11万字的中篇小说，《何以笙箫默》在2003年9月发表于晋江原创网后，引起了网友的高度关注，上亿的阅读量、高达2900万的总积分，以及7个版本的纸质小说出版，体现了这段发生于校园和都市中的爱情纠葛，对当代青年的极大吸引力。近年来，"追忆青春"的主题如雨后春笋般进入了大众视野，无论是颇受欢迎的影视剧作《栀子花开》《同桌的你》，还是广为人知的文学作品《那些年，我们一起追过的女孩》

---

* 刘媛，山东师范大学文学院2015级卓越班学生。

《匆匆那年》，都凭借"致青春"的话题而得到青年消费群体的追捧，《何以笙箫默》同样是这股怀旧热潮中引人关注的重要力量。英国著名马克思主义文学批评家和文化理论家雷蒙德·威廉斯认为"大众"有四种现行的含义，即"为很多人所喜爱""质量低劣的作品""被特意赢取人们喜爱的作品""人们为自己制作的文化"。这些围绕青春、言情而展开的大众文学，以怀念青春校园或向往甜蜜爱情的"80后""90后"为对象，由此创作出了贴近大众生活的通俗文学。但不同于其他网络小说几百万字的长篇幅叙述，《何以笙箫默》因其短小精悍而满足了读者群体的需要，使处于快节奏生活的都市人能够利用碎片化时间进行阅读，更有许多网友表示他们仅利用几个小时便读完了整部小说，这不仅源于引人入胜的故事情节，而且应当归功于其简短精练的特点。但这部作品之所以能够在网络上产生如此之大的影响，究其原因，需要从小说选取的题材——青春怀旧＋都市言情进行分析。本文将从情节描写、人物塑造，以及手法运用的角度，对《何以笙箫默》为读者展示出的青涩而绚丽的爱情故事加以解读。

一　从校园爱情到都市续缘

青春怀旧与都市言情，一直是网络小说中颇受欢迎的两个题材，对于"80后""90后"这样初入职场或刚进大学的受众群体来说，单纯的校园爱情，以及真挚的都市情缘，更能引起读者的共鸣。作者顾漫抓住了青年读者的这一特点，将校园与都市相结合，这段长达7年的爱情故事，不仅通过场景的转换丰富了作品画面，使小说更具有真实感，而且能够借助何以琛与赵默笙的悲欢离合激发读者自身的情绪反应，由此获得审美愉悦。

小说以赵默笙回国不久便与何以琛重逢为开端，7年后的他们都有了各自的事业，都市环境也自然而然地成为整个故事的背景。将激烈的职场竞争、复杂的同事关系，甚至（小红）频繁相亲等生活细节，穿插于男女主人公的爱情之中，极大地增强了小说的现实性。"与传统文学相比，他们的文学作品更接地气，走亲民路线的生存之道即站在读者的角度，讲的是身边的故事，能引起读者（观众）的集体记忆狂欢。"① 这种在一个群体里或现代社会中人们所共享、传承，以及一起建构的城市集体记忆，给予了读者强烈的认同感，使他们或感慨于繁华而忙碌的都市生活，或满足于何以琛与赵默笙之间浪漫爱情的幻想，并由此得到了众多青年读者的认可。

但是，处于都市环境下的律师、摄影师、法院、时尚杂志社等元素似乎仅成了小说人物的标签，对推动故事情节发展并没有起到有效作用，这不免使得角色身份设定缺乏典型性，难以更好地渲染作品的戏剧性。

相比于都市现实中的不足，小说对何以琛、赵默笙二人的校园爱情，描写得更加生动曲折。"从叙事策略上看，大量运用图解式符号表达'怀旧'的青春情感，因其在叙事系统中能提供特定的象征功能。"② 赵默笙练习 800 米长跑的跑道，陪何以琛一起上自习的教室，每周排队买糖醋排骨的食堂……这些校园中最普通的场景符号，既成了见证主人公爱情的重要标志，又引发了读者对大学生活的无尽追忆，并令其产生移情效应。"移情在《心理学大辞典》的解释中又叫'感情移入'。社会心理学家索兰德认为，移情是由于知觉到另一个人正在体验或是要去体验一种情绪而使观察者产生的情绪性反应。而在情感移入的定义里，提到移情作用对于文艺的创作和欣赏有很大影响。"③ 何以琛与赵默笙的大学爱情或让读者想起了自己的青春时光，或实现了其对乌托邦式爱情的渴望，简单的描写也因此被不同的读者赋予了不同的意义，使小说真实再现校园场景的同时，拥有

---

① 段惠芳：《浅析网络小说改编青春电影的特色——以〈何以笙箫默〉为例》，《电影评介》2015 年第 16 期。

② 同上。

③ 赖黎捷、牛凌云：《热播剧网众的跨媒介互文与自我认同——以〈何以笙箫默〉为例》，《东南传播》2015 年第 12 期。

了更加丰富的含义。

"在如今这样一个充满诱惑的消费时代，在流行闪婚闪离、快餐式婚姻的时代，能拥有一段'不将就'的爱情，是无数女性梦寐以求的幸福。"① 现代社会的快节奏不仅改变了都市人的生活方式，而且对其爱情观、价值观产生着潜移默化的影响，使大家对快餐文化的接受度越来越广，而面对众多缺乏爱情基础的婚姻，何以琛与赵默笙的结合如一股清流冲击着当代都市的婚姻观，"和现代社会流行的快餐式感情不同的是，《何以笙箫默》尽管有着新鲜、时尚的外壳，骨子里却钟爱长情派，倡导传统的爱情观。也正因为如此，以往青春片里千篇一律的重口味情节，在主角何以琛和赵默笙的爱情里并没有出现……抛弃了'伪青春'配置的'何以爱情'归于平淡，却也和现实拉近了距离。"② 长达7年的相思之苦更能够体现何以琛、赵默笙对爱情的忠贞不渝，而他们内敛含蓄的情感表达方式也恰恰与中国传统的爱情观相契合，对读者而言，看惯了轰轰烈烈的海誓山盟，平淡安静的爱情则唤起了他们内心的传统回归，同时小说主人公的故事是对都市化爱情的一次有力冲击，使青年人在羡慕"何以爱情"之时能够开始反思自己的婚姻观，由此扩展了小说的内涵。

无论是曾经的校园往事，还是7年后的爱恨纠葛，作者恰到好处的叙述总能留给读者无限的想象空间。小说在何以琛和赵默笙即将举行婚礼时结束，如山西传媒学院骨干教师杨伟所论述："正如月满则亏水满则溢，偶像爱情剧以团圆结尾无可厚非，在情感的高潮点戛然而止方有意趣，从圆满中解剖忧郁与情哀，从痛感中体验深刻的快感，作品的气质才能从庸常变得脱俗。"③ 除去2011年《何以笙箫默》再版时所添加的番外篇，小

① 高芳艳：《网络爱情小说影视改编热探析——以〈何以笙箫默〉为例》，《青年记者》2015年7月下。

② 丁丁：《〈何以笙箫默〉把单纯还给爱情》，《东方电影》2015年第5期。

③ 杨伟：《小说的归小说，荧屏的归荧屏——从〈何以笙箫默〉论爱情剧的材质、结构与形式》，《中国广播电视学刊》2015年第4期。

说最后"以琛，我到了，快点下来，老规矩哦，我数到一千……"① 这样的描写足以让读者对二人的未来生活充满期待与遐想，言有尽而意无穷才更能给人留下深刻的印象。

二 从完美恋人到真实爱人

作者给小说男主人公何以琛的定位是英俊帅气、事业有成而又深情款款，展现在读者面前的女主人公赵默笙则是阳光开朗、善良真诚同样用情至深。这样的完美形象是现代网络小说中经常塑造的典型人物，同样也符合了广大读者的审美期待视野。"接受一篇文本的心理过程，在审美经验的基本视野中，绝不仅仅是一连串牵强的主观印象，而是具有明确方向的感知过程中特殊指令的实行，只有根据其构成动机和触发信号，我们才能理解它；而且只能用本文语言学，我们才能描述它。"② 然而，过于标签化的人物性格在一定程度上约束了小说故事情节的发展，也会逐渐给读者带来审美疲劳，不利于作品的进一步推广。因此，作者顾漫巧妙利用男女主人公分别的 7 年时光，令人物在其原有性格的基础上发生合理转变，从而使故事中的人物形象更加立体，部分情节的陡然转变也因此变得合情合理，带给了读者意料之外却又情理之中的阅读快感。

经过 7 年的漫长等待，重逢的何以琛与赵默笙都成熟了很多。沉着冷静的何以琛为了爱情放下年少时的冲动，甚至甘愿隐藏赵默笙是自己杀父仇人之女的秘密。在作者笔中，何以琛冷峻的外表下对爱情的执着始终不曾改变。同样，赵默笙内心的忧郁源自其国外求学的痛苦经历，她理性地拒绝提出"重新在一起"的何以琛这一情节赚取了众多读者的眼泪，令故事发展更为跌宕起伏，也通过女主人公的性格转变增强了小说的真实感。

---

① 顾漫：《何以笙箫默》，沈阳出版社 2011 年版，第 175 页。

② ［联邦德国］H. R 姚斯、［美］R. C 霍拉勃：《接受美学与接受理论》，周宁、金元浦译，辽宁人民出版社 1987 年版，第 343 页。

赵默笙的态度让网友们颇为叹息，但继续阅读不难发现，婚后的赵默笙仍然留有青春时俏皮可爱的痕迹。

在变与不变之间，小说的人物逐渐饱满起来。7年前的男女主人公是最为普遍的理想形象，他们接近完美的性格满足了读者，尤其是女性群体的所有期待；7年后的两人却在喜怒哀乐间更显真实，唯一不变的仍是对爱情的不懈追求，人物的前后性格变化既形成了对比，也是一种呼应，将间隔7年的两段故事相互连接，同时巧妙地把其中的众多人物串联起来，使整部小说完整而连贯。

作者笔下的人物形象具有高度的典型性与真实性，他们留给读者的印象基本都是善良、正面的，男二号应晖与女二号何以玫在何以琛、赵默笙二人的爱情中不但没有加以阻挠，而且竭尽全力为他们解除误会，对最终大团圆式的结局起到了重要的推动作用。没有反面角色的人物设置与其他爱情故事形成强烈反差，从而给予了读者眼前一亮的惊喜之感，温情舒缓的故事情节再一次满足了青年读者对完美爱情的期许。

正是凭借小说积累的大量原著粉丝，改编后的电影、电视剧才拥有了极高的关注度。慈文传媒董事长马中骏曾提道："最纯粹的文学无法影视化，就像最纯粹的影像无法文字化。网络小说是一种通俗文学，既与普通读者的心理贴合紧密，也比较适合转码成影视语言。"由此道出了网络文学改编热潮的重要原因。然而，影视作品的商业性使其在遵从原著的同时也添加了众多复杂的现代元素，如电视剧《何以笙箫默》中应晖成了"何以爱情"的阻碍者，让故事发展再一次落入了三角恋的俗套，赵默笙的同事路远风与何以玫之间的爱情则极大地偏离了小说主线，这些情节、人物的增加不但不利于主人公形象的凸显，反而使电视剧的商业化倾向更加明显，观众对其褒贬不一的原因正在于此。网络小说向影视转化已成为一种现代趋势，但如何在改编时减少其中的商业痕迹，利用媒体优势增强作品的真实性，仍值得网络编剧及媒体制作人认真思考。

三 从过往回忆到现实纠葛

因小说完全由 7 年前的校园过往与 7 年后的爱情发展两部分组成，回忆空间和现实空间的交替进行便成了作品的另一特点。作者借助人物对过去时光的追忆，介绍了曾经何以琛与赵默笙的传奇爱情，一方面，断断续续的回忆式描写符合读者的怀旧心理，使小说内容更加丰富，另一方面，在故事高潮处突然添加回忆情节，使用延宕的手法更有利于激发读者的阅读兴趣，增强作品的可读性。这种将回忆和现实编织而成的写作方式恰与经典话剧《雷雨》有相似之处。《雷雨》以事件的危机开幕，在后果的猝然爆发中交代复杂的前因，同样是将现在发生的事件和过去发生的事件巧妙交织在一起，并以过去的戏来推动现在的戏。《雷雨》激烈的矛盾冲突，以及错乱的人物关系，使故事情节连贯紧凑，从而带给读者强烈的阅读冲击，《何以笙箫默》也正是借助"现实—过往"的模式将小说一步步推进，展现在读者面前的故事越清晰，男女主人公之间的情感便越强烈，情节发展也由此而更加紧张。

不同时空下人物的性格差异，使得作者的叙述风格也略有不同。7 年后的何以琛与赵默笙都变为了职场精英，作者在讲述时便采用了成人视角，注重对人物心理及细节的刻画，何以琛蹙起的眉头或是赵默笙紧握的双手都被作者捕捉放大，不但准确地表现出了人物的内心活动，而且加强了小说的现实性，语言简练质朴，字里行间流露出了男女主人公的理智成熟。但在回忆两人的校园往事时，作者的笔调转而变得柔和，小说中增添了不少环境描写和抒情成分，叙事节奏也随之放缓，同众多青春小说一样，以展现少男少女的青涩及对爱情的纯真为主，小说在追忆往昔时采用的片段式写作手法，有利于抒发人物对过往的无尽怀念，更易将读者带入其中，给人身临其境之感，同时也突出其怀旧主题。

作家顾漫不仅能够在各个场景中将叙述风格自由转换，7 年的时间过渡同样显得十分自然流畅，使读者的想象得以在现实与过去两个不同的空间自由穿梭。"脑海中一个少女清脆带笑的声音仿佛从遥远的时空传来。"① "何以琛……写过很多次的名字。"② 作者十分善于从小处着眼，一阵笑声、一个名字，就能够回到那个无忧无虑的校园，使读者在不经意间了解到他们的过去，又在不知不觉中返回了现实，毫无突兀之感。小说凭借顺畅的叙述在向读者完整介绍情节发展的同时，回忆中流露出的温情更能够带给网友一种阅读的享受，进一步满足大众借助小说消遣娱乐的需求。

记忆不仅是讲述过往点滴的一种方式，而且将曾经校园恋爱的甜蜜与现实生活中男女主人公内心的挣扎形成了鲜明对比，更有助于读者对人物情感的体验。小说中，回忆多发生于人物心情沉郁之时，如在赵默笙拒绝何以琛后独自来到大学校园的跑道上，不由自主地记起了两人练习长跑的情景，作者在极言彼时的欢乐，以及少时男女主人公之间的亲昵后，立即转回现实，虽对赵默笙此时内心的痛苦未着一字，却令读者在喜悦的情感中更加深切地体会出了她的孤独。寥寥数字中包含着复杂的情绪，耐人寻味，引得网友反复品读。

尽管如此，不连贯的描写形式也为作品留下了一些缺陷，部分细心读者指出了小说缺乏逻辑性的问题，如大学时期何以琛与赵默笙的相爱过于仓促、对婚后赵默笙的母亲前去试探何以琛等情节介绍简略……由于回忆式的写作方式，以及篇幅限制，作品的部分情节和语言仍待反复斟酌，只有经过进一步地深入思考，才可以使文章更加条理分明，符合现实。

---

① 顾漫：《何以笙箫默》第五章《回首》，沈阳出版社 2011 年版，第 66 页。
② 顾漫：《何以笙箫默》第八章《若离》，沈阳出版社 2011 年版，第 100 页。

校园与都市是最贴近生活的场所，单纯与长情是最具浪漫色彩的爱情，冲动与理智则是最刻骨铭心的阶段。《何以笙箫默》凭借曲折的故事情节与独特的叙述方式，带给青年读者别具一格的情感体验，也由其广泛的关注度取得现代网络文学探索发展的成功，选择迎合市场需求的题材，设定更为立体生动的人物形象，与经典作品呼应的写作手法，是该小说的亮点，值得其他网络写手加以参考借鉴。当代网络文学只有经过感性与理性的碰撞，才能不断创新，赢得更为广泛的传播与认可。

轻逸的"暖萌"网络言情小说

孙　敏[*]

【摘要】作为网络言情作家"六小公主"之一,顾漫的写作带有典型网络创作特点,文笔清新,故事小白,追求通俗、娱乐化,走市场路线。其畅销在于以言情"轻叙事"营造爱情幻象,实现了向纯粹爱情理想的回归,并以对温暖爱情故事的讲述开启了网络言情小说暖萌一派。作为 IP 时代的典型市场化创作,其写作彰显了网络文学在反映时代文化方面的生机与活力。

自 2003 年在晋江原创网连载第一部小说《何以笙箫默》以来,网络作家顾漫在晋江连载了多部小说,目前完结并出版的有:《何以笙箫默》《微微一笑很倾城》《杉杉来吃》《骄阳似我》(上),且前三部均已被改编为影视剧。最热作品《何以笙箫默》自出版以来,经历 108 次售罄,52 次加印,数次问鼎"最希望被改编成影视剧"榜单;[①]2015 年被改编后,创造了电视剧单日网络播放量超过 3.5 亿,电影上映 3 天便突破 2 亿票房的

---

　　* 孙敏,山东师范大学中国现当代文学硕士研究生。本文系 2016 年山东省研究生教育优质课程建设项目《中国当代文学研究》成果。

　　① 《〈一票难求〉解读粉丝经济助推电影票房》,2015 年 04 月 22 日,新浪娱乐(http: // ent. sina. com. cn/tv/zy/2015 – 04 – 22/doc – ianfzhnh3824414. shtml)。

记录。① 同时，在晋江顾漫还有多部作品处于连载中，如 2004 年开更的《可不可以只微笑》，2006 年的《非我倾城》《小白和精英》，历经 10 年仍吸引铁杆粉丝蹲坑守护。顾漫本人还曾于 2010 年凭借《微微一笑很倾城》获第三届中国网络文学节最佳作者奖，2013 年获中国作家富豪榜第 44 名。作为网络言情作家"六小公主"之一，顾漫的写作带有典型网络创作特点，文笔清新，故事小白，追求通俗、娱乐化，走市场路线。本文旨在以顾漫的 4 部已完结并出版的作品为例，从对叙事手法的分析入手探讨其小说畅销背后的现实、文学意义。

一 爱情的减法：言情"轻叙事"

"轻叙事"源于日本的轻小说，该类小说以年轻人为主要读者群，具有写作手法灵活多变、阅读轻松的特点；因包含大量漫画式插图，在日本又被称为"动漫小说"。在中国，轻小说虽未获得快速发展，但其"轻"型叙事作为一股美学潮流，对电影、电视剧、网络小说的创作产生了广泛影响。"所谓'轻叙事'，首先在题材上偏爱日常生活或者野史轶闻的断面，在表现形式上崇尚去繁从简，不追求大篇幅、大场面、大制作，同时在内涵表达上，'轻叙事'全力挣脱现实和历史的负重，并不致力于探求现象背后恒常的真理与规律；此外，在审美意趣上排斥严肃端庄，尤其钟爱幽默与调侃。"② 西方国家于 20 世纪 50—60 年代进入后现代主义时代，中国在 20 世纪 90 年代网络媒介崛起与商品经济的刺激下也经历着类似的转变，后现代主义文化追求的平面化、无深度、无中心、叙述化、零散化等理念逐步影响到文艺创作；此外，大众文化的流行与"80 后"作者群的

---

① 《点评热播电视剧〈何以笙箫默〉》，2015 年 5 月 8 日，搜狐网（http://mt.sohu.com/20150508/n412656427.shtml）。

② 梁振华：《"轻叙事"：当代中国文艺的美学新征候》，《创作与评论》2014 年 9 月号（下半月刊）。

崛起使"轻叙事"与"轻阅读"成为当下的一种普遍文艺征候。背离宏大现实，表达个体欲望的婚恋、青春、家庭伦理等小题材作品的流行即为典型表现；在网络创作中"轻叙事"体现为关注日常生活与个体体验的小叙事，多元素杂糅的拼贴美学，文本内容的通俗、浅白及幽默、调侃的美学风格。

顾漫的作品多属青春言情系列，以"相爱—在一起—二人的甜蜜日常"讲述爱情故事，具情节简单、人物性格单一、轻松幽默的统一倾向，为网络小说"轻叙事"的典型代表。其"轻"主要是通过爱情的减法来实现的，相比传统言情小说中言情与社会、武侠、侦探结合或其他网络言情小说中言情与历史、穿越、玄幻、科幻等杂糅的叙事，顾漫的小说以校园或都市为唯一元素，具鲜明纯爱特点。

首先，情节的弱化，即片断化叙述与场景塑造。顾漫偏爱片断化写作，小说中的不少"梗"都来源于生活中的一个瞬间，常常是先想起片断再据此组织情节。① 在小说结构中片断化体现为弱冲突性及"梗"的结合。以 4 部作品中冲突性较强的《何以笙箫默》与《骄阳似我》（上）为例，作者设置了男主与女主间的误会、家世纠葛、第三者的情感纠葛等冲突，但又并未按传统言情套路将其作为情节助推器制造更多波折，相反，却总是借万能男主的一个行动就将冲突拆解，将故事发展引向截然相反的喜剧方向，如何以琛在知道赵默笙的心意后马上带其去领结婚证，林屿森在面对受伤的聂曦光时承诺"以后我不会再这样对你，一定"。"我觉得小说的情节，开始作者可以控制，但是到了后期，是人物自己在决定走向，我的男女主角的性格设定，注定了他们会互相理解温情脉脉，很少会产生误会之类的。"② 言情小说惯用的设置冲突的技法在

① 晋江编辑：《作者访谈》之《乌龟公审实录》，晋江文学城（http：//www. jjwxc. net/one-book. php？novelid = 17094&chapterid = 10）。
② 小邪：《十问·幸福至上》，《漫客·小说绘》2013 年 11 月号上半月刊。

此遭到了解构，对此顾漫的策略是加重场景塑造。其擅长对男女主相处的温馨画面的描述，《何以笙箫默》中不时插入二人大学时相处的场景，一些细节因极具画面感而堪称小说的经典场景，如赵默笙在何以琛的课上被老师提问，赵默笙千方百计追问何以琛的联系方式，何以琛训斥赵默笙，等等。这一特点在《微微一笑很倾城》和《杉杉来吃》里更是被放大：杉杉的呆萌与封腾的有意捉弄，微微的纯真与肖奈的腹黑演绎出的是各种极富萌点与笑点的画面。场景描述加重了细节的表现力，由此延宕叙事时间，并作为代替传奇故事的快感制造物而存在，使读者在场景的跳跃中获得"爽"的阅读享受。

其次，单纯的人物形象。如同轻小说及日本纯爱动漫中的人物，顾漫笔下的人物具鲜明"单纯"特征。其女主既纯真、坚强、独立又有小女生般的可爱，对爱情有自己的见解，较一般玛丽苏文中自带主角光环的女主更鲜明立体；而男主是综合了各种优秀特征的完美男性，认真、执着、帅气、正直、深情。在这里，"单纯"进一步体现为人物对爱情的忠诚态度，如《何以笙箫默》中的赵默笙与何以琛在分离7年后仍初心不变，《骄阳似我》（上）中的林屿森在经历车祸重创后仍执着寻找记忆里的女神。"他并非因为头脑简单才坚持自己的个性，倒往往是因为他对自我人生的信念确定不移才如此干脆与决绝。"[①] 当现实里爱情已成为一个笑话，言情小说中的爱情叙事模式已是反言情时，顾漫小说中人物对爱情的执着追求态度就变为他们身上闪闪发光的一种品质，形成了人物的独特美学风格，这不仅让人物更容易被读者记住，打动读者，而且为小说增添亮点，成为故事最吸引人的元素。网络作家风凌天下曾在一次采访中说，小说最终想让读者记得更久，经得起时间的冲刷，重要的还是人物形象。对一部言情小说来说，男主角形象的塑造是否成功，是小说能否吸引读者的关键因素之

---

① 陈奇佳：《日本动漫艺术概论》，上海交通大学出版社2006年版，第171页。

一，何以琛、林屿森无疑起到了这样的效果。网络上流传有"十年修得柯景腾，百年修得王小贱，千年修得李大仁，亿年修得何以琛"的评价，2015年《何以笙箫默》电视剧、电影播出后，何以琛凭借他的经典形象及那句名言"如果世界上曾经有那个人出现过，其他人都会变成将就。我不愿意将就……"成为网络人气男神。"从中，人们能够体验某种现实中没有却为人生所应有的理想的人性。"① 单纯人物的被广泛认同，正在于他身上集中折射了当下时代人们对纯粹、美好爱情的向往，而这正是人类最基本的幸福欲求。

"自然人性和传奇故事构成了通俗小说的美学要素，决定了通俗小说对读者的影响方式：煽情。读者阅读通俗小说的过程实际上是诱发和满足自我的本能和欲望的过程。"② 顾漫小说的"轻"在爱情的减法上实现了对轻松风格的塑造，轻松、幽默无疑迎合了消费时代读者的阅读需求。

二　理想的回归与爱情幻象

"'启蒙的绝境'和'娱乐至死'构成中国网络文学的现实语境和国际语境，也决定了网络文学在价值观上整体的'回撤'姿态。"③ 观看各类言情故事，穿越小说已形成"反言情的言情模式"，爱情被降到只是女性用来谋取权力、利益的工具，如《太子妃升职记》中的张芃芃明明已经得到齐晟"我心悦你""护你一生"的承诺，却仍拒绝交出自己的真心，仍在谋划杀死齐晟，做太后的位置。同样，在现实题材小说《蜗居》里爱情与残酷的房价、物价相比是根本不值一提的东西，海藻为物质放弃爱情折射着多少现实的无奈与辛酸。在以纯洁标榜的青春校园题材小说中，爱情

---

① 陈奇佳：《日本动漫艺术概论》，上海交通大学出版社2006年版，第174页。
② 汤哲声：《中国现代通俗小说思辨录》，北京大学出版社2008年版，第211页。
③ 邵燕君：《在"异托邦"里建构"个人另类选择"幻象空间——网络文学的意识形态功能之一种》，《文艺研究》2012年第4期。

似也没有那么重要，《致我们终将逝去的青春》中郑微寻找爱情不过是为证实青春的意义。"爱情神话的幻灭从人类深层情感层面显示了启蒙神话的幻灭。"① 在一个启蒙理想失落的年代，言情小说中爱情的破灭成为一种整体趋向，由此那些从正面描述爱情，仍执着追求爱情理想的小说才显得如此难能可贵。

通俗文学研究专家汤哲声在论述言情小说时曾说，写爱情最深刻的是张爱玲和琼瑶，前者给爱情画了一个问号，后者画了一个感叹号。② 顾漫可谓是对琼瑶一脉的沿袭，在整体价值观上，她继承琼瑶相信爱情，从正面描述爱情的书写态度，以塑造理想男性为策略建构超越现实的爱情童话。在经历20世纪80—90年代传统文学中池莉"不谈爱情"，卫慧、棉棉"爱情只是一种欲望"的书写及21世纪网络言情小说中爱情的不断被解构后，顾漫对爱情的正面描述可谓是对琼瑶式爱情理想的回应。在其笔下，爱情理想体现为基于现实又超越现实的圆满之爱。与琼瑶类似，二者都致力于通过建构爱情幻象书写爱情理想。但不同于琼瑶于诗意之上建构的爱情乌托邦，顾漫笔下的爱情世界植根于现实，是理想与现实相结合的"第二世界"，表现为平凡人物与平凡故事的结合及生活气息的融入。

顾漫小说中的人物均为正处在大学时期或刚步入职场的青年男女，他们少有显赫的背景，却无一不具备善良、勤奋、忠诚、正直、聪明等普通人的人性优点，4部小说中的男主除封腾是家族集团的总裁外，何以琛、肖奈、林屿森均是依靠自身的卓越才能取得成功。女主如赵默笙与聂曦光，虽然一个是市长千金一个是家族集团的未来继承人，但在作者的淡化处理中，家庭却只是作为潜在的背景而存在，并未对个人生活产生切实影

---

① 邵燕君：《在"异托邦"里建构"个人另类选择"幻象空间——网络文学的意识形态功能之一种》，《文艺研究》2012年第4期。

② 汤哲声：《中国现代通俗小说思辨录》，北京大学出版社2008年版，第189—192页。

响。人物的爱情始于相识，终于圆满，贯穿以争吵、误会、甜蜜、羁绊等；这种摈弃了车祸、豪门恩怨、三角恋等与平凡爱情相距较远的元素而回归日常生活的叙事，与琼瑶小说中三角恋、婚外恋、老夫少妻恋式的非寻常爱情设定相比更具现实关联性。前者是"生活大抵就是如此"的爱情悲喜剧，后者是缠绵悱恻，要让人哭得撕心裂肺的爱情歌剧；无疑，前者更符合大众消费者的口味。"一个幸福的人从来不会幻想，幻想只发生在愿望得不到满足的人身上。幻想的动力是未被满足的愿望，每一个幻想都是一个愿望的满足，都是一次对令人不能满足的现实的校正。"① 从顾漫作品的主要读者群——年轻女性的角度考虑，顾漫作品中描述的理想爱情在现实中也具有心灵慰藉作用。当代社会女性地位日益提高，伴随着女性的日益独立及在爱情选择上的日益理智，她们不再如以往"嫁汉嫁汉，穿衣吃饭"般仅视婚姻为经济支柱，转而更追求温暖、和谐的两性关系。传统言情小说中男女关系极度不平衡的两性设定，必然无法再满足她们的要求，塑造新女性形象，重新书写两性关系，成为言情作者面临的新任务；但两性关系的改善并非是单纯的女性地位的提高与对男性地位的降低，如女尊文中的唯女性独尊，如此缺乏现实依据也无法令读者信服。在现实的父权社会下女性仍渴望得到优秀、强大男性的庇护，由此顾漫笔下既有强大男主，又有忠诚、温暖爱情，以"一生一世一双人"为基本设定的爱情故事赢得了众多女性的青睐。

约翰·费斯克在《理解大众文化》中指出，大众文本具过度与浅白、矛盾与复杂性，"'生产者式文本'，是用来描述'大众的作者式文本'的，它像'读者式文本'一样容易理解；但同时也具有'作者式文本'的开放性"。② 顾漫作品体现出内容的通俗及现实相关性，使那些屏幕前的

① ［奥］弗洛伊德：《精神分析引论》，高觉敷译，商务印书馆1984年版，第252页。
② ［美］约翰·费斯克：《理解大众文化》，王晓钰、宋伟杰译，中央编译出版社2001年版，第127页。

年轻读者极易将自我代入，在小说的虚构文本中投射自我生活的幻想，在人物的美满爱情中获得想象的满足。网络流行小说的畅销正在于其含有丰富的大众文化元素，其中，代入感与 YY 机制起主要作用。"那些超离现实的幻想小说则可以通过打造一个'第二世界'使受阻的愿望得以实现……'第二世界'内部必须有严密的逻辑体系，而其逻辑法则必须以现实世界的逻辑法则和读者的愿望为参照，否则就不可能产生真实感和满足感。"① 顾漫正是通过在第二世界中建构爱情幻象赢得了普通读者的青睐，向琼瑶式爱情理想的回归与对平凡爱情的艺术再现，成就了大众式的小说文本。

三　粉丝经济与市场化创作

在接受美学的创始人尧斯看来，在作家、作品与读者的三角关系中，读者并不是被动的因素，不是单纯地做出反应的环节，而本身便是一种创造历史的力量。② 在直接面向市场、互动性更强的网络写作中，读者的参与作用更是直接转化为了粉丝经济的力量，即读者以阅读、购买、投票、评价、建立贴吧和论坛等方式支持喜欢的作者，作者在读者的激励下创作，书商、出版人、影视公司在读者的现象级追捧下对网络文本进行再生产。张嫱在《粉丝力量大》中将粉丝经济定义为："粉丝经济以情绪资本为核心，以粉丝社区为营销手段增值情绪资本。粉丝经济以消费者为主角，由消费者主导营销手段，从消费者的情感出发，企业借力使力，达到为品牌与偶像增值情绪资本的目的。"③ 美国文学批评家艾布拉姆斯指出，文学活动具有四要素，即艺术品本身、生产者、接受者和世界；某类文艺热潮的兴起必然与四要素的相互作用有关。顾漫小说的畅销及被改编，一

① 邵燕君：《面对网络文学：学院派的态度和方法》，《南方文坛》2011 年第 6 期。
② 朱立元：《接受美学导论》，安徽教育出版社 2004 年版，第 63 页。
③ 张嫱：《粉丝力量大》，中国人民大学出版社 2010 年版，第 97 页。

方面在于作者以通俗化的写作迎合了当下读者、消费者的需求;另一方面在于其作品风格、价值观与当下的思想意识潮流、审美观念等外在社会条件相符。对顾漫在网络上的流行程度,可根据网络上人气较高的社区部落——百度贴吧与新浪微博的用户数据来判断,在此同时选取与顾漫同时期的言情作家辛夷坞、桐华、匪我思存为考察对象;① 截至 2016 年 8 月 7 日 11 时 30 分,百度贴吧中顾漫吧的关注人数为 84339,发帖数量为 1696487;辛夷坞吧的关注 32034、帖子 1043362;桐华吧的关注 39146、帖子 397571;匪我思存吧的关注 42729、帖子 339164。顾漫吧的关注热度普遍高于其他同类言情作家吧。而同时期,在新浪微博上,顾漫的粉丝数量为 197 万,辛夷坞的为 135 万,桐华的为 125 万,匪我思存的为 208 万,在同类作家中也处较高水平。

顾漫为"80 后"作家,写作处女作《何以笙箫默》时正处于大学期间,其后的几部作品也均以校园、都市为题材,"80 后""90 后"一代的生活痕迹在其创作中有鲜明反映:校园恋情、毕业离别、职场生活、结婚生子;这种由同龄人书写同龄人生活,给同龄人看的小说极易在读者中引起共鸣。在晋江的作品评论区,很多网友表示顾漫的作品曾陪伴他们从初高中到大学毕业后的十几年时间,从懵懂的暗恋到青涩的初恋,再到找到携手一生的伴侣,小说中的美好爱情对心怀爱情梦想的年轻男女来说具有"爱情启蒙"功能。晋江网友爱的诺妍在评价《何以笙箫默》时表示,青春如《何以笙箫默》,总会留下遗憾,而自己是那个放心爱的女孩子离开的应晖;网友林小暖说,《何以笙箫默》让其相信爱情,即使自己不是默笙,小说中人物演绎的温暖也已足够自己在心里怀念。网友 mimi1200321 则在评价《微微一笑很倾城》时指出:"肖奈代表了大多青春期的女生对于爱情最初的幻

---

① 四人均在 2005 年前后开始网络创作,且都为当红言情写手,均有多部作品被改编。

想。"书写真实情感体验，以温情来感动读者，引起读者共鸣是顾漫小说的一大特点，这源于其对小细节、小情绪的精心塑造及对爱情感觉的完美传达。在文学接受活动中，"共鸣"现象的产生既因为作品本身所具有的强烈艺术感染力也需读者的期待视野中含有与作品相同或相似的情感体验。① 顾漫的被青睐正是源于此。网友 C？C？在评价《骄阳似我》时写道："一本书可以没有波澜壮阔、纠结狗血的情节，它可以是最普通题材，但一定要真正打动我们。听起来似乎很简单，但这太考验作者对人物的塑造，太考验作者对我们的心意。我所享受的正是发现他们并一直支持他们的这种过程。"②

从校园到职场、婚姻是每个年轻男女必然要经历的人生阶段，象牙塔与职场间横亘的焦虑与梦想、恋爱与婚姻、理想与现实的冲突如无从排遣的洪流在以"青春"为主题的各类文艺作品中流动。从《老男孩》《那些年，我们一起追过的女孩》到《致我们终将逝去的青春》《左耳》《匆匆那年》《我的少女时代》，青春怀旧作品近年来一直霸占荧屏。2015 年《何以笙箫默》电影、电视剧的播出正是包裹于这股青春热中，借助小说的原有人气，改编取得了巨大成功。"畅销书与其说是由读者大众选择的，不如说是由出版商通过对趣味的商业性操纵而强加给他们的。"③ 顾漫作品的流行，为读者口味与市场选择相互作用的结果。另外，从作品的角度来说，能被改编意味着其中包含有大量可转化为影视的大众文化元素，与小说文本的文字阅读体验不同，影视媒体更具形象感，面向的是数量更多的普通大众；通俗、幽默、生活化是基本要求；顾漫小说文本浅白，语言幽

---

　　① 童庆炳主编《文学理论教程》（修订二版），高等教育出版社 2004 年第 3 版，第 347—348 页。

　　② 该段的几位网友评论均来自晋江顾漫专栏下《何以笙箫默》《微微一笑很倾城》《骄阳似我》（上）三部作品的评论区，2016 年 8 月 7 日。

　　③ 〔美〕马泰·卡林内斯库：《现代性的五副面孔：现代主义、先锋派、颓废、媚俗艺术、后现代主义》，顾爱彬、李瑞华译，商务印书馆 2002 年版，第 142 页。

默，场景叙述极具画面感，都为改编提供了可资利用的直接资源。以网游特色主打的《微微一笑很倾城》以网络化的语言、对网络游戏场面的描述为作品的游戏改编提供了直接的人物、场面设定。这种取自原作的原汁原味改编更易获得成功。读者的粉丝经济作用与出版商、影视公司的市场推动成就了顾漫作品的畅销。

四 结语

瓦西列夫在《情爱论》中指出："爱情，这不单是延续种属的本能，不单是性欲，而且是融合了各种成分的一个体系，是男女之间社会交往的一种形式，是完整的生物、心理、美感和道德体验。只有人才具有复杂而完备的爱的感情。"① 作为一种延续种属的本能，爱情不可避免地与物质、金钱、人情等社会因素相关；由此才衍生了言情小说的多样面貌。在数量庞杂、类型众多的网络言情小说市场，顾漫以清新、温暖的文风延续了言情小说纯爱一脉的书写，其吸收日本纯爱动漫、台湾小清新电影、港台言情小说、网络游戏等多种元素，以对温暖爱情故事的讲述，追求纯粹爱情理想，开启网络言情小说"暖萌"一派，影响了包括顾西爵、唐七公子、晴空蓝兮、八月长安等在内的众多言情作者。顾漫小说的畅销为读者的现象级追捧与市场选择双重作用的结果。同时，从网络创作角度而言，以顾漫小说为代表的一代网络言情小说以内容的浅显、语言的直白、幽默追求通俗化、娱乐化效果，迎合消费时代读者的阅读需求，为网络文学 IP 时代的典型市场化创作；其对温暖爱情故事的书写反映了当下年轻女性的爱情向往，彰显了网络文学在反映时代文化方面的生机与活力；这种由年轻作者书写个体情感体验，引发读者共鸣的写

---

① ［保］基·瓦西列夫：《情爱论》，赵永穆等译，生活·读书·新知三联书店 1984 年版，第28—29 页。

作方式也显示了当下"80后"创作的典型特点及网络文学的青春创作特征。作为网络文学 IP 时代的典型市场化创作，内容的浅白注定了小说并不具备可供进一步挖掘的思想内涵，对娱乐化、市场化的过度追求使作品流于通俗，在网络文学由草创期向内涵发展的当下，如何在此基础上贡献更深刻的影响时代的经典言情文学作品，是时代对网络言情小说作者提出的要求。

网络都市言情小说中"高级玛丽苏"的胜利方法

——网络小说《翻译官》中关键成功要素分析

丁 烨[*]

【摘要】《翻译官》是一本成功的网络都市言情小说,以其具有吸引力的翻译职场设定、细腻的文笔、出色的人物塑造,深受女性网文读者的喜爱,本文中将这些元素定义为"高级玛丽苏"。详细分析文本,找出其成为优秀网络都市言情小说作品的关键成功要素。

网络小说《翻译官》是作者缪娟于 2005 年在晋江文学网连载完成的作品,2006 年出版实体书,2015 年被改编成电视剧《亲爱的翻译官》,受到读者与观众的关注与热捧。

小说女主人公是一个普通女孩子乔菲,外语学院法语专业的在读高才生,出身于贫寒的家庭,父母都是聋哑人。小说男主人公程家阳,外交官的儿子,法语专业传说中万众瞩目的"男神学长"。缪娟的《翻译官》基本上讲述的是这两个人分分合合的爱情故事。

《翻译官》这本小说,从 2005 年连载到 2006 年出版发行再到 2015 年

---

* 丁烨,上海视觉艺术学院教师。

同名电视剧热播，吸引了非常多的女性读者和观众。此类都市言情小说之所以如此受欢迎，最大的特点在于男女主人公人物的创设及情感细节的描写，营造了浪漫与爱情至高无上的理想主义。没有一个女孩子没有过玛丽苏的时刻。那么，比普通玛丽苏言情小说高级一些的《翻译官》，它更有成为一本成功网络小说的理由。

在讨论小说中的玛丽苏元素到底高级在哪里之前，先分析一下纯正的"Mary Sue"这个概念的缘起。最早的玛丽苏的梗来自同人领域——《星际迷航》的同人小说（Fan Fiction）。20 世纪 70 年代，由于科幻题材影片的普及和科幻小说的风靡，出现了一群以同人化科幻小说为爱好的读者，他们以《星际迷航》的设定为基础，创作了大量的同人科幻小说，由于当时视域限制，作品质量参差不齐，更有一些作品完全是为了让自己过把瘾，自我带进原作进行一番惊天地泣鬼神经历的意淫之作。一位叫 Paula Smith 作者终于忍无可忍，以"Mary Sue"作为女主角恶搞了一篇《星际迷航》同人小说，集合了时下所有自我意淫的元素，将女主人公 Mary Sue 塑造为偶然闯入这个世界的完美女性，不仅以自己的才华拯救了全人类，还凭借美貌与性感掳获了所有男人，更加难能可贵的是，Mary Sue 非常的圣洁与忠诚，她并没有犹豫徘徊在各大男主角之间，而是在拯救世界后凄惨哀怨地死去。[①] 自此之后，玛丽苏终于成为一代新世界的传奇。

这个名为 Mary Sue 的原创女主拥有无上的魅力，被原作中所有的男性角色爱慕包围。至此，凡属其他小说中出现类似于 Mary Sue 人设的女主角，我们都把她以此命名，翻译成中文通常称其为"玛丽苏"。

在当前的网络小说中，玛丽苏概念更是通过各大小说作者之手发展出了无尽的可能，总结而言，剔除一些有明显缺陷、不符合逻辑的人物设定

---

① 玛丽苏，百度百科（http：//baike. baidu. com/link？ url = Nk4L8GAJQAffSC－0W－3P47I37z3J1P5M9UsFwWUEXhlK － OzOABdhcssOJaLPVIZxP1p0G032jORq0Y0oqug － nK ＿ GF6EU ＿ W8F4dhJY1a9CR2lqmSB6pdeE94bX5vmzpQL）。

外，大致都拥有这样的共同点：美丽的、人见人爱的女性（除了反角或敌人），超级无敌有钱或超级无敌穷；拥有帅气富有身份尊贵的男主角的爱，至少一个，没有上限；女主角周围有一些没有女主美丽却有些阴险的女配角；三人之间至少三角没有上限角数的恋爱关系；一般有对男女主爱情百般阻挠的男主父母。小说《翻译官》中的女主角乔菲基本拥有以上元素，可以称作玛丽苏女主。

为什么给它安上了一个"高级玛丽苏"的名头呢？最重要的原因在于：首先，除了主角们的爱情故事之外，还有些其他新鲜元素加入了进去，如关于小说中翻译官的世界设定，书中大量地提到关于外国语学院、法语、翻译官、法国等营造故事氛围的浪漫元素，这对刚接触网络小说的读者而言，是一个全新的世界观套用，新鲜、美好而富于想象力。其次，该小说在叙事手法上颇有新意，小说通过男女主人公两人的视角分别叙述，推动故事情节的发展，非常细腻地展现了人物的内心与外在世界的纠葛。这些部分的创新，对于当时较为固化的都市言情类型的小说而言，足够使它脱颖而出，走向成功。那么，接下来，我们从小说的各个方面来详尽分析该小说中"高级玛丽苏"的胜利方法。

一　从人物创设角度分析

首先是第一女主角，乔菲。

女主人公乔菲在整本小说中呈现出来的特质是：角色的形象较为杂糅，她的性格属性是根据作者设置情节的需要而产生。所以，我们从小说中看到了一个较为复杂的乔菲：她可以是 KTV 卖酒的满口黄段子的奔放神秘女郎，也可以是刻苦读书勤奋上进的单纯女大学生，更可以是为了家人和爱人忍辱负重的坚强女性。作者想要把乔菲塑造成一个讨人喜欢的，懂事、贴心、努力、有自尊、不做作的女孩子，事实上作者也通过譬如女主角卖身为家人治病，努力维系与男主角平等恋爱的关系等情节中展现出来，乔菲性格的多面性是吸引读者非常关键的部分。

如此复杂而逻辑勉强的人物设定会带来很多后遗症，最严重的就是导致情节的逻辑也发生断裂。但是，像这样一个讨喜的女主角，确实是有她的成功之处。如同她的名字"菲"字一样，野草的意思，象征着许许多多平平凡凡的女孩儿梦想的样子。这些普通的女孩子，她们并没有经历过像小说中那么多复杂的事情，甚至也许还没到父母允许谈恋爱的年纪。在她们的人生梦想中，还想着，她们的未来，可以遇见一个白马王子，相貌好、身家好、性格也好，而自己也能努力着成为一个光鲜亮丽的人。像这样的一切美丽幻想，乔菲都可以提供给她们，甚至于可以鼓舞她们，成为小说结局中的乔菲，有一个完美的爱人和一份甚至于伟大的事业。

在小说中，乔菲的家境与其说一般，不如说很差，父母都是聋哑人（此设定非常成功，可与乔菲超强的语言天赋形成强烈的反差）。与阅读小说的年轻女性相比，当然不止差一点点。而她都可以拥有这样的人生，何况读者们呢！所以，这也就是这个女主角吸引人的地方。

其次是男主角程家阳。

这个偶像男主的角色设定，非常的标准。程家阳成绩优异，在学校里成为传说，小说中在万众瞩目下华丽出场，家世之高让人高山仰止。父亲是外交部部长，身世令人咋舌。他自己也在毕业后进入外交部做了翻译官，并且做得不错。甚至性格也没有一般富家子弟的跋扈，人显得温和有礼，然而骨子里固执又骄傲。这是一个完美的男主角。

这样的男主角，作者给他设定了一个唯一的缺点，即他因为过去的情伤导致无法自处，成了一个轻度吸食大麻的"瘾君子"。后因和乔菲在一起，不药自愈。在本文中暂不讨论早期网络文学作品创作过程中的尺度把握问题，事实上，此类情节在今天的网文创作环境中是完全不能过审的。小说中，作者却没有把这个几乎已经处在违法边缘的行为当作缺点来写，这样的尺度看得笔者是有些惊心动魄的。文中出现过这样的情节，乔菲在看见吸毒完毕、浑浑噩噩的程家阳时，表现的并不是正常对待吸毒者的态度，而是，这种颓废的感觉迷住了她，这样的程家阳美得惊心动魄。虽然内容尺度上有待商榷，但这种在完美男主身上设定一到两个缺点的人物创设方法，非常实用，能直接唤起女性读者的母性情怀。

跟女主角乔菲相比，这个男主角设定得中规中矩，几乎没有创新点。但这正是都市言情小说吸引特定群体读者的原因——完美的，让人不忍苛责的男主角。大多数言情小说中的男主角基本上是如同程家阳这样的固定范本，他的本身就是吸引少女们眼球的最大闪光点，他完美无瑕，正是少女们想象中，未来可以遇见的自己的白马王子。只有这样的男主角，才可以配上平凡又努力的女主（读者自我代入的女主角）。读者们甚至有批评男主配不上女主的言论，由此可见男主的设定遵从经典角色规律，虽不出彩，倒也合格。

第三是故事中的配角们。

网络小说《翻译官》中每个角色的功能设定非常清晰。女主角乔菲的后援团，推动剧情的角色，好人、坏人、助攻、路人，都很明确地分配得很好。角色的功能性这一点，被作者体现得淋漓尽致。从这一点也不难看出，缪娟是个成熟作者。

详细来说，就是助攻型角色程家阳的哥哥程家明，他自己屈服于父母安排的婚姻，因此非常支持弟弟追寻爱情自由；花瓶型男二祖祖·费兰迪，乔菲在法国留学时遇见的法国男子，英俊勇敢，深爱着乔菲，并且为祖国牺牲；制造矛盾、推动剧情的女配角文小华，程家阳的爱慕者，不断地使用计策阻碍乔菲与程家阳的爱情发展；困难制造者程家父母，因阶级不同拒绝儿子与乔菲的结合；还有女主后援团的室友们，以及恶人刘公子；等等。可以说，文中出现的每一个角色，都承载着自己应有的功能。可以看出，作者设定人物的思路非常明晰，值得借鉴。

二 从关键情节设置的角度分析

《翻译官》是披着都市职场的外衣，内核充斥着少女浪漫幻想的小说，正是因为它符合了大部分女孩子们对生活、爱情、事业不切实际的美丽幻想，才能让她们心甘情愿地坠入这样美丽的梦境。一个固定年龄段的女性读者必定是会被这样的"高级玛丽苏"故事所吸引的。这样，这种言情小说便有了它的热度和市场。

所以，大多数读者对小说的情节相当宽容，不在乎这些情节是否俗套，或逻辑严明。但也不否认小说中的某些情节在特定读者群的眼中正是精华所在。

以下几个情节设定便是小说走向胜利的重要法宝。

第一，程家阳在乔菲家中过年。

小说前三分之一中最值得分析的情节就是在程家阳与乔菲两情相悦后，程家阳第一次到乔菲家过年这一部分。从人物设定中大家已经得知，程家阳是高干子弟，天之骄子，与父母的关系很少有其乐融融地相处的时候，程家阳的内心深处非常向往普通家庭的温暖；而乔菲出生在一个普通，甚至有些贫困的善良家庭里，父母都是聋哑人，生活相当贫困。程家阳来到乔菲家里，对这样清苦但是温暖的家庭环境产生强烈的认同感。这种认同感传达给读者的感受就是：一个不嫌贫爱富的世家公子从天而降，与民同乐，阶级壁垒被打破。这种情感认同心理一旦完成，也就不愁读者不坚持看下去了。

第二，男配英俊小生祖祖·费兰迪之死。

祖祖·费兰迪这个标准男配，出乎意料地出现在整本小说的二分之一处，这种设定一般来说不符合故事创作的规律。但是，当故事里出现了一个金发碧眼的法国小青年，爽朗可爱，笑容灿烂，穿着军装十分绅士的样子，真是会让女性读者忍不住爱上他。

乔菲因为程家明的原因来到巴黎，却因为看到了文小华而选择不去见他，男女主人公的爱情在此处降到冰点，乔菲在失意的情况下碰到了祖祖。面对热情洋溢的祖祖，乔菲跟他讲起了她心里爱着的另一个人。然后里昂车站发生爆炸，祖祖·费兰迪为了保护乔菲而死。这是个非常经典的悲剧情节，先在男配的心上插一刀，然后让他为你而死。与女配角文小华一样，这个角色的功能并不是跟女主在一起，那么，作者即使是想尽方法，也要让他们退场。这个创作方法是十分正常并且正确的，"角色退场"是个使用简单，但用好很困难的概念。

大多数女性读者会有英雄主义情节，她们非常喜欢这个身披国旗下葬的法国宪兵。这种情节恰当地出现在都市爱情小说中，创造出一个讨人喜欢的角色，然后杀死他。是有利有弊的，好的地方在于对这一段男配之死描写得非常震撼，悲剧情节的力量在此体现，弊端在于纵观整体小说而言，这条故事线略显仓促而生硬，但鉴于网络小说的连载和碎片式阅读模式，影响不会很大。

第三，程家阳和文小华的结婚签字典礼。

这个情节所处的位置是整篇小说的结局之处。女配角文小华在此处情节里几乎成了最后的赢家，她已经拥有了男主角程家阳的一切。女配角的优势达到顶峰，而乔菲的命运让读者揪心。程家阳对乔菲心灰意冷，对于追求所谓的婚姻自由也没有了什么兴趣，他想要安下心来，只简单过日子。即使是从刘公子那里听来关于文小华陷害乔菲的事情之后，他也没有任何有价值的举动，傀儡一般地继续着准备婚礼，走进婚姻。他所做的唯一一件不应该出现的事情也就只有告诉了文小华，所有女配的阴谋诡计，他都知道。

在故事的结尾处让女配角处于优势地位，显然是一个非常恰当的处理。文小华爱了程家阳很多年，用了无数种接近他、了解他的手段，最后终于要结婚了。在这里，作者用了一个略微生硬的处理方式，让文小华突然放弃一切。程家阳在典礼前对文小华告知他知道的一切，是几乎带着妥协的坦白。从读者角度来理解程家阳的行为逻辑，有着这样的意味："我都知道了，不过没关系，我虽然有点恨你，但是没关系，我们结婚吧。"文小华听到这样的表示，在结婚的紧要关头放弃了，放弃了之前所有做的一切，她提着礼服在签字的前一秒独自离开了典礼，留下满场的哗然。

此处确实令人费解，但符合作者的逻辑，甚至说，符合几乎大部分喜欢这本书的读者的逻辑。文小华再美丽优秀，对程家阳的爱意再长久再深沉，她也只是女配角。就像我上一部分对于配角群的分析，她的作用也就只是衬托女主，以及推动剧情，再无其他。所以她不能跟程家阳结婚，否则情节无法继续。

但是她这一手，让程家阳松了一口气，让乔菲松了一口气，让揪心的少女读者们也松了一口气。在少女恋爱小说中，"女二号被迫放弃了男主角，在婚礼现场独自离开"，这种情节也是所有网络小说中所谓的玛丽苏"爽点"。

三 从故事风格与结构上来分析

首先它准确地找到了自己的定位，就是心存少女幻想，并且审美和心智依然不太成熟的年轻女性读者。她们对自己的爱情有着童话般的期许，对自己也仍然有公主般的幻想，对自己的人生，对广袤的世界，仍然是不明切饱含热烈梦想的。所以在这种情况下，只要满足她们的幻想，一切都迎刃而解。没有人在意逻辑、结构、真实性，甚至是角色人物或者"三观"的缺陷，她们需要的，只有梦。

她们需要一个努力向上、坚强勇敢并且美丽的女主角，像她们心中的自己一样。美丽的乔菲，坚强的乔菲，如蒲草般坚韧的乔菲，面对艰难，对着镜子说服自己笑起来的乔菲。在她们的心中，那就是自己。同样地，她们需要一个完美的男主角，配得上这个优秀的女主角。

这让读者们在阅读小说的时候会产生强烈的代入感，这种代入感在女主角获得成功的时候，也能给她们自己带来无穷的满足感。在女主角失意时，会收获无尽的同情。这就是玛丽苏小说的成功之源，只要世界上还有女孩子，还有少女心存在，玛丽苏小说就会一直存在着，即使世界上对它有那么多苛责，但它的读者来源是无穷的。

接下来，在拥有自己的读者定位后，它在普通的玛丽苏小说的内核下，一点点编织出看似非常高端的外壳：翻译官的概念。

首先，有了这个概念，女主角可以不在乎生活逻辑地来到少女心充斥着的法国巴黎。在巴黎，一切的浪漫元素更加聚集。对法国小镇的描写，美丽的风景，清新自然的城镇，金发碧眼温柔的法国青年，都成了整本书的亮点。

再来，主角们优渥的工作环境：外交部。在网络小说刚刚兴起的时候，听起来十分高级大气并且真实，似乎并不是普通小说中随便安一个首富名头的商人的气质，显得更加严肃正经一样。这也是我们所定义的“高干文”的标准配置。而且仔细想来，这些看着小说的读者们，没有几个是知道真实的外交部和翻译官的生活的。作者在这里显得十分聪明，把这样的一个职业也描绘得如此梦幻而显得少女心十足，完全不是单纯枯燥的翻译工作了。如此高级的玛丽苏，当然会被读者认可。

最后，笔者想说的是，《翻译官》虽然是一本成功的网络小说，但它对社会，对时代本身的观照是微乎其微的。在人物设定、情节、结构上也不是完美的。

譬如经典女性小说，简·奥斯汀的《傲慢与偏见》。它虽然是世界名著，但在当年应该也就是现代的席娟、琼瑶们的作品地位，写给年轻的女性们。非要定义的话，其实《傲慢与偏见》，也可以算一部言情小说。但是，我想要强调的是，《傲慢与偏见》表现出来的深刻性和时代性。在那个女性地位不高的年代，女孩子一定要嫁给有钱人家，因为她们没有获得父母遗产的权利，她们被要求无知，被要求"不逾矩"。这些富有时代特点和人性呐喊元素融入的爱情故事，自然是高出普通言情小说一大截。另外，在人物塑造方面十分自然，每一个角色都不矫揉造作，这才是言情小说的最高境界。而不是现代小说中塑造的幻梦，一个所有女主角都可以拥有最好的缥缈虚无的世界。

而这，不仅是网络小说《翻译官》所缺少的，而且是当今许许多多都市言情、青春文学缺少的。高级玛丽苏固然可以使一个故事变得更有趣一些，它们轻松易读、受众面广、影视改编可能性大，但是在追求这些的同时，我们应该仍然向往着在小说中关注人性、关注社会，期待深度与哲理，更希望有朝一日，在当代的言情小说中，不仅是作者，同时还有读者，都能有更高层次的要求。

《失恋33天》：语言修辞、性别逡巡与场景剧场

李啸洋*

【摘要】网络小说《失恋33天》通过语境挪用和词语嫁接，制造了新奇的语言效果。小说用互动性叙事和文体改装形成了语言狂欢。小说文本里展现了三种男性形象：父式男性、男闺蜜、男同性恋，男性以受斥、招嫌的面貌呈现。从身体到场景，整部小说像敞开的公共场域，成为性别气质的展览场。吊诡的人物形象是消费文化和网络小说流水线上的功能化产品。小说中办公室等封闭空间成了"场景剧场"，它为符号化的人物提供了出场契机。小说将完整婚姻事件进行切割，然后将婚姻分步骤安插到不同角色身上，让叙事呈现出碎片化特征。

一 语言修辞：混合、转义与延异

法国学者乌里奇·布洛赫概括了传统文本的互文性指涉方式，其中两种指涉方式是"寄生的文学"和"碎片与混合"。"寄生的文学"是指一个文本可能是对其他文本的改写或拼贴，"碎片与混合"是指文本不再是

---

* 李啸洋，北京师范大学戏剧与影视学博士研究生。

封闭、同质、统一的，它是开放和异质的。① 文本以开放的姿态接纳异质声音，这正是网络小说超文本性的重要特征。网络小说《失恋33天》通过词语的延异和主语身份的位移，对词语资源重新配置，让语言修辞产生了多声部的审美效果。小说在语句描述中嵌入两种话语体系，不同的话语体系通过互文关系的衔接、比对、参照，通过视角变化和位移，派生出多元的意义。

德里达将"差异"（Difference）改写一个字母，发明了"延异"（Différance）一词。延异的基本含义是"产生差异的差异"，它标识出文字"在场"与"缺席"，隐含了某种延缓和耽搁。② 原著小说中很多地方通过语境转义和词语嫁接来改变既定语境，从而实现意义穿越。例如，书籍封面上有一段文字对都市白领黄小仙的身份界定是"胸无大物"，黄小仙失恋后嘲讽男性："情义千斤，不敌胸脯四两！这就是一个喜新厌旧的物种。"③ 在这一组类似于成语的新语言体系中，"胸无大物"是对成语"胸无大志"的改写。作者通过改换成语既有的约定规范，让意义发生了位移。作者预设了一种观者语境，将原本对志向的评价变现为身体评价。从"志"到"物"的修辞转向，让语言产生了双向错觉：一方面，成语"胸无大志"提供了预设的参考框架，"志"的缺席设定了语言陷阱；另一方面，"物"（女性乳房）的填充让文本进入了赛博空间，唤醒了读者与文本之间的互动关系。

乔纳森·卡勒提出了修辞预设（Rhetorical presuppo－sition）的概念。④ 修辞预设要求读者对语句采取某种态度化的处理，态度判断是打开语境的钥匙。通过改换词语函项，从而改变意义路径的书写策略，也出现在对矫

---

① 陈定家：《"超文本"的兴起与网络时代的文学》，《中国社会科学》2007年第3期。
② 朱炜：《论索绪尔的差异原则和德里达的延异思想》，《外语学刊》2007年第4期。
③ 鲍鲸鲸：《失恋33天》，中信出版社2010年版，第33页。
④ 欧阳友权：《网络叙事的指涉方式》，《文艺理论研究》2004年第3期。

揉造作的女客户李可的描述中："李可的脸色呈现出一个渐变的过程，绯红、深红、猪红色，我也被激荡了，因为我突然发现王小贱的刻薄真是和我不相上下同出一辙。"① 在色彩谱系学中，"绯红""深红""赭红"是一组规范的、表示颜色递进的词汇。因为"猪"和"赭"有共同的偏旁"者"，所以语句中用"猪红色"改换"赭红色"。从句子的语气来看，"猪红色"的修辞方式带有明显的贬义倾向。赛博空间中，审美效果的含混要依赖默契与共识，语句形式留下的空缺，要依靠情景进行推测。作者运用了偏旁显在的形式特征，让语句生发出含混的审美效果。

通过身体"在场"，作者将意义处理为不同的函项，从而解构了词语原本的意义。不论是"胸无大物"还是"胸脯四两"，身体的在场标识着意义解读的转向。欧阳友权将网络文学中身体的出场称为"欲望修辞"："网络写作的基本动因通常是间性主体的交互式欲望表达。市井社群以'粗口秀'策略在电子牧场的孤独中狂欢，解除了生存世界的'面具焦虑'，创造了自由、平等、真实、感性的'大话'模式和躯体的'欲望修辞学'"。②

通过身体在场和生理行为来转化意义函项，在故事结尾也有呈现。小说结束时，王小贱冒着大雨去接黄小仙，黄小仙在公交车上非常感动。王小贱敲打着公交车的玻璃："全车人的目光'唰'的一声聚集在我身上，前所未有的温暖感觉裹住了我全身，那一刻，我差点儿尿失禁。"这句话的语旨要传达"感动"，但是"那一刻，我差点儿尿失禁"与"前所未有的温暖"在情境上并不贯通。"温暖"是对"感动"的转义，"温度"是对"温暖"的转义，"尿失禁"是对"温度"的转义。在转义过程中，作者抛弃了单线声部叙述，提供了异质声部的审美体验。

---

① 鲍鲸鲸：《失恋33天》，中信出版社2010年版，第51页。

② 欧阳友权：《网络文学本体研究》，博士学位论文，四川大学，2004年，第2页。

小说结尾的这句话可以拆成两句：（1）"全车人的目光'唰'的一声聚集在我身上，前所未有的温暖感觉裹住了我全身。"（2）"那一刻，我差点儿尿失禁。"它是正统叙述与解构叙述的混合体。第二句以生理描述做结，让整个句子重心后移。鉴于赛博空间中的互动性，作者借助于虚拟的围观场景，预设了两种身份：第一句预设了黄小仙的身份，其叙述视角基于内部叙事构造，是主位的视角；第二句预设了评论者身份，它是赛博空间的外部构造，是述位视角。"我"是第一人称，两句话都使用了"我"字。第一句话中"我"（黄小仙）是显现的，第二句话中"我"（网络空间中的评价者）是匿名的。拉康说："主体是一个转换者（shifter）或指示物，它在话语的主语中指示当时正在说话的主体。"①"我"的使用混淆了主位和述位，这样一来弥合了身份差距，完成了意义的突转与僭越。

除了欲望修辞和主位述位的错置，小说也通过歧义描述和语境挪用，制造语言的新奇效果。譬如将逃难语境中"收拾细软"挪用到平和的工作场景中，"收拾好随身细软，随时准备下班"；将描述建筑和雕塑等静物的语汇"鬼斧神工"挪用到描述人上，矫情的女客户李可"好看的鬼斧神工"；将形容人才和品貌出众的"百里挑一"挪用到形容品质卑劣上，"王小贱是百里挑一的高品质贱人"；抓取电子产品特征术语来描绘人，"我依然喜欢他这一款走邪气路线的男性，但是自他之后，找到了比他更完美的一款，是他的2.0升级版"，"款"和"2.0升级版"是电子产品说明路径，这里用来描述王小贱，形成全新的语意效果；嫁接商品销售的语境模式，描述征婚和失恋："清仓甩卖，不退不换""别搞得跟一适龄少女库存用货似的"。

---

① 拉康：《拉康选集》，褚孝泉译，上海三联书店2001年版，第608页。

二 性别逡巡：形象、气质与展览

小说开篇就以男性的缺席作为开场白："亲眼看到我男朋友挽着他新欢的手，在新光天地里试喷香水的那一刻，世界'蹭'的一声，变得格外面目可憎。"经历了恋爱消沉后的黄小仙，随后便进入了单身主义狂欢。紧接着，各色人物粉墨登场，小说变成了男女主人公性别和气质的展览场。正如小说开篇展示的那样，男性形象是以受排斥的面貌出现的。为了进行形象匹配，小说也对女性进行了敌意化描述。

康奈尔在《男性气质》中分析了男性气质之间的关系：支配性、从属性、共谋性与边缘性。"可以把支配性男性气质定义为性别实践的形构，这种形构就是目前被广为接受的男权制合法化的具体表现，男权制保证着（或说是用来保证）男性的统治地位和女性的从属地位"。①

小说文本共出现了三种男性形象：父亲式男性、男闺蜜、男同性恋。小说对三种男性形象进行了排斥化描述，理想的男性气质是缺乏的。小说里的男性缺乏进攻性，也缺乏勇敢、英雄式等典型的男性气质，男性被呈现为性格平和、柔顺、没有征服女性欲望的中性形象。

老王是黄小仙的上司，他以被误会的身份出场。大老王是黄小仙失恋后的撒气桶，作为上司他非但没有生气，反而给予宽容、敦厚的父亲式关怀。小说对大老王进行了罕见的平和叙述："大老王的好是那种无性的老派的好，在这个时代非常罕见。虽然他人刚刚四十上下，但每次走进他办公室，我总有种走进小时候外公房间的感觉，他的人和他的房间散发出的气味，总是让人昏昏欲睡但又觉得心里很妥帖。"大老王以父亲的式形象在场，小说抓取了很多元素来营造老气成熟的中年男子形

---

① ［美］R. W. 康奈尔：《男性气质》，柳莉等译，社会科学文献出版社 2003 年版，第 106 页。

象：大老王爱看小津安二郎，爱喝普洱茶，食物的境界是"红酒配猪肉"。饭桌上老王原谅了黄小仙的冒失和误会，他慢悠悠地开了口："我没机会骂我女儿。"

小说并没有对老王的代父形象进一步推进，而是通过一单婚礼策划公司的生意将目光转移到王小贱身上。王小贱是黄小仙的男闺蜜，两人身上都有"上进的刻薄"。性格上的相近让王小贱与黄小仙构成了平行的异性竞争关系。王小贱以一种模糊的男性形象出场，黄小仙评价他"内心住着一个敏感脆弱且幼稚的十四岁小姑娘""从头到脚纯度百分百的 gay"。随后，小说的叙述重心就围绕着王小贱充满表演性的气质展开。小说通过王小贱的在场言说、核心化的场景来彰显王小贱的男性气质。

朱迪斯·巴特勒在性别研究中用"表演性"一词来描述性属常态和性别僭越之间产生的鸿沟。①"表演性"是个交错性语汇，它用来描述男性气质、性别身份与表演之间的内在联系。从身体到场景，从语言到行动，整部小说像敞开的公共场域，成为性别气质的表演场域。小说中，王小贱身上发生的故事依次为"贬损李可""伪装成黄小仙的男朋友报复黄小仙的前男友""与黄小仙租房""雨夜给黄小仙送伞"。作者试图以日常化的生活场景来盛放男性气质，但因为戏剧性事件不足，小说将更多的精力转向了叙述和修辞，通过王小贱的贫嘴耍舌头来展露男性气质。王小贱的气质充满表演性，譬如"黄小仙儿，人家别的姑娘一笑，是又温柔又内敛又风骚，你一笑，好嘛，恨不得连牙床都秀给人家看。""小仙儿这辈子是签终身制合同签给你了还是怎么着？一辈子只能为你丫这个人民服务了？"

王小贱身上的男性气质只有语言的表演性。到了秦国柱身上，性别气

---

① ［美］朱迪斯·巴特勒：《身体之重》，李钧鹏译，上海三联书店出版社 2011 年版，第 127 页。

质想象和气质表演变得丰富起来。秦国柱是小说构造的第三种男性形象，小说在他身上贴了一列同性恋标签："海淀翘臀男""Danny""蛋妮""鲜艳弟弟"。作者在他身上展览了一系列的性欲和情爱，从体型（海淀翘臀男）、服饰（带花边的西服）、消费（皮肤保养）到性态度（秒杀），作者在字里行间都闪现出腐女式的眼光逡巡。小说通过气质展览和语言乔装，塑造出一个自我风格鲜明的男同性恋者的形象。

魏依然是小说里另一个性别巡视的对象，他也是受排斥的男性形象。小说前半段将魏依然塑造为男性绅士，后半段打破了这种形象的幻觉。魏依然和李可正准备结婚，他约黄小仙吃饭，试图在餐馆强吻她。小说这样描述："真不好意思，一凑近了才能闻出来，虽然你喷了古龙水儿，但还是带着一股混蛋的味儿。"小说对魏依然的刻画，实际上隐蔽地消解了精英主义。小说中魏依然出身农村，在 KTV 里以陪酒为生，希冀通过婚姻改变命运。女上男下的婚姻关系，魏依然对未婚妻李可唯命是从。小说适时地对魏李交易式的婚姻进行了暗讽："成语'鸡同鸭讲'，在今天应该解释成，希望遇到大款的发廊妹和被富婆包养中的小白脸擦出了爱的火花，这种混乱的资源配置，才让我觉得可悲。"同时小说借黄小仙自嘲的口气对魏李的男女关系表示嗤之以鼻："乌龟找王八，臭鱼找烂虾，这话放咱俩身上多贴切啊。还是劳动人民有智慧。"

布劳德认为，男性气质与女性气质一样，都是社会关系的外在体现和构成结果，且需要在相互对关系中才能界定，脱离整体的性别关系就无法理解男性气质的意义。与受排斥的男性形象相应，小说中对女性形象进行了敌意化描述。女客户李可矫揉造作，她想给自己办一场纯洁、高贵、梦幻的婚礼。因为她性格挑剔，小说用一系列的标签对李可的可爱的女性气质进行了解构，"超大墨镜遮住了半张脸，20世纪 80 年代艳星李艳芬出现在我们面前""蕾丝花边的小阳伞""小短裙还遮不住全部的屁股"。作为报复，李可送给黄小仙一个女用自慰器以示侮辱。小说里，黄小仙的女闺蜜抢走了她的男朋友，她们俩是"邪恶、复杂、毒刺多多的双生花"，小说以掺杂着嫉妒、敬畏和敌意的笔调描述女闺蜜的关系："我（黄小仙）是水煮鱼，她（女闺蜜）是冬阴功汤，一样的辣，但她的味道更阴柔，后劲儿更悠长。"我"只会打短平快的战役"，她则"一鸣惊人"。小说里唯一和黄小仙关系靠近的女性是长辈张玉兰，两人因性格相近而获得亲密关系。张玉兰以悍妻斗小三的形象出场。张玉兰到医院生孩子，她丈夫的情人在医院里做阑尾手术，两个女人碰面的场景火药味十足："不过你看我们两个真是巧哎，都是从肚子里取点儿东西出来，你取出来的那个，过不久就臭了，我取出来这个，还要往大了长，你说好不好笑？"值得一提的是，小说对女性的敌意化描述都是经过刻意的场景裁剪的。为了放大李可娇揉造作的性格，小说对其场景设定是一场婚礼，为了放大刻薄，张玉兰和小三的对话放在了医院里。

黄小仙是文本空间中的关系节点，她以巡视者的身份出现，让一系列吊诡的性别形象予以呈现。黄小仙的出现重构了他者形象，她逐渐从失恋者变成叙述者，她身上集纳了女汉子、小妞等后现代女性形象。不论是女性还是男性形象，小说通过场景搭建，对之进行了标签化、平面化的形象展览。吊诡的人物形象是消费文化和网络小说流水线生产的功能化产品。尤其是对李可和秦国柱二人的描述，他们是网络阅读追求快感而诞生的功能性角色。他们身上的性别气质，不是性别实践，也不是社会学意义上的性别构建，而是小说文体经过场景裁剪后充满展览性的功能化人物。

三 场景剧场：空间、在场与后现代性

列斐伏尔在《空间的生产》一书中认为，资本主义社会中的城市空

间，不是独立的自我组织和演化的纯空间，也非空间属性的社会生产关系的简单表达。列斐伏尔将都市空间视为资本主义社会的社会关系生产，认为城市空间与现代生活的确立、与全球化进程及新型的政治统治模式有复杂而微妙的关联。在列斐伏尔的空间理论里，空间是物理的、透明的概念，但也被复杂的生产关系和社会权力遮蔽。列斐伏尔以空间为本体，阐释物理空间和社会空间的交互关系。

《失恋33天》中，核心事件的发生地都集纳在封闭的空间中：商场、办公室、咖啡馆、餐厅、医院、公交车。从表面上来看，封闭空间在契合全书的"失恋"主题，给人制造一种忧郁和孤独的心理错觉。但实际上，小说通过封闭空间，将情节和人物切分成一个个"场景剧场"，方便了人物和各等角色出场。封闭空间成为空间装置，它切分了戏剧性，为扁平化、符号化的人物提供了出场契机。如前文所述，李可和秦国柱利用场景空间发挥功能化角色，医院中张玉兰和"阑尾炎破鞋"的对话，更是充分发掘了医院空间的装置功能：一面是正妻生子，一面是小三治病。医院里悍妻斗小三的过程，也是婚姻的治疗过程。作为物理空间，医院功能和婚姻关系的治疗构成了同一性。

海德格尔说："在场意味着：隐蔽，带入敞开之中。"[①] 小说刻意对空间进行部署，通过有限的空间将读者带入一个敞开的视域。各个场景空间类似于分剧场，读者都被纳入封闭性空间中，进行独立的审美运作。小说《失恋33天》从任意一页开始都能读下去。这是因为小说拆解了线性的故事程序，让每个程序步骤都变成碎片。小说围绕"失恋与婚姻"的主题展开。日常化的婚姻流程包括"相识、分手、婚礼、出轨、复合"，它是一套完整的生活惯例。但是小说将完整婚姻事件进行切割，然后将其中的某一步骤安插到不同的角色身上，让叙事呈现出碎片化的特征。婚姻程序成

---

① ［德］海德格尔：《时间与存在》，孙周兴译，上海三联书店1996年版，第666页。

为一套流动的场景，在不同的角色身上进行流转和演绎："分手"步骤（黄小仙—前男友）、"婚礼"步骤（李可—魏依然）、"出轨"步骤（陈老师—张玉兰）、"复合"步骤（黄小仙—王小贱）。小说将婚姻程序碎片化后，分配到不同的角色身上。婚姻程序的衔接成了接力赛式的表演，角色身上背负着观者的目光。

哈维用时空压缩的概念来描述新的时空尺度。"如果空间和时间的体验是对各种社会关系进行编码和再生产的话，那么对于进行的表达的方式变化几乎肯定会引起后者的某种变化。"① 赛博空间中的时空概念给审美带来了一系列的变化，其中最重要的变化就是通过空间装置重构观看位置，进行多元互动。

"网络写作不仅是主体在审美关系中的个性化展开，而且是间性主体在赛博空间里的互文性释放。"② 通过空间分割，小说制造了阅读装置。在这个阅读装置中，观者是隐蔽的。虽然隐蔽，但是观者依然在场。网络文学中观者的在场是赛博空间所构建的，观者以匿名的形式在场。观者的匿名化在场，改变了《失恋 33 天》的书写路径。小说不再具备艾布拉姆斯所言的"世界、文本、作者、读者"文学四要素，小说被简化为"作者、读者"两要素，作者的目光和观者的目光同时分延在文本中，形成"间性主体的出场契机"。③

小说中有这样的文字描述：王小贱被我鲜艳的牙齿深深震撼了，"真牛，别人都是自配蓝牙，你的技术领先了很多嘛。"……王小贱还在研究，"你别说，回头再镶一排钻，绝对特别奢华。"……王小贱一边躲一边嚷，"好好好，我说点儿有建设性的，你家有涂改液么，我帮你把这颜色盖上。"……"你也该学学大家闺秀那种不露齿的笑了吧，人家别

---

① ［美］戴维·哈维：《后现代的状况》，阎嘉译，商务印书馆 2003 年版，第 248 页。
② 欧阳友权：《网络文学本体研究》，博士学位论文，四川大学，2004 年，第 56 页。
③ 同上书，第 61 页。

的姑娘一笑，是又温柔又内敛又风骚，你一笑，好嘛，恨不得连牙床都秀给人家看……"

上面一段文字围绕"牙"字，进行了跳跃化叙述："红牙""蓝牙""钻牙""涂牙""牙床"。"牙"是一个符号，作者以读者的身份分延到文本中，从读者的期待来建构文本，生成意义。作者面向他者敞开，制造了文字快感。作者将在场的能力发挥到了极致，让主人公的对话成为网络拓扑学的创造。这段文字带有强烈的可视感，它利用匿名化的观看，在赛博空间中进行语言的多元拓展。

但是，观者的在场和双重目光的写作造成了审美的困境。小说的主题是恋爱与婚姻，其中最重要的场景是婚礼场景。一方面，婚礼场景代表爱和永恒意义的仪式；另一方面，婚礼是日常生活中短暂的仪式。这种神性和日常性的对立，构成了矛盾的体验。波德莱尔说："现代性就是过渡、短暂、偶然，是艺术的一半，另一半是永恒和不变。"① 通过空间切割出的场景一方面建构出观者位置，但另一方面，空间切割和空间压缩也造成了表达危机。因为过分强化单一性的共时空间，造成了历时性的维度缺失。历时性的维度缺失造就了人物的平面化，这让处于共时空间中的角色难以立体起来。

《失恋33天》是一种喧哗式写作，也是一种分享式的写作。小说文本通过复制观者身份，形成了多声部；通过隐蔽观看，形成了语言的狂欢。它用双重目光进行互动性叙事，消解了一元，屏蔽了正统的目光。失恋本来是严肃的主题，但小说中突出故意以轻松和调侃的语调来解除负重。《失恋33天》以解构的形式对后现代社会中的性别、气质与事件进行了一次全面展览。"那种从过去通往未来的连续性的感觉消失了，新的时间体

---

① ［法］波德莱尔：《1846年的沙龙：波德莱尔美学论文选》，郭宏安译，广西师范大学出版社2002年版，第424页。

验只集中在现时性上，除了现时以外，什么都没有。"在杰姆逊看来，后现代主义消解了空间的深度。空间取代时间，成了碎片化的平面。①《失恋33天》的叙事在后现代化的赛博空间中展开，小说中对家庭空间建构有着中性化的想象。语言混合和气质的混合，使得网络小说从传统小说文本的中心化叙述中脱域，让文本生成多元的审美。

---

① ［美］弗雷德里克·杰姆逊：《后现代主义和文化理论》，唐小兵译，陕西师范大学出版社1987年版，第182页。

梦想，应该照进现实

——网络小说《失恋33天》的成功因素分析

王　偲[*]

【摘要】根据网络小说《失恋33天》改编的同名电影被誉为中国治愈系电影的典范，原著小说在被翻拍之前就已在网络上受到了广泛的关注。小说以简单的人物设置、生活化的语言获得读者的广泛认同。同时，小说采用的是日记体，却巧妙地用多变的视角呈现出对事件的不同理解，进而使读者受到启发。更重要的是，该作品将网络小说作为"先锋"文学的自由与梦想融入了现实主义的写作中，将个人的生活经验抽象成为大多数人的内心体验，使得读者在受教的同时获得"梦想成真"的愉悦感，从而获得成功。本文将从网络小说的特点入手，对网络小说《失恋33天》的人物设置、语言及叙事视角等方面进行分析，以期为以后网络小说的创作指明方向，对网络小说创作者起到借鉴作用。

　　《失恋33天》是鲍鲸鲸的一部网络文学作品，小说由34篇日记构成，讲述了一个都市女性失恋，以及之后33天的生活记录。鲍鲸鲸在接受采访

---

　　* 王偲，贺州学院文化与传媒学院讲师。

时说："（自己）不是个幽默的人，相反是个话少而又冷艳高贵的女生，很多时候趋近于无趣。"① 如果这样的介绍属实，那么这样一个人格类型的作者的作品是如何获得成功的呢？如果只是剖析内心或者展示自己，显然是不够的。那样做只会满足一部分人的猎奇，却无法成为一部成功的作品。当然，一部网络小说成功与否很难用"制作了IP电影"或者"点击量超千万"等具体指标来界定，也很难用读者满意度这样的感性认知来判断。

本文想首先通过《失恋33天》与另两部类似题材且同样具有高关注度的网络小说的比较，来说明本文对网络小说"成功"的界定。安妮宝贝在谈到《告别薇安》时说："我写的都是比较阴沉的文字……我要表达的那些东西，死亡和别离，叛逆和绝望，也是人们最容易反感和疼痛的东西。所以他们给我评论常有误解或者很多读者就是阅读而不跟任何回帖，我都能接受。我是个自恋的人。"② 虽然，这是一篇人气很高的网络小说，也正式出版了，但并没有受到影视圈的关注，一个很重要的原因就是小说的主人公是阴沉和病态的，这样的人生观难以被大众接受。在当下无法被大众接受，自然不能算作成功（至少在当下这个时间范畴中）。另一部作品是同样被搬上大荧幕的《杜拉拉升职记》。李可在《杜拉拉升职记》的《自序》中说："您可以消遣地来看看这本纯属虚构的小说，也可以把它当经验分享之类的职场实用手册来使用……好书应该做到集中地提供逻辑的、生动的、有效的信息……能上升到常识，甚至原则的境界，以便于人们达观地遵从及现实地获益。我希望拉拉的故事，就是这样一本书。"③ 不可否认，这样的观点与写作的出发点是正确的，但是该作品故事的设定——叙事空间选定为世界500强外企，以及资深高级白领的人物设

---

① 王玲：《鲍鲸鲸：不再"失恋"，我等的风是结婚》，2011年12月20日，太平洋网络时尚网（http://www1.pclady.com.cn/read/fashion34/index.html）。
② 吴过：《桀骜不驯的美丽——网络访安妮宝贝》，《Internet信息世界》2000年第1期。
③ 李可：《杜拉拉升职记》，陕西师范大学出版社2008年版，第2—3页。

定——却使故事自身受到限制，本身现实主义的风格与广大上班族网络读者相异的生活模式势必影响其接受度。皮埃尔·布迪厄在提到"文学场"概念时指出："每一种体裁都趋向于分为两个市场：一个探索的领域和一个商业的领域。应该避免在这两个市场之间划一条明确的界限，这两个市场是两极，在同一空间的对立关系中并通过这种关系被确定。"① 被改编成电影之后 12425 万②的票房与《失恋 33 天》32044 万③票房的巨大差距，足以证明这一点。

通过以上的简单对比，我们可以得出这样的结论：一部成功的网络小说应该是一个能得到广大网络读者接受和认同的好故事，并且是能获得一定经济效益的作品。接下来，本文就从以下几方面来揭示《失恋 33 天》得以成功的因素。

一　痒点与痛点——巧妙的人物设置

在谈到小说创作时，鲍鲸鲸坦言："写这部日记前，正好和男朋友吵了架，我就跑来上海一个月……自己创作这部小说一开始的动机纯粹是记录自己的心情……"④ 大多数读者认为读此作品有很强的代入感，很大原因来自小说作者从自己亲历的事情着手，才塑造了黄小仙这个生动的人物形象。黄小仙是《失恋 33 天》的主人公，也是这 34 篇日记的"作者"。那么首先，我们来探讨一下黄小仙这个人物设置。

法国著名的女性主义者西蒙娜·德·波伏娃在《第二性》中认为："女人不是生就的，而宁可说是逐渐形成的。在生理、心理或经济上，没

---

① ［法］皮埃尔·布迪厄：《艺术的法则：文学场的生成和结构》，刘晖译，中央编译出版社 2001 年版，第 149 页。
② 数据来源：中国票房网（http：//www.cbooo.cn/m/572815）。
③ 数据来源：中国票房网（http：//www.cbooo.cn/m/592414）。
④ "鲍鲸鲸"词条，百度百科（http：//baike.baidu.com/item/% E9% B2% 8D% E9% B2% B8% E9% B2% B8）。

有任何命运能决定人类女性在社会中的表现形象。"① 从这个角度上来说，黄小仙也算是一个独立的女性，在整个故事中，她不断地从自己的过去和周遭事件中吸取教训，完成了从"自怨""自省""自知"到"自觉"的成长过程。黄小仙是一个和广大阅读者类似的人物——相貌平平，有点小聪明，没有"以德报怨"的大度情怀，喜欢逞口舌之快，没有大善也没有大恶，耍心机也不过是让"坏人"出糗，支撑她走下去的只有盲目乐观和自尊心。相应地，故事情节也没有经典叙事模式中那么多足以改变主角属性的"生死"困难，而只是生活中的小麻烦。小说开门见山地进入情境——黄小仙失恋了，而且第三者是自己最好的朋友。或许这样的开头有点狗血，但是黄小仙这种"小市民"或者说普通人形象的人物设定就很容易将读者带入情境中，更何况"失恋"更是一种普遍的情感经历。小说正是从这个痛点入手，一下子抓住了读者。黄小仙认为自己垮掉了，因为她用力经营的情感世界（爱情与友情）整个坍塌了。这个时候的活着就是肉体的活着，但是支撑她活下去的并不像经典叙事中那么深刻的"深仇大恨"或者是"未竟的事业"，而只是生理性的"活着"，面对这样的"活着"，读者并不觉得女主人公卑微，而更是由衷地升起了一股同情。这种同情不只是对主人公的，更是对"物质的活着的"读者自己。这种麻木的生活状态是人物设置的痛点之一。只是主人公的状态更为极端：黄小仙是除了自己以外，什么都不关心的人，她不知道自己学校的校训，不知道同事的名字，完全不在乎男友（和好友）的感受，甚至当面将好朋友送的礼物随手扔掉。这些极端的状态除了给主人公一个更鲜明的形象之外，也给了读者缓冲和喘息的空间。

痛点之二是存在感。网络小说《小兵传奇》中的主角唐龙一路成长到最后面临生死挑战，在这部100多万字的小说中可谓是充满了存在感。黄

---

① ［法］西蒙娜·德·波伏娃：《第二性》，陶铁柱译，中国书籍出版社1988年版，第309页。

小仙则不然，她一直是一个普通人，她和广大读者一样需要存在感，特别是在失恋之后，即使是她的男友和最好朋友都遗弃她了，她仍然需要他们来证明自己的存在感：

> 我宣告放弃，心中激荡起波涛汹涌的恨意，这对狗男女，即使我不要道歉我不要解释，但昨晚我转身而去时，精神状态是多么的暴怒和扭曲，即使没有跑去轻生，持刀抢劫或是杀人越货也都保不齐，难道你们都不好奇我是否还在人世，难道都不能够发条短信咨询一下我："你好，请问你还活着吗？"

这种对存在感的渴求，源自对"活着"的证明。于是，对应的痒点出现了。小说的任务之一就是要帮助黄小仙（以及读者们）找到存在感。在被整个情感世界遗弃之后，存在感首先来自工作——老板叫她加班。接下来，主人公还需要更多的关注来获得存在感，进而获得安全感：

> 就在这种夹杂着羞耻的焦灼感即将摧毁我之前，我走到了一个乐器店前面，于是我走进去，花了十五分钟时间，买了一把大提琴出来。拖着大提琴盒子走在街上，我收到了更多的目光，但这时的我变得有安全感多了。

但是这样的安全感无法遮盖第三个痛点——自尊心。小说中写道：

> 我想要一个家，容我栖身，容我重拾信心，容我免受他人笑话，但现在看来，实在太难实现。而无忧无虑住进棺材的那一天，又离我太远。这可能就是为什么，我抱着大提琴盒子走在路上，而心里感觉十分稳妥的原因吧。

这样的自尊心还体现在对老板大吼大叫的第二天，见到大老王时，黄小仙感觉自己要被炒鱿鱼了，于是在大老王开口前思考"谁先炒谁"的问题。这是痒点也是痛点。这样的自尊心并不能帮助主人公形成"一朝被蛇咬，十年怕井绳"的教训，而只是带来"兵来将挡，水来土掩"的得过且过。于是才有了这样的感慨：

> 我曾以为这是最后一次恋爱。可悲的是，每一次奋身投入一段感情中时，我都会这么想。

这些设置中也包含了读者的小心性，那不是"世界和平"之类的远虑，而是"会不会被炒鱿鱼""会不会分手"的近忧。面对如此多无法解决的近忧，主人公开始了物质与精神的思考：

> 苍白的一天，没起伏没波澜，但对我来说，却是最安全无害的一天。我希望这样不触痛伤口的日子能多一点，再多一点。你别笑我像咸鱼一样没梦想，重击之下，我的生命体都是坏的了，那梦想还能好吗？

在黄小仙的成长过程中，痛点和痒点交织，痛点逼着黄小仙去思考，而痒点给了她成长的勇气。"在成功的网络文学作品中，主人公的'愿望得逞'勾引读者代入，进行逼真性体验，是快感实现的主要通道。"① 正是这样，使得一个没有过人之处的普通人黄小仙的故事，还是让读者读起来有意思。因为，在故事中能读到读者自己。

小说中的另一个主要人物王小贱是黄小仙的同事，一出场就是来戏谑女主人公的。他的言行举止都显得那么"贱"，但事实上，能让黄小仙开始"三省乎己"到有点远虑的，却正好是王小贱。他在黄小仙的自我成长过程中扮演了十分重要的角色。黄小仙通过王小贱重新找回了自己的女性

---

① 康桥：《网络文学的愿望：情感共同体——读者接受反应批评之一》，《南方文坛》2013年第 4 期。

角色感。"他甚至具有传统女性贤妻良母的一面。外表白净，家务活信手拈来，这与男性远离家庭琐事的传统男性特权是相悖的。"① 小说通过黄小仙之口给了王小贱一个"同性恋"的标签。这样，使得他成为一个"亚男性"角色，并且自动地摆脱了男性荷尔蒙的支配，兼具了男性思维和女性思维，这使得后续的小说情节顺理成章成为可能。当然，他还有一个重要的任务，就是完成本书最大的痒点——在婚礼现场和黄小仙一起羞辱前男友。

在人物描写方面，《失恋33天》没有经典小说中对人物的细致描写，其中最细致的描写也是非常粗略和抽象的：

> 我眼前出现了那张脸，一片模糊里，唯有这张脸最清晰，单眼皮，嘴唇薄而锋利，眼角有笑纹，是我花了那么多年时间，细细揣摩过的一张脸。这张脸上，最极致的笑我见过，咬牙切齿的恨我见过，绵长无边的眷恋，我也见过。但此刻他脸上的表情，却是我从没想象过的。

大量人物都是符号化的存在。这是网络小说的普遍特征，本文将在语言部分再加以分析。在作品中，作者甚至始终没有正面描述女主角的外貌（事实上，侧面描写也几乎没有），但是，在读者心中会觉得她应该是美的。这个自适性形象印证了车尔尼雪夫斯基提出的美的观念："美是生活；任何事物，凡是我们在那里看得见依照我们的理解应当如此的生活，那就是美的；任何东西，凡是显示出生活或使我们想起生活的，那就是美的。"②

---

① 张梅：《从关怀女性的角度浅析影片〈失恋33天〉获得大众认可的原因》，《赤子》2014年第7期。

② ［俄］车尔尼雪夫斯基：《艺术与现实的审美关系》，周扬译，人民文学出版社1976年版，第4页。

与本文引文中提到的两篇网络小说相比，黄小仙是一个积极乐观的形象，同时，人物设定又使她成为最普遍网络读者的代言人。这是网络小说需要的女性人物。这也是网络小说的平台媒介——网络本身为文学作品创作提供可能。且不论本作品是否是"小妞文学"，但"在当前的多元文化、多元价值共生的文化语境中，女性身份建构的完成也越来越延迟了，这一方面导致了主流价值观念、传统性别观念、传统女性地位、传统女性身份被极大地解构了，另一方面也为重新建构一个更加科学、更加合理、更加符合男女特征的新女性形象提供了客观的有利条件"。[①] 在网络文学创作中，人物设置首先应该具有最广泛最普遍的代表性，除了黄小仙，还另如《小兵传奇》中的唐龙。虽然《小兵传奇》故事是科幻虚构的，但主人公的成长历程代表了广大网络读者（特别是男性读者）的心路历程及梦想。其次，人物应该具有深刻而丰富的个性，当然，其性格的基本属性应该是积极阳光的。这样的人物设置，能够使得大量的网络读者从中找到自己而拥有强烈的代入感，又不会因为个性的单一而使读者阅读起来产生不必要的窒息感。

二　戏谑与诚恳——个性化的语言

与传统小说相比，网络小说作品数量更为巨大，但其中存在着大量粗制滥造之作。但是，事实证明，即使是网络读者，也会从中自觉地选择出那些好的作品。这些好作品的一个共同特点就是对人文价值的维护。网络小说之所以数量巨大，是和网络传播有关的。网络小说与传统小说最大的区别在于，网络小说发上网的那一刻，它就已经在传播了。这就使得网络小说写作语言有一个特色——语言的随意性。正是因为网络平台的自由，

---

① 李攀：《中国小妞电影对都市女性身份建构的影响研究初探——以〈失恋33天〉为例》，《山东女子学院学报》2014年第6期。

催生了这些个性化语言的大量使用,使作者抛开了传统文学创作的形式束缚,充分享受着恣情宣泄的精神自由,进入一种创作与生活融为一体的自由审美境界,与读者进行直接的意见交流:

> 我乖乖举起杯子尝了尝,果然,比我自制的长城干红加雪碧是高端那么一个档,细细品,满嘴都是崭新芳香的人民币味儿。

又如:

> 现在的小男孩们,情义千斤,不敌胸脯四两!这就是一个喜新厌旧的物种,你丫寻死觅活的,对得起自己么?

这个随意性可以理解为作者语言的自由度很高,很容易使人产生一个错误的观念:个性化的语言就是私人化的语言。事实上这两个概念是有区别的。用《失恋 33 天》举例说明:小说是由当事人黄小仙的日记构成,因此,在小说中,黄小仙貌似应该拥有绝对的话语权,她可以在自己的日记中用最恶毒的语言去诅咒背叛她的人,但是,在日记——这个本来很私密的文字作品中,她选择了克制,即使心里充满了恨意,她依然在日记中保持了优雅和自尊,因为从日记的落笔开始,她就知道这些日记是要公之于众的。因此,从这个角度出发,小说虽然从形式上来说是日记,但更像是行动指南。结合网络小说《杜拉拉升职记》推而广之,一部好的网络小说作品,语言也应该符合相应的规范。这一规范应该是网络作者自发、自觉遵守的规则。在此基础上,我们才能谈网络小说语言的自由。

网络小说语言有一个明显的特征。用对白(独白)来表现人物、推动情节。例如,李寻欢的网络小说《迷失在网络与现实之间的爱情》中,近70%的篇幅是聊天记录。而类似累篇的对白或语言独白在一般网络小说中更近乎成为一种行文方式。这是由网络传播的特点决定的。传统小说的阅读相对来说是仪式式的,网络小说的阅读是随意的、碎片化的,就要求语言通俗易懂，单一情节点应该是小的，在较短篇幅内完成，语言是生活化的，不用语言制造和读者之间的距离。

相较于场景描写、人物外貌描写、行为动作刻画等技巧和手段来说，对话（语言）成为最直接和简洁地传递故事的途径。语言的个性化相较行为的个性化，也更容易为网络读者接受和理解。目前为止，网络小说语言的个性化有两个方面。一是形式的个性化，例如，"BS（鄙视）"之类的英文缩写，以及"^_^"之类的计算机表情符号。二是语言表达的个性化，相较传统小说，网络小说的语言更为直接。主要表现为网络小说的人物几乎都是符号化的，这些人物除了语言就只剩下一个代号。这就产生了网络小说的两种语言风格：戏谑与诚恳。而且往往这两种语言风格在同一部作品中相伴而生，交替使用。例如：

> 我打开盒子，用抱尸体的姿势把琴抱出来。可能是因为傍晚阳光正好，褐色的琴面上像是铺了一层油在上面，闪闪发亮，我轻轻地摸了摸，然后叹了口气。真美好。这一刻，是我分手后突然平静下来的一刻。我拿起琴弓，虽然完全不知道怎么拉，但音乐会好歹也看过。摆好姿势，很文艺很少女，然后把琴弓放在琴弦上，轻轻一划。房间里响起和肺癌患者咳嗽类似的一声，非常撕心裂肺。那美好平静的一刻，咻的一声魂飞魄散了，我重新沮丧起来。

这样的语言能够使读者在较短的时间内体验更丰富的情感经历，同时也能够防止网络读者进入一个单一的情绪空间。此外，弱化的人物形象更加凸显了语言的重量。例如，《失恋33天》中，黄小仙的女性好友除了一开始制造了黄小仙的失恋之外，在全篇中就只是为了说几句话而存在：

> 你从来没想过，全天下的人，难道就只有你有自尊心么？我要不然就一辈子仰头看着你，或者干干脆脆的转过身带着我的自尊心接着

往前走。你是变不了了，你那个庞大的自尊心，谁都抵抗不了；但我不一样，小仙儿，我得往前走。说这么多，你明白了么？

这段话是说给黄小仙的，但同时也在质问着每一个读者。这是因为网络小说语言具有强烈的"在场"特征，网络这个传播媒介，使读者与小说处于一种"面对面"的"场"中。网络小说语言实现了从能指到所指的转变，作者与读者在具体的"场"中共同建构了语义生成的同时，也容易使读者沉浸其中。这种沉浸是建立在作品诚恳的语言态度上的。

德国哲学家伽达默尔说过："谁拥有语言，谁就拥有世界。"① 当然，这句话中的"语言"更偏向于"话语权"。在网络环境中发声是很简单的，你只需要把自己想说的话，上传到网络上，就完了传播的第一步，但是，你的声音会被若干数量级的声音压过，想要获得话语权，还必须受到大量读者的认同。虽然网络传播方便了单个个体的发声，但是，即使是在网络传播中，私人个性不等同于个人化的语言，个性语言不是个人语言，有个性的观点也不是个人的偏执意见。

三 同情与教育——多变的叙事视角

视角是叙事中一个很重要的部分。一方面，网络小说作者需要获得更多的读者和更广泛的认同，那么他需要在场景叙事中让故事传递出的情感真实可信，同时，他还必须要保证故事是有价值的，而不只是简单的生活重现，因此，就要求作者在概括叙事时，使故事产生更大更普适的意义。"我们经常用'视角'来简单描述影响我们理解世界的价值观。"② 在网络小说中，为了方便作品与读者的交流，一般会采取平视的角度来展开故

---

① ［德］伽达默尔：《真理与方法》，洪汉鼎译，上海译文出版社1992年版，第578页。
② ［美］杰克·哈特：《故事技巧——叙事性非虚构文学写指南》，叶青、曾轶峰译，中国人民大学出版社2012年版，第40页。

事，即使在可以被看作失恋治愈指南的《失恋 33 天》中，大量的叙事视角都是平视的。这样的视角在文中还有一个作用：用平凡人的眼光观察和审视平凡人。

> 坐我（黄小仙）隔壁的傻广东仔又开始把脸埋在抽屉里偷偷抽烟，这个想法太鸵鸟了，我怎么想也想不通。

那么反过来黄小仙也被她平凡的同事审视着，但这并不影响主人公心里面觉得自己比其他同事更"高明"。这是一个有些悖论但广泛存在的心态，如果不是刻意提出来，并不会觉得这个视点有什么不自然。这是作者给予黄小仙的视角。从表面来看，黄小仙在作品中自主地做出行动选择——骂老板、喝醉、参加婚礼等——但仔细分析会发现这些选择并不是黄小仙自由进行的选择。例如，在喝醉后去追前男友的出租车时，中途被王小贱阻拦下来了。这是行动方面，接下来再看思想方面。在黄小仙的转变过程中，除了一开始"自怨"式的思考之外，其他思想转变的契机全部来自外界。看似黄小仙的失恋日记，但是作者不断地出现，她并不同情黄小仙：

> 我突然有一种，现在的糟糕处境，都是我应得的，是我那张布满漏洞的人际关系网中，一段一段的漠视带来的后果。

而且在线性叙事中不断用各种方式去教育她。事实上，黄小仙似乎没有太多的自由选择，她完全被作者操纵着。但是，读者并不会觉得黄小仙是被"胁迫"着转变的。这是因为"网络写作的交互性，写作者和读者一起营构故事……启蒙与被启蒙是双向的"。① 在小说中，作者应用了"第一人称"叙事和"第三人称"叙事的巧妙转换。当作者需要获得读者情感共鸣时，就派出黄小仙以"第一人称"做情感投射，此时，读者是代入状

---

① 周志雄：《网络小说与当代文化转型》，《山东师范大学学报》2013 年第 3 期。

态；当作者需要将故事向积极正面的方向行进时，就站在"第三人称"的立场上对黄小仙加以教育，让黄小仙从自己的生活中跳出来审视自己，此时，读者是旁观状态。作者正是通过视角的不断转换才完成了情感投射和抽象说理，才使得《失恋33天》能够成为一本失恋治愈指南。当然，这一点也能从小说的最初名字——《小说，或是指南》看出端倪。

四　隐喻与梦想——与现实的偏差

网络读者对网络小说的阅读，通常是碎片化的。碎片化阅读最大的特点，就是在阅读过程中需要不断地缝合作品。在这个过程中，读者很容易进入沉浸状态而非质疑思考状态。当网络读者完成作品的阅读，为黄小仙的成长感到高兴时，他们很难注意到小说本身与现实的偏差。而正是这些偏差，才使得主人公的梦想实现成为可能。

首先，人物与现实的偏差。在小说中除女主人公之外的人物都是为其服务的。纵观全文，我们至少可以得到3个这样的符号化人物：一个无条件理解关怀女主人公且没有任何非分之想的异性同事；一个给人安全感、悉心关怀下属的老板（任由手下员工发脾气，还请员工吃饭并向其坦言自己的感情经历却不是为了要泡她，而是鼓励员工）；还有那个已经被得罪了还坚持不换服务人员的客户。这些人物在小说中为了帮助黄小仙而存在，但是，在真实的现实中并不容易找到。作者鲍鲸鲸也清楚地知道这一点，因此，通过黄小仙的口说出：

> 大老王是我们公司的一朵奇葩……在这个时代非常罕见。

但这正是广大读者在人际关系上的希冀。这些人物的出现和消失虽然是作者的刻意安排，但是因为用符号化淡化其形象，读起来显得自然真实。

其次，关于爱情，或者说两个人的结合，作者也有区别对待，以区分梦想与现实。好友与前男友的背叛是出自好友的预谋，拜金女和成功男相互也有虚荣而现实的理由在一起。但是，小说中并没有说明王小贱为什么"喜欢"黄小仙，只是提到王小贱的前女友因为他的背叛而变得郁郁寡欢，这让他有了罪恶感，转而对小仙的好是希望得到救赎。且不说这一理由和前文中王小贱是"同性恋"的设定不符，单就为了救赎而对一个人好，是无法支撑王小贱对黄小仙的好的缘由。这一差别对待也成了本书最大的漏洞，使得小说无法有一个封闭的结尾了。无论是王小贱和黄小仙结婚或者是继续做最好的朋友一直下去，似乎都不能使读者信服。但对读者而言，黄小仙从失恋中走出来并成长了的结局，已经足够了，享受了阳光的温暖又何必要去手捧太阳呢？

虽然有以上两点与现实的偏差，但网络读者在阅读时依然觉得很真实，这是因为小说在写作过程中始终落脚在现实主义上。这一点与穿越、科幻等类型的网络小说不同，《失恋33天》要完成文本传达，必须坚持现实主义写作风格。在面对一对金童玉女的客户时，刚开始让读者觉得是童话中的爱情，作者立刻用魏依然与李可用金钱物质和青春美色，构成彼此心照不宣的婚恋价值关系打破了这个童话。同样地，在展现张阿姨与陈老师白头偕老的"金婚"之路时，也毫不留情地指出这是一段充满背叛、包容与捍卫的感情历程。将这些"圆满"击碎，并没有击碎读者心里对完美爱情的追寻，而恰恰是对人文关怀精神普世价值的高扬，也赢得读者的心理认同。于是，在作者的带领下，读者一方面面对现实，一方面心怀梦想。

当然，要从"失恋"这个题材中为读者提供积极能量，是一件苦难的事情。通读小说时，读者并不会觉得低落，这是因为在小说中隐藏着大量的隐喻和暗示。在日记的第一天，作者借黄小仙之手写下了这样一句话：

> 就这样，保洁大姐为我分手后的第一天，带来了一个痊愈的脖子，和一个光明的结尾。

这分明就是在暗示读者可以放心地读下去，结尾一定是符合读者的期待的。此外文中还有多处隐喻：

> 我的恋爱就是谈的这么用力，最后反而奏出了一首无疾而终的三俗大路苦情歌。

此外，作者在文中用较大篇幅讲述了《三言二拍》中的一个故事，借此隐喻了对好友的憎恶，其实也不敢面对自己的丑恶。

这样的隐喻对于碎片化、粗略化阅读的网络读者来说，不太容易引起注意。因此，在一些重点情节点，作者在隐喻后面加上了直接的呐喊，方便读者理解的同时也增加了文字的力度：

> 你看，多奇妙，同样的一天，雨似下非下，阴晴不定，但有的姑娘就能牵着未婚夫的手，穿着小洋装在大厅里装模作样的喝下午茶，和婚礼策划说着"我要做一天公主"那样的傻话，但有的姑娘，对，比如我，就要心里揣着对前男友的恨，对前好友的质问，跨越半个城，去听那些甜蜜的废话。所以别再和我说，这世界很公平，马丁·路德·金可能是说了："我有一个梦想，"但后半句应该是，"不过它可能只是个梦想"。

这些句子也很容易成为网络流行句。

"网络小说是一种象征性、建构性的认同话语实践，具有强烈的身份认同意义……主角的成长、升级就是一个人自我价值不断增加，身份认同感不断增强的一个动态过程。"① 在这个过程中，作者为读者编织了一个看起来很真实的梦。这样的写作，既可以以故事中的"童话"来迎合读者的需要，又可以安全地在现实主义的道路上行走。

---

① 王小英：《网络小说叙事认同的一般模式及其问题》，《华北电力大学学报》2015 年第 5 期。

五 结语

《失恋 33 天》给读者讲述了一个简单的故事：一个因为失恋而掉进谷底的女孩，用一个多月的时间就重新回到了生活中，她用这 33 天去质疑生活，去反思，最后成长起来。在这个过程中，她从一个"从来都没关心过，就坐在我手边 10 米范围内"的同事的人，慢慢地去重新接触世界，重新形成自己的爱情观、价值观。对于人生来说，这是一个伟大的过程，但是，《失恋 33 天》自然地，甚至是轻描淡写地将这个过程呈现在了读者面前。网络读者当中有一部分人被称为"宅男"或者"宅女"，他们是很少与世界发生真实联系的一群人，这与马克思指出的人的定义——人是一切社会关系的总和——是背离的，在网络高速发展的今天，人们的真实联系却日益减少。小说从"失恋"这个话题切入了这一主题，并用自己的方法帮助读者找到了出路。这种梦想与现实交织的写作，实际是打破了精英与通俗的界限。在小说中，作者写道："物质的东西才最害怕被人遗忘。"这句话流露出作者已经形成但朴素的思想观点，也反映出网络小说作者的成长。

《失恋 33 天》是网络小说回归日常生活体验的代表作。就这一点出发，该作品比穿越文、玄幻文等网络小说类型更具现实意义，其成功也更值得研究。相较传统小说，网络小说只是传播媒介的不同。事实上其内容都在接受受众的检验。这就要求网络小说同样应该有思想和内涵，而不只是猎奇与奇观。

网络小说《失恋 33 天》的成功，除了小说自身的故事与技巧外，还反映出广大网络读者对自我成长的渴望，他们愿意在主人公身上看到积极向上的力量。那么，在最后，希望越来越多优秀的网络小说将梦想带进现实，去温暖和鼓励越来越多的网络读者！

芝麻很大：共鸣背后的孤独

——评《你好，旧时光》

巩子轩*

【摘要】以八月长安的《你好，旧时光》为代表的青春文学，以其真实感使读者产生共鸣，同时也表达了作者自己的成长反思。青少年往往追求感同身受的共鸣，而弃置更深刻的文学作品，阅读方式电子化，造成了网络小说审美平民化的趋势，小世界里的喜怒哀乐被无限放大，这成为青春文学背后的核心精神，却也成为限制青春文学发展的因素。

八月长安是如今非常受青少年欢迎的青春文学作家。她的《流水混帐》被拍成网剧《最好的我们》引起热议，《你好，旧时光》漫画改编权和影视改编权也已卖出。《你好，旧时光》是她最受欢迎的作品之一，包括《回不去的小时候》《陪你到青春最后》《岁月的童话》三部。小说围绕着余周周的成长经历，讲述了余周周等人的成长故事，塑造了余周周、林杨、陈桉等令人印象深刻的人物形象。语言清新流畅，读来令人有很深的共鸣。

---

* 巩子轩，山东师范大学文学院 2015 级卓越班学生。

小说开场就是余周周的小剧场，表现她的"玛丽苏情节"："幻想是她的 AT 立场，她生活在别处，一个瑰丽精彩的'别处'，什么都无法伤害到她"；① 小时候的余周周想象力极其丰富，天真快乐，但是有时候也会很寂寞孤独，每到这时候，"雅典娜与星矢一同沉默"。② 作者在叙述余周周小时候故事的时候，语言是充满着童真的，故事情节不复杂，但是作者在行文中的伤感笔触让人感觉到了悲哀，很有冲击力，充满了青春的忧伤。同时余周周又是一个早熟、懂事的孩子，有一颗强大的心来抵抗外部伤害，面对现实生活。余周周代表了很多年轻女孩向往的样子，美丽而优秀；同时余周周也有年轻女孩共有的心事和难言的孤独。

一 共鸣与审美平民化

《你好，旧时光》让年轻人很容易找到共鸣。可以说，八月长安的文字是属于少数"80 后"和大部分"90 后"的。在他们年轻的生命里，有着无穷的想象力，在改革开放后的新时代，有着独属于这一代人的记忆。赵长天在给八月长安这本书的题词里说："文学的作用，很重要的是引起心灵得到共鸣。这不是一本哗众取宠的读物，文字很朴素，记录了一代人的成长。成长故事是很有价值的，时代的印记一定会留在成长中的年轻人的生命里，留在生活的细节中。记录下个体生命的履痕，从某种意义上，比记录重大事件更有价值。"赵长天的这段话，可以说也是所有青春文学的一个"写作宗旨"，青春文学作家们认为自己写下的成长故事是有价值的，同时读者们也对此深信不疑。

正因为是成长故事，不需要宏大的叙事、复杂的人物关系、波澜起伏的情节等传统小说的要素。这是作家阅历的局限，但这种以情节为主的创

---

① 八月长安：《你好，旧时光》（第一册），湖南文艺出版社 2012 年版，第 25 页。
② 同上书，第 26 页。

作，以第一感觉来获取快感恰恰是读者们期待的。供求关系的简单化让作者们很容易投入网络小说的写作之中。在快节奏的时代里，读者们不会捧着一本书细细地体味语言，而是用手机，以一种随意而舒服的方式，其目的并非是陶冶情操，而是打发时间，简单直接地获取感动。在这种为了娱乐而阅读的情况下，读者们不会有耐心去阅读大段的描写，所以网络小说呈现给我们的往往是简单的语言和快速的情节进展。力求突出主题，简单直接，短时间内吸引和感动读者，激起读者的各种生理和心理反应。所以在分类繁多的网络小说里，爱情大多都会有简单粗暴的人物设定，来给读者直接的冲击和感官快感。

在笔者准备买这本书之前，一个同学告诉笔者不用买书："因为网络小说就是要用手机和电脑看。"也就是说，很多网络小说在它独有的媒介上才有它的味道。这让笔者想到，网络小说风行的一个重要原因就是它的传播媒介。这是网络小说的一个通病，作者追求写作速度，语言上没有丰富的变化，情节抄袭现象层出不穷。翻开一本网络小说，很少有大段的文字，一句成一段的情况很常见。管平潮的小说《九州牧云录》里有时会有一些景物描写，并非与情节关联不大，但在读者一方，阅读时环境与情节、人物没有很好地结合，互相发生作用，环境描写基本上是可以跳过的。在顾漫《微微一笑很倾城》这样的作品中，也只是围绕着中心人物进行描写，从写作手法上讲，单一而简洁。读者在屏幕上浏览，会产生一种快点读完的紧张感，促使自己加快速度浏览，并且选择自己想要阅读的内容来看。或许，这就是快餐文化的体现，吃饱就行，不在乎味道，忽略审美意义。

对很多年轻人来说，精英文学是有门槛的。翻开一本《红楼梦》，或者《百年孤独》，读者很难去沉下心进入阅读状态。几十页的铺垫、细腻的刻画，形成了很高的门槛。"文学门槛"所隔绝的网络文学与精英文学，恰恰也反映了精英文学大门之外的"审美平民化"问题。

人们容易被网络上形形色色的信息吸引，但网络上的信息往往简单直接，新媒体的运营都会强调图文并茂的排版，为了迎合网友快速浏览的阅读习惯。在青春文学的创作上，首先，只注重叙事，对人物的刻画只有比较基础、简单的描写。在描写人物神态、语言及心理的时候，词语贫乏，描写流于相同、语言时常矫情。其次，以城市文学为主，与城市化密切相关。人物关系较为单一，是常见的青少年、家长、老师。在情节上，只是围绕着爱情、亲情、友情这样一些简单的主题。再次，行文节奏与故事节奏一致，没有细致的描绘，只为故事情节而写。尤其是女性读者，对类似的青春言情小说有着极大的爱好。她们现实中不能实现的一些幻想和潜意识里的向往，都被作家很好地表现出来，从而使她们得到感官的满足。现实生活的不丰富，给她们造成对美好疯狂多彩张扬的青春渴求。

青春文学的语言各异，但主要是两类。一种是像八月长安这种"小清新型"；另一种是以《萌芽》杂志为阵地的"重口味型"。正因为是成长故事，不需要宏大的叙事、复杂的人物关系、波澜起伏的情节等传统小说的要素。这是作家阅历的局限，但这种以情节为主的创作，以第一感觉来获取快感，恰恰是读者们期待的。供求关系的简单化，让作者们很容易投入青春文学的写作之中。网络文学作家有低龄化的趋势，这点在青春文学作家这里体现得很明显。相比孙睿《草样年华：北 X 大的故事》，青梅《北大恋人：一个北大女生的故事》，以及郭敬明的作品，八月长安的行文更文雅，讲究抒情性。主人公的小学部分占了将近一半的篇幅（除去番外），这也是区别于其他青春文学而独特的地方：八月长安集中地展示了主角的童年生活，并且较为清晰完整地展现了主人公的成长过程。从这一方面来看，这是一本"成长小说"。因此，区别于其他同类型的小说，在当今青少年普遍早熟的情况下，让青少年回忆起了自己的童年心事。韩寒和郭敬明作为一代青年的代表，虽然并不能代表大多数青年人，他们的文字却代表了大多数青年人的心理状态：叛逆，张扬，挣脱束缚。刚刚开始强调个性化写作，在语言上努力拓展、发挥，因此放纵不羁很轻狂。这种轻狂的文字可以给人带来快感，但不够细腻，并且很难触及以女性为主的读者内心隐秘的情感。

简单直白的写作风格，偶尔感时伤怀的抒情、爱情等最令人关注的主题给读者带来阅读快感，从而引发最直接的阅读感受：好看、感动、共鸣。这是最普遍的一种阅读感受。对青少年读者来说，即使有经典文学著作的几点，在面对青春文学等部分网络文学作品，还是会很轻易投入其中。叙事节奏适中，很少涉及读者不关心的领域，语言带有一些小伤感，等等。这些都是青少年读者喜爱青春文学作品的原因，而从青春文学作品的沉迷之后醒来，读者们却感到更多的落寞和孤独。

二 共鸣背后的孤独

对于众多八月长安的粉丝，甚至众多热衷阅读青春文学的读者来说，大家阅读最直接、最深的感触就是有共鸣。相比之下，这种共鸣超过了他们儿时阅读的儿童文学作品，中国的教材选篇很少有对孤独的探询，课本上的王二小、刘胡兰，是只可远观，很难让他们可以通过文字去对话。在外国儿童文学中，《小王子》可以说是描写孤独的代表作。儿童和成年人的世界无法沟通交流，在儿童眼中，成年人的行为奇怪难懂。而小王子看不腻日出日落，拥有只爱一朵玫瑰的这种单纯和孤独感。儿童并非不知道情感，也并非心里不敏感的。在当代儿童文学作家的写作中并没有完全抹杀孩子的天性，像《淘气包马小跳》为代表的儿童文学作品，已经触及了孩子独有的一些个性和心思，并不再像教材里的一些文章仅宣扬积极的东西。

《你好，旧时光》在出版之前的名字是"玛丽苏病例报告"，也是极其符合年轻女生心理的一个概括。这份"报告"是从余周周小学前写起的。

余周周小时候喜欢看动画片，总喜欢玩角色扮演的游戏，认为自己是无所不能的正义使者。从余周周的童年时期，我们可以看到这种玛丽苏情结的产生原因：动画片。动画片给了孩子们很多美好的幻想，幻想和成长经历形成对比。这种心理伴随着社会的压力而渐渐消减，于是就有了以郭敬明为代表的展示"浮华""偏执""残酷"的青春文学作品产生。但是"玛丽苏"小说的兴起，说明人们的玛丽苏心理是很容易激发出来的，幻想产自现实的不满足，落差带来的就是孤独感。

从该书的情节中可以看出，作者努力挖掘青少年成长过程中的疑惑和思考。例如，教育制度的反思，传统的填鸭式的教学以及教师专业素质的局限，很容易扼杀孩子的想象能力。正如小说中提到的："和百年前的清宫嬷嬷一样，她们最喜欢做的事情，就是设定规矩。"小说里也有孩子天真烂漫的创造力和大人扼杀想象力的对比。有一个给人印象深刻的小细节：余周周小时候发明了一个"一抹月亮"，后来小学三年级在作文里面用过这个短语，对于一个小学生来说，"一抹月亮"可以说是非常形象地把握了月亮朦胧的美感，老师却把"抹"圈出来当作错别字。规矩就是一种对人性的限制，古代儒家伦理纲常灭人欲，对于还在成长的孩子来说，规矩让他们不理解这个世界，产生负面的情绪。

这样的安排也会暴露出作者写作时的一些问题。但对这一代人童年时期心理状况的把握还是可圈可点，余周周小时候比较早熟，也许是她特殊的家庭背景让她敏感多思，思想活动中虽然包含着孩童的天真，但她处理人际关系的语言和心理表现都过于成熟，作者的成年人思维加入了人物。而之后初中和高中的情节比重较小，余周周整体的心理变化体现得并不明显。作者只是用小学的年龄来写青少年的心理状态。

读者对网络快餐文化有着疯狂的涉猎，用各种各样的信息去填充空虚的内心。对信息的需求有时候让人们忽略了现实社会，而现实社会的一些不如意，让他们沉浸于虚拟的空间里。读者是孤独的，也是浮躁的，没有耐心去阅读纯文学作品，因为纯文学作品往往与读者们的生活相去甚远，而且很少有"玛丽苏"的故事发生，无法让他们在这种善于幻想的年纪做白日梦，由此产生审美需求的差异。

青春文学体现了当代青少年集体共有的一种孤独意识。《你好，旧时光》中，主人公余周周小学之前是孤独的，没有几个朋友；小学时，林杨、蒋川等人的妈妈让自家孩子远离余周周，她从小就受到一些不一样的眼光，高中时自己努力帮助过的辛锐在自己背后捅刀子，同父异母的弟弟散布流言。本书众多的人物群像体现的也是一种孤独：从小备受关注，后来沦为大众的詹燕飞，不理解老师和同学们态度的变化；看似学习其实在看言情小说的余玲玲，对爱情已经有了憧憬，却不得不被禁锢在书本上；自卑、偷书、心胸狭隘的辛美香，对自己家庭的自卑，对其他人的嫉妒；甚至优秀的凌翔茜和楚天阔，都各有各的烦恼。尽管在青春文学作品里，青少年的这些负面情绪或许有所夸大，但仍旧体现了青少年的这种心理趋向。

小学时候的余周周，已经非常早熟了。她虽然依然看动漫，但是思想上远比同龄人看得透彻，这是令人吃惊的地方。她说"自己输不起"。这句话从一个小孩子嘴里说出来，是很让人吃惊的。的确，家庭、社会原因让她从小就学会了背负，让她有超出同龄人的成熟和淡定。而且她小学的时候就可以说是有"小心机"。这也许是她自我保护的一种表现，但是淡定和心机的背后是敏感、无奈和打击。周沈然看似幸福，却也一直生活在优秀的余周周的阴影之下，他和他的母亲无时无刻不在担心自己的幸福生活会被夺走。奔奔是被收养的，他的养父喝醉了就会打他。但他没有去探寻自己生活境遇的原因。很多问题如果知道答案反而会有更大的伤害，这是余周周和奔奔小时候的感悟。这种感悟对孩子来说很沉痛，体现了青少年成长过程中不可避免地受到了压迫。社会、家庭的一些不确定因素，给青少年的成长造成了很大的影响和压力。这是社会发展之后，人们更加关注内心更加关注自我的体现。而青春文学正是关注"小我"，都是芝麻大的事情，小我被无限放大而成为关注的中心。从五四运动开始，关注内心的文学作品开始产生，青年文学、成长叙事，在今天发展得更加突出。

城市是青春文学作品故事发生的主要环境，以城市为主体、物质充裕的成长历程、校园情节、成长的烦恼，以及家庭。还包括社会的大环境：改革开放，经济发展，教育体制的僵化。在这样的环境下成长，青少年的成长经历大同小异。余周周有着强烈的自我期待，表现在对爱情的朦胧的期待，譬如对陈桉的青涩暗恋，与林杨纠缠了整个成长历程的友情和爱情。这背后的深层原因，是对幸福的家庭生活的渴望，导致对一切美好的渴望。在这里不能忽略的最重要的是一种意识，即对更好的自我的期待。余周周有一种个人英雄主义情结倾向，余周周小时候把自己当作星矢来保护周围的人，她把奔奔、妈妈、外婆当作雅典娜，而她自己是需要承担一切的星矢。

但是，陈桉是"一片海洋"。对余周周来说，她情绪的发泄地就是陈桉。陈桉是陪伴她成长，让她动心的男生。陈桉这个人物的设定很理想化，反映了青少年成长过程中迫切需要陪伴、理解和情绪发泄的特点。孤独的青少年对爱情寄予厚望：能够被理解、陪伴、包容，能够给自己带来安全感和正能量，而到玛丽苏情结的余周周等女性人物身上，这样的人物可以让自己成长、成熟、更优秀。从第一部末尾，余周周升入初中开始，情节的发展就依靠余周周给陈桉的信来展开。作者借写信来传达余周周的真实情感，体现出青春文学中的为了抒发情感、宣泄情绪的特质。蒋勋在《孤独六讲》的自序中说："我试图用各种语言与人沟通，但我也同时知道，语言的终极只是更大的孤独。"即使余周周给陈桉写信，但这可能更加让她孤独，孤独让她思考，带动读者感受这种孤独中的成长。

三 青春文学的不足

青春文学作家由于受成长环境和社会阅历的影响，写作素材多来自校园生活。在繁重的课业下，青少年的社会生活和精神生活都略显匮乏。因此，在人物塑造上，就很难写出一个令人印象深刻的文学典型，而是可以划分出几个类别。余周周就是典型的苦命美少女形象，自强不息，终于获得幸福；林杨各种条件都十分优秀，以余周周为中心，类似于"霸道总裁"；陈桉是余周周眼中的"神仙"，是成熟忧郁的男二号；凌翔茜是小公主，成绩好、家境优渥、会弹钢琴、受人关注；楚天阔非常优秀，却有"凤凰男"的雏形，不会为了爱情而放弃前途……这些人物形象，虽各具特色，和其他网络文学的人物相比，则大同小异，难以逃脱类型化的魔咒。可以看出作者在塑造人物的时候有意塑造人物的复杂特质，并在番外里进行了补充。读者一方也比较喜欢类型化的人物搭配。这一方面是读者的理想体现，另一方面促进了读者发挥想象，给作品中的人物更加丰富的阐释空间。

和大多数青春文学一样，受到作者成长年代、人生经历的限制，作者和读者的关注点都在爱情、亲情、友情上，而且都是校园中的故事，而对社会的大背景等更深层次的话题只是一笔带过或者避而不谈。九夜茴《匆匆那年》里涉及的有新中国成立五十年大庆、迎接 21 世纪、北京申奥成功的历史事件，[①] 辛夷坞《原来你还在这里》涉及"非典"，但只是简单触及，以之为一个时间节点，没有宏大叙事的倾向。八月长安本人是一个知心姐姐形象，讲座与演讲主题也是集中在青春、成长上，这是青春文学一贯的主题，也是青春一贯的主题，更是当下青少年生活的核心主题。"80 后"

---

① 《匆匆那年》（九夜茴所著小说），2016 年 11 月 15 日，百度百科（https：//zhidao. baidu. com/question/427637554. html）。

"90后"的青少年们的生活环境和阅历都有相似之处，而青春文学最贴近他们的生活和心理，符合他们的心理需要。在网络小说这种比较通俗大众的流行机制中，女性意识可以得到凸显，反映了当下女性的思想、情感和欲望。这种集体无意识，是因为女性长期以来在男权社会受到的压迫造成的，女性的社会地位和生活使她们的关注点主要集中在爱情上。①

这部小说最初以网络小说的形式发表于晋江文学城，作者的创作模式是边写边发，因此会造成一些情节和人物上的漏洞或刻画不充分的现象，读者觉得意犹未尽，八月长安就以其他形式（如微博）来写一些番外故事。这也是网络小说的局限，也是网络小说创造的一种新模式。放在《你好，旧时光》这部小说中来看，番外篇目单独集结成一本《岁月的童话》，或许可以看作作者的一种手法。全书虽是上帝视角，但主要是以余周周的感触来行文，而一些重要任务的番外故事，也让我们对书中的人物，无论好坏都有了更为全面的理解和评价。譬如，高中之后就没有再出场的温淼的故事，一直是反面人物形象的辛锐的故事，完美却有些愤世嫉俗的陈桉的故事，如果交代了人物性格背后的深层原因，那么，不但满足了读者的好奇心，也丰富了人物的形象，而且有令人有新奇的感受，常有意犹未尽之感。

在众多纷纭复杂的网络小说中，在穿越、高干、情色等主题的文章之间，《你好，旧时光》可以算作清流，但是作品本身难免有不足，暴露了作者本身的不成熟。余周周第一次到陈桉家里，陈桉穿的拖鞋被形容为"海马毛"（应为"马海毛"），这处错误不免让人怀疑作者为了体现陈桉家里的富裕而想要极力夸大却弄巧成拙。在语言表达上也出现了一些欠妥之处。譬如，书中有一段文字，就误用了"陆续"这个词语的时态：（余周周）拿起笔开始仔细地浏览书上的内容，忽然听见讲台前面一声号

---

① 亓丽：《女性主义视野中的当下网络言情小说》，《文艺评论》2012年第1期。

令——"快要七点二十了，大家陆续下楼站队吧！"①

　　网络文学作家专业背景的多样性，是造成网络文学水平参差不一的重要原因之一。当然，专业背景的多样并非全无益处。即使高学历的网络作家不在少数，像八月长安、顾漫等人都是北京大学光华管理学院毕业，但作者文学素养不够扎实，受到的专业训练较少，相应地影响了网络文学作品的质量。崔宰溶曾指出，研究者很难从网络文学中发现显著的独特性。我们很难发现更为深远而独特的意义。首先，青春文学作家的教育水平虽有差别，但多数都是义务教育制度下成长的，成长环境只有学校和家庭，少数会有些许社会经历。其次，青春文学作家及读者多为在校学生，这就决定了作家写作的素材来源多来自校园生活和家庭生活。因此，可以总结为"80后""90后"青少年的成长环境、教育水平、年龄阶段及社会经历，使他们以生活安逸、学习为中心而课余活动较少，生活水平较高，造成读者对青春文学的需求和作家创作的材料来源。因此，青春文学的情节多有相似、重叠，并且很难有较为广阔的开拓和深度的挖掘。为小事投入很多情感，这是年轻人的共性。八月长安在本书后记中说："那些都是芝麻大的小事，然而在当年，我的天空很小，目光很短，所以，芝麻很大。"这是年轻作家们都会具有的局限，希望未来我们能够看到这一代作者的进步，随着阅历的丰富，写出更加有深度的作品。

---

① 八月长安：《你好，旧时光》（第二册），湖南文艺出版社 2012 年版，第 153 页。

以灵活创新之笔抒写青春多彩之生活

——评网络作家九夜茴的小说创作

欧造杰 *

【摘要】 九夜茴以独特的视角真实记录了"80后"的成长轨迹和他们富有时代感的印记，成了"80后"网络作家中又一位领军人物。她的小说多写青春的主题与爱情题材，结构和叙述手法多样，人物形象生动鲜明，语言通俗幽默而富于创新，表现出独特的创作个性与艺术特征。

随着网络的产生和普及，网络小说走进了大众的视野，不管读者是出于什么样的目的而沉浸在网络小说里，它都以自身独特的魅力迅速发展起来。网络小说作为一种新的文学现象，吸引着一大批创作者和读者。网络小说的出现，为文坛注入了新的活力，极大地丰富了人们的精神生活。而网络作家想要在众多的作品中崭露头角，必定具备自身创作的独特的风格，九夜茴就是这样的一位"80后"的网络作家。她原名王晓迪，1983年出生于北京城一个胡同的四合院里并在那里成长、奔波与工作。2005年九夜茴在网络上凭借小说《弟弟，再爱我一次》轰动一时，之

---

* 欧造杰，河池学院文学与传媒学院副教授。本文系广西教育厅高校科研课题"消费文化语境中的网络文学研究"（编号：KY2015346）成果。

后几年里陆续推出长篇小说《风不飘摇，云不飘摇》《匆匆那年》《初恋爱》也都赢得广大读者的喜爱，成了"80后"作家的领军人物之一，并取得了小说与影视双丰收的地位。本文将从小说的主题题材、结构布局、人物形象的塑造、语言表达这几个方面来分析九夜茴网络小说创作的艺术特征。

一　青春主题和爱情题材

九夜茴的网络小说多以爱情题材创作为主，在写爱情的同时也不乏现实生活化的题材穿插其中，使小说的主题呈现出充满活力的青春性，主要表现在以下几个方面。

（一）贴近现实的青春主题

网络小说的主体，既包括写作主体又包括接受主体。网络小说主体的青春性，主要表现在网络作家和网络读者的年轻化上。由于所处的时代不同，对现代社会、对世界、对人生的看法等都有不同，而能够用自己最独特的思想和眼光看世界，才能标新立异，适应时代的发展，任何时代的作品都有自己的闪光之处。"80后"的青年作家，多数具有自由不羁的性格，敢走自己的路，敢自己去选择自己的人生，追求自我的个性，在网络这个自由空间中随意地宣泄自己的情感，就像韩寒信仰的人生格言"人生不狂枉少年"一样，大胆而自信地走自己的路，突破传统思想的禁锢。九夜茴正是这种表演型的网络作家之一。对网络读者来说，大多数都是比较年轻的一代，他们喜欢在网络里寻求心灵和精神上的慰藉，对小说中的一些感同身受的情节就特别为之动容。豆瓣网的一位网友就这样评论九夜茴《匆匆那年》："只要你曾年幼无知，只要你曾少年轻狂，只要你曾青春火热。只要，你还有一点点怀念那些逝去的岁月。

那么，这本书就一定能打动你。"① 可见，一定时期的小说，读者和作者之间是有一定关联性的。

在当代社会中，都市生存环境对年轻人是非常严格的，甚至是残酷的。工作难、买房难会让他们的青春梦想遭遇痛击，甚至彻底覆灭。他们对生活的体验和感受必然会曲折地反映在作品当中。因而网络小说的"成长"主题与网络写手的实际成长历程构成了一种复杂的关系，使小说文本成为他们生活经验的斑驳陆离的镜像化折射。从九夜茴的小说不难看出体现成长的主题，直击"80后"人群的那些青葱年华，有些虽然不是作者的切身体验，但也是从现实生活取材，不管是不是那个年代出生的人，都被其笔下人物事件触动心灵最深处的年少时那最真实的感动。在《花开半夏》中，写魏如风因命运的波折无意中成了走私贩子陈豪手下的一名"古惑仔"，最终沦陷到无可挽回的地步。九夜茴自称这一故事是根据自己1999年亲闻的真实事件改编，在跌宕的人物命运和精彩的故事情节中，九夜茴挑战情、法、理的人性极限，关注青少年犯罪，刻画了一段颇具真实脚本、引发最深感动的故事。在《匆匆那年》中，在回首方茴的初中生活时，作者写到当时有些学生喜欢拉帮结派，打架斗殴，而李贺便是在这类事件中不幸身亡的人。"成长"的这一主题不仅关注青少年犯罪，而且有人性的成长，随着时间的流逝，再没有什么可以留得住的了，我们不能回到过去，只能回首过去。正如《匆匆那年》中方茴所说："长大了之后总会学不一样的功课，走不一样的路，遇见不一样的人，我们根本避免不了分道而行的命运。"② 九夜茴的网络小说贴近现实，地域色彩浓厚。她在新浪博客中说到自己是地地道道的北京人，成长于四九城的胡同四合院里，随着北京城的扩大不断外迁，在其小说创作中也体现出浓厚的地域色彩。

---

① 蘑小菇：《不悔梦归处，只恨太匆匆》，豆瓣网（http：//book. douban. com/subject/2567919/）。
② 九夜茴：《匆匆那年》，江苏文艺出版社2010年版，第23页。

在《匆匆那年》中，从写几个主人公学生时代的"京骂"，到对于那时候北京城各个地理位置的描述，到大时代背景下的每个政治纪念日，甚至里面某首歌的名字、某种冰棍的名字等，都和当时的北京城息息相关。

（二）富于青春活力的爱情题材

在九夜茴的小说创作中，爱情是主要题材并贯穿始终，爱情题材的丰富构成了其小说的一大特点。这里有美好青春校园生活的回归，有对刚接触到爱情的青涩，有爱情萌芽时的紧张兴奋，有初恋的单纯美好，有暗恋的辛酸与温馨，也有热恋时的甜蜜与浪漫，等等。在经历了这些年少生活的无限欢乐之后，面临的可能是自己无法面对的结果，如爱情的背叛、友情的破裂等。青春就是必须经历伤痛才能蜕变成长，而爱情经历过岁月的洗礼才能成熟开花。

在小说《花开半夏》中，魏如风和夏如画青梅竹马，他们是名义上的姐弟，虽然有着至死不渝的爱，但他们相爱受到世俗的束缚，魏如风为了保护夏如画而走上犯罪的道路。他们想过逃离这一切过上属于自己的生活，可是在命运的捉弄下一步步走向黑暗。他们彼此不离不弃，都把对方的名字刻在心里，就像最后的结局魏如风死里逃生，他失去了记忆却只记得夏如画这个名字，别人便给他取名夏如画代替死了的夏如画继续生活。这是痛彻心扉的爱，然而他们的确幸福过。又如《初恋爱》中的温静和杜晓风，他们在一起7年，却在杜晓风的一句对不起后便分手。温静很努力地尝试过挽回，这是她对初恋的不舍不甘，在现实生活中去回忆当时在一起的场景，明明那么爱，怎么竟会在一瞬间掩埋了所有，她不想忘记也希望对方不要忘记，最后还是在岁月逝去后慢慢地释怀接受。这是一种恋爱的酸甜苦辣过程，不管后来怎样，曾经真的美好过。还有一种爱叫看着你幸福我才能幸福，如《匆匆那年》中乔燃对方茴的爱，他不求回报，只会在方茴需要的时候出现，以至默默离开后还会远远地关怀。方茴对陈寻的爱，就是从青涩的校园恋爱开始，那时还不敢说爱，只是喜欢，只要一个眼神，一个很小的动作，一句温暖的问候，就足以满足那个年纪怀抱的那颗单纯的心。在阅读小说的时候，我们会发现，虽然都是在写爱情，但是给人的感觉完全不同。

二　多样的结构和叙述视角

九夜茴在小说创作的结构上采用独特的"回忆式"多线相交和"散文式"的随意性写作，这是对传统小说的一种突破，具有一定的随意性，给读者以迫切的阅读兴趣；而多变的叙述视角既能够缓解读者的阅读方式的疲劳，又能够增强小说的文本的开放性。

（一）"回忆式"的写法

传统小说作品的创作，总是讲究情节的完整，结构的严谨有序，线索的集中鲜明。而网络小说的叙事结构既保持传统小说有序的线索，又不刻意追求故事情节的完整性，它往往把个人的意识涌动有机地穿插在故事之中。九夜茴在小说的结构布局中，喜欢用倒叙的方式和回忆式的写法。这种写法往往在开头的时候交代故事的高潮或是结局，然后再以不同的叙述者讲述过去发生的事，即故事的起因。这往往吸引着读者的好奇心，给人以迫切阅读的欲望。如《风不飘摇，云不飘摇》的开篇先介绍叶飘是个不爱哭的女孩，还因为刚出生时没有哭，差点夭折。接下来说像这么样的哭，她现在已经哭了数个小时，她仿佛要把所有的眼泪在这一瞬间全部都释放出来。"像这么样的哭她一生总共才有两次，这是第一次，另一次也是在飞机上，冥冥之中注定，她的眼泪只能留在天上……"这样的开头便会吸引读者去下文寻找叶飘哭的原因，让读者去揣测她为什么只哭了两次，发生了什么事让她这么不管不顾地大哭，而她的眼泪为什么只能留在天上？这样的开篇提升了读者阅读的兴趣。

采用回忆式的写法时，往事片断汩汩而来，或长或短，或浓或淡，随思绪而定，无刻意修饰的痕迹。多条线索交叉共进，情节线索难分主次，结局出人意料。如《初恋爱》中，写当前温静和杜晓风分手后的生活为一条线索，写温静在得知孟凡去世后搜集其留下的杂志期间发生的一系列事件为一条线索，写温静借搜集孟凡的杂志回想自己的初恋和校园生活又为一条线索，等等。几条线索交互发展，或是同时发展。如文中写温静他们的班级聚会时，讨论到初恋的问题，便以片断式的写法，转向描写青葱岁月里的生活，回忆那时的初恋到底是什么样子。

（二）"散文式"的结构

由于网络小说创作的随意性和平等性，不仅作者可以畅所欲言，不必在意太多的条条框框，创造出一个千变万化的审美空间，而且读者也可以根据自己的感觉和意愿，把各种碎片化的故事情节随意连接，呈现多个维度的扩展。例如，在《匆匆那年》的引言中，九夜茴以作者的身份进行了一段阐述，在这个过程中就提到了小说的主人公。"问这些的时候，我又不自觉地想起方茴，想起陈寻，想起很多很文艺但很实在，很伤感但又很不想忘记的事。那么，请听我慢慢讲述……"① 这里面就体现出了一种随意性。在接下来的文本中，是通过方茴给自己在澳大利亚留学时认识的张楠讲述自己的故事，张楠回国后又认识陈寻并听其讲故事来进行回忆式的写作，让一个故事从不同的人口中叙述出来。在叙述中，有不少关于张楠的心里旁白片断穿梭在其中。而在这其中，如果张楠回国后没有认识陈寻，那么他很可能就不会知道故事的结局，也意味着读者也不会知道后面的事。所以这样的故事情节呈现为一种散文片断，而不是有头

---

① 九夜茴：《匆匆那年》，江苏文艺出版社 2010 年版，第 1 页。

有尾的连贯故事。

在阅读《初恋爱》时，可以清晰地看到温静和杜晓风的恋爱历程，而在他们的过去里也有关于别人的不同故事，那就是关于孟凡。作为一个已经逝去的人，只能从别人的记忆中去寻找和他相关的事情。在他编写的杂志中，在温静的记忆中，可以把模糊的慢慢变得清晰，而这过程中也多了很多随意的揣测，想象当时到底是不是那样的一个情形，读者也可以根据不大篇幅的文字描写和书中的主人公一起回想关于孟凡的一切。有些事是可以回忆起来的，而有一些一定是只有孟凡自己才知道的，所以叙述想象的空间就更为随意广阔。

（三）叙述视角的多变

网络小说在叙述的过程中，都有一个或者多个叙述者在不停地讲述事件，而网络空间的开放性使得作者与叙述者之间产生了复杂的相互转换相互影响的关系，这样的关系使网络小说的叙事文本更具开放性。九夜茴的小说创作在同一部作品中运用了多重视角相互转换进行写作，给予读者不同的阅读感受。如小说《花开半夏》是一个故事从开始写到结尾都以一个第三叙述者的身份进行讲述，即作者等于叙述者，这种叙述视角视野无限开阔，叙事清楚明白，读者易于接受。而在故事尾声之后作者又增加了番外篇，即以故事中的人物苏彤用第一人称的方式来讲述自己认识故事男女主人公后发生的一切事件，是一个见证者和参与者的身份。这样灵活地运用叙述视角，不仅对塑造人物的完整形象有帮助，而且使故事更加客观，利于给读者多重感受。

在《匆匆那年》中，开篇是以次要人物张楠进行叙述，讲述其认识主人公方茴和陈寻的过程，而主要的故事是由男女主人公叙述给张楠，再由张楠讲述给读者。这样的视角，让读者既能深入方茴和陈寻的故事中去，又能跟随着张楠跳出故事外来感受故事中的每一个人。多变的叙述视角不仅影响小说独特的结构，还给了读者极大的想象空间。因为网络是个开放的空间，只要是网民就能在网络上对网络小说进行相关的评论，作者和读者可以有很好的互动性，作者也可以根据大多数读者的情感倾向对小说做出相应的改变，或者从一些人的留言中取材加以改编从而成为作品的一部分。不固定的视角能让读者全方位地了解作者的写作意图，从而与作者间的交流更为方便。

三　鲜明的人物形象塑造

苏联小说家伊里亚·艾伦堡在《谈谈作家的工作》中指出："人物的诞生——这是作家工作中最重要的也是最困难的一环。"① 这样的论断，同样适用于现代网络小说中。但凡能够被大多数读者喜爱的小说，除了具有新颖的结构布局和跌宕起伏的故事情节外，更重要的就是富有个性的人物形象的塑造。在九夜茴的小说创作中，也塑造了不少深入人心的人物形象，其写法特点突出的主要有以下几个方面。

（一）抓住细节，凸显真情

细节是作者在文中刻意安排的内容或者是必不可少的交代，读懂细节，可以准确把握作品人物的性格，还能把握作者写作的意图，从而感受作者对不同人物的感情倾向。是否能够很好地运用细节进行写作，是影响一部作品是否成功的重要因素。

首先，善于细腻深刻的心理描写。心理描写往往是真情的自然袒露，在一定环境下可以表现出人物的精神状态和性格特征。在九夜茴的写作中，主要表现在人物的独白、行动、姿态或采用梦境、幻想或借助景物描

---

① ［苏］伊里亚·艾伦堡：《谈谈作家的工作》，《"冰山"理论：对话与潜对话》，工人出版社 1987 年版，第 240 页。

写、气氛渲染及周围的人物的反应体现出来。如在《花开半夏》中写到夏如画得知魏如风遇难的消息时陷入绝望，又在算命老太太的话中寻到一丝希望后的情境："那样独特的光芒让她的身体仿佛变透明了，就像要消失了一样。"一个人没有了信仰和期盼，那也就失去了继续走下去的勇气，夏如画就是这样，而当她从算命人的口中得知自己定会再见那人一次，便觉得又被一道曙光拉回了现实的生活。这样的景物描写从侧面烘托出她绝望又带着卑微的希望的心理和她对爱的执着；在描写夏如画被阿福糟蹋后，魏如风的反应"魏如风脱下T恤，裹在了夏如画身上，他猛地站起来，光着上身就冲了出去"。他动作迅速，内心既有对夏如画的疼惜，更多的是对阿福的愤怒，对窗外雷声的描写，便把这种愤怒升华到了极致。既有人物行动、姿态，也有景物气氛的烘托，表现出魏如风冲动、为爱不顾一切的性格。

其次，抓住人物的神态加以细节的描绘，可以展示人物的精神世界，让读者能够深入其中，去揣测此时此刻人物心里想法，从而体会人物的性格。如《花开半夏》中："她的脑侧汩汩地流出了血，顺着眼角的泪痣，一滴滴落在地上，犹如哭出血泪，绽开妖娆的花。""夏如画微微笑了笑，眼角的痣如同她生命最后的泪，闪着血色的光。她想她终于可以和魏如风永远在一起了。"① 作者以生动简单的笔画描写了夏如画眼角的泪痣，既与前文相照应，又写出夏如画到生命的最后一刻得以解脱的精神状态，文中描写"泪痣"这一细节，仿佛预示着她人生道路的坎坷。

最后，从语言的描绘显现人物本性。言为心声，从人物的语言中，我们可以看到人物的内心世界，看到人物心灵的隐秘。在九夜茴的创作中，人物的语言具有个性，有特色的说话腔调和惯用的词汇，给人一种闻其声如见其人的感觉。如《风不飘摇，云不飘摇》中："我是男人，但不是绅

---

① 九夜茴：《花开半夏》，东方出版社2008年版，第350页。

士。女人在我这里没有优待，尤其是你这样的。"这是对雷已庭打女人后的语言描写，体现出其无赖、无情冷漠的性格；"找个地，能睡觉就成！""我不适合阳光，无所谓。"等语句还展现出雷已庭的随性浪荡和孤僻冷峻的一面。

（二）多方对比，映衬特征

在九夜茴的创作中，还通过人物之间做事或是处事的对比，来映衬人物的性格。在抒写人物间的爱情这一方面，表现得尤为明显。

首先，不同人物之间的对比。在《匆匆那年》中，陈寻对方茴的爱恋，他主动去追求，不去想太多在他们那样的年龄里不需要顾虑的事，不管后果是怎样都努力去争取，所以他如暴风雨般闯入了方茴的世界，在他的喜欢中还透露着一点小小的霸道。而乔燃不同，他的喜欢总是小心翼翼，虽然喜欢方茴并陪伴其左右，但考虑的事情太多、犹豫得太久，以至于让陈寻抢占了先机。这样的对比，明显看出陈寻爽快、直率、冲动的个性，乔燃心思细腻、性格温和的特点。在《初恋爱》中，杜晓风和温静的明恋与孟凡的暗恋形成鲜明的对比，孟凡对温静的暗恋是隐藏得那样好，他所有的作为都让温静误以为他喜欢的是自己的好朋友苏媛，他平时的话很少，只能用自己一些微小的动作来让对方发现，他为了成全自己喜欢的人而又不想完全失去和她的联系，所以才打了这么一个幌子，最后他把所有的爱恋都化作了一份名叫《夏旅》的杂志，到死的那一刻也没能亲口对自己喜欢的人说出那句喜欢。孟凡这种默默的爱体现出了他内向、沉稳、孤独的性格。

其次，人物自身的对比。《匆匆那年》中的陈寻，在他只喜欢着方茴一个人的时候，他是热情的，乐观的，容易满足的。而在上了大学之后，他才发现一切事情并不能如最初向往的那样发展，他的周围不再是只有方茴，他也不再只看着方茴，他喜欢上了和自己聊得来的沈晓棠，所以在对待感情方面，他变得犹豫不决，以至于伤害了两个女孩子。而方茴，在陈寻还没有闯入她的世界的时候，她总是低着头，在班上总是默默无闻的，应该只有老师考勤的时候才会发现她的存在，给人一种难以亲近的冷冷的感觉。当陈寻他们出现在她的身边，打破了只有她一个人的世界后，至少她会笑，会在陈寻的重视里找到自己的存在感。多年之后，她失去陈寻，却用一种伤害自己的极端方式来挽回过自己的爱情，最后远赴异国他乡，这体现出她不一样的勇敢和内心的无比强大，她学会了一个人，不再总是低着头生活。这种对比映衬的写法让人物性格的变化突出，使其深入人心。

四　通俗幽默和富于创新的语言

在文学创作中运用一定的语言技巧，能够使文本具有一定的生命力，增添语感色彩，达到感染人的作用。弃雅随俗，戏谑幽默是九夜茴语言创作上的一大特点，这样的表达形式，能够快速拉近和读者的距离。不加修饰而简洁的对白式语言，更能让读者体会小说人物自身的情感。运用一些具有创新性的语言符号，使得小说文本更具随意性，动感活泼。

（一）弃雅随俗，戏谑幽默

贴近生活的通俗化语言是网络小说语言的一大特点，平等是其根本的文化底色。从读者的角度看，能产生群体共鸣的不仅是文学本身的内容，而且有一些大众化的语言表达形式。在这一基础上，再对一些语言进行加工，运用诙谐轻快的笔调，使得语言具有一种幽默感。如九夜茴在写《匆匆那年》的引言时用的问句，并且运用第二人称，就是在与读者面对面地对话。这样的表达，不仅引发了读者的思考，让读者在一贯的思维模式下去回答了这些问题，增强了与读者之间的交流互动，而且拉近了与读者之间的距离。一个个问题在层层的递进，清楚地交代了这篇小说，就是讲述16岁至今，匆匆在那些年发生的深刻印象故事。

在九夜茴的小说中还有一些具有"京味儿"的语言，既贴近生活，又能丰富文章的特色。如"你丫才哈日呢!""让丫胖房东得不了逞""结果没想到我们点背，让人给查出来了"。对于北京读者来说这是再亲切不过的了，而对于其他地方的读者想必也能看出其中的乐趣。这一类生活化的语言，展示出普通人最原始、最本色的生活感受，显示出平民的亲和力和平凡的亲切感，更容易取信读者。

（二）对白简洁，新颖活泼

网络小说的语言介乎于书面语和口头语言之间，口语化的语言多，短句陈述多，许多语句结构简单，有很大的随意性，有些语句给人的印象还可能是不完整的，给人更多的想象。这与传统文学中讲究语言的表达思想和描绘形象达到字字珠玑有很大的不同，网络作者在创作时，随着键盘的敲打、鼠标的滑动，语言运动便不同地在进行，这种表达给思维更大的扩展，达到一种自我表现的直率状态。网络文学追求的也是情节的快节奏发展，语言的表达直白、简洁，对小高潮的频繁出现带给读者快感。

简洁对白式的语言在九夜茴小说中大量的出现，不加任何修饰，具有一定的随意性，就像平时说话的节奏一般，符合大量网民的阅读需求，更能让读者深入作品其中，将自己当成作品中的某一个人物。如《匆匆那年》中："方茴，你知道吗，你破了我一个记录!""什么啊?""我吧，从小学到初中到高中，绝对一周之内，和全班同学都混熟。可是你，居然一个月都没和我说过一句话!""是吗?""是啊! 你是不是讨厌我啊?"[①] 简洁的对白更趋近于人物的真实处境，直接易懂，在格式的要求上也不是非

---

① 九夜茴:《匆匆那年》，东方出版社 2008 年版，第 350 页。

常严格，但是读者能够区分出一句话是谁说的。

作为网络小说，必定会运用一些网民熟悉的"网语"，出现一些网络原创语汇和简写符号，像 MM（妹妹）、东东（东西）等；还常将中英文杂糅混用；还会出现一些平时用的标点符号来表达自己想说的话或是情感，在九夜茴的小说里也或多或少的包含着这类东西。例如，"@#￥%＆＊那天我真的很想骂人。""hi 或者 bye？"苏苏沉吟了下说，"怎么了？我记不清了。""然后她就一边鞠 90 度躬，一边操着她流利的日语'狗没拿伞'了，我则在她身边把嘴张成了 O 形。"① 作者可以方便快捷地运用键盘上的符号，来表达一些没法用文字表达出来的话语，就像一些骂人的话，或者是某个人的情感已经达到极致，已经没有任何文字可以用来形容，这样一来，符号就起到了很大的作用，网络读者在阅读时也能体会到作者的用意。

除了这些写作常用的之外，九夜茴也会有自己的创意。如在《风不飘摇，云不飘摇》中，写到雷已夕每次受伤的时候，她都说自己"坏了"，而正常的语言则为"破了""伤了"。特定的词汇由某个特定的人物说出来，就能体现一个人物的性格特征，词语的重复出现，就能让读者对人物有深刻的印象。大量新鲜活泼、充满创意的语汇便融入网络小说的写作中，使得网络文学创作中出现了许多表意的新方式、新组合。这些新的表现形式，提升了作品的语言活力，更能让读者在阅读的时候与作者产生感情上的共鸣。

总之，九夜茴的小说创作凭借独特的艺术特征从众多的作品中脱颖而出，她以灵活创新之笔，抒写青春多彩的生活。其小说能够让人的内心变得温暖，但是温暖之处又会有心痛，心痛之后就会感到释然。温暖是源于她作品的青春性，能够让人回想起学生时代回想起自己的青葱岁月，回首

---

① 九夜茴：《匆匆那年》，江苏文艺出版社 2010 年版，第 12 页。

曾站在灯火阑珊的尽头孤傲又倔强的自己；心痛是因为感伤世事多变，不管是爱情还是友情，都无法逃离物是人非的命运；释然是因为随着时间的沉淀，过去的所有都打磨成了最柔软最舒服的回忆，不论是伤感的还是动情的，还有流逝的年少，都在人生这条路上渐渐被每个人甩在身后了。而带给人这样的感动，正是因为其塑造的人物深入人心，能够引发读者对过去的思考。九夜茴的小说创作贴近生活现实，表达了自己的真情实感，再加作者以独特的叙说，运用读者乐于接受的言语方式演绎故事，很好地拉近了作品与读者之间的距离，并受到广大读者的喜爱。

非体验时态中的言情叙事

——评匪我思存的《来不及说我爱你》

蔚　蓝[*]

【摘要】 匪我思存《来不及说我爱你》以网上的高点击率，助力她成为网络原创爱情小说的领军人物，改编成影视剧后引发的收视热潮，又扩大了她在线下的影响力。通过细读分析，不仅可以把握匪我思存叙事表述上的个性特点，及网络写手的非文学专业化构成对创作文本的影响，而且也可以借此伸展到更大的批评空间，去考察网络写手通过网上点击率—畅销书—热播影视剧而成名的共通规律，研究网络文学与不同传播介质之间新型的共构关系，去审视大众文化背景下受众的文学接受和接受方式的嬗变，以及探究网络文学已形成的多样化的文体类型特征等。

《来不及说我爱你》是网络文学中比较成功的范本，这部以女性清丽唯美哀婉的文字写就的男女情爱纠葛的悲情叙事，在网上获得了网民极高的点击率，并且创造了线下图书销售市场的神话，单册图书销售量在几十

---

　　* 蔚蓝，湖北大学文学院教授，本文系湖北省教育厅人文社科—般项目"网络语境下文学批评的转型研究"（15Y004）成果。

万册以上，一度引领着图书市场的流行趋势与年轻受众的阅读热潮。小说被改编成电视剧后也取得了很好的收视率，反映出当下网络文学与不同传播介质之间新型的共构关系，这也让匪我思存从众多的写言情小说的网络写手中脱颖而出，成为网络小说创作的中坚。

作为当代网络言情类小说的代表作家和网络原创爱情小说的领军人物，《来不及说我爱你》成为匪我思存最具代表性的作品，甚至由此框定了她走悲情叙事的创作路数。悲情成为匪我思存独具个性的审美视点和突出特征，她给受众创造了一种具有强烈感染力的书写悲情的模式，并且借助悲情叙事，对传统的男性叙事话语进行了解构，凸显出鲜明的女性视角与女性叙事的性别话语。此外，《来不及说我爱你》还有着另一种特殊意义，它为剖析网络文学的场域特性提供了典型样本。

一 看点："情""爱"纠结的悲情叙事

《来不及说我爱你》从题旨就已醒目地标示着其属于网络文学中的言情小说类型。言情小说在其发展过程中，已经形成了自己固形的叙事模式。譬如有着多角关系的男女情爱纠葛的小说情节架构和惯有的"有情人终成眷属""天长地久有时尽，此恨绵绵无绝期"的故事结局的叙写；形成套路的灰姑娘与才子佳人式的原型叙事，以及呈现类型各有不同的"英雄救美""爱美人不爱江山"等桥段的设定，还有那些见怪不怪的互为背反对应的编制言情小说和操作人物性格的一些戏剧性要素，像压制与反抗、相惜与误会、失落与获得、偶然与必然、有情与无情、热情与冷酷、快欲与痛感等，这些言情小说的多种手段的总和，在《来不及说我爱你》中都有着具体的体现。而在她的其他小说中，这种言情小说的有效叙事手段也得以娴熟的使用，匪我思存"正是利用这些手段来吸引观众深深地卷入你所创造的世界，让他们在其中流连忘返，并最终以一种感人至深、意味深长的体验来报答观众的深情投入。"①

小说的场景和人物被贴以民国的标签，以商贾大家的小姐尹静琬与现任承军统帅、九省巡阅使慕容沣的情感纠葛为主线展开叙事。慕容沣是承州督军慕容宸的独子，家中排行老六，人称"六少"。慕容宸父子两代军阀的身份，六少的做派，都很容易让人联想到奉系军阀张作霖与张学良父子，而张学良小名就叫"小六子"。对匪我思存来说，慕容沣与尹静琬的故事可能有对历史的捕风捉影，但无论是古代、民国，还是当代现实场域，都只是对故事外部进行不同的装饰，远离现实具体生活的古代与民国，因为存在距离感，更适合网络作家现实体验贫乏，好方外幻想的创作特性，而不论想象的缰绳撒得多远，主控小说的思想和内容，基本是囿于"爱"与"情"这种具有女性自身特性的体验之中。因此不管是历史场景，还是当代都市，都无关紧要，匪我思存需要的只是一个能够让爱情恣意生长的空间。

（一）"爱"与"情"

一般网络女作家喜欢表现的题材，多涉及青春、友情、爱情、婚姻、家庭，这些多与情感有关联的内容，匪我思存显得更为突出，她的很多网络小说都在编织着"爱"的类型组合，绝大多数故事和人物都是围绕着一个"情"字展开，"情"是想象的酵素，是纠结人物的纽扣，也是情节生发的线索。言情成为创作之重。正因为特点明显，创作成果丰硕，她在网上被冠名为国内原创都市爱情小说的领军人物。

《来不及说我爱你》这部17万字的小长篇除了"引子"和"尾声"部分，内里只有三个标题——"遇上爱""如果没有你""最后的茉丽

① ［美］罗伯特·麦基：《故事——材质、结构、风格和银幕制作的原理》，周铁东译，中国电影出版社，2001年版，第27页。

叶"。这种架构存在着明显的缺陷，"遇上爱"有 22 节，后两部分各自占了 2 节，1/5 不到，这在成熟的小说作家那里，可说是不可原谅的错误。"遇上爱"以大篇幅写尽了尹静琬与被称为"六少"的慕容洋之间超越了一切障碍的"爱"与"情"。火车上的奇遇，改变了尹静琬的生活，也最终把她推向了人生的混乱。两人爱得情深似海，刻骨铭心。到"如果没有你"已经是繁华散尽，决绝地分离，各有所属。"最后的茱丽叶"将已沉寂的旧情再度点燃，结果是一死一伤，长恨如歌。所以有爱有情的时候，匪我思存是大书特书，想象是尽情地流淌，将爱情进展、情感纠葛，高潮、危机尽数展示，一旦无爱无情了，也就快速地收尾了。而这种缺少小说均衡性布局的构架，与技巧性的疏忽并无大关系，恰恰显露出匪我思存在写作中倾注情感和注意力的所在。

（二）叙写与消费"悲情"

匪我思存的小说几乎都是些悲剧，爱情虽然写得很唯美，过程却是纠结、痛苦的，痴情缠绵，惊心动魄，生生世世。所以结局多是凄凉的、悲伤的，此恨绵绵无绝期。网络言情小说写爱情悲剧故事很常见，但匪我思存在众多的写言情小说的网络写手中脱颖而出，《来不及说我爱你》不仅在网上获得了网民极高的点击率，而且在改编成电视连续剧后取得很好的收视率。成就匪我思存网络作家名声的几个重要的因素，如点击率—畅销书—收视率，都是由网民、读者和观众推高的，之所以他们对匪我思存钟爱有加，是因为她的悲情书写给受众，尤其是给女性受众带来了"强烈的、有时甚至是痛苦的情感刺激，并且，这种感情会随着意义的加深而得到极度的满足。"① 有网民就说匪我思存小说的结局都很伤人，她通过故事

---

① ［美］罗伯特·麦基：《故事——材质、结构、风格和银幕制作的原理》，周铁东译，中国电影出版社 2001 年版，第 15 页。

传达出的悲情，引发了受众情感上的强烈共鸣。

"悲情"成为匪我思存独特的审美视点，她由此找到了叙写言情故事和人物的基本线脉，也创造了自己能给予受众的一种具有感染意义的悲情模式，这种悲情不仅成为《来不及说我爱你》的看点，而且贯穿在《佳期如梦》《千山暮雪》《裂锦》《海上繁花》《爱你在最好时光》等其他小说中。她倾力打造悲情故事，也让受众消费着她叙写的悲情，所以出于门户网站宣传，或是出版商营销策划的需要，她的创作被赋予类型化的冠名，被文学网站和出版社打造成了"悲情天后"，叙写和贩卖悲情，成为吸引受众消费的卖点。

（三）"虐恋"与"虐心"

匪我思存的悲情叙事已经形成了自己的套路，她不仅在故事的整体构架上营造着悲剧色彩和悲凉的叙事基调，而且还喜欢采用折磨人的"虐恋"来支撑自己的故事设计，在小说中编织了很多强刺激的情节和画面，以达到"虐心"人物与受众的效果。她笔下男女之间的爱恨情仇、聚散离合，都会给读者带来强烈的情感刺激，极致化的大悲大喜、大起大落，充满了激烈的戏剧化的冲突。她的故事设计或是升降式的，先是爱得死去活来，快速上升到爱的疯癫，再悲情入地，瞬间便坠落到痛苦的深渊；或是悬念式的，因身世、隐秘、误会、阴谋、复仇而互相折磨，彼此伤害，弄得身心俱伤，直到死亡将至，才真相大白，这几种情形在《来不及说我爱你》中都有体现。慕容沣与尹静琬彼此深爱，最终却是将爱以恨的表现形式传达出来，慕容沣不惜制造车祸杀了尹静琬的丈夫和孩子，这孩子其实是他的。而尹静琬更加惨烈地手刃自己，鲜血喷涌地死在慕容沣的怀里，从精神上将他的余生彻底毁掉，两人的故事在爱恨冲突的强度和深度上都极力达到了人生体验的极限，给人一种虐心的阅读痛苦。

匪我思存的"虐恋"故事产生的能量是巨大的，她很会赚取读者的眼泪，被看作催泪高手。这种纠结的情感叙写，一是迎合了消费市场的走向，使受众愿意主动地去领受这些在现实生活中完全不可能遇到的情感。二是成为个人宣泄情感或是表现爱情梦幻的虚拟空间，这既包括匪我思存自身，也包括她的巨众的粉丝群，她们在彼此需要和互动中完成了自己情感化的体验。可以说，匪我思存成功地通过各种不同类型的"虐恋"故事达到了另一种意义上的娱乐受众的目的。

二 凸显：女性视角与性别化的叙事

《来不及说我爱你》以民国为背景，用超越当下经验的想象与体验去激活历史的意象，以女性细腻独特的笔触还原和复制了远距离的非体验性的历史时态，细致地描摹了民国的社会情态、民居格局、名菜佳点、时尚风俗、人物服饰等。让读者在一个高度拟真的历史环境之中去感知历史，感受人物。

显然，这个表现男女情感欲求的虚拟空间，在时空再现上是非现实性的，但是以受过现代女权主义思想洗礼的女性视角为观照视点的，而不是在数千年父权制社会中形成的"一个干扰性的、按照男性的意愿做出女性具体反映的视点"，[①] 在小说创作中，视点至关重要，在一个女性视角观照下的客体存在，必然会自觉或不自觉地体现出女性关于性别价值的判断和认知标准。所以在匪我思存的言情叙事中，读者很容易指认出叙事者的性别身份和性别立场，看到其对故事、对男女人物的搭置和行为评判中显露出来的性别倾向，当代女性对爱情、婚姻，以及对男女两性关系认知的思想观念与意识形态。匪我思存以其女性姿态在叙事中充分展现出的女性欲望与女性话语及女性的个体独立性，与男权话语的叙事方

---

① 张京媛主编：《当代女性主义文学批评》，北京大学出版社 1992 年版，第 289 页。

式有着对比强烈的性别差异和认知对立，这种女性话语满足了女性对爱情的期待与幻想，为她们宣泄情感找到了共鸣的焦点，也获得了强烈的认同感，这使她在女性读者中获得了广泛的拥趸，并且形成了庞大固定的读者群。

（一）对传统叙事模式的颠覆

在传统的小说叙事中，女性总是被当作弱势群体而被置身于男性强有力地保护之下，因为在中国社会的象征秩序中，女性一直居于弱者的位置，"英雄救美"便体现着强势的男性对弱势女性的一种同情和保护，在英雄配美人的所谓最佳婚姻模式中，前提必然会经历一个英雄救助美人的行为过程，欲有救，才会体现最终天合地造的结果。这种父权制观念沉积为潜意识心理并一代代传承，"英雄救美"也成为传统小说中常见的叙事模式。但在《来不及说我爱你》中，"英雄救美"却成为反向的施救行为，使传统的男性叙事模式，被"美人救英雄"给解构了。

女主人公尹静琬在强悍又拥有强权的慕容沣眼里，"有一种小女儿的柔弱之态，叫人情不自禁生了怜意"①。她的手让他想起母亲念佛用的羊脂玉小槌："好像一个闪神就会滑在地上跌碎一样，总是情不自禁地小心翼翼。"② 这种女性姿态最易打动男人的心灵，"怜香惜玉"的情愫便会油然而生。看似娇弱本应是被动者的尹静琬，却两次成为施救的主动者。小说开篇在火车上，作为承军统帅的慕容沣遭到颖军的搜捕，处在生死关头，尹静琬起初虽受到惊吓，但还是冷静自持，拿出特别派司，陪送他到安全地界。当未婚夫许建彰因为贩卖西药遭遇牢狱之灾时，又是她自行提了款子，将女孩子最要紧的名声置之度外，孤身去承州进行

---

① 匪我思存：《来不及说我爱你》，新世界出版社 2010 年版，第 40 页。
② 同上书，第 38 页。

施救，甚至中了枪弹，连性命都差点失掉。这种由柔弱的女性对看似强势的男性的施救行为，在作品中反复地出现，正体现出女性性别话语的新建构。

"灰姑娘"是言情小说用得最多的叙事模式，常常是优秀男性的出现，改变了普通女孩的命运，从此过上了幸福的生活。一般男性在地位身份、财产上都远高于女性，他们是要女性仰视、崇拜、服从的施救者，虽然《来不及说我爱你》中的尹静琬几次遇到的就是这样的男性，但她不是依附屈从者，至少在精神上是与男主站在一个同等的位置，不仰视不依附，完全是依凭自己的情感需要和身体的感觉去进行取舍。

（二）主导叙事重心的置换

匪我思存主打言情小说，且受众七成以上为女性，"女频"成为网民对此类小说习惯的说法，就是文学网站分类于女生频道的小说。之所以强调这一点，是因为"女频"小说与"男频"小说有着话语主体的差异，以男性受众为主的男频小说在故事设计上总是一男多女的情节，男主被一群美女围绕。而以女性受众为主的女频小说，女性成为话语主体，故事情节会以几个帅哥围绕女主展开。《来不及说我爱你》中尹静琬成为中心，而与她的爱情、婚姻及命运有关的几个男子，一个是成功的商人许建彰；一个是平定了江北十六省，前途无可限量的大帅慕容沣；一个是有着显赫家声的江南望族的公子，自小在国外长大、见识广博的程信之，他们个个都是人中翘楚。在以男权为中心的正统社会中，他们都是社会象征秩序中的主导者，尤其是在民国的背景下，他们对要依附男人生活的女性足以形成强大的吸引和制掣力量。但在与女主的两性交往中，他们英雄的声名和强者的自信却难以真正征服才貌并不特别出众本该处于被压制被压抑地位的尹静琬，柔弱的她始终居于心理上的强势地位，就像慕容沣这个有着悍烈的人生、霸道的气质、威猛的力量，战场上无往不胜的征服者，面对她

"从来不曾觉得这样无措，二十余年的人生，没有什么事物是他得不到的"。① 他得到了江山美人，却终是没有得到他付出了巨大的爱的尹静琬的身心。

（三）性别立场与女性话语

《来不及说我爱你》以其醒目的女性姿态显示出了叙事话语的性别立场。这很自然，由于人类性别的自然属性，男女两性作家叙事的性别差异会永远存在。但显然，像匪我思存这样接受过现代女权主义思想的作家，会有更强烈的女性意识，她们不仅颠覆和解构着传统叙事中的男权象征秩序，而且在自己的叙事文本中更加强调性别差异和对立，以及突出女性个体的主导性。小说通过爱情的叙写对男性进行了鞭辟入里的审视，男性在情感上的不可靠和不可信被反复地叙写。许建彰口口声声说爱尹静琬，可一危及身家利益，即使有救命之恩，也弃她而去。慕容沣为了稳固自己的半壁江山选择了与程谨之联姻，欺骗并抛弃了为他放弃一切的尹静琬。

匪我思存强调一对一的感情模式，尽管小说的人物关系是一女多男，但真正体现在感情上必然是一对一的。在民国的社会语境中，像大帅这样地位的男人多会妻妾成群，多数女性都会委曲求全，而匪我思存的爱情是排他性的，不容许有第三者，甚至对男性要求得更高。所以尹静琬拼死捍卫着爱情的专一性，甚至不求婚姻的专一，失去了爱，她连肚子里的孩子都不要，以惨烈而决绝的方式与慕容沣做了分割。

与小说中男性在对待爱情和个人情感上的功利性相比，女性则显得更为纯粹，尹静琬在两性关系中从没有在金钱和物质上有所要求，对慕容沣为取悦她置办的昂贵的法式家具，空运来的鱼鲜毫不动心，任何东西都无法填补她失去爱情的伤痛。她对慕容沣的质问和抗争，她决然地不考虑一

---

① 匪我思存：《来不及说我爱你》，新世界出版社 2010 年版，第 105 页。

切后果地离去，显然体现着当代女性主体的意志和行为，这种有个性和棱角的对男性的对抗，也只有在当下时代中才会出现。

三 样态：网络文学场域特性的呈现

《来不及说我爱你》是网络文学创作中较为成功的范本，它不仅给我们提供了可供细读解析的文本形式，看到匪我思存在小说表述上的个性特点，而且可以由此去把握这一代网络女作家共有的叙事特征。其具有的另一种特殊意义在于，它也可以用作解剖网络文学的场域特性的范本。通过审视分析作品，我们可采用一个更宏观的角度，以点带面地去分析网络文学场域的诸多现象，去考察研究网络文学与不同传播介质之间新型的共构关系，去审视大众文化背景下受众的文学接受及接受方式的嬗变，以及探究网络文学已经形成的多样化的文体类型特征，等等。

（一）网络文学生成形态的改变

《来不及说我爱你》在主题与人物关系上体现着缜密的思考与设计，是有着精致的文字表达的作品，与最初的网络文学的生成有很大的不同。1998 年蔡智恒的《第一次的亲密接触》完全是在 BBS 上以一种随手涂鸦的方式写就，在网友的互动鼓励下用两个多月时间在网上完成了长达 34 集的连载。这种写法，在内容、结构和语言上都有很大的随意性，也很难进行深入的思考，以及对内容和文字进行细致的修改和推敲。《来不及说我爱你》与一般传统的文学创作并没有太大的区别，只是采用了线下写，线上发表的方式，利用网络改变了发表载体与传播形式。还有所不同的是另辟了网络写手和作品成名的路径，改变了受众的接受与接受方式，这也使网络文学的概念有了不同的解释，处在一个认识变动的过程中。

这种生成形态的改变对网络文学的精致化有益，抑制了过多的快餐式的表达与消费，提升了其文学的品位和地位，无形中也是对一些网络作品不加节制地自我宣泄，过于无视与解构传统的汉语书面语的一种反拨。

（二）标题与受众的热点关注

网络文学为了吸引受众的视线，提高点击率，达到预期的目的，往往会在小说标题的制作上大费心思，不论是网站连载，线下图书销售，还是后续改编成影视，都会采用一些夺人眼目的标题抓住受众，尤其是要抓住那些偶尔路过的"看客"，他们在网上的点击有很大的随意性。所以从网络作家到网站管理员、出版商等都会刻意地去制造能吸引人点击浏览的热门"看点"，采用一些陌生化的，或有些敏感的话题，以及用一些辞采斐然的词语来做标题，甚至不惜哗众取宠，题不惊人死不休。从早期的《第一次的亲密接触》《与空姐同居的日子》到当下的《何以笙箫默》，都能体现出网络小说标题制作的这种特点。

《来不及说我爱你》原名为《碧甃沉》，"甃"井壁或是井。碧色的井，谁在沉？匪我思存在早期给作品起名喜欢古意盎然、辞藻优美，《碧甃沉》《寂寞空庭春欲晚》《裂锦》《香寒》《冷月如霜》《迷雾围城》《星光璀璨》《当时明月在》《景年知几时》《桃花依旧笑春风》等，许多网络女作家也是如此，像《何以笙箫默》《微微一笑很倾城》等。但当《碧甃沉》被出版社用纸媒质出版时，"碧甃沉"显然不利于营销，普通受众可能连"甃"都不会读音，相对地"来不及说我爱你"更直白，也更吸睛，适合年轻受众的阅读期待，所以为了迎合市场的流行趋势和出于出版盈利的需要，出版商对书名做了娱乐化，或说是消费化的处理。《来不及说我爱你》创造了23次印刷次数的神话，线下单册图书销售量在几十万册以上。之后的《爱情的开关》《如果这一秒，我没遇见你》《爱你是最好的时光》的起名不能不说与《来不及说我爱你》的畅销有关，这样的书名很能抓取年轻的女性读者。

必须指出的是，"来不及说我爱你"与小说的内容并不契合，"我爱你"这话是谁"来不及说"，很难在小说中指涉出来，尹静琬倒有几次说过"我不爱你"，或许有违心的时候，但最后她对慕容沣的恨是彻骨的。而在两性关系中一贯是强娶豪夺的慕容沣是不会说的，不是"来不及说"，而是他天生不会用这样的词语对女性表达情感。看到最后，方能明白，与内容少有互涉的书名只是为了营销的需要。

(三) 网络小说的大众传播流通

《来不及说我爱你》先是在晋江原创网上连载，其后也被盛大等网站连载，文学网站成为成就作家声名、扩大作品影响力的重要推手。看得出匪我思存在故事情节，人物关系设置、结构，甚至是叙事话语上都投入了大量的时间去进行构思和安排，并且经过了多次的修改。那种情调忧郁，文辞华美，充满隐喻的文笔，显示着匪我思存在文学上的修炼和功底，《来不及说我爱你》不是一般粗制的网络小说，悲剧男女的情感故事，撼人心扉，所以在网上获得了高点击率，得到了"80后"以降年轻读者，特别是女性读者的喜欢，拥有了固定的粉丝群。而这种情感故事和读者的定位，以及高点击率，正是出版商看中的市场获利预期。《来不及说我爱你》创造了图书销售的奇迹，引领着图书市场的流行趋势和年轻受众的阅读走向，继而又被改编成电视剧引发新的收视热潮，这也反映出当下网络文学与不同传播介质之间新型的共构关系，网络文学、纸媒质图书与影视剧改编已经形成了互为补充、共生共长的发展态势。《来不及说我爱你》不仅具体演绎了网络写手通过网上点击率—畅销书—热播影视剧（或是点击率—热播影视剧）而成名的共通规律，而且也展示了作品本身所经历过的大众传播历程。

（四）不断地被命名包装

包括《来不及说我爱你》在内的网络文学作品在线上线下连载或出版时，为了推销造势的需要，会不断地推出新的命名来进行宣传和包装，匪我思存也被各种命名打造。这些命名，并不来自主流文坛和批评家，主要的命名者是各大门户网站、出版商、图书营销策划者等。《来不及说我爱你》被诩为民国架空小说之典范，而架空历史小说已经成为网络文学中重要的文体类型。

这种种冠名可以看作网站或出版商的一种炒作包装，也从另一个角度说明了网络作家和作品刷新速度之快，稍不刷存在就过气了，必须不断地制造一个个聚睛热点，来吸引受众的注意力。匪我思存先是被命名为"新言情小说的四小天后"，后是"文坛新言情小说四大天后""网络原创爱情小说的领军人物""新都市言情小说的代表"。因为擅长悲情叙事，所以被包装成"悲情天后"，就此"悲情"也锁定了匪我思存。从这些命名中可以看到，匪我思存已经成为当代网络言情类小说的代表，而《来不及说我爱你》成为她最具代表性的作品。

匪我思存与网络言情：模式化的言情策略

孙可佳[*]

【摘要】言情小说已进入网络时代。从旧小说的才子佳人，到鸳鸯蝴蝶派，港台言情，今日的网络言情在市场作用和信息时代的网文模式下，自有其新的书写策略和模式。其中匪我思存的小说极具代表性。她写作时间久，知名度高，读者基础广泛，多部作品被开发为"大IP"。其小说继承了才子佳人传统，也和其他网络言情一致地展示了都市奇观与权力想象，更有着独特的"虐恋"特点，这些构成了匪我思存的网络言情模式。通过对其写作的分析，可以观察到网络言情的独特书写策略。

一

言情小说自旧体小说出现时便已存在，从唐代的爱情传奇，明清的狭邪小说、才子佳人小说，到现代文学发生以来的鸳鸯蝴蝶派、罗曼司，都属于有着广大受众的通俗文学。这种对异性男女之间（有时也发生在同性间）情爱的叙写尤其面向女性受众，有时也具备女性文学的特征。20世纪

---

* 孙可佳，清华大学中国现当代文学硕士研究生。

80 年代末，港台言情作家琼瑶、席绢、亦舒等风靡华人世界，言情小说越来越靠近大众文化。进入 21 世纪，在多元的文化和社会现象的冲击之下，互联网的发展极大影响着传统文学，港台言情作家的纯美梦幻无法满足今日的读者。作者们更多地关注新的社会现实，编织更为离奇、更能满足人们无法实现的现实诉求的传奇故事；同时信息技术的迅猛发展也将大众带入了一个网络文学的时代——原创网络言情小说随之崛起，使言情小说进入一个新的时期，在创造幻境的同时也带来了繁荣与财富。

如果以 1998 年痞子蔡的《第一次的亲密接触》为起点，网络文学的生命至今不过十余年。如今，网络连同客户端等强大交互媒介，使网络文学迅速成长，俨然成为大众阅读的主流之一。晋江文学城、红袖添香、起点中文网等一个个原创文学网站为市场提供了难以胜数的网络小说作者——他们来自各行各业，是白领，是学生，可能来自文学相关专业，可能是服务于各年龄层、各行业的普罗大众。他们编织的言情小说不必有纯文学那般的"高门槛"，也不会为大众提供阅读障碍，而必备的核心是："主要通过情海生波、风云突变的爱情故事框架，发展令人迷惑的情节，展现痴男怨女的人物性格，表现理智与情感、精神与肉欲不断挣扎的中心思想。"[1]

一方面，网络言情继承了言情小说一贯的浪漫主义与梦幻纯爱，营造出与实在纷繁社会距离甚远的爱情，以造成读者远距离观赏的阅读快感；另一方面，网络言情具有女性写作、写作女性、女性阅读三方面特点。作者如匪我思存、顾漫、桐华、廖娟、辛夷坞等，多为当代女性；读者以女性居多，写作对象也负载着当代女性的情爱意识。依托网络场域，网络言情更有许多新的变化。

在今天，文学显然已经进入了文化工业的范畴，参与到商业经营的体

---

① 詹秀敏、杜小烨：《试论网络言情小说的美学特征》，《暨南学报》2010 年第 4 期。

系中来。作为"热门产业"的网络文学被置于一种完整、流程化、以盈利为目的的运作模式之下，即文学网站运作，从文学本身一步步靠近利润、靠近市场。我们以晋江文学城为例：在网站首页可以看到精细而又区别于传统认知的文学分类：言情小说、纯爱/无CP、衍生/轻小说、原创小说、完结文库、出版影视、游戏娱乐、晋江论坛；其中居于首位的言情小说类的作品更新率和访客量最为可观，著名言情作家匪我思存、桐华、辛夷坞等人都在晋江拥有专栏，引来大批追文受众。

小说网站主要有三种获益方式。其一，通过提高点击率累积人气，以吸引广告商。其二，付费阅读。作品并非免费阅读，特别是点击率高、质量高、名作者的作品；网站只开放前半部分的免费阅读以吸引读者，而将后半部分锁文处理，读者追文必须注册用户和充值付费；手机阅读、升级版块，给予作者支持等，也都要付费。其三，作品版权的经营。譬如在晋江注册作者ID就需与网站签订协议，将作品著作权交与网站，便可享受优先"推文"福利：这样网站可以获得新晋热门作者，作者也可得到更高点击率。一旦小说受到追捧便成为热门"IP"，其影视版权、游戏版权便会得到相应开发，带来更大利润。

在这巨大的利益之下，获利方式的固定化、模式化也推动着网络文学本身的模式化——文学艺术价值和社会关怀不是最终追求，为了实现利益最大化，点击率才是硬道理。而最能吸引阅读量的往往是最能迎合大众心理需求的故事，最离奇、传奇、惊奇的叙述，最理想化的人物——久而久之，便形成了一定的模式和套路。网络小说整体上如是，网络言情亦如是，更何况，网络言情已然占据了网络小说市场的最大面积。

热门网络作家层出不穷，却也屹立不倒，网络上将藤萍、桐华、匪我思存、寐语者四人称为言情小说"四小天后"。其中被称为"悲情天后"的匪我思存名气最大、出版获利也最早，有20部网络小说作品印刷成实体书，一版再版，畅销之势不亚于国内知名的精英作家；其中11部被改编为电视连续剧，包括《来不及说我爱你》（原名《碧甃沉》）、《千山暮雪》《佳期如梦》《寂寞空庭春欲晚》等热播剧。2007 年的《碧甃沉》和《如果这一秒，我没有遇见你》一经面世，4 星期就销售一空，再版册数达到几十万册；调查显示，匪我思存小说的读者群包括了 14 到 40 岁的女性，[①] 其读者年龄跨度之大，接受范围之广，使其言情品牌为市场所认可，俨然成为国内网络言情的代表人物。

匪我思存的小说并不长，基本在 17 万字左右；与桐华、金子等作家的热门作家网络小说动辄 50 万字以上，乃至《甄嬛传》那般洋洋 100 万言不同。她标榜"悲情""虐恋"，开辟了与传统流行的嬉笑怒骂式爱情故事不同的路径。这些故事大多悲情而感性，叙写了不同背景下因宿命、权谋、仇恨、性格等原因失之交臂，却彼此深爱的男女主人公一世遗憾的悲剧故事。她的文字精致华美，可以看到《红楼梦》式的古典白话的影子和张爱玲式的华丽苍凉，体现了如今诸多女性言情作家写作的借鉴范本。

二

前文既然说了，在巨大的利益驱动下，网络言情已经走向了模式化，并且借此吸引了不断壮大的追文群体。那么，越来越成为社会想象的网络言情已非畅销书的规律所能捕捉，这种模式化的"网言"恐怕并非市场机制便可以概括，且在不同作家笔下，模式化又会有不同的书写策略。

享有"悲情天后"之誉的匪我思存出道时间早，文笔可谓网络言情圈内首屈一指，可以说是最广为人知的网络言情作者。以下就以她为例，诠释她的言情模式与书写策略，作为其畅销的文本原因。

---

① 彭雪：《经营作者把悲剧言情做成品牌》，《出版参考》2009 年第 21 期。

结构上，匪我思存的网络言情可看作以古代《好逑传》《玉娇梨》《春柳莺》《平山冷燕》等为代表的才子佳人小说的新发展。到了匪我思存笔下，昔日翩翩才子成了豪门公子或是权贵军阀：如《佳期如梦》里的高干子弟阮正东，《千山暮雪》里的霸道总裁莫绍谦，《来不及说我爱你》中的军阀慕容沣，甚至《寂寞空庭春欲晚》里的康熙皇帝——他们出身豪富，相貌英俊，权倾一方，天然地带有异性吸引力。观其笔下女主角，虽非倾城但必备清丽容貌与独特气质：如执着的尹静琬，孤勇的童雪。并且这份独特足以令阅尽沧桑、门第高贵的"才子"对女主角将万千宠爱与痴情尽付，完全满足了当代女性在现实婚恋中的美好幻想。

　　匪我思存的网络言情在某种程度上可说是继承了才子佳人小说的情节模式并大大加深了传奇色彩。一开始的令人倾心的"才子佳人相见欢"，往往发生在不情愿不得已的特殊情境：《来不及说我爱你》中的尹静琬，为救自己的未婚夫才闯入慕容六少的人生；《寂寞空庭春欲晚》中的卫琳琅，本对纳兰容若情根深种却为皇帝所倾心；《千山暮雪》中的童雪更是为保护被判死刑的贪污犯舅舅，才不得已委身于莫绍谦。感情的进展中总是一波三折、受人阻挠，才子佳人小说中的"小人"往往被女主角的"极品前任"，或"恶毒女配"所代替；爱上男主角之前，女主角总是先有一段恋情，这位"前任"在男女主角的恋情中，或纠缠不休如《佳期如梦》中的孟和平，或温柔守候如《来不及说我爱你》中的程信之；他们一致地起着阻碍作用，但能在女主角遭受来自男主角的痛苦之时，给予无微不至的关怀。而女配角们的作用就负面得多了，《千山暮雪》中的慕咏飞霸道强势、痛恨女主角童雪；《来不及说我爱你》中的将门之女程谨之，威逼慕容沣与尹静琬断绝关系。她们的美貌和家世往往胜过女主角，深爱男主角而求爱不得；面对男主角的爱情选择，她们狠毒决绝，悲剧收场。无论是"极品前任"，还是"恶毒女配"，在牵引跌宕情节的同时，更满足了女性的某种自我想象，加入了"灰姑娘"情结——即使自己家世平凡、相貌并非绝色，但只要心地善良、坚强勇敢、清秀可人，便能在命运的安排下得到豪富男子的真挚爱情，击败美貌和家世在自己之上的女性，甚至还能让与自己处在同一阶层的优质男性死心塌地。如此崭新的人物设定不仅更能制造波澜，而且给予了读者极大的阅读快感。

但匪我思存标志性的"悲情"与"虐恋"，与传统才子佳人小说"落难公子中状元，奉旨成婚大团圆"的"有情人终成眷属"式完美结局完全背离，显示出风格化特点。"虐恋"特色之下，爱情总在情节发展到白热化时急转直下；男女主角生离死别，天各一方，留下无尽叹息，给读者以无限阐释的可能性。匪我思存之所以如此，与其在人物、情节安排上的"陌生化"处理是一致的。这般轰轰烈烈，才子佳人也好，豪门恩怨也罢，本就是为满足读者的梦幻而编织的："惟其不可得，惟其务虚"，才能满足那些压抑在现实中无法实现的"白日梦"。

那么，匪我思存笔下那陌生化的情爱恩怨又是一种怎样的模式？

她的小说从题材上可概括为4类：（1）军阀混战中政治与爱情的抉择，如《来不及说我爱你》《玉碎》《迷雾围城》；（2）都市丽人的豪门恩怨，如《爱你是最好的时光》《裂锦》《香寒》《千山暮雪》；（3）帝王后宫的是非寂寞，如《东宫》《寂寞空庭春欲晚》；（4）高干子弟的风花雪月，如"佳期"系列。

以上4类题材都带有天然的噱头，改编放到电视荧屏上也会有收视保障。正像观众们爱看宫廷秘史、媒体上报道名人八卦，读者的这种猎奇天性，被匪我思存很好地利用起来。男主角煊赫身世的想象，正如武侠小说里那些绝世武功；当他们在小说里呼风唤雨，读者也在想象的"白日梦"中寻找欲望的出口。

这在网络上俗称"高干文"。百度百科对高干文的解释为："高干文属于言情都市的一种，作品的主人公通常是社会高干（高级干部）的孩子，有雄厚的家世出身背景，通常以律师，政治，医生，商人很多取材，不要觉得情节老套不切实际，有水平的作者会把小说写的贴近生活而不落俗套，让人欲罢不能。通常这些小说都比较长，从大学写到工作。"① 类似的还有"总裁文"，只是主人公由官变商，譬如已被搬上银幕的《翻译官》（廖娟），《致我们终将逝去的青春》（辛夷坞），以及匪我思存的《佳期如梦》《今生今世》《海上繁花》（号称佳期系列）。一如上节总结的：平凡出身的女主角为豪富之家的男主角所钦慕，比如"红几代"或大资产商人。由此产生爱恨纠葛、风花雪月，给人以错觉地真实感的官场/商场风云、奢靡华丽、鲜衣怒马，加之令有情人难成眷属的种种阴谋误会。这种源于现实生活，却远为跌宕起伏的错觉真实，足以令奔波于衣食住行的普通读者们眼花缭乱，扼腕倾倒。

将匪我思存的"佳期系列"（《佳期如梦》《海上繁花》《今生今世》3部，计划有5部）置于"高干文"的观察范围，会看到一些文本之外的现实。"佳期系列"的主人公是一群高干子弟：军界子弟阮正东和孟和平（《佳期如梦》），政界子弟雷宇峥（《海上繁花》）和纪南方（《今生今世》）。他们住在对面两个大院，从小结识，在小说里历经了一系列的爱恨情仇、家族争斗与尔虞我诈：权谋、商战、恋情等看点交织，在浪漫爱情的讲述中还展示了钱权话语的现实主导，阮正东可以轻轻松松为尤佳期的广告业务牵线搭桥；雷宇峥包养了舒熙园令她顺利进电视台做主播。匪我思存对这种"金本位""官本位"逻辑主导的现实毫不避讳——尽管这在现实中触动着大众的敏感神经，但经过爱情逻辑的包装，读者大可照单全收。

"高干文"之兴是都市权力想象孕育的。金钱、权力，都是当今社会的权力话语，金钱又往往为权力驱动。社会现实到处充满权力，其无所不

---

① "高干文"，百度百科(http://baike.baidu.com/link？url＝LUe9NqWRnTHGts0AJytIhOJkSj4IZr5ZB_ 4J7Xvw5ex_ xND2QR2emaJxh1LMnBrppAn_ fhMh8J –8Egq2vJxB3_)。

在不仅因权力有所向披靡的"特权"，而且因权力本身是从一个片刻到另一个片刻，或者说在人们关系中的一个点到另外一个点中产生——小说中绝不缺乏弥补或满足大众权力欲望想象的场所。而这种权力话语之下的"高干文"的产生，则可以用福柯的现代社会权力网络的理论来解释。福柯说："在权力的网络中运动，既可能成为被权力控制、支配的对象，又可能同时成为实施权力的角色；个人在这种网络中既是被权力控制的对象又是发出权力的角色。"① 他认为，被权力主义整体话语蒙蔽的人们，自身也是权力话语的合格载体，权力话语不仅是自上而下的控制，而且在多数情况下还能够自下而上地呼应呼吁。纵观匪我思存、辛夷坞、廖娟等作者，她们均非豪富：匪我思存是电力局会计，辛夷坞是基层公务员，廖娟是法语老师。她们的生活和万千读者一样平凡稳定，并非奢华，可匪我思存们的写作都自觉或不自觉地进入和塑造了权力欲望的网络。在作为普通人的她们身上，显示出当代人们对金钱权力的普遍性追逐。匪我思存从不讳言对金钱、对写作的功利态度：她每年两次直飞香港购物，热爱华衣美食，纵招骂名也要不断签售小说版权，她自得地追逐物质——正如她在专栏的自我介绍中写道："匪我思存，相当寻常的一个世俗女子，懒惰，不温柔。偶尔会勤奋地写字，频繁地走路。喜欢栀子花，养一盆仙人掌当宠物。迷恋一些聒噪而恶俗的事物，比如数钱，比如尝试美食，其他，泯然于众。"

所以，匪我思存正是福柯所说的受控于权力又实施权力的角色。她曾说，为了写《寂寞空庭春欲晚》，她细读了百万字的资料，这才造就了一个华丽又经得起考究的紫禁城。她受《红楼梦》影响，爱写也擅写各种器物、服装、场景等；当她的书改编成电视剧时，被导演戏称为"道具师的

---

① ［法］米歇尔·福柯：《必须保卫社会》，钱瀚译，上海人民出版社1999年版，第28页。

天敌"。① 大批古代言情小说作者都在借鉴她，包括《后宫·甄嬛传》原作者流潋紫曾多处抄袭《寂寞空庭春欲晚》和《冷月如霜》中奢华的宫廷生活场景。匪我思存的"高干文"更是对纸醉金迷进行全方位的精雕细琢——阮正东的迈巴赫座驾，雷宇峥的布加迪威龙，纪南方那低调得犹如"新款帕萨特"的辉腾，对豪车似乎如数家珍。《香寒》里的容海正从不知道自己有多少钱，都要问理财顾问。他可以带着官洛美从上海一路到巴黎，再到美国千岛湖，夏天的时候坐直升机去圣·让卡普费拉度假。他们在巴黎——校阅米其林星级餐厅目录来挑选吃食，半夜睡不着觉喝 Chateaud' Youem 1982。这段他们在圣·让卡普费拉度假的描写非常典型：

> 夏季是最美丽的季节，尤其是在圣·让卡普费拉，正是一年中的黄金季节，蔚蓝海岸的度假胜地，阳光明媚，山青海蓝，海水清澈得几乎能看见海底的礁石。海面上星星点点，全是私人游艇；而沙滩上躺满了晒日光浴的人，连空气里都似有橄榄油与烈日的芬芳。

> 直升机继续飞行，海岸渐渐清晰，沙滩上的人也渐渐少了，这一片都是别墅区，大片大片的沙滩都是私人海滩。

> 终于降落在一片山崖的顶端，容海正抱她下了飞机，直升机的旋风吹得她用手按着大大的草帽，仰面望去，天空瓦蓝，云薄得几乎如同没有，扑面而来是海的腥咸，还有植物郁郁的香气，浓烈而炽热。大海无边无际，蓝中透碧的水面如同硕大无比的绸子，翻起层层褶皱，那褶皱上簇着一道道白边———是雪白的浪花，终于扑到岸边，拍在峭立的岩壁上，粉身碎骨。而她的身后，是巍峨宏丽的建筑，仿佛一座城堡般屹立在山崖上，一切都美好得如此不真实，如同一幅色彩绚烂的油画。

---

① 雷雯：《网络言情何以畅销？——以匪我思存为例》，《名作欣赏》2015 年第 30 期。

天气渐渐黑透了，而宽阔的露台上，只听得到海浪声声。

深葡萄紫色的天空上布满繁星，仿佛果冻上撒下银色的砂糖，低得粒粒触手可及，她觉得这里的一切都像是不真实的，因为太美好太虚幻。露台上有华丽的躺椅与圆几，容海正正亲自打开香槟。①

然而就是在这样华美的欲望之城里，匪我思存依旧让爱情扮演最重要的角色，让一切欲罢不能的都市想象显得自然而不惹人生厌，不知不觉地潜入读者的阅读快感。《千山暮雪》中，"霸道总裁"莫绍谦和女大学生童雪因世仇相互折磨却真情隐匿，童雪又因不得已的"小三"身份痛苦挣扎；《佳期如梦》中，尤佳期因门第差异与孟和平分手，但和阮正东也最终阴阳两隔；《海上繁花》中，邵振嵘与杜晓苏分手是因雷宇峥介入，但邵振嵘的殉职使杜晓苏与雷宇峥永远不能逃过道德良心的谴责而在一起。尽管男主们都是衣食无忧的高干精英，是大众艳羡、攀附、奉承的对象，尽管他们按照读者（女性读者）的口味，惯于用自己的权力优势帮助所爱的人解决一切生活或工作困境……可匪我思存也为他们设置了一个奢侈品：感情。钱权在握的他们最渴望的是平凡情侣之间的爱恋、依赖，就像阮正东对尤佳期说的：

你说，我这个人有什么不好，一表人才，名校海归，有风度有学历有气质有品有形象，怎么着也算青年才俊吧，你怎么就这么不待见我？哎，尤佳期，我跟你说话呢，你甭爱理不理啊。②

这样，都市奇观、权力想象与浪漫的"罗曼司"水乳交融，令女性读者们为此倾倒，为此痴狂，为此甘愿掏腰包付费追文、买书，成为匪我思

---

① 匪我思存：《香寒》第十八节，晋江文学（http：//www.jjwxc.net/onebook.php？novelid＝265098&chapterid＝17）。

② 匪我思存：《佳期如梦》，新世界出版社2007年版，第6页。

存忠实的粉丝。

于是我不禁想起齐泽克所说的："正是幻象这一角色，会为主体的欲望提供坐标，为主体的欲望指定客体，锁定主体在幻象中占据的位置。正是通过幻象，主体才被建构成了欲望的主体，因为通过幻象，我们才学会了如何去欲望。"① 如学者所总结的："匪我思存就是用她华丽的文字雕琢了一座座欲望之城，教人如何去欲望，并因此欲罢不能。"②

"虐恋"的爱情表达与"悲情"的色调是匪我思存小说的标志性特点，也是她区别于其他网言作家的地方。在此解释一下，此处的"虐恋"并非生理学意义概念或心理学意义的自我防卫机制。网络上所谓"虐文""虐恋"中的"虐"，强调的是读者感受，这种感受是与愉快、正常的恋爱感受相对而言的。"虐恋"是一种畸形、痛苦的爱，伴随着一波三折的过程和男女主角揪心、折磨的爱恋，但最终指向的是有情人难成眷属的结局与悲剧命运。这种"虐恋"本身不针对任何批判和挣扎，也并不想对着现实世界申明什么，更区别于张爱玲、沈从文、郁达夫等现代作家的爱欲抒写。其力度并不来自意义，而是情节与情绪，完全是为读者的心理感受而佯装姿态，更像是无病呻吟。

这种虐恋模式赋予了男主们各种不健全的，需要心理相对健全的女主来治愈的特殊人格，特别是占有欲、报复心、控制欲主导的心理——即网络文学常说的"霸道总裁"。譬如《千山暮雪》中，莫绍谦因杀父世仇，逼迫童雪成为自己的情妇让她"父债子偿"，生不如死；但莫绍谦逐渐爱上童雪，借由身体上的占有控制表现其霸道、扭曲、渴望占有的爱和心理上惧怕失去的弱点，制造出渴望而不能爱的内心困境。《佳期如梦》中，阮正东也是出于"替我最好的兄弟报多年前的一箭之仇"而接近尤佳期，

① ［斯洛文尼亚］斯拉沃热·齐泽克：《斜目而视：透过通俗文化看拉康》，季广茂译，浙江大学出版社 2011 年版，第 9 页。
② 雷雯：《网络言情何以畅销？——以匪我思存为例》，《名作欣赏》2015 年第 30 期。

因为好兄弟孟和平被尤佳期分手伤心透顶。原本的"你要是一上钩，我就打算立马甩了你"，却成真心相恋。同时阮正东在一开始就确诊为肝癌这一安排，将心理病态外化于生理上，所以二人的爱情之花注定难以结出饱满的果实。到了《来不及说我爱你》，时间推移到民国，职场换成战场，富二代被军阀少帅取代。男主角慕容沣生杀予夺、霸道嫉妒，他可以深情地为尹静琬置个人安危于不顾，也可以在数年后得知她与别人成家后毁了她的家庭。值得一提的是，这个故事在情节和人物设计上还颇有张学良与赵一荻、蒋介石与陈洁茹的影子，更平添几分历史传奇的噱头。

匪我思存制造的这种病态的悲伤爱情，还带着某种古典小说"谶语"式的宿命论味道，为"虐恋"的情绪力度添砖加瓦。纵观《佳期如梦》《千山暮雪》《来不及说我爱你》《寂寞空庭春欲晚》等作品，不难发现作者似乎都在强调一种命运的既定性：命运给每个人设定了既有的轨道，个体在不知情的情况下在这个轨道上缓慢前行。挣扎反抗都是可以的，但命运的列车依然一如既往地行进着。那些男主人公看起来高高在上，过着奢华靡丽、锦衣玉食的生活，但小说告诉我们，显贵如斯，面对命运依然无能为力。《寂寞空庭春欲晚》中，权倾天下如康熙帝，在宫廷之中依然无法放手去宠爱良妃卫琳琅；《来不及说我爱你》中，雄霸一方如慕容沣，即使他得了天下，在面对自己心爱的尹静琬时，依然束手无策，不仅没能给她一个正当的名分，而且让她在自己的怀抱中含恨而终。在《佳期如梦》等作品中，匪我思存还不忘对自己秉持的命运观做着反复的暗示："如果这都是命，那我认命好了"，"我自己的命苦，怨不得天，尤不得人"……类似的叙述在匪我思存的小说中并不鲜见。

"命运"是文学创作的永恒母题，它是《巴黎圣母院》里印刻的古老的拉丁文，它是自古希腊《俄狄浦斯王》便开始的悲剧之源，它就像一件常穿常新的衣裳，穿在不同人身上有不同的效果；在这个母题下永垂不朽的著作成了后来者不断效仿的对象；于是便有匪我思存这样的作者，紧赶创作潮流，对这些命运观进行了简单的转移和腾挪，便赚足了一众读者的眼泪。

这种宿命设定支撑起的"虐恋"叙事模式之所以有着广泛的读者群，除了读者对悲剧的感知能力较喜剧更强之外，还在于读者在阅读过程中习惯性地进行角色互换的意识。读者在意识或下意识中将自己置于故事，在这样一种模式中找寻发泄渠道，在别人不完美的爱情中寻找心理平衡，在被压抑的现实渴求中获得阅读快感，于是看似不尽合理的情节正好满足了现代社会重压下的内心渴望。所以，尽管网言在艺术手段上乏善可陈，却在心理上牢牢捕获了读者。醉心梦幻的读者们明知故事是假的，却仍会天真地做着童话般的美梦，一遍遍地问着自己是孟和平好呢？还是阮正东好？然后掩卷深思，徘徊不定，在虚拟的故事中寻求一场美丽的邂逅。最后，当故事在爱情最美的时候戛然而止，正好省去了那些世俗纷扰的柴米油盐。在以"虐心"的眼泪为代价的爱情故事里，最终读者记住的、感动的，只是风花雪月和刻骨铭心的爱情——尽管这种爱情充斥着畸形和病态。

三

言情小说在现代文学史上一贯畅销。周瘦鹃曾回忆鸳鸯蝴蝶派小说的代表刊物《礼拜六》："民初刊物不多，《礼拜六》曾经风行一时，每逢星期六清早，发行《礼拜六》的中华图书馆门前，就有许多读者在等候着。门一开，就争先恐后地冲进去购买，这情况倒像清早争一争买大饼油条一样。"①《礼拜六》是通俗文学的代表性刊物，几乎网罗了当时所有的通俗作家，后期几成言情小说的天下。在社会黑暗动荡、民族矛盾极其尖锐的20世纪40年代，尽管左翼文学占据文坛主潮，但通俗言情仍异常流行，

---

① 周瘦鹃：《闲话礼拜六》，书林出版社1983年版，第164页。

代表作家如"大后方"的徐訏、无名氏，"沦陷区"的苏青和张爱玲。1943 年最畅销的小说正是徐訏的《风萧萧》；张爱玲的《传奇》和《流言》，苏青的《结婚十年》一经发表便"洛阳纸贵"。尽管如今，文学史上的张爱玲被我们重新发掘和书写，但当时她也是作为通俗的言情小说作者出现。

自鸳鸯蝴蝶派，言情小说不断发展，从港台言情、武侠言情，到网络言情。时至今日，言情大盛的局面依然未改，言情小说虽改头换面地与网络文学握手，但与 20 世纪 40 年代的面貌大体无异——正如匪我思存等人皆标榜以张爱玲为"祖师奶奶"，也与张爱玲一道对《红楼梦》痴迷入骨：身居香港的言情小说"玉女掌门"亦舒说一生只读《红楼梦》足矣，匪我思存声称自己"看了不下五十遍"，自己"抄红楼无数"。这么说来，几代言情的文学土壤其实从来不曾改变，那经典的男女情爱、风花雪月与鲜花怒马、烈焰繁花，永远吸引着一代代读者。

《不负如来不负卿》：跨层叙述的
元语言冲突与知识炼金术

陈娜辉[*]

【摘要】《不负如来不负卿》采用跨层叙述，现代时空中的"我"经过穿越来到鸠摩罗什生活的古代时空，完成与鸠摩罗什旷世之恋和对鸠摩罗什史传记载祛魅、释疑的双重表意；叙述者在古代语意场中张扬现代知识，在现代语意场中标出佛学智识，形成科学逻辑和佛教话语的元语言冲突；在叙述者跨层叙述的元语言冲突背后，隐含作者对差异化知识的认同，差异化知识成为知识下延时代的符号资本。

网络文学作家小春首发于晋江文学城的穿越小说《不负如来不负卿》，以南朝（梁）慧皎《高僧传》、初唐房玄龄等《晋书》等文献中关于南北朝时著名僧人、佛教翻译家鸠摩罗什的传记故事为素材，以探究历史文献中关于鸠摩罗什破戒、娶妻、生子、吞针、荼毗等记述的诸多疑点，"还原历史真相"为线索，想象性地讲述了历史系大三才女艾晴为"探寻历史真相"，作为唯一成功的时空穿越实验的志愿者，经过虫洞，回到古代，与

＊ 陈娜辉，河北师范大学新闻传播学院讲师。

高僧鸠摩罗什相遇、相知、相恋、相守的爱情传奇。

作为一部网络穿越类型小说，区别于其他知名同类小说如《步步惊心》《梦回大清》等女主人公因故"魂穿"后借被穿越者身份耽留于古代的单层叙事，《不负如来不负卿》在小说叙述上运用转叙，女主人公艾晴以历史考察者的身份，4 次往返于古代和现代两个时空，形成古代世界的主叙述层和现代世界的超叙述层①的跨层叙述，在跨层叙述的元语言冲突中推进小说情节发展，在元语言冲突的和解中完成小说叙述。

一 禁忌之恋与历史还原：跨层叙述的双重表意

小说作为虚构叙述文本，叙述话语导致两个世界："一个是故事正在进行的世界，因为它是话语创造出来的现实世界，即叙述行为发生的场所和地点；另外一个世界就是文本内的虚构世界，被称为'故事空间'，是被作品中的人物所讲述的想象世界。"② 在小说叙述中，话语创造出的现实世界和故事构架出的虚构世界之间，存在着不可逾越的界限。如果打破这道界限，违规越界，即话语层的叙述者（或人物）进入故事层的情节，或故事层的人物进入话语层，就形成了跨层叙述，热奈特称之为转叙。

《不负如来不负卿》采用跨层叙述，小说构架了叙述者"我"生活的现代时空和鸠摩罗什生活的古代时空两个叙述框架，现代时空中的"我"跨层进入鸠摩罗什生活的古代时空，作为原动力推进情节的发展，完成与鸠摩罗什旷世之恋和对鸠摩罗什史传记载祛魅、释疑的双重表意。

叙述者"我"是生活在现代时空中的历史系大三学生，因"机缘巧合"加入"时空穿梭试验项目"，穿越时空"去考察见证历史"，梦想通

---

① 主叙述层、超叙述层的表述引自赵毅衡《广义叙述学》，四川大学出版社 2013 年版，第266 页。

② ［法］热拉尔·热奈特：《转喻：从修辞格到虚构·译序》，吴康茹译，漓江出版社 2013年版，第7页。

过"回到古代亲历历史","揭开层层历史迷雾,还原真相"。经过两次试验失败,第三次"我"终于成功穿越到北朝前秦时期的西域,偶遇佛教史上对汉地佛教传播有重要影响的著名佛经翻译家鸠摩罗什,时年15岁,正值少年时期。叙述就此在鸠摩罗什生活的古代时空中展开。数月之后,"我"在被恶人围困,身受威胁时启动"伪装成普通镯子"的"时空表",返回现代。在其后现代时空计时的10年间,"我"又先后回到25岁、35岁和53岁时鸠摩罗什的时空,逗留数月或数年后返回现代。

叙述者的4次时空穿越,贯穿了鸠摩罗什从少年、青年、中年到老年的人生。

第一次穿越时空,"我"在西域大漠遇到了15岁的鸠摩罗什。他是"我""心中的男神",最佩服、尊敬和景仰的历史人物,"我"阅读并喜爱他翻译的佛经,查阅过有关他的历史文献,并否认其中荒诞离奇又语焉不详的记载是历史真相。第一次穿越是我"还原"鸠摩罗什历史的开始,他出身龟兹贵族,自幼出家,聪慧有识,在温宿论战中少年成名;尤其从当时民不聊生的社会背景出发,重新解释了为什么小乘佛教出身的鸠摩罗什在小乘盛行的西域转宗大乘。"我"被鸠摩罗什认为是来自中原的汉女,成为他的汉师和朋友,并在他转宗矛盾中起到了重要的启发和引导作用。这被鸠摩罗什认为"是佛祖垂怜,为罗什指点迷津。罗什一生,定不负吾师"。① 代表现代时空的麻醉枪的遗失成为"我"下一次穿越的线索。

第二次穿越时空,"我"来到鸠摩罗什25岁时。这个叙述层次双线展开:拿回麻醉枪的行动线索和"我"与鸠摩罗什相爱的矛盾痛苦的感情线索。以拿回麻醉枪为线索,我"见证"了鸠摩罗什名盛西域,住持雀离大寺;以鸠摩罗什父亲鸠摩罗炎亲述的方式解释了史书中语焉不详的鸠摩罗什父亲还俗娶妻,母亲携子出家的历史记载。"我"与鸠摩罗什相爱情节

---

① 小春:《不负如来不负卿(上)》,北京联合出版公司2015年版,第96页。

的处理以鸠摩罗什将我视作"仙女"和"佛陀使者"发端，将鸠摩罗什对我的爱合理化为"敬你爱你，如敬爱菩萨"，① 进而过渡为"我再也无法以你是佛陀使者来说服自己了"② 的男女之爱。

第三次穿越时空"我要去公元 384 年的龟兹"，③ 前秦吕光征讨龟兹，文献中鸠摩罗什诸多荒诞记载便自此始。这个叙述层次"我"与鸠摩罗什的感情和对鸠摩罗什历史的"还原"双线合一，浓墨重彩地以现代逻辑合理化叙述了 35 岁的高僧鸠摩罗什被吕光囚禁，强逼破戒娶妻，所娶之妻便是再次回到古代时空，被龟兹王收为义女，取名阿竭耶末帝的"我"，并将之诠释为大德高僧修行中的磨难——"'烦恼即菩提'，菩提就是智慧，原来无尽的智慧是从烦恼中转化而来"，"你会转化，烦恼便是菩提；你不会转化，菩提即成烦恼，这转化便是心的作用。若心中有分别、执着、计较，那便是烦恼，反之，便是智慧"。④ 之后的叙述顺理成章，在对鸠摩罗什历史记载中种种离奇琐事的合理化诠释中，"我"与鸠摩罗什相爱相守，同甘共苦度过灾荒，如被吕氏以"劣牛恶马"羞辱时的淡然，峡谷暴雨中拯救兵士，凉州灾荒中救济饥民，等等。禁忌之恋与历史还原的双重表意，在这一叙述层次融为一体，充分表达。

第四次穿越时空 32 岁的"我"来到长安，与 53 岁的鸠摩罗什告别，最终"见证"和"还原"一代大德高僧鸠摩罗什对汉地佛经翻译和传播的历史成就，复现性重新叙述了《高僧传》《晋书》等著作中关于鸠摩罗什索女、生双子、吞针的传奇，合理化地诠释为：因认出回到古代的"我"而索女，姚兴送的十婢女中有一女子本已有孕，为警戒僧众破戒吞"我"事先准备好从现代带来的巧克力做成的针，等等。

---

① 小春：《不负如来不负卿（上）》，北京联合出版公司 2015 年版，第 220 页。
② 同上书，第 254 页。
③ 小春：《不负如来不负卿（中）》，北京联合出版公司 2015 年版，第 49 页。
④ 同上书，第 84、85 页。

《不负如来不负卿》通过作为原动力的叙述者"我"的跨层叙述，在主叙述层为读者演绎了一部现代才女与古代高僧的爱情传奇，并想象性合理化诠释了鸠摩罗什历史传记中的不经记载。小说 2007 年在晋江文学城连载后，"便受到诸多欢迎，读者们的热忱甚至一度将此书推上了晋江半年榜榜首的位置"。① 能在当时网络知名作者活跃、穿越类型小说盛行的晋江文学城中脱颖而出，与这部小说建立在大量历史史料基础上自出机杼地在历史缝隙间想象，截取跨越整个人生的传记人物的四个阶段集中叙述的表意方式有关，起伏跌宕，引人入胜，使读者自愿中止怀疑，循着叙述的逻辑想象。这正是跨层叙述造成的"一种假装信以为真的游戏效果"，"读者信任也罢，质疑也罢，这些都被悬置起来了，因为订立一个阅读契约不是建立在逼真的基础之上，而是建立在共同分享幻想的认识基础之上"。②

二 科学逻辑或佛教话语：跨层叙述的元语言冲突

跨层叙述的读者与作者订立的阅读契约，不是建立在"逼真"的基础上，此论着眼于跨层叙述的形式安排和叙述技巧，通过违规犯层制造出幽默、魔幻、游戏、反讽等艺术效果，我们可以想象真实世界中的人跨层进入虚构世界，或虚构世界中的人物跨层进入真实世界；现代时空中的人物跨层进入古代时空，或古代时空中的人物跨层进入现代时空。虽然框架转换可以自由想象，但框架之内的叙述必须遵循"可信性"原则，即"虽然框架是一个虚构的世界，这个世界里却不仅可以，而且必须镶嵌着一个可信任的正解表意模式"③。所以，对于被侵入的主叙述层来说，其叙述框架之内的话语仍需遵循"逼真"的表意原则。

---

① 小春：《不负如来不负卿（上）·序》，北京联合出版公司 2015 年版，第 1—2 页。
② ［法］热拉尔·热奈特：《转喻：从修辞格到虚构》，吴康茹译，漓江出版社 2013 年版，第 170 页。
③ 赵毅衡：《符号学》，南京大学出版社 2012 年版，第 276 页。

《不负如来不负卿》的叙述表意遵循框架内的真实性，超叙述层的科幻框架和主叙述层的历史框架都边界清晰，形成相对独立的科学语意场和佛教语意场。框架内情节具有真实性和可信性，如"我"参加的科学实验项目、虫洞穿越的时空转换方式；前秦、后秦时期西域和中原的政权更迭、社会状况、风俗习惯和佛教信仰；尤其主叙述层的主要叙述对象鸠摩罗什的多舛人生、离奇经历，都有本可依，据实而述。为了增加这种可信性，文本当中大量注释，文后附以历史类、社科类、佛教类等相关参考书目。

叙述者"我"侵入主叙述层的佛教语意场，运用自携科学元语言阐释历史；又返回超叙述层的科学语意场，运用习得的佛教元语言阐释现实，形成"我"跨层叙述的元语言冲突。

何谓元语言？就是能使文本在阐释活动中显现为意义的一套规则集合。阐释者使用不同的元语言集合，就会得出不同的意义。表意过程的各个环节，都参与构筑文本解释需要的元语言集合。赵毅衡先生将元语言分成三类，社会文化的语境元语言、解释者的能力元语言和文本本身的自携元语言。①

所以，当以见证历史，还原真相为时空穿越目的，因而保持了人格连续性的叙述者"我"跨层进入主叙述层时，"我"作为考察者运用自携的科学元语言，将文献中对鸠摩罗什的种种不经记载加以合理化解释。例如，自幼随母出家，是因为依恋母亲；率性而为，是因为出身龟兹王室；被吕光强逼破戒娶妻之前已经舍戒；峡谷暴雨预言，是因为我提前告知；索女是因为认出回到古代的"我"；吞针是因为我知悉历史有所准备，从现代带来针形巧克力，等等。同时，"我"也并不刻意掩饰我的时空外来者身份，如我多次用伪装成法螺的麻醉枪自保和救人；使用伪装过的各种

---

① 赵毅衡：《符号学》，南京大学出版社 2012 年版，第 231 页。

现代物品；用马斯洛的需要层次开解鸠摩罗什；灾荒时用马基雅维利的《君主论》在沮渠蒙逊处换取食物；我随口吐出的现代词汇；以及作为与现代联系纽带的防辐射衣、时空表、大包袱；等等。

但是，当我违背穿越时李所长和季教授关于"不能带上自己的私人感情，不能介入古人原有的生活轨迹，更不许破坏历史的本来面目"① 的再三叮嘱，参与被穿越时空的现实生活，并与考察对象患难相识时，我逐渐产生疑惑，"我神思恍惚，茫茫然不知身处何方。史书没有记载究竟是谁给他起的汉文名，难道是我？我在 21 世纪读到他的名字，居然是同一个我在 1650 年前起的。也就是说，我的时空试验，我与他的相遇，都是必然的。这是怎样的逻辑关系？我到底游离于历史之外，还是我在不知不觉间已然融入了这个时代？"② 到"我"与鸠摩罗什在吕光强逼下成婚时，"我"已经用"命中注定"来解释"我"在古代时空中的存在了，"书里关于你的记载，本就有'妻以龟兹王女'，这位王女名字就叫'阿竭耶末帝'。我一直以为自己不在你的生命中，可是你看，我就是那龟兹王女，我就是阿竭耶末帝。所以，你的历史中有我，你娶的就是我，这些都是命中注定。我遇见你，爱上你，到成为你的妻子，是上天早就安排好的。"③ 再到"我"与鸠摩罗什相携相守，困于吕光军中时："我已经想明白了，历史中的确有我的存在。之前发生的那些事，都已证明我的参与没有对历史产生任何影响。也许，正因为有我，历史才是我在后世看到的那样。"④ 另外，随着"我"在古代时空生活的展开，尤其随着与现代时空中身边人相似的古代脸孔，如像盈盈的晓萱，像张熙的沮渠蒙逊，像聂征远的严平，像章怡的娉婷，像李所长的姚兴，像黄小美的络秀……的相继出现，

---

① 小春：《不负如来不负卿（上）》，北京联合出版公司 2015 年版，第 10 页。
② 同上书，第 61 页。
③ 小春：《不负如来不负卿（中）》，北京联合出版公司 2015 年版，第 159 页。
④ 同上书，第 210 页。

"上天安排""命中注定"的阐释规则进入"我"的元语言集合。

当"我"最终返回现代时空的科学语意场时，佛教话语从"我"的元语言集合中突出出来。"我"用佛教世界观向张熙解释科学建构的世界，"科学越发达，越能证明佛法的精妙高深"；"我"预言章怡和聂征远有情人终成眷属，是因为他们前世便是夫妻；"我"对张熙的特殊感情和照顾，是因为"我"知道他是沮渠蒙逊的转世；傅尘久追盈盈不得，是因为前世小弗抱憾于晓萱之死，发誓"下一世，再下一世，生生世世，换我来苦苦追求你"；① 偶然出现的老乞丐及身边的猫猫狗狗，是鸠摩罗什的老师卑摩罗叉和前世作恶的吕氏父子转世；从季教授胸前的奥姆符，"我"认出他就是鸠摩罗什的父亲鸠摩罗炎的转世；进而认出最终促成"我"参与时空穿越试验项目，穿越时空回到古代的季师母，是带有前世记忆的鸠摩罗什母亲耆婆；从莫丽的偏执追求中"我"不但认出了她是阿素的转世，而且循着这个线索找到了来到现代的鸠摩罗什。

《不负如来不负卿》跨层叙述的元语言对立有一个潜在的悖论，那就是"'我'到底是谁"的问题。"我"是来到古代时空又返回现代时空的穿越者还是从阿竭耶末帝到艾晴的前世今生转世者？如果"我"是穿越来的，古代时空没有"我"的存在，"我"只是见证了"现在是过去的镜像"，为什么"我"的参与反而契合了历史的记录；"我"如果是前世今生转世的，那么穿越过去的"我"就会看到前世的"我"。

三 隐含作者的知识炼金术

"读者在阅读时都需要进行'双重解码'：其一是解读叙述者的话语；其二是脱开或超越叙述者的话语来推断事情的本来面目，或推断什么才构

① 小春：《不负如来不负卿（中）》，北京联合出版公司 2015 年版，第 189 页。

成正确的判断。"① 通过"解读叙述者的话语",我们发现,文本叙述并没有执着于这个潜在的悖论,也无意对超叙述层与主叙述层的元语言冲突做进一步的解释,小说末尾第一百六十章"一沙一世界"中,让冲突的元语言达成和解,"佛陀把物质分成微尘,再细分成'邻虚尘',佛告诉我们,邻虚尘再分下去就变成同时含有物质与虚空性质的东西,最后就是虚空而已。佛陀在两千五百年前提出的,与现代物理学不谋而合";② 并以"不受第二支箭"的佛教训诫加以开释:"普通人遇见痛苦会哀恸万分,彷徨迷惑,痛苦之事过了许久也依旧苦恼不堪。好比中了第一支箭后又中一支,加倍地痛苦。而学过佛法之人就算遭遇痛苦,也不会迷失自我,自乱手脚,更不会沉迷其中,所以能'不受第二支箭'。"③ 甚至相反,叙述者在古代语意场中张扬现代知识,在现代语意场中标出佛学智识。

艾晴来到古代,先后成为鸠摩罗什的汉师,小弗的汉师和沮渠蒙逊的老师,她运用现代技术如麻醉枪、次声波哨、防辐射衣、时光表等获得保护自己、行走古代的自由;运用现代知识如丰富的历史知识,广博的现代思想和平等的爱情观念获得洞察人物命运的穿透眼,受人尊重的成就感和自我实现的获得感体验。

最终回到现代的艾晴亦是博学多识的老师身份,她讲课精彩,运用穿越时空获得的古代经验,让听课的学生有身临其境的感觉,深受学生欢迎和喜爱;她洞察人心,在穿越时空的体验中获得看透身边人心的洞察力;她参习佛法,将科学与佛学互现互证,相互阐释,参透不同知识体系的殊途同归。

进而"超越叙述者的话语",在叙述者跨层叙述的元语言冲突背后,

---

① 申丹:《叙事、文体与潜文本——重读英美经典短篇小说》,北京大学出版社2009年版,第60页。

② 小春:《不负如来不负卿(下)》,北京联合出版公司2015年版,第268页。

③ 同上书,第271页。

我们看到的是隐含作者对差异化知识的认同。隐含作者作为"站在场景的背后，对文本构思及文本所遵循的价值观和文化规范负责"① 的拟主体。在文本表述中，并不以一种元语言反对、取代或消解另一种元语言，也不对特定知识体系做价值评判，而是通过双重标出，在古代语意场标出与古代差异的现代知识，在现代语意场标出与现代差异的古代经验，来达到对差异化知识本身的认同。因为差异化知识无论在古代语意场，还是在现代语意场都具有自由、资本和权力的作用。差异化知识成为具有符号价值的象征资本，拥有它就可以满足自我实现的需要和洞察人心的力量。正如布尔迪厄所说："任何特定的文化能力（例如，在文盲世界中能够阅读的能力），都会从它在文化资本的分布中所占据的地位，获得一种'物以稀为贵'的价值，并为其拥有者带来明显的利润。"②

现代传播媒介尤其是移动互联网的普遍使用，使人们可以随时随地获取知识，方便快捷，毫无障碍。知识不再是专业者的槛内自留地，藩篱拆除，知识狂欢。但社会成员都有机会拥有并不意味着都有能力拥有，知识打破了其曾经造就的专业垄断后，不是产生更多的知识阶层，创造更多的知识资本，而是成为平均化、均质化、无差别的"匀质化汤"。只有拥有知识炼金术的人，才能积累知识，善加转化，不断筛选，创造价值。具体来说，知识资本的积累"是处于具体状态之中的，即采取了我们称之为文化、教育、修养的形式，它预先假定了一种具体化、实体化的过程。这一过程因为包含了劳动力的变化和同化，所以极费时间，而且必须由投资者亲力亲为"，③"这种努力预先就假定了必须要有个人性的投入，首先是时间的投资，另外还要有社会性建构的里比多形式的投资，这种里比多形式

---

① ［美］杰拉德·普林斯：《叙述学词典》，乔国强、李孝弟译，上海译文出版社2011年版，第99页。

② ［法］布尔迪厄：《文化资本与社会炼金术——布尔迪厄访谈录》，包亚明译，上海人民出版社1997年版，第196页。

③ 同上书，第194页。

的投资，意味着你在开展该项工作时，可能需要忍受某种匮乏，需要克制自己，需要某种牺牲"。① 所以，知识下延，经验上升，能够积累、转化并投身参与筛选、提炼的人才能锻造出自己的知识炼金术。"场的结构，即资本的不平等分布，是资本之所以能产生特殊效果的根源，特殊效果指的是利润和权力的呈现。"② 不是知识而是差异化知识，才是知识下延时代的符号资本。

　　《不负如来不负卿》中，就有隐含作者知识炼金术的配方。

---

① ［法］布尔迪厄:《文化资本与社会炼金术——布尔迪厄访谈录》，包亚明译，上海人民出版社 1997 年版，第 195 页。
② 同上书，第 197 页。

探险·侦探·科幻·解构

《盗墓笔记》：虚构与现实建造的盗墓世界

王　威*

【摘要】《盗墓笔记》作为网络文学极具代表性的作品，吸引了为数众多的忠实读者，其独特魅力就在于那令人心跳不已的神秘的"盗墓世界"。这个盗墓世界是与现实世界隔离又联系在一起的，是虚构与现实共同建造的。虚构与现实交错的空间场域，当下与回溯编织的真假错觉，多种符号杂糅的知识体系，简单情感结构的价值取向，诸要素相互联系和作用，使读者产生强烈的认同感，并成为"稻米"。

南派三叔的《盗墓笔记》自 2006 年在起点中文网连载起，便在中国掀起了一场"盗墓"热潮，吸引了大量的读者和拥趸。《盗墓笔记》爱好者自称"稻米"，他们自发组织起来，以创立贴吧等形式参与讨论和分享阅读体会。截至目前，盗墓笔记吧关注人数有 3509761 人，发帖量更是达到了 99747453。[①]"稻米"俨然成了一个极其庞大的群体，"盗墓文化"也不断发展升级。随着小说的连载更新，其周边产品不断被推出，深受读者追捧。小说在 2011 年完结后，出现了大量续写和外传，南派三叔自己也创

---

* 王威，哈尔滨师范大学文艺学硕士研究生。

① 数据来自百度贴吧盗墓笔记吧，截至 2017 年 1 月 15 日 19 时。

作了《沙海》和《藏海花》，以及正在更新的《老九门》。2015年的网络剧和2016年的电影的上映，再一次引发了人们对《盗墓笔记》的广泛关注和讨论。

2006年到2016年，整整10年，《盗墓笔记》的热度丝毫未减。一部网络小说可以拥有这样强大和持久的影响力，也许南派三叔自己也没有想到《盗墓笔记》可以获得如此的成功，可以进入作家富豪榜的榜单，但这一切都已成真。《盗墓笔记》的成功，一方面得益于其开创性的营销策略，另一方面则在于文本本身。《盗墓笔记》中建造了一个"盗墓世界"，它神秘、诡异，超越常识却又被尝试解释，既与现实相联系，又与现实相隔离。然而，盗墓世界并不是一个简单的想象性的精神产物，而是由多个要素相互作用、相互影响构造的整体结构。它为读者枯燥无味的现实生活提供了另一种可能性，读者可以在这里虚构出另一个自己，或者得到另一种可能性的体认。在这个结构中，彰显了现实中的一些矛盾，当然也遮蔽了一些矛盾。虚构与现实建造的盗墓世界，就成了读者跃跃欲试的"游戏场"，也成了忘却烦恼的"温柔乡"。

一 地下地上：虚构与现实交错的空间场域

《盗墓笔记》中的"盗墓世界"存在着"地上—地下"的空间结构，这种空间结构的背后暗含着一种"现实—虚构"的结构性隐喻。两个空间相互联系，相互作用，造成了虚构与现实在感知上的含混，从而使读者对"盗墓世界"产生了一种微妙的认识上的模糊，即某种更深层次的介入感。

在不同的空间结构中，作者的叙事策略也有不同："地上世界"是以叙事为主，描述为辅；而"地下世界"则是描述为主，叙事为辅。正是通过这样一种叙事策略的运用，读者在两个空间转换过程中更加强烈地感受虚构与现实的交错，并且在这种交错中渐渐模糊了二者的界限，或者说打破了自身生活经验与小说文学场域的界限。

主人公吴邪的家在浙江杭州，老家在湖南长沙，可以说，吴邪生活的空间结构与读者是一致的。吴邪与三叔一行人从山东到海南，从秦岭到长白山，再到广西、青海，这些现实中真实存在的地点构成了"地上"的现实空间场域。虽然这些地点在地图上的连线呈现"出水龙"的表述带有神秘色彩和虚构意义，但仍然是归属现实结构中的。

从宏观空间转向生活空间来看，吴邪的生活空间主要在杭州。他在参与盗墓之前的生活与普通人的生活并没有什么不同，大学毕业，接手爷爷在西泠印社边的古董店，每天看店，平淡且无聊。一切直到大金牙拿着战国帛书来找他，他的生活才发生改变。吴邪的生活空间与读者并没有产生较大的隔阂，都是狭窄逼仄的。他的生活方式甚至也可以抽象为一种现代人普遍的生活方式，其主旨是单调无聊的。

《盗墓笔记》中的"地下世界"是作者更为关注的空间场域，也是最令读者着迷和神往的。相比"地上世界"的空间结构形态与读者的生活体验存在更多的相似性，"地下世界"的空间结构对读者来说则是完全陌生的。陌生会产生出一种隔离感，这种隔离感为作者构建"地下世界"提供了条件。

中国有着悠久的墓葬文化，也有悠久的盗墓传统，这为作者虚构提供了一定的物质基础。现实中人们了解的墓室不过就是一个大土坑，里边有棺材和陪葬品，是一种极其简单的空间构造。这种简单结构显然难以满足被单调的生活束缚的读者的胃口，所以作者发挥想象，对地下的空间结构进行复杂化的虚构。无论是战国古墓还是海底沉船墓，无论是蛇沼鬼城还是张家古楼，其内部空间结构都是极其复杂和巧妙的。复杂结构当然是为了增加吴邪一行人盗墓的难度和危险性，同时也是进一步加深这种陌生化的程度。

《盗墓笔记》中的墓室虽然千奇百怪，但有一个共同点，那就是具有一种层级空间结构的特点。吴邪等人往往都是从最外层开始，或是循着某种线索，或是误打误撞，经历种种困难，最终到达主墓室。这种层级结构一方面便于作者对古墓进行分块细致描述；一方面可以使读者有一种"游戏过关"的刺激体验；另外，分层的描写可以使读者无意识地忽略墓室的整体性结构，从而可以避免一些逻辑上的矛盾和叙述上的失误。

由"现实的地上世界"到"虚构的地下世界"，熟悉变得陌生，无聊变得新奇，两种差异巨大的空间结构的强烈对比给予读者不断的刺激，吸引读者继续阅读。同时还应注意到一个往往容易被忽略的空间结构——盗洞。"地上世界"和"地下世界""二者凭借盗洞这一条件联系起来，盗洞成为沟通我们所处的现实与作者虚构景象的工具"。[1] 盗洞是两个空间结构的连接空间，在这一狭小的空间结构中，读者似乎可以在巨大反差造成的强烈刺激来临之前得到缓冲。所以，这并不是现实与虚构的连接点，而是一个渐进式的过渡结构。正是这种过渡，使得读者在完成"现实—虚构"的转换过程中不会产生"这太假了"的阅读体验。

盗洞具备的另一个性质是"人为性"，即在"地上世界"与"地下世界"的结构转化中，人是处在一个主动位置上的。吴邪等人（作者和读者）可以通过"打盗洞"这一具体实践行为，实现对现实空间结构的突破，从而进入虚构空间结构当中。这种实践行为蕴含了现代社会中，人们某种潜在的反抗欲望，通过对现实空间结构的破坏和逃离，读者也可以找到些许被压抑许久后得到释放的慰藉。

二 时间游戏：当下与回溯编织的真假错觉

《盗墓笔记》从50年前开始讲起，第二章便直接跳到了50年后的现

---

① 葛珩：《盗墓题材网络小说中的地理书写——以〈盗墓笔记〉为中心的考察》，《世界文学评论》（高教版）2014年第3期。

在，故事也是在这 50 年的时间框架中展开的。虽然时间横跨了半个世纪，但是在"当下"与"过去"的不断交错，"现实"与"回忆"的此起彼伏中，很难抓住一条清晰的历史和时间脉络。可以说，从头到尾，作者都在和读者进行一场时间游戏，并引导读者在其中产生一系列真假难辨、挠脑纠结的错觉。

《盗墓笔记》紧紧围绕着一个神秘的核心主题——永生展开，可以说，永生是历代帝王朝思暮想的能力，也是一个关于时间的永恒的谜与禁忌。无论是吴邪、张起灵、裘德考，还是陈文锦、霍玲，还是整个老九门，他们都在或守护或追寻这个秘密，并在流逝或静止的时间河流中制造更多的秘密。

张起灵拥有永生的能力，时间在他的身上没有起任何作用。从 20 年前参加西沙考古队，到加入吴邪、吴三省的盗墓队伍，张起灵是一个线索式的人物。但是在对张起灵的线索性作用的叙述中，时间具有模糊性。他的经历像是一条不断自我断裂的线，很难连贯起来。读者之所以会觉得张起灵十分神秘，一方面是因为作者对其身份始终闪烁其词，并赋予他一种乖张诡秘的行为方式；另一方面，作者则是有意将张起灵放置在一个模糊不清的时间框架之中，加之张起灵记忆的碎片化，使得时间概念或者历史真相变得更加难以捉摸。张起灵不断回忆自己的过去，在这不断回忆的过程中，读者似乎也被他再次带入一个时间的迷宫中。虽然霍玲和陈文锦也获得永生的能力，但霍玲变成"禁婆"，陈文锦始终处于隐秘状态，对时间的模糊叙述影响不大。

小说主人公吴邪的活动主要有两条线索，一条是跟随吴三省（三叔）、王胖子、张起灵等人下墓，另一条是追寻真相。下墓一线主要是当下的时间脉络，而追寻真相一线更多是在当下与回溯不断交织中进行的。吴邪在吴三省失踪后一直寻找吴三省的下落，在这一过程中他渐渐了解到张起灵的身世，并发现一切发生的事情之间都存在联系。在探寻真相的过程中，吴邪在一次次下墓中寻找线索，并通过线索不断回溯，发现考古队，发现陈文锦、霍玲，发现谢连环和三叔的秘密，发现张起灵的不老……

在这种"当下"与"过去"的变换之中，出现了一种被"架空"而成的"真空"状态。"'架空'即'并非真实发生的虚构背景'，包括过去及未来。所谓'架空'并非杜撰和凭空捏造，而是在历史发展中引入变量，并记录改变后自然演变而成的历史。"① 虽然不像穿越和历史小说那样明显，但《盗墓笔记》中从 50 年前到现在的这一段历史是被架空了的。或者说，这一段历史除个别事件真实存在之外，都是被虚构出来的。在各种各样的回溯中，很多时候都是毫无头绪的，甚至会有突然出现的中断和反转，并立刻从"过去"回到"现在"。

此外，在当下的时间框架中，也在进行着另一场时间游戏。在盗墓的过程中，作者十分关注时间的概念，小说中有大量确切的时间表述：一方面，盗墓是一个危险的行当，需要有对时间的敏感性；另一方面，确切的时间表述可以增强真实感，使读者产生认同感。但其中也有很多模糊时间的表述，比如"不知过了多久""几天之后"等。模糊的时间表述割裂了完整的线性时间，使紧张的叙述得到暂时的调整休息，但正是在这种断裂中，更容易产生叙述的破绽，使隐匿的虚构暴露出来。

三 盗墓笔记：多种符号杂糅的知识体系

爷爷"吴老狗"留给吴邪的《盗墓笔记》是引导吴邪参与盗墓和追寻真相的关键性线索，而《盗墓笔记》本身是一种多种符号杂糅形式体系的物质性体现。

---

① 马季：《类型文学的旨归及其重要形态简析》，《创作评谭》2011 年第 6 期。

读者之所以会觉得《盗墓笔记》十分有吸引力，有神秘色彩，能够满足自身的猎奇心理，在很大程度上是因为作者在小说中建构了一套与生活常识存在距离的知识体系。夏烈对此很有感触："在自我阅读和读者调研中我发现一个有趣的现象，即类型文学中有一种非常严肃的'知识体系'，这成了满足大众读者需求的重要法宝。"[①] 然而，这种知识体系的建构方式是碎片化的杂糅的，或者说这并不等同于严格意义上的知识体系。小说中"盗墓知识体系"的主要材料来自古代墓葬传统、儒家礼制和道家秘术，由于它们有一定现实基础和认知度，所以为这套知识体系披上一层"可信"的外衣。另外，堪舆学（风水学）、地理学、地质学、现代科学被一股脑拿过来填充进这一知识体系中，再混杂进古代传说、历史故事，甚至当代的生物的未解之谜（哲罗鲑曾被解释为喀纳斯湖水怪，所以有一层神秘色彩）。种种碎片化知识的杂糅，构造了这个亦虚亦实的"盗墓世界"的知识体系。

"随着现代分工的日益细碎化，知识分化的速度迅速加快，个体的知识视野越来越狭窄。"[②] 正是基于这样一种社会现实，《盗墓笔记》中运用的知识体系的建构方式，才有其存在的可能性。此外我们也应看到现代学科制教育的局限性，它将人的知识局限在本专业的狭小空间中，分工的细碎化，知识的不断分化，人们真正接触到的知识十分有限。本来就有限的知识视野，又常常被束缚在机械式的单调重复工作中，人们很容易被虚构的知识体系蒙蔽。陌生感，能够更好地刺激枯燥乏味的现实生活，于是，天马行空光怪陆离的"野史""秘闻"更能引起人们的兴趣。由于某些常识或"科学性"解释的掩护，《盗墓笔记》中知识体系的建构便被人们认可和接受。更有力或有趣的证据是，有的人甚至把从

---

① 刘莉娜：《类型文学：不只是娱乐和消费》，《上海采风》2013 年第 9 期。

② 乔焕江：《类型文学热亟须文化反思》，《人民日报》2010 年 9 月 21 日第 20 版。

《盗墓笔记》中看到的盗墓方法在现实生活中加以实践。成功与否暂且不论，但其作为一套知识体系确乎已经开始在指导实践上起了一定的作用。

小说中还使用了很多地方性的经验来作为整个知识体系的补充。长白山区、广西大山腹地、秦岭深处、柴达木盆地，这些地方虽然在读者的认识范围内，但与现代社会存在一定距离。作者每一次写盗墓的时候，都会与某些地方性传说或地域习俗联系在一起，这在一定程度上能增加真实性。然而，在地方性经验的选取上，作者仍然采取了碎片化拼凑的策略。虽然在读者看来可能会有真实性的错觉，但这实际更凸显了整个体系虚构的本质。

当今社会，知识碎片化已成为一种趋势，而用碎片化的知识去拼凑杂糅出一套"新"的知识体系也并不是一件新鲜事，更不是一件难事。应当给予重视的是，《盗墓笔记》中真实与虚构杂糅的"盗墓知识体系"确乎已经影响到了一部分人的认知方式和知识结构，也影响了一部分人的社会行为。

四　鬼神人性：简单情感结构的价值取向

"许多网络文学作者在创作过程中都具有一定的娱乐化心态，他们的创作不仅是出于个人的意志，而且出于对网络文学受众审美的迎合，当然这种娱乐化的倾向也体现出了创作者的内心浮躁，以及文学作品质量下降的问题，这些问题同样是不可忽略的。"[1] 网络文学因其背后的资本推手操纵，拥有一套以市场为核心的运作模式，这使得网络文学为迎合读者兴趣出现了模式化、粗制滥造等问题。网络文学的问题很多，然而其被传统文

---

[1] 肖世才：《从〈盗墓笔记〉谈网络文学的特征与面临的问题》，《短篇小说》（原创版）2015年第20期。

学界诟病和批评的更为关键的所在，是其文学性的缺失，以及缺少对现实问题和矛盾的观照。

《盗墓笔记》在读者中的影响很大，也获得"稻米"们的广泛好评，但是整部作品中呈现出的情感结构十分简单，友情、亲情，以及逐渐畸变的"瓶邪之情"。小说中暗含的价值取向也很成问题，将盗墓说成冒险很显然是对法律的忽视，而其中不断反复的"比鬼神更可怕的是人心"的经验劝导，很大程度上遮蔽了更为复杂的人际交往与现实社会矛盾。

亲情或许在《盗墓笔记》中体现得并不十分明显，主要表现在吴邪与三叔的关系上，但到后来吴邪一门心思追寻真相，亲情表述似乎也越来越微弱。友情则是作者着重强调的，也是读者容易得到共鸣的地方。在他们的盗墓过程中，有较多笔墨描写同伴间的合作与帮助，甚至以牺牲自己为代价去拯救同伴。至于吴邪和张起灵的情感，应归纳为友情方面，但后来因读者的需求与介入，作者为迎合需求，将"瓶邪"的关系向同人的方向发展。从这一点也可以看出网络文学创作的弊端，作者过于依赖市场，读者的某种消极介入，共同影响着作品的情感走向和价值架构。但从另一面看，这或许恰恰是现在读者喜欢的一种消费状态。

在空间、时间和知识体系的建构上，"盗墓世界"都是由现实与虚构共同完成的，在情感价值结构上依然如此。《盗墓笔记》的故事框架是虚构的，但这个虚构的故事框架被放置在了现实的社会结构之中。亲情、友情，甚至"同人情感"是现实存在的，通过作者的选择取舍后，整部小说的情感结构是比较简单的。由情感到价值取向，这种简单结构的问题便愈加清晰。吴邪等人从事的盗墓活动是违法的，法律的知识体系在小说中是被忽略的，甚至作者有意呈现出一种"反主流"的态度（小说中有与警察交手的情节，不过是以"盗墓者"话语呈现）。这似乎在一定程度上满足了现实生活中，人们对自身与社会境况的不满，有一定的叛逆与反抗意味，但这种反抗是消极的，仅是一种对现实结构的消极逃避。

作者在描写同伴友情的同时，也呈现出了人与人之间的算计和人性的黑暗。为了物质利益，为了长生不老，多种力量的竞争、合作、背叛、残杀，很大程度上又消解了前面说的友情基础。"比鬼神更可怕的是人心"，作者反复强调的人性之恶显得掷地有声。这种情感和价值的言说应在"盗墓笔记"这一虚构的故事框架中才具有合法性，但是读者很容易将其视作一种普遍的价值，从而影响现实的价值判断与选择。"类型化故事容易使读者形成某种类型化的情感模式和价值判断模式，甚至形成一些具有类似'亚文化'特征的读者群落，这客观上又可能阻断个体之间、群体之间在现实空间的真正对话和交流——因为在想象空间中实现了自我与他者的理想关系状态，个体在现实中就缺少理解他者的动力。"① 现实社会激烈的合作竞争的生存状态，是小说中价值观念的物质基础。由现实进入文本，又从文本退回现实，这种由复杂到简单的类型化加工产品，很难再去直面复杂的社会结构性问题。可以说，作者通过对现实部分人与人关系的截取，通过在虚构故事框架中的加工，再生产着这种关系。受市场利益的操控和作者个人视野的影响，其所呈现的社会面向是狭窄的，价值观念是片面的，遮蔽了现实生活中更为复杂的矛盾和问题。

五　总结

虚构与现实共同建造的"盗墓世界"，为读者提供了一个刺激惊险的"游戏场"，满足了读者的猎奇心理，使其枯燥单调的现实生活得到了另一种补充和丰富。然而，"盗墓世界"更是人们躲避现实矛盾的"温柔乡"，通过虚构方式去追寻和超越自我，在看似现实的虚构世界中去实现某种反抗。多种要素相互作用，使得这个盗墓世界在读者的心中愈加牢固，对其

---

① 乔焕江：《类型文学热亟须文化反思》，《人民日报》2010 年 9 月 21 日第 20 版。

产生深刻影响。在真实社会的结构性问题中，《盗墓笔记》中呈现出扁平的现实面向，对更多问题是遮蔽了的。"稻米"试图通过自身的实践去构建一个"亚文化"的读者群落，但他们仍是在虚构的框架中幻想，而忽视了现实的基础。《盗墓笔记》的困境也是网络文学困境的一种显现，进一步处理好虚构与现实的关系，实现对于现实问题的关照，是网络文学发展极其重要的一步。否则，纵使有再多的"稻米"去长白山上赴"十年之约"，① 也终将是"十年一梦"。

---

① 《盗墓笔记》中张起灵在2005年秋季（"稻米"推算是 8 月 17 日）走进长白山青铜门，并与吴邪约定十年后（2015 年 8 月 17 日）归来。很多"稻米"在这一天相约来到长白山，与"瓶邪"共赴"十年之约"。

《盗墓笔记》：网络文学的艺术可能和局限性

周洪斌*

【摘要】《盗墓笔记》展现了网络小说丰富的艺术可能：《盗墓笔记》通过对"盗"和"墓"两个方面对中华文化进行集中体现，对中华文化的传递起到积极作用；《盗墓笔记》用强大的世界观构造了一个神秘的地底世界，给予网络文学提供了新思考：网络文学除了提供趣味性外，还应有更多元素供读者思考；《盗墓笔记》中关于人性的思考，让小说的主题得到升华，这也是网络小说继续发展的必然选择。《盗墓笔记》也有一般网络文学的局限性：节奏和语言受读者影响大，人物缺乏成长性，结构处理不够明晰，等等。

2015年8月17日，长白山上来了一群特殊的游客，他们来自五湖四海，冒着酷暑，攀上山顶，但不是为了欣赏长白上的美景，而是缘起于一部网络小说——《盗墓笔记》。

小说的结尾，张起灵代吴邪去长白山守青铜门，并定下了十年之约。

---

* 周洪斌，湖南师范大学文学院2014级学生。

小说中张起灵入长白山等候吴邪归来。各大新闻网站都对此事作了报道，微博上的热搜也大都与之相关，俨然成了社会上的一个热点现象。可惜，那一日没等到吴邪，也没等到张起灵，但我们从此事对《盗墓笔记》的影响力可以窥见一二。

而除却长白山上的十年之约，《盗墓笔记》影响力还体现在很多方面，比方2015年爱奇艺制作的电视剧，2016年李仁港指导的大电影，话剧和舞台剧的全国巡演，同名网游手游的推出，以及南派三叔借此书上了福布斯作家收入排行榜，无不透露出《盗墓笔记》的成功。而一部网络作品引起如此大的社会反响，这不仅仅是《盗墓笔记》的成功，我们应该从中思考更多。

网络小说是依托网络基础平台，由网络作家发表的小说。它是随着网络的快速发展而出现的一种新兴小说类型。近年来发展迅猛，广泛地进入了人们的生活。不少的网络作品出版成书，还被翻拍成电视剧、电影，而《盗墓笔记》作为网络小说中颇具代表性的作品，其身上积聚着网络小说的特点，通过分析它，我们也可窥见网络文学的艺术可能和局限性。

《盗墓笔记》的成功是网络时代到来的产物，但也离不开作品本身的魅力，下面我们就来谈一谈《盗墓笔记》这部作品。

一 对中华文化的传递

《盗墓笔记》讲述的是中国传统的"盗墓"行业的故事，神秘古老的东方古国，各种各样的历史传说给作者提供了无数的创作素材，而南派三叔也通过自己的创造与再加工通过网络小说形式让中华文化再度进入人们的视野。

南派三叔曾表示："传统文化如果只是保护，而没有传播，终将凋零。

只以泛娱乐化之力，让古老文化重新流行起来，时代传承下去才是创作者们想要看到的。"① 中华文化带给中国人心中的自豪感使得作品有了更加精彩的呈现状态，而中华文化也需要如南派三叔这般有责任感的创作者才得以传承。

《盗墓笔记》中的中华文化主要通过两者体现出来，一者是"盗"，二者是"墓"。

体现在"盗"上的中华文化主要是通过同裘德考的外国盗墓队伍比较，中华文化中特有的心理，以及中国的传统技艺来体现。中国人重血脉、讲传承，所以中国的盗墓团队多是由家族组成，且代代相传，而国外的盗墓团队是由商人和精英组成，彼此之间没有直接的血脉亲情。在小说中提到"盗墓"行业中最厉害的共有九大家族，书中称为"九门"，各家有各家的擅长之处，而且比如说吴家和解家有姻亲关系，两家便联系密切一些。同时中国人十分讲究规矩的心理在文中也有大量体现，比方说"倒斗"的分南派和北派，南派有南派的规矩，北派有北派的作风，大家都有默契，同一个圈子里的人都会遵守。不过最能直观体现中华文化的还是在于中国"传统技艺"的展现，好比说"寻龙点穴"的风水学，张起灵身上的中国功夫，陈皮阿四的铁弹子，这些独具中国特色的元素加在里面便大大增加了作品本身的神秘感和猎奇感。同时在盗墓时使用的工具如洛阳铲、火折子、黑驴蹄子，也都有带有中国的标识。

体现在"墓"上的中华文化则更多了。墓葬本就是中国一个比较有特色的传统，并且墓葬文化在中国历史上一直十分繁荣，这便给作者提供了更多的素材。《周易》里的八卦风水学，陪葬品的历史渊源，墓室修筑时的防盗心理，都在作品中逐一展现。而且《盗墓笔记》本来就是围绕着中

① 网易娱乐：《南派三叔畅谈"泛娱乐 IP 对传统文化保护的价值"》，2015 年 11 月，手机网易网（http：//3g. 163. com/touch/article. html？docid＝B9E43G2G00034VDC&from＝index）。

国人自古以来一直追求的"长生不老"的愿望展开，从里到外都渲染着浓浓的中国气息。从历史上得到的素材更多，作者将伏羲文化的发源地——长白山作为起点，炎黄的华夏文明，蚩尤的青铜文明，西王母的玉文明，都浓缩在作品之中；奇幻瑰丽的《山海经》，还有跨越千年的历史，都为作者提供了背景。可以说，《盗墓笔记》就是在中华文化的大背景下写成的作品。

在"墓"上，中国古人的智慧难倒了外国的考古团队；在"盗"上，中国的传统技艺也远胜外国的高科技，作者从文字中透露出来的中华民族的自豪感，变成无形信息传递到读者脑海里；读者也通过阅读，领略了中国的部分文明。这是《盗墓笔记》提供的第一点艺术可能——对中华文化的传递。其实不少网络小说都主动承担起了这一责任，尤其是置身古代社会环境中的小说作品，比方说李歆的清穿小说《独步天下》，便是严格地再现了清朝开国那一段历史。

二 强大的世界观

《盗墓笔记》展现的是一个庞大而神秘的地底世界，联系中国的墓葬文化及古老传说，勾勒出了一个虚拟世界的画卷。《盗墓笔记》是一个类似霍格沃茨学校的存在，是平行于真实世界的另一世界，而这一世界能在小说中存在，需要一个强大的世界观。

《盗墓笔记》中提到的长白山、秦岭、西海等地，都是真实存在于中国地图上的；伏羲文明的图腾，蚩尤的青铜文明，西王母的玉文明都是有据可考的。作者在此基础上再创造却脱离了现实的束缚，脱离了历史上的争议，成功地在长白山里铸成青铜门，在秦岭里埋下青铜树，在西海底造了一座古墓，将伏羲、蚩尤、西王母通过一个长生的秘密联系起来，或许这些，一个人胡思乱想很容易实现，但是要系统地编成故事讲出来，而且还要成功说服他人实在不算容易。这样的人，在编故事的能力上，起码我们要承认他是高超的。

笔者第一次阅读完《盗墓笔记》应该是在 2013 年，读完之后笔者便想去他们探险的每一个地方走一遍，看看那个地方是否真的如书中描写的一样；阻挡笔者的是高昂的旅行费用和书中那些奇怪可怖的机关，尸鳖、粽子、海猴子、禁婆……这些并不存在的生物却通过文字活脱脱地显现出来，在《盗墓笔记》宣布要拍成电视剧的时候，每个人心中早都有他们该有的样子；还有那些机关，那些在古代社会几乎不可能实现的智慧，却在南派三叔笔下变得那样真实可信，每次主人公对着疑团抓耳挠腮时，书外的笔者也跟着一起抓耳挠腮，可是当真相大白时，笔者并不会觉得不可置信，而是觉得原来如此。

这一切都是源于一个强大的世界观。

如同《哈利波特》给了读者一个魔法世界一般，《盗墓笔记》给了读者一个神秘的地底世界，它与现实世界有着紧密的联系，但又脱离了现实世界的管束，有着自己的运行规则。当现实世界中的人（吴邪、张起灵等）进入这个世界后，他们沿用着现实世界带去的知识、能力和道德标准，但是要解决现实生活中不存在的问题和困难，这一矛盾的客观存在也使得作品变得更有张力。同时，现实生活中无法遇见的种种危险，极大地满足了读者的猎奇心理，而主人公通过智慧和胆识解除掉这些危险，也让读者体验到现实中无法得到的满足感。故能跟随着主人公的步伐将这个故事走完的读者，是幸运的。

《盗墓笔记》强大的世界观，是这部作品成功的第一要素，这样一个庞大的世界能够完成到这种程度自然是伟大的。不过若是拿《盗墓笔记》和《哈利波特》相比的话，个人认为《盗墓笔记》还是略输一筹，但这输的原因是《哈利波特》讲魔法，是彻头彻尾的虚拟，而《盗墓笔记》讲的"盗墓"是确有其事，在发挥想象的同时又要顾及历史的真实性、行动的合理性，实在是太不容易的一件事了。这是《盗墓笔记》在写作上提供的艺术可能，也是它提供的研究价值。将故事背景宏大化虽难掌控，但确实能给读者带去更大的信息量，也能使作品内容更加丰富化，小说的趣味性和深度一下便提高了。现在的网络小说大部分都格局太小，唐七公子的一些仙侠小说虽也奇幻，但受限于思维格局也没能吸收更多元素，所以读者大多只能从中获得趣味性，读过便忘了，很难再去思考。

三 关于人性问题的讨论

"比鬼神更可怕的，是人心。"① 这是《盗墓笔记》里最核心的一句话。《盗墓笔记》作为网络小说，难以逃离过分注重故事情节的病症，但《盗墓笔记》并非浅显地记叙故事，而是有深层次地讨论过一些深刻的问题，其中最主要的便是——人性。

南派三叔曾在《盗墓笔记》的第三卷，秦岭神树的后记中，略略提到过一些争议，有人认为这一卷与主线没有太大关系，写出来让人不知所云；但有人认为这一卷是全书中最具文学性的一卷。的确，这一卷与主线的内容联系并不强，故事情节相对独立，但要从思想深度上来品评的话，这又确实是全书中最好的一卷。

秦岭神树讲的是吴邪旧友老痒出狱后拜托吴邪跟他去秦岭倒斗，在这里吴邪见到了一颗巨大的青铜神树，这棵树有神秘力量，能够物化出人心中所想。吴邪这才得知老痒来这的目的是让他死去的母亲复活，而吴邪也在洞中发现其实老痒也是物化出来的，而不是原来的那个老痒了。这个故事是所有故事中最不受约束的，换而言之就是最胡说八道的，讨论的是一个没有多大现实意义的问题：我是不是真的那个我？

笔者个人非常喜欢这一卷，因为文艺存在的意义除了为解决现实问题

---

① 南派三叔：《盗墓笔记5》，中国友谊出版公司2009年版，第282页。

起引导作用外，还有一部分是归于哲学、归于思辨的，不能所有人都不做杞人，不是所有文学都不担忧天会塌下来。秦岭神树中关于老痒心理的刻画很细腻，很动人。对母亲的爱，复活母亲的渴望，和面对真正的老痒已死而自己不过是他幻想出来的个体这一现实的迷茫和愤怒，都让笔者深切地体会到了人天生带有的矛盾性和人性的复杂性。人和世界上其他所有物种一样，有着趋利避害的本能，但道德的约束使得人成为地球上最特殊的一个，也让人成为地球上最累最痛苦的一个。老痒的道德感和本能欲望发生冲突，老痒选择欲望，吴邪选择道德但保持理解，南派三叔给出了问题的同时给出了两种态度，问题便回到读者本身。虽然故事是脱离现实的，但矛盾是真实存在的，问题是让我们反思。

除去秦岭神树这一卷，书中关于人性的思考还有很多。正面来看比较突出的便是吴邪、张起灵和王胖子组成的"铁三角"的情谊，吴邪誓死也要背张起灵离开玉脉，王胖子也是对二人始终不离不弃，张起灵则愿意代吴邪守青铜门十年，"铁三角"的关系在危险中长成，用彼此的性命做维护，这种"义气"是感情和道德促成的，也是人性善的一面的体现，感动着无数的读者，故而会有长白山上的万人一起等待张起灵归来的盛况。反面的事例很多，第一卷中便有一处很好的示例，三叔带着吴邪等人到山东瓜子庙准备一探七星鲁王宫前要过一个山洞，当地人为了谋财在洞中设局，吴邪本以为是鬼怪所谓，可未料竟是受人欺骗，差点害了一行人的性命，恰好印证那句话："比鬼怪更可怕的，是人心。"

关于人性等具有深刻哲学思想问题的讨论是《盗墓笔记》给网络文学提供的艺术可能之三，也是网络文学想要继续成长的必然选择。网络文学越盛行就越需要规范，大众的选择越多便越会提出更高的文艺需求，网络文学不能只致力于故事情节，也要丰富内涵和深化主题，也仅有如此才能创作出更好的文学作品。

四 网络小说的局限性

《盗墓笔记》的成功,纵然给网络文学注入了许多新生机,但作品本身仍摆脱不了网络文学的局限性。这既是网络文学现在面临的困境,也是网络文学研究应重点关注的问题。

网络文学依托网络进行传播,网络的广泛性、互动性、迅捷性使得网络文学的创作更加容易受制于读者,也让网络文学形成了一些陋习,而《盗墓笔记》身上也存在不少这样的陋习。

《盗墓笔记》身上具有网络文学的特点:节奏明快,故事线性开展,"续更"特点明显,单章篇幅短小,每章后都留有悬念,语言表述质朴,注重叙述不注重描写。① 这些特点限制了《盗墓笔记》的节奏和语言特点,情感的爆发点也就随之浓缩了,铺垫一笔带过就很容易被人遗忘,我在读另一部网络小说《步步惊心》时尤为明显,作者受限篇幅和语言要求,很多东西没表达出来都放在一个"作者有话说"的小栏目里附在正文后面,这对网络文学的发展弊大于利,利在于促进读者与作者交流,而弊就在于故事外的话多了,故事里的话就少了,为文者应该用故事来诉说,而不是故事外的解释和补充。

《盗墓笔记》中的人物缺少成长性,除吴邪外的所有人从头到尾几乎都没有变化,闷油瓶到最后话依然少得可怜,王胖子到最后话依然多得要命,而作为小说的叙述者、主人公的吴邪,虽然作者极力想要让他成长,但人物的刻画也过于刻板、扁平化了,以至于吴邪莫名其妙地就长大了,而没有很好地抓住一个转折点进行刻画,过程显得突兀。网络小说大多如此,人物刻画过于扁平,这和网络小说创作者的视界有很大的联系。网络

---

① 欧阳友权:《欧阳友权评〈翻译官〉:网络小说的叙事维度与艺术可能》,2016 年 10 月,中国网络评论微信(http://mp. weixin. qq. com/s/ - Fym5E5qcKurBqgIuWtOoA)。

平台的开放性让所有人都有了展示自己的机会，但网络文学要成长亟须规范化，同时对网络作家的写作水平也应提出更高的要求。

《盗墓笔记》的世界观虽强大，但作者的结构处理上不够明晰，思路不够清楚就下笔，是网络小说的又一大弊病。《盗墓笔记》虽然已经结局，但是普遍读者都表示看得云里雾里，对青铜门后的"终极"，作者没有在小说中交代清楚，而且很多线索写着写着就断了，没有巧妙地运用起来，虽然建立了一个庞大的世界，但这个世界的规矩还没完全树立起来，所以有些时候看起来杂乱无章，到最后自己也不知道到底是该把什么放在屋顶了。伴随着《盗墓笔记》的结束，《盗墓笔记》解密的帖子开始盛行，这都是因为作者并没有给出读者一个满意的结局，用流行话来说便是"烂尾"。网络文学中的烂尾之作也不在少数，还是由于网络文学作者不像传统文学作者创作需要面临很多的问题，网络的便利性和自由性也使写作的门槛放低，作品的质量也就随之降低了。

不过，总而言之，《盗墓笔记》还算得上是网络小说中的上乘之作，它对中华文化传递的责任感、强大的世界观，以及对哲学问题的深刻讨论，都为网络文学提供了无数的艺术可能。通过《盗墓笔记》的成功，我们也可以看到网络文学光明的未来，不过这未来必定是更规范化、更高要求的未来。

《藏地密码》的"好莱坞"夺宝冒险片基因

缪君妍*

【摘要】畅销长篇小说《藏地密码》在引发图书热潮后吸引了好莱坞的目光，并确立了改编为系列电影的拍摄计划。究其原因，是因为《藏地密码》的小说在创作中采用了"英雄的历程"这一好莱坞夺宝冒险片模式。建构的小说世界，符合好莱坞对中国西藏神秘主义的想象，具备了从畅销小说到系列电影改编的可能性。

自 2008 年《藏地密码》第一部问世，到 2011 年第十部大结局画下句号，这部规模空前、被誉为"一部关于西藏的百科全书式小说"的《藏地密码》创造了难以想象的畅销神话。作为一部被定义为文化探险类悬疑小说的长篇巨著，《藏地密码》在收获无数书迷的同时，其影视版权也受到了好莱坞的青睐。据报道，早在 2009 年，好莱坞便与作者何马接触，商讨版权购买的事宜。直到 2013 年 4 月，中影股份董事长韩三平，国影投资总裁王国伟，东方梦工场董事长黎瑞刚，美国梦工场动画 CEO 卡森伯格，在北京国际电影节新闻中心达成一致签约，以中外合拍的方式完成系列电影的制作。

---

* 缪君妍，苏州大学文艺学硕士研究生。

从早早受到青睐到最终实现中外合拍，比起畅销神话，《藏地密码》为何受到好莱坞的青睐，更加值得我们的关注与研究。

一 从畅销小说到系列电影的可能性

电影类型的雏形诞生于欧洲，电影流派的诞生使电影的发展及形式由起步迈向完善。但不可否认，电影类型的真正完善发生在美国。随着商业开发的深入和市场逐利的取向，电影公司为了迎合大众口味，追求利益的最大化而开发系列电影。对好莱坞系列电影而言，只要母片能够顺利打响名声，赢得一定的市场份额和知名度，当树立起品牌效应后，续集电影的市场宣传就会如鱼得水，即在维系前作特色的基础上，融入与时俱进的流行元素。

为了保证系列电影的质量，好莱坞的系列电影（动画系列电影除外）并非空中楼阁，很大一部分改编自文学著作，如《教父》；畅销小说，如《哈利波特》《暮光之城》《魔戒》；漫画，如《蜘蛛侠》《蝙蝠侠》《变形金刚》《X战警》；游戏，如《生化危机》；等等。这样的改编不仅可以保证稳定的受众群体，减少宣传的成本，降低投资失败的可能，而且保证了故事背景的稳定与宏大，人物性格的丰富与立体，故事情节的连贯与严密。

系列电影是好莱坞电影商业帝国无可争议的明珠，丰富的制作经验使得他们在塑造系列电影品牌效应的过程中驾轻就熟。而《藏地密码》可以吸引好莱坞青睐的首要因素，便是它具备改编系列电影的可能性。

首先，《藏地密码》是以丰富的文化元素为依托，以宗教为背景，建构起内在结构清晰的世界空间。《藏地密码》作为"一部关于西藏的百科全书式小说"，以主人公卓木强巴痴迷藏獒，寻找传说中的藏獒紫麒麟为线索，讲述了一只卧虎藏龙的探险队伍，经历了穿越可可西里、亚马逊丛林遭遇原始部落、勇闯阿赫地宫、考察古格遗址、翻越斯必杰莫雪山、初探冥河、航行特提斯古海、穿越香巴拉原始丛林、深入古藏戈巴族村等种种艰难险阻，最终揭开身世谜团，挫败阴谋，见到传说中的神兽紫麒麟的故事。其中以藏传佛教"密宗文化"为背景，涉及大量"苯教"文化印记，借助上古神话、民俗宗教、历史文化、地理探险等元素的使用建构了环环相扣、神秘莫测的东方探险世界。

其次，《藏地密码》符合系列电影的创作前提，具备了观赏性、动作性、刺激性和趣味性极强的故事情节和具备话题性的文化元素。借鉴以往的成功经验，经典的系列电影往往是多种类型电影元素的糅合，《藏地密码》的小说很好地融合了冒险、爱情、动作、宗教元素，以冒险为主线，宗教为背景，动作为亮点，爱情为点缀，实现了诸多元素的平衡。《藏地密码》小说冒险故事情节的展开存在一些模式的痕迹，但作者通过惊险刺激的场面描写，将对难关的描述渲染发挥到了极致，在某种程度上文字展现的画面感和强大的感染力，往往可以进一步推动情节的发展与人物的塑造，并且使读者在阅读的过程中，首先被文字的画面感吸引，沉浸其中。以《藏地密码1》为例：卓木强巴、张立和唐敏在穿越可可西里的过程中遭遇追击遇险，先后遇到大马熊、大金雕和灰狼三兄弟，在展现了一场活生生的食物链条上的弱肉强食的同时，最后登场的灰狼三兄弟展现了动物界的兵法韬略："只见张立微低着头，喃喃念道：'一人现身，吸引并分散敌人注意，与敌人拼斗直至双方都精疲力竭；另一人潜伏，给敌人致命一击；还有第三人的话，应该负责观察敌情，严密监控周围其余敌人的动向，随时可以通知同伙以作应对！'两人机械地转过头来，在他们身后草丛中，不知什么时候，一双露着残酷凶光的三角眼，正牢牢地盯着二人！卓木强巴诧异道：'你……你怎么会知道的？'张立都快哭了，他苦笑道：'我不知道，我只是在背诵我们特种兵作战教程而已。怎么会这样的？''咕——嗯'活这么大，张立还是头一次听见自己吞唾液能发出这么响的声音。站在两人身后的狼，似乎是三头狼中体积最小的一头，可是张立不敢小视，那种速度的攻击，横空掠起，闪电一击，太可怕了。谁知道这头狼会不会拥有和那两头狼一样的身手和速度。两人再艰难的回过头来，只见前面的两头狼并没有像大金雕一样，一副怡然自得地准备享受大马熊的样子，而是对着倒在地上的大马熊发出威胁的吼声。一匹狼去拽大马熊的短尾，另一匹则咬着大马熊的前掌，还用爪在大马熊的腹部拍打，一会儿又趴在熊头上发出恐怖的叫声。"① 这样的作品正符合电影"奇观叙事"的需要，可以最大限度地刺激观众的感官，也是好莱坞冒险、动作类的系列电影热衷追求的。

再次，文本中某些特性具备改编的可能。（1）宏大的规模。（2）多线程的叙述，构成迷宫式的结构。作者在叙述时采用多线程的叙述方式，全书共有 4 条故事线索，其中主线是以卓木强巴、方新、唐敏、张立等人构成的冒险队伍寻找藏獒紫麒麟所在的帕巴拉神庙的探险过程。次要的是莫金与索瑞斯联手破坏，窃取或跟踪卓木强巴探险队伍寻找帕巴拉的过程，以及唐涛为找到帕巴拉神庙中能够毁灭全人类的病毒以统治全世界，暗中布局策划了卓木强巴和莫金寻找帕巴拉的冒险的过程。此外，还有一条隐藏线索是帕巴拉神庙的历史发展。主线与次要线索的交织使得冒险这一人类的天性放大，并借此控制故事发展、情节推进的节奏。（3）开放性的结局："艰难地爬过一座雪峰峡口，前方风雪漫天，白茫茫的一片，卓木强巴知道，翻过这个风口，前方还有几座山峰，翻过那些山峰，还有更高的山，这一切也不过刚刚开始，前面的路还有很长。就算活着离开，又该何去何从？十三圆桌骑士该如何应对？妹妹究竟已长成何种模样？丹朱法师是否肯收下自己？如何对导师交代？自己的养獒基地员工呢？在一片迷茫中，卓木强巴仿佛又听到阿爸在风中问：'生命因何而存在？人类因何而

---

① 何马：《藏地密码：1》（唐卡典藏版），北京时代华文书局 2014 年版，第 120 页。

存在？作为一个人的你，又是为什么活着？'"① 留下了许多未来得及解开的疑问，如莫金与卓木强巴的下一步计划，卓木强巴妹妹的下落，紫麒麟的主人是谁，十三圆桌骑士是谁和该如何应付，等等，这些问题的存在给读者留下了想象的空间，为故事留下继续发展的余地。

最后，《夺宝奇兵》的成功经验与复制神话的可能性。从题材与内容上看来，《藏地密码》与好莱坞既往制作的系列电影中最相似的，便是斯皮尔伯格的经典系列电影《夺宝奇兵》和乔·德特杜巴的《国家宝藏》。《夺宝奇兵》讲述了由哈里森·福特主演的考古学教授印第安纳·琼斯的一系列寻宝探险故事，1981 年第一部《夺宝奇兵：法柜奇兵》凭借创意的剧情、惊险刺激的场面成为当年最卖座的电影，北美票房排名第一，世界发现了斯皮尔伯格的独特，紧接着 1984 年《夺宝奇兵 2：魔宫传奇》、1989 年《夺宝奇兵 3：圣战奇兵》延续着之前的套路，以冒险为主要线索，以爱情、喜剧为支撑点都收获了喜人的票房。19 年后的 2008 年第四部《夺宝奇兵 4：水晶骨头》上映，虽然因剧情水准和观众的审美疲劳略有下滑，但票房成绩依旧喜人，第五部也已在计划之中。成功的经验具备效仿的可能，尤其是《藏地密码》还具备《夺宝奇兵》不具备的优势，即已经成型的故事文本和小说框架保证了故事情节的连贯统一，不至于出现剧情水准的突然下滑，影响系列电影的口碑，同时作为系列电影每一部续集之间的时间间隔可以更有效地控制，保证电影的话题性和热度。

二 神秘东方的想象

进入文化多元化的 21 世纪以来，在美国本土和西方主流市场连年式微的当下，中国和新兴国家被电影市场视为赖以补缺、必不可少的新的掘金之地，于是好莱坞尝试改变过往长期存在的局面，即在中国形象的塑造上

---

① 何马：《藏地密码：10》（唐卡典藏版），北京时代华文书局 2014 年版，第 451 页。

普遍存在的不同程度上的误读、偏见和歧视，呼唤更多不同文化背景、观念和思想的注入。可以这样说，在电影中加入中国元素，已经成为好莱坞吸引观众眼球的制作策略之一。而《藏地密码》本身不仅是东方神秘文化的典范，而且符合好莱坞对神秘东方的想象。

中国西藏是一片神秘的净土，被这种神秘吸引的不仅是西方，而且有广袤中华大地上生活的人们。近年来，《西藏生死书》《藏獒》等作品的问世，使得将西藏小说（或者藏文化小说）类型化的呼声渐起，藏族作家阿来曾提道："类型小说有自己的传统，类型小说首先要依附于一个文化系统。比如，西方类型小说中圣杯的悬念，吸血鬼、蝙蝠侠之类的形象，绝不是小说家为了编织一个故事而一时兴起的想象，而是来自久远的神秘传说，也就是来自一种文化传统。小说从这些传说出发，也就获得了一种牢靠的心理基础，具备了使故事得到读者参与和认同的可能。"①《藏地密码》在这一点上做好了充分的准备，"《藏地密码》中至少关涉了三个似是而非的知识系统：藏传佛教的历史与传说；藏獒的知识与传说；最后一个是青藏地理及探险。似是而非？是的，小说中提供的知识系统是这样的，这是小说特殊的需要。"

中国西藏有着自己独特的佛教文化，这使得"藏文化"不仅是西方基督教文明的"他者"，对浸润了儒家文化，深受道家文化、佛家文化影响的中华文明而言，同样是"他者"，距离带来的陌生感，使得这部小说具备了特殊的价值。

《藏地密码》在故事发生前，设置了宏大而深邃的历史背景：佛教自公元7世纪由唐人传入西藏（即当时的吐蕃），经历了长期曲折的发展形成了独具特色的喇嘛教。"公元838年，吐蕃末代赞普朗达玛登位，随即宣布禁佛。在那次禁佛运动中，僧侣们提前将大量经典和圣物埋藏起来，

---

① 阿来：《藏地密码的"神秘配方"》，《中国图书商报》2008年第5期第2版。

随后将其秘密转移至一个隐秘的地方，他们在那里修建了神庙，称为'帕巴拉神庙'。随着时光流逝，战火不断，那座隐藏着无尽佛家珍宝的神庙，彻底消失于历史尘埃之中，人们似乎早已遗忘了它……"① 而帕巴拉神庙正是所有寻宝冒险的最终目的地（虽然当卓木强巴决定开启冒险行动时，并不知道冒险的终点是什么、在哪里）。整个冒险故事笼罩在藏传佛教密宗文化的背景之下，传入西藏的佛教与西藏原生的多神崇拜的自然宗教苯教"佛苯结合"的痕迹在《藏地密码》中得到了充分体现，尤其是对于祭祀的一再描写，如食人族的残忍的生杀仪式，多次出现"血池"和玛雅地宫中的"圣井"，这些仪式都与原始社会苯教的祭祀仪式存在着千丝万缕的联系。除此之外《藏地密码》还对藏教的"密修"进行了细致的描绘："卓木强巴知道，藏传佛教的密修是一种挑战人体极限的修行法门，据说卷宗里记载了断食、屏气、针刺等许多挑战生理极限的修行方法。进行过密修的僧侣，拥有超过常人的意志力和忍耐力，诸如将人装入棺材埋在地底，仅用一根软管与外界通气，几个月滴水不进还能生还，而普通人缺水超过三天必死无疑。还有的僧人光着膀子坐在雪山巅峰，一坐就是数日，不仅对抗绝食的生理饥饿，还要对抗凛冽的寒风。亚拉法师道：'如果不是这次行动，我本来已经做好准备，和前辈们一起绝五谷，修千日行。'千日行，卓木强巴很小的时候就听父亲说起过，他认为这样的事编成地狱故事，来吓唬小孩子很不错，但想不到，真的有人进行这样的修行。绝五谷，便是断绝五谷杂粮，一点东西都不吃，然后人进入一种冬眠状态，除非有非常大的响动，否则不会醒来，这样日复一日，年复一年，仅靠肉身的消耗来维持着生命，最后人的四肢甚至胸腹都变成了枯骨，但是人却还活着，僧侣们把这当作一种涅槃，其最高境界就是修成肉身佛陀，最后人

---

① 何马：《藏地密码·总序》（唐卡典藏版），北京时代华文书局2014年版。

终究是要死的，但枯骨肉身却能保持长久不腐，化为肉身菩萨，供后世景仰。"①

在对宗教背景细致地还原之外，《藏地密码》采用了大量的神秘叙事，通过虚实相间的情节设置悬念，使得整个冒险行动笼罩在神秘主义的面纱下。首先，借用了历史人物和历史事件以渲染小说的真实感，包括：（1）公元838年的吐蕃末代赞普朗达玛禁佛；（2）希特勒于1938年和1943年两次派他的最佳助手希姆莱亲自组建两只探险队深入西藏；（3）苏联在新中国成立之初，组建一支特殊的专家团前后5次深入西藏。通过这样对史料的运用，在历史的空白处建构文学的可能世界，何马的目的是："希望大家能更为真切的感受高原净土那份独有的美丽，感受到那里人们的淳朴。我所能做的，只是倾力打造一个梦幻般的世界，游离于真实与想象之间，尽量将我所要诉说和表达的，我心中描绘的，以文字的形式与大家分享。"②

百科全书式的对于宗教、科技、历史、动植物、医学、地理、天文、军事、政治知识的展示，通过对西藏历史、宗教故事的援引，对密宗大师出神入化身手的细致描绘，增加了《藏地密码》的神秘色彩，满足了好莱坞对于东方神秘主义的想象。对比好莱坞既往对中国元素的运用，如《木乃伊3：龙帝之墓》中对秦始皇、长城、龙、喜马拉雅雪人、香格里拉及旧上海等中国元素进行了描绘，其中将木乃伊找寻生命之泉的地点设定在香格里拉，可以看出在好莱坞的想象中，西藏是个充满神秘和拥有魔法的地方。

除此之外，《藏地密码》也是一部充满文化全球化的想象的作品。王一川将全球化界定为："就是地方生活对远距离事件的依赖性……全球化

---

① 何马：《藏地密码：2》（唐卡典藏版），北京时代华文书局2014年版，第282页。

② 何马：《答记者问采访答稿》，2011年4月26日，新浪博客（http：//blog. sina. com. cn/s/blog_ 5e3445a50100qtle. html）。

意味着地方生活同远距离的遥远世界形成一种互动性的关联，形成一种依赖性，每个地方的生活都可以感受到遥远的国家或地区的影响。"① 这种关联性与依赖性在《藏地密码》中表现为把东方神秘的藏文化与玛雅文明联系在一起，这样的构思与学界认为玛雅文化很可能就是藏文化的变种的猜测异曲同工。这种联系性和依赖性使得藏文化与玛雅文明自然崇拜的属性，在小说中得到了更加充分的体现，同时也使得主角们在南美洲训练、冒险变得顺理成章。

三　好莱坞探险电影元素的运用

美国著名神话比较学专家约瑟夫·坎贝尔（Joseph Campbell，1904—1987）在 1949 年出版的《千面英雄》中通过对世界各地各民族的英雄神话的研究，发现尽管这些英雄故事因为历史、文化背景的不同存在细节上的差异，但在基本模式上有着惊人的相似，即他归纳的"英雄的历程"（Hero's Journey），他提出："英雄从日常生活的世界出发，冒种种危险，进入一个超自然的神奇领域；在那神奇的领域中，和各种难以置信的有威力的超自然体相遭遇，并且取得决定性的胜利；于是英雄完成那神秘的冒险，带着能够为他的同类造福的力量归来。"② 美国学者克里斯托弗·沃格勒（Christopher Vogler，1949—）受其理论启发，并吸收了瑞士心理学家卡尔·荣格（Carl Jung，1865—1961）的理论，在著作《作家的历程：给作家的神话结构》（Writer's Journey：Mythic Structure for Writers，1998年）提出一种对幻想冒险片全新的分析方法。沃格勒的基本观点是，电影的英雄主人公应遵循神话英雄那样的历程，才能使电影主人公的冒险历程在世界范围引起观众共鸣。原因是英雄和英雄的历程，都属于"原

---

① 王一川：《文学理论讲演录》，广西师范大学出版社 2004 年版，第 267 页。
② ［美］约瑟夫·坎贝尔：《千面英雄》，张承谟译，上海文艺出版社 2000 年版，第 24 页。

型"（Archetypes）潜藏在全人类（无论种族或文化）的集体无意识中。

坎贝尔提出："英雄之旅不是新发明，它只是对事物的总结。它是一种对美丽结构的认识，是一套管理人生和讲故事的原则。"于是将"英雄的历程"这一模式划分为12个基本环节：（1）正常世界；（2）冒险召唤，英雄必须面对问题，响应冒险的召唤；（3）拒斥召唤：在冒险的出发点会拒斥召唤；（4）见导师：导师的功能是帮助英雄做好面对未知的准备；（5）越过第一道边界：此时，英雄终于全身心地投入冒险，并且越过第一道边界；（6）考验、伙伴、敌人：既然越过了第一道边界，就要迎接新的挑战和考验，与他人成为伙伴或敌人；（7）接近最深的洞穴，英雄终于到了险境的边缘；（8）磨难：这一阶段，英雄直接面对人生中最大的恐惧，英雄在磨难中必须死去或貌似死去，才能获得重生；（9）报酬（掌握宝剑）：在经历九死一生后，英雄掌握了他一路追寻的宝物所有权；（10）返回的路：这一阶段标志着返回正常世界的决定；（11）复活；（12）携万能药回归。这种"英雄的历程"模式很好地将神话中的英雄历险融入好莱坞的三幕剧作法中，使得好莱坞冒险片取得了巨大的成功。当然，在实际的运作中并非僵硬地套用，而是根据需要对其中的某些环节进行隐藏、删减、改变。

《藏地密码》的小说在创作时便采用了这种"英雄的历程"模式。主人公卓木强巴原本是天狮名犬驯养基地公司总裁，复旦大学生物系客座教授，名利双收取得了世俗的成功，直到他在美国宾夕法尼亚州演讲时收到陌生人送来的信封，里面的两张照片上惊现的远古神兽震惊了他，他受到了感召，"就像一名研究了一辈子恐龙化石的科研者，忽然之间，就那么近距离的，看到一头活生生的恐龙，还是恐龙中最稀少的那种，矗立在自己面前，这个庞然大物触手可及，他的激动心情可想而知。一个声音从心底发出，仿佛来自远古的呼喊，却是那么的真实而亲近：'去吧，去寻找它，为了你的信仰和灵魂，为了你存在的价值。你这一生难道不正是为了看到它而存在的吗?'"① 于是，在见过已经疯癫的照片主人唐涛（国内知名的旅行家，喜欢冒险之旅，曾独自穿越唐古拉山脉横穿塔克拉玛干沙漠，独自登上珠穆朗玛峰，独自漂黄河，漂长江，漂雅鲁藏布江，独自游泳跨渤海海峡）后他向自己的导师方新求助。在经过对照片真假的论争后，导师鼓励了他："看来你的决心很大，我的孩子。你去吧，我祝你成功。"② 而紧接着，卓木强巴将照片与藏地流传已久的紫麒麟传说结合起来的大胆假想，使得导师方新心跳加速。最终，共同的信仰与热爱，使得65岁的方新放弃了参加马修丽亚生物论坛领取普立特奖（动物学的诺贝尔奖）的机会，加入了卓木强巴的探险队伍，并在冒险的过程中发挥着重要的作用，鼓励着卓木强巴。

在整个从寻找传说中的藏獒紫麒麟，到寻找帕巴拉神庙的冒险过程中，卓木强巴在可可西里遭遇的伏击便是所谓的第一道边界，自此之后卓木强巴彻底坚定了寻找紫麒麟的决心，组建起了一只由卓木强巴（后揭开身份，为三大巫王直系后裔）、方新（动物学家、犬类专家）、唐敏（美貌少女、卓木强巴的恋人、决策者派到卓木强巴身边的卧底）、岳阳（特种兵）、张立（特种兵）、吕竞男（密修者、卓木强巴的"宿生"、特种部队教官，探险队伍的训练教官）、亚拉法师（密修者）、塔西法师（密修者）为主要成员的冒险队伍。随着冒险的展开，他们的敌人也逐渐明朗起来，即以本·海因茨·莫金和生物学家、操兽师索瑞斯带领的队伍，以及隐藏在他们身后的唐涛和神秘组织十三圆桌骑士团。在探险的过程中他们经历了一系列的磨难：穿越可可西里，亚马逊丛林遭遇食人族部落，勇闯阿赫地宫，考察古格遗址，翻越斯必杰莫雪山，初探冥河，航行特提斯古海，穿越香巴拉原始丛林，深入古藏戈巴族村，揭开身世之谜，开启帕巴拉神

---

① 何马：《藏地密码1》（唐卡典藏版），北京时代华文书局2014年版，第11—12页。
② 同上书，第16页。

庙，挫败阴谋……在这一系列的冒险过程中，卓木强巴数次遭遇绝境，生死一线：在亚马逊原始森林遭遇巨蟒，吕竞男杀死蟒蛇，解救了他；在香巴拉身中蛊毒，吕竞男为延续强巴的生命，不顾教规，默默传授卓木强巴呼吸法，并找到可以拯救卓木强巴生命的蜷蜓；最终帕巴拉神庙中隐藏于幕后的黑手唐涛现身，一场恶战之中，亚拉法师、吕竞男和最终爱上卓木强巴的唐敏，先后不顾自身安危舍身救卓木强巴，最终卓木强巴与莫金联手对敌，传说中藏獒紫麒麟现身率领狼群，挫败了唐涛夺取病毒控制世界的阴谋。

卓木强巴的冒险活动伴随着自身，以及团队成员的身份解密，随着身份的变化，这场原本目的只是寻找紫麒麟的旅程也被赋予了新的意义与使命。卓木强巴出身于一个藏传佛教渊源深厚的家族，曾经保管着西藏最完整的宁玛圣经，父亲德仁是藏区南方除活佛外最具智慧的人，因此他的冒险行动得到了藏传佛教密修者们的帮助。最终进入帕巴拉的人中包括三位：卓木强巴、莫金、唐涛（戈巴族信奉四大巫王——党·苯波、赛·苯波、东·苯波和莫·苯波的后裔，原本应当承担着保护帕巴拉秘密的家族使命）。从寻找紫麒麟到寻找帕巴拉神庙，主角团队成员身份的解密无疑为整个冒险过程增添了悬念，使得"英雄的历程"越发实至名归。

四 总结

不难看出，《藏地密码》小说的成功本身就离不开对于"好莱坞"夺宝冒险片元素的运用，加上其本身具备商业开发的潜质同时符合"好莱坞"对于神秘东方的想象，凭借西藏，这大片能够获得青睐也就不难理解。作者何马的父亲在接受采访时曾提道："不得不承认，美国的技术和营销渠道、传播渠道优于国内，所以我们要借鉴他们的优势将《藏地密码》所代表的中国文化传播出去，希望《藏地密码》能够作为中国第一部打向国际市场的电影。"① 中外合拍的模式不仅能够原汁原味地保留《藏地密码》的东方文化底蕴，而且在一定程度上也可以弱化西方意识形态的侵入，对于塑造中国版的"夺宝奇兵"具有积极而正面的作用。

---

① 烟台晚报：《好莱坞拍〈藏地密码〉打造中国版〈夺宝奇兵〉》，2013 年 4 月 25 日，新华网山东频道（http：//www. sd. xinhuanet. com/news/2013－04/25/c_ 115538566_ 2. htm）。

"罪"的社会性演绎与哲理化反思

——浅谈《十宗罪》的艺术特质

赵　耀[*]

【摘要】蜘蛛的恐怖悬疑小说《十宗罪》，将单纯的恐怖场景，再现升级为人性扭曲与裂变的哲理反思；由单纯的生理感受描摹，转向深层文化心理的探秘；通过对"罪"的双向开掘，揭示善与恶同体、罪与德共在的残酷真相。作品在案情的缝隙中大胆介入诸多鲜为人知，但真实存在的社会问题，不仅彰显了作者的社会良知，而且也使作品本身成为记录时代的重要文献。所有这些以点带面地说明了当前网络文学创作文化价值崛起的新动向。

一　恐怖感的持续

恐怖悬疑小说的一个重要特征，在于通过恐怖效果的精致营造和令人毛骨悚然的情节设置，不断突破读者的心理防线，使读者一方面胆战心惊，随时有中断阅读、逃离恐怖的冲动；另一方面又对案情极端好奇，难

---

　*　赵耀，吉林大学文艺学博士研究生。

以抑制对获悉事实真相的渴望。从某种意义上来说，恐怖悬疑小说正是在对这种惊悚感与好奇心的操纵中建构其文学生命力的。然而，此类创作有一个始终难以超越的瓶颈，即随着案情疑云的最终揭开和幕后真凶的浮出水面，作品之前刻意营造的恐怖氛围也随即消失殆尽。换句话说，读者只能对作品中的恐怖资源进行一次性的消费，极少有人反复阅读同一部作品。即使有，也只是对之前忽略的线索和尚未揭开的谜团进行再次梳理，而非对案情本身的回味。这也正是此类创作难以真正意义上经典化的一个重要原因，它只能通过不断增加新的读者来完成自身价值的重复生成，而不是在稳定读者群的反复回味中积淀永恒的文学价值。

而蜘蛛的《十宗罪》则不然，它不仅在情节本身的设置上极具功力，使案情更加扑朔迷离、引人入胜，而且更为重要的是，他通过魔幻笔触的匠心独运，有效超越了上述瓶颈，在恐怖效果的持续与深化中实现作品价值的有机建构，根本上提升了此类创作的文化意蕴。《十宗罪》没有止步于案情本身，而是在案情终结之际有意添加新的元素，创造新的恐怖，将单纯的恐怖场景再现升级为人性扭曲与裂变的哲理反思，由单纯的生理感受转向深层文化心理的探秘，在丑恶灵魂的暴露与拷问中，引领读者窥见比现实更为恐怖的黑暗人性，进而将恐怖推向更为深邃的层次。具体来说，在《美人鱼汤》一案中，"煮尸""蛇洞""无脸人"等场景极具恐怖效果的杀伤力。而当主人公画龙用飞刀杀死"无脸人"的瞬间，一切恐怖效果也随之烟消云散，紧张的情节刹那间缓和。因为一切已经结束，所有疑点均已解开，所有危险都不复存在。然而，蜘蛛并没有止步于此，而是在此基础上制造新的更具震撼力的恐怖。通过倒叙，读者得知，原来"无脸人"之前即杀过人，而且曾经逼迫一对情侣互戕，要求他们只能留下一个人存活。男孩为了求生，痛下杀手，亲手杀害了自己心爱的人。而正是这个男孩之前还曾是所谓的"抱抱团"成员，高调宣称即使是陌生人也应投以微笑。这样一来，作品的恐怖氛围发生了翻转，由之前的外在场景的渲染转向内在灵魂的拷问。"无脸人"固然狰狞可怕，但终究是人，而且属于残疾的弱势群体，他的变态行为与长期自卑和他人的讥讽不无关系。而男孩的行为更具恐怖意味。因为这一行为超越了常规的道德标准，窥视到了人在生命受到威胁时的本能反应。我们不能单纯在道德立场评判男孩行为的正误，因为谁也无法预知自己身处那种极端场景时会作何选择。问题在于这种场景本身即揭示出所谓的海誓山盟与卿卿我我在生命受到威胁时的渺小与脆弱，或者是说爱情本身即是虚幻的，人性的善也仅仅是一种诱惑性的谎言。相对于凶杀现场，这种陷入虚无与悲观的冥思也许更具恐怖氛围，因为前者毕竟只是极端场景，现实中只有少数人能够亲历，后者却是活生生地摆在每一个人面前的灵魂拷问，也即，发觉自己心中的魔鬼比见到魔鬼本身更具恐怖感和震撼力。而蜘蛛即在案情的终结后将这样一种更为深邃、更难以超越的恐惧感馈赠给读者，让读者在自我的负面因子解剖中感受发自生命本能的更为原初性的恐怖。

这样的手法几乎贯穿《十宗罪》中的每一个案件。《隔世夫妻》一案中，令人恐惧的不仅是吊死的孩子，而且是谋杀孩子"养小鬼续命"的丑恶行径；《畜生怪谈》一案中，令人发指的不仅是杀死受害者的残忍，而且是变态父亲对亲生女儿的性侵犯，以及给孩子造成的心理阴影；《炸弹狂人》一案中，令人心力交瘁的不仅是随时可能发生的爆炸，而且是两位少女的不伦之恋，以及两人最终在自杀式爆炸中化为一体的凄美；《鬼胎娃娃》一案中，令人痛心疾首的不仅是被拐儿童所受到的摧残，而且是物化时代的人性裂变与童真丧失，是乞讨女孩那句"我长大了要去当小姐"的恐怖愿望；《蔷薇杀手》一案中，令人深恶痛绝的不仅是城管的暴力执法，而且是此种行为在弱势群体中留下的永不愈合的心灵创伤；《变态校园》一案中，令人瞠目结舌的不仅是对未成年人的痛下杀手，而且是学生价值取向的根本扭曲；《掏肠恶魔》一案中，令人毛骨悚然的不仅是掏肠杀人的残忍行径，而且是暴力与仇恨在岁月中的持续裂变……

《十宗罪》的独特价值在于，在获悉真相后进一步试图引领读者思考这样的问题：案情之所以恐怖的根源是什么？传统作品的恐怖感之所以会在结尾处消失，是因为随着真相大白，案情得到了合理的解释，获得了现实逻辑的支撑，而不再是完全超乎人理解能力范围之外的冥冥之力，一切都只是人的行为而不是鬼的作祟。而《十宗罪》之所以能将恐怖持续，正在于触发凶手的心理因素，通过无法掌握的心理恶魔的绝佳呈现，实现对人性负面本身的哲理性反思。这样一来，恐怖悬疑小说就从传统的单一线性发展转型升级为循环的双向结构。不再是伴随着案情结束，作品本身也宣告终结，而是由恐怖案情的描摹引发恐怖人性的拷问，由恐怖人性的拷问回归恐怖案情的反思，而作品的恐怖感也就在二者的循环中不断加深，实现了作品本身的诗性提升与哲学提升。

二　案情缝隙中的社会百态

　　除了案情本身的扑朔迷离，《十宗罪》的故事情节总是有着极为丰富的含量，每个案情都填充了充足的缝隙。从这些缝隙中，可以窥见大量有关当下社会百态的文化密码。《十宗罪》的案情可谓包罗万象，几乎囊括了当今社会的各类问题：惨绝人寰的器官买卖（《精神病院》），教育缺失下的畸形成长（《变态校园》），花样各异的性交易（《残肢物语》），劳动力大量进城后乡村的破败（《恐怖村庄》），整日颠沛流离的流浪者（《行为艺术》），精神迷惘的都市白领（《有鬼电梯》），货车侧翻后的群体哄抢（《拼尸之案》）……《十宗罪》向读者呈现出，"娈童""恋尸""窥视""慕残""性倒错"这些超出常人接受能力范围的变态事件却真真正正地在我们周围发生过。似乎每一个人都或多或少地存在着精神创伤，都在物化的浪潮中迷失自我，在异化的挤压下成为异己性的存在。精神家园的荒芜使每个人都极为脆弱又极为暴躁，这也为下一个凶杀案的发生埋下了伏笔。"一个作家之所以要写作，其内在动因之一就是源于他对存在世界的某种不满足或者不满意。他要通过自己的文本，建立起与存在世界对话和思考的方式。而一个作家所选择的文体、形式和叙述策略，往往就是作家与他所接触和感受的现实之间关系的隐喻、象征或某种确证。"① 在作者蜘蛛看来，凶手之所以犯罪，似乎并不能完全归结于自身的暴力倾向和欲望膨胀。纷繁复杂的现代性幻象导致的心理变态和人格分裂，也许才是犯罪的根本温床。如果没有欲望的无休止催发，也许就不会有那么多不断冲破道德底线的犯罪；如果没有对人非理性的极端压抑，也许就不会出现如此多的人性裂变与灵魂扭曲；如果没有对弱者无以复加的摧残与欺辱，也许就不会出现如此多的加倍报复与病态自戕。因此，从这个意义上来说，《十宗罪》虽为恐怖悬疑小说，但并未将关注的焦点设置在刑侦这一单一维度，而是以高密度的容量包含一系列亟待解决的社会问题，特别是出于刑侦工作的特殊性，作品中涉及的事件皆为一些鲜为人知但真实存在的问题，对这些负面事件和问题的大胆介入，不仅彰显了作者的社会良知，而且也使作品本身成为记录时代的重要文献。

另一方面，《十宗罪》通过不断地质疑与追问，将对犯罪问题的思考推向哲学和人类学的层面。虽然每一宗案件各不相同，但都有一个共性，即警员只能打击犯罪，但不能预防犯罪。主人公梁教授、包斩、画龙、苏眉虽各有所长且构成绝佳的破案组合，但在防止犯罪面前束手无策，更无能为力。当每一件案子走向尾声之时，他们都或多或少地带有无限的惋惜与痛心，这样一种情感基调几乎贯穿作品的始终。疑案的最终告破带来的并不是无限的欣喜，相反是无边的绝望。因为案子本身虽然了结，但受害者难以重生，被摧残的心灵难以慰藉，而下一起更为残暴的案件随时可能发生。这不仅是警员悲剧性工作的轮回，而且是现代人生命困顿的隐喻：

---

① 张学昕：《穿越叙事的窄门》，复旦大学出版社 2013 年版，第 22 页。

"焦虑和骚动，心理的眩晕和昏乱，各种经验可能性的扩展及道德界限与个人约束的破坏，自我放大和自我昏乱。"① 在《十宗罪》的前传《罪全书》中，两个主人公一警一匪的人生轨迹，似乎诠释着外在成长环境的塑形作用。但值得我们思考的是，最后两人的同归于尽，是否存在着某种暗示？周兴兴以自我毁灭的方式终结罪恶的行为，本身是否意味着善恶共存的残酷真相？然而，《十宗罪》并未将我们导向怀疑一切的虚无主义，作者似乎知道："人们的心灵一旦成为废墟，能够人主的只有虚无主义的哲学。"② 因此，虽然《十宗罪》中到处弥漫着恐怖与绝望，但依旧有点滴的人性光芒熠熠生辉。画龙虽然粗犷，动则对罪犯大打出手，但在儿童面前始终和蔼可亲，故事中所有人（包括警员）都存在着一定程度的精神危机，但所有的孩子未被浸染，依旧天真烂漫。也许，作者是将希望寄托在孩子身上，希望充满童真的美丽心灵可以洗涤被污浊的灵魂，净化被荼毒的精神，实现人性的真正复归。

三 "罪"的双向开掘

除了案情本身的惊心动魄和社会问题的包罗万象之外，《十宗罪》中有着一系列充满隐喻性的意向性符号。这些符号倒逼着读者对罪恶本身进行颠覆性的思考。首先，梁教授这一人物形象本身就颇值得玩味。诚然，他是功勋卓著的刑侦专家，双腿的残疾也源于一次恐怖的爆炸，同时他又极为善良，富有同情心，从《爆菊恶魔》一案中，力主未成年孩子自首而非主动抓捕即可看出他的良苦用心。但是，正是这样一位慈眉善目的老人，总是让读者感到他周身散发的一股寒气，一种令人本能远离而非亲近

---

① ［美］马歇尔·伯曼：《一切坚固的东西都烟消云散了——现代性体验》，徐大建、张辑译，商务印书馆 2013 年版，第 19 页。

② 李新宇：《直面废墟》，《走过荒原：1990 年代中国文坛观察笔记》，广西师范大学出版社 2003 年版，第 88 页。

的疏远感，一种令人畏惧的窒息感。在《骷髅之花》一案中他杀死恶犬和《清醒一梦》一案中他把伪娘打骨折的情节中即可看出其性格中狰狞的一面，与表象的和蔼可亲形成强烈的反差。同时需要指出的是，在《十宗罪》中，画龙经常与犯罪分子正面搏斗，但在画龙身上读者感受不到任何寒意，而是一种侠义的精神，原因何在？作者对这样一种人物的塑造，是出于有意还是无意？

其实，梁教授这一形象本身即隐喻着善与恶同体、罪与德共在的残酷真相。梁教授之所以能够屡破奇案，是因为他本身就是罪犯，或者更为确切地说，他具备作案能力。他能够以常人不具备的犯罪者心理思考杀人动机，进而还原整个犯罪过程，他能够与罪犯在心灵上进行无障碍的沟通，进而突破嫌疑人的心理防线。也正是这个原因，使梁教授与他人相比更为冷酷，也更不易亲近。这也许正是所有优秀警员的共同悲剧性命运。要想成为执法者，首先要成为犯人。《十宗罪》的深刻之处在于并没有停留于此种悲剧性的反复渲染，而是寻找破解之道。《十宗罪》中另一具有隐喻性的情节是"特案组"4人首次出发办案之前，公安部副部长白景玉发给每人一个箱子。苏眉的箱子里装的是高尖端的超级计算机，包斩的箱子里装的是最先进的刑侦设备，画龙的箱子里装的是各种高性能的新式武器，梁教授的箱子里装的东西却与刑侦毫无关系，他的箱子里装的竟然是一部《圣经》。这样的情节设计本身就颇值得玩味。苏眉、画龙、包斩三人箱子里装的都是打击犯罪的工具，而梁教授箱子里装的《圣经》是预防犯罪的心灵慰藉。作者似乎想通过这一意象阐明精神性抚慰的价值远远大于物质性的打击，灵魂的净化远远高于肉体的惩罚。从某种意义上来说，梁教授的《圣经》正是可以将他与真正罪犯区别开来的重要标志，正是因为有着《圣经》式的秉持，宗教性的救赎情怀，才使他成为刑侦专家而非犯罪分子。而在具体的情节中，《圣经》又救了梁教授一命，犯罪分子的射钉枪可以穿透画龙坚实的手掌，却穿不透滋养人类伟大灵魂的《圣经》。夏志清在《中国现代小说史》中曾言："现代中国文学之肤浅，归根究底说来，实由于对原罪之说或者阐释罪恶的其他宗教论说，不感兴趣，无意认识。当罪恶被视为可完全依赖人类的努力与决心来克服的时候，我们就无法体验到悲剧的境界了。"① 他的观点正确与否这里暂不讨论，单就文学创作的宗教救赎观念本身来看，《十宗罪》至少进行了某种超越性的努力。

此外，还有一个问题需要关注。如果将主人公包斩和画龙进行比较式阅读就会发现，孔武有力、擅长格斗的画龙在案件的侦破过程中屡次负伤：《尸骨奇谈》一案中捆在铁笼中被老鼠蚕食，《美人鱼汤》一案中被"无脸人"打晕，《雨夜幽灵》一案中被射钉枪打穿手掌……而矮小懦弱的包斩始终毫发无损。作者是否通过这些有意为之的情节设置传达出暴力不能单纯依靠暴力解决，爱的力量远远大于恨的力量呢？而作为"特案组"中的唯一女性，苏眉似乎始终在包斩和画龙二人之间徘徊踟蹰，无法确定将哪一个作为托付终身的伴侣。苏眉的选择之所以艰难，是因为包、画二人代表着完全不同的文化取向。如果说包斩是儒生的代表，秉持谦虚中庸，那么画龙则是侠客的典范，笃信疾恶如仇。包斩的体贴爱护可以让苏眉获得家的温暖，画龙的快意恩仇则可以让苏眉享受被保护的熨帖。苏眉选择的艰难，从某种意义上来说也是中国文化选择的艰难，面对西方强势话语介入，商品化浪潮洗刷，本土资源变异的多重困境，中国文化到底何去何从始终困扰着一代又一代的学者，而"特案组"4人身上承载的文化因子及其绝佳的组合方式，也许为这一问题的解答提供了某种建设性的参考方案。

---

① ［美］夏志清：《中国现代小说史》，刘绍铭等译，复旦大学出版社2005年版，第320页。

网络文化语境下的重口味书写

——评《十宗罪》

江秀廷[*]

【摘要】 蜘蛛的《十宗罪》最早发表在天涯论坛，小说出版后十分畅销，近期又被改编成网络剧，产生了巨大的社会影响力。作为系列短篇小说集，《十宗罪》却具有典型的网络文化特征：首先，小说把"重口味"作为制造爽点的核心手段，从外在的暴力行为和内在的变态心理两方面显示其独特性；其次，《十宗罪》积极迎合大众读者的阅读心理，吸收了众多类型小说的创作元素，借助粉丝的力量扩大了小说的影响；再次，小说以大量的刑事案件为原型，站在民间大众的立场观照社会种种问题，小说展现的青年亚文化和草根文化，使得网络文学具有了强大的生命力。

2016 年 8 月 26 日，很多网友认为这一天是中国刑侦史上值得纪念的日子：从 1988 年到 2002 年的 14 年间，犯罪嫌疑人高承勇通过极其残忍的手段入室强奸、杀害了 11 名女性，28 年后凶手终于被逮捕。被称作新中国成立以来十大未破悬案之首的"白银案"，终于收起了它恐怖的嘴脸。

---

* 江秀廷，山东师范大学中国现当代文学硕士研究生。本文系 2016 年山东省研究生教育优质课程建设项目《中国当代文学研究》成果。

包括"白银案"在内的许多刑事案件一直在网络贴吧、论坛里流传，有好事者甚至会按照残忍程度分门别类地列出各种榜单，这些案件同时成为一些网络写手从事写作的现成材料。2010年作家蜘蛛开始在天涯论坛上连载的《十宗罪》，就由真实的案例改编而成，第八卷《尸骨奇谈》的案件原型就是刚才提到的备受人们关注的"白银市连环杀人案"。《十宗罪》在中国迅速刮起了一阵带着恐怖、腐腥气息的旋风。从线上到线下，从畅销书、有声读物到网络剧，网络小说的"孵化器"功能得到了最直接的展现。①

一 制造爽点的"重口味"

爽点制造是当下网络小说写作的重要问题，网络写手在漫长的写作过程中，以"金手指""升级""主角光环""玛丽苏"等屡试不爽的方式吸引读者阅读。以"代入感"为阅读前提，伴随着"YY"的心理体验，读者在日常生活中难以获得的畅快感、优越感、占有感、成就感，在网络小说阅读中得到了满足。但是，"金手指"等手法的使用有一个前提条件，即网络小说必须足够长，小说必须是带有浪漫、幻想色彩的玄幻、仙侠、穿越、历史架空、修真等类型；而在以写实为主的短篇网络小说写作中，以上制造爽点的万能手法可能并不完全适用。同时，不同于起点中文网、创世中文网等商业小说网站，天涯论坛等社区型网站的写手并不能通过网络连载的方式直接获取利益。写作平台和写作题材给这部分写手提出了更高的要求，他们必须采用更加新颖、有效的方式制造爽点，在获取口碑、加深读者记忆的基础上出版小说、获得收益。蜘蛛的《十宗罪》以重口味的写作方式来制造爽点，重口味书写具体体现在外在的暴力行为和内在的

---

① 邵燕君在其论文《"媒介融合"时代的"孵化器"——多重博弈下中国网络文学的新位置和新使命》中首次提出，网络文学在中国的媒介融合时代里应该承担起其"孵化器"功能。

变态心理两个面上。

"重口味"原指一个人在饮食方面喜欢吃一些偏咸、偏辣的食物，作家蜘蛛却在小说中过度地渲染死亡、暴力。《十宗罪》里暴力行为是非常残忍的，因此纸质小说的封面上写着"真实案例改编成的小说，未成年勿进"字样，只是警告无意中变成了宣传文字，更大程度上激发了读者的好奇心。暴力行为首先体现在罪犯残忍的作案手段上，小说中的犯罪分子肢解人体、强奸尸体，割掉人的头皮，活取病患的身体器官，剖开人的肚皮放进电子洋娃娃……无不使人毛骨悚然。这其中又以对犯罪现场受害人尸体惨相的刻画最为突出，给小说营造了恐怖的氛围。《碎尸真相》中有这样的描写："浴缸里有3名死者，1个女人，1个女童，还有1具无头人体骨架，黑压压的苍蝇落在3名死者身上，门被打开的一瞬间，苍蝇嗡的一下飞了起来，露出高度腐败的尸体。尸体的皮肤和组织已经软化，如同糖浆一样耷拉下来，一只手垂在浴缸外，手上有清晰的腐败水泡，有蛆从手背上钻出来。尸体的胸腹部以及脸部，有很多密密麻麻的孔，每个小孔里都有蛆钻进钻出。浴室地板上满是尸体腐败后流出的液体，和血迹混在一起，呈现出恶心的黄褐色。"[1] 画面感很强烈，冲击性无疑也很大。其次，小说里有着大量的令人作呕的场景，这些场景不时地刺激着读者的感官。作品中的人物或主动或被动地吃屎喝尿，不折不扣地实现了作家"重口味"设定的创作初衷。《精神病院》中就有一个非常恶心的场景，苏眉等人来到了精神病院的地下尸池，受到刘无心的攻击，于是"苏眉顾不上多想，抱起架子上的一个瓶子，向刘无心脑袋上用力砸去，瓶子里的福尔马林四溅开来，一副肠子挂在他的脑袋上，他像淋湿的狗一样甩了甩头，甩掉头上的肠子，双手继续用力，试图把梁教授拽起来。苏眉又抱起一个大瓶子，砸在刘无心的头上，瓶子碎裂，一个婴儿标本从他的脑袋上顺着背

---

① 蜘蛛：《十宗罪》（http://www.shizongzui.com/diyibu/dishijuan/86.html）。

部慢慢地滑下去。刘无心仰面倒在地上，摔倒的时候，他碰翻了架子，那些瓶子纷纷摔碎，浸泡的人体器官散落了一地。"① 作者在小说中大量地呈现"重口味"，刻画暴力场景，除了作者制造"爽点"和自身小说类型的需要外，当代暴力文化语境无疑起到了隐性作用。诸种艺术形式都对丑、恶、暴力、死亡等生命的阴暗面表现出了浓厚的兴趣，它们不仅是批判社会和人性的窗口，而且变成了窗口之外供人欣赏的审美对象。早在20世纪90年代的先锋小说家，在表现暴力的深度和广度上走在了网络类型作家的前面，作家余华和莫言就对丑恶、死亡、暴力、凶杀、流血表现出强烈的兴趣，两人分别在《一九八六》和《檀香刑》中对死亡场景和死亡方式方面表现出极度亢奋的写作热情。电影艺术界有着同样的写作倾向，大导演昆汀·塔伦蒂诺以"暴力美学"的导演风格闻名于世，他的代表作品《低俗小说》《杀死比尔》《被解救的姜戈》《八恶人》等就对暴力的处理呈现出舞蹈化、诗化、表演化的倾向。

与外在的暴力行为同时出现在作品中的是人物内在的变态心理。随着现代医学、心理学的发展进步，人们的心理健康越来越受到关注。变态心理是一种病态心理，心理变态的个体，往往具有性格缺陷或者拥有多重人格。人物的变态、异化心理在中国的严肃小说中并没有构成一种主流叙事，张爱玲笔下曹七巧那样的变态人格很快就消失在"高、大、全"式的健康、正常人物塑造的汪洋大海里。《十宗罪》里有许多人物都是心理变态者，并由心理变态发展到行为变态，他们异于常人的思考、行为方式和带来的后果就具有了"重口味"特征。具体说来，《十宗罪》里的变态心理主要表现在"癖""虐""瘾"三个方面上。所谓"癖"，即是癖好，以前常被看作褒义词，但在网络语境中，这个词的感情色彩发生了变化，成为怪异、不良爱好的同义词。恋物癖是最为常见的，《十宗罪》里有许多

---

① 蜘蛛：《十宗罪》（http：//www. shizongzui. com/diyibu/diwujuan/58. html）。

恋物癖患者，这些行为主体往往是男性，他们收集甚至盗取女性的丝袜、内衣，以及其他女性用品，有些人会穿上偷来的东西，以此来获得心理上的快感。还有恋童癖，这些人难以通过与异性成年人交往获得快乐，他们是一群自卑、内向的失败者，只能在孩子的身上找到暂时的、虚幻的成功体验。恋童癖的人往往伴随着性侵行为，给孩童带来生理上和心理上的终生伤害。除此之外，在蜘蛛的笔下，露阴癖、嗜秽癖、恋尸癖的人也不时地行走在小说里。

相较于"怪癖"，"虐"是一种更为严重的变态心理。虐待活动是由施虐者和被虐者组成，前者是被服务的对象，后者是服务者。在很多异化的性虐游戏中，施虐者和受虐者都进行着一种虚拟的角色扮演，这些心理变态者以疯癫的方式颠覆了他们警察、教师、公司职员等真实身份。小说《变态色魔》和《公厕女尸》就为读者呈现了一幕幕反常的社会景观。虐待行为越来越成为一种普遍的社会现象，最常见的方式是牙咬、鞭打、针刺等，极端的施虐行为包括毒打、肢解、杀死异性等；同时还存在着一些精神虐待的行为，比如在异性的身体上撒尿，通过侮辱他人获得快乐。在弗洛伊德看来，虐待行为的发生可能来自人的本能，双方之间是奴役和被奴役的关系，权力的获得与权力的崇拜是变态行为发生的本质原因。此外，"瘾"也是一种常见的异化心理，相较于物质成瘾（如吸毒），心理成瘾更受作家关注。《十宗罪》的故事明显受到美国电影《七宗罪》影响，这七种罪行包括：暴食、贪婪、懒惰、愤怒、骄傲、淫欲和嫉妒，都是人们对某些事物的偏嗜。

二 粉丝文化下的反类型写作

"网络文学刚出现时，很多人宣称这是全新的文学，是横空出世的'将来的文学'。现在，有了足够的作品放在那里，网络文学作家和相关从业人员也有了冷静的自觉。于是，对网络文学的前世今生大致有了共识——它就是通俗文学，其基本形态就是类型小说。"①李敬泽对网络小说是"类型小说"的定性，从小说最终呈现的结果上看是准确的，从商业小说网站把网络小说分为玄幻（奇幻）、武侠（仙侠）、都市（职场）、历史、军事等类型也能得到确证。但是与金庸、古龙的武侠小说，琼瑶、亦舒的言情小说相比，很多网络小说难以用简单的名称对其进行命名。比如一些穿越小说，特别是"女穿"小说，把它们叫作历史小说、言情小说，甚至宫斗小说似乎都可以。《十宗罪》也存在着这样的问题：从小说刻意营造的恐怖氛围和血腥场面来看，我们可以称这部小说为恐怖小说；小说以警察四人组破案为主，因此小说可以看作公安法制小说；从作者架构小说的方式来看，把《十宗罪》命名为侦探/侦破小说似乎也不为过；但小说的封面上，以及网络购书网站又把它标记成悬疑小说……在我看来，命名困难是因为我们从作品既有的结果形态上看待它，如果从作品的成书过程观照这部作品，就能看到《十宗罪》事实上是一种反类型写作，反类型写作也是很多网络小说共同的叙事特征。

在百度"十宗罪吧"里，网友"0o城市猎人"细致地总结了《十宗罪》小说的案件原型。例如，《地窖囚奴》的案件原型是2008年曾强保囚禁少女案；《雨夜幽灵》的案件原型是1982年香港人体肢解案（雨夜屠夫）；《人皮草人》的案件原型是2009年宿迁"锦绣江南"小区暴力拆迁致被迫杀人案；《尸骨奇谈》的案件原型是白银市连环杀人案；《碎尸真相》的案件原型是1996年南京"刁爱青碎尸案"；等等。《十宗罪》六部系列作品中的案件原型，很多都被公布了出来。蜘蛛通过网络搜索到了大量的新闻事件，经过艺术加工、变形，最终形成了这部小说。蜘蛛的叙事

---

① 李敬泽：《网络文学：文学自觉和文化自觉》，《人民日报》2014年7月25日。

策略是一种"拼贴"叙事，"拼贴"是网络文化的重要特点，指的是："一种关于观念或意识的自由流动的，由碎片构成的，互不相干的大杂烩似的拼凑物，它包含了诸如新与旧之类的对应环节，它否认整齐性、条理性或对称性；它以矛盾和混乱而沾沾自喜"。① 除了国内的新闻事件，作者还把许多外国的刑事案件整合到小说文本中，尤其受到美剧《越狱》《犯罪心理》《CSI》的影响。除了在文本内容上使用拼贴，作者还大量借鉴了其他类型小说的艺术手法：悬疑小说的谜团设定，恐怖小说的烘托渲染，侦探小说的侦察模式。《十宗罪》的反类型写作除了与作家的叙事策略有关，最根本的原因是叙事主体身份的转变。计算机技术的迅速发展无疑是一场媒介革命，"以机换笔"的书写方式使得作家写作具有虚拟性、自主性、便捷性。同时，赛博空间是一个开放性、互动性很强的虚拟场所，与传统作家"一个人的战争"不同，网络作家组成"互助组"，走上了共同创造的道路。在后现代文化语境中，作家的权威性消解掉了，"人人都是艺术家"是这个时代的口号。如果说新时期以来作家的自由书写是一种主体性的张扬，那么新兴的网络写作就可以被称为主体间性。"主体间性是人与人之间的交往关系在人的自我意识和语言、文化文本中的存在特征……以互联网为标志的数字化传媒，大大敞亮了主体间性，这时候的主体间性不仅成为电子传媒时代主体性的主导形态，也成为这个时代主体性的一大标志。"② 在欧阳友权看来，主体间性的生成有三个方面的原因："在网络写作中，散点辐射与焦点互动并存构成了主体间性的技术基础，作者分延与主体悬置的共生形成间性主体的出场契机，而视窗递归的延异文本则成就了主体间性的文学表达。"③《十宗罪》的写作并不是蜘蛛一个

---

① ［美］波林·玛丽·罗斯诺：《后现代主义与社会科学》，张国清译，上海译文出版社1998年版，第4页。

② 欧阳友权主编《网络文学词典》，世界图书出版公司2012年版，第30页。

③ 欧阳友权：《网络写作的主体间性》，《文艺理论研究》2006年第4期。

人完成的事情：天涯论坛"斑竹"的标红加精；"沙发""板凳"们对网络文本内容的讨论、建议、提供的素材，甚至简单的"赞""MARK"都能增加作者的写作热情。拼贴叙事和间性叙事是《十宗罪》反类型写作的直接原因，有没有更深的原因呢？网络文化在作家的写作过程中起到什么样的作用？

与传统作家"闭门造车"式的创作不同，网络小说的写作具有强烈的互动性，通过交流，作家能够很容易掌握读者的阅读偏好。作家塑造小说人物形象和编造故事情节的时候，会积极地参考读者的意见，有些作家甚至会把作品人物的"命名权"留给读者，这势必会增加他们的参与热情。张恨水创作言情小说《啼笑因缘》的时候，听从他人建议在文本中加入关秀姑父女，从而吸引了一群武侠小说爱好者。《十宗罪》作为一部破案性质的小说，把小说主角画龙、苏眉刻画成帅哥美女的形象，人物的偶像化处理方式显著地增加了作品的关注度。蜘蛛力图把《十宗罪》写成一部畅销书，这就势必要以读者为中心，"读者想看什么就写什么"正是网络粉丝文化的核心内涵。为了保持自己庞大的粉丝数量，作者在天涯论坛上公布了无数个 QQ 粉丝群，QQ 群的运作方式类似于"监狱里犯人管犯人的方式"，即让最忠实的粉丝管理其他书迷。同时，百度"十宗罪吧"同豆瓣、龙空论坛对小说的讨论，进一步发挥了粉丝的巨大能量。另外，粉丝在小说文本改编成影视作品后，起到的作用也非常大。郭敬明的《小时代》系列艺术品格并不高，其中宣扬的拜金主义思想尤为受到诟病，电影票房之高却超出了很多人的想象，起到关键作用的正是那些忠实的小说粉丝。2016 年 7 月，由《十宗罪》同名改编，曾志伟、张翰领衔主演的网剧开始在优酷网播出，能否取得成功仍要依赖于读过原著小说的那些粉丝。

三　网文的民间立场和草根心态

《十宗罪》第一部 10 个故事中：《肢体雪人》反映了中国社会严重的贫富差距，以及阶级对立下的仇富心理；《雨夜幽灵》刻画了一个身患绝症、杀人抢钱的出租车司机，他的悲剧事件必然引起人们对中国医疗保障体制不健全的思索；《人皮草人》通过一对同性恋人生离死别的动人悲歌，生动地再现了土地拆迁过程中的官民冲突；《精神病院》揭露了医院非法贩卖人体器官的罪恶过程，医患矛盾令人触目惊心；《骷髅之花》里的派出所所长滥用职权、满足私欲，警察与犯人水火不容。另外，商贩与城管、小三和有妇之夫间的纠葛，都是以暴力的方式去解决。像《十宗罪》这样表现阶级对立、社会矛盾的网络小说有很多，另一位网络作家紫金陈在天涯论坛上连载了"谋杀官员"系列小说，把批评的锋芒直接指向部分当权者。

在历史上，中国长期以来都是一个高度中央集权的国家，民间与官方的对抗一直存在，批评声音像一股潜流流动在民间文学作品中。网络媒体最大的特点是它具有言论的自由性和传播的迅疾性，网络上"人人都是作家"，他们的作品不需要编辑审查就能够呈现在广大读者面前。因此，网络文学的民间立场倾向表现得更加明显，继承了民间通俗文学传统的官民对抗心态十分自然地表现在小说《十宗罪》里。首先，作品在对待罪犯的态度上，更多的是同情而非绝对的批判。《肢体雪人》里的泥娃哥和幺妹在大学的校门口乞讨，他们的乞讨方式是具有欺骗性质的，作者却说："在这个充斥谎言的时代，他们的这点欺骗又算得了什么呢？"幺妹后来被官二代蕾蕾开车撞死，面对死者蕾蕾没有丝毫的歉意，只是要给 100 万私了，并用自己当大官的父亲恐吓受害者。对后来的校园惨案，作者的渲染仅是为了增加小说的恐怖氛围，并没有强烈地批判凶手泥娃的残暴行为，甚至在某种程度上赞美了凶手对金钱的蔑视和对爱情的忠贞。蜘蛛笔下的罪犯，有一大部分是泥娃这样的社会弱势群体，他们的暴力行为，在作者看来是无奈的官逼民反。他们出身寒微、长相一般、工作卑贱，是穷、丑、矮、挫、撸、呆、胖的"屌丝"。为"屌丝"代言，是《十宗罪》坚守民间立场最直观的表现。其次，蜘蛛笔下的当权者往往是贪得无厌、品质卑劣的，这些官员、富商、医院领导在小说里常常是被害者，他们的死在作者的叙事话语里带有罪有应得的意味。这其中，警察形象的转变最值得人们思考。作为一直以维护公平正义形象出现在小说里的人民警察，在《十宗罪》里却变得平庸，他们甚至会参与赌博和性虐游戏。人民公仆在贴吧、论坛里被称作条子、雷子、黑皮、贼头，警察就这样被过度地黑化、污名化了。

为"屌丝"代言和警察的污名化，是作家坚持民间立场的具体表现，支持这种写作态度的是网络空间里伴随着青年崛起的一种草根心态。草根群体是一个平民性的集合体，他们往往处在政治经济文化社会的低层，代表着普通老百姓的价值观念。尽管《十宗罪》在艺术上并不成功（很多读者也看到了小说的失真、语言粗糙），却能够成为畅销书，与其说小说凭借着制造爽点的"重口味"吸引读者，不如说代表着大众心态的网络草根文化聚拢起庞大的阅读群体。正如天涯论坛网友"猪叶青"在读过《十宗罪》后的回复：

> 理解，社会就是这个样子，唯金钱、权势、美色马首是瞻，官吃民、富吃穷、大吃小，腐败堕落，贪婪丑陋，麻木冷血，从上到下都烂透了，没治了。
>
> 还有更牛的呢，化州一青年因写了一篇《颓丧年代》的小说，一针见血地指出了这个社会的丑陋与无耻，还引发了一件重大的灵异事件，惊动整个教育系统，最后还不是为了贪腐官员的利益，所谓的和

谐，被活生生的封锁了，你又有什么办法，至今都有5年了吧。①

此外，《十宗罪》还有一些与众不同的地方。《人皮草人》里的秦天和陶元亮曾经都是越战老兵，在战火狼烟里建立了深厚的友谊，战友情谊进一步演变成畸形的爱情关系。两个人同住桃花源20年，春夏秋冬里相互陪伴、厮守。为对抗拆迁，陶元亮杀死了官员和开发商，并遭到逮捕。秦天为了"爱人"，先是咬断舌头，继而自杀，只是希望两人死后能够合葬在一起。在蜘蛛等网络作家的笔下，同性恋不再是禁忌而常常受到颂扬。这种写作理念不同于官方的主旋律写作，也不同于传统的民间立场，它常常带有一种强烈的反叛意识，许多研究者把这种怀疑、反叛、颠覆和对主导价值抵制的文化称为青年亚文化。网络文学发展的初期，赛博空间里出现了大量的"恶搞文学"，这些作品虽然在艺术上没有多少创新之处，却在一定程度上促成了网络文学发展的繁荣局面。这种以反叛、对抗为核心的青年亚文化与坚守民间立场的草根文化的融合，使得网络文学具有了强大的生命力。

四 结语

《十宗罪》能够成为畅销书，其原因是多方面的。一方面，小说把"重口味"作为制造爽点的方式，吸收多种类型小说的叙事元素，在网络平台上尊重众多粉丝的意见并充分发挥了他们的宣传作用；另一方面，作者站在民间大众的立场上，揭露了社会现实中的黑暗面，以怀疑和反叛的姿态加入批判强权、不公的大众洪流中去。但是，《十宗罪》和其他许多网络小说一样，存在着严重的缺陷，这些缺陷正阻碍着网络小说健康发展。首先，小说缺少核心创新点，更像是无所不包却没有精专的大杂烩。

---

① "猪叶青"的回复，天涯论坛（http：//bbs. tianya. cn/post - free - 2008749 - 4. shtml）。

《十宗罪》在豆瓣阅读上的评分很低，读者对小说语言粗糙、人物和故事失真、逻辑不通等硬伤的批评，是切中要害的。另外，小说有过度媚俗嫌疑，即作者没有把自己当作小说创作主体，商业文学网站小说的"小白文"特质是不应该成为悬疑、侦探类小说书写特点的。"自由性、非功利性、非职业化"，这是对早期网络小说的评价，随着商业资本的介入这种评价早就名不副实了。作家陈村关于网络文学最好的时候已经过去的评断，显示了他对网络小说越来越受到外在因素掣肘的无奈。

一个纯文学作家要想在文坛上拥有自己的落脚点，往往需要花费多年的时间在短篇、中篇小说和长篇小说上一步步磨砺，这对网络作家是有参考价值的。现在，豆瓣阅读、汤圆写作、17K等网站和手机APP客户端都开辟了网络短篇小说写作版块，我认为这对写作者艺术水平的提高是一种有益的尝试。同时，网络作家必须树立以自我为主体的信念，至少应该像"愤怒的香蕉"所说的："后来我写书就坚定了一点，读者要什么，我就给什么，给到你离不开我的时候，抱歉，我得开始我的说教了。"[1]

---

① 《香蕉给罗森的网文分析》："是我不可爱"，龙空论坛（www. lkong. net/thread－1017952－1－1. html）。

困境与超越

——《十宗罪》表征的当下意义

丁绪铖*

【摘要】 网络文学面临困境，《十宗罪》也不例外。它有程序化、类型化的缺点，但它的写实性和批判性超越了同类作品，对当下的网络文学发展有一定意义。

引　言

目前，文学研究陷入了困境。这里困境分为两类，一是文学研究大环境下的困境，如"文学已死""小说已死""作者已死"的论调尘嚣日上。二是文学研究者面临的困境。文学研究似乎变成理论的套用、规则的陈述，任何作品只需要按照一定的模式分析，千万字的论文不成问题。但这种"有理的废话"对文学研究并无好处。理论的建构与完善需要研究者在阅读实践中倾入自己的审美体验和情感，并能适时进行系统的分析和总结。有些评论家已经在做，但关注目光仍局限于严肃文学的范畴。虽然严

---

* 丁绪铖，西北师范大学文学院学生。

肃文学很好地完成了"向内转"和"纯文学"的任务，具有很高的艺术审美价值，却苦于受众不多，影响力较小。倘若将严肃文学的批评方法应用于网络文学作品之中，既有可能打破文学研究的困境，也能督促网络文学超越自身，同时还能扩大影响力。本文选取网络小说《十宗罪》（主要是第一部），在分析它的缺点即类型化、程序化特征的基础上，着重探讨它的写实性和批判性。最后，用原型理论简要分析作品，并用"文学金字塔"模式对作品重新定位。

一　书写的困境：类型化与程序化

"类型"是一个古老的概念，含义丰富而复杂。亚里士多德认为"类型是一系列贯彻同一种内在确定性的文本"。① 而罗兰·巴特认为："类型就是一套基本的成规和法则，随着时代的变化而变化，但总被作家和读者通过默契而共同遵守。"② 艾布拉姆斯则认为："类型是在文学批评中指文学的种类、范型以及常说的'文学形式'"。③ 三位学者对类型的定义都涉及同一特点：固定性。网络文学对小说的分类方法就是"固定性"的分类方法。如"悬疑""盗墓""推理""都市""玄幻"等。这种分类方法便于读者寻找感兴趣的书籍，但也有一大弊端：不能体现小说的"跨界性"和"模糊性"。但邵燕君认为这不足为虑，她认为："文学的类型化倾向与类型文学不同，后者是文学类型化倾向的固定形式。它是为满足读者某种既有阅读预期（如题材、情节模式、情感关系、语言风格等）的文学生产，因而被认为是通俗文学，并且是通俗文学的基本存在方式。类型小说

---

①　[法]让·玛丽·谢弗：《文学类型与文本类型性》，拉尔夫·科恩主编《文学理论的未来》，陈锡麟等译，中国社会科学出版社1993年版，第416页。

②　M. H. Abrams：*A Glossary of Literary Terms*，转引自陈平原《小说史：理论与实践》，收入《陈平原小说史论集》，河北人民出版社1997年版，第1316页。

③　同上。

的发展依赖于媒介发展，可以说，每一次媒介革命（出版、报刊、网络）都带来一次类型文学的繁荣，而这一时期的类型文学样式也与新媒介特征密切相关。"① 她是将"类型"继续分类，认为网络小说的类型分类法就是"通俗文学"，但通俗文学的概念很广，这样强行定义不妥。毋庸置疑的是，"类型"分类会带来不好的影响：一是网络小说的写手偏于"一体"，在因情节需要"跨界"写作时，笔力不够，破坏了作品的整体审美价值；二是会导致写作的"程序化"，千篇一律，缺乏个性特色。这种现象是网络文学作品的"常态"，言情类和玄幻类小说尤其严重，大神级作家也不例外。如天蚕土豆的《斗破苍穹》和《武动乾坤》都隶属于"成长型"小说的范畴，都在讲述"废柴如何成功的故事"，在某些段落具体的打斗场面描写中，甚至会出现将主人公名字置换、"武器"名称置换之后，两者小说情节完全重合的现象。这种"程序化"书写轻松、便捷，对读者来说，却极易产生审美疲劳。

对读者的不负责，会产生严重后果：在作者新作还未更新完毕时，贴吧已出现作品的"结局"，令人惊讶的是，在原作者更新完毕后，情节相差无几，这从侧面说明，读者已经熟知作者的结构和套路，实质上演变为"第二作者"，这对原作者的权益是巨大的损害。

如果说"程序化"写作在"十七年革命历史题材小说"中达到第一个"高峰"，那网络小说就是第二个"高峰"。《十宗罪》在极力避免这种情况的发生，但效果不佳。

从人物塑造上说，4位"超级警察"的人物设定贯穿《十宗罪》系列始终。4位警察优缺点相互组合，形成"完美的整体"，梁教授的"身体不便"配合上画龙的"身手矫健"，包斩的"沉默寡言"配合上苏眉的"能说会道"，关键时刻，4人总能爆发出惊人的力量，及时挽救败局，进

---

① 邵燕君：《网络文学的"网络性"与"经典性"》，《北京大学学报》2015年第1期。

而成功破案。而结构上,《十宗罪》系列作品也是借助"名言 + 案例"的形式,一直没有变通。主题上,最后都是剖析"人性之恶"或者是"社会之恶",强调犯罪是有社会因素掺杂其中,企图引起读者"绝望的同情"。

这是网络文学面临的困境,却不是绝境,既然类型化、程序化的书写无法避免,提高创作者自身的创作能力就成为亟须解决的问题。幸而北大率先"示范"。北大创意写作专业的研究生们在网站开辟专栏,开始创作更新网络小说,并在作品完结后,与网站负责人成功签约。① 这是一次可贵的尝试,它预示着"高水准"网络作家出现的可能,也预示着"高水准"网络文学作品出现的可能,这对当下网络文学的发展有积极意义。

二 超越的特质:"写实性"与批判性

在"起点中文网""红袖添香""潇湘书院"之类的著名网络小说网站,基本是"言情""玄幻"二分天下。"推理侦探"类型的小说也有,很少能吸引大批的普通读者,更难为"精英读者"重视。而《十宗罪》超越同类小说,得到"精英读者"和普通读者的双重认可,这与作品的"写实性"和批判性分不开。

蜘蛛作品的"写实性"不等同于"非虚构",它的内核是真实,表皮是"虚构",但这是一个偏义复词,偏指于"实",反映到作品中就是,每部作品中的案例都有"原型"。如第一部中的"地域囚奴"原型是"曾强保囚禁少女案","人皮草人"的原型是"宿迁'锦绣江南'小区暴力拆迁致被迫杀人"事件,"尸骨奇谈"的原型是"白银市连环杀人案",第二部中的"吃屎少妇"的原型是轰动全国的"呼格吉勒图案"。可贵的是,作者对案件进行"艺术加工"后,基本遵照案件最终的处理结果,而不是

---

① 赵振江:《北大开设网络文学创作课:学生写网络小说惨淡收场》,腾讯网,http://cul. qq. com/a/20150326/066643. htm,2015 年 3 月 26 日。

妄下结论。在《十宗罪》第一部的"碎尸惨案"这一章节，涉及"南大碎尸案"。这一案件，行凶者至今没有找到，成为一宗"谜案"。作者在对受害者刁爱青的死因进行推理时，采取小心谨慎的态度，先是从"119 惨案"逆推"南大碎尸案"行凶者的作案动机，然后给读者呈现网友的各种合理推测，最后以"凶手是……"结尾，作者在设下悬念的同时，严格遵照现实，真正做到了以"事实为基础"这一点。

除此之外，《十宗罪》还具备一般网络小说不具有的批判性、深刻性。从《十宗罪》的前言就可看出，作者说："我要将他们搂入怀中，如同簇拥的仙人球收拢花苞，然后将手中的黑暗呈现在世人面前。我用血迹斑斑的语言和锈迹斑斑的文字，从被人遗忘的天天踩着的铺路石下汲取营养，来完成这部在地狱和天堂同时畅销的书。对于黑暗的探索，从未放弃。为了学习飞翔，我拜鱼为师。我写作的时候，头顶没有太阳，所以我坐在黑暗之中，点燃了自己，借着这点卑微之光，走进地狱深处。"[1]

这一段话交代作者写作不是为了愉悦读者，而是为了揭露黑暗，他写作的对象并不是十恶不赦的罪犯，而是被社会逼疯的"人"。相对于《尸语者》和《罪全书》对罪犯的"妖魔化"处理，他已经跨出一大步。从前言中可以看出，作者开始用理性思维分析案件产生的原因，并对社会上的种种问题进行批判。暴力拆迁、性变态、贪污、贫穷、歧视、贩卖儿童……这些问题真实存在，但一直没有得到有效的解决。作者对此有较为深入的思考，由于篇幅限制，仅以"人皮草人"一案为例。

"人皮草人"一章中有这样一个情节：

　　突然涌进一群凶神恶煞般的人，进门就一阵打砸，他们掀翻卤煮

---

[1] 蜘蛛：《十宗罪》，湖南文艺出版社 2015 年版，第 3 页。

大锅，炉灶里的火立刻引燃了窗帘，饭馆里那个磨刀的伙计吓坏了，怔怔地看着他们，那些人冲上去，对着店伙计拳打脚踢，很快，店伙计头上缠着的绷带又被鲜血染红了。木头搭建的小饭馆火势熊熊，一些村民和路人想救火，只见一个大腹便便的中年人叉腰厉声喝道："我是吴乡长，谁敢去救火，就捉去乡政府关 15 天，泼一瓢水罚款 300。"①

这一段话既是对暴力拆迁场面的直接描写，也是反映官员滥用职权、横行霸道的社会现实。而伙计头上的绷带"又"被染红，一个"又"字说明当地暴力拆迁已经进入常态化，并非偶然事件。倘若作者的叙述到此截止，批判的力度会有所不足，幸好，作者随后对村民抗拒拆迁的原因做出分析。"他们靠山吃饭，靠水生存，搬到城里也就失去了生活的保障。在这个大学生都很难找到工作的年代，小贩上街摆摊还会被城管掀翻摊子，村民在城市里如何适应，怎样生存？"② 作者用反问的句式，揭示出村民面临的困境。这个困境具有普遍性。中国经济飞速发展，受益者是城市，大多数农村并没有得到好处，反而日渐贫穷。这才催生出一批又一批的"农民工"去城市谋生。但由于身份的原因，他们一直无法融入城市，只能生活在城市的边缘，变成"多余的人"，彻底被社会抛弃。那就可以解释村民得到相对丰厚的补偿却仍旧坚持不搬的原因。在农村，自己的身份还能确定，而到了城市，将要面临"身份缺失"的问题。虽然短时间内能享受到城市福利，但失去长久的生活来源。这个"症结"得不到"医治"，"拆迁"就会受到抵制，"暴力拆迁"随之出现，最终，"自焚"的事件应运而生。这是悲剧的循环，一旦产生，很难破解。

---

① 蜘蛛：《十宗罪》，湖南文艺出版社 2015 年版，第 31 页。
② 同上书，第 34 页。

作者在批判"暴力拆迁"的同时，也提及农村的教育问题。"最好的建筑应该是学校！"① 这既是案件中"秦老师"和"陶老师"的呼声，也是作者的呼声。相对于"拆迁问题"，教育问题更加严重。校园建设只是一个小方面，更严重的问题是师资不足。"秦老师"与"陶老师"是义务教师，只有很少的补贴，只好种植果园，赖以度日。《十宗罪》是"犯罪推理"型小说，这类小说要研究罪犯的犯罪动机和犯罪心理，而乡村教师待遇差可以说是他们犯罪动机最为重要的一点。不同于其他九个案件，这个案件中的罪犯"陶老师"是"被迫犯罪"。他是退伍士兵，但在强权面前无法维护自己的权利，小说中这样说："多少年过去了，桃花年年盛开，他们必须在忍和残忍之间做出选择。""陶老师"在犯罪前是矛盾的，他想忍气吞声，却又被"残忍"地对待，所以他决定将"残忍"施加给"施暴者"，从这个维度考虑，"人皮草人"不仅是一种恐吓，而是一种象征。"草人"象征软弱、沉默。在强权面前，个体以"人"的身份与强权者平等对话，只能以"草人"的形式对抗，这注定会走向失败。如果探究这种对抗的根源，可以从卢梭那里找到答案。卢梭在《论人类不平等的起源和基础》一书中说道："人与人之间本来都是平等的，正如各种不同的生理上的原因使某些种类动物产生我们现在还能观察到的种种变形之前，凡属同一类的动物都是平等的一样。不管那些最初的变化是怎样产生的，我们总不能设想这些变化是人类中所有的个体同时同样地变了质。实际上是有一些人完善化了或变坏了，他们获得了一些不属于原来天性的，好的或坏的性质，而另一些人比较长期的停留在他们的原始状态。"② 卢梭是从人类演变的过程这一角度，论述人类不平等的根源。而"原始状态下的人"和"变质的人"之间的区别，也是对抗的根源。以往，学者们的观点分为两

---

① 蜘蛛：《十宗罪》，湖南文艺出版社 2015 年版，第 36 页。
② ［英］卢梭：《论人类不平等的起源和基础》，李长山译，东林校，商务印书馆 1997 年版，第 63 页。

种，一种是强调"环境影响论"，即社会环境在潜移默化影响人的思想和行为，人与人之间的对抗是因为一部分人在社会中获益，而另一部分人什么也没得到，两者财富上的巨大差距，带来直接或间接地对抗；另一种认同"原罪论"，强调人生而有罪，人与人之间的对抗是人自身罪恶的体现，是必然且无法避免的。作者在《十宗罪》第一部中想表达的是第二种观点，即"原罪论"，做到这一点，在同类小说中已是佼佼者，但在"人皮草人"这一章，他巧妙融入卢梭的观点，这使他批判的矛头更加尖锐，直指案件本质。

在剖析"陶老师"犯罪心理的一节中，作者着重写"罪犯"的变化过程：一是身份的变化过程，二是心态的变化过程。从"战士"到"修理工"再到"乡村教师"身份的变化，陶元亮的心态也发生变化。由对"中越战争"中死里逃生的庆幸，到对贫苦生活的无奈，再到与"恋人"重逢的欢愉，他一直保持本性，停留在"原始状态"，而面对暴力拆迁的罪魁祸首——杨科长、开发商和吴乡长，他走向"成熟"，"变质"为"恶人"，通过"以暴制暴"的方式抵抗。可以清晰地看到，作者笔下的陶元亮是"罪人"，他不仅犯下法律定义的"罪"，而且犯下人伦大罪：同性恋。前一种罪行如果说可以由行政力量的介入，得到化解的话，那第二个罪行，并不会得到世俗的"原谅"。作者将这两种罪行相融合，塑造出一个真正的"圆形人物"，这个"圆形人物"①之下，是作者对人"自由"的思考：如果人是自由的，为什么在性取向这一问题上还要受到世俗谴责？为什么别人有权力掠夺自己生存的权利？作者思考的深度，远超大部分网络小说，除此之外，作者还有一定的人文关怀。此案件的最后，他说："村民们只留下这一棵桃树，到底有什么含义，是让他看着人世间的

---

① 关于这个概念，详情请见 E. M. 福斯特《小说面面观》，冯涛译，人民文学出版社 2009年版。

疾苦吗，是让他默默地感受人世世代代的苦难吗？"① 作者将"人"的地位提高到"罪行"之上，认为人才是最终受苦受难的群体，并对他们怀着深切的同情。这不同于其他网络小说中的虚假、做作，而是作者真实情感的流露。从另一个角度说，这段话是作者感性的表达，而前面分析案件时运用的是理性思维，作者能很快转换，侧面说明作者有较强的文字驾驭能力。

《十宗罪》对当下的网络小说而言，有非凡的意义。一方面，它的"写实性"打破了题材的限制，可以说是一种创新，另一方面，它的批判性对小说意义的延伸，具有较高的审美价值。而对于当下的文学研究者来说，《十宗罪》能让他们重新认识网络小说，重新评价网络文学，而不只是当作文学的"附庸"来看待。

三 超越的方法：原型批评与"文学金字塔"

原型批评理论被韦勒克称为"与马克思主义批评、精神分析相同的仅有的具有国际性的文学批评"。可见它地位极高。弗莱这样解释原型"一种典型或重复出现的意象"。② 而《十宗罪》里正有一个原型："桃花源"。

有学者认为："'桃花源'最早可以追溯到诗经中的'乐土'，老子的'小国寡民'之地和庄子的'至德之世'，《桃花源记》中的'桃花源'趋于完美，此后，白居易、王维的诗中继续重温'桃源梦'。"③ 但根据作品的引用情况看，《桃花源记》中的"桃花源"应该是作者笔下"桃花源"的原型。

小说中的"桃花源"既是结构原型也是意象原型。同样是由人类进入桃花源写起，《桃花源记》的结构是"进入桃花源—村人大惊—回答问

---

① 蜘蛛：《十宗罪》，湖南文艺出版社 2015 年版，第 41 页。
② ［加］弗莱：《批评的解剖》，刘慧等译，百花文艺出版社 1998 年版，第 60 页。
③ 陈小碧：《阎连科〈受活〉中民间原型阐释》，《文艺争鸣》2007 年第 8 期。

题—邀请赴宴—离去—重寻—未果",而小说中"桃花源"(即武陵县)的结构是"进入桃花源—断案—拆迁—抵抗—成功—邀请赴宴—成功破案—破坏桃花源"。可见,作者笔下的"桃花源"与陶渊明笔下的"桃花源"不同,陶笔下的"桃花源"是隐世之所,富足、和谐、悠闲、美丽的象征,作者笔下的"桃花源则是贫穷、冲突、紧张、破败的景象"。这既是对现实世界的讽刺,也是作者对原有结构的解构,然后按照当下的社会状况重新拼装。

小说中的"武陵县"则是陶渊明笔下"桃花源"的现代变体。首先,小说中的村民剽悍,而陶笔下的村民温和;其次,它表现的是"人境"而不是"仙境";最后,陶笔下的"桃花源"是完好的,而不是支离破碎,作者笔下的"桃花源"在某种程度上变成了"现代文明"的象征,它预示"现代文明"侵入理想世界后,只会是两败俱伤。这里显示的是作者对"生态"的理解。在现实社会,已经很难找到一块"净土",可以按照原始的方式生活。这也是人类的"罪行"。可惜人类不知悔改,还在不停地破坏自然。最后,又想尽一切办法寻找自然,结果只能走向悲剧。

除了用原型理论阐释《十宗罪》,还可以借助"文学金字塔"来对《十宗罪》重新评价。"文学金字塔"这一概念,最先由邵燕君提出。她说:"作为'主流文学'的'文学金字塔'应该是以重新调整定位的精英标准为导向的,整合进所有'传统的''网络的''体制内的''体制外的'等各种文学资源中有生命力的力量,也为各种'小众文学'和'先锋文学'提供空间。它必须是分层、互动、开放的。所谓分层,就是要承认居于'塔尖'的'精英文学'与居于'塔座'的'大众文学'各有其读者定位和文学定律,不能以统一的标准一概论之;所谓互动,就是虽然大家各司其职,但仍有一套互通互认的价值系统,'塔尖'为'底座'提供精神参照和艺术更新,'底座'为'塔尖'聚'人气',接

'地气'。"① 按照这种分类方法，《十宗罪》既处于"底座"，有"人气"和"地气"，又能上升到"塔尖"，对其他网络小说有一定的参照性，这种弹性的评价机制，理应成为当下网络文学研究的主流。

结　语

《十宗罪》可解读的地方还很多。微观上，可以研究《十宗罪》的"犯罪心理""道德原则"，宏观上，可以将《十宗罪》与《罪全书》对比分析，也可以论述它的"生产机制"。无论如何，《十宗罪》在一定程度上突破了"网络文学"的"困境"，也在深度和艺术上超越同类作品，这必须得到肯定。

---

① 邵燕君：《网络时代：新文学传统的断裂与主流文学的重建》，《南方论坛》2012 年第 6 期。

科幻言情的思考与探索

——评《他与月光为邻》

姜晓聪[*]

【摘要】 丁墨的《他与月光为邻》是一部将科幻与言情完美嫁接的网络小说，小说胜在融入科幻元素，使平淡无奇的爱情故事更显曲折离奇。同时，以网络小说在读者中的非凡影响力，为中国科幻的发展注入一股新的活力。小说主推甜宠风，设置诸多萌点，符合广大女性受众的情感需求。但小说在创新的同时，也存在网络小说趋同的通病，刻意迎合市场的商业化、类型化创作制约了科幻言情小说的发展。要想进一步成功，还需做到以下几个方面：提高主题立意，创新写作风格，丰富人物性格。

一 科幻与言情的嫁接

丁墨以独特的甜宠悬爱风格自成一脉，她的作品被赞誉"又甜又刺激，又萌又感动"，"开创了新的言情小说模式"。我们很清楚，丁墨在推理言情方面已占有一席之地，堪称这方面的大神，从她的《他来了，请闭眼》

---

* 姜晓聪，山东师范大学文学院 2015 级卓越班学生。

《如果蜗牛有爱情》《美人为馅》已被拍成电视剧并在热映便可见一斑。为迎合市场需求，加强这类推理小说创作应该是一个不错的选择。但是在这三部小说大受好评之后，她就此打住，重新拾笔创作科幻言情这样较为冷门的题材。

就当前整个中国文学状况来说，我们必须承认，科幻小说其实属于"小众文学"，读者群体并不庞大，如果不是中国作家接连获雨果奖的轰动效应，很多人恐怕都没有听说过刘慈欣、郝景芳的名字。特别是与当下网络上火爆的玄幻修仙、推理悬疑小说相比，科幻小说的市场份额太小。即使是刘慈欣获雨果奖，也只是带动《三体》本身销量的提升，并没有带动其他科幻小说销量增加。刘慈欣曾说过："在中国，单靠写作可以养活自己的科幻作家不超过三个，能养活自己，只有销量第一名和第二名，第三名都不可能。"由此可见科幻小说在中国发展之艰难。

悬疑作家韩学龙在接受记者采访时指出，以目前国内出版风气来看，很难孕育优秀的科幻小说。特别是与读者阅读习惯日渐浮躁，出版社急功近利相关。而丁墨却顶着如此大的压力一再尝试科幻言情小说，尽管相比于刘慈欣的科幻小说，丁墨的小说是掺杂科幻元素的以言情为主的，在科幻的背景下展开爱情线，但这不失为一种大胆的尝试。其实她早在几年前就开始此类创作，包括 2012 年的《枭宠》、2014 年的《独家占有》。这两部小说还是通过重口味的刺激、强取豪夺的老路来吸引读者眼球，也算是让读者在愿意选择这类小说的前提下对科幻有一定的了解，后来的推理小说自不必说是将她送上高位，她在 2015 年尝试的这部《他与月光为邻》虽与之前同属当代科幻言情，却又大不相同。作者鲜少以重口味的戏来博眼球，而选择让故事在和谐温情的氛围中展开，男主也一改之前的强硬霸道，变身为温柔羞涩的暖男。虽然读者大呼此书铺垫过长，进度缓慢，后来随着感情戏的加入，故事进一步开展，小说还是获得了不少赞誉。科幻类型的小说面临的一个不小的难题，就是在故事开始之前要进行一个宏大体系的构建，而这部分往往是枯燥并难以理解的，这对作者而言无疑是一个挑战。

丁墨在小说中的科幻元素包括计算机模拟世界，这一点酷似电影《黑客帝国》的构建模式。在虚拟环境中与计算机对抗，解救被狗的灵魂占据身体的村民，最后与皇帝的对战更是用超大型计算机设置了双重模拟世界，最终把对方困于其中。这样的构建为我们展现了一个新奇的世界，增加阅读趣味。除此之外还有纳米生物机器人顾霁生，以石头作为分身的穆岩，拥有时间裂缝可以跳跃空间的夏清知，快速移动的应寒时，还涉及曜日、埃土此类高等星球文明。一系列科幻元素的加入使故事悬念不断，使得深入其中的读者不清楚自己是在一张怎样的地图中，充满了冒险般的新奇与刺激。

丁墨说："之所以选择科幻题材，是希望推动原创文学的多元化发展，希望科幻言情也能像推理言情一样有更好的发展，拥有更多读者。"以科幻嫁接言情不失为一种推动科幻发展的好方法，我们期待丁墨在科幻言情小说的道路上能有更多的创新，中国科幻能够有更好的发展。

二 将"甜宠"进行到底

我们知道，丁墨的甜宠文一直为人称道，而这部《他与月光为邻》也依然坚持这个路线。从男主来看，"与月光为邻"的应寒时来自曜日文明，具有外星人快速移动的能力和超强的兽族战斗力，并且清秀俊美、温柔善良。这样颜值与能力同时在线的配置无疑是言情小说男主的典型，而应寒时俘获读者的特别之处就在于他有一双"萌萌哒"的兽耳和一条可爱的尾巴。而且女主一动它们他就会害羞得脸红，这样一个羞涩而又总是故作镇定的男主当然萌化人心。兽耳与尾巴在战斗或欣喜时不自觉出现，成为显现男主内在情绪的一种新的描写方法，新奇而又有趣。如此温柔而又羞涩的男主对女主同样是忠贞不贰，因为兽族基因的传统，所以他们一生只认定一个伴侣。这种"忠犬型男友"的无条件本能之爱足以让这段感情充满浪漫和甜蜜。

小说可以说没有男二、女二进行破坏，这更足以说明男女主彼此信赖度之高。作者不忍心让他们的爱遭受风雨，所以，喜欢应寒时的林婕成了叛徒，终生漂泊于各大星系；喜欢谢槿知的聂初鸿还没告白就已经自动退出。

从历史与现实来看，"甜宠文"备受追捧有其内在必然性。中国女性经历了几千年备受欺压的一夫多妻制生活，女性长期处于弱势地位，而这种现象在社会主义中国的现在甚至还留有残余。尽管一直提倡男女平等，但似乎还是需要更多的努力。而甜宠小说（以及女权小说）契合了它的广大受众——女性读者的需求。这种男主专宠的小说就如同王子与公主的故事一样，给其内心种下一颗甜蜜的种子，满足其精神需求并对心灵匮乏的现实进行弥补，成为实现男女平等的夙愿的寄托。为了表现女性的幸福，除了男主的专宠之外，当然还要对女主形象进行改造。不同于前些年的傻白甜、玛丽苏，丁墨笔下的女主大多自尊自立、聪明勇敢，而不再是传统小说中一味等待男主营救的弱者，但也不是凌驾于男性权威之上的女权主义，女主显然成了与男主并肩作战的伙伴。在冒险中让两人成长与相爱，获得一个成熟健全的自我，是丁墨小说一贯的写作模式。无论是科幻言情抑或是之前的悬爱推理文，皆是如此。比如，谢槿知就用自己能够预见未来的能力，多次救了自己的朋友和应寒时，成为自立女主形象的典范。

甜宠小说有其吸引读者的优势，但与此同时，这种将甜宠进行到底的做法也有一些不足之处。首先是波澜太少，有人反映说："哦，原来这部小说就是男主带着女主打打怪收集晶片的故事嘛。"说实话，看起来确实如此，因为两人的爱情确实很暖很甜，男女主的感情除了有一次因为女主预见了自己死掉而选择离开男主之外，可以说是一路顺风顺水的宠溺、调戏、脸红之类的。如前面提到的，男二还没表明心迹就胎死腹中，早早离开中心线索，这样还怎么平地起波澜嘛！如此一来，的确是和那些情敌小三、怀孕堕胎、爱恨情仇的妖艳小说界限分明了，简直成了小说界的一股清流。但事后想想，一段感情按这样发展似乎不大可能吧。再者，从开头腻到结局，一条线下来也使得文章缺少情节丰富性。除了内容上的过于理想化和情节上的欠缺，故事线索也过于单一，小说变成了一个旅程故事，一路上走来一些人上来，一些人下去，最终还是只剩下男女主，缺少线索间平行交错的复杂性。读罢小说，我们发现除了男女主，记不得多少人。小说对次要人物的描绘过于简单化，他们只是为了男女主甜宠故事的存在和发展而存在。除了通过最后作者对冉予和皇帝补充的一个番外使我们对他们有进一步的了解之外，对其他的人实在是知之甚少。

除此之外，这种为宠而宠的写法，到最后只记得偶尔几个男主调戏女主的片段，对于他们爱情是如何发生的本身是模糊的，甚至再读一遍也不甚明了。开头因为科幻背景的铺设导致感情发展较慢，可以明显地看出作者为留住读者而突然加快感情线的发展，使其感觉有些突兀，爱得太刻意，丈二和尚摸不着头脑般相爱了。只能说男女主本身就带有磁石般超强的吸引力，然而这又过于理想化了。这种为了迎合读者，干脆直接拼到一起的做法，缺乏过渡，显得生硬有余而柔和不足。

三　家园意识与文明重塑

应寒时和皇帝（林）都是在曜日文明毁灭之后来到地球的流浪者，但他们能对曜日有着不同的感情，于应寒时而言，正如他所吟的那首诗："曜日已经坠落，银河再无帝国。它坠落于宇宙深处，连同我的光荣与梦想。从此我们没有母星，也没有星光和太阳。我们细数流年，痛哭流亡。

太阳已经坠落，坠落于无尽的严寒与黑暗中，银河再无帝国，而我将永远忠诚地流浪。"应寒时的心中永远怀有母星，但他选择将一切封存于内心深处，光荣与梦想已属昨日，他将寄居于地球，成为曜日帝国忠诚的流亡者。于皇帝而言，曜日不仅是一颗母星，更是他的帝国，他的文明，所以他不顾一切，寄身于林，杀死他的意识，夺取晶片，渴望重塑曜日文明，不惜以侵略地球为代价。这不仅是一种责任，更是一种命运驱使的必然，他必然要成为那个逆航之人。在这两个外星人身上，我们看到的是他们共同拥有的家园意识和对于文明的不同态度。

从地理空间上看，家园对于每个个体来说，都带有原初性的忠诚和脉脉温情的记忆，它表现为地理空间和精神空间两个维度。作为建筑物的"家"是每个个体的私人空间，个体在其中将自己与周围环境分离开，因其提供给个体的私密性安身渴望的实现，使得这个空间与其他空间有着本质上的不同。从精神空间上看，家园意识是个体对某一种信念、某一种联系的依赖与安全感，是一种完全的心灵空间与现实的特殊的交互关系。①

通过对比不难看出，皇帝对于曜日的感情更偏于一种地理空间上的家园意识，他要的是这个帝国真实的再次存在，而非末日之人永远的缅怀与叹息。而应寒时更倾于一种精神上的皈依，他愿意怀着对曜日的忠诚和信仰留在地球，对于曜日的重塑抱有冷静的思考，他能够突破狭隘的星球观念，放眼整个银河系去思考。如果非要谈应寒时身上的家园意识中的地理空间维度，那便是银河系，所以他能够将曜日的存在与地球的存在同等看待，不同于皇帝为复兴曜日而选择侵略地球的做法。无论从地理或精神上看，应寒时都是一个具有广阔胸襟与智慧的忠诚之人，这一点又使他具有了超乎常人的神性——高等文明

---

① 参见周娟：《西方文学中的家园意识研究》，硕士学位论文，西南大学，2010年，第2页。

指挥官的伟大。

海德格尔曾指出："无家可归是安居的真正困境。""无家可归"成了现代西方人普遍存在的精神状况，而这种现象近年来在中国也有扩大之势。前阵子沸沸扬扬的北大学生"空心病"事件便是一个例证，有四成的学生认为活着没有意义，在生与死的天平上，死亡的诱惑重于生的意义。这已然成为一种时代特征。物质的充斥导致精神的匮乏，人们被迫沦落到"无家可归"的状态，没了信仰。而对于这种现状，重塑精神家园已是社会的重要任务。而"无家可归"的人，也只有通过积极地思考与不懈地寻找，才能始终处于回乡的路上，实现对精神家园的皈依。

关于文明的复兴，两人的态度也是背道而驰的，皇帝坚持在一颗新的星球上直接培育曜日的胚胎基因，复制出一个同样的曜日文明，省略掉人类漫长进化和文明发展的长期过程。这样的文明无疑是畸形的、不健全的，缺失了人类该有的数千年文明发展的进程的简单复制，他们实际上是为了侵略和攫取而生，这样的文明苍白而可悲。"星球绝不会忠于这样的文明，更不会沉沦于这样虚妄的复兴梦。"应寒时的选择是正义的。他尊重文明的发展规律，选择在合适的时机重建曜日文明，使其拥有自己的发展进程。作者最后设置皇帝失忆，忘记了他的身份、他的文明，也是逆潮流而行的人的必然后果吧。

四 趋同与创新

前文已经分析了应寒时身上吸引人的特质，既包括言情小说男主的标配，又有二次元的萌。可以说，在应寒时身上，我们是能够看到作者的创新。但纵观丁墨的所有作品，男主形象还是显得大同小异，基本都是按照高智商、低情商、专宠女主的路线设定的，当然，高富帅那是自不必说的。在其他网络小说中，阴狠毒辣者有之，温润如玉般有之，但这种高智商低情商的路线似乎并不常见，而这种性格在丁墨的小说中比比皆是。例如，《他来了，请闭眼》中具有超高破案能力却对爱情一窍不通的天才薄靳言，《他与月光为邻》中应寒时也更是因为情商低而屡次遭到女主吐槽，《独家占有》中的穆弦也是不懂女人心的实例。这样的人物设定固然有增加萌点的作用，但使用次数多了会导致作者自身的小说男主类型化，也会导致读者的审美疲惫，难道说这些大神都是不食人间烟火的天使吗？

丁墨所写的女主的性格，也是在一众网络小说中创新，却在自身小说中趋同化了。丁墨的女主都属于自立自强，不拖累人，默默辅助男主的类型，简直是完美的贤内助。这也许与丁墨自身对女性的认识有关，她自己本身就追求这样一种女性的存在方式，虽然自己在家中做着全职太太，却始终坚持自己的创作事业。谢槿知、简瑶、许诩，都是这种类型的女性。

丁墨小说总让人感觉对女主的刻画力度不够，虽然大多是从女性的视角出发去写小说，但最后的关注点基本都会落在男主的身上，难道这是因为受众主要是女性，所以更关注男主吗？除了男女主，再就是像《堂·吉诃德》中桑丘一样在男主身边负责搞笑的人物了。莫林、萧景穹、傅子遇，都是这类用来衬托男主的标配——活跃气氛的喜剧人物。

作品中除了这三个人物，其他人基本处于离线状态，作品的趋同性越来越明显，这三个人物可以说是成了小说的默认设置，在此基础上加一些细节来饱满。丁墨本人也认识到了这方面的不足，男女主爱情的简单化设置减少了小说的复杂性。

我们看到了丁墨在创作过程中区别于其他网络小说的创新，却也出现了自身趋同化的现象，这说明作家不仅要在网络小说洪流中找准自己的位置，而且要避免自身的重复性，避免自身作品类型化现象的出现。

丁墨这些年不断尝试着用各种元素对言情小说进行嫁接，如黑帮、推理、科幻等，可以说是在前进中不断创新求变，尽管有些人物设置的重复和情节的套路，但作为畅销小说的作者，能够使读者保持对自己作品的新鲜和喜爱是非常难得的。不为迎合市场而降低作品格调，始终坚持自己的创作原则。不仅是对自身职业的一种态度，而且是一种对小说创作的思考与探索，我们期待丁墨能够带给我们更多惊喜，让我们看到更多有新意的网络小说！

"文本四维论"下的《悟空传》

李沛霖[*]

【摘要】 网络文学作品《悟空传》被誉为"网络第一书",本文从文学"文本四维论"出发,通过虚、实、纵、横四个维度对《悟空传》进行多元阐释和文本意义的多重寻觅。从"实"之维度来看,小说进行了艺术祛魅与诗性复魅;从"虚"之维度来看,小说展现了"话语平权"的互文性;从"纵"之维度来看,小说代表了网络文学作品的成长轨迹;从"横"之维度来看,小说表达了对青春的怀念。

《悟空传》由作者"今何在"于 2000 年在新浪网"金庸客栈"上发表连载,后推出多个纸质版本。作为网络文学作品,《悟空传》受到众多读者的喜爱,更是成为塑造网络文学"第一印象"之书。那么,《悟空传》究竟是一部怎样的网络文学作品,是否真享有"网络第一书"的美誉。作为当代网络文学的代表作品之一,《悟空传》传递了什么样的文本价值与存在意义?本文试从金宏宇先生的文学"文本四维论"出发,关注现代网络文学文本的复杂特点和历史细节,力求对《悟空传》进行多元阐释和文

* 李沛霖,武汉大学中国现当代文学硕士研究生。

本意义的多重寻觅。

金宏宇先生提出的"文本四维论"认为完整的作品或文本构成应是'四合'而成，包括虚、实、纵、横四个维度或四个层面，形成一种虚实相含纵横交织的文本整体。①

一 实——故事的艺术祛魅和诗性复魅

"实"即作品，作者是它的主人，它是文本的归宿。小说《悟空传》取材于《西游记》，故事在不同的时空之间相互穿梭，每个故事各自独立但又相互交织。在虚构梦境中无限制地嵌入故事的前因后果，形成"套盒"效应，制造出无限回归的悖论。② 小说以孙悟空的内心嬗变为线索展开叙事，形象生动地展现了西游众人前世今生、恩怨纠缠的青春故事。

故事分为三卷，第一卷以唐僧被悟空怒打而死为缘由，将"西游取经"的节奏打断，故事情节在过去与现在、尘世与凡间中不断切换，每一个西游人置身纷繁复杂的矛盾与冲突之中。为追回唐僧魂魄，孙悟空闯地府、闹龙宫，重走年少时上天入地的路，在天宫遇见没有金箍的孙悟空，为求"正果"将其打死，最终让自己元神消散，成为没有灵魂的斗战神佛，西游的历史都不复存在。第二卷作者将时钟往回拨，描绘了成仙前的紫霞作为一只松鼠时与具有灵魂的猴子之间的爱情故事，让读者看到"松鼠一思考，猴子就发笑"作为一个奇特的现象是怎么在花果山发生的。第三卷时间回到五百年后，唐僧的死变成了孙悟空的一场梦，于是唐僧死后发生的所有事情也变成了梦的一部分。做梦是生活的另一种可能性，"做梦"占每个人一天中的 8 小时，与现实一起构成了生活。作品将第一卷的故事全部置于梦中，既可全盘否定，又让人无法忽视，篇幅将近一半的梦

① 金宏宇、耿庆伟：《文学文本四维论》，《福建论坛》2016 年第 2 期。
② 欧阳友权：《网络文学本体论》，中华文联出版社 2004 年版，第 72 页。

中情节与后两卷的故事一起构成了整个西游人物的全部生活。因此，在这一层面上，《悟空传》充斥了"仿梦小说"的特点与趣味。

在人物形象的塑造上，传统文学名著《西游记》作为中国古代第一部浪漫主义神魔小说，人物形象具有典型化、脸谱化的特点，如拥有金刚不坏之身的孙悟空，心无杂念的唐僧，普度众生的神佛，阴险歹毒的妖魔，等等。再加上以时间为线索的章回体叙事结构，让人物形象在"八十一难"中出落得更加深刻，乃至在中华民族源远流长的文化传统中，大家会惯性地认为孙悟空永远是热血沸腾的英雄，唐僧永远是一心向佛的圣僧，而神佛永远会在冥冥中保护陷于危难中的人们，妖魔则永远是吃人的怪物。而这种习惯性思维的形成，是因为《西游记》等一系列神魔小说通过环环相扣的时间叙事模式将人物形象极端化，从而形成一种呈现局部遮蔽整体的魅惑效果。

对比《西游记》，在《悟空传》中，作者突破典型化的人物叙述策略，尽可能地扩大人物形象张力，还原人物性格的复杂性与世俗性，打破正邪的二元对立，调整读者的期待视野，去除人物形象的魅惑性。孙悟空虽有"我定胜天"的激情壮志，但也会在斗争中迷失。金蝉子（唐僧的前世）虽一心向佛，但对"佛在何处"心存质疑。同时精心构思孙悟空与紫霞、唐僧与小白龙、猪八戒与阿月的情感故事，使得人物在爱情中更具世俗化特征。而神佛在小说中展现出"残忍冷血"的特质，在阿瑶跪求王母磕得头破血流时，观音戏谑道"地弄脏了"；尽管沙僧对玉帝有救命之恩，玉帝还是残忍地让沙僧去找最后一片琉璃盏碎片。妖魔形象则变得有血有肉，老猴妖和花果山的小妖怪一直等待孙悟空的归来等。每个人物的行为都超越了读者的既定认知，让人感到光怪陆离，但又无比现实与生动。

人物形象多元复杂，叙事模式时空颠倒，打破传统的"和解"式结局，使得小说《悟空传》的故事呈现出艺术祛魅的特点。祛魅的过程，同时也是复魅的过程。现代小说开始祛魅的时候，一定会产生代表它性格的新的内容。网络文学作品以自己的祛魅方式揭去文学经典的神圣性面纱的同时，由于加入了现代化的价值观念与存在意识，形成一种复魅。而在《悟空传》中体现的是对自我存在的思考与诗性魅力。

　　一方面，在赋予人物多元复杂内心的同时，个体存在与世界的关系问题便会被放大，体现在《悟空传》中的，则是对传统小说中的"神灵考验主题"合理性的质疑。在传统小说中，神灵代表着世界的价值体系，具有权威性与引导权。小说别有用心地选取了《西游记》中的"乱蟠桃大圣偷丹，反天宫诸神捉怪""三打白骨精""邪魔侵正法，意马忆心猿""平顶山功曹传信，莲花洞木母逢灾""狮驼岭斗三魔"等多个故事情节，多角度地展现了神灵性格的缺陷性，从而否定其成为考验主体的资格，质疑取经考验的合理性。玉帝懦弱无能，当孙悟空闯上天宫时，躲在灵霄宝殿下面，声嘶力竭地大喊如来佛祖；王母蛮横霸道，因为阿瑶摘的蟠桃太小，便要将阿瑶打下凡尘；如来唯我独尊，在输了与金蝉子的赌注后，也不愿承认自己的错误；观音冷漠无情，在阿瑶为求饶鲜血将玉砖染红时，却嫌弃她将地弄脏而皱眉；众神贪生怕死，当听说孙悟空来时，连滚带爬地跑进灵霄殿。而取经路上师徒遭遇的妖魔多数是由于神灵的疏忽而私自下凡的童子与坐骑，如金角大王与银角大王是太上老君看金炉的金灵童子与看银炉的银灵童子，偷了宝物游戏人间；大鹏王更是如来座前的大鹏金翅鸟，却于五百年前将狮驼国全城之人吃光后称王，又为吃唐僧肉到狮驼洞与狮象结为兄弟同盟。金角、银角与大鹏王危害人间的现象反映了神佛疏于管教、戒备不严的实质。而在祸害人间后，没有受到应有的惩罚，只是被神灵收押回身边，体现出神灵的随意草率。小说中还有一批特殊的妖魔，他们都是因为各种原因触犯天条而被贬下凡的神仙，名叫"白晶晶"的白骨精，变成猪八戒的天蓬，流沙河里淘沙的沙悟净，变成黄袍怪的奎木郎，等等。他们的悲惨经历控诉了神灵体系的残酷无情，也体现出神佛营造的并非是公平、正义、美好的世界，神佛引导的价值观让众生的存在变得虚幻而无意义。隐射到当代社会中，我们会发现，现代人在社会生活中，同样被各种价值观无形地捆绑与束缚，从而丧失自我存在的价值与意义。在这一层面上，作品深刻地透析了"自我存在与世界"的关系，引人深思。

另一方面，作品呈现出诗性化的现代特征。《悟空传》在具备网络文学作品时尚化、热门化特点的同时，还展现出了诗性的艺术风格。首先体现在诗性主体作者今何在身上，在重写"大闹天宫"故事情节时，作者引用德国古典浪漫派诗人荷尔德林的《面包与美酒》表达思想情感。海德格尔称荷尔德林是"贫困时代的诗人"，贫困时代即"诸神隐匿的时代"，这实际上是海德格尔对存在"被遗忘"的时代的另一种诗意表述。① 海德格尔在《诗人何为》中为贫困时代做出了解释，在贫困时代中"不再有上帝显明而确实地把人和物聚集在它周围，并且由于这种聚集，把世界历史和人在其中的栖留嵌合为一体"，在《荷尔德林诗的阐释》中我们多次看到这样的表述"这些诗人处于人类与诸神之间"。② 可以看到作者将自己看作一个诗人，具有想要创造新神话的意识，即今何在本人提到的"新神话创作运动"，体现了网络文学作家的现代自信与自我意识。其次，作品多处引用诗歌表达人物内心情感，如灵魂消散的孙悟空与紫霞分离之刻，作者引用北岛《传说的继续》，并创作出"仿佛黑暗中熟悉的身影/依稀又听见/熟悉的声音/点亮一束火，在黑暗之中"的诗句作为开头，描绘出孙悟空与紫霞爱情的幻灭与永恒。如唐僧与徒弟告别时，化用戴望舒的《雨巷》，幽默又彷徨地说道："我要去那幽深的雨巷散步，期待再相逢一个丁香花样的妖精。"在《悟空传——完美纪念版》中的赠阅作品"西游日记"中化用海子的《面朝大海，春暖花开》和《以梦为马》，戏谑戴上金

---

① 任凯：《〈荷尔德林诗的阐释〉研究》，硕士学位论文，山东师范大学，2014 年，第 13 页。
② ［德］马丁·海德格尔：《荷尔德林诗的阐释》，孙周兴译，商务印书馆 2000 年版，第246 页。

箍的孙悟空变成了一个抒情的诗人，让唐僧发出"以梦为马"的诗人感受。仿佛西游人物都沾染上了诗人海子的诗性，对幸福有着渴望，追逐诗意的生活，却在追逐中处于"得到自由"与"戴上金箍"的矛盾中，身体与灵魂无法同时在路上，只能通过诗性的语言宣泄内心的矛盾与挣扎。

故事的艺术祛魅和诗性复魅，使小说具有了"不可磨损性"。《悟空传》作为一部网络文学作品，具有思考自我存在与世界关系的智慧，否定权威价值体系的洞见，并展现出了网络元素与现代诗性相结合的艺术魅力。

二 虚——"话语平权"的互文性

"虚"即文本，它是一种不确定的客体，存在于语言之中的抽象题，它永远是似是而非的东西，有待阐释又逃避阐释。文本是读者与作者对话的结果，作者主导的作品和以读者为主体的文本两个维度缺一不可，读者也是文本意义的生产者。[①]

网络文本具有互文性，作品诞生之初以连载方式在网站发表，每一次连载都包含了作者与读者（包含评论家）的互动，注入读者的期待视野，使之成为独一无二的"互动书写"作品。因而网络文学作品出版之后，等待读者的争辩和阐释。《悟空传》作为网络文学的代表作品，读者对其文本意义的生产性功能是不容小觑的。

《悟空传》的读者评论主要来自各大网络平台的网友留言和作家、评论家点评等。通过对评论主体进行全面的分析研究，主要将其归纳为以下两种声音。对网友而言，《悟空传》代表一批中国独生子女的心灵成长史，有关青春、热血与勇气。当《悟空传》于 2000 年在网上连载流行时，受众读者集中在学生群体，也就是"80 后"与"90 后"的中国独生子女群

---

① 金宏宇、耿庆伟：《文学文本四维论》，《福建论坛》2016 年第 2 期。

体。对这个群体的许多读者而言，《西游记》留给了他们一个厉害勇敢但思想单纯的孙悟空；而《悟空传》让他们接触到一个不一样的孙悟空，热血、迷茫、渴望爱情、追逐理想。孙悟空的成长故事让人"燃起撕裂命运的勇气"，为青春留下"烙入骨血的印记"，震撼并打动着读者的内心。《悟空传》反"神灵考验主题"的想法也是在读者的反馈中产生的，并在作品中得以体现与表达，传递出应勇于打破权威的自我存在意识。作品表达出来的所有冲突与矛盾，都是中国独生子女在成长道路上所面临并经历的，因而主人公面对困难与挑战的种种表现，都是中国独生子女的成长映照。对网络文学作家而言，《悟空传》代表了一代网络作家文学创作的艰难历程。我们会发现，2000 年的中国网络环境正如读者评语中提及的，"那时的网络一如新世界"。较早诞生于网络媒体中的作品《悟空传》，让众多网络作家信心倍增，"原来网络和文学是可以放在同一个句子中的小说"。更有不少网络作家将其视作"一代人的青春回忆"与"网络生命的开幕曲"。

通过对作品"虚"一维度的分析，可以看到网络文学独特的"话语平权"的互文性，网络作家对"民间本位"立场的秉持，通过创造切合当代读者情感需要与阅读体验的作品，尽可能地还原"文学的话语权属于每一个言说者"这一时代精神。

三　纵——网络文学作品的成长轨迹

"纵"是指历时性的作品修改史或文本变迁史和编辑（含出版者）等的参与史，这导致一部作品获一个文本形成不同的版本和文本，如初刊本、初版本、修改本、定本等。① 作为网络文学作品，《悟空传》最先是以电子版的形式呈现在读者面前的，最早发表于新浪网"金庸客栈"，

---

① 金宏宇、耿庆伟：《文学文本四维论》，《福建论坛》2016 年第 2 期。

共二十章。

《悟空传（第一版）》由光明日报出版社于 2001 年 2 月 1 日出版，平装包装，大 32 开本，字数总计 237 千字，胶版纸印刷。封面广告为"全国第二届网络大赛获奖之作"，作者介绍为"入选博库网站的十大网络写手之一"，封面简介为"我要这天，再遮不住我眼，要这地，再埋不了我心，要这众生，都明白我意，要那诸佛，都烟消云散"。黄色封面，封面图案为玄奘手拿权杖的背影，上空漂浮三朵云朵。内容包括网友说、悟空传、百年孤寂、花果山、评论五大部分。

《悟空传（修订版）》由光明日报出版社于 2002 年 8 月 1 日出版，封面上在题目下有个很大的"修订版"字样，其中一版二印，4 月印绿色封面，后二版二印。内容上改动较大，具体改动如下：（1）第二章：改动悟空放过阿瑶的描述；（2）第九章：增加小白龙的自白，改动悟空与紫霞五百年后的相遇场面、悟空与沙僧的打斗场面以及悟空记忆恢复的描述；（3）第十二章：改动巨灵神警告紫霞后的情节描述；（4）第十五章：改动紫霞与另一悟空相遇场面和悟空与观音相遇场面；（5）第十六章：删减两个悟空的战斗场面，移至最后一章；（6）第十九章，增添悟空与菩提的对话场面；（7）第二十章，修改悟空与如来的决斗场面，删减唐僧与如来赌胜的部分、沙僧与玉帝的对话场面和悟空复活的结局。总体而言，修订版较第一版的修改主要体现在悟空与紫霞的情感叙事上，同时删了悟空复活的结尾情节。通过对比可以发现，作品由浪漫主义倾向过渡为了现实主义风格。

《悟空传（台湾版）》由红色文化出版社于 2002 年 7 月 17 日出版，正文采用繁体中文，绿色封面，封面简介改为"诸神惊恐，众妖喧哗，这样的爱情，五百年来只有一回""每个人出生时都以为这天地是为他一个人而存在的，当他发现自己错了的时候，他便开始长大了——他不是《西游记》里斩妖除魔的孙悟空，他只是超脱不了宿命的'紧箍咒'，却仍期待与自己的情人，一起去看晚霞的深情男子"。2004 年中国友谊出版公司出版《悟空传》漫画版，灰色封面。2006 年 1 月二十一世纪出版社出版《悟空传（全版）》，字数总计 250 千字，红色封面（另有黑色封面），封面图案为身披红色袈裟的唐僧背影，内容包括题记、悟空传、百年孤寂、尾声也是开始：花果山、悟空传动画剧本 5 个部分。2008 年 1 月二十一世纪出版社出版《悟空传》今何在文集版，黄色封面，封面图案为悟空在火焰中的黑色身影，正文部分配有人物插图。2011 年限量发行 500 本《悟空传·特别珍藏版》，其中附赠网络游戏"斗战神"核心体验礼包。

《悟空传·完美纪念版》由湖南文艺出版社于 2011 年 6 月 1 日出版，适逢《悟空传》第一版发表十周年，分黄色、蓝色两种封面，封面图案为密布的螺旋状筋斗云，封面广告为"畅销十年不朽经典·影响千万人青春""十年打磨，今何在全新演绎《悟空传》，最新番外《杨戬传》《哪吒传》首次面世"，封面广告语为"无论我们如何努力，终究得不到认可，世间的规则真是如此么。十年，我们都回不去了，能纪念那绝美青春的，唯有《悟空传》"，内容包括序言《在路上》，悟空传、花果山与百年孤寂三大卷，杨戬传与哪吒传两篇番外传，附赠《西游日记》试读本。可以发现，完美纪念版除了正文内容小幅度的修改，即适当增减细节以丰富人物形象外，最大的改动在于新增了两个番外传，并将主题定位为"青春"。

《悟空传·热血回归版》由北京联合出版公司于 2016 年 6 月 1 日出版，封面由以前的单一色调与人物图画变成红黄蓝三色混杂，将孙悟空腾云驾雾的姿势勾勒在封面上。内容包括：新版序、初版序、在路上、悟空传、百年孤寂、花果山、杨戬传、哪吒传。

《悟空传》迄今为止的所有版本的演变，呈现出一部网络文学作品的成长轨迹，其每一次的再版修改，都反映出作者创作意图、读者接受心理、文学市场环境等众多方面的变化。由作家主导的修改是作家创作意图的新的体现，在《悟空传》的前后八次出版中，作家在正文本方面的修改主要体现在人物与情节的丰富和细化，添加唐僧、孙悟空、猪八戒等人前世今生的恩怨纠缠，带着读者一起去寻找内心的源头。而对比几部版本中副文本的改变，我们不难发现："进入文学生产流程的写作已不是纯粹的作家个人写作，文本已经变成各种社会力量斗法的场所。读者的消费取向、文学生产制度、出版商的利益诉求、大众传媒的舆论导向等各种因素无不规约着作家的创作和修改及文本的出版与再版。"① 这一点，在《悟空传》（台湾版）、《悟空传·特别珍藏版》《悟空传·完美纪念版》中都表现得尤为明显。《悟空传》（台湾版）的封面宣传语为"诸神惊恐，众妖喧哗，这样的爱情，五百年来只有一回"，孙悟空被描绘为"期待与自己的情人，一起去看晚霞的深情男子"，将作品定位为爱情主题，体现了读者的当下消费取向与市场需要，爱情成为慰藉都市人空虚心灵的一味药剂。《悟空传·特别珍藏版》与网络游戏体验礼包一起发售，体现出商业利益的诉求，以及网络文学作品与网络游戏的互动关系。《悟空传·完美纪念版》将作品主题定位于"青春"，"青春"是近 5 年来大众传媒舆论中的热门词汇，该版本回归作品最初，引导读者一起回温像主人公孙悟空一样的热血青春。

四 横——西游：青春的怀念

"横"是文本的空间之维，是指作品由正文本和大量副文本因素共同构成。广布在正文本周边的标题、副标题、扉页（或题下）题词或引语、序跋、插图、封面画、广告、附录，甚至作者笔名等副文本因素与正文本一起组合成完整意义上的文本。② 本文以《悟空传——完美纪念版》为蓝本进行作品"横"之维度的分析研究。

---

① 金宏宇、耿庆伟：《文学文本四维论》，《福建论坛》2016 年第 2 期。
② 同上。

首先，分析作品的正文本部分，《悟空传——完美纪念版》较之其他版本最显著的特点在于增添两篇番外传：杨戬传与哪吒传。

杨戬是中国神话传说谱系中一位与孙悟空极其相似的人物，具有向往自由的性格与绝不认输的精神。《杨戬传》将杨戬塑造为第二种"孙悟空"，一个出生于诸神谱系之中，肩负着保护天宫责任的"孙悟空"，与生于天地、无父无母的孙悟空相异又相同，给读者提供另一种思考。而哪吒传主要勾勒了哪吒从出生到自戕的寂寞又无助的童年。哪吒在缺少父爱的环境下长大，却传承了孝顺与大义的美好品格，为保护父亲与师父亲手将自身血肉割下，后成为失去魂魄的精美人偶。总体而言，杨戬和哪吒身上都有孙悟空的影子，他们都面临诸多束缚与矛盾，内心复杂又执着，勇于反抗权威，却无可奈何地失去魂魄，他们的成长经历让人永远铭记。

其次，观察作品的副文本部分，作品标题为"悟空传"，封面广告语为"畅销十年不朽经典·影响千万人青春"，封面简介为"我要这天，再遮不住我眼；要这地，再埋不了我心；要这众生，都明白我意；要那诸佛，都烟消云散！"书脊文字为"十年沉淀，纪念绝美青春"，扉页题词为"十年，当你忘记这一切的时候，他又重归我们心间"，序跋部分为《在路上》，正文部分无插图，扉页题词和目录部分配有以筋斗云为底图的长方形插图，序跋部分在标题处配有一朵筋斗云，封面图案为密布的螺旋状筋斗云；正文后有4版广告页，主要推荐的是青春怀旧系列小说，封底文字为"是不是选择任何一个方向，都会游向同一个宿命？十年了，你究竟游向了哪里？十年后，是否还记得那段美好的青春？"，作者笔名为"今何在"，等等。除此之外完美纪念版还赠阅了小册子《西游日记》，文本的后面部分加入了题为"《悟空传》让他们感动"的读者评论。

副文本一方面是正文本的互文本，另一方面是整个文本的构成部分。从正面看，它对中国现代文学研究具有史料、阐释、经典化等多重价值。反观之，它可能对正文本产生遮蔽、拆解乃至颠覆的负面作用。副文本研究使中国现代文学的再解读乃至文学史重写，具有了从细节和边缘处切入进行创新的可能。① 通过深入分析作品的副文本可以发现，封面广告、封面简介、扉页题词，都将作品的主题定位为青春，展现以孙悟空为代表的一群人的热血青春。"《悟空传》让他们感动"的读者评论标明，网络文学作品《悟空传》受欢迎的主要原因在于带给读者有关青春的记忆与感动。《悟空传·完美纪念版》的副文本多处呼应"青春"一词，不免有为迎合作品十周年之际，过度捆绑的倾向，从而对正文本的主题形成遮蔽。作者笔名"今何在"，其中有"当今某些东西在何处"之意，体现了审视自我与世界的意识。作者通过序跋——《在路上》表明了想要通过作品传达出的旨意，即将《西游记》中隐晦的东西直白地揭露出来，西游就像每个人的人生道路，到了西天的尽头可能会感到虚无，但是仍要像悟空一样，走出精彩的过程，为未来战斗。

　　本文从"文本四维论"出发，通过虚、实、纵、横四个维度对网络文学作品进行了深入的综合分析，《悟空传》已是一部成功的网络文学作品，是否能成为一部文学经典，还有待它持久的影响力和与时俱进的艺术生长。

---

① 　金宏宇、耿庆伟：《文学文本四维论》，《福建论坛》2016 年第 2 期。

从始至终的悲剧

——今何在《悟空传》中孙悟空的命运探析

王 帆[*]

【摘要】《悟空传》是对西游故事的另类解读，神是作者彻底否定的对象。孙悟空是全书充满悲剧色彩的灵魂人物，他天性桀骜不驯，歌颂自由，藐视神权并与其抗争，最终失败而踏上阴谋困顿的西行之路，性格变得忍耐顺从，卑微怯懦，矛盾不定。他挑战权威，与时代背道而驰，无奈愤怒之举孤掌难鸣，注定会在霸道神权之下丧生，他注定只是一个戏剧化的悲剧英雄。

今何在的《悟空传》[①]以一种前所未有的视角对西游故事进行了另类解读。全书采用插叙、倒叙等写作手法，如电影蒙太奇般将原本看似支离破碎的情节拼凑衔接起来，最终将一个颠覆传统意识形态的西游故事呈现在世人面前。全书通篇采用白描对话，没有冗长的心理描写，不加任何修饰，不过度抒情，以诙谐幽默的笔法使读者融情于景，进而心灵震颤，在潸然泪下的同时却又能忍俊不禁。在该书中，看似毫无关联的情节实则

---

* 王帆，武汉体育学院体育科技学院学生。

① 今何在:《悟空传》（完美纪念版），湖南文艺出版社 2011 年版。

联系紧密，让故事有了一个整体脉络走向，人物形象也逐渐丰满起来，闪回剧情的交替更迭与不断推进，使得原本看似支离破碎的情节得以画点成线、勾线成面。譬如油腔滑调的唐僧坚定于真理，牢骚满腹的猪八戒执着于真爱，作为权贵牺牲品的沙僧狭隘懦弱，颠覆形象的白龙对爱情如痴如醉，以及神仙怯懦猥琐、贪生怕死的丑恶嘴脸，都在举止言谈中淋漓展现。

"在今何在的《悟空传》中，那种曾经代表正义、充当英雄具有典型化、脸谱化的形象发生了彻底的转化。每一个形象都被赋予了丰富与复杂的价值内涵，超越了《西游记》中形象的单向性和特定化。"① 无论是《西游记》，还是《悟空传》，孙悟空从始至终都是整个故事的线索与灵魂人物。纵观《悟空传》全文，不禁令人思索：向来桀骜不驯的孙悟空性格为何一转再转？他当初为何要大闹天宫？最后为何会以失败收场？五行山下几百年光阴使他明白了什么？紧箍咒真的能束缚他的天性吗？西行之路他为何会变得乖巧听话？他是全书的灵魂人物，亦是全书从始至终的悲剧人物。纵观全文，无处不显示出他的辛酸悲凉，而从性格中早已看出孙悟空注定的悲惨命运。

一 不甘现状的进取之心

今何在并未按照《西游记》的时间线索平铺直叙展开介绍孙悟空到底从何而来，而是在故事接近高潮时的跌宕起伏中，再张弛有度地将读者拉拽到虚拟时空之中，让读者以五百年后屈服顺从的孙悟空的"主观视角"看到他拜师学艺时的种种经历。"我在花果山时，因从石中生，无父无母，别人都欺负我，于是我便时常在深夜时独自在洞中说话。"一句话道出了

---

① 《悟空传》（今何在所著小说），百度百科 http//baike. baidu. com/link？ url = dnJGJK2-diRbMYljY7dsLtcd74_ m8t8lutAWjPGOlIyJKky7_ 4pXtu1B6aRtXQZR_ uXsEHhG2v6-qLTyj2t0B8-hiFTkNI06codK1fvMeQcUbG。

石猴初始从天地迸发后的悲惨境遇，无父无母，整日"以天为被、以地为席"，懵懂无知的弱势个人时常遭受霸道群体的欺压凌辱，孤弱的他只能躲藏在凄寒冰凉的石洞中喁喁自语。天地灵气孕育出石猴生命那一刻起不是全新希望的开始，而是悲剧登场的序章。千百年来世人只知孙悟空怒发冲冠大闹天宫，却不知英雄光辉背后的凄凉境遇。

不甘凄清的他倔强拼搏从而当上猴王，知晓生死的他不甘现状决心出海寻求长生不死之术。当他历经千难万险走到菩提门前时，他说："我也无父无母。那天生时，身前一片大海，身后群山，只我一人孤立。入得山中，别人倒有父母兄弟，独我一人，从此天地便是家，万物皆兄弟了。"这话简洁明了地说明了孙悟空的身世起源与悲凉处境，作者机智巧妙地规避了原著中长篇大论地介绍天地如何孕育石猴，以及石猴出海寻仙的冗长赘述，且看似无心实则刻意地从"主观意识"中体现石猴初长成时"无父无母，独我一人"的萧瑟悲戚。作者从悲剧的序章平缓过渡，直接大胆地省去大量笔墨刻画事件细节，用简洁明了的人物对话将耳熟能详的剧情一笔带过，又从中提炼精华，推陈出新。"我有一个梦，我想我飞起时，那天也让开路，我入海时，水也分成两边，众神诸仙，见我也称兄弟，无忧无虑，天下再无可拘我之物，再无可管我之人，再无我到不了之处，再无我做不成之事，再无我战不胜之物。"这是悲剧序幕的转折点，亦是对孙悟空志比天高性格傲然的完美诠释，极度升华的人物性格在此刻引起无数读者共鸣。

作者极其巧妙地安排石猴与孙悟空的"偶然邂逅"，将两个原本不同时空的同一个人拉拽在同一场景中进行语言性格对比，性格相形之下使戏剧冲突得以迸发出思想矛盾的火花，这也是最终悲剧结局的引爆点。同时菩提与金蝉子的对话，彰显着石猴想要学习通天彻地本领时，不是菩提教不了这上天入地的本领，而是教化不了石猴这颗桀骜不驯的心。"我可不曾捉弄他，是真的不敢教他！你难道还看不出来他将来要做的事？"菩提对金蝉子说的这句话正是对悲剧的预言，金蝉子恰恰是想要石猴今后为自由呐喊抗争，菩提反问之下，一语之言可见一斑。若想在天地之间明哲保身，唯有忍气吞声或是隐迹荒野，而拥有天生傲骨桀骜不驯的孙悟空注定难以顺遂如意。他是一个彻头彻尾的天生反骨者。

"我要这天，再遮不住我眼，要这地，再埋不了我心，要这众生，都明白我意，要那诸佛，都烟消云散！"这是今何在给孙悟空赋予的性格特征，是孙悟空反抗之路的郑重誓言，也是衔接下文故事的渡口。当现实的孙悟空仍在雾里看花之时，金蝉子为求大乘真理拂袖而去，石猴惊奇地问此人是谁："将来我若有他这般气派，也不枉此生。"菩提有口无心地说这二人秉性相投适合做对师徒，这亦是为五百年后阴谋困顿的西行之路的铺垫，也昭示了拥有相同秉性的二人最终殊途同归。"我终不能改变那个开始，何不忘了那个结局？"菩提慨然而发，于是悲剧正式拉开帷幕。

二 负隅顽抗的愤怒之火

"《悟空传》中的神是作者否定的对象，他们被描绘成猥琐、自私、贪生怕死的形象，玉帝懦弱无能、王母蛮横霸道、如来的唯我独尊，以及众神自保性命的嘴脸暴露无遗，难以让人对这群神仙产生敬意。"[1] 作者在序言中提出这不是对西游故事的颠覆，而是原原本本货真价实的西游故事。天庭神仙不可有七情六欲，不可相互爱慕通婚，万事要逢迎王母玉帝，诸多条条框框、规规矩矩俨然就是一个封建帝制王朝。作者打心底厌恶这种阿谀奉承，做仙成佛无欲无求，没有感情没有欲望没有思想，放弃了这些，人还剩下什么？这种封建等级专制下，大罗神仙必须时刻铭记溜须拍马，阿月孤孤单单在银河摆排星辰千万年，沙僧则是代表了广大的奴隶阶

---

① 今何在：《悟空传》，百度百科（http://baike.baidu.com/subview/297316/7712270.htm#viewPageContent）。

层，几百年来费尽心机拼凑琉璃灯最后还是落得个灯毁人亡，他是典型的封建等级专制的牺牲品。西行之路上口口声声说要积满"功德分"以赎前罪的孙悟空又何尝不是在专制之下苟延残喘？作者说："成佛就是消亡，西天就是寂灭，西游就是一场被精心安排成自杀的谋杀。"唐僧、小白龙、猪八戒等同样是封建专制下的棋子、玩偶。这是一个既不敢怒亦不敢言的时代，而偏偏就有这样的人甘冒天下之大不韪，敢于挑战千万年封建专制的权威。"真的猛士，敢于直面惨淡的人生，敢于正视淋漓的鲜血。"① 这般直面人生、正视鲜血的猛士就是万人敬仰的英雄孙悟空。

在书本里，世间万物是皆由神造。作者借鉴原著却独辟蹊径，不断强化渲染孙悟空的反叛意识：孙悟空是从石头里蹦跳出来，生他者父天母地，谁也没资格管束他的生死，管他是阎王老子还是玉皇大帝。这就是天生傲骨的齐天大圣孙悟空，不可一世的孙悟空，他注定生来就要如此桀骜不驯。相较于原著而言，今何在的《悟空传》无论是思想立意还是精神价值都要远胜原著一筹。原著中孙悟空从始至终都是封建权贵的屈从者，即使本领高强依旧懵懂无知，他天性顽劣，难以约束自己，闯下祸端之后也只是"不如早回府中睡去""不如下界为王去也！"② 一而再再而三地被神权愚弄，最终乃是在犯下滔天大罪，在完全不可补救的情况下方才奋起反抗，这样的孙悟空主观意识淡薄，很难引起读者的内心共鸣。《悟空传》中的孙悟空，反抗意识更加强烈更富有戏剧色彩，五百年前一童子问他这次蟠桃会没邀请你吗？心中原本就烦躁不安的孙悟空此时慨然而怒，他自言道："我还是个妖精……我果然还是妖精……我终于又是妖精了。"于是卸下担子的他放声大笑，挥舞起金箍棒大闹凌霄大殿，他要杀个痛快。他傲然屹立于诸神之巅，近百天将，无人能近，他将神的威严践踏在地，让

---

① 鲁迅：《鲁迅经典文集——记念刘和珍君》下卷，百花洲文艺出版 2001 年版，第 462 页。
② 吴承恩：《西游记》，花山文艺出版社 2011 年版，第 33 页。

自诩神通广大的神仙同样感到无能为力。作者毫无修饰的简单对白反复强调自己是妖精，将孙悟空的反叛精神渲染到临界点，这也使得悲剧色彩更加浓烈。他若战胜封建专制，从此天地将有新的秩序焕发新的生机，可他终究还是败下阵来，被压在五行山下整整五百年。神权向来不容侵犯，挑战权威的孙悟空即使被压在山下不死不灭，也注定了今后人生波折坎坷，他终究还是陷进了西游的骗局里。

侧面观之，今何在所刻画的孙悟空并非一个顶天立地的英雄，他仅仅是一个时代的象征。他就像是一团烈焰，点燃了经年累月苟活在阴影中的妖魔鬼怪心中的希望之火，潜移默化中给予了他们迈步向前奋力拼搏的勇气。正如历史洪流中的陈胜吴广，振臂高呼："王侯将相宁有种乎？"于是群雄揭竿而起，自此天下有了新的秩序。一个政权的腐朽衰败必然会孕育出一个全新的政权，极度压迫之下，一个声音的呐喊，必然会受到千百万壮士的拥护，于是他成了妖王孙悟空，他敢于同天庭暴政抗争，他要在这天地之间遍插自由平等的旗帜。

同时作者还在不断丰富故事人物的情感世界，又竭尽全力展现出孙悟空反叛过程的酣畅淋漓，这亦是对封建专制的讽刺，以及对英雄人物的歌颂，这无疑是《悟空传》全文反叛精神的一个制高点。可即使是桀骜不驯天生傲骨的孙悟空，亦不能助天下妖魔脱离苦海，五百年后的他已经知晓人外有人天外有天，他只能扮演群妖心目中的英雄，而他自身注定只是一个悲剧。"柱脚上，有一具半血淋淋焦乎乎的残躯，骨肉脱离，已不成人形，唯有一处还有两颗晶亮的珠子。"这是作者着重刻画孙悟空被擒获之后遍尝毁神灭体的极刑之后的面貌。他在锁妖柱上受到 5 万狂雷猛击，300头天狼狂咬，300 只天鹰狠啄，即使身躯被扯得稀烂，他的心依旧不死。观音说："这是天地造化的石猴，若心不死时，是杀不死他的。"由此可见心中的愤怒之火，究竟炽烈到何种程度才能忍受形神俱灭般的苦痛？作者毫不遮掩地揭露了统治者冷酷无情的丑恶嘴脸。作者又在谋篇布局中刻意使忍耐顺从的孙悟空与桀骜不驯的孙悟空狭路相逢，如此戏剧性的一幕使得矛盾进一步激化，此时的孙悟空再次面临一个生存还是毁灭的问题："没有人能打败孙悟空，能打败孙悟空的只有他自己。"积蓄已久的愤怒之火再次升腾，五百年后的孙悟空到底是选择安于现状还是再次恢复到五百年前的桀骜不驯，可他无论怎样选择，悲剧命运注定从一而终。

三 孤掌难鸣的无奈之态

"俺在一片黑暗的五岳山关了五百年，没有人来和俺说话，俺早就不稀罕了。"作者在此特地耗费笔墨着重刻画了他在困顿之中与松鼠的对话，五百年间不见日月到底是种怎样地痛彻心扉？他尝遍孤独寂寞，人世间的辛酸冷暖在他心底驻扎生根。在这里松鼠只是发挥一种意向引导，是以表现出孙悟空在五行山下五百年无人问津的惨状。作者此前已然刻意强调孙悟空乃天地幻化，心不死时是杀不死他的，能杀死他的只有孙悟空自己。当五百年后两个孙悟空狭路相逢兵刃相接时，矛盾被再次激化到了极点，曾经桀骜不驯天生傲骨的孙悟空何以变得忍耐顺从斗志全无？原文中作者并未给出明确答案。从心理层面探析，在五行山下整整五百年，曾经那些觥筹交错间豪言壮语的兄弟，不曾有过一人来拯救，甚至是探望过他？即使是石头里蹦出的猴子，遍尝人间冷暖是否也会心灰意冷？孙悟空作为一个有血有肉的自由歌颂者，几百年来被困压在五行山下动弹不得。年幼时在花果山时被欺压凌辱，最终只能躲藏在石洞的喁喁自语的画面再次涌上心头。随着岁月流逝，他必然会开始恐惧，甚至质疑自己的所作所为，这是不是五百年前后呈现在世人面前的两个性格截然不同的孙悟空的根本因素？他曾经为了在世间争取一份公平自由，敢于挑战神权，可抗争有何用？推倒封建专制又有何用？诸天神佛与万千妖魔在故事里扮演的始终是奴隶者与被奴隶者，即使推翻神权，亦不过是奴隶者与被奴隶者本末倒置罢了！伴随着五行山的从天而降，五百年间世间太平，无论神仙还是妖魔都在封建专制下一成不变，仿佛这个世间从不存在过孙悟空。孙悟空再次心如死灰，他的负隅顽抗终究还是孤掌难鸣。

同样的心如死灰五百年前莫不如是，阿月说："听说你是石中所生，想必你心中少一样东西。"五百年前，天性顽劣的孙悟空一时兴起，伸手搅乱了阿月耗费万年摆排而成的银星。"一个人心中要是没有爱，只有恨，也是一件苦事吧！"孙悟空完全不懂他们在说什么。天蓬说："以后你也许会懂，等你看见你的灵魂在另一个人身上的时候。"事实上孙悟空不是没有心，他只是不懂得何为爱而已。作者在此将所有的前因后果梳理完毕，角色互相交叉三条线索最终归于一处，使得情感脉络越发清晰，人物形象在此变得彻底血肉饱满。作者在此描述算是对前文中孙悟空遇见紫霞的情感补充，原本心中无爱的他在遇见紫霞之后，仿佛一夜之间成长起来，他似乎懂得了什么是爱，内心的孤独阴霾渐渐被温情驱散填补。大闹天宫后被束缚在锁妖柱上的孙悟空，成为一具半血淋淋焦乎乎的残躯，骨肉分离不成人形，紫霞却依然能在他晶亮的珠子里看到她熟悉的欢喜目光。"我知道你一定会来的。"不成人形的孙悟空始终盼望着能见紫霞最后一面，他还希冀着同她一起看花果山的晚霞。作者在此刻意升华孙悟空与紫霞的情感，他向来孤独，或许在紫霞身边他能短暂地忘却心灵的孤寂。紫霞在此时是悲痛万分却又无可奈何的，孙悟空是她心中万分仰慕的英雄人物，可她又不得不妥协于等级专制强权之下，她只是一个"手无缚鸡之力"的柔弱女子，注定只能被强权压迫，任人宰割，所以她含着泪水昧着良心说出那样决绝的话，孙悟空首次因爱而心如死灰。"那头颅上的光芒开始慢慢地暗淡了下去。最终完全消失了，那残躯完全真正变成了没有生命的躯壳。"绝望果真毁灭了一颗不死的心。他临死还死死抓住一条紫色的披巾，那是孙悟空灵魂最后的寄托之物。

五百年后"俺老孙出山了"，可那却再也不是曾经义无反顾一战到底的孙悟空。你真的以为一个紧箍咒就能让妖王屈服吗？你以为念出几句经文就能让前尘过往烟消云散一笔勾销吗？答案不置可否。"或许他早已死去。当年从炼丹炉中跳出来的，是那不甘心不认输不肯死的意志。"而在五行山下五百年无人问津的寂寞孤苦里，他最后仅存的意志也消磨殆尽了。从五行山中出来的孙悟空再也不是当年桀骜不驯的孙悟空，他忍耐顺从谦逊有礼，他会对幽冥王言恩道谢，对老龙王微言好语借定颜珠最终铩羽而归，他甚至在玉帝面前轻声细语询问办事赎罪，他成了封建专制彻头彻尾的顺从者。孙悟空性格转变自此不是他全然心甘情愿，而是在面对霸道强权他势单力薄往往孤掌难鸣。作者在描绘五百年后孙悟空再次伫立在花果山时，漫山遍野，成千上万的妖精从地里爬了出来，他们感到新的希望孕育而生，可孙悟空不留情面地说："你们这些嘴脸，我从小看了就讨厌的。"正是从小受到歧视与欺负的他，在学成归来之后，与牛魔王等有八拜之交，与众妖有碰盏之情。然而五百年，整整五百年间无人问津，论谁不会感到寒彻透骨，他开始变得矛盾不定敌我不分。在大闹天宫时，有谁曾经真正出手奋力拼搏？又有谁在紧要关头不顾一切伸出援手？那些当初信誓旦旦的妖魔从未出现，一人逆天又是何其艰难。"黑暗""五百年""不稀罕"等词，作者并未明说，但早已暗示，他们早已在封建等级专制面前俯首称臣，他们只能战战兢兢明哲保身。从孙悟空被压在五行山下那一刻起，早已注定他既不属于神仙，也不能归纳于妖魔，他不再是万妖之王，那个原本对生活充满自由向往的孙悟空从此烟消云散了，他是彻彻底底的天地多余出来的产物。他不是时代的英雄，而是从始至终悲剧的化身。

四　阴谋困顿的西行之路

今何在并未浓墨重彩地描述孙悟空如何学成归来，在花果山方圆百里称王称霸，与众妖魔觥筹交错义结金兰，又是如何取得金箍棒、大闹阎王殿、烧毁生死簿。这些他甚至从未提及，只是轻描淡写地将原著作品中完整的情节脉络碎片化，再拿起重新拼凑，不改故事原意却已然成为一个全新的西游故事，甚至在某些方面比原著更加出彩。无论是在原著，还是在诸多影视作品之中，都怀着毋庸置疑的态度去极力歌颂西游故事的美满结局，在潜移默化中认定这就是牢不可破不可逆转的永恒理论。《悟空传》彻底打破常规视角，作者以透过表面看本质的态度对西游进行了另类诠释。作者认定："西游就是一出悲剧，是一场阴谋，无论你怎样做，都是死路一条。"当曾经战无不胜的孙悟空彻底怀疑、否认自己，把过去一切当成罪孽并且毫不迟疑地杀死过去的自己时，他才恍然明白西游果真是一个阴谋困顿的骗局。这里体现了戏剧人物的悲惨命运，同时也把神权主义者的丑恶嘴脸刻画得入木三分。他们是权贵主义者，为了维护自身权益可以不择手段，将天地生灵玩弄于股掌之中。"神不贪，为何容不得一点对其不敬？神不恶，为何要将地上千万生灵命运，握于手中？"在根据今何在《悟空传》改编的网游《斗战神》中，则在更大程度上揭露神权主义者的贪得无厌利欲熏心，也同样强化了孙悟空、唐三藏等人的反抗精神。"你想不明白，我却想通了！只想翻身，就永不得翻身！要想成佛，就得让诸佛都烟消云散！跟我一起，踏雪西行，神挡杀神，遇佛斩佛！！！！"[1]这是何等波澜壮阔，何等气吞山河，西行之路完完全全成了反抗者的逆天之路。

作者创作之初并未企图颠覆西游，他只是将西游潜藏的真相挖掘出来，也就是说《悟空传》中只有反抗，《斗战神》中才彻底地反抗神权颠覆西游。《悟空传》结尾之处，作者使用天马行空的笔调使得五百年前与五百年后完全重合，用两个孙悟空截然不同的反应来升华整个故事的主题。不可一世的过去孙悟空倒在血泊之中，唯我独尊的如来在一边讥讽暗

---

① 鲁迅：网游《斗战神》剧情宣传片台词，http：//www.iqiyi.com/w_19rsfgobsh.html。

嘲，戴着金箍的现在孙悟空开始慢慢觉醒。作者更是怀着莫可名状的心情描摹了这一悲惨画面。"你是不肯放弃梦想的人。"作者再次借用紫霞悲悯之口强调西游就是追寻当年的理想，当七窍流血意识模糊的孙悟空再问倒在血泊里的是谁时，紫霞又说："他是失去了一切，除了自己，什么都没有了的人。"作者经此描述，孙悟空的最终命运竟是这等悲壮。"没有人能打败孙悟空，能打败孙悟空的只有他自己。"所以如来让过去与现在相互重叠，两个孙悟空开始自相残杀，唯有自己才能打败自己。过去的孙悟空一无所有，花果山的生灵都已被神权践踏殆尽，暴怒而起的他拱起五行山从中挣脱而出，他战无不胜，但他最终死在自己手里。

　　五行山是对身躯的束缚，而西行之路是对思想的束缚。正如阿瑶说"我曾以为你和那些神佛不一样"，孙悟空说曾经不一样的。"……你会在云雾里面无表情、毫无目的地飘来飘去，我曾羡慕你有灵魂，可现在，你却为了当神仙，把它丢了。"或许那个灵魂，那颗不可磨灭的心早就在五行山下破碎了，即使是天生傲骨桀骜不驯的孙悟空同样也恐惧着生，又恐惧着死。"沉默呵，沉默呵！不在沉默中爆发，就在沉默中灭亡。"[1] 作者让他一面选择忍耐顺从，一面又不甘束缚，在这样的矛盾冲突之下孙悟空终于倒在血泊之中，他终于在最后关头察觉西游是一个彻头彻尾的骗局。悲剧在此终于落下帷幕，他向往自由平等却是孤掌难鸣，他反抗权贵终究只是负隅顽抗。从此世间再无孙悟空，却处处是孙悟空。

---

① 《鲁迅经典文集——纪念刘和珍君》下卷，百花洲文艺出版 2001 年版，第 463 页。

在沉睡中造访神祇，在陶罐上延续传说

——《悟空传》对两种西游精神的继承

陆建宇[*]

【摘要】 在 20 世纪特定的历史语境下，《西游记》文艺改编在其主题裂缝上形成了两种西游精神——"造访神祇""反抗压迫"的"革命西游"与"安然沉睡""告别革命"的"都市西游"。作为 21 世纪西游改编序列上的亮丽一环，今何在的《悟空传》以其后现代书写吸收了这两种西游精神：从文本改编的角度看，《悟空传》具有增加爱情参数、并置故事时间、倒置原著情节等特点，这影响了西游故事在情节模式上从浪漫剧向讽刺剧的转变；从文本互文性的角度看，《悟空传》的不同版本、不同序言、不同结局形成了一个互文体系，这蕴藏着作者在都市西游的框架内呼唤革命西游的书写策略。

一　西游记主题研究的裂缝与 20 世纪西游改编的两大传统

《西游记》全书共一百回，按内容分大致可以分为三个部分：第一回至第七回，孙悟空大闹天宫；第八回至第十二回，唐三藏取经缘由；第十

---

[*] 陆建宇，华南师范大学文学院学生。

三回至第一百回，孙悟空皈依佛教，保护唐僧西游取经，终成正果。如果我们把第八回至第十二回作为西游取经的一个小前奏，那全书实际上只有两个部分：大闹天宫与西游取经。由于吴承恩是在民间长时间流传中不断丰富的西游故事的基础上创作《西游记》的，小说情节由缺乏内在必然联系的这两大部分连缀而成，小说主人公孙悟空在小说的两大结构中也分别呈现了"反抗者"与"皈依者"两种不同的姿态。而《西游记》研究者对于这两个情节、两种姿态的不同态度，也直接影响了西游主题研究的多样性。

在革命话语盛行的年代，《西游记》研究在阶级斗争理论的影响下，运用政治学与社会学的方法，将小说的艺术形象还原为生活原型，把大闹天宫当作农民起义或小市民觉醒的象征，把神佛妖魔当作封建专制与地主恶霸的象征，再把西游之路当作规训与皈依的象征，提出了若干种革命色彩强烈的主题解释。根据研究者对大闹天宫与西游取经的臧否侧重，这种解释可以分为两类：一类为"正邪相争说"与"反抗正统说"，这种解释突出对大闹天宫与悟空除魔的肯定，"主题仍旧没有变：正邪相争，而邪不敌正""多多少少表现了人民的反正统情绪"；① 一类为"背叛革命说"与"规训劝善说"，这种解释认为西游取经是对大闹天宫的惩罚与背叛，"皈依神佛后的孙悟空完全改变了他对神佛敌对、仇视的态度"。②

而在"告别革命"话语流行的当代，国学与西学逐渐渗透《西游记》研究，《西游记》研究由政治学、社会学研究转向文化心理学的研究，把大闹天宫与西游取经解释为一个连贯的心理发展过程，而且在不同程度上推崇西游取经，乃至贬斥大闹天宫，提出若干种去革命化、去政治化的主

---

① 张天翼：《〈西游记〉札记》，载梅新林、崔小敬主编《20世纪〈西游记〉研究》下册，文学艺术出版社2008年版，第333—334页。

② 陈澎：《论〈西游记〉中神佛与妖魔的对立》，载梅新林、崔小敬主编：《20世纪〈西游记〉研究》下册，文学艺术出版社2008年版，第372页。

题解释。根据研究者研究理论的不同来源，这种解释可以分为两类：一类为"童心说"或曰"破心中贼说"，这种解释援引儒家心学，认为西游取经是一个灵魂救赎与人格修炼的过程，"《西游记》是在通过神话故事形象地喻明一个'求放心'的道理"；① 一类为"成长说"或曰"深层心理说"，这种解释援引西方的精神分析学说，认为西游取经是一个自我的成长故事，"整个取经故事的情节框架：儿童犯错—严酷考验—成年命名，则是一个成年礼的原型模式"。②

在这两种研究方向之外，也有研究者提出"主题转化说"，试图从精神传承的角度将大闹天宫与西游取经缝合起来，"《西游记》反抗的主题和取经神话的主题，在这里是取得了一致的"。③ 此外，还有研究者试图回归《西游记》的文学性，指出小说文本的复杂性与形象的复合性，因此"应将其视为一个多重互补的整体，而不是杂凑式的拼合"。④

然而，不管是基于《西游记》主题研究在两大研究方向上的矛盾，还是基于"主题转化说"提出的文本复合性，我们都能一窥《西游记》主题研究的裂缝，乃至《西游记》主题的裂缝，大闹天宫与西游取经两个故事的结构矛盾成为我们不可回避的现实。在此基础上，20世纪《西游记》文艺作品的改编也渐次发展出"革命西游"与"都市西游"两种精神、两种传统。

"革命西游"可以说肇始于1941年动画电影《铁扇公主》的结尾，在唐僧演说的激励下，十里八乡的"人民"拿起钉耙、锄头，和悟空、八戒

---

① 金紫千：《也谈〈西游记〉主题》，载梅新林、崔小敬主编《20世纪〈西游记〉研究》下册，文学艺术出版社2008年版，第396页。

② 方克强：《原型模式：〈西游记〉的成年礼》，载梅新林、崔小敬主编《20世纪〈西游记〉研究》下册，文学艺术出版社2008年版，第688页。

③ 李希凡：《漫谈〈西游记〉的主题和孙悟空的形象》，载梅新林、崔小敬主编《20世纪〈西游记〉研究》下册，文学艺术出版社2008年版，第394页。

④ 冯文楼：《取经：一个多重互补的意义结构》，载梅新林、崔小敬主编《20世纪〈西游记〉研究》下册，文学艺术出版社2008年版，第423页。

联手打败了牛魔王。[1] 其改编高潮可定位于 1964 年大陆彩色动画片《大闹天宫》，动画片塑造了一个"金猴奋起千钧棒，玉宇澄清万里埃"的桀骜猴子。照应《西游记》主题研究的方向，该序列继承了政治社会学方向的革命话语与阶级斗争理论，它往往将故事人物划分为压迫与被压迫的两大阵营，继而将故事情节改编为被压迫者反抗压迫者的阶级斗争寓言。"革命西游"对大闹天宫持鼓励的态度，甚至把一切西游故事都改编为大闹天宫的故事变奏。在这样的处理中，作品传达的意识形态正是"造反有理"的革命精神。

而"都市西游"可追溯至现存最早的西游记电影《盘丝洞》，电影的结尾字幕"万缕青丝，收拾得干干净净"与影评"我希望是一万年"遥遥呼应着 1994 年周星驰主演的电影《大话西游》。[2] 而《大话西游》也恰是该序列的改编经典，电影破天荒地塑造了一个谈情说爱的孙猴子，并将其爱情与理想葬送在西游之路的入口。照应《西游记》主题研究的方向，该序列继承了精神心理学方向的成长主题，以浪漫爱情取代大闹天宫对自由的召唤，再将西游之路改写为必然不可抗的平凡之路，继而将故事情节改编为告别革命的后现代寓言。"都市西游"解构了革命与西游路的价值，甚至传递价值虚无的意味，其本质是对主体的惩罚与规训。在这样的处理中，作品所传达的意识形态正是后革命时代"告别革命"的时代思潮。

《悟空传》之所以能开启西游改编的新篇章，很大程度是因为文本将"革命西游"与"都市西游"两大西游精神糅合起来，在后革命年代尝试革命书写，表达"在沉睡中造访神祇，在陶罐上延续传说"的精神。下文会分别以新历史主义、拉康镜像理论与互文性理论为切入点，从文本本身

---

① 王昕：《在〈大闹天宫〉与〈大话西游〉之间》，《艺术评论》2015 年第 9 期。

② 同上。

与文本互文两个方面论证《悟空传》对"革命西游"与"都市西游"两种西游精神的继承。

二 《悟空传》的改编模式：从浪漫剧到讽刺剧

作为《西游记》的同人小说，《悟空传》的故事情节大都直接取材于原著。如果将《悟空传》三条主线的情节与原著的具体章节对应，我们不难发现《悟空传》在情节上对原著的借鉴。

《悟空传》在情节上与原著的互文关系

《悟空传》小节	小节具体内容	原著具体章节
第1节—第6节 第8节 第10节—第13节	悟空分裂，唐僧遇害，西游小组各奔东西	第五十七回：真行者珞珈山诉苦，假猴王水帘洞誊文
第14节—第18节 第43节	龙女邂逅玄奘，三藏斗法佛门	第十二回：玄奘秉诚建大会，观音显象化金蝉
第7节、第19节 第20节—第34节	孙悟空两次大闹天宫	第五回：乱蟠桃大圣偷丹，反天宫诸神捉怪；第六回：观音赴会问原因，小圣施威降大圣
第41节—第42节 第12节—第13节	妖猴乱世、幼猴拜师	第二回：悟彻菩提真妙理，断魔归本合元神；第三回：四海千山皆拱伏，九幽十类尽除名
第35节—第40节 第44节—第50节	真假猴王天庭决战	第五十八回：二心搅乱大乾坤，一体难修真寂灭

《悟空传》之所以能在漫长的西游改编序列中占据一席之地，今何在独具特色的改编是不可忽略的。而纵观全文，《悟空传》比较突出的改编有三处：增加爱情参数、并置故事时间、倒置原著情节，而每一处都可以体现文本对两种西游精神的取舍。

首先，在爱情参数上，《悟空传》一方面以爱情取代西游的价值，继承"都市西游"的传统，另一方面把爱情作为反抗的动力，继承"革命西游"的精神。

在《西游记》原著中，爱情是一个若隐若现的参数，即使出现也往往会因为作者对儒家心学的探讨而被修改成"情欲"，比如八戒对蜘蛛精的贪婪情欲，再比如唐僧与女儿国国王的暧昧情愫。但自《大话西游》始，爱情便越发成为西游改编的重要参数，去政治化的爱情取代理想与自由成为大圣归来的原动力，安家乐业的小爱取代普度众生的大爱成为西游取经的价值取向。而《悟空传》的三条主线恰恰是由"紫霞—悟空—阿瑶""八戒—阿月""玄奘—白龙女"三组爱情关系连贯而成的。在西游之路的价值判断上，取经度人的理想也被神佛规训的阴谋论取代，爱情成为填补理想空洞的价值源泉：八戒通过思念阿月打发西游长夜的寂寞、龙女为了陪伴唐僧甘为坐骑……在爱情参数的介入上，《悟空传》对《大话西游》的继承是明显的。

但不同于《大话西游》以爱情去政治化、以爱情置换规训的做法，《悟空传》的爱情是与政治相媾和的，也是与规训相抗衡的，"爱情本身就构成了对于陈腐秩序的反叛"。[1] 五百年前的悟空在两次神妖大战以后堕落为犬儒者，但紫霞的支持与鼓动让他重获乱蟠桃会、闹凌霄殿的行动力。陶东风老师认为，"欲望化革命动力学"[2] 是新历史主义语境下的一种后革命书写方式，而以爱情作为革命缘由的做法也有此嫌疑。但相比"都市西游"以爱情为名实行规训的做法，《悟空传》这种"爱情化革命动力学"无疑更具"革命西游"的意味。

其次，在时间机制上，《悟空传》一方面通过并置抗争失败的结局以

---

① 施施然：《猴年说"猴"我要这天，再也遮不住我的眼》，2016年2月6日，微信公众号《知行学社》（http：//mp. weixin. qq. com/s/5JArJ0B1negETts2XSYE2A）。

② 陶东风：《革命的祛魅：后革命时期的革命书写》，《渤海大学学报》2010年第6期。

建构后革命的循环时间，另一方面通过并置大闹天宫的情节以呼唤革命的历史记忆。

在《西游记》原著中，叙事时间往往重合于故事时间，接近现实生活线性的物理时间，从大闹天宫到玄奘成长，从三藏出门到西游取经，孙悟空被压制在五指山下的五百年就是前后两个故事的中点。但在《悟空传》中，叙事时间与故事时间是交叉的，现实与过去一律交错开展。

《悟空传》的故事时间与叙事时间		
《悟空传》小节	小节内容	故事时间
第 1 节—第 6 节	悟空分裂，唐僧遇害	现在
第 7 节	八戒梦见阿月	500 年前
第 8 节	西游小组各奔东西	现在
第 9 节	阿瑶回忆桃园初遇	500 年前
第 10 节—第 13 节	妖猴乱世	现在
第 14 节—第 18 节	龙女亲目玄奘斗法	500 年前
第 19 节	真行者受冤	现在
第 20 节—第 34 节	孙悟空大闹天宫	500 年前
第 35 节—第 40 节	真假猴王第一战	现在
第 41 节—第 42 节	真行者重回方寸山	时间交叉点
第 43 节—第 49 节	真假猴王天庭决战	现在
第 50 节	西游记重启	将来

在交错的时间结构中，相似的故事情节不断被重现，而文本所要传达的意识形态也在不断重现的故事情节中得以强调。在今何在笔下，大闹天宫的失败结局不断被重现，反复被强调。

《悟空传》无所适从的革命		
《悟空传》小节	原文片段	故事时间
第 19 节	"只有绝望,能毁灭一颗不死的心"	现在
第 36 节	"他什么时候又逃出天的手掌过"	500 年前
第 35 节—第 36 节	"一颗火星落在他脸上,熄灭了"	现在

五百年前的失败与五百年后的失败似一个圆圈循环，线性的时间观被循环的历史观取代，"历史发展的必然性被不可知的偶然性或神秘的宿命论所取代"，①"都市西游"的后革命图景再度得以展开。

然而，大闹天宫的失败结局能被并置，其前提是"革命西游"标志的造反情节在交错的时间结构里不断被重现、反复被强调。

《悟空传》的革命进行时		
《悟空传》小节	革命情节	故事时间
第 19 节	真行者自卫反击	现在
第 20 节—第 34 节	孙悟空大闹天宫	500 年前
第 35 节—第 36 节	假猴王大闹天宫	现在
第 14 节—第 18 节	玄奘佛门斗法	500 年前
第 43 节	金蝉打赌如来	现在

五百年前未受规训的孙悟空与五百年后分裂形成的假猴王，在交错的时间结构内同步造反；五百年前质疑神佛的玄奘与五百年后约赌如来的金蝉子，在交错的时间结构里先后造反。这又体现了作者对革命西游的竭力呼唤。

最后，在情节改编上，《悟空传》一方面倒置了原著中灭假求真的动

---

① 陶东风：《革命的祛魅：后革命时期的革命书写》，《渤海大学学报》2010 年第 6 期。

机，复刻造反无由的故事，另一方面也反转了《大话西游》自我规训的结局，重新确立孙悟空的反叛者形象。

笔者在前言已列表指出，《悟空传》有多处对原著的借鉴，但在多条故事线中，"真假美猴王"才是《悟空传》的主线情节。作为一个互文性印证，网络连载版的结局确实也曾经把假猴王设定为原著中的"六耳猕猴"。但在《西游记》原著中，真大圣截击假猴王的动机是主动的，为了拯救师父，为了继续西游，大圣上天下海，先后找寻师父、龙王、冥王、观音、佛祖自求真身。但在《悟空传》里，真大圣对假猴王的截击是被动的，一方面他无意拯救唐僧、继续西游，只是为了摆脱金箍束缚才有所行动，另一方面他也没有意识到假猴王的存在，甚至在天宫受冤被捕。直到观音以摆脱金箍为由，真大圣才正面对上假猴王。相较于《西游记》原著，《悟空传》的主线情节是倒置的。

从主动到被动，动机倒置、情节倒置的背后，其实是拉康式的现代人心理寓言。不同于弗洛伊德的人格结构，拉康的精神结构理论把人类的心理分为想象界、象征界、实在界三个层面；想象界脱胎于前语言的镜像阶段，自我在其中无法自我指认；象征界联系于语言建构的社会秩序，主体在其中由能指建构；实在界联系于无意识，它不具备语言结构，但只有通过语言才能辨认。以此对应真假两位猴王，真行者是想象界中丧失自我指认能力的"自我"，他丧失了五百年爱恨情仇的记忆；而假猴王是实在界的无意识，他还拥有五百年前大闹天宫的记忆，但他也没有名字（文章后面甚至称以"妖猴"），只能通过紫霞的披巾与缺席的金箍才能得到辨认。当真假猴王正面对决时，真行者无法自我指认的拉康式镜像寓言也展露无遗。第一次对决不遂，真行者重回方寸山，在与菩提祖师的对话中重获"斗战胜佛"的名字，此时的真行者已从想象界踏入象征界；在如来的蛊惑与召唤下，象征界的真行者完全接受"以父之名"的规训，将代表自己欲望的假猴王棒打灭亡。

如果我们的拉康式演练止步于此，《悟空传》的倒置就只能具备"都市西游"的内核了。但拉康还提出，无意识的主体，亦即欲望的主体，并不等同于人类的个体，它是在能指与所指的缺口之中被构成的某种东西。主体是能值链上的豁口，即象征界与实在界之间打开的缺口。作为斗战胜佛的真大圣在棒捶假猴王以后，却骤然识破了成佛的虚无性，他怀疑死亡的妖猴正是自己，象征界的主体再一次陷入主体失落的境地。当他看到假猴王掌中紫霞赠予的披巾时，另一个主体从金箍这个能指滑向披巾这个能指，五百年前失落的记忆也重新寻回。在故事的最后关头，一个无意识的主体重新觉醒，但觉醒的主体不愿面对着破败的现实，于是逆天而行，最后投身天火。作为互文，原著中因信称义的玄奘在《悟空传》中也是倒置的，他在佛门斗法中质疑成佛的合法性，并且因为不信而开启西游之路；在故事结局，重入象征界的金蝉子约赌如来，以同归于尽的行为冲破佛门秩序的必然性；而建构其主体性的能指，正是普度众生的大乘佛经。暗合着拉康式无意识主体的建构，《悟空传》在故事的倒置中重新建构了抗拒规训的主体，这间或也是对"革命西游"精神内核的保留。

美国当代著名理论家、新历史主义代表人物海登·怀特认为，如果我们想接触历史，不管是从"历史"到"历史文本"，还是从"编年史"到"故事"，我们都必须"通过鉴别所讲述故事的类别来确定该故事的意义"，[1] 即按 4 种情节化模式（悲剧、喜剧、浪漫剧、讽刺剧）来"解释"故事。对应"元史学"理论，《西游记》原著中的"真假美猴王"其实是一个浪漫剧，真行者战胜假猴王，这是一个"关于成功的戏剧，这种成功即善良战胜邪恶、美德战胜罪孽、光明战胜黑暗，以及人类最终超脱出自己因为原罪堕落而被囚禁的世界"。[2] 而《悟空传》的猴王对决是讽刺剧，

---

① ［美］海登·怀特：《元史学：19 世纪欧洲的历史想象》，陈新译，译林出版社 2013 年版，第 9 页。

② 同上书，第 10 页。

真行者棒打假猴王并没有带来原著中主体的自我救赎与自我规训，这是一个"反救赎的戏剧，一种由理解和承认来支配的戏剧"。①

三 《悟空传》的互文性分析：都市西游框架内的革命西游

自《悟空传》初版以来，今何在数易版本，二次作序，过程中还多次删改结局，与周星驰合作发表《西游降魔篇》，这些不同的版本、不同的序言、不同的结局也形成了若干值得参考的互文性文本。下面笔者将通过对这些互文性文本的分析，论证《悟空传》对两种西游精神的态度。

2001年2月，《悟空传》首次出版发行；2011年6月，为纪念《悟空传》出版十周年，今何在结集出版"完美纪念版"，并增补序言《在路上》。在序言前四段，今何在回忆了自己作为独生子女的孤独童年，并以此作为语境论述他心目中近乎虚无的西游路。乍看序言的结论"这个世界我来过，我爱过，我战斗过，我不后悔"，② 我们还可以感受到萨特存在主义自由选择与价值创造的意味。但我们回顾前文，却发现西游的起点原来是理想的失落，"一群人在路上想寻找当年失去的理想的故事"，③ 一如《大话西游》中至尊宝的西游始于紫霞的离去；我们还发现西游路的终点就是四大皆空，"最后四个人成了佛，成佛以后呢？没有了，什么都没有了"，④ 恰如《大话西游》中孙悟空在西游路上被规训为"一条狗"。西游路始于虚无，又终于虚无，人物的价值只能在路上寻找，因此才有"从你的全世界路过"的"在路上"哲学。

如果说序言《在路上》还残留着一丝存在主义的挣扎——哪怕是在价

---

① ［美］海登·怀特：《元史学：19世纪欧洲的历史想象》，陈新译，译林出版社2013年版，第11页。

② 今何在：《在路上（初版序）》，《悟空传》，北京联合出版公司2016年版，第2页。

③ 同上。

④ 同上。

值荒原上的挣扎，那 2016 年新版序言则将负隅顽抗的谎言彻底撕破。新序首先指出 5 年后再版的怀旧语境："时间是人生最珍贵的东西，这是我从小就听到的话，却直到现在才理解"。① 在此语境下，作者对 5 年前的旧序与 15 年前的旧作的回应是"没有答案"：

> 这漫长而短暂的一生，究竟该用来追求些什么呢？
>
> 直到今天我也没有答案。
>
> 《悟空传》，其实就是一群人用一生寻找答案的故事。

此外，早在《悟空传》初版时，今何在给《悟空传》增订了番外《百年孤寂》，而该番外也是对《悟空传》革命叙事痕迹的抹除。在《悟空传》原著的结局中，为了摆脱神佛束缚，孙悟空与金蝉子以身殉道，白龙女以身殉情，猪八戒也为了爱情奋不顾身。玉石俱焚的结局虽然跳不出"在路上"的思维框架，但也还算是革命西游的一种变奏，可《百年孤寂》给原著添上了一个虚无西游路的轮回。在百年孤寂第一小节，今何在以孙悟空的梦醒作为全文的开篇，似暗示着原著《悟空传》不过是虚无西游路的一场白日梦。梦醒以后，原来敢于正面质疑成佛合理性的金蝉子重新摒弃欲望；原来为守候爱情而忍受痛苦的猪八戒重新追逐享乐。一番寒暄、几番喧哗以后，西游小队在一堵命名为"界限"的墙面前停驻，然后因为争执各奔东西。但暂时的逃离已经构不成彻底的反抗——八戒以为西游路可以冲淡思念爱情的痛苦，沙僧以为西游路可以洗刷委曲求全的屈辱，所以选择继续西游。于是，被规训的几人安居极乐净土，等候被规训的悟空归来。故事的结局也落入窠臼，在观音与佛祖"以父之名"的召唤下，孙悟空终于重披大圣的战衣，只是归来的不再是大闹天宫的造反者，而是斩妖除魔的卫道士！于是，"界限"这道横在想象界与象征界的墙轰然倒塌，

---

① 今何在：《在路上（初版序）》，《悟空传》，北京联合出版公司 2016 年版，第 2 页。

众人步入象征界，虚无西游路重新开启，作者与读者也在结局的重写中完成自我规训。

2012年国产电影《西游降魔篇》形成《悟空传》之于"都市西游"的第三个互文。作为20世纪90年代"都市西游"经典《大话西游》的续篇，《西游降魔篇》延续了前作爱情陨灭的主题，让唐僧在"大爱"与"小爱"的冲突面前遁入空门；作品还原了《西游记》原著中妖猴孙悟空的外在形象，将不受规训的"欲望"压制在规训者的"大爱"下。于是，两重规训情节再次完成一个"告别革命"的后现代寓言，同时也开启了新十年西游改编的"规训"脉络（2012年《西游降魔篇》、2014年《大闹天宫》、2016年《三打白骨精》）。

初版增订《百年孤寂》、纪念版增订序言、12年编剧《西游降魔篇》，"都市西游"的互文多建构于作者事后的增订，这间或体现了作者随生活积淀对"都市西游"越发认可的倾向。但回归到《悟空传》文本的内部，从今何在初版修改的结局与引用的现代诗，我们却可以看到文本对"革命西游"的保留。

在小说的网络版结局中，今何在贯彻其无限循环的时间观，把西游路的重启作为结局：

> 孙悟空扛着金箍棒走在路上，"师父，你说我们能找到西天么？"
> "能，只要会看星图，你看，那是阿月星座，那是猪星座……"
> 星光下，二人一马奔向苍茫前方。

重启的西游路保留了抗争的成果，星空的爱情由八戒与阿月守候着，原先虚无的西天也被星图取代，这是一个充满浪漫色彩的"在路上"图景。但承接原文无限循环的历史观，数次革命以后是数次镇压，数次重启后边是数次虚无，重启的西游路似乎只是循环时间的一个刻度，规训机器的一个零件。而2002年《悟空传》初版中修改的结局，即目前所有出版版本所呈现的结局，以一个问句给读者质疑循环时间观留下余地：

> 纷纷落叶飘向大地，白雪下种子沉睡，一朵花开了又迅速枯萎，在流转的光的阴影中，星图不断变幻，海水中矗起高山，草木几百代的荣枯，总有一片片的迎风挺立，酷似它们的祖先。
>
> 怎能忘了西游？

诚然，倒数第二段自然界季节轮回的景象描写还是循环时间观的体现，但结尾以一个疑问句"怎能忘了西游"收尾。这一方面是作者对循环时间观的质疑，进行时的西游路重启被完成时的疑问句取代，不能忘记的西游究竟是奴隶道德劝降的扁平后现代，还是强力意志主导的超人式永恒轮回，这是值得思考的。另一方面也是今何在暴露叙事者身份、试图与读者对话体现：西游终究重启，但经历了"阅读的抗争"以后，你所认可的西游是规训与服从的"都市西游"，还是造反与抗争的"革命西游"呢？这是值得思考的。

在语言特色上，《悟空传》具有一定的古典文学的底色，一个突出的体现就是今何在对佛家禅语、《西游记》古诗的化用，以及对西方古典主义诗歌、中国当代意象派诗歌的引用。在这些引文与原文的互文性对照中，我们也可以看到作者保留"革命西游"精神传统的策略。

在《悟空传》第 21 小节，孙悟空大闹天宫之际，今何在引用了德国诗人荷尔德林的长诗《面包和美酒》第七节的片段：

> 待至英雄们在铁铸的摇篮中长成，
>
> 勇敢的心像从前一样，
>
> 去造访万能的神袛。
>
> 而在此之前，我常感到，
>
> 与其孤身独涉，不如安然沉睡。

从诗歌片段来看，"勇敢的心"是过去时，"英雄长成"是将来时，属于现在进行时的只有"安然沉睡"，而"造访神祇""孤身独涉"是现在时所不可能的。今何在的引用似乎表达了中国当代年轻人对于"造访神祇"的逃避，以及对于"安然沉睡"的认同。对此，也有研究者指出，"荷尔德林的诗并没有写完，今何在隐去的后四句诗或许更能说明问题：何苦如此等待，沉默无言，茫然失措/在这贫困的时代，诗人何为/可是，你却说，诗人是酒神的神圣祭司/在神圣的黑夜中，他走遍大地"。① 但我们不妨再看看诗歌本节被省略的前半部分：

> 啊，朋友！我们来得太迟。
>
> 神祇生命犹存，这是真的。
>
> 可他们在天上；在另一个世界
>
> 在那里忙碌永生，那么专心致志，
>
> 对我们的生存似乎漠然置之。
>
> 一叶危舟岂能承载诸神，
>
> 人们仅能偶尔领受神圣的丰裕。
>
> 生活就是神祇的梦，只有疯狂能
>
> 有所裨益，像沉睡一样，
>
> 填满黑夜和渴望。

诗歌被省略的部分描写了尼采所谓"上帝已死"的景象，但今何在引用时将众神陨落的景象给省略了，取而代之的是引用片段中将来时的"英雄长成"。虽然作者不肯在黑夜中独涉酒神，但也不愿意把日神杀死在天堂。这间或对应着今何在对于"在路上"的理解：尽管西游路始于虚无，终于虚无，但价值仍然可以在路上。"安然沉睡"虽然不及"孤身独涉"

---

① 白惠元：《西游：青春的羁绊——以〈悟空传〉为例》，《中国文学批评》2015年第4期。

那般勇敢，但确实也是《悟空传》在后革命时期保留"革命西游"的一种策略。与此相呼应，今何在的另一处引文，即北岛的《传说的继续》也与荷尔德林诗歌节选形成互文关系：

> 古老的陶罐上
>
> 早有关于我们的传说
>
> 可你还不停地问
>
> 这是否值得
>
> 当然，火会在风中熄灭
>
> 山峰也会在黎明倒塌
>
> 融进殡葬夜色的河
>
> 爱的苦果
>
> 将在成熟时坠落
>
> 此时此地
>
> 只要有落日为我们加冕
>
> 随之而来的一切
>
> 又算得了什么
>
> ——那漫长的夜
>
> 辗转而沉默的时刻

后现代如同一个火焰熄灭、山峰倒塌的沉默长夜，但"革命西游"的精神如同陶罐上的古老传说，先是加冕与保管，待到英雄觉醒，传说继续。在沉睡中造访神祇，在陶罐上延续传说，在一个"都市西游"的框架内保留"革命西游"的精神，这也正是《悟空传》在后现代时期的西游改编序列中提供的宝贵文化价值。

处世若大梦，仍为其劳生

——评《悟空传》

马　慧[*]

【摘要】 今何在的《悟空传》是在 20 世纪末城市问题浮现的大背景下写成的，作品转变了《西游记》中的神佛形象，让西游故事在神性与人性的对抗中徐徐展开。为了自由的理想，主人公孙悟空通过回首过去展望未来，在反抗神与妥协于神中进行选择，尽管他最终看到了两条路都是末路的结局，仍然不死心、不放弃地享受着奋斗过程，未完性质的结局里仍然延续着孙悟空的希望。丰富的思想内涵加之后现代荒诞和无厘头式幽默，又使得《悟空传》收到了哀而不伤，戏而不谑的阅读效果。无论是之于网络小说名著改编，还是之于现代社会创新精神，《悟空传》都有其独特的意义。

　　曾雨是厦门大学毕业的才子，取笔名今何在。今何在是幸运的、天才的，2000 年第一次落笔网络文学便写出了"网络第一书"《悟空传》，自此他的网络文学创作便一发不可收拾，相继推出的《新大陆狂想曲》《中国

---

　　* 马慧，山东师范大学文学院 2014 级卓越班学生。

式青春》《海国异志》《十亿光年》等多部作品都获得了极高点击量。线上的成功同时也促进了今何在实体书出版的成功，他是第一位出版实体书的网络作家，而成立论坛，组织俱乐部，改编网络游戏、舞台剧和动画等，更使今何在的个人影响力更加多元，特别是在青年人心中其影响力迅速扩展。

从作家来看作品，《悟空传》的一炮而红，其背后往往没有那么简单，对强大的底层文本《西游记》进行改编，作者需要的不仅是对原著的了解，还有对当世的深思。此外，作者很明显受到当时周星驰主演的电影《大话西游》的影响。在今何在笔下，孙悟空成为一种成长的青春符号，倔强又叛逆，凭借着天赋异禀肆意挥洒。

一　我心即魔，不悟浮世南柯，又何必成神佛？

《西游记》中关于神性与人性对立的含蓄隐晦的内容，在《悟空传》中被赤裸裸地呈现出来。

这里的神与妖完全是另一副面孔。王母冤罚阿瑶，玉帝遇事直喊如来，二郎神颜色冷漠……都从正面刻画出了神佛的自私贪婪、愚蠢、冷漠、自诩清高、目空一切。其批判的深刻性还体现在神佛世界观的自主崩塌上，玄奘本是金蝉子转世，是神佛最直接的代表，在《悟空传》中，玄奘的圣人形象被彻底颠覆，他被寺庙收养为僧，打败了天杨法师，却悟不得生之为何，参不透佛法精妙，又或许佛本不存在，他不再看天，也忘记了笑。很明显作者在暗示读者，悟佛悟不得，没有谁能丢掉记忆与欲望，佛本虚无，世间无佛，世间只有参不透的真意自然流淌，不受束缚。与之相反，妖王孙悟空成为作者大力塑造的精神形象，他有"灵性"，通人性，他追求快乐、自由、公平、正义，不畏天庭威慑，大战神佛百年。

通往西天的路，实际上也是人性与神性的权衡斗争。

五百年后的孙悟空突然遇见五百年前的自己，这和吴承恩版《西游记》中孙悟空与六耳猕猴的角色设置有异曲同工之妙。他们皆长相一致，师出同门、法力相同，却是一颗佛心，向西天，盼成仙；一颗魔心，通人性，要自由。两个"我"同时出现，争执相斗，神性魔性相抗衡。《西游记》中，有着孙悟空五百年前影子的六耳猕猴不能保命，《悟空传》中，孙悟空却以五百年前的意志与精神让神佛震慑。由此可见，《悟空传》的思想是有别于原著的，《西游记》叙写斩妖除魔的故事本身强调的就是神性、佛性，《悟空传》却偏偏要打破它们，赞美真实的人性，就要任性，要抓住理想，追求公平，渴望自由，释放自我，并为之不屈服。

二　奔走惶惶坐亦痴，纵然呼且啸，自由亦苍老

自由，是孙悟空一生的追求。但在悲剧文本中，自由永远可触不可及。

西方精神分析学家弗洛伊德曾提出过本我、自我和超我三大精神组成部分。映射到《悟空传》中，本我即追求欲望自由的我，本我遵循本能原则，不守规则限制，发展没有限度。为了安全和温饱的自由，孙悟空拜菩提为师学艺；为了长生不老的自由，孙悟空火烧生死簿；为了不受管束的自由，孙悟空大闹天宫。五百年后出现的那个原来的孙悟空，杀唐僧与敖广，是对神权的极端蔑视，同样也是本我的尽情释放。

在现实社会中，本我往往被社会法则限制，更多时候仅以一种心理倾向的形式存在着。在作品中，孙悟空试图要打破神佛权威，要参天而立，其结果注定是失败的，五行山下五百年，以为见了天日熬出头，不曾想西游又遭百般阻挠。本我的道路是走不通的。

自我是生活在理想与现实夹缝中的我，向自由理想趋近，也不得不

向现实妥协。对自由的追求逐渐将孙悟空拉到了对权威的反抗上，他给自己取名"齐天"大圣就说明了这一点。在西游的等级社会中，自由只属于少数站在权威制高点的神，但孙悟空对等级规则是盲视的，他选择妥协一下，他成了弼马温，他戴上了金箍随着唐僧向西走，他妄想通过成为神仙成为权威来实现自由，却不能想到自由与权威本就背道而驰，当地藏王嘲笑他时，他不再回击，对龙王说话也变得客客气气，无形中他已迷失在南辕北辙的路上，变得麻木呆滞，丧失斗志。《悟空传》的悲剧性也就在于此，向着自由起飞，朝着宿命坠落。可见自我的道路同样行不通。

超我是恪守社会规则的我，站在道德的制高点上要求自己，完全失去自由。这是《西游记》提倡的思想，是千百年来儒家文化倡导的"修身、齐家、治国、平天下"，是道教佛教文化宣扬的六耳清净，普度众生。毫无疑问，《悟空传》是对这些传统思想的批判和颠覆，超我在作品中是个不存在的却被讨论的对象。金蝉子是反抗佛教虚无道德的理论代表，强调四大皆空是小乘佛法，大乘佛法蕴藏在圆满中；孙悟空是挑战社会等级制度的实践者，五百年前后两个"我"的大战，实际上是妖与神、理想与现实、自由与束缚的战争；天蓬、沙悟净也是反抗统治阶级昏庸的代表。超我本身就是歧途。

"天地生我孙悟空"，唯愿快快活活，热闹逍遥，奈何束缚紧绷，寸步难行。

三 似曾相识，昨日少年，今何在？

年少总是血气方刚，为了理想，折腾到遍体鳞伤，而今凄厉沧桑，却仍不减当年轻狂。

有人将《悟空传》看作成长小说，认为《悟空传》的主题是青春成长。笔者却觉得，《悟空传》与成长小说其实大相径庭。

一方面，成长小说是顺时性成长，它含有经验给人智慧的寓意，比如《青春之歌》中的林道静，结识不同的人，做不同的事，这其中她逐渐分辨出孰是孰非，逐渐的积累革命知识与经验，并形成了自己的价值观。但《悟空传》却是逆生长小说，他不是要人往前看，而是往回看，"为什么要让一个已无力作为的人去看他年少时的理想？"因为往回看才知道自己有没有走错路，往回看孙悟空才知道他有没有背叛五百年前的自己，往回看天蓬才知道自己是不是还眷恋着天宫，往回看小白龙才知道自己为心上人的牺牲值得不值得。回望初心，方得始终。《悟空传》要人明白的是，知道自己来之何处，才知道去往何方，为什么奔忙。作品中，玉帝承诺孙悟空，完成三件事便可以去金箍，立地成佛。其中第二件事竟然是打败齐天大圣美猴王，打败从前的花果山妖王，打败从前追求自由的理想。最终悟空做到了，却也在成佛的瞬间悔不当初，初心再现，他大喊一声："如来，出来与我一战！"

另一方面，成长小说叙写成就青年的故事，但《悟空传》是对毁灭青年的反思。《西游记》的思想核心是强调抛弃一切、看开一切的儒、佛、道，是中老年人的思想状态。而《悟空传》通篇弥漫的是青年人的思想——拼搏、叛逆、自由、不顾结局，是青年人的思想与老年人思想的对抗。二者不同的不仅是封建与现代的思想差异，也是个人阶段性的思想差异。《西游记》以拥有年少悟空心性的六耳猕猴的失败宣告了中老年文化思想的胜利，《悟空传》却以如来最终承认孙悟空跳出了他的五指山传播了青年人的反抗与坚持精神，反映了"80后"对生活的呼喊，对理想的执着，对生存之艰的感叹。《悟空传》大力赞美了青年人的哲学，青年人的选择，青年人的热血，青年人的坚韧。

四 繁华都落尽，却又是，心头一震

值得注意，作品中玄奘百思不得其解的一个问题便是：万物由空中来，又往空中去，那来这人间一趟又是为何呢？仔细想来，这似乎是一种悲剧，处世若大梦，何为其劳生？

《大话西游》为观者塑造了一个完美的喜剧结局，一个孙悟空随唐僧师徒去取经，另留一个孙悟空陪紫霞恩恩爱爱，这未免过于理想主义。鲁迅说，悲剧就是把有价值的东西撕裂给人看，《悟空传》做到了，《悟空传》的结局完全是个反转的悲剧，戴上金箍儿打死过往自己的孙悟空，绝望地向现实妥协；失去了花果山，捅破天空导致天火四泻，抱头痛哭的孙悟空，以毁灭的方式宣泄着绝望的理想；与紫霞神妖相隔，纠缠牵绊的孙悟空，爱也爱得绝望。作者把孙悟空的悲剧归于宿命，又把宿命归于神佛的管制，正像阿瑶说的，当年犯下滔天大罪的孙悟空，又怎是取经杀几个妖就能被天庭放过的。西游只是一场神佛自导的阴谋，目的就是让孙悟空取不得经书，让孙悟空自我毁灭，这一看似荒诞的构思使得悲剧结局更有艺术渲染力。

尽管结局悲伤，但作者并未掐死所有希望，孙悟空把猴子猴孙赶往了各个地方，像希望的种子撒满世界，文末孙悟空重生了，他又捡起了金箍棒，随着玄奘西天取经。读者不禁要思考，这以后还会发生什么呢？故事仿佛未完待续。孙悟空既然悟得了神佛成不得，重生之后，他势必要再次选择自由，做回五百年前的自己，但这又给读者带来联想构思难题，做回五百年前的自己，要再和紫霞谈谈情说说爱吗？要再闹一次天宫吗？要再次被压五指山吗？这是不可能的，五百年前神妖百年大战已经给出了结果：妖对神的反抗只能是白费气力，谁都不能彻底反抗或许并没有什么组织原则的社会秩序、等级制度。那么未完的结局究竟是什么呢？作者或许

也并未想得到，只能留下一串问号，是不是纯粹的自由根本不存在？是不是完美的理想不能够争取得来？理想到底要不要向现实妥协一下呢？……作品呼喊出自由与理想，却又点到为止，只引导读者思考，读者还需自行判断，自行把握分寸。

写悲剧英雄是作家今何在的创作倾向，无论是《羽传说》中的向异翅，还是《我的征途是星辰大海》中的陆伯言，《若星汉天空》中的康德，这些主人公都有共同的特质，他们资质不凡，他们成长、叛逆，趋向悲剧性结局，《悟空传》也不例外。悟空传把重点放在孙悟空对自我的认知和定位上，他不为了适应不合理的环境而卑躬屈膝，改变自己，却为了塑造自己而去改变环境，火烧生死簿、大闹天宫，以及死亡之前"如来，出来与我一战！"的呼喊都是想要改变环境的表征。

这不仅使作品走向唯理想论的极端，而且提出了飞蛾扑火值不值得的疑问。约翰逊说，人的理想志向往往和他的能力成正比，这句话对今何在的读者似乎是一个打击。今何在在毫不遮掩地炫耀英雄人物天赋异禀的同时，也毫不怜惜地以悲剧将他们摧毁。英雄尚且走向末路，那普通人岂不是走得更加蹒跚艰难？那个被金箍咒得头疼仍然挥棒乱舞，告诉自己不能输的孙悟空；那个捅破天空的孙悟空；那个在幻灭之际还要与如来大战的孙悟空，或许早已看穿了悲剧性的结局，但他仍然悲壮地挺立着不屈服，他宁愿死，也不愿输，这样的孙悟空让人心头一震，追求理想的人从不会去计较得失、在乎结局，他们只会享受奋斗的过程，享受改变不可改变的刺激，享受趋近于理想的一切不安与期待！《悟空传》是不在乎结局的，结局并不重要，重要的是你热爱过，奋斗过，追求过！

五 滑稽荒诞又轰轰烈烈的英雄悲剧

作者用周星驰特色的无厘头对话，幽默地书写了一场滑稽荒诞又轰轰烈烈的英雄悲剧。这与现代作家余华有着相似之处，使读者笑着哭，哭着笑，既为那些荒诞的语言和滑稽的行为而笑，读到悟空说紫霞像紫色的狗想笑，读到玄奘去寻找丁香花一样的女妖精想笑，读到树精天真地问别人临死前的心理活动想笑；同时也为那些真挚不变的爱情故事、顽强不屈的理想斗争而泪湿眼眶，被天蓬与阿月的痴情感动，被悟空的宁死不屈折服，为阿瑶的执着坚贞黯然。笔者认为对读者来说，这就是最好接受的艺术，最好体会的艺术，不过于沉重，又不显得轻浮，哲理自在其间。

在艺术特征上，《悟空传》运用了时空穿插、首尾循环的后现代手法，这就容易给读者带来阅读理解上的思维混乱。但这种手法又与作品紧密相连，唯有时空穿插，才能时时反观过往，反思当下，唯有首尾循环，才能体现反抗者力量的生生不息。

六　醉笔书成世事辗转，回首满卷世纪空叹

耳熟能详的经典西游，经作者笔锋一转，直让人觉得荡气回肠，何以至此？追问《悟空传》的成文年代，或许能找到答案。

2000 年网络文学作品《悟空传》正式出版，据此可以推断《悟空传》写于市场经济进一步发展的 20 世纪末年。一方面"世纪末城市病"引起了人性苦闷感、压抑感的剧增，然而无药可医，人们只能忍受冷漠疏离、困惑迷茫，成为"孤独患者"。这就好像作品中迷失在神佛之间单打独斗的孙悟空，没有人告诉他对与错，他只能自己去摸索。而作品中关于孙悟空"记忆丧失"的叙述，也是趋近于世纪之交的人类的典型症状在作品中的投射，记忆丧失不仅是对过去的否认，而且是对未来的不确定。

另一方面，世纪末城市病也带来了自由人性的释放，反抗成为人们的心理倾向。这和当时开放的中国接受中西方思想双向营养，而适应社会新发展的新的道德伦理规范和社会秩序尚未完全形成是有关的，不确定性就

是数不清的可能性，自由因子在 20 世纪末爆发，提倡解放的"人的文学"再次登上时代舞台，《悟空传》争取自由理想的反抗主题思想正与之无缝吻合。

市场经济，也使"竞争""成功"逐渐成为热词，竞争必分高下输赢，成败必要论及英雄。在开放自由的社会环境中，谁都想成为英雄，但"竞争的环境虽然推出了不少成功者，而更多的人面对从未有过的残酷竞争却无所适从，渐渐沦落为被抛出正常生活轨道的失败者，而且精神瓦解，斗志全无。社会阶层正在重新划分，原有的心理平衡被打破，一种灰暗的失败情绪正在面广量大的弱势群体中蔓延，各种新的社会问题也开始浮出水面。在这样的情况下，社会的整体进步事实上就变得十分艰难"。①

这就容易形成普通大众对社会的埋怨感，以及对于英雄的重新定义——"不以成败论英雄"，《悟空传》中的孙悟空就是失败英雄的典型案例，它埋怨并反抗不合理的社会制度，输也输得倔强，就像弹簧，越受压迫，反而弹跳得更高上，这无疑是一种越挫越勇的积极的人生价值取向。

知识分子，曾在中国千年历史中扮演重要角色，但行至 20 世纪末，知识分子的地位却越加边缘化，"书呆子"打不了天下，商品经济时代更需要的是经济头脑和盈利策略。然而读书人自古清高，又怎肯轻易把头低下，"他们将都市的挤压奇异地转化成一种充电方式，借此积蓄情绪宣泄的感性燃料和内在动力"，② 于是类似《悟空传》的反抗英雄作品出现在大众视野中，这或许也可以看作初出象牙塔的作者关于生存之艰的心理写照。

总的来说，《悟空传》是适应越加开放的市场体制和多元宽容的文化

---

① 戎东贵：《那边风景：世纪之交社会文化心态阅读》，南京师范大学出版社 2009 年版，第 59 页。

② 黄发有：《准个体时代的写作：20 世纪 90 年代中国小说研究》，上海三联书店 2002 年版，第 154 页。

氛围，以解放性的个性语言，在《西游记》底层文本上对故事进行现代化改编的成功范本。它宣扬了理想、毅力、勇敢，批判了妥协、麻木、认输，其思想的深刻性绝对值得读者沉迷其中。反观当下网络文学市场上的名著改编，则是鱼龙混杂，如不少网络作家专挖《红楼梦》中的同人情节、改造林黛玉等，违背职业道德以求阅读反差刺激，哗众取宠，实在有违写作之道。

当今之世，《悟空传》仍然值得一读再读，一思再思。新时代对创新精神提出了新要求，创新即意味着对传统的批判性继承或彻底颠覆，要培养创新能力，离不开对《悟空传》精神的学习领悟，无论是文学写作，还是其他任何方面，小到生活琐事，大到政治经济发展，都需要认真贯彻悟空式的叛逆精神和理想精神。网络文学作为文学多样性形式的代表，更要汲取传统文学营养，不断生发新的文学价值。

隔空开花的艺术架构

——解读《悟空传》创作性格

陈丽梅[*]

陈丽梅[*]

【摘要】 今何在于世纪之初所创作的网络玄幻小说《悟空传》，因其极具魅力的文本张力和清奇含蓄的独特画风，行走在层出不穷的后代网络文本艺术的前沿，并且由此掀起了一场旷日持久的西游热潮。隔空迭换的情节行进；蒙太奇场景的效果切换；神与妖世界之外的人性体察；萦绕回环的非线性叙事结构，都较为成功地诠释出后现代意识流小说的典型创作特征，当之无愧地成为数量庞大的网络文学作品群中的一部优秀典范。

《悟空传》尝试进行崭新的价值重构，对于经典给予了充分的应有尊重，并且仍以情理道义为原始创作基准。与此同时，其更为吸睛之处，是在作品本身当中增添了后现代主义情愫，大量涉括以作者为代表的新青年阶层对人生的思考。《悟空传》争取做到不流于尘俗，抛却世俗腌臜之媚，转而将笔墨着色于宗教层面，其对于佛道世界观的重审，基于有温度的人性肌理，充溢着今何在对于人生哲学的思考。此外，《悟空传》勇于挣脱

---

* 陈丽梅，山东师范大学文学院 2015 级本科生。

时间之锁链，不刻意追求历史的苍白再现，大刀阔斧地应用非线性叙事的写作手法，做到了人物和情节的隔空对话，不拘于既定套路，分步追溯并解释主人公的前世今生，纵观上下，条理清晰，丝毫不见紊乱。事实上，小说呈现的主题相当繁杂，笔者简要从以下几个层面对这部作品进行一个初步的探索，以方便我们进一步解读其创作性格。

一　时与空的观望和重塑

对于纵态时间的畅想及延续，必须以尊重历史意识①为先决条件，着意保护小说与经典的相通根脉。站在传统原创神魔小说之山顶，揪大把现代意识流之云，《悟空传》以一种毕恭毕敬的态度观望经典，从而在此种情结下产生的文字，即使几经重塑，甚至颠覆，亦可使人心悦诚服。南宋年间所作《大唐三藏取经诗话》，始与神话相关联，除却玄奘外又增添了猴行者和探沙神，此时的猴行者已经成为书中主要角色，玄奘则退居次要人物行列，一师三徒的取经队伍逐渐成形。《悟空传》以悟空为主要对象展开延伸叙述，并且未对母本中角色之间的固定搭配和外延人物的设定进行任意的增删，这呈现出今何在对宋元以来出现的有关西游的经书著作的可贵继承精神。若要从浩如烟海的古书目当中捕捉并提炼故事的本真精髓，无疑需要一种令人敬佩的创作魄力。不难看出，今何在对西游原著精神的咀嚼鉴赏已经深入其自身创作意旨的骨髓。

平行空间领域的文字舞蹈，需要应景踩着迭踏的故事韵律，方能凸显具有跳跃性的创作品格。古代朝鲜的汉语教科书《朴通事谚解》载《车迟国斗圣》一段，其中有8条注叙述了《西游记》平话故事的基本情节，"孙行者的出身，大闹天宫，皈依佛法的经过"，②恰恰相反，《悟空传》

---

① ［英］托·斯·艾略特：《传统与个人才能》，载《艾略特文学论文集》，李赋宁译，百花洲文艺出版社1994年版。

② 《西游记·李卓吾批评本》，鲁德才为书作前言，2005年4月于南开大学古稀堂，岳麓书社。

文本是按照不规则的回忆记叙方法，试图打破原作的顺产时序，将历史中相传的故事本身来了个隐性的头脚置换。从已经皈依佛门按部就班，跟随队伍西去的孙行者，到经历存在价值和爱情的双重拷问而大闹了一场天宫的美猴王，最后再是纠结迷离于自己出身起源的石猴，文章行进隔空交错，叙述口吻回环迭换，《悟空传》对于经典的再造重生，凭借着天马行空的恣肆想象而取得非凡的成就。

《悟空传》截取原著第五十六至五十七回作为文章结构的构成依据，继承其神话体式之衣钵，使其落笔之源符合历史存在，免却了吊诡之嫌。但换个角度讲，故事的创作若只是保守地观摩经典，止步于单纯借鉴前辈笔风的道路，那艺术还不如就此消亡。作品能够不沿着文学旧辙单调衍生，就必然需要与所在时代进行一场默契对话。作为处于一种尴尬代际位置的"70后"作家，今何在接受的社会语境是困惑，迷茫甚至于病态。这样的迷茫和矛盾的经历，却使他在犹疑不决间产生创作张力。今何在带着西方文学对其产生的影响和记忆给出了自己的理解，尝试将后现代元素融入中国古典著作的改造过程中，并且渗透呈现为独特性体征的二元对立思索，扯断了元语言叙事难以绕开的单行线，勇敢地展开了后现代主义小说的大胆构思。《悟空传》将解释六耳猕猴之出处作为全书的架构支点：幻想皆由内心所生。给已有的小说材料配之以现代话语蕴藉，这场隔空的认知交锋犹如潮起潮落，时而激扬澎湃，时而屏气敛声，叙事文本因为受到空前巨大张力的推挤，在隐忍中最终爆发出灿烂的效果。

二　超越神明的内隐光芒

"我不能掩藏我心中的本欲，正如我心中爱你美丽，又怎能嘴上装得四大皆空。"如若仔细品读，便时常能够读到《悟空传》里泛着人性光芒的文字，字里行间体现着作者对神圣价值的解构愿望。在神明话语占据统治地位的异域领空，布衣凡民，妖界领袖，以及艰辛跋涉的取经一行人，均只不过是深得神仙欣赏的可怜俘虏罢了，传奇的西游理想也因了这些神明的操纵而成为一座永远走不出去的迷宫。就像今何在于后序中指明的："成佛是消亡，西天是圆寂，西游就是一场被精心安排成自杀的谋杀。"①这种批判指向看似虚无主义，实则"倾诉了那些隐抑在现代生活漂泊者中精神深处难以言喻，甚至连自身都未明确感知的探求心灵归宿的意愿"，②在某种程度上影射了现世生活中作者对宦海浮沉的深度思考。此举贴合人本，形成一种针对权威的无声抵抗和对神圣霸权发自肺腑的深恶痛绝，着眼于作者对自我世界的探索层面。

形象常因为出其不意的变形而变得流光溢彩。《悟空传》注重留意现世生活中真正人类的性格具备，善良抑或缺点都被解释为人正常性情的一贯表现，一度被神化了的取经僧，由此获得了拥有叛逆精神的血肉之躯。母本中的西游行者，尽管他们最初的脾气秉性迥然不同，差别隔之银河，却都因为怀揣着求取真经的梦想而无一例外表现得大义凛然。唐僧，一个拥有坚韧不拔的行者意志和崇高宗教信仰的楷模；孙悟空则是个兼具鲁莽和勇毅的武力偶像；猪八戒贪色好吃，天性懒惰；而沙悟净的造型最是呆板，沉默寡言没有自我思想。《悟空传》从本质上颠覆了这些熟识于民间乡野的传统化形象。今何在更改切入角度，从原始人性的诉求出发，往内里挖掘出人性的善与恶，通过变形塑造出了具有七情六欲的崭新人物形象：唐僧具有了渎圣性，甚至大喊："我要这诸佛，都烟消云散！"成为离经叛道的领头羊；孙悟空也体验到了爱情的滋味，并最终迷失于猴王的不羁本性；猪八戒扛起责任，为了纯美的爱情而扑向烈火；沙僧则因为要弥补过错而成为出卖师兄的无耻小人。丑恶抑或美好，都有根可寻，都是今

---

① 今何在：《序：在路上》，QQ 阅读（http://book.qq.com/s/book/0/23/23981/2.shtml）。
② 赵洁：《解构与颠覆：〈悟空传〉中的后现代主义元素》，《遵义师范学院学报》2009 年第 3 期。

何在对人本质力量的热情肯定，这种价值取向建立在生命内涵的基础之上，有着切肤的温度和恰如其分的自然主义考量。

小说中批判嘲讽那些神仙与妖魔堂而皇之地并存，自然不会是针对现世精深的佛道理念。今何在的文字创作基于有温度的人性肌理，其实在某种程度上是借鉴了宗教思想的。宇宙生命本体各有其主观形成的对于世间的差别知见，尽管这种思维意识的所知所见本身是凭借着身、物世界的因缘而起作用，从而不足以判定真理的有无，但是"也如现象世界一样，变迁无常，虚妄不实，从此便节节求进，层层剖析，尽人之性，尽物之性，达到身心宇宙，寂然不动的如如一体，不住于有，不落在空，便可证得宇宙人生的最初究竟"。① 从英雄走向凡民，无疑是一种具有自我意识的世俗突围，小说试图向世人传达一个本体观念：即使前行之路含混迷茫，也要认可自身的价值。勇敢追寻秩序之外的超然和自由是一次灵魂性的人性革命，成也可，败犹荣。

三　非线性叙事风格洞察

故事在抽象时间和具象空间中均为一种合法存在，而且大体按照一种从古至今的顺序世代相传。我们注意到，故事的顺次时序尤其引人注目。时间，这个在人类诞生伊始就早已以一种稳定且不容置疑的状态而出现的存在标尺，始终如一地扮演着被人类顶礼膜拜的形式主义偶像。然而，粉碎历史既定之成规是后现代主义的不懈追求。"后现代主义的精神品格就是一种对一切秩序和构成的消解，它永远处于一种动荡的否定与怀疑之中。"② 此种语境下的时间，成了被后现代主义形式所奴役之徒，它树立的原始权威也面临着土崩瓦解的风险。

---

① 南怀瑾：《禅宗与道家》，复旦大学出版社出版1991年版，第17页。
② 杨仁敬等：《美国后现代派小说论》，青岛出版社2005年版，第85页。

《悟空传》恰恰采取非线性叙事的写作手法，勇敢地挣脱了时间之链，转而强调无数孤立意识碎片的无规律拼接。小说的开头貌似漫不经心，从师徒四人取经路上经历的日常带入，"四个人走到这里，前面一片密林，又没有路了"，采取这样的开篇形式，势必会带给读者一种轻松的审美期待，至少不用因为某种不可知的悬念而紧张。这与《变形计》的开头有着某种共通性，"一天早晨，格里高尔·萨姆沙从不安的睡梦中醒来，发现自己躺在床上变成了一只巨大的甲虫"，[1] 这看似平静的口吻，实则玄机涌动。这是悲剧发生的伊始，没有交代事情的缘起，甚至没有任何现实合理性。两个故事的相似之处在于，读者会对紧随其后的情节演绎进行顺理成章的想象，而这种想象越是天马行空，故事的走向越是偏于正常。后现代主义的信条偏是讲究出其不意的效果，因此，开篇的特殊性必须形如一个回车键，急转弯处，上一秒波澜不惊，下一秒惊涛骇浪。当唐僧走进了丛林之后，真正特立独行的叙述便开始了，围绕整体轮番出现的当下场景和前世回忆，如一支无形的巨梭穿行于文本当中，不停不歇。非线性叙事不追求情节的确定性，重视思绪在逻辑范围之内的自由流变，所以我们在阅读时无法轻易得知下一站的风景，盘旋的笔法有时候甚至使读者心神不宁。这种意识流向极易陷入一种零碎化和边缘化的危险，不过此类信号值得宽慰，因为文体信念意识的飘忽不定，正是后现代主义竭力追求的，属于一种极为安全的后现代叙事主义的典型现象表征。

非线性叙事并不是具有所谓的去故事化倾向，《悟空传》在努力做到穿越式叙述的同时也着重保证情节的完整性。或者可以说《悟空传》是一部爱情小说，围绕着悟空和紫霞之间热烈却又压抑的感情，天蓬和阿月之间不离不弃的爱情，唐僧和小白龙之间哀婉的情意，三段互相缠绵的前世

---

① ［奥］弗兰茨·卡夫卡：《卡夫卡中短篇小说全集》，叶廷芳译，人民文学出版社 2003 年第 1 版，第 161 页。

今生，形成文章片段式叙事的基本线索。三种迥异的爱情分别隔空演绎，纵然讲故事的人不断迭换，读者也能够清楚地记起人物之间发生过的恩怨纠葛。这种将叙述事件和逻辑顺序打乱，让故事在过去与现在，尘世和仙界之间自由穿超的非线性叙事模式，就像电影中的蒙太奇，将镜头不停地切换，在时空上的位移呈矢量分布。

在经典线性叙事为捕捉故事灵感而榨尽脑汁之时，非线性叙事带着其另类的清新气质独立竖起了一面新旗帜，其巨大的文本潜力和活泛艺术形式的展现，满足了阅览者对于很少涉猎的文学区域的猎奇心理，推动着文学朝着多元化的方向不断行进，变得更加年轻而且耀眼。

解读文本需要多元视角的全方位体察。《悟空传》是一部有章可循但精神踪迹难定的作品，对之进行程式化的单一界定，必将抹杀其最初的创作意向，也极易将思想激荡之流阻拦到文学堤坝的上游，使涉及的审美视野难以呈其辽阔。所以单是本文提及的这几层简练分析还是远不成体系的，对《悟空传》意旨范围的定义，其实是越广泛越能使人宽慰。这部诞生在21世纪之初并且享有美誉口碑的网络小说，肩负着重构与颠覆经典的价值使命，在历史的风尘中，正默默等待着后世更多维度的理性主义评判。

至高日月，至深情昔

——浅谈今何在《悟空传》中的孙悟空形象

李玉翠[*]

【摘要】2000 年，《悟空传》在新浪网上发表，这本被评为"网络第一小说"的作品一经发表，便引起了广大网友的热烈关注和追捧，并先后获得了"最佳小说奖""最佳人气小说奖""网络文学十年十本书"等多种奖项和荣誉称号。《悟空传》以其大胆的想象、独特的构思、内涵丰富的情节和各具特色的人物设置备受好评，其中孙悟空的形象设置尤其值得推敲。本文试从"孙悟空形象的重建""孙悟空形象的悖论""孙悟空形象的象征"三个角度分析《悟空传》中孙悟空的形象。

孙悟空这一形象自从在《西游记》中诞生以来，便备受世人的关注与争议。21 世纪，进入网络时代以来，对孙悟空形象的解读更是趋于陌生化和大众化，网上出现了不少重写西游、续写西游的故事。在众多的西游衍生故事中，今何在的《悟空传》无疑是其中相当成功的一个。对于许多读者来说，《悟空传》不仅是一本小说，而且是一本富于哲学和深意的青春

* 李玉翠，山东师范大学中国现当代文学硕士研究生。本文系 2016 年山东省研究生教育优质课程建设项目《中国当代文学研究》成果。

启示录。在《悟空传》中，孙悟空不再仅是那个可以上天入地的猴子，他被赋予了更多的人性和感情，他是整个社会"80后""90后"的缩影。

一 孙悟空形象的重建：大话与颠覆

《悟空传》实际上是对《西游记》的戏仿。在《悟空传》中，神仙不再是《西游记》中的正义代表，摇身一变成了虚伪善诈的恶人；唐僧也不再是《西游记》中的懦弱无能，摇身一变成了虚怀若谷的金蝉子，猪八戒和沙僧也变成了情圣和偏执狂。自然，孙悟空也与《西游记》中大有不同，其形象在《悟空传》中获得了完全的颠覆，在戏仿中获得了重建。那么，与《西游记》中的"齐天大圣""大师兄""斗战圣佛"相比，《悟空传》中的孙悟空到底有什么不同？笔者以为，主要有以下几点。

第一，是在"大话"语境下孙悟空形象的降落。

1996年，《大话西游》被引进北京电影学院，获得了北影师生的一致好评。由此，周星驰主演的这部电影一夜之间在大陆火了起来，时至今日仍被奉为经典，经久不衰。伴随着这部电影的火热，"大话"一词开始进入文学视野，"大话"文风变得流行。何为"大话"？有人将"大话"定义为"解构一切，除了爱情"。① 显然，《悟空传》继承了《大话西游》的解构主义，不同的是，《悟空传》将解构主义进行得更为彻底。如果说《西游记》突出表现的是孙悟空的"动物性""神性""英雄性"，那么，《悟空传》的解构主义则使其另一种重要特性——"人性"更为突出。

在《西游记》中，孙悟空一个筋斗十万八千里，上天入地，无所不能，他是万千读者心中的"大英雄"，是师徒四人西行途中的最大安全保障。孙悟空本是叛逆无畏的"美猴王"，在被如来佛祖收服后压在五指山

---

① 《新新人类体味生活的另类文化——"大话"文风在盛行》，2001年6月28日，搜狐网（http//news. sohu. com/84/27/news145702784. shtm）。

下五百年，后经观音点化护送唐三藏去往西天取经，一路上降妖除魔、匡扶正义，从而给读者留下了机智勇敢、疾恶如仇、热爱自由、能打好斗的传统印象。

然而，到了《悟空传》，孙悟空便不再是那个大英雄了。在被羁押五百年以后，孙悟空忘记了前世的种种，被蒙骗的他一心想要成仙，取经求果、杀妖成仙，为此他甚至放弃和遗忘了自己的本心。《西游记》中为求众猴儿长生不老而学艺，为护唐僧周全而取经的孙悟空，在《悟空传》中早已荡然无存，读者所见是一位麻木地去完成任务的无心人，为了得到而放弃，为了自由而自欺。他害怕面对初出茅庐时的自己，害怕面对曾经的梦想与信仰，无论是取经还是杀妖，完全是为了自己的功德分——积之以成仙。在这里，孙悟空被平民化了，他和普通人一样，坚定却又迷茫，自负而又自私，越前行越无助。比起《西游记》，《悟空传》中的孙悟空颓废了，他的形象更符合"一只精神分裂的猴子"，而不再是《西游记》中无所畏惧的"大圣"。同时，《悟空传》在结构上也贯彻了解构主义，将完整的从过去到现在的叙事打破，使整个故事支离破碎。两条主线，一条是五百年前，一条是五百年后，并不是一明一暗，而是同时作为明线贯穿始末。五百年前的有情有义、无畏无惧与五百年后的麻木不仁、亦步亦趋形成了鲜明并且是随时的对照，完成了作者想要表达的自嘲和无奈。

第二，是对《西游记》中的传统孙悟空形象的颠覆。这主要表现为两个方面。

首先，《悟空传》以《西游记》为基点，重写西游故事后对情节的改编，赋予了孙悟空新的形象。

在《悟空传》中，孙悟空大闹天宫的契机同样是蟠桃盛会，但是动机比《西游记》更加深入一层，在悟空因未被邀请而愤愤不平的基础上又加入了一条导火索，即为无端被处罚的阿瑶打抱不平。在这里，孙悟空的讲义气、藐视权威，使其人性光辉和英雄色彩达到了巅峰，孙悟空的形象也从无情无欲的神仙下降为有情有义的人。而对悟空前去取经的因由，《悟空传》也将其偷换了概念，与《西游记》中大有不同。《西游记》里的悟空取经，是为寻求超脱、立地成佛，而《悟空传》中求取真经被具体化为摘去金箍、寻求自由。当取经缘由具体化以后，孙悟空的形象便在《西游记》的基础上又降落了：他成了一个自欺欺人、目光短浅的人。另外，整本小说正是以真假孙悟空的故事为契机展开，与《西游记》类似的是，假悟空同样是以打死唐僧作为契机出现，然而，《悟空传》中的假悟空并不是《西游记》中的六耳猕猴，他是孙悟空的灵魂，是其"本我"的再现。"假悟空"是五百年前的"真悟空"的延续，当两个悟空相撞时，作者让他们在多次元中坚决对立，形成了超越时空的对话，从而引出小说的深层次意义：揭露和讽刺现实人生。

其次，感情戏份的增加，强化了孙悟空的"人性色彩"。

对比《西游记》，《悟空传》最大的改写就是在小说中加入了爱情，并且把爱情视为理想与信仰。《悟空传》里的孙悟空，从无情变成了有情，从无爱变成了有爱。更为大胆的是，孙悟空不仅是拥有一段爱情，而且他还陷入了一段三角恋爱之中：同时与采摘蟠桃的阿瑶与仙子紫霞产生了感情纠葛。这段复杂的感情发生在五百年前，彼时的孙悟空尚且是一位热血方刚的少年，这仿佛是影射了现实社会中青年人群的恋爱现状，那就是喜欢与爱情分而不清的纠葛。如果说悟空对阿瑶是出于英雄主义催发下本能的保护的话，那么毫无疑问，对紫霞，他是真真切切的爱情。值得一提的是，爱情在小说中并不只是爱情，更是一种支持其前行和坚持的信仰，也正因如此，它才具有着摧毁和重生的力量。五百年前，当那个还很年轻但对爱情抱有美好幻想的"美猴王"，被天庭以种种方式迫害，甚至是被用天火烧成残躯之时，他眼里的希望之火也仍然没有灭去。直至紫霞以决绝口吻说出绝情之语，才有了"那头颅上的两点光芒开始慢慢黯淡了下去，最终完全消失了"。由此可见，在《悟空传》里，爱情绝不是简单的男欢女爱，它获得了升华，成为支撑生命的信仰与希望。而当希望消失后，生存的意义失去寄托，生命自然也就香消玉殒。

总而言之，《悟空传》中的孙悟空形象保留了《西游记》中孙悟空的某些特质，但是在这基础上又进行了扩张和颠覆，从而使读者见到一个似曾相识，却又很陌生的孙悟空。

二　孙悟空形象的悖论：本我、自我与超我

弗洛伊德的人格结构理论认为，本我、自我与超我共同组成人格。本我即原始欲望控制下的自己，是由人的生物本能组成的原始人格。自我是意识控制下的自己，认识并归顺现实世界的"规则"；超我则是道德化的自我。在《悟空传》中，"假悟空"实际上并不是《西游记》中的六耳猕猴，而是"真悟空"的"本我"自身，是五百年前的那个洒脱自由的悟空的延续。五百年后的那个"真悟空"实际是孙悟空的"自我"，而当真悟空与假悟空即"本我"与"自我"都死去后重生的悟空则是孙悟空的"超我"。

（一）冲突：自我与本我的殊死搏斗

《悟空传》伊始，孙悟空是一个失忆的人，他被神仙蒙骗，相信只要完成玉皇大帝安排给他的三个任务，便可以成仙。此时孙悟空的性格中是没有"本我"的，他更像是一个被设定好程序的机器，对天庭和使命的认识是由神仙灌输给他的，对现实世界规则秩序的归顺使得他的"自我"占据了他的全部身心。直到后来，另一个悟空出现了。田林先生在《〈悟空传〉心理结构维度的分析》一文中将这个"假悟空"称为"Un 悟空"（取自英语中的名词前缀），意指这另一个悟空是孙悟空欲望的化身。①

---

① 田林：《〈悟空传〉心理结构维度的分析》，《现代语文》2009 年第 4 期。

"Un悟空"的出现，打破了现实世界悟空的正常生活秩序，勾起了孙悟空对"本我"的探寻，并且打破了"自我"完全压制"本我"、压迫真实欲望的平衡状态。《悟空传》的故事由此开始了，整个故事的脉络其实就是孙悟空的"本我"不断挑战"自我"、唤醒欲望、寻找平衡的过程。"Un悟空"实际是由孙悟空的欲望化生而成的幻影，他代表了孙悟空内心深处最不敢触碰的真实想法，因此他一出场，便以暴戾示人。他一路尾随"真悟空"，先后打死打伤唐僧、龙王和冥王，到达天庭之后又捅破天空，放火烧天。他暴戾、残忍，无法无天，不受任何规则拘束，行为做事全凭自己一时喜好，视规矩礼数如无物。然而，此时的孙悟空一心想要成仙，"Un悟空"的所作所为严重违背了现实世界的秩序规则，成为他成仙道路上最顽固的障碍，显然他并不能认可和原谅"Un悟空"。同时，这样暴戾和随性的"本我"是成年之后的孙悟空没有勇气承认和接受的，因此现实世界中的"自我"与真实的"本我"便起了强烈的冲突。而自我与本我殊死搏斗的过程，实际上也是自我逐渐认识本我的过程："双棒再一次撞在了一起，孙悟空觉得自己像是用力击在了钢铁上，金箍棒嗡地鸣起来，震荡从手心直传到心脏。而钢铁也是应该被砸烂的，世上还有金箍棒所不能毁坏的东西么？也许只有金箍棒本身而已。"但是这个过程无比曲折和漫长。

（二）缅怀：自我与本我的面对面

作者在两个悟空激烈的战斗之中安排了一段静场，而静场之后头戴金箍的孙悟空便撞破白雾，继而通过"斜月三星洞"进行了穿越。如果以五百年为界，那么我们可以将五百年前的悟空视为少年悟空，五百年后的悟空视为中年悟空。孙悟空的这一次穿越，就是穿越到了五百年前的儿时，看到了少年时的自己和自己的理想。作者在这里重写了悟空拜师的情节，突出描写了少年悟空的极高悟性和凌云壮志，让失忆的中年悟空洞悉了自己拜师之时的坎坷与坚定，并借助菩提老祖和金蝉子的点化，进一步促进孙悟空承认和认识自己的"本我"。

"哈哈哈……你的名字是谁给取的？"

"……这……俺老孙一生下来就是这名字！"

"那你又从何而生？"

"……我从何而生？"孙悟空想，"我从何而生？"

这颇有哲学意味的问话紧叩孙悟空的心灵，然而代表权威的观音不给他思考的空间，紧箍咒的约束使得这个哲学的叩问在得到答案之前戛然而止。然而，作者通过这个叩问延伸出的深层意义却没有结束，因为它不只是在叩问孙悟空，同时也在叩问读者。随着社会的发展，如今的人都十分重视自己的身份，但是剥去层层包装之后，我们的本质是什么？回归到生命的源头，我们又能否认识那个真实的"本我"？"我们很少思考的是，当金箍已在时，我们的自我还存在吗？"① 这种哲学的叩问使得小说具有了一种宿命悲剧的色彩，似乎现实世界中的每一个人都在努力适应着各种规则秩序，在忙碌的服从中，我们早已忘记了自己的初衷和本我。可悲的是，无论何人，都跳不出这个服从与追寻的怪圈。

归来后的孙悟空依然对自己的本我将信将疑。在看到了少年的自己之后，他感到无尽的疲倦。此时的悟空仍然拒绝自己的本质就是一只六耳猕猴的事实，因此在最后的生死关头，他仍然拼尽气力，打死了那个在天庭上叫嚣的"妖猴"，自我战胜本我，真实欲望最终服从于现实规则。然而孙悟空的"本我"消失，他的"自我"当然是不能苟活的，因此战胜了的"悟空"也随之倒下了。小说中写道：

他倒了下去。

---

① 杨新敏：《本性比所有的神明都高贵——今何在〈悟空传〉的一种解读》，《南京邮电学院学报》2005 年第 2 期。

当孙悟空倒下去的时候，一切幻影都消失。所有的人都看清了。原来并没有过两个悟空。

孙悟空在死去之后，终于实现了对自我的认同。随后，紫霞的告白也使得文章的旨意立现："我要你记住你是一只猴子，因为你根本不用去学做神仙，本性比所有神明都高贵。"

（三）重生：超我的诞生与取经之路重启

在《悟空传》的最后一节中，死后的孙悟空回到了出生之前的原始状态，此时他是一块尚未开化的石头。曾因神妖大战而烧毁的花果山，也恢复了前世孙悟空无数次憧憬和怀念的样子，一切都再一次重新开始了。唐僧再次点化并唤醒悟空，而那代表着欲望和梦想的粉色小虫被悟空放飞，暗示着此时的他早已接纳并超越了本我和自我。对于刻在他的胚胎——那块石头上的字：唵、嘛、呢、叭、咪、吽的意义的追寻，则为故事渡上了一层佛学中的禅意色彩，更暗示了重生的孙悟空的涅槃，即其超我的诞生。西游中的人物再一次聚首，西游故事再次开始，取经之路重启。小说结尾，"二人一马奔向苍茫前方"，这个结局可以看作反抗精神的重生，孙悟空怀揣梦想再次踏上征程，继续他未完的战斗和梦想。

《悟空传》的故事，实际就是孙悟空的本我—自我—超我寻求平衡的过程。在这个过程中，本我与自我首先形成悖论，互相排斥直至同归于尽之后获得了重生，孙悟空最终认同、接纳自我后又获得了升华，作者同时在这个过程中，讨论了现实人生的存在意义等哲学问题。

三　孙悟空形象的象征：理想与现实

不可否认的是，《悟空传》之所以受到读者的广泛好评和火热追捧，很大程度上是由于其特殊的象征意义，特别是孙悟空形象的象征意义。作为网络文学的代表作品，它的受众大多是在网络时代成长起来的新新人类——21世纪的青年人。《悟空传》传达、肯定的东西，信仰、本我、道德等，本能地引起受众的共鸣：或者是一种追忆的情怀，或者是一种尴尬的无奈，或者是一种不屈的精神。而能够创作出这样的作品，显而易见，作者今何在先生的经历及思想必然是一个不可回避的因素。

（一）今何在与《悟空传》

作为1975年出生的人，今何在同样有着叛逆的青春期。尤其是大学以来，他开始产生了一些特别的想法："但后来他开始叛逆，特别是上了大学之后，一个问题总是困扰着他：是不是如果不按照别人的价值观，不循着他人的路去走，就闯不出自己的一片天地？"① 这些想法，后来在《悟空传》中都有所体现。大学毕业以后，今何在曾在一家游戏公司里任游戏策划，设计游戏的经历无疑促进了他对《悟空传》的创作。当然，无论是大学里的叛逆想法，还是游戏策划的经历，都只是今何在创作《悟空传》的外部原因。而《悟空传》真正的来由，是因为今何在对《西游记》的热爱，以及对西游故事的另类解读。"今何在说，写《悟空传》，是因为那一年——2000年的春节，央视开始播新版《西游记》，让曾经被老版《西游记》打动的他，一看之下非常失望。而那一年，也是网络文学刚刚初创的时候。于是，他开始在网络上写他内心里认为'最真实的那个西游'。他觉得'西游就是一个很悲壮的故事，是一个关于一群人在路上想寻找当年失去的理想的故事'。"② 因此，在他的《悟空传》里，西游取经的故事不再只是一个历经磨难求取真经的故事，孙悟空也不再仅是那个毛脸雷公嘴的和尚，在他的笔下，取经路变成了叩问人生之路，孙悟空成了"一只精

---

① 是花：《今何在：十年西游一春梦》，《中国新闻出版报》2011年7月22日第8版。
② 《著名网络作家今何在：今年内重写〈西游记〉》，《南方日报》2011年7月17日第012版。

神分裂的猴子"。今何在说："人生的答案不是你可以轻易找到，可能要花很长时间，甚至一辈子去找这个答案。而且可以说不存在一个标准的答案。一个人在找寻的途中，已经是一种幸福。"① 因此，《悟空传》自然有了特殊的象征意义，而《悟空传》中的孙悟空，因为有了作者今何在，以及众多网友的影子，也被赋予了不同的意义。

（二）悟空形象的象征意义

孙悟空作为《悟空传》里的主人公，是作者不惜笔墨大力刻画的人物，也是《悟空传》里最能够引起共鸣的一个人物。他正是广大青年的真实写照，反射出许多人的影子。孙悟空，他象征着年青一代的迷茫与成长。

同现实中许许多多的人一样，青年时期的孙悟空同样怀揣着伟大的梦想："我有一个梦，我想我飞起时，那天也让开路，我入海时，水也分成两边，众仙诸神，见我也称兄弟，天下再无可拘我之物，再无可管我之人，再无我到不了之处，再无我做不成之事……"然而，在经历了种种磨难之后，孙悟空最终还是失去了本我，当他重见少年时雄心壮志的自己时，"他忽然觉得很累了"。因此，他陷入了本我与自我强烈对立的困境。

《悟空传》创作于2000年，此时正是今何在毕业一年之际，正是人生的转折期，《悟空传》创作于这个特殊时期，笔者认为，其内容必然贯穿了作者的个人经历与思想。因此，孙悟空的困境可以说是众多大学毕业生的困境。这些刚刚从象牙塔中走出的莘莘学子，褪却一身的稚嫩，面对花红酒绿的大千世界，不可谓不迷茫。当象牙塔内热血沸腾的豪情壮志遭遇深不可测的社会，一边是奉为信仰的理想，一边是龌龊却无力改变的现实，许多人都迷茫了。在小说中，孙悟空为了成仙，为了积功德分而甘心

① 是花：《今何在：十年西游一春梦》，《中国新闻出版报》2011年7月22日第8版。

完成观音和天庭给他设定的任务，不惜与妖族、与自己为敌；现实中的年轻人则为了某些现实的东西，名利、金钱、荣誉等，一次次背离自己的初衷，在时间与现实的磨砺之下，逐渐收敛起自己的锋芒，变得圆滑世故。而他们的理想，被隐藏于内心深处的角落，只供自己夜深人静之时捧出回味。偶有叛逆者，手持理想与现实抗衡，然而，可悲的是，理想却总是，也只能，屈服于现实。《悟空传》的悲剧结局，正是处于这种宿命悲剧论的观照之下。

对此，北岛曾有诗曰：

> 那时我们有梦，关于文学，关于爱情，关于穿越世界的旅行。
> 如今我们深夜饮酒，杯子碰到一起，都是梦破碎的声音。
> ——北岛《波兰来客》

所幸，小说最后的结局并不是苦涩得难以接受，孙悟空重生，再次踏上西游取经之路，人生道路上的行者将继续战斗。这个结局似乎是给迷茫的人们指出了一条出路，即使是理想与现实为敌，也要继续战斗。而战斗的过程，或许就是心安的过程。

四 结语

《悟空传》在戏仿《西游记》的观照下将孙悟空的形象解构，使其在传统形象的基础上进行了颠覆和扩张，展示给读者一个陌生化的孙悟空。小说伊始，孙悟空以失忆和顺从的姿态出现于读者的视野之中，在经历了失去爱情、重温少年时光，以及与自己本我的殊死搏斗之后，获得重生，达到超我的状态，重拾取经之路。《悟空传》通过孙悟空这一形象，对年青一代的思想状态进行了观照，使得众多的年轻人在孙悟空身上找到了自己的影子，并获得了继续反抗的力量。

燃点"今何在"

——解读《悟空传》

苗立群[*]

【摘要】《悟空传》是对中国古典小说《西游记》的戏仿，宏观上讲，它在《西游记》原有的故事架构基础上进行了解构和颠覆，而叙事上依托网络文学的形式而更加灵活。网络文学的形式决定了《悟空传》不必像西游原著那样对形式上的完整和情节的层层推进有着必然的追求。在书中倒叙和故事主线几乎穿插、交织进行，两个不同时空的叙事空间平行进行给了"两个时空同一人物"情感上无限延伸、闪回的捷径。今何在十分讨巧地选择了一条"颠覆"的道路，对人性、神性的颠覆与重构，给阅读者带来了一种全新的文学审美体验，这也是《悟空传》完成创作15年后仍在新媒体平台具有强大生命力、唤起"80后"情感共鸣的深层原因。

一

网络小说不同传统纸媒小说，更新换代的节奏非常快，网络作品的井喷式涌现与网络作家没有具体标准的准入门槛有很大关系。网络写手的出

———————————

　＊ 苗立群，山东师范大学中国现当代文学硕士研究生。本文系 2016 年山东省研究生教育优质课程建设项目《中国当代文学研究》成果。

现，一定程度上也模糊了普通大众对"作家"在传统意义上的认识，网络的便利条件、新媒体的盛行，让每一个怀揣着倾诉欲或是文学梦的人，都有大展拳脚的机会。PK 场上唯一可以量化的评级标准是"热度"，即符不符合网民们的口味，决定着作品的受关注程度，以及转化的经济效益高低。这种反馈是真实、直接并且迅速的，迅速到甚至不用全文完结，一个章节上传后读者就可以在评论栏里清晰地表达自己的意见，读者的喜恶也引导着网络写手们随时调整自己的故事走向。但是这种"快餐化""碎片化"网络文学的便利，带来的影响是喜忧参半的。原创网络小说的丰富激发了广大网民的阅读趣味，反过来又刺激了网络文学行业的繁荣，但创作水平良莠不齐，有深度的作品少之又少，受欢迎的大多数是迎合网民价值观，甚至是低趣味的作品。这些缺乏文学审美价值的作品长期占据着阅读排行榜，但并不具备优秀作品能长期流传的必要条件。

《悟空传》最先是由今何在（原名曾雨）在新浪网金庸客栈上连载发表的，由光明日报出版社在 2001 年 2 月集结成书出版。出版之后掀起了广大网民的阅读高潮，在网络上一直享有"网络第一书"的美誉。之后的 10 年间多次再版，其中第一版也叫网络版，修订版为黄皮书版本，红色版本的修订本加强唐僧的戏份，另还有黑色版，以及近期的 10 年完美纪念版。在 2011 年再版的《悟空传（完美纪念版）》上，封面上"畅销十年不朽经典·影响千万人青春"的醒目标语，提醒着我们这个另类的西游故事，已经经过了十多年的考验。15 年间，《悟空传》有 8 个纸质的版本，加印147 次，销量惊人。时至今日，《悟空传》已经成了网络文学的类型作品经典，热度不减，并且在如今快节奏的时代背景下，焕发出新的生命力，即将"二次创作"改编成电影及动画电影，在"热度"的背后是传媒行业对于小说商业价值的肯定。

电影《悟空传》宣布正式定档于 2017 年的 7 月上映，这意味着 16 年前被誉为"网络第一书"的同名小说《悟空传》热血回归，在此时重新解读《悟空传》文本无疑是热度使然。电影《悟空传》官方微博首发的宣传片完美演绎了《悟空传》故事主线中反叛、抗争的激烈情绪，以情绪带情怀，吸引粉丝参与话题讨论引导生成热门话题。小说《悟空传》在完成创作十多年后显示出顽强的生命力，在新媒体平台上拥有数以万计的粉丝，这些忠诚度较高的读者群体引起了我们的思考，在新的时代背景下重新细读文本，无疑是十分有研究价值的。本文将立足新媒体时代背景，研究以经典网络小说为蓝本，在微博等新媒体平台营造复合型传播效果，打造"粉丝"产业的文化现象。

《悟空传》内部的文学感染力，是它被选中成为经典 IP 的重要原因，今何在独特的行文风格和颠覆式的戏仿编排，成为区别于其他网络文学作品的独特美学特征。

《悟空传》是对中国古典小说《西游记》的戏仿。从宏观上来讲，它在《西游记》原有的故事架构基础上进行了解构和颠覆，而叙事上因依托网络文学的形式而更加灵活。网络文学的形式决定了《悟空传》不必像西游原著那样对形式上的完整和情节的层层推进有着必然的追求。在书中倒叙和故事主线几乎穿插、交织进行，两个不同时空的叙事空间平行进行给了"两个时空同一人物"情感上无限延伸、闪回的捷径。这归根到底得益于底层文本《西游记》在中国几乎是妇孺皆知的名著，阅读《悟空传》是读者受众群体在对于西游记的故事情节非常了解的前提下进行的，这不是一个新的故事，"孙悟空大闹天宫""三打白骨精""天蓬元帅和嫦娥""沙悟净被贬流沙河"等情节都无须赘言，没必要再介绍，可以直接用人物对话或是破碎与片段化的回忆来推进故事主线发展，很有后现代主义的色彩。根据后现代理论家詹姆逊的理论：后现代主义最根本的主题就是复制。但后现代主义的"复制"并不是简单的模仿和重复，而是从根本上消解经典文学的唯一性和崇高性，将经典和世俗都放在一个层面上，削平历史而最终失去深度和意义。

今何在选择《西游记》作为一部网络文学的蓝本是十分有意思的，长久以来，《西游记》都被视为中国古代文学的经典，人物形象也是类型化的，选择广泛扎根的作品"戏仿"无疑难度巨大，如果"仿"得不像是不伦不类，即使是"仿"得像也变成平庸的复制之作。而今何在十分讨巧地选择了一条"颠覆"的道路。在西方文艺理论中，法国哲学家雅克·德里达如是说，"传统哲学的一个二元对立中，我们所见到的唯有一种鲜明的等级关系，绝无两个对项的和平共处，其中一项在逻辑、价值等等方面统治着另一项，高居发号施令的地位，要颠倒传统哲学，就必须解构这个二元对立"而"其策略便是在一个特定的时机，将这一等级秩序颠倒过来"。① 这其实是德里达最基本的解构策略，而这种解构批评的策略在分析《悟空传》神妖对立之时，显得尤为切合，神与妖在故事中血肉饱满，各有各的典型人物、典型情境。

　　在今何在的笔下，妖变得至情至性、有情有义，比如花果山的百万妖众等待孙悟空五百年无怨无悔，被贬的仙女阿瑶撒血花果山；而诸神如王母娘娘、如来佛祖在权威的背后隐藏着软弱、自私、丑恶的一面。这在以往的传统作品中是极为罕见的，在这里"善"与"恶"的界限被模糊，"对"与"错"交织在一起难舍难分。在《西游记》的文本视野中，神仙与妖是正义与邪恶的对立面，泾渭分明，而今何在笔下，甚至连神仙和妖精的界限也被模糊了：阿瑶和紫霞本是天上的仙女却被贬凡尘成为女妖，而金角、银角和大鹏本是孙悟空棒下的吃人妖怪，却被观音救下，在观音的叙述中，那金角、银角本是兜率宫的看炉童子，那大鹏本是佛祖座前的雕塑，都不是凡间的普通妖怪，因此要区别对待。观音带走三妖后他们是否又变成神仙我们不得而知，只能怀疑：神仙与妖怪真正的区别在哪里？黄袍怪笑道："神仙和妖精的区别就是神仙给一切东西定下它们是什么，

---

　　① 章安祺：《当代西方文艺理论》，中国人民大学出版社 2005 年版，第 303 页。

而妖精打乱这一切，神仙们在创造天地的时候，他们没想到有妖这种东西。"① 如果天庭秩序可以赋予人物存在的意义，那制定并遵守这种秩序的人便被赋予正面价值（神仙）；而不承认这种秩序或是反抗这种秩序的人便被赋予负面价值（妖怪）。贯穿全书的"反抗"并不是贬义词，在书中不满神界追求自我的人物，即使成为妖精也带有英雄主义的色彩，带着作者的偏爱。这种价值观将神圣与崇高置于一种被冷淡，甚至是被嘲弄的文本视角中，高高在上的神仙都在这个时代被不信任的目光所检视着，而哀怜的目光紧紧跟随着位于神界食物链底层的小人物们。

有趣的是，黄袍怪在唐僧的笔记中发现唐僧居然是妖精，虽然这一情节在后文中不做解释，使得该情节穿插得生硬、不合理，不排除有逻辑谬误的可能，但也表现出作者在文本进行到此情境下，急切地想表示唐僧反叛性的意愿。连无上的金蝉子，肉身都在轮回中成了妖精，这其中蕴含的象征意义充满了讽刺的意味。黄袍怪翻着翻着，脸色变得越来越惊恐，他忽然大叫一声，冲出了宫殿，冲到关着老虎的偏院中。"哼，你才是真正的妖精，"黄袍怪冷笑，"你端正俊朗的外表下是一颗妖的心，想挣脱道法的不羁心，想重置一切定法的野心！想所有至高无上的东西倒覆的魔心。"② 这种对神圣秩序的拷问，对崇高神性的颠覆，都隐藏在看似凌乱的叙事节奏与人物对话之中，借人物之口呐喊出对神性、对天界的质疑。玄奘抬起头，望望天上白云变幻，说："我要这天，再遮不住我眼，要这地，再埋不了我心，要这众生，都明白我意，要那诸佛，都烟消云散！"这句话一出，便犹如晴天一霹雳！那西方无极世界如来睁开眼惊呼："不好！"观音忙凑上前："师祖何故如此？"如来道："是他。他又回来了。"③ 西方世界都受到了震动，可见唐僧的话是有多荡气回肠、直抒胸臆。神性的至

① 今何在：《悟空传（完美纪念版）》，湖南文艺出版社2011年版，第165页。

② 同上。

③ 同上书，第35页。

高无上在这一刻，在一个前身为佛祖座下金蝉子之口说出来，既是对人性的深刻怀疑，又在人性的背后暗含着对神性的深刻叩问，唐僧在质疑自己的同时又不断地质疑世界，他对"信仰"矛盾的心情贯穿着西游之路。

《悟空传》最突出的美学特征体现是在人物身上，文本蕴含的解构特征是由人物的二元对立表现出来的。人物的刻画造就出了文本轻松幽默的审美效果，而《悟空传》文本的语言特色也是不能忽略的。因为《悟空传》基本是由人物对话构成的，而语言是构建人物形象的重要途径。

例如，在《西游记》的文本视野中，唐僧本应该是慈悲为怀、无欲无求的神圣的化身，而《悟空传》中的唐僧却是一个"满嘴荒唐言"的配角。唐僧因惧怕怪树求饶道：

> "树爷爷，其实我真的很怕。我还年轻，才活了二十几年。"接着又对绿衣女妖说："女施主你好漂亮啊！""气不死的阿弥陀佛！这么美丽的女子，你居然说她难看？"

甚至连他在第一章中的命运结局，都完完全全彰显着与《西游记》文本的不同：唐僧被孙悟空一棒打死。这一开篇，就给人极大的震撼。细读人物的语言，带着网络文学"接地气"的口语化特色，在通俗与颠覆之间分分钟解构了文本的神圣性，将唐僧形象中带有世俗人性趋利避害、贪生怕死的一面，寥寥几笔用唐僧的呼救声诠释得淋漓尽致，这显然比干巴巴的描述有说服力得多。

在颠覆与重构方面，语言也发挥了巨大的优势。在大战之后的天宫发生了如下的对话：

> "天蓬，你可知罪？"玉帝问。
>
> "知道，因为我扶起了自己所爱的人，所以有罪。"
>
> "如何处置？"玉帝避开天蓬的目光去看下面的文武神仙。

太白金星凑上前："老爷子，你说要什么罪吧。"

"混账！我是不按律处事的天帝吗？"

"臣明白了，这冒犯天庭，可处以大赦、流放、极刑、升官。"

"还能升官？我怎么不知道？"

"孙悟空不就升了吗？"

"闭嘴！我还忘了为这事找你算账呢！"……

这段玉帝与太白金星在天庭上在众神面前的对话，如果旁人不知前因后果，还以为哪里来的两个无名小卒斗嘴，哪里是书中正要为天蓬元帅定罪的紧要环节！这逻辑的反差充满着反讽的意味，是大慈大悲还是自私率性一看便知。

除了对神仙的颠覆，作者多次借"小人物""大主角"之口呐喊出富有哲理、荡气回肠的独白，这也是《悟空传》一个独特的美学特征。唐僧的经典独白：

"我要这天，再遮不住我眼，要这地，再埋不了我心，要这众生，都明白我意，要那诸佛，都烟消云散！"

孙悟空也有战神之外浪漫的角落：

"我有一个梦，我想我飞起时，那天也让开路，我入海时，水也分成两边，众神诸仙，见我也称兄弟，无忧无虑，天下再无可拘我之物，再无可管我之人，再无我到不了之处，再无我做不成之事，再无我战不胜之物。"

在文本表层语言的美感之后，是其中蕴含的感情，情景交融，极富有文学感染力。这在描绘文本中的感情时，天蓬与阿月、唐僧与小白龙、孙悟空与紫霞的前世今生娓娓道来，在神仙的世界里没有生离死别只有宿命轮回，语言在这里像时光的流水，像历史的车轮，有缘分的她与他一次次地相遇、分别、回忆，仅仅相遇时的几句平平常常的独白，便写出金风玉露一相逢的诗意，直让人感叹"问世间情为何物，直教人生死相许"。这诗意的语言在文中多有表现，菩提祖师收徒的情节，句式简短，古风犹存，语言厚实朴素却自有动人之处。① 这诗意的语言，或许电影改编之时人物台词可亦庄亦谐，但不知能否传达其精髓。

二

从新时期文学以来，主流的创作实践方向一直受到"向内转"的文学观念的影响。这是当时特殊的历史时代环境造就的，新中国成立后文学话语依附于主流意识形态，文学作为宣传工具的普遍创作倾向，将文学自身的艺术性与审美属性大大削弱，这是当时为了将文学回归文学本身、抵挡主流意识形态的文学的自我救赎，这也将创作群体关注的目光从外在的客观世界回归到内在的人的精神世界中来，此后的作品也普遍显示出关注人、关注人的命运的悲悯情怀，作家们最主要的任务已经不是致力于探索社会现状，而是社会中百态人生下的人的生存状态。文学的内转除了转向"人"的文学之外，也向内转向"文学"自身的审美属性，更加追求艺术性，这使得一些"纯文学"作品如雨后春笋、层出不穷。"向内转"文学观念带来的创作反思与文学审美属性的回归，不仅带来了优秀文学作品的繁荣，而且体现出深层的文化社会内涵，这也是那个时代文学发展的深层需求。

但是随着信息化、网络化时代的到来，"向内转"的文学观念是否还能适应于如今的文学创作，"纯文学"作品又能否适应读者群体的阅读口味，是值得重新思考的问题。

---

① 今何在:《悟空传（完美纪念版）》，湖南文艺出版社 2011 年版，第 95 页。

文学"向外转"并不是与"内转"对立的，甚至是以"内转"作为内在基石站稳脚跟。而"外转"视野是时代的必然要求，也是文学发展到如今的深层需求。这在通俗文学，尤其是网络文学的新的创作趋势上体现得更加明显。

信息化时代的到来，改变了网络的文学创作与传播的外部条件：一方面是由于网络文学传播媒介的特殊性，新媒介与新媒体的应用带来了井喷式的读者增长，也悄然改变了阅读群体结构，其中 2/3 的读者是处于 15—30 岁之间的青年群体，这也使得大量的网络文学作品将写作的目标引向年轻化、趣味化的"轻"阅读，作品内容更加具有创意和包含性、私人化。另一方面是由于文学传播方式的变化，微博、天涯、知乎等新媒体的出现，改变了读者的阅读习惯，片段式、碎片化的作品更受青睐，"短小精悍"的作品大行其道。

在这样的"云"时代大环境之下，文学"向内转"就显得有些不合时宜，生活节奏愈见加快的今天，如果不能把握时代的脉搏、跟上读者的速度就难免会被读者甩到身后。因此网络文学的创作者面临着迫切的文学"外转"问题，不仅要在保持文学审美属性的同时放宽视野，而且要具有立足于多学科的跨界思维，用以创新情节、人物、语言的设计，使作品具有独特性、独创性。此外在创新的同时，要时刻关注媒介传播下的大众文化需求，在网络世界里"写什么"显然比"怎么写"要重要得多，了解读者群体想看什么，战役相当于就成功了一半。

小说的商业价值是在其文化软价值转化为经济价值的过程中，承载其顺利进行的基础是受众群体的数量与忠诚度。有着消费能力、消费冲动的读者或者观影者愿意为故事（剧本）买单，当然这消费冲动的吸引力中也包含着演员阵容、宣传力度等各种外部因素的影响。不容置疑的是，粉丝读者群体在其中发挥着至关重要的作用，尤其是网络文学中，读者的参与就显得尤为重要。

由于网络文学传播媒介的特殊性，新媒介与新媒体的应用带来了井喷式的读者增长，也悄然改变了阅读群体结构，在这种新媒介文学传播中，读者与创作者的关系是平等的，文学传播的终点是有反馈回传的，甚至读者的评论、意见、建议会瞬时传回到网络上，褒贬立见。

中国互联网络信息中心（CNNIC）在 2012 年 8 月 6 日发布《中国网民搜索行为研究报告》指出，微博成为网民搜索新入口。以新浪微博举例而言，数据显示截至 2011 年 2 月底，微博用户突破 8000 万。而就在 1 个月之后，用户已井喷式增长到 1 亿，然后一路高歌猛进，到了 2011 年底，新浪微博已经拥有了 2.5 亿用户。也同样就是在 2011 年末，中国互联网网民总数为5.13 亿，这意味着 2011 年的数据显示，仅是新浪微博的用户就几乎是全国网民总数的一半。因此就以新浪微博为例，探讨粉丝阅读群体的变化。如今，大量的商家通过微博数据库得到数据，用以分析潜在消费者的消费能力、方式和偏好，这也就反衬出受众们的导向决定传播者的倾向。换而言之，别人想看到的是你想看到的，而你想看到的或许是别人想让你看到的。《悟空传》的阅读群体，以及电影观影者之间有一部分是重合的，而对电影《悟空传》微博传播的受众者而言，是指现实社会中《悟空传》的原著粉丝、导演及演员的粉丝，也是微博上关注了《悟空传》及相关演员的粉丝。在这个大数据时代，不仅可以准确定位阅读受众群体，而且能从有效的渠道为这些小众读者、观影群体投放分众化、个性化的宣传推广，这就吸引了越来越多对《悟空传》文本及未出世的新电影的关注的目光。

三

自《奔跑吧，兄弟》电影上映以来，"粉丝电影"再次被推上舆论的风口浪尖，这种新兴的电影形式一般具有几个明显的特点：备受关注的娱乐明星，强大的新媒体宣传配合线下推广，造成一种你不看你就跟不上时代潮流的心理压力。然而粉丝电影也存在着"叫座不叫好"的尴尬现象，一方面票房一路飘红，主创们赚得锅满瓢沉，但另一方面专家、电影爱好者们骂声不迭，"烂片"声不绝于耳。现如今，"嬉笑怒骂"的主战场是在新浪微博上，而当"明星""电影""粉丝"这三个元素，在"微博"的大锅中相遇时，得到的奇妙的化学反应超出了所有人的预见。微博甚至成了电影成功的一个捷径，电影的故事甚至变成了配角，主创明星们背后的话题度和花边故事反而成了观影者津津乐道的主要内容，甚至因为喜欢看某一个明星而去看电影的人也绝不在少数。

同类型的粉丝电影之所以能取得如此高的票房和强烈的观影反响，跟他们线上线下的宣传推广是密不可分的。拿经典网络文学《悟空传》同名电影来说，一年之后才上映的电影，其预先公布的官方微博已经吸引了24665个粉丝，其最新发布的宣传微博已经有7563个转发、3877个评论、3343个点赞，这个数量是十分可观的。能取得如此高的关注度的原因得益于最新曝光的演员阵容都非常"讨喜"，率先曝光的主演彭于晏、倪妮、欧豪、余文乐、郑爽、乔杉等无一不是近几年来活跃荧屏的青年演员，在青年观影群体的接受程度高，且不说与原著中的人物是否切合、是否能完美演绎，但是光看"腕"分量十足。这就充分体现了粉丝电影的特性，在创作初期就十分专业、准确地定位了自己的观影群体。《悟空传》的制作团队在这一点上是很成功的，在文本读者的年龄调查基础上参考主流观影群体的年龄结构，使得不仅有倪妮、欧豪这样的新生代演员，也有余文乐、彭于晏这样的老戏骨加盟保证质量。截至2016年11月底，据统计，几位主演和导演的新浪微博，彭于晏"粉丝"数达23041945，倪妮"粉丝"数达15873885，余文乐"粉丝"数达12298097，欧豪"粉丝"数达7130158……这在微博的世界里有句俗语：粉丝一千，布告栏；粉丝一万，杂志社；粉丝百万，全国性报纸；粉丝千万，省级卫视；超过一亿，CCTV。由此，微博的宣传力度也就可见一斑。其实不光演员"腕"大，连幕后团队也噱头空前，曾执导《西游·降魔篇》的香港电影金像奖得主郭子健与原著作者今何在亲自操刀编剧，对剧本改编质量来说，有了一定保障。所以尽管 2017 年的暑期档仍然遥远，却已经有业内专家预测此番顶级团队共推经典 IP，很有希望冲击暑期档票房冠军。青春的演员组合、强大的幕后团队宣传制作，加之原著小说独有的热血风格，势必会改变西游题材电影的现有格局。

看破·幻灭·妥协

——《悟空传》的悲剧意蕴探析

侯 潇[*]

【摘要】《悟空传》以"戏谑与诗意并存，调侃与哲理齐飞"的笔调讲述了悲剧英雄孙悟空对自由的追求与对命运的反抗。10年前，今何在以西方现代主义悲剧意识与东方禅宗为依托，展示了人生而不自由的宿命与个体生命的挣扎与痛苦，并呈现了生命在禁锢中"孤寂地活"的存在方式，其深刻的悲剧意蕴及其悲剧震撼效果显而易见；10年后，今何在却最终放弃反抗、与命运和解，其背后的悲哀也是不言自明的。

引 言

被誉为"网络第一书"的《悟空传》是网络作家今何在（原名曾雨）的代表作，自2000年问世以来，《悟空传》发行了多个纸质版本，并相继获得了第二届网络原创文学作品奖、"最佳小说奖"和"最佳人气小说奖"。甚至在微信、微博大行其道的今天，仍有许多网友不时将书中的

---

* 侯潇，湖南大学中国现当代文学硕士研究生。

"金句"挂在网上与人分享。早在2002年中国电影集团公司就斥巨资购买了《悟空传》影视与动画的全部改编权，而电影《悟空传》在历经了15年的潜沉与打磨后，终于在2017年即将搬上大银幕。这也就意味着《悟空传》在未来的日子里仍将以不同的姿态出现在大众的视野，以不同的方式影响更多的接受者。

《悟空传》以《西游记》为创作背景，以现实生活为依托，向读者讲述了一个真实而又虚幻，悲壮而又鼓舞人心的故事。看破一切的今何在用一种近乎玩笑的方式讲述着生命的被放逐、被桎梏，而其调侃戏谑背后，折射出的是生活的无奈与荒谬，以及生活在生命个体内心的挣扎与痛苦，展现了个体在禁锢与束缚中不断挣扎、孤寂存活的悲剧。这种以嘲弄或诗意的语言讲述生命的大悲哀的叙事手段，是内容与形式相互征服的艺术审美悖论。

一直以来，无论是文本中的悟空，还是网络写手今何在，在读者心目中都是以反抗者的面目出现，然而10年后的今何在于《悟空传》的序言《在路上》中以一个顺应者的姿态用常见的"心灵鸡汤"式的文字劝慰、鼓励读者，这前后矛盾的逻辑背后反映的是"成长"了的今何在与不自由命运的和解。在某种程度上看来，今何在进入了小说，成了《悟空传》中的一员，用自己的选择诠释了生命的不自由与个体对命运的妥协，其背后隐含的生命悲剧也是值得深思的。

一 看破——无望的自由

《悟空传》的悲剧意识，是今何在在开篇就赋予小说的精神气质和总体构架。小说就是在一种生命虚无感和荒谬感中开始的。在今何在看来，且不论"西游就是一场被精心安排成自杀的谋杀"，①《悟空传》以《西游

---

① 今何在：《悟空传·序〈在路上〉》，湖南文艺出版社2011年版，第2页。

记》为载体的神话背景和幻形入世，其实就是人的被抛弃的命运的象征。孙悟空破石而出，他不属于三界，被抹去记忆的他一直都在寻找某种个体的存在感。而他的悲剧，就在于他被抹去记忆后的迷误，面对着"众人皆醒我独醉"的尴尬场面，失去了记忆的孙悟空就像一个手足无措的弱者，忘却前身的他早已不是那个喊出"我有一个梦，我想我飞起时，那天也让开路；我入海时，水也分成两边，众仙诸神，见我也称兄弟，无忧无虑，天下再无可拘我之物，再无可管我之人，再无我到不了之地，再无我做不成之事，再无……"① 的叛逆极致、不可一世的自己了。以"成佛"为己任的西天取经是他对本我的背叛，是"错把他乡当故乡"。如果说曾经叫嚣着"天不拘兮地不羁"的悟空是一个独立的个体，那么一心成佛的悟空就是勒庞笔下"群体中的个体"了——他就像众多任人摆布的沙砾中的一颗，可以被风吹到无论什么地方。从心理学角度看，失去记忆的悟空在自觉与不自觉间呈现的，是弗洛伊德笔下的"哀悼的工作"，那是强烈的反抗欲望与顺从心理撕扯的心灵搏斗。在弗洛伊德看来，当顺从的心理战胜反抗的欲望，生者怀念的意义，正是在于反复忆起原来的美好，与此同时，一个人孤独地活下去。而《悟空传》中，悟空时常怀念的花果山的美好早已不再，取而代之的是遍地的破败，充满怨气的妖灵，没有任何生命的气息与迹象的荒原，而这间或是选择了西天取经的悟空荒芜的内心镜像。

卢梭在《社会契约论》中有句惊人的名言："人是生而自由的，但无往不在枷锁之中。"② 这是对人类的悲剧宿命的深切体认与深刻总结。因为作为社会中的个体不能脱离社会而存在，个体的价值只有在获得社会的认可后才可能有意义。因此，没有所谓的绝对的自由。确实，当个体生命张

---

① 今何在：《悟空传》，湖南文艺出版社 2011 年版，第 96 页。
② ［法］让·雅克·卢梭：《社会契约论》，李平沤译，商务印书馆 2011 年版，第 8 页。

扬到极致便一定会构成对传统、对现存社会结构与秩序的威胁。以玉帝、如来为代表的掌权的天神正如勒庞笔下的"乌合之众"，他们自然无法容忍孙悟空这种威胁的存在。这是悟空的悲哀，也是所有自由个体的悲哀。而那些被孙悟空忘却的前世今生与伟大理想，就是人的"不自由"的命运象征。一方面，忘却前身的他在内心深处无比清晰地知晓自己天定的不幸命运，另一方面，他又为悲剧命定而向命运抗争，但他越是抗争，越是深陷命运之网。《悟空传》中，在一种看似缺席，但又无时无刻不在场的宰制力量下，个体价值、合理的感性欲望、不可多得的那一点点自由在一整套不证自明的社会规范面前往往显得那么脆弱不堪。

其实除了被抛弃、不自由的命运，在《悟空传》中我们还可以直观地感受到师徒4人对死亡与未知的恐惧，而这也毫无疑问加剧了《悟空传》的悲剧感："你在树上，一刻也不敢睡死，随时注意着不寻常的声响，你会担心，一睁眼的时候会看见一张血盆大口，你的身体随时都准备弹起来逃命或搏斗……"[1] 这种铁链锁喉的窒息、逼仄之感在书中随处可见。确实如此，个体生命有限，人从一出生便一刻不停地走向死亡，不仅如此，人类还需忍受生命赋予的各种痛苦。在死亡与痛苦的威胁下，作为有限存在的个体生命其意义何在？更悲哀的是，有限的生命往往不是出于人类的自主选择，而是无奈地被放逐所至。当对生命的思索与对自由的渴望战胜了成佛的欲望时，为了寻求生命的意义与自由，悟空进行了一系列仪式般的、却是他必须开展的象征性的毁灭行动：打死唐僧、大闹冥府、杀死龙王、大闹天宫……这一个个大逆不道的举动如同一个个仪式。表面上悟空是在一步步走向罪恶的深渊，失去了他希冀的一切（成佛后的安乐），但在今何在笔下，这同时意味着他摆脱了神赋予他的本不属于他的取经的责任，获得了充分的自由。然而，在今何在式的自由命题中，任何一种自由

---

① 今何在：《悟空传》，湖南文艺出版社2011年版，第55页。

同时也意味着一份禁锢，自由始终伴随着必不可少的前提和巨大的代价。因为自由不但意味着解脱，而且意味着拥有，而拥有者所恐惧的丧失，便使得自由成为禁锢。《悟空传》的主体，便是悟空如何承受或面对自己的宿命。他不断地反抗，杀人如麻，他相信反抗会使他享有自由，但反抗发生之后，他仍然被束缚。就算他改写了生死簿，九幽十类尽除名，却没想到超脱神掌控的生灵都被天界称之为"妖"，成了不符合天理的存在，必须被消灭。于是，毁灭和玷污了一切之后的悟空孑然一身，悄然离去。他用毁灭让自己回到原点，变为了一个没有过去的零。

当西游众人在天神的骗局下尽数毁灭时，今何在写道："当五百年的光阴只是一个骗局，虚无时间中的人物又为什么而苦，为什么而喜呢?"① 他看破了生命的本质，不是这样么？生命如尘土般被遗弃于苍茫大地，上天毫不怜悯地捉弄，直到我们含辛茹苦的一生再以尘土终结。生命的本质只是到地球上来走一回的"过客"，自由不过是骗局，如此而已。

二　幻灭——无尽的孤寂

今何在的《悟空传》于 2000 年连载于新浪社区的"金庸客栈"上，而第三卷以"百年孤寂"为题，这首先让人联想到马尔克斯的"神作"——《百年孤独》。其实，《悟空传》中传达出的寓意与西方现代悲剧精神意识是不谋而合的。《悟空传》中的众人在孤寂中循环，在循环中孤寂，这同马尔克斯笔下马贡多人的无聊、愚昧，卡夫卡笔下大甲虫的愤懑与无奈，奥尼尔笔下毛猿的自我丧失，贝克特笔下戈戈与迪迪无望的等待，艾略特笔下荒原的了无生气一样，都是 20 世纪人类在面对物质较为富足的同时对内心荒芜的直接审视，而这些都可以在《悟空传》中找到影子。

① 今何在:《悟空传》，湖南文艺出版社 2011 年版，第 117 页。

值得一提的是，在 1999 年，王菲一首传唱度颇高的专辑《只爱陌生人》中收录了一首由林夕填词的歌曲，其名称也是《百年孤寂》。歌词写道："一百年前/你不是你/我不是我/悲哀是真的/泪是假的/本来没因果/一百年后/没有你也没有我。"而今何在于"百年孤寂"一章中也感叹道："人生难道不是梦幻么？你所得到的你最终全会失去，你认为那是真的，你就会痛苦，而你知道那不过是一场游戏一场梦境，你就能解脱。人生在世，百年也好，千万年也好，都是未来前的一瞬，这一瞬后你什么都没有，你曾有的只有你自己。你在这世上永远地孤寂着，永远找不到能依托你心的东西，除非你放弃你自己，融入造物之中，成为万重宇宙中一点尘埃。你就安乐了。"① 将二者对比，可以发现，歌词所表达的主旨与《悟空传》想要表达的生命的虚妄与孤寂颇有些异曲同工之妙。

如果说，作为意识形态的文艺作品是受一定社会物质生活影响而产生的，那么，无论作者今何在是在王菲歌曲影响下而取的标题，还是说"如有雷同，纯属巧合"，其反映的时代内涵都是值得推敲的。在世纪交替的时刻，人们对于时间、历史等概念总是特别敏感。人们总是习惯性在某个时间节点反思过去，展望未来，而反思与展望总是伴随着一系列的疑惑与追问。《悟空传》出现在 20 世纪之末，这是一个主流价值观念不断受到冲击和怀疑的时段。很多原本不说自明的真理或原则都遭到了一定程度的质疑与挑战。其实，无论是王菲的歌还是今何在的小说，都带有这个时代的精神气质，都形象地描绘了在世纪之交每个个体生命的精神困境——新的纪元就意味着新的开始吗？还是意味着一条一开始就意味着结束的命运轨迹和一个永远也转不出去的圈子？在第三卷"百年孤寂"中，今何在将这种束缚感阐释为一堵"透明的墙"、一种无处不在的"界限"，那么在无往不在的界限中，人应该如何立足呢？今何在给出的回答是："……我像一

---

① 今何在：《悟空传》，湖南文艺出版社 2011 年版，第 180 页。

个优伶，时哭时笑着，久而久之，也不知这悲喜是自己的，还是一种表演，很多人在看着我，他们在叫好，但我很孤独。我生活在自己的幻想中，我幻想着我在一个简单而又复杂的世界，那里只有神与妖，没有人，没有人间的一切琐碎，却有一切你所想象不到的东西。但真正生活在那里，我又孤独，因为我是一个人。"① 今何在的痛苦实际上是很多现代中国人的痛苦，而痛苦之源在于与西方现代精神相关的东方式现代精神困境——"孤寂"。

"孤寂"一词在许多禅宗典籍中大量使用，它在佛典中表示一种除却人世杂念，清净寂灭的心理状态或存在状态。佛教认为人类心中的抚不去的欲望与杂念是一切人生的烦恼与不幸的根源。于心中的欲望，禅宗指引给世人的方法即"无念""无相""无住"。也就是说要求人们对一切事物不含杂念，过而不留，如雁过长空，只是"过客"，不留痕迹。而佛教修行的最终目的是"涅槃"——圆满诸德，寂灭诸恶，也即"圆寂"。在禅宗看来，人生的终极目标是彻底摆脱生命而进入灭寂的境界。而今何在却一语道破了佛教无欲无求的欺骗性："在神的字典里，所谓解脱，不过只是就是死亡。所谓正果，不过就是幻灭。所谓成佛，不过就是放弃所有的爱与理想，变成一座没有灵魂的塑像。"② 因而，在《悟空传》中，除了四大皆空的神灵，无论是因质疑如来佛法而重堕轮回，为寻找心中的答案而开始了一场伟大远行的玄奘；因保护心上人触怒王母被投入谪仙井，沦落为猪的猪八戒；原本护驾有功，却因打破王母的琉璃盏而被贬人间的沙僧；还是一路挣扎，一路反抗，为爱生，为爱死的小白龙、阿月、紫霞……《悟空传》中的众多生灵都在不断地反思：成佛真的就会归于幸福安乐吗？成佛真的就是生命的终极目标吗？《悟空传》里的人物之所以给

---

① 今何在：《悟空传·序〈在路上〉》，湖南文艺出版社 2011 年版，第 2 页。
② 同上。

人宿命悲剧感，正因为他们看破了"成佛"的虚幻，成佛后的安乐与其说是对生命的救赎，不如说是孤寂生命状态的呈现。

确实如此，如果说"佛乃四大皆空"，那么成佛就是对自我存在的绝对否定，放下得失，无欲无求，其实也就意味着放弃了欢乐和幸福。死无所谓苦，生无所谓乐，生死同归，人何苦到世上来一遭？《悟空传》中活了千百年的树妖绑架唐僧时发出的："不，不要死！也不要孤独地生活。"①道出了多少人的心声？尽管我们在命运的逼仄之下活得如此苟延残喘，但我们仍恐惧死，也害怕孤寂地活。然而，每个人都活在无往不在的孤寂当中，不是生离，就是死别，没有谁可以真正永远地陪伴。这种孤寂感是每一个现代人都感同身受又无能为力、无可奈何的。禅宗神秘的必由之路并不能提供给人们真切的温暖和幸福，归于极乐的梦想幻灭后萦绕不去的依然是无尽的孤寂与无依的灵魂。

三　妥协——无奈的和解

在《悟空传》的结尾，阿瑶找到了废墟中孙悟空受烈火焚烧后幻变成的石头，将它埋在了一片焦土的花果山，这意味着悟空象征性地"重归母腹"。用弗洛伊德的精神分析说解释，"母腹"，也即子宫，一方面象征着人类向死而生的悲剧命运中唯一温暖安全的所在；而另一方面，成年人重归母腹的选择，事实上来自一种死的本能。而悟空用死亡来反抗桎梏间或反映的就是这种"涅槃"的本能。如果说，悟空的死在某种程度上可看作"幸运"地完成了对不自由命运的反抗，但自由与禁锢，生命与死亡的主题却继续延伸。因为石头重归土壤恰恰暗示着西天取经故事的又一次开始，死亡近旁，命运依旧悄然延续。整个故事像是一个圆，既没有开始，也不会有结束。而时间的轮回实际上预示着人世间死一般的停滞，预示着

---

① 今何在：《悟空传》，湖南文艺出版社 2011 年版，第 4 页。

一切都没有什么变化，或者说，虽有变化，也只是形式和徒劳。那么，基于这样一个基本事实，短暂的人生，连同它所有稍纵即逝的悲欢离合，到底还有什么存在的意义？对于无往不在的界限，我们到底还要不要冲破？对于既定的命运我们到底还要不要反抗？如果 10 年前的今何在仍踯躅于要不要负隅顽抗，那么 10 年后的他已经卸下武装。在 2011 年《悟空传》"完美纪念版"的序言中，今何在以"大人"的姿态劝慰读者：

> 我心目中的西游，就是人的道路。每个人都有一条自己的西游路，我们都在向西走，到了西天，大家就虚无了，就同归来处了，所有人都不可避免要奔向那个归宿，你没办法选择，没办法回头，那怎么办呢？你只有在这条路上，尽量走得精彩一些，走得抬头挺胸一些，多经历一些，多想一些，多看一些，去做好你想做的事，最后，你能说，这个世界我来过，我爱过，我战斗过，我不后悔。①

在现代社会中，随着物质的极大丰富，人们在物欲横流的社会中生活着，渐渐迷失自我，为了证明自我的存在，他们往往只能借一份物的存在来证明自己。"我来过，我爱过，我战斗过"，其实就是曾经拥有的证明。然而，当人只有通过物质的存在来证明自己价值的时候，这是一种怎样的悲哀？这套不断创造自我价值的鸡汤逻辑其实与史铁生"人可以走向天堂，不可以走到天堂……天堂不是一处空间，不是一种物质性存在，而是道路，是精神的恒途"② 的"过程美学"有异曲同工之妙，其本质也是呼吁人们在人生而有限与趋向无限的悖论中，超越人性，彰显神性。这样的生存态度自然是可取的，但从另一角度来解读，今何在的表述不仅是对过去的自己的背叛，而且是对"知其不可为而为之"的中国千百年来"人

---

① 今何在：《悟空传·序〈在路上〉》，湖南文艺出版社 2011 年版，第 2 页。
② 史铁生：《病隙碎笔》，湖南文艺出版社 2014 年版，第 66 页。

世"的儒家思想的某种归依。而儒家思想在本质上是一种伦理思想，它的突出要点就在于强调"士志于道"，鼓励人们刚健有为，积极进取，直面现实社会。以儒家思想作为观照，今何在确实"成长"了，而在这里"成长"可以看作个体对社会规则的迎合和自我对外部世界的服膺。成长了的今何在试图告诉我们，就算看破一切，仍要坚持走下去。认识到了残忍，就要学会服从，和那个不愿妥协的自己和解，在局限中尽最大的努力追求所谓的理想。在这场自我与外部世界的较量之中，曾经无比倔强的自我终于败下阵来。这也无怪于有学者会认为 10 年后的今何在试图用"鸡汤逻辑"来告诫读者："与其在'小时代'中渴求'大人物'，不如在'大悲观'中保持'小乐观'。"①

其实，或许正是由于人们太过了解自身存在的有限性，因而在看到那些反应自我有限性的文艺作品时，会产生一种强烈的共鸣感，而这种感同身受的共鸣感或许也是《悟空传》一直被人们津津乐道的原因。其实，《悟空传》在很大程度上就是在大众的共同助力下被煲成了一锅味道醇美的"心灵鸡汤"，面对复杂的社会与人生，民众抗拒悲观的清醒，只求精神的慰藉。一方面，各大网络平台、追随者不断鼓舞着我们努力追求最初的梦想，另一方面，也让我们不断向世界、向社会妥协，在给定的平台（界限）中创造出最大的价值。而心灵鸡汤最大的作用，便是让人们感受到一种久违的生活力量（尽管这种力量有时并不持久），今何在正是用大众的悲剧来取悦这个残忍、现实的世界，鼓励着人们行动起来改变自己和这个世界。

浙江省网络协会副主席蒋胜男曾经如此评价《悟空传》——"犹记得当年看《悟空传》时泪流满面的感觉。我们都曾经是那只愤怒的猴子，而

---

① 白惠元：《西游：青春的羁绊——以今何在〈悟空传〉为例》，《中国文学批评》2015 年第 4 期。

今只能苍凉一叹：天凉好个秋。"① 10 年前或许我们会为那只无法无天的猴子叫好、感动，10 年后却只剩下唏嘘。"我要这天，再遮不住我眼，我要这地，再埋不了我心，要这众生，都明白我意，要那诸佛，都烟消云散！"② 这被印在《悟空传》封面，曾经感动无数读者，被视为《悟空传》"着水之盐"的谶语，在长大了的今何在面前，就像是一个初生牛犊不怕虎的孩子发出的狂妄之语，那些懂事的大人只觉得是个笑话。今何在认识到自己的局限、绝对自由的不可能后，由曾经不可一世"宁愿死也不愿输"的猴子，终于长大，终于融入了"界限"，并尝试着说服更多人融入其中。可以说，今何在用自己的 10 年为我们完美地诠释了一场悲哀的行为艺术。他看破了人生的虚幻却又无力挣脱世俗欲望的羁绊，于是，他自觉或不自觉地"放弃"了他的自我，"融入造物之中，成为万重宇宙中的一点尘埃"③，和自己，也和世界和解了。然而，这和解的结局，并非如此完满和单纯，今何在拥抱世界，并不意味着他拥有了真正的自由，而仅仅意味着他与生命和解，接受了也许伤痕累累，也许满目疮痍的人生。

四　结语

在互联网时代，解构与戏谑成为习惯，似乎一切都可以拿来变成不痛不痒的段子，变成茶余饭后的谈资，所有的严肃、庄严都成了装腔作势，只有调侃与嘲笑是屹立不倒的。在这样的环境中生成的诸多网络文学，也往往以满足读者的休闲娱乐需求为第一要义，而失却了文学作品本应有的文学性与严肃性。然而，作为"网络第一书"的《悟空传》以其巨大的成功和轰动效应的取得，证明了好的文学作品绝不是哗众取宠、拾人牙慧，

---

① 《悟空传》作品评价，百度百科（http：//baike. baidu. com/subview/297316/7712270. htm# viewPageContent）。
② 今何在：《悟空传》，湖南文艺出版社 2011 年版，第 35 页。
③ 同上书，第 180 页。

而是要能引发读者的共鸣与思索，能真正触动读者的心弦。尽管早在2011年作者就放下了抵抗的姿态，与世界、与命运和解，但回归《悟空传》文本，这种把现代人对自由的渴望，却无处不受限制的生命痛苦，和人生无常的荒谬感及内心的挣扎，推向了一种极致的文学表达及其浓重的悲剧色彩与对现有规范强烈的解构精神，作为一种姿态，在当下中国网络文学努力构建、完善个体价值的语境中仍显得弥足珍贵。

经典性视角下的网络小说《悟空传》

周梦泉[*]

【摘要】如果认同《悟空传》在网络小说中的经典地位，那么我们必须弄清楚两个问题。问题1：《悟空传》的经典性如何生成？问题2：拥有经典性的《悟空传》与其他同类型网络小说差异何在？通过对本文的探讨与分析我们得出答案：对于问题1，《悟空传》的经典性最终生成继承自《西游记》，孕育自当代网络空间的一种结构性矛盾，这种结构性矛盾最终是时代的剧变给个人心理带来的不可调和的矛盾；对于问题2，我们以戏仿为切入点，理解《悟空传》与同类其他网络小说的差异。

仅仅在十几年的时间跨度内确定一部文学作品的经典性似乎略显仓促，但即使以一种挑剔的眼光来审视《悟空传》，它横空出世时的石破天惊，它被之后的网络文学作品争相模仿并衍生出诸多类型，它在十几年内数次重版、一百多次重印和几百万销量，它对在汉语文化中我们如何理解西游故事产生的影响，它在学术界引起的持久而浓厚的兴趣，都毫无疑问使其在未来的更权威的网络文学经典榜单上提前据有一席之地。

---

* 周梦泉，南开大学文艺学硕士研究生。

如果承认《悟空传》在网络文学中的经典地位，那么问题接踵而至：《悟空传》如何能产生如此巨大、全面且持久的影响？换句话说，在网络文学这个文学新时代，它的经典性从何而来？如果我们因此而必须承认它与我们当今中国的整体时代精神有着某种深度契合，则以一种回顾的眼光反思并阐明这种深度契合如何发生，就对我们当今的文学研究尤为重要。更进一步的问题在于：自《悟空传》出世后，网络文学中模仿之作层出不穷，创生的流派花样繁多，其中不乏在文学性、思想性、娱乐性上都堪比肩《悟空传》的作品；然而无论是模仿《悟空传》的作品，还是网络文学中同类的其他杰出作品，甚或今何在本人在《悟空传》之后写作的作品，为何鲜有其影响力和经典性能与《悟空传》匹敌者？或者说，如果承认了《悟空传》的经典地位，那么同类的其他优秀网络文学作品和《悟空传》的差别何在？

提炼以上论述，从经典性的角度思考《悟空传》，则我们将得到这样两个紧密关联的问题。问题1：《悟空传》的经典性如何产生？问题2：在经典性上为何《悟空传》与其他同类作品存在着断裂？本文即试图从多个角度对这两个问题进行初步探索。

一 《西游记》作为精神之父

要思考《悟空传》的经典性如何产生，我们不得不将目光转向以炫目的光晕笼罩着它的《西游记》，将《悟空传》放在西游故事发展的历时性长河中为它定位。我将论证，《悟空传》继承了《西游记》中一个至关重要且不可解决的结构性矛盾，并因而使自己染上了最初的经典光辉。

历来的《西游记》研究都认同，在通行版《西游记》中存在着一个巨大的断裂，即前七回"大闹天宫"与后面的"取经故事"之间的断裂。这一断裂显现在故事情节上，落脚在孙悟空的个人形象的变化上，辐射到小说本身对神魔态度的转变上，并且上升到小说主题上的矛盾，因而在此称这一断裂为小说整体上的"结构性矛盾"。为了解决这一矛盾，学界，尤其是20世纪70年代以来的学界，提出了诸如"阶级斗争说""主题统一说""人生哲理说""情理相争说"等①，试图弥合断裂并从各个角度出发赋予《西游记》某种统一性。然而与其从一种一元论的思维方式出发，企图在《西游记》上强加某种可能本不属于它的统一性，不如承认并直面这一结构性矛盾，并思考这一矛盾对于《西游记》自身的传播意味着什么。

明万历二十年的世德堂本《西游记》甫一出现就流行传播开来，迅速经典化，一直流传至今并成为今日通行的《西游记》版本。世德堂本《西游记》的流行，固然得益于小说本身的精彩、印刷业的繁荣、简本的出现和书商的逐利等多种因素，但至为根本的当是小说与明中后期社会状况和时代精神的契合。道教还是佛教？心学还是理学？礼教还是人欲？君权还是民权？小农经济还是商品经济？城市商业的繁荣，土地政策的变化，皇权的衰微等一系列因素，导致明中后期成为中国历史上为数不多的思想极端混乱极端分裂的时期，堪与战国或清末民初比肩。可以说，思想上的极端分裂就是明中后期时代精神的主题，徐渭、李贽这样罕见的思想"异端"正是诞生于这种极端分裂中。如果我们认同世德堂本《西游记》结构上的不可弥合的巨大矛盾，那么很清楚，这一矛盾正是极端分裂的时代精神在一部小说文本中的凝聚；或者反过来说，矛盾的小说正顺应了分裂的时代。何以上至士大夫下至普通市民都对《西游记》手不释卷？若揣测时人心理，那么从这部小说中，他们的确能读出自己内心深处巨大而不可名状的、无法缓释的矛盾与分裂。

世纪之交，年轻的今何在敏锐地意识到《西游记》中似乎存在着某种

---

① 关于学界对这一问题的研究史，详见竺洪波《四百年〈西游记〉研究史》，博士学位论文，华东师范大学，2005年，第234—243页。

不可调和的巨大矛盾，并将其付诸小说的写作中。在《悟空传》序言里他写道："有人说《悟空传》颠覆西游，其实我一点儿没觉得颠覆，我觉得我写的就是那个最真实的西游，西游就是一个很悲壮的故事，是一个关于一群人在路上想寻找当年失去的理想的故事，而不是我们一些改编作品里面表现的那样，就是打打妖怪说说笑话那样一个平庸的故事。"①《西游记》中"大闹天宫"与"取经故事"的矛盾，在这里变成了"当年失去的理想"与"打打妖怪说说笑话"的矛盾；结合文本来看，《悟空传》将《西游记》的结构性矛盾理解并展开为"张扬个人自由和反抗既定秩序"与"压制个人自由和顺应既定秩序"的矛盾，处处弥散于小说的人物、情节、言语修辞中，并集中凝聚在"精神分裂"的主角孙悟空上。一个悟空杀死玄奘与龙王，痛打阎王和鬼卒，睥睨一切规则，极尽张扬与反抗；另一个悟空失去记忆，老老实实唯唯诺诺，一切服从天庭安排。来自《西游记》中"真假猴王"的情节，《悟空传》中悟空的精神分裂在小说高潮部分发展为"两个悟空"终极大战，自己杀死自己：

> 西游果然只是一个骗局。
>
> 没有人能打败孙悟空。能打败孙悟空的只有他自己。
>
> 所以要战胜孙悟空，唯一的办法就是让他怀疑他自己，否认他自己，把过去的一切当成罪孽，把当年的自己看成敌人，一心只要解脱，一心只要正果。
>
> 然而，在神的字典里，所谓解脱，不过就是死亡。所谓正果，不过就是幻灭。所谓成佛，不过就是放弃所有的爱与理想，变成一座没有灵魂的塑像。②

---

① 今何在：《悟空传·序》（完美纪念版），湖南文艺出版社 2011 年版，第 1—2 页。
② 今何在：《悟空传》（完美纪念版），湖南文艺出版社 2011 年版，第 114 页。

在一百回的《西游记》中，"大闹天宫"虽然只占了前七回的篇幅，但它在情节设置上处于全文开端，因而在授箍念咒、三打白骨精、真假美猴王等情节中，甚至在火焰山回顾与牛魔王的兄弟情、在车迟国嘲讽三清的时候，读者时时被提醒，取经路上忠贞护师、一心向佛的孙行者，和大闹天宫、桀骜不驯的齐天大圣实际上是同一个人，后者潜藏在前者人格深处，蠢蠢欲动，时时等待着觉醒。闹天宫的猴王像一块随时可能打雷的阴云笼罩着孙行者的取经路，构成了整个小说的强烈张力。如果说"闹天宫"与"取经路"的断裂在《西游记》中相对隐而不彰，那么《悟空传》不但承袭了《西游记》的结构性矛盾，而且通过蒙太奇式的故事时间的不断跳跃，对话式的情节推进，微妙的心理描写和悟空自身的精神分裂状况将这一矛盾极端凸显出来，与《西游记》形成一种互补意义上的互文。

如果以情节推进方式的差异将《西游记》归结为空间小说，把《悟空传》定性为时间小说，进而将《悟空传》中五百年前的悟空指认为青春期叛逆的少年悟空，将五百年后的悟空指认为服从规则与秩序的成年悟空，因而仅把《悟空传》视作成长小说，[1] 则既不能理解《西游记》本身的基础矛盾，因而无法理解其魅力所在，又无法解释《悟空传》的经典性如何生成，更无法构建两部小说在精神主旨上的互文性关联。换句话说，《悟空传》承袭自《西游记》的基本矛盾，无法归结为青春与成年的对立而得到消解。原因至少有二：其一，虽然《悟空传》的情节以时间来结构，但并非线性时间，而是在五百年前后不断跳跃，且以五百年后的悟空遭遇五百年前的悟空为开端，即以丧失了反抗精神的悟空回溯大闹天宫的悟空为开端，因而并不能简化为单向的"成长"，而是两种倾向于尔虞我诈的不

---

① 关于对《悟空传》的这种解读方式，参见白惠元《西游：青春的羁绊——以今何在〈悟空传〉为例》，《中国文学批评》2015 年第 4 期。

断斗争，在最后的终极大战中达到矛盾高潮；其二，悟空的死亡并未宣判故事时间的最后终结，作者在小说内外反复疾呼"怎能忘了西游"，并在小说结尾如此安排：

> "别了，永别了！"
>
> 瓦砾重新聚成殿宇，天宫又回到了安定与祥和。众神开始各归其位。
>
> 二郎神驾云出了天庭，奉命收拾战场，他忽然愣住了。云头下烧焦的花果山大地上，孙悟空扔下的金箍棒不见了。
>
> 怎么可能有人将它拿走？除了孙悟空还有谁搬得动它呢？
>
> 观音驾云出了天庭，她从怀中摸出了金蝉子那本手写的经文，抚着，若有所思。
>
> 他们飞过的天空下，五行山，默默地立着，等着那漫长岁月后的一声巨响。①

反抗的悟空并未"成长"为驯顺的悟空，二者水火不容，最终同归于尽，期待着新生。在最根本的层面上，之所以不能将《悟空传》归结为"成长小说"，乃是因为这一归类必须将《悟空传》视为仅影射了以今何在为代表的一辈的独生子女一代的精神困境②，然而《悟空传》承袭自《西游记》的结构性矛盾，既凸显了当今中国高歌奋进的时代精神里隐藏的犹豫徘徊，也具现了时代巨变下当代中国人矛盾而焦虑的深层次的集体心理结构。可以说，在中国无论是"90后""80后"，还是"70后""60后"，甚或"50后""40后"，全都默默承担着历史车轮碾过个人渺小微妙的心灵留下的精神痛苦，那痛苦即使在一个成年人心中也时时撞击着他。大闹

---

① 今何在：《悟空传》（完美纪念版），湖南文艺出版社2011年版，第119页。
② 白惠元：《西游：青春的羁绊——以今何在〈悟空传〉为例》，《中国文学批评》2015年第4期。

天宫的齐天大圣就关押在取经路上的孙行者体内的某个隐秘之处，"默默地立着，等着那漫长岁月后的一声巨响"。

二　网络空间作为文本之母

《悟空传》不仅在人物形象、基本设定等显的方面模仿《西游记》，并且还继承了《西游记》中隐而不现的、基本主题上的结构性矛盾。如果说《西游记》是《悟空传》的精神之父，那么孕育并生产了《悟空传》的网络空间，则是《悟空传》的文本之母，在各个方面影响了它的文本形式，因而大大改变了小说文本的表意形态。最初连载于新浪论坛的社区"金庸客栈"，《悟空传》以键盘写作，在网络空间传播，在电脑屏幕上阅读，从各个方面来说都是满足严格定义的"网络小说"，其写作、传播和阅读的方式使其具有了网络小说应有的诸多特征。

如果快速翻看《悟空传》，那么很容易发现，小说语言上最突出的特征是对话繁多。随机选取小说第6节、第19节、第34节进行统计，在每一段落文字不多的情况下（分行频繁是《悟空传》的另一形式特征，将在下文分析），引述人物对话的段落分别占到总段落数的60%、55%和71%；可以认为，《悟空传》的文本内容半数以上由人物对话构成。繁多的对话压缩了动作、事物和环境的描述，甚至压缩了人物心理描写和作者主观抒情的文本空间。受当时网络上盛行的聊天室对话的影响，对话丰富是早期网络小说的普遍特征。例如，更早的蔡智恒的《第一次的亲密接触》等。然而《悟空传》的独特之处就在充分发挥了丰富的对话蕴含的潜能，借助对话使网络小说成为真正充满"对话性"的文本。源于巴赫金对陀思妥耶夫斯基小说的批评，"对话性"一词并不是说某文本中充满对话，而是说文本中存在着作者无法协调、无法统一的不同声音，这些声音在文本中相互对话相互辩驳，却难以达成统一；这些声音既可以是不同人物的声音，或同一人物内心的不同声音，也可以是来自文本外部社会历史中的不同力量发出的声音。交流对话的一般目的是相互沟通取得共识，因而对话丰富的文本并不一定具有对话性，但《悟空传》成功借助繁多的对话增强了本身固有的对话性：其一，小说诸人物之间虽然在不停相互对话，但他们在这些对话中难以真正沟通，达成统一，反而常因话语不合而激化矛盾，比如第24节紫霞和悟空的对话；其二，小说中每一个人物内心里也存在着相互矛盾的不同声音，无法取得自我同一性，如八戒既无法放弃思念阿月又苦于自己相貌丑陋而不敢相见，紫霞既爱着悟空又亲自杀死了他，等等。其三，所有其他不同人物之间的矛盾对话和同一人物内部的精神分裂，随着情节发展，越来越明显地汇聚到作为小说主角的、分裂为二的悟空身上。有趣的是，汇集了所有对话性的两个悟空之间反而没有对话，而是相互间充满了敌意，一见面就搏命打斗：

"你是谁！"孙悟空喝道。

这声音在从天之外涌入的狂风中被卷得在空中旋了几旋，撕散了又在高空聚合，又从这一侧翻滚到另一侧。于是各处都有了声音："你是谁？"

孙悟空忽然觉得自己正在和一个影子说话，也许他不该问，而是该打破那面镜子，如果有的话。

"你为什么要变成俺老孙模样？"孙悟空又喝问。

对面没有回答，朔风夹起大片白色羽毛漫卷过来，那竟是雪。一时对面的身影已朦胧，但孙悟空却分明感觉到那张和自己一模一样的面孔上，有冷冷的嘲笑。

"啊——"他大喊一声，直向对面那个暴风雪中的影子扑去。①

---

① 今何在：《悟空传》（完美纪念版），湖南文艺出版社 2011 年版，第 82 页。

最极端的对话性就是面对面却无法对话。丰富的对话和对话的消失造成了巨大反差，使小说的结构性矛盾，在这种对话性的张力中显露无遗。

使用个人电脑、通过敲击键盘写作，还赋予《悟空传》句子短促、分行频繁的特征。上文引述的所有小说文本都可以佐证。传统的纸笔书写，因为书写速度相对较慢且文字一旦写下难以修改，所以下笔之前常经过深思熟虑，导致每个句子相对较长，句子内修饰比较丰富，更容易出现大段内容。相比之下，因为书写速度快和修改容易，以电脑和键盘写作更容易出现短句，展现了思维的灵动跳跃；另外聊天室养成的打字习惯和敲击回车键的便捷使文本分行十分频繁。一方面，短句和多分行更利于表现文本在无法沟通的不同声音之间的频繁跳跃，使小说的对话性和矛盾性更为凸显；另一方面，也使小说文本拥有了非常直观的诗的文类特征。短句和分行通常较为固定地被认为是诗歌文本的体裁标志，因而在阅读具有相似特征的《悟空传》的时候，具有诗歌阅读经验的读者会自动调动起相应的意义生产机制，更倾向于以理解一首诗的方式理解《悟空传》，而增加小说的诗性意味。

不仅在文本的直观形式上与诗歌同构，《悟空传》在6万多字的文本中，插入作者自己写作的长短诗歌共13处，引用荷尔德林、北岛诗歌各1处，引用《西游记》里的诗歌4处。弥散在文本各处的诗歌，不仅使小说氤氲着浓厚诗意，而且使它更具有网络小说理应具有的互文性特征。互文性这个概念由法国理论家克里斯蒂娃创造，意思是文本的意义只有在文本与文本的相互关系中才能生成。在网络上，我们通过点击不同链接在网页间跳跃，而通过超级链接建立起联系的无数网页本身就是无数文本，它们的意义在相互差异和相互关联的互文性关系中得以建立，因而网络空间本就是充满了丰富互文性的空间。作为在网络空间写作、传播和阅读的网络小说，《悟空传》频繁插入诗歌，在古今中外不同文本之间、诗歌与小说不同文类之间构建起互文性关联，意义在其中缠绕而生，更加扑朔迷离。

如果顺着与诗歌的互文性关联探索下去，我们还会有更多发现。在写大战之后天宫的第 31 节开头，小说引用了 18、19 世纪之交的德国诗人荷尔德林的《美酒和面包》：

> 待至英雄们在铁铸的摇篮中长成，
>
> 勇敢的心像从前一样，
>
> 去造访万能的神祇。
>
> 而在这之前，我却常感到，
>
> 与其孤身跋涉，不如安然沉睡。

为了获得更好的理解，我们不妨补上在小说中被作者隐去的原诗后四行：

> 何苦如此等待，沉默无言，茫然失措。
>
> 在这贫困的时代，诗人何为？
>
> 可是，你却说，诗人是酒神的神圣祭司，
>
> 在神圣的黑夜，他走遍大地。

是孤身跋涉还是安然沉睡？是沉默茫然地苦苦等待，还是在神圣的黑夜走遍大地？诗人何为？万能的神祇何在？19 世纪初，德国资本主义高速发展，城市工业迅速建立，古典田园牧歌的生活遭到不可逆的破坏，随之而来的一系列伦理价值、精神文化上的剧变使荷尔德林茫然无措。荷尔德林诗的伟大之处在于，它凝聚的不仅是诗人个人内心的忧郁苦闷，而是工业资本主义席卷而来时整个人类文明共同感受到的不可调和的终极矛盾。因而我们也明白了为何要引用这首诗：荷尔德林笔下诗人的茫然无措和小说里孙悟空的精神分裂，在形而上层面是共通的。

小说引用的另一首诗，北岛的《传说的继续》也能说明问题："此时此地/只要有落日为我们加冕/随之而来的一切/又算得了什么/那漫长的

夜/辗转而沉默的时刻"。表面上看"落日的加冕"使一切代价一切伤痛都变得光荣，一切价值似乎都得以证明，但"辗转而沉默"的夜晚使诗歌戛然而止，给诗行也给诗人的信仰罩上阴影；即使是"落日的加冕"，最终也被黑夜吞没，更显得苍白无力。本诗与《美酒和面包》《悟空传》相通的结构性矛盾在此一览无余。此外，小说对战后花果山焦土的描写和在悟空的打杀中展现出的暴力，时时使人想起北岛和海子的诗歌。世纪之交，当中国诗人们为了诗是知识分子的精致玩物还是通俗民众的粗犷声音吵得不可开交时，网络空间诞生的小说《悟空传》却默默接续起了起自卞之琳、戴望舒、穆旦等人而断自北岛、海子的中国诗歌现代性的文脉。

通过对小说文本形式的多角度分析，我们找到了《悟空传》在精神上的另一个隐秘源头：现代诗歌。《悟空传》何以称得上网络文学经典？因为得益于网络空间对文本形式的塑造。在这本小说中，我们不仅可以读到时代精神的运转在当代国人心灵深处刻下的深深沟壑，瞥见20世纪80年代改革开放的巨大改变带给人的内心分裂，而且能隐约听见工业资本主义最初的凯旋高歌所压制的、属于全人类的低语和啜泣。

三　戏仿：断裂之处

网络小说《悟空传》的结构性矛盾，继承自明代小说《西游记》，孕育自当代网络空间，而契合当今中国时代精神中隐藏的对立。多种视野汇聚下的这一结构性矛盾正是《悟空传》的经典性之主要构成。回到文章开头提出的两个问题，既然经典性问题已经有了初步答案，那么"问题2：在经典性上为何《悟空传》与其他同类作品存在着断裂"的答案也呼之欲出：《悟空传》与其他作品在经典性生成上的差别，就存在于与上述结构性矛盾的关系中。我们以《悟空传》中的戏仿为切入点来理解这个问题。

戏仿，通常指某一文本对另一文本的、能产生滑稽可笑效果的模仿。

古希腊就出现了戏仿的文学作品，自小说出现以来戏仿更是在小说中扮演了重要角色，比如《堂·吉诃德》就是对中世纪骑士小说的戏仿。在巴赫金的理论语境里，戏仿意味着底层民众对思想禁锢的反抗、对权威的消解，和多声部的对话与狂欢。小说《西游记》自身就包含有对权威与当权者的嘲讽，但几百年来通过不断地经典化运作，《西游记》成为"四大名著"之一，蒙上了崇高、经典等正面价值的光晕。1997 年，戏仿《西游记》的电影《大话西游》在网上迅速走红，直接启发了《悟空传》的写作。《大话西游》在网上的走红和《悟空传》在网络上的出现并非偶然，因为网络空间自身也就是天然的戏仿空间：在网络空间内发言者无须透露身份，相当于戴上了狂欢节的面具，人人平等且无须顾忌；又由于在网上信息通畅，对话便利，较少规范与限制，网民在网上几乎可以肆意颠倒高下、消解神圣。从社会层面看，20 世纪 90 年代是中国深化改革、开放市场经济的年代，所有高尚的东西，无论是诗歌还是社会主义理想，都遭到无情的怀疑、嘲讽与解构。《悟空传》中的许多幽默情节，既是为了增强娱乐性、吸引读者，又在客观上摆明了它的戏仿与解构权威的姿态。比如在小说中十分关键的、影响故事走向的"蟠桃宴"情节中的一段：

　　"阿瑶，你坐啊，你为什么不坐呢？"王母笑着说，露出两排牙齿。

　　"哪儿来的鸟叫唤？"孙悟空左右看看。

　　王母的脸白了又红，红了又黑。

　　"咦，那边那个会变色的东西是什么？"孙悟空说，"好像个大白薯。"

　　"哧——"阿瑶终于忍不住笑了出来。

　　她这一笑就不可收拾："大白薯，哈哈哈哈，变色大白薯，哈哈哈哈，王母娘娘是变色大白薯……"①

　　作为掌权者的王母与作为底层的阿瑶本来是天宫秩序中各有位置、高下有别的两个角色，而以刻意破坏规则的悟空为中介，阿瑶也开始嘲笑王母，从而消解了掌权者的威严，也消解了高下的秩序。类似的情节也出现在佛祖与金蝉子的对话等各处，使小说具有明显的戏仿与解构的意味。

　　毫无疑问，所有戏仿都是滑稽的，但《悟空传》借助戏仿所进行的思考是严肃的：权威、传统、英雄、爱情对我们到底意味着什么，以及在各方力量的撕扯下受折磨的心灵应该何去何从。在世纪之交的中国社会文化中、在网络空间里的后现代式语境下，只有趋近傻乐才能摒弃傻乐，只有消解崇高才能探索崇高。只有戏仿《西游记》，才能更好地传承《西游记》的精魂。

　　在网络小说中，《悟空传》因戏仿经典而成为经典，这种对经典文学作品的戏仿方式为其后的网络小说再度模仿，《沙僧日记》《唐僧情史》等类似作品层出不穷。有研究者将这些受《悟空传》影响的作品分为两派：（1）"解构一切除了爱情"的"大话西游派"；（2）以战斗主题、英雄主义情结为特征的"奇幻西游派"。② 在消解了崇高后应该往何处去？两派分别代表戏仿经典的网络文学作品的两种倾向，即"大话西游派"的爱情神话倾向和"奇幻西游派"的英雄神话倾向。列维－斯特劳斯认为："虽然神话没有成功给予人们物质上的力量去战胜周围的自然环境，但它给人以幻觉。这是非常重要的，这种幻觉让人们认为自己能够理解宇宙，并且已经掌握了宇宙。"③ 为何网络小说要将爱情与英雄讲述为神话？这乃是因

---

　　① 今何在：《悟空传》（完美纪念版），湖南文艺出版社 2011 年版，第 63 页。
　　② 白惠元：《西游：青春的羁绊——以今何在〈悟空传〉为例》，《中国文学批评》2015 年第 4 期。
　　③ Claude Levi-strauss, *Myth and Meaning*, Londonand New York：Routledge, 2005, p. 6. 转引自蔡艳菊《列维-斯特劳斯的神话观》，《民族文学研究》2014 年第 4 期。

为，一方面在消解崇高之后只剩下虚无，另一方面在现实中，物质上我们无法克服阶层差距，精神上我们难以忍耐分裂的折磨，只有神话的幻觉才能给我们带来暂时的安定感。

不可否认，爱情和英雄是《悟空传》中至关重要的两个因素，但小说始终对爱情和英雄高度怀疑，用剧情试探着否定，谨慎地保持着距离。在小说最后，坚守爱情理想而受尽折磨的八戒和阿月被火焰吞没，试图怀疑佛祖的金蝉子被闪电劈碎。精神分裂的英雄，悟空在与另一个自己大战后死亡，深爱着他的紫霞抱着他的尸体走进火焰。无论是爱情、英雄，或天宫代表的秩序都没有取得胜利，矛盾激化的高潮过后依然留下一地怀疑。用戏仿包裹着内心追求的崇高，用怀疑维系着不可调和的矛盾，这既是《悟空传》超出《大话西游》的地方，也是它超出所有其他戏仿类网络小说的地方。

如果说，在网络文学初创时期，世纪之交的中国是各种不同力量、各种差异思想极端对立的战场，那么随着之后几年经济的腾飞和文化思想上的悄悄转变，网络文学已经成了满足民众神话幻想的地方，成了商人追逐利益的商业空间。目睹了坚持文学性的"榕树下"网站的衰落和纯商业运作的"起点中文网"的崛起，我们如何能期待"另一部"《悟空传》的横空出世？在所有不可调节的矛盾都被"解决"了的年代里，也许只能默默等待，等待"那漫长岁月后的一声巨响"。

后 记

在网络文学发展的历程中，对网络文学形成影响的主导力量是网络读者的订阅与评价、文学网站的推送、影视剧和网络游戏的开发效应，以及媒体的宣传。这些主导网络文学的发展力量背后是以资本、读者为核心的市场经济法则，这个法则促进了我国网络文学的快速发展，形成了当下网络文学的繁盛态势。与蓬勃的网络文学发展现状相比，网络文学评论相对滞后；在影响网络文学发展的诸多力量之中，文学评论发挥的作用偏弱。

我自十余年前开始网络文学研究，一路见证了网络文学由自由生长到今日繁荣壮大的各种景象，我觉得网络文学只有诞生经典化的作品才能立得住，对网络文学的研究只有从阅读作品出发，才是真正地入场。当网络文学越过原始发展期，开始呼唤精品力作的时候，仅由市场主导网络文学是不够的，网络文学还需要相应的引导和管理，更需要专业文学评论的互动与砥砺。

2016 年 6 月至 11 月，由中国文艺评论家协会青年委员会、中国文艺评论家协会网络文艺委员会、中国当代文学研究会新媒体文学委员会、中国文艺理论学会网络文学研究会主办，中国文艺评论网、中国文学网、爱读文学网、山东师范大学网络文学研究中心、北京大学网络文学研究论坛承办的"首届网络文艺评论大赛"是一次大规模的、有组织的全国网络文学评论活动。北京大学、中国人民大学、清华大学、北京师范大学、中国传媒大学、南开大学、复旦大学、南京大学、山东大学、武汉大学、中国地质大学、华中师范大学、中南大学、西安交通大学、中国社会科学院、河南大学、黑龙江大学、新疆大学、华南师范大学、广西大学、西北师范大学、山东师范大学、江西师范大学、浙江传媒学院等国内数十家高校和科研院所的师生400多人参赛，围绕100余篇有影响的网络文学作品展开品读评论，部分参赛优秀评论文章由《博览群书》《名作欣赏》《创作与评论》《新文学评论》《百家评论》《网络文学评论》《雨花》《网络文学研究》等刊物专栏推出。参赛作者以青年学人为主，从高中生、大学生、研究生到高校的中青年教授、博导，从草根评论家、文学网站编辑到文联、作协系统的评论家。这预示了网络文学已进入一代青年学人的学术视野，有质地的网络文学评论文章开始增多，文学评论对网络文学的发展意义正日渐显示出来。

网络文学作品需要细致而深入的专业评论，网络文学评论不能停留在贴吧、知乎、龙空、天涯等论坛上的读者评价层面，不能由简单的"点赞"来替代，也不能停留在大而化之的"商业化""娱乐化""大众化"的简单印象之中。与网民读者自发的网络文学评论的感性化、零散化、圈子化、粉丝化倾向相比，学院派网络文学评论能在更宏阔的文学、文化视野中，考辨作品的流脉与变化，探析网络文学与传统文学间的内在肌理差异，在审美批评时兼及读者反映和商业化效应，从而理性地认识网络文学的时代价值与不足，对网络文学作品做出深刻、有效的理论阐释，推动构建网络文学评价体系，促进我国网络文学作品的经典化。

对于"70后""80后""90后"的青年学人来说，他们是读着网络文学长大的，网络文学是他们成长记忆的一部分，他们以读者粉丝的身份入场，往往能更深切地理解网络文学作品的痛点和泪点，能搔到网络文学的痒处，网络文学中"爽""玛丽苏""主角光环""金手指""代入感"等概念正进入理论分析体系，网络文学的人物设定、故事结构、故事模式、叙述体式、叙述语言等形式层面的内容也开始被学理性地审视。这种既有精神之体温、理解之同情，又有分析之深入的评论，正是当下网络文学需要的。

当下我国网络文学正处于历史的转折期，网络文学评论对青年评论者的学术素养、阅读经验、创新能力提出了新的要求。网络文学的主体是当代的通俗文学，但又和传统的通俗文学有很大不同，网络文学的商业数据和作品的艺术价值常常并不一致，网络文学作品的文化价值和艺术价值之间也不平衡，这要求网络评论者有广博的文学视野，要熟悉网络文化，要有面向未来的文学眼光，要有敏锐、善于发现的艺术判断力，在知识体系上要不断更新。法国批评家阿贝尔·蒂博代（Abel Thibaudet）曾将文学批评区分为自发的批评、学者的批评和大师的批评，三种批评各有优长，学院派评论者也要清醒地认识自身的不足，要向网络读者学习，向网络作家学习，从而更深刻、更全面地理解和阐释网络文学。

《中国网络文艺作品评论选·网络文学卷》是"首届网络文艺评论大赛"参赛优秀作品集，由大赛评委从400多篇来稿中选出，限于篇幅，部分在大赛合作刊物刊发的优秀稿件未能收入。本次大赛是一次多方合作的尝试，感谢中国文艺评论家协会庞井君、周由强、胡一峰、何美、韩宵宵诸位领导和同仁的信任和支持，感谢学界师友的大力支持，李敬泽、周由强、欧阳友权、李国平、陈定家、肖惊鸿、马季、邵燕君、李云雷、王国平、夏烈等国内知名学者担任本次大赛的评委，确保了大赛的公信力和学术选稿标准；感谢爱读文学网总编辑吴长青，长青兄身兼学者、网站老总、网络作家多重身份，是网络文学界难得的复合型人才，本次大赛源于他的推动，他出钱又出力，不遗余力地为本次活动做了大量工作；本书由山东师范大学中国现当代文学国家重点学科经费资助出版，感谢山东师范大学文学院院长杨存昌、中国现当代文学学科学术带头人魏建对这次大赛的指导，在"山东师范大学中国现当代文学研究生创新平台"的支持下，师生们积极参与大赛，为本次大赛写了二百多篇稿件；感谢《博览群书》的董山峰，《名作欣赏》的傅书华，《创作与评论》的欧娟，《百家评论》的李掖平、赵丽凤，《网络文学评论》的世宾，《新文学评论》的李遇春，《雨花》的叶炜、刘志彬诸位师友及各大网站与报刊媒体朋友的大力支持，正是你们的援手，这次大赛才能有了阵地和影响！感谢所有参赛的作者，你们的文学才情和生花妙笔为这次大赛增添了光彩！本书能及时出版，还要感谢中国社会科学出版社的郭晓鸿主任对本书的指导和辛劳付出！

周志雄

2017 年 1 月 16 日于济南